suhrkamp taschenbuch 3732

Bertolt Brecht
Ausgewählte Werke in sechs Bänden

Zweiter Band

Bertolt Brecht
Stücke 2

Suhrkamp Verlag

Die vorliegende Taschenbuchausgabe
Bertolt Brecht, *Ausgewählte Werke in sechs Bänden*,
ist textidentisch mit der erstmals 1997
zum 100. Geburtstag Brechts am 10. Februar 1998
erschienenen Leinenausgabe im Suhrkamp Verlag.

suhrkamp taschenbuch 3732
Erste Auflage 2005

Druck: Clausen & Bosse, Leck
Printed in Germany
Umschlag: Göllner, Michels, Zegarzewski
ISBN 3-518-45732-2

1 2 3 4 5 6 – 10 09 08 07 06 05

Stücke 2

Leben des Galilei
Mutter Courage und ihre Kinder
Der gute Mensch von Sezuan
Herr Puntila und sein Knecht Matti
Der Aufstieg des Arturo Ui
Schweyk
Der kaukasische Kreidekreis

Anmerkungen

Leben des Galilei

Schauspiel

Mitarbeiter: Margarete Steffin

Personen

Galileo Galilei · Andrea Sarti · Frau Sarti, Galileis Haushälterin, Andreas Mutter · Ludovico Marsili, ein reicher junger Mann · Der Kurator der Universität Padua, Herr Priuli · Sagredo, Galileis Freund · Virginia, Galileis Tochter · Federzoni, ein Linsenschleifer, Galileis Mitarbeiter · Der Doge · Ratsherren · Cosmo de Medici, Großherzog von Florenz · Der Hofmarschall · Der Theologe · Der Philosoph · Der Mathematiker · Die ältere Hofdame · Die jüngere Hofdame · Großherzoglicher Lakai · Zwei Nonnen · Zwei Soldaten · Die alte Frau · Ein dicker Prälat · Zwei Gelehrte · Zwei Mönche · Zwei Astronomen · Ein sehr dünner Mönch · Der sehr alte Kardinal · Pater Christopher Clavius, Astronom · Der kleine Mönch · Der Kardinal Inquisitor · Kardinal Barberini, später Papst Urban VIII. · Kardinal Bellarmin · Zwei geistliche Sekretäre · Zwei junge Damen · Filippo Mucius, ein Gelehrter · Herr Gaffone, Rektor der Universität Pisa · Der Balladensänger · Seine Frau · Vanni, ein Eisengießer · Ein Beamter · Ein hoher Beamter · Ein Individuum · Ein Mönch · Ein Bauer · Ein Grenzwächter · Ein Schreiber · Männer, Frauen, Kinder

I

Galileo Galilei, Lehrer der Mathematik zu Padua, will das neue kopernikanische Weltsystem beweisen

In dem Jahr sechzehnhundertundneun
Schien das Licht des Wissens hell
Zu Padua aus einem kleinen Haus.
Galileo Galilei rechnete aus:
Die Sonn steht still, die Erd kommt von der Stell.

Das ärmliche Studierzimmer des Galilei in Padua. Es ist morgens. Ein Knabe, Andrea, der Sohn der Haushälterin, bringt ein Glas Milch und einen Wecken.

GALILEI *sich den Oberkörper waschend, prustend und fröhlich:* Stell die Milch auf den Tisch, aber klapp kein Buch zu.

ANDREA Mutter sagt, wir müssen den Milchmann bezahlen. Sonst macht er bald einen Kreis um unser Haus, Herr Galilei.

GALILEI Es heißt: er beschreibt einen Kreis, Andrea.

ANDREA Wie Sie wollen. Wenn wir nicht bezahlen, dann beschreibt er einen Kreis um uns, Herr Galilei.

GALILEI Während der Gerichtsvollzieher, Herr Cambione, schnurgerade auf uns zu kommt, indem er was für eine Strecke zwischen zwei Punkten wählt?

ANDREA *grinsend:* Die kürzeste.

GALILEI Gut. Ich habe was für dich. Sieh hinter den Sterntafeln nach.

Andrea fischt hinter den Sterntafeln ein großes hölzernes Modell des ptolemäischen Systems hervor.

ANDREA Was ist das?

GALILEI Das ist ein Astrolab; das Ding zeigt, wie sich die Gestirne um die Erde bewegen, nach Ansicht der Alten.

ANDREA Wie?

GALILEI Untersuchen wir es. Zuerst das erste: Beschreibung.

ANDREA In der Mitte ist ein kleiner Stein.

GALILEI Das ist die Erde.

ANDREA Drum herum sind, immer übereinander, Schalen.

GALILEI Wie viele?

ANDREA Acht.

GALILEI Das sind die kristallnen Sphären.

ANDREA Auf den Schalen sind Kugeln angemacht ...

GALILEI Die Gestirne.

ANDREA Da sind Bänder, auf die sind Wörter gemalt.

GALILEI Was für Wörter?

ANDREA Sternnamen.

GALILEI Als wie?

ANDREA Die unterste Kugel ist der Mond, steht drauf. Und darüber ist die Sonne.

GALILEI Und jetzt laß die Sonne laufen.

ANDREA *bewegt die Schalen:* Das ist schön. Aber wir sind so eingekapselt.

GALILEI *sich abtrocknend:* Ja, das fühlte ich auch, als ich das Ding zum ersten Mal sah. Einige fühlen das. *Er wirft Andrea das Handtuch zu, daß er ihm den Rücken abreibe.* Mauern und Schalen und Unbeweglichkeit! Durch zweitausend Jahre glaubte die Menschheit, daß die Sonne und alle Gestirne des Himmels sich um sie drehten. Der Papst, die Kardinäle, die Fürsten, die Gelehrten, Kapitäne, Kaufleute, Fischweiber und Schulkinder glaubten, unbeweglich in dieser kristallenen Kugel zu sitzen. Aber jetzt fahren wir heraus, Andrea, in großer Fahrt. Denn die alte Zeit ist herum, und es ist eine neue Zeit. Seit hundert Jahren ist es, als erwartete die Menschheit etwas.

Die Städte sind eng, und so sind die Köpfe. Aberglauben und Pest. Aber jetzt heißt es: da es so ist, bleibt es nicht so. Denn alles bewegt sich, mein Freund.

Ich denke gerne, daß es mit den Schiffen anfing. Seit Menschengedenken waren sie nur an den Küsten entlang gekrochen, aber plötzlich verließen sie die Küsten und liefen aus über alle Meere.

Auf unserm alten Kontinent ist ein Gerücht entstanden: es gibt neue Kontinente. Und seit unsere Schiffe zu ihnen fahren, spricht es sich auf den lachenden Kontinenten herum: das große gefürchtete Meer ist ein kleines Wasser. Und es ist eine große Lust aufgekommen, die Ursachen aller Dinge zu erforschen: warum der Stein fällt, den man losläßt, und wie er steigt, wenn man ihn hochwirft. Jeden Tag wird etwas gefunden. Selbst die Hundertjährigen lassen sich noch von den Jungen ins Ohr schreien, was Neues entdeckt wurde.

Da ist schon viel gefunden, aber da ist mehr, was noch gefunden werden kann. Und so gibt es wieder zu tun für neue Geschlechter.

In Siena, als junger Mensch, sah ich, wie ein paar Bauleute eine tausendjährige Gepflogenheit, Granitblöcke zu bewegen, durch eine neue und zweckmäßigere Anordnung der Seile ersetzten, nach einem Disput von fünf Minuten. Da und dann wußte ich: die alte Zeit ist herum, und es ist eine neue Zeit. Bald wird die Menschheit Bescheid wissen über ihre Wohnstätte, den Himmelskörper, auf dem sie haust. Was in den alten Büchern steht, das genügt ihr nicht mehr.

Denn wo der Glaube tausend Jahre gesessen hat, eben da sitzt jetzt der Zweifel. Alle Welt sagt: ja, das steht in den Büchern, aber laßt uns jetzt selbst sehn. Den gefeiertsten Wahrheiten wird auf die Schulter geklopft; was nie bezweifelt wurde, das wird jetzt bezweifelt.

Dadurch ist eine Zugluft entstanden, welche sogar den Fürsten und Prälaten die goldbestickten Röcke lüftet, so daß fette und dürre Beine darunter sichtbar werden, Beine wie unsere Beine. Die Himmel, hat es sich herausgestellt, sind leer. Darüber ist ein fröhliches Gelächter entstanden.

Aber das Wasser der Erde treibt die neuen Spinnrocken, und auf den Schiffswerften, in den Seil- und Segelhäusern regen sich fünfhundert Hände zugleich in einer neuen Anordnung.

Ich sage voraus, daß noch zu unsern Lebzeiten auf den Märkten von Astronomie gesprochen werden wird. Selbst die Söhne der Fischweiber werden in die Schulen laufen. Denn es wird diesen neuerungssüchtigen Menschen unserer Städte gefallen, daß eine neue Astronomie nun auch die Erde sich bewegen läßt. Es hat immer geheißen, die Gestirne sind an einem kristallenen Gewölbe angeheftet, daß sie nicht herunterfallen können. Jetzt haben wir Mut gefaßt und lassen sie im Freien schweben, ohne Halt, und sie sind in großer Fahrt, gleich unseren Schiffen, ohne Halt und in großer Fahrt.

Und die Erde rollt fröhlich um die Sonne, und die Fischweiber, Kaufleute, Fürsten und die Kardinäle und sogar der Papst rollen mit ihr.

Das Weltall aber hat über Nacht seinen Mittelpunkt verloren, und am Morgen hatte es deren unzählige. So daß jetzt jeder als

Mittelpunkt angesehen wird und keiner. Denn da ist viel Platz plötzlich.

Unsere Schiffe fahren weit hinaus, unsere Gestirne bewegen sich weit im Raum herum, selbst im Schachspiel die Türme gehen neuerdings weit über alle Felder.

Wie sagt der Dichter? »O früher Morgen des Beginnens! ...«

ANDREA

»O früher Morgen des Beginnens!
O Hauch des Windes, der
Von neuen Küsten kommt!«

Und Sie müssen Ihre Milch trinken, denn dann kommen sofort wieder Leute.

GALILEI Hast du, was ich dir gestern sagte, inzwischen begriffen?

ANDREA Was? Das mit dem Kippernikus seinem Drehen?

GALILEI Ja.

ANDREA Nein. Warum wollen Sie denn, daß ich es begreife? Es ist sehr schwer, und ich bin im Oktober erst elf.

GALILEI Ich will gerade, daß auch du es begreifst. Dazu, daß man es begreift, arbeite ich und kaufe die teuren Bücher, statt den Milchmann zu bezahlen.

ANDREA Aber ich sehe doch, daß die Sonne abends woanders hält als morgens. Da kann sie doch nicht stillstehn! Nie und nimmer.

GALILEI Du siehst! Was siehst du? Du siehst gar nichts. Du glotzt nur. Glotzen ist nicht sehen. *Er stellt den eisernen Waschschüsselständer in die Mitte des Zimmers.* Also das ist die Sonne. Setz dich. *Andrea setzt sich auf den einen Stuhl. Galilei steht hinter ihm.* Wo ist die Sonne, rechts oder links?

ANDREA Links.

GALILEI Und wie kommt sie nach rechts?

ANDREA Wenn Sie sie nach rechts tragen, natürlich.

GALILEI Nur so? *Er nimmt ihn mitsamt dem Stuhl auf und vollführt mit ihm eine halbe Drehung.* Wo ist jetzt die Sonne?

ANDREA Rechts.

GALILEI Und hat sie sich bewegt?

ANDREA Das nicht.

GALILEI Was hat sich bewegt?

ANDREA Ich.

GALILEI *brüllt:* Falsch! Dummkopf! Der Stuhl!

ANDREA Aber ich mit ihm!

GALILEI Natürlich. Der Stuhl ist die Erde. Du sitzt drauf.

FRAU SARTI *ist eingetreten, das Bett zu machen. Sie hat zugeschaut:* Was machen Sie eigentlich mit meinem Jungen, Herr Galilei?

GALILEI Ich lehre ihn sehen, Sarti.

FRAU SARTI Indem Sie ihn im Zimmer herumschleppen?

ANDREA Laß doch, Mutter. Das verstehst du nicht.

FRAU SARTI So? Aber du verstehst es, wie? Ein junger Herr, der Unterricht wünscht. Sehr gut angezogen und bringt einen Empfehlungsbrief. *Übergibt diesen.* Sie bringen meinen Andrea noch so weit, daß er behauptet, zwei mal zwei ist fünf. Er verwechselt schon alles, was Sie ihm sagen. Gestern abend bewies er mir schon, daß die Erde sich um die Sonne dreht. Er ist fest überzeugt, daß ein Herr namens Kippernikus das ausgerechnet hat.

ANDREA Hat es der Kippernikus nicht ausgerechnet, Herr Galilei? Sagen Sie es ihr selber!

FRAU SARTI Was, Sie sagen ihm wirklich einen solchen Unsinn? Daß er es in der Schule herumplappert und die geistlichen Herren zu mir kommen, weil er lauter unheiliges Zeug vorbringt. Sie sollten sich schämen, Herr Galilei.

GALILEI *frühstückend:* Auf Grund unserer Forschungen, Frau Sarti, haben, nach heftigem Disput, Andrea und ich Entdekkungen gemacht, die wir nicht länger der Welt gegenüber geheimhalten können. Eine neue Zeit ist angebrochen, ein großes Zeitalter, in dem zu leben eine Lust ist.

FRAU SARTI So. Hoffentlich können wir auch den Milchmann bezahlen in dieser neuen Zeit, Herr Galilei. *Auf den Empfehlungsbrief deutend.* Tun Sie mir den einzigen Gefallen und schicken Sie den nicht auch wieder weg. Ich denke an die Milchrechnung. *Ab.*

GALILEI *lachend:* Lassen Sie mich wenigstens meine Milch austrinken! – *Zu Andrea:* Einiges haben wir gestern also doch verstanden!

ANDREA Ich habe es ihr nur gesagt, damit sie sich wundert. Aber es stimmt nicht. Den Stuhl mit mir haben Sie nur seitwärts um sich selber gedreht und nicht so. *Macht eine Armbewegung vornüber.* Sonst wäre ich nämlich heruntergefallen, und das ist ein Fakt. Warum haben Sie den Stuhl nicht vorwärts gedreht? Weil dann bewiesen ist, daß ich von der Erde ebenfalls herunterfallen würde, wenn sie sich so drehen würde. Da haben Sie's.

GALILEI Ich hab dir doch bewiesen ...

ANDREA Aber heute nacht habe ich gefunden, daß ich da ja, wenn die Erde sich so drehen würde, mit dem Kopf die Nacht nach unten hängen würde. Und das ist ein Fakt.

GALILEI *nimmt einen Apfel vom Tisch:* Also das ist die Erde.

ANDREA Nehmen Sie nicht lauter solche Beispiele, Herr Galilei. Damit schaffen Sie's immer.

GALILEI *den Apfel zurücklegend:* Schön.

ANDREA Mit Beispielen kann man es immer schaffen, wenn man schlau ist. Nur, ich kann meine Mutter nicht in einem Stuhl herumschleppen wie Sie mich. Da sehen Sie, was das für ein schlechtes Beispiel ist. Und was ist, wenn der Apfel also die Erde ist? Dann ist gar nichts.

GALILEI *lacht:* Du willst es ja nicht wissen.

ANDREA Nehmen Sie ihn wieder. Wieso hänge ich nicht mit dem Kopf nach unten nachts?

GALILEI Also hier ist die Erde, und hier stehst du. *Er steckt einen Holzsplitter von einem Ofenscheit in den Apfel.* Und jetzt dreht sich die Erde.

ANDREA Und jetzt hänge ich mit dem Kopf nach unten.

GALILEI Wieso? Schau genau hin! Wo ist der Kopf?

ANDREA *zeigt am Apfel:* Da. Unten.

GALILEI Was? *Er dreht zurück.* Ist er etwa nicht an der gleichen Stelle? Sind die Füße nicht mehr unten? Stehst du etwa, wenn ich drehe, so? *Er nimmt den Splitter heraus und dreht ihn um.*

ANDREA Nein. Und warum merke ich nichts von der Drehung?

GALILEI Weil du sie mitmachst! Du und die Luft über dir und alles, was auf der Kugel ist.

ANDREA Und warum sieht es so aus, als ob die Sonne läuft?

GALILEI *dreht wieder den Apfel mit dem Splitter:* Also unter dir siehst du die Erde, die bleibt gleich, sie ist immer unten und bewegt sich für dich nicht. Aber jetzt schau über dich. Nun ist die Lampe über deinem Kopf, aber jetzt, was ist jetzt, wenn ich gedreht habe, über deinem Kopf, also oben?

ANDREA *macht die Drehung mit:* Der Ofen.

GALILEI Und wo ist die Lampe?

ANDREA Unten.

GALILEI Aha!

ANDREA Das ist fein, das wird sie wundern.

Ludovico Marsili, ein reicher junger Mann, tritt ein.

GALILEI Hier geht es zu wie in einem Taubenschlag.

LUDOVICO Guten Morgen, Herr. Mein Name ist Ludovico Marsili.

GALILEI *seinen Empfehlungsbrief studierend:* Sie waren in Holland?

LUDOVICO Wo ich viel von Ihnen hörte, Herr Galilei.

GALILEI Ihre Familie besitzt Güter in der Campagna?

LUDOVICO Die Mutter wünschte, daß ich mich ein wenig umsähe, was in der Welt sich zuträgt und so weiter.

GALILEI Und Sie hörten in Holland, daß in Italien zum Beispiel ich mich zutrage?

LUDOVICO Und da die Mutter wünscht, daß ich mich auch in den Wissenschaften umsehe …

GALILEI Privatunterricht: 10 Skudi pro Monat.

LUDOVICO Sehr wohl, Herr.

GALILEI Was sind Ihre Interessen?

LUDOVICO Pferde.

GALILEI Aha.

LUDOVICO Ich habe keinen Kopf für die Wissenschaften, Herr Galilei.

GALILEI Aha. Unter diesen Umständen sind es 15 Skudi pro Monat.

LUDOVICO Sehr wohl, Herr Galilei.

GALILEI Ich werde Sie in der Frühe drannehmen müssen. Es wird auf deine Kosten gehen, Andrea. Du fällst natürlich dann aus. Du verstehst, du zahlst nichts.

ANDREA Ich geh schon. Kann ich den Apfel mithaben?

GALILEI Ja.

Andrea ab.

LUDOVICO Sie werden Geduld mit mir haben müssen. Hauptsächlich weil es in den Wissenschaften immer anders ist, als der gesunde Menschenverstand einem sagt. Nehmen Sie zum Beispiel dieses komische Rohr, das sie in Amsterdam verkaufen. Ich habe es genau untersucht. Eine Hülse aus grünem Leder und zwei Linsen, eine so *er deutet eine konkave Linse an*, eine so *er deutet eine konvexe Linse an.* Ich höre, eine vergrößert und eine verkleinert. Jeder vernünftige Mensch würde denken, sie gleichen einander aus. Falsch. Man sieht alles fünfmal so groß durch das Ding. Das ist Ihre Wissenschaft.

GALILEI Was sieht man fünfmal so groß?

LUDOVICO Kirchturmspitzen, Tauben; alles, was weit weg ist.

GALILEI Haben Sie solche Kirchturmspitzen selber vergrößert gesehen?

LUDOVICO Jawohl, Herr.

GALILEI Und das Rohr hatte zwei Linsen? *Er macht auf einem Blatt eine Skizze.* Sah es so aus? *Ludovico nickt.* Wie alt ist die Erfindung?

LUDOVICO Ich glaube, sie war nicht älter als ein paar Tage, als ich Holland verließ, jedenfalls nicht länger auf dem Markt.

GALILEI *beinahe freundlich:* Und warum muß es Physik sein? Warum nicht Pferdezucht?

Herein Frau Sarti, von Galilei unbemerkt.

LUDOVICO Die Mutter meint, ein wenig Wissenschaft ist nötig. Alle Welt nimmt ihren Wein heutzutage mit Wissenschaft, wissen Sie.

GALILEI Sie könnten ebensogut eine tote Sprache wählen oder Theologie. Das ist leichter. *Sieht Frau Sarti.* Gut, kommen Sie Dienstag morgen.

Ludovico geht.

GALILEI Schau mich nicht so an. Ich habe ihn genommen.

FRAU SARTI Weil du mich zur rechten Zeit gesehen hast. Der Kurator von der Universität ist draußen.

GALILEI Den bring herein, der ist wichtig. Das sind vielleicht 500 Skudi. Dann brauche ich keine Schüler.

Frau Sarti bringt den Kurator herein. Galilei hat sich vollends angezogen, dabei Ziffern auf einen Zettel kritzelnd.

GALILEI Guten Morgen, leihen Sie mir einen halben Skudo. *Gibt die Münze, die der Kurator aus dem Beutelchen fischt, der Sarti.* Sarti, schicken Sie Andrea zum Brillenmacher um zwei Linsen; hier sind die Maße.

Sarti ab mit dem Zettel.

DER KURATOR Ich komme betreffs Ihres Ansuchens um Erhöhung des Gehalts auf 1000 Skudi. Ich kann es bei der Universität leider nicht befürworten. Sie wissen, mathematische Kollegien bringen der Universität nun einmal keinen Zustrom. Mathematik ist eine brotlose Kunst, sozusagen. Nicht als ob die Republik sie nicht über alles schätzte. Sie ist nicht so nötig wie die Philosophie, noch so nützlich wie die Theologie, aber sie verschafft den Kennern doch so unendliche Genüsse!

GALILEI *über seinen Papieren:* Mein lieber Mann, ich kann nicht auskommen mit 500 Skudi.

DER KURATOR Aber, Herr Galilei, Sie lesen zweimal zwei Stunden in der Woche. Ihr außerordentlicher Ruf verschafft Ihnen sicher Schüler in beliebiger Menge, die zahlen können für Privatstunden. Haben Sie keine Privatschüler?

GALILEI Herr, ich habe zu viele! Ich lehre und lehre, und wann soll ich lernen? Mann Gottes, ich bin nicht so siebengescheit wie die Herren von der philosophischen Fakultät. Ich bin dumm. Ich verstehe rein gar nichts. Ich bin also gezwungen, die Löcher in meinem Wissen auszustopfen. Und wann soll ich das tun? Wann soll ich forschen? Herr, meine Wissenschaft ist noch wißbegierig! Über die größten Probleme haben wir heute noch nichts als Hypothesen. Aber wir verlangen Beweise von uns. Und wie soll ich da weiterkommen, wenn ich, um meinen Haushalt in Gang zu halten, gezwungen bin, jedem Wasserkopf, der es bezahlen kann, einzutrichtern, daß die Parallelen sich im Unendlichen schneiden?

DER KURATOR Vergessen Sie nicht ganz, daß die Republik vielleicht nicht so viel bezahlt, wie gewisse Fürsten bezahlen, daß sie aber die Freiheit der Forschung garantiert. Wir in Padua lassen sogar Protestanten als Hörer zu! Und wir verleihen ihnen den Doktorgrad. Herrn Cremonini haben wir nicht nur nicht an die Inquisition ausgeliefert, als man uns bewies, bewies, Herr Galilei, daß er irreligiöse Äußerungen tut, sondern wir haben ihm sogar eine Gehaltserhöhung bewilligt. Bis nach Holland weiß man, daß Venedig die Republik ist, in der die Inquisition nichts zu sagen hat. Und das ist einiges wert für Sie, der Sie Astronom sind, also in einem Fach tätig, wo seit geraumer Zeit die Lehre der Kirche nicht mehr mit dem schuldigen Respekt geachtet wird!

GALILEI Herrn Giordano Bruno haben Sie von hier nach Rom ausgeliefert. Weil er die Lehre des Kopernikus verbreitete.

DER KURATOR Nicht, weil er die Lehre des Herrn Kopernikus verbreitete, die übrigens falsch ist, sondern weil er kein Venezianer war und auch keine Anstellung hier hatte. Sie können den Verbrannten also aus dem Spiele lassen. Nebenbei, bei aller Freiheit ist es doch rätlich, einen solchen Namen, auf dem der ausdrückliche Fluch der Kirche ruht, nicht so sehr laut in alle Winde zu rufen, auch hier nicht, ja, nicht einmal hier.

GALILEI Euer Schutz der Gedankenfreiheit ist ein ganz gutes Geschäft, wie? Indem ihr darauf verweist, daß woanders die Inquisition herrscht und brennt, kriegt ihr hier billig gute Lehrkräfte. Den Schutz vor der Inquisition laßt ihr euch damit vergüten, daß ihr die schlechtesten Gehälter zahlt.

DER KURATOR Ungerecht! Ungerecht! Was würde es Ihnen schon nützen, beliebig viel freie Zeit zur Forschung zu haben, wenn jeder beliebige ungebildete Mönch der Inquisition Ihre Gedanken einfach verbieten könnte? Keine Rose ohne Dornen, keine Fürsten ohne Mönche, Herr Galilei!

GALILEI Und was nützt freie Forschung ohne freie Zeit zu forschen? Was geschieht mit den Ergebnissen? Vielleicht zeigen Sie den Herren von der Signoria einmal diese Untersuchungen über die Fallgesetze *er weist auf ein Bündel Manuskripte* und fragen sie, ob das nicht ein paar Skudi mehr wert ist!

DER KURATOR Es ist unendlich viel mehr wert, Herr Galilei.

GALILEI Nicht unendlich viel mehr wert, sondern 500 Skudi mehr, Herr.

DER KURATOR Skudi wert ist nur, was Skudi bringt. Wenn Sie Geld haben wollen, müssen Sie etwas anderes vorzeigen. Sie können für das Wissen, das Sie verkaufen, nur so viel verlangen, als es dem, der es Ihnen abkauft, einbringt. Die Philosophie zum Beispiel, die Herr Colombe in Florenz verkauft, bringt dem Fürsten mindestens 10000 Skudi im Jahr ein. Ihre Fallgesetze haben Staub aufgewirbelt, gewiß. Man klatscht Ihnen Beifall in Paris und Prag. Aber die Herren, die da klatschen, bezahlen der Universität Padua nicht, was Sie sie kosten. Ihr Unglück ist Ihr Fach, Herr Galilei.

GALILEI Ich verstehe: freier Handel, freie Forschung. Freier Handel mit der Forschung, wie?

DER KURATOR Aber Herr Galilei! Welch eine Auffassung! Erlauben Sie mir zu sagen, daß ich Ihre spaßhaften Bemerkungen nicht ganz verstehe. Der blühende Handel der Republik erscheint mir kaum als etwas Verächtliches. Noch viel weniger aber vermöchte ich als langjähriger Kurator der Universität in diesem, darf ich es sagen, frivolen Ton von der Forschung zu sprechen. *Während Galilei sehnsüchtige Blicke nach seinem Arbeitstisch schickt.* Bedenken Sie die Zustände ringsum! Die Sklaverei, unter deren Peitsche die Wissenschaften an gewissen Orten seufzen! Aus alten Lederfolianten hat man dort Peitschen geschnitten. Man muß dort nicht wissen, wie der Stein fällt, sondern was der Aristoteles darüber schreibt. Die Augen hat man nur zum Lesen. Wozu neue Fallgesetze, wenn nur die Gesetze des Fußfalls wichtig sind? Halten Sie dagegen die unendliche Freude, mit der unsere Republik Ihre Gedanken, sie mögen so kühn sein, wie sie wollen, aufnimmt! Hier können Sie forschen! Hier können Sie arbeiten! Niemand überwacht Sie, niemand unterdrückt Sie! Unsere Kaufleute, die wissen, was besseres Leinen im Kampf mit der Florentiner Konkurrenz bedeutet, hören mit Interesse Ihren Ruf »Bessere Physik!«, und wieviel verdankt die Physik dem Schrei nach besseren Webstühlen! Unsere hervorragendsten Bürger interessieren sich für Ihre Forschungen, besuchen Sie, lassen sich Ihre Entdeckungen vorführen, Leute, deren Zeit kostbar ist. Verachten Sie nicht den Handel, Herr Galilei. Niemand würde hier dulden, daß Ihre Arbeit auch nur im geringsten gestört wird, daß Unberufene Ihnen Schwierigkeiten bereiten. Geben Sie zu, Herr Galilei, daß Sie hier arbeiten können!

GALILEI *verzweifelt:* Ja.

DER KURATOR Und was das Materielle angeht: machen Sie doch mal wieder was so Hübsches wie Ihren famosen Proportionalzirkel, mit dem man *er zählt es an den Fingern ab* ohne alle mathematischen Kenntnisse Linien ausziehen, die Zinseszinsen eines Kapitals berechnen, Grundrisse von Liegenschaften in verkleinertem oder vergrößertem Maßstab reproduzieren und die Schwere von Kanonenkugeln bestimmen kann.

GALILEI Schnickschnack.

DER KURATOR Etwas, was die höchsten Herren entzückt und in Erstaunen gesetzt hat und was Bargeld getragen hat, nennen

Sie Schnickschnack. Ich höre, daß sogar der General Stefano Gritti mit diesem Instrument Wurzeln ausziehen kann!

GALILEI Wahrhaftig ein Wunderwerk. – Trotzdem, Priuli, Sie haben mich nachdenklich gemacht. Priuli, ich habe vielleicht etwas für Sie von der erwähnten Art. *Er nimmt das Blatt mit der Skizze auf.*

DER KURATOR Ja? Das wäre die Lösung. *Steht auf.* Herr Galilei, wir wissen, Sie sind ein großer Mann. Ein großer, aber unzufriedener Mann, wenn ich so sagen darf.

GALILEI Ja, ich bin unzufrieden, und das ist es, was ihr mir noch bezahlen würdet, wenn ihr Verstand hättet! Denn ich bin mit mir unzufrieden. Aber statt dessen sorgt ihr, daß ich es mit euch sein muß. Ich gebe es zu, es macht mir Spaß, ihr meine Herren Venezianer, in eurem berühmten Arsenal, den Werften und Artilleriezeughäusern meinen Mann zu stellen. Aber ihr laßt mir keine Zeit, den weiterführenden Spekulationen nachzugehen, welche sich mir dort für mein Wissensgebiet aufdrängen. Ihr verbindet dem Ochsen, der da drischt, das Maul. Ich bin 46 Jahre alt und habe nichts geleistet, was mich befriedigt.

DER KURATOR Da möchte ich Sie nicht länger stören.

GALILEI Danke.

Der Kurator ab.

Galilei bleibt einige Augenblicke allein und beginnt zu arbeiten. Dann kommt Andrea gelaufen.

GALILEI *im Arbeiten:* Warum hast du den Apfel nicht gegessen?

ANDREA Damit zeige ich ihr doch, daß sie sich dreht.

GALILEI Ich muß dir etwas sagen, Andrea, sprich nicht zu andern Leuten von unsern Ideen.

ANDREA Warum nicht?

GALILEI Die Obrigkeit hat es verboten.

ANDREA Aber es ist doch die Wahrheit.

GALILEI Aber sie verbietet es. – In diesem Fall kommt noch etwas dazu. Wir Physiker können immer noch nicht beweisen, was wir für richtig halten. Selbst die Lehre des großen Kopernikus ist noch nicht bewiesen. Sie ist nur eine Hypothese. Gib mir die Linsen.

ANDREA Der halbe Skudo hat nicht gereicht. Ich mußte meinen Rock dalassen. Pfand.

GALILEI Was wirst du ohne Rock im Winter machen?

Pause. Galilei ordnet die Linsen auf dem Blatt mit der Skizze an.

ANDREA Was ist eine Hypothese?

GALILEI Das ist, wenn man etwas als wahrscheinlich annimmt, aber keine Fakten hat. Daß die Felice dort unten, vor dem Korbmacherladen, die ihr Kind an der Brust hat, dem Kind Milch gibt und nicht etwa Milch von ihm empfängt, das ist so lange eine Hypothese, als man nicht hingehen und es sehen und beweisen kann. Den Gestirnen gegenüber sind wir wie Würmer mit trüben Augen, die nur ganz wenig sehen. Die alten Lehren, die tausend Jahre geglaubt wurden, sind ganz baufällig; an diesen riesigen Gebäuden ist weniger Holz als an den Stützen, die sie halten sollen. Viele Gesetze, die weniges erklären, während die neue Hypothese wenige Gesetze hat, die vieles erklären.

ANDREA Aber Sie haben mir alles bewiesen.

GALILEI Nur, daß es so sein kann. Du verstehst, die Hypothese ist sehr schön, und es spricht nichts dagegen.

ANDREA Ich möchte auch Physiker werden, Herr Galilei.

GALILEI Das glaube ich, angesichts der Unmenge von Fragen, die es auf unserm Gebiet zu klären gibt. *Er ist zum Fenster gegangen und hat durch die Linsen geschaut. Mäßig interessiert.* Schau einmal da durch, Andrea.

ANDREA Heilige Maria, alles kommt nah. Die Glocke auf dem Campanile ganz nah. Ich kann sogar die kupfernen Lettern lesen: Gracia dei.

GALILEI Das bringt uns 500 Skudi.

2
Galilei überreicht der Republik Venedig eine neue Erfindung

Groß ist nicht alles, was ein großer Mann tut
Und Galilei aß gern gut.
Nun hört, und seid nicht grimm darob
Die Wahrheit übers Teleskop.

Das Große Arsenal von Venedig am Hafen. Ratsherren, an ihrer Spitze der Doge. Seitwärts Galileis Freund Sagredo und die fünf-

zehnjährige Virginia Galilei mit einem Samtkissen, auf dem ein etwa 60 Zentimeter langes Fernrohr in karmesinrotem Lederfutteral liegt. Auf einem Podest Galilei. Hinter sich das Gestell für das Fernrohr, betreut von dem Linsenschleifer Federzoni.

GALILEI Eure Exzellenz, Hohe Signoria! Als Lehrer der Mathematik an Ihrer Universität in Padua und Direktor Ihres Großen Arsenals hier in Venedig habe ich es stets als meine Aufgabe betrachtet, nicht nur meinem hohen Lehrauftrag zu genügen, sondern auch durch nützliche Erfindungen der Republik Venedig außergewöhnliche Vorteile zu schaffen. Mit tiefer Freude und aller schuldigen Demut kann ich Ihnen heute ein vollkommen neues Instrument vorführen und überreichen, mein Fernrohr oder Teleskop, angefertigt in Ihrem weltberühmten Großen Arsenal nach den höchsten wissenschaftlichen und christlichen Grundsätzen, Frucht siebenzehnjähriger geduldiger Forschung Ihres ergebenen Dieners. *Galilei verläßt das Podest und stellt sich neben Sagredo. Händeklatschen. Galilei verbeugt sich.*

GALILEI *leise zu Sagredo:* Zeitverlust!

SAGREDO *leise:* Du wirst deinen Fleischer bezahlen können, Alter.

GALILEI Ja, es wird ihnen Geld einbringen. *Er verbeugt sich wieder.*

DER KURATOR *betritt das Podest:* Exzellenz, Hohe Signoria! Wieder einmal bedeckt sich ein Ruhmesblatt im großen Buch der Künste mit venezianischen Schriftzeichen. *Höflicher Beifall.* Ein Gelehrter von Weltruf übergibt Ihnen, und Ihnen allein, hier ein höchst verkaufbares Rohr, es herzustellen und auf den Markt zu werfen, wie immer Sie belieben. *Stärkerer Beifall.* Und ist es Ihnen beigefallen, daß wir vermittels dieses Instruments im Kriege die Schiffe des Feinds nach Zahl und Art volle zwei Stunden früher erkennen werden als er die unsern, so daß wir, seine Stärke wissend, uns zur Verfolgung, zum Kampf oder zur Flucht zu entscheiden vermögen? *Sehr starker Beifall.* Und nun, Exzellenz, Hohe Signoria, bittet Herr Galilei Sie, dieses Instrument seiner Erfindung, dieses Zeugnis seiner Intuition, aus der Hand seiner reizenden Tochter entgegenzunehmen.

Musik. Virginia tritt vor, verbeugt sich, übergibt das Fernrohr dem Kurator, der es Federzoni übergibt. Federzoni legt es auf das Gestell und stellt es ein. Doge und Ratsherren besteigen das Podium und schauen durch das Rohr.

GALILEI *leise:* Ich kann dir nicht versprechen, daß ich den Karneval hier durchstehen werde. Die meinen hier, sie kriegen einen einträglichen Schnickschnack, aber es ist viel mehr. Ich habe das Rohr gestern nacht auf den Mond gerichtet.

SAGREDO Was hast du gesehen?

GALILEI Er leuchtet nicht selbst.

SAGREDO Was?

RATSHERREN Ich kann die Befestigungen von Santa Rosita sehen, Herr Galilei. – Auf dem Boot dort essen sie zu Mittag. Bratfisch. Ich habe Appetit.

GALILEI Ich sage dir, die Astronomie ist seit tausend Jahren stehengeblieben, weil sie kein Fernrohr hatten.

RATSHERR Herr Galilei!

SAGREDO Man wendet sich an dich.

RATSHERR Mit dem Ding sieht man zu gut. Ich werde meinen Frauenzimmern sagen müssen, daß das Baden auf dem Dach nicht mehr geht.

GALILEI Weißt du, aus was die Milchstraße besteht?

SAGREDO Nein.

GALILEI Ich weiß es.

RATSHERR Für so ein Ding kann man seine 10 Skudi verlangen, Herr Galilei.

Galilei verbeugt sich.

VIRGINIA *bringt Ludovico zu ihrem Vater:* Ludovico will dir gratulieren, Vater.

LUDOVICO *verlegen:* Ich gratuliere, Herr.

GALILEI Ich habe es verbessert.

LUDOVICO Jawohl, Herr. Ich sah, Sie machten das Futteral rot. In Holland war es grün.

GALILEI *wendet sich zu Sagredo:* Ich frage mich sogar, ob ich mit dem Ding nicht eine gewisse Lehre nachweisen kann.

SAGREDO Nimm dich zusammen.

DER KURATOR Ihre 500 Skudi sind unter Dach, Galilei.

GALILEI *ohne ihn zu beachten:* Ich bin natürlich sehr mißtrauisch gegen jede vorschnelle Folgerung.

Der Doge, ein dicker bescheidener Mann, hat sich Galilei genähert und versucht mit unbeholfener Würde ihn anzureden.

DER KURATOR Herr Galilei, Seine Exzellenz, der Doge.

Der Doge schüttelt Galilei die Hand.

GALILEI Richtig, die 500! Sind Sie zufrieden, Exzellenz?

DOGE Unglücklicherweise brauchen wir in der Republik immer einen Vorwand für unsere Stadtväter, um unseren Gelehrten etwas zukommen lassen zu können.

DER KURATOR Andrerseits, wo bliebe sonst der Ansporn, Herr Galilei?

DOGE *lächelnd:* Wir brauchen den Vorwand.

Der Doge und der Kurator führen Galilei zu den Ratsherren, die ihn umringen. Virginia und Ludovico gehen langsam weg.

VIRGINIA Habe ich es richtig gemacht?

LUDOVICO Ich fand es richtig.

VIRGINIA Was hast du denn?

LUDOVICO Oh, nichts. Ein grünes Futteral wäre vielleicht ebensogut gewesen.

VIRGINIA Ich glaube, alle sind sehr zufrieden mit Vater.

LUDOVICO Und ich glaube, ich fange an, etwas von Wissenschaft zu verstehen.

3

10. JANUAR 1610: VERMITTELS DES FERNROHRS ENTDECKT GALILEI AM HIMMEL ERSCHEINUNGEN, WELCHE DAS KOPERNIKANISCHE SYSTEM BEWEISEN. VON SEINEM FREUND VOR DEN MÖGLICHEN FOLGEN SEINER FORSCHUNGEN GEWARNT, BEZEUGT GALILEI SEINEN GLAUBEN AN DIE MENSCHLICHE VERNUNFT.

Sechzehnhundertzehn, zehnter Januar:
Galileo Galilei sah, daß kein Himmel war.

Studierzimmer des Galilei in Padua. Nacht. Galilei und Sagredo, in dicke Mäntel gehüllt, am Fernrohr.

SAGREDO *durch das Fernrohr schauend, halblaut:* Der Sichelrand ist ganz unregelmäßig, zackig und rauh. Auf dem dunklen Teil, in der Nähe des leuchtenden Rands, sind leuchtende Punkte. Sie treten einer nach dem anderen hervor. Von diesen

Punkten aus ergießt sich das Licht, wachsend über immer weitere Flächen, wo es zusammenfließt mit dem größeren leuchtenden Teil.

GALILEI Wie erklärst du dir diese leuchtenden Punkte?

SAGREDO Es kann nicht sein.

GALILEI Doch. Es sind Berge.

SAGREDO Auf einem Stern?

GALILEI Riesenberge. Deren Spitzen die aufgehende Sonne vergoldet, während rings Nacht auf den Abhängen liegt. Du siehst das Licht von den höchsten Gipfeln in die Täler niedersteigen.

SAGREDO Aber das widerspricht aller Astronomie von zwei Jahrtausenden.

GALILEI So ist es. Was du siehst, hat noch kein Mensch gesehen, außer mir. Du bist der zweite.

SAGREDO Aber der Mond kann keine Erde sein mit Bergen und Tälern, so wenig die Erde ein Stern sein kann.

GALILEI Der Mond kann eine Erde sein mit Bergen und Tälern, und die Erde kann ein Stern sein. Ein gewöhnlicher Himmelskörper, einer unter Tausenden. Sieh noch einmal hinein. Siehst du den verdunkelten Teil des Mondes ganz dunkel?

SAGREDO Nein. Jetzt, wo ich darauf achtgebe, sehe ich ein schwaches, aschfarbenes Licht darauf ruhen.

GALILEI Was kann das für ein Licht sein?

SAGREDO ?

GALILEI Das ist von der Erde.

SAGREDO Das ist Unsinn. Wie soll die Erde leuchten, mit ihren Gebirgen und Wäldern und Gewässern, ein kalter Körper?

GALILEI So wie der Mond leuchtet. Weil die beiden Sterne angeleuchtet sind von der Sonne, darum leuchten sie. Was der Mond uns ist, das sind wir dem Mond. Und er sieht uns einmal als Sichel, einmal als Halbkreis, einmal voll und einmal nicht.

SAGREDO So wäre kein Unterschied zwischen Mond und Erde?

GALILEI Offenbar nein.

SAGREDO Vor noch nicht zehn Jahren ist ein Mensch in Rom verbrannt worden. Er hieß Giordano Bruno und hatte eben das behauptet.

GALILEI Gewiß. Und wir sehen es. Laß dein Auge am Rohr,

Sagredo. Was du siehst, ist, daß es keinen Unterschied zwischen Himmel und Erde gibt. Heute ist der 10. Januar 1610. Die Menschheit trägt in ihr Journal ein: Himmel abgeschafft.

SAGREDO Das ist furchtbar.

GALILEI Ich habe noch eine Sache entdeckt. Sie ist vielleicht noch erstaunlicher.

SARTI *herein:* Der Kurator.

Der Kurator stürzt herein.

DER KURATOR Entschuldigen Sie die späte Stunde. Ich wäre Ihnen verpflichtet, wenn ich mit Ihnen allein sprechen könnte.

GALILEI Herr Sagredo kann alles hören, was ich hören kann, Herr Priuli.

DER KURATOR Aber es wird Ihnen vielleicht doch nicht angenehm sein, wenn der Herr hört, was vorgefallen ist. Es ist leider etwas ganz und gar Unglaubliches.

GALILEI Herr Sagredo ist es gewohnt, in meiner Gegenwart Unglaublichem zu begegnen, wissen Sie.

DER KURATOR Ich fürchte, ich fürchte. *Auf das Fernrohr zeigend.* Da ist ja das famose Ding. Das Ding können Sie gradesogut wegwerfen. Es ist nichts damit, absolut nichts.

SAGREDO *der unruhig herumgegangen war:* Wieso?

DER KURATOR Wissen Sie, daß man diese Ihre Erfindung, die Sie als Frucht einer siebzehnjährigen Forschertätigkeit bezeichnet haben, an jeder Straßenecke Italiens für ein paar Skudi kaufen kann? Und zwar hergestellt in Holland? In diesem Augenblick lädt im Hafen ein holländischer Frachter 500 Fernrohre aus!

GALILEI Tatsächlich?

DER KURATOR Ich verstehe nicht Ihre Ruhe, Herr.

SAGREDO Was bekümmert Sie eigentlich? Lassen Sie sich erzählen, daß Herr Galilei vermittels dieses Instruments in eben diesen Tagen umwälzende Entdeckungen die Gestirnwelt betreffend gemacht hat.

GALILEI *lachend:* Sie können durchsehen, Priuli.

DER KURATOR So lassen Sie sich erzählen, daß mir die Entdeckung genügt, die ich als der Mann, der für diesen Schund Herrn Galilei eine Gehaltsverdoppelung verschafft hat, gemacht habe. Es ist ein reiner Zufall, daß die Herren von der Signoria, die im Glauben, in diesem Instrument der Republik etwas zu sichern, was nur hier hergestellt werden kann, nicht beim ersten Durchblicken an der nächsten Straßenecke, siebenmal vergrößert, einen gewöhnlichen Straßenhändler erblickt haben, der eben dieses Rohr für ein Butterbrot verkauft.

Galilei lacht schallend.

SAGREDO Lieber Herr Priuli, ich kann den Wert dieses Instruments für den Handel vielleicht nicht beurteilen, aber sein Wert für die Philosophie ist so unermeßlich, daß …

DER KURATOR Für die Philosophie! Was hat Herr Galilei, der Mathematiker ist, mit der Philosophie zu schaffen? Herr Galilei, Sie haben seinerzeit der Stadt eine sehr anständige Wasserpumpe erfunden, und Ihre Berieselungsanlage funktioniert. Die Tuchweber loben Ihre Maschine ebenfalls, wie konnte ich da so was erwarten?

GALILEI Nicht so schnell, Priuli. Die Seewege sind immer noch lang, unsicher und teuer. Es fehlt uns eine Art zuverlässiger Uhr am Himmel. Ein Wegweiser für die Navigation. Nun habe ich Grund zu der Annahme, daß mit dem Fernrohr gewisse Gestirne, die sehr regelmäßige Bewegungen vollführen, deutlich wahrgenommen werden können. Neue Sternkarten könnten da der Schiffahrt Millionen von Skudi ersparen, Priuli.

DER KURATOR Lassen Sie's. Ich habe Ihnen schon zuviel zugehört. Zum Dank für meine Freundlichkeit haben Sie mich zum Gelächter der Stadt gemacht. Ich werde im Gedächtnis fortleben als der Kurator, der sich mit einem wertlosen Fernrohr hereinlegen ließ. Sie haben allen Grund zu lachen. Sie haben Ihre 500 Skudi. Ich aber kann Ihnen sagen, und es ist ein ehrlicher Mann, der Ihnen das sagt: mich ekelt diese Welt an! *Er geht, die Tür hinter sich zuschlagend.*

GALILEI In seinem Zorn wird er geradezu sympathisch. Hast du gehört: eine Welt, in der man nicht Geschäfte machen kann, ekelt ihn an!

SAGREDO Hast du gewußt von diesen holländischen Instrumenten?

GALILEI Natürlich, vom Hörensagen. Aber ich habe diesen Filzen von der Signoria ein doppelt so gutes konstruiert. Wie soll ich arbeiten, mit dem Gerichtsvollzieher in der Stube? Und

Virginia braucht wirklich bald eine Aussteuer, sie ist nicht intelligent. Und dann, ich kaufe gern Bücher, nicht nur über Physik, und ich esse gern anständig. Bei gutem Essen fällt mir am meisten ein. Ein verrottetes Zeitalter! Sie haben mir nicht so viel bezahlt wie einem Kutscher, der ihnen die Weinfässer fährt. Vier Klafter Brennholz für zwei Vorlesungen über Mathematik. Ich habe ihnen jetzt 500 Skudi herausgerissen, aber ich habe auch jetzt noch Schulden, einige sind zwanzig Jahre alt. Fünf Jahre Muße für Forschung, und ich hätte alles bewiesen! Ich werde dir noch etwas anderes zeigen.

SAGREDO *zögert, an das Fernrohr zu gehen:* Ich verspüre beinahe etwas wie Furcht, Galilei.

GALILEI Ich werde dir jetzt einen der milchweiß glänzenden Nebel der Milchstraße vorführen. Sage mir, aus was er besteht!

SAGREDO Das sind Sterne, unzählige.

GALILEI Allein im Sternbild des Orion sind es 500 Fixsterne. Das sind die vielen Welten, die zahllosen anderen, die entfernteren Gestirne, von denen der Verbrannte gesprochen hat. Er hat sie nicht gesehen, er hat sie erwartet!

SAGREDO Aber selbst wenn diese Erde ein Stern ist, so ist es noch ein weiter Weg zu den Behauptungen des Kopernikus, daß sie sich um die Sonne dreht. Da ist kein Gestirn am Himmel, um das ein andres sich dreht. Aber um die Erde dreht sich immer noch der Mond.

GALILEI Sagredo, ich frage mich. Seit vorgestern frage ich mich. Da ist der Jupiter. *Er stellt ihn ein.* Da sind nämlich vier kleinere Sterne nahe bei ihm, die man nur durch das Rohr sieht. Ich sah sie am Montag, nahm aber nicht besondere Notiz von ihrer Position. Gestern sah ich wieder nach. Ich hätte schwören können, alle vier hatten ihre Position geändert. Ich merkte sie mir an. Sie stehen wieder anders. Was ist das? Ich sah doch vier. *In Bewegung.* Sieh du durch!

SAGREDO Ich sehe drei.

GALILEI Wo ist der vierte? Da sind die Tabellen. Wir müssen ausrechnen, was für Bewegungen sie gemacht haben können.

Sie setzen sich erregt zur Arbeit. Es wird dunkel auf der Bühne, jedoch sieht man weiter am Rundhorizont den Jupiter und seine Begleitsterne. Wenn es wieder hell wird, sitzen sie immer noch, mit Wintermänteln an.

GALILEI Es ist bewiesen. Der vierte kann nur hinter den Jupiter gegangen sein, wo man ihn nicht sieht. Da hast du ein Gestirn, um das ein anderes sich dreht.

SAGREDO Aber die Kristallschale, an die der Jupiter angeheftet ist?

GALILEI Ja, wo ist sie jetzt? Wie kann der Jupiter angeheftet sein, wenn andere Sterne um ihn kreisen? Da ist keine Stütze im Himmel, da ist kein Halt im Weltall! Da ist eine andere Sonne!

SAGREDO Beruhige dich. Du denkst zu schnell.

GALILEI Was, schnell! Mensch, reg dich auf! Was du siehst, hat noch keiner gesehen. Sie hatten recht!

SAGREDO Wer? Die Kopernikaner?

GALILEI Und der andere! Die ganze Welt war gegen sie, und sie hatten recht. Das ist was für Andrea! *Er läuft außer sich zur Tür und ruft hinaus:* Frau Sarti! Frau Sarti!

SAGREDO Galilei, du sollst dich beruhigen!

GALILEI Sagredo, du sollst dich aufregen! Frau Sarti!

SAGREDO *dreht das Fernrohr weg:* Willst du aufhören, wie ein Narr herumzubrüllen?

GALILEI Willst du aufhören, wie ein Stockfisch dazustehen, wenn die Wahrheit entdeckt ist?

SAGREDO Ich stehe nicht wie ein Stockfisch, sondern ich zittere, es könnte die Wahrheit sein.

GALILEI Was?

SAGREDO Hast du allen Verstand verloren? Weißt du wirklich nicht mehr, in was für eine Sache du kommst, wenn das wahr ist, was du da siehst? Und du es auf allen Märkten herumschreist: daß die Erde ein Stern ist und nicht der Mittelpunkt des Universums.

GALILEI Ja, und daß nicht das ganze riesige Weltall mit allen Gestirnen sich um unsere winzige Erde dreht, wie jeder sich denken konnte!

SAGREDO Daß da also nur Gestirne sind! – Und wo ist dann Gott?

GALILEI Was meinst du damit?

SAGREDO Gott! Wo ist Gott?

GALILEI *zornig:* Dort nicht! Sowenig wie er hier auf der Erde zu finden ist, wenn dort Wesen sind und ihn hier suchen sollten!

SAGREDO Und wo ist also Gott?

GALILEI Bin ich Theologe? Ich bin Mathematiker.

SAGREDO Vor allem bist du ein Mensch. Und ich frage dich, wo ist Gott in deinem Weltsystem?

GALILEI In uns oder nirgends.

SAGREDO *schreiend:* Wie der Verbrannte gesagt hat?

GALILEI Wie der Verbrannte gesagt hat.

SAGREDO Darum ist er verbrannt worden! Vor noch nicht zehn Jahren!

GALILEI Weil er nichts beweisen konnte. Weil er es nur behauptet hat. Frau Sarti!

SAGREDO Galilei, ich habe dich immer als einen schlauen Mann gekannt. Siebzehn Jahre in Padua und drei Jahre in Pisa hast du Hunderte von Schülern geduldig das ptolemäische System gelehrt, das die Kirche verkündet und die Schrift bestätigt, auf der die Kirche beruht. Du hast es für falsch gehalten mit dem Kopernikus, aber du hast es gelehrt.

GALILEI Weil ich nichts beweisen konnte.

SAGREDO *ungläubig:* Und du glaubst, das macht einen Unterschied?

GALILEI Allen Unterschied! Sieh her, Sagredo! Ich glaube an den Menschen, und das heißt, ich glaube an seine Vernunft! Ohne diesen Glauben würde ich nicht die Kraft haben, am Morgen aus meinem Bett aufzustehen.

SAGREDO Dann will ich dir etwas sagen: ich glaube nicht an sie. Vierzig Jahre unter den Menschen haben mich ständig gelehrt, daß sie der Vernunft nicht zugänglich sind. Zeige ihnen einen roten Kometenschweif, jage ihnen eine dumpfe Angst ein, und sie werden aus ihren Häusern laufen und sich die Beine brechen. Aber sage ihnen einen vernünftigen Satz und beweise ihn mit sieben Gründen, und sie werden dich einfach auslachen.

GALILEI Das ist ganz falsch und eine Verleumdung. Ich begreife nicht, wie du, so etwas glaubend, die Wissenschaft lieben kannst. Nur die Toten lassen sich nicht mehr von Gründen bewegen!

SAGREDO Wie kannst du ihre erbärmliche Schlauheit mit Vernunft verwechseln!

GALILEI Ich rede nicht von ihrer Schlauheit. Ich weiß, sie nennen den Esel ein Pferd, wenn sie ihn verkaufen, und das Pferd einen Esel, wenn sie es einkaufen wollen. Das ist ihre Schlauheit. Die Alte, die am Abend vor der Reise dem Maulesel mit der harten Hand ein Extrabüschel Heu vorlegt, der Schiffer, der beim Einkauf der Vorräte des Sturmes und der Windstille gedenkt, das Kind, das die Mütze aufstülpt, wenn ihm bewiesen wurde, daß es regnen kann, sie alle sind meine Hoffnung, sie alle lassen Gründe gelten. Ja, ich glaube an die sanfte Gewalt der Vernunft über die Menschen. Sie können ihr auf die Dauer nicht widerstehen. Kein Mensch kann lange zusehen, wie ich *er läßt aus der Hand einen Stein auf den Boden fallen* einen Stein fallen lasse und dazu sage: er fällt nicht. Dazu ist kein Mensch imstande. Die Verführung, die von einem Beweis ausgeht, ist zu groß. Ihr erliegen die meisten, auf die Dauer alle. Das Denken gehört zu den größten Vergnügungen der menschlichen Rasse.

FRAU SARTI *tritt ein:* Brauchen Sie etwas, Herr Galilei?

GALILEI *der wieder an seinem Fernrohr ist und Notizen macht, sehr freundlich:* Ja, ich brauche den Andrea.

FRAU SARTI Andrea? Er liegt im Bett und schläft.

GALILEI Können Sie ihn nicht wecken?

FRAU SARTI Wozu brauchen Sie ihn denn?

GALILEI Ich will ihm etwas zeigen, was ihn freuen wird. Er soll etwas sehen, was noch kein Mensch gesehen hat, seit die Erde besteht, außer uns.

FRAU SARTI Etwa wieder etwas durch Ihr Rohr?

GALILEI Etwas durch mein Rohr, Frau Sarti.

FRAU SARTI Und darum soll ich ihn mitten in der Nacht aufwekken? Sind Sie denn bei Trost? Er braucht seinen Nachtschlaf. Ich denke nicht daran, ihn aufzuwecken.

GALILEI Bestimmt nicht?

FRAU SARTI Bestimmt nicht.

GALILEI Frau Sarti, vielleicht können dann Sie mir helfen. Sehen Sie, es ist eine Frage entstanden, über die wir uns nicht einig werden können, wahrscheinlich, weil wir zu viele Bücher gelesen haben. Es ist eine Frage über den Himmel, eine Frage die Gestirne betreffend. Sie lautet: ist es anzunehmen, daß das Große sich um das Kleine dreht, oder dreht wohl das Kleine sich um das Große?

FRAU SARTI *mißtrauisch:* Mit Ihnen kennt man sich nicht leicht aus, Herr Galilei. Ist das eine ernsthafte Frage, oder wollen Sie mich wieder einmal zum besten haben?

GALILEI Eine ernste Frage.

FRAU SARTI Dann können Sie schnell Antwort haben. Stelle ich Ihnen das Essen hin, oder stellen Sie es mir hin?

GALILEI Sie stellen es mir hin. Gestern war es angebrannt.

FRAU SARTI Und warum war es angebrannt? Weil ich Ihnen die Schuhe bringen mußte, mitten im Kochen. Habe ich Ihnen nicht die Schuhe gebracht?

GALILEI Vermutlich.

FRAU SARTI Sie sind es nämlich, der studiert hat und der bezahlen kann.

GALILEI Ich sehe. Ich sehe, da ist keine Schwierigkeit. Guten Morgen, Frau Sarti.

Frau Sarti belustigt ab.

GALILEI Und solche Leute sollen nicht die Wahrheit begreifen können? Sie schnappen danach!

Eine Frühmetteglocke hat begonnen zu bimmeln. Herein Virginia, im Mantel, ein Windlicht tragend.

VIRGINIA Guten Morgen, Vater.

GALILEI Warum bist du schon auf?

VIRGINIA Ich gehe mit Frau Sarti zur Frühmette. Ludovico kommt auch hin. Wie war die Nacht, Vater?

GALILEI Hell.

VIRGINIA Darf ich durchschauen?

GALILEI Warum? *Virginia weiß keine Antwort.* Es ist kein Spielzeug.

VIRGINIA Nein, Vater.

GALILEI Übrigens ist das Rohr eine Enttäuschung, das wirst du bald überall zu hören bekommen. Es wird für 3 Skudi auf der Gasse verkauft und ist in Holland schon erfunden gewesen.

VIRGINIA Hast du nichts Neues mehr am Himmel mit ihm gesehen?

GALILEI Nichts für dich. Nur ein paar kleine trübe Fleckchen an der linken Seite eines großen Sterns, ich werde irgendwie die Aufmerksamkeit auf sie lenken müssen. *Über seine Tochter zu Sagredo sprechend:* Vielleicht werde ich sie die »Mediceischen Gestirne« taufen, nach dem Großherzog von Florenz.

Wieder zu Virginia: Es wird dich interessieren, Virginia, daß wir vermutlich nach Florenz ziehen. Ich habe einen Brief dorthin geschrieben, ob der Großherzog mich als Hofmathematiker brauchen kann.

VIRGINIA *strahlend:* Am Hof?

SAGREDO Galilei!

GALILEI Mein Lieber, ich brauche Muße. Ich brauche Beweise. Und ich will die Fleischtöpfe. Und in diesem Amt werde ich nicht Privatschülern das ptolemäische System einpauken müssen, sondern die Zeit haben, Zeit, Zeit, Zeit, Zeit! meine Beweise auszuarbeiten, denn es genügt nicht, was ich jetzt habe. Das ist nichts, kümmerliches Stückwerk! Damit kann ich mich nicht vor die ganze Welt stellen. Da ist noch kein einziger Beweis, daß sich irgendein Himmelskörper um die Sonne dreht. Aber ich werde Beweise dafür bringen, Beweise für jedermann, von Frau Sarti bis hinauf zum Papst. Meine einzige Sorge ist, daß der Hof mich nicht nimmt.

VIRGINIA Sicher wird man dich nehmen, Vater, mit den neuen Sternen und allem.

GALILEI Geh in deine Messe.

Virginia ab.

GALILEI Ich schreibe selten Briefe an große Persönlichkeiten. *Er gibt Sagredo einen Brief.* Glaubst du, daß ich es so gut gemacht habe?

SAGREDO *liest laut das Ende des Briefes, den ihm Galilei gereicht hat:* »Sehne ich mich doch nach nichts so sehr, als Euch näher zu sein, der aufgehenden Sonne, welche dieses Zeitalter erhellen wird.« Der Großherzog von Florenz ist neun Jahre alt.

GALILEI So ist es. Ich sehe, du findest meinen Brief zu unterwürfig? Ich frage mich, ob er unterwürfig genug ist, nicht zu formell, als ob es mir doch an echter Ergebenheit fehlte. Einen zurückhaltenden Brief könnte jemand schreiben, der sich das Verdienst erworben hätte, den Aristoteles zu beweisen, nicht ich. Ein Mann wie ich kann nur auf dem Bauch kriechend in eine halbwegs würdige Stellung kommen. Und du weißt, ich verachte Leute, deren Gehirn nicht fähig ist, ihren Magen zu füllen.

Frau Sarti und Virginia gehen, an den Männern vorbei, zur Messe.

SAGREDO Geh nicht nach Florenz, Galilei.

GALILEI Warum nicht?

SAGREDO Weil die Mönche dort herrschen.

GALILEI Am Florentiner Hof sind Gelehrte von Ruf.

SAGREDO Lakaien.

GALILEI Ich werde sie bei den Köpfen nehmen und sie vor das Rohr schleifen. Auch die Mönche sind Menschen, Sagredo. Auch sie erliegen der Verführung der Beweise. Der Kopernikus, vergiß das nicht, hat verlangt, daß sie seinen Zahlen glauben, aber ich verlange nur, daß sie ihren Augen glauben. Wenn die Wahrheit zu schwach ist, sich zu verteidigen, muß sie zum Angriff übergehen. Ich werde sie bei den Köpfen nehmen und sie zwingen, durch dieses Rohr zu schauen.

SAGREDO Galilei, ich sehe dich auf einer furchtbaren Straße. Das ist eine Nacht des Unglücks, wo der Mensch die Wahrheit sieht. Und eine Stunde der Verblendung, wo er an die Vernunft des Menschengeschlechts glaubt. Von wem sagt man, daß er sehenden Auges geht? Von dem, der ins Verderben geht. Wie könnten die Mächtigen einen frei herumlaufen lassen, der die Wahrheit weiß, und sei es eine über die entferntesten Gestirne! Meinst du, der Papst hört deine Wahrheit, wenn du sagst, er irrt, und hört nicht, daß er irrt? Glaubst du, er wird einfach in sein Tagebuch einschreiben: 10. Januar 1610 – Himmel abgeschafft? Wie kannst du aus der Republik gehen wollen, die Wahrheit in der Tasche, in die Fallen der Fürsten und Mönche mit deinem Rohr in der Hand? So mißtrauisch in deiner Wissenschaft, bist du leichtgläubig wie ein Kind in allem, was dir ihr Betreiben zu erleichtern scheint. Du glaubst nicht an den Aristoteles, aber an den Großherzog von Florenz. Als ich dich vorhin am Rohr sah und du sahst diese neuen Sterne, da war es mir, als sähe ich dich auf brennenden Scheiten stehen, und als du sagtest, du glaubst an die Beweise, roch ich verbranntes Fleisch. Ich liebe die Wissenschaft, aber mehr dich, meinen Freund. Geh nicht nach Florenz, Galilei!

GALILEI Wenn sie mich nehmen, gehe ich.

Auf einem Vorhang erscheint die letzte Seite des Briefes:

Wenn ich den neuen Sternen, die ich entdeckt habe, den erha-

benen Namen des Mediceischen Geschlechts zuteile, so bin ich mir bewußt, daß den Göttern und Heroen die Erhebung in den Sternenhimmel zur Verherrlichung gereicht hat, daß aber in diesem Fall umgekehrt der erhabene Name der Medici den Sternen unsterbliches Gedächtnis sichern wird. Ich aber bringe mich Euch in Erinnerung als einen aus der Zahl der treuesten und ergebensten Diener, der sich zur höchsten Ehre anrechnet, als Euer Untertan geboren zu sein.
Sehne ich mich doch nach nichts so sehr, als Euch näher zu sein, der aufgehenden Sonne, welche dieses Zeitalter erhellen wird.

Galileo Galilei

4

Galilei hat die Republik Venedig mit dem Florentiner Hof vertauscht. Seine Entdeckungen durch das Fernrohr stossen in der dortigen Gelehrtenwelt auf Unglauben.

Das Alte sagt: So wie ich bin, bin ich seit je.
Das Neue sagt: Bist du nicht gut, dann geh.

Haus des Galilei in Florenz. Frau Sarti trifft in Galileis Studierzimmer Vorbereitungen zum Empfang von Gästen. Ihr Sohn Andrea sitzt und räumt Sternkarten auf.

FRAU SARTI Seit wir glücklich in diesem gepriesenen Florenz sind, hört das Buckeln und Speichellecken nicht mehr auf. Die ganze Stadt zieht an diesem Rohr vorbei, und ich kann dann den Fußboden aufwischen. Und nichts wird es helfen! Wenn was dran wäre an diesen Entdeckungen, würden das doch die geistlichen Herren am ehesten wissen. Ich war vier Jahre bei Monsignore Filippo im Dienst und habe seine Bibliothek nie ganz abstauben können. Lederbände bis zur Decke, und keine Gedichtchen! Und der gute Monsignore hatte zwei Pfund Geschwüre am Hintern vom vielen Sitzen über all der Wissenschaft, und ein solcher Mann soll nicht Bescheid wissen? Und die große Besichtigung heute wird eine Blamage, daß ich morgen wieder nicht dem Milchmann ins Gesicht schauen kann. Ich wußte, was ich sagte, als ich ihm riet, den Herren zuerst ein gutes Abendessen vorzusetzen, ein ordentliches Stück Lammfleisch, bevor sie über sein Rohr gehen. Aber nein! *Sie ahmt Galilei nach.* »Ich habe etwas anderes für sie.«

Es klopft unten.

FRAU SARTI *schaut in den Spion am Fenster:* Um Gottes willen, da ist schon der Großherzog. Und Galilei ist noch in der Universität! *Sie läuft die Treppe hinunter und läßt den Großherzog von Toscana, Cosmo de Medici, mit dem Hofmarschall und zwei Hofdamen ein.*

COSMO Ich will das Rohr sehen.

DER HOFMARSCHALL Vielleicht gedulden sich Eure Hoheit, bis Herr Galilei und die anderen Herren von der Universität gekommen sind. *Zu Frau Sarti:* Herr Galilei wollte die von ihm neu entdeckten und die Mediceischen genannten Sterne von den Herren Astronomen prüfen lassen.

COSMO Sie glauben nicht an das Rohr, gar nicht. Wo ist es denn?

FRAU SARTI Oben, im Arbeitszimmer.

Der Knabe nickt, zeigt die Treppe hinauf, und auf ein Nicken Frau Sartis läuft er hoch.

DER HOFMARSCHALL *ein sehr alter Mann:* Eure Hoheit! *Zu Frau Sarti:* Muß man da hinauf? Ich bin nur mitgekommen, weil der Erzieher erkrankt ist.

FRAU SARTI Dem jungen Herrn kann nichts passieren. Mein Junge ist droben.

COSMO *oben eintretend:* Guten Abend.

Die Knaben verbeugen sich zeremoniell voreinander. Pause. Dann wendet sich Andrea wieder seiner Arbeit zu.

ANDREA *sehr ähnlich seinem Lehrer:* Hier geht es zu wie in einem Taubenschlag.

COSMO Viele Besucher?

ANDREA Stolpern hier herum, gaffen und verstehen nicht die Bohne.

COSMO Verstehe. Ist das ...? *Zeigt auf das Rohr.*

ANDREA Ja, das ist es. Aber da heißt es: Finger weg.

COSMO Und was ist das? *Er deutet auf das Holzmodell des ptolemäischen Systems.*

ANDREA Das ist das ptolemäische.

COSMO Das zeigt, wie die Sonne sich dreht, nicht?

ANDREA Ja, das sagt man.

COSMO *sich auf einen Stuhl setzend, nimmt es auf den Schoß:* Mein Lehrer ist erkältet. Da konnte ich früher weg. Angenehm hier.

ANDREA *unruhig, geht schlendernd und unschlüssig, den fremden Jungen mißtrauisch anschauend, herum und fischt endlich, unfähig, der Versuchung länger zu widerstehen, ein zweites Holzmodell hinter Karten hervor, eine Darstellung des kopernikanischen Systems:* Aber in Wirklichkeit ist es natürlich so.

COSMO Was ist so?

ANDREA *auf Cosmos Modell zeigend:* So meint man, daß es ist, und so *auf seines deutend* ist es. Die Erde dreht sich um die Sonne, verstehen Sie?

COSMO Meinst du wirklich?

ANDREA Allerdings. Das ist bewiesen.

COSMO Tatsächlich? – Ich möchte wissen, warum sie mich zum Alten überhaupt nicht mehr hineinließen. Gestern war er noch bei der Abendtafel.

ANDREA Sie scheinen es nicht zu glauben, was?

COSMO Doch, natürlich.

ANDREA *plötzlich auf das Modell in Cosmos Schoß zeigend:* Gib das her, du verstehst ja nicht einmal das!

COSMO Du brauchst doch nicht zwei.

ANDREA Du sollst es hergeben. Das ist kein Spielzeug für Jungens.

COSMO Ich habe nichts dagegen, es dir zu geben, aber du müßtest ein wenig höflicher sein, weißt du.

ANDREA Du bist ein Dummkopf, und höflich hin oder her, raus damit, sonst setzt's was.

COSMO Laß die Finger weg, hörst du.

Sie beginnen zu raufen und kugeln sich bald auf dem Boden.

ANDREA Ich werde dir schon zeigen, wie man ein Modell behandelt. Ergib dich!

COSMO Jetzt ist es entzweigegangen. Du drehst mir die Hand um.

ANDREA Wir werden schon sehen, wer recht hat und wer nicht. Sag, sie dreht sich, sonst gibt's Kopfnüsse.

COSMO Niemals. Au, du Rotkopf! Ich werde dir Höflichkeit beibringen.

ANDREA Rotkopf? Bin ich ein Rotkopf?

Sie raufen schweigend weiter.

Unten treten Galilei und einige Professoren der Universität ein. Hinter ihnen Federzoni.

DER HOFMARSCHALL Meine Herren, eine leichte Erkrankung hielt den Erzieher Seiner Hoheit, Herrn Suri, ab, Seine Hoheit hierher zu begleiten.

DER THEOLOGE Hoffentlich nichts Schlimmes.

DER HOFMARSCHALL Ganz und gar nicht.

GALILEI *enttäuscht:* Seine Hoheit nicht hier?

DER HOFMARSCHALL Seine Hoheit ist oben. Bitte die Herren, sich nicht aufhalten zu wollen. Der Hof ist so überaus begierig, die Meinung der erlauchten Universität über das außerordentliche Instrument Herrn Galileis und die wunderbaren neuen Gestirne kennenzulernen.

Sie gehen nach oben.

Die Knaben liegen jetzt still. Sie haben unten Lärm gehört.

COSMO Sie sind da. Laß mich auf.

Sie stehen schnell auf.

DIE HERREN *im Hinaufgehen:* Nein, nein, es ist alles in schönster Ordnung. – Die Medizinische Fakultät erklärt es für ausgeschlossen, daß es sich bei den Erkrankungen in der Altstadt um Pestfälle handeln könnte. Die Miasmen müßten bei der jetzt herrschenden Temperatur erfrieren. – Das schlimmste in solchen Fällen ist immer Panik. – Nichts als die in dieser Jahreszeit üblichen Erkältungswellen. – Jeder Verdacht ist ausgeschlossen. – Alles in schönster Ordnung.

Begrüßung oben.

GALILEI Eure Hoheit, ich bin glücklich, in Eurer Gegenwart die Herren Eurer Universität mit den Neuerungen bekannt machen zu dürfen.

Cosmo verbeugt sich sehr formell nach allen Seiten, auch vor Andrea.

DER THEOLOGE *das zerbrochene ptolemäische Modell am Boden sehend:* Hier scheint etwas entzweigegangen.

Cosmo bückt sich rasch und übergibt Andrea höflich das Modell. Inzwischen räumt Galilei verstohlen das andere Modell beiseite.

GALILEI *am Fernrohr:* Wie Eure Hoheit zweifellos wissen, sind wir Astronomen seit einiger Zeit mit unseren Berechnungen in große Schwierigkeiten gekommen. Wir benützen dafür ein sehr altes System, das sich in Übereinstimmung mit der Philosophie, aber leider nicht mit den Fakten zu befinden scheint. Nach diesem alten System, dem ptolemäischen, werden die Bewegungen der Gestirne als äußerst verwickelt angenommen. Der Planet Venus zum Beispiel soll eine Bewegung von dieser Art vollführen. *Er zeichnet auf eine Tafel die epizyklische Bahn der Venus nach der ptolemäischen Annahme.* Aber selbst solche schwierigen Bewegungen annehmend, sind wir nicht in der Lage, die Stellung der Gestirne richtig vorauszuberechnen. Wir finden sie nicht an den Orten, wo sie eigentlich sein müßten. Dazu kommen solche Gestirnbewegungen, für welche das ptolemäische System überhaupt keine Erklärung hat. Bewegungen dieser Art scheinen mir einige von mir neu entdeckte kleine Sterne um den Planeten Jupiter zu vollführen. Ist es den Herren angenehm, mit einer Besichtigung der Jupitertrabanten zu beginnen, der Mediceischen Gestirne?

ANDREA *auf den Hocker vor dem Fernrohr zeigend:* Bitte, sich hier zu setzen.

DER PHILOSOPH Danke, mein Kind. Ich fürchte, das alles ist nicht ganz so einfach. Herr Galilei, bevor wir Ihr berühmtes Rohr applizieren, möchten wir um das Vergnügen eines Disputs bitten. Thema: Können solche Planeten existieren?

DER MATHEMATIKER Eines formalen Disputs.

GALILEI Ich dachte mir, Sie schauen einfach durch das Fernrohr und überzeugen sich?

ANDREA Hier, bitte.

DER MATHEMATIKER Gewiß, gewiß. – Es ist Ihnen natürlich bekannt, daß nach der Ansicht der Alten Sterne nicht möglich sind, die um einen anderen Mittelpunkt als die Erde kreisen, noch solche Sterne, die im Himmel keine Stütze haben?

GALILEI Ja.

DER PHILOSOPH Und, ganz absehend von der Möglichkeit solcher Sterne, die der Mathematiker *er verbeugt sich gegen den Mathematiker* zu bezweifeln scheint, möchte ich in aller Bescheidenheit als Philosoph die Frage aufwerfen: sind solche Sterne nötig? Aristotelis divini universum …

GALILEI Sollten wir nicht in der Umgangssprache fortfahren? Mein Kollege, Herr Federzoni, versteht Latein nicht.

DER PHILOSOPH Ist es von Wichtigkeit, daß er uns versteht?

GALILEI Ja.

DER PHILOSOPH Entschuldigen Sie mich. Ich dachte, er ist Ihr Linsenschleifer.

ANDREA Herr Federzoni ist ein Linsenschleifer und ein Gelehrter.

DER PHILOSOPH Danke, mein Kind. Wenn Herr Federzoni darauf besteht ...

GALILEI Ich bestehe darauf.

DER PHILOSOPH Das Argument wird an Glanz verlieren, aber es ist Ihr Haus. – Das Weltbild des göttlichen Aristoteles mit seinen mystisch musizierenden Sphären und kristallenen Gewölben und den Kreisläufen seiner Himmelskörper und dem Schiefenwinkel der Sonnenbahn und den Geheimnissen der Satellitentafeln und dem Sternenreichtum des Katalogs der südlichen Halbkugel und der erleuchteten Konstruktion des celestialen Globus ist ein Gebäude von solcher Ordnung und Schönheit, daß wir wohl zögern sollten, diese Harmonie zu stören.

GALILEI Wie, wenn Eure Hoheit die sowohl unmöglichen als auch unnötigen Sterne nun durch dieses Fernrohr wahrnehmen würden?

DER MATHEMATIKER Man könnte versucht sein zu antworten, daß Ihr Rohr, etwas zeigend, was nicht sein kann, ein nicht sehr verläßliches Rohr sein müßte, nicht?

GALILEI Was meinen Sie damit?

DER MATHEMATIKER Es wäre doch viel förderlicher, Herr Galilei, wenn Sie uns die Gründe nennten, die Sie zu der Annahme bewegen, daß in der höchsten Sphäre des unveränderlichen Himmels Gestirne freischwebend in Bewegung sein können.

DER PHILOSOPH Gründe, Herr Galilei, Gründe!

GALILEI Die Gründe? Wenn ein Blick auf die Gestirne selber und meine Notierungen das Phänomen zeigen? Mein Herr, der Disput wird abgeschmackt.

DER MATHEMATIKER Wenn man sicher wäre, daß Sie sich nicht noch mehr erregten, könnte man sagen, daß, was in Ihrem Rohr ist und was am Himmel ist, zweierlei sein kann.

DER PHILOSOPH Das ist nicht höflicher auszudrücken.

FEDERZONI Sie denken, wir malten die Mediceischen Sterne auf die Linse!

GALILEI Sie werfen mir Betrug vor?

DER PHILOSOPH Aber wie könnten wir das? In Anwesenheit Seiner Hoheit!

DER MATHEMATIKER Ihr Instrument, mag man es nun Ihr Kind, mag man es Ihren Zögling nennen, ist sicher äußerst geschickt gemacht, kein Zweifel!

DER PHILOSOPH Und wir sind vollkommen überzeugt, Herr Galilei, daß weder Sie noch sonst jemand es wagen würde, Sterne mit dem erlauchten Namen des Herrscherhauses zu schmücken, deren Existenz nicht über allen Zweifel erhaben wäre.

Alle verbeugen sich tief vor dem Großherzog.

COSMO *sieht sich nach den Hofdamen um:* Ist etwas nicht in Ordnung mit meinen Sternen?

DIE ÄLTERE HOFDAME *zum Großherzog:* Es ist alles in Ordnung mit den Sternen Eurer Hoheit. Die Herren fragen sich nur, ob sie auch wirklich, wirklich da sind.

Pause.

DIE JÜNGERE HOFDAME Man soll ja jedes Rad am Großen Wagen sehen können durch das Instrument.

FEDERZONI Ja, und alles mögliche am Stier.

GALILEI Werden die Herren nun also durchschauen oder nicht?

DER PHILOSOPH Sicher, sicher.

DER MATHEMATIKER Sicher.

Pause. Plötzlich wendet sich Andrea um und geht steif ab durch den ganzen Raum. Seine Mutter fängt ihn auf.

FRAU SARTI Was ist los mit dir?

ANDREA Sie sind dumm. *Er reißt sich los und läuft weg.*

DER PHILOSOPH Bedauernswertes Kind.

DER HOFMARSCHALL Eure Hoheit, meine Herren, darf ich daran erinnern, daß der Staatsball in dreiviertel Stunden beginnt?

DER MATHEMATIKER Warum einen Eiertanz aufführen? Früher oder später wird Herr Galilei sich doch noch mit den Tatsachen befreunden müssen. Seine Jupiterplaneten würden die Sphärenschale durchstoßen. Es ist ganz einfach.

FEDERZONI Sie werden sich wundern: es gibt keine Sphärenschale.

DER PHILOSOPH Jedes Schulbuch wird Ihnen sagen, daß es sie gibt, mein guter Mann.

FEDERZONI Dann her mit neuen Schulbüchern.

DER PHILOSOPH Eure Hoheit, mein verehrter Kollege und ich stützen uns auf die Autorität keines Geringeren als des göttlichen Aristoteles selber.

GALILEI *fast unterwürfig:* Meine Herren, der Glaube an die Autorität des Aristoteles ist e i n e Sache, Fakten, die mit Händen zu greifen sind, eine andere. Sie sagen, nach dem Aristoteles gibt es dort oben Kristallschalen, und so können gewisse Bewegungen nicht stattfinden, weil die Gestirne die Schalen durchstoßen müßten. Aber wie, wenn Sie diese Bewegungen konstatieren könnten? Vielleicht sagt Ihnen das, daß es diese Kristallschalen gar nicht gibt? Meine Herren, ich ersuche Sie in aller Demut, Ihren Augen zu trauen.

DER MATHEMATIKER Lieber Galilei, ich pflege mitunter, so altmodisch es Ihnen erscheinen mag, den Aristoteles zu lesen und kann Sie dessen versichern, daß ich da meinen Augen traue.

GALILEI Ich bin es gewohnt, die Herren aller Fakultäten sämtlichen Fakten gegenüber die Augen schließen zu sehen und so zu tun, als sei nichts geschehen. Ich zeige meine Notierungen, und man lächelt, ich stelle mein Fernrohr zur Verfügung, daß man sich überzeugen kann, und man zitiert Aristoteles. Der Mann hatte kein Fernrohr!

DER MATHEMATIKER Allerdings nicht, allerdings nicht.

DER PHILOSOPH *groß:* Wenn hier Aristoteles in den Kot gezogen werden soll, eine Autorität, welche nicht nur die gesamte Wissenschaft der Antike, sondern auch die Hohen Kirchenväter selber anerkannten, so scheint jedenfalls mir eine Fortsetzung der Diskussion überflüssig. Unsachliche Diskussion lehne ich ab. Basta.

GALILEI Die Wahrheit ist das Kind der Zeit, nicht der Autorität. Unsere Unwissenheit ist unendlich, tragen wir einen Kubikmillimeter ab! Wozu jetzt noch so klug sein wollen, wenn wir endlich ein klein wenig weniger dumm sein können! Ich habe das unvorstellbare Glück gehabt, ein neues Instrument in die

Hand zu bekommen, mit dem man ein Zipfelchen des Universums etwas, nicht viel, näher besehen kann. Benützen Sie es.

DER PHILOSOPH Eure Hoheit, meine Damen und Herren, ich frage mich nur, wohin dies alles führen soll.

GALILEI Ich würde meinen, als Wissenschaftler haben wir uns nicht zu fragen, wohin die Wahrheit uns führen mag.

DER PHILOSOPH *wild:* Herr Galilei, die Wahrheit mag uns zu allem möglichen führen!

GALILEI Eure Hoheit. In diesen Nächten werden über ganz Italien Fernrohre auf den Himmel gerichtet. Die Monde des Jupiter verbilligen nicht die Milch. Aber sie wurden nie je gesehen, und es gibt sie doch. Daraus zieht der Mann auf der Straße den Schluß, daß es noch vieles geben könnte, wenn er nur seine Augen aufmachte! Ihr seid ihm eine Bestätigung schuldig! Es sind nicht die Bewegungen einiger entfernter Gestirne, die Italien aufhorchen machen, sondern die Kunde, daß für unerschütterlich angesehene Lehren ins Wanken gekommen sind, und jedermann weiß, daß es deren zu viele gibt. Meine Herren, lassen Sie uns nicht erschütterte Lehren verteidigen!

FEDERZONI Ihr als die Lehrer solltet das Erschüttern besorgen.

DER PHILOSOPH Ich wünschte, Ihr Mann offerierte nicht Ratschläge in einem wissenschaftlichen Disput.

GALILEI Eure Hoheit! Mein Werk in dem Großen Arsenal von Venedig brachte mich täglich zusammen mit Zeichnern, Bauleuten und Instrumentenmachern. Diese Leute haben mich manchen neuen Weg gelehrt. Unbelesen, verlassen sie sich auf das Zeugnis ihrer fünf Sinne, furchtlos zumeist, wohin dies Zeugnis sie führen wird ...

DER PHILOSOPH Oho!

GALILEI Sehr ähnlich unsern Seeleuten, die vor hundert Jahren unsere Küsten verließen, ohne zu wissen, was für andere Küsten sie erreichen würden, wenn überhaupt welche. Es scheint, daß man heute, um die hohe Neugierde zu finden, die den wahren Ruhm des alten Griechenland ausmachte, sich in die Schiffswerften begeben muß.

DER PHILOSOPH Nach allem, was wir hier gehört haben, zweifle ich nicht länger, daß Herr Galilei in den Schiffswerften Bewunderer finden wird.

DER HOFMARSCHALL Eure Hoheit, zu meiner Bestürzung stelle ich fest, daß sich die außerordentlich belehrende Unterhaltung ein wenig ausgedehnt hat. Seine Hoheit muß vor dem Hofball noch etwas ruhen.

Auf ein Zeichen verbeugt sich der Großherzog vor Galilei. Der Hof schickt sich schnell an zu gehen.

FRAU SARTI *stellt sich dem Großherzog in den Weg und bietet ihm einen Teller mit Bäckereien an:* Ein Kringel, Eure Hoheit?

Die ältere Hofdame führt den Großherzog hinaus.

GALILEI *hinterherlaufend:* Aber die Herren brauchten wirklich nur durch das Instrument zu schauen!

DER HOFMARSCHALL Ihre Hoheit wird nicht versäumen, über Ihre Behauptungen die Meinung unseres größten lebenden Astronomen einzuholen, des Herrn Pater Christopher Clavius, Hauptastronom am Päpstlichen Collegium in Rom.

5

Uneingeschüchtert auch durch die Pest setzt Galilei seine Forschungen fort

a

Morgens früh. Galilei über seinen Aufzeichnungen am Fernrohr. Virginia herein mit einer Reisetasche.

GALILEI Virginia! Ist etwas passiert?

VIRGINIA Das Stift hat geschlossen, wir mußten sofort heim. In Arcetri gibt es fünf Pestfälle.

GALILEI *ruft:* Sarti!

VIRGINIA Die Marktgasse hier ist seit heut nacht auch schon abgeriegelt. In der Altstadt sollen zwei Tote sein und drei liegen sterbend im Spital.

GALILEI Sie haben wieder einmal alles bis zum letzten Augenblick verheimlicht.

FRAU SARTI *herein:* Was machst du hier?

VIRGINIA Die Pest.

FRAU SARTI Mein Gott! Ich packe. *Setzt sich.*

GALILEI Packen Sie nichts. Nehmen Sie Virginia und Andrea! Ich hole meine Aufzeichnungen. *Er läuft eilig zurück an seinen Tisch und klaubt in größter Hast Papiere zusammen.*

Frau Sarti zieht Andrea, der gelaufen kommt, einen Mantel an und holt etwas Bettzeug und Essen herbei. Herein ein großherzoglicher Lakai.

LAKAI Seine Hoheit hat der grassierenden Krankheit wegen die Stadt in Richtung auf Bologna verlassen. Er bestand jedoch darauf, daß Herrn Galilei die Möglichkeit geboten wird, sich ebenfalls in Sicherheit zu bringen. Die Kalesche ist in zwei Minuten vor der Tür.

FRAU SARTI *zu Virginia und Andrea:* Geht ihr sogleich hinaus. Hier, nehmt das mit.

ANDREA Aber warum? Wenn du mir nicht sagst, warum, gehe ich nicht.

FRAU SARTI Es ist die Pest, mein Kind.

VIRGINIA Wir warten auf Vater.

FRAU SARTI Herr Galilei, sind Sie fertig?

GALILEI *das Fernrohr in das Tischtuch packend:* Setzen Sie Virginia und Andrea in die Kalesche. Ich komme gleich.

VIRGINIA Nein, wir gehen nicht ohne dich. Du wirst nie fertig werden, wenn du erst deine Bücher einpackst.

FRAU SARTI Der Wagen ist da.

GALILEI Sei vernünftig, Virginia, wenn ihr euch nicht hineinsetzt, fährt der Kutscher weg. Die Pest, das ist keine Kleinigkeit.

VIRGINIA *protestierend, während Frau Sarti sie und Andrea hinausführt:* Helfen Sie ihm mit den Büchern, sonst kommt er nicht.

FRAU SARTI *ruft von der Haustür:* Herr Galilei! Der Kutscher weigert sich zu warten.

GALILEI Frau Sarti, ich glaube nicht, daß ich weg sollte. Da ist alles in Unordnung, wissen Sie, Aufzeichnungen von drei Monaten, die ich wegschmeißen kann, wenn ich sie nicht noch ein, zwei Nächte fortführe. Und diese Seuche ist ja überall.

FRAU SARTI Herr Galilei! Komm sofort mit! Du bist wahnsinnig.

GALILEI Sie müssen mit Virginia und Andrea fahren. Ich komme nach.

FRAU SARTI In einer Stunde kommt niemand mehr hier weg. Du mußt kommen! *Horcht.* Er fährt! Ich muß ihn aufhalten. *Ab. Galilei geht hin und her. Frau Sarti kehrt zurück, sehr bleich, ohne ihr Bündel.*

GALILEI Was stehen Sie herum? Die Kalesche mit den Kindern fährt Ihnen noch weg.

FRAU SARTI Sie sind weg. Virginia mußten sie festhalten. Man wird für die Kinder sorgen in Bologna. Aber wer soll Ihnen Ihr Essen hinstellen?

GALILEI Du bist wahnsinnig. Wegen dem Kochen in der Stadt zu bleiben! ... *Nimmt seine Aufzeichnungen in die Hand.* Glauben Sie von mir nicht, Frau Sarti, daß ich ein Narr bin. Ich kann diese Beobachtungen nicht im Stich lassen. Ich habe mächtige Feinde und muß Beweise für gewisse Behauptungen sammeln.

FRAU SARTI Sie brauchen sich nicht zu entschuldigen. Aber vernünftig ist es nicht.

b

Vor Galileis Haus in Florenz. Heraus tritt Galilei und blickt die Straße hinunter. Zwei Nonnen kommen vorüber.

GALILEI *spricht sie an:* Können Sie mir sagen, Schwestern, wo ich Milch zu kaufen bekomme? Heute früh ist die Milchfrau nicht gekommen, und meine Haushälterin ist weg.

DIE EINE NONNE Die Läden sind nur noch in der unteren Stadt offen.

DIE ANDERE NONNE Sind Sie hier herausgekommen? *Galilei nickt.* Das ist diese Gasse!

Die beiden Nonnen bekreuzigen sich, murmeln den Englischen Gruß und laufen weg. Ein Mann kommt vorbei.

GALILEI *spricht ihn an:* Sind Sie nicht der Bäcker, der uns das Weißbrot bringt? *Der Mann nickt.* Haben Sie meine Haushälterin gesehen? Sie muß gestern abend weggegangen sein. Seit heute früh ist sie nicht mehr im Haus.

Der Mann schüttelt den Kopf.

Ein Fenster gegenüber geht auf und eine Frau schaut heraus.

DIE FRAU *schreiend:* Laufen Sie! Bei denen da drüben ist die Pest!

Der Mann läuft erschrocken weg.

GALILEI Wissen Sie etwas über meine Haushälterin?

DIE FRAU Ihre Haushälterin ist oben an der Straße niedergebrochen. Sie muß es gewußt haben. Darum ist sie weg. Solche Rücksichtslosigkeit! *Sie schlägt das Fenster zu.*

Kinder kommen die Straße herunter. Sie sehen Galilei und rennen schreiend weg. Galilei wendet sich, da kommen zwei Soldaten gelaufen, ganz in Eisen.

DIE SOLDATEN Geh sofort ins Haus zurück! *Mit ihren langen Spießen schieben sie Galilei in sein Haus zurück. Hinter ihm verrammeln sie das Tor.*

GALILEI *am Fenster:* Könnt ihr mir sagen, was mit der Frau geschehen ist?

DIE SOLDATEN Sie werden auf den Anger geschafft.

DIE FRAU *erscheint wieder im Fenster:* Die ganze Gasse da hinten ist ja verseucht. Warum sperrt ihr nicht ab?

Die Soldaten ziehen einen Strick über die Straße.

DIE FRAU Aber so kann ja auch in unser Haus keiner mehr! Hier braucht ihr doch nicht abzusperren. Hier ist doch alles gesund. Halt! Halt! So hört doch! Mein Mann ist doch in der Stadt, er kann ja nicht mehr zu uns! Ihr Tiere, ihr Tiere! *Man hört von innen her ihr Schluchzen und Schreien.*

Die Soldaten gehen ab. An einem anderen Fenster erscheint eine alte Frau.

GALILEI Dort hinten muß es brennen.

DIE ALTE FRAU Sie löschen nicht mehr, wenn Pestverdacht ist. Jeder denkt nur noch an die Pest.

GALILEI Wie ihnen das gleich sieht! Das ist ihr ganzes Regierungssystem. Sie hauen uns ab wie den kranken Ast eines Feigenbaumes, der keine Frucht mehr bringen kann.

DIE ALTE FRAU Das dürfen Sie nicht sagen. Sie sind nur hilflos.

GALILEI Sind Sie allein im Haus?

DIE ALTE FRAU Ja. Mein Sohn hat mir einen Zettel geschickt. Er hat Gott sei Dank gestern abend schon erfahren, daß dort hinten wer gestorben ist, und ist nicht mehr heimgekommen. Es sind elf Fälle gewesen in der Nacht hier im Viertel.

GALILEI Ich mache mir Vorwürfe, daß ich meine Haushälterin nicht rechtzeitig weggeschickt habe. Ich hatte eine dringende Arbeit, aber sie hatte keinen Grund zu bleiben.

DIE ALTE FRAU Wir können ja auch nicht weg. Wer soll uns aufnehmen? Sie müssen sich keine Vorwürfe machen. Ich habe sie gesehen. Sie ging heute früh weg, gegen sieben Uhr. Sie war krank, denn als sie mich aus der Tür treten und die Brote hereinholen sah, machte sie einen Bogen um mich. Sie wollte wohl nicht, daß man Ihnen das Haus zuschließt. Aber sie bringen alles heraus.

Ein klapperndes Geräusch wird hörbar.

GALILEI Was ist das?

DIE ALTE FRAU Sie versuchen, mit Geräuschen die Wolken zu vertreiben, in denen die Pestkeime sind.

Galilei lacht schallend.

DIE ALTE FRAU Daß Sie noch lachen können!

Ein Mann kommt die Straße herunter und findet sie versperrt durch den Strick.

GALILEI Heda, Sie! Hier ist abgeriegelt, und im Haus ist nichts zu essen.

Der Mann ist schon weggelaufen.

GALILEI Aber ihr könnt einen doch nicht hier verhungern lassen! Heda! Heda!

DIE ALTE FRAU Vielleicht bringen sie was. Sonst kann ich Ihnen, aber erst nachts, einen Krug Milch vor die Tür stellen, wenn Sie sich nicht fürchten.

GALILEI Heda! Heda! Man muß uns doch hören!

Am Strick steht plötzlich Andrea. Er hat ein verweintes Gesicht.

GALILEI Andrea! Wie kommst du her?

ANDREA Ich war schon früh hier. Ich habe geklopft, aber Sie haben nicht aufgemacht. Die Leute haben mir gesagt, daß ...

GALILEI Bist du denn nicht weggefahren?

ANDREA Doch. Aber unterwegs konnte ich abspringen. Virginia ist weitergefahren. Kann ich nicht hinein?

DIE ALTE FRAU Nein, das kannst du nicht. Du mußt zu den Ursulinerinnen. Deine Mutter ist vielleicht auch dort.

ANDREA Ich war da. Aber man hat mich nicht zu ihr hineingelassen. Sie ist so krank.

GALILEI Bist du so weit hergelaufen? Das sind doch drei Tage, daß du wegfuhrst.

ANDREA So lang brauchte ich, seien Sie nicht böse. Sie haben mich einmal eingefangen.

GALILEI *hilflos:* Weine jetzt nicht mehr. Siehst du, ich habe allerhand gefunden in der Zwischenzeit. Soll ich dir erzählen? *Andrea nickt schluchzend.* Gib genau acht, sonst verstehst du nicht. Erinnerst du dich, daß ich dir den Planeten Venus gezeigt habe? Horch nicht auf das Geräusch, das ist nichts. Kannst du dich erinnern? Weißt du, was ich gesehen habe? Er ist wie der Mond! Ich habe ihn als halbe Kugel und ich habe ihn als Sichel gesehen. Was sagst du dazu? Ich kann dir alles zeigen mit einer kleinen Kugel und einem Licht. Es beweist, daß auch dieser Planet kein eigenes Licht hat. Und er dreht sich um die Sonne, in einem einfachen Kreis, ist das nicht wunderbar?

ANDREA *schluchzend:* Sicher, und das ist ein Fakt.

GALILEI *leise:* Ich habe sie nicht zurückgehalten.

Andrea schweigt.

GALILEI Aber natürlich, wenn ich nicht geblieben wäre, wäre das nicht geschehen.

ANDREA Müssen sie es Ihnen jetzt glauben?

GALILEI Ich habe jetzt alle Beweise zusammen. Weißt du, wenn das hier vorüber ist, gehe ich nach Rom und zeige es ihnen.

Die Straße herunter kommen zwei vermummte Männer mit langen Stangen und Kübeln. An den Stangen reichen sie Galilei und dann der alten Frau Brote in die Fenster.

DIE ALTE FRAU Und dort drüben ist eine Frau mit drei Kindern. Legt da auch was hin.

GALILEI Aber ich habe nichts zu trinken. Im Haus ist kein Wasser. *Die beiden zucken die Achseln.* Kommt ihr auch morgen?

DER EINE MANN *mit erstickter Stimme, da er ein Tuch vor dem Mund hat:* Wer weiß heut, was morgen ist?

GALILEI Könntet ihr, wenn ihr kommt, auch ein Büchlein heraufreichen, das ich für meine Arbeit brauche?

DER MANN *lacht dumpf:* Als ob es jetzt auf ein Buch ankäme. Sei froh, wenn du Brot bekommst.

GALILEI Aber der Junge dort, mein Schüler, wird da sein und es euch geben für mich. Es ist die Karte mit der Umlaufszeit des Merkur, Andrea, ich habe sie verlegt. Willst du sie beschaffen in der Schule?

Die Männer sind schon weitergegangen.

ANDREA Bestimmt. Ich hol sie, Herr Galilei. *Ab.*

Auch Galilei zieht sich zurück. Gegenüber aus dem Haus tritt die alte Frau und stellt einen Krug vor Galileis Tür.

6

1616: DAS COLLEGIUM ROMANUM, FORSCHUNGSINSTITUT DES VATIKANS, BESTÄTIGT GALILEIS ENTDECKUNGEN.

Das hat die Welt nicht oft gesehn
Daß Lehrer selbst ans Lernen gehn.
Clavius, der Gottesknecht
Gab dem Galilei recht.

Saal des Collegium Romanum in Rom. Es ist Nacht. Hohe Geistliche, Mönche, Gelehrte in Gruppen. An der Seite allein Galilei. Es herrscht große Ausgelassenheit. Bevor die Szene beginnt, hört man gewaltiges Gelächter.

EIN DICKER PRÄLAT *hält sich den Bauch vor Lachen:* O Dummheit! O Dummheit! Ich möchte, daß mir einer einen Satz nennt, der n i c h t geglaubt wurde!

EIN GELEHRTER Zum Beispiel, daß Sie unüberwindliche Abneigung gegen Mahlzeiten verspüren, Monsignore!

DER DICKE PRÄLAT Wird geglaubt, wird geglaubt. Nur das Vernünftige wird nicht geglaubt. Daß es einen Teufel gibt, das wird bezweifelt. Aber daß die Erde sich dreht wie ein Schusser in der Gosse, das wird geglaubt. Sancta simplicitas!

EIN MÖNCH *spielt Komödie:* Mir schwindelt. Die Erde dreht sich zu schnell. Gestatten Sie, daß ich mich an Ihnen einhalte, Professor. *Er tut, als schwanke er, und hält sich an einem Gelehrten ein.*

DER GELEHRTE *mitmachend:* Ja, sie ist heute wieder ganz besoffen, die Alte. *Er hält sich an einem anderen ein.*

DER MÖNCH Halt, halt! Wir rutschen ab! Halt, sag ich!

EIN ZWEITER GELEHRTER Die Venus steht schon ganz schief. Ich sehe nur noch ihren halben Hintern, Hilfe!

Es bildet sich ein Klumpen von Mönchen, die unter Gelächter tun, als wehrten sie sich, von einem Schiff im Sturm abgeschüttelt zu werden.

EIN ZWEITER MÖNCH Wenn wir nur nicht auf den Mond geschmissen werden! Brüder, der soll scheußlich scharfe Bergspitzen haben!

DER ERSTE GELEHRTE Stemm dich mit dem Fuß dagegen.

DER ERSTE MÖNCH Und schaut nicht hinab. Ich leide unter Schwindel.

DER DICKE PRÄLAT *absichtlich laut in Galileis Richtung:* Unmöglich, Schwindel im Collegium Romanum!

Großes Gelächter.

Aus einer Tür hinten kommen zwei Astronomen des Collegiums. Stille tritt ein.

EIN MÖNCH Untersucht ihr immer noch? Das ist ein Skandal!

DER EINE ASTRONOM *zornig:* Wir nicht!

DER ZWEITE ASTRONOM Wohin soll das führen? Ich verstehe den Clavius nicht ... Wenn man alles für bare Münze nähme, was in den letzten fünfzig Jahren behauptet wurde! Im Jahre 1572 leuchtet in der höchsten Sphäre, der achten, der Sphäre der Fixsterne, ein neuer Stern auf, eher strahlender und größer als alle seine Nachbarsterne, und noch bevor anderthalb Jahre um waren, verschwindet er wieder und fällt der Vernichtung anheim. Soll man fragen: was ist also mit der ewigen Dauer und der Unveränderlichkeit des Himmels?

DER PHILOSOPH Wenn man es ihnen erlaubt, zertrümmern sie uns noch den ganzen Sternenhimmel.

DER ERSTE ASTRONOM Ja, wohin kommt man! Fünf Jahre später bestimmt der Däne Tycho Brahe die Bahn eines Kometen. Sie begann oberhalb des Mondes und durchbrach, eine nach der andern, alle Kugelschalen der Sphären, der materiellen Träger der bewegten Himmelskörper! Er trifft keinen Widerstand, er erfährt keine Ablenkung seines Lichts. Soll man also fragen: wo sind die Sphären?

DER PHILOSOPH Das ist doch ausgeschlossen! Wie kann Christopher Clavius, der größte Astronom Italiens und der Kirche, so etwas überhaupt untersuchen!

DER DICKE PRÄLAT Skandal!

DER ERSTE ASTRONOM Er untersucht aber! Er sitzt drinnen und glotzt durch dieses Teufelsrohr!

DER ZWEITE ASTRONOM Principiis obsta! Alles fing damit an, daß wir so vieles, die Länge des Sonnenjahres, die Daten der Sonnen- und Mondfinsternis, die Stellungen der Himmelskörper seit Jahr und Tag nach den Tafeln dieses Kopernikus berechnen, der ein Ketzer ist.

EIN MÖNCH Ich frage: was ist besser, eine Mondfinsternis drei Tage später als im Kalender steht zu erleben oder die ewige Seligkeit niemals?

EIN SEHR DÜNNER MÖNCH *kommt mit einer aufgeschlagenen Bibel nach vorn, fanatisch den Finger auf eine Stelle stoßend:* Was steht hier in der Schrift? »Sonne, steh still zu Gibeon und Mond im Tale Ajalon!« Wie kann die Sonne stillstehen, wenn sie sich überhaupt nicht dreht, wie diese Ketzer behaupten? Lügt die Schrift?

DER ZWEITE ASTRONOM Es gibt Erscheinungen, die uns Astronomen Schwierigkeiten bereiten, aber muß der Mensch alles verstehen?

Beide ab.

DER SEHR DÜNNE MÖNCH Die Heimat des Menschengeschlechts setzen sie einem Wandelstern gleich. Mensch, Tier, Pflanze und Erdreich verpacken sie auf einen Karren und treiben ihn im Kreis durch einen leeren Himmel. Erde und Himmel gibt es nicht mehr nach diesen. Die Erde nicht, weil sie ein Gestirn des Himmels ist, und den Himmel nicht, weil er aus Erden besteht. Da ist kein Unterschied mehr zwischen Oben und Unten, zwischen dem Ewigen und dem Vergänglichen. Daß wir vergehen, das wissen wir. Daß auch der Himmel vergeht, das sagen sie uns jetzt. Sonne, Mond und Sterne und wir leben auf der Erde, hat es geheißen und steht es geschrieben; aber jetzt ist auch die Erde ein Stern nach diesem da. Es gibt nur Sterne! Wir werden den Tag erleben, wo sie sagen: Es gibt auch nicht Mensch und Tier, der Mensch selber ist ein Tier, es gibt nur Tiere!

DER ERSTE GELEHRTE *zu Galilei:* Herr Galilei, Ihnen ist etwas hinabgefallen.

GALILEI *der seinen Stein während des Vorigen aus der Tasche gezogen, damit gespielt und ihn am Ende auf den Boden hat fallen lassen, indem er sich bückt, ihn aufzuheben:* Hinauf, Monsignore, es ist mir hinaufgefallen.

DER DICKE PRÄLAT *kehrt sich um:* Unverschämter Mensch.

Eintritt ein sehr alter Kardinal, von einem Mönch gestützt. Man macht ihm ehrerbietig Platz.

DER SEHR ALTE KARDINAL Sind sie immer noch drinnen? Können sie mit dieser Kleinigkeit wirklich nicht schneller fertig werden? Dieser Clavius sollte doch seine Astronomie verstehen! Ich höre, dieser Herr Galilei versetzt den Menschen aus dem Mittelpunkt des Weltalls irgendwohin an den Rand. Er ist folglich deutlich ein Feind des Menschengeschlechts! Als solcher muß er behandelt werden. Der Mensch ist die Krone der Schöpfung, das weiß jedes Kind, Gottes höchstes und geliebtestes Geschöpf. Wie könnte er es, ein solches Wunderwerk, eine solche Anstrengung, auf ein kleines, abseitiges und immerfort weglaufendes Gestirnlein setzen? Würde er so wohin seinen Sohn schicken? Wie kann es Leute geben, so pervers, daß sie diesen Sklaven ihrer Rechentafeln Glauben schenken! Welches Geschöpf Gottes wird sich so etwas gefallen lassen?

DER DICKE PRÄLAT *halblaut:* Der Herr ist anwesend.

DER SEHR ALTE KARDINAL *zu Galilei:* So, sind Sie das? Wissen Sie, ich sehe nicht mehr allzu gut, aber das sehe ich doch, daß Sie diesem Menschen, den wir seinerzeit verbrannt haben, – wie hieß er doch? – auffallend gleichen.

DER MÖNCH Eure Eminenz sollten sich nicht aufregen. Der Arzt...

DER SEHR ALTE KARDINAL *schüttelt ihn ab, zu Galilei:* Sie wollen die Erde erniedrigen, obwohl Sie auf ihr leben und alles von ihr empfangen. Sie beschmutzen Ihr eigenes Nest! Aber ich jedenfalls lasse es mir nicht gefallen. *Er stößt den Mönch zurück und beginnt stolz auf und ab zu schreiten.* Ich bin nicht irgendein Wesen auf irgendeinem Gestirnchen, das für kurze Zeit irgendwo kreist. Ich gehe auf einer festen Erde, in sicherem Schritt, sie ruht, sie ist der Mittelpunkt des Alls, ich bin im Mittelpunkt, und das Auge des Schöpfers ruht auf mir und auf mir allein. Um mich kreisen, fixiert an acht kristallenen Schalen, die Fixsterne und die gewaltige Sonne, die geschaffen ist, meine Umgebung zu beleuchten. Und auch mich, damit Gott mich sieht. So kommt sichtbar und unwiderleglich alles an auf mich, den Menschen, die Anstrengung Gottes, das Geschöpf in der Mitte, das Ebenbild Gottes, unvergänglich und ... *Er sinkt zusammen.*

DER MÖNCH Eure Eminenz haben sich zuviel zugemutet!

In diesem Augenblick öffnet sich die Tür hinten, und an der Spitze seiner Astronomen kommt der große Clavius herein. Er durchschreitet schweigend und schnell, ohne zur Seite zu blikken, den Saal und spricht, schon am Ausgang, zu einem Mönch hin.

CLAVIUS Es stimmt. *Er geht ab, gefolgt von den Astronomen. Die Tür hinten bleibt offenstehen. Totenstille. Der sehr alte Kardinal kommt zu sich.*

DER SEHR ALTE KARDINAL Was ist? Die Entscheidung gefallen? *Niemand wagt es ihm zu sagen.*

DER MÖNCH Eure Eminenz müssen nach Hause gebracht werden.

Man hilft dem alten Mann hinaus. Alle verlassen verstört den Saal.

Ein kleiner Mönch aus der Untersuchungskommission des Clavius bleibt bei Galilei stehen.

DER KLEINE MÖNCH *verstohlen:* Herr Galilei, Pater Clavius sagte, bevor er wegging: Jetzt können die Theologen sehen, wie sie die Himmelskreise wieder einrenken! Sie haben gesiegt. *Ab.*

GALILEI *sucht ihn zurückzuhalten:* Sie hat gesiegt! Nicht ich, die Vernunft hat gesiegt!

Der kleine Mönch ist schon weg.

Auch Galilei geht. Unter der Tür begegnet er einem hochgewachsenen Geistlichen, dem Kardinal Inquisitor. Ein Astronom begleitet ihn. Galilei verbeugt sich. Bevor er hinausgeht, stellt er einem Türhüter flüsternd eine Frage.

TÜRHÜTER *zurückflüsternd:* Seine Eminenz, der Kardinal Inquisitor.

Der Astronom geleitet den Kardinal Inquisitor zum Fernrohr.

7

Aber die Inquisition setzt die kopernikanische Lehre auf den Index (5. März 1616)

In Rom war Galilei Gast
In einem Kardinalspalast.
Man bot ihm Schmaus und bot ihm Wein
Und hatt' nur ein klein Wünschelein.

Haus des Kardinals Bellarmin in Rom. Ein Ball ist im Gang. Im Vestibül, wo zwei geistliche Sekretäre Schach spielen und Notizen über die Gäste machen, wird Galilei von einer kleinen Gruppe maskierter Damen und Herren mit Applaus empfan-

gen. Er kommt in Begleitung seiner Tochter Virginia und ihres Verlobten Ludovico Marsili.

VIRGINIA Ich tanze mit niemand sonst, Ludovico.

LUDOVICO Die Schulterspange ist lose.

GALILEI

»Dies leicht verschobene Busentuch, Thais
Ordne mir nicht. Manche Unordnung, tiefere
Zeigt es mir köstlich und
Andern auch. In des wimmelnden Saals
Kerzenlicht dürfen sie denken an
Dunklere Stellen des wartenden Parkes.«

VIRGINIA Fühl mein Herz.

GALILEI *legt ihr die Hand auf das Herz:* Es klopft.

VIRGINIA Ich möchte schön aussehen.

GALILEI Du mußt, sonst zweifeln sie sofort wieder, daß sie sich dreht.

LUDOVICO Sie dreht sich ja gar nicht. *Galilei lacht.* Rom spricht nur von Ihnen. Von heute abend ab, Herr, wird man von Ihrer Tochter sprechen.

GALILEI Es heißt, es sei leicht, im römischen Frühling schön auszusehen. Selbst ich muß einem beleibteren Adonis gleichen. *Zu den Sekretären:* Ich sollte den Herrn Kardinal hier erwarten. *Zu dem Paar:* Geht und vergnügt euch!

Bevor sie nach hinten zum Ball gehen, kommt Virginia noch einmal zurückgelaufen.

VIRGINIA Vater, der Friseur in der Via del Trionfo nahm mich zuerst dran und ließ vier Damen warten. Er kannte deinen Namen sofort. *Ab.*

GALILEI *zu den Schach spielenden Sekretären:* Wie könnt ihr noch immer das alte Schach spielen? Eng, eng. Jetzt spielt man doch so, daß die größeren Figuren über alle Felder gehen. Der Turm so *er zeigt es* – und der Läufer so – und die Dame so und so. Da hat man Raum und kann Pläne machen.

DER EINE SEKRETÄR Das entspricht nicht unsern kleinen Gehältern, wissen Sie. Wir können nur solche Sprünge machen. *Er zieht einen kleinen Zug.*

GALILEI Umgekehrt, mein Guter, umgekehrt! Wer auf großem Fuß lebt, dem bezahlen sie auch den größten Stiefel! Man muß mit der Zeit gehen, meine Herren. Nicht an den Küsten lang, einmal muß man ausfahren.

Der sehr alte Kardinal der vorigen Szene überquert die Bühne, geleitet von seinem Mönch. Er erblickt den Galilei, geht an ihm vorbei, wendet sich dann unsicher und grüßt ihn. Galilei setzt sich. Aus dem Ballsaal hört man, von Knaben gesungen, den Beginn des berühmten Gedichts Lorenzo de Medicis über die Vergänglichkeit:

»Ich, der ich Rosen aber sterben sah
Und ihre Blätter lagen welkend da
Entfärbt auf kaltem Boden, wußte gut:
Wie eitel ist der Jugend Übermut!«

GALILEI Rom. – Großes Fest?

SEKRETÄR Der erste Karneval nach den Pestjahren. Alle großen Familien Italiens sind heute abend hier vertreten. Die Orsinis, die Villanis, die Nuccolis, die Soldanieris, die Canes, die Lecchis, die Estensis, die Colombinis...

ZWEITER SEKRETÄR *unterbricht:* Ihre Eminenzen, die Kardinäle Bellarmin und Barberini.

Herein Kardinal Bellarmin und Kardinal Barberini. Sie halten die Masken eines Lamms und einer Taube an Stöcken vors Gesicht.

BARBERINI *den Zeigefinger auf Galilei:* »Die Sonne geht auf und unter und kehret an ihren Ort zurück.« Das sagt Salomo, und was sagt Galilei?

GALILEI Als ich so klein war *er deutet es mit der Hand an*, Eure Eminenz, stand ich auf einem Schiff, und ich rief: Das Ufer bewegt sich fort. – Heute weiß ich, das Ufer stand fest, und das Schiff bewegte sich fort.

BARBERINI Schlau, schlau. Was man sieht, Bellarmin, nämlich daß der Gestirnhimmel sich dreht, braucht nicht zu stimmen, siehe Schiff und Ufer. Aber was stimmt, nämlich daß die Erde sich dreht, kann man nicht wahrnehmen! Schlau. Aber seine Jupitermonde sind harte Brocken für unsere Astronomen. Leider habe ich auch einmal etwas Astronomie gelesen, Bellarmin. Das hängt einem an wie die Krätze.

BELLARMIN Gehen wir mit der Zeit, Barberini. Wenn Sternkarten, die sich auf eine neue Hypothese stützen, unsern Seeleuten die Navigation erleichtern, mögen sie die Karten benutzen. Uns mißfallen nur Lehren, welche die Schrift falsch machen. *Er winkt grüßend nach dem Ballsaal zu.*

GALILEI Die Schrift. – »Wer aber das Korn zurückhält, dem wird das Volk fluchen.« Sprüche Salomonis.

BARBERINI »Der Weise verbirget sein Wissen.« Sprüche Salomonis.

GALILEI »Wo da Ochsen sind, da ist der Stall unrein. Aber viel Gewinn ist durch die Stärke des Ochsen.«

BARBERINI »Der seine Vernunft im Zaum hält, ist besser als der eine Stadt nimmt.«

GALILEI »Des Geist aber gebrochen ist, dem verdorren die Gebeine.« *Pause.* »Schreiet die Wahrheit nicht laut?«

BARBERINI »Kann man den Fuß setzen auf glühende Kohle, und der Fuß verbrennt nicht?« – Willkommen in Rom, Freund Galilei. Sie wissen von seinem Ursprung? Zwei Knäblein, so geht die Mär, empfingen Milch und Zuflucht von einer Wölfin. Von der Stunde an müssen alle Kinder der Wölfin für ihre Milch zahlen. Aber dafür sorgt die Wölfin für alle Arten von Genüssen, himmlische und irdische; von Gesprächen mit meinem gelehrten Freund Bellarmin bis zu drei oder vier Damen von internationalem Ruf, darf ich sie Ihnen zeigen? *Er führt Galilei hinter, ihm den Ballsaal zu zeigen.*
Galilei folgt widerstrebend.

BARBERINI Nein? Er besteht auf einer ernsten Unterhaltung. Gut. Sind Sie sicher, Freund Galilei, daß ihr Astronomen euch nicht nur einfach eure Astronomie bequemer machen wollt? *Er führt ihn wieder nach vorn.* Ihr denkt in Kreisen oder Ellipsen und in gleichmäßigen Schnelligkeiten, einfachen Bewegungen, die euren Gehirnen gemäß sind. Wie, wenn es Gott gefallen hätte, seine Gestirne so laufen zu lassen? *Er zeichnet mit dem Finger in der Luft eine äußerst verwickelte Bahn mit unregelmäßiger Geschwindigkeit.* Was würde dann aus euren Berechnungen?

GALILEI Eminenz, hätte Gott die Welt so konstruiert *er wiederholt Barberinis Bahn*, dann hätte er auch unsere Gehirne so konstruiert *er wiederholt dieselbe Bahn*, so daß sie eben diese Bahnen als die einfachsten erkennen würden. Ich glaube an die Vernunft.

BARBERINI Ich halte die Vernunft für unzulänglich. Er schweigt.

Er ist zu höflich, jetzt zu sagen, er hält meine für unzulänglich. *Lacht und geht zur Brüstung zurück.*

BELLARMIN Die Vernunft, mein Freund, reicht nicht sehr weit. Ringsum sehen wir nichts als Schiefheit, Verbrechen und Schwäche. Wo ist die Wahrheit?

GALILEI *zornig:* Ich glaube an die Vernunft.

BARBERINI *zu den Sekretären:* Ihr sollt nicht mitschreiben, das ist eine wissenschaftliche Unterhaltung unter Freunden.

BELLARMIN Bedenken Sie einen Augenblick, was es die Kirchenväter und so viele nach ihnen für Mühe und Nachdenken gekostet hat, in eine solche Welt (ist sie etwa nicht abscheulich?) etwas Sinn zu bringen. Bedenken Sie die Roheit derer, die ihre Bauern in der Campagna halbnackt über ihre Güter peitschen lassen, und die Dummheit dieser Armen, die ihnen dafür die Füße küssen.

GALILEI Schandbar! Auf meiner Fahrt hierher sah ich …

BELLARMIN Wir haben die Verantwortung für den Sinn solcher Vorgänge (das Leben besteht daraus), die wir nicht begreifen können, einem höheren Wesen zugeschoben, davon gesprochen, daß mit derlei gewisse Absichten verfolgt werden, daß dies alles einem großen Plan zufolge geschieht. Nicht als ob dadurch absolute Beruhigung eingetreten wäre, aber jetzt beschuldigen Sie dieses höchste Wesen, es sei sich im unklaren darüber, wie die Welt der Gestirne sich bewegt, worüber Sie sich im klaren sind. Ist das weise?

GALILEI *zu einer Erklärung ausholend:* Ich bin ein gläubiger Sohn der Kirche …

BARBERINI Es ist entsetzlich mit ihm. Er will in aller Unschuld Gott die dicksten Schnitzer in der Astronomie nachweisen! Wie, Gott hat nicht sorgfältig genug Astronomie studiert, bevor er die Heilige Schrift verfaßte? Lieber Freund!

BELLARMIN Ist es nicht auch für Sie wahrscheinlich, daß der Schöpfer über das von ihm Geschaffene besser Bescheid weiß als sein Geschöpf?

GALILEI Aber, meine Herren, schließlich kann der Mensch nicht nur die Bewegungen der Gestirne falsch auffassen, sondern auch die Bibel!

BELLARMIN Aber wie die Bibel aufzufassen ist, darüber haben schließlich die Theologen der Heiligen Kirche zu befinden, nicht?

Galilei schweigt.

BELLARMIN Sehen Sie: jetzt schweigen Sie. *Er macht den Sekretären ein Zeichen.* Herr Galilei, das Heilige Offizium hat heute nacht beschlossen, daß die Lehre des Kopernikus, nach der die Sonne Zentrum der Welt und unbeweglich, die Erde aber nicht Zentrum der Welt und beweglich ist, töricht, absurd und ketzerisch im Glauben ist. Ich habe den Auftrag, Sie zu ermahnen, diese Meinung aufzugeben. *Zum ersten Sekretär:* Wiederholen Sie das.

ERSTER SEKRETÄR Seine Eminenz, Kardinal Bellarmin, zu dem besagten Galileo Galilei: Das Heilige Offizium hat beschlossen, daß die Lehre des Kopernikus, nach der die Sonne Zentrum der Welt und unbeweglich, die Erde aber nicht Zentrum der Welt und beweglich ist, töricht, absurd und ketzerisch im Glauben ist. Ich habe den Auftrag, Sie zu ermahnen, diese Meinung aufzugeben.

GALILEI Was heißt das?

Aus dem Ballsaal hört man, von Knaben gesungen, eine weitere Strophe des Gedichts:

»Sprach ich: Die schöne Jahreszeit geht schnell vorbei:
Pflücke die Rose, noch ist es Mai.«

Barberini bedeutet dem Galilei zu schweigen, solange der Gesang währt. Sie lauschen.

GALILEI Aber die Tatsachen? Ich verstand, daß die Astronomen des Collegium Romanum meine Notierungen anerkannt haben.

BELLARMIN Mit den Ausdrücken der tiefsten Genugtuung, in der für Sie ehrendsten Weise.

GALILEI Aber die Jupitertrabanten, die Phasen der Venus ...

BELLARMIN Die Heilige Kongregation hat ihren Beschluß gefaßt, ohne diese Einzelheiten zur Kenntnis zu nehmen.

GALILEI Das heißt, daß jede weitere wissenschaftliche Forschung ...

BELLARMIN Durchaus gesichert ist, Herr Galilei. Und das gemäß der Anschauung der Kirche, daß wir nicht wissen können, aber forschen mögen. *Er begrüßt wieder einen Gast im Ballsaal.* Es steht Ihnen frei, in Form der mathematischen Hypothese auch diese Lehre zu behandeln. Die Wissenschaft ist die legitime und höchst geliebte Tochter der Kirche, Herr Galilei. Niemand von uns nimmt im Ernst an, daß Sie das Vertrauen zur Kirche untergraben wollen.

GALILEI *zornig:* Vertrauen wird dadurch erschöpft, daß es in Anspruch genommen wird.

BARBERINI Ja? *Er klopft ihm, schallend lachend, auf die Schulter. Dann sieht er ihn scharf an und sagt nicht unfreundlich:* Schütten Sie nicht das Kind mit dem Bade aus, Freund Galilei. Wir tun es auch nicht. Wir brauchen Sie, mehr als Sie uns.

BELLARMIN Ich brenne darauf, den größten Mathematiker Italiens dem Kommissar des Heiligen Offiziums vorzustellen, der Ihnen die allergrößte Wertschätzung entgegenbringt.

BARBERINI *den andern Arm Galileis fassend:* Worauf er sich wieder in ein Lamm verwandelt. Auch Sie wären besser als braver Doktor der Schulmeinung kostümiert hier erschienen, lieber Freund. Es ist meine Maske, die mir heute ein wenig Freiheit gestattet. In einem solchen Aufzug können Sie mich murmeln hören: Wenn es keinen Gott gäbe, müßte man ihn erfinden. Gut, nehmen wir wieder unsere Masken vor. Der arme Galilei hat keine.

Sie nehmen Galilei in die Mitte und führen ihn in den Ballsaal.

ERSTER SEKRETÄR Hast du den letzten Satz?

ZWEITER SEKRETÄR Bin dabei. *Sie schreiben eifrig.* Hast du das, wo er sagt, daß er an die Vernunft glaubt?

Herein der Kardinal Inquisitor.

DER INQUISITOR Die Unterredung hat stattgefunden?

ERSTER SEKRETÄR *mechanisch:* Zuerst kam Herr Galilei mit seiner Tochter. Sie hat sich heute verlobt mit Herrn ... *Der Inquisitor winkt ab.* Herr Galilei unterrichtete uns sodann von der neuen Art des Schachspielens, bei der die Figuren entgegen allen Spielregeln über alle Felder hinweg bewegt werden.

DER INQUISITOR *winkt ab:* Das Protokoll.

Ein Sekretär händigt ihm das Protokoll aus, und der Kardinal setzt sich, es zu durchfliegen. Zwei junge Damen in Masken überqueren die Bühne, sie knicksen vor dem Kardinal.

DIE EINE Wer ist das?

DIE ANDERE Der Kardinal Inquisitor.

Sie kichern und gehen ab. Herein Virginia, sich suchend umblickend.

DER INQUISITOR *aus seiner Ecke:* Nun, meine Tochter?

VIRGINIA *erschrickt ein wenig, da sie ihn nicht gesehen hat:* Oh, Eure Eminenz!

Der Inquisitor streckt ihr, ohne aufzusehen, die Rechte hin. Sie nähert sich und küßt kniend seinen Ring.

DER INQUISITOR Eine superbe Nacht! Gestatten Sie mir, Sie zu Ihrer Verlobung zu beglückwünschen. Ihr Bräutigam kommt aus einer vornehmen Familie. Sie bleiben uns in Rom?

VIRGINIA Zunächst nicht, Eure Eminenz. Es gibt so viel vorzubereiten für eine Heirat.

DER INQUISITOR So, Sie folgen also Ihrem Vater wieder nach Florenz. Ich freue mich darüber. Ich kann mir denken, daß Ihr Vater Sie braucht. Mathematik ist eine kalte Hausgefährtin, nicht? Ein Geschöpf aus Fleisch und Blut in solcher Umgebung macht da allen Unterschied. Man verliert sich so leicht in den Gestirnwelten, welche so sehr ausgedehnt sind, wenn man ein großer Mann ist.

VIRGINIA *atemlos:* Sie sind sehr gütig, Eminenz. Ich verstehe wirklich fast gar nichts von diesen Dingen.

DER INQUISITOR Nein? *Er lacht.* Im Haus des Fischers ißt man nicht Fisch, wie? Es wird Ihren Herrn Vater amüsieren, wenn er hört, daß Sie schließlich von mir gehört haben, was Sie über die Gestirnwelten wissen, mein Kind. *Im Protokoll blätternd.* Ich lese hier, daß unsere Neuerer, deren in der ganzen Welt anerkannter Führer Ihr Herr Vater ist, ein großer Mann, einer der größten, unsere gegenwärtigen Vorstellungen von der Bedeutung unserer lieben Erde für etwas übertrieben ansehen. Nun, von den Zeiten des Ptolemäus, eines Weisen des Altertums, bis zum heutigen Tag maß man für die ganze Schöpfung, also für die gesamte Kristallkugel, in deren Mitte die Erde ruht, etwa zwanzigtausend Erddurchmesser. Eine schöne Geräumigkeit, aber zu klein, weit zu klein für Neuerer. Nach diesen ist sie, wie wir hören, ganz unvorstellbar weit ausgedehnt, ist der Abstand der Erde von der Sonne, ein durchaus bedeutender Abstand, wie es uns immer geschienen hat, so verschwindend klein gegen den Abstand unserer armen Erde von den Fixsternen, die auf der alleräußersten Schale befestigt sind, daß man ihn bei den Berechnungen überhaupt nicht einzukalkulieren braucht! Da soll man noch sagen, daß die Neuerer nicht auf großem Fuße leben.

Virginia lacht. Auch der Inquisitor lacht.

DER INQUISITOR In der Tat, einige Herren des Heiligen Offiziums haben kürzlich an einem solchen Weltbild, gegen das unser bisheriges nur ein Bildchen ist, das man um einen so entzückenden Hals wie den gewisser junger Mädchen legen könnte, beinahe Anstoß genommen. Sie sind besorgt, auf so ungeheuren Strecken könnte ein Prälat und sogar ein Kardinal leicht verlorengehen. Selbst ein Papst könnte vom Allmächtigen da aus den Augen verloren werden. Ja, das ist lustig, aber ich bin doch froh, Sie auch weiterhin in der Nähe Ihres großen Vaters zu wissen, den wir alle so schätzen, liebes Kind. Ich frage mich, ob ich nicht Ihren Beichtvater kenne ...

VIRGINIA Pater Christophorus von Sankt Ursula.

DER INQUISITOR Ja, ich freue mich, daß Sie Ihren Herrn Vater also begleiten. Er wird Sie brauchen, Sie mögen es sich nicht vorstellen können, aber es wird so kommen. Sie sind noch so jung und wirklich, so sehr Fleisch und Blut, und Größe ist nicht immer leicht zu tragen für diejenigen, denen Gott sie verliehen hat, nicht immer. Niemand unter den Sterblichen ist ja so groß, daß er nicht in ein Gebet eingeschlossen werden könnte. Aber nun halte ich Sie auf, liebes Kind, und mache Ihren Verlobten eifersüchtig und vielleicht auch Ihren lieben Vater, weil ich Ihnen etwas über die Gestirne erzählt habe, was möglicherweise sogar veraltet ist. Gehen Sie schnell zum Tanzen, nur vergessen Sie nicht, Pater Christophorus von mir zu grüßen.

Virginia nach einer tiefen Verbeugung schnell ab.

8
Ein Gespräch

Galilei las den Spruch
Ein junger Mönch kam zu Besuch
War eines armen Bauern Kind
Wollt wissen, wie man Wissen find't.
Wollt es wissen, wollt es wissen.

Im Palast des florentinischen Gesandten in Rom hört Galilei den kleinen Mönch an, der ihm nach der Sitzung des Collegium Romanum den Ausspruch des päpstlichen Astronomen zugeflüstert hat.

GALILEI Reden Sie, reden Sie! Das Gewand, das Sie tragen, gibt Ihnen das Recht zu sagen, was immer Sie wollen.

DER KLEINE MÖNCH Ich habe Mathematik studiert, Herr Galilei.

GALILEI Das könnte helfen, wenn es Sie veranlaßte einzugestehen, daß zwei mal zwei hin und wieder vier ist!

DER KLEINE MÖNCH Herr Galilei, seit drei Nächten kann ich keinen Schlaf mehr finden. Ich wußte nicht, wie ich das Dekret, das ich gelesen habe, und die Trabanten des Jupiter, die ich gesehen habe, in Einklang bringen sollte. Ich beschloß, heute früh die Messe zu lesen und zu Ihnen zu gehen.

GALILEI Um mir mitzuteilen, daß der Jupiter keine Trabanten hat?

DER KLEINE MÖNCH Nein. Mir ist es gelungen, in die Weisheit des Dekrets einzudringen. Es hat mir die Gefahren aufgedeckt, die ein allzu hemmungsloses Forschen für die Menschheit in sich birgt, und ich habe beschlossen, der Astronomie zu entsagen. Jedoch ist mir noch daran gelegen, Ihnen die Beweggründe zu unterbreiten, die auch einen Astronomen dazu bringen können, von einem weiteren Ausbau der gewissen Lehre abzusehen.

GALILEI Ich darf sagen, daß mir solche Beweggründe bekannt sind.

DER KLEINE MÖNCH Ich verstehe Ihre Bitterkeit. Sie denken an die gewissen außerordentlichen Machtmittel der Kirche.

GALILEI Sagen Sie ruhig Folterinstrumente.

DER KLEINE MÖNCH Aber ich möchte andere Gründe nennen. Erlauben Sie, daß ich von mir rede. Ich bin als Sohn von Bauern in der Campagna aufgewachsen. Es sind einfache Leute. Sie wissen alles über den Ölbaum, aber sonst recht wenig. Die Phasen der Venus beobachtend, kann ich nun meine Eltern vor mir sehen, wie sie mit meiner Schwester am Herd sitzen und ihre Käsespeise essen. Ich sehe die Balken über ihnen, die der Rauch von Jahrhunderten geschwärzt hat, und ich sehe genau ihre alten abgearbeiteten Hände und den kleinen Löffel darin. Es geht ihnen nicht gut, aber selbst in ihrem Unglück liegt eine gewisse Ordnung verborgen. Da sind diese verschiedenen Kreisläufe, von dem des Bodenaufwischens über den der Jahreszeiten im Ölfeld zu dem der Steuerzahlung. Es ist regelmäßig, was auf sie herabstößt an Unfällen. Der Rücken meines Vaters wird zusammengedrückt nicht auf einmal, sondern mit jedem Frühjahr im Ölfeld mehr, so wie auch die Geburten, die meine Mutter immer geschlechtsloser gemacht haben, in ganz bestimmten Abständen erfolgten. Sie schöpfen die Kraft, ihre Körbe schweißtriefend den steinigen Pfad hinaufzuschleppen, Kinder zu gebären, ja, zu essen, aus dem Gefühl der Stetigkeit und Notwendigkeit, das der Anblick des Bodens, der jedes Jahr von neuem grünenden Bäume, der kleinen Kirche und das Anhören der sonntäglichen Bibeltexte ihnen verleihen können. Es ist ihnen versichert worden, daß das Auge der Gottheit auf ihnen liegt, forschend, ja beinahe angstvoll; daß das ganze Welttheater um sie aufgebaut ist, damit sie, die Agierenden, in ihren großen oder kleinen Rollen sich bewähren können. Was würden meine Leute sagen, wenn sie von mir erführen, daß sie sich auf einem kleinen Steinklumpen befinden, der sich unaufhörlich drehend im leeren Raum um ein anderes Gestirn bewegt, einer unter sehr vielen, ein ziemlich unbedeutender! Wozu ist jetzt noch solche Geduld, solches Einverständnis in ihr Elend nötig oder gut? Wozu ist die Heilige Schrift noch gut, die alles erklärt und als notwendig begründet hat, den Schweiß, die Geduld, den Hunger, die Unterwerfung, und die jetzt voll von Irrtümern befunden wird? Nein, ich sehe ihre Blicke scheu werden, ich sehe sie die Löffel auf die Herdplatte senken, ich sehe, wie sie sich verraten und betrogen fühlen. Es liegt also kein Auge auf uns, sagen sie. Wir müssen nach uns selber sehen, ungelehrt, alt und verbraucht, wie wir sind? Niemand hat uns eine Rolle zugedacht außer dieser irdischen, jämmerlichen auf einem winzigen Gestirn, das ganz unselbständig ist, um das sich nichts dreht? Kein Sinn liegt in unserm Elend, Hunger ist eben Nichtgegessenhaben, keine Kraftprobe; Anstrengung ist eben Sichbücken und Schleppen, kein Verdienst. Verstehen Sie da, daß ich aus dem Dekret der Heiligen Kongregation ein edles mütterliches Mitleid, eine große Seelengüte herauslese?

GALILEI Seelengüte! Wahrscheinlich meinen Sie nur, es ist nichts da, der Wein ist weggetrunken, ihre Lippen vertrocknen, mögen sie die Soutane küssen! Warum ist denn nichts da? Warum ist die Ordnung in diesem Land nur die Ordnung einer leeren Lade und die Notwendigkeit nur die, sich zu Tode zu arbeiten? Zwischen strotzenden Weinbergen, am Rand der Weizenfelder! Ihre Campagnabauern bezahlen die Kriege, die der Stellvertreter des milden Jesus in Spanien und Deutschland führt. Warum stellt er die Erde in den Mittelpunkt des Universums? Damit der Stuhl Petri im Mittelpunkt der Erde stehen kann! Um das letztere handelt es sich. Sie haben recht, es handelt sich nicht um die Planeten, sondern um die Campagnabauern. Und kommen Sie mir nicht mit der Schönheit von Phänomenen, die das Alter vergoldet hat! Wissen Sie, wie die Auster Margaritifera ihre Perle produziert? Indem sie in lebensgefährlicher Krankheit einen unerträglichen Fremdkörper, zum Beispiel ein Sandkorn, in eine Schleimkugel einschließt. Sie geht nahezu drauf bei dem Prozeß. Zum Teufel mit der Perle, ich ziehe die gesunde Auster vor. Tugenden sind nicht an Elend geknüpft, mein Lieber. Wären Ihre Leute wohlhabend und glücklich, könnten sie die Tugenden der Wohlhabenheit und des Glücks entwickeln. Jetzt stammen diese Tugenden Erschöpfter von erschöpften Äckern, und ich lehne sie ab. Herr, meine neuen Wasserpumpen können da mehr Wunder tun als ihre lächerliche übermenschliche Plakkerei. – »Seid fruchtbar und mehret euch«, denn die Äcker sind unfruchtbar, und die Kriege dezimieren euch. Soll ich Ihre Leute anlügen?

DER KLEINE MÖNCH *in großer Bewegung:* Es sind die allerhöchsten Beweggründe, die uns schweigen machen müssen, es ist der Seelenfrieden Unglücklicher!

GALILEI Wollen Sie eine Cellini-Uhr sehen, die Kardinal Bellarmins Kutscher heute morgen hier abgegeben hat? Mein Lieber, als Belohnung dafür, daß ich zum Beispiel Ihren guten Eltern den Seelenfrieden lasse, offeriert mir die Behörde den Wein, den sie keltern im Schweiße ihres Antlitzes, das bekanntlich nach Gottes Ebenbild geschaffen ist. Würde ich mich zum Schweigen bereit finden, wären es zweifellos recht niedrige Beweggründe: Wohlleben, keine Verfolgung et cetera.

DER KLEINE MÖNCH Herr Galilei, ich bin Priester.

GALILEI Sie sind auch Physiker. Und Sie sehen, die Venus hat Phasen. Da, sieh hinaus! *Er zeigt durch das Fenster.* Siehst du dort den kleinen Priap an der Quelle neben dem Lorbeer? Der Gott der Gärten, der Vögel und der Diebe, der bäurische obszöne Zweitausendjährige! Er hat weniger gelogen. Nichts davon, schön, ich bin ebenfalls ein Sohn der Kirche. Aber kennen Sie die achte Satire des Horaz? Ich lese ihn eben wieder in diesen Tagen, er verleiht einiges Gleichgewicht. *Er greift nach einem kleinen Buch.* Er läßt eben diesen Priap sprechen, eine kleine Statue, die in den Esquilinischen Gärten aufgestellt war. Folgendermaßen beginnt es:

»Ein Feigenklotz, ein wenig nützes Holz
War ich, als einst der Zimmermann, unschlüssig
Ob einen Priap machen oder einen Schemel
Sich für den Gott entschied ...«

Meinen Sie, Horaz hätte sich etwa den Schemel verbieten und einen Tisch in das Gedicht setzen lassen? Herr, mein Schönheitssinn wird verletzt, wenn die Venus in meinem Weltbild ohne Phasen ist! Wir können nicht Maschinerien für das Hochpumpen von Flußwasser erfinden, wenn wir die größte Maschinerie, die uns vor Augen liegt, die der Himmelskörper, nicht studieren sollen. Die Winkelsumme im Dreieck kann nicht nach den Bedürfnissen der Kurie abgeändert werden. Die Bahnen fliegender Körper kann ich nicht so berechnen, daß auch die Ritte der Hexen auf Besenstielen erklärt werden.

DER KLEINE MÖNCH Und Sie meinen nicht, daß die Wahrheit, wenn es Wahrheit ist, sich durchsetzt, auch ohne uns?

GALILEI Nein, nein, nein. Es setzt sich nur so viel Wahrheit durch, als wir durchsetzen; der Sieg der Vernunft kann nur der Sieg der Vernünftigen sein. Eure Campagnabauern schildert Ihr ja schon wie das Moos auf ihren Hütten! Wie kann jemand annehmen, daß die Winkelsumme im Dreieck i h r e n Bedürfnissen widersprechen könnte! Aber wenn sie nicht in Bewegung kommen und denken lernen, werden ihnen auch die schönsten Bewässerungsanlagen nichts nützen. Zum Teufel, ich sehe die göttliche Geduld Ihrer Leute, aber wo ist ihr göttlicher Zorn?

DER KLEINE MÖNCH Sie sind müde!

GALILEI *wirft ihm einen Packen Manuskripte hin:* Bist du ein Physiker, mein Sohn? Hier stehen die Gründe, warum das

Weltmeer sich in Ebbe und Flut bewegt. Aber du sollst es nicht lesen, hörst du? Ach, du liest schon? Du bist also ein Physiker?

Der kleine Mönch hat sich in die Papiere vertieft.

GALILEI Ein Apfel vom Baum der Erkenntnis! Er stopft ihn schon hinein. Er ist ewig verdammt, aber er muß ihn hineinstopfen, ein unglücklicher Fresser! Ich denke manchmal: ich ließe mich zehn Klafter unter der Erde in einen Kerker einsperren, zu dem kein Licht mehr dringt, wenn ich dafür erführe, was das ist: Licht. Und das Schlimmste: was ich weiß, muß ich weitersagen. Wie ein Liebender, wie ein Betrunkener, wie ein Verräter. Es ist ganz und gar ein Laster und führt ins Unglück. Wie lang werde ich es in den Ofen hineinschreien können – das ist die Frage.

DER KLEINE MÖNCH *zeigt auf eine Stelle in den Papieren:* Diesen Satz verstehe ich nicht.

GALILEI Ich erkläre ihn dir, ich erkläre ihn dir.

9

NACH ACHTJÄHRIGEM SCHWEIGEN WIRD GALILEI DURCH DIE THRONBESTEIGUNG EINES NEUEN PAPSTES, DER SELBST WISSENSCHAFTLER IST, ERMUTIGT, SEINE FORSCHUNGEN AUF DEM VERBOTENEN FELD WIEDER AUFZUNEHMEN. DIE SONNENFLECKEN.

Die Wahrheit im Sacke
Die Zung in der Backe
Schwieg er acht Jahre, dann war's ihm zu lang.
Wahrheit, geh deinen Gang.

Haus des Galilei in Florenz. Galileis Schüler, Federzoni, der kleine Mönch und Andrea Sarti, jetzt ein junger Mann, sind zu einer experimentellen Vorlesung versammelt. Galilei selber liest stehend in einem Buch. – Virginia und die Sarti nähen Brautwäsche.

VIRGINIA Aussteuernähen ist lustiges Nähen. Das ist für einen langen Gästetisch, Ludovico hat gern Gäste. Es muß nur ordentlich sein, seine Mutter sieht jeden Faden. Sie ist mit Vaters Büchern nicht einverstanden. So wenig wie Pater Christophorus.

FRAU SARTI Er hat seit Jahren kein Buch mehr geschrieben.

VIRGINIA Ich glaube, er hat eingesehen, daß er sich getäuscht hat. In Rom hat mir ein sehr hoher geistlicher Herr vieles aus der Astronomie erklärt. Die Entfernungen sind zu weit.

ANDREA *während er das Pensum des Tages auf die Tafel schreibt:* »Donnerstag nachmittag. Schwimmende Körper.« – Wieder Eis; Schaff mit Wasser; Waage; eiserne Nadel; Aristoteles. *Er holt die Gegenstände.*

Die andern lesen in Büchern nach.

Eintritt Filippo Mucius, ein Gelehrter in mittleren Jahren. Er zeigt ein etwas verstörtes Wesen.

MUCIUS Könnten Sie Herrn Galilei sagen, daß er mich empfangen muß? Er verdammt mich, ohne mich zu hören.

FRAU SARTI Aber er will Sie doch nicht empfangen.

MUCIUS Gott wird es Ihnen lohnen, wenn Sie ihn darum bitten. Ich muß ihn sprechen.

VIRGINIA *geht zur Treppe:* Vater!

GALILEI Was gibt es?

VIRGINIA Herr Mucius!

GALILEI *brüsk aufsehend, geht zur Treppe, seine Schüler hinter sich:* Was wünschen Sie?

MUCIUS Herr Galilei, ich bitte Sie um die Erlaubnis, Ihnen die Stellen in meinem Buch zu erklären, wo eine Verdammung der kopernikanischen Lehren von der Drehung der Erde vorzuliegen scheint. Ich habe ...

GALILEI Was wollen Sie da erklären? Sie befinden sich in Übereinstimmung mit dem Dekret der Heiligen Kongregation von 1616. Sie sind vollständig in Ihrem Recht. Sie haben zwar hier Mathematik studiert, aber das gibt uns kein Recht, von Ihnen zu hören, daß zwei mal zwei vier ist. Sie haben das volle Recht zu sagen, daß dieser Stein *er zieht einen kleinen Stein aus der Tasche und wirft ihn in den Flur hinab* soeben nach oben geflogen ist, ins Dach.

MUCIUS Herr Galilei, ich ...

GALILEI Sagen Sie nichts von Schwierigkeiten! Ich habe mich von der Pest nicht abhalten lassen, meine Notierungen fortzusetzen.

MUCIUS Herr Galilei, die Pest ist nicht das schlimmste.

GALILEI Ich sage Ihnen: Wer die Wahrheit nicht weiß, der ist bloß ein Dummkopf. Aber wer sie weiß und sie eine Lüge nennt, der ist ein Verbrecher! Gehen Sie hinaus aus meinem Haus!

MUCIUS *tonlos:* Sie haben recht. *Er geht hinaus.*

Galilei geht wieder in sein Studierzimmer.

FEDERZONI Das ist leider so. Er ist kein großer Mann und gälte wohl gar nichts, wenn er nicht Ihr Schüler gewesen wäre. Aber jetzt sagen sie natürlich: Er hat alles gehört, was Galilei zu lehren hatte, und er muß zugeben, es ist alles falsch.

FRAU SARTI Der Herr tut mir leid.

VIRGINIA Vater mochte ihn zu gern.

FRAU SARTI Ich wollte mit dir gern über deine Heirat sprechen, Virginia. Du bist noch ein so junges Ding, und eine Mutter hast du nicht, und dein Vater legt diese Eisstückchen aufs Wasser. Jedenfalls würde ich dir nicht raten, ihn irgend etwas in bezug auf deine Ehe zu fragen. Er würde eine Woche lang, und zwar beim Essen und wenn die jungen Leute dabei sind, die schrecklichsten Sachen sagen, da er nicht für einen halben Skudo Schamgefühl hat, nie hatte. Ich meine auch nicht solche Sachen, sondern einfach, wie die Zukunft sein wird. Ich kann auch nichts wissen, ich bin eine ungebildete Person. In eine so ernste Angelegenheit geht man aber nicht blind hinein. Ich meine wirklich, du solltest zu einem richtigen Astronomen an der Universität gehen, damit er dir das Horoskop stellt, dann weißt du, woran du bist. Warum lachst du?

VIRGINIA Weil ich dort war.

FRAU SARTI *sehr begierig:* Was sagte er?

VIRGINIA Drei Monate lang muß ich achtgeben, weil da die Sonne im Steinbock steht, aber dann bekomme ich einen äußerst günstigen Aszendenten, und die Wolken zerteilen sich. Wenn ich den Jupiter nicht aus den Augen lasse, kann ich jede Reise unternehmen, da ich ein Steinbock bin.

FRAU SARTI Und Ludovico?

VIRGINIA Er ist ein Löwe. *Nach einer kleinen Pause.* Er soll sinnlich sein.

Pause.

VIRGINIA Diesen Schritt kenne ich. Das ist der Rektor, Herr Gaffone.

Eintritt Herr Gaffone, der Rektor der Universität.

GAFFONE Ich bringe nur ein Buch, das Ihren Vater vielleicht interessiert. Bitte um des Himmels willen, Herrn Galilei nicht zu stören. Ich kann mir nicht helfen, ich habe immer den Eindruck, daß man jede Minute, die man diesem großen Mann stiehlt, Italien stiehlt. Ich lege das Buch fein säuberlich in Ihre Hände und gehe weg, auf Fußspitzen. *Er geht ab.*

Virginia gibt das Buch Federzoni.

GALILEI Worüber ist es?

FEDERZONI Ich weiß nicht. *Buchstabiert.* »De maculis in sole.«

ANDREA Über die Sonnenflecken. Wieder eines!

Federzoni händigt es ihm ärgerlich aus.

ANDREA Horch auf die Widmung! »Der größten lebenden Autorität in der Physik, Galileo Galilei.«

Galilei hat sich wieder in sein Buch vertieft.

ANDREA Ich habe den Traktat des Fabrizius aus Holland über die Flecken gelesen. Er glaubt, es sind Sternenschwärme, die zwischen Erde und Sonne vorüberziehen.

DER KLEINE MÖNCH Ist das nicht zweifelhaft, Herr Galilei?

Galilei antwortet nicht.

ANDREA In Paris und Prag glaubt man, es sind Dünste von der Sonne.

FEDERZONI Hm.

ANDREA Federzoni bezweifelt das.

FEDERZONI Laßt mich gefälligst draußen. Ich habe »Hm« gesagt, das ist alles. Ich bin der Linsenschleifer, ich schleife Linsen, und ihr schaut durch und beobachtet den Himmel, und was ihr seht, sind nicht Flecken, sondern »maculis«. Wie soll ich an irgend etwas zweifeln? Wie oft soll ich euch noch sagen, daß ich nicht die Bücher lesen kann, sie sind in Latein. *Im Zorn gestikuliert er mit der Waage. Eine Schale fällt zu Boden. Galilei geht hinüber und hebt sie schweigend vom Boden auf.*

DER KLEINE MÖNCH Da ist Glückseligkeit im Zweifeln; ich frage mich, warum.

ANDREA Ich bin seit zwei Wochen an jedem sonnigen Tag auf den Hausboden geklettert, unter das Schindeldach. Durch die feinen Risse der Schindeln fällt nur ein dünner Strahl. Da kann man das umgekehrte Sonnenbild auf einem Blatt Papier auffangen. Ich habe einen Flecken gesehen, groß wie eine Fliege, verwischt wie ein Wölkchen. Er wanderte. Warum untersuchen wir die Flecken nicht, Herr Galilei?

GALILEI Weil wir über schwimmende Körper arbeiten.

ANDREA Mutter hat Waschkörbe voll von Briefen. Ganz Europa fragt nach Ihrer Meinung. Ihr Ansehen ist so gewachsen, daß Sie nicht schweigen können.

GALILEI Rom hat mein Ansehen wachsen lassen, weil ich geschwiegen habe.

FEDERZONI Aber jetzt können Sie sich Ihr Schweigen nicht mehr leisten.

GALILEI Ich kann es mir auch nicht leisten, daß man mich über einem Holzfeuer röstet wie einen Schinken.

ANDREA Denken Sie denn, die Flecken haben mit dieser Sache zu tun?

Galilei antwortet nicht.

ANDREA Gut, halten wir uns an die Eisstückchen; das kann Ihnen nicht schaden.

GALILEI Richtig. – Unsere These, Andrea!

ANDREA Was das Schwimmen angeht, so nehmen wir an, daß es nicht auf die Form eines Körpers ankommt, sondern darauf, ob er leichter oder schwerer ist als das Wasser.

GALILEI Was sagt Aristoteles?

DER KLEINE MÖNCH »Discus latus platique ...«

GALILEI Übersetzen, übersetzen!

DER KLEINE MÖNCH »Eine breite und flache Eisscheibe vermag auf dem Wasser zu schwimmen, während eine eiserne Nadel untersinkt.«

GALILEI Warum sinkt nach dem Aristoteles das Eis nicht?

DER KLEINE MÖNCH Weil es breit und flach ist und so das Wasser nicht zu zerteilen vermag.

GALILEI Schön. *Er nimmt ein Eisstück entgegen und legt es in das Schaff.* Jetzt presse ich das Eis gewaltsam auf den Boden des Gefäßes. Ich entferne den Druck meiner Hände. Was geschieht?

DER KLEINE MÖNCH Es steigt wieder in die Höhe.

GALILEI Richtig. Anscheinend vermag es beim Emporsteigen das Wasser zu zerteilen. Fulganzio!

DER KLEINE MÖNCH Aber warum schwimmt es denn überhaupt? Eis ist schwerer als Wasser, da es verdichtetes Wasser ist.

GALILEI Wie, wenn es verdünntes Wasser wäre?

ANDREA Es muß leichter sein als Wasser, sonst schwämme es nicht.

GALILEI Aha.

ANDREA So wenig wie eine eiserne Nadel schwimmt. Alles, was leichter ist, als Wasser ist, schwimmt, und alles, was schwerer ist, sinkt. Was zu beweisen war.

GALILEI Andrea, du mußt lernen, vorsichtig zu denken. Gib mir die eiserne Nadel. Ein Blatt Papier. Ist Eisen schwerer als Wasser?

ANDREA Ja.

Galilei legt die Nadel auf ein Stück Papier und flößt sie auf das Wasser. Pause.

GALILEI Was geschieht?

FEDERZONI Die Nadel schwimmt! Heiliger Aristoteles, sie haben ihn niemals überprüft!

Sie lachen.

GALILEI Eine Hauptursache der Armut in den Wissenschaften ist meist eingebildeter Reichtum. Es ist nicht ihr Ziel, der unendlichen Weisheit eine Tür zu öffnen, sondern eine Grenze zu setzen dem unendlichen Irrtum. Macht eure Notizen.

VIRGINIA Was ist?

FRAU SARTI Jedesmal, wenn sie lachen, kriege ich einen kleinen Schreck. Worüber lachen sie? denke ich.

VIRGINIA Vater sagt: Die Theologen haben ihr Glockenläuten, und die Physiker haben ihr Lachen.

FRAU SARTI Aber ich bin froh, daß er wenigstens nicht mehr so oft durch sein Rohr schaut. Das war noch schlimmer.

VIRGINIA Jetzt legt er doch nur Eisenstücke aufs Wasser, da kann nicht viel Schlimmes dabei herauskommen.

FRAU SARTI Ich weiß nicht.

Herein Ludovico Marsili in Reisekleidung, gefolgt von einem Bedienten, der Gepäckstücke trägt. Virginia läuft auf ihn zu und umarmt ihn.

VIRGINIA Warum hast du mir nicht geschrieben, daß du kommen willst?

LUDOVICO Ich war nur in der Nähe, unsere Weinberge bei Bucciole zu studieren, und konnte mich nicht weghalten.

GALILEI *wie kurzsichtig:* Wer ist das?

VIRGINIA Ludovico.

DER KLEINE MÖNCH Können Sie ihn nicht sehen?

GALILEI O ja, Ludovico. *Geht ihm entgegen.* Was machen die Pferde?

LUDOVICO Sie sind wohlauf, Herr.

GALILEI Sarti, wir feiern. Hol einen Krug von diesem sizilischen Wein, dem alten!

Sarti ab mit Andrea.

LUDOVICO *zu Virginia:* Du siehst blaß aus. Das Landleben wird dir bekommen. Die Mutter erwartet dich im September.

VIRGINIA Wart, ich zeig dir das Brautkleid! *Läuft hinaus.*

GALILEI Setz dich.

LUDOVICO Ich höre, Sie haben mehr als tausend Studenten in Ihren Vorlesungen an der Universität, Herr. An was arbeiten Sie im Augenblick?

GALILEI Tägliches Einerlei. Kommst du über Rom?

LUDOVICO Ja. – Bevor ich es vergesse, die Mutter beglückwünscht Sie zu Ihrem bewunderungswürdigen Takt angesichts der neuen Sonnenfleckenorgien der Holländer.

GALILEI *trocken:* Besten Dank.

Sarti und Andrea bringen Wein und Gläser. Man gruppiert sich um den Tisch.

LUDOVICO Rom hat wieder sein Tagesgespräch für den Februar. Christopher Clavius drückte die Befürchtung aus, der ganze Erde-um-die-Sonne-Zirkus möchte wieder von vorn anfangen durch diese Sonnenflecken.

ANDREA Keine Sorge.

GALILEI Sonstige Neuigkeiten aus der Heiligen Stadt, abgesehen von den Hoffnungen auf neue Sünden meinerseits?

LUDOVICO Ihr wißt natürlich, daß der Heilige Vater im Sterben liegt?

DER KLEINE MÖNCH Oh.

GALILEI Wer wird als Nachfolger genannt?

LUDOVICO Meistenteils Barberini.

GALILEI Barberini.

ANDREA Herr Galilei kennt Barberini.

DER KLEINE MÖNCH Kardinal Barberini ist Mathematiker.

FEDERZONI Ein Wissenschaftler auf dem Heiligen Stuhl!

Pause.

GALILEI So, sie brauchen jetzt Männer wie Barberini, die etwas Mathematik gelesen haben! Die Dinge kommen in Bewegung.

Federzoni, wir mögen noch eine Zeit erleben, wo wir uns nicht mehr wie Verbrecher umzublicken haben, wenn wir sagen: zwei mal zwei ist vier. *Zu Ludovico:* Der Wein schmeckt mir, Ludovico. Was sagst du zu ihm?

LUDOVICO Er ist gut.

GALILEI Ich kenne den Weinberg. Der Hang ist steil und steinig, die Traube fast blau. Ich liebe diesen Wein.

LUDOVICO Ja, Herr.

GALILEI Er hat kleine Schatten in sich. Und er ist beinahe süß, läßt es aber bei dem »beinahe« bewenden. – Andrea, räum das Zeug weg, Eis, Schaff und Nadel. – Ich schätze die Tröstungen des Fleisches. Ich habe keine Geduld mit den feigen Seelen, die dann von Schwächen sprechen. Ich sage: Genießen ist eine Leistung.

DER KLEINE MÖNCH Was beabsichtigen Sie?

FEDERZONI Wir beginnen wieder mit dem Erde-um-die-Sonne-Zirkus.

ANDREA *summend:*

Die Schrift sagt, sie steht still. Und die Doktoren
Beweisen, daß sie still steht, noch und noch.
Der Heilige Vater nimmt sie bei den Ohren
Und hält sie fest. Und sie bewegt sich doch.

Andrea, Federzoni und der kleine Mönch eilen zum Experimentiertisch und räumen ihn ab.

ANDREA Wir könnten herausfinden, daß die Sonne sich ebenfalls dreht. Wie würde dir das gefallen, Marsili?

LUDOVICO Woher die Erregung?

FRAU SARTI Sie wollen doch nicht wieder mit diesem Teufelszeug anfangen, Herr Galilei?

GALILEI Ich weiß jetzt, warum deine Mutter dich zu mir schickte. Barberini im Aufstieg! Das Wissen wird eine Leidenschaft sein und die Forschung eine Wollust. Clavius hat recht, diese Sonnenflecken interessieren mich. Schmeckt dir mein Wein, Ludovico?

LUDOVICO Ich sagte es Ihnen, Herr.

GALILEI Er schmeckt dir wirklich?

LUDOVICO *steif:* Er schmeckt mir.

GALILEI Würdest du so weit gehen, eines Mannes Wein oder Tochter anzunehmen, ohne zu verlangen, daß er seinen Beruf an den Nagel hängt? Was hat meine Astronomie mit meiner Tochter zu tun? Die Phasen der Venus ändern ihren Hintern nicht.

FRAU SARTI Seien Sie nicht so ordinär. Ich hole sofort Virginia.

LUDOVICO *hält sie zurück:* Die Ehen in Familien wie der meinen werden nicht nur nach geschlechtlichen Gesichtspunkten geschlossen.

GALILEI Hat man dich acht Jahre lang zurückgehalten, meine Tochter zu ehelichen, während ich eine Probezeit zu absolvieren hatte?

LUDOVICO Meine Frau wird auch im Kirchenstuhl unserer Dorfkirche Figur machen müssen.

GALILEI Du meinst, deine Bauern werden es von der Heiligkeit der Gutsherrin abhängig machen, ob sie Pachtzinsen zahlen oder nicht?

LUDOVICO In gewisser Weise.

GALILEI Andrea, Fulganzio, holt den Messingspiegel und den Schirm! Darauf werfen wir das Sonnenbild, unsrer Augen wegen; das ist deine Methode, Andrea.

Andrea und der kleine Mönch holen Spiegel und Schirm.

LUDOVICO Sie haben in Rom seinerzeit unterschrieben, daß Sie sich nicht mehr in diese Erde-um-die-Sonne-Sache einmischen würden, Herr.

GALILEI Ach das! Damals hatten wir einen rückschrittlichen Papst!

FRAU SARTI Hatten! Und Seine Heiligkeit ist noch nicht einmal gestorben!

GALILEI Nahezu, nahezu! – Legt ein Netz von Quadraten über den Schirm. Wir gehen methodisch vor. Und dann werden wir ihnen ihre Briefe beantworten können, wie, Andrea?

FRAU SARTI »Nahezu!« Fünfzigmal wiegt der Mann seine Eisstückchen ab, aber wenn es zu etwas kommt, was in seinen Kram paßt, glaubt er es blind!

Der Schirm wird aufgestellt.

LUDOVICO Sollte Seine Heiligkeit sterben, Herr Galilei, wird der nächste Papst, wer immer es sein wird und wie groß immer seine Liebe zu den Wissenschaften sein mag, doch auch beachten müssen, wie groß die Liebe ist, welche die vornehmsten Familien des Landes zu ihm fühlen.

DER KLEINE MÖNCH Gott machte die physische Welt, Ludovico; Gott machte das menschliche Gehirn; Gott wird die Physik erlauben.

FRAU SARTI Galileo, jetzt werde ich dir etwas sagen. Ich habe meinen Sohn in Sünde fallen sehen für diese »Experimente« und »Theorien« und »Observationen«, und ich habe nichts machen können. Du hast dich aufgeworfen gegen die Obrigkeiten, und sie haben dich schon einmal verwarnt. Die höchsten Kardinäle haben in dich hineingeredet wie in ein krankes Roß. Es hat eine Zeitlang geholfen, aber vor zwei Monaten, kurz nach Mariä Empfängnis habe ich dich wieder erwischt, wie du insgeheim mit diesen »Observationen« angefangen hast. Auf dem Dachboden! Ich habe nicht viel gesagt, aber ich wußte Bescheid. Ich bin gelaufen und habe eine Kerze gespendet für den heiligen Joseph. Es geht über meine Kräfte. Wenn ich allein mit dir bin, zeigst du Anzeichen von Verstand und sagst mir, du weißt, du mußt dich verhalten, weil es gefährlich ist, aber zwei Tage Experimente, und es ist so schlimm mit dir wie je. Wenn ich meine ewige Seligkeit einbüße, weil ich zu einem Ketzer halte, das ist meine Sache, aber du hast kein Recht, auf dem Glück deiner Tochter herumzutrampeln mit deinen großen Füßen!

GALILEI *mürrisch:* Bringt das Teleskop!

LUDOVICO Giuseppe, bring das Gepäck zurück in die Kutsche. *Der Bediente ab.*

FRAU SARTI Das übersteht sie nicht. Sie können ihr es selber sagen! *Läuft weg, noch den Krug in Händen.*

LUDOVICO Ich sehe, Sie haben Ihre Vorbereitungen getroffen. Herr Galilei, die Mutter und ich leben dreiviertel des Jahres auf dem Gut in der Campagna, und wir können Ihnen bezeugen, daß unsere Bauern sich durch Ihre Traktate über die Trabanten des Jupiter nicht beunruhigen. Ihre Feldarbeit ist zu schwer. Jedoch könnte es sie verstören, wenn sie erführen, daß frivole Angriffe auf die heiligen Doktrinen der Kirche nunmehr ungestraft blieben. Vergessen Sie nicht ganz, daß diese Bedauernswerten in ihrem vertierten Zustand alles durcheinanderbringen. Sie sind wirkliche Tiere, Sie können sich das kaum vorstellen. Auf das Gerücht, daß auf einem Apfelbaum eine Birne gesehen wurde, laufen sie von der Feldarbeit weg, um darüber zu schwatzen.

GALILEI *interessiert:* Ja?

LUDOVICO Tiere. Wenn sie aufs Gut kommen, sich über eine Kleinigkeit zu beschweren, ist die Mutter gezwungen, vor ihren Augen einen Hund auspeitschen zu lassen, das allein kann sie an Zucht und Ordnung und Höflichkeit erinnern. Sie, Herr Galilei, sehen gelegentlich von der Reisekutsche aus blühende Maisfelder, Sie essen geistesabwesend unsere Oliven und unsern Käse, und Sie haben keine Ahnung, welche Mühe es kostet, das zu ziehen, wieviel Aufsicht!

GALILEI Junger Mann, ich esse meine Oliven nicht geistesabwesend. *Grob.* Du hältst mich auf. *Ruft hinaus:* Habt ihr den Schirm?

ANDREA Ja. Kommen Sie?

GALILEI Ihr peitscht nicht nur Hunde, um sie in Zucht zu halten, wie, Marsili?

LUDOVICO Herr Galilei. Sie haben ein wunderbares Gehirn. Schade.

DER KLEINE MÖNCH *erstaunt:* Er droht Ihnen.

GALILEI Ja, ich könnte seine Bauern aufstören, neue Gedanken zu denken. Und seine Dienstleute und seine Verwalter.

FEDERZONI Wie? Keiner von ihnen liest Latein.

GALILEI Ich könnte in der Sprache des Volkes schreiben, für die vielen, anstatt in Latein für die wenigen. Für die neuen Gedanken brauchen wir Leute, die mit den Händen arbeiten. Wer sonst wünscht zu erfahren, was die Ursachen der Dinge sind? Die das Brot nur auf dem Tische sehen, wollen nicht wissen, wie es gebacken wurde; das Pack dankt lieber Gott als dem Bäcker. Aber die das Brot machen, werden verstehen, daß nichts sich bewegt, was nicht bewegt wird. Deine Schwester an der Olivenpresse, Fulganzio, wird sich nicht groß wundern, sondern vermutlich lachen, wenn sie hört, daß die Sonne kein goldenes Adelsschild ist, sondern ein Hebel: die Erde bewegt sich, weil die Sonne sie bewegt.

LUDOVICO Sie werden für immer der Sklave Ihrer Leidenschaften sein. Entschuldigen Sie mich bei Virginia; ich denke, es ist besser, ich sehe sie jetzt nicht.

GALILEI Die Mitgift steht zu Ihrer Verfügung, jederzeit.

LUDOVICO Guten Tag. *Er geht.*

ANDREA Und empfehlen Sie uns allen Marsilis!

FEDERZONI Die der Erde befehlen stillzustehen, damit ihre Schlösser nicht herunterpurzeln!

ANDREA Und den Cenzis und den Villanis!

FEDERZONI Den Cervillis!

ANDREA Den Lecchis!

FEDERZONI Den Pirleonis!

ANDREA Die dem Papst nur die Füße küssen wollen, wenn er damit das Volk niedertritt!

DER KLEINE MÖNCH *ebenfalls an den Apparaten:* Der neue Papst wird ein aufgeklärter Mann sein.

GALILEI So treten wir ein in die Beobachtung dieser Flecken an der Sonne, welche uns interessieren, auf eigene Gefahr, ohne zuviel auf den Schutz eines neuen Papstes zu zählen.

ANDREA *unterbrechend:* Aber mit voller Zuversicht, Herrn Fabrizius' Sternschatten und die Sonnendünste von Prag und Paris zu zerstreuen und zu beweisen die Rotation der Sonne.

GALILEI Um mit einiger Zuversicht die Rotation der Sonne zu beweisen. Meine Absicht ist nicht, zu beweisen, daß ich bisher recht gehabt habe, sondern: herauszufinden, ob. Ich sage: laßt alle Hoffnung fahren, ihr, die ihr in die Beobachtung eintretet. Vielleicht sind es Dünste, vielleicht sind es Flecken, aber bevor wir Flecken annehmen, welche uns gelegen kämen, wollen wir lieber annehmen, daß es Fischschwänze sind. Ja, wir werden alles, alles noch einmal in Frage stellen. Und wir werden nicht mit Siebenmeilenstiefeln vorwärtsgehen, sondern im Schneckentempo. Und was wir heute finden, werden wir morgen von der Tafel streichen und erst wieder anschreiben, wenn wir es noch einmal gefunden haben. Und was wir zu finden wünschen, das werden wir, gefunden, mit besonderem Mißtrauen ansehen. Also werden wir an die Beobachtung der Sonne herangehen mit dem unerbittlichen Entschluß, den Stillstand der Erde nachzuweisen! Und erst wenn wir gescheitert sind, vollständig und hoffnungslos geschlagen und unsere Wunden leckend, in traurigster Verfassung, werden wir zu fragen anfangen, ob wir nicht doch recht gehabt haben und die Erde sich dreht! *Mit einem Zwinkern.* Sollte uns aber dann jede andere Annahme als diese unter den Händen zerronnen sein, dann keine Gnade mehr mit denen, die nicht geforscht haben und doch reden. Nehmt das Tuch vom Rohr und richtet es auf die Sonne! *Er stellt den Messingspiegel ein.*

DER KLEINE MÖNCH Ich wußte, daß Sie schon mit der Arbeit begonnen hatten. Ich wußte es, als Sie Herrn Marsili nicht erkannten.

Sie beginnen schweigend die Untersuchung. Wenn das flammende Abbild der Sonne auf dem Schirm erscheint, kommt Virginia gelaufen, im Brautkleid.

VIRGINIA Du hast ihn weggeschickt, Vater! *Sie wird ohnmächtig.*

Andrea und der kleine Mönch eilen auf sie zu.

GALILEI Ich muß es wissen.

10

IM FOLGENDEN JAHRZEHNT FINDET GALILEIS LEHRE BEIM VOLK VERBREITUNG. PAMPHLETISTEN UND BALLADENSÄNGER GREIFEN ÜBERALL DIE NEUEN IDEEN AUF. WÄHREND DER FASTNACHT 1632 WÄHLEN VIELE STÄDTE ITALIENS ALS THEMA DER FASTNACHTSUMZÜGE DER GILDEN DIE ASTRONOMIE.

Ein halb verhungertes Schaustellerpaar mit einem fünfjährigen Mädchen und einem Säugling kommt auf einen Marktplatz, wo eine Menge, teilweise maskiert, auf den Fastnachtsumzug wartet. Beide schleppen Bündel, eine Trommel und andere Utensilien.

DER BALLADENSÄNGER *trommelnd:* Geehrte Einwohner, Damen und Herrn! Vor der großen Fastnachtsprozession der Gilden bringen wir das neueste Florentiner Lied, das man in ganz Oberitalien singt und das wir mit großen Kosten hier importiert haben. Es betitelt sich: Die erschröckliche Lehre und Meinung des Herrn Hofphysikers Galileo Galilei oder Ein Vorgeschmack der Zukunft. *Er singt:*

Als der Allmächtige sprach sein großes Werde
Rief er die Sonn, daß die auf sein Geheiß
Ihm eine Lampe trage um die Erde
Als kleine Magd in ordentlichem Kreis.
Denn sein Wunsch war, daß sich ein jeder kehr

Fortan um den, der besser ist als er.
Und es begann sich zu kehren
Um die Gewichtigen die Minderen
Um die Vorderen die Hinteren
Wie im Himmel, so auch auf Erden.
Und um den Papst zirkulieren die Kardinäle.
Und um die Kardinäle zirkulieren die Bischöfe.
Und um die Bischöfe zirkulieren die Sekretäre.
Und um die Sekretäre zirkulieren die Stadtschöffen.
Und um die Stadtschöffen zirkulieren die Handwerker.
Und um die Handwerker zirkulieren die Dienstleute.
Und um die Dienstleute zirkulieren die Hunde, die Hühner und die Bettler.

Das, ihr guten Leute, ist die Große Ordnung, ordo ordinum, wie die Herren Theologen sagen, regula aeternis, die Regel der Regeln, aber was, ihr lieben Leute, geschah? *Er singt:*

Auf stund der Doktor Galilei
(Schmiß die Bibel weg, zückte sein Fernrohr, warf einen Blick auf das Universum)
Und sprach zur Sonn: Bleib stehn!
Es soll jetzt die creatio dei
Mal andersrum sich drehn.
Jetzt soll sich mal die Herrin, he!
Um ihre Dienstmagd drehn.
Das ist doch allerhand? Ihr Leut, das ist kein Scherz!
Die Dienstleut werden sowieso tagtäglich dreister!
Denn eins ist wahr: Spaß ist doch rar. Und Hand aufs Herz:
Wer wär nicht auch mal gern sein eigner Herr und Meister?

Geehrte Einwohner, solche Lehren sind ganz unmöglich. *Er singt:*

Der Knecht würd faul, die Magd würd keß
Der Schlachterhund würd fett
Der Meßbub käm nicht mehr zur Meß
Der Lehrling blieb im Bett.
Nein, nein, nein! Mit der Bibel, Leut, treibt keinen Scherz!

Macht man den Strick uns ums Genick nicht dick, dann reißt er!
Denn eins ist wahr: Spaß ist doch rar. Und Hand aufs Herz:
Wer wär nicht auch mal gern sein eigner Herr und Meister?

Ihr guten Leute, werft einen Blick in die Zukunft, wie der gelehrte Doktor Galileo Galilei sie voraussagt. *Er singt:*

Zwei Hausfraun stehn am Fischmarkt draus
Und wissen nicht aus noch ein:
Das Fischweib zieht ein' Brotkipf raus
Und frißt ihren Fisch allein!
Der Maurer hebt den Baugrund aus
Und holt des Bauherrn Stein
Und wenn er's dann gebaut, das Haus
Dann zieht er selber ein!
Ja, darf denn das sein? Nein, nein, nein, das ist kein Scherz!
Macht man den Strick uns ums Genick nicht dick, dann reißt er!
Denn eins ist wahr: Spaß ist doch rar. Und Hand aufs Herz:
Wer wär nicht auch mal gern sein eigner Herr und Meister?
Der Pächter tritt jetzt in den Hintern
Den Pachtherrn ohne Scham
Die Pächtersfrau gibt ihren Kindern
Milch, die der Pfaff bekam.
Nein, nein, ihr Leut! Mit der Bibel, Leut, treibt keinen Scherz!
Macht man den Strick uns ums Genick nicht dick, dann reißt er!
Denn eins ist wahr: Spaß ist doch rar. Und Hand aufs Herz:
Wer wär nicht auch mal gern sein eigner Herr und Meister?

DAS WEIB DES SÄNGERS
Jüngst bin ich aus der Reih getanzt.
Da sagte ich zu meinem Mann:
Will sehen, ob nicht, was du kannst
Ein andrer Fixstern besser kann.

DER SÄNGER
Nein, nein, nein, nein, nein, nein! Schluß, Galilei, Schluß!

Nehmt einem tollen Hund den Maulkorb ab, dann beißt er.
Freilich, 's ist wahr: Spaß ist halt rar und muß ist muß:
Wer wär nicht auch mal gern sein eigner Herr und Meister?

BEIDE

Ihr, die auf Erden lebt in Ach und Weh
Auf, sammelt eure schwachen Lebensgeister
Und lernt vom guten Doktor Galuleh
Des Erdenglückes großes Abc.
Gehorsam war des Menschen Kreuz von je!
Wer wär nicht auch mal gern sein eigner Herr und Meister?

DER SÄNGER Geehrte Einwohner, seht Galileo Galileis phänomenale Entdeckung: Die Erde kreisend um die Sonne! *Er bearbeitet heftig die Trommel.*

Das Weib und das Kind treten vor. Das Weib hält ein rohes Abbild der Sonne, und das Kind, über dem Kopf einen Kürbis, Abbild der Erde, haltend, umkreist das Weib. Der Sänger deutet exaltiert auf das Kind, als vollführe es einen gefährlichen Salto mortale, wenn es auf einzelne Trommelschläge ruckartig Schritt für Schritt macht. Dann kommt Trommelschlag von hinten.

EINE TIEFE STIMME *ruft:* Die Prozession!

Herein zwei Männer in Lumpen, die ein Wägelchen ziehen. Auf einem lächerlichen Thron sitzt »Der Großherzog von Florenz« mit einer Pappendeckelkrone, gekleidet in Sackleinwand, der durch ein Teleskop späht. Über dem Thron ein Schild »Schaut aus nach Verdruß«. Dann marschieren vier maskierte Männer ein, die eine große Blache tragen. Sie halten an und schleudern eine Puppe in die Luft, die einen Kardinal darstellt. Ein Zwerg hat sich seitwärts aufgestellt mit einem Schild »Das neue Zeitalter«. In der Menge hebt sich ein Bettler an seinen Krücken hoch und stampft tanzend auf den Boden, bis er krachend niederfällt. Herein eine überlebensgroße Puppe, Galileo Galilei, die sich vor dem Publikum verbeugt. Vor ihr trägt ein Kind eine riesige Bibel, aufgeschlagen, mit ausgekreuzten Seiten.

DER BALLADENSÄNGER Galileo Galilei, der Bibelzertrümmerer!

Großes Gelächter der Menge.

11
1633: Die Inquisition beordert den weltbekannten Forscher nach Rom.

Die Tief ist heiß, die Höh'n sind kühl
Die Gass ist laut, der Hof ist still.

Vorzimmer und Treppe im Palast der Medici in Florenz. Galilei und seine Tochter warten, vom Großherzog vorgelassen zu werden.

VIRGINIA Es dauert lang.

GALILEI Ja.

VIRGINIA Da ist dieser Mensch wieder, der uns hierher folgte. *Sie weist auf ein Individuum, das vorbeigeht, ohne sie zu beachten.*

GALILEI *dessen Augen gelitten haben:* Ich kenne ihn nicht.

VIRGINIA Aber ich habe ihn öfter gesehen in den letzten Tagen. Er ist mir unheimlich.

GALILEI Unsinn. Wir sind in Florenz und nicht unter korsischen Räubern.

VIRGINIA Da kommt Rektor Gaffone.

GALILEI Den fürchte ich. Der Dummkopf wird mich wieder in ein stundenlanges Gespräch verwickeln.
Die Treppe herab kommt Herr Gaffone, der Rektor der Universität. Er erschrickt deutlich, als er Galilei sieht, und geht, den Kopf krampfhaft weggedreht, steif an den beiden vorüber, kaum nickend.

GALILEI Was ist in den gefahren? Meine Augen sind heute wieder schlecht. Hat er überhaupt gegrüßt?

VIRGINIA Kaum. – Was steht in deinem Buch? Ist es möglich, daß man es für ketzerisch hält?

GALILEI Du hängst zuviel in den Kirchen herum. Das Frühaufstehen und Indiemesselaufen verdirbt deinen Teint noch vollends. Du betest für mich, wie?

VIRGINIA Da ist Herr Vanni, der Eisengießer, für den du die Schmelzanlage entworfen hast. Vergiß nicht, dich für die Wachteln zu bedanken.
Die Treppe herab ist ein Mann gekommen.

VANNI Haben die Wachteln geschmeckt, die ich Ihnen schickte, Herr Galilei?

GALILEI Die Wachteln waren exzellent, Meister Vanni, nochmals besten Dank.

VANNI Oben war von Ihnen die Rede. Man macht Sie verantwortlich für die Pamphlete gegen die Bibel, die neuerdings überall verkauft werden.

GALILEI Von Pamphleten weiß ich nichts. Die Bibel und der Homer sind meine Lieblingslektüre.

VANNI Und auch wenn das nicht so wäre: ich möchte die Gelegenheit benützen, Ihnen zu versichern, daß wir von der Manufaktur auf Ihrer Seite sind. Ich bin nicht ein Mann, der viel von den Bewegungen der Sterne weiß, aber für mich sind Sie der Mann, der für die Freiheit kämpft, neue Dinge lehren zu dürfen. Nehmen Sie diesen mechanischen Kultivator aus Deutschland, den Sie mir beschrieben. Im letzten Jahr allein erschienen fünf Bände über Agrikultur in London. Wir wären hier schon dankbar für ein Buch über die holländischen Kanäle. Dieselben Kreise, die Ihnen Schwierigkeiten machen, erlauben den Ärzten von Bologna nicht, Leichen aufzuschneiden für Forschungszwecke.

GALILEI Ihre Stimme trägt, Vanni.

VANNI Das hoffe ich. Wissen Sie, daß sie in Amsterdam und London Geldmärkte haben? Gewerbeschulen ebenfalls. Regelmäßig erscheinende Zeitungen mit Nachrichten. Hier haben wir nicht einmal die Freiheit, Geld zu machen. Man ist gegen Eisengießereien, weil man der Ansicht ist, zu viele Arbeiter an einem Ort fördere die Unmoral! Ich stehe und falle mit Männern wie Sie, Herr Galilei. Wenn man je versuchen sollte, etwas gegen Sie zu machen, dann erinnern Sie sich bitte, daß Sie Freunde in allen Geschäftszweigen haben. Hinter Ihnen stehen die oberitalienischen Städte, Herr Galilei.

GALILEI Soviel mir bekannt ist, hat niemand die Absicht, gegen mich etwas zu machen.

VANNI Nein?

GALILEI Nein.

VANNI Meiner Meinung nach wären Sie in Venedig besser aufgehoben. Weniger Schwarzröcke. Von dort aus könnten Sie den Kampf aufnehmen. Ich habe eine Reisekutsche und Pferde, Herr Galilei.

GALILEI Ich kann mich nicht als Flüchtling sehen. Ich schätze meine Bequemlichkeit.

VANNI Sicher. Aber nach dem, was ich da oben hörte, handelt es sich um Eile. Ich habe den Eindruck, man würde Sie gerade jetzt lieber nicht in Florenz wissen.

GALILEI Unsinn. Der Großherzog ist mein Schüler, und außerdem würde der Papst selber jedem Versuch, mir aus irgendwas einen Strick zu drehen, ein geharnischtes Nein entgegensetzen.

VANNI Sie scheinen Ihre Freunde nicht von Ihren Feinden auseinanderzukennen, Herr Galilei.

GALILEI Ich kenne Macht von Ohnmacht auseinander. *Er geht brüsk weg.*

VANNI Schön. Ich wünsche Ihnen Glück. *Ab.*

GALILEI *zurück bei Virginia:* Jeder Nächstbeste mit irgendeiner Beschwerde hierzulande wählt mich als seinen Wortführer, besonders an Orten, wo es mir nicht gerade nützt. Ich habe ein Buch geschrieben über die Mechanik des Universums, das ist alles. Was daraus gemacht oder nicht gemacht wird, geht mich nichts an.

VIRGINIA *laut:* Wenn die Leute wüßten, wie du verurteilt hast, was letzte Fastnacht überall passierte!

GALILEI Ja. Gib einem Bär Honig, und du wirst deinen Arm einbüßen, wenn das Vieh Hunger hat!

VIRGINIA *leise:* Hat dich der Großherzog überhaupt für heute bestellt?

GALILEI Nein, aber ich habe mich ansagen lassen. Er will das Buch haben, er hat dafür bezahlt. Frag den Beamten und beschwer dich, daß man uns hier warten läßt.

VIRGINIA *von dem Individuum gefolgt, geht einen Beamten ansprechen:* Herr Mincio, ist Seine Hoheit verständigt, daß mein Vater ihn zu sprechen wünscht?

DER BEAMTE Wie soll ich das wissen?

VIRGINIA Das ist keine Antwort.

DER BEAMTE Nein?

VIRGINIA Sie haben höflich zu sein.

Der Beamte wendet ihr halb die Schulter zu und gähnt, das Individuum ansehend.

VIRGINIA *zurück:* Er sagt, der Großherzog ist noch beschäftigt.

GALILEI Ich hörte dich etwas von »höflich« sagen. Was war das?

VIRGINIA Ich dankte ihm für seine höfliche Auskunft, nichts sonst. Kannst du das Buch nicht hier zurücklassen? Du verlierst nur Zeit.

GALILEI Ich fange an, mich zu fragen, was diese Zeit wert ist. Möglich, daß ich der Einladung Sagredos nach Padua für ein paar Wochen doch folge. Meine Gesundheit ist nicht die beste.

VIRGINIA Du könntest nicht ohne deine Bücher leben.

GALILEI Etwas von dem sizilischen Wein könnte man in ein, zwei Kisten in der Kutsche mitnehmen.

VIRGINIA Du hast immer gesagt, er verträgt Transportation nicht. Und der Hof schuldet dir noch drei Monate Gehalt. Das schickt man dir nicht nach.

GALILEI Das ist wahr.

Der Kardinal Inquisitor kommt die Treppe herab.

VIRGINIA Der Kardinal Inquisitor.

Vorbeigehend verbeugt er sich tief vor Galilei.

VIRGINIA Was will der Kardinal Inquisitor in Florenz, Vater?

GALILEI Ich weiß nicht. Er benahm sich nicht ohne Respekt. Ich wußte, was ich tat, als ich nach Florenz ging und all die Jahre lang schwieg. Sie haben mich so hoch gelobt, daß sie mich jetzt nehmen müssen, wie ich bin.

DER BEAMTE *ruft aus:* Seine Hoheit, der Großherzog!

Cosmo de Medici kommt die Treppe herab. Galilei geht auf ihn zu. Cosmo hält ein wenig verlegen an.

GALILEI Ich wollte Eurer Hoheit meine Dialoge über die beiden größten Weltsysteme …

COSMO Aha, aha. Wie steht es mit Ihren Augen?

GALILEI Nicht zum besten, Eure Hoheit. Wenn Eure Hoheit gestatten, ich habe das Buch …

COSMO Der Zustand Ihrer Augen beunruhigt mich. Wirklich, er beunruhigt mich. Er zeigt mir, daß Sie Ihr vortreffliches Rohr vielleicht ein wenig zu eifrig benützen, nicht?

Er geht weiter, ohne das Buch entgegenzunehmen.

GALILEI Er hat das Buch nicht genommen, wie?

VIRGINIA Vater, ich fürchte mich.

GALILEI *gedämpft und fest:* Zeig keine Gefühle. Wir gehen von hier nicht nach Hause, sondern zum Glasschneider Volpi. Ich habe mit ihm verabredet, daß im anliegenden Hof der Weinschänke ein Wagen mit leeren Weinfässern immer bereitsteht, der mich aus der Stadt bringen kann.

VIRGINIA Du wußtest …

GALILEI Sieh dich nicht um.

Sie wollen weg.

EIN HOHER BEAMTER *kommt die Treppe herab:* Herr Galilei, ich habe den Auftrag, Ihnen mitzuteilen, daß der florentinische Hof nicht länger imstande ist, dem Wunsch der Heiligen Inquisition, Sie in Rom zu verhören, Widerstand entgegenzusetzen. Der Wagen der Heiligen Inquisition erwartet Sie, Herr Galilei.

12
Der Papst

Gemach des Vatikans. Papst Urban VIII. (vormals Kardinal Barberini) hat den Kardinal Inquisitor empfangen. Während der Audienz wird er angekleidet. Von außen das Geschlurfe vieler Füße.

DER PAPST *sehr laut:* Nein! Nein! Nein!

DER INQUISITOR So wollen Eure Heiligkeit Ihren sich nun versammelnden Doktoren aller Fakultäten, Vertreter aller Heiligen Orden und der gesamten Geistlichkeit, welche alle in kindlichem Glauben an das Wort Gottes, niedergelegt in der Schrift, gekommen sind, Eurer Heiligkeit Bestätigung ihres Glaubens zu vernehmen, mitteilen, daß die Schrift nicht länger für wahr gelten könne?

DER PAPST Ich lasse nicht die Rechentafel zerbrechen. Nein!

DER INQUISITOR Daß es die Rechentafel ist und nicht der Geist der Auflehnung und des Zweifels, das sagen diese Leute. Aber es ist nicht die Rechentafel. Sondern eine entsetzliche Unruhe ist in die Welt gekommen. Es ist die Unruhe ihres eigenen Gehirns, die diese auf die unbewegliche Erde übertragen. Sie schreien: die Zahlen zwingen uns! Aber woher kommen ihre Zahlen? Jedermann weiß, daß sie vom Zweifel kommen. Diese Menschen zweifeln an allem. Sollen wir die menschliche

Gesellschaft auf den Zweifel begründen und nicht mehr auf den Glauben? »Du bist mein Herr, aber ich zweifle, ob das gut ist.« »Das ist dein Haus und deine Frau, aber ich zweifle, ob sie nicht mein sein sollen.« Andererseits findet Eurer Heiligkeit Liebe zur Kunst, der wir so schöne Sammlungen verdanken, schimpfliche Auslegungen wie die auf den Häuserwänden Roms zu lesende: »Was die Barbaren Rom gelassen haben, rauben ihm die Barberinis.« Und im Auslande? Es hat Gott gefallen, den Heiligen Stuhl schweren Prüfungen zu unterwerfen. Eurer Heiligkeit spanische Politik wird von Menschen, denen die Einsicht mangelt, nicht verstanden, das Zerwürfnis mit dem Kaiser bedauert. Seit eineinhalb Jahrzehnten ist Deutschland eine Fleischbank, und man zerfleischt sich mit Bibelzitaten auf den Lippen. Und jetzt, wo unter der Pest, dem Krieg und der Reformation die Christenheit zu einigen Häuflein zusammenschmilzt, geht das Gerücht über Europa, daß Sie mit dem lutherischen Schweden in geheimem Bündnis stehen, um den katholischen Kaiser zu schwächen. Und da richten diese Würmer von Mathematikern ihre Rohre auf den Himmel und teilen der Welt mit, daß Eure Heiligkeit auch hier, in dem einzigen Raum, den man Ihnen noch nicht bestreitet, schlecht beschlagen sind. Man könnte sich fragen: welch ein Interesse plötzlich an einer so abliegenden Wissenschaft wie der Astronomie! Ist es nicht gleichgültig, wie diese Kugeln sich drehen? Aber niemand in ganz Italien, das bis auf die Pferdeknechte hinab durch das böse Beispiel dieses Florentiners von den Phasen der Venus schwatzt, denkt nicht zugleich an so vieles, was in den Schulen und an anderen Orten für unumstößlich erklärt wird und so sehr lästig ist. Was käme heraus, wenn diese alle, schwach im Fleisch und zu jedem Exzeß geneigt, nur noch an die eigene Vernunft glaubten, die dieser Wahnsinnige für die einzige Instanz erklärt! Sie möchten, erst einmal zweifelnd, ob die Sonne stillstand zu Gibeon, ihren schmutzigen Zweifel an den Kollekten üben! Seit sie über das Meer fahren – ich habe nichts dagegen –, setzen sie ihr Vertrauen auf eine Messingkugel, die sie den Kompaß nennen, nicht mehr auf Gott. Dieser Galilei hat schon als junger Mensch über die Maschinen geschrieben. Mit den Maschinen wollen sie Wunder tun. Was für welche? Gott brauchen sie jedenfalls nicht mehr, aber was sollen es für Wunder sein? Zum Beispiel soll es nicht mehr Oben und Unten geben. Sie brauchen es nicht mehr. Der Aristoteles, der für sie sonst ein toter Hund ist, hat gesagt – und das zitieren sie –: Wenn das Weberschifflein von selber webte und der Zitherschlägel von selber spielte, dann brauchten allerdings die Meister keine Gesellen und die Herren keine Knechte. Und so weit sind sie jetzt, denken sie. Dieser schlechte Mensch weiß, was er tut, wenn er seine astronomischen Arbeiten statt in Latein im Idiom der Fischweiber und Wollhändler verfaßt.

DER PAPST Das zeigt sehr schlechten Geschmack; das werde ich ihm sagen.

DER INQUISITOR Er verhetzt die einen und besticht die andern. Die oberitalienischen Seestädte fordern immer dringender für ihre Schiffe die Sternkarten des Herrn Galilei. Man wird ihnen nachgeben müssen, es sind materielle Interessen.

DER PAPST Aber diese Sternkarten beruhen auf seinen ketzerischen Behauptungen. Es handelt sich gerade um die Bewegungen dieser gewissen Gestirne, die nicht stattfinden können, wenn man seine Lehre ablehnt. Man kann nicht die Lehre verdammen und die Sternkarten nehmen.

DER INQUISITOR Warum nicht? Man kann nichts anderes.

DER PAPST Dieses Geschlurfe macht mich nervös. Entschuldigen Sie, wenn ich immer horche.

DER INQUISITOR Es wird Ihnen vielleicht mehr sagen, als ich es kann, Eure Heiligkeit. Sollen diese alle von hier weggehen, den Zweifel im Herzen?

DER PAPST Schließlich ist der Mann der größte Physiker dieser Zeit, das Licht Italiens, und nicht irgendein Wirrkopf. Er hat Freunde. Da ist Versailles. Da ist der Wiener Hof. Sie werden die Heilige Kirche eine Senkgrube verfaulter Vorurteile nennen. Hand weg von ihm!

DER INQUISITOR Man wird praktisch bei ihm nicht weit gehen müssen. Er ist ein Mann des Fleisches. Er würde sofort nachgeben.

DER PAPST Er kennt mehr Genüsse als irgendein Mann, den ich getroffen habe. Er denkt aus Sinnlichkeit. Zu einem alten Wein oder einem neuen Gedanken könnte er nicht nein sagen. Und ich will keine Verurteilung physikalischer Fakten, keine

Schlachtrufe wie »Hie Kirche! und Hie Vernunft!« Ich habe ihm sein Buch erlaubt, wenn es am Schluß die Meinung wiedergäbe, daß das letzte Wort nicht die Wissenschaft, sondern der Glaube hat. Er hat sich daran gehalten.

DER INQUISITOR Aber wie? In seinem Buch streiten ein dummer Mensch, der natürlich die Ansichten des Aristoteles vertritt, und ein kluger Mensch, der ebenso natürlich die des Herrn Galilei vertritt, und die Schlußbemerkung, Eure Heiligkeit, spricht wer?

DER PAPST Was ist das jetzt wieder? Wer äußert also unsere?

DER INQUISITOR Nicht der Kluge.

DER PAPST Das ist allerdings eine Unverschämtheit. Dieses Getrampel in den Korridoren ist unerträglich. Kommt denn die ganze Welt?

DER INQUISITOR Nicht die ganze, aber ihr bester Teil.

Pause. Der Papst ist jetzt in vollem Ornat.

DER PAPST Das Alleräußerste ist, daß man ihm die Instrumente zeigt.

DER INQUISITOR Das wird genügen, Eure Heiligkeit. Herr Galilei versteht sich auf Instrumente.

13

Galileo Galilei widerruft vor der Inquisition am 22. Juni 1633 seine Lehre von der Bewegung der Erde

Und es war ein Junitag, der schnell verstrich
Und der war wichtig für dich und mich.
Aus Finsternis trat die Vernunft herfür
Ein' ganzen Tag stand sie vor der Tür.

Im Palast des florentinischen Gesandten in Rom. Galileis Schüler warten auf Nachrichten. Der kleine Mönch und Federzoni spielen mit weiten Bewegungen das neue Schach. In einer Ecke kniet Virginia und betet den Englischen Gruß.

DER KLEINE MÖNCH Der Papst hat ihn nicht empfangen. Keine wissenschaftlichen Diskussionen mehr.

FEDERZONI Er war seine letzte Hoffnung. Es war wahr, was er ihm damals vor Jahren in Rom sagte, als er noch der Kardinal Barberini war: wir brauchen dich. Jetzt haben sie ihn.

ANDREA Sie werden ihn umbringen. Die »Discorsi« werden nicht zu Ende geschrieben.

FEDERZONI *sieht ihn verstohlen an:* Meinst du?

ANDREA Da er niemals widerruft.

Pause.

DER KLEINE MÖNCH Man verbeißt sich immer in einen ganz nebensächlichen Gedanken, wenn man nachts wach liegt. Heute nacht zum Beispiel dachte ich immerfort: er hätte nie aus der Republik Venedig weggehen dürfen.

ANDREA Da konnte er sein Buch nicht schreiben.

FEDERZONI Und in Florenz konnte er es nicht veröffentlichen.

Pause.

DER KLEINE MÖNCH Ich dachte auch, ob sie ihm wohl seinen kleinen Stein lassen, den er immer in der Tasche mit sich herumträgt. Seinen Beweisstein.

FEDERZONI Dahin, wo sie ihn hinführen, geht man ohne Taschen.

ANDREA *aufschreiend:* Das werden sie nicht wagen! Und selbst wenn sie es ihm antun, wird er nicht widerrufen. »Wer die Wahrheit nicht weiß, der ist bloß ein Dummkopf. Aber wer sie weiß und sie eine Lüge nennt, der ist ein Verbrecher.«

FEDERZONI Ich glaube es auch nicht, und ich möchte nicht mehr leben, wenn er es täte, aber sie haben die Gewalt.

ANDREA Man kann nicht alles mit Gewalt.

FEDERZONI Vielleicht nicht.

DER KLEINE MÖNCH *leise:* Er ist 23 Tage im Kerker gesessen. Gestern war das große Verhör. Und heute ist die Sitzung. *Da Andrea herhört, laut.* Als ich ihn damals, zwei Tage nach dem Dekret, hier besuchte, saßen wir dort drüben, und er zeigte mir den kleinen Priapgott bei der Sonnenuhr, im Garten, ihr könnt ihn sehen von hier, und er verglich sein Werk mit einem Gedicht des Horaz, in dem man auch nichts ändern kann. Er sprach von seinem Schönheitssinn, der ihn zwinge, die Wahrheit zu suchen. Und er erwähnte das Motto: hieme et aestate, et prope et procul, usque dum vivam et ultra. Und er meinte die Wahrheit.

ANDREA *zu dem kleinen Mönch:* Hast du ihm erzählt, wie er im Collegium Romanum stand, während sie sein Rohr prüften? Erzähl es! *Der kleine Mönch schüttelt den Kopf.* Er benahm sich ganz wie gewöhnlich. Er hatte seine Hände auf seinen Schinken, streckte den Bauch heraus und sagte: Ich bitte um Vernunft, meine Herren! *Er macht lachend Galilei nach.*

Pause.

ANDREA *über Virginia:* Sie betet, daß er widerrufen möge.

FEDERZONI Laß sie. Sie ist ganz verwirrt, seit sie mit ihr gesprochen haben. Sie haben ihren Beichtvater von Florenz hierherkommen lassen.

Das Individuum aus dem Palast des Großherzogs von Florenz tritt ein.

INDIVIDUUM Herr Galilei wird bald hier sein. Er mag ein Bett benötigen.

FEDERZONI Man hat ihn entlassen?

INDIVIDUUM Man erwartet, daß Herr Galilei um fünf Uhr in einer Sitzung der Inquisition widerrufen wird. Die große Glocke von Sankt Markus wird geläutet und der Wortlaut des Widerrufs öffentlich ausgerufen werden.

ANDREA Ich glaube es nicht.

INDIVIDUUM Wegen der Menschenansammlungen in den Gassen wird Herr Galilei an das Gartentor hier hinter dem Palast gebracht werden. *Ab.*

ANDREA *plötzlich laut:* Der Mond ist eine Erde und hat kein eigenes Licht. Und so hat die Venus kein eigenes Licht und ist wie die Erde und läuft um die Sonne. Und es drehen sich vier Monde um das Gestirn Jupiter, das sich in der Höhe der Fixsterne befindet und an keiner Schale befestigt ist. Und die Sonne ist das Zentrum der Welt und unbeweglich an ihrem Ort, und die Erde ist nicht Zentrum und nicht unbeweglich. Und er ist es, der es uns gezeigt hat.

DER KLEINE MÖNCH Und mit Gewalt kann man nicht ungesehen machen, was gesehen wurde.

Schweigen.

FEDERZONI *blickt auf die Sonnenuhr im Garten:* Fünf Uhr.

Virginia betet lauter.

ANDREA Ich kann nicht mehr warten, ihr! Sie köpfen die Wahrheit!

Er hält sich die Ohren zu, der kleine Mönch ebenfalls. Aber die Glocke wird nicht geläutet. Nach einer Pause, ausgefüllt durch das murmelnde Beten Virginias, schüttelt Federzoni verneinend den Kopf. Die anderen lassen die Hände sinken.

FEDERZONI *heiser:* Nichts. Es ist drei Minuten über fünf.

ANDREA Er widersteht.

DER KLEINE MÖNCH Er widerruft nicht!

FEDERZONI Nein. Oh, wir Glücklichen!

Sie umarmen sich. Sie sind überglücklich.

ANDREA Also: es geht nicht mit Gewalt! Sie kann nicht alles! Also: die Torheit wird besiegt, sie ist nicht unverletzlich! Also: der Mensch fürchtet den Tod nicht!

FEDERZONI Jetzt beginnt wirklich die Zeit des Wissens. Das ist ihre Geburtsstunde. Bedenkt, wenn er widerrufen hätte!

DER KLEINE MÖNCH Ich sagte es nicht, aber ich war voll Sorge. Ich Kleingläubiger!

ANDREA Ich aber wußte es.

FEDERZONI Als ob es am Morgen wieder Nacht würde, wäre es gewesen.

ANDREA Als ob der Berg gesagt hätte: ich bin ein Wasser.

DER KLEINE MÖNCH *kniet nieder, weinend:* Herr, ich danke dir!

ANDREA Aber es ist alles verändert heute! Der Mensch hebt den Kopf, der Gepeinigte, und sagt: ich kann leben. So viel ist gewonnen, wenn nur einer aufsteht und Nein sagt!

In diesem Augenblick beginnt die Glocke von Sankt Markus zu dröhnen. Alles steht erstarrt.

VIRGINIA *steht auf:* Die Glocke von Sankt Markus! Er ist nicht verdammt!

Von der Straße herauf hört man den Ansager den Widerruf Galileis verlesen.

STIMME DES ANSAGERS »Ich, Galileo Galilei, Lehrer der Mathematik und der Physik in Florenz, schwöre ab, was ich gelehrt habe, daß die Sonne das Zentrum der Welt ist und an ihrem Ort unbeweglich, und die Erde ist nicht Zentrum und nicht unbeweglich. Ich schwöre ab, verwünsche und verfluche mit redlichem Herzen und nicht erheucheltem Glauben alle diese Irrtümer und Ketzereien sowie überhaupt jeden anderen Irrtum und jede andere Meinung, welche der Heiligen Kirche entgegen ist.«

Es wird dunkel.

Wenn es wieder hell wird, dröhnt die Glocke noch, hört dann aber auf. Virginia ist hinausgegangen. Galileis Schüler sind noch da.

FEDERZONI Er hat dich nie für deine Arbeit richtig bezahlt. Du hast weder eine Hose kaufen noch selber publizieren können. Das hast du gelitten, weil »für die Wissenschaft gearbeitet wurde«!

ANDREA *laut:* Unglücklich das Land, das keine Helden hat!

Eingetreten ist Galilei, völlig, beinahe bis zur Unkenntlichkeit verändert durch den Prozeß. Er hat den Satz Andreas gehört. Einige Augenblicke wartet er an der Tür auf eine Begrüßung. Da keine erfolgt, denn die Schüler weichen vor ihm zurück, geht er, langsam und seines schlechten Augenlichts wegen unsicher, nach vorn, wo er einen Schemel findet und sich niedersetzt.

ANDREA Ich kann ihn nicht ansehen. Er soll weg.

FEDERZONI Beruhige dich.

ANDREA *schreit Galilei an:* Weinschlauch! Schneckenfresser! Hast du deine geliebte Haut gerettet? *Setzt sich.* Mir ist schlecht.

GALILEI *ruhig:* Gebt ihm ein Glas Wasser!

Der kleine Mönch holt Andrea von draußen ein Glas Wasser. Die andern beschäftigen sich nicht mit Galilei, der horchend auf seinem Schemel sitzt. Von weitem hört man wieder die Stimme des Ansagers.

ANDREA Ich kann schon wieder gehen, wenn ihr mir ein wenig helft.

Sie führen ihn zur Tür. In diesem Augenblick beginnt Galilei zu sprechen.

GALILEI Nein. Unglücklich das Land, das Helden nötig hat.

Verlesung vor dem Vorhang:

Ist es nicht klar, daß ein Pferd, welches drei oder vier Ellen hoch herabfällt, sich die Beine brechen kann, während ein Hund keinen Schaden erlitte, desgleichen eine Katze selbst von acht oder zehn Ellen Höhe, ja eine Grille von einer Turmspitze und eine Ameise, wenn sie vom Mond herabfiele? Und wie kleinere Tiere verhältnismäßig kräftiger und stärker sind als die großen, so halten sich die kleinen Pflanzen besser: eine zweihundert Ellen hohe Eiche könnte ihre Äste in voller Proportion mit einer kleinen Eiche nicht halten, und die Natur kann ein Pferd nicht so groß wie zwanzig Pferde werden lassen noch einen Riesen von zehnfacher Größe, außer durch Veränderungen der Proportionen aller Glieder, besonders der Knochen, die weit über das Maß einer proportionellen Größe verstärkt werden müssen. – Die gemeine Annahme, daß große und kleine Maschinen gleich ausdauernd seien, ist offenbar irrig.

Galilei, »Discorsi«

14

1633-1642. GALILEO GALILEI LEBT IN EINEM LANDHAUS IN DER NÄHE VON FLORENZ, BIS ZU SEINEM TOD EIN GEFANGENER DER INQUISITION. DIE »DISCORSI«.

Sechzehnhundertdreiunddreißig bis
sechzehnhundertzweiundvierzig
Galileo Galilei ist ein Gefangener der Kirche
bis zu seinem Tode.

Ein großer Raum mit Tisch, Lederstuhl und Globus. Galilei, nun alt und halbblind, experimentiert sorgfältig mit einem kleinen Holzball auf einer gekrümmten Holzschiene, im Vorraum sitzt ein Mönch auf Wache. Es wird ans Tor geklopft. Der Mönch öffnet, und ein Bauer tritt ein, zwei gerupfte Gänse tragend. Virginia kommt aus der Küche. Sie ist jetzt etwa vierzig Jahre alt.

DER BAUER Ich soll die abgeben.
VIRGINIA Von wem? Ich habe keine Gänse bestellt.
DER BAUER Ich soll sagen: von jemand auf der Durchreise. *Ab.*
Virginia betrachtet die Gänse erstaunt. Der Mönch nimmt sie ihr aus der Hand und untersucht sie mißtrauisch. Dann gibt er sie ihr beruhigt zurück, und sie trägt sie an den Hälsen zu Galilei in den großen Raum.
VIRGINIA Jemand auf der Durchreise hat ein Geschenk abgeben lassen.
GALILEI Was ist es?
VIRGINIA Kannst du es nicht sehen?
GALILEI Nein. *Er geht hin.* Gänse. Ist ein Name dabei?
VIRGINIA Nein.

GALILEI *nimmt ihr eine Gans aus der Hand:* Schwer. Ich könnte noch etwas davon essen.

VIRGINIA Du kannst doch nicht schon wieder hungrig sein. Du hast eben zu Abend gegessen. Und was ist wieder mit deinen Augen los? Die müßtest du sehen vom Tisch aus.

GALILEI Du stehst im Schatten.

VIRGINIA Ich stehe nicht im Schatten. *Sie trägt die Gänse hinaus.*

GALILEI Gib Thymian zu und Äpfel.

VIRGINIA *zu dem Mönch:* Wir müssen nach dem Augendoktor schicken. Vater konnte die Gänse vom Tisch aus nicht sehen.

DER MÖNCH Ich brauche erst die Erlaubnis vom Monsignore Carpula. – Hat er wieder selber geschrieben?

VIRGINIA Nein. Er hat sein Buch mir diktiert, das wissen Sie ja. Sie haben die Seiten 131 und 132, und das waren die letzten.

DER MÖNCH Er ist ein alter Fuchs.

VIRGINIA Er tut nichts gegen die Vorschriften. Seine Reue ist echt. Ich passe auf ihn auf. *Sie gibt ihm die Gänse.* Sagen Sie in der Küche, sie sollen die Leber rösten, mit einem Apfel und einer Zwiebel. *Sie geht in den großen Raum zurück.* Und jetzt denken wir an unsere Augen und hören schnell auf mit dem Ball und diktieren ein Stückchen weiter an unserem wöchentlichen Brief an den Erzbischof.

GALILEI Ich fühle mich nicht wohl genug. Lies mir etwas Horaz.

VIRGINIA Erst vorige Woche sagte mir Monsignore Carpula, dem wir so viel verdanken – erst neulich wieder das Gemüse –, daß der Erzbischof ihn jedesmal fragt, wie dir die Fragen und Zitate gefallen, die er dir schickt. *Sie hat sich zum Diktat niedergesetzt.*

GALILEI Wie weit war ich?

VIRGINIA Abschnitt vier: Anlangend die Stellungnahme der Heiligen Kirche zu den Unruhen im Arsenal von Venedig stimme ich überein mit der Haltung Kardinal Spolettis gegenüber den aufrührerischen Seilern …

GALILEI Ja. *Diktiert:* … stimme ich überein mit der Haltung Kardinal Spolettis gegenüber den aufrührerischen Seilern, nämlich, daß es besser ist, an sie Suppen zu verteilen im Namen der christlichen Nächstenliebe, als ihnen mehr für ihre Schiffs- und Glockenseile zu zahlen. Sintemalen es weiser erscheint, an Stelle ihrer Habgier ihren Glauben zu stärken. Der Apostel Paulus sagt: Wohltätigkeit versaget niemals. – Wie ist das?

VIRGINIA Es ist wunderbar, Vater.

GALILEI Du meinst nicht, daß eine Ironie hineingelesen werden könnte?

VIRGINIA Nein, der Erzbischof wird selig sein. Er ist so praktisch.

GALILEI Ich verlasse mich auf dein Urteil. Was kommt als nächstes?

VIRGINIA Ein wunderschöner Spruch: »Wenn ich schwach bin, da bin ich stark.«

GALILEI Keine Auslegung.

VIRGINIA Aber warum nicht?

GALILEI Was kommt als nächstes?

VIRGINIA »Auf daß ihr begreifen möget, daß Christus liebhaben viel besser ist denn alles Wissen.« Paulus an die Epheser III, 19.

GALILEI Besonders danke ich Eurer Eminenz für das herrliche Zitat aus den Epheser-Briefen. Angeregt dadurch, fand ich in unserer unnachahmbaren Imitatio noch folgendes. *Zitiert auswendig:* »Er, zu dem das ewige Wort spricht, ist frei von vielem Gefrage.« Darf ich bei dieser Gelegenheit in eigener Sache sprechen? Noch immer wird mir vorgeworfen, daß ich einmal über die Himmelskörper ein Buch in der Sprache des Marktes verfaßt habe. Es war damit nicht meine Absicht, vorzuschlagen oder gutzuheißen, daß Bücher über so viel wichtigere Gegenstände, wie zum Beispiel Theologie, in dem Jargon der Teigwarenverkäufer verfaßt würden. Das Argument für den lateinischen Gottesdienst, daß durch die Universalität dieser Sprache alle Völker die heilige Messe in gleicher Weise hören, scheint mir wenig glücklich, da von den niemals verlegenen Spöttern eingewendet werden könnte, keines der Völker verstünde so den Text. Ich verzichte gern auf billige Verständlichkeit heiliger Dinge. Das Latein der Kanzel, das die ewige Wahrheit der Kirche gegen die Neugier der Unwissenden schützt, erweckt Vertrauen, wenn gesprochen von den priesterlichen Söhnen der unteren Klassen mit den Betonungen des ortsansässigen Dialekts. – Nein, streich das aus.

VIRGINIA Das Ganze?

GALILEI Alles nach den Teigwarenverkäufern.

Es wird am Tor geklopft. Virginia geht in den Vorraum. Der Mönch öffnet. Es ist Andrea Sarti. Er ist jetzt ein Mann in den mittleren Jahren.

ANDREA Guten Abend. Ich bin im Begriff, Italien zu verlassen, um in Holland wissenschaftlich zu arbeiten, und bin gebeten worden, ihn auf der Durchreise aufzusuchen, damit ich über ihn berichten kann.

VIRGINIA Ich weiß nicht, ob er dich sehen will. Du bist nie gekommen.

ANDREA Frag ihn.

Galilei hat die Stimme erkannt. Er sitzt unbeweglich. Virginia geht hinein zu ihm.

GALILEI Ist es Andrea?

VIRGINIA Ja. Soll ich ihn wegschicken?

GALILEI *nach einer Pause:* Führ ihn herein.

Virginia führt Andrea herein.

VIRGINIA *zum Mönch:* Er ist harmlos. Er war sein Schüler. So ist er jetzt sein Feind.

GALILEI Laß mich allein mit ihm, Virginia.

VIRGINIA Ich will hören, was er erzählt. *Sie setzt sich.*

ANDREA *kühl:* Wie geht es Ihnen?

GALILEI Tritt näher. Was machst du? Erzähl von deiner Arbeit. Ich höre, es ist über Hydraulik.

ANDREA Fabrizius in Amsterdam hat mir aufgetragen, mich nach Ihrem Befinden zu erkundigen.

Pause.

GALILEI Ich befinde mich wohl. Man schenkt mir große Aufmerksamkeit.

ANDREA Es freut mich, berichten zu können, daß Sie sich wohl befinden.

GALILEI Fabrizius wird erfreut sein, es zu hören. Und du kannst ihn informieren, daß ich in angemessenem Komfort lebe. Durch die Tiefe meiner Reue habe ich mir die Gunst meiner Oberen so weit erhalten können, daß mir in bescheidenem Umfang wissenschaftliche Studien unter geistlicher Kontrolle gestattet werden konnten.

ANDREA Jawohl. Auch wir hörten, daß die Kirche mit Ihnen zufrieden ist. Ihre völlige Unterwerfung hat gewirkt. Es wird versichert, die Oberen hätten mit Genugtuung festgestellt, daß in Italien kein Werk mit neuen Behauptungen mehr veröffentlicht wurde, seit Sie sich unterwarfen.

GALILEI *horchend:* Leider gibt es Länder, die sich der Obhut der Kirche entziehen. Ich fürchte, daß die verurteilten Lehren dort weitergefördert werden.

ANDREA Auch dort trat infolge Ihres Widerrufs ein für die Kirche erfreulicher Rückschlag ein.

GALILEI Wirklich? *Pause.* Nichts von Descartes? Nichts aus Paris?

ANDREA Doch. Auf die Nachricht von Ihrem Widerruf stopfte er seinen Traktat über die Natur des Lichts in die Lade.

Lange Pause.

GALILEI Ich bin in Sorge einiger wissenschaftlicher Freunde wegen, die ich auf die Bahn des Irrtums geleitet habe. Sind sie durch meinen Widerruf belehrt worden?

ANDREA Um wissenschaftlich arbeiten zu können, habe ich vor, nach Holland zu gehen. Man gestattet nicht dem Ochsen, was Jupiter sich nicht gestattet.

GALILEI Ich verstehe.

ANDREA Federzoni schleift wieder Linsen, in irgendeinem Mailänder Laden.

GALILEI *lacht:* Er kann nicht Latein.

Pause.

ANDREA Fulganzio, unser kleiner Mönch, hat die Forschung aufgegeben und ist in den Schoß der Kirche zurückgekehrt.

GALILEI Ja.

Pause.

GALILEI Meine Oberen sehen m e i n e r seelischen Wiedergesundung entgegen. Ich mache bessere Fortschritte, als zu erwarten war.

ANDREA So.

VIRGINIA Der Herr sei gelobt.

GALILEI *barsch:* Sieh nach den Gänsen, Virginia.

Virginia geht zornig hinaus. Im Vorbeigehen wird sie vom Mönch angesprochen.

DER MÖNCH Der Mensch mißfällt mir.

VIRGINIA Er ist harmlos. Sie hören doch. *Im Weggehen.* Wir haben frischen Ziegenkäse bekommen.

Der Mönch folgt ihr hinaus.

ANDREA Ich werde die Nacht durch fahren, um die Grenze morgen früh überschreiten zu können. Kann ich gehen?

GALILEI Ich weiß nicht, warum du gekommen bist, Sarti. Um mich aufzustören? Ich lebe vorsichtig und ich denke vorsichtig, seit ich hier bin. Ich habe ohnedies meine Rückfälle.

ANDREA Ich möchte Sie lieber nicht aufregen, Herr Galilei.

GALILEI Barberini nannte es die Krätze. Er war selber nicht gänzlich frei davon. Ich habe wieder geschrieben.

ANDREA So?

GALILEI Ich schrieb die »Discorsi« fertig.

ANDREA Was? Die »Gespräche, betreffend zwei neue Wissenszweige: Mechanik und Fallgesetze«? Hier?

GALILEI Oh, man gibt mir Papier und Feder. Meine Oberen sind keine Dummköpfe. Sie wissen, daß eingewurzelte Laster nicht von heute auf morgen abgebrochen werden können. Sie schützen mich vor mißlichen Folgen, indem sie Seite für Seite wegschließen.

ANDREA O Gott!

GALILEI Sagtest du etwas?

ANDREA Man läßt Sie Wasser pflügen! Man gibt Ihnen Papier und Feder, damit Sie sich beruhigen! Wie konnten Sie überhaupt schreiben mit diesem Ziel vor Augen?

GALILEI Oh, ich bin ein Sklave meiner Gewohnheiten.

ANDREA Die »Discorsi« in der Hand der Mönche! Und Amsterdam und London und Prag hungern danach!

GALILEI Ich kann Fabrizius jammern hören, pochend auf sein Pfund Fleisch, selber in Sicherheit sitzend in Amsterdam.

ANDREA Zwei neue Wissenszweige so gut wie verloren!

GALILEI Es wird ihn und einige andre ohne Zweifel erheben zu hören, daß ich die letzten kümmerlichen Reste meiner Bequemlichkeit aufs Spiel gesetzt habe, eine Abschrift zu machen, hinter meinem Rücken sozusagen, aufbrauchend die letzte Unze Licht der helleren Nächte von sechs Monaten.

ANDREA Sie haben eine Abschrift?

GALILEI Meine Eitelkeit hat mich bisher davon zurückgehalten, sie zu vernichten.

ANDREA Wo ist sie?

GALILEI »Wenn dich dein Auge ärgert, reiß es aus.« Wer immer das schrieb, wußte mehr über Komfort als ich. Ich nehme an, es ist die Höhe der Torheit, sie auszuhändigen. Da ich es nicht fertiggebracht habe, mich von wissenschaftlichen Arbeiten fernzuhalten, könnt ihr sie ebensogut haben. Die Abschrift liegt im Globus. Solltest du erwägen, sie nach Holland mitzunehmen, würdest du natürlich die gesamte Verantwortung zu schultern haben. Du hättest sie in diesem Fall von jemandem gekauft, der Zutritt zum Original im Heiligen Offizium hat.

Andrea ist zum Globus gegangen. Er holt die Abschrift heraus.

ANDREA Die »Discorsi«!

Er blättert in dem Manuskript.

ANDREA *liest:* »Mein Vorsatz ist es, eine sehr neue Wissenschaft aufzustellen, handelnd von einem sehr alten Gegenstand, der Bewegung. Ich habe durch Experimente einige ihrer Eigenschaften entdeckt, die wissenswert sind.«

GALILEI Etwas mußte ich anfangen mit meiner Zeit.

ANDREA Das wird eine neue Physik begründen.

GALILEI Stopf es untern Rock.

ANDREA Und wir dachten, Sie wären übergelaufen! Meine Stimme war die lauteste gegen Sie!

GALILEI Das gehörte sich. Ich lehrte dich Wissenschaft, und ich verneinte die Wahrheit.

ANDREA Dies ändert alles. Alles.

GALILEI Ja?

ANDREA Sie versteckten die Wahrheit. Vor dem Feind. Auch auf dem Felde der Ethik waren Sie uns um Jahrhunderte voraus.

GALILEI Erläutere das, Andrea.

ANDREA Mit dem Mann auf der Straße sagten wir: Er wird sterben, aber er wird nie widerrufen. – Sie kamen zurück: Ich habe widerrufen, aber ich werde leben. – Ihre Hände sind befleckt, sagten wir. – Sie sagen: Besser befleckt als leer.

GALILEI Besser befleckt als leer. Klingt realistisch. Klingt nach mir. Neue Wissenschaft, neue Ethik.

ANDREA Ich vor allen andern hätte es wissen müssen! Ich war elf, als Sie eines andern Mannes Fernrohr an den Senat von Venedig verkauften. Und ich sah Sie von diesem Instrument unsterblichen Gebrauch machen. Ihre Freunde schüttelten die Köpfe, als Sie sich vor dem Kind in Florenz beugten: die Wissenschaft gewann Publikum. Sie lachten immer schon über die Helden. »Leute, welche leiden, langweilen mich«, sagten Sie. »Unglück stammt von mangelhaften Berechnungen.« Und: »Angesichts von Hindernissen mag die kürzeste Linie zwischen zwei Punkten die krumme sein.«

GALILEI Ich entsinne mich.

ANDREA Als es Ihnen dann 33 gefiel, einen volkstümlichen Punkt Ihrer Lehren zu widerrufen, hätte ich wissen müssen, daß Sie sich lediglich aus einer hoffnungslosen politischen Schlägerei zurückzogen, um das eigentliche Geschäft der Wissenschaft weiter zu betreiben.

GALILEI Welches besteht in …

ANDREA … dem Studium der Eigenschaften der Bewegung, Mutter der Maschinen, die allein die Erde so bewohnbar machen werden, daß der Himmel abgetragen werden kann.

GALILEI Aha.

ANDREA Sie gewannen die Muße, ein wissenschaftliches Werk zu schreiben, das nur Sie schreiben konnten. Hätten Sie in einer Gloriole von Feuer auf dem Scheiterhaufen geendet, wären die andern die Sieger gewesen.

GALILEI Sie sind die Sieger. Und es gibt kein wissenschaftliches Werk, das nur ein Mann schreiben kann.

ANDREA Warum dann haben Sie widerrufen?

GALILEI Ich habe widerrufen, weil ich den körperlichen Schmerz fürchtete.

ANDREA Nein!

GALILEI Man zeigte mir die Instrumente.

ANDREA So war es kein Plan?

GALILEI Es war keiner.

Pause.

ANDREA *laut:* Die Wissenschaft kennt nur ein Gebot: den wissenschaftlichen Beitrag.

GALILEI Und den habe ich geliefert. Willkommen in der Gosse, Bruder in der Wissenschaft und Vetter im Verrat! Ißt du Fisch? Ich habe Fisch. Was stinkt, ist nicht mein Fisch, sondern ich. Ich verkaufe aus, du bist ein Käufer. O unwiderstehlicher Anblick des Buches, der geheiligten Ware! Das Wasser läuft im Mund zusammen und die Flüche ersaufen. Die Große Babylonische, das mörderische Vieh, die Scharlachene, öffnet die Schenkel, und alles ist anders! Geheiliget sei unsre schachernde, weißwaschende, todfürchtende Gemeinschaft!

ANDREA Todesfurcht ist menschlich! Menschliche Schwächen gehen die Wissenschaft nichts an.

GALILEI Nein?! – Mein lieber Sarti, auch in meinem gegenwärtigen Zustand fühle ich mich noch fähig, Ihnen ein paar Hinweise darüber zu geben, was die Wissenschaft alles angeht, der Sie sich verschrieben haben.

Eine kleine Pause.

GALILEI *akademisch die Hände über dem Bauch gefaltet:* In meinen freien Stunden, deren ich viele habe, bin ich meinen Fall durchgegangen und habe darüber nachgedacht, wie die Welt der Wissenschaft, zu der ich mich selber nicht mehr zähle, ihn zu beurteilen haben wird. Selbst ein Wollhändler muß, außer billig einkaufen und teuer verkaufen, auch noch darum besorgt sein, daß der Handel mit Wolle unbehindert vor sich gehen kann. Der Verfolg der Wissenschaft scheint mir diesbezüglich besondere Tapferkeit zu erheischen. Sie handelt mit Wissen, gewonnen durch Zweifel. Wissen verschaffend über alles für alle, trachtet sie, Zweifler zu machen aus allen. Nun wird der Großteil der Bevölkerung von ihren Fürsten, Grundbesitzern und Geistlichen in einem perlmutternen Dunst von Aberglauben und alten Wörtern gehalten, welcher die Machinationen dieser Leute verdeckt. Das Elend der Vielen ist alt wie das Gebirge und wird von Kanzel und Katheder herab für unzerstörbar erklärt wie das Gebirge. Unsere neue Kunst des Zweifelns entzückte das große Publikum. Es riß uns das Teleskop aus der Hand und richtete es auf seine Peiniger. Diese selbstischen und gewalttätigen Männer, die sich die Früchte der Wissenschaft gierig zunutze gemacht haben, fühlten zugleich das kalte Auge der Wissenschaft auf ein tausendjähriges, aber künstliches Elend gerichtet, das deutlich beseitigt werden konnte, indem sie beseitigt wurden. Sie überschütteten uns mit Drohungen und Bestechungen, unwiderstehlich für schwache Seelen. Aber können wir uns der Menge verweigern und doch Wissenschaftler bleiben? Die Bewegungen der Himmelskörper sind übersichtlicher geworden; immer noch unberechenbar sind den Völkern die Bewegungen ihrer Herrscher. Der Kampf um die Meßbarkeit des Himmels ist gewonnen durch Zweifel; durch Gläubigkeit muß der Kampf der römischen Hausfrau um Milch immer aufs neue verlorengehen. Die Wissenschaft, Sarti, hat mit beiden Kämpfen zu tun. Eine Menschheit, stolpernd in diesem tausendjährigen Perlmutterdunst von Aberglauben und alten Wörtern, zu unwissend, ihre eigenen Kräfte voll zu entfalten, wird nicht fähig sein, die Kräfte der Natur zu entfalten, die ihr enthüllt. Wofür arbeitet ihr? Ich halte dafür, daß das einzige Ziel der Wissenschaft darin besteht, die Mühseligkeit der menschlichen Existenz zu erleichtern. Wenn Wissenschaftler, eingeschüchtert durch selbstsüchtige Machthaber, sich damit begnügen, Wissen um des Wissens willen aufzuhäufen, kann die Wissenschaft zum Krüppel gemacht werden, und eure neuen Maschinen mögen nur neue Drangsale bedeuten. Ihr mögt mit der Zeit alles entdecken, was es zu entdecken gibt, und euer Fortschritt wird doch nur ein Fortschreiten von der Menschheit weg sein. Die Kluft zwischen euch und ihr kann eines Tages so groß werden, daß euer Jubelschrei über irgendeine neue Errungenschaft von einem universalen Entsetzensschrei beantwortet werden könnte. – Ich hatte als Wissenschaftler eine einzigartige Möglichkeit. In meiner Zeit erreichte die Astronomie die Marktplätze. Unter diesen ganz besonderen Umständen hätte die Standhaftigkeit eines Mannes große Erschütterungen hervorrufen können. Hätte ich widerstanden, hätten die Naturwissenschaftler etwas wie den hippokratischen Eid der Ärzte entwickeln können, das Gelöbnis, ihr Wissen einzig zum Wohle der Menschheit anzuwenden! Wie es nun steht, ist das Höchste, was man erhoffen kann, ein Geschlecht erfinderischer Zwerge, die für alles gemietet werden können. Ich habe zudem die Überzeugung gewonnen, Sarti, daß ich niemals in wirklicher Gefahr schwebte. Einige Jahre lang war ich ebenso stark wie die Obrigkeit. Und ich überlieferte mein Wissen den Machthabern, es zu gebrauchen, es nicht zu gebrauchen, es zu mißbrauchen, ganz wie es ihren Zwekken diente. *Virginia ist mit einer Schüssel hereingekommen und bleibt stehen.* Ich habe meinen Beruf verraten. Ein

Mensch, der das tut, was ich getan habe, kann in den Reihen der Wissenschaft nicht geduldet werden.

VIRGINIA Du bist aufgenommen in den Reihen der Gläubigen.

Sie geht weiter und stellt die Schüssel auf den Tisch.

GALILEI Richtig. – Ich muß jetzt essen.

Andrea hält ihm die Hand hin. Galilei sieht die Hand, ohne sie zu nehmen.

GALILEI Du lehrst jetzt selber. Kannst du es dir leisten, eine Hand wie die meine zu nehmen? *Er geht zum Tisch.* Jemand, der hier durch kam, hat mir Gänse geschickt. Ich esse immer noch gern.

ANDREA So sind Sie nicht mehr der Meinung, daß ein neues Zeitalter angebrochen ist?

GALILEI Doch. – Gib acht auf dich, wenn du durch Deutschland kommst, die Wahrheit unter dem Rock.

ANDREA *außerstande, zu gehen:* Hinsichtlich Ihrer Einschätzung des Verfassers, von dem wir sprachen, weiß ich Ihnen keine Antwort. Aber ich kann mir nicht denken, daß Ihre mörderische Analyse das letzte Wort sein wird.

GALILEI Besten Dank, Herr. *Er fängt an zu essen.*

VIRGINIA *Andrea hinausgeleitend:* Wir haben Besucher aus der Vergangenheit nicht gern. Sie regen ihn auf.

Andrea geht. Virginia kommt zurück.

GALILEI Hast du eine Ahnung, wer die Gänse geschickt haben kann?

VIRGINIA Nicht Andrea.

GALILEI Vielleicht nicht. Wie ist die Nacht?

VIRGINIA *am Fenster:* Hell.

15

1637. GALILEIS BUCH »DISCORSI« ÜBERSCHREITET DIE ITALIENISCHE GRENZE.

Liebe Leut, gedenkt des Ends
Das Wissen flüchtete über die Grenz.
Wir, die wissensdurstig sind
Er und ich, wir blieben dahint'.
Hütet nun ihr der Wissenschaften Licht
Nutzt es und mißbraucht es nicht
Daß es nicht, ein Feuerfall
Einst verzehre noch uns all
Ja, uns all.

Kleine italienische Grenzstadt früh am Morgen. Am Schlagbaum der Grenzwache spielen Kinder. Andrea wartet neben einem Kutscher die Prüfung seiner Papiere durch die Grenzwächter ab. Er sitzt auf einer kleinen Kiste und liest in Galileis Manuskript. Jenseits des Schlagbaumes steht die Reisekutsche.

DIE KINDER *singen:*
Maria saß auf einem Stein
Sie hatt' ein rosa Hemdelein
Das Hemdelein war verschissen.
Doch als der kalte Winter kam
Das Hemdelein sie übernahm
Verschissen ist nicht zerrissen.

DER GRENZWÄCHTER Warum verlassen Sie Italien?

ANDREA Ich bin Gelehrter.

DER GRENZWÄCHTER *zum Schreiber:* Schreib unter »Grund der Ausreise«: Gelehrter. Ihr Gepäck muß ich durchschauen. *Er tut es.*

DER ERSTE JUNGE *zu Andrea:* Hier sollten Sie nicht sitzen. *Er zeigt auf die Hütte, vor der Andrea sitzt.* Da wohnt eine Hexe drin.

DER ZWEITE JUNGE Die alte Marina ist gar keine Hexe.

DER ERSTE JUNGE Soll ich dir die Hand ausrenken?

DER DRITTE JUNGE Sie ist doch eine. Sie fliegt nachts durch die Luft.

DER ERSTE JUNGE Und warum kriegt sie nirgends in der Stadt auch nur einen Topf Milch, wenn sie keine Hexe ist?

DER ZWEITE JUNGE Wie soll sie denn durch die Luft fliegen? Das kann niemand. *Zu Andrea:* Kann man das?

DER ERSTE JUNGE *über den zweiten:* Das ist Giuseppe. Er weiß rein gar nichts, weil er nicht in die Schule geht, weil er keine ganze Hose hat.

DER GRENZWÄCHTER Was ist das für ein Buch?

ANDREA *ohne aufzusehen:* Das ist von dem großen Philosophen Aristoteles.

DER GRENZWÄCHTER *mißtrauisch:* Was ist das für einer?

ANDREA Er ist schon tot.

Die Jungen gehen, um den lesenden Andrea zu verspotten, so herum, als läsen auch sie in Büchern beim Gehen.

DER GRENZWÄCHTER *zum Schreiber:* Sieh nach, ob etwas über die Religion drin steht.

DER SCHREIBER *blättert:* Ich kann nichts finden.

DER GRENZWÄCHTER Die ganze Sucherei hat ja auch wenig Zweck. So offen würde uns ja keiner hinlegen, was er zu verbergen hätte. *Zu Andrea:* Sie müssen unterschreiben, daß wir alles untersucht haben.

Andrea steht zögernd auf und geht, immerfort lesend, mit den Grenzwächtern ins Haus.

DER DRITTE JUNGE *zum Schreiber, auf die Kiste zeigend:* Da ist noch was, sehen Sie?

DER SCHREIBER War das vorhin noch nicht da?

DER DRITTE JUNGE Das hat der Teufel hier hingestellt. Es ist eine Kiste.

DER ZWEITE JUNGE Nein, die gehört dem Fremden.

DER DRITTE JUNGE Ich ginge nicht hin. Sie hat dem Kutscher Passi die Gäule verhext. Ich habe selber durch das Loch im Dach, das der Schneesturm gerissen hat, hineingeschaut und gehört, wie sie gehustet haben.

DER SCHREIBER *der schon beinahe an der Kiste war, zögert und kehrt zurück:* Teufelszeug, wie? Nun, wir können nicht alles kontrollieren. Wo kämen wir da hin?

Zurück kommt Andrea mit einem Krug Milch. Er setzt sich wieder auf die Kiste und liest weiter.

DER GRENZWÄCHTER *hinter ihm drein mit Papieren:* Mach die Kisten wieder zu. Haben wir alles?

DER SCHREIBER Alles.

DER ZWEITE JUNGE *zu Andrea:* Sie sind ja Gelehrter. Sagen Sie selber: Kann man durch die Luft fliegen?

ANDREA Wart einen Augenblick.

DER GRENZWÄCHTER Sie können passieren.

Das Gepäck ist vom Kutscher aufgenommen worden. Andrea nimmt die Kiste und will gehen.

DER GRENZWÄCHTER Halt! Was ist das für eine Kiste?

ANDREA *wieder sein Buch vornehmend:* Es sind Bücher.

DER ERSTE JUNGE Das ist die von der Hexe.

DER GRENZWÄCHTER Unsinn. Wie soll die eine Kiste bezaubern können?

DER DRITTE JUNGE Wenn ihr doch der Teufel hilft!

DER GRENZWÄCHTER *lacht:* Das gilt hier nicht. *Zum Schreiber:* Mach auf.

Die Kiste wird geöffnet.

DER GRENZWÄCHTER *unlustig:* Wie viele sind das?

ANDREA Vierunddreißig.

DER GRENZWÄCHTER *zum Schreiber:* Wie lang brauchst du damit?

DER SCHREIBER *der angefangen hat, oberflächlich in der Kiste zu wühlen:* Alles schon gedruckt. Aus Ihrem Frühstück wird dann jedenfalls nichts, und wann soll ich zum Kutscher Passi hinüberlaufen, um den rückständigen Wegzoll einzukassieren bei der Auktionierung seines Hauses, wenn ich all die Bücher durchblättern soll?

DER GRENZWÄCHTER Ja, das Geld müssen wir haben. *Er stößt mit dem Fuß nach den Büchern.* Na, was kann schon viel drinstehen! *Zum Kutscher:* Ab!

Andrea geht mit dem Kutscher, der die Kiste trägt, über die Grenze. Drüben steckt er das Manuskript Galileis in die Reisetasche.

DER DRITTE JUNGE *deutet auf den Krug, den Andrea hat stehenlassen:* Da!

DER ERSTE JUNGE Und die Kiste ist weg! Seht ihr, daß es der Teufel war?

ANDREA *sich umwendend:* Nein, ich war es. Du mußt lernen, die Augen aufzumachen. Die Milch ist bezahlt und der Krug. Die Alte soll ihn haben. Ja, und ich habe dir noch nicht auf deine Frage geantwortet, Giuseppe. Auf einem Stock kann man nicht durch die Luft fliegen. Er müßte zumindest eine Maschine dran haben. Aber eine solche Maschine gibt es noch nicht. Vielleicht wird es sie nie geben, da der Mensch zu schwer ist. Aber natürlich, man kann es nicht wissen. Wir wissen bei weitem nicht genug, Giuseppe. Wir stehen wirklich erst am Beginn.

Mutter Courage und ihre Kinder

Eine Chronik aus dem Dreißigjährigen Krieg

Redaktion: Elisabeth Hauptmann

»Mutter Courage und ihre Kinder«, geschrieben in Skandinavien vor dem Ausbruch des zweiten Weltkrieges, ist der 20. Versuch. Eine Musik hierzu komponierte Paul Dessau.

Personen

Mutter Courage · Kattrin, ihre stumme Tochter · Eilif, der ältere Sohn · Schweizerkas, der jüngere Sohn · Der Werber · Der Feldwebel · Der Koch · Der Feldhauptmann · Der Feldprediger · Der Zeugmeister · Yvette Pottier · Der mit der Binde · Ein anderer Feldwebel · Der alte Obrist · Ein Schreiber · Ein junger Soldat · Ein älterer Soldat · Ein Bauer · Die Bauersfrau · Der junge Mann · Die alte Frau · Ein anderer Bauer · Die Bäuerin · Ein junger Bauer · Der Fähnrich · Soldaten · Eine Stimme

1

FRÜHJAHR 1624. DER FELDHAUPTMANN OXENSTJERNA WIRBT IN DALARNE TRUPPEN FÜR DEN FELDZUG IN POLEN. DER MARKETENDERIN ANNA FIERLING, BEKANNT UNTER DEM NAMEN MUTTER COURAGE, KOMMT EIN SOHN ABHANDEN.

Landstraße in Stadtnähe. Ein Feldwebel und ein Werber stehen frierend.

DER WERBER Wie soll man sich hier eine Mannschaft zusammenlesen? Feldwebel, ich denk schon mitunter an Selbstmord. Bis zum zwölften soll ich dem Feldhauptmann vier Fähnlein hinstelln, und die Leut hier herum sind so voll Bosheit, daß ich keine Nacht mehr schlaf. Hab ich endlich einen aufgetrieben, und schon durch die Finger gesehn und mich nix wissen gemacht, daß er eine Hühnerbrust hat und Krampfadern, ich hab ihn glücklich besoffen, er hat schon unterschrieben, ich zahl nur noch den Schnaps, er tritt aus, ich hinterher zur Tür, weil mir was schwant: Richtig, weg ist er, wie die Laus unterm Kratzen. Da gibts kein Manneswort, kein Treu und Glauben, kein Ehrgefühl. Ich hab hier mein Vertrauen in die Menschheit verloren, Feldwebel.

DER FELDWEBEL Man merkts, hier ist zu lang kein Krieg gewesen. Wo soll da Moral herkommen, frag ich? Frieden, das ist nur Schlamperei, erst der Krieg schafft Ordnung. Die Menschheit schießt ins Kraut im Frieden. Mit Mensch und Vieh wird herumgesaut, als wärs gar nix. Jeder frißt, was er will, einen Ranken Käs aufs Weißbrot und dann noch eine Scheibe Speck auf den Käs. Wie viele junge Leut und gute Gäul diese Stadt da vorn hat, weiß kein Mensch, es ist niemals gezählt worden. Ich bin in Gegenden gekommen, wo kein Krieg war vielleicht siebzig Jahr, da hatten die Leut überhaupt noch keine Namen, die kannten sich selber nicht. Nur wo Krieg ist, gibts ordentliche Listen und Registraturen, kommt das Schuhzeug in Ballen und das Korn in Säck, wird Mensch und Vieh sauber gezählt und weggebracht, weil man eben weiß: Ohne Ordnung kein Krieg!

DER WERBER Wie richtig das ist!

DER FELDWEBEL Wie alles Gute ist auch der Krieg am Anfang

halt schwer zu machen. Wenn er dann erst floriert, ist er auch zäh; dann schrecken die Leut zurück vorm Frieden, wie die Würfler vorm Aufhören, weil dann müssens zählen, was sie verloren haben. Aber zuerst schreckens zurück vorm Krieg. Er ist ihnen was Neues.

DER WERBER Du, da kommt ein Planwagen. Zwei Weiber und zwei junge Burschen. Halt die Alte auf, Feldwebel. Wenn das wieder nix ist, stell ich mich nicht weiter in den Aprilwind hin, das sag ich dir.

Man hört eine Maultrommel. Von zwei jungen Burschen gezogen, rollt ein Planwagen heran. Auf ihm sitzen Mutter Courage und ihre stumme Tochter Kattrin.

MUTTER COURAGE Guten Morgen, Herr Feldwebel!

DER FELDWEBEL *sich in den Weg stellend:* Guten Morgen, ihr Leut! Wer seid ihr?

MUTTER COURAGE Geschäftsleut. *Singt.*

Ihr Hauptleut, laßt die Trommel ruhen
Und laßt eur Fußvolk halten an:
Mutter Courage, die kommt mit Schuhen
In denen es besser laufen kann.
Mit seinen Läusen und Getieren
Bagage, Kanone und Gespann –
Soll es euch in die Schlacht marschieren
So will es gute Schuhe han.
  Das Frühjahr kommt. Wach auf, du Christ!
  Der Schnee schmilzt weg. Die Toten ruhn.
  Und was noch nicht gestorben ist
  Das macht sich auf die Socken nun.

Ihr Hauptleut, eure Leut marschieren
Euch ohne Wurst nicht in den Tod.
Laßt die Courage sie erst kurieren
Mit Wein von Leibs- und Geistesnot.
Kanonen auf die leeren Mägen
Ihr Hauptleut, das ist nicht gesund.
Doch sind sie satt, habt meinen Segen
Und führt sie in den Höllenschlund.
  Das Frühjahr kommt. Wach auf, du Christ!

Der Schnee schmilzt weg. Die Toten ruhn.
Und was noch nicht gestorben ist
Das macht sich auf die Socken nun.

DER FELDWEBEL Halt, wohin gehört ihr, Bagage?

DER ÄLTERE SOHN Zweites Finnisches Regiment.

DER FELDWEBEL Wo sind eure Papiere?

MUTTER COURAGE Papiere?

JÜNGERER SOHN Das ist doch die Mutter Courage!

DER FELDWEBEL Nie von gehört. Warum heißt sie Courage?

MUTTER COURAGE Courage heiß ich, weil ich den Ruin gefürchtet hab, Feldwebel, und bin durch das Geschützfeuer von Riga gefahrn mit fünfzig Brotlaib im Wagen. Sie waren schon angeschimmelt, es war höchste Zeit, ich hab keine Wahl gehabt.

DER FELDWEBEL Keine Witze, du. Wo sind die Papiere!

MUTTER COURAGE *aus einer Zinnbüchse einen Haufen Papiere kramend und herunterkletternd:* Das sind alle meine Papiere, Feldwebel. Da ist ein ganzes Meßbuch dabei, aus Altötting, zum Einschlagen von Gurken, und eine Landkarte von Mähren, weiß Gott, ob ich da je hinkomm, sonst ist sie für die Katz, und hier stehts besiegelt, daß mein Schimmel nicht die Maul- und Klauenseuch hat, leider ist er uns umgestanden, er hat fünfzehn Gulden gekostet, aber nicht mich, Gott sei Dank. Ist das genug Papier?

DER FELDWEBEL Willst du mich auf den Arm nehmen? Ich werd dir deine Frechheit austreiben. Du weißt, daß du eine Lizenz haben mußt.

MUTTER COURAGE Reden Sie anständig mit mir und erzählen Sie nicht meinen halbwüchsigen Kindern, daß ich Sie auf den Arm nehmen will, das gehört sich nicht, ich hab nix mit Ihnen. Meine Lizenz beim Zweiten Regiment ist mein anständiges Gesicht, und wenn Sie es nicht lesen können, kann ich nicht helfen. Einen Stempel laß ich mir nicht draufsetzen.

DER WERBER Feldwebel, ich spür einen unbotmäßigen Geist heraus bei der Person. Im Lager da brauchen wir Zucht.

MUTTER COURAGE Ich dacht Würst.

DER FELDWEBEL Name.

MUTTER COURAGE Anna Fierling.

DER FELDWEBEL Also dann heißts ihr alle Fierling?

MUTTER COURAGE Wieso? Ich heiß Fierling. Die nicht.

DER FELDWEBEL Ich denk, das sind alles Kinder von dir?

MUTTER COURAGE Sind auch, aber heißen sie deshalb alle gleich? *Auf den älteren Sohn deutend.* Der zum Beispiel heißt Eilif Nojocki, warum, sein Vater hat immer behauptet, er heißt Kojocki oder Mojocki. Der Junge hat ihn noch gut im Gedächtnis, nur, das war ein anderer, den er im Gedächtnis hat, ein Franzos mit einem Spitzbart. Aber sonst hat er vom Vater die Intelligenz geerbt; der konnt einem Bauern die Hos vom Hintern wegziehn, ohne daß der was gemerkt hat. Und so hat eben jedes von uns seinen Namen.

DER FELDWEBEL Was, jedes einen anderen?

MUTTER COURAGE Sie tun grad, als ob Sie das nicht kennten.

DER FELDWEBEL Dann ist der wohl ein Chineser? *Auf den Jüngeren deutend.*

MUTTER COURAGE Falsch geraten. Ein Schweizer.

DER FELDWEBEL Nach dem Franzosen?

MUTTER COURAGE Nach was für einem Franzosen? Ich weiß von keinem Franzosen. Bringen Sies nicht durcheinander, sonst stehn wir am Abend noch da. Ein Schweizer, heißt aber Fejos, ein Name, der nix mit seinem Vater zu tun hat. Der hieß ganz anders und war Festungsbaumeister, nur versoffen.

Schweizerkas nickt strahlend, und auch die stumme Kattrin amüsiert sich.

DER FELDWEBEL Wie kann er da Fejos heißen?

MUTTER COURAGE Ich will Sie nicht beleidigen, aber Phantasie haben Sie nicht viel. Er heißt natürlich Fejos, weil, als er kam, war ich mit einem Ungarn, dem wars gleich, er hatte schon den Nierenschwund, obwohl er nie einen Tropfen angerührt hat, ein sehr redlicher Mensch. Der Junge ist nach ihm geraten.

DER FELDWEBEL Aber er war doch gar nicht der Vater?

MUTTER COURAGE Aber nach ihm ist er geraten. Ich heiß ihn Schweizerkas, warum, er ist gut im Wagenziehen. *Auf ihre Tochter deutend.* Die heißt Kattrin Haupt, eine halbe Deutsche.

DER FELDWEBEL Eine nette Familie, muß ich sagen.

MUTTER COURAGE Ja, ich bin durch die ganze Welt gekommen mit meinem Planwagen.

DER FELDWEBEL Das wird alles aufgeschrieben. *Er schreibt auf.*

DER WERBER Ihr solltet lieber Jakob Ochs und Esau Ochs heißen, weil ihr doch den Wagen zieht. Aus dem Gespann kommt ihr wohl nie heraus?

EILIF Mutter, darf ich ihm aufs Maul hauen? Ich möcht gern.

MUTTER COURAGE Und ich untersags dir, du bleibst stehn. Und jetzt, meine Herren Offizier, brauchens nicht eine gute Pistolen, oder eine Schnall, die Ihre ist schon abgewetzt, Herr Feldwebel.

DER FELDWEBEL Ich brauch was andres. Ich seh, die Burschen sind wie die Birken gewachsen, runde Brustkästen, stämmige Haxen: warum drückt sich das vom Heeresdienst, möcht ich wissen?

MUTTER COURAGE *schnell:* Nicht zu machen, Feldwebel. Meine Kinder sind nicht für das Kriegshandwerk.

DER WERBER Aber warum nicht? Das bringt Gewinn und bringt Ruhm. Stiefelverramschen ist Weibersache. *Zu Eilif:* Tritt einmal vor, laß dich anfühlen, ob du Muskeln hast oder ein Hühnchen bist.

MUTTER COURAGE Ein Hühnchen ist er. Wenn einer ihn streng anschaut, möcht er umfallen.

DER WERBER Und ein Kalb dabei erschlagen, wenn eins neben ihm stünd. *Er will ihn wegführen.*

MUTTER COURAGE Willst du ihn wohl in Ruhe lassen? Der ist nix für euch.

DER WERBER Er hat mich grob beleidigt, und von meinem Mund als einem Maul geredet. Wir zwei gehen dort ins Feld und tragen die Sach aus unter uns Männern.

EILIF Sei ruhig. Ich besorgs ihm, Mutter.

MUTTER COURAGE Stehen bleibst du. Du Haderlump! Ich kenn dich, nix wie raufen. Ein Messer hat er im Stiefel, stechen tut er.

DER WERBER Ich ziehs ihm aus wie einen Milchzahn, komm, Bürschchen.

MUTTER COURAGE Herr Feldwebel, ich sags dem Obristen. Der steckt euch ins Loch. Der Leutnant ist ein Freier meiner Tochter.

DER FELDWEBEL Keine Gewalt, Bruder. *Zu Mutter Courage:* Was hast du gegen den Heeresdienst? War sein Vater nicht Soldat? Und ist anständig gefallen? Das hast du selber gesagt.

MUTTER COURAGE Er ist ein ganzes Kind. Ihr wollt ihn mir zur Schlachtbank führen, ich kenn euch. Ihr kriegt fünf Gulden für ihn.

DER WERBER Zunächst kriegt er eine schöne Kappe und Stulpenstiefel, nicht?

EILIF Nicht von dir.

MUTTER COURAGE Komm, geh mit angeln, sagte der Fischer zum Wurm. *Zum Schweizerkas:* Lauf weg und schrei, die wollen deinen Bruder stehlen. *Sie zieht ein Messer.* Probierts nur und stehlt ihn. Ich stech euch nieder, Lumpen. Ich werds euch geben, Krieg mit ihm führen! Wir verkaufen ehrlich Leinen und Schinken und sind friedliche Leut.

DER FELDWEBEL Das sieht man an deinem Messer, wie friedlich ihr seid. Überhaupt sollst du dich schämen, gib das Messer weg, Vettel! Vorher hast du eingestanden, du lebst vom Krieg, denn wie willst du sonst leben, von was? Aber wie soll Krieg sein, wenn es keine Soldaten gibt?

MUTTER COURAGE Das müssen nicht meine sein.

DER FELDWEBEL So, den Butzen soll dein Krieg fressen, und die Birne soll er ausspucken! Deine Brut soll dir fett werden vom Krieg, und ihm gezinst wird nicht. Er kann schauen, wie er zu seine Sach kommt, wie? Heißt dich Courage, he? Und fürchtest den Krieg, deinen Brotgeber? Deine Söhn fürchten ihn nicht, das weiß ich von ihnen.

EILIF Ich fürcht kein Krieg.

DER FELDWEBEL Und warum auch? Schaut mich an: ist mir das Soldatenlos schlecht bekommen? Ich war mit siebzehn dabei.

MUTTER COURAGE Du bist noch nicht siebzig.

DER FELDWEBEL Ich kanns erwarten.

MUTTER COURAGE Ja, unterm Boden vielleicht.

DER FELDWEBEL Willst du mich beleidigen, und sagst, ich sterb?

MUTTER COURAGE Und wenns die Wahrheit ist? Wenn ich seh, daß du gezeichnet bist? Wenn du dreinschaust wie eine Leich auf Urlaub, he?

SCHWEIZERKAS Sie hat das Zweite Gesicht, das sagen alle. Sie sagt die Zukunft voraus.

DER WERBER Dann sag doch mal dem Herrn Feldwebel die Zukunft voraus, es möcht ihn amüsieren.

DER FELDWEBEL Ich halt nix davon.

MUTTER COURAGE Gib den Helm.

Er gibt ihn ihr.

DER FELDWEBEL Das bedeutet nicht so viel wie ins Gras scheißen. Nur daß ich was zum Lachen hab.

MUTTER COURAGE *nimmt einen Pergamentbogen und zerreißt ihn:* Eilif, Schweizerkas und Kattrin, so möchten wir alle zerrissen werden, wenn wir uns in'n Krieg zu tief einlassen täten. *Zum Feldwebel:* Ich werds Ihnen ausnahmsweis gratis machen. Ich mal ein schwarzes Kreuz auf den Zettel. Schwarz ist der Tod.

SCHWEIZERKAS Und den anderen läßt sie leer, siehst du?

MUTTER COURAGE Da falt ich sie zusammen, und jetzt schüttel ich sie durcheinander. Wie wir alle gemischt sind, von Mutterleib an, und jetzt ziehst du und weißt Bescheid.

Der Feldwebel zögert.

DER WERBER *zu Eilif:* Ich nehm nicht jeden, ich bin bekannt für wählerisch, aber du hast ein Feuer, das mich angenehm berührt.

DER FELDWEBEL *im Helm fischend:* Blödheit! Nix als ein Augenauswischen.

SCHWEIZERKAS Ein schwarzes Kreuz hat er gezogen. Hin geht er.

DER WERBER Laß du dich nicht ins Bockshorn jagen, für jeden ist keine Kugel gegossen.

DER FELDWEBEL *heiser:* Du hast mich beschissen.

MUTTER COURAGE Das hast du dich selber an dem Tag, wo du Soldat geworden bist. Und jetzt fahrn wir weiter, es ist nicht alle Tag Krieg, ich muß mich tummeln.

DER FELDWEBEL Hölle und Teufel, ich laß mich von dir nicht anschmieren. Deinen Bankert nehmen wir mit, der wird uns Soldat.

EILIF Ich möchts schon werden, Mutter.

MUTTER COURAGE Das Maul hältst du, du finnischer Teufel.

EILIF Der Schweizerkas will jetzt auch Soldat werden.

MUTTER COURAGE Das ist mir was Neues. Ich werd euch auch das Los ziehen lassen müssen, euch alle drei. *Sie läuft nach hinten, auf Zettel Kreuze zu malen.*

DER WERBER *zu Eilif:* Es ist gegen uns gesagt worden, daß es fromm zugeht im schwedischen Lager, aber das ist üble Nachred, damit man uns schadet. Gesungen wird nur am Sonntag, eine Stroph! und nur, wenn einer eine Stimm hat.

MUTTER COURAGE *kommt zurück mit den Zetteln im Helm des Feldwebels:* Möchten ihrer Mutter weglaufen, die Teufel, und in den Krieg wie die Kälber zum Salz. Aber ich werd die Zettel befragen, und da werden sie schon sehen, daß die Welt kein Freudental ist, mit »Komm mit, Sohn, wir brauchen noch Feldhauptleut«. Feldwebel, ich hab wegen ihnen die größten Befürchtungen, sie möchten mir nicht durch den Krieg kommen. Sie haben schreckliche Eigenschaften, alle drei. *Sie streckt Eilif den Helm hin.* Da, fisch dir dein Los raus. *Er fischt, faltet auf. Sie entreißt es ihm.* Da hast dus, ein Kreuz! Oh, ich unglückliche Mutter, ich schmerzensreiche Gebärerin. Er stirbt? Im Lenz des Lebens muß er dahin. Wenn er ein Soldat wird, muß er ins Gras beißen, das ist klar. Er ist zu kühn, nach seinem Vater. Und wenn er nicht klug ist, geht er den Weg des Fleisches, der Zettel beweist es. *Sie herrscht ihn an.* Wirst du klug sein?

EILIF Warum nicht?

MUTTER COURAGE Klug ist, wenn du bei deiner Mutter bleibst, und wenn sie dich verhöhnen und ein Hühnchen schimpfen, lachst du nur.

DER WERBER Wenn du dir in die Hosen machst, werd ich mich an deinen Bruder halten.

MUTTER COURAGE Ich hab dir geheißen, du sollst lachen. Lach! Und jetzt fisch du, Schweizerkas. Bei dir fürcht ich weniger, du bist redlich. *Er fischt im Helm.* Oh, warum schaust du so sonderbar auf den Zettel? Bestimmt ist er leer. Es kann nicht sein, daß da ein Kreuz drauf steht. Dich soll ich doch nicht verlieren. *Sie nimmt den Zettel.* Ein Kreuz? Auch er! Sollte das etwa sein, weil er so einfältig ist? Oh, Schweizerkas, du sinkst auch dahin, wenn du nicht ganz und gar redlich bist allezeit, wie ichs dir gelehrt hab von Kindesbeinen an, und mir das Wechselgeld zurückbringst vom Brotkaufen. Nur dann kannst du dich retten. Schau her, Feldwebel, obs nicht ein schwarzes Kreuz ist?

DER FELDWEBEL Ein Kreuz ists. Ich versteh nicht, daß ich eins gezogen hab. Ich halt mich immer hinten. *Zum Werber:* Sie treibt keinen Schwindel. Es trifft ihre eigenen auch.

SCHWEIZERKAS Mich triffts auch. Aber ich laß mirs gesagt sein.

MUTTER COURAGE *zu Kattrin:* Und jetzt bleibst mir nur noch du sicher, du bist selber ein Kreuz: du hast ein gutes Herz. *Sie hält ihr den Helm zum Wagen hoch, nimmt aber selber den Zettel heraus.* Ich möcht schier verzweifeln. Das kann nicht stimmen, vielleicht hab ich einen Fehler gemacht beim Mischen. Sei nicht zu gutmütig, Kattrin, seis nie mehr, ein Kreuz steht auch über deinem Weg. Halt dich immer recht still, das kann nicht schwer sein, wo du doch stumm geboren bist. So, jetzt wißt ihr. Seid alle vorsichtig, ihr habts nötig. Und jetzt steigen wir auf und fahren weiter. *Sie gibt dem Feldwebel seinen Helm zurück und besteigt den Wagen.*

DER WERBER *zum Feldwebel:* Mach was!

DER FELDWEBEL Ich fühl mich gar nicht wohl.

DER WERBER Vielleicht hast du dich schon verkühlt, wie du den Helm weggegeben hast im Wind. Verwickel sie in einen Handel. *Laut.* Du kannst dir die Schnalle ja wenigstens anschauen, Feldwebel. Die guten Leut leben vom Geschäft, nicht? He, ihr, der Feldwebel will die Schnalle kaufen!

MUTTER COURAGE Einen halben Gulden. Wert ist so eine Schnall zwei Gulden. *Sie klettert wieder vom Wagen.*

DER FELDWEBEL Sie ist nicht neu. Da ist so ein Wind, ich muß sie in Ruh studieren. *Er geht mit der Schnalle hinter den Wagen.*

MUTTER COURAGE Ich finds nicht zugig.

DER FELDWEBEL Vielleicht ist sie einen halben Gulden wert, es ist Silber.

MUTTER COURAGE *geht zu ihm hinter den Wagen:* Es sind solide sechs Unzen.

DER WERBER *zu Eilif:* Und dann heben wir einen unter Männern. Ich hab Handgeld bei mir, komm.

Eilif steht unschlüssig.

MUTTER COURAGE Dann ein halber Gulden.

DER FELDWEBEL Ich verstehs nicht. Immer halt ich mich dahint. Einen sichereren Platz, als wenn du Feldwebel bist, gibts nicht. Da kannst du die andern vorschicken, daß sie sich Ruhm erwerben. Mein ganzes Mittag ist mir versaut. Ich weiß genau, nix werd ich hinunterbringen.

MUTTER COURAGE So sollst du dirs nicht zu Herzen nehmen,

daß du nicht mehr essen kannst. Halt dich nur dahint. Da, nimm einen Schluck Schnaps, Mann. *Sie gibt ihm zu trinken.*

DER WERBER *hat Eilif untern Arm genommen und zieht ihn nach hinten mit sich fort:* Zehn Gulden auf die Hand, und ein mutiger Mensch bist du und kämpfst für den König, und die Weiber reißen sich um dich. Und mich darfst du in die Fresse hauen, weil ich dich beleidigt hab. *Beide ab.*

Die stumme Kattrin springt vom Wagen und stößt rauhe Laute aus.

MUTTER COURAGE Gleich, Kattrin, gleich. Der Herr Feldwebel zahlt noch. *Beißt in den halben Gulden.* Ich bin mißtrauisch gegen jedes Geld. Ich bin ein gebranntes Kind, Feldwebel. Aber die Münz ist gut. Und jetzt fahrn wir weiter. Wo ist der Eilif?

SCHWEIZERKAS Der ist mitm Werber weg.

MUTTER COURAGE *steht ganz still, dann:* Du einfältiger Mensch. *Zu Kattrin:* Ich weiß, du kannst nicht reden, du bist unschuldig.

DER FELDWEBEL Kannst selber einen Schluck nehmen, Mutter. So geht es eben. Soldat ist nicht das Schlechteste. Du willst vom Krieg leben, aber dich und die Deinen willst du draußen halten, wie?

MUTTER COURAGE Jetzt mußt du mit deinem Bruder ziehn, Kattrin.

Die beiden, Bruder und Schwester, spannen sich vor den Wagen und ziehen an. Mutter Courage geht nebenher. Der Wagen rollt weiter.

DER FELDWEBEL *nachblickend:*

Will vom Krieg leben
Wird ihm wohl müssen auch was geben.

2

In den Jahren 1625 und 26 zieht Mutter Courage im Tross der schwedischen Heere durch Polen. Vor der Festung Wallhof trifft sie ihren Sohn wieder. – Glücklicher Verkauf eines Kapauns und grosse Tage des kühnen Sohnes.

Das Zelt des Feldhauptmanns. Daneben die Küche. Kanonendonner. Der Koch streitet sich mit Mutter Courage, die einen Kapaun verkaufen will.

DER KOCH Sechzig Heller für einen so jämmerlichen Vogel?

MUTTER COURAGE Jämmerlicher Vogel? Dieses fette Vieh? Dafür soll ein Feldhauptmann, wo verfressen ist bis dorthinaus, weh Ihnen, wenn Sie nix zum Mittag haben, nicht sechzig Hellerchen zahlen können?

DER KOCH Solche krieg ich ein Dutzend für zehn Heller gleich ums Eck.

MUTTER COURAGE Was, so einen Kapaun wollen Sie gleich ums Eck kriegen? Wo Belagerung ist und also ein Hunger, daß die Schwarten krachen. Eine Feldratt kriegen Sie vielleicht, vielleicht sag ich, weil die aufgefressen sind, fünf Mann hoch sind sie einen halben Tag hinter einer hungrigen Feldratt her. Fünfzig Heller für einen riesigen Kapaun bei Belagerung!

DER KOCH Wir werden doch nicht belagert, sondern die andern. Wir sind die Belagerer, das muß in Ihren Kopf endlich hinein.

MUTTER COURAGE Aber zu fressen haben wir auch nix, ja weniger als die in der Stadt drin. Die haben doch alles hineingeschleppt. Die leben in Saus und Braus, hör ich. Aber wir! Ich war bei die Bauern, sie haben nix.

DER KOCH Sie haben. Sie versteckens.

MUTTER COURAGE *triumphierend:* Sie haben nicht. Sie sind ruiniert, das ist, was sie sind. Sie nagen am Hungertuch. Ich hab welche gesehn, die graben die Wurzeln aus vor Hunger, die schlecken sich die Finger nach einem gekochten Lederriemen. So steht es. Und ich hab einen Kapaun und soll ihn für vierzig Heller ablassen.

DER KOCH Für dreißig, nicht für vierzig. Ich hab gesagt für dreißig.

MUTTER COURAGE Sie, das ist kein gewöhnlicher Kapaun. Das war ein so talentiertes Vieh, hör ich, daß es nur gefressen hat, wenn sie ihm Musik aufgespielt haben, und es hat einen Leibmarsch gehabt. Es hat rechnen können, so intelligent war es. Und da solln vierzig Heller zu viel sein? Der Feldhauptmann wird Ihnen den Kopf abreißen, wenn nix aufm Tisch steht.

DER KOCH Sehen Sie, was ich mach? *Er nimmt ein Stück Rindfleisch und setzt das Messer dran.* Da hab ich ein Stück Rindfleisch, das brat ich. Ich geb Ihnen eine letzte Bedenkzeit.

MUTTER COURAGE Braten Sies nur. Das ist vom vorigen Jahr.

DER KOCH Das ist von gestern abend, da ist der Ochs noch herumgelaufen, ich hab ihn persönlich gesehn.

MUTTER COURAGE Dann muß er schon bei Lebzeiten gestunken haben.

DER KOCH Ich kochs fünf Stunden lang, wenns sein muß, ich will sehn, obs da noch hart ist. *Er schneidet hinein.*

MUTTER COURAGE Nehmens viel Pfeffer, daß der Herr Feldhauptmann den Gestank nicht riecht.

Ins Zelt treten der Feldhauptmann, ein Feldprediger und Eilif.

DER FELDHAUPTMANN *Eilif auf die Schulter schlagend:* Nun, mein Sohn, herein mit dir zu deinem Feldhauptmann und setz dich zu meiner Rechten. Denn du hast eine Heldentat vollbracht, als frommer Reiter, und für Gott getan, was du getan hast, in einem Glaubenskrieg, das rechne ich dir besonders hoch an, mit einer goldenen Armspang, sobald ich die Stadt hab. Wir sind gekommen, ihnen ihre Seelen zu retten, und was tun sie, als unverschämte und verdreckte Saubauern? Uns ihr Vieh wegtreiben! Aber ihren Pfaffen schieben sies vorn und hinten rein, aber du hast ihnen Mores gelehrt. Da schenk ich dir eine Kanne Roten ein, das trinken wir beide aus auf einen Hupp! *Sie tun es.* Der Feldprediger kriegt einen Dreck, der ist fromm. Und was willst du zu Mittag, mein Herz?

EILIF Einen Fetzen Fleisch, warum nicht?

DER FELDHAUPTMANN Koch, Fleisch!

DER KOCH Und dann bringt er sich noch Gäst mit, wo nix da is.

Mutter Courage bringt ihn zum Schweigen, da sie lauschen will.

EILIF Bauernschinden macht hungrig.

MUTTER COURAGE Jesus, das ist mein Eilif.

DER KOCH Wer?

MUTTER COURAGE Mein Ältester. Zwei Jahr hab ich ihn aus den Augen verloren, ist mir gestohlen worden auf der Straß und muß in hoher Gunst stehen, wenn ihn der Feldhauptmann zum Essen einlädt, und was hast du zum Essen? Nix! Hast du gehört, was er als Gast gern speisen will: Fleisch! Laß dir gut raten, nimm jetzt auf der Stell den Kapaun, er kost einen Gulden.

DER FELDHAUPTMANN *hat sich mit Eilif und dem Feldprediger gesetzt und brüllt:* Zu essen, Lamb, du Kochbestie, sonst erschlag ich dich.

DER KOCH Gib her, zum Teufel, du Erpresserin.

MUTTER COURAGE Ich dacht, es ist ein jämmerlicher Vogel.

DER KOCH Jämmerlich, her gib ihn, es ist ein Sündenpreis, fünfzig Heller.

MUTTER COURAGE Ich sag einen Gulden. Für meinen Ältesten, den lieben Gast vom Herrn Feldhauptmann, ist mir nix zu teuer.

DER KOCH Dann aber rupf ihn wenigstens, bis ich ein Feuer mach.

MUTTER COURAGE *setzt sich, den Kapaun zu rupfen:* Was mag der für ein Gesicht machen, wenn er mich sieht. Er ist mein kühner und kluger Sohn. Ich hab noch einen dummen, der aber redlich ist. Die Tochter ist nix. Wenigstens red sie nicht, das ist schon etwas.

DER FELDHAUPTMANN Trink noch einen, mein Sohn, das ist mein Lieblingsfalerner, ich hab nur noch ein Faß davon oder zwei, höchstens, aber das ists mir wert, daß ich seh, es gibt noch einen echten Glauben in meinem Heerhaufen. Und der Seelenhirt schaut wieder zu, weil er predigt nur, und wies gemacht werden soll, weiß er nicht. Und jetzt, mein Sohn Eilif, bericht uns genauer, wie fein du die Bauern geschlenkt und die zwanzig Rinder gefangen hast. Hoffentlich sind sie bald da.

EILIF In einem Tag oder zwei höchstens.

MUTTER COURAGE Das ist rücksichtsvoll von meinem Eilif, daß er die Ochsen erst morgen eintreibt, sonst hättet ihr meinen Kapaun überhaupt nicht mehr gegrüßt.

EILIF Also, das war so: ich hab erfahren, daß die Bauern unter der Hand, in der Nacht hauptsächlich, ihre versteckten Ochsen aus den Wäldern in ein bestimmtes Holz getrieben haben. Da wollten die von der Stadt sie abholen. Ich hab sie ruhig ihre Ochsen eintreiben lassen, die, dacht ich, finden sie leichter als ich. Meine Leut habe ich glustig auf das Fleisch gemacht, hab ihnen zwei Tag lang die schmale Ration noch gekürzt, daß ihnen das Wasser im Maul zusammengelaufen ist, wenn sie bloß ein Wort gehört haben, das mit Fl angeht, wie Fluß.

DER FELDHAUPTMANN Das war klug von dir.

EILIF Vielleicht. Alles andere war eine Kleinigkeit. Nur daß die Bauern Knüppel gehabt haben und dreimal so viele waren wie wir und einen mörderischen Überfall auf uns gemacht haben. Vier haben mich in ein Gestrüpp gedrängt und mir mein Eisen aus der Hand gehaun und gerufen: Ergib dich! Was tun, denk ich, die machen aus mir Hackfleisch.

DER FELDHAUPTMANN Was hast getan?

EILIF Ich hab gelacht.

DER FELDHAUPTMANN Was hast?

EILIF Gelacht. So ist ein Gespräch draus geworden. Ich verleg mich gleich aufs Handeln und sag: zwanzig Gulden für den Ochsen ist mir zu viel. Ich biet fünfzehn. Als wollt ich zahlen. Sie sind verdutzt und kratzen sich die Köpf. Sofort bück ich mich nach meinem Eisen und hau sie zusammen. Not kennt kein Gebot, nicht?

DER FELDHAUPTMANN Was sagst du dazu, Seelenhirt?

DER FELDPREDIGER Streng genommen, in der Bibel steht der Satz nicht, aber unser Herr hat aus fünf Broten fünfhundert herzaubern können, da war eben keine Not, und da konnt er auch verlangen, daß man seinen Nächsten liebt, denn man war satt. Heutzutage ist das anders.

DER FELDHAUPTMANN *lacht:* Ganz anders. Jetzt kriegst du doch einen Schluck, du Pharisäer. *Zu Eilif:* Zusammengehauen hast du sie, so ists recht, damit meine braven Leut ein gutes Stückl zwischen die Zähn kriegen. Heißts nicht in der Schrift: Was du dem geringsten von meinen Brüdern getan hast, hast du mir getan? Und was hast du ihnen getan? Eine gute Mahlzeit von Ochsenfleisch hast du ihnen verschafft, denn schimmliges Brot sind sie nicht gewöhnt, sondern früher haben sie sich in der Sturmhaub ihre kalten Schalen von Semmel und Wein hergericht, vor sie für Gott gestritten haben.

EILIF Ja, sofort bück ich mich nach meinem Eisen und hau sie zusammen.

DER FELDHAUPTMANN In dir steckt ein junger Cäsar. Du solltest den König sehn.

EILIF Ich hab von weitem. Er hat was Lichtes. Ihn möcht ich mir zum Vorbild nehmen.

DER FELDHAUPTMANN Du hast schon was von ihm. Ich schätz mir einen solchen Soldaten wie dich, Eilif, einen mutigen. So einen behandel ich wie meinen eigenen Sohn. *Er führt ihn zur Landkarte.* Schau dir die Lage an, Eilif; da brauchts noch viel.

MUTTER COURAGE *die zugehört hat und jetzt zornig ihren Kapaun rupft:* Das muß ein sehr schlechter Feldhauptmann sein.

DER KOCH Ein verfressener, aber warum ein schlechter?

MUTTER COURAGE Weil er mutige Soldaten braucht, darum. Wenn er einen guten Feldzugsplan machen könnt, wozu bräucht er da so mutige Soldaten? Gewöhnliche täten ausreichen. Überhaupt, wenn es wo so große Tugenden gibt, das beweist, daß da etwas faul ist.

DER KOCH Ich dacht, es beweist, daß etwas gut ist.

MUTTER COURAGE Nein, daß etwas faul ist. Warum, wenn ein Feldhauptmann oder König recht dumm ist und er führt seine Leut in die Scheißgass, dann brauchts Todesmut bei den Leuten, auch eine Tugend. Wenn er zu geizig ist und zu wenig Soldaten anwirbt, dann müssen sie lauter Herkulesse sein. Und wenn er ein Schlamper ist und kümmert sich um nix, dann müssen sie klug wie die Schlangen sein, sonst sind sie hin. So brauchts auch die ganz besondere Treue, wenn er ihnen immer zuviel zumutet. Lauter Tugenden, die ein ordentliches Land und ein guter König und Feldhauptmann nicht brauchen. In einem guten Land brauchts keine Tugenden, alle können ganz gewöhnlich sein, mittelgescheit und meinetwegen Feiglinge.

DER FELDHAUPTMANN Ich wett, dein Vater war ein Soldat.

EILIF Ein großer, hör ich. Meine Mutter hat mich gewarnt deshalb. Da kann ich ein Lied.

DER FELDHAUPTMANN Sings uns! *Brüllend.* Wirds bald mit dem Essen!

EILIF Es heißt: Das Lied vom Weib und dem Soldaten. *Er singt es, einen Kriegstanz mit dem Säbel tanzend.*

Das Schießgewehr schießt, und das Spießmesser spießt
Und das Wasser frißt auf, die drin waten.
Was könnt ihr gegen Eis? Bleib weg, 's ist nicht weis!
Sagte das Weib zum Soldaten.
Doch der Soldat mit der Kugel im Lauf
Hörte die Trommel und lachte darauf:
Marschieren kann nimmermehr schaden!
Hinab nach dem Süden, nach dem Norden hinauf
Und das Messer fängt er mit Händen auf!
Sagten zum Weib die Soldaten.

Ach, bitter bereut, wer des Weisen Rat scheut
Und vom Alter sich nicht läßt beraten.
Ach, zu hoch nicht hinaus! Es geht übel aus!
Sagte das Weib zum Soldaten.
Doch der Soldat mit dem Messer im Gurt
Lacht ihr kalt ins Gesicht und ging über die Furt
Was konnte das Wasser ihm schaden?
Wenn weiß der Mond überm Schindeldach steht
Kommen wir wieder, nimms auf ins Gebet!
Sagten zum Weib die Soldaten.

MUTTER COURAGE *in der Küche singt weiter, mit dem Löffel einen Topf schlagend:*

Ihr vergeht wie der Rauch! Und die Wärme geht auch
Denn uns wärmen nicht eure Taten!
Ach, wie schnell geht der Rauch! Gott behüte ihn auch!
Sagte das Weib vom Soldaten.

EILIF Was ist das?

MUTTER COURAGE *singt weiter:*

Und der Soldat mit dem Messer am Gurt
Sank hin mit dem Spieß, und mit riß ihn die Furt
Und das Wasser fraß auf, die drin waten.
Kühl stand der Mond überm Schindeldach weiß
Doch der Soldat trieb hinab mit dem Eis
Und was sagten dem Weib die Soldaten?
Er verging wie der Rauch, und die Wärme ging auch
Denn es wärmten sie nicht seine Taten.
Ach, bitter bereut, wer des Weisen Rat scheut
Sagte das Weib zum Soldaten.

DER FELDHAUPTMANN Die erlauben sich heut allerhand in meiner Küch.

EILIF *ist in die Küche gegangen. Er umarmt seine Mutter:* Daß ich dich wiederseh! Wo sind die andern?

MUTTER COURAGE *in seinen Armen:* Wohlauf wie die Fisch im Wasser. Der Schweizerkas ist Zahlmeister beim Zweiten geworden; da kommt er mir wenigstens nicht ins Gefecht, ganz konnt ich ihn nicht heraushalten.

EILIF Und was macht dein Fußwerk?

MUTTER COURAGE Am Morgen komm ich halt schwer in die Schuh.

DER FELDHAUPTMANN *ist dazugetreten:* So, du bist die Mutter. Ich hoff, du hast noch mehr Söhn für mich wie den da.

EILIF Wenn das nicht mein Glück ist: sitzt du da in der Küch und hörst, wie dein Sohn ausgezeichnet wird!

MUTTER COURAGE Ja, ich habs gehört. *Sie gibt ihm eine Ohrfeige.*

EILIF *sich die Backe haltend:* Weil ich die Ochsen gefangen hab?

MUTTER COURAGE Nein. Weil du dich nicht ergeben hast, wie die vier auf dich losgegangen sind und haben aus dir Hackfleisch machen wollen! Hab ich dir nicht gelernt, daß du auf dich achtgeben sollst? Du finnischer Teufel!

Der Feldhauptmann und der Feldprediger stehen lachend in der Tür.

3

WEITERE DREI JAHRE SPÄTER GERÄT MUTTER COURAGE MIT TEILEN EINES FINNISCHEN REGIMENTS IN DIE GEFANGENSCHAFT. IHRE TOCHTER IST ZU RETTEN, EBENSO IHR PLANWAGEN, ABER IHR REDLICHER SOHN STIRBT.

Feldlager. Nachmittag. An einer Stange die Regimentsfahne. Mutter Courage hat von ihrem Planwagen, der reich mit allerhand Waren behangen ist, zu einer großen Kanone eine Wäscheleine gespannt und faltet mit Kattrin auf der Kanone Wäsche. Dabei handelt sie mit einem Zeugmeister um einen Sack Kugeln. Schweizerkas, nunmehr in der Montur eines Zahlmeisters, schaut zu.

Eine hübsche Person, Yvette Pottier, näht, ein Glas Branntwein vor sich, an einem bunten Hut. Sie ist in Strümpfen, ihre roten Stöckelschuhe stehen neben ihr.

DER ZEUGMEISTER Ich geb Ihnen die Kugeln für zwei Gulden. Das ist billig, ich brauch das Geld, weil der Obrist seit zwei Tag mit die Offizier sauft und der Likör ausgegangen ist.

MUTTER COURAGE Das ist Mannschaftsmunition. Wenn die gefunden wird bei mir, komm ich vors Feldgericht. Ihr verkaufts die Kugeln, ihr Lumpen, und die Mannschaft hat nix zum Schießen vorm Feind.

DER ZEUGMEISTER Sinds nicht hartherzig, eine Hand wäscht die andre.

MUTTER COURAGE Heeresgut nehm ich nicht. Nicht für den Preis.

DER ZEUGMEISTER Sie könnens für fünf Gulden, sogar für acht noch heut abend diskret an den Zeugmeister vom Vierten verkaufen, wenns ihm eine Quittung auf zwölf Gulden ausstellen. Der hat überhaupt keine Munition mehr.

MUTTER COURAGE Warum machens das nicht selber?

DER ZEUGMEISTER Weil ich ihm nicht trau, wir sind befreundet.

MUTTER COURAGE *nimmt den Sack:* Gib her. *Zu Kattrin:* Trag hinter und zahl ihm eineinhalb Gulden aus. *Auf des Zeugmeisters Protest.* Ich sag, eineinhalb Gulden. *Kattrin schleppt den Sack hinter, der Zeugmeister folgt ihr. Mutter Courage zum Schweizerkas:* Da hast du deine Unterhos zurück, heb sie gut auf, es ist jetzt Oktober, und da kanns leicht Herbst werden, ich sag ausdrücklich nicht muß, denn ich hab gelernt, nix muß kommen, wie man denkt, nicht einmal die Jahreszeiten. Aber deine Regimentskass muß stimmen, wies auch kommt. Stimmt deine Kass?

SCHWEIZERKAS Ja, Mutter.

MUTTER COURAGE Vergiß nicht, daß sie dich zum Zahlmeister gemacht haben, weil du redlich bist und nicht etwa kühn wie dein Bruder, und vor allem, weil du so einfältig bist, daß du sicher nicht auf den Gedanken kommst, damit wegzurennen, du nicht. Das beruhigt mich recht. Und die Hos verleg nicht.

SCHWEIZERKAS Nein, Mutter, ich geb sie unter die Matratz. *Will gehen.*

DER ZEUGMEISTER Ich geh mit dir, Zahlmeister.

MUTTER COURAGE Und lernens ihm nicht Ihre Kniffe!

Der Zeugmeister ohne Gruß mit dem Schweizerkas ab.

YVETTE *winkt ihm nach:* Könntest auch grüßen, Zeugmeister!

MUTTER COURAGE *zu Yvette:* Die seh ich nicht gern zusammen. Der ist keine Gesellschaft für meinen Schweizerkas. Aber der Krieg läßt sich nicht schlecht an. Bis alle Länder drin sind, kann er vier, fünf Jahr dauern wie nix. Ein bissel Weitblick und keine Unvorsichtigkeit, und ich mach gute Geschäft. Weißt du nicht, daß du nicht trinken sollst am Vormittag mit deiner Krankheit?

YVETTE Wer sagt, daß ich krank bin, das ist eine Verleumdung!

MUTTER COURAGE Alle sagens.

YVETTE Weil alle lügen. Mutter Courage, ich bin ganz verzweifelt, weil alle gehen um mich herum wie um einen faulen Fisch wegen dieser Lügen, wozu richt ich noch meinen Hut her? *Sie wirft ihn weg.* Drum trink ich am Vormittag, das hab ich nie gemacht, es gibt Krähenfüß, aber jetzt ist alles gleich. Beim Zweiten Finnischen kennen mich alle. Ich hätt zu Haus bleiben sollen, wie mein Erster mich verraten hat. Stolz ist nix für unsereinen, Dreck muß man schlucken können, sonst gehts abwärts.

MUTTER COURAGE Nur fang jetzt nicht wieder mit deinem Pieter an und wie alles gekommen ist, vor meiner unschuldigen Tochter.

YVETTE Grad soll sies hören, damit sie abgehärtet wird gegen die Liebe.

MUTTER COURAGE Da wird keine abgehärtet.

YVETTE Dann erzähl ichs, weil mir davon leichter wird. Es fangt damit an, daß ich in dem schönen Flandern aufgewachsen bin, ohne das hätt ich ihn nicht zu Gesicht bekommen und säß nicht hier jetzt in Polen, denn er war ein Soldatenkoch, blond, ein Holländer, aber mager. Kattrin, hüt dich vor den Mageren, aber das wußt ich damals noch nicht, auch nicht, daß er schon damals noch eine andere gehabt hat und sie ihn überhaupt schon Pfeifenpieter genannt haben, weil er die Pfeif nicht aus dem Maul genommen hat dabei, so beiläufig wars bei ihm. *Sie singt das Lied vom Fraternisieren.*

Ich war erst siebzehn Jahre
Da kam der Feind ins Land.
Er legte beiseit den Säbel
Und gab mir freundlich seine Hand.
  Und nach der Maiandacht
  Da kam die Maiennacht
  Das Regiment stand im Geviert
  Dann wurd getrommelt, wies der Brauch
  Dann nahm der Feind uns hintern Strauch
  Und hat fraternisiert.

Da waren viele Feinde
Und mein Feind war ein Koch
Ich haßte ihn bei Tage
Und nachts, da liebte ich ihn doch.
  Denn nach der Maiandacht
  Da kommt die Maiennacht
  Das Regiment steht im Geviert
  Dann wird getrommelt, wies der Brauch
  Dann nimmt der Feind uns hintern Strauch
  Und's wird fraternisiert.

Die Liebe, die ich spürte
War eine Himmelsmacht.
Meine Leut habens nicht begriffen
Daß ich ihn lieb und nicht veracht.
  In einer trüben Früh

Begann mein Qual und Müh
Das Regiment stand im Geviert
Dann wurd getrommelt, wies der Brauch
Dann ist der Feind, mein Liebster auch
Aus unsrer Stadt marschiert.

Ich bin ihm leider nachgefahren, hab ihn aber nie getroffen, es ist fünf Jahr her. *Sie geht schwankend hinter den Planwagen.*

MUTTER COURAGE Du hast deinen Hut liegenlassen.

YVETTE Den kann haben, wer will.

MUTTER COURAGE Laß dirs also zur Lehre dienen, Kattrin. Nie fang mir was mit Soldatenvolk an. Die Liebe ist eine Himmelsmacht, ich warn dich. Sogar mit die, wo nicht beim Heer sind, ists kein Honigschlecken. Er sagt, er möcht den Boden küssen, über den deine Füß gehn, hast du sie gewaschen gestern, weil ich grad dabei bin, und dann bist du sein Dienstbot. Sei froh, daß du stumm bist, da widersprichst du dir nie oder willst dir nie die Zung abbeißen, weil du die Wahrheit gesagt hast, das ist ein Gottesgeschenk, Stummsein. Und da kommt der Koch vom Feldhauptmann, was mag der wollen? *Der Koch und der Feldprediger kommen.*

DER FELDPREDIGER Ich bring Ihnen eine Botschaft von Ihrem Sohn, dem Eilif, und der Koch ist gleich mitgekommen, auf den haben Sie Eindruck gemacht.

DER KOCH Ich bin nur mitgekommen, ein bissel Luft schnappen.

MUTTER COURAGE Das können Sie immer hier, wenn Sie sich anständig aufführen, und auch sonst, ich werd fertig mit euch. Was will er denn, ich hab kein Geld übrig.

DER FELDPREDIGER Eigentlich sollt ich dem Bruder was ausrichten, dem Herrn Zahlmeister.

MUTTER COURAGE Der ist nicht mehr hier und woanders auch nicht. Der ist nicht seinem Bruder sein Zahlmeister. Er soll ihn nicht in Versuchung führen und gegen ihn klug sein. *Gibt ihm Geld aus der umgehängten Tasche.* Geben Sie ihm das, es ist eine Sünde, er spekuliert auf die Mutterliebe und soll sich schämen.

DER KOCH Nicht mehr lang, dann muß er aufbrechen mit dem Regiment, wer weiß, vielleicht in den Tod. Sie sollten noch was zulegen, hinterher bereuen Sies. Ihr Weiber seid hart, aber hinterher bereut ihr. Ein Gläschen Branntwein hätt seinerzeit nix ausgemacht, ist aber nicht gegeben worden, und wer weiß, dann liegt einer unterm grünen Rasen, und ihr könnt ihn euch nicht mehr ausscharren.

DER FELDPREDIGER Werden Sie nicht gerührt, Koch. In dem Krieg fallen ist eine Gnad und keine Ungelegenheit, warum? Es ist ein Glaubenskrieg. Kein gewöhnlicher, sondern ein besonderer, wo für den Glauben geführt wird, und also Gott wohlgefällig.

DER KOCH Das ist richtig. In einer Weis ist es ein Krieg, indem daß gebrandschatzt, gestochen und geplündert wird, bissel schänden nicht zu vergessen, aber unterschieden von alle andern Kriege dadurch, daß es ein Glaubenskrieg ist, das ist klar. Aber er macht auch Durst, das müssen Sie zugeben.

DER FELDPREDIGER *zu Mutter Courage, auf den Koch zeigend:* Ich hab ihn abzuhalten versucht, aber er hat gesagt, Sie habens ihm angetan, er träumt von Ihnen.

DER KOCH *zündet sich eine Stummelpfeife an:* Bloß daß ich ein Glas Branntwein krieg von schöner Hand, nix Schlimmeres. Aber ich bin schon geschlagen genug, weil der Feldprediger den ganzen Weg her solche Witze gemacht hat, daß ich noch jetzt rot sein muß.

MUTTER COURAGE Und im geistlichen Gewand! Ich werd euch was zu trinken geben müssen, sonst macht ihr mir noch einen unsittlichen Antrag vor Langeweil.

DER FELDPREDIGER Das ist eine Versuchung, sagte der Hofprediger und erlag ihr. *Im Gehen sich nach Kattrin umwendend.* Und wer ist diese einnehmende Person?

MUTTER COURAGE Das ist keine einnehmende, sondern eine anständige Person.

Der Feldprediger und der Koch gehen mit Mutter Courage hinter den Wagen. Kattrin schaut ihnen nach und geht dann von der Wäsche weg, auf den Hut zu. Sie hebt ihn auf und setzt sich, die roten Schuhe anziehend. Man hört von hinten Mutter Courage mit dem Feldprediger und dem Koch politisieren.

MUTTER COURAGE Die Polen hier in Polen hätten sich nicht einmischen sollen. Es ist richtig, unser König ist bei ihnen eingerückt mit Roß und Mann und Wagen, aber anstatt daß die Polen den Frieden aufrechterhalten haben, haben sie sich eingemischt in ihre eigenen Angelegenheiten und den König angegriffen, wie er gerad in aller Ruh dahergezogen ist. So haben sie sich eines Friedensbruchs schuldig gemacht, und alles Blut kommt auf ihr Haupt.

DER FELDPREDIGER Unser König hat nur die Freiheit im Aug gehabt. Der Kaiser hat alle unterjocht, die Polen so gut wie die Deutschen, und der König hat sie befreien müssen.

DER KOCH So seh ichs, Ihr Branntwein ist vorzüglich, ich hab mich nicht getäuscht in Ihrem Gesicht, aber weil wir vom König sprechen, die Freiheit, wo er hat einführen wollen in Deutschland, hat sich der König genug kosten lassen, indem er die Salzsteuer eingeführt hat in Schweden, was die armen Leut, wie gesagt, was gekostet hat, und dann hat er die Deutschen noch einsperren und vierteilen lassen müssen, weil sie an ihrer Knechtschaft gegenüber dem Kaiser festgehalten haben. Freilich, wenn einer nicht hat frei werden wolln, hat der König keinen Spaß gekannt. Zuerst hat er nur Polen schützen wolln vor böse Menschen, besonders dem Kaiser, aber dann ist mitn Essen der Appetit gekommen, und er hat ganz Deutschland geschützt. Es hat sich nicht schlecht widersetzt. So hat der gute König nix wie Ärger gehabt von seiner Güte und Auslagen, und die hat er natürlich durch Steuern reinbringen lassen müssen, was böses Blut erzeugt hat, aber er hat sichs nicht verdrießen lassen. Er hat eins für sich gehabt, da war Gottes Wort, das war noch gut. Denn sonst hätts noch geheißen, er tuts für sich und weil er Gewinnst haben will. So hat er immer ein gutes Gewissen gehabt, das war ihm die Hauptsach.

MUTTER COURAGE Man merkt, Sie sind kein Schwed, sonst würden Sie anders vom Heldenkönig reden.

DER FELDPREDIGER Schließlich essen Sie sein Brot.

DER KOCH Ich ess nicht sein Brot, sondern ich backs ihm.

MUTTER COURAGE Besiegt werden kann er nicht, warum, seine Leut glauben an ihn. *Ernsthaft.* Wenn man die Großkopfigen reden hört, führens die Krieg nur aus Gottesfurcht und für alles, was gut und schön is. Aber wenn man genauer hinsieht, sinds nicht so blöd, sondern führn die Krieg für Gewinn. Und anders würden die kleinen Leut wie ich auch nicht mitmachen.

DER KOCH So is es.

DER FELDPREDIGER Und Sie täten gut als Holländer, sich die Flagg anzusehen, die hier aufgezogen ist, bevor Sie eine Meinung äußern in Polen.

MUTTER COURAGE Hie gut evangelisch allewege. Prosit!

Kattrin hat begonnen, mit Yvettes Hut auf dem Kopf herumzustolzieren, Yvettes Gang kopierend.

Plötzlich hört man Kanonendonner und Schüsse. Trommeln. Mutter Courage, der Koch und der Feldprediger stürzen hinter dem Wagen vor, die beiden letzteren noch die Gläser in der Hand. Der Zeugmeister und ein Soldat kommen zur Kanone gelaufen und versuchen, sie wegzuschieben.

MUTTER COURAGE Was ist denn los? Ich muß doch erst meine Wäsch wegtun, ihr Lümmel. *Sie versucht ihre Wäsche zu retten.*

DER ZEUGMEISTER Die Katholischen! Ein Überfall. Wir wissen nicht, ob wir noch wegkommen. *Zum Soldaten:* Bring das Geschütz weg! *Läuft weiter.*

DER KOCH Um Gottes willen, ich muß zum Feldhauptmann. Courage, ich komm nächster Tag einmal herüber zu einer kleinen Unterhaltung. *Stürzt ab.*

MUTTER COURAGE Halt, Sie haben Ihre Pfeif liegen lassen!

DER KOCH *von weitem:* Heben Sie sie mir auf! Ich brauch sie.

MUTTER COURAGE Grad jetzt, wo wir ein bissel verdient haben!

DER FELDPREDIGER Ja, dann geh ich halt auch. Freilich, wenn der Feind schon so nah heran ist, möchts gefährlich sein. Selig sind die Friedfertigen, heißts im Krieg. Wenn ich einen Mantel über hätt.

MUTTER COURAGE Ich leih keine Mäntel aus, und wenns das Leben kostet. Ich hab schlechte Erfahrungen gemacht.

DER FELDPREDIGER Aber ich bin besonders gefährdet wegen meinem Glauben.

MUTTER COURAGE *holt ihm einen Mantel:* Ich tus gegen mein besseres Gewissen. Laufen Sie schon.

DER FELDPREDIGER Schönen Dank, das ist großherzig von Ihnen, aber vielleicht bleib ich noch besser sitzen hier, ich möcht Verdacht erregen und den Feind auf mich ziehn, wenn ich laufend gesehn werd.

MUTTER COURAGE *zum Soldaten:* Laß sie doch stehn, du Esel, wer zahlts dir? Ich nehm sie dir in Verwahrung, und dich kostets Leben.

DER SOLDAT *weglaufend:* Sie können bezeugen, ich habs versucht.

MUTTER COURAGE Ich schwörs. *Sieht ihre Tochter mit dem Hut.* Was machst denn du mit dem Hurenhut? Willst du gleich den Deckel abnehmen, du bist wohl übergeschnappt? Jetzt, wo der Feind kommt? *Sie reißt Kattrin den Hut vom Kopf.* Sollen sie dich entdecken und zur Hur machen? Und die Schuh hat sie sich angezogen, diese Babylonische! Herunter mit die Schuh! *Sie will sie ihr ausziehen.* Jesus, hilf mir, Herr Feldprediger, daß sie den Schuh runterbringt! Ich komm gleich wieder. *Sie läuft zum Wagen.*

YVETTE *kommt, sich pudernd:* Was sagen Sie, die Katholischen kommen? Wo ist mein Hut? Wer hat auf ihm herumgetrampelt? So kann ich doch nicht herumlaufen, wenn die Katholischen kommen. Was denken die von mir? Spiegel hab ich auch nicht. *Zum Feldprediger:* Wie schau ich aus? Ist es zu viel Puder?

DER FELDPREDIGER Grad richtig.

YVETTE Und wo sind die roten Schuh? *Sie findet sie nicht, weil Kattrin die Füße unter den Rock zieht.* Ich hab sie hier stehnlassen. Ich muß in mein Zelt hinüber, barfuß. Das ist eine Schand! *Ab.*

Schweizerkas kommt gelaufen, eine kleine Schatulle tragend.

MUTTER COURAGE *kommt mit den Händen voll Asche. Zu Kattrin:* Da hab ich Asche. *Zu Schweizerkas:* Was schleppst du da?

SCHWEIZERKAS Die Regimentskass.

MUTTER COURAGE Wirf sie weg! Es hat sich ausgezahlmeistert.

SCHWEIZERKAS Die ist anvertraut. *Er geht nach hinten.*

MUTTER COURAGE *zum Feldprediger:* Zieh den geistlichen Rock ab, Feldprediger, sonst kennen sie dich trotz dem Mantel. *Sie reibt Kattrin das Gesicht ein mit Asche.* Halt still! So, ein bissel Dreck, und du bist sicher. So ein Unglück! Die Feldwachen sind besoffen gewesen. Sein Licht muß man unter den Scheffel stellen, heißt es. Ein Soldat, besonders ein katholischer, und ein sauberes Gesicht, und gleich ist die Hur fertig. Sie kriegen wochenlang nichts zu fressen, und wenn sie dann kriegen, durch Plündern, fallen sie über die Frauenzimmer her. Jetzt mags angehn. Laß dich anschaun. Nicht schlecht. Wie wenn du im Dreck gewühlt hättst. Zitter nicht. So kann dir nix geschehn. *Zum Schweizerkas:* Wo hast du die Kass gelassen?

SCHWEIZERKAS Ich dacht, ich geb sie in den Wagen.

MUTTER COURAGE *entsetzt:* Was, in meinen Wagen? So eine gottssträfliche Dummheit! Wenn ich einmal wegschau! Aufhängen tun sie uns alle drei!

SCHWEIZERKAS Dann geb ich sie woanders hin oder flücht damit.

MUTTER COURAGE Hier bleibst du, das ist zu spät.

DER FELDPREDIGER *halb umgezogen nach vorn:* Um Himmels willen, die Fahn!

MUTTER COURAGE *nimmt die Regimentsfahne herunter:* Bosche moye! Mir fällt die schon gar nicht mehr auf. Fünfundzwanzig Jahr hab ich die.

Der Kanonendonner wird lauter.

An einem Vormittag, drei Tage später. Die Kanone ist weg. Mutter Courage, Kattrin, der Feldprediger und Schweizerkas sitzen bekümmert zusammen beim Essen.

SCHWEIZERKAS Das ist schon der dritte Tag, daß ich hier faul herumsitz, und der Herr Feldwebel, wo immer nachsichtig zu mir gewesen ist, möcht langsam fragen: wo ist denn der Schweizerkas mit der Soldschatull?

MUTTER COURAGE Sei froh, daß sie dir nicht auf die Spur gekommen sind.

DER FELDPREDIGER Was soll ich sagen? Ich kann auch nicht eine Andacht halten hier, sonst möchts mir schlecht gehn. Wes das Herz voll ist, des läuft das Maul über, heißts, aber weh, wenns mir überläuft!

MUTTER COURAGE So ists. Ich hab hier einen sitzen mit einem Glauben und einen mit einer Kass. Ich weiß nicht, was gefährlicher ist.

DER FELDPREDIGER Wir sind eben jetzt in Gottes Hand.

MUTTER COURAGE Ich glaub nicht, daß wir schon so verloren sind, aber schlafen tu ich doch nicht nachts. Wenn du nicht wärst, Schweizerkas, wärs leichter. Ich glaub, daß ich mirs gericht hab. Ich hab ihnen gesagt, daß ich gegen den Antichrist bin, den Schweden, wo Hörner aufhat, und daß ichs gesehn hab, das linke Horn ist ein bissel abgeschabt. Mitten im Verhör hab ich gefragt, wo ich Weihkerzen einkaufen kann, nicht zu teuer. Ich habs gut gekonnt, weil dem Schweizerkas sein Vater katholisch gewesen ist und oft drüber Witz gemacht hat. Sie habens mir nicht ganz geglaubt, aber sie haben keine Marketender beim Regiment. So haben sie ein Aug zugedrückt. Vielleicht schlägts sogar zum Guten aus. Wir sind gefangen, aber so wie die Laus im Pelz.

DER FELDPREDIGER Die Milch ist gut. Was die Quantitäten betrifft, werden wir unsere schwedischen Appetite ja jetzt etwas einschränken müssen. Wir sind eben besiegt.

MUTTER COURAGE Wer ist besiegt? Die Sieg und Niederlagen der Großkopfigen oben und der von unten fallen nämlich nicht immer zusammen, durchaus nicht. Es gibt sogar Fälle, wo die Niederlag für die Untern eigentlich ein Gewinn ist für sie. Die Ehr ist verloren, aber nix sonst. Ich erinner mich, einmal im Livländischen hat unser Feldhauptmann solche Dresche vom Feind eingesteckt, daß ich in der Verwirrung sogar einen Schimmel aus der Bagage gekriegt hab, der hat mir den Wagen sieben Monat lang gezogen, bis wir gesiegt haben und Revision war. Im allgemeinen kann man sagen, daß uns gemeinen Leuten Sieg und Niederlag teuer zu stehn kommen. Das Beste für uns ist, wenn die Politik nicht recht vom Fleck kommt. *Zu Schweizerkas:* Iß!

SCHWEIZERKAS Mir schmeckts nicht. Wie soll der Feldwebel den Sold auszahlen?

MUTTER COURAGE Auf der Flucht wird kein Sold ausgezahlt.

SCHWEIZERKAS Doch, sie haben Anspruch. Ohne Sold brauchen sie nicht flüchten. Sie müssen keinen Schritt machen.

MUTTER COURAGE Schweizerkas, deine Gewissenhaftigkeit macht mir fast Angst. Ich hab dir beigebracht, du sollst redlich sein, denn klug bist du nicht, aber es muß seine Grenzen haben. Ich geh jetzt mit dem Feldprediger eine katholische Fahn einkaufen und Fleisch. So wie der kann keiner Fleisch aussuchen, wie im Schlafwandel, so sicher. Ich glaub, er merkts gute Stückl dran, daß ihm unwillkürlich das Wasser im

Maul zusammenläuft. Nur gut, daß sie mir meinen Handel erlauben. Ein Händler wird nicht nach dem Glauben gefragt, sondern nach dem Preis. Und evangelische Hosen halten auch warm.

DER FELDPREDIGER Wie der Bettelmönch gesagt hat, wie davon die Red war, daß die Lutherischen alles auf den Kopf stelln werden in Stadt und Land: Bettler wird man immer brauchen. *Mutter Courage verschwindet im Wagen.* Um die Schatull sorgt sie sich doch. Bisher sind wir unbemerkt geblieben, als gehörten wir alle zum Wagen, aber wie lang?

SCHWEIZERKAS Ich kann sie wegschaffen.

DER FELDPREDIGER Das ist beinah noch gefährlicher. Wenn dich einer sieht! Sie haben Spitzel. Gestern früh ist einer vor mir aufgetaucht aus dem Graben, wie ich meine Notdurft verrichtet hab. Ich erschreck und kann grad noch ein Stoßgebet zurückhalten. Das hätt mich verraten. Ich glaub, die röchen am liebsten noch am Kot, obs ein Evangelischer ist. Der Spitzel war so ein kleiner Verrecker mit einer Bind über einem Aug.

MUTTER COURAGE *mit einem Korb aus dem Wagen kletternd:* Und was hab ich gefunden, du schamlose Person? *Sie hebt trimphierend rote Stöckelschuhe hoch.* Die roten Stöckelschuh der Yvette! Sie hat sie kaltblütig gegrapscht. Weil Sie ihr eingeredet haben, daß sie eine einnehmende Person ist! *Sie legt sie in den Korb.* Ich geb sie zurück. Der Yvette die Schuh stehlen! Die richt sich zugrund fürs Geld, das versteh ich. Aber du möchtst es umsonst, zum Vergnügen. Ich hab dirs gesagt, du mußt warten, bis Frieden ist. Nur keinen Soldaten! Wart du auf den Frieden mit der Hoffart!

DER FELDPREDIGER Ich find sie nicht hoffärtig.

MUTTER COURAGE Immer noch zu viel. Wenn sie ist wie ein Stein in Dalarne, wos nix andres gibt, so daß die Leut sagen: den Krüppel sieht man gar nicht, ist sie mir am liebsten. Solang passiert ihr nix. *Zu Schweizerkas:* Du läßt die Schatull, wo sie ist, hörst du. Und gib auf deine Schwester acht, sie hats nötig. Ihr bringt mich noch unter den Boden. Lieber einen Sack Flöh hüten.

Sie geht mit dem Feldprediger weg. Kattrin räumt das Geschirr auf.

SCHWEIZERKAS Nicht mehr viele Tag, wo man in Hemdärmeln

in der Sonne sitzen kann. *Kattrin deutet auf einen Baum.* Ja, die Blätter sind bereits gelb. *Kattrin fragt ihn mit Gesten, ob er trinken will.* Ich trink nicht. Ich denk nach. *Pause.* Sie sagt, sie schlaft nicht. Ich sollt die Schatull doch wegbringen, ich hab ein Versteck ausgefunden. Hol mir doch ein Glas voll. *Kattrin geht hinter den Wagen.* Ich gebs in das Maulwurfsloch am Fluß, bis ichs abhol. Ich hol sie vielleicht schon heut nacht gegen Morgen zu ab und bring sie zum Regiment. Was können die schon in drei Tagen weit geflüchtet sein? Der Herr Feldwebel wird Augen machen. Du hast mich angenehm enttäuscht, Schweizerkas, wird er sagen. Ich vertrau dir die Kass an, und du bringst sie zurück.

Wie Kattrin mit einem Glas voll wieder hinter dem Wagen vorkommt, steht sie vor zwei Männern. Einer davon ist ein Feldwebel, der zweite schwenkt den Hut vor ihr. Er hat eine Binde über dem einen Auge.

DER MIT DER BINDE Gott zum Gruß, liebes Fräulein. Haben Sie hier einen vom Quartier des Zweiten Finnischen gesehn?

Kattrin, sehr erschrocken, läuft weg, nach vorn, den Branntwein verschüttend. Die beiden sehen sich an und ziehen sich zurück, nachdem sie Schweizerkas haben sitzen sehen.

SCHWEIZERKAS *aus seinem Nachdenken auffahrend:* Die Hälfte hast du verschüttet. Was machst du für Faxen? Hast du dich am Aug gestoßen? Ich versteh dich nicht. Ich muß auch weg, ich habs beschlossen, es ist das beste. *Er steht auf. Sie versucht alles, ihn auf die Gefahr aufmerksam zu machen. Er wehrt sie nur ab.* Ich möcht wissen, was du meinst. Du meinsts sicher gut, armes Tier, kannst dich nicht ausdrücken. Was solls schon machen, daß du den Branntwein verschüttet hast, ich trink noch manches Glas, es kommt nicht auf eins an. *Er holt aus dem Wagen die Schatulle heraus und nimmt sie unter den Rock.* Gleich komm ich wieder. Jetzt halt mich aber nicht auf, sonst werd ich bös. Freilich meinst dus gut. Wenn du reden könntest.

Da sie ihn zurückhalten will, küßt er sie und reißt sich los. Ab. Sie ist verzweifelt, läuft hin und her, kleine Laute ausstoßend. Der Feldprediger und Mutter Courage kommen zurück. Kattrin bestürmt ihre Mutter.

MUTTER COURAGE Was denn, was denn? Du bist ja ganz auseinander. Hat dir jemand was getan? Wo ist der Schweizerkas? Erzähls ordentlich, Kattrin. Deine Mutter versteht dich. Was, der Bankert hat die Schatull doch weggenommen? Ich schlag sie ihm um die Ohren, dem Heimtücker. Laß dir Zeit und quatsch nicht, nimm die Händ, ich mag nicht, wenn du wie ein Hund jaulst, was soll der Feldprediger denken? Dem grausts doch. Ein Einäugiger war da?

DER FELDPREDIGER Der Einäugige, das ist ein Spitzel. Haben sie den Schweizerkas gefaßt? *Kattrin schüttelt den Kopf, zuckt die Achseln.* Wir sind aus.

MUTTER COURAGE *nimmt aus dem Korb eine katholische Fahne, die der Feldprediger an der Fahnenstange befestigt:* Ziehens die neue Fahne auf!

DER FELDPREDIGER *bitter:* Hie gut katholisch allerwege.

Man hört von hinten Stimmen. Die beiden Männer bringen Schweizerkas.

SCHWEIZERKAS Laßt mich los, ich hab nix bei mir. Verrenk mir nicht das Schulterblatt, ich bin unschuldig.

DER FELDWEBEL Der gehört hierher. Ihr kennt euch.

MUTTER COURAGE Wir? Woher?

SCHWEIZERKAS Ich kenn sie nicht. Wer weiß, wer das ist, ich hab nix mit ihnen zu schaffen. Ich hab hier ein Mittag gekauft, zehn Heller hats gekostet. Mag sein, daß ihr mich da sitzen gesehn habt, versalzen wars auch.

DER FELDWEBEL Wer seid ihr, he?

MUTTER COURAGE Wir sind ordentliche Leut. Das ist wahr, er hat hier ein Essen gekauft. Es war ihm zu versalzen.

DER FELDWEBEL Wollt ihr etwa tun, als kennt ihr ihn nicht?

MUTTER COURAGE Wie soll ich ihn kennen? Ich kenn nicht alle. Ich frag keinen, wie er heißt und ob er ein Heid ist; wenn er zahlt, ist er kein Heid. Bist du ein Heid?

SCHWEIZERKAS Gar nicht.

DER FELDPREDIGER Er ist ganz ordentlich gesessen und hat das Maul nicht aufgemacht, außer wenn er gegessen hat. Und dann muß er.

DER FELDWEBEL Und wer bist du?

MUTTER COURAGE Das ist nur mein Schankknecht. Und ihr seid sicher durstig, ich hol euch ein Glas Branntwein, ihr seid sicher gerannt und erhitzt.

DER FELDWEBEL Keinen Branntwein im Dienst. *Zum Schweizerkas:* Du hast was weggetragen. Am Fluß mußt dus versteckt haben. Der Rock ist dir so herausgestanden, wie du von hier weg bist.

MUTTER COURAGE Wars wirklich der?

SCHWEIZERKAS Ich glaub, ihr meint einen andern. Ich hab einen springen gesehn, dem ist der Rock abgestanden. Ich bin der falsche.

MUTTER COURAGE Ich glaub auch, es ist ein Mißverständnis, das kann vorkommen. Ich kenn mich aus auf Menschen, ich bin die Courage, davon habt ihr gehört, mich kennen alle, und ich sag euch, der sieht redlich aus.

DER FELDWEBEL Wir sind hinter der Regimentskass vom Zweiten Finnischen her. Und wir wissen, wie der ausschaut, der sie in Verwahrung hat. Wir haben ihn zwei Tag gesucht. Du bists.

SCHWEIZERKAS Ich bins nicht.

DER FELDWEBEL Und wenn du sie nicht rausrückst, bist du hin, das weißt du. Wo ist sie?

MUTTER COURAGE *dringlich:* Er würd sie doch herausgeben, wenn er sonst hin wär. Auf der Stell würd er sagen, ich hab sie, da ist sie, ihr seid die Stärkeren. So dumm ist er nicht. Red doch, du dummer Hund, der Herr Feldwebel gibt dir eine Gelegenheit.

SCHWEIZERKAS Wenn ich sie nicht hab.

DER FELDWEBEL Dann komm mit. Wir werdens herausbringen. *Sie führen ihn ab.*

MUTTER COURAGE *ruft nach:* Er würds sagen. So dumm ist er nicht. Und renkt ihm nicht das Schulterblatt aus! *Läuft ihnen nach.*

Am selben Abend. Der Feldprediger und die stumme Kattrin spülen Gläser und putzen Messer.

DER FELDPREDIGER Solche Fäll, wos einen erwischt, sind in der Religionsgeschicht nicht unbekannt. Ich erinner an die Passion von unserm Herrn und Heiland. Da gibts ein altes Lied darüber. *Er singt das Horenlied.*

In der ersten Tagesstund
Ward der Herr bescheiden
Als ein Mörder dargestellt
Pilatus dem Heiden.

Der ihn unschuldig fand
On Ursach des Todes
In derhalben von sich sandt
Zum König Herodes.

Umb drei ward der Gottessohn
Mit Geißeln geschmissen
Im sein Haupt mit einer Kron
Von Dornen zurrissen!

Gekleidet zu Hohn und Spott
Ward er es geschlagen
Und das Kreuz zu seinem Tod
Mußt er selber tragen.

Umb sechs ward er nackt und bloß
An das Kreuz geschlagen
An dem er sein Blut vergoß
Betet mit Wehklagen.

Die Zuseher spotten sein
Auch die bei ihm hingen
Bis die Sonn auch ihren Schein
Entzog solchen Dingen.

Jesus schrie zur neunden Stund
Klaget sich verlassen
Bald ward Gall in seinen Mund
Mit Essig gelassen.

Da gab er auf seinen Geist
Und die Erd erbebet
Des Tempels Vorhang zerreißt
Mancher Fels zerklübet.

Da hat man zur Vesperzeit
Der Schechr Bein zerbrochen
Ward Jesus in seine Seit
Mit eim Speer gestochen.

Doraus Blut und Wasser ran
Sie machtens zum Hohne
Solches stellen sie uns an
Mit dem Menschensohne.

MUTTER COURAGE *kommt aufgeregt:* Es ist auf Leben und Tod. Aber der Feldwebel soll mit sich sprechen lassen. Nur, wir dürfen nicht aufkommen lassen, daß es unser Schweizerkas ist, sonst haben wir ihn begünstigt. Es ist nur eine Geldsach. Aber wo nehmen wir das Geld her? War die Yvette nicht da? Ich hab sie unterwegs getroffen, sie hat schon einen Obristen aufgegabelt, vielleicht kauft ihr der einen Marketenderhandel.

DER FELDPREDIGER Wollen Sie wirklich verkaufen?

MUTTER COURAGE Woher soll ich das Geld für den Feldwebel nehmen?

DER FELDPREDIGER Und wovon wollens leben?

MUTTER COURAGE Das is es.

Yvette Pottier kommt mit einem uralten Obristen.

YVETTE *umarmt Mutter Courage:* Liebe Courage, daß wir uns so schnell wiedersehen! *Flüsternd.* Er ist nicht abgeneigt. *Laut.* Das ist mein guter Freund, der mich berät im Geschäftlichen. Ich hör nämlich zufällig, Sie wollen Ihren Wagen verkaufen, umständehalber. Ich würd reflektieren.

MUTTER COURAGE Verpfänden, nicht verkaufen, nur nix Vorschnelles, so ein Wagen kauft sich nicht leicht wieder in Kriegszeiten.

YVETTE *enttäuscht:* Nur verpfänden, ich dacht verkaufen. Ich weiß nicht, ob ich da Interesse hab. *Zum Obristen:* Was meinst du?

DER OBRIST Ganz deiner Meinung, Liebe.

MUTTER COURAGE Er wird nur verpfändet.

YVETTE Ich dachte, Sie müssen das Geld haben.

MUTTER COURAGE *fest:* Ich muß das Geld haben, aber lieber lauf ich mir die Füß in den Leib nach einem Angebot, als daß ich gleich verkauf. Warum, wir leben von dem Wagen. Es ist eine Gelegenheit für dich, Yvette, wer weiß, wann du so eine wiederfindest und einen lieben Freund hast, der dich berät, ists nicht so?

YVETTE Ja, mein Freund meint, ich sollt zugreifen, aber ich weiß nicht. Wenns nur verpfändet ist … du meinst doch auch, wir sollten gleich kaufen?

DER OBRIST Ich meins auch.

MUTTER COURAGE Da mußt du dir was aussuchen, was zu verkaufen ist, vielleicht findst dus, wenn du dir Zeit laßt, und dein Freund geht herum mit dir, sagen wir eine Woche oder zwei Wochen, könntst du was Geeignetes finden.

YVETTE Dann können wir ja suchen gehn, ich geh gern herum und such mir was aus, ich geh gern mit dir herum, Poldi, das ist ein reines Vergnügen, nicht? Und wenns zwei Wochen dauert! Wann wollen Sie denn zurückzahlen, wenn Sie das Geld kriegen?

MUTTER COURAGE In zwei Wochen kann ich zurückzahlen, vielleicht in einer.

YVETTE Ich bin mir nicht schlüssig, Poldi, Chéri, berat mich. *Sie nimmt den Obristen auf die Seite.* Ich weiß, sie muß verkaufen, da hab ich keine Sorg. Und der Fähnrich, der blonde, du kennst ihn, will mirs Geld gern borgen. Der ist verschossen in mich, er sagt, ich erinner ihn an jemand. Was rätst du mir?

DER OBRIST Ich warn dich vor dem. Das ist kein Guter. Der nützts aus. Ich hab dir gesagt, ich kauf dir was, nicht, Haserl?

YVETTE Ich kanns nicht annehmen von dir. Freilich, wenn du meinst, der Fähnrich könnts ausnützen … Poldi, ich nehms von dir an.

DER OBRIST Das mein ich.

YVETTE Rätst dus mir?

DER OBRIST Ich rats dir.

YVETTE *zurück zur Courage:* Mein Freund täts mir raten. Schreiben Sie mir eine Quittung aus und daß der Wagen mein ist, wenn die zwei Wochen um sind, mit allem Zubehör, wir gehens gleich durch, die zweihundert Gulden bring ich später. *Zum Obristen:* Da mußt du voraus ins Lager gehn, ich komm nach, ich muß alles durchgehen, damit nix wegkommt aus meinem Wagen. *Sie küßt ihn. Er geht weg. Sie klettert auf den Wagen.* Stiefel sinds aber wenige.

MUTTER COURAGE Yvette, jetzt ist keine Zeit, deinen Wagen durchzugehen, wenns deiner ist. Du hast mir versprochen, daß du mit dem Feldwebel redest wegen meinem Schweizerkas, da ist keine Minut zu verlieren, ich hör, in einer Stund kommt er vors Feldgericht.

YVETTE Nur noch die Leinenhemden möcht ich nachzählen.

MUTTER COURAGE *zieht sie am Rock herunter:* Du Hyänenvieh, es geht um Schweizerkas. Und kein Wort, von wem das Angebot kommt, tu, als seis dein Liebster in Gottes Namen, sonst sind wir alle hin, weil wir ihm Vorschub geleistet haben.

YVETTE Ich hab den Einäugigen ins Gehölz bestellt, sicher, er ist schon da.

DER FELDPREDIGER Und es müssen nicht gleich die ganzen zweihundert sein, geh bis hundertfünfzig, das reicht auch.

MUTTER COURAGE Ists Ihr Geld? Ich bitt mir aus, daß Sie sich draußen halten. Sie werden Ihre Zwiebelsupp schon kriegen. Lauf und handel nicht herum, es geht ums Leben. *Sie schiebt Yvette weg.*

DER FELDPREDIGER Ich wollt Ihnen nix dreinreden, aber wovon wolln wir leben? Sie haben eine erwerbsunfähige Tochter aufm Hals.

MUTTER COURAGE Ich rechn mit der Regimentskass, Sie Siebengescheiter. Die Spesen werden sie ihm doch wohl bewilligen.

DER FELDPREDIGER Aber wird sies richtig ausrichten?

MUTTER COURAGE Sie hat doch ein Interesse daran, daß ich ihre zweihundert ausgeb und sie den Wagen bekommt. Sie ist scharf drauf, wer weiß, wie lang ihr Obrist bei der Stange bleibt. Kattrin, du putzt die Messer, nimm Bimsstein. Und Sie, stehn Sie auch nicht herum wie Jesus am Ölberg, tummeln Sie sich, waschen Sie die Gläser aus, abends kommen mindestens fünfzig Reiter, und dann hör ich wieder: »Ich bin das Laufen nicht gewohnt, meine Füß, beir Andacht renn ich nicht.« Ich denk, sie werden ihn uns herausgeben. Gott sei Dank sind sie bestechlich. Sie sind doch keine Wölf, sondern Menschen und auf Geld aus. Die Bestechlichkeit ist bei die Menschen dasselbe wie beim lieben Gott die Barmherzigkeit.

Bestechlichkeit ist unsre einzige Aussicht. Solangs die gibt, gibts milde Urteilssprüch, und sogar der Unschuldige kann durchkommen vor Gericht.

YVETTE *kommt schnaufend:* Sie wollens nur machen für zweihundert. Und es muß schnell gehn. Sie habens nimmer lang in der Hand. Ich geh am besten sofort mit dem Einäugigen zu meinem Obristen. Er hat gestanden, daß er die Schatull gehabt hat, sie haben ihm die Daumenschrauben angelegt. Aber er hat sie in Fluß geschmissen, wie er gemerkt hat, daß sie hinter ihm her sind. Die Schatull ist futsch. Soll ich laufen und von meinem Obristen das Geld holen?

MUTTER COURAGE Die Schatull ist futsch? Wie soll ich da meine zweihundert wiederkriegen?

YVETTE Ach, Sie haben geglaubt, Sie können aus der Schatull nehmen? Da wär ich ja schön hereingelegt worden. Machen Sie sich keine Hoffnung. Sie müssens schon zahln, wenn Sie den Schweizerkas zurückhaben wolln, oder vielleicht soll ich jetzt die ganze Sach liegenlassen, damit Sie Ihren Wagen behalten können?

MUTTER COURAGE Damit hab ich nicht gerechnet. Du brauchst nicht drängen, du kommst schon zum Wagen, er ist schon weg, ich hab ihn siebzehn Jahr gehabt. Ich muß nur ein Augenblick überlegen, es kommt ein bissel schnell, was mach ich, zweihundert kann ich nicht geben, du hättest doch abhandeln solln. Etwas muß ich in der Hand haben, sonst kann mich jeder Beliebige in den Straßengraben schubsen. Geh und sag, ich geb hundertzwanzig Gulden, sonst wird nix draus, da verlier ich auch schon den Wagen.

YVETTE Sie werdens nicht machen. Der Einäugige ist sowieso in Eil und schaut immer hinter sich, so aufgeregt ist er. Soll ich nicht lieber die ganzen zweihundert geben?

MUTTER COURAGE *verzweifelt:* Ich kanns nicht geben. Dreißig Jahr hab ich gearbeitet. Die ist schon fünfundzwanzig und hat noch kein Mann. Ich hab die auch noch. Dring nicht in mich, ich weiß, was ich tu. Sag hundertzwanzig, oder es wird nix draus.

YVETTE Sie müssens wissen. *Schnell ab.*

Mutter Courage sieht weder den Feldprediger noch ihre Tochter an und setzt sich, Kattrin beim Messerputzen zu helfen.

MUTTER COURAGE Zerbrechen Sie nicht die Gläser, es sind nimmer unsre. Schau auf deine Arbeit, du schneidst dich. Der Schweizerkas kommt zurück, ich geb auch zweihundert, wenns nötig ist. Dein Bruder kriegst du. Mit achtzig Gulden können wir eine Hucke mit Waren vollpacken und von vorn anfangen. Es wird überall mit Wasser gekocht.

DER FELDPREDIGER Der Herr wirds zum Guten lenken, heißt es.

MUTTER COURAGE Trocken sollen Sie sie reiben.

Sie putzen schweigend Messer. Kattrin läuft plötzlich schluchzend hinter den Wagen.

YVETTE *kommt gelaufen:* Sie machens nicht. Ich hab Sie gewarnt. Der Einäugige hat gleich weggehn wolln, weil es keinen Wert hat. Er hat gesagt, er erwartet jeden Augenblick, daß die Trommeln gerührt werden, dann ist das Urteil gesprochen. Ich hab hundertfünfzig geboten. Er hat nicht einmal mit den Achseln gezuckt. Mit Müh und Not ist er dageblieben, daß ich noch einmal mit Ihnen sprech.

MUTTER COURAGE Sag ihm, ich geb die zweihundert. Lauf. *Yvette läuft weg. Sie sitzen schweigend. Der Feldprediger hat aufgehört, die Gläser zu putzen.* Mir scheint, ich hab zu lang gehandelt.

Von weither hört man Trommeln. Der Feldprediger steht auf und geht nach hinten. Mutter Courage bleibt sitzen. Es wird dunkel. Das Trommeln hört auf. Es wird wieder hell. Mutter Courage sitzt unverändert.

YVETTE *taucht auf, sehr bleich:* Jetzt haben Sies geschafft mitn Handel und daß Sie Ihren Wagen behalten. Elf Kugeln hat er gekriegt, sonst nix. Sie verdienens nicht, daß ich mich überhaupt noch um Sie kümmer. Aber ich hab aufgeschnappt, daß sie nicht glauben, die Kass ist wirklich im Fluß. Sie haben einen Verdacht, sie ist hier, überhaupt, daß Sie eine Verbindung mit ihm gehabt haben. Sie wolln ihn herbringen, ob Sie sich verraten, wenn Sie ihn sehn. Ich warn Sie, daß Sie ihn nicht kennen, sonst seid ihr alle dran. Sie sind dicht hinter mir, besser, ich sags gleich. Soll ich die Kattrin weghalten? *Mutter Courage schüttelt den Kopf.* Weiß sies? Sie hat vielleicht nix gehört von Trommeln oder nicht verstanden.

MUTTER COURAGE Sie weiß. Hol sie.

Yvette holt Kattrin, welche zu ihrer Mutter geht und neben ihr stehenbleibt. Mutter Courage nimmt sie bei der Hand. Zwei Landsknechte kommen mit einer Bahre, auf der unter einem Laken etwas liegt. Nebenher geht der Feldwebel. Sie setzen die Bahre nieder.

DER FELDWEBEL Da ist einer, von dem wir nicht seinen Namen wissen. Er muß aber notiert werden, daß alles in Ordnung geht. Bei dir hat er eine Mahlzeit genommen. Schau ihn dir an, ob du ihn kennst. *Er nimmt das Laken weg.* Kennst du ihn? *Mutter Courage schüttelt den Kopf.* Was, du hast ihn nie gesehn, vor er bei dir eine Mahlzeit genommen hat. *Mutter Courage schüttelt den Kopf.* Hebt ihn auf. Gebt ihn auf den Schindanger. Er hat keinen, der ihn kennt.
Sie tragen ihn weg.

4

MUTTER COURAGE SINGT DAS LIED VON DER GROSSEN KAPITULATION.

Vor einem Offizierszelt. Mutter Courage wartet. Ein Schreiber schaut aus dem Zelt.

DER SCHREIBER Ich kenn Sie. Sie haben einen Zahlmeister von die Evangelischen bei sich gehabt, wo sich verborgen hat. Beschweren Sie sich lieber nicht.

MUTTER COURAGE Doch beschwer ich mich. Ich bin unschuldig, und wenn ichs zulass, schauts aus, als ob ich ein schlechtes Gewissen hätt. Sie haben mir alles mit die Säbel zerfetzt im Wagen und fünf Taler Buß für nix und wieder nix abverlangt.

DER SCHREIBER Ich rat Ihnen zum Guten, halten Sie das Maul. Wir haben nicht viel Marketender und lassen Ihnen Ihren Handel, besonders, wenn Sie ein schlechtes Gewissen haben und ab und zu eine Buß zahln.

MUTTER COURAGE Ich beschwer mich.

DER SCHREIBER Wie Sie wolln. Dann warten Sie, bis der Herr Rittmeister Zeit hat. *Zurück ins Zelt.*

JUNGER SOLDAT *kommt randalierend:* Bouque la Madonne: Wo ist der gottverdammte Hund von einem Rittmeister, wo mir das Trinkgeld unterschlagt und versaufts mit seine Menscher? Er muß hin sein!

ÄLTERER SOLDAT *kommt nachgelaufen:* Halts Maul. Du kommst in Stock!

JUNGER SOLDAT Komm heraus, du Dieb! Ich hau dich zu Koteletten! Die Belohnung unterschlagen, nachdem ich in Fluß geschwommen bin, allein vom ganzen Fähnlein, daß ich nicht einmal ein Bier kaufen kann, ich laß mirs nicht gefalln. Komm heraus, daß ich dich zerhack!

ÄLTERER SOLDAT Maria und Josef, das rennt sich ins Verderben.

MUTTER COURAGE Haben sie ihm kein Trinkgeld gezahlt?

JUNGER SOLDAT Laß mich los, ich renn dich mit nieder, es geht auf ein Aufwaschen.

ÄLTERER SOLDAT Er hat den Gaul vom Obristen gerettet und kein Trinkgeld bekommen. Er ist noch jung und nicht lang genug dabei.

MUTTER COURAGE Laß ihn los, er ist kein Hund, wo man in Ketten legen muß. Trinkgeld habn wolln ist ganz vernünftig. Warum zeichnet er sich sonst aus?

JUNGER SOLDAT Daß der sich besauft drinnen! Ihr seids nur Hosenscheißer. Ich hab was Besonderes gemacht und will mein Trinkgeld haben.

MUTTER COURAGE Junger Mensch, brüllen Sie mich nicht an. Ich hab meine eigenen Sorgen, und überhaupt, schonen Sie Ihre Stimme, Sie möchten sie brauchen, bis der Rittmeister kommt, nachher ist er da, und Sie sind heiser und bringen keinen Ton heraus, und er kann Sie nicht in Stock schließen lassen, bis Sie schwarz sind. Solche, wo so brüllen, machen nicht lange, eine halbe Stunde, und man muß sie in Schlaf singen, so erschöpft sind sie.

JUNGER SOLDAT Ich bin nicht erschöpft, und von Schlafen ist keine Red, ich hab Hunger. Das Brot backen Sie aus Eicheln und Hanfkörnern und sparn damit noch. Der verhurt mein Trinkgeld, und ich hab Hunger. Er muß hin sein.

MUTTER COURAGE Ich verstehe, Sie haben Hunger. Voriges Jahr hat euer Feldhauptmann euch von die Straßen runterkommandiert und quer über die Felder, damit das Korn niedergetrampelt würd, ich hätt für Stiefel zehn Gulden kriegen können, wenn einer zehn Gulden hätt ausgeben können und ich Stiefel gehabt hätt. Er hat geglaubt, er ist nicht mehr in der Gegend dies Jahr, aber jetzt ist er doch noch da, und der Hunger is groß. Ich versteh, daß Sie einen Zorn haben.

JUNGER SOLDAT Ich leids nicht, reden Sie nicht, ich vertrag keine Ungerechtigkeit.

MUTTER COURAGE Da haben Sie recht, aber wie lang? Wie lang vertragen Sie keine Ungerechtigkeit? Eine Stund oder zwei? Sehen Sie, das haben Sie sich nicht gefragt, obwohls die Hauptsach ist, warum, im Stock ists ein Elend, wenn Sie entdecken, jetzt vertragen Sies Unrecht plötzlich.

JUNGER SOLDAT Ich weiß nicht, warum ich Ihnen zuhör. Bouque la Madonne, wo ist der Rittmeister?

MUTTER COURAGE Sie hören mir zu, weil Sie schon wissen, was ich Ihnen sag, daß Ihre Wut schon verraucht ist, es ist nur eine kurze gewesen, und Sie brauchten eine lange, aber woher nehmen?

JUNGER SOLDAT Wollen Sie etwa sagen, wenn ich das Trinkgeld verlang, das ist nicht billig?

MUTTER COURAGE Im Gegenteil. Ich sag nur, Ihre Wut ist nicht lang genug, mit der können Sie nix ausrichten, schad. Wenn Sie eine lange hätten, möcht ich Sie noch aufhetzen. Zerhakken Sie den Hund, möcht ich Ihnen dann raten, aber was, wenn Sie ihn dann gar nicht zerhacken, weil Sie schon spüren, wie Sie den Schwanz einziehn. Dann steh ich da, und der Rittmeister hält sich an mich.

ÄLTERER SOLDAT Sie haben ganz recht, er hat nur einen Rappel.

JUNGER SOLDAT So, das will ich sehn, ob ich ihn nicht zerhack. *Er zieht sein Schwert.* Wenn er kommt, zerhack ich ihn.

DER SCHREIBER *guckt heraus:* Der Herr Rittmeister kommt gleich. Hinsetzen.

Der junge Soldat setzt sich hin.

MUTTER COURAGE Er sitzt schon. Sehn Sie, was hab ich gesagt. Sie sitzen schon. Ja, die kennen sich aus in uns und wissen, wie sies machen müssen. Hinsetzen! und schon sitzen wir. Und im Sitzen gibts kein Aufruhr. Stehen Sie lieber nicht wieder auf, so wie Sie vorhin gestanden haben, stehen Sie jetzt nicht wieder. Vor mir müssen Sie sich nicht genieren, ich bin nicht besser, was nicht gar. Uns haben sie allen unsre Schneid abgekauft. Warum, wenn ich aufmuck, möchts das Geschäft schädigen. Ich werd Ihnen was erzähln von der Großen Kapitulation. *Sie singt das Lied von der Großen Kapitulation.*

Einst, im Lenze meiner jungen Jahre
Dacht auch ich, daß ich was ganz Besondres bin.
(Nicht wie jede beliebige Häuslertochter, mit meinem Aussehn und Talent und meinem Drang nach Höherem!)
Und bestellte meine Suppe ohne Haare
Und von mir, sie hatten kein Gewinn.
(Alles oder nix, jedenfalls nicht den Nächstbesten, jeder is seines Glückes Schmied, ich laß mir keine Vorschriften machen!)
Doch vom Dach ein Star
Pfiff: wart paar Jahr!
    Und du marschierst in der Kapell
    Im Gleichschritt, langsam oder schnell
    Und bläsest deinen kleinen Ton:
    Jetzt kommt er schon.
    Und jetzt das Ganze schwenkt!
    Der Mensch denkt: Gott lenkt
    Keine Red davon!

Und bevor das Jahr war abgefahren
Lernte ich zu schlucken meine Medizin.
(Zwei Kinder aufm Hals und bei dem Brotpreis und was alles verlangt wird!)
Als sie einmal mit mir fix und fertig waren
Hatten sie mich auf dem Arsch und auf den Knien.
(Man muß sich stelln mit den Leuten, eine Hand wäscht die andre, mit dem Kopf kann man nicht durch die Wand.)
Und vom Dach der Star
Pfiff: noch kein Jahr!
    Und sie marschiert in der Kapell
    Im Gleichschritt, langsam oder schnell
    Und bläset ihren kleinen Ton:
    Jetzt kommt er schon.
    Und jetzt das Ganze schwenkt!
    Der Mensch denkt: Gott lenkt
    Keine Red davon!

Viele sah ich schon den Himmel stürmen
Und kein Stern war ihnen groß und weit genug.

(Der Tüchtige schafft es, wo ein Wille ist, ist ein Weg, wir werden den Laden schon schmeißen.)
Doch sie fühlten bald beim Berg-auf-Berge-Türmen
Wie doch schwer man schon an einem Strohhut trug.
(Man muß sich nach der Decke strecken!)
Und vom Dach der Star
Pfeift: wart paar Jahr!
  Und sie marschiern mit der Kapell
  Im Gleichschritt, langsam oder schnell
  Und blasen ihren kleinen Ton:
  Jetzt kommt er schon.
  Und jetzt das Ganze schwenkt!
  Der Mensch denkt: Gott lenkt
  Keine Red davon!

Mutter Courage zu dem jungen Soldaten: Darum denk ich, du solltest dableiben mitn offnen Schwert, wenns dir wirklich danach ist und dein Zorn ist groß genug, denn du hast einen guten Grund, das geb ich zu, aber wenn dein Zorn ein kurzer ist, geh lieber gleich weg!

JUNGER SOLDAT Leck mich am Arsch! *Er stolpert weg, der ältere Soldat ihm nach.*

DER SCHREIBER *steckt den Kopf heraus:* Der Rittmeister ist gekommen. Jetzt können Sie sich beschweren.

MUTTER COURAGE Ich habs mir anders überlegt. Ich beschwer mich nicht. *Ab.*

5

Zwei Jahre sind vergangen. Der Krieg überzieht immer weitere Gebiete. Auf rastlosen Fahrten durchquert der kleine Wagen der Courage Polen, Mähren, Bayern, Italien und wieder Bayern. 1631. Tillys Sieg bei Magdeburg kostet Mutter Courage vier Offiziershemden.

Mutter Courages Wagen steht in einem zerschossenen Dorf. Von weither dünne Militärmusik. Zwei Soldaten am Schanktisch, von Kattrin und Mutter Courage bedient. Der eine hat einen Damenpelzmantel umgehängt.

MUTTER COURAGE Was, zahlen kannst du nicht? Kein Geld, kein Schnaps. Siegesmärsch spielen sie auf, aber den Sold zahlen sie nicht aus.

SOLDAT Meinen Schnaps will ich. Ich bin zu spät zum Plündern gekommen. Der Feldhauptmann hat uns beschissen und die Stadt nur für eine Stunde zum Plündern freigegeben. Er ist kein Unmensch, hat er gesagt; die Stadt muß ihm was gezahlt haben.

DER FELDPREDIGER *kommt gestolpert:* In dem Hof da liegen noch welche. Die Bauernfamilie. Hilf mir einer. Ich brauch Leinen.

Der zweite Soldat geht mit ihm weg. Kattrin gerät in große Erregung und versucht ihre Mutter zur Herausgabe von Leinen zu bringen.

MUTTER COURAGE Ich hab keins. Meine Binden hab ich ausverkauft beim Regiment. Ich zerreiß für die nicht meine Offiziershemden.

DER FELDPREDIGER *zurückrufend:* Ich brauch Leinen, sag ich.

MUTTER COURAGE *Kattrin den Eintritt in den Wagen verwehrend, indem sie sich auf die Treppe setzt:* Ich gib nix. Die zahlen nicht, warum, die haben nix.

DER FELDPREDIGER *über einer Frau, die er hergetragen hat:* Warum seid ihr dageblieben im Geschützfeuer?

DIE BAUERSFRAU *schwach:* Hof.

MUTTER COURAGE Die und weggehen von was! Aber jetzt soll ich herhalten. Ich tus nicht.

ERSTER SOLDAT Das sind Evangelische. Warum müssen sie evangelisch sein?

MUTTER COURAGE Die pfeifen dir aufn Glauben. Denen ist der Hof hin.

ZWEITER SOLDAT Die sind gar nicht evangelisch. Die sind selber katholisch.

ERSTER SOLDAT Wir können sie nicht herausklauben bei der Beschießung.

EIN BAUER *den der Feldprediger bringt:* Mein Arm ist hin.

DER FELDPREDIGER Wo ist das Leinen?

Alle sehen auf Mutter Courage, die sich nicht rührt.

MUTTER COURAGE Ich kann nix geben. Mit all die Abgaben, Zöll, Zins und Bestechungsgelder! *Kattrin hebt, Gurgellaute ausstoßend, eine Holzplanke auf und bedroht ihre Mutter damit.* Bist du übergeschnappt? Leg das Brett weg, sonst schmier ich dir eine, Krampen! Ich gib nix, ich mag nicht, ich muß an mich selber denken. *Der Feldprediger hebt sie von der Wagentreppe auf und setzt sie auf den Boden; dann kramt er Hemden heraus und reißt sie in Streifen.* Meine Hemden! Das Stück zu einem halben Gulden! Ich bin ruiniert!

Aus dem Hause kommt eine schmerzliche Kinderstimme.

DER BAUER Das Kleine is noch drin!

Kattrin rennt hinein.

DER FELDPREDIGER *zur Frau:* Bleib liegen! Es wird schon herausgeholt.

MUTTER COURAGE Haltet sie zurück, das Dach kann einfallen.

DER FELDPREDIGER Ich geh nicht mehr hinein.

MUTTER COURAGE *hin und her gerissen:* Aasens nicht mit meinem teuren Leinen!

Der zweite Soldat hält sie zurück. Kattrin bringt einen Säugling aus der Trümmerstätte.

MUTTER COURAGE Hast du glücklich wieder einen Säugling gefunden zum Herumschleppen? Auf der Stell gibst ihn der Mutter, sonst hab ich wieder einen stundenlangen Kampf, bis ich ihn dir herausgerissen hab, hörst du nicht? *Zum zweiten Soldaten:* Glotz nicht, geh lieber dort hinter und sag ihnen, sie sollen mit der Musik aufhören, ich seh hier, daß sie gesiegt haben. Ich hab nur Verluste von eure Sieg.

DER FELDPREDIGER *beim Verbinden:* Das Blut kommt durch.

Kattrin wiegt den Säugling und lallt ein Wiegenlied.

MUTTER COURAGE Da sitzt sie und ist glücklich in all dem Jammer, gleich gibst es weg, die Mutter kommt schon zu sich. *Sie entdeckt den ersten Soldaten, der sich über die Getränke hergemacht hat und jetzt mit der Flasche wegwill.* Pschagreff! Du Vieh, willst du noch weitersiegen? Du zahlst.

ERSTER SOLDAT Ich hab nix.

MUTTER COURAGE *reißt ihm den Pelzmantel ab:* Dann laß den Mantel da, der ist sowieso gestohlen.

DER FELDPREDIGER Es liegt noch einer drunten.

6

Vor der Stadt Ingolstadt in Bayern wohnt die Courage dem Begräbnis des gefallenen kaiserlichen Feldhauptmanns Tilly bei. Es finden Gespräche über Kriegshelden und die Dauer des Krieges statt. Der Feldprediger beklagt, dass seine Talente brachliegen, und die stumme Kattrin bekommt die roten Schuhe. Man schreibt das Jahr 1632.

Im Innern eines Marketenderzeltes, mit einem Ausschank nach hinten zu. Regen. In der Ferne Trommeln und Trauermusik. Der Feldprediger und der Regimentsschreiber spielen ein Brettspiel. Mutter Courage und ihre Tochter machen Inventur.

DER FELDPREDIGER Jetzt setzt sich der Trauerzug in Bewegung.

MUTTER COURAGE Schad um den Feldhauptmann – zweiundzwanzig Paar von die Socken –, daß er gefalln ist, heißt es, war ein Unglücksfall. Es war Nebel auf der Wiesen, der war schuld. Der Feldhauptmann hat noch einem Regiment zugerufen, sie solln todesmutig kämpfen, und ist zurückgeritten, in dem Nebel hat er sich aber in der Richtung geirrt, so daß er nach vorn war und er mitten in der Schlacht eine Kugel erwischt hat – nur noch vier Windlichter zurück. *Von hinten ein Pfiff. Sie geht zum Ausschank.* Eine Schand, daß ihr euch vom Begräbnis von eurem toten Feldhauptmann drückt! *Sie schenkt aus.*

DER SCHREIBER Man hätts Geld nicht vorm Begräbnis auszahln solln. Jetzt besaufen sie sich, anstatt daß sie zum Begräbnis gehen.

DER FELDPREDIGER *zum Schreiber:* Müssen Sie nicht zum Begräbnis?

DER SCHREIBER Ich hab mich gedrückt, wegn Regen.

MUTTER COURAGE Bei Ihnen ists was andres, Ihnen möchts die Uniform verregnen. Es heißt, sie haben ihm natürlich die Glocken läuten wollen zum Begräbnis, aber es hat sich herausgestellt, daß die Kirchen weggeschossen waren auf seinen Befehl, so daß der arme Feldhauptmann keine Glocken hören wird, wenn sie ihn hinabsenken. Anstatt dem wolln sie drei Kanonenschüsse abfeuern, daß es nicht gar zu nüchtern wird – siebzehn Leibriemen.

RUFE VOM AUSSCHANK Wirtschaft! Ein Branntwein!

MUTTER COURAGE Ersts Geld! Nein, herein kommt ihr mir nicht mit eure Dreckstiefeln in mein Zelt! Ihr könnt draußen trinken, Regen hin, Regen her. *Zum Schreiber:* Ich laß nur die Chargen herein. Der Feldhauptmann hat die letzte Zeit Sorgen gehabt, hör ich. Im Zweiten Regiment solls Unruhen gegeben haben, weil er keinen Sold ausgezahlt, sondern gesagt hat, es is ein Glaubenskrieg, sie müssens ihm umsonst tun. *Trauermarsch. Alle sehen nach hinten.*

DER FELDPREDIGER Jetzt defilierens vor der hohen Leich.

MUTTER COURAGE Mir tut so ein Feldhauptmann oder Kaiser leid, er hat sich vielleicht gedacht, er tut was übriges und was, wovon die Leut reden, noch in künftigen Zeiten, und kriegt ein Standbild, zum Beispiel er erobert die Welt, das is ein großes Ziel für einen Feldhauptmann, er weiß es nicht besser. Kurz, er rackert sich ab, und dann scheiterts am gemeinen Volk, was vielleicht ein Krug Bier will und ein bissel Gesellschaft, nix Höheres. Die schönsten Plän sind schon zuschanden geworden durch die Kleinlichkeit von denen, wo sie ausführen sollten, denn die Kaiser selber können ja nix machen, sie sind angewiesen auf die Unterstützung von ihre Soldaten und dem Volk, wo sie grad sind, hab ich recht?

DER FELDPREDIGER *lacht:* Courage, ich geb Ihnen recht, bis auf die Soldaten. Die tun, was sie können. Mit denen da draußen zum Beispiel, die ihren Branntwein im Regen saufen, getrau ich mich hundert Jahr einen Krieg nach dem andern zu machen und zwei auf einmal, wenns sein muß, und ich bin kein gelernter Feldhauptmann.

MUTTER COURAGE Dann meinen Sie nicht, daß der Krieg ausgehn könnt?

DER FELDPREDIGER Weil der Feldhauptmann hin ist? Sein Sie nicht kindisch. Solche finden sich ein Dutzend, Helden gibts immer.

MUTTER COURAGE Sie, ich frag Sie das nicht nur aus Hetz, sondern weil ich mir überleg, ob ich Vorrät einkaufen soll, was grad billig zu haben sind, aber wenn der Krieg ausgeht, kann ich sie dann wegschmeißen.

DER FELDPREDIGER Ich versteh, daß Sies ernst meinen. Es hat immer welche gegeben, die gehn herum und sagen: »Einmal hört der Krieg auf.« Ich sag: daß der Krieg einmal aufhört, ist nicht gesagt. Es kann natürlich zu einer kleinen Paus kommen. Der Krieg kann sich verschnaufen müssen, ja er kann sogar sozusagen verunglücken. Davor ist er nicht gesichert, es gibt ja nix Vollkommenes allhier auf Erden. Einen vollkommenen Krieg, wo man sagen könnt: an dem ist nix mehr auszusetzen, wirds vielleicht nie geben. Plötzlich kann er ins Stocken kommen, an was Unvorhergesehenem, an alles kann kein Mensch denken. Vielleicht ein Übersehn, und das Schlamassel ist da. Und dann kann man den Krieg wieder aus dem Dreck ziehn! Aber die Kaiser und Könige und der Papst wird ihm zu Hilf kommen in seiner Not. So hat er im ganzen nix Ernstliches zu fürchten, und ein langes Leben liegt vor ihm.

EIN SOLDAT *singt vor der Schenke:*

Ein Schnaps, Wirt, schnell, sei g'scheit!
Ein Reiter hat kein Zeit.
Muß für sein Kaiser streiten.

Einen doppelten, heut ist Festtag!

MUTTER COURAGE Wenn ich Ihnen traun könnt...

DER FELDPREDIGER Denken Sie selber! Was sollt gegen den Krieg sein?

DER SOLDAT *singt hinten:*

Dein Brust, Weib, schnell, sei g'scheit!
Ein Reiter hat kein Zeit.
Er muß gen Mähren reiten.

DER SCHREIBER *plötzlich:* Und der Frieden, was wird aus ihm? Ich bin aus Böhmen und möcht gelegentlich heim.

DER FELDPREDIGER So, möchten Sie? Ja, der Frieden! Was wird aus dem Loch, wenn der Käs gefressen ist?

DER SOLDAT *singt hinten:*

Trumpf aus, Kamrad, sei g'scheit!
Ein Reiter hat kein Zeit.
Muß kommen, solang sie werben.

Dein Spruch, Pfaff, schnell, sei g'scheit!
Ein Reiter hat kein Zeit.
Er muß fürn Kaiser sterben.

DER SCHREIBER Auf die Dauer kann man nicht ohne Frieden leben.

DER FELDPREDIGER Ich möcht sagen, den Frieden gibts im Krieg auch, er hat seine friedlichen Stelln. Der Krieg befriedigt nämlich alle Bedürfniss, auch die friedlichen darunter, dafür ist gesorgt, sonst möcht er sich nicht halten können. Im Krieg kannst du auch kacken wie im tiefsten Frieden, und zwischen dem einen Gefecht und dem andern gibts ein Bier, und sogar auf dem Vormarsch kannst du ein'n Nicker machen, aufn Ellbogen, das ist immer möglich, im Straßengraben. Beim Stürmen kannst du nicht Karten spieln, das kannst du beim Ackerpflügen im tiefsten Frieden auch nicht, aber nach dem Sieg gibts Möglichkeiten. Dir mag ein Bein abgeschossen werden, da erhebst du zuerst ein großes Geschrei, als wärs was, aber dann beruhigst du dich oder kriegst Schnaps, und am End hüpfst du wieder herum, und der Krieg ist nicht schlechter dran als vorher. Und was hindert dich, daß du dich vermehrst inmitten all dem Gemetzel, hinter einer Scheun oder woanders, davon bist du nie auf die Dauer abzuhalten, und dann hat der Krieg deine Sprößlinge und kann mit ihnen weiterkommen. Nein, der Krieg findet immer einen Ausweg, was nicht gar. Warum soll er aufhörn müssen?

Kattrin hat aufgehört zu arbeiten und starrt auf den Feldprediger.

MUTTER COURAGE Da kauf ich also die Waren. Ich verlaß mich auf Sie. *Kattrin schmeißt plötzlich einen Korb mit Flaschen auf den Boden und läuft hinaus.* Kattrin! *Lacht.* Jesses, die wart doch auf den Frieden. Ich hab ihr versprochen, sie kriegt einen Mann, wenn Frieden wird. *Sie läuft ihr nach.*

DER SCHREIBER *aufstehend:* Ich hab gewonnen, weil Sie geredet haben. Sie zahln.

MUTTER COURAGE *herein mit Kattrin:* Sei vernünftig, der Krieg geht noch ein bissel weiter, und wir machen noch ein bissel Geld, da wird der Friede um so schöner. Du gehst in die Stadt, das sind keine zehn Minuten, und holst die Sachen im Goldenen Löwen, die wertvollern, die andern holn wir später mitm Wagen, es ist alles ausgemacht, der Herr Regimentsschreiber begleitet dich. Die meisten sind beim Begräbnis vom Feldhauptmann, da kann dir nix geschehn. Machs gut, laß dir nix wegnehmen, denk an deine Aussteuer! *Kattrin nimmt eine Leinwand über den Kopf und geht mit dem Schreiber.*

DER FELDPREDIGER Können Sie sie mit dem Schreiber gehn lassen?

MUTTER COURAGE Sie is nicht so hübsch, daß sie einer ruinieren möcht.

DER FELDPREDIGER Wie Sie so Ihren Handel führn und immer durchkommen, das hab ich oft bewundert. Ich verstehs, daß man Sie Courage geheißen hat.

MUTTER COURAGE Die armen Leut brauchen Courage. Warum, sie sind verloren. Schon daß sie aufstehn in der Früh, dazu gehört was in ihrer Lag. Oder daß sie einen Acker umpflügen, und im Krieg! Schon daß sie Kinder in die Welt setzen, zeigt, daß sie Courage haben, denn sie haben keine Aussicht. Sie müssen einander den Henker machen und sich gegenseitig abschlachten, wenn sie einander da ins Gesicht schaun wolln, das braucht wohl Courage. Daß sie einen Kaiser und einen Papst dulden, das beweist eine unheimliche Courage, denn die kosten ihnen das Leben. *Sie setzt sich nieder, zieht eine kleine Pfeife aus der Tasche und raucht.* Sie könnten ein bissel Kleinholz machen.

DER FELDPREDIGER *zieht widerwillig die Jacke aus und bereitet sich vor zum Kleinholzmachen:* Ich bin eigentlich Seelsorger und nicht Holzhacker.

MUTTER COURAGE Ich hab aber keine Seel. Dagegen brauch ich Brennholz.

DER FELDPREDIGER Was ist das für eine Stummelpfeif?

MUTTER COURAGE Halt eine Pfeif.

DER FELDPREDIGER Nein, nicht »halt eine«, sondern eine ganz bestimmte.

MUTTER COURAGE So?

DER FELDPREDIGER Das ist die Stummelpfeif von dem Koch vom Oxenstjerna-Regiment.

MUTTER COURAGE Wenn Sies wissen, warum fragen Sie dann erst so scheinheilig?

DER FELDPREDIGER Weil ich nicht weiß, ob Sie sich bewußt sind, daß Sie grad die rauchen. Hätt doch sein können, Sie fischen nur so in Ihren Habseligkeiten herum, und da kommt Ihnen irgendeine Stummelpfeif in die Finger, und Sie nehmen sie aus reiner Geistesabwesenheit.

MUTTER COURAGE Und warum sollts nicht so sein?

DER FELDPREDIGER Weils nicht so ist. Sie rauchen sie bewußt.

MUTTER COURAGE Und wenn ich das tät?

DER FELDPREDIGER Courage, ich warn Sie. Es ist meine Pflicht. Sie werden den Herrn kaum mehr zu Gesicht kriegn, aber das ist nicht schad, sondern Ihr Glück. Er hat mir keinen verläßlichen Eindruck gemacht. Im Gegenteil.

MUTTER COURAGE So? Er war ein netter Mensch.

DER FELDPREDIGER So, das nennen Sie einen netten Menschen? Ich nicht. Ich bin weit entfernt, ihm was Böses zu wolln, aber nett kann ich ihn nicht nennen. Eher einen Donschuan, einen raffinierten. Schauen Sie die Pfeif an, wenn Sie mir nicht glauben. Sie müssen zugeben, daß sie allerhand von seinem Charakter verrät.

MUTTER COURAGE Ich seh nix. Gebraucht ist sie.

DER FELDPREDIGER Durchgebissen ist sie halb. Ein Gewaltmensch. Das ist die Stummelpfeif von einem rücksichtslosen Gewaltmenschen, das sehn Sie dran, wenn Sie noch nicht alle Urteilskraft verloren haben.

MUTTER COURAGE Hacken Sie mir nicht meinen Hackpflock durch.

DER FELDPREDIGER Ich hab Ihnen gesagt, ich bin kein gelernter Holzhacker. Ich hab Seelsorgerei studiert. Hier werden meine Gaben und Fähigkeiten mißbraucht zu körperlicher Arbeit. Meine von Gott verliehenen Talente kommen überhaupt nicht zur Geltung. Das ist eine Sünd. Sie haben mich nicht predigen hörn. Ich kann ein Regiment nur mit einer Ansprach so in Stimmung versetzen, daß es den Feind wie eine Hammelherd ansieht. Ihr Leben ist ihnen wie ein alter verstunkener Fußlappen, den sie wegwerfen in Gedanken an den Endsieg. Gott hat mir die Gabe der Sprachgewalt verliehen. Ich predig, daß Ihnen Hören und Sehen vergeht.

MUTTER COURAGE Ich möcht gar nicht, daß mir Hören und Sehen vergeht. Was tu ich da?

DER FELDPREDIGER Courage, ich hab mir oft gedacht, ob Sie mit Ihrem nüchternen Reden nicht nur eine warmherzige

Natur verbergen. Auch Sie sind ein Mensch und brauchen Wärme.

MUTTER COURAGE Wir kriegen das Zelt am besten warm, wenn wir genug Brennholz haben.

DER FELDPREDIGER Sie lenken ab. Im Ernst, Courage, ich frag mich mitunter, wie es wär, wenn wir unsere Beziehung ein wenig enger gestalten würden. Ich mein, nachdem uns der Wirbelsturm der Kriegszeiten so seltsam zusammengewirbelt hat.

MUTTER COURAGE Ich denk, sie ist eng genug. Ich koche Ihnens Essen, und Sie betätigen sich und machen zum Beispiel Brennholz.

DER FELDPREDIGER *tritt auf sie zu:* Sie wissen, was ich mit »enger« mein; das ist keine Beziehung mit Essen und Holzhacken und solche niedrigen Bedürfnisse. Lassen Sie Ihr Herz sprechen, verhärten Sie sich nicht.

MUTTER COURAGE Kommen sie nicht mitn Beil auf mich zu. Das wär mir eine zu enge Beziehung.

DER FELDPREDIGER Ziehen Sies nicht ins Lächerliche. Ich bin ein ernster Mensch und hab mir überlegt, was ich sag.

MUTTER COURAGE Feldprediger, sein Sie gescheit. Sie sind mir sympathisch, ich möcht Ihnen nicht den Kopf waschen müssen. Auf was ich aus bin, ist, mich und meine Kinder durchbringen mit meinem Wagen. Ich betracht ihn nicht als mein, und ich hab auch jetzt keinen Kopf für Privatgeschichten. Eben jetzt geh ich ein Risiko ein mit Einkaufen, wo der Feldhauptmann gefalln ist und alles vom Frieden redet. Wo wolln Sie hin, wenn ich ruiniert bin? Sehen Sie, das wissen Sie nicht. Hacken sie uns das Brennholz, dann haben wir abends warm, das ist schon viel in diese Zeiten. Was ist das?

Sie steht auf. Herein Kattrin, atemlos, mit einer Wunde über Stirn und Auge. Sie schleppt allerlei Sachen, Pakete, Lederzeug, eine Trommel usw.

MUTTER COURAGE Was ist, bist du überfalln worden? Aufn Rückweg? Sie ist aufn Rückweg überfalln worden! Wenn das nicht der Reiter gewesen ist, der sich bei mir besoffen hat! Ich hätt dich nie gehn lassen solln. Schmeiß das Zeug weg! Das ist nicht schlimm, die Wund ist nur eine Fleischwund. Ich verbind sie dir, und in einer Woche ist sie geheilt. Sie sind schlimmer als die Tier. *Sie verbindet die Wunde.*

DER FELDPREDIGER Ich werf ihnen nix vor. Daheim haben sie nicht geschändet. Schuld sind die, wo Krieg anstiften, sie kehren das Unterste zuoberst in die Menschen.

MUTTER COURAGE Hat dich der Schreiber nicht zurückbegleitet? Das kommt davon, daß du eine anständige Person bist, da schern sie sich nicht drum. Die Wund ist gar nicht tief, da bleibt nix zurück. So, jetzt ists verbunden. Du kriegst was, sei ruhig. Ich hab dir insgeheim was aufgehoben, du wirst schauen. *Sie kramt aus einem Sack die roten Stöckelschuhe der Pottier heraus.* Was, da schaust du? Die hast du immer wolln. Da hast du sie. Zieh sie schnell an, daß es mich nicht reut. *Sie hilft ihr die Schuhe anziehen.* Nix bleibt zurück, wenngleich mirs nix ausmachen möcht. Das Los von denen, wo ihnen gefallen, ist das schlimmste. Die ziehn sie herum, bis sie kaputt sind. Wen sie nicht mögen, die lassen sie am Leben. Ich hab schon solche gesehn, wo hübsch im Gesicht gewesen sind, und dann haben sie bald so ausgeschaut, daß einen Wolf gegraust hat. Nicht hinter einen Alleebaum können sie gehn, ohne daß sie was fürchten müssen, sie haben ein grausliches Leben. Das ist wie mit die Bäum, die graden, luftigen werden abgehaun für Dachbalken, und die krummen dürfen sich ihres Lebens freun. Das wär also nix als ein Glück. Die Schuh sind noch gut, ich hab sie eingeschmiert aufgehoben.

Kattrin läßt die Schuhe stehen und kriecht in den Wagen.

DER FELDPREDIGER Hoffentlich ist sie nicht verunstaltet.

MUTTER COURAGE Eine Narb wird bleiben. Auf den Frieden muß die nimmer warten.

DER FELDPREDIGER Die Sachen hat sie sich nicht nehmen lassen.

MUTTER COURAGE Ich hätts ihr vielleicht nicht einschärfen solln. Wenn ich wüßt, wie es in ihrem Kopf ausschaut! Einmal ist sie eine Nacht ausgeblieben, nur einmal in all die Jahr. Danach ist sie herumgegangen wie vorher, hat aber stärker gearbeitet. Ich konnt nicht herausbringen, was sie erlebt hat. Ich hab mir eine Zeitlang den Kopf zerbrochen. *Sie nimmt die von Kattrin gebrachten Waren auf und sortiert sie zornig.* Das ist der Krieg! Eine schöne Einnahmequell!

Man hört Kanonenschüsse.

DER FELDPREDIGER Jetzt begraben sie den Feldhauptmann. Das ist ein historischer Augenblick.

MUTTER COURAGE Mir ist ein historischer Augenblick, daß sie meiner Tochter übers Aug geschlagen haben. Die ist schon halb kaputt, einen Mann kriegt sie nicht mehr, und dabei so ein Kindernarr, stumm ist sie auch nur wegen dem Krieg, ein Soldat hat ihr als klein was in den Mund geschoppt. Den Schweizerkas seh ich nicht mehr, und wo der Eilif ist, das weiß Gott. Der Krieg soll verflucht sein.

7

MUTTER COURAGE AUF DER HÖHE IHRER GESCHÄFTLICHEN LAUFBAHN.

Landstraße. Der Feldprediger, Mutter Courage und ihre Tochter Kattrin ziehen den Planwagen, an dem neue Waren hängen. Mutter Courage trägt eine Kette mit Silbertalern.

MUTTER COURAGE Ich laß mir den Krieg von euch nicht madig machen. Es heißt, er vertilgt die Schwachen, aber die sind auch hin im Frieden. Nur, der Krieg nährt seine Leut besser. *Sie singt.*

Und geht er über deine Kräfte
Bist du beim Sieg halt nicht dabei.
Der Krieg ist nix als die Geschäfte
Und statt mit Käse ists mit Blei.

Und was möcht schon Seßhaftwerden nützen? Die Seßhaften sind zuerst hin. *Singt.*

So mancher wollt so manches haben
Was es für manchen gar nicht gab:
Er wollt sich schlau ein Schlupfloch graben
Und grub sich nur ein frühes Grab.
Schon manchen sah ich sich abjagen
In Eil nach einer Ruhestatt –
Liegt er dann drin, mag er sich fragen
Warums ihm so geeilet hat.

Sie ziehen weiter.

8

Im selben Jahr fällt der Schwedenkönig Gustav Adolf in der Schlacht bei Lützen. Der Frieden droht Mutter Courages Geschäft zu ruinieren. Der Courage kühner Sohn vollbringt eine Heldentat zu viel und findet ein schimpfliches Ende.

Feldlager. Ein Sommermorgen. Vor dem Wagen stehen eine alte Frau und ihr Sohn. Der Sohn schleppt einen großen Sack mit Bettzeug.

MUTTER COURAGES STIMME *aus dem Wagen:* Muß das in aller Herrgottsfrüh sein?

DER JUNGE MANN Wir sind die ganze Nacht zwanzig Meilen hergelaufen und müssen noch zurück heut.

MUTTER COURAGES STIMME Was soll ich mit Bettfedern? Die Leut haben keine Häuser.

DER JUNGE MANN Wartens lieber, bis Sie sie sehn.

DIE ALTE FRAU Da ist auch nix. Komm!

DER JUNGE MANN Dann verpfänden sie uns das Dach überm Kopf für die Steuern. Vielleicht gibt sie drei Gulden, wenn du das Kreuzel zulegst. *Glocken beginnen zu läuten.* Horch, Mutter!

STIMMEN *von hinten:* Frieden! Der Schwedenkönig ist gefallen!

MUTTER COURAGE *steckt den Kopf aus dem Wagen. Sie ist noch unfrisiert:* Was ist das für ein Geläut mitten in der Woch?

DER FELDPREDIGER *kommt unterm Wagen vorgekrochen:* Was schrein sie?

MUTTER COURAGE Sagen Sie mir nicht, daß Friede ausgebrochen ist, wo ich eben neue Vorrät eingekauft hab.

DER FELDPREDIGER *nach hinten rufend:* Ists wahr, Frieden?

STIMME Seit drei Wochen, heißts, wir habens nur nicht erfahren.

DER FELDPREDIGER *zur Courage:* Warum solln sie sonst die Glocken läuten?

STIMME In der Stadt sind schon ein ganzer Haufen Lutherische mit Fuhrwerken angekommen, die haben die Neuigkeit gebracht.

DER JUNGE MANN Mutter, es ist Frieden. Was hast?

Die alte Frau ist zusammengebrochen.

MUTTER COURAGE *zurück in den Wagen:* Marandjosef! Kattrin, Friede! Zieh dein Schwarzes an! Wir gehn in Gottesdienst. Das sind wir dem Schweizerkas schuldig. Obs wahr ist?

DER JUNGE MANN Die Leut hier sagens auch. Es ist Frieden gemacht worden. Kannst du aufstehn? *Die alte Frau steht betäubt auf.* Jetzt bring ich die Sattlerei wieder in Gang. Ich versprech dirs. Alles kommt in Ordnung. Vater kriegt sein Bett wieder. Kannst du laufen? *Zum Feldprediger:* Schlecht ist ihr geworden. Das ist die Nachricht. Sie hats nicht geglaubt, daß es noch Frieden wird. Vater hats immer gesagt. Wir gehn gleich heim.

Beide ab.

MUTTER COURAGES STIMME Gebt ihr einen Schnaps!

DER FELDPREDIGER Sie sind schon fort.

MUTTER COURAGES STIMME Was ist im Lager drüben?

DER FELDPREDIGER Sie laufen zusammen. Ich geh hinüber. Soll ich nicht mein geistliches Gewand anziehn?

MUTTER COURAGES STIMME Erkundigen Sie sich erst genauer, vor Sie sich zu erkennen geben als Antichrist. Ich bin froh übern Frieden, wenn ich auch ruiniert bin. Wenigstens zwei von den Kindern hätt ich also durchgebracht durch den Krieg. Jetzt werd ich meinen Eilif wiedersehn.

DER FELDPREDIGER Und wer kommt da die Lagergass herunter? Wenn das nicht der Koch vom Feldhauptmann ist!

DER KOCH *etwas verwahrlost und mit einem Bündel:* Wen seh ich? Den Feldprediger!

DER FELDPREDIGER Courage, ein Besuch!

Mutter Courage klettert heraus.

DER KOCH Ich habs doch versprochen, ich komm, sobald ich Zeit hab, zu einer kleinen Unterhaltung herüber. Ich hab Ihren Branntwein nicht vergessen, Frau Fierling.

MUTTER COURAGE Jesus, der Koch vom Feldhauptmann! Nach all die Jahr! Wo ist der Eilif, mein Ältester?

DER KOCH Ist der noch nicht da? Der ist vor mir weg und wollt auch zu Ihnen.

DER FELDPREDIGER Ich zieh mein geistliches Gewand an, wartets. *Ab hinter den Wagen.*

MUTTER COURAGE Da kann er jede Minute eintreffen. *Ruft in den Wagen.* Kattrin, der Eilif kommt! Hol ein Glas Branntwein fürn Koch, Kattrin! *Kattrin zeigt sich nicht.* Gib ein Büschel Haar drüber, und fertig! Herr Lamb ist kein Fremder. *Holt selber den Branntwein.* Sie will nicht heraus, sie macht sich nix ausn Frieden. Er hat zu lang auf sich warten lassen. Sie haben sie über das eine Aug geschlagen, man siehts schon kaum mehr, aber sie meint, die Leut stiern auf sie.

DER KOCH Ja, der Krieg!

Er und Mutter Courage setzen sich.

MUTTER COURAGE Koch, Sie treffen mich im Unglück. Ich bin ruiniert.

DER KOCH Was? Das ist aber ein Pech.

MUTTER COURAGE Der Friede bricht mirn Hals. Ich hab auf den Feldprediger sein Rat neulich noch Vorrät eingekauft. Und jetzt wird sich alles verlaufen, und ich sitz auf meine Waren.

DER KOCH Wie können Sie auf den Feldprediger hörn? Wenn ich damals Zeit gehabt hätt, aber die Katholischen sind zu schnell gekommen, hätt ich Sie vor dem gewarnt. Das ist ein Schmalger. So, der führt bei Ihnen jetzt das große Wort.

MUTTER COURAGE Er hat mirs Geschirr gewaschen und ziehn helfen.

DER KOCH Der, und ziehn! Er wird Ihnen schon auch ein paar von seine Witz erzählt haben, wie ich den kenn, der hat eine ganz unsaubere Anschauung vom Weib, ich hab mein Einfluß umsonst bei ihm geltend gemacht. Er ist unsolid.

MUTTER COURAGE Sind Sie solid?

DER KOCH Wenn ich nix bin, bin ich solid. Prost!

MUTTER COURAGE Das ist nix, solid. Ich hab nur einen gehabt, Gott sei Dank, wo solid war. So hab ich nirgends schuften müssen, er hat die Decken von die Kinder verkauft im Frühjahr, und meine Mundharmonika hat er unchristlich gefunden. Ich find, Sie empfehln sich nicht, wenn Sie eingestehn, Sie sind solid.

DER KOCH Sie haben immer noch Haare auf die Zähn, aber ich schätz Sie drum.

MUTTER COURAGE Sagen Sie jetzt nicht, Sie haben von meine Haar auf die Zähn geträumt!

DER KOCH Ja, jetzt sitzen wir hier, und Friedensglocken und Ihr Branntwein, wie nur Sie ihn ausschenken, das ist ja berühmt.

MUTTER COURAGE Ich halt nix von Friedensglocken im Moment. Ich seh nicht, wie sie den Sold auszahln wolln, wo im Rückstand ist, und wo bleib ich dann mit meinem berühmten Branntwein? Habt ihr denn ausgezahlt bekommen?

DER KOCH *zögernd:* Das nicht grad. Darum haben wir uns aufgelöst. Unter diese Umständ hab ich mir gedacht, was soll ich bleiben, ich besuch inzwischen Freunde. Und so sitz ich jetzt Ihnen gegenüber.

MUTTER COURAGE Das heißt, Sie haben nix.

DER KOCH Mit dem Gebimmel könnten sie wirklich aufhören, nachgerad. Ich käm gern in irgendeinen Handel mit was. Ich hab keine Lust mehr, denen den Koch machen. Ich soll ihnen aus Baumwurzeln und Schuhleder was zusammenpantschen, und dann schütten sie mir die heiße Suppe ins Gesicht. Heut Koch, das ist ein Hundeleben. Lieber Kriegsdienst tun, aber freilich, jetzt ist ja Frieden. *Da der Feldprediger auftaucht, nunmehr in seinem alten Gewand.* Wir reden später darüber weiter.

DER FELDPREDIGER Es ist noch gut, nur paar Motten waren drin.

DER KOCH Ich seh nur nicht, wozu Sie sich die Müh machen. Sie werden doch nicht wieder eingestellt, wen sollten Sie jetzt anfeuern, daß er seinen Sold ehrlich verdient und sein Leben in die Schanz schlägt? Ich hab überhaupt mit Ihnen noch ein Hühnchen zu rupfen, weil Sie die Dame zu einem Einkauf von überflüssigen Waren geraten haben unter der Angabe, der Krieg geht ewig.

DER FELDPREDIGER *hitzig:* Ich möcht wissen, was Sie das angeht?

DER KOCH Weils gewissenlos ist, so was! Wie können Sie sich in die Geschäftsführung von andern Leuten einmischen mit ungewünschten Ratschlägen?

DER FELDPREDIGER Wer mischt sich ein? *Zur Courage:* Ich hab nicht gewußt, daß Sie eine so enge Freundin von dem Herrn sind und ihm Rechenschaft schuldig sind.

MUTTER COURAGE Regen Sie sich nicht auf, der Koch sagt nur seine Privatmeinung, und Sie können nicht leugnen, daß Ihr Krieg eine Niete war.

DER FELDPREDIGER Sie sollten sich nicht am Frieden versündigen, Courage! Sie sind eine Hyäne des Schlachtfelds.

MUTTER COURAGE Was bin ich?

DER KOCH Wenn Sie meine Freundin beleidigen, kriegen Sies mit mir zu tun.

DER FELDPREDIGER Mit Ihnen red ich nicht. Sie haben mir zu durchsichtige Absichten. *Zur Courage:* Aber wenn ich Sie den Frieden entgegennehmen seh wie ein altes verrotztes Sacktuch, mit Daumen und Zeigefinger, dann empör ich mich menschlich; denn dann seh ich, Sie wollen keinen Frieden, sondern Krieg, weil Sie Gewinne machen, aber vergessen Sie dann auch nicht den alten Spruch: »Wer mitn Teufel frühstücken will, muß ein langen Löffel haben!«

MUTTER COURAGE Ich hab nix fürn Krieg übrig, und er hat wenig genug für mich übrig. Ich verbitt mir jedenfalls die Hyäne, wir sind geschiedene Leut.

DER FELDPREDIGER Warum beklagen Sie sich dann übern Frieden, wenn alle Menschen aufatmen? Wegen paar alte Klamotten in Ihrem Wagen?!

MUTTER COURAGE Meine Waren sind keine alte Klamotten, sondern davon leb ich, und Sie habens bisher auch.

DER FELDPREDIGER Also vom Krieg! Aha!

DER KOCH *zum Feldprediger:* Als erwachsener Mensch hätten Sie sich sagen müssen, daß man keinen Rat gibt. *Zur Courage:* In der Lag können Sie jetzt nix Besseres mehr tun, als gewisse Waren schnell losschlagen, vor die Preis ins Aschgraue sinken. Ziehn Sie sich an und gehn Sie los, verliern Sie keine Minut!

MUTTER COURAGE Das ist ein ganz vernünftiger Rat. Ich glaub, ich machs.

DER FELDPREDIGER Weil der Koch es sagt!

MUTTER COURAGE Warum haben Sies nicht gesagt? Er hat recht, ich geh besser auf den Markt. *Sie geht in den Wagen.*

DER KOCH Einen für mich, Feldprediger. Sie sind nicht geistesgegenwärtig. Sie hätten sagen müssen: ich soll Ihnen ein Rat gegeben haben? Ich hab höchstens politisiert! Mit mir sollten Sie sich nicht hinstelln. So ein Hahnenkampf paßt sich nicht für Ihr Gewand!

DER FELDPREDIGER Wenn Sie nicht das Maul halten, ermord ich Sie, ob sich das paßt oder nicht.

DER KOCH *seine Stiefel ausziehend und sich die Fußlappen abwikkelnd:* Wenn Sie nicht ein so gottloser Lump geworden wären, könntens jetzt im Frieden leicht wieder zu einem Pfarrhaus kommen. Köch wird man nicht brauchen, zum Kochen ist nix da, aber geglaubt wird immer noch, da hat sich nix verändert.

DER FELDPREDIGER Herr Lamb, ich muß Sie bitten, mich hier nicht hinauszudrängeln. Seit ich verlumpt bin, bin ich ein besserer Mensch geworden. Ich könnt ihnen nicht mehr predigen.

Yvette Pottier kommt, in Schwarz, aufgetakelt, mit Stock. Sie ist viel älter, dicker und sehr gepudert. Hinter ihr ein Bedienter.

YVETTE Holla, ihr Leut! Ist das bei Mutter Courage?

DER FELDPREDIGER Ganz recht. Und mit wem haben wir das Vergnügen?

YVETTE Mit der Obristin Starhemberg, gute Leut. Wo ist die Courage?

DER FELDPREDIGER *ruft in den Wagen:* Die Obristin Starhemberg möcht Sie sprechen!

STIMME DER MUTTER COURAGE Ich komm gleich!

YVETTE Ich bin die Yvette!

STIMME DER MUTTER COURAGE Ach, die Yvette!

YVETTE Nur nachschaun, wies geht! *Da der Koch sich entsetzt herumgedreht hat.* Pieter!

DER KOCH Yvette!

YVETTE So was! Wie kommst denn du da her?

DER KOCH Im Fuhrwerk.

DER FELDPREDIGER Ach, ihr kennts euch? Intim?

YVETTE Ich möchts meinen. *Sie betrachtet den Koch.* Fett.

DER KOCH Du gehörst auch nicht mehr zu die Schlanksten.

YVETTE Jedenfalls schön, daß ich dich treff, Lump. Da kann ich dir sagen, was ich über dich denk.

DER FELDPREDIGER Sagen Sies nur genau, aber warten Sie, bis die Courage heraußen ist.

MUTTER COURAGE *kommt heraus, mit allerlei Waren:* Yvette! *Sie umarmen sich.* Aber warum bist du in Trauer?

YVETTE Stehts mir nicht? Mein Mann, der Obrist, ist vor ein paar Jahr gestorben.

MUTTER COURAGE Der Alte, wo beinah mein Wagen gekauft hätt?

YVETTE Sein älterer Bruder.

MUTTER COURAGE Da stehst dich ja nicht schlecht! Wenigstens eine, wos im Krieg zu was gebracht hat.

YVETTE Auf und ab und wieder auf ists halt gegangen.

MUTTER COURAGE Reden wir nicht Schlechtes von die Obristen, sie machen Geld wie Heu!

DER FELDPREDIGER *zum Koch:* Ich möcht an Ihrer Stell die Schuh wieder anziehn. *Zu Yvette:* Sie haben versprochen, Sie sagen, was Sie über den Herrn denken, Frau Obristin.

DER KOCH Yvette, mach keinen Stunk hier.

MUTTER COURAGE Das ist ein Freund von mir, Yvette.

YVETTE Das ist der Pfeifenpieter.

DER KOCH Laß die Spitznamen! Ich heiß Lamb.

MUTTER COURAGE *lacht:* Der Pfeifenpieter! Wo die Weiber verrückt gemacht hat! Sie, Ihre Pfeif hab ich aufbewahrt.

DER FELDPREDIGER Und draus geraucht!

YVETTE Ein Glück, daß ich Sie vor dem warnen kann. Das ist der schlimmste, wo an der ganzen flandrischen Küste herumgelaufen ist. An jedem Finger eine, die er ins Unglück gebracht hat.

DER KOCH Das ist lang her. Das ist schon nimmer wahr.

YVETTE Steh auf, wenn eine Dame dich ins Gespräch zieht! Wie ich diesen Menschen geliebt hab! Und zu gleicher Zeit hat er eine kleine Schwarze gehabt mit krumme Bein, die hat er auch ins Unglück gebracht, natürlich.

DER KOCH Dich hab ich jedenfalls eher ins Glück gebracht, wies scheint.

YVETTE Halt das Maul, traurige Ruin! Aber hüten Sie sich vor ihm, so einer bleibt gefährlich auch im Zustand des Verfalls!

MUTTER COURAGE *zu Yvette:* Komm mit, ich muß mein Zeug losschlagen, vor die Preis sinken. Vielleicht hilfst du mir beim Regiment mit deine Verbindungen. *Ruft in den Wagen.* Kattrin, es ist nix mit der Kirch, stattdem geh ich aufn Markt. Wenn der Eilif kommt, gebts ihm was zum Trinken. *Ab mit Yvette.*

YVETTE *im Abgehn:* Daß mich so was wie dieser Mensch einmal vom graden Weg hat abbringen können! Ich habs nur meinem guten Stern zu danken, daß ich dennoch in die Höh gekommen bin. Aber daß ich dir jetzt das Handwerk gelegt hab, wird mir dereinst oben angerechnet, Pfeifenpieter.

DER FELDPREDIGER Ich möcht unsrer Unterhaltung das Wort zugrund legen: Gottes Mühlen mahlen langsam. Und Sie beschweren sich über meinen Witz!

DER KOCH Ich hab halt kein Glück. Ich sags, wies ist: ich hab auf eine warme Mahlzeit gehofft. Ich bin ausgehungert, und jetzt reden die über mich, und sie bekommt ein ganz falsches Bild von mir. Ich glaub, ich verschwind, bis sie zurück ist.

DER FELDPREDIGER Ich glaub auch.

DER KOCH Feldprediger, mir hangt der Frieden schon wieder zum Hals heraus. Die Menschheit muß hingehn durch Feuer und Schwert, weil sie sündig ist von Kindesbeinen an. Ich wollt, ich könnt dem Feldhauptmann, wo Gott weiß wo ist, wieder einen fetten Kapaun braten, in Senfsoße mit bissel gelbe Rüben.

DER FELDPREDIGER Rotkohl. Zum Kapaun Rotkohl.

DER KOCH Das ist richtig, aber er hat gelbe Rüben wolln.

DER FELDPREDIGER Er hat nix verstanden.

DER KOCH Sie habens immer wacker mitgefressen.

DER FELDPREDIGER Mit Widerwillen.

DER KOCH Jedenfalls müssen Sie zugeben, daß das noch Zeiten warn.

DER FELDPREDIGER Das würd ich eventuell zugeben.

DER KOCH Nachdem Sie sie eine Hyäne geheißen haben, sinds für Sie hier keine Zeiten mehr. Was stiern Sie denn?

DER FELDPREDIGER Der Eilif! *Von Soldaten mit Picketten gefolgt, kommt Eilif daher. Seine Hände sind gefesselt. Er ist kalkweiß.* Was ist denn mit dir los?

EILIF Wo ist die Mutter?

DER FELDPREDIGER In die Stadt.

EILIF Ich hab gehört, sie ist am Ort. Sie haben erlaubt, daß ich sie noch besuchen darf.

DER KOCH *zu den Soldaten:* Wo führt ihr ihn denn hin?

EIN SOLDAT Nicht zum Guten.

DER FELDPREDIGER Was hat er angestellt?

DER SOLDAT Bei einem Bauern ist er eingebrochen. Die Frau ist hin.

DER FELDPREDIGER Wie hast du das machen können?

EILIF Ich hab nix andres gemacht als vorher auch.

DER KOCH Aber im Frieden.

EILIF Halt das Maul. Kann ich mich hinsetzen, bis sie kommt?

DER SOLDAT Wir haben keine Zeit.

DER FELDPREDIGER Im Krieg haben sie ihn dafür geehrt, zur Rechten vom Feldhauptmann ist er gesessen. Da wars Kühnheit! Könnt man nicht mit dem Profos reden?

DER SOLDAT Das nutzt nix. Einem Bauern sein Vieh nehmen, was wär daran kühn?

DER KOCH Das war eine Dummheit!

EILIF Wenn ich dumm gewesen wär, dann wär ich verhungert, du Klugscheißer.

DER KOCH Und weil du klug warst, kommt dir der Kopf herunter.

DER FELDPREDIGER Wir müssen wenigstens die Kattrin herausholen.

EILIF Laß sie drin! Gib mir lieber einen Schluck Schnaps.

DER SOLDAT Zu dem hats keine Zeit, komm!

DER FELDPREDIGER Und was solln wir deiner Mutter ausrichten?

EILIF Sag ihr, es war nichts anderes, sag ihr, es war dasselbe. Oder sag ihr gar nix.

Die Soldaten treiben ihn weg.

DER FELDPREDIGER Ich geh mit dir deinen schweren Weg.

EILIF Ich brauch keinen Pfaffen.

DER FELDPREDIGER Das weißt du noch nicht. *Er folgt ihm.*

DER KOCH *ruft ihnen nach:* Ich werds ihr doch sagen müssen, sie wird ihn noch sehn wollen!

DER FELDPREDIGER Sagen Sie ihr lieber nix. Höchstens, er war da und kommt wieder, vielleicht morgen. Inzwischen bin ich zurück und kanns ihr beibringen.

Hastig ab. Der Koch schaut ihnen kopfschüttelnd nach, dann geht er unruhig herum. Am Ende nähert er sich dem Wagen.

DER KOCH Holla! Wolln Sie nicht rauskommen? Ich versteh ja, daß Sie sich vorm Frieden verkrochen haben. Ich möchts auch. Ich bin der Koch vom Feldhauptmann, erinnern Sie sich an mich? Ich frag mich, ob Sie bissel was zu essen hätten, bis Ihre Mutter zurückkommt. Ich hätt grad Lust auf ein Speck oder auch Brot, nur wegen der Langeweil. *Er schaut hinein.* Hat die Deck überm Kopf.

Hinten Kanonendonner.

MUTTER COURAGE *kommt gelaufen, sie ist außer Atem und hat ihre Waren noch:* Koch, der Frieden ist schon wieder aus! Schon seit drei Tag ist wieder Krieg. Ich hab mein Zeug noch nicht losgeschlagen gehabt, wie ichs erfahrn hab. Gott sei Dank! In der Stadt schießen sie sich mit die Lutherischen. Wir müssen gleich weg mitn Wagen. Kattrin, packen! Warum sind Sie betreten? Was ist los?

DER KOCH Nix.

MUTTER COURAGE Doch, es ist was. Ich sehs Ihnen an.

DER KOCH Weil wieder Krieg ist wahrscheinlich. Jetzt kanns bis morgen abend dauern, bis ich irgendwo was Warmes in Magen krieg.

MUTTER COURAGE Das ist gelogen, Koch.

DER KOCH Der Eilif war da. Er hat nur gleich wieder wegmüssen.

MUTTER COURAGE War er da? Da werden wir ihn aufn Marsch sehn. Ich zieh mit die Unsern jetzt. Wie sieht er aus?

DER KOCH Wie immer.

MUTTER COURAGE Der wird sich nie ändern. Den hat der Krieg mir nicht wegnehmen können. Der ist klug. Helfen Sie mir beim Packen? *Sie beginnt zu packen.* Hat er was erzählt? Steht er sich gut mitn Hauptmann? Hat er was von seine Heldentaten berichtet?

DER KOCH *finster:* Eine hat er, hör ich, noch einmal wiederholt.

MUTTER COURAGE Sie erzählens mir später, wir müssen fort. *Kattrin taucht auf.* Kattrin, der Frieden ist schon wieder herum. Wir ziehn weiter. *Zum Koch:* Was ist mit Ihnen?

DER KOCH Ich laß mich anwerben.

MUTTER COURAGE Ich schlag Ihnen vor ... wo ist der Feldprediger?

DER KOCH In die Stadt mit dem Eilif.

MUTTER COURAGE Dann kommen Sie ein Stückl mit, Lamb. Ich brauch eine Hilf.

DER KOCH Die Geschicht mit der Yvette ...

MUTTER COURAGE Die hat Ihnen nicht geschadet in meinen Augen. Im Gegenteil. Wos raucht, ist Feuer, heißts. Kommen Sie also mit uns?

DER KOCH Ich sag nicht nein.

MUTTER COURAGE Das Zwölfte is schon aufgebrochen. Gehens

an die Deichsel. Da is ein Stück Brot. Wir müssen hintenrum, zu den Lutherischen. Vielleicht seh ich den Eilif schon heut nacht. Das ist mir der liebste von allen. Ein kurzer Friede wars, und schon gehts weiter. *Sie singt, während der Koch und Kattrin sich vorspannen.*

Von Ulm nach Metz, von Metz nach Mähren!
Mutter Courage ist dabei!
Der Krieg wird seinen Mann ernähren
Er braucht nur Pulver zu und Blei.
Von Blei allein kann er nicht leben
Von Pulver nicht, er braucht auch Leut!
Müßts euch zum Regiment begeben
Sonst steht er um! So kommt noch heut!

9

SCHON SECHZEHN JAHRE DAUERT NUN DER GROSSE GLAUBENSKRIEG. ÜBER DIE HÄLFTE SEINER BEWOHNER HAT DEUTSCHLAND EINGEBÜSST. GEWALTIGE SEUCHEN TÖTEN, WAS DIE METZELEIEN ÜBRIGGELASSEN HABEN. IN DEN EHEMALS BLÜHENDEN LANDSTRICHEN WÜTET DER HUNGER. WÖLFE DURCHSTREIFEN DIE NIEDERGEBRANNTEN STÄDTE. IM HERBST 1634 BEGEGNEN WIR DER COURAGE IM DEUTSCHEN FICHTELGEBIRGE, ABSEITS DER HEERSTRASSE, AUF DER DIE SCHWEDISCHEN HEERE ZIEHEN. DER WINTER IN DIESEM JAHR KOMMT FRÜH UND IST STRENG. DIE GESCHÄFTE GEHEN SCHLECHT, SO DASS NUR BETTELN ÜBRIGBLEIBT. DER KOCH BEKOMMT EINEN BRIEF AUS UTRECHT UND WIRD VERABSCHIEDET.

Vor einem halbzerfallenen Pfarrhaus. Grauer Morgen im Frühwinter. Windstöße. Mutter Courage und der Koch in schäbigen Schafsfellen am Wagen.

DER KOCH Es ist alles dunkel, noch niemand auf.

MUTTER COURAGE Aber ein Pfarrhaus. Und zum Glockenläuten muß er aus den Federn kriechen. Dann hat er eine warme Supp.

DER KOCH Woher, wenns ganze Dorf verkohlt ist, wie wir gesehn haben.

MUTTER COURAGE Aber es ist bewohnt, vorhin hat ein Hund gebellt.

DER KOCH Wenn der Pfaff hat, gibt er nix.

MUTTER COURAGE Vielleicht, wenn wir singen …

DER KOCH Ich habs bis oben auf. *Plötzlich.* Ich hab einen Brief aus Utrecht, daß meine Mutter an der Cholera gestorben ist, und das Wirtshaus gehört mir. Da ist der Brief, wenns nicht glaubst. Ich zeig ihn dir, wenns dich auch nix angeht, was meine Tante über meinen Lebenswandel schmiert.

MUTTER COURAGE *liest den Brief:* Lamb, ich bin das Herumziehn auch müd. Ich komm mir vor wien Schlachterhund, ziehts Fleisch für die Kunden und kriegt nix davon ab. Ich hab nix mehr zu verkaufen, und die Leut haben nix, das Nix zu zahln. Im Sächsischen hat mir einer in Lumpen ein Klafter Pergamentbänd aufhängen wolln für zwei Eier, und fürn Säcklein Salz hätten sie mir im Württembergischen ihren Pflug abgelassen. Wozu pflügen? Es wachst nix mehr, nur Dorngestrüpp. Im Pommerschen solln die Dörfler schon die jüngern Kinder aufgegessen haben, und Nonnen haben sie bei Raubüberfäll erwischt.

DER KOCH Die Welt stirbt aus.

MUTTER COURAGE Manchmal seh ich mich schon durch die Höll fahrn mit mein Planwagen und Pech verkaufen oder durchn Himmel, Wegzehrung ausbieten an irrende Seelen. Wenn ich mit meine Kinder, wo mir verblieben sind, eine Stell fänd, wo nicht herumgeschossen würd, möcht ich noch ein paar ruhige Jahr haben.

DER KOCH Wir könnten das Wirtshaus aufmachen. Anna, überleg dirs. Ich hab heut nacht meinen Entschluß gefaßt, ich geh mit dir oder ohne dich nach Utrecht zurück, und zwar heut.

MUTTER COURAGE Ich muß mit der Kattrin reden. Es kommt bissel schnell, und ich faß meine Entschlüss ungern in der Kält und mit nix im Magen. Kattrin! *Kattrin klettert aus dem Wagen.* Kattrin, ich muß dir was mitteilen. Der Koch und ich wolln nach Utrecht. Er hat eine Wirtschaft dort geerbt. Da hättst du ein festen Punkt und könntest Bekanntschaften machen. Eine gesetzte Person möcht mancher schätzen, das Aussehn ist nicht alles. Ich wär auch dafür. Ich vertrag mich mitn Koch. Ich muß für ihn sagen: er hat ein Kopf fürs Geschäft. Wir hätten unser gesichertes Essen, das wär fein, nicht? Und du hast deine Bettstatt, das paßt dir, wie? Auf der Straß ist kein Leben auf die Dauer. Du möchtst verkommen. Verlaust bist schon. Wir müssen uns entscheiden, warum, wir könnten mit den Schweden ziehn, nach Norden, sie müssen dort drüben sein. *Sie zeigt nach links.* Ich denk, wir entschließen uns, Kattrin.

DER KOCH Anna, ich möcht ein Wort mit dir allein haben.

MUTTER COURAGE Geh in den Wagen zurück, Kattrin.

Kattrin klettert zurück.

DER KOCH Ich hab dich unterbrochen, weil das ist ein Mißverständnis von deiner Seit, seh ich. Ich hab gedacht, das müßt ich nicht eigens sagen, weils klar ist. Aber wenn nicht, muß ich dirs halt sagen, daß du die mitnimmst, davon kann keine Rede sein. Ich glaub, du verstehst mich.

Kattrin steckt hinter ihnen den Kopf aus dem Wagen und lauscht.

MUTTER COURAGE Du meinst, ich soll die Kattrin zurücklassen?

DER KOCH Wie denkst du dirs? Da ist kein Platz in der Wirtschaft. Das ist keine mit drei Schankstuben. Wenn wir zwei uns auf die Hinterbein stelln, können wir unsern Unterhalt finden, aber nicht drei, das ist ausgeschlossen. Die Kattrin kann den Wagen behalten.

MUTTER COURAGE Ich hab mir gedacht, sie kann in Utrecht einen Mann finden.

DER KOCH Daß ich nicht lach! Wie soll die einen Mann finden? Stumm und die Narb dazu! Und in dem Alter?

MUTTER COURAGE Red nicht so laut!

DER KOCH Was ist, ist, leis oder laut. Und das ist auch ein Grund, warum ich sie nicht in der Wirtschaft haben kann. Die Gäst wolln so was nicht immer vor Augen haben. Das kannst du ihnen nicht verdenken.

MUTTER COURAGE Halts Maul. Ich sag, du sollst nicht so laut sein.

DER KOCH Im Pfarrhaus ist Licht. Wir können singen.

MUTTER COURAGE Koch, wie könnt sie allein mitn Wagen ziehn? Sie hat Furcht vorm Krieg. Sie verträgts nicht. Was die für Träum haben muß! Ich hör sie stöhnen nachts. Nach Schlachten besonders. Was sie da sieht in ihre Träum, weiß ich nicht. Die leidet am Mitleid. Neulich hab ich bei ihr wieder einen Igel versteckt gefunden, wo wir überfahren haben.

DER KOCH Die Wirtschaft ist zu klein. *Er ruft.* Werter Herr, Gesinde und Hausbewohner! Wir bringen zum Vortrag das Lied von Salomon, Julius Cäsar und andere große Geister, denens nicht genützt hat. Damit ihr seht, auch wir sind ordentliche Leut und habens drum schwer, durchzukommen, besonders im Winter.

Ihr saht den weisen Salomon
Ihr wißt, was aus ihm wurd.
Dem Mann war alles sonnenklar
Er verfluchte die Stunde seiner Geburt
Und sah, daß alles eitel war.
Wie groß und weis war Salomon!
Und seht, da war es noch nicht Nacht
Da sah die Welt die Folgen schon:
Die Weisheit hatte ihn so weit gebracht!
Beneidenswert, wer frei davon!

Alle Tugenden sind nämlich gefährlich auf dieser Welt, wie das schöne Lied beweist, man hat sie besser nicht und hat ein angenehmes Leben und Frühstück, sagen wir, eine warme Supp. Ich zum Beispiel hab keine und möcht eine, ich bin ein Soldat, aber was hat meine Kühnheit mir genutzt in all die Schlachten, nix, ich hunger und wär besser ein Hosenscheißer geblieben und daheim. Denn warum?

Ihr saht den kühnen Cäsar dann
Ihr wißt, was aus ihm wurd.
Der saß wien Gott auf dem Altar
Und wurde ermordet, wie ihr erfuhrt
Und zwar, als er am größten war.
Wie schrie der laut: Auch du, mein Sohn!
Denn seht, da war es noch nicht Nacht
Da sah die Welt die Folgen schon:
Die Kühnheit hatte ihn so weit gebracht!
Beneidenswert, wer frei davon!

Halblaut. Sie schaun nicht mal heraus. *Laut.* Werter Herr, Gesinde und Hausbewohner! Sie möchten sagen, ja, die Tapferkeit ist nix, was seinen Mann nährt, versuchts mit der Ehrlichkeit! Da möchtet ihr satt werden oder wenigstens nicht ganz nüchtern bleiben. Wie ists damit?

Ihr kennt den redlichen Sokrates

Der stets die Wahrheit sprach:
Ach nein, sie wußten ihm keinen Dank
Vielmehr stellten die Obern böse ihm nach
Und reichten ihm den Schierlingstrank.
Wie redlich war des Volkes großer Sohn!
Und seht, da war es noch nicht Nacht
Da sah die Welt die Folgen schon:
Die Redlichkeit hat ihn so weit gebracht!
Beneidenswert, wer frei davon!

Ja, da heißts selbstlos sein und teilen, was man hat, aber wenn man nix hat? Denn die Wohltäter habens vielleicht auch nicht leicht, das sieht man ein, nur, man brauchet halt doch was. Ja, die Selbstlosigkeit ist eine seltene Tugend, weil sie sich nicht rentiert.

Der heilige Martin, wie ihr wißt
Ertrug nicht fremde Not.
Er sah im Schnee ein armen Mann
Und er bot seinen halben Mantel ihm an
Da frorn sie allebeid zu Tod.
Der Mann sah nicht auf irdischen Lohn!
Und seht, da war es noch nicht Nacht
Da sah die Welt die Folgen schon:
Selbstlosigkeit hat ihn so weit gebracht!
Beneidenswert, wer frei davon!

Und so ists mit uns! Wir sind ordentliche Leut, halten zusammen, stehln nicht, morden nicht, legen kein Feuer! Und so kann man sagen, wir sinken immer tiefer, und das Lied bewahrheitet sich an uns, und die Suppen sind rar, und wenn wir anders wären und Dieb und Mörder, möchten wir vielleicht satt sein! Denn die Tugenden zahln sich nicht aus, nur die Schlechtigkeiten, so ist die Welt und müßt nicht so sein!

Hier seht ihr ordentliche Leut
Haltend die zehn Gebot.
Es hat uns bisher nichts genützt:
Ihr, die am warmen Ofen sitzt
Helft lindern unsre große Not!
Wie kreuzbrav waren wir doch schon!
Und seht, da war es noch nicht Nacht
Da sah die Welt die Folgen schon:

Die Gottesfurcht hat uns so weit gebracht!
Beneidenswert, wer frei davon!

STIMME *von oben:* Ihr da! Kommt herauf! Eine Brennsupp könnt ihr haben.

MUTTER COURAGE Lamb, ich könnt nix hinunterwürgen. Ich sag nicht, was du sagst, is unvernünftig, aber wars dein letztes Wort? Wir haben uns gut verstanden.

DER KOCH Mein letztes. Überlegs dir.

MUTTER COURAGE Ich brauch nix zu überlegen. Ich laß sie nicht hier.

DER KOCH Das wär recht unvernünftig, ich könnts aber nicht ändern. Ich bin kein Unmensch, nur, das Wirtshaus ist ein kleines. Und jetzt müssen wir hinauf, sonst ist das auch nix hier, und wir haben umsonst in der Kält gesungen.

MUTTER COURAGE Ich hol die Kattrin.

DER KOCH Lieber steck oben was für sie ein. Wenn wir zu dritt anrücken, kriegen sie einen Schreck.

Beide ab.

Aus dem Wagen klettert Kattrin, mit einem Bündel. Sie sieht sich um, ob die beiden fort sind. Dann arrangiert sie auf dem Wagenrad eine alte Hose vom Koch und einen Rock ihrer Mutter nebeneinander, so, daß es leicht gesehen wird. Sie ist damit fertig und will mit ihrem Bündel weg, als Mutter Courage aus dem Haus zurückkommt.

MUTTER COURAGE *mit einem Teller Suppe:* Kattrin! Bleibst stehn! Kattrin! Wo willst du hin, mit dem Bündel? Bist du von Gott und alle guten Geister verlassen? *Sie untersucht das Bündel.* Ihre Sachen hat sie gepackt! Hast du zugehört? Ich hab ihm gesagt, daß nix wird aus Utrecht, seinem dreckigen Wirtshaus, was solln wir dort? Du und ich, wir passen in kein Wirtshaus. In dem Krieg is noch allerhand für uns drin. *Sie sieht die Hose und den Rock.* Du bist ja dumm. Was denkst, wenn ich das gesehn hätt, und du wärst weggewesen? *Sie hält Kattrin fest, die weg will.* Glaub nicht, daß ich ihm deinetwegen den Laufpaß gegeben hab. Es war der Wagen, darum. Ich trenn mich doch nicht vom Wagen, wo ich gewohnt bin, wegen dir ists gar nicht, es ist wegen dem Wagen. Wir gehn die andere Richtung, und dem Koch sein Zeug legen wir heraus, daß ers find, der dumme Mensch. *Sie klettert hinauf und wirft noch ein paar Sachen neben die Hose.* So, der ist draus aus unserm Geschäft, und ein andrer kommt mir nimmer rein. Jetzt machen wir beide weiter. Der Winter geht auch rum, wie alle andern. Spann dich ein, es könnt Schnee geben.

Sie spannen sich beide vor den Wagen, drehen ihn um und ziehen ihn weg. Wenn der Koch kommt, sieht er verdutzt sein Zeug.

10

Das ganze Jahr 1635 ziehen Mutter Courage und ihre Tochter Kattrin über die Landstrassen Mitteldeutschlands, folgend den immer zerlumpteren Heeren.

Landstraße. Mutter Courage und Kattrin ziehen den Planwagen. Sie kommen an einem Bauernhaus vorbei, aus dem eine Stimme singt.

DIE STIMME

Uns hat eine Ros ergetzet
Im Garten mittenan
Die hat sehr schön geblühet
Haben sie im März gesetzet
Und nicht umsonst gemühet.
Wohl denen, die ein Garten han.
Sie hat so schön geblühet.

Und wenn die Schneewind wehen
Und blasen durch den Tann
Es kann uns wenig g'schehen
Wir habens Dach gerichtet
Mit Moos und Stroh verdichtet.
Wohl denen, die ein Dach jetzt han
Wenn solche Schneewind wehen.

Mutter Courage und Kattrin haben eingehalten, um zuzuhören, und ziehen dann weiter.

11

Januar 1636. Die kaiserlichen Truppen bedrohen die evangelische Stadt Halle. Der Stein beginnt zu reden. Mutter Courage verliert ihre Tochter und zieht allein weiter. Der Krieg ist noch lange nicht zu Ende.

Der Planwagen steht zerlumpt neben einem Bauernhaus mit riesigem Strohdach, das sich an eine Felswand anlehnt. Es ist Nacht. Aus dem Gehölz treten ein Fähnrich und drei Soldaten in schwerem Eisen.

DER FÄHNRICH Ich will keinen Lärm haben. Wer schreit, dem haut den Spieß hinauf.

ERSTER SOLDAT Aber wir müssen sie herausklopfen, wenn wir einen Führer haben wollen.

DER FÄHNRICH Das ist kein unnatürlicher Lärm, Klopfen. Da kann eine Kuh sich an die Stallwand wälzen.

Die Soldaten klopfen an die Tür des Bauernhauses. Eine Bäuerin öffnet. Sie halten ihr den Mund zu. Zwei Soldaten hinein.

MÄNNERSTIMME DRINNEN Ist was?

Die Soldaten bringen einen Bauern und seinen Sohn heraus.

DER FÄHNRICH *deutet auf den Wagen, in dem Kattrin aufgetaucht ist:* Da ist auch noch eine. *Ein Soldat zerrt sie heraus.* Seid ihr alles, was hier wohnt?

DIE BAUERSLEUTE Das ist unser Sohn, und das ist eine Stumme, ihre Mutter ist in die Stadt, einkaufen, für ihren Warenhandel, weil viele fliehn und billig verkaufen. Es sind fahrende Leut, Marketender.

DER FÄHNRICH Ich ermahn euch, daß ihr euch ruhig verhaltet, sonst, beim geringsten Lärm, gibts den Spieß über die Rübe. Und ich brauch einen, der uns den Pfad zeigt, wo auf die Stadt führt. *Deutet auf den jungen Bauern.* Du, komm her!

DER JUNGE BAUER Ich weiß keinen Pfad nicht.

ZWEITER SOLDAT *grinsend:* Er weiß keinen Pfad nicht.

DER JUNGE BAUER Ich dien nicht die Katholischen.

DER FÄHNRICH *zum zweiten Soldaten:* Gib ihm den Spieß in die Seit!

DER JUNGE BAUER *auf die Knie gezwungen und mit dem Spieß bedroht:* Ich tus nicht ums Leben.

ERSTER SOLDAT Ich weiß was, wie er klug wird. *Er tritt auf den Stall zu.* Zwei Küh und ein Ochs. Hör zu: wenn du keine Vernunft annimmst, säbel ich das Vieh nieder.

DER JUNGE BAUER Nicht das Vieh!

DIE BÄUERIN *weint:* Herr Hauptmann, verschont unser Vieh, wir möchten sonst verhungern.

DER FÄHNRICH Es ist hin, wenn er halsstarrig bleibt.

ERSTER SOLDAT Ich fang mit dem Ochsen an.

DER JUNGE BAUER *zum Alten:* Muß ichs tun? *Die Bäuerin nickt.* Ich tus.

DIE BÄUERIN Und schönen Dank, Herr Hauptmann, daß Sie uns verschont haben, in Ewigkeit, Amen.

Der Bauer hält die Bäuerin von weiterem Danken zurück.

ERSTER SOLDAT Hab ich nicht gleich gewußt, daß der Ochs ihnen über alles geht!

Geführt von dem jungen Bauern, setzen der Fähnrich und die Soldaten ihren Weg fort.

DER BAUER Ich möcht wissen, was die vorhaben. Nix Gutes.

DIE BÄUERIN Vielleicht sinds nur Kundschafter. – Was willst?

DER BAUER *eine Leiter ans Dach stellend und hinaufkletternd:* Sehn, ob die allein sind. *Oben.* Im Gehölz bewegt sichs. Bis zum Steinbruch hinab seh ich was. Und da sind auch Gepanzerte in der Lichtung. Und eine Kanon. Das ist mehr als ein Regiment. Gnade Gott der Stadt und allen, wo drin sind.

DIE BÄUERIN Ist Licht in der Stadt?

DER BAUER Nix. Da schlafens jetzt. *Er klettert herunter.* Wenn die eindringen, stechen sie alles nieder.

DIE BÄUERIN Der Wachtposten wirds rechtzeitig entdecken.

DER BAUER Den Wachtposten im Turm oben aufm Hang müssen sie hingemacht haben, sonst hätt der ins Horn gestoßen.

DIE BÄUERIN Wenn wir mehr wären …

DER BAUER Mit dem Krüppel allein hier oben …

DIE BÄUERIN Wir können nix machen, meinst …

DER BAUER Nix.

DIE BÄUERIN Wir können nicht hinunterlaufen, in der Nacht.

DER BAUER Der ganze Hang hinunter ist voll von ihnen. Wir könnten nicht einmal ein Zeichen geben.

DIE BÄUERIN Daß sie uns hier oben auch umbringen?

DER BAUER Ja, wir können nix machen.

DIE BÄUERIN *zu Kattrin:* Bet, armes Tier, bet! Wir können nix machen gegen das Blutvergießen. Wenn du schon nicht reden kannst, kannst doch beten. Er hört dich, wenn dich keiner hört. Ich helf dir. *Alle knien nieder, Kattrin hinter den Bauersleuten.* Vater unser, der du bist im Himmel, hör unser Gebet, laß die Stadt nicht umkommen mit alle, wo drinnen sind und schlummern und ahnen nix. Erweck sie, daß sie aufstehn und gehn auf die Mauern und sehn, wie sie auf sie kommen mit Spießen und Kanonen in der Nacht über die Wiesen, herunter vom Hang. *Zu Kattrin zurück:* Beschirm unsre Mutter und mach, daß der Wächter nicht schläft, sondern aufwacht, sonst ist es zu spät. Unserm Schwager steh auch bei, er ist drin mit seine vier Kinder, laß die nicht umkommen, sie sind unschuldig und wissen von nix. *Zu Kattrin, die stöhnt:* Eins ist unter zwei, das älteste sieben. *Kattrin steht verstört auf.* Vater unser, hör uns, denn nur du kannst helfen, wir möchten zugrund gehn, warum, wir sind schwach und haben keine Spieß und nix und können uns nix traun und sind in deiner Hand mit unserm Vieh und dem ganzen Hof, und so auch die Stadt, sie ist auch in deiner Hand, und der Feind ist vor den Mauern mit großer Macht.

Kattrin hat sich unbemerkt zum Wagen geschlichen, etwas herausgenommen, es unter ihre Schürze getan und ist die Leiter hoch aufs Dach des Hauses geklettert.

DIE BÄUERIN Gedenk der Kinder, wo bedroht sind, der allerkleinsten besonders, der Greise, wo sich nicht rühren können, und aller Kreatur.

DER BAUER Und vergib uns unsre Schuld, wie auch wir vergeben unsern Schuldigern. Amen.

Kattrin beginnt, auf dem Dach sitzend, die Trommel zu schlagen, die sie unter ihrer Schürze hervorgezogen hat.

DIE BÄUERIN Jesus, was macht die?

DER BAUER Sie hat den Verstand verloren.

DIE BÄUERIN Hol sie runter, schnell!

Der Bauer läuft auf die Leiter zu, aber Kattrin zieht sie aufs Dach.

DIE BÄUERIN Sie bringt uns ins Unglück.

DER BAUER Hör auf der Stell auf mit Schlagen, du Krüppel!

DIE BÄUERIN Die Kaiserlichen auf uns ziehn.

DER BAUER *sucht Steine am Boden:* Ich bewerf dich!

DIE BÄUERIN Hast denn kein Mitleid? Hast gar kein Herz? Hin sind wir, wenn sie auf uns kommen! Abstechen tuns uns.

Kattrin starrt in die Weite, auf die Stadt, und trommelt weiter.

DIE BÄUERIN *zum Alten:* Ich hab dir gleich gesagt, laß das Gesindel nicht auf den Hof. Was kümmerts die, wenn sie uns das letzte Vieh wegtreiben.

DER FÄHNRICH *kommt mit seinen Soldaten und dem jungen Bauern gelaufen:* Euch zerhack ich!

DIE BÄUERIN Herr Offizier, wir sind unschuldig, wir können nix dafür. Sie hat sich raufgeschlichen. Eine Fremde.

DER FÄHNRICH Wo ist die Leiter?

DER BAUER Oben.

DER FÄHNRICH *hinauf:* Ich befehl dir, schmeiß die Trommel runter!

Kattrin trommelt weiter.

DER FÄHNRICH Ihr seids alle verschworen. Das hier überlebt ihr nicht.

DER BAUER Drüben im Holz haben sie Fichten geschlagen. Wenn wir einen Stamm holn und stochern sie herunter ...

ERSTER SOLDAT *zum Fähnrich:* Ich bitt um Erlaubnis, daß ich einen Vorschlag mach. *Er sagt dem Fähnrich etwas ins Ohr. Der nickt.* Hörst du, wir machen dir einen Vorschlag zum Guten. Komm herunter und geh mit uns in die Stadt, stracks voran. Zeig uns deine Mutter, und sie soll verschont werden.

Kattrin trommelt weiter.

DER FÄHNRICH *schiebt ihn roh weg:* Sie traut dir nicht, bei deiner Fresse kein Wunder. *Er ruft hinauf.* Wenn ich dir mein Wort gebe? Ich bin ein Offizier und hab ein Ehrenwort.

Kattrin trommelt stärker.

DER FÄHNRICH Der ist nix heilig.

DER JUNGE BAUER Herr Offizier, es is ihr nicht nur wegen ihrer Mutter!

ERSTER SOLDAT Lang dürfts nicht mehr fortgehn. Das müssen sie hörn in der Stadt.

DER FÄHNRICH Wir müssen einen Lärm mit irgendwas machen, wo größer ist als ihr Trommeln. Mit was können wir einen Lärm machen?

ERSTER SOLDAT Wir dürfen doch keinen Lärm machen.

DER FÄHNRICH Einen unschuldigen, Dummkopf. Einen nicht kriegerischen.

DER BAUER Ich könnt mit der Axt Holz hacken.

DER FÄHNRICH Ja, hack. *Der Bauer holt die Axt und haut in den Stamm.* Hack mehr! Mehr! Du hackst um dein Leben!

Kattrin hat zugehört, dabei leiser geschlagen. Unruhig herumspähend, trommelt sie jetzt weiter.

DER FÄHNRICH *zum Bauern:* Zu schwach. *Zum ersten Soldaten:* Hack du auch.

DER BAUER Ich hab nur eine Axt. *Hört auf mit dem Hacken.*

DER FÄHNRICH Wir müssen den Hof anzünden. Ausräuchern müssen wir sie.

DER BAUER Das nützt nix, Herr Hauptmann. Wenn sie in der Stadt hier Feuer sehn, wissen sie alles.

Kattrin hat während des Trommelns wieder zugehört. Jetzt lacht sie.

DER FÄHNRICH Sie lacht uns aus, schau. Ich halts nicht aus. Ich schieß sie herunter, und wenn alles hin ist. Holt die Kugelbüchs!

Zwei Soldaten laufen weg. Kattrin trommelt weiter.

DIE BÄUERIN Ich habs, Herr Hauptmann. Da drüben steht ihr Wagen. Wenn wir den zusammenhaun, hört sie auf. Sie haben nix als den Wagen.

DER FÄHNRICH *zum jungen Bauern:* Hau ihn zusammen. *Hinauf.* Wir haun deinen Wagen zusammen, wenn du nicht mit Schlagen aufhörst.

Der junge Bauer führt einige schwache Schläge gegen den Planwagen.

DIE BÄUERIN Hör auf, du Vieh!

Kattrin stößt, verzweifelt nach ihrem Wagen starrend, jämmerliche Laute aus. Sie trommelt aber weiter.

DER FÄHNRICH Wo bleiben die Dreckkerle mit der Kugelbüchs?

ERSTER SOLDAT Sie können in der Stadt drin noch nix gehört haben, sonst möchten wir ihr Geschütz hörn.

DER FÄHNRICH *hinauf:* Sie hörn dich gar nicht. Und jetzt schießen wir dich ab. Ein letztes Mal. Wirf die Trommel herunter!

DER JUNGE BAUER *wirft plötzlich die Planke weg:* Schlag weiter! Sonst sind alle hin! Schlag weiter, schlag weiter ...

Der Soldat wirft ihn nieder und schlägt auf ihn mit dem Spieß ein. Kattrin beginnt zu weinen, sie trommelt aber weiter.

DIE BÄUERIN Schlagts ihn nicht in'n Rücken! Gottes willen, ihr schlagt ihn tot!

Die Soldaten mit der Büchse kommen gelaufen.

ZWEITER SOLDAT Der Obrist hat Schaum vorm Mund, Fähnrich. Wir kommen vors Kriegsgericht.

DER FÄHNRICH Stell auf! Stell auf! *Hinauf, während das Gewehr auf die Gabel gestellt wird.* Zum allerletzten Mal: Hör auf mit Schlagen! *Kattrin trommelt weinend so laut sie kann.* Gebt Feuer!

Die Soldaten feuern. Kattrin, getroffen, schlägt noch einige Schläge und sinkt dann langsam zusammen.

DER FÄHNRICH Schluß ist mitm Lärm!

Aber die letzten Schläge Kattrins werden von den Kanonen der Stadt abgelöst. Man hört von weitem verwirrtes Sturmglockenläuten und Kanonendonner.

ERSTER SOLDAT Sie hats geschafft.

12

Nacht gegen Morgen. Man hört Trommeln und Pfeifen marschierender Truppen, die sich entfernen.

Vor dem Planwagen hockt Mutter Courage bei ihrer Tochter. Die Bauersleute stehen daneben.

DIE BAUERSLEUTE Sie müssen fort, Frau. Nur mehr ein Regiment ist dahinter. Allein könnens nicht weg.

MUTTER COURAGE Vielleicht schlaft sie mir ein. *Sie singt.*

Eia popeia
Was raschelt im Stroh?
Nachbars Bälg greinen
Und meine sind froh.
Nachbars gehn in Lumpen
Und du gehst in Seid
Ausn Rock von einem Engel
Umgearbeit'.
Nachbars han kein Brocken

Und du kriegst eine Tort
Ist sie dir zu trocken
Dann sag nur ein Wort.
Eia popeia
Was raschelt im Stroh?
Der eine liegt in Polen
Der andre ist werweißwo.

Jetzt schlaft sie. Sie hätten ihr nix von die Kinder von Ihrem Schwager sagen sollen.

DIE BAUERSLEUTE Wenns nicht in die Stadt gangen wärn, Ihren Schnitt machen, wärs vielleicht nicht passiert.

MUTTER COURAGE Ich bin froh, daß sie schlaft.

DIE BAUERSLEUTE Sie schlaft nicht, Sie müssens einsehn, sie ist hinüber. Und Sie selber müssen los endlich. Da sind die Wölf, und was schlimmer ist, die Marodöre.

MUTTER COURAGE *steht auf:* Ja. *Sie holt eine Blache aus dem Wagen, um die Tote zuzudecken.*

DIE BAUERSLEUTE Habens denn niemand sonst? Wos hingehn könnten?

MUTTER COURAGE Doch, einen. Den Eilif.

DIE BAUERSLEUTE Den müssens finden. Für die da sorgen wir, daß sie ordentlich begraben wird. Sie können ganz beruhigt sein.

MUTTER COURAGE *bevor sie sich vor den Wagen spannt:* Da haben Sie Geld für die Auslagen.

Sie zählt dem Bauern Geld in die Hand. Die Bauersleute geben ihr die Hand, und der Bauer und sein Sohn tragen Kattrin weg.

DIE BÄUERIN *im Abgehen:* Eilen Sie sich!

MUTTER COURAGE Hoffentlich zieh ich den Wagen allein. Es wird gehn, es ist nicht viel drinnen.

Ein weiteres Regiment zieht mit Pfeifen und Trommeln hinten vorbei.

MUTTER COURAGE Holla, nehmts mich mit!

Sie zieht an. Man hört Singen von hinten.

GESANG

Mit seinem Glück, seiner Gefahre
Der Krieg, er zieht sich etwas hin.
Der Krieg, er dauert hundert Jahre

Der g'meine Mann hat kein'n Gewinn.
Ein Dreck sein Fraß, sein Rock ein Plunder!
Sein halben Sold stiehlts Regiment.
Jedoch vielleicht geschehn noch Wunder:
Der Feldzug ist noch nicht zu End!
  Das Frühjahr kommt! Wach auf, du Christ!
  Der Schnee schmilzt weg! Die Toten ruhn!
  Und was noch nicht gestorben ist
  Das macht sich auf die Socken nun.

Der gute Mensch von Sezuan

Mitarbeiter: Ruth Berlau und Margarete Steffin

»Der gute Mensch von Sezuan«, ein Parabelstück, 1938 in Dänemark begonnen, 1940 in Schweden fertiggestellt, ist der 27. Versuch. – Die Provinz Sezuan der Parabel, die für alle Orte stand, an denen Menschen von Menschen ausgebeutet werden, gehört heute nicht mehr zu diesen Orten. – Das Stück wurde bisher in Zürich und Frankfurt a. M. aufgeführt. Die Bühnenbilder für die Aufführung in Frankfurt entwarf Teo Otto. Paul Dessau hat eine Musik dazu geschrieben.

Personen

Die drei Götter · Shen Te · Shui Ta · Yang Sun, ein stellungsloser Flieger · Frau Yang, seine Mutter · Wang, ein Wasserverkäufer · Der Barbier Shu Fu · Die Hausbesitzerin Mi Tzü · Die Witwe Shin · Die achtköpfige Familie · Der Schreiner Lin To · Der Teppichhändler und seine Frau · Der Polizist · Der Bonze · Der Arbeitslose · Der Kellner · Die Passanten des Vorspiels

Schauplatz: Die Hauptstadt von Sezuan, welche halb europäisiert ist

Vorspiel
Eine Strasse in der Hauptstadt von Sezuan

Es ist Abend. Wang, der Wasserverkäufer, stellt sich dem Publikum vor.

WANG Ich bin Wasserverkäufer hier in der Hauptstadt von Sezuan. Mein Geschäft ist mühselig. Wenn es wenig Wasser gibt, muß ich weit danach laufen. Und gibt es viel, bin ich ohne Verdienst. Aber in unserer Provinz herrscht überhaupt große Armut. Es heißt allgemein, daß uns nur noch die Götter helfen können. Zu meiner unaussprechlichen Freude erfahre ich von einem Vieheinkäufer, der viel herumkommt, daß einige der höchsten Götter schon unterwegs sind und auch hier in Sezuan erwartet werden dürfen. Der Himmel soll sehr beunruhigt sein wegen der vielen Klagen, die zu ihm aufsteigen. Seit drei Tagen warte ich hier am Eingang der Stadt, besonders gegen Abend, damit ich sie als erster begrüßen kann. Später hätte ich ja dazu wohl kaum mehr Gelegenheit, sie werden von Hochgestellten umgeben sein und überhaupt stark überlaufen werden. Wenn ich sie nur erkenne! Sie müssen ja nicht zusammen kommen. Vielleicht kommen sie einzeln, damit sie nicht so auffallen. Die dort können es nicht sein, die kommen von der Arbeit. *Er betrachtet vorübergehende Arbeiter.* Ihre Schultern sind ganz eingedrückt vom Lastentragen. Der dort ist auch ganz unmöglich ein Gott, er hat Tinte an den Fingern. Das ist höchstens ein Büroangestellter in einer Zementfabrik. Nicht einmal diese Herren dort *zwei Herren gehen vorüber* kommen mir wie Götter vor, sie haben einen brutalen Ausdruck wie Leute, die viel prügeln, und das haben die Götter nicht nötig. Aber dort, diese drei! Mit denen sieht es schon ganz anders aus. Sie sind wohlgenährt, weisen kein Zeichen irgendeiner Beschäftigung auf und haben Staub auf den Schuhen, kommen also von weit her. Das sind sie! Verfügt über mich, Erleuchtete! *Er wirft sich zu Boden.*

DER ERSTE GOTT *erfreut:* Werden wir hier erwartet?

WANG *gibt ihnen zu trinken:* Seit langem. Aber nur ich wußte, daß ihr kommt.

DER ERSTE GOTT Da benötigen wir also für heute Nacht ein Quartier. Weißt du eines?

WANG Eines? Unzählige! Die Stadt steht zu euren Diensten, o Erleuchtete! Wo wünscht ihr zu wohnen?

Die Götter sehen einander vielsagend an.

DER ERSTE GOTT Nimm das nächste Haus, mein Sohn! Versuch es zunächst mit dem allernächsten!

WANG Ich habe nur etwas Sorge, daß ich mir die Feindschaft der Mächtigen zuziehe, wenn ich einen von ihnen besonders bevorzuge.

DER ERSTE GOTT Da befehlen wir dir eben: nimm den nächsten!

WANG Das ist der Herr Fo dort drüben! Geduldet euch einen Augenblick! *Er läuft zu einem Haus und schlägt an die Tür. Sie wird geöffnet, aber man sieht, er wird abgewiesen. Er kommt zögernd zurück.*

WANG Das ist dumm. Der Herr Fo ist gerade nicht zu Hause und seine Dienerschaft wagt nichts ohne seinen Befehl zu tun, da er sehr streng ist. Er wird nicht wenig toben, wenn er erfährt, wen man ihm da abgewiesen hat, wie?

DIE GÖTTER *lächelnd:* Sicher.

WANG Also noch einen Augenblick! Das Haus nebenan gehört der Witwe Su. Sie wird außer sich sein vor Freude. *Er läuft hin, wird aber anscheinend auch dort abgewiesen.*

WANG Ich muß dort drüben nachfragen. Sie sagt, sie hat nur ein kleines Zimmerchen, das nicht instand gesetzt ist. Ich wende mich sofort an Herrn Tscheng.

DER ZWEITE GOTT Aber ein kleines Zimmer genügt uns. Sag, wir kommen.

WANG Auch wenn es nicht aufgeräumt ist? Vielleicht wimmelt es von Spinnen.

DER ZWEITE GOTT Das macht nichts. Wo Spinnen sind, gibt's wenig Fliegen.

DER DRITTE GOTT *freundlich zu Wang:* Geh zu Herrn Tscheng oder sonstwohin, mein Sohn, ich ekle mich vor Spinnen doch ein wenig.

Wang klopft wieder wo an und wird eingelassen.

STIMME AUS DEM HAUSE Verschone uns mit deinen Göttern! Wir haben andere Sorgen!

WANG *zurück zu den Göttern:* Herr Tscheng ist außer sich, er hat das ganze Haus voll Verwandtschaft und wagt nicht, euch unter die Augen zu treten, Erleuchtete. Unter uns, ich glaube, es sind böse Menschen darunter, die er euch nicht zeigen will. Er hat zu große Furcht vor eurem Urteil. Das ist es.

DER DRITTE GOTT Sind wir denn so fürchterlich?

WANG Nur gegen die bösen Menschen, nicht wahr? Man weiß doch, daß die Provinz Kwan seit Jahrzehnten von Überschwemmungen heimgesucht wird.

DER ZWEITE GOTT So? Und warum das?

WANG Nun, weil dort keine Gottesfurcht herrscht.

DER ZWEITE GOTT Unsinn! Weil sie den Staudamm verfallen ließen.

DER ERSTE GOTT Ssst! *Zu Wang:* Hoffst du noch, mein Sohn?

WANG Wie kannst du so etwas fragen? Ich brauche nur ein Haus weiter zu gehen und kann mir ein Quartier für euch aussuchen. Alle Finger leckt man sich danach, euch zu bewirten. Unglückliche Zufälle, ihr versteht. Ich laufe! *Er geht zögernd weg und bleibt unschlüssig in der Straße stehen.*

DER ZWEITE GOTT Was habe ich gesagt?

DER DRITTE GOTT Es können immer noch Zufälle sein.

DER ZWEITE GOTT Zufälle in Schun, Zufälle in Kwan und Zufälle in Sezuan! Es gibt keinen Gottesfürchtigen mehr, das ist die nackte Wahrheit, der ihr nicht ins Gesicht schauen wollt. Unsere Mission ist gescheitert, gebt es euch zu!

DER ERSTE GOTT Wir können immer noch gute Menschen finden, jeden Augenblick. Wir dürfen es uns nicht zu leicht machen.

DER DRITTE GOTT In dem Beschluß hieß es: die Welt kann bleiben, wie sie ist, wenn genügend gute Menschen gefunden werden, die ein menschenwürdiges Dasein leben können. Der Wasserverkäufer selber ist ein solcher Mensch, wenn mich nicht alles täuscht. *Er tritt zu Wang, der immer noch unschlüssig dasteht.*

DER ZWEITE GOTT Es täuscht ihn alles. Als der Wassermensch uns aus seinem Maßbecher zu trinken gab, sah ich was. Dies ist der Becher. *Er zeigt ihn dem ersten Gott.*

DER ERSTE GOTT Er hat zwei Böden.

DER ZWEITE GOTT Ein Betrüger!

DER ERSTE GOTT Schön, er fällt weg. Aber was ist das schon, wenn einer angefault ist! Wir werden schon genug finden, die den Bedingungen genügen. Wir müssen einen finden! Seit zweitausend Jahren geht dieses Geschrei, es gehe nicht weiter mit der Welt, so wie sie ist. Niemand auf ihr könne gut bleiben. Wir müssen jetzt endlich Leute namhaft machen, die in der Lage sind, unsere Gebote zu halten.

DER DRITTE GOTT *zu Wang:* Vielleicht ist es zu schwierig, Obdach zu finden?

WANG Nicht für euch! Wo denkt ihr hin? Die Schuld, daß nicht gleich eines da ist, liegt an mir, der schlecht sucht.

DER DRITTE GOTT Das bestimmt nicht. *Er geht zurück.*

WANG Sie merken es schon. *Er spricht einen Herrn an.* Werter Herr, entschuldigen Sie, daß ich Sie anspreche, aber drei der höchsten Götter, von deren bevorstehender Ankunft ganz Sezuan schon seit Jahren spricht, sind nun wirklich eingetroffen und benötigen ein Quartier. Gehen Sie nicht weiter! Überzeugen Sie sich selber! Ein Blick genügt! Greifen Sie um Gottes willen zu! Es ist eine einmalige Gelegenheit! Bitten Sie die Götter zuerst unter Ihr Dach, bevor sie Ihnen jemand wegschnappt, sie werden zusagen.

Der Herr ist weitergegangen.

WANG *wendet sich an einen anderen:* Lieber Herr, Sie haben gehört, was los ist. Haben Sie vielleicht ein Quartier? Es müssen keine Palastzimmer sein. Die Gesinnung ist wichtiger.

DER HERR Wie soll ich wissen, was deine Götter für Götter sind? Wer weiß, wen man da unter sein Dach bekommt.

Er geht in einen Tabakladen. Wang läuft zurück zu den dreien.

WANG Ich habe schon einen Herren, der bestimmt zusagt. *Er sieht seinen Becher auf dem Boden stehen, sieht verwirrt nach den Göttern, nimmt ihn an sich und läuft wieder zurück.*

DER ERSTE GOTT Das klingt nicht ermutigend.

WANG *als der Mann wieder aus dem Laden herauskommt:* Wie ist es also mit der Unterkunft?

DER MANN Woher weißt du, daß ich nicht selber im Gasthof wohne?

DER ERSTE GOTT Er findet nichts. Dieses Sezuan können wir auch streichen.

WANG Es sind drei der Hauptgötter! Wirklich! Ihre Standbilder in den Tempeln sind sehr gut getroffen. Wenn Sie schnell hingehen und sie einladen, werden sie vielleicht zusagen.

DER MANN *lacht:* Das müssen schöne Gauner sein, die du da wo unterbringen willst. *Ab.*

WANG *schimpft ihm nach:* Du schieläugiger Schieber! Hast du keine Gottesfurcht? Ihr werdet in siedendem Pech braten für eure Gleichgültigkeit! Die Götter scheißen auf euch! Aber ihr werdet es noch bereuen! Bis ins vierte Glied werdet ihr daran abzuzahlen haben! Ihr habt ganz Sezuan mit Schmach bedeckt! *Pause.* Jetzt bleibt nur noch die Prostituierte Shen Te, die kann nicht nein sagen.

Er ruft »Shen Te«. Oben im Fenster schaut Shen Te heraus.

WANG Sie sind da, ich kann kein Obdach für sie finden. Kannst du sie nicht aufnehmen für eine Nacht?

SHEN TE Ich glaube nicht, Wang. Ich erwarte einen Freier. Aber wie kann denn das sein, daß du für sie kein Obdach findest?!

WANG Das kann ich jetzt nicht sagen. Ganz Sezuan ist ein einziger Dreckhaufen.

SHEN TE Ich müßte, wenn er kommt, mich versteckt halten. Dann ginge er vielleicht wieder weg. Er will mich noch ausführen.

WANG Können wir nicht inzwischen schon hinauf?

SHEN TE Aber ihr dürft nicht laut reden. Kann man mit ihnen offen sprechen?

WANG Nein! Sie dürfen von deinem Gewerbe nichts erfahren! Wir warten lieber unten. Aber du gehst nicht weg mit ihm?

SHEN TE Es geht mir nicht gut, und wenn ich bis morgen früh meine Miete nicht zusammen habe, werde ich hinausgeworfen.

WANG In solch einem Augenblick darf man nicht rechnen.

SHEN TE Ich weiß nicht, der Magen knurrt leider auch, wenn der Kaiser Geburtstag hat. Aber gut, ich will sie aufnehmen.

Man sieht sie das Licht löschen.

DER ERSTE GOTT Ich glaube, es ist aussichtslos.

Sie treten zu Wang.

WANG *erschrickt, als er sie hinter sich stehen sieht:* Das Quartier ist beschafft. *Er trocknet sich den Schweiß ab.*

DIE GÖTTER Ja? Dann wollen wir hingehen.

WANG Es hat nicht solche Eile. Laßt euch ruhig Zeit. Das Zimmer wird noch in Ordnung gebracht.

DER DRITTE GOTT So wollen wir uns hierhersetzen und warten.

WANG Aber es ist viel zuviel Verkehr hier, fürchte ich. Vielleicht gehen wir dort hinüber.

DER ZWEITE GOTT Wir sehen uns gern Menschen an. Gerade dazu sind wir hier.

WANG Nur: es zieht.

DER DRITTE GOTT Ist es dir hier angenehm?

Sie setzen sich auf eine Haustreppe. Wang setzt sich etwas abseits auf den Boden.

WANG *mit einem Anlauf:* Ihr wohnt bei einem alleinstehenden Mädchen. Sie ist der beste Mensch von Sezuan.

DER DRITTE GOTT Das ist schön.

WANG *zum Publikum:* Als ich vorhin den Becher aufhob, sahen sie mich so eigentümlich an. Sollten sie etwas gemerkt haben? Ich wage ihnen nicht mehr in die Augen zu blicken.

DER DRITTE GOTT Du bist sehr erschöpft.

WANG Ein wenig. Vom Laufen.

DER ERSTE GOTT Haben es die Leute hier sehr schwer?

WANG Die guten schon.

DER ERSTE GOTT *ernst:* Du auch?

WANG Ich weiß, was ihr meint. Ich bin nicht gut. Aber ich habe es auch nicht leicht.

Inzwischen ist ein Herr vor dem Haus Shen Tes erschienen und hat mehrmals gepfiffen. Wang ist jedesmal zusammengezuckt.

DER DRITTE GOTT *leise zu Wang:* Ich glaube, jetzt ist er weggegangen.

WANG *verwirrt:* Jawohl.

Er steht auf und läuft auf den Platz, sein Traggerät zurücklassend. Aber es hat sich bereits folgendes ereignet: Der wartende Mann ist weggegangen und Shen Te, aus der Tür tretend und leise »Wang« rufend, ist, Wang suchend, die Straße hinuntergegangen. Als nun Wang leise »Shen Te« ruft, bekommt er keine Antwort.

WANG Sie hat mich im Stich gelassen. Sie ist weggegangen, um ihre Miete zusammenzubekommen, und ich habe kein Quartier für die Erleuchteten. Sie sind müde und warten. Ich kann ihnen nicht noch einmal kommen mit: Es ist nichts! Mein eigener Unterschlupf, ein Kanalrohr, kommt nicht in Frage. Auch würden die Götter bestimmt nicht bei einem Menschen wohnen wollen, dessen betrügerische Geschäfte sie durchschaut haben. Ich gehe nicht zurück, um nichts in der Welt. Aber mein Traggerät liegt dort. Was machen? Ich wage nicht, es zu holen. Ich will weggehen von der Hauptstadt und mich irgendwo verbergen vor ihren Augen, da es mir nicht gelungen ist, für sie etwas zu tun, die ich verehre.

Er stürzt fort.

Kaum ist er fort, kommt Shen Te zurück, sucht auf der anderen Seite und sieht die Götter.

SHEN TE Seid ihr die Erleuchteten? Mein Name ist Shen Te. Ich würde mich freuen, wenn ihr mit meiner Kammer vorliebnehmen wolltet.

DER DRITTE GOTT Aber wo ist denn der Wasserverkäufer hin?

SHEN TE Ich muß ihn verfehlt haben.

DER ERSTE GOTT Er muß gemeint haben, du kämst nicht, und da hat er sich nicht mehr zu uns getraut.

DER DRITTE GOTT *nimmt das Traggerät auf:* Wir wollen es bei dir einstellen. Er braucht es.

Sie gehen, von Shen Te geführt, ins Haus.

Es wird dunkel und wieder hell. In der Morgendämmerung treten die Götter wieder aus der Tür, geführt von Shen Te, die ihnen mit einer Lampe leuchtet. Sie verabschieden sich.

DER ERSTE GOTT Liebe Shen Te, wir danken dir für deine Gastlichkeit. Wir werden nicht vergessen, daß du es warst, die uns aufgenommen hat. Und gib dem Wasserverkäufer sein Gerät zurück und sage ihm, daß wir auch ihm danken, weil er uns einen guten Menschen gezeigt hat.

SHEN TE Ich bin nicht gut. Ich muß euch ein Geständnis machen: Als Wang mich für euch um Obdach anging, schwankte ich.

DER ERSTE GOTT Schwanken macht nichts, wenn man nur siegt. Wisse, daß du uns mehr gabst als ein Nachtquartier. Vielen, darunter sogar einigen von uns Göttern, sind Zweifel aufgestiegen, ob es überhaupt noch gute Menschen gibt. Hauptsächlich um dies festzustellen, haben wir unsere Reise angetreten. Freudig setzen wir sie jetzt fort, da wir einen schon gefunden haben. Auf Wiedersehen!

SHEN TE Halt, Erleuchtete, ich bin gar nicht sicher, daß ich gut bin. Ich möchte es wohl sein, nur, wie soll ich meine Miete bezahlen? So will ich es euch denn gestehen: ich verkaufe mich, um leben zu können, aber selbst damit kann ich mich nicht durchbringen, da es so viele gibt, die dies tun müssen. Ich bin zu allem bereit, aber wer ist das nicht? Freilich würde ich glücklich sein, die Gebote halten zu können der Kindesliebe und der Wahrhaftigkeit. Nicht begehren meines Nächsten Haus, wäre mir eine Freude, und einem Mann anhängen in Treue, wäre mir angenehm. Auch ich möchte aus keinem meinen Nutzen ziehen und den Hilflosen nicht berauben. Aber wie soll ich dies alles? Selbst wenn ich einige Gebote nicht halte, kann ich kaum durchkommen.

DER ERSTE GOTT Dies alles, Shen Te, sind nichts als die Zweifel eines guten Menschen.

DER DRITTE GOTT Leb wohl, Shen Te! Grüße mir auch den Wasserträger recht herzlich. Er war uns ein guter Freund.

DER ZWEITE GOTT Ich fürchte, es ist ihm schlecht bekommen.

DER DRITTE GOTT Laß es dir gut gehn!

DER ERSTE GOTT Vor allem sei gut, Shen Te! Leb wohl!

Sie wenden sich zum Gehen. Sie winken schon.

SHEN TE *angstvoll:* Aber ich bin meiner nicht sicher, Erleuchtete. Wie soll ich gut sein, wo alles so teuer ist?

DER ZWEITE GOTT Da können wir leider nichts tun. In das Wirtschaftliche können wir uns nicht mischen.

DER DRITTE GOTT Halt! Wartet einen Augenblick! Wenn sie etwas mehr hätte, könnte sie es vielleicht eher schaffen.

DER ZWEITE GOTT Wir können ihr nichts geben. Das könnten wir oben nicht verantworten.

DER ERSTE GOTT Warum nicht?

Sie stecken die Köpfe zusammen und diskutieren aufgeregt.

DER ERSTE GOTT *zu Shen Te, verlegen:* Wir hören, du hast deine Miete nicht zusammen. Wir sind keine armen Leute und bezahlen natürlich unser Nachtlager! Hier! *Er gibt ihr Geld.* Sprich aber zu niemand darüber, daß wir bezahlten. Es könnte mißdeutet werden.

DER ZWEITE GOTT Sehr.

DER DRITTE GOTT Nein, das ist erlaubt. Wir können ihr ruhig unser Nachtlager bezahlen. In dem Beschluß stand kein Wort dagegen. Also auf Wiedersehen!

Die Götter schnell ab.

1
Ein kleiner Tabakladen

Der Laden ist noch nicht ganz eingerichtet und noch nicht eröffnet.

SHEN TE *zum Publikum:* Drei Tage ist es her, seit die Götter weggezogen sind. Sie sagten, sie wollten mir ihr Nachtlager bezahlen. Und als ich sah, was sie mir gegeben hatten, sah ich, daß es über tausend Silberdollar waren. – Ich habe mir mit dem Geld einen Tabakladen gekauft. Gestern bin ich hier eingezogen, und ich hoffe, jetzt viel Gutes tun zu können. Da ist zum Beispiel die Frau Shin, die frühere Besitzerin des Ladens. Schon gestern kam sie und bat mich um Reis für ihre Kinder. Auch heute sehe ich sie wieder über den Platz kommen mit ihrem Topf.

Herein die Shin. Die Frauen verbeugen sich voreinander.

SHEN TE Guten Tag, Frau Shin.

DIE SHIN Guten Tag, Fräulein Shen Te. Wie gefällt es Ihnen in Ihrem neuen Heim?

SHEN TE Gut. Wie haben Ihre Kinder die Nacht zugebracht?

DIE SHIN Ach, in einem fremden Haus, wenn man diese Baracke ein Haus nennen darf. Das Kleinste hustet schon.

SHEN TE Das ist schlimm.

DIE SHIN Sie wissen ja gar nicht, was schlimm ist, Ihnen geht es gut. Aber Sie werden noch allerhand Erfahrungen machen hier in dieser Bude. Dies ist ein Elendsviertel.

SHEN TE Mittags kommen doch, wie Sie mir sagten, die Arbeiter aus der Zementfabrik?

DIE SHIN Aber sonst kauft kein Mensch, nicht einmal die Nachbarschaft.

SHEN TE Davon sagten Sie mir nichts, als Sie mir den Laden verkauften.

DIE SHIN Machen Sie mir nur nicht jetzt auch noch Vorwürfe! Zuerst rauben Sie mir und meinen Kindern das Heim und dann heißt es eine Bude und Elendsviertel. Das ist der Gipfel. *Sie weint.*

SHEN TE *schnell:* Ich hole Ihnen gleich den Reis.

DIE SHIN Ich wollte Sie auch bitten, mir etwas Geld zu leihen.

SHEN TE *während sie ihr den Reis in den Topf schüttet:* Das kann ich nicht. Ich habe doch noch nichts verkauft.

DIE SHIN Ich brauche es aber. Von was soll ich leben? Sie haben mir alles weggenommen. Jetzt drehen Sie mir die Gurgel zu. Ich werde Ihnen meine Kinder vor die Schwelle setzen, Sie Halsabschneiderin! *Sie reißt ihr den Topf aus den Händen.*

SHEN TE Seien Sie nicht so zornig! Sie schütten noch den Reis aus!

Herein ein ältliches Paar und ein schäbig gekleideter Mensch.

DIE FRAU Ach, meine liebe Shen Te, wir haben gehört, daß es dir jetzt so gut geht. Du bist ja eine Geschäftsfrau geworden! Denk dir, wir sind eben ohne Bleibe! Unser Tabakladen ist eingegangen. Wir haben uns gefragt, ob wir nicht bei dir für eine Nacht unterkommen können. Du kennst meinen Neffen? Er ist mitgekommen, er trennt sich nie von uns.

DER NEFFE *sich umschauend:* Hübscher Laden!

DIE SHIN Was sind denn das für welche?

SHEN TE Als ich vom Land in die Stadt kam, waren sie meine ersten Wirtsleute. *Zum Publikum:* Als mein bißchen Geld ausging, hatten sie mich auf die Straße gesetzt. Sie fürchten vielleicht, daß ich jetzt nein sage. Sie sind arm.
Sie sind ohne Obdach.
Sie sind ohne Freunde.
Sie brauchen jemand.
Wie könnte man da nein sagen?
Freundlich zu den Ankömmlingen: Seid willkommen! Ich will euch gern Obdach geben. Allerdings habe ich nur ein kleines Kämmerchen hinter dem Laden.

DER MANN Das genügt uns. Mach dir keine Sorge. *Während Shen Te Tee bringt.* Wir lassen uns am besten hier hinten nieder, damit wir dir nicht im Weg sind. Du hast wohl einen Tabakladen in Erinnerung an dein erstes Heim gewählt? Wir werden dir einige Winke geben können. Das ist auch der Grund, warum wir zu dir kommen.

DIE SHIN *höhnisch:* Hoffentlich kommen auch Kunden?

DIE FRAU Das geht wohl auf uns?

DER MANN Psst! Da ist schon ein Kunde!

Ein abgerissener Mann tritt ein.

DER ABGERISSENE MANN Entschuldigen Sie. Ich bin arbeitslos.

Die Shin lacht.

SHEN TE Womit kann ich Ihnen dienen?

DER ARBEITSLOSE Ich höre, Sie eröffnen morgen. Da dachte ich, beim Auspacken wird manchmal etwas beschädigt. Haben Sie eine Zigarette übrig?

DIE FRAU Das ist stark, Tabak zu betteln! Wenn es noch Brot wäre!

DER ARBEITSLOSE Brot ist teuer. Ein paar Züge aus einer Zigarette, und ich bin ein neuer Mensch. Ich bin so kaputt.

SHEN TE *gibt ihm Zigaretten:* Das ist wichtig, ein neuer Mensch zu sein. Ich will meinen Laden mit Ihnen eröffnen, Sie werden mir Glück bringen.

Der Arbeitslose zündet sich schnell eine Zigarette an, inhaliert und geht hustend ab.

DIE FRAU War das richtig, liebe Shen Te?

DIE SHIN Wenn Sie den Laden so eröffnen, werden Sie ihn keine drei Tage haben.

DER MANN Ich wette, er hatte noch Geld in der Tasche.

SHEN TE Er sagte doch, daß er nichts hat.

DER NEFFE Woher wissen Sie, daß er Sie nicht angelogen hat?

SHEN TE *aufgebracht:* Woher weiß ich, daß er mich angelogen hat!

DIE FRAU *kopfschüttelnd:* Sie kann nicht nein sagen! Du bist zu gut, Shen Te! Wenn du deinen Laden behalten willst, mußt du die eine oder andere Bitte abschlagen können.

DER MANN Sag doch, er gehört dir nicht. Sag, er gehört einem Verwandten, der von dir genaue Abrechnung verlangt. Kannst du das nicht?

DIE SHIN Das könnte man, wenn man sich nicht immer als Wohltäterin aufspielen müßte.

SHEN TE *lacht:* Schimpft nur! Ich werde euch gleich das Quartier aufsagen, und den Reis werde ich zurückschütten!

DIE FRAU *entsetzt:* Ist der Reis auch von dir?

SHEN TE *zum Publikum:*

Sie sind schlecht.

Sie sind niemandes Freund.
Sie gönnen keinem einen Topf Reis.
Sie brauchen alles selber.
Wer könnte sie schelten?

Herein ein kleiner Mann.

DIE SHIN *sieht ihn und bricht hastig auf:* Ich sehe morgen wieder her. *Ab.*

DER KLEINE MANN *ruft ihr nach:* Halt, Frau Shin! Sie brauche ich gerade!

DIE FRAU Kommt die regelmäßig? Hat sie denn einen Anspruch an dich?

SHEN TE Sie hat keinen Anspruch, aber sie hat Hunger: das ist mehr.

DER KLEINE MANN Die weiß, warum sie rennt. Sind Sie die neue Ladeninhaberin? Ach, Sie packen schon die Stellagen voll. Aber die gehören Ihnen nicht, Sie! Außer Sie bezahlen sie! Das Lumpenpack, das hier gesessen ist, hat sie nicht bezahlt. *Zu den andern:* Ich bin nämlich der Schreiner.

SHEN TE Aber ich dachte, das gehört zur Einrichtung, die ich bezahlt habe?

DER SCHREINER Betrug! Alles Betrug! Sie stecken natürlich mit dieser Shin unter einer Decke! Ich verlange meine 100 Silberdollar, so wahr ich Lin To heiße.

SHEN TE Wie soll ich das bezahlen, ich habe kein Geld mehr!

DER SCHREINER Dann lasse ich Sie einsteigern! Sofort! Sie bezahlen sofort, oder ich lasse Sie einsteigern!

DER MANN *souffliert Shen Te:* Vetter!

SHEN TE Kann es nicht im nächsten Monat sein?

DER SCHREINER *schreiend:* Nein!

SHEN TE Seien Sie nicht hart, Herr Lin To. Ich kann nicht allen Forderungen sofort nachkommen. *Zum Publikum:*

Ein wenig Nachsicht und die Kräfte verdoppeln sich.
Sieh, der Karrengaul hält vor einem Grasbüschel:
Ein Durch-die-Finger-Sehen und der Gaul zieht besser.
Noch im Juni ein wenig Geduld und der Baum
Beugt sich im August unter den Pfirsichen. Wie
Sollen wir zusammenleben ohne Geduld?
Mit einem kleinen Aufschub
Werden die weitesten Ziele erreicht.

Zum Schreiner: Nur ein Weilchen gedulden Sie sich, Herr Lin To!

DER SCHREINER Und wer geduldet sich mit mir und mit meiner Familie? *Er rückt eine Stellage von der Wand, als wolle er sie mitnehmen.* Sie bezahlen oder ich nehme die Stellagen mit!

DIE FRAU Meine liebe Shen Te, warum übergibst du nicht deinem Vetter die Angelegenheit? *Zum Schreiner:* Schreiben Sie Ihre Forderung auf und Fräulein Shen Tes Vetter wird bezahlen.

DER SCHREINER Solche Vettern kennt man!

DER NEFFE Lach nicht so dumm! Ich kenne ihn persönlich.

DER MANN Ein Mann wie ein Messer.

DER SCHREINER Schön, er soll meine Rechnung haben. *Er kippt die Stellage um, setzt sich darauf und schreibt seine Rechnung.*

DIE FRAU Er wird dir das Hemd vom Leibe reißen für seine paar Bretter, wenn ihm nicht Halt geboten wird. Erkenne nie eine Forderung an, berechtigt oder nicht, denn sofort wirst du überrannt mit Forderungen, berechtigt oder nicht. Wirf ein Stück Fleisch in eine Kehrichttonne, und alle Schlachterhunde des Viertels beißen sich in deinem Hof. Wozu gibt's die Gerichte?

SHEN TE Er hat gearbeitet und will nicht leer ausgehen. Und er hat seine Familie. Es ist schlimm, daß ich ihn nicht bezahlen kann! Was werden die Götter sagen?

DER MANN Du hast dein Teil getan, als du uns aufnahmst, das ist übergenug.

Herein ein hinkender Mann und eine schwangere Frau.

DER HINKENDE *zum Paar:* Ach, hier seid ihr! Ihr seid ja saubere Verwandte! Uns einfach an der Straßenecke stehen zu lassen!

DIE FRAU *verlegen zu Shen Te:* Das ist mein Bruder Wung und die Schwägerin. *Zu den beiden:* Schimpft nicht und setzt euch ruhig in die Ecke, damit ihr Fräulein Shen Te, unsere alte Freundin, nicht stört. *Zu Shen Te:* Ich glaube, wir müssen die beiden aufnehmen, da die Schwägerin im fünften Monat ist. Oder bist du nicht der Ansicht?

SHEN TE Seid willkommen!

DIE FRAU Bedankt euch. Schalen stehen dort hinten. *Zu Shen*

Te: Die hätten überhaupt nicht gewußt, wohin. Gut, daß du den Laden hast!

SHEN TE *lachend zum Publikum, Tee bringend:* Ja, gut, daß ich ihn habe!

Herein die Hausbesitzerin Frau Mi Tzü, ein Formular in der Hand.

DIE HAUSBESITZERIN Fräulein Shen Te, ich bin die Hausbesitzerin, Frau Mi Tzü. Ich hoffe, wir werden gut miteinander auskommen. Das ist ein Mietskontrakt. *Während Shen Te den Kontrakt durchliest.* Ein schöner Augenblick, die Eröffnung eines kleinen Geschäfts, nicht wahr, meine Herrschaften? *Sie schaut sich um.* Ein paar Lücken sind ja noch auf den Stellagen, aber es wird schon gehen. Einige Referenzen werden Sie mir wohl beibringen können?

SHEN TE Ist das nötig?

DIE HAUSBESITZERIN Aber ich weiß doch gar nicht, wer Sie sind.

DER MANN Vielleicht könnten wir für Fräulein Shen Te bürgen? Wir kennen sie, seit sie in die Stadt gekommen ist, und legen jederzeit die Hand für sie ins Feuer.

DIE HAUSBESITZERIN Und wer sind Sie?

DER MANN Ich bin der Tabakhändler Ma Fu.

DIE HAUSBESITZERIN Wo ist Ihr Laden?

DER MANN Im Augenblick habe ich keinen Laden. Sehen Sie, ich habe ihn eben verkauft.

DIE HAUSBESITZERIN So. *Zu Shen Te:* Und sonst haben Sie niemand, bei dem ich über Sie Auskünfte einholen kann?

DIE FRAU *souffliert:* Vetter! Vetter!

DIE HAUSBESITZERIN Sie müssen doch jemand haben, der mir dafür Gewähr bietet, was ich ins Haus bekomme. Das ist ein respektables Haus, meine Liebe. Ohne das kann ich mit Ihnen überhaupt keinen Kontrakt abschließen.

SHEN TE *langsam, mit niedergeschlagenen Augen:* Ich habe einen Vetter.

DIE HAUSBESITZERIN Ach, Sie haben einen Vetter. Am Platz? Da können wir doch gleich hingehen. Was ist er?

SHEN TE Er wohnt nicht hier, sondern in einer anderen Stadt.

DIE FRAU Sagtest du nicht in Schung?

SHEN TE Herr Shui Ta. In Schung!

DER MANN Aber den kenne ich ja überhaupt! Ein Großer, Dürrer.

DER NEFFE *zum Schreiner:* Sie haben doch auch mit Fräulein Shen Tes Vetter verhandelt! Über die Stellagen!

DER SCHREINER *mürrisch:* Ich schreibe für ihn gerade die Rechnung aus. Da ist sie! *Er übergibt sie.* Morgen früh komme ich wieder! *Ab.*

DER NEFFE *ruft ihm nach, auf die Hausbesitzerin schielend:* Seien Sie ganz ruhig, der Herr Vetter bezahlt es!

DIE HAUSBESITZERIN *Shen Te scharf musternd:* Nun, es wird mich auch freuen, ihn kennenzulernen. Guten Abend, Fräulein. *Ab.*

DIE FRAU *nach einer Pause:* Jetzt kommt alles auf! Du kannst sicher sein, morgen früh weiß die Bescheid über dich.

DIE SCHWÄGERIN *leise zum Neffen:* Das wird hier nicht lange dauern!

Herein ein Greis, geführt von einem Jungen.

DER JUNGE *nach hinten:* Da sind sie.

DIE FRAU Guten Tag, Großvater. *Zu Shen Te:* Der gute Alte! Er hat sich wohl um uns gesorgt. Und der Junge, ist er nicht groß geworden? Er frißt wie ein Scheunendrescher. Wen habt ihr denn noch alles mit?

DER MANN *hinausschauend:* Nur noch die Nichte.

DIE FRAU *zu Shen Te:* Eine junge Verwandte vom Land. Hoffentlich sind wir dir nicht zu viele. So viele waren wir noch nicht, als du bei uns wohntest, wie? Ja, wir sind immer mehr geworden. Je schlechter es ging, desto mehr wurden wir. Und je mehr wir wurden, desto schlechter ging es. Aber jetzt riegeln wir hier ab, sonst gibt es keine Ruhe.

Sie sperrt die Türe zu, und alle setzen sich.

DIE FRAU Die Hauptsache ist, daß wir dich nicht im Geschäft stören. Denn wovon soll sonst der Schornstein rauchen? Wir haben uns das so gedacht: Am Tag gehen die Jüngeren weg, und nur der Großvater, die Schwägerin und vielleicht ich bleiben. Die anderen sehen höchstens einmal oder zweimal herein untertags, nicht? Zündet die Lampe dort an und macht es euch gemütlich.

DER NEFFE *humoristisch:* Wenn nur nicht der Vetter heut nacht hereinplatzt, der gestrenge Herr Shui Ta!

Die Schwägerin lacht.

DER BRUDER *langt nach einer Zigarette:* Auf eine wird es wohl nicht ankommen!

DER MANN Sicher nicht.

Alle nehmen sich zu rauchen. Der Bruder reicht den Weinkrug herum.

DER NEFFE Der Vetter bezahlt es!

DER GROSSVATER *ernst zu Shen Te:* Guten Tag!

Shen Te, verwirrt durch die späte Begrüßung, verbeugt sich. Sie hat in der einen Hand die Rechnung des Schreiners, in der andern den Mietskontrakt.

DIE FRAU Könnt Ihr nicht etwas singen, damit die Gastgeberin etwas Unterhaltung hat?

DER NEFFE Der Großvater fängt an!

Sie singen

DAS LIED VOM RAUCH

DER GROSSVATER

Einstmals, vor das Alter meine Haare bleichte
Hofft mit Klugheit ich mich durchzuschlagen.
Heute weiß ich, keine Klugheit reichte
Je, zu füllen eines armen Mannes Magen.
  Darum sagt ich: laß es!
  Sieh den grauen Rauch
  Der in immer kältre Kälten geht: so
  Gehst du auch.

DER MANN

Sah den Redlichen, den Fleißigen geschunden
So versucht ich's mit dem krummen Pfad
Doch auch der führt unsereinen nur nach unten
Und so weiß ich mir halt fürder keinen Rat.
  Und so sag ich: laß es!
  Sieh den grauen Rauch
  Der in immer kältre Kälten geht: so
  Gehst du auch.

DIE NICHTE

Die da alt sind, hör ich, haben nichts zu hoffen
Denn nur Zeit schafft's und an Zeit gebricht's.

Doch uns Jungen, hör ich, steht das Tor weit offen
Freilich, hör ich, steht es offen nur ins Nichts.
  Und auch ich sag: laß es!
  Sieh den grauen Rauch
  Der in immer kältre Kälten geht: so
  Gehst du auch.

DER NEFFE Woher hast du den Wein?

DIE SCHWÄGERIN Er hat den Sack mit Tabak versetzt.

DER MANN Was? Dieser Tabak war das einzige, das uns noch blieb! Nicht einmal für ein Nachtlager haben wir ihn angegriffen! Du Schwein!

DER BRUDER Nennst du mich ein Schwein, weil es meine Frau friert? Und hast selber getrunken. Gib sofort den Krug her!

Sie raufen sich. Die Tabakstellagen stürzen um.

SHEN TE *beschwört sie:* Oh, schont den Laden, zerstört nicht alles! Er ist ein Geschenk der Götter! Nehmt euch, was da ist, aber zerstört es nicht!

DIE FRAU *skeptisch:* Der Laden ist kleiner, als ich dachte. Wir hätten vielleicht doch nicht der Tante und den andern davon erzählen sollen. Wenn sie auch noch kommen, wird es eng hier.

DIE SCHWÄGERIN Die Gastgeberin ist auch schon ein wenig kühler geworden!

Von draußen kommen Stimmen, und es wird an die Tür geklopft.

RUFE Macht auf! Wir sind es!

DIE FRAU Bist du es, Tante? Was machen wir da?

SHEN TE Mein schöner Laden! O Hoffnung! Kaum eröffnet, ist er schon kein Laden mehr! *Zum Publikum:*
Der Rettung kleiner Nachen
Wird sofort in die Tiefe gezogen:
Zu viele Versinkende
Greifen gierig nach ihm.

RUFE *von draußen:* Macht auf!

Zwischenspiel
Unter einer Brücke

Am Fluß kauert der Wasserverkäufer.

WANG *sich umblickend:* Alles ruhig. Seit vier Tagen verberge ich mich jetzt schon. Sie können mich nicht finden, da ich die Augen offenhalte. Ich bin absichtlich entlang ihrer Wegrichtung geflohen. Am zweiten Tage haben sie die Brücke passiert, ich hörte ihre Schritte über mir. Jetzt müssen sie schon weit weg sein, ich bin vor ihnen sicher.
Er hat sich zurückgelegt und schläft ein. Musik. Die Böschung wird durchsichtig, und es erscheinen die Götter.

WANG *hebt den Arm vors Gesicht, als sollte er geschlagen werden:* Sagt nichts, ich weiß alles! Ich habe niemand gefunden, der euch aufnehmen will, in keinem Haus! Jetzt wißt ihr es! Jetzt geht weiter!

DER ERSTE GOTT Doch, du hast jemand gefunden. Als du weg warst, kam er. Er nahm uns auf für die Nacht, er behütete unseren Schlaf, und er leuchtete uns mit einer Lampe am Morgen, als wir ihn verließen. Du aber hast ihn uns genannt als einen guten Menschen, und er war gut.

WANG So war es Shen Te, die euch aufnahm?

DER DRITTE GOTT Natürlich.

WANG Und ich Kleingläubiger bin fortgelaufen! Nur weil ich dachte: sie kann nicht kommen. Da es ihr schlecht geht, kann sie nicht kommen.

DIE GÖTTER
O du schwacher!
Gut gesinnter, aber schwacher Mensch!
Wo da Not ist, denkt er, gibt es keine Güte!
Wo Gefahr ist, denkt er, gibt es keine Tapferkeit!
O Schwäche, die an nichts ein gutes Haar läßt!
O schnelles Urteil! O leichtfertige Verzweiflung!

WANG Ich schäme mich sehr, Erleuchtete!

DER ERSTE GOTT Und jetzt, Wasserverkäufer, tu uns den Gefallen und geh schnell zurück nach der Hauptstadt und sieh nach der guten Shen Te dort, damit du uns von ihr berichten kannst. Es geht ihr jetzt gut. Sie soll das Geld zu einem kleinen

Laden bekommen haben, so daß sie dem Zug ihres milden Herzens ganz folgen kann. Bezeig du Interesse an ihrer Güte, denn keiner kann lang gut sein, wenn nicht Güte verlangt wird. Wir aber wollen weiter wandern und suchen und noch andere Menschen finden, die unserm guten Menschen von Sezuan gleichen, damit das Gerede aufhört, daß es für die Guten auf unserer Erde nicht mehr zu leben ist.
Sie verschwinden.

2
Der Tabakladen

Überall schlafende Leute. Die Lampe brennt noch. Es klopft.

DIE FRAU *erhebt sich schlaftrunken:* Shen Te! Es klopft! Wo ist sie denn?

DER NEFFE Sie holt wohl Frühstück. Der Herr Vetter bezahlt es.
Die Frau lacht und schlurft zur Tür. Herein ein junger Herr, hinter ihm der Schreiner.

DER JUNGE HERR Ich bin der Vetter.

DIE FRAU *aus den Wolken fallend:* Was sind Sie?

DER JUNGE HERR Mein Name ist Shui Ta.

DIE GÄSTE *sich gegenseitig aufrüttelnd:* Der Vetter! – Aber das war doch ein Witz, sie hat ja gar keinen Vetter! – Aber hier ist jemand, der sagt, er ist der Vetter! – Unglaublich, so früh am Tag!

DER NEFFE Wenn Sie der Vetter der Gastgeberin sind, Herr, dann schaffen Sie uns schleunigst etwas zum Frühstück!

SHUI TA *die Lampe auslöschend:* Die ersten Kunden kommen bald, bitte, ziehen Sie sich schnell an, daß ich meinen Laden aufmachen kann.

DER MANN Ihren Laden? Ich denke, das ist der Laden unserer Freundin Shen Te? *Shui Ta schüttelt den Kopf.* Was, das ist gar nicht ihr Laden?

DIE SCHWÄGERIN Da hat sie uns also angeschmiert! Wo steckt sie überhaupt?

SHUI TA Sie ist abgehalten. Sie läßt Ihnen sagen, daß sie nunmehr, nachdem ich da bin, nichts mehr für Sie tun kann.

DIE FRAU *erschüttert:* Und wir hielten sie für einen guten Menschen!

DER NEFFE Glaubt ihm nicht! Sucht sie!

DER MANN Ja, das wollen wir. *Er organisiert.* Du und du und du und du, ihr sucht sie überall. Wir und Großvater bleiben hier, die Festung zu halten. Der Junge kann inzwischen etwas zum Essen besorgen. *Zum Jungen:* Siehst du den Kuchenbäcker dort am Eck? Schleich dich hin und stopf dir die Bluse voll.

DIE SCHWÄGERIN Nimm auch ein paar von den kleinen hellen Kuchen!

DER MANN Aber gib acht, daß der Bäcker dich nicht erwischt. Und komm dem Polizisten nicht in die Quere!

Der Junge nickt und geht weg. Die übrigen ziehen sich vollends an.

SHUI TA Wird ein Kuchendiebstahl nicht diesen Laden, der Ihnen Zuflucht gewährt hat, in schlechten Ruf bringen?

DER NEFFE Kümmert euch nicht um ihn, wir werden sie schnell gefunden haben. Sie wird ihm schön heimleuchten.

Der Neffe, der Bruder, die Schwägerin und die Nichte ab.

DIE SCHWÄGERIN *im Abgehen:* Laßt uns etwas übrig vom Frühstück!

SHUI TA *ruhig:* Sie werden sie nicht finden. Meine Kusine bedauert natürlich, das Gebot der Gastfreundschaft nicht auf unbegrenzte Zeit befolgen zu können. Aber Sie sind leider zu viele! Dies hier ist ein Tabakladen, und Fräulein Shen Te lebt davon.

DER MANN Unsere Shen Te würde so etwas überhaupt nicht über die Lippen bringen.

SHUI TA Sie haben vielleicht recht. *Zum Schreiner:* Das Unglück besteht darin, daß die Not in dieser Stadt zu groß ist, als daß ein einzelner Mensch ihr steuern könnte. Darin hat sich betrüblicherweise nichts geändert in den elfhundert Jahren, seit jemand den Vierzeiler verfaßte:

Der Gouverneur, befragt, was nötig wäre
Den Frierenden der Stadt zu helfen, antwortete:
Eine zehntausend Fuß lange Decke
Welche die ganzen Vorstädte einfach zudeckt.

Er macht sich daran, den Laden aufzuräumen.

DER SCHREINER Ich sehe, daß Sie sich bemühen, die Angelegenheiten Ihrer Kusine zu ordnen. Da ist eine kleine Schuld für die Stellagen zu begleichen, anerkannt vor Zeugen. 100 Silberdollar.

SHUI TA *die Rechnung aus der Tasche ziehend, nicht unfreundlich:* Glauben Sie nicht, daß 100 Silberdollar etwas zuviel sind?

DER SCHREINER Nein. Ich kann auch nichts ablassen. Ich habe Frau und Kinder zu ernähren.

SHUI TA *hart:* Wie viele Kinder?

DER SCHREINER Vier.

SHUI TA Dann biete ich Ihnen 20 Silberdollar.

Der Mann lacht.

DER SCHREINER Sind Sie verrückt? Diese Stellagen sind aus Nußbaum!

SHUI TA Dann nehmen Sie sie weg.

DER SCHREINER Was heißt das?

SHUI TA Sie sind zu teuer für mich. Ich ersuche Sie, die Nußbaumstellagen wegzunehmen.

DIE FRAU Das ist gut gegeben! *Sie lacht ebenfalls.*

DER SCHREINER *unsicher:* Ich verlange, daß Fräulein Shen Te geholt wird. Sie ist anscheinend ein besserer Mensch als Sie.

SHUI TA Gewiß. Sie ist ruiniert.

DER SCHREINER *nimmt resolut eine Stellage und trägt sie zur Tür:* Da können Sie Ihre Rauchwaren ja auf dem Boden aufstapeln! Mir kann es recht sein.

SHUI TA *zu dem Mann:* Helfen Sie ihm!

DER MANN *packt ebenfalls eine Stellage und trägt sie grinsend zur Tür:* Also hinaus mit den Stellagen!

DER SCHREINER Du Hund! Soll meine Familie verhungern?

SHUI TA Ich biete Ihnen noch einmal 20 Silberdollar, da ich meine Rauchwaren nicht auf dem Boden aufstapeln will.

DER SCHREINER 100!

Shui Ta schaut gleichmütig zum Fenster hinaus. Der Mann schickt sich an, die Stellage hinauszutragen.

DER SCHREINER Zerbrich sie wenigstens nicht am Türbalken, Idiot! *Verzweifelt.* Aber sie sind doch nach Maß gearbeitet! Sie passen in dieses Loch und sonst nirgends hin. Die Bretter sind verschnitten, Herr!

SHUI TA Eben. Darum biete ich Ihnen auch nur 20 Silberdollar. Weil die Bretter verschnitten sind.

Die Frau quietscht vor Vergnügen.

DER SCHREINER *plötzlich müde:* Da kann ich nicht mehr mit. Behalten Sie die Stellagen und bezahlen Sie, was Sie wollen.

SHUI TA 20 Silberdollar.

Er legt zwei große Münzen auf den Tisch. Der Schreiner nimmt sie.

DER MANN *die Stellagen zurücktragend:* Genug für einen Haufen verschnittener Bretter!

DER SCHREINER Ja, genug vielleicht, mich zu betrinken! *Ab.*

DER MANN Den haben wir draußen!

DIE FRAU *sich die Lachtränen trocknend:* »Sie sind aus Nußbaum!« – »Nehmen Sie sie weg!« – »100 Silberdollar! Ich habe vier Kinder!« – »Dann zahle ich 20!« – »Aber sie sind doch verschnitten!« – »Eben! 20 Silberdollar!« So muß man diese Typen behandeln!

SHUI TA Ja. *Ernst.* Geht schnell weg.

DER MANN Wir?

SHUI TA Ja, ihr. Ihr seid Diebe und Schmarotzer. Wenn ihr schnell geht, ohne Zeit mit Widerrede zu vergeuden, könnt ihr euch noch retten.

DER MANN Es ist am besten, ihm gar nicht zu antworten. Nur nicht schreien mit nüchternem Magen. Ich möcht wissen, wo bleibt der Junge?

SHUI TA Ja, wo bleibt der Junge? Ich sagte euch vorhin, daß ich ihn nicht mit gestohlenem Kuchen in meinem Laden haben will. *Plötzlich schreiend.* Noch einmal: geht!

Sie bleiben sitzen.

SHUI TA *wieder ganz ruhig:* Wie ihr wollt.

Er geht zur Tür und grüßt tief hinaus. In der Tür taucht ein Polizist auf.

SHUI TA Ich vermute, ich habe den Beamten vor mir, der dieses Viertel betreut?

DER POLIZIST Jawohl, Herr …

SHUI TA Shui Ta. *Sie lächeln einander an.* Angenehmes Wetter heute!

DER POLIZIST Nur ein wenig warm vielleicht.

SHUI TA Vielleicht ein wenig warm.

DER MANN *leise zu seiner Frau:* Wenn er quatscht, bis der Junge zurückkommt, sind wir geschnappt. *Er versucht, Shui Ta heimlich ein Zeichen zu geben.*

SHUI TA *ohne es zu beachten:* Es macht einen Unterschied, ob man das Wetter in einem kühlen Lokal beurteilt oder auf der staubigen Straße.

DER POLIZIST Einen großen Unterschied.

DIE FRAU *zum Mann:* Sei ganz ruhig! Der Junge kommt nicht, wenn er den Polizisten in der Tür stehen sieht.

SHUI TA Treten Sie doch ein. Es ist wirklich kühler hier. Meine Kusine und ich haben einen Laden eröffnet. Lassen Sie mich Ihnen sagen, daß wir den größten Wert darauf legen, mit der Behörde auf gutem Fuß zu stehen.

DER POLIZIST *tritt ein:* Sie sind sehr gütig, Herr Shui Ta. Ja, hier ist es wirklich kühl.

DER MANN *leise:* Er nimmt ihn extra herein, damit der Junge ihn nicht stehen sieht.

SHUI TA Gäste! Entfernte Bekannte meiner Kusine, wie ich höre. Sie sind auf einer Reise begriffen. *Man verbeugt sich.* Wir waren eben dabei, uns zu verabschieden.

DER MANN *heiser:* Ja, da gehen wir also.

SHUI TA Ich werde meiner Kusine bestellen, daß Sie ihr für das Nachtquartier danken, aber keine Zeit hatten, auf ihre Rückkehr zu warten.

Von der Straße Lärm und Rufe: »Haltet den Dieb!«

DER POLIZIST Was ist das?

In der Tür steht der Junge. Aus der Bluse fallen ihm Fladen und kleine Kuchen. Die Frau winkt ihm verzweifelt, er solle hinaus. Er wendet sich und will weg.

DER POLIZIST Halt du! *Er faßt ihn.* Woher hast du die Kuchen?

DER JUNGE Von da drüben.

DER POLIZIST Oh. Diebstahl, wie?

DIE FRAU Wir wußten nichts davon. Der Junge hat es auf eigene Faust gemacht. Du Nichtsnutz!

DER POLIZIST Herr Shui Ta, können Sie den Vorfall aufklären?

Shui Ta schweigt.

DER POLIZIST Aha. Ihr kommt alle mit auf die Wache.

SHUI TA Ich bin außer mir, daß in meinem Lokal so etwas passieren konnte.

DIE FRAU Er hat zugesehen, als der Junge wegging!

SHUI TA Ich kann Ihnen versichern, Herr Polizist, daß ich Sie kaum hereingebeten hätte, wenn ich einen Diebstahl hätte decken wollen.

DER POLIZIST Das ist klar. Sie werden also auch verstehen, Herr Shui Ta, daß es meine Pflicht ist, diese Leute abzuführen. *Shui Ta verbeugt sich.* Vorwärts mit euch! *Er treibt sie hinaus.*

DER GROSSVATER *friedlich unter der Tür:* Guten Tag.

Alle außer Shui Ta ab. Shui Ta räumt weiter auf. Eintritt die Hausbesitzerin.

DIE HAUSBESITZERIN So, Sie sind dieser Herr Vetter! Was bedeutet das, daß die Polizei aus diesem meinem Haus Leute abführt? Wie kommt Ihre Kusine dazu, hier ein Absteigequartier aufzumachen? Das hat man davon, wenn man Leute ins Haus nimmt, die gestern noch in Fünfkäschkämmerchen gehaust und vom Bäcker an der Ecke Hirsefladen erbettelt haben! Sie sehen, ich weiß Bescheid.

SHUI TA Das sehe ich. Man hat Ihnen Übles von meiner Kusine erzählt. Man hat sie beschuldigt, gehungert zu haben! Es ist notorisch, daß sie in Armut lebte. Ihr Leumund ist der allerschlechteste: es ging ihr elend!

DIE HAUSBESITZERIN Sie war eine ganz gewöhnliche...

SHUI TA Unbemittelte, sprechen wir das harte Wort aus!

DIE HAUSBESITZERIN Ach, bitte, keine Gefühlsduseleien! Ich spreche von ihrem Lebenswandel, nicht von ihren Einkünften. Ich bezweifle nicht, daß es da gewisse Einkünfte gegeben hat, sonst gäbe es diesen Laden nicht. Einige ältere Herren werden schon gesorgt haben. Woher bekommt man einen Laden? Herr, dies ist ein respektables Haus! Die Leute, die hier Miete zahlen, wünschen nicht, mit einer solchen Person unter einem Dach zu wohnen, jawohl. *Pause.* Ich bin kein Unmensch, aber ich muß Rücksichten nehmen.

SHUI TA *kalt:* Frau Mi Tzü, ich bin beschäftigt. Sagen Sie mir einfach, was es uns kosten wird, in diesem respektablen Haus zu wohnen.

DIE HAUSBESITZERIN Ich muß sagen, Sie sind jedenfalls kaltblütig!

SHUI TA *zieht aus dem Ladentisch den Mietskontrakt:* Die Miete ist sehr hoch. Ich entnehme diesem Kontrakt, daß sie monatlich zu entrichten ist.

DIE HAUSBESITZERIN *schnell:* Aber nicht für Leute wie Ihre Kusine!

SHUI TA Was heißt das?

DIE HAUSBESITZERIN Es heißt, daß Leute wie Ihre Kusine die Halbjahresmiete von 200 Silberdollar im voraus zu bezahlen haben.

SHUI TA 200 Silberdollar! Das ist halsabschneiderisch! Wie soll ich das aufbringen? Ich kann hier nicht auf großen Umsatz rechnen. Ich setze meine einzige Hoffnung darauf, daß die Sacknäherinnen von der Zementfabrik viel rauchen, da die Arbeit, wie man mir gesagt hat, sie sehr erschöpft. Aber sie verdienen schlecht.

DIE HAUSBESITZERIN Das hätten Sie vorher bedenken müssen.

SHUI TA Frau Mi Tzü, haben Sie ein Herz! Es ist wahr, meine Kusine hat den unverzeihlichen Fehler begangen, Unglücklichen Obdach zu gewähren. Aber sie kann sich bessern, ich werde sorgen, daß sie sich bessert. Andrerseits, wie könnten Sie einen besseren Mieter finden als einen, der die Tiefe kennt, weil er aus ihr kommt? Er wird sich die Haut von den Fingern arbeiten, Ihnen die Miete pünktlichst zu bezahlen, er wird alles tun, alles opfern, alles verkaufen, vor nichts zurückschrecken und dabei wie ein Mäuschen sein, still wie eine Fliege, sich Ihnen in allem unterwerfen, ehe er zurückgeht dorthin. Solch ein Mieter ist nicht mit Gold aufzuwiegen.

DIE HAUSBESITZERIN 200 Silberdollar im voraus oder sie geht zurück auf die Straße, woher sie kommt.

Herein der Polizist.

DER POLIZIST Lassen Sie sich nicht stören, Herr Shui Ta!

DIE HAUSBESITZERIN Die Polizei zeigt wirklich ein ganz besonderes Interesse für diesen Laden.

DER POLIZIST Frau Mi Tzü, ich hoffe, Sie haben keinen falschen Eindruck bekommen. Herr Shui Ta hat uns einen Dienst erwiesen, und ich komme lediglich, ihm dafür im Namen der Polizei zu danken.

DIE HAUSBESITZERIN Nun, das geht mich nichts an. Ich hoffe, Herr Shui Ta, mein Vorschlag sagt Ihrer Kusine zu. Ich liebe es, mit meinen Mietern in gutem Einvernehmen zu sein. Guten Tag, meine Herren. *Ab.*

SHUI TA Guten Tag, Frau Mi Tzü.

DER POLIZIST Haben Sie Schwierigkeiten mit Frau Mi Tzü?

SHUI TA Sie verlangt Vorausbezahlung der Miete, da meine Kusine ihr nicht respektabel erscheint.

DER POLIZIST Und Sie haben das Geld nicht? *Shui Ta schweigt.* Aber jemand wie Sie, Herr Shui Ta, muß doch Kredit finden?

SHUI TA Vielleicht. Aber wie sollte jemand wie Shen Te Kredit finden?

DER POLIZIST Bleiben Sie denn nicht?

SHUI TA Nein. Und ich kann auch nicht wiederkommen. Nur auf der Durchreise konnte ich ihr eine Hand reichen, nur das Schlimmste konnte ich abwehren. Bald wird sie wieder auf sich selber angewiesen sein. Ich frage mich besorgt, was dann werden soll.

DER POLIZIST Herr Shui Ta, es tut mir leid, daß Sie Schwierigkeiten mit der Miete haben. Ich muß zugeben, daß wir diesen Laden zuerst mit gemischten Gefühlen betrachteten, aber Ihr entschlossenes Auftreten vorhin hat uns gezeigt, wer Sie sind. Wir von der Behörde haben es schnell heraus, wen wir als Stütze der Ordnung ansehen können.

SHUI TA *bitter:* Herr, um diesen kleinen Laden zu retten, den meine Kusine als ein Geschenk der Götter betrachtet, bin ich bereit, bis an die äußerste Grenze des gesetzlich Erlaubten zu gehen. Aber Härte und Verschlagenheit helfen nur gegen die Unteren, denn die Grenzen sind klug gezogen. Mir geht es wie dem Mann, der mit den Ratten fertig geworden ist, aber dann kam der Fluß! *Nach einer kleinen Pause.* Rauchen Sie?

DER POLIZIST *zwei Zigarren einsteckend:* Wir von der Station verlören Sie höchst ungern hier, Herr Shui Ta. Aber Sie müssen Frau Mi Tzü verstehen. Die Shen Te hat, da wollen wir uns nichts vormachen, davon gelebt, daß sie sich an Männer verkaufte. Sie können mir einwenden: was sollte sie machen? Wovon sollte sie zum Beispiel ihre Miete zahlen? Aber der Tatbestand bleibt: es ist nicht respektabel. Warum? Erstens: Liebe verkauft man nicht, sonst ist es käufliche Liebe. Zweitens: respektabel ist, nicht mit dem, der einen bezahlt, sondern mit dem, den man liebt. Drittens: nicht für eine Handvoll Reis, sondern aus Liebe. Schön, antworten Sie mir, was hilft alle Weisheit, wenn die Milch schon verschüttet ist? Was soll sie machen? Sie muß eine Halbjahresmiete auftreiben? Herr Shui Ta, ich muß Ihnen sagen, ich weiß es nicht. *Er denkt eifrig nach.* Herr Shui Ta, ich hab's! Suchen Sie doch einfach einen Mann für sie!

Herein eine kleine alte Frau.

DIE ALTE Eine gute billige Zigarre für meinen Mann. Wir sind nämlich morgen vierzig Jahre verheiratet und da machen wir eine kleine Feier.

SHUI TA *höflich:* Vierzig Jahre und noch immer eine Feier!

DIE ALTE Soweit unsere Mittel es gestatten! Wir haben den Teppichladen gegenüber. Ich hoffe, wir halten gute Nachbarschaft, das sollte man, die Zeiten sind schlecht.

SHUI TA *legt ihr verschiedene Kistchen vor:* Ein sehr alter Satz, fürchte ich.

DER POLIZIST Herr Shui Ta, wir brauchen Kapital. Nun, ich schlage eine Heirat vor.

SHUI TA *entschuldigend zu der Alten:* Ich habe mich dazu verleiten lassen, den Herrn Polizisten mit meinen privaten Bekümmernissen zu behelligen.

DER POLIZIST Wir haben die Halbjahresmiete nicht. Schön, wir heiraten ein wenig Geld.

SHUI TA Das wird nicht so leicht sein.

DER POLIZIST Wieso? Sie ist eine Partie. Sie hat ein kleines, aufstrebendes Geschäft. *Zu der Alten:* Was denken Sie darüber?

DIE ALTE *unschlüssig:* Ja...

DER POLIZIST Eine Annonce in der Zeitung.

DIE ALTE *zurückhaltend:* Wenn das Fräulein einverstanden ist...

DER POLIZIST Was soll sie dagegen haben? Ich setze Ihnen das auf. Ein Dienst ist des andern wert. Denken Sie nicht, daß die Behörde kein Herz für den hartkämpfenden kleinen Geschäftsmann hat. Sie gehen uns an die Hand, und wir setzen Ihnen dafür Ihre Heiratsannonce auf! Hahaha! *Er zieht eifrig sein Notizbuch hervor, befeuchtet den Bleistiftstummel und schreibt los.*

SHUI TA *langsam:* Das ist keine schlechte Idee.

DER POLIZIST »Welcher ... ordentliche ... Mann mit kleinem Kapital ... Witwer nicht ausgeschlossen ... wünscht Einheirat ... in aufblühendes Tabakgeschäft?« Und dann fügen wir noch hinzu: »Bin hübsche sympathische Erscheinung.« Wie?

SHUI TA Wenn Sie meinen, daß das keine Übertreibung wäre.

DIE ALTE *freundlich:* Durchaus nicht. Ich habe sie gesehen.

Der Polizist reißt aus seinem Buch das Blatt und überreicht es Shui Ta.

SHUI TA Mit Entsetzen sehe ich, wieviel Glück nötig ist, damit man nicht unter die Räder kommt! Wie viele Einfälle! Wie viele Freunde! *Zum Polizisten:* Trotz aller Entschlossenheit war ich zum Beispiel am Ende meines Witzes, was die Ladenmiete betraf. Und jetzt kamen Sie und halfen mir mit einem guten Rat. Ich sehe tatsächlich einen Ausweg.

3
Abend im Stadtpark

Ein junger Mann in abgerissenen Kleidern verfolgt mit den Augen ein Flugzeug, das anscheinend in einem hohen Bogen über den Park geht. Er zieht einen Strick aus der Tasche und schaut sich suchend um. Als er auf eine große Weide zugeht, kommen zwei Prostituierte des Weges. Die eine ist schon alt, die andere ist die Nichte aus der achtköpfigen Familie.

DIE JUNGE Guten Abend, junger Herr. Kommst du mit, Süßer?

SUN Möglich, meine Damen, wenn ihr mir was zum Essen kauft.

DIE ALTE Du bist wohl übergeschnappt? *Zur Jungen:* Gehen wir weiter. Wir verlieren nur unsere Zeit mit ihm. Das ist ja der stellungslose Flieger.

DIE JUNGE Aber es wird niemand mehr im Park sein, es regnet gleich.

DIE ALTE Vielleicht doch.

Sie gehen weiter. Sun zieht, sich umschauend, seinen Strick hervor und wirft ihn um einen Weidenast. Er wird aber wieder gestört. Die beiden Prostituierten kommen schnell zurück. Sie sehen ihn nicht.

DIE JUNGE Es wird ein Platzregen.

Shen Te kommt des Weges spaziert.

DIE ALTE Schau, da kommt das Untier! Dich und die Deinen hat sie ins Unglück gebracht!

DIE JUNGE Nicht sie. Ihr Vetter war es. Sie hatte uns ja aufgenommen, und später hat sie uns angeboten, die Kuchen zu zahlen. Gegen sie habe ich nichts.

DIE ALTE Aber ich! *Laut.* Ach, da ist ja unsere feine Schwester mit dem Goldhafen! Sie hat einen Laden, aber sie will uns immer noch Freier wegfischen.

SHEN TE Friß mich doch nicht gleich auf! Ich gehe ins Teehaus am Teich.

DIE JUNGE Ist es wahr, daß du einen Witwer mit drei Kindern heiraten wirst?

SHEN TE Ja, ich treffe ihn dort.

SUN *ungeduldig:* Schert euch endlich weiter, ihr Schnepfen! Kann man nicht einmal hier seine Ruhe haben?

DIE ALTE Halt das Maul!

Die beiden Prostituierten ab.

SUN *ruft ihnen nach:* Aasgeier! *Zum Publikum:* Selbst an diesem abgelegenen Platz fischen sie unermüdlich nach Opfern, selbst im Gebüsch, selbst bei Regen suchen sie verzweifelt nach Käufern.

SHEN TE *zornig:* Warum beschimpfen Sie sie? *Sie erblickt den Strick.* Oh.

SUN Was glotzt du?

SHEN TE Wozu ist der Strick?

SUN Geh weiter, Schwester, geh weiter! Ich habe kein Geld, nichts, nicht eine Kupfermünze. Und wenn ich eine hätte, würde ich nicht dich, sondern einen Becher Wasser kaufen vorher.

Es fängt an zu regnen.

SHEN TE Wozu ist der Strick? Das dürfen Sie nicht!

SUN Was geht dich das an? Scher dich weg!

SHEN TE Es regnet.

SUN Versuch nicht, dich unter diesen Baum zu stellen.

SHEN TE *bleibt unbeweglich im Regen stehen:* Nein.

SUN Schwester, laß ab, es hilft dir nichts. Mit mir ist kein Geschäft zu machen. Du bist mir auch zu häßlich. Krumme Beine.

SHEN TE Das ist nicht wahr.

SUN Zeig sie nicht! Komm schon, zum Teufel, unter den Baum, wenn es regnet!

Sie geht langsam hin und setzt sich unter den Baum.

SHEN TE Warum wollen Sie das tun?

SUN Willst du es wissen? Dann werde ich es dir sagen, damit ich dich loswerde. *Pause.* Weißt du, was ein Flieger ist?

SHEN TE Ja, in einem Teehaus habe ich Flieger gesehen.

SUN Nein, du hast keine gesehen. Vielleicht ein paar windige Dummköpfe mit Lederhelmen, Burschen ohne Gehör für Motore und ohne Gefühl für eine Maschine. Das kommt nur in eine Kiste, weil es den Hangarverwalter schmieren kann. Sag so einem: Laß deine Kiste aus 2000 Fuß Höhe durch die Wolken hinunter abfallen und dann fang sie auf, mit einem Hebeldruck, dann sagt er: Das steht nicht im Kontrakt. Wer nicht fliegt, daß er seine Kiste auf den Boden aufsetzt, als wäre es sein Hintern, der ist kein Flieger, sondern ein Dummkopf. Ich aber bin ein Flieger. Und doch bin ich der größte Dummkopf, denn ich habe alle Bücher über die Fliegerei gelesen auf der Schule in Peking. Aber eine Seite eines Buchs habe ich nicht gelesen und auf dieser Seite stand, daß keine Flieger mehr gebraucht werden. Und so bin ich ein Flieger ohne Flugzeug geworden, ein Postflieger ohne Post. Aber was das bedeutet, das kannst du nicht verstehen.

SHEN TE Ich glaube, ich verstehe es doch.

SUN Nein, ich sage dir ja, du kannst es nicht verstehen, also kannst du es nicht verstehen.

SHEN TE *halb lachend, halb weinend:* Als Kinder hatten wir einen Kranich mit einem lahmen Flügel. Er war freundlich zu uns und trug uns keinen Spaß nach und stolzierte hinter uns drein, schreiend, daß wir nicht zu schnell für ihn liefen. Aber im Herbst und im Frühjahr, wenn die großen Schwärme über das Dorf zogen, wurde er sehr unruhig, und ich verstand ihn gut.

SUN Heul nicht.

SHEN TE Nein.

SUN Es schadet dem Teint.

SHEN TE Ich höre schon auf.

Sie trocknet sich mit dem Ärmel die Tränen ab. An den Baum gelehnt, langt er, ohne sich ihr zuzuwenden, nach ihrem Gesicht.

SUN Du kannst dir nicht einmal richtig das Gesicht abwischen. *Er wischt es ihr mit einem Sacktuch ab. Pause.*

SUN Wenn du schon sitzen bleiben mußtest, damit ich mich nicht aufhänge, dann mach wenigstens den Mund auf.

SHEN TE Ich weiß nichts.

SUN Warum willst du mich eigentlich vom Ast schneiden, Schwester?

SHEN TE Ich bin erschrocken. Sicher wollten Sie es nur tun, weil der Abend so trüb ist. *Zum Publikum:*

In unserem Lande
Dürfte es trübe Abende nicht geben
Auch hohe Brücken über die Flüsse
Selbst die Stunde zwischen Nacht und Morgen
Und die ganze Winterzeit dazu, das ist gefährlich.
Denn angesichts des Elends
Genügt ein Weniges
Und die Menschen werfen
Das unerträgliche Leben fort.

SUN Sprich von dir.

SHEN TE Wovon? Ich habe einen kleinen Laden.

SUN *spöttisch:* Ach, du gehst nicht auf den Strich, du hast einen Laden!

SHEN TE *fest:* Ich habe einen Laden, aber zuvor bin ich auf die Straße gegangen.

SUN Und den Laden, den haben dir wohl die Götter geschenkt?

SHEN TE Ja.

SUN Eines schönes Abends standen sie da und sagten: Hier hast du Geld.

SHEN TE *leise lachend:* Eines Morgens.

SUN Unterhaltsam bist du nicht gerade.

SHEN TE *nach einer Pause:* Ich kann Zither spielen, ein wenig, und Leute nachmachen. *Sie macht mit tiefer Stimme einen würdigen Mann nach.* »Nein, so etwas, ich muß meinen Geldbeutel vergessen haben!« Aber dann kriegte ich den Laden. Da habe ich als erstes die Zither weggeschenkt. Jetzt, sagte ich mir, kann ich ein Stockfisch sein, und es macht nichts.

Ich bin eine Reiche, sagte ich.
Ich gehe allein. Ich schlafe allein.
Ein ganzes Jahr, sagte ich
Mache ich nichts mehr mit einem Mann.

SUN Aber jetzt heiratest du einen? Den im Teehaus am Teich.

Shen Te schweigt.

SUN Was weißt du eigentlich von Liebe?

SHEN TE Alles.

SUN Nichts, Schwester. Oder war es etwa angenehm?

SHEN TE Nein.

SUN *streicht ihr mit der Hand über das Gesicht, ohne sich ihr zuzuwenden:* Ist das angenehm?

SHEN TE Ja.

SUN Genügsam, das bist du. Was für eine Stadt!

SHEN TE Haben Sie keinen Freund?

SUN Einen ganzen Haufen, aber keinen, der hören will, daß ich immer noch ohne eine Stelle bin. Sie machen ein Gesicht, als ob sie einen sich darüber beklagen hören, daß im Meer noch Wasser ist. Hast etwa du einen Freund?

SHEN TE *zögernd:* Einen Vetter.

SUN Dann nimm dich nur in acht vor ihm.

SHEN TE Er war bloß ein einziges Mal da. Jetzt ist er weggegangen und kommt nie wieder. Aber warum reden Sie so hoffnungslos? Man sagt: Ohne Hoffnung sprechen heißt ohne Güte sprechen.

SUN Red nur weiter! Eine Stimme ist immerhin eine Stimme.

SHEN TE *eifrig:* Es gibt noch freundliche Menschen, trotz des großen Elends. Als ich klein war, fiel ich einmal mit einer Last Reisig hin. Ein alter Mann hob mich auf und gab mir sogar einen Käsch. Daran habe ich mich oft erinnert. Besonders die wenig zu essen haben, geben gern ab. Wahrscheinlich zeigen die Menschen einfach gern, was sie können, und womit könnten sie es besser zeigen, als indem sie freundlich sind? Bosheit ist bloß eine Art Ungeschicklichkeit. Wenn jemand ein Lied singt oder eine Maschine baut oder Reis pflanzt, das ist eigentlich Freundlichkeit. Auch Sie sind freundlich.

SUN Da gehört nicht viel dazu bei dir, scheint es.

SHEN TE Ja. Und jetzt habe ich einen Regentropfen gespürt.

SUN Wo?

SHEN TE Zwischen den Augen.

SUN Mehr am rechten oder mehr am linken?

SHEN TE Mehr am linken.

SUN Gut. *Nach einer Weile, schläfrig.* Und mit den Männern bist du fertig?

SHEN TE *lächelnd:* Aber meine Beine sind nicht krumm.

SUN Vielleicht nicht.
SHEN TE Bestimmt nicht.
SUN *sich müde an den Baum zurücklehnend:* Aber da ich seit zwei Tagen nichts gegessen habe und nichts getrunken seit einem, könnte ich dich nicht lieben, Schwester, auch wenn ich wollte.
SHEN TE Es ist schön im Regen.
Wang, der Wasserverkäufer, kommt. Er singt das

LIED DES WASSERVERKÄUFERS IM REGEN

Ich hab Wasser zu verkaufen
Und nun steh ich hier im Regen
Und ich bin weithin gelaufen
Meines bißchen Wassers wegen.
Und jetzt schrei ich mein: Kauft Wasser!
Und keiner kauft es
Verschmachtend und gierig
Und zahlt es und sauft es.
Kauft Wasser, ihr Hunde!

Könnt ich doch dies Loch verstopfen!
Träumte jüngst, es wäre sieben
Jahr der Regen ausgeblieben:
Wasser maß ich ab nach Tropfen!
Ach, wie schrieen sie: Gib Wasser!
Jeden, der nach meinem Eimer faßte
Sah ich mir erst an daraufhin
Ob mir seine Nase paßte.
Da lechzten die Hunde!

Lachend.
Ja, jetzt sauft ihr kleinen Kräuter
Auf dem Rücken mit Behagen
Aus dem großen Wolkeneuter
Ohne nach dem Preis zu fragen
Und ich schreie mein: Kauft Wasser!
Und keiner kauft es
Verschmachtend und gierig

Und zahlt es und sauft es.
Kauft Wasser, ihr Hunde!

Der Regen hat aufgehört. Shen Te sieht Wang und läuft auf ihn zu.

SHEN TE Ach, Wang, bist du wieder zurück? Ich habe dein Traggerät bei mir untergestellt.

WANG Besten Dank für die Aufbewahrung! Wie geht es dir, Shen Te?

SHEN TE Gut. Ich habe einen sehr klugen und kühnen Menschen kennengelernt. Und ich möchte einen Becher von deinem Wasser kaufen.

WANG Leg doch den Kopf zurück und mach den Mund auf, dann hast du Wasser, soviel du willst. Dort die Weide tropft noch immer.

SHEN TE Aber ich will dein Wasser, Wang.

Das weither getragene
Das müde gemacht hat
Und das schwer verkauft wird, weil es heute regnet.
Und ich brauche es für den Herrn dort drüben.
Er ist ein Flieger. Ein Flieger
Ist kühner als andere Menschen. In der Gesellschaft der Wolken
Den großen Stürmen trotzend
Fliegt er durch die Himmel und bringt
Den Freunden im fernen Land
Die freundliche Post.

Sie bezahlt und läuft mit dem Becher zu Sun hinüber.

SHEN TE *ruft lachend zu Wang zurück:* Er ist eingeschlafen. Die Hoffnungslosigkeit und der Regen und ich haben ihn müde gemacht.

Zwischenspiel
Wangs Nachtlager in einem Kanalrohr

Der Wasserverkäufer schläft. Musik. Das Kanalrohr wird durchsichtig, und dem Träumenden erscheinen die Götter.

WANG *strahlend:* Ich habe sie gesehen, Erleuchtete! Sie ist ganz die alte!

DER ERSTE GOTT Das freut uns.

WANG Sie liebt! Sie hat mir ihren Freund gezeigt. Es geht ihr wirklich gut.

DER ERSTE GOTT Das hört man gern. Hoffentlich bestärkt sie das in ihrem Streben nach Gutem.

WANG Unbedingt! Sie tut soviel Wohltaten, als sie kann.

DER ERSTE GOTT Was für Wohltaten? Erzähl uns davon, lieber Wang!

WANG Sie hat ein freundliches Wort für jeden.

DER ERSTE GOTT *eifrig:* Ja, und?

WANG Selten geht einer aus ihrem kleinen Laden ohne Tabak, nur weil er etwa kein Geld hat.

DER ERSTE GOTT Das klingt nicht schlecht. Noch anderes?

WANG Eine achtköpfige Familie hat sie bei sich beherbergt!

DER ERSTE GOTT *triumphierend zum zweiten:* Achtköpfig! *Zu Wang:* Und womöglich noch was?

WANG Mir hat sie, obwohl es regnete, einen Becher von meinem Wasser abgekauft.

DER ERSTE GOTT Natürlich, diese kleineren Wohltaten alle. Das versteht sich.

WANG Aber sie laufen ins Geld. So viel gibt ein kleiner Laden nicht her.

DER ERSTE GOTT Freilich, freilich! Aber ein umsichtiger Gärtner tut auch mit einem winzigen Fleck wahre Wunder.

WANG Das tut sie wahrhaftig! Jeden Morgen teilt sie Reis aus, dafür geht mehr als die Hälfte des Verdienstes drauf, das könnt ihr glauben!

DER ERSTE GOTT *etwas enttäuscht:* Ich sage auch nichts. Ich bin nicht unzufrieden mit dem Anfang.

WANG Bedenkt, die Zeiten sind nicht die besten! Sie mußte einmal einen Vetter zu Hilfe rufen, da ihr Laden in Schwierigkeiten geriet.

Kaum war da eine windgeschützte Stelle
Kam des ganzen winterlichen Himmels
Zerzaustes Gevögel geflogen und
Raufte um den Platz und der hungrige Fuchs durchbiß
Die dünne Wand und der einbeinige Wolf
Stieß den kleinen Eßnapf um.

Kurz, sie konnte alle die Geschäfte allein nicht mehr überblikken. Aber alle sind sich einig, daß sie ein gutes Mädchen ist. Sie heißt schon überall: Der Engel der Vorstädte. So viel Gutes geht von ihrem Laden aus. Was immer der Schreiner Lin To sagen mag!

DER ERSTE GOTT Was heißt das? Spricht der Schreiner Lin To denn schlecht von ihr?

WANG Ach, er sagt nur, die Stellagen im Laden seien nicht voll bezahlt worden.

DER ZWEITE GOTT Was sagst du da? Ein Schreiner wurde nicht bezahlt? In Shen Tes Laden? Wie konnte sie das zulassen?

WANG Sie hatte wohl das Geld nicht.

DER ZWEITE GOTT Ganz gleich, man bezahlt, was man schuldig ist. Schon der bloße Anschein von Unbilligkeit muß vermieden werden. Erstens muß der Buchstabe der Gebote erfüllt werden, zweitens ihr Geist.

WANG Aber es war nur der Vetter, Erleuchtete, nicht sie selber!

DER ZWEITE GOTT Dann übertritt dieser Vetter nicht mehr ihre Schwelle!

WANG *niedergeschlagen:* Ich verstehe, Erleuchteter! Zu Shen Tes Verteidigung laß mich vielleicht nur noch geltend machen, daß der Vetter als durchaus achtbarer Geschäftsmann gilt. Sogar die Polizei schätzt ihn.

DER ERSTE GOTT Nun, wir wollen diesen Herrn Vetter ja auch nicht ungehört verdammen. Ich gebe zu, ich verstehe nichts von Geschäften, vielleicht muß man sich da erkundigen, was das Übliche ist. Aber überhaupt Geschäfte! Ist das denn so nötig? Immer machen sie jetzt Geschäfte! Machten die sieben guten Könige Geschäfte? Verkaufte der gerechte Kung Fische? Was haben Geschäfte mit einem rechtschaffenen und würdigen Leben zu tun?

DER ZWEITE GOTT *sehr verschnupft:* Jedenfalls darf so etwas nicht mehr vorkommen.

Er wendet sich zum Gehen. Die beiden anderen Götter wenden sich auch.

DER DRITTE GOTT *als letzter, verlegen:* Entschuldige den etwas harten Ton heute! Wir sind übermüdet und nicht ausgeschlafen. Das Nachtlager! Die Wohlhabenden geben uns die allerbesten Empfehlungen an die Armen, aber die Armen haben nicht Zimmer genug.

DIE GÖTTER *sich entfernend, schimpfen:* Schwach, die beste von ihnen! Nichts Durchschlagendes! Wenig, wenig! Alles natürlich von Herzen, aber es sieht nach nichts aus! Sie müßte doch zumindest...

Man hört sie nicht mehr.

WANG *ruft ihnen nach:* Ach, seid nicht ungnädig, Erleuchtete! Verlangt nicht zu viel für den Anfang!

4
Platz vor Shen Tes Tabakladen

Eine Barbierstube, ein Teppichgeschäft und Shen Tes Tabakladen. Es ist Montag. Vor Shen Tes Laden warten zwei Überbleibsel der achtköpfigen Familie, der Großvater und die Schwägerin, sowie der Arbeitslose und die Shin.

DIE SCHWÄGERIN Sie war nicht zu Hause gestern nacht!

DIE SHIN Ein unglaubliches Benehmen! Endlich ist dieser rabiate Herr Vetter weg, und man bequemt sich, wenigstens ab und zu etwas Reis von seinem Überfluß abzugeben, und schon bleibt man nächtelang fort und treibt sich, die Götter wissen wo, herum!

Aus der Barbierstube hört man laute Stimmen. Heraus stolpert Wang, ihm folgt der dicke Barbier, Herr Shu Fu, eine schwere Brennschere in der Hand.

HERR SHU FU Ich werde dir geben, meine Kunden zu belästigen mit deinem verstunkenen Wasser! Nimm deinen Becher und scher dich fort!

Wang greift nach dem Becher, den Herr Shu Fu ihm hinhält, und der schlägt ihm mit der Brennschere auf die Hand, daß Wang laut aufschreit.

HERR SHU FU Da hast du es! Laß dir das eine Lektion sein! *Er schnauft in seine Barbierstube zurück.*

DER ARBEITSLOSE *hebt den Becher auf und reicht ihn Wang:* Für den Schlag kannst du ihn anzeigen.

WANG Die Hand ist kaputt.

DER ARBEITSLOSE Ist etwas zerbrochen drin?

WANG Ich kann sie nicht mehr bewegen.

DER ARBEITSLOSE Setz dich hin und gib ein wenig Wasser drüber!

Wang setzt sich.

DIE SHIN Jedenfalls hast du das Wasser billig.

DIE SCHWÄGERIN Nicht einmal einen Fetzen Leinen kann man hier bekommen früh um acht. Sie muß auf Abenteuer ausgehen! Skandal!

DIE SHIN *düster:* Vergessen hat sie uns!

Die Gasse herunter kommt Shen Te, einen Topf mit Reis tragend.

SHEN TE *zum Publikum:* In der Frühe habe ich die Stadt nie gesehen. In diesen Stunden lag ich immer noch mit der schmutzigen Decke über der Stirn, in Furcht vor dem Erwachen. Heute bin ich zwischen den Zeitungsjungen gegangen, den Männern, die den Asphalt mit Wasser überspülen, und den Ochsenkarren mit dem frischen Gemüse vom Land. Ich bin einen langen Weg von Suns Viertel bis hierher gegangen, aber mit jedem Schritt wurde ich lustiger. Ich habe immer gehört, wenn man liebt, geht man auf Wolken, aber das Schöne ist, daß man auf der Erde geht, dem Asphalt. Ich sage euch, die Häusermassen sind in der Frühe wie Schutthaufen, in denen Lichter angezündet werden, wenn der Himmel schon rosa und noch durchsichtig, weil ohne Staub ist. Ich sage euch, es entgeht euch viel, wenn ihr nicht liebt und eure Stadt seht in der Stunde, wo sie sich vom Lager erhebt wie ein nüchterner alter Handwerker, der seine Lungen mit frischer Luft vollpumpt und nach seinem Handwerkzeug greift, wie die Dichter singen. *Zu den Wartenden:* Guten Morgen! Da ist der Reis! *Sie teilt aus, dann erblickt sie Wang.* Guten Morgen, Wang. Ich bin leichtsinnig heute. Auf dem Weg habe ich mich in jedem Schaufenster betrachtet und jetzt habe ich Lust, mir einen Shawl zu kaufen. *Nach kurzem Zögern.* Ich würde so gern schön aussehen. *Sie geht schnell in den Teppichladen.*

HERR SHU FU *der wieder in die Tür getreten ist, zum Publikum:* Ich bin betroffen, wie schön heute Fräulein Shen Te aussieht, die Besitzerin des Tabakladens von Visavis, die mir bisher gar nicht aufgefallen ist. Drei Minuten sehe ich sie, und ich glaube, ich bin schon verliebt in sie. Eine unglaublich sympathische Person! *Zu Wang:* Scher dich weg, Halunke! *Er geht in die Barbierstube zurück.*

Shen Te und ein sehr altes Paar, der Teppichhändler und seine Frau, treten aus dem Teppichladen. Shen Te trägt einen Shawl, der Teppichhändler einen Spiegel.

DIE ALTE Er ist sehr hübsch und auch nicht teuer, da er ein Löchlein unten hat.

SHEN TE *auf den Shawl am Arm der Alten schauend:* Der grüne ist auch schön.

DIE ALTE *lächelnd:* Aber er ist leider nicht ein bißchen beschädigt.

SHEN TE Ja, das ist ein Jammer. Ich kann keine großen Sprünge machen mit meinem Laden. Ich habe noch wenig Einnahmen und doch viele Ausgaben.

DIE ALTE Für Wohltaten. Tun Sie nicht zu viel. Am Anfang spielt ja jede Schale Reis eine Rolle, nicht?

SHEN TE *probiert den durchlöcherten Shawl an:* Nur, das muß sein, aber jetzt bin ich leichtsinnig. Ob mir diese Farbe steht?

DIE ALTE Das müssen Sie unbedingt einen Mann fragen.

SHEN TE *zum Alten gewendet:* Steht sie mir?

DER ALTE Fragen Sie doch lieber ...

SHEN TE *sehr höflich:* Nein, ich frage Sie.

DER ALTE *ebenfalls höflich:* Der Shawl steht Ihnen. Aber nehmen Sie die matte Seite nach außen.

Shen Te bezahlt.

DIE ALTE Wenn er nicht gefällt, tauschen Sie ihn ruhig um. *Zieht sie beiseite.* Hat er ein wenig Kapital?

SHEN TE *lachend:* O nein.

DIE ALTE Können Sie denn dann die Halbjahresmiete bezahlen?

SHEN TE Die Halbjahresmiete! Das habe ich ganz vergessen!

DIE ALTE Das dachte ich mir! Und nächsten Montag ist schon der Erste. Ich möchte etwas mit Ihnen besprechen. Wissen Sie, mein Mann und ich waren ein wenig zweiflerisch in bezug auf die Heiratsannonce, nachdem wir Sie kennengelernt haben. Wir haben beschlossen, Ihnen im Notfall unter die Arme zu greifen. Wir haben uns Geld zurückgelegt und können Ihnen die 200 Silberdollar leihen. Wenn Sie wollen, können Sie uns Ihre Vorräte an Tabak verpfänden. Schriftliches ist aber zwischen uns natürlich nicht nötig.

SHEN TE Wollen Sie wirklich einer so leichtsinnigen Person Geld leihen?

DIE ALTE Offen gestanden, Ihrem Herrn Vetter, der bestimmt nicht leichtsinnig ist, würden wir es vielleicht nicht leihen, aber Ihnen leihen wir es ruhig.

DER ALTE *tritt hinzu:* Abgemacht?

SHEN TE Ich wünschte, die Götter hätten Ihrer Frau eben zugehört, Herr Deng. Sie suchen gute Menschen, die glücklich sind. Und Sie müssen wohl glücklich sein, daß Sie mir helfen, weil ich durch Liebe in Ungelegenheiten gekommen bin.

Die beiden Alten lächeln sich an.

DER ALTE Hier ist das Geld.

Er übergibt ihr ein Kuvert. Shen Te nimmt es entgegen und verbeugt sich. Auch die Alten verbeugen sich. Sie gehen zurück in ihren Laden.

SHEN TE *zu Wang, ihr Kuvert hochhebend:* Das ist die Miete für ein halbes Jahr! Ist das nicht wie ein Wunder? Und was sagst du zu meinem neuen Shawl, Wang?

WANG Hast du den für ihn gekauft, den ich im Stadtpark gesehen habe?

Shen Te nickt.

DIE SHIN Vielleicht sehen Sie sich lieber seine kaputte Hand an, als ihm Ihre zweifelhaften Abenteuer zu erzählen!

SHEN TE *erschrocken:* Was ist mit deiner Hand?

DIE SHIN Der Barbier hat sie vor unseren Augen mit der Brennschere zerschlagen.

SHEN TE *über ihre Achtlosigkeit entsetzt:* Und ich habe gar nichts bemerkt! Du mußt sofort zum Arzt gehen, sonst wird deine Hand steif und du kannst nie mehr richtig arbeiten. Das ist ein großes Unglück. Schnell, steh auf! Geh schnell!

DER ARBEITSLOSE Er muß nicht zum Arzt, sondern zum Richter! Er kann vom Barbier, der reich ist, Schadenersatz verlangen.

WANG Meinst du, da ist eine Aussicht?

DIE SHIN Wenn sie wirklich kaputt ist. Aber ist sie kaputt?

WANG Ich glaube. Sie ist schon ganz dick. Wäre es eine Lebensrente?

DIE SHIN Du mußt allerdings einen Zeugen haben.

WANG Aber ihr alle habt es ja gesehen! Ihr alle könnt es bezeugen.

Er blickt um sich. Der Arbeitslose, der Großvater und die Schwägerin sitzen an der Hauswand und essen. Niemand sieht auf.

SHEN TE *zur Shin:* Sie selber haben es doch gesehen!

DIE SHIN Ich will nichts mit der Polizei zu tun haben.

SHEN TE *zur Schwägerin:* Dann Sie!

DIE SCHWÄGERIN Ich? Ich habe nicht hingesehen!

DIE SHIN Natürlich haben Sie hingesehen. Ich habe gesehen, daß Sie hingesehen haben! Sie haben nur Furcht, weil der Barbier zu mächtig ist.

SHEN TE *zum Großvater:* Ich bin sicher, Sie bezeugen den Vorfall.

DIE SCHWÄGERIN Sein Zeugnis wird nicht angenommen. Er ist gaga.

SHEN TE *zum Arbeitslosen:* Es handelt sich vielleicht um eine Lebensrente.

DER ARBEITSLOSE Ich bin schon zweimal wegen Bettelei aufgeschrieben worden. Mein Zeugnis würde ihm eher schaden.

SHEN TE *ungläubig:* So will keines von euch sagen, was ist? Am hellen Tage wurde ihm die Hand zerbrochen, ihr habt alle zugeschaut, und keines will reden? *Zornig.*

Oh, ihr Unglücklichen!
Euerm Bruder wird Gewalt angetan, und ihr kneift die Augen zu!
Der Getroffene schreit laut auf, und ihr schweigt?
Der Gewalttätige geht herum und wählt sein Opfer
Und ihr sagt: uns verschont er, denn wir zeigen kein Mißfallen.
Was ist das für eine Stadt, was seid ihr für Menschen!
Wenn in einer Stadt ein Unrecht geschieht, muß ein Aufruhr sein
Und wo kein Aufruhr ist, da ist es besser, daß die Stadt untergeht
Durch ein Feuer, bevor es Nacht wird!

Wang, wenn niemand deinen Zeugen macht, der dabei war, dann will ich deinen Zeugen machen und sagen, daß ich es gesehen habe.

DIE SHIN Das wird Meineid sein.

WANG Ich weiß nicht, ob ich das annehmen kann. Aber vielleicht muß ich es annehmen. *Auf seine Hand blickend, besorgt.* Meint ihr, sie ist auch dick genug? Es kommt mir vor, als sei sie schon wieder abgeschwollen?

DER ARBEITSLOSE *beruhigt ihn:* Nein, sie ist bestimmt nicht abgeschwollen.

WANG Wirklich nicht? Ja, ich glaube auch, sie schwillt sogar ein wenig mehr an. Vielleicht ist doch das Gelenk gebrochen! Ich laufe besser gleich zum Richter. *Seine Hand sorgsam haltend, den Blick immer darauf gerichtet, läuft er weg.*

Die Shin läuft in die Barbierstube.

DER ARBEITSLOSE Sie läuft zum Barbier sich einschmeicheln.

DIE SCHWÄGERIN Wir können die Welt nicht ändern.

SHEN TE *entmutigt:* Ich habe euch nicht beschimpfen wollen. Ich bin nur erschrocken. Nein, ich wollte euch beschimpfen. Geht mir aus den Augen!

Der Arbeitslose, die Schwägerin und der Großvater gehen essend und maulend ab.

SHEN TE *zum Publikum:*

Sie antworten nicht mehr. Wo man sie hinstellt
Bleiben sie stehen, und wenn man sie wegweist
Machen sie schnell Platz!
Nichts bewegt sie mehr. Nur
Der Geruch des Essens macht sie aufschauen.

Eine alte Frau kommt gelaufen. Es ist Suns Mutter, Frau Yang.

FRAU YANG *atemlos:* Sind Sie Fräulein Shen Te? Mein Sohn hat mir alles erzählt. Ich bin Suns Mutter, Frau Yang. Denken Sie, er hat jetzt die Aussicht, eine Fliegerstelle zu bekommen! Heute morgen, eben vorhin, ist ein Brief gekommen, aus Peking. Von einem Hangarverwalter beim Postflug.

SHEN TE Daß er wieder fliegen kann? Oh, Frau Yang!

FRAU YANG Aber die Stelle kostet schreckliches Geld: 500 Silberdollar.

SHEN TE Das ist viel, aber am Geld darf so etwas nicht scheitern. Ich habe doch den Laden.

FRAU YANG Wenn Sie da etwas tun könnten!

SHEN TE *umarmt sie:* Wenn ich ihm helfen könnte!

FRAU YANG Sie würden einem begabten Menschen eine Chance geben!

SHEN TE Wie dürfen sie einen hindern, sich nützlich zu machen! *Nach einer Pause.* Nur, für den Laden werde ich zu wenig bekommen, und die 200 Silberdollar Bargeld hier sind bloß ausgeliehen. Die freilich können Sie gleich mitnehmen. Ich werde meine Tabakvorräte verkaufen und sie davon zurückzahlen. *Sie gibt ihr das Geld der beiden Alten.*

FRAU YANG Ach, Fräulein Shen Te, das ist Hilfe am rechten Ort. Und sie nannten ihn schon den toten Flieger hier in der Stadt, weil sie alle überzeugt waren, daß er so wenig wie ein Toter je wieder fliegen würde.

SHEN TE Aber 300 Silberdollar brauchen wir noch für die Fliegerstelle. Wir müssen nachdenken, Frau Yang. *Langsam.* Ich kenne jemand, der mir da vielleicht helfen könnte. Einen, der schon einmal Rat geschaffen hat. Ich wollte ihn eigentlich nicht mehr rufen, da er zu hart und zu schlau ist. Es müßte wirklich das letzte Mal sein. Aber ein Flieger muß fliegen, das ist klar.

Fernes Motorengeräusch.

FRAU YANG Wenn der, von dem Sie sprechen, das Geld beschaffen könnte! Sehen Sie, das ist das morgendliche Postflugzeug, das nach Peking geht!

SHEN TE *entschlossen:* Winken Sie, Frau Yang! Der Flieger kann uns bestimmt sehen! *Sie winkt mit ihrem Shawl.* Winken Sie auch!

FRAU YANG *winkend:* Kennen Sie den, der da fliegt?

SHEN TE Nein. Einen, der fliegen wird. Denn der Hoffnungslose soll fliegen, Frau Yang. Einer wenigstens soll über all dies Elend, einer soll über uns alle sich erheben können! *Zum Publikum:*

Yang Sun, mein Geliebter, in der Gesellschaft der Wolken!
Den großen Stürmen trotzend
Fliegend durch die Himmel und bringend
Den Freunden im fernen Land
Die freundliche Post.

Zwischenspiel
Vor dem Vorhang

Shen Te tritt, in den Händen die Maske und den Anzug des Shui Ta, auf und singt

Das Lied von der Wehrlosigkeit der Götter und Guten

In unserem Lande
Braucht der Nützliche Glück. Nur
Wenn er starke Helfer findet
Kann er sich nützlich erweisen.
Die Guten
Können sich nicht helfen und die Götter sind machtlos.
  Warum haben die Götter nicht Tanks und Kanonen
  Schlachtschiffe und Bombenflugzeuge und Minen
  Die Bösen zu fällen, die Guten zu schonen?
  Es stünde wohl besser mit uns und mit ihnen.

Sie legt den Anzug des Shui Ta an und macht einige Schritte in seiner Gangart.

Die Guten
Können in unserem Lande nicht lang gut bleiben.
Wo die Teller leer sind, raufen sich die Esser.
Ach, die Gebote der Götter
Helfen nicht gegen den Mangel.
  Warum erscheinen die Götter nicht auf unsern Märkten
  Und verteilen lächelnd die Fülle der Waren
  Und gestatten den vom Brot und vom Weine Gestärkten
  Miteinander nun freundlich und gut zu verfahren?

Sie setzt die Maske des Shui Ta auf und fährt mit seiner Stimme zu singen fort.

Um zu einem Mittagessen zu kommen
Braucht es der Härte, mit der sonst Reiche gegründet werden.
Ohne zwölf zu zertreten
Hilft keiner einem Elenden.

Warum sagen die Götter nicht laut in den obern Regionen
Daß sie den Guten nun einmal die gute Welt schulden?
Warum stehn sie den Guten nicht bei mit Tanks und
Kanonen
Und befehlen: Gebt Feuer! und dulden kein Dulden?

5
Der Tabakladen

Hinter dem Ladentisch sitzt Shui Ta und liest die Zeitung. Er beachtet nicht im geringsten die Shin, die aufwischt und dabei redet.

DIE SHIN So ein kleiner Laden ist schnell ruiniert, wenn einmal gewisse Gerüchte sich im Viertel verbreiten, das können Sie mir glauben. Es wäre hohe Zeit, daß Sie als ordentlicher Mann in die dunkle Affäre zwischen dem Fräulein und diesem Yang Sun aus der Gelben Gasse hineinleuchteten. Vergessen Sie nicht, daß Herr Shu Fu, der Barbier von nebenan, ein Mann, der zwölf Häuser besitzt und nur eine einzige und dazu alte Frau hat, mir gegenüber erst gestern ein schmeichelhaftes Interesse für das Fräulein angedeutet hat. Er hatte sich sogar schon nach ihren Vermögensverhältnissen erkundigt. Das beweist wohl echte Neigung, möchte ich meinen. *Da sie keine Antwort erhält, geht sie endlich mit dem Eimer hinaus.*

SUNS STIMME *von draußen:* Ist das Fräulein Shen Tes Laden?

STIMME DER SHIN Ja, das ist er. Aber heute ist der Vetter da. *Shui Ta läuft mit den leichten Schritten der Shen Te zu einem Spiegel und will eben beginnen, sich das Haar zu richten, als er im Spiegel den Irrtum bemerkt. Er wendet sich leise lachend ab. Eintritt Yang Sun. Hinter ihm kommt neugierig die Shin. Sie geht an ihm vorüber ins Gelaß.*

SUN Ich bin Yang Sun. *Shui Ta verbeugt sich.* Ist Shen Te da?

SHUI TA Nein, sie ist nicht da.

SUN Aber Sie sind wohl im Bild, wie wir zueinander stehen. *Er beginnt den Laden in Augenschein zu nehmen.* Ein leibhaftiger Laden! Ich dachte immer, sie nimmt da den Mund etwas voll. *Er schaut befriedigt in die Kistchen und Porzellantöpf-*

chen. Mann, ich werde wieder fliegen! *Er nimmt sich eine Zigarre und Shui Ta reicht ihm Feuer.* Glauben Sie, wir können noch 300 Silberdollar aus dem Laden herausschlagen?

SHUI TA Darf ich fragen: haben Sie die Absicht, ihn auf der Stelle zu verkaufen?

SUN Haben wir denn die 300 bar? *Shui Ta schüttelt den Kopf.* Es war anständig von ihr, daß sie die 200 sofort herausrückte. Aber ohne die 300, die noch fehlen, bringen sie mich nicht weiter.

SHUI TA Vielleicht war es ein bißchen schnell, daß sie Ihnen das Geld zusagte. Es kann sie den Laden kosten. Man sagt: Eile heißt der Wind, der das Baugerüst umwirft.

SUN Ich brauche das Geld schnell oder gar nicht. Und das Mädchen gehört nicht zu denen, die lang zaudern, wenn es gilt, etwas zu geben. Unter uns Männern: Es hat bisher mit nichts gezaudert.

SHUI TA So.

SUN Was nur für sie spricht.

SHUI TA Darf ich wissen, wozu die 500 Silberdollar dienen würden?

SUN Sicher. Ich sehe, es soll mir auf den Zahn gefühlt werden. Der Hangarverwalter in Peking, ein Freund von mir aus der Flugschule, kann mir die Stelle verschaffen, wenn ich ihm 500 Silberdollar ausspucke.

SHUI TA Ist die Summe nicht außergewöhnlich hoch?

SUN Nein. Er muß eine Nachlässigkeit bei einem Flieger entdecken, der eine große Familie hat und deshalb sehr pflichteifrig ist. Sie verstehen. Das ist übrigens im Vertrauen gesagt, und Shen Te braucht es nicht zu wissen.

SHUI TA Vielleicht nicht. Nur eines: wird der Hangarverwalter dann nicht im nächsten Monat Sie verkaufen?

SUN Nicht mich. Bei mir wird es keine Nachlässigkeit geben. Ich bin lange genug ohne Stelle gewesen.

SHUI TA *nickt:* Der hungrige Hund zieht den Karren schneller nach Hause. *Er betrachtet ihn eine Zeitlang prüfend.* Die Verantwortung ist sehr groß. Herr Yang Sun, Sie verlangen von meiner Kusine, daß sie ihr kleines Besitztum und alle ihre Freunde in dieser Stadt aufgibt und ihr Schicksal ganz in Ihre Hände legt. Ich nehme an, daß Sie die Absicht haben, Shen Te zu heiraten?

SUN Dazu wäre ich bereit.

SHUI TA Aber ist es dann nicht schade, den Laden für ein paar Silberdollar wegzuhökern? Man wird wenig dafür bekommen, wenn man schnell verkaufen muß. Mit den 200 Silberdollar, die Sie in den Händen haben, wäre die Miete für ein halbes Jahr gesichert. Würde es Sie nicht auch locken, das Tabakgeschäft weiterzuführen?

SUN Mich? Soll man Yang Sun, den Flieger, hinter einem Ladentisch stehen sehen: »Wünschen Sie eine starke Zigarre oder eine milde, geehrter Herr?« Das ist kein Geschäft für die Yang Suns, nicht in diesem Jahrhundert!

SHUI TA Gestatten Sie mir die Frage, ob die Fliegerei ein Geschäft ist?

SUN *zieht einen Brief aus der Tasche:* Herr, ich bekomme 250 Silberdollar im Monat! Sehen Sie selber den Brief. Hier ist die Briefmarke und der Stempel Peking.

SHUI TA 250 Silberdollar? Das ist viel.

SUN Meinen Sie, ich fliege umsonst?

SHUI TA Die Stelle ist anscheinend gut. Herr Yang Sun, meine Kusine hat mich beauftragt, Ihnen zu dieser Stelle als Flieger zu verhelfen, die Ihnen alles bedeutet. Vom Standpunkt meiner Kusine aus sehe ich keinen triftigen Einwand dagegen, daß sie dem Zug ihres Herzens folgt. Sie ist vollkommen berechtigt, der Freuden der Liebe teilhaftig zu werden. Ich bin bereit, alles hier zu Geld zu machen. Da kommt die Hausbesitzerin, Frau Mi Tzü, die ich wegen des Verkaufs um Rat fragen will.

DIE HAUSBESITZERIN *herein:* Guten Tag, Herr Shui Ta. Es handelt sich wohl um die Ladenmiete, die übermorgen fällig ist.

SHUI TA Frau Mi Tzü, es sind Umstände eingetreten, die es zweifelhaft gemacht haben, ob meine Kusine den Laden weiterführen wird. Sie gedenkt zu heiraten, und ihr zukünftiger Mann *er stellt Yang Sun vor*, Herr Yang Sun, nimmt sie mit sich nach Peking, wo sie eine neue Existenz gründen wollen. Wenn ich für meinen Tabak genug bekomme, verkaufe ich.

DIE HAUSBESITZERIN Wieviel brauchen Sie denn?

SUN 300 auf den Tisch.

SHUI TA *schnell:* Nein, 500!

DIE HAUSBESITZERIN *zu Sun:* Vielleicht kann ich Ihnen unter die Arme greifen. Was hat Ihr Tabak gekostet?

SHUI TA Meine Kusine hat einmal 1000 Silberdollar dafür bezahlt, und es ist sehr wenig verkauft worden.

DIE HAUSBESITZERIN 1000 Silberdollar! Sie ist natürlich hereingelegt worden. Ich will Ihnen etwas sagen: ich zahle Ihnen 300 Silberdollar für den ganzen Laden, wenn Sie übermorgen ausziehen.

SUN Das tun wir. Es geht, Alter!

SHUI TA Es ist zu wenig!

SUN Es ist genug!

SHUI TA Ich muß wenigstens 500 haben.

SUN Wozu?

SHUI TA Gestatten Sie, daß ich mit dem Verlobten meiner Kusine etwas bespreche. *Beiseite zu Sun:* Der ganze Tabak hier ist verpfändet an zwei alte Leute für die 200 Silberdollar, die Ihnen gestern ausgehändigt wurden.

SUN *zögernd:* Ist etwas Schriftliches darüber vorhanden?

SHUI TA Nein.

SUN *zur Hausbesitzerin nach einer kleinen Pause:* Wir können es machen mit den 300.

DIE HAUSBESITZERIN Aber ich müßte noch wissen, ob der Laden schuldenfrei ist.

SUN Antworten Sie.

SHUI TA Der Laden ist schuldenfrei.

SUN Wann wären die 300 zu bekommen?

DIE HAUSBESITZERIN Übermorgen, und Sie können es sich ja überlegen. Wenn Sie einen Monat Zeit haben mit dem Verkaufen, werden Sie mehr herausholen. Ich zahle 300 und das nur, weil ich gern das Meine tun will, wo es sich anscheinend um ein junges Liebesglück handelt. *Ab.*

SUN *nachrufend:* Wir machen das Geschäft! Kistchen, Töpfchen und Säcklein, alles für 300, und der Schmerz ist zu Ende. *Zu Shui Ta:* Vielleicht bekommen wir bis übermorgen woanders mehr? Dann könnten wir sogar die 200 zurückzahlen.

SHUI TA Nicht in der kurzen Zeit. Wir werden keinen Silberdollar mehr haben als die 300 der Mi Tzü. Das Geld für die Reise zu zweit und die erste Zeit haben Sie?

SUN Sicher.

SHUI TA Wieviel ist das?

SUN Jedenfalls werde ich es auftreiben, und wenn ich es stehlen müßte!

SHUI TA Ach so, auch diese Summe müßte erst aufgetrieben werden?

SUN Kipp nicht aus den Schuhen, Alter. Ich komme schon nach Peking.

SHUI TA Aber für zwei Leute kann es nicht so billig sein.

SUN Zwei Leute? Das Mädchen lasse ich doch hier. Sie wäre mir in der ersten Zeit nur ein Klotz am Bein.

SHUI TA Ich verstehe.

SUN Warum schauen Sie mich an wie einen undichten Ölbehälter? Man muß sich nach der Decke strecken.

SHUI TA Und wovon soll meine Kusine leben?

SUN Können Sie nicht etwas für sie tun?

SHUI TA Ich werde mich bemühen. *Pause.* Ich wollte, Sie händigten mir die 200 Silberdollar wieder aus, Herr Yang Sun, und ließen sie hier, bis Sie imstande sind, mir zwei Billetts nach Peking zu zeigen.

SUN Lieber Schwager, ich wollte, du mischtest dich nicht hinein.

SHUI TA Fräulein Shen Te ...

SUN Überlassen Sie das Mädchen ruhig mir.

SHUI TA Wird vielleicht ihren Laden nicht mehr verkaufen wollen, wenn sie erfährt ...

SUN Sie wird auch dann.

SHUI TA Und von meinem Einspruch befürchten Sie nichts?

SUN Lieber Herr!

SHUI TA Sie scheinen zu vergessen, daß sie ein Mensch ist und eine Vernunft hat.

SUN *belustigt:* Was gewisse Leute von ihren weiblichen Verwandten und der Wirkung vernünftigen Zuredens denken, hat mich immer gewundert. Haben Sie schon einmal von der Macht der Liebe oder dem Kitzel des Fleisches gehört? Sie wollen an ihre Vernunft appellieren? Sie hat keine Vernunft! Dagegen ist sie zeitlebens mißhandelt worden, armes Tier! Wenn ich ihr die Hand auf die Schulter lege und ihr sage »Du gehst mit mir«, hört sie Glocken und kennt ihre Mutter nicht mehr.

SHUI TA *mühsam:* Herr Yang Sun!

SUN Herr ... wie Sie auch heißen mögen!

SHUI TA Meine Kusine ist Ihnen ergeben, weil ...

SUN Wollen wir sagen, weil ich die Hand am Busen habe? Stopf's in deine Pfeife und rauch's! *Er nimmt sich noch eine Zigarre, dann steckt er ein paar in die Tasche, und am Ende nimmt er die Kiste unter den Arm.* Du kommst zu ihr nicht mit leeren Händen: bei der Heirat bleibt's. Und da bringt sie die 300, oder du bringst sie, oder sie, oder du! *Ab.*

DIE SHIN *steckt den Kopf aus dem Gelaß:* Keine angenehme Erscheinung! Und die ganze Gelbe Gasse weiß, daß er das Mädchen vollständig in der Hand hat.

SHUI TA *aufschreiend:* Der Laden ist weg! Er liebt nicht! Das ist der Ruin. Ich bin verloren! *Er beginnt herumzulaufen wie ein gefangenes Tier, immerzu wiederholend* »Der Laden ist weg!«, *bis er plötzlich stehenbleibt und die Shin anredet.* Shin, Sie sind am Rinnstein aufgewachsen, und so bin ich es. Sind wir leichtfertig? Nein. Lassen wir es an der nötigen Brutalität fehlen? Nein. Ich bin bereit, Sie am Hals zu nehmen und Sie solang zu schütteln, bis Sie den Käsch ausspucken, den sie mir gestohlen haben, Sie wissen es. Die Zeiten sind furchtbar, diese Stadt ist eine Hölle, aber wir krallen uns an der glatten Mauer hoch. Dann ereilt einen von uns das Unglück: er liebt. Das genügt, er ist verloren. Eine Schwäche und man ist abserviert. Wie soll man sich von allen Schwächen freimachen, vor allem von der tödlichsten, der Liebe? Sie ist ganz unmöglich! Sie ist zu teuer! Freilich, sagen Sie selbst, kann man leben, immer auf der Hut? Was ist das für eine Welt?
Die Liebkosungen gehen in Würgungen über.
Der Liebesseufzer verwandelt sich in den Angstschrei.
Warum kreisen die Geier dort?
Dort geht eine zum Stelldichein!

DIE SHIN Ich denke, ich hole lieber gleich den Barbier. Sie müssen mit dem Barbier reden. Das ist ein Ehrenmann. Der Barbier, das ist der Richtige für Ihre Kusine. *Da sie keine Antwort erhält, läuft sie weg.*

Shui Ta läuft wieder herum, bis Herr Shu Fu eintritt, gefolgt von der Shin, die sich jedoch auf einen Wink Herrn Shu Fus zurückziehen muß.

SHUI TA *eilt ihm entgegen:* Lieber Herr, vom Hörensagen weiß ich, daß Sie für meine Kusine einiges Interesse angedeutet haben. Lassen Sie mich alle Gebote der Schicklichkeit, die Zurückhaltung fordern, beiseite setzen, denn das Fräulein ist im Augenblick in größter Gefahr.

HERR SHU FU Oh!

SHUI TA Noch vor wenigen Stunden im Besitz eines eigenen Ladens, ist meine Kusine jetzt wenig mehr als eine Bettlerin. Herr Shu Fu, dieser Laden ist ruiniert.

HERR SHU FU Herr Shui Ta, der Zauber Fräulein Shen Tes besteht kaum in der Güte ihres Ladens, sondern in der Güte ihres Herzens. Der Name, den dieses Viertel dem Fräulein verlieh, sagt alles: Der Engel der Vorstädte!

SHUI TA Lieber Herr, diese Güte hat meine Kusine an einem einzigen Tage 200 Silberdollar gekostet! Da muß ein Riegel vorgeschoben werden.

HERR SHU FU Gestatten Sie, daß ich eine abweichende Meinung äußere: dieser Güte muß der Riegel erst recht eigentlich geöffnet werden: Es ist die Natur des Fräuleins, Gutes zu tun. Was bedeutet da die Speisung von vier Menschen, die ich sie jeden Morgen mit Rührung vornehmen sehe! Warum darf sie nicht vierhundert speisen? Ich höre, sie zerbricht sich zum Beispiel den Kopf, wie ein paar Obdachlose unterbringen. Meine Häuser hinter dem Viehhof stehen leer. Sie sind zu ihrer Verfügung und so weiter und so weiter. Herr Shui Ta, dürfte ich hoffen, daß solche Ideen, die mir in den letzten Tagen gekommen sind, bei Fräulein Shen Te Gehör finden könnten?

SHUI TA Herr Shu Fu, sie wird so hohe Gedanken mit Bewunderung anhören.

Herein Wang mit dem Polizisten. Herr Shu Fu wendet sich um und studiert die Stellagen.

WANG Ist Fräulein Shen Te hier?

SHUI TA Nein.

WANG Ich bin Wang, der Wasserverkäufer. Sie sind wohl Herr Shui Ta?

SHUI TA Ganz richtig. Guten Tag, Wang.

WANG Ich bin befreundet mit Shen Te.

SHUI TA Ich weiß, daß Sie einer ihrer ältesten Freunde sind.

WANG *zum Polizisten:* Sehen Sie? *Zu Shui Ta:* Ich komme wegen meiner Hand.

DER POLIZIST Kaputt ist sie, das ist nicht zu leugnen.

SHUI TA *schnell:* Ich sehe, Sie brauchen eine Schlinge für den Arm. *Er holt aus dem Gelaß einen Shawl und wirft ihn Wang zu.*

WANG Aber das ist doch der neue Shawl.

SHUI TA Sie braucht ihn nicht mehr.

WANG Aber sie hat ihn gekauft, um jemand Bestimmtem zu gefallen.

SHUI TA Das ist nicht mehr nötig, wie es sich herausgestellt hat.

WANG *macht sich eine Schlinge aus dem Shawl:* Sie ist meine einzige Zeugin.

DER POLIZIST Ihre Kusine soll gesehen haben, wie der Barbier Shu Fu mit der Brennschere nach dem Wasserverkäufer geschlagen hat. Wissen Sie davon?

SHUI TA Ich weiß nur, daß meine Kusine selbst nicht zur Stelle war, als der kleine Vorfall sich abspielte.

WANG Das ist ein Mißverständnis! Lassen Sie Shen Te erst da sein, und alles klärt sich auf. Shen Te wird alles bezeugen. Wo ist sie?

SHUI TA *ernst:* Herr Wang, Sie nennen sich einen Freund meiner Kusine. Meine Kusine hat eben jetzt sehr große Sorgen. Sie ist von allen Seiten erschreckend ausgenutzt worden. Sie kann sich in Zukunft nicht mehr die allerkleinste Schwäche leisten. Ich bin überzeugt, Sie werden nicht verlangen, daß sie sich vollends um alles bringt, indem sie in Ihrem Fall anderes als die Wahrheit sagt.

WANG *verwirrt:* Aber ich bin auf ihren Rat zum Richter gegangen.

SHUI TA Sollte der Richter Ihre Hand heilen?

DER POLIZIST Nein. Aber er sollte den Barbier zahlen machen.

Herr Shu Fu dreht sich um.

SHUI TA Herr Wang, es ist eines meiner Prinzipien, mich nicht in einen Streit zwischen meinen Freunden zu mischen. *Shui Ta verbeugt sich vor Herrn Shu Fu, der sich zurückverbeugt.*

WANG *die Schlinge wieder abnehmend und sie zurücklegend, traurig:* Ich verstehe.

DER POLIZIST Worauf ich wohl wieder gehen kann. Du bist mit deinem Schwindel an den Unrechten gekommen, nämlich an einen ordentlichen Mann. Sei das nächste Mal ein wenig vorsichtiger mit deinen Anklagen, Kerl. Wenn Herr Shu Fu nicht Gnade vor Recht ergehen läßt, kannst du noch wegen Ehrabschneidung ins Kittchen kommen. Ab jetzt!

Beide ab.

SHUI TA Ich bitte, den Vorgang zu entschuldigen.

HERR SHU FU Er ist entschuldigt. *Dringend.* Und die Sache mit diesem »bestimmten Jemand« *er zeigt auf den Shawl* ist wirklich vorüber? Ganz aus?

SHUI TA Ganz. Er ist durchschaut. Freilich, es wird Zeit nehmen, bis alles verwunden ist.

HERR SHU FU Man wird vorsichtig sein, behutsam.

SHUI TA Da sind frische Wunden.

HERR SHU FU Sie wird aufs Land reisen.

SHUI TA Einige Wochen. Sie wird jedoch froh sein, zuvor alles besprechen zu können mit jemand, dem sie vertrauen kann.

HERR SHU FU Bei einem kleinen Abendessen, in einem kleinen, aber guten Restaurant.

SHUI TA In diskreter Weise. Ich beeile mich, meine Kusine zu verständigen. Sie wird sich vernünftig zeigen. Sie ist in großer Unruhe wegen ihres Ladens, den sie als Geschenk der Götter betrachtet. Gedulden Sie sich ein paar Minuten. *Ab in das Gelaß.*

DIE SHIN *steckt den Kopf herein:* Kann man gratulieren?

HERR SHU FU Man kann. Frau Shin, richten Sie heute noch Fräulein Shen Tes Schützlingen von mir aus, daß ich ihnen in meinen Häusern hinter dem Viehhof Unterkunft gewähre.

Sie nickt grinsend.

HERR SHU FU *aufstehend, zum Publikum:* Wie finden Sie mich, meine Damen und Herren? Kann man mehr tun? Kann man selbstloser sein? Feinfühliger? Weitblickender? Ein kleines Abendessen! Was denkt man sich doch dabei gemeinhin Ordinäres und Plumpes! Und nichts wird davon geschehen, nichts. Keine Berührung, nicht einmal eine scheinbar zufällige, beim Reichen des Salznäpfchens! Nur ein Austausch von Ideen wird stattfinden. Zwei Seelen werden sich finden, über den Blumen des Tisches, weißen Chrysanthemen übrigens. *Er notiert sich das.* Nein, hier wird nicht eine unglückliche Lage ausgenutzt, hier wird kein Vorteil aus einer Enttäuschung gezogen. Verständnis und Hilfe wird geboten, aber beinahe lautlos. Nur mit einem Blick wird das vielleicht anerkannt werden, einem Blick, der auch mehr bedeuten kann.

DIE SHIN So ist alles nach Wunsch gegangen, Herr Shu Fu?

HERR SHU FU Oh, ganz nach Wunsch! Es wird vermutlich Veränderungen in dieser Gegend geben. Ein gewisses Subjekt hat den Laufpaß bekommen, und einige Anschläge auf diesen Laden werden zu Fall gebracht werden. Gewisse Leute, die sich nicht entblöden, dem Ruf des keuschesten Mädchens dieser Stadt zu nahe zu treten, werden es in Zukunft mit mir zu tun bekommen. Was wissen Sie von diesem Yang Sun?

DIE SHIN Er ist der schmutzigste, faulste ...

HERR SHU FU Er ist nichts. Es gibt ihn nicht. Er ist nicht vorhanden, Shin.

Herein Sun.

SUN Was geht hier vor?

DIE SHIN Herr Shu Fu, wünschen Sie, daß ich Herrn Shui Ta rufe? Er wird nicht wollen, daß sich hier fremde Leute im Laden herumtreiben.

HERR SHU FU Fräulein Shen Te hat eine wichtige Besprechung mit Herrn Shui Ta, die nicht unterbrochen werden darf.

SUN Was, sie ist hier? Ich habe sie gar nicht hineingehen sehen! Was ist das für eine Besprechung? Da muß ich teilnehmen!

HERR SHU FU *hindert ihn, ins Gelaß zu gehen:* Sie werden sich zu gedulden haben, mein Herr. Ich denke, ich weiß, wer Sie sind. Nehmen Sie zur Kenntnis, daß Fräulein Shen Te und ich vor der Bekanntgabe unserer Verlobung stehen.

SUN Was?

DIE SHIN Das setzt Sie in Erstaunen, wie?

Sun ringt mit dem Barbier, um ins Gelaß zu kommen, heraus tritt Shen Te.

HERR SHU FU Entschuldigen Sie, liebe Shen Te. Vielleicht erklären Sie ...

SUN Was ist da los, Shen Te? Bist du verrückt geworden?

SHEN TE *atemlos:* Sun, mein Vetter und Herr Shu Fu sind übereingekommen, daß ich Herrn Shu Fus Ideen anhöre, wie man den Leuten in diesem Viertel helfen könnte. *Pause.* Mein Vetter ist gegen unsere Beziehung.

SUN Und du bist einverstanden?

SHEN TE Ja.

Pause.

SUN Haben sie dir gesagt, ich bin ein schlechter Mensch?

Shen Te schweigt.

SUN Denn das bin ich vielleicht, Shen Te. Und das ist es, warum ich dich brauche. Ich bin ein niedriger Mensch. Ohne Kapital, ohne Manieren. Aber ich wehre mich. Sie treiben dich in dein Unglück, Shen Te. *Er geht zu ihr. Gedämpft.* Sieh ihn doch an! Hast du keine Augen im Kopf? *Mit der Hand auf ihrer Schulter.* Armes Tier, wozu wollten sie dich jetzt wieder bringen? In eine Vernunftheirat! Ohne mich hätten sie dich einfach auf die Schlachtbank geschleift. Sag selber, ob du ohne mich nicht mit ihm weggegangen wärst?

SHEN TE Ja.

SUN Einem Mann, den du nicht liebst!

SHEN TE Ja.

SUN Hast du alles vergessen? Wie es regnete?

SHEN TE Nein.

SUN Wie du mich vom Ast geschnitten, wie du mir ein Glas Wasser gekauft, wie du mir das Geld versprochen hast, daß ich wieder fliegen kann?

SHEN TE *zitternd:* Was willst du?

SUN Daß du mit mir weggehst.

SHEN TE Herr Shu Fu, verzeihen Sie mir, ich will mit Sun weggehen.

SUN Wir sind Liebesleute, wissen sie. *Er führt sie zur Tür.* Wo hast du den Ladenschlüssel? *Er nimmt ihn aus ihrer Tasche und gibt ihn der Shin.* Legen Sie ihn auf die Türschwelle, wenn Sie fertig sind. Komm, Shen Te.

HERR SHU FU Aber das ist ja eine Vergewaltigung! *Schreit nach hinten.* Herr Shui Ta!

SUN Sag ihm, er soll hier nicht herumbrüllen.

SHEN TE Bitte rufen Sie meinen Vetter nicht, Herr Shu Fu. Er ist nicht einig mit mir, ich weiß es. Aber er hat nicht recht, ich fühle es. *Zum Publikum:*

Ich will mit dem gehen, den ich liebe.
Ich will nicht ausrechnen, was es kostet.
Ich will nicht nachdenken, ob es gut ist.
Ich will nicht wissen, ob er mich liebt.
Ich will mit ihm gehen, den ich liebe.

SUN So ist es.

Beide gehen ab.

Zwischenspiel
Vor dem Vorhang

Shen Te, im Hochzeitsschmuck auf dem Weg zur Hochzeit, wendet sich an das Publikum.

SHEN TE Ich habe ein schreckliches Erlebnis gehabt. Als ich aus der Tür trat, lustig und erwartungsvoll, stand die alte Frau des Teppichhändlers auf der Straße und erzählte mir zitternd, daß ihr Mann vor Aufregung und Sorge um das Geld, das sie mir geliehen haben, krank geworden ist. Sie hielt es für das Beste, wenn ich ihr das Geld jetzt auf jeden Fall zurückgäbe. Ich versprach es natürlich. Sie war sehr erleichtert und wünschte mir weinend alles Gute, mich um Verzeihung bittend, daß sie meinem Vetter und leider auch Sun nicht voll vertrauen könnten. Ich mußte mich auf die Treppe setzen, als sie weg war, so erschrocken war ich über mich. In einem Aufruhr der Gefühle hatte ich mich Yang Sun wieder in die Arme geworfen. Ich konnte seiner Stimme und seinen Liebkosungen nicht widerstehen. Das Böse, was er Shui Ta gesagt hatte, hatte Shen Te nicht belehren können. In seine Arme sinkend, dachte ich noch: die Götter haben auch gewollt, daß ich zu mir gut bin.

Keinen verderben zu lassen, auch nicht sich selber
Jeden mit Glück zu erfüllen, auch sich, das
Ist gut.

Wie habe ich die beiden guten Alten einfach vergessen können! Sun hat wie ein kleiner Hurrikan in Richtung Peking meinen Laden einfach weggefegt und mit ihm all meine Freunde. Aber er ist nicht schlecht, und er liebt mich. Solang ich um ihn bin, wird er nichts Schlechtes tun. Was ein Mann zu Männern sagt, das bedeutet nichts. Da will er groß und mächtig erscheinen und besonders hartgekocht. Wenn ich ihm sage, daß die beiden Alten ihre Steuern nicht bezahlen können, wird er alles verstehen. Lieber wird er in die Zementfabrik gehen, als sein Fliegen einer Untat verdanken zu wollen. Freilich, das Fliegen ist bei ihm eine große Leidenschaft. Werde ich stark genug sein, das Gute in ihm anzurufen? Jetzt, auf dem Weg zur Hochzeit, schwebe ich zwischen Furcht und Freude. *Sie geht schnell weg.*

6
Nebenzimmer eines billigen Restaurants in der Vorstadt

Ein Kellner schenkt der Hochzeitsgesellschaft Wein ein. Bei Shen Te stehen der Großvater, die Schwägerin, die Nichte, die Shin und der Arbeitslose. In der Ecke steht allein ein Bonze. Vorn spricht Sun mit seiner Mutter, Frau Yang. Er trägt einen Smoking.

SUN Etwas Unangenehmes, Mama. Sie hat mir eben in aller Unschuld gesagt, daß sie den Laden nicht für mich verkaufen kann. Irgendwelche Leute erheben eine Forderung, weil sie ihr die 200 Silberdollar geliehen haben, die sie dir gab. Dabei sagt ihr Vetter, daß überhaupt nichts Schriftliches vorliegt.

FRAU YANG Was hast du ihr geantwortet? Du kannst sie natürlich nicht heiraten.

SUN Es hat keinen Sinn, mit ihr über so etwas zu reden, sie ist zu dickköpfig. Ich habe nach ihrem Vetter geschickt.

FRAU YANG Aber der will sie doch mit dem Barbier verheiraten.

SUN Diese Heirat habe ich erledigt. Der Barbier ist vor den Kopf gestoßen worden. Ihr Vetter wird schnell begreifen, daß der Laden weg ist, wenn ich die 200 nicht mehr herausrücke, weil dann die Gläubiger ihn beschlagnahmen, daß aber auch die Stelle weg ist, wenn ich die 300 nicht noch bekomme.

FRAU YANG Ich werde vor dem Restaurant nach ihm ausschauen. Geh jetzt zu deiner Braut, Sun!

SHEN TE *beim Weineinschenken zum Publikum:* Ich habe mich nicht in ihm geirrt. Mit keiner Miene hat er Enttäuschung gezeigt. Trotz des schweren Schlages, den für ihn der Verzicht auf das Fliegen bedeuten muß, ist er vollkommen heiter. Ich liebe ihn sehr. *Sie winkt Sun zu sich.* Sun, mit der Braut hast du noch nicht angestoßen!

SUN Worauf soll es sein?

SHEN TE Es soll auf die Zukunft sein.

Sie trinken.

SUN Wo der Smoking des Bräutigams nicht mehr nur geliehen ist!

SHEN TE Aber das Kleid der Braut noch mitunter in den Regen kommt!

SUN Auf alles, was wir uns wünschen!

SHEN TE Daß es schnell eintrifft!

FRAU YANG *im Abgehen zu Shin:* Ich bin entzückt von meinem Sohn. Ich habe ihm immer eingeschärft, daß er jede bekommen kann. Warum, er ist als Mechaniker ausgebildet und Flieger. Und was sagt er mir jetzt? Ich heirate aus Liebe, Mama, sagt er. Geld ist nicht alles. Es ist eine Liebesheirat! *Zur Schwägerin:* Einmal muß es ja sein, nicht wahr? Aber es ist schwer für eine Mutter, es ist schwer. *Zum Bonzen zurückrufend:* Machen Sie es nicht zu kurz. Wenn Sie sich zu der Zeremonie ebensoviel Zeit nehmen wie zum Aushandeln der Taxe, wird sie würdig sein. *Zu Shen Te:* Wir müssen allerdings noch ein wenig aufschieben, meine Liebe. Einer der teuersten Gäste ist noch nicht eingetroffen. *Zu allen:* Entschuldigt, bitte. *Ab.*

DIE SCHWÄGERIN Man geduldet sich gern, solang es Wein gibt. *Sie setzen sich.*

DER ARBEITSLOSE Man versäumt nichts.

SUN *laut und spaßhaft vor den Gästen:* Und vor der Verehelichung muß ich noch ein kleines Examen abhalten mit dir. Das ist wohl nicht unnötig, wenn so schnelle Hochzeiten beschlossen werden. *Zu den Gästen:* Ich weiß gar nicht, was für eine Frau ich bekomme. Das beunruhigt mich. Kannst du zum Beispiel aus drei Teeblättern fünf Tassen Tee kochen?

SHEN TE Nein.

SUN Ich werde also keinen Tee bekommen. Kannst du auf einem Strohsack von der Größe des Buches schlafen, das der Priester liest?

SHEN TE Zu zweit?

SUN Allein.

SHEN TE Dann nicht.

SUN Ich bin entsetzt, was für eine Frau ich bekomme.

Alle lachen. Hinter Shen Te tritt Frau Yang in die Tür. Sie bedeutet Sun durch ein Achselzucken, daß der erwartete Gast nicht zu sehen ist.

FRAU YANG *zum Bonzen, der ihr seine Uhr zeigt:* Haben Sie doch nicht solche Eile. Es kann sich doch nur noch um Minuten handeln. Ich sehe, man trinkt und man raucht und niemand hat Eile. *Sie setzt sich zu den Gästen.*

SHEN TE Aber müssen wir nicht darüber reden, wie wir alles ordnen werden?

FRAU YANG Oh, bitte nichts von Geschäften heute! Das bringt einen so gewöhnlichen Ton in eine Feier, nicht?

Die Eingangsglocke bimmelt. Alles schaut zur Tür, aber niemand tritt ein.

SHEN TE Auf wen wartet deine Mutter, Sun?

SUN Das soll eine Überraschung für dich sein. Was macht übrigens dein Vetter Shui Ta? Ich habe mich gut mit ihm verstanden. Ein sehr vernünftiger Mensch! Ein Kopf! Warum sagst du nichts?

SHEN TE Ich weiß nicht. Ich will nicht an ihn denken.

SUN Warum nicht?

SHEN TE Weil du dich nicht mit ihm verstehen sollst. Wenn du mich liebst, kannst du ihn nicht lieben.

SUN Dann sollen ihn die drei Teufel holen: der Bruchteufel, der Nebelteufel und der Gasmangelteufel. Trink, Dickköpfige!

Er nötigt sie.

DIE SCHWÄGERIN *zur Shin:* Hier stimmt etwas nicht.

DIE SHIN Haben Sie etwas anderes erwartet?

DER BONZE *tritt resolut zu Frau Yang, die Uhr in der Hand:* Ich muß weg, Frau Yang. Ich habe noch eine zweite Hochzeit und morgen früh ein Begräbnis.

FRAU YANG Meinen Sie, es ist mir angenehm, daß alles hinausgeschoben wird? Wir hofften mit einem Krug Wein auszukommen. Sehen Sie jetzt, wie er zur Neige geht. *Laut zu Shen Te:* Ich verstehe nicht, liebe Shen Te, warum dein Vetter so lang auf sich warten läßt!

SHEN TE Mein Vetter?

FRAU YANG Aber, meine Liebe, er ist es doch, den wir erwarten. Ich bin altmodisch genug zu meinen, daß ein so naher Verwandter der Braut bei der Hochzeit zugegen sein muß.

SHEN TE Oh, Sun, ist es wegen der 300 Silberdollar?

SUN *ohne sie anzusehen:* Du hörst doch, warum es ist. Sie ist altmodisch. Ich nehme da Rücksicht. Wir warten eine kleine Viertelstunde, und wenn er dann nicht gekommen ist, da die drei Teufel ihn im Griff haben, fangen wir an!

FRAU YANG Sie wissen wohl alle schon, daß mein Sohn eine Stelle als Postflieger bekommt. Das ist mir sehr angenehm. In diesen Zeiten muß man gut verdienen.

DIE SCHWÄGERIN Es soll in Peking sein, nicht wahr?

FRAU YANG Ja, in Peking.

SHEN TE Sun, du mußt es deiner Mutter sagen, daß aus Peking nichts werden kann.

SUN Dein Vetter wird es ihr sagen, wenn er so denkt wie du. Unter uns: ich denke nicht so.

SHEN TE *erschrocken:* Sun!

SUN Wie ich dieses Sezuan hasse! Und was für eine Stadt! Weißt du, wie ich sie alle sehe, wenn ich die Augen halb zumache? Als Gäule. Sie drehen bekümmert die Hälse hoch: was donnert da über sie weg? Wie, sie werden nicht mehr benötigt? Was, ihre Zeit ist schon um? Sie können sich zu Tode beißen in ihrer Gäulestadt! Ach, hier herauszukommen!

SHEN TE Aber ich habe den Alten ihr Geld zurückversprochen.

SUN Ja, das hast du mir gesagt. Und da du solche Dummheiten machst, ist es gut, daß dein Vetter kommt. Trink und überlaß das Geschäftliche uns! Wir erledigen das.

SHEN TE *entsetzt:* Aber mein Vetter kann nicht kommen!

SUN Was heißt das?

SHEN TE Er ist nicht mehr da.

SUN Und wie denkst du dir unsere Zukunft, willst du mir das sagen?

SHEN TE Ich dachte, du hast noch die 200 Silberdollar. Wir können sie morgen zurückgeben und den Tabak behalten, der viel mehr wert ist, und ihn zusammen vor der Zementfabrik verkaufen, weil wir die Halbjahresmiete ja nicht bezahlen können.

SUN Vergiß das! Vergiß das schnell, Schwester! Ich soll mich auf die Straße stellen und Tabak verramschen an die Zementarbeiter, ich, Yang Sun, der Flieger! Lieber bringe ich die 200 in einer Nacht durch, lieber schmeiße ich sie in den Fluß! Und dein Vetter kennt mich. Mit ihm habe ich ausgemacht, daß er die 300 zur Hochzeit bringt.

SHEN TE Mein Vetter kann nicht kommen.

SUN Und ich dachte, er kann nicht wegbleiben.

SHEN TE Wo ich bin, kann er nicht sein.

SUN Wie geheimnisvoll!

SHEN TE Sun, das mußt du wissen, er ist nicht dein Freund. Ich bin es, die dich liebt. Mein Vetter Shui Ta liebt niemand. Er ist mein Freund, aber er ist keines meiner Freunde Freund. Er war damit einverstanden, daß du das Geld der beiden Alten bekamst, weil er an die Fliegerstelle in Peking dachte. Aber er wird dir die 300 Silberdollar nicht zur Hochzeit bringen.

SUN Und warum nicht?

SHEN TE *ihm in die Augen sehend:* Er sagt, du hast nur ein Billett nach Peking gekauft.

SUN Ja, das war gestern, aber sieh her, was ich ihm heute zeigen kann! *Er zieht zwei Zettel halb aus der Brusttasche.* Die Alte braucht es nicht zu sehen. Das sind zwei Billette nach Peking, für mich und für dich. Meinst du noch, daß dein Vetter gegen die Heirat ist?

SHEN TE Nein. Die Stelle ist gut. Und meinen Laden habe ich nicht mehr.

SUN Deinetwegen habe ich die Möbel verkauft.

SHEN TE Sprich nicht weiter! Zeig mir nicht die Billette! Ich spüre eine zu große Furcht, ich könnte einfach mit dir gehen. Aber, Sun, ich kann dir die 300 Silberdollar nicht geben, denn was soll aus den beiden Alten werden?

SUN Was aus mir? *Pause.* Trink lieber! Oder gehörst du zu den Vorsichtigen? Ich mag keine vorsichtige Frau. Wenn ich trinke, fliege ich wieder. Und du, wenn du trinkst, dann verstehst du mich vielleicht möglicherweise.

SHEN TE Glaub nicht, ich verstehe dich nicht. Daß du fliegen willst, und ich kann dir nicht dazu helfen.

SUN »Hier ein Flugzeug, Geliebter, aber es hat nur einen Flügel!«

SHEN TE Sun, zu der Stelle in Peking können wir nicht ehrlich kommen. Darum brauche ich die 200 Silberdollar wieder, die du von mir bekommen hast. Gib sie mir gleich, Sun!

SUN »Gib sie mir gleich, Sun!« Von was redest du eigentlich? Bist du meine Frau oder nicht? Denn du verrätst mich, das weißt du doch? Zum Glück, auch zu dem deinen, kommt es nicht mehr auf dich an, da alles ausgemacht ist.

FRAU YANG *eisig:* Sun, bist du sicher, daß der Vetter der Braut kommt? Es könnte beinahe erscheinen, er hat etwas gegen diese Heirat, da er ausbleibt.

SUN Wo denkst du hin, Mama! Er und ich sind ein Herz und eine Seele. Ich werde die Tür weit aufmachen, damit er uns sofort findet, wenn er gelaufen kommt, seinem Freund Sun den Brautführer zu machen. *Er geht zur Tür und stößt sie mit dem Fuß auf. Dann kehrt er, etwas schwankend, da er schon zu viel getrunken hat, zurück und setzt sich wieder zu Shen Te.* Wir warten. Dein Vetter hat mehr Vernunft als du. Die Liebe, sagt er weise, gehört zur Existenz. Und, was wichtiger ist, er weiß, was es für dich bedeutet: keinen Laden mehr und auch keine Heirat!

Es wird gewartet.

FRAU YANG Jetzt!

Man hört Schritte und alle schauen nach der Tür. Aber die Schritte gehen vorüber.

DIE SHIN Es wird ein Skandal. Man kann es fühlen, man kann es riechen. Die Braut wartet auf die Hochzeit, aber der Bräutigam wartet auf den Herrn Vetter.

SUN Der Herr Vetter läßt sich Zeit.

SHEN TE *leise:* Oh, Sun!

SUN Hier zu sitzen mit den Billetten in der Tasche und eine Närrin daneben, die nicht rechnen kann! Und ich sehe den Tag kommen, wo du mir die Polizei ins Haus schickst, damit sie 200 Silberdollar abholt.

SHEN TE *zum Publikum:* Er ist schlecht und er will, daß auch ich schlecht sein soll. Hier bin ich, die ihn liebt, und er wartet auf den Vetter. Aber um mich sitzen die Verletzlichen, die Greisin mit dem kranken Mann, die Armen, die am Morgen vor der Tür auf den Reis warten, und ein unbekannter Mann aus Peking, der um seine Stelle besorgt ist. Und sie alle beschützen mich, indem sie mir alle vertrauen.

SUN *starrt auf den Glaskrug, in dem der Wein zur Neige gegangen ist:* Der Glaskrug mit dem Wein ist unsere Uhr. Wir sind arme Leute, und wenn die Gäste den Wein getrunken haben, ist sie abgelaufen für immer.

Frau Yang bedeutet ihm zu schweigen, denn wieder werden Schritte hörbar.

DER KELLNER *herein:* Befehlen Sie noch einen Krug Wein, Frau Yang?

FRAU YANG Nein, ich denke, wir haben genug. Der Wein macht einen nur warm, nicht?

DIE SHIN Er ist wohl auch teuer.

FRAU YANG Ich komme immer ins Schwitzen durch das Trinken.

DER KELLNER Dürfte ich dann um die Begleichung der Rechnung bitten?

FRAU YANG *überhört ihn:* Ich bitte die Herrschaften, sich noch ein wenig zu gedulden, der Verwandte muß ja unterwegs sein. *Zum Kellner:* Stör die Feier nicht!

DER KELLNER Ich darf Sie nicht ohne die Begleichung der Rechnung weglassen.

FRAU YANG Aber man kennt mich doch hier!

DER KELLNER Eben.

FRAU YANG Unerhört, diese Bedienung heutzutage! Was sagst du dazu, Sun?

DER BONZE Ich empfehle mich. *Gewichtig ab.*

FRAU YANG *verzweifelt:* Bleibt alle ruhig sitzen! Der Priester kommt in wenigen Minuten zurück.

SUN Laß nur, Mama. Meine Herrschaften, nachdem der Priester gegangen ist, können wir Sie nicht mehr zurückhalten.

DIE SCHWÄGERIN Komm, Großvater!

DER GROSSVATER *leert ernst sein Glas:* Auf die Braut!

DIE NICHTE *zu Shen Te:* Nehmen Sie es ihm nicht übel. Er meint es freundlich. Er hat Sie gern.

DIE SHIN Das nenne ich eine Blamage!

Alle Gäste gehen ab.

SHEN TE Soll ich auch gehen, Sun?

SUN Nein, du wartest. *Er zerrt sie an ihrem Brautschmuck, so daß er schief zu sitzen kommt.* Ist es nicht deine Hochzeit? Ich warte noch, und die Alte wartet auch noch. Sie jedenfalls wünscht den Falken in den Wolken. Ich glaube freilich jetzt fast, das wird am Sankt Nimmerleinstag sein, wo sie vor die Tür tritt und sein Flugzeug donnert über ihr Haus. *Nach den leeren Sitzen hin, als seien die Gäste noch da.* Meine Damen und Herren, wo bleibt die Konversation? Gefällt es Ihnen nicht hier? Die Hochzeit ist doch nur ein wenig verschoben, des erwarteten wichtigen Verwandten wegen, und weil die Braut nicht weiß, was Liebe ist. Um Sie zu unterhalten, werde ich, der Bräutigam, Ihnen ein Lied vorsingen. *Er singt*

Das Lied vom Sankt Nimmerleinstag

Eines Tags, und das hat wohl ein jeder gehört
Der in ärmlicher Wiege lag
Kommt des armen Weibs Sohn auf ’nen goldenen Thron
Und der Tag heißt Sankt Nimmerleinstag.
  Am Sankt Nimmerleinstag
  Sitzt er auf ’nem goldenen Thron.

Und an diesem Tag zahlt die Güte sich aus
Und die Schlechtigkeit kostet den Hals
Und Verdienst und Verdienen, die machen gute Mienen
Und tauschen Brot und Salz.
  Am Sankt Nimmerleinstag
  Da tauschen sie Brot und Salz.

Und das Gras sieht auf den Himmel hinab
Und den Fluß hinauf rollt der Kies
Und der Mensch ist nur gut. Ohne daß er mehr tut
Wird die Erde zum Paradies.
  Am Sankt Nimmerleinstag
  Wird die Erde zum Paradies.

Und an diesem Tag werd ich Flieger sein
Und ein General bist du
Und du Mann mit zuviel Zeit kriegst endlich Arbeit
Und du armes Weib kriegst Ruh.
  Am Sankt Nimmerleinstag
  Kriegst armes Weib du Ruh.

Und weil wir gar nicht mehr warten können
Heißt es, alles dies sei
Nicht erst auf die Nacht um halb acht oder acht
Sondern schon beim Hahnenschrei
  Am Sankt Nimmerleinstag
  Beim ersten Hahnenschrei.

FRAU YANG Er kommt nicht mehr.

Die drei sitzen, und zwei von ihnen schauen nach der Tür.

Zwischenspiel
Wangs Nachtlager

Wieder erscheinen dem Wasserverkäufer im Traum die Götter. Er ist über einem großen Buch eingeschlafen. Musik.

WANG Gut, daß ihr kommt, Erleuchtete! Gestattet eine Frage, die mich tief beunruhigt. In der zerfallenen Hütte eines Priesters, der weggezogen und Hilfsarbeiter in der Zementfabrik geworden ist, fand ich ein Buch, und darin entdeckte ich eine merkwürdige Stelle. Ich möchte sie unbedingt vorlesen. Hier ist sie *er blättert mit der Linken in einem imaginären Buch über dem Buch, das er im Schoß hat, und hebt dieses imaginäre Buch zum Lesen hoch, während das richtige liegenbleibt:*

WANG »In Sung ist ein Platz namens Dornhain. Dort gedeihen Katalpen, Zypressen und Maulbeerbäume. Die Bäume nun, die ein oder zwei Spannen im Umfang haben, die werden abgehauen von den Leuten, die Stäbe für ihre Hundekäfige wollen. Die drei, vier Fuß im Umfang haben, werden abgehauen von den vornehmen und reichen Familien, die Bretter suchen für ihre Särge. Die mit sieben, acht Fuß Umfang werden abgehauen von denen, die nach Balken suchen für ihre Luxusvillen. So erreichen sie alle nicht ihrer Jahre Zahl, sondern gehen auf halbem Wege zugrunde durch Säge und Axt. Das ist das Leiden der Brauchbarkeit.«

DER DRITTE GOTT Aber da wäre ja der Unnützeste der Beste.

WANG Nein, nur der Glücklichste. Der Schlechteste ist der Glücklichste.

DER ERSTE GOTT Was doch alles geschrieben wird!

DER ZWEITE GOTT Warum bewegt dich dieses Gleichnis so tief, Wasserverkäufer?

WANG Shen Tes wegen, Erleuchteter! Sie ist in ihrer Liebe gescheitert, weil sie die Gebote der Nächstenliebe befolgte. Vielleicht ist sie wirklich zu gut für diese Welt, Erleuchtete!

DER ERSTE GOTT Unsinn! Du schwacher, elender Mensch! Die Läuse und die Zweifel haben dich halb aufgefressen, scheint es.

WANG Sicher, Erleuchteter! Entschuldige! Ich dachte nur, ihr könntet vielleicht eingreifen.

DER ERSTE GOTT Ganz unmöglich. Unser Freund hier *er zeigt auf den dritten Gott, der ein blau geschlagenes Auge hat* hat erst gestern in einen Streit eingegriffen, du siehst die Folgen.

WANG Aber der Vetter mußte schon wieder gerufen werden. Er ist ein ungemein geschickter Mensch, ich habe es am eigenen Leib erfahren, jedoch auch er konnte nichts ausrichten. Der Laden scheint schon verloren.

DER DRITTE GOTT *beunruhigt:* Vielleicht sollten wir doch helfen?

DER ERSTE GOTT Ich bin der Ansicht, daß sie sich selber helfen muß.

DER ZWEITE GOTT *streng:* Je schlimmer seine Lage ist, als desto besser zeigt sich der gute Mensch. Leid läutert!

DER ERSTE GOTT Wir setzen unsere ganze Hoffnung auf sie.

DER DRITTE GOTT Es steht nicht zum besten mit unserer Suche. Wir finden hier und da gute Anläufe, erfreuliche Vorsätze, viele hohe Prinzipien, aber das alles macht ja kaum einen guten Menschen aus. Wenn wir halbwegs gute Menschen treffen, leben sie nicht menschenwürdig. *Vertraulich.* Mit dem Nachtlager steht es besonders schlimm. Du kannst an den Strohhalmen, die an uns kleben, sehen, wo wir unsere Nächte zubringen.

WANG Nur eines, könntet ihr dann nicht wenigstens ...

DIE GÖTTER Nichts. Wir sind nur Betrachtende. Wir glauben fest, daß unser guter Mensch sich zurechtfinden wird auf der dunklen Erde. Seine Kraft wird wachsen mit der Bürde. Warte nur ab, Wasserverkäufer, und du wirst erleben, alles nimmt ein gutes ... *Die Gestalten der Götter sind immer blasser, ihre Stimmen immer leiser geworden. Nun entschwinden sie, und die Stimmen hören auf.*

7
HOF HINTER SHEN TES TABAKLADEN

Auf einem Wagen ein wenig Hausrat. Von der Wäscheleine nehmen Shen Te und die Shin Wäsche.

DIE SHIN Ich verstehe nicht, warum Sie nicht mit Messern und Zähnen um Ihren Laden kämpfen.

SHEN TE Wie? Ich habe ja nicht einmal die Miete. Denn die 200 Silberdollar der alten Leute muß ich heute zurückgeben, aber da ich sie jemand anderem gegeben habe, muß ich meinen Tabak an Frau Mi Tzü verkaufen.

DIE SHIN Also alles hin! Kein Mann, kein Tabak, keine Bleibe! So kommt es, wenn man etwas Besseres sein will als unsereins. Wovon wollen Sie jetzt leben?

SHEN TE Ich weiß nicht. Vielleicht kann ich mit Tabaksortieren ein wenig verdienen.

DIE SHIN Wie kommt Herrn Shui Tas Hose hierher? Er muß nackig von hier weggegangen sein.

SHEN TE Er hat noch eine andere Hose.

DIE SHIN Ich dachte, Sie sagten, er sei für immer weggereist? Warum läßt er da seine Hose zurück?

SHEN TE Vielleicht braucht er sie nicht mehr.

DIE SHIN So soll sie nicht eingepackt werden?

SHEN TE Nein.

Herein stürzt Herr Shu Fu.

HERR SHU FU Sagen Sie nichts. Ich weiß alles. Sie haben Ihr Liebesglück geopfert, damit zwei alte Leute, die auf Sie vertrauten, nicht ruiniert sind. Nicht umsonst gibt Ihnen dieses Viertel, dieses mißtrauische und böswillige, den Namen »Engel der Vorstädte«. Ihr Herr Verlobter konnte sich nicht zu Ihrer sittlichen Höhe emporarbeiten, Sie haben ihn verlassen. Und jetzt schließen Sie Ihren Laden, diese kleine Insel der Zuflucht für so viele! Ich kann es nicht mit ansehen. Von meiner Ladentür aus habe ich Morgen für Morgen das Häuflein Elende vor Ihrem Geschäft gesehen und Sie selbst, Reis austeilend. Soll das für immer vorbei sein? Soll jetzt das Gute untergehen? Ach, wenn Sie mir gestatten, Ihnen bei Ihrem guten Werk behilflich zu sein! Nein, sagen Sie nichts! Ich will keine Zusicherung. Keinerlei Versprechungen, daß Sie meine Hilfe annehmen wollen! Aber hier *er zieht ein Scheckbuch heraus und zeichnet einen Scheck, den er ihr auf den Wagen legt* fertige ich Ihnen einen Blankoscheck aus, den Sie nach Belieben in jeder Höhe ausfüllen können, und dann gehe ich, still und bescheiden, ohne Gegenforderung, auf den Fußzehen, voll Verehrung, selbstlos. *Ab.*

DIE SHIN *untersucht den Scheck:* Sie sind gerettet! Solche wie Sie haben Glück! Sie finden immer einen Dummen. Jetzt aber zugegriffen! Schreiben Sie 1000 Silberdollar hinein, und ich laufe damit zur Bank, bevor er wieder zur Besinnung kommt.

SHEN TE Stellen Sie den Wäschekorb auf den Wagen. Die Wäscherechnung kann ich auch ohne den Scheck bezahlen.

DIE SHIN Was? Sie wollen den Scheck nicht annehmen? Das ist ein Verbrechen! Ist es nur, weil Sie meinen, daß Sie ihn dann heiraten müssen? Das wäre hellichter Wahnsinn. So einer will doch an der Nase herumgeführt werden! Das bereitet so einem geradezu Wollust. Wollen Sie etwa immer noch an Ihrem Flieger festhalten, von dem die ganze Gelbe Gasse und auch das Viertel hier herum weiß, wie schlecht er gegen Sie gewesen ist?

SHEN TE Es kommt alles von der Not. *Zum Publikum:*

Ich habe ihn nachts die Backen aufblasen sehn im
Schlaf: sie waren böse.
Und in der Frühe hielt ich seinen Rock gegen das Licht,
da sah ich die Wand durch.
Wenn ich sein schlaues Lachen sah, bekam ich Furcht, aber
Wenn ich seine löchrigen Schuhe sah, liebte ich ihn sehr.

DIE SHIN Sie verteidigen ihn also noch? So etwas Verrücktes habe ich nie gesehen. *Zornig.* Ich werde aufatmen, wenn wir Sie aus dem Viertel haben.

SHEN TE *schwankt beim Abnehmen der Wäsche:* Mir schwindelt ein wenig.

DIE SHIN *nimmt ihr die Wäsche ab:* Wird Ihnen öfter schwindlig, wenn Sie sich strecken oder bücken? Wenn da nur nicht was Kleines unterwegs ist! *Lacht.* Der hat Sie schön hereingelegt! Wenn das passiert sein sollte, ist es mit dem großen Scheck Essig! Für solche Gelegenheit war der nicht gedacht.
Sie geht mit einem Korb nach hinten.

Shen Te schaut ihr bewegungslos nach. Dann betrachtet sie ihren Leib, betastet ihn, und eine große Freude zeigt sich auf ihrem Gesicht.

SHEN TE *leise:* O Freude! Ein kleiner Mensch entsteht in meinem Leibe. Man sieht noch nichts. Er ist aber schon da. Die Welt erwartet ihn im geheimen. In den Städten heißt es

schon: Jetzt kommt einer, mit dem man rechnen muß. *Sie stellt ihren kleinen Sohn dem Publikum vor.* Ein Flieger!
Begrüßt einen neuen Eroberer
Der unbekannten Gebirge und unerreichbaren Gegenden!
Einen
Der die Post von Mensch zu Mensch
Über die unwegsamen Wüsten bringt!
Sie beginnt auf und ab zu gehen und ihren kleinen Sohn an der Hand zu nehmen. Komm, Sohn, betrachte dir die Welt. Hier, das ist ein Baum. Verbeuge dich, begrüße ihn. *Sie macht die Verbeugung vor.* So, jetzt kennt ihr euch. Horch, dort kommt der Wasserverkäufer. Ein Freund, gib ihm die Hand. Sei unbesorgt. »Bitte, ein Glas frisches Wasser für meinen Sohn. Es ist warm.« *Sie gibt ihm das Glas.* Ach, der Polizist! Da machen wir einen Bogen. Vielleicht holen wir uns ein paar Kirschen dort, im Garten des reichen Herrn Feh Pung. Da heißt es, nicht gesehen werden. Komm, Vaterloser! Auch du willst Kirschen! Sachte, sachte, Sohn! *Sie gehen vorsichtig, sich umblickend.* Nein, hier herum, da verbirgt uns das Gesträuch. Nein, so gleich los drauf zu, das kannst du nicht machen, in diesem Fall. *Er scheint sie wegzuziehen, sie widerstrebt.* Wir müssen vernünftig sein. *Plötzlich gibt sie nach.* Schön, wenn du nur gradezu drauflosgehen willst ... *Sie hebt ihn hoch.* Kannst du die Kirschen erreichen? Schieb in den Mund, dort sind sie gut aufgehoben. *Sie verspeist selber eine, die er ihr in den Mund steckt.* Schmeckt fein. Zum Teufel, der Polizist. Jetzt heißt es, laufen. *Sie fliehen.* Da ist die Straße. Ruhig jetzt, langsam gegangen, damit wir nicht auffallen. Als ob nicht das Geringste geschehn wäre ... *Sie singt, mit dem Kind spazierend.*

Eine Pflaume ohne Grund
Überfiel 'nen Vagabund
Doch der Mann war äußerst quick
Biß die Pflaume ins Genick.

Hereingekommen ist Wang, der Wasserverkäufer, ein Kind an der Hand führend. Er sieht Shen Te erstaunt zu.

SHEN TE *auf ein Husten Wangs:* Ach, Wang! Guten Tag.

WANG Shen Te, ich habe gehört, daß es dir nicht gut geht, daß du sogar deinen Laden verkaufen mußt, um Schulden zu bezahlen. Aber da ist dieses Kind, das kein Obdach hat. Es lief auf dem Schlachthof herum. Anscheinend gehört es dem Schreiner Lin To, der vor einigen Wochen seine Werkstatt verloren hat und seitdem trinkt. Seine Kinder treiben sich hungernd herum. Was soll man mit ihnen machen?

SHEN TE *nimmt ihm das Kind ab:* Komm, kleiner Mann! *Zum Publikum:*

He, ihr! Da bittet einer um Obdach.
Einer von morgen bittet euch um ein Heute!
Sein Freund, der Eroberer, den ihr kennt
Ist der Fürsprecher.

Zu Wang: Er kann gut in den Baracken des Herrn Shu Fu wohnen, wohin vielleicht auch ich gehe. Ich soll selber ein Kind bekommen. Aber sag es nicht weiter, sonst erfährt es Yang Sun, und er kann uns nicht brauchen. Such Herrn Lin To in der unteren Stadt und sag ihm, er soll hierherkommen.

WANG Vielen Dank, Shen Te. Ich wußte, du wirst etwas finden. *Zum Kind:* Siehst du, ein guter Mensch weiß immer einen Ausweg. Schnell laufe ich und hole deinen Vater. *Er will gehen.*

SHEN TE O Wang, jetzt fällt mir wieder ein: Was ist mit deiner Hand? Ich wollte doch den Eid für dich leisten, aber mein Vetter ...

WANG Kümmere dich nicht um die Hand. Schau, ich habe schon gelernt, ohne meine rechte Hand auszukommen. Ich brauche sie fast nicht mehr. *Er zeigt ihr, wie er auch ohne die rechte Hand sein Gerät handhaben kann.* Schau, wie ich es mache.

SHEN TE Aber sie darf nicht steif werden! Nimm den Wagen da, verkauf alles und geh mit dem Geld zum Arzt. Ich schäme mich, daß ich bei dir so versagt habe. Und was mußt du denken, daß ich vom Barbier die Baracken angenommen habe!

WANG Dort können die Obdachlosen jetzt wohnen, du selber, das ist doch wichtiger als meine Hand. Ich gehe jetzt, den Schreiner holen. *Ab.*

SHEN TE *ruft ihm nach:* Versprich mir, daß du mit mir zum Arzt gehen wirst!

Die Shin ist zurückgekommen und hat ihr immerfort gewinkt.

SHEN TE Was ist es?

DIE SHIN Sind Sie verrückt, auch noch den Wagen mit dem Letzten, was Sie haben, wegzuschenken? Was geht Sie seine Hand an? Wenn es der Barbier erfährt, jagt er Sie noch aus dem einzigen Obdach, das Sie kriegen können. Mir haben Sie die Wäsche noch nicht bezahlt!

SHEN TE Warum sind Sie so böse?
Den Mitmenschen zu treten
Ist es nicht anstrengend? Die Stirnader
Schwillt Ihnen an, vor Mühe, gierig zu sein.
Natürlich ausgestreckt
Gibt eine Hand und empfängt mit gleicher Leichtigkeit. Nur
Gierig zupackend muß sie sich anstrengen. Ach
Welche Verführung, zu schenken! Wie angenehm
Ist es doch, freundlich zu sein! Ein gutes Wort
Entschlüpft wie ein wohliger Seufzer.

Die Shin geht zornig weg.

SHEN TE *zum Kind:* Setz dich hierher und wart, bis dein Vater kommt.

Das Kind setzt sich auf den Boden.

Auf den Hof kommt das ältliche Paar, das Shen Te am Tag der Eröffnung ihres Ladens besuchte. Mann und Frau schleppen große Säcke.

DIE FRAU Bist du allein, Shen Te?

Da Shen Te nickt, ruft sie ihren Neffen herein, der ebenfalls einen Sack trägt.

DIE FRAU Wo ist dein Vetter?

SHEN TE Er ist weggefahren.

DIE FRAU Und kommt er wieder?

SHEN TE Nein. Ich gebe den Laden auf.

DIE FRAU Das wissen wir. Deshalb sind wir gekommen. Wir haben hier ein paar Säcke mit Rohtabak, den uns jemand geschuldet hat, und möchten dich bitten, sie mit deinen Habseligkeiten zusammen in dein neues Heim zu transportieren. Wir haben noch keinen Ort, wohin wir sie bringen könnten, und fallen auf der Straße zu sehr auf mit ihnen. Ich sehe nicht, wie du uns diese kleine Gefälligkeit abschlagen könntest, nachdem wir in deinem Laden so ins Unglück gebracht worden sind.

SHEN TE Ich will euch die Gefälligkeit gern tun.

DER MANN Und wenn du von irgend jemand gefragt werden solltest, wem die Säcke gehören, dann kannst du sagen, sie gehörten dir.

SHEN TE Wer sollte mich denn fragen?

DIE FRAU *sie scharf anblickend:* Die Polizei zum Beispiel. Sie ist voreingenommen gegen uns und will uns ruinieren. Wohin sollen wir die Säcke stellen?

SHEN TE Ich weiß nicht, gerade jetzt möchte ich nicht etwas tun, was mich ins Gefängnis bringen könnte.

DIE FRAU Das sieht dir allerdings gleich. Wir sollen auch noch die paar elenden Säcke mit Tabak verlieren, die alles sind, was wir von unserem Hab und Gut gerettet haben!

Shen Te schweigt störrisch.

DER MANN Bedenk, daß dieser Tabak für uns den Grundstock zu einer kleinen Fabrikation abgeben könnte. Da könnten wir hochkommen.

SHEN TE Gut, ich will die Säcke für euch aufheben. Wir stellen sie vorläufig in das Gelaß.

Sie geht mit ihnen hinein. Das Kind hat ihr nachgesehen. Jetzt geht es, sich scheu umschauend, zum Mülleimer und fischt darin herum. Es fängt an, daraus zu essen. Shen Te und die drei kommen zurück.

DIE FRAU Du verstehst wohl, daß wir uns vollständig auf dich verlassen.

SHEN TE Ja. *Sie erblickt das Kind und erstarrt.*

DER MANN Wir suchen dich übermorgen in den Häusern des Herrn Shu Fu auf.

SHEN TE Geht jetzt schnell, mir ist nicht gut.

Sie schiebt sie weg. Die drei ab.

SHEN TE Es hat Hunger. Es fischt im Kehrichteimer. *Sie hebt das Kind auf, und in einer Rede drückt sie ihr Entsetzen aus über das Los armer Kinder, dem Publikum das graue Mäulchen zeigend. Sie beteuert ihre Entschlossenheit, ihr eigenes Kind keinesfalls mit solcher Unbarmherzigkeit zu behandeln.*

O Sohn, o Flieger! In welche Welt
Wirst du kommen? Im Abfalleimer
Wollen sie dich fischen lassen, auch dich? Seht doch
Dies graue Mäulchen!

Sie zeigt das Kind.

Wie
Behandelt ihr euresgleichen? Habt ihr
Keine Barmherzigkeit mit der Frucht

Eures Leibes? Kein Mitleid
Mit euch selber, ihr Unglücklichen? So werde ich
Wenigstens das meine verteidigen und müßte ich
Zum Tiger werden. Ja, von Stund an
Da ich das gesehen habe, will ich mich scheiden
Von allen und nicht ruhen
Bis ich meinen Sohn gerettet habe, wenigstens ihn!
Was ich gelernt in der Gosse, meiner Schule
Durch Faustschlag und Betrug, jetzt
Soll es dir dienen, Sohn, zu dir
Will ich gut sein, und Tiger und wildes Tier
Zu allen andern, wenn's sein muß. Und
Es muß sein.

Sie geht ab, sich in den Vetter zu verwandeln.

SHEN TE *im Abgehen:* Einmal ist es noch nötig, das letzte Mal, hoffe ich.

Sie hat die Hose des Shui Ta mitgenommen. Die zurückkehrende Shin sieht ihr neugierig nach. Herein die Schwägerin und der Großvater.

DIE SCHWÄGERIN Der Laden geschlossen, der Hausrat im Hof! Das ist das Ende!

DIE SHIN Die Folgen des Leichtsinns, der Sinnlichkeit und der Eigenliebe! Und wohin geht die Fahrt? Hinab! In die Baracken des Herrn Shu Fu, zu euch!

DIE SCHWÄGERIN Da wird sie sich aber wundern! Wir sind gekommen, um uns zu beschweren! Feuchte Rattenlöcher mit verfaulten Böden! Der Barbier hat sie nur gegeben, weil ihm seine Seifenvorräte darin verschimmelt sind. »Ich habe ein Obdach für euch, was sagt ihr dazu?« Schande! sagen wir dazu.

Herein der Arbeitslose.

DER ARBEITSLOSE Ist es wahr, daß Shen Te wegzieht?

DIE SCHWÄGERIN Ja. Sie wollte sich wegschleichen, man sollte es nicht erfahren.

DIE SHIN Sie schämt sich, da sie ruiniert ist.

DER ARBEITSLOSE *aufgeregt:* Sie muß ihren Vetter rufen! Ratet ihr alle, daß sie den Vetter ruft! Er allein kann noch etwas machen.

DIE SCHWÄGERIN Das ist wahr! Er ist geizig genug, aber jedenfalls rettet er ihr den Laden, und sie gibt ja dann.

DER ARBEITSLOSE Ich dachte nicht an uns, ich dachte an sie. Aber es ist richtig, auch unseretwegen müßte man ihn rufen.

Herein Wang mit dem Schreiner. Er führt zwei Kinder an der Hand.

DER SCHREINER Ich kann Ihnen wirklich nicht genug danken. *Zu den andern:* Wir sollen eine Wohnung kriegen.

DIE SHIN Wo?

DER SCHREINER In den Häusern des Herrn Shu Fu! Und der kleine Feng war es, der die Wendung herbeigeführt hat! Hier bist du ja! »Da ist einer, der bittet um Obdach«, soll Fräulein Shen Te gesagt haben, und sogleich verschaffte sie uns die Wohnung. Bedankt euch bei eurem Bruder, ihr!

Der Schreiner und seine Kinder verbeugen sich lustig vor dem Kind.

DER SCHREINER Unsern Dank, Obdachbitter!

Hereingetreten ist Shui Ta.

SHUI TA Darf ich fragen, was Sie alle hier wollen?

DER ARBEITSLOSE Herr Shui Ta!

WANG Guten Tag, Herr Shui Ta. Ich wußte nicht, daß Sie zurückgekehrt sind. Sie kennen den Schreiner Lin To. Fräulein Shen Te hat ihm einen Unterschlupf in den Häusern des Herrn Shu Fu zugesagt.

SHUI TA Die Häuser des Herrn Shu Fu sind nicht frei.

DER SCHREINER So können wir dort nicht wohnen?

SHUI TA Nein. Diese Lokalitäten sind zu anderem bestimmt.

DIE SCHWÄGERIN Soll das heißen, daß auch wir heraus müssen?

SHUI TA Ich fürchte.

DIE SCHWÄGERIN Aber wo sollen wir da alle hin?

SHUI TA *die Achsel zuckend:* Wie ich Fräulein Shen Te, die verreist ist, verstehe, hat sie nicht die Absicht, die Hand von Ihnen allen abzuziehen. Jedoch soll alles etwas vernünftiger geregelt werden in Zukunft. Die Speisungen ohne Gegendienst werden aufhören. Statt dessen wird jedermann die Gelegenheit gegeben werden, sich auf ehrliche Weise wieder emporzuarbeiten. Fräulein Shen Te hat beschlossen, Ihnen allen Arbeit zu geben. Wer von Ihnen mir jetzt in die Häuser des Herrn Shu Fu folgen will, wird nicht ins Nichts geführt werden.

DIE SCHWÄGERIN Soll das heißen, daß wir jetzt alle für Shen Te arbeiten sollen?

SHUI TA Ja. Sie werden Tabak verarbeiten. Im Gelaß drinnen liegen drei Ballen mit Ware. Holt sie!

DIE SCHWÄGERIN Vergessen Sie nicht, daß wir selber Ladenbesitzer waren. Wir ziehen vor, für uns selbst zu arbeiten. Wir haben unseren eigenen Tabak.

SHUI TA *zum Arbeitslosen und zum Schreiner:* Vielleicht wollt ihr für Shen Te arbeiten, da ihr keinen eigenen Tabak habt?

Der Schreiner und der Arbeitslose gehen mißmutig hinein. Die Hausbesitzerin kommt.

DIE HAUSBESITZERIN Nun, Herr Shui Ta, wie steht es mit dem Verkauf. Hier habe ich 300 Silberdollar.

SHUI TA Frau Mi Tzü, ich hab mich entschlossen, nicht zu verkaufen, sondern den Mietskontrakt zu unterzeichnen.

DIE HAUSBESITZERIN Was? Brauchen Sie plötzlich das Geld für den Flieger nicht mehr?

SHUI TA Nein.

DIE HAUSBESITZERIN Und haben Sie denn die Miete?

SHUI TA *nimmt vom Wagen mit dem Hausrat den Scheck des Barbiers und füllt ihn aus:* Ich habe hier einen Scheck auf 10000 Silberdollar, ausgestellt von Herrn Shu Fu, der sich für meine Kusine interessiert. Überzeugen Sie sich, Frau Mi Tzü! Ihre 200 Silberdollar für die Miete des nächsten Halbjahres werden Sie noch vor sechs Uhr abends in Händen haben. Und nun, Frau Mi Tzü, erlauben Sie mir, daß ich mit meiner Arbeit fortfahre. Ich bin heute sehr beschäftigt und muß um Entschuldigung bitten.

DIE HAUSBESITZERIN Ach, Herr Shu Fu tritt in die Fußtapfen des Fliegers! 10000 Silberdollar! Immerhin, ich bin erstaunt über die Wankelmütigkeit und Oberflächlichkeit der jungen Mädchen von heutzutage, Herr Shui Ta. *Ab.*

Der Schreiner und der Arbeitslose bringen die Säcke.

DER SCHREINER Ich weiß nicht, warum ich Ihnen Ihre Säcke schleppen muß.

SHUI TA Es genügt, daß ich es weiß. Ihr Sohn hier zeigt einen gesunden Appetit. Er will essen, Herr Lin To.

DIE SCHWÄGERIN *sieht die Säcke:* Ist mein Schwager hier gewesen?

DIE SHIN Ja.

DIE SCHWÄGERIN Eben. Ich kenne doch die Säcke. Das ist unser Tabak!

SHUI TA Besser, Sie sagen das nicht so laut. Das ist mein Tabak, was Sie daraus ersehen können, daß er in meinem Gelaß stand. Wenn Sie einen Zweifel haben, können wir aber zur Polizei gehen und Ihren Zweifel beseitigen. Wollen Sie das?

DIE SCHWÄGERIN *böse:* Nein.

SHUI TA Es scheint, daß Sie doch keinen eigenen Tabak besitzen. Vielleicht ergreifen Sie unter diesen Umständen die rettende Hand, die Fräulein Shen Te Ihnen reicht? Haben Sie die Güte, mir jetzt den Weg zu den Häusern des Herrn Shu Fu zu zeigen.

Das jüngste Kind des Schreiners an die Hand nehmend, geht Shui Ta ab, gefolgt von dem Schreiner, seinen anderen Kindern, der Schwägerin, dem Großvater, dem Arbeitslosen. Schwägerin, Schreiner und Arbeitsloser schleppen die Säcke.

WANG Er ist ein böser Mensch, aber Shen Te ist gut.

DIE SHIN Ich weiß nicht. Von der Wäscheleine fehlt eine Hose und der Vetter trägt sie. Das muß etwas bedeuten. Ich möchte wissen, was.

Herein die beiden Alten.

DIE ALTE Ist Fräulein Shen Te nicht hier?

DIE SHIN *abwesend:* Verreist.

DIE ALTE Das ist merkwürdig. Sie wollte uns etwas bringen.

WANG *schmerzlich seine Hand betrachtend:* Sie wollte auch mir helfen. Meine Hand wird steif. Sicher kommt sie bald zurück. Der Vetter ist ja immer nur ganz kurz da.

DIE SHIN Ja, nicht wahr?

Zwischenspiel
Wangs Nachtlager

Musik. Im Traum teilt der Wasserverkäufer den Göttern seine Befürchtungen mit. Die Götter sind immer noch auf ihrer langen Wanderung begriffen. Sie scheinen müde. Für eine kleine Weile innehaltend, wenden sie die Köpfe über die Schultern nach dem Wasserverkäufer zurück.

WANG Bevor mich euer Erscheinen erweckte, Erleuchtete, träumte ich und sah meine liebe Schwester Shen Te in großer Bedrängnis im Schilf des Flusses, an der Stelle, wo die Selbstmörder gefunden werden. Sie schwankte merkwürdig daher und hielt den Nacken gebeugt, als schleppe sie an etwas Weichem, aber Schwerem, das sie hinunterdrückte in den Schlamm. Auf meinen Anruf rief sie mir zu, sie müsse den Ballen der Vorschriften ans andere Ufer bringen, daß er nicht naß würde, da sonst die Schriftzeichen verwischten. Ausdrücklich: ich sah nichts auf ihren Schultern. Aber ich erinnerte mich erschrocken, daß ihr Götter ihr über die großen Tugenden gesprochen habt, zum Dank dafür, daß sie euch bei sich aufnahm, als ihr um ein Nachtlager verlegen wart, o Schande! Ich bin sicher, ihr versteht meine Sorge um sie.

DER DRITTE GOTT Was schlägst du vor?

WANG Eine kleine Herabminderung der Vorschriften, Erleuchtete. Eine kleine Erleichterung des Ballens der Vorschriften, Gütige, in Anbetracht der schlechten Zeiten.

DER DRITTE GOTT Als da wäre, Wang, als da wäre?

WANG Als da zum Beispiel wäre, daß nur Wohlwollen verlangt würde anstatt Liebe oder...

DER DRITTE GOTT Aber das ist doch noch schwerer, du Unglücklicher!

WANG Oder Billigkeit anstatt Gerechtigkeit.

DER DRITTE GOTT Aber das bedeutet mehr Arbeit!

WANG Dann bloße Schicklichkeit anstatt Ehre!

DER DRITTE GOTT Aber das ist doch mehr, du Zweifelnder!

Sie wandern müde weiter.

8
Shui Tas Tabakfabrik

In den Baracken des Herrn Shu Fu hat Shui Ta eine kleine Tabakfabrik eingerichtet. Hinter Gittern hocken, entsetzlich zusammengepfercht, einige Familien, besonders Frauen und Kinder, darunter die Schwägerin, der Großvater, der Schreiner und seine Kinder.

Davor tritt Frau Yang auf, gefolgt von ihrem Sohn Sun.

FRAU YANG *zum Publikum:* Ich muß Ihnen berichten, wie mein Sohn Sun durch die Weisheit und Strenge des allgemein geachteten Herrn Shui Ta aus einem verkommenen Menschen in einen nützlichen verwandelt wurde. Wie das ganze Viertel erfuhr, eröffnete Herr Shui Ta in der Nähe des Viehhofs eine kleine, aber schnell aufblühende Tabakfabrik. Vor drei Monaten sah ich mich veranlaßt, ihn mit meinem Sohn dort aufzusuchen. Er empfing mich nach kurzer Wartezeit.

Aus der Fabrik tritt Shui Ta auf Frau Yang zu.

SHUI TA Womit kann ich Ihnen dienen, Frau Yang?

FRAU YANG Herr Shui Ta, ich möchte ein Wort für meinen Sohn bei Ihnen einlegen. Die Polizei war heute morgen bei uns, und man hat uns gesagt, daß Sie im Namen von Fräulein Shen Te Anklage wegen Bruch des Heiratsversprechens und Erschleichung von 200 Silberdollar erhoben haben.

SHUI TA Ganz richtig, Frau Yang.

FRAU YANG Herr Shui Ta, um der Götter willen, können Sie nicht noch einmal Gnade vor Recht ergehen lassen? Das Geld ist weg. In zwei Tagen hat er es durchgebracht, als der Plan mit der Fliegerstelle scheiterte. Ich weiß, er ist ein Lump. Er hat auch meine Möbel schon verkauft gehabt und wollte ohne seine alte Mama nach Peking. *Sie weint.* Fräulein Shen Te hielt einmal große Stücke auf ihn.

SHUI TA Was haben Sie mir zu sagen, Herr Yang Sun?

SUN *finster:* Ich habe das Geld nicht mehr.

SHUI TA Frau Yang, der Schwäche wegen, die meine Kusine aus irgendwelchen, mir unbegreiflichen Gründen für Ihren verkommenen Sohn hatte, bin ich bereit, es noch einmal mit ihm zu versuchen. Sie hat mir gesagt, daß sie sich durch ehrliche Arbeit eine Besserung erwartet. Er kann eine Stelle in meiner Fabrik haben. Nach und nach werden ihm die 200 Silberdollar vom Lohn abgezogen werden.

SUN Also Kittchen oder Fabrik?

SHUI TA Sie haben die Wahl.

SUN Und mit Shen Te kann ich wohl nicht mehr sprechen?

SHUI TA Nein.

SUN Wo ist mein Arbeitsplatz?

FRAU YANG Tausend Dank, Herr Shui Ta! Sie sind unendlich gütig, und die Götter werden es Ihnen vergelten. *Zu Sun:* Du bist vom rechten Wege abgewichen. Versuch nun, durch ehrliche Arbeit wieder so weit zu kommen, daß du deiner Mutter in die Augen schauen kannst.

Sun folgt Shui Ta in die Fabrik. Frau Yang kehrt an die Rampe zurück.

FRAU YANG Die ersten Wochen waren hart für Sun. Die Arbeit sagte ihm nicht zu. Er hatte wenig Gelegenheit, sich auszuzeichnen. Erst in der dritten Woche kam ihm ein kleiner Vorfall zu Hilfe. Er und der frühere Schreiner Lin To mußten Tabakballen schleppen.

Sun und der frühere Schreiner Lin To schleppen je zwei Tabakballen.

DER FRÜHERE SCHREINER *hält ächzend inne und läßt sich auf einem Ballen nieder:* Ich kann kaum mehr. Ich bin nicht mehr jung genug für diese Arbeit.

SUN *setzt sich ebenfalls:* Warum schmeißt du ihnen die Ballen nicht einfach hin?

DER FRÜHERE SCHREINER Und wovon sollen wir leben? Ich muß doch sogar, um das Notwendigste zu haben, die Kinder einspannen. Wenn das Fräulein Shen Te sähe! Sie war gut.

SUN Sie war nicht die Schlechteste. Wenn die Verhältnisse nicht so elend gewesen wären, hätten wir es ganz gut miteinander getroffen. Ich möchte wissen, wo sie ist. Besser, wir machen weiter. Um diese Zeit pflegt er zu kommen.

Sie stehen auf.

SUN *sieht Shui Ta kommen:* Gib den einen Sack her, du Krüppel! *Sun nimmt auch noch den einen Ballen Lin Tos auf.*

DER FRÜHERE SCHREINER Vielen Dank! Ja, wenn s i e da wäre, würdest du gleich einen Stein im Brett haben, wenn sie sähe, daß du einem alten Mann so zur Hand gehst. Ach ja!

Herein Shui Ta.

FRAU YANG Und mit einem Blick sieht natürlich Herr Shui Ta, was ein guter Arbeiter ist, der keine Arbeit scheut. Und er greift ein.

SHUI TA Halt, ihr! Was ist da los? Warum trägst du nur einen einzigen Sack?

DER FRÜHERE SCHREINER Ich bin ein wenig müde heute, Herr Shui Ta, und Yang Sun war so freundlich …

SHUI TA Du kehrst um und nimmst drei Ballen, Freund. Was Yang Sun kann, kannst du auch. Yang Sun hat guten Willen und du hast keinen.

FRAU YANG *während der frühere Schreiner zwei weitere Ballen holt:* Kein Wort natürlich zu Sun, aber Herr Shui Ta war im Bilde. Und am nächsten Samstag bei der Lohnauszahlung ... *Ein Tisch wird aufgestellt und Shui Ta kommt mit einem Säckchen Geld. Neben dem Aufseher – dem früheren Arbeitslosen – stehend, zahlt er den Lohn aus. Sun tritt vor den Tisch.*

DER AUFSEHER Yang Sun – 6 Silberdollar.

SUN Entschuldigen Sie, es können nur 5 sein. Nur 5 Silberdollar. *Er nimmt die Liste, die der Aufseher hält.* Sehen Sie bitte, hier stehen fälschlicherweise sechs Arbeitstage, ich war aber einen Tag abwesend, eines Gerichtstermins wegen. *Heuchlerisch.* Ich will nichts bekommen, was ich nicht verdiene, und wenn der Lohn noch so lumpig ist!

DER AUFSEHER Also 5 Silberdollar! *Zu Shui Ta:* Ein seltener Fall, Herr Shui Ta!

SHUI TA Wie können hier sechs Tage stehen, wenn es nur fünf waren?

DER AUFSEHER Ich muß mich tatsächlich geirrt haben, Herr Shui Ta. *Zu Sun, kalt:* Es wird nicht mehr vorkommen.

SHUI TA *winkt Sun zur Seite:* Ich habe neulich beobachtet, daß Sie ein kräftiger Mensch sind und Ihre Kraft auch der Firma nicht vorenthalten. Heute sehe ich, daß Sie sogar ein ehrlicher Mensch sind. Passiert das öfter, daß der Aufseher sich zuungunsten der Firma irrt?

SUN Er hat Bekannte unter den Arbeitern und wird als einer der ihren angesehen.

SHUI TA Ich verstehe. Ein Dienst ist des andern wert. Wollen Sie eine Gratifikation?

SUN Nein. Aber vielleicht darf ich darauf hinweisen, daß ich auch ein intelligenter Mensch bin. Ich habe eine gewisse Bildung genossen, wissen Sie. Der Aufseher meint es sehr gut mit der Belegschaft, aber er kann, ungebildet wie er ist, nicht verstehen, was die Firma benötigt. Geben Sie mir eine Probezeit von einer Woche, Herr Shui Ta, und ich glaube, Ihnen beweisen zu können, daß meine Intelligenz für die Firma mehr wert ist als meine pure Muskelkraft.

FRAU YANG Das waren kühne Worte, aber an diesem Abend sagte ich zu meinem Sun: »Du bist ein Flieger. Zeig, daß du auch, wo du jetzt bist, in die Höhe kommen kannst! Flieg, mein Falke!« Und tatsächlich, was bringen doch Bildung und Intelligenz für große Dinge hervor! Wie will einer ohne sie zu den besseren Leuten gehören? Wahre Wunderwerke verrichtete mein Sohn in der Fabrik des Herrn Shui Ta!

Sun steht breitbeinig hinter den Arbeitenden. Sie reichen sich über die Köpfe einen Korb Rohtabak zu.

SUN Das ist keine ehrliche Arbeit, ihr! Dieser Korb muß fixer wandern! *Zu einem Kind:* Du kannst dich doch auf den Boden setzen, da nimmst du keinen Platz weg! Und du kannst noch ganz gut auch das Pressen übernehmen, ja, du dort! Ihr faulen Hunde, wofür bezahlen wir euch Lohn? Fixer mit dem Korb! Zum Teufel! Setzt den Großpapa auf die Seite und laßt ihn mit den Kindern nur zupfen! Jetzt hat es sich ausgefaulenzt hier! Im Takt das Ganze! *Er klatscht mit den Händen den Takt, und der Korb wandert schneller.*

FRAU YANG Und keine Anfeindung, keine Schmähung von seiten ungebildeter Menschen, denn das blieb nicht aus, hielten meinen Sohn von der Erfüllung seiner Pflicht zurück.

Einer der Arbeiter stimmt das Lied vom achten Elefanten an. Die andern fallen in den Refrain ein.

LIED VOM ACHTEN ELEFANTEN

1

Sieben Elefanten hatte Herr Dschin
Und da war dann noch der achte.
Sieben waren wild und der achte war zahm
Und der achte war's, der sie bewachte.
  Trabt schneller!
  Herr Dschin hat einen Wald
  Der muß vor Nacht gerodet sein
  Und Nacht ist jetzt schon bald!

2

Sieben Elefanten roden den Wald
Und Herr Dschin ritt hoch auf dem achten.
All den Tag Nummer acht stand faul auf der Wacht
Und sah zu, was sie hinter sich brachten.
  Grabt schneller!

Herr Dschin hat einen Wald
Der muß vor Nacht gerodet sein
Und Nacht ist jetzt schon bald!

3
Sieben Elefanten wollten nicht mehr
Hatten satt das Bäumeabschlachten
Herr Dschin war nervös, auf die sieben war er bös
Und gab ein Schaff Reis dem achten.
Was soll das?
Herr Dschin hat einen Wald
Der muß vor Nacht gerodet sein
Und Nacht ist jetzt schon bald!

4
Sieben Elefanten hatten keinen Zahn
Seinen Zahn hatte nur noch der achte.
Und Nummer acht war vorhanden, schlug die sieben zuschanden
Und Herr Dschin stand dahinten und lachte.
Grabt weiter!
Herr Dschin hat einen Wald
Der muß vor Nacht gerodet sein
Und Nacht ist jetzt schon bald!

Shui Ta ist gemächlich schlendernd und eine Zigarre rauchend nach vorn gekommen. Yang Sun hat den Refrain der dritten Strophe lachend mitgesungen und in der letzten Strophe durch Händeklatschen das Tempo beschleunigt.

FRAU YANG Wir können Herrn Shui Ta wirklich nicht genug danken. Beinahe ohne jedes Zutun, aber mit Strenge und Weisheit hat er alles Gute herausgeholt, was in Sun steckte! Er hat nicht allerhand phantastische Versprechungen gemacht wie seine so sehr gepriesene Kusine, sondern ihn zu ehrlicher Arbeit gezwungen. Heute ist Sun ein ganz anderer Mensch als vor drei Monaten. Das werden Sie wohl zugeben! »Der Edle ist wie eine Glocke, schlägt man sie, so tönt sie, schlägt man sie nicht, so tönt sie nicht«, wie die Alten sagten.

9
Shen Tes Tabakladen

Der Laden ist zu einem Kontor mit Klubsesseln und schönen Teppichen geworden. Es regnet. Shui Ta, nunmehr dick, verabschiedet das Teppichhändlerpaar. Die Shin schaut amüsiert zu. Sie ist auffallend neu gekleidet.

SHUI TA Es tut mir leid, daß ich nicht sagen kann, wann sie zurückkehrt.

DIE ALTE Wir haben heute einen Brief mit den 200 Silberdollar bekommen, die wir ihr einmal geliehen haben. Es war kein Absender genannt. Aber der Brief muß doch wohl von Shen Te kommen. Wir möchten ihr gern schreiben, wie ist ihre Adresse?

SHUI TA Auch das weiß ich leider nicht.

DER ALTE Gehen wir.

DIE ALTE Irgendwann muß sie ja wohl zurückkehren.

Shui Ta verbeugt sich. Die beiden Alten gehen unsicher und unruhig ab.

DIE SHIN Sie haben ihr Geld zu spät zurückgekriegt. Jetzt haben sie ihren Laden verloren, weil sie ihre Steuern nicht bezahlen konnten.

SHUI TA Warum sind sie nicht zu mir gekommen?

DIE SHIN Zu Ihnen kommt man nicht gern. Zuerst warteten sie wohl, daß Shen Te zurückkäme, da sie nichts Schriftliches hatten. In den kritischen Tagen fiel der Alte in ein Fieber, und die Frau saß Tag und Nacht bei ihm.

SHUI TA *muß sich setzen, da es ihm schlecht wird:* Mir schwindelt wieder!

DIE SHIN *bemüht sich um ihn:* Sie sind im siebenten Monat! Die Aufregungen sind nichts für Sie. Seien Sie froh, daß Sie mich haben. Ohne jede menschliche Hilfe kann niemand auskommen. Nun, ich werde in Ihrer schweren Stunde an Ihrer Seite stehen. *Sie lacht.*

SHUI TA *schwach:* Kann ich darauf zählen, Frau Shin?

DIE SHIN Und ob! Es kostet freilich eine Kleinigkeit. Machen Sie den Kragen auf, da wird Ihnen leichter.

SHUI TA *jämmerlich:* Es ist alles nur für das Kind, Frau Shin.

DIE SHIN Alles für das Kind.

SHUI TA Ich werde nur zu schnell dick. Das muß auffallen.

DIE SHIN Man schiebt es auf den Wohlstand.

SHUI TA Und was soll mit dem Kleinen werden?

DIE SHIN Das fragen Sie jeden Tag dreimal. Es wird in Pflege kommen. In die beste, die für Geld zu haben ist.

SHUI TA Ja. *Angstvoll.* Und es darf niemals Shui Ta sehen.

DIE SHIN Niemals. Immer nur Shen Te.

SHUI TA Aber die Gerüchte im Viertel! Der Wasserverkäufer mit seinen Redereien! Man belauert den Laden!

DIE SHIN Solang der Barbier nichts weiß, ist nichts verloren. Trinken Sie einen Schluck Wasser.

Herein Sun in dem flotten Anzug und mit der Mappe eines Geschäftsmannes. Er sieht erstaunt Shui Ta in den Armen der Shin.

SUN Ich störe wohl?

SHUI TA *steht mühsam auf und geht schwankend zur Tür:* Auf morgen, Frau Shin!

Die Shin, ihre Handschuhe anziehend, lächelnd ab.

SUN Handschuhe! Woher, wieso, wofür? Schröpft die Sie etwa? *Da Shui Ta nicht antwortet.* Sollten auch Sie zarteren Gefühlen zugänglich sein? Komisch. *Er nimmt ein Blatt aus seiner Mappe.* Jedenfalls sind Sie nicht auf der Höhe in der letzten Zeit, nicht auf Ihrer alten Höhe. Launen. Unentschlossenheit. Sind Sie krank? Das Geschäft leidet darunter. Da ist wieder ein Schrieb von der Polizei. Sie wollen die Fabrik schließen. Sie sagen, sie können allerhöchstens doppelt so viele Menschen pro Raum zulassen, als gesetzlich erlaubt ist. Sie müssen da endlich etwas tun, Herr Shui Ta!

Shui Ta sieht ihn einen Augenblick geistesabwesend an. Dann geht er ins Gelaß und kehrt mit einer Tüte zurück. Aus ihr zieht er einen neuen Melonenhut und wirft ihn auf den Schreibtisch.

SHUI TA Die Firma wünscht ihre Vertreter anständig gekleidet.

SUN Haben Sie den etwa für mich gekauft?

SHUI TA *gleichgültig:* Probieren Sie ihn, ob er Ihnen paßt.

Sun blickt erstaunt und setzt ihn auf. Shui Ta rückt die Melone prüfend zurecht.

SUN Ihr Diener, aber weichen Sie mir nicht wieder aus. Sie müssen heute mit dem Barbier das neue Projekt besprechen.

SHUI TA Der Barbier stellt unerfüllbare Bedingungen.

SUN Wenn Sie mir nur endlich sagen wollten, was für Bedingungen.

SHUI TA *ausweichend:* Die Baracken sind gut genug.

SUN Ja, gut genug für das Gesindel, das darin arbeitet, aber nicht gut genug für den Tabak. Er wird feucht. Ich werde noch vor der Sitzung mit der Mi Tzü über ihre Lokalitäten reden. Wenn wir die haben, können wir unsere Bittfürmichs, Wracks und Stümpfe an die Luft setzen. Sie sind nicht gut genug. Ich tätschele der Mi Tzü bei einer Tasse Tee die dikken Knie, und die Lokalitäten kosten uns die Hälfte.

SHUI TA *scharf:* Das wird nicht geschehen. Ich wünsche, daß Sie sich im Interesse des Ansehens der Firma stets persönlich zurückhaltend und kühl geschäftsmäßig benehmen.

SUN Warum sind Sie so gereizt? Sind es die unangenehmen Gerüchte im Viertel?

SHUI TA Ich kümmere mich nicht um Gerüchte.

SUN Dann muß es wieder der Regen sein. Regen macht Sie immer so reizbar und melancholisch. Ich möchte wissen, warum.

WANGS STIMME *von draußen:*

Ich hab Wasser zu verkaufen
Und nun steh ich hier im Regen
Und ich bin weither gelaufen
Meines bißchen Wassers wegen.
Und jetzt schrei ich mein: Kauft Wasser!
Und niemand kauft es
Verschmachtend und gierig
Und zahlt es und sauft es.

SUN Da ist dieser verdammte Wasserverkäufer. Gleich wird er wieder mit seinem Gehetze anfangen.

WANGS STIMME *von draußen:* Gibt es denn keinen guten Menschen mehr in der Stadt? Nicht einmal hier am Platz, wo die gute Shen Te lebte? Wo ist sie, die mir auch bei Regen ein Becherchen abkaufte, vor vielen Monaten, in der Freude ihres Herzens? Wo ist sie jetzt? Hat sie keiner gesehen? Hat keiner von ihr gehört? In dieses Haus ist sie eines Abends gegangen und kam nie mehr heraus!

SUN Soll ich ihm nicht endlich das Maul stopfen? Was geht es ihn an, wo sie ist! Ich glaube übrigens, Sie sagen es nur deshalb nicht, damit ich es nicht erfahre.

WANG *herein:* Herr Shui Ta, ich frage Sie wieder, wann Shen Te zurückkehren wird. Sechs Monate sind jetzt vergangen, daß sie sich auf Reisen begeben hat. *Da Shui Ta schweigt.* Vieles ist inzwischen hier geschehen, was in ihrer Anwesenheit nie geschehen wäre. *Da Shui Ta immer noch schweigt.* Herr Shui Ta, im Viertel sind Gerüchte verbreitet, daß Shen Te etwas zugestoßen sein muß. Wir, ihre Freunde, sind sehr beunruhigt. Haben Sie doch die Freundlichkeit, uns jetzt Bescheid über ihre Adresse zu geben!

SHUI TA Leider habe ich im Augenblick keine Zeit, Herr Wang. Kommen Sie in der nächsten Woche wieder.

WANG *aufgeregt:* Es ist auch aufgefallen, daß der Reis, den die Bedürftigen hier immer erhielten, seit einiger Zeit morgens wieder vor der Tür steht.

SHUI TA Was schließt man daraus?

WANG Daß Shen Te überhaupt nicht verreist ist.

SHUI TA Sondern? *Da Wang schweigt.* Dann werde ich Ihnen meine Antwort erteilen. Sie ist endgültig. Wenn Sie Shen Tes Freund sind, Herr Wang, dann fragen Sie möglichst wenig nach ihrem Verbleiben. Das ist mein Rat.

WANG Ein schöner Rat! Herr Shui Ta, Shen Te teilte mir vor ihrem Verschwinden mit, daß sie schwanger sei!

SUN Was?

SHUI TA *schnell:* Lüge!

WANG *mit großem Ernst zu Shui Ta:* Herr Shui Ta, Sie müssen nicht glauben, daß Shen Tes Freunde je aufhören werden, nach ihr zu fragen. Ein guter Mensch wird nicht leicht vergessen. Es gibt nicht viele. *Ab.*

Shui Ta sieht ihm erstarrt nach. Dann geht er schnell in das Gelaß.

SUN *zum Publikum:* Shen Te schwanger! Ich bin außer mir! Ich bin hereingelegt worden! Sie muß es sofort ihrem Vetter gesagt haben, und dieser Schuft hat sie selbstverständlich gleich weggeschafft. »Pack deinen Koffer und verschwind, bevor der Vater des Kindes davon Wind bekommt!« Es ist ganz und gar unnatürlich. Unmenschlich ist es. Ich habe einen Sohn. Ein Yang erscheint auf der Bildfläche! Und was geschieht? Das Mädchen verschwindet, und man läßt mich hier schuften! *Er gerät in Wut.* Mit einem Hut speist man mich ab! *Er zertrampelt ihn mit den Füßen.* Verbrecher! Räuber! Kindesentführer! Und das Mädchen ist praktisch ohne Beschützer! *Man hört aus dem Gelaß ein Schluchzen. Er steht still.* War das nicht ein Schluchzen? Wer ist das? Es hat aufgehört. Was ist das für ein Schluchzen im Gelaß? Dieser ausgekochte Hund Shui Ta schluchzt doch nicht. Wer schluchzt also? Und was bedeutet es, daß der Reis immer noch morgens vor der Tür stehen soll? Ist das Mädchen doch da? Versteckt er sie nur? Wer sonst soll da drin schluchzen? Das wäre ja ein gefundenes Fressen! Ich muß sie unbedingt auftreiben, wenn sie schwanger ist!

Shui Ta kehrt aus dem Gelaß zurück. Er geht an die Tür und blickt hinaus in den Regen.

SUN Also wo ist sie?

SHUI TA *hebt die Hand und lauscht:* Einen Augenblick! Es ist neun Uhr. Aber man hört nichts heute. Der Regen ist zu stark.

SUN *ironisch:* Was wollen Sie denn hören?

SHUI TA Das Postflugzeug.

SUN Machen Sie keine Witze.

SHUI TA Ich habe mir einmal sagen lassen, Sie wollten fliegen? Haben Sie dieses Interesse verloren?

SUN Ich beklage mich nicht über meine jetzige Stellung, wenn Sie das meinen. Ich habe keine Vorliebe für Nachtdienst, wissen Sie. Postfliegen ist Nachtdienst. Die Firma ist mir sozusagen ans Herz gewachsen. Es ist immerhin die Firma meiner einstigen Zukünftigen, wenn sie auch verreist ist. Sie ist doch verreist?

SHUI TA Warum fragen Sie das?

SUN Vielleicht, weil mich ihre Angelegenheiten immer noch nicht kalt lassen.

SHUI TA Das könnte meine Kusine interessieren.

SUN Ihre Angelegenheiten beschäftigen mich jedenfalls genug, daß ich nicht meine Augen zudrückte, wenn sie zum Beispiel ihrer Bewegungsfreiheit beraubt würde.

SHUI TA Durch wen?

SUN Durch Sie!

Pause.

SHUI TA Was würden Sie in einem solchen Falle tun?

SUN Ich würde vielleicht zunächst meine Stellung in der Firma neu diskutieren.

SHUI TA Ach so. Und wenn die Firma, das heißt ich, Ihnen eine entsprechende Stellung einräumte, könnte sie damit rechnen, daß Sie jede weitere Nachforschung nach Ihrer früheren Zukünftigen aufgäben?

SUN Vielleicht.

SHUI TA Und wie denken Sie sich Ihre neue Stellung in der Firma?

SUN Dominierend. Ich denke zum Beispiel an Ihren Hinauswurf.

SHUI TA Und wenn die Firma statt mich Sie hinauswürfe?

SUN Dann würde ich wahrscheinlich zurückkehren, aber nicht allein.

SHUI TA Sondern?

SUN Mit der Polizei.

SHUI TA Mit der Polizei. Angenommen, die Polizei fände niemand hier?

SUN So würde sie vermutlich in diesem Gelaß nachschauen! Herr Shui Ta, meine Sehnsucht nach der Dame meines Herzens wird unstillbar. Ich fühle, daß ich etwas tun muß, sie wieder in meine Arme schließen zu können. *Ruhig.* Sie ist schwanger und braucht einen Menschen um sich. Ich muß mich mit dem Wasserverkäufer darüber besprechen. *Er geht. Shui Ta sieht ihm unbeweglich nach. Dann geht er schnell in das Gelaß zurück. Er bringt allerlei Gebrauchsgegenstände Shen Tes, Wäsche, Kleider, Toiletteartikel. Lange betrachtet er den Shawl, den Shen Te von dem Teppichhändlerpaar kaufte. Dann packt er alles zu einem Bündel zusammen und versteckt es unter dem Tisch, da er Geräusche hört. Herein die Hausbesitzerin und Herr Shu Fu. Sie begrüßen Shui Ta und entledigen sich ihrer Schirme und Galoschen.*

DIE HAUSBESITZERIN Es wird Herbst, Herr Shui Ta.

HERR SHU FU Eine melancholische Jahreszeit!

DIE HAUSBESITZERIN Und wo ist Ihr charmanter Prokurist? Ein schrecklicher Damenkiller! Aber Sie kennen ihn wohl nicht von dieser Seite. Immerhin, er versteht es, diesen seinen

Charme auch mit seinen geschäftlichen Pflichten zu vereinen, so daß Sie nur den Vorteil davon haben dürften.

SHUI TA *verbeugt sich:* Nehmen Sie bitte Platz!

Man setzt sich und beginnt zu rauchen.

SHUI TA Meine Freunde, ein unvorhergesehener Vorfall, der gewisse Folgen haben kann, zwingt mich, die Verhandlungen, die ich letzthin über die Zukunft meines Unternehmens führte, sehr zu beschleunigen. Herr Shu Fu, meine Fabrik ist in Schwierigkeiten.

HERR SHU FU Das ist sie immer.

SHUI TA Aber nun droht die Polizei offen, sie zu schließen, wenn ich nicht auf Verhandlungen über ein neues Objekt hinweisen kann. Herr Shu Fu, es handelt sich um den einzigen Besitz meiner Kusine, für die Sie immer ein so großes Interesse gezeigt haben.

HERR SHU FU Herr Shui Ta, ich fühle eine tiefe Unlust, Ihre sich ständig vergrößernden Projekte zu besprechen. Ich rede von einem kleinen Abendessen mit Ihrer Kusine, Sie deuten finanzielle Schwierigkeiten an. Ich stelle Ihrer Kusine Häuser für Obdachlose zur Verfügung, Sie etablieren darin eine Fabrik. Ich überreiche ihr einen Scheck, Sie präsentieren ihn. Ihre Kusine verschwindet, Sie wünschen 100000 Silberdollar mit der Bemerkung, meine Häuser seien zu klein. Herr, wo ist Ihre Kusine?

SHUI TA Herr Shu Fu, beruhigen Sie sich. Ich kann Ihnen heute die Mitteilung machen, daß sie sehr bald zurückkehren wird.

HERR SHU FU Bald? Wann? »Bald« höre ich von Ihnen seit Wochen.

SHUI TA Ich habe von Ihnen nicht neue Unterschriften verlangt. Ich habe Sie lediglich gefragt, ob Sie meinem Projekt nähertreten würden, wenn meine Kusine zurückkäme.

HERR SHU FU Ich habe Ihnen tausendmal gesagt, daß ich mit Ihnen nichts mehr, mit Ihrer Kusine dagegen alles zu besprechen bereit bin. Sie scheinen aber einer solchen Besprechung Hindernisse in den Weg legen zu wollen.

SHUI TA Nicht mehr.

HERR SHU FU Wann also wird sie stattfinden?

SHUI TA *unsicher:* In drei Monaten.

HERR SHU FU *ärgerlich:* Dann werde ich in drei Monaten meine Unterschrift geben.

SHUI TA Aber es muß alles vorbereitet werden.

HERR SHU FU Sie können alles vorbereiten, Shui Ta, wenn Sie überzeugt sind, daß Ihre Kusine dieses Mal tatsächlich kommt.

SHUI TA Frau Mi Tzü, sind Sie Ihrerseits bereit, der Polizei zu bestätigen, daß ich Ihre Fabrikräume haben kann?

DIE HAUSBESITZERIN Gewiß, wenn Sie mir Ihren Prokuristen überlassen. Sie wissen seit Wochen, daß das meine Bedingung ist. *Zu Herrn Shu Fu:* Der junge Mann ist geschäftlich so tüchtig, und ich brauche einen Verwalter.

SHUI TA Sie müssen doch verstehen, daß ich gerade jetzt Herrn Yang Sun nicht entbehren kann, bei all den Schwierigkeiten und bei meiner in letzter Zeit so schwankenden Gesundheit! Ich war ja von Anfang an bereit, ihn Ihnen abzutreten, aber ...

DIE HAUSBESITZERIN Ja, aber!

Pause.

SHUI TA Schön, er wird morgen in Ihrem Kontor vorsprechen.

HERR SHU FU Ich begrüße es, daß Sie sich diesen Entschluß abringen konnten, Shui Ta. Sollte Fräulein Shen Te wirklich zurückkehren, wäre die Anwesenheit des jungen Mannes hier höchst ungeziemend. Er hat, wie wir wissen, seinerzeit einen ganz unheilvollen Einfluß auf sie ausgeübt.

SHUI TA *sich verbeugend:* Zweifellos. Entschuldigen Sie in den beiden Fragen, meine Kusine Shen Te und Herrn Yang Sun betreffend, mein langes Zögern, so unwürdig eines Geschäftsmannes. Diese Menschen standen einander einmal nahe.

DIE HAUSBESITZERIN Sie sind entschuldigt.

SHUI TA *nach der Tür schauend:* Meine Freunde, lassen Sie uns nunmehr zu einem Abschluß kommen. In diesem einstmals kleinen und schäbigen Laden, wo die armen Leute des Viertels den Tabak der guten Shen Te kauften, beschließen wir, ihre Freunde, nun die Etablierung von zwölf schönen Läden, in denen in Zukunft der gute Tabak der Shen Te verkauft werden soll. Wie man mir sagt, nennt das Volk mich heute den Tabakkönig von Sezuan. In Wirklichkeit habe ich dieses Unternehmen aber einzig und allein im Interesse meiner Kusine geführt. Ihr und ihren Kindern und Kindeskindern wird es gehören.

Von draußen kommen die Geräusche einer Volksmenge. Herein Sun, Wang und der Polizist.

DER POLIZIST Herr Shui Ta, zu meinem Bedauern zwingt mich

die aufgeregte Stimmung des Viertels, einer Anzeige aus Ihrer eigenen Firma nachzugehen, nach der Sie Ihre Kusine, Fräulein Shen Te, ihrer Freiheit berauben sollen.

SHUI TA Das ist nicht wahr.

DER POLIZIST Herr Yang Sun hier bezeugt, daß er aus dem Gelaß hinter Ihrem Kontor ein Schluchzen gehört hat, das nur von einer Frauensperson herstammen konnte.

DIE HAUSBESITZERIN Das ist lächerlich. Ich und Herr Shu Fu, zwei angesehene Bürger dieser Stadt, deren Aussagen die Polizei kaum in Zweifel ziehen kann, bezeugen, daß hier nicht geschluchzt wurde. Wir rauchen in Ruhe unsere Zigarren.

DER POLIZIST Ich habe leider den Auftrag, das fragliche Gelaß zu inspizieren.

Shui Ta öffnet die Tür. Der Polizist tritt mit einer Verbeugung auf die Schwelle. Er schaut hinein, dann wendet er sich um und lächelt.

DER POLIZIST Hier ist tatsächlich kein Mensch.

SUN *der neben ihn getreten war:* Aber es war ein Schluchzen! *Sein Blick fällt auf den Tisch, unter den Shui Ta das Bündel gestopft hat. Er läuft darauf zu.* Das war vorhin noch nicht da! *Es öffnend, zeigt er Shen Tes Kleider usw.*

WANG Das sind Shen Tes Sachen! *Er läuft zur Tür und ruft hinaus.* Man hat ihre Kleider hier entdeckt.

DER POLIZIST *die Sachen an sich nehmend:* Sie erklären, daß Ihre Kusine verreist ist. Ein Bündel mit ihr gehörenden Sachen wird unter Ihrem Tisch versteckt gefunden. Wo ist das Mädchen erreichbar, Herr Shui Ta?

SHUI TA Ich kenne ihre Adresse nicht.

DER POLIZIST Das ist sehr bedauerlich.

RUFE AUS DER VOLKSMENGE Shen Tes Sachen sind gefunden worden! Der Tabakkönig hat das Mädchen ermordet und verschwinden lassen!

DER POLIZIST Herr Shui Ta, ich muß Sie bitten, mir auf die Wache zu folgen.

SHUI TA *sich vor der Hausbesitzerin und Herrn Shu Fu verbeugend:* Ich bitte Sie um Entschuldigung für den Skandal, meine Herrschaften. Aber es gibt noch Richter in Sezuan. Ich bin überzeugt, daß sich alles in Kürze aufklären wird. *Er geht vor dem Polizisten hinaus.*

WANG Ein furchtbares Verbrechen ist geschehen!
SUN *bestürzt:* Aber dort war ein Schluchzen!

ZWISCHENSPIEL
WANGS NACHTLAGER

Musik. Zum letztenmal erscheinen dem Wasserverkäufer im Traum die Götter. Sie haben sich sehr verändert. Unverkennbar sind die Anzeichen langer Wanderung, tiefer Erschöpfung und mannigfaltiger böser Erlebnisse. Einem ist der Hut vom Kopf geschlagen, einer hat ein Bein in einer Fuchsfalle gelassen, und alle drei gehen barfuß.

WANG Endlich erscheint ihr! Furchtbare Dinge gehen vor in Shen Tes Tabakladen, Erleuchtete! Shen Te ist wieder verreist, schon seit Monaten! Der Vetter hat alles an sich gerissen! Er ist heute verhaftet worden. Er soll sie ermordet haben, heißt es, um sich ihren Laden anzueignen. Aber das glaube ich nicht, denn ich habe einen Traum gehabt, in dem sie mir erschien und erzählte, daß ihr Vetter sie gefangen hält. Oh, Erleuchtete, ihr müßt sogleich zurückkommen und sie finden.

DER ERSTE GOTT Das ist entsetzlich. Unsere ganze Suche ist gescheitert. Wenige Gute fanden wir, und wenn wir welche fanden, lebten sie nicht menschenwürdig. Wir hatten schon beschlossen, uns an Shen Te zu halten.

DER ZWEITE GOTT Wenn sie immer noch gut sein sollte!

WANG Das ist sie sicherlich, aber sie ist verschwunden!

DER ERSTE GOTT Dann ist alles verloren.

DER ZWEITE GOTT Haltung.

DER ERSTE GOTT Wozu da noch Haltung? Wir müssen abdanken, wenn sie nicht gefunden wird! Was für eine Welt haben wir vorgefunden, Elend, Niedrigkeit und Abfall überall! Selbst die Landschaft ist von uns abgefallen. Die schönen Bäume sind enthauptet von Drähten, und jenseits der Gebirge sehen wir dicke Rauchwolken und hören Donner von Kanonen, und nirgends ein guter Mensch, der durchkommt!

DER DRITTE GOTT Ach, Wasserverkäufer, unsere Gebote scheinen tödlich zu sein! Ich fürchte, es muß alles gestrichen werden, was wir an sittlichen Vorschriften aufgestellt haben. Die Leute haben genug zu tun, nur das nackte Leben zu retten. Gute Vorsätze bringen sie an den Rand des Abgrunds, gute Taten stürzen sie hinab. *Zu den beiden andern Göttern:* Die Welt ist unbewohnbar, ihr müßt es einsehen!

DER ERSTE GOTT *heftig:* Nein, die Menschen sind nichts wert!

DER DRITTE GOTT Weil die Welt zu kalt ist!

DER ZWEITE GOTT Weil die Menschen zu schwach sind!

DER ERSTE GOTT Würde, ihr Lieben, Würde! Brüder, wir dürfen nicht verzweifeln. Einen haben wir doch gefunden, der gut war und nicht schlecht geworden ist, und er ist nur verschwunden. Eilen wir, ihn zu finden. Einer genügt. Haben wir nicht gesagt, daß alles noch gut werden kann, wenn nur einer sich findet, der diese Welt aushält, nur einer!

Sie entschwinden schnell.

10
Gerichtslokal

In Gruppen: Herr Shu Fu und die Hausbesitzerin. Sun und seine Mutter. Wang, der Schreiner, der Großvater, die junge Prostituierte, die beiden Alten. Die Shin. Der Polizist. Die Schwägerin.

DER ALTE Er ist zu mächtig.

WANG Er will zwölf neue Läden aufmachen.

DER SCHREINER Wie soll der Richter ein gerechtes Urteil sprechen, wenn die Freunde des Angeklagten, der Barbier Shu Fu und die Hausbesitzerin Mi Tzü, seine Freunde sind?

DIE SCHWÄGERIN Man hat gesehen, wie gestern abend die Shin im Auftrag des Herrn Shui Ta eine fette Gans in die Küche des Richters brachte. Das Fett troff durch den Korb.

DIE ALTE *zu Wang:* Unsere arme Shen Te wird nie wieder entdeckt werden.

WANG Ja, nur die Götter können die Wahrheit ausfindig machen.

DER POLIZIST Ruhe! Der Gerichtshof erscheint.

Eintreten in Gerichtsroben die drei Götter. Während sie an der Rampe entlang zu ihren Sitzen gehen, hört man sie flüstern.

DER DRITTE GOTT Es wird aufkommen. Die Zertifikate sind sehr schlecht gefälscht.

DER ZWEITE GOTT Und man wird sich Gedanken machen über die plötzliche Magenverstimmung des Richters.

DER ERSTE GOTT Nein, sie ist natürlich, da er eine halbe Gans aufgegessen hat.

DIE SHIN Es sind neue Richter!

WANG Und sehr gute!

Der dritte Gott, der als letzter geht, hört ihn, wendet sich um und lächelt ihm zu. Die Götter setzen sich. Der erste Gott schlägt mit dem Hammer auf den Tisch. Der Polizist holt Shui Ta herein, der mit Pfeifen empfangen wird, aber in herrischer Haltung einhergeht.

DER POLIZIST Machen Sie sich auf eine Überraschung gefaßt. Es ist nicht der Richter Fu Yi Tscheng. Aber die neuen Richter sehen auch sehr mild aus.

Shui Ta erblickt die Götter und wird ohnmächtig.

DIE JUNGE PROSTITUIERTE Was ist da? Der Tabakkönig ist in Ohnmacht gefallen.

DIE SCHWÄGERIN Ja, beim Anblick der neuen Richter!

WANG Er scheint sie zu kennen! Das verstehe ich nicht.

DER ERSTE GOTT Sind Sie der Tabakgroßhändler Shui Ta?

SHUI TA *sehr schwach:* Ja.

DER ERSTE GOTT Gegen Sie wird die Anklage erhoben, daß Sie Ihre leibliche Kusine, das Fräulein Shen Te, beiseite geschafft haben, um sich ihres Geschäfts zu bemächtigen. Bekennen Sie sich schuldig?

SHUI TA Nein.

DER ERSTE GOTT *in den Akten blätternd:* Wir hören zunächst den Polizisten des Viertels über den Ruf des Angeklagten und den Ruf seiner Kusine.

DER POLIZIST *tritt vor:* Fräulein Shen Te war ein Mädchen, das sich gern allen Leuten angenehm machte, lebte und leben ließ, wie man sagt. Herr Shui Ta hingegen ist ein Mann von Prinzipien. Die Gutherzigkeit des Fräuleins zwang ihn mitunter zu strengen Maßnahmen. Jedoch hielt er sich im Gegensatz zu dem Mädchen stets auf seiten des Gesetzes, Euer

Gnaden. Er entlarvte Leute, denen seine Kusine vertrauensvoll Obdach gewährt hatte, als eine Diebesbande, und in einem andern Fall bewahrte er die Shen Te im letzten Augenblick vor einem glatten Meineid, Herr Shui Ta ist mir bekannt als respektabler und die Gesetze respektierender Bürger.

DER ERSTE GOTT Sind weitere Leute hier, die bezeugen wollen, daß dem Angeklagten eine Untat, wie sie ihm vorgeworfen wird, nicht zuzutrauen ist?

Vortreten Herr Shu Fu und die Hausbesitzerin.

DER POLIZIST *flüstert den Göttern zu:* Herr Shu Fu, ein sehr einflußreicher Herr!

HERR SHU FU Herr Shui Ta gilt in der Stadt als angesehener Geschäftsmann. Er ist zweiter Vorsitzender der Handelskammer und in seinem Viertel zum Friedensrichter vorgesehen.

WANG *ruft dazwischen:* Von euch! Ihr macht Geschäfte mit ihm.

DER POLIZIST *flüsternd:* Ein übles Subjekt!

DIE HAUSBESITZERIN Als Präsidentin des Fürsorgevereins möchte ich dem Gerichtshof zur Kenntnis bringen, daß Herr Shui Ta nicht nur im Begriff steht, zahlreichen Menschen in seinen Tabakbetrieben die bestdenkbaren Räume, hell und gesund, zu schenken, sondern auch unserm Invalidenheim laufend Zuwendungen macht.

DER POLIZIST *flüsternd:* Frau Mi Tzü, eine nahe Freundin des Richters Fu Yi Tscheng!

DER ERSTE GOTT Jaja, aber nun müssen wir auch hören, ob jemand weniger Günstiges über den Angeklagten auszusagen hat.

Vortreten Wang, der Schreiner, das alte Paar, der Arbeitslose, die Schwägerin, die junge Prostituierte.

DER POLIZIST Der Abschaum des Viertels!

DER ERSTE GOTT Nun, was wißt ihr von dem allgemeinen Verhalten des Shui Ta?

RUFE *durcheinander:* Er hat uns ruiniert! Mich hat er erpreßt! Uns zu Schlechtem verleitet! Die Hilflosen ausgebeutet! Gelogen! Betrogen! Gemordet!

DER ERSTE GOTT Angeklagter, was haben Sie zu antworten?

SHUI TA Ich habe nichts getan, als die nackte Existenz meiner

Kusine gerettet, Euer Gnaden. Ich bin nur gekommen, wenn die Gefahr bestand, daß sie ihren kleinen Laden verlor. Ich mußte dreimal kommen. Ich wollte nie bleiben. Die Verhältnisse haben es mit sich gebracht, daß ich das letzte Mal geblieben bin. Die ganze Zeit habe ich nur Mühe gehabt. Meine Kusine war beliebt, und ich habe die schmutzige Arbeit verrichtet. Darum bin ich verhaßt.

DIE SCHWÄGERIN Das bist du. Nehmt unsern Jungen, Euer Gnaden! *Zu Shui Ta:* Ich will nicht von den Säcken reden.

SHUI TA Warum nicht? Warum nicht?

DIE SCHWÄGERIN *zu den Göttern:* Shen Te hat uns Obdach gewährt, und er hat uns verhaften lassen.

SHUI TA Ihr habt Kuchen gestohlen!

DIE SCHWÄGERIN Jetzt tut er, als kümmerten ihn die Kuchen des Bäckers! Er wollte den Laden für sich haben!

SHUI TA Der Laden war kein Asyl, ihr Eigensüchtigen!

DIE SCHWÄGERIN Aber wir hatten keine Bleibe!

SHUI TA Ihr wart zu viele!

WANG Und sie hier! *Er deutet auf die beiden Alten.* Waren sie auch zu eigensüchtig?

DER ALTE Wir haben unser Erspartes in Shen Tes Laden gegeben. Warum hast du uns um unsern Laden gebracht?

SHUI TA Weil meine Kusine einem Flieger zum Fliegen verhelfen wollte. Ich sollte das Geld schaffen!

WANG Das wollte vielleicht sie, aber du wolltest die einträgliche Stelle in Peking. Der Laden war dir nicht gut genug.

SHUI TA Die Ladenmiete war zu hoch!

DIE SHIN Das kann ich bestätigen.

SHUI TA Und meine Kusine verstand nichts vom Geschäft.

DIE SHIN Auch das! Außerdem war sie verliebt in den Flieger.

SHUI TA Sollte sie nicht lieben dürfen?

WANG Sicher! Warum hast du sie dann zwingen wollen, einen ungeliebten Mann zu heiraten, den Barbier hier?

SHUI TA Der Mann, den sie liebte, war ein Lump.

WANG Der dort? *Er zeigt auf Sun.*

SUN *springt auf:* Und weil er ein Lump war, hast du ihn in dein Kontor genommen!

SHUI TA Um dich zu bessern! Um dich zu bessern!

DIE SCHWÄGERIN Um ihn zum Antreiber zu machen!

WANG Und als er so gebessert war, hast du ihn da nicht verkauft an diese da? *Er zeigt auf die Hausbesitzerin.* Sie hat es überall herumposaunt!

SHUI TA Weil sie mir die Lokalitäten nur geben wollte, wenn er ihr die Knie tätschelte!

DIE HAUSBESITZERIN Lüge! Reden Sie nicht mehr von meinen Lokalitäten! Ich habe mit Ihnen nichts zu schaffen, Sie Mörder! *Sie rauscht beleidigt ab.*

SUN *bestimmt:* Euer Gnaden, ich muß ein Wort für ihn einlegen!

DIE SCHWÄGERIN Selbstverständlich mußt du. Du bist sein Angestellter.

DER ARBEITSLOSE Er ist der schlimmste Antreiber, den es je gegeben hat. Er ist ganz verkommen.

SUN Euer Gnaden, der Angeklagte mag mich zu was immer gemacht haben, aber er ist kein Mörder. Wenige Minuten vor seiner Verhaftung habe ich Shen Tes Stimme aus dem Gelaß hinter dem Laden gehört!

DER ERSTE GOTT *gierig:* So lebte sie also? Berichte uns genau, was du gehört hast!

SUN *triumphierend:* Ein Schluchzen, Euer Gnaden, ein Schluchzen!

DER DRITTE GOTT Und das erkanntest du wieder?

SUN Unbedingt. Sollte ich nicht ihre Stimme kennen?

HERR SHU FU Ja, oft genug hast du sie schluchzen gemacht!

SUN Und doch habe ich sie glücklich gemacht. Aber dann wollte er *auf Shui Ta deutend* sie an dich verkaufen.

SHUI TA *zu Sun:* Weil du sie nicht liebtest!

WANG Nein: um des Geldes willen!

SHUI TA Aber wozu wurde das Geld benötigt, Euer Gnaden? *Zu Sun:* Du wolltest, daß sie alle ihre Freunde opferte, aber der Barbier bot seine Häuser und sein Geld an, daß den Armen geholfen würde. Auch damit sie Gutes tun konnte, mußte ich sie mit dem Barbier verloben.

WANG Warum hast du sie da nicht das Gute tun lassen, als der große Scheck unterschrieben wurde? Warum hast du die Freunde Shen Tes in die schmutzigen Schwitzbuden geschickt, deine Tabakfabrik, Tabakkönig?

SHUI TA Das war für das Kind!

DER SCHREINER Und meine Kinder? Was machtest du mit meinen Kindern?

Shui Ta schweigt.

WANG Jetzt schweigst du! Die Götter haben Shen Te ihren Laden gegeben als eine kleine Quelle der Güte. Und immer wollte sie Gutes tun, und immer kamst du und hast es vereitelt.

SHUI TA *außer sich:* Weil sonst die Quelle versiegt wäre, du Dummkopf.

DIE SHIN Das ist richtig, Euer Gnaden!

WANG Was nützt die Quelle, wenn daraus nicht geschöpft werden kann?

SHUI TA Gute Taten, das bedeutet Ruin!

WANG *wild:* Aber schlechte Taten, das bedeutet gutes Leben, wie? Was hast du mit der guten Shen Te gemacht, du schlechter Mensch? Wie viele gute Menschen gibt es schon, Erleuchtete? Sie aber war gut! Als der dort meine Hand zerbrochen hatte, wollte sie für mich zeugen. Und jetzt zeuge ich für sie. Sie war gut, ich bezeuge es. *Er hebt die Hand zum Schwur.*

DER DRITTE GOTT Was hast du an der Hand, Wasserverkäufer? Sie ist ja steif.

WANG *zeigt auf Shui Ta:* Er ist daran schuld, nur er! Sie wollte mir das Geld für den Arzt geben, aber dann kam er. Du warst ihr Todfeind!

SHUI TA Ich war ihr einziger Freund!

ALLE Wo ist sie?

SHUI TA Verreist.

WANG Wohin?

SHUI TA Ich sage es nicht!

ALLE Aber warum mußte sie verreisen?

SHUI TA *schreiend:* Weil ihr sie sonst zerrissen hättet!

Es tritt eine plötzliche Stille ein.

SHUI TA *ist auf seinen Stuhl gesunken:* Ich kann nicht mehr. Ich will alles aufklären. Wenn der Saal geräumt wird und nur die Richter zurückbleiben, will ich ein Geständnis machen.

ALLE Er gesteht! Er ist überführt!

DER ERSTE GOTT *schlägt mit dem Hammer auf den Tisch:* Der Saal soll geräumt werden.

Der Polizist räumt den Saal.

DIE SHIN *im Abgehen, lachend:* Man wird sich wundern!

SHUI TA Sind sie draußen? Alle? Ich kann nicht mehr schweigen. Ich habe euch erkannt, Erleuchtete!

DER ZWEITE GOTT Was hast du mit unserm guten Menschen von Sezuan gemacht?

SHUI TA Dann laßt mich euch die furchtbare Wahrheit gestehen, ich bin euer guter Mensch! *Er nimmt die Maske ab und reißt sich die Kleider weg, Shen Te steht da.*

DER ZWEITE GOTT Shen Te!

SHEN TE Ja, ich bin es. Shui Ta und Shen Te, ich bin beides.
Euer einstiger Befehl
Gut zu sein und doch zu leben
Zerriß mich wie ein Blitz in zwei Hälften. Ich
Weiß nicht, wie es kam: gut sein zu andern
Und zu mir konnte ich nicht zugleich.
Andern und mir zu helfen, war mir zu schwer.
Ach, eure Welt ist schwierig! Zu viel Not, zu viel Verzweiflung!
Die Hand, die dem Elenden gereicht wird
Reißt er einem gleich aus! Wer den Verlorenen hilft
Ist selbst verloren! Denn wer könnte
Lang sich weigern, böse zu sein, wenn da stirbt, wer kein Fleisch ißt?
Aus was sollte ich nehmen, was alles gebraucht wurde? Nur
Aus mir! Aber dann kam ich um! Die Last der guten Vorsätze
Drückte mich in die Erde. Doch wenn ich Unrecht tat
Ging ich mächtig herum und aß vom guten Fleisch!
Etwas muß falsch sein an eurer Welt. Warum
Ist auf die Bosheit ein Preis gesetzt und warum erwarten den Guten
So harte Strafen? Ach, in mir war
Solch eine Gier, mich zu verwöhnen! Und da war auch
In mir ein heimliches Wissen, denn meine Ziehmutter
Wusch mich mit Gossenwasser! Davon kriegte ich
Ein scharfes Aug. Jedoch Mitleid
Schmerzte mich so, daß ich gleich in wölfischen Zorn verfiel
Angesichts des Elends. Dann

Fühlte ich, wie ich mich verwandelte und
Mir die Lippe zur Lefze wurd. Wie Asch im Mund
Schmeckte das gütige Wort. Und doch
Wollte ich gern ein Engel sein den Vorstädten. Zu schenken
War mir eine Wollust. Ein glückliches Gesicht
Und ich ging wie auf Wolken.
Verdammt mich: alles, was ich verbrach
Tat ich, meinen Nachbarn zu helfen
Meinen Geliebten zu lieben und
Meinen kleinen Sohn vor dem Mangel zu retten.
Für eure großen Pläne, ihr Götter
War ich armer Mensch zu klein.

DER ERSTE GOTT *mit allen Zeichen des Entsetzens:* Sprich nicht weiter, Unglückliche! Was sollen wir denken, die so froh sind, dich wiedergefunden zu haben!

SHEN TE Aber ich muß euch doch sagen, daß ich der böse Mensch bin, von dem alle hier diese Untaten berichtet haben.

DER ERSTE GOTT Der gute Mensch, von dem alle nur Gutes berichtet haben!

SHEN TE Nein, auch der böse!

DER ERSTE GOTT Ein Mißverständnis! Einige unglückliche Vorkommnisse. Ein paar Nachbarn ohne Herz! Etwas Übereifer!

DER ZWEITE GOTT Aber wie soll sie weiterleben?

DER ERSTE GOTT Sie kann es! Sie ist eine kräftige Person und wohlgestaltet und kann viel aushalten.

DER ZWEITE GOTT Aber hast du nicht gehört, was sie sagt?

DER ERSTE GOTT *heftig:* Verwirrtes, sehr Verwirrtes! Unglaubliches, sehr Unglaubliches! Sollen wir eingestehen, daß unsere Gebote tödlich sind? Sollen wir verzichten auf unsere Gebote? *Verbissen.* Niemals! Soll die Welt geändert werden? Wie? Von wem? Nein, es ist alles in Ordnung. *Er schlägt schnell mit dem Hammer auf den Tisch.*

Und nun
auf ein Zeichen von ihm ertönt Musik. Eine rosige Helle entsteht
Laßt uns zurückkehren. Diese kleine Welt
Hat uns sehr gefesselt. Ihr Freud und Leid

Hat uns erquickt und uns geschmerzt. Jedoch
Gedenken wir dort über den Gestirnen
Deiner, Shen Te, des guten Menschen, gern
Die du von unserm Geist hier unten zeugst
In kalter Finsternis die kleine Lampe trägst.
Leb wohl, mach's gut!

Auf ein Zeichen von ihm öffnet sich die Decke. Eine rosa Wolke läßt sich hernieder. Auf ihr fahren die Götter sehr langsam nach oben.

SHEN TE Oh, nicht doch, Erleuchtete! Fahrt nicht weg! Verlaßt mich nicht! Wie soll ich den beiden guten Alten in die Augen schauen, die ihren Laden verloren haben, und dem Wasserverkäufer mit der steifen Hand? Und wie soll ich mich des Barbiers erwehren, den ich nicht liebe, und wie Suns, den ich liebe? Und mein Leib ist gesegnet, bald ist mein kleiner Sohn da und will essen? Ich kann nicht hier bleiben! *Sie blickt gehetzt nach der Tür, durch die ihre Peiniger eintreten werden.*

DER ERSTE GOTT Du kannst es. Sei nur gut und alles wird gut werden!

Herein die Zeugen. Sie sehen mit Verwunderung die Richter auf ihrer rosa Wolke schweben.

WANG Bezeugt euren Respekt! Die Götter sind unter uns erschienen! Drei der höchsten Götter sind nach Sezuan gekommen, einen guten Menschen zu suchen. Sie hatten ihn schon gefunden, aber ...

DER ERSTE GOTT Kein Aber! Hier ist er!

ALLE Shen Te!

DER ERSTE GOTT Sie ist nicht umgekommen, sie war nur verborgen. Sie wird unter euch bleiben, ein guter Mensch!

SHEN TE Aber ich brauche den Vetter!

DER ERSTE GOTT Nicht zu oft!

SHEN TE Jede Woche zumindest!

DER ERSTE GOTT Jeden Monat, das genügt!

SHEN TE Oh, entfernt euch nicht, Erleuchtete! Ich habe noch nicht alles gesagt! Ich brauche euch dringend!

DIE GÖTTER *singen das Terzett der entschwindenden Götter auf der Wolke:*

Leider können wir nicht bleiben
Mehr als eine flüchtige Stund:

Lang besehn, ihn zu beschreiben
Schwände hin der schöne Fund.
Eure Körper werfen Schatten
In der Flut des goldnen Lichts
Drum müßt ihr uns schon gestatten
Heimzugehn in unser Nichts.

SHEN TE Hilfe!

DIE GÖTTER

Und lasset, da die Suche nun vorbei
Uns fahren schnell hinan!
Gepriesen sei, gepriesen sei
Der gute Mensch von Sezuan!

Während Shen Te verzweifelt die Arme nach ihnen ausbreitet, verschwinden sie oben, lächelnd und winkend.

Epilog

Vor den Vorhang tritt ein Spieler und wendet sich entschuldigend an das Publikum mit einem Epilog.

DER SPIELER

Verehrtes Publikum, jetzt kein Verdruß:
Wir wissen wohl, das ist kein rechter Schluß.
Vorschwebte uns: die goldene Legende.
Unter der Hand nahm sie ein bitteres Ende.
Wir stehen selbst enttäuscht und sehn betroffen
Den Vorhang zu und alle Fragen offen.
Dabei sind wir doch auf Sie angewiesen
Daß Sie bei uns zu Haus sind und genießen.
Wir können es uns leider nicht verhehlen:
Wir sind bankrott, wenn Sie uns nicht empfehlen!
Vielleicht fiel uns aus lauter Furcht nichts ein.
Das kam schon vor. Was könnt die Lösung sein?
Wir konnten keine finden, nicht einmal für Geld.
Soll es ein andrer Mensch sein? Oder eine andre Welt?
Vielleicht nur andere Götter? Oder keine?
Wir sind zerschmettert und nicht nur zum Scheine!
Der einzige Ausweg wär aus diesem Ungemach:

Sie selber dächten auf der Stelle nach
Auf welche Weis dem guten Menschen man
Zu einem guten Ende helfen kann.
Verehrtes Publikum, los, such dir selbst den Schluß!
Es muß ein guter da sein, muß, muß, muß!

Herr Puntila und sein Knecht Matti

»Herr Puntila und sein Knecht Matti« ist der 22. Versuch. Es ist ein Volksstück und wurde 1940 in Finnland nach den Erzählungen und einem Stückentwurf von Hella Wuolijoki geschrieben.

Personen

Puntila, Gutsbesitzer · Eva Puntila, seine Tochter · Matti, sein Chauffeur · Der Ober · Der Richter · Der Attaché · Der Viehdoktor · Die Schmuggleremma · Das Apothekerfräulein · Das Kuhmädchen · Die Telefonistin · Ein dicker Mann · Ein Arbeiter · Der Rothaarige · Der Kümmerliche · Der rote Surkkala · Seine vier Kinder · Laina, die Köchin · Fina, das Stubenmädchen · Der Advokat · Der Probst · Die Pröbstin · Waldarbeiter

Prolog
gesprochen von der Darstellerin des Kuhmädchens

Geehrtes Publikum, die Zeit ist trist.
Klug, wer besorgt, und dumm, wer sorglos ist!
Doch ist nicht überm Berg, wer nicht mehr lacht
Drum haben wir ein komisches Spiel gemacht.
Und wiegen wir den Spaß, geehrtes Haus
Nicht mit der Apothekerwaage aus.
Mehr zentnerweise, wie Kartoffeln, und zum Teil
Hantieren wir ein wenig mit dem Beil.
Wir zeigen nämlich heute abend hier
Euch ein gewisses vorzeitliches Tier
Estatium possessor, auf deutsch Gutsbesitzer genannt
Welches Tier, als sehr verfressen und ganz unnützlich bekannt
Wo es noch existiert und sich hartnäckig hält
Eine arge Landplage darstellt.
Sie sehn dies Tier, sich ungeniert bewegend
In einer würdigen und schönen Gegend.
Wenn sie aus den Kulissen nicht erwächst
Erfühlt ihr sie vielleicht aus unserm Text:
Milchkesselklirrn im finnischen Birkendom
Nachtloser Sommer über mildem Strom
Rötliche Dörfer, mit den Hähnen wach
Und früher Rauch steigt grau vom Schindeldach.
Dies alles, hoffen wir, ist bei uns da
In unserm Spiel vom Herrn auf Puntila.*

* Die dreisilbigen Eigennamen im Stück werden auf der ersten Silbe betont (Púntila, Kúrgela usw.).

1
Puntila findet einen Menschen

Nebenstube im Parkhotel von Tavasthus. Der Gutsbesitzer Puntila, der Richter und der Ober. Der Richter fällt betrunken vom Stuhl.

PUNTILA Ober, wie lange sind wir hier?
DER OBER Zwei Tage, Herr Puntila.
PUNTILA *vorwurfsvoll zum Richter:* Zwei Täglein, hörst du! Und schon läßt du nach und täuschst Müdigkeit vor! Wenn ich mit dir bei einem Aquavit ein bissel über mich reden will und wie ich mich verlassen fühl und wie ich über den Reichstag denk! Aber so fallt ihr einem alle zusammen bei der geringsten Anstrengung, denn der Geist ist willig, aber das Fleisch ist schwach. Wo ist der Doktor, der gestern die Welt herausgefordert hat, daß sie sich mit ihm mißt? Der Stationsvorsteher hat ihn noch hinaustragen sehn, er muß selber gegen sieben Uhr untergegangen sein, nach einem heldenhaften Kampf, wie er gelallt hat, da ist der Apotheker noch gestanden, wo ist er jetzt hin? Das nennt sich die führenden Persönlichkeiten der Gegend, man wird ihnen enttäuscht den Rücken kehrn und *zum schlafenden Richter* was das für ein schlechtes Beispiel gibt für das tavastländische Volk, wenn ein Richter nicht einmal mehr Einkehren in einem Gasthof am Weg aushält, das denkst du nicht. Einen Knecht, der beim Pflügen so faul wär wie du beim Trinken, tät ich auf der Stell entlassen. Hund, würd ich ihm sagen, ich lehr dir's, deine Pflicht auf die leichte Achsel zu nehmen! Kannst du nicht dran denken, Fredrik, was von dir erwartet wird, als einem Gebildeten, auf den man schaut, daß er ein Vorbild gibt und was aushält und ein Verantwortungsgefühl zeigt. Warum kannst du dich nicht zusammennehmen und mit mir aufsitzen und reden, schwacher Mensch? *Zum Ober:* Was für ein Tag ist heut?
DER OBER Samstag, Herr Puntila.
PUNTILA Das erstaunt mich. Es soll Freitag sein.
DER OBER Entschuldigens, aber es ist Samstag.
PUNTILA Du widersprichst ja. Du bist mir ein schöner Ober.

Willst deine Gäst hinausärgern und wirst grob zu ihnen. Ober, ich bestell einen weiteren Aquavit, hör gut zu, daß du nicht wieder alles verwechselst, einen Aquavit und einen Freitag. Hast du mich verstanden?

DER OBER Jawohl, Herr Puntila. *Er läuft weg.*

PUNTILA *zum Richter:* Wach auf, Schwächling! Laß mich nicht so allein! Vor ein paar Flaschen Aquavit kapitulieren! Warum, du hast kaum hingerochen. Ins Boot hast du dich verkrochen, wenn ich dich übern Aquavit hingerudert hab, nicht hinaus hast du dich schaun trauen übern Bootsrand, schäm dich. Schau, ich steig hinaus auf die Flüssigkeit *er spielt es vor* und wandle auf dem Aquavit und geh ich unter? *Er sieht Matti, seinen Chauffeur, der seit einiger Zeit unter der Tür steht.* Wer bist du?

MATTI Ich bin Ihr Chauffeur, Herr Puntila.

PUNTILA *mißtrauisch:* Was bist du? Sag's noch einmal.

MATTI Ich bin Ihr Chauffeur.

PUNTILA Das kann jeder sagen. Ich kenn dich nicht.

MATTI Vielleicht haben Sie mich nie richtig angesehn, ich bin erst fünf Wochen bei Ihnen.

PUNTILA Und wo kommst du jetzt her?

MATTI Von draußen. Ich wart seit zwei Tagen im Wagen.

PUNTILA In welchem Wagen?

MATTI In Ihrem. In dem Studebaker.

PUNTILA Das kommt mir komisch vor. Kannst du's beweisen?

MATTI Und ich hab nicht vor, länger auf Sie draußen zu warten, daß Sie's wissen. Ich hab's bis hierher. So können's einen Menschen nicht behandeln.

PUNTILA Was heißt: einen Menschen? Bist du ein Mensch? Vorhin hast du gesagt, du bist ein Chauffeur. Gelt, jetzt hab ich dich auf einem Widerspruch ertappt! Gib's zu!

MATTI Das werdens gleich merken, daß ich ein Mensch bin, Herr Puntila. Indem ich mich nicht behandeln lass wie ein Stück Vieh und auf der Straß auf Sie wart, ob Sie so gnädig sind, herauszukommen.

PUNTILA Vorhin hast du behauptet, daß du dir's nicht gefallen laßt.

MATTI Sehr richtig. Zahlens mich aus, 175 Mark, und das Zeugnis hol ich mir auf Puntila.

PUNTILA Deine Stimm kenn ich. *Er geht um ihn herum, ihn wie ein fremdes Tier betrachtend.* Deine Stimm klingt ganz menschlich. Setz dich und nimm einen Aquavit, wir müssen uns kennenlernen.

DER OBER *herein mit einer Flasche:* Ihr Aquavit, Herr Puntila, und heut ist Freitag.

PUNTILA Es ist recht. *Auf Matti zeigend.* Das ist ein Freund von mir.

DER OBER Ja, Ihr Chauffeur, Herr Puntila.

PUNTILA So, du bist Chauffeur? Ich hab immer gesagt, auf der Reis trifft man die interessantesten Menschen. Schenk ein!

MATTI Ich möcht wissen, was Sie jetzt wieder vorhaben. Ich weiß nicht, ob ich Ihren Aquavit trinke.

PUNTILA Du bist ein mißtrauischer Mensch, seh ich. Das versteh ich. Mit fremden Leuten soll man sich nicht an einen Tisch setzen. Warum, wenn man dann einschläft, möchtens einen ausrauben. Ich bin der Gutsbesitzer Puntila aus Lammi und ein ehrlicher Mensch, ich hab 90 Kühe. Mit mir kannst du ruhig trinken, Bruder.

MATTI Schön. Ich bin der Matti Altonen und freu mich, Ihre Bekanntschaft zu machen. *Er trinkt ihm zu.*

PUNTILA Ich hab ein gutes Herz, da bin ich froh drüber. Ich hab einmal einen Hirschkäfer von der Straß auf die Seit in den Wald getragen, daß er nicht überfahren wird, das ist ja schon übertrieben bei mir. Ich hab ihn auf einen Stecken aufkriechen lassen. Du hast auch ein so gutes Herz, das seh ich dir an. Ich kann nicht leiden, wenn einer »ich« mit einem großen I schreibt. Das soll man mit einem Ochsenziemer austreiben. Es gibt schon solche Großbauern, die dem Gesinde das Essen vom Maul abzwacken. Ich möcht am liebsten meinen Leuten nur Braten geben. Es sind auch Menschen und wollen ein gutes Stückel essen, genau wie ich, sollen sie! Das meinst du doch auch?

MATTI Unbedingt.

PUNTILA Hab ich dich wirklich draußen sitzen lassen? Das ist mir nicht recht, das nehm ich mir sehr übel, und ich bitt dich, wenn ich das noch einmal mach, nimm den Schraubenschlüssel und gib mir eine über den Deetz! Matti, bist du mein Freund?

MATTI Nein.

PUNTILA Ich dank dir. Ich wußt es. Matti, sieh mich an! Was siehst du?

MATTI Ich möcht sagen: einen dicken Kloben, stinkbesoffen.

PUNTILA Da sieht man, wie das Aussehen täuschen kann. Ich bin ganz anders. Matti, ich bin ein kranker Mann.

MATTI Ein sehr kranker.

PUNTILA Das freut mich. Das sieht nicht jeder. Wenn du mich so siehst, könntest du's nicht ahnen. *Düster, Matti scharf anblickend.* Ich hab Anfälle.

MATTI Das sagen Sie nicht.

PUNTILA Du, das ist nichts zum Lachen. Es kommt über mich mindestens einmal im Quartal. Ich wach auf und bin plötzlich sternhagelnüchtern. Was sagst du dazu?

MATTI Bekommen Sie diese Anfälle von Nüchternheit regelmäßig?

PUNTILA Regelmäßig. Es ist so: die ganze andere Zeit bin ich vollkommen normal, so wie du mich jetzt siehst. Ich bin im vollen Besitz meiner Geisteskräfte, ich bin Herr meiner Sinne. Dann kommt der Anfall. Es beginnt damit, daß mit meinen Augen irgend etwas nicht mehr stimmt. Anstatt zwei Gabeln *er hebt eine Gabel hoch* sehe ich nur noch eine.

MATTI *entsetzt:* Da sind Sie also halbblind?

PUNTILA Ich seh nur die Hälfte von der ganzen Welt. Aber es kommt noch böser, indem ich während dieser Anfälle von totaler, sinnloser Nüchternheit einfach zum Tier herabsinke. Ich habe dann überhaupt keine Hemmungen mehr. Was ich in diesem Zustand tue, Bruder, das kann man mir überhaupt nicht anrechnen. Nicht, wenn man ein Herz im Leibe hat und sich immer sagt, daß ich krank bin. *Mit Entsetzen in der Stimme.* Ich bin dann direkt zurechnungsfähig. Weißt du, was das bedeutet, Bruder, zurechnungsfähig? Ein zurechnungsfähiger Mensch ist ein Mensch, dem man alles zutrauen kann. Er ist zum Beispiel nicht mehr imstande, das Wohl seines Kindes im Auge zu behalten, er hat keinen Sinn für Freundschaft mehr, er ist bereit, über seine eigene Leiche zu gehen. Das ist, weil er eben zurechnungsfähig ist, wie es die Advokaten nennen.

MATTI Tun Sie denn nichts gegen diese Anfälle?

PUNTILA Bruder, ich tue dagegen, was ich überhaupt nur kann. Was überhaupt nur menschenmöglich ist! *Er ergreift sein Glas.* Hier, das ist meine einzige Medizin. Ich schlucke sie hinunter, ohne mit der Wimper zu zucken, und nicht nur kinderlöffelweise, das kannst du mir glauben. Wenn ich etwas von mir sagen kann, so ist es, daß ich gegen diese Anfälle von sinnloser Nüchternheit ankämpfe wie ein Mann. Aber was hilft es? Sie überwinden mich immer wieder. Nimm meine Rücksichtslosigkeit gegen dich, einen solchen Prachtmenschen! Da nimm, da ist Rindsrücken. Ich möcht wissen, was für einem Zufall ich dich verdank. Wie bist du denn zu mir gekommen?

MATTI Indem ich meine vorige Stelle ohne Schuld verloren hab.

PUNTILA Wie ist das zugegangen?

MATTI Ich hab Geister gesehen.

PUNTILA Echte?

MATTI *zuckt die Achseln:* Auf dem Gut vom Herrn Pappmann. Niemand hat gewußt, warum es da spuken soll; vor ich hingekommen bin, hat's nie gespukt. Wenn Sie mich fragen, ich glaub, es war, weil schlecht gekocht worden ist. Warum, wenn den Leuten der Mehlpapp schwer im Magen liegt, haben sie schwere Träum, oft Alpdrücken. Ich vertrag's besonders schlecht, wenn nicht gut gekocht wird. Ich hab schon an Kündigung gedacht, aber ich hab nichts anderes in Aussicht gehabt und war deprimiert und so hab ich düster geredt in der Küch, und es hat auch nicht lang gedauert, da haben die Küchenmädchen auf den Zäunen abends Kinderköpf stecken sehn, daß sie gekündigt haben. Oder eine graue Kugel ist vom Kuhstall hergerollt am Boden, die hat nach einem Kopf ausgesehn, so daß der Futtermeisterin, wie sie's von mir gehört hat, schlecht geworden ist. Und das Stubenmädchen hat gekündigt, wie ich abends gegen elf Uhr einen schwärzlichen Mann bei der Badestub hab herumspazieren sehn, mit'm Kopf unterm Arm, der mich um Feuer für seine Stummelpfeif gebeten hat. Der Herr Pappmann hat mit mir herumgeschrien, daß ich schuld bin und ihm die Leut vom Hof scheuch und bei ihm gibt's keine Geister. Aber wie ich ihm gesagt hab, daß er sich irrt und daß ich zum Beispiel in der Zeit, wo die gnädige Frau zum Entbinden im Krankenhaus war, in zwei Nächten hintereinander ein weißes Gespenst hab aus dem Fenster zur Kammer der Futtermeisterin kommen und in das Fenster vom Herrn Pappmann selber hab einsteigen sehn, hat er nichts mehr sagen können. Aber er hat mich gekündigt. Wie ich gegangen bin, hab ich ihm gesagt, daß ich glaub, wenn er sorgt, daß sie auf dem Gut besser kochen, möchten die Geister mehr Ruh geben, weil sie den Geruch vom Fleisch zum Beispiel nicht vertragen solln.

PUNTILA Ich seh, du hast deine Stell nur verloren, weil sie beim Gesinde am Essen gespart haben, das setzt dich nicht runter in meinen Augen, daß du gern ißt, so lang du meinen Traktor anständig fährst und nicht aufsässig bist und dem Puntila gibst, was des Puntila ist. Da ist genug da, fehlt's etwa an Holz im Wald? Da kann man doch einig werden, alle können mit dem Puntila einig werden. *Er singt.* »Warum mußt du prozessieren, liebes Kind? Da wir doch im Bette immer eines Sinns gewesen sind!« Wie gern tät der Puntila mit euch die Birken fällen und die Stein aus den Äckern graben und den Traktor dirigieren! Aber laßt man ihn? Mir haben sie einen harten Kragen umgelegt, daß ich mir schon zwei Kinne kaputtgerieben hab. Es paßt sich nicht, daß der Papa pflügt; es paßt sich nicht, daß der Papa die Mädchen kitzelt; es paßt sich nicht, daß der Papa mit den Arbeitern Kaffee trinkt! Aber jetzt paßt es mir nicht mehr, daß es sich nicht paßt, und ich fahr nach Kurgela und verlob meine Tochter mit dem Attaché und dann sitz ich in Hemdsärmeln beim Essen und hab keinen Aufpasser mehr, denn die Klinckmann kuscht, die f... ich und basta. Und euch leg ich zum Lohn zu, denn die Welt ist groß, und ich behalt meinen Wald und es reicht für euch und es reicht auch für den Herrn auf Puntila.

MATTI *lacht laut und lang; dann:* So ist es, beruhigen Sie sich nur, und den Herrn Oberrichter wecken wir auf, aber vorsichtig, sonst verurteilt er uns im Schrecken zu hundert Jahr.

PUNTILA Ich möcht sicher sein, daß da keine Kluft mehr ist zwischen uns. Sag, daß keine Kluft ist!

MATTI Ich nehm's als einen Befehl, Herr Puntila, daß keine Kluft ist!

PUNTILA Bruder, wir müssen vom Geld reden.

MATTI Unbedingt.

PUNTILA Es ist aber niedrig, vom Geld reden.

MATTI Dann reden wir nicht vom Geld.

PUNTILA Falsch. Denn, frage ich, warum sollen wir nicht niedrig sein? Sind wir nicht freie Menschen?

MATTI Nein.

PUNTILA Na, siehst du. Und als freie Menschen können wir tun, was wir wollen, und jetzt wollen wir niedrig sein. Denn wir müssen eine Mitgift für mein einziges Kind herausreißen; dem heißt es jetzt ins Auge geschaut, kalt, scharf und betrunken. Ich seh zwei Möglichkeiten, ich könnt einen Wald verkaufen und ich könnt mich verkaufen. Was rätst du?

MATTI Ich möcht nicht mich verkaufen, wenn ich einen Wald verkaufen könnt.

PUNTILA Was, den Wald verkaufen? Du enttäuschst mich tief, Bruder. Weißt du, was ein Wald ist? Ist ein Wald etwa nur 10000 Klafter Holz? Oder ist er eine grüne Menschenfreude? Und du willst eine grüne Menschenfreude verkaufen? Schäm dich!

MATTI Dann das andre.

PUNTILA Auch du, Brutus? Kannst du wirklich wollen, daß ich mich verkaufe?

MATTI Wie wollens das machen: sich verkaufen?

PUNTILA Frau Klinckmann.

MATTI Auf Kurgela, wo wir hinfahren? Die Tante vom Attaché?

PUNTILA Sie hat ein Faible für mich.

MATTI Und der wollens Ihren Körper verkaufen? Das ist furchtbar.

PUNTILA Absolut nicht. Aber was wird aus der Freiheit, Bruder? Aber ich glaub, ich opfer mich auf, was bin ich?

MATTI Das ist richtig.

Der Richter wacht auf und sucht eine Klingel, die nicht vorhanden ist und die er schüttelt.

DER RICHTER Ruhe im Gerichtssaal.

PUNTILA Er meint, er ist im Gerichtssaal, weil er schläft. Bruder, du hast jetzt die Frage entschieden, was mehr wert ist, ein Wald wie mein Wald oder ein Mensch wie ich. Du bist ein wunderbarer Mensch. Da, nimm meine Brieftasche und zahl den Schnaps und steck sie ein, ich verlier sie nur. *Auf den Richter.* Aufheben, raustragen! Ich verlier alles, ich wollt, ich hätt nichts, das wär mir am liebsten. Geld stinkt, das merk dir. Das wär mein Traum, daß ich nichts hätt und wir gingen zu Fuß durch das schöne Finnland, oder höchstens mit einem kleinen Zweisitzer, das bissel Benzin würden sie uns überall pumpen und ab und zu, wenn wir müd sind, gingen wir in eine Schenke wie die und tränken ein Gläschen fürs Holzhacken, das könntest du mit der linken Hand machen, Bruder.

Sie gehen ab. Matti trägt den Richter.

2
Eva

Diele des Gutes Kurgela. Eva Puntila wartet auf ihren Vater und ißt Schokolade. Der Attaché Eino Silakka erscheint oben auf der Treppe. Er ist sehr schläfrig.

EVA Ich kann mir denken, daß Frau Klinckmann sehr verstimmt ist.

DER ATTACHÉ Meine Tante ist nie lang verstimmt. Ich hab noch einmal telefoniert nach ihnen. Am Kirchendorf ist ein Auto vorbeigefahren mit zwei johlenden Männern.

EVA Das sind sie. Eines ist gut, ich kenne meinen Vater unter Hunderten heraus. Ich hab immer gleich gewußt, wenn von meinem Vater die Red war. Wenn wo ein Mann mit einer Viehgeißel einem Knecht nachgelaufen ist oder einer Häuslerswitwe ein Auto geschenkt hat, war's mein Vater.

DER ATTACHÉ Er ist hier nicht auf Puntila, enfin. Ich fürcht nur den Skandal. Ich hab vielleicht keinen Sinn für Zahlen und wieviel Liter Milch wir nach Kaunas schicken können, ich trink keine, aber ich hab ein feines Gefühl, wenn was ein Skandal ist. Wie der Attaché von der französischen Botschaft in London der Duchesse von Catrumple nach acht Cognacs über die Tafel zugerufen hat, daß sie eine Hur ist, hab ich sofort vorausgesagt, das wird ein Skandal. Und ich hab Recht bekommen. Ich glaub, jetzt kommen sie. Du, ich bin ein bissel müd. Ich frag mich, ob du mir verzeihen wirst, wenn ich mich zurückzieh? *Schnell ab.*

Mit einem großen Krach birst das Eingangstor und in seinem Studebaker fährt Puntila in die Diele. Hinten im Wagen sitzen der Richter und Matti.

PUNTILA Da sind wir. Aber mach keine Umständ, weck niemand auf, wir trinken noch im intimen Kreis eine Flasche und gehn zu Bett. Bist du glücklich?

EVA Wir haben euch schon vor drei Tagen erwartet.

PUNTILA Wir sind aufgehalten worden unterwegs, aber wir haben alles mitgebracht. Matti, nimm den Koffer heraus, ich hoff, du hast ihn gut auf den Knien gehalten, daß nichts zerbrochen ist, sonst verdursten wir hier. Wir haben uns geeilt, weil wir gedacht haben, du wirst warten.

DER RICHTER Darf man gratulieren, Eva?

EVA Papa, du bist zu schlimm. Seit einer Woche sitz ich hier in einem fremden Haus, nur mit einem alten Roman und dem Attaché und seiner Tante, und wachse aus vor Langeweile.

PUNTILA Wir haben uns beeilt, ich hab immer gedrängt und gesagt, wir dürfen uns nicht versitzen, ich hab mit dem Attaché noch was zu besprechen über die Verlobung, und ich war froh, daß ich dich bei dem Attaché gewußt hab, daß du jemand hast, während wir abgehalten waren. Gib auf den Koffer acht, Matti, daß kein Unglück damit passiert. *Mit unendlicher Vorsicht nimmt er zusammen mit Matti den Koffer herunter.*

DER RICHTER Hast du dich überworfen mit dem Attaché, weil du klagst, daß du mit ihm allein gelassen worden bist?

EVA Oh, ich weiß nicht. Mit dem kann man sich nicht überwerfen.

DER RICHTER Puntila, die Eva zeigt aber keine Begeisterung über das Ganze. Sie sagt dem Attaché nach, daß man sich nicht mit ihm überwerfen kann. Ich hab einmal eine Ehescheidungssache gehabt, da hat die Frau geklagt, weil ihr Mann ihr nie eine gelangt hat, wenn sie auf ihn mit der Lampe geschmissen hat. Sie hat sich vernachlässigt gefühlt.

PUNTILA So. Das ist noch einmal glücklich gegangen. Was der Puntila anpackt, das glückt. Was, du bist nicht glücklich? Das versteh ich. Wenn du mich fragst, rat ich dir ab von dem Attaché. Das ist kein Mann.

EVA *da Matti dabeisteht und grinst:* Ich hab nur gesagt, ich zweifle, ob ich mich mit dem Attaché allein unterhalt.

PUNTILA Das ist, was ich sag. Nimm den Matti. Mit dem unterhält sich jede.

EVA Du bist unmöglich, Papa. Ich hab doch nur gesagt, ich zweifle. *Zu Matti:* Nehmen Sie den Koffer nach oben.

PUNTILA Halt! Erst eine Flasche herausnehmen oder zwei. Ich muß mit dir noch bei einer Flasche besprechen, ob mir der Attaché paßt. Hast du dich wenigstens verlobt mit ihm?

EVA Nein, ich hab mich nicht verlobt, wir haben nicht über solche Dinge gesprochen. *Zu Matti:* Lassen Sie den Koffer zu.

PUNTILA Was, nicht verlobt? In drei Tagen? Was habt ihr denn dann gemacht? Mir gefällt das von dem Menschen nicht. Ich verlob mich in drei Minuten. Hol ihn herunter und ich hol die Küchenmädchen und zeig ihm, wie ich mich wie der Blitz verlob. Gib die Flaschen heraus, den Burgunder oder nein, den Likör.

EVA Nein, jetzt trinkst du nicht mehr! *Zu Matti:* Tragen Sie den Koffer in mein Zimmer, das zweite rechts von der Treppe!

PUNTILA *alarmiert, da Matti den Koffer aufhebt:* Aber Eva, das ist nicht nett von dir. Deinem eigenen Vater kannst du doch nicht den Durst verwehren. Ich versprech dir, daß ich ganz ruhig mit der Köchin oder dem Stubenmädchen und dem Fredrik, der auch noch Durst hat, eine Flasche leer, sei menschlich.

EVA Ich bin aufgeblieben, daß ich verhinder, daß du das Küchenpersonal aus'm Schlaf störst.

PUNTILA Ich bin überzeugt, die Klinckmann, wo ist sie überhaupt? säß gern noch ein bissel mit mir, der Fredrik ist sowieso müd, dann kann er hinaufgehn, und ich besprech was mit der Klinckmann, das hab ich sowieso vorgehabt, wir haben immer ein Faible füreinander gehabt.

EVA Ich wünschte, du nähmst dich ein wenig zusammen. Frau Klinckmann war wütend genug, daß du drei Tag zu spät ankommst, ich bezweifel, daß du sie morgen zu Gesicht bekommst.

PUNTILA Ich werd bei ihr anklopfen und alles ordnen. Ich weiß, wie ich sie behandel, davon verstehst du nichts, Eva.

EVA Ich versteh nur, daß keine Frau mit dir sitzen wird, in dem Zustand! *Zu Matti:* Sie sollen den Koffer hinauftragen! Ich hab genug mit den drei Tagen.

PUNTILA Eva, sei vernünftig. Wenn du dagegen bist, daß ich hinaufgeh, dann hol die kleine Rundliche, ich glaub, es ist die Haushälterin, dann besprech ich mit der was!

EVA Treib's nicht zu weit, Papa, wenn du nicht willst, daß ich ihn selber hinauftrage und er mir die Treppe herunterfällt aus Versehen.

Puntila steht entsetzt. Matti trägt den Koffer weg. Eva folgt ihm.

PUNTILA *still:* So behandelt also ein Kind seinen Vater. *Er dreht sich um und steigt wieder in seinen Wagen.* Fredrik, steig ein!

DER RICHTER Was hast du denn vor, Johannes?

PUNTILA Ich geh weg von hier, mir gefallt's nicht. Warum, ich hab mich beeilt und komm spät in der Nacht an und werd ich empfangen mit liebenden Armen? Ich erinner an den verlorenen Sohn, Fredrik, aber wie, wenn dann kein Kalb geschlachtet worden wär, sondern kalte Vorwürf. Ich geh weg von hier.

DER RICHTER Wohin?

PUNTILA Ich versteh nicht, wie du da fragen kannst. Siehst du nicht, daß ich von meiner eigenen Tochter keinen Schnaps bekomm? Daß ich raus muß in die Nacht und schaun, wer mir eine Flasche oder zwei gibt?

DER RICHTER Nimm Vernunft an, Puntila, du kriegst keinen Schnaps nachts um halb drei Uhr. Der Ausschank oder Verkauf von Alkohol ohne Rezept ist gesetzlich verboten.

PUNTILA Du verläßt mich auch? Ich bekomm keinen gesetzlichen Schnaps? Ich werd dir zeigen, wie ich gesetzlichen Schnaps bekomme, zur Tages- oder Nachtzeit.

EVA *zurück oben auf der Treppe:* Geh sofort aus dem Wagen heraus, Papa.

PUNTILA Du bist ruhig, Eva, und ehrst deinen Vater und Mutter, daß du lange lebest auf Erden! *Steht erregt auf im Wagen.* Das ist ein schönes Haus, wo die Gedärme der Gäste zum Trocknen an die Leine gehängt werden sollen! Und ich krieg keine Frau! Ich werd dir zeigen, ob ich keine krieg! Der Klinckmann kannst du sagen, ich verzicht auf ihre Gesellschaft! Ich betracht sie als die törichte Jungfrau, die kein Öl auf ihrer Lampe hat. Und jetzt fahr ich los, daß der Boden schallt und alle Kurven vor Schrecken grad werden. *Er fährt mit einem Ruck rückwärts zum Tor hinaus.*

EVA *herunterkommend:* Halten Sie den Herrn auf, Sie!

MATTI *erscheint hinter ihr:* Das ist zu spät. Er ist zu behendig.

DER RICHTER Ich glaub, ich werd ihn nicht mehr abwarten. Ich bin nicht mehr so jung, wie ich war, Eva. Ich glaub nicht, daß er sich was tut. Er hat immer Glück. Wo ist mein Zimmer? *Geht nach oben.*

EVA Das dritte von der Treppe. *Zu Matti:* Jetzt können wir aufbleiben und sorgen, daß er nicht mit den Dienstboten trinkt und sich mit ihnen gemein macht.

MATTI Solche Vertraulichkeiten sind immer unangenehm. Ich war in einer Papiermühl, da hat der Portier gekündigt, weil der Herr Direktor ihn gefragt hat, wie's seinem Sohn geht.

EVA Mein Vater wird sehr ausgenützt, weil er diese Schwäche hat. Er ist zu gut.

MATTI Ja, das ist ein Glück für die Umgebung, daß er Zeiten hat, wo er sauft. Da wird er ein guter Mensch und sieht weiße Mäuse und möcht sie am liebsten streicheln, weil er so gut ist.

EVA Ich mag nicht, daß Sie von Ihrem Herrn so reden. Und ich wünsche, daß Sie es nicht wörtlich nehmen, was er zum Beispiel über den Attaché sagt. Ich möcht nicht, daß Sie überall herumtragen, was er im Spaß gesagt hat.

MATTI Daß der Attaché kein Mann ist? Darüber, was ein Mann ist, sind die Ansichten sehr verschieden. Ich war im Dienst bei einer Bierbrauerin, die hat eine Tochter gehabt, die hat mich in die Badestube gerufen, daß ich ihr einen Bademantel bring, weil sie so schamhaft war. »Bringen Sie mir einen Bademantel«, hat sie gesagt und ist splitternackt dagestanden, »die Männer schauen her, wenn ich ins Wasser geh.«

EVA Ich versteh nicht, was Sie damit meinen.

MATTI Ich mein nichts, ich red nur, daß die Zeit vergeht und daß ich Sie unterhalt. Wenn ich mit der Herrschaft red, mein ich nie was und hab überhaupt keine Ansichten, weils das nicht leiden können beim Personal.

EVA *nach einer kleinen Pause:* Der Attaché ist sehr angesehn beim diplomatischen Dienst und hat eine große Karriere vor sich, ich möcht, daß man das weiß. Er ist einer der klügsten von den jüngeren Kräften.

MATTI Ich versteh.

EVA Was ich vorhin gemeint hab, wie Sie dabeigestanden sind, zwar nur, daß ich mich nicht so gut unterhalten hab, wie mein Vater gemeint hat. Natürlich kommt es überhaupt nicht darauf an, ob ein Mann unterhaltend ist.

MATTI Ich hab einen Herrn gekannt, der war gar nicht unterhaltend und hat doch in Margarine und Fette eine Million gemacht.

EVA Meine Verlobung ist seit langem geplant. Wir sind schon als Kinder zusammen gewesen. Ich bin nur ein vielleicht sehr lebhafter Mensch und langweil mich leicht.

MATTI Und da zweifelns.

EVA Das hab ich nicht gesagt. Ich begreif nicht, warum Sie mich nicht verstehen wollen. Sie sind wohl müd. Warum gehn Sie nicht schlafen?

MATTI Ich leist Ihnen Gesellschaft.

EVA Das brauchen Sie nicht. Ich wollte nur betonen, daß der Attaché ein intelligenter und gütiger Mensch ist, den man nicht nach dem Äußeren beurteilen darf oder danach, was er sagt oder was er tut. Er ist sehr aufmerksam zu mir und sieht mir jeden Wunsch von den Augen ab. Er würd nie eine vulgäre Handlung unternehmen oder vertraulich werden oder seine Männlichkeit zur Schau stellen. Ich schätz ihn sehr hoch. Aber vielleicht sind Sie schläfrig?

MATTI Redens nur weiter, ich mach die Augen nur zu, daß ich mich besser konzentrier.

3
Puntila verlobt sich mit den Frühaufsteherinnen

Früher Morgen im Dorf. Holzhäuschen. Auf einem steht »Post«, auf einem »Tierarzt«, auf einem »Apotheke«. In der Mitte des Platzes steht ein Telegrafenmast. Puntila ist mit seinem Studebaker auf den Telegrafenmast aufgefahren und beschimpft ihn.

PUNTILA Straße frei im Tavastland! Aus dem Weg, du Hund von einem Mast, stell dich dem Puntila nicht in den Weg, wer bist du? Hast du einen Wald, hast du Kühe? Also siehst du?! Zurück! Wenn ich den Polizeimeister anruf und dich abführen lass als einen Roten, da bereust du's und willst es nicht gewesen sein! *Er steigt aus.* Höchste Zeit, daß du ausgewichen bist! *Er geht zu einem Häuschen und klopft an das Fenster. Die Schmuggleremma schaut heraus.*

PUNTILA Guten Morgen, gnädige Frau. Wie haben gnädige Frau geruht? Ich hab ein kleines Anliegen an die gnädige Frau. Ich bin nämlich der Großbauer Puntila aus Lammi und schweb in größter Sorg, denn ich muß gesetzlichen Alkohol für meine am Scharlach schwer erkrankten Küh auftreiben. Wo geruht der Herr Viehdoktor in Ihrem Dorf zu wohnen? Ich müßt dir dein ganzes Misthüttchen umschmeißen, wenn du mir nicht den Viehdoktor zeigst.

DIE SCHMUGGLEREMMA Oje! Sie sind ja ganz außer sich. Gleich hier liegt das Haus von unserm Viehdoktor. Aber hör ich recht, der Herr braucht Alkohol? Ich hab Alkohol, schönen, starken, ich mach ihn selber.

PUNTILA Heb dich weg, Weib! Wie kannst du mir deinen ungesetzlichen Schnaps anbieten. Ich trink nur gesetzlichen, einen anderen brächt ich gar nie die Gurgel hinunter. Ich möcht lieber tot sein, als zu denen gehören, die nicht die finnischen Gesetze achten. Warum, ich mach alles, wie's im Gesetz steht. Wenn ich einen totschlagen will, tät ich's im Rahmen der Gesetze oder gar nicht.

DIE SCHMUGGLEREMMA Gnädiger Herr, die Kränk sollens kriegen von Ihrem Gesetzlichen!

Sie verschwindet in ihrer Hütte. Puntila läuft zum Häuschen des Viehdoktors und klingelt. Der Viehdoktor schaut heraus.

PUNTILA Viehdoktor, Viehdoktor, find ich dich endlich! Ich bin der Großbauer Puntila aus Lammi und hab 90 Kühe und alle 90 haben den Scharlach. Da muß ich schnell gesetzlichen Alkohol haben.

DER VIEHDOKTOR Ich glaub, Sie sind an die falsche Stelle geraten und machen sich lieber im Guten wieder auf den Weg, Mann!

PUNTILA Viehdoktor, enttäusch mich nicht, oder bist du gar kein Viehdoktor, sonst wüßtest du, was man dem Puntila im ganzen Tavastland gibt, wenn seine Küh den Scharlach haben! Denn ich lüg nicht. Wenn ich sagen tät, sie haben den Rotz, dann wär's eine Lüg, aber wenn ich sag, es ist der

Scharlach, dann ist's ein feiner Wink zwischen Ehrenmännern.

DER VIEHDOKTOR Und wenn ich den Wink nicht versteh?

PUNTILA Dann würd ich vielleicht sagen: der Puntila ist der größte Raufer im ganzen Tavastland. Da gibt's schon ein Volkslied drüber. Drei Viehdoktoren hat er schon auf seinem Gewissen. Verstehst du jetzt, Herr Doktor?

DER VIEHDOKTOR *lachend:* Ja, jetzt versteh ich. Wenn Sie ein so mächtiger Mann sind, müssen Sie Ihr Rezept natürlich kriegen. Wenn ich nur sicher wär, daß es der Scharlach ist.

PUNTILA Viehdoktor, wenn sie rote Flecken haben und zwei haben schon schwarze Flecken, ist das nicht die Krankheit in ihrer furchtbarsten Gestalt? Und das Kopfweh, das sie sicher haben, wenn sie schlaflos sind und sich hin und her wälzen die ganze Nacht und an nichts als an ihre Sünden denken!

DER VIEHDOKTOR Da hab ich freilich die Pflicht, daß ich Erleichterung schaff. *Er wirft ihm das Rezept herunter.*

PUNTILA Und die Rechnung schick mir nach Puntila in Lammi!

Puntila läuft zur Apotheke und klingelt stark. Während er wartet, tritt die Schmuggleremma aus ihrem Häuschen.

DIE SCHMUGGLEREMMA *singt beim Flaschenputzen:*

Als die Pflaumen reif geworden
Zeigt im Dorf sich ein Gespann.
Früh am Tage, aus dem Norden
Kam ein schöner junger Mann.

Sie geht in ihr Häuschen zurück. Aus dem Fenster der Apotheke schaut das Apothekerfräulein.

DAS APOTHEKERFRÄULEIN Reißen Sie uns nicht die Glocke herunter!

PUNTILA Besser die Glocke herunter als lang gewartet! Kottkottkotttipptipptipp! Ich brauch Schnaps für 90 Kühe, mein Gutes! Du Rundes!

DAS APOTHEKERFRÄULEIN Ich mein, Sie brauchen, daß ich den Polizisten ruf.

PUNTILA Kindchen, Kindchen! Für einen Menschen wie den Puntila von Lammi die Polizisten! Was würd bei ihm einer nützen, es müßten schon mindestens zwei sein! Aber wozu Polizisten, ich lieb die Polizisten, sie haben größere Füß als sonst wer und fünf Zehn pro Fuß, denn sie sind für Ordnung und ich lieb die Ordnung! *Er gibt ihr das Rezept.* Hier, mein Täubchen, ist Gesetz und Ordnung!

Das Apothekerfräulein holt den Schnaps. Während Puntila wartet, tritt die Schmuggleremma wieder aus ihrem Häuschen.

DIE SCHMUGGLEREMMA *singt:*

Als wir warn beim Pflaumenpflücken
Legte er sich in das Gras
Blond sein Bart, und auf dem Rücken
Sah er zu, sah dies und das.

Sie geht in ihr Häuschen zurück. Das Apothekerfräulein bringt den Schnaps.

DAS APOTHEKERFRÄULEIN *lacht:* Das ist aber eine große Flasche. Hoffentlich kriegens auch genug Heringe für Ihre Küh am Tag drauf! *Sie gibt ihm die Flasche.*

PUNTILA Gluck, gluck, gluckgluck, o du finnische Musik, du schönste der Welt! O Gott, fast hätt ich was vergessen! Jetzt hab ich den Schnaps und hab kein Mädchen! Und du hast keinen Schnaps und hast keinen Mann! Schöne Apothekerin, ich möcht mich mit dir verloben!

DAS APOTHEKERFRÄULEIN Vielen Dank, Herr Puntila aus Lammi, aber ich verlob mich nur nach dem Gesetz mit einem Ring und einem Schluck Wein.

PUNTILA Ich bin einverstanden, wenn du dich nur mit mir verlobst. Aber verloben mußt du dich, es ist hohe Zeit, denn was hast du schon für ein Leben? Ich möcht, daß du mir von dir erzählst, wie du bist, das muß ich doch wissen, wenn ich mich mit dir verlob!

DAS APOTHEKERFRÄULEIN Ich? Ich hab so ein Leben: Studiert hab ich vier Jahr, und jetzt zahlt mir der Apotheker weniger als der Köchin. Den halben Lohn schick ich meiner Mutter nach Tavasthus, denn sie hat ein schwaches Herz, ich hab's von ihr geerbt. Jede zweite Nacht wach ich. Die Apothekerin ist eifersüchtig, weil der Apotheker mich belästigt. Der Doktor hat eine schlechte Handschrift, einmal hab ich schon die Rezepte vertauscht, und mit den Medikamenten verbrenn ich mir immer das Kleid, dabei ist die Wäsch so teuer. Einen Freund find ich nicht, der Polizeimeister und der Direktor vom Konsumverein und der Buchhändler sind alle verheiratet. Ich glaub, ich hab ein trauriges Leben.

PUNTILA Siehst du? Also – halt dich an den Puntila! Da, nimm einen Schluck!

DAS APOTHEKERFRÄULEIN Aber wo ist der Ring? Es heißt: ein Schluck Wein und ein Ring!

PUNTILA Hast du denn keine Gardinenringe?

DAS APOTHEKERFRÄULEIN Brauchen Sie einen oder mehrere?

PUNTILA Viele, nicht einen, Mädchen. Der Puntila braucht von allem viel. Er möcht womöglich ein einzelnes Mädchen gar nicht merken. Verstehst du das?

Während das Apothekerfräulein eine Gardinenstange holt, tritt die Schmuggleremma wieder aus ihrem Häuschen.

DIE SCHMUGGLEREMMA *singt:*

Als wir eingekocht die Pflaumen
Macht er gnädig manchen Spaß
Und er steckte seinen Daumen
Lächelnd in so manches Faß.

Das Apothekerfräulein gibt Puntila die Ringe von der Gardinenstange.

PUNTILA *ihr einen Ring ansteckend:* Komm nach Puntila am Sonntag über acht Tage. Da ist große Verlobung. *Er läuft weiter. Das Kuhmädchen Lisu kommt mit dem Melkeimer.* Halt, Täubchen! Dich muß ich haben. Wohin des Wegs so früh?

DAS KUHMÄDCHEN Melken!

PUNTILA Was, da sitzt du mit nichts als dem Eimer zwischen den Beinen? Willst du nicht einen Mann haben? Was hast du schon für ein Leben! Sag mir's, was du für ein Leben hast, ich interessier mich für dich!

DAS KUHMÄDCHEN Ich hab so ein Leben: Um halb vier muß ich aufstehen, den Kuhstall ausmisten und die Kuh bürsten. Dann kommt das Melken und dann wasch ich die Milcheimer, mit Soda und scharfem Zeug, das brennt auf der Hand. Dann mist ich wieder aus und dann trink ich den Kaffee, aber der stinkt, der ist billig. Ich ess mein Butterbrot und schlaf ein bissel. Am Nachmittag koch ich mir Kartoffeln und ess Sauce dazu, Fleisch seh ich nie, vielleicht, daß mir die Haushälterin einmal ein Ei schenkt oder ich find eins. Dann kommt wieder das Mistkehren, das Kuhbürsten, das Melken und das Milchkannenwaschen. Ich muß im Tag 120

Liter herausmelken. Auf die Nacht ess ich Brot und Milch, davon krieg ich zwei Liter im Tag, aber das andre, was ich mir koch, kauf ich auf'm Gut. Frei hab ich jeden fünften Sonntag, aber abends geh ich manchmal zum Tanzen und wenn es schlimm geht, krieg ich ein Kind. Ich hab zwei Kleider, und ich hab auch ein Fahrrad.

PUNTILA Und ich hab einen Hof und die Dampfmühle und das Sägewerk hab ich und gar keine Frau! Wie ist es mit dir, Täubchen? Da ist der Ring und einen Schluck nimm aus der Flasche und alles ist in Ordnung und gesetzlich. Komm nach Puntila am Sonntag über acht Tage, abgemacht?

DAS KUHMÄDCHEN Abgemacht!

Puntila läuft weiter.

PUNTILA Weiter, immer die Dorfstraße hinunter! Ich bin gespannt, wer alles schon auf ist. Da sind sie unwiderstehlich, wenn sie so aus den Federn kriechen, da sind die Augen noch blank und sündig, und die Welt ist noch jung.

Er kommt zur Telefonzentrale. Da steht Sandra, die Telefonistin.

PUNTILA Guten Morgen, du Wache! Du bist doch die allwissende Frau, die alles durchs Telefon weiß. Guten Morgen, du!

DIE TELEFONISTIN Guten Morgen, Herr Puntila. Was ist los schon so früh?

PUNTILA Ich geh auf Freiersfüßen.

DIE TELEFONISTIN Sie sind's doch, nach dem ich die halbe Nacht herumtelefoniert hab?

PUNTILA Ja, du weißt alles. Und die halbe Nacht warst du auf, ganz allein! Ich möcht wissen, was du für ein Leben hast!

DIE TELEFONISTIN Das kann ich Ihnen sagen, ich hab so ein Leben: Ich krieg 50 Mark, aber dafür darf ich nicht aus der Zentrale heraus seit 30 Jahren. Hinterm Haus hab ich ein bissel Kartoffelland und da krieg ich die Kartoffeln her, den Strömling kauf ich mir dazu, aber der Kaffee wird immer teurer. Was es im Dorf gibt, und auch außerhalb, weiß ich alles. Sie würden sich wundern, was ich weiß. Ich bin nicht geheiratet worden deswegen. Ich bin die Sekretärin im Arbeiterklub, mein Vater ist Schuster gewesen. Telefonstecken, Kartoffelkochen und Alleswissen, das ist mein Leben.

PUNTILA Da ist es Zeit, daß du ein andres kriegst. Und schnell muß es gehn. Gleich schick ein Telegramm ins Hauptamt, daß du den Puntila aus Lammi heiratest! Hier hast du den Ring und da ist der Schnaps, alles gesetzlich, und am Sonntag über acht Tage kommst du nach Puntila!

DIE TELEFONISTIN *lachend:* Ich werd da sein. Ich weiß schon, daß Sie für Ihre Tochter eine Verlobung machen.

PUNTILA *zur Schmuggleremma:* Und Sie haben wohl gehört, daß ich mich allgemein verlob hier, gnädige Frau, und ich hoff, Sie werden nicht fehlen.

DIE SCHMUGGLEREMMA *und* DAS APOTHEKERFRÄULEIN *singen:*

Als das Pflaumenmus wir aßen
War er lang auf und davon
Aber, glaubt uns, nie vergaßen
Wir den schönen jungen Mann.

PUNTILA Und ich fahr weiter, und um den Teich und durch die Tannen und komm zur rechten Zeit auf'n Gesindemarkt. Kottkottkotttipptipptipp! Oh, ihr Mädchen vom Tavastland, all die früh aufgestanden sind, jahrelang umsonst, bis der Puntila kommt und da hat sich's gelohnt. Her, alle! Her, alle ihr Herdanzünderinnen in der Früh und ihr Rauchmacherinnen, kommt barfuß, das frische Gras kennt eure Schritt und der Puntila hört sie!

4
Der Gesindemarkt

Gesindemarkt auf dem Dorfplatz von Lammi. Puntila und Matti suchen Knechte aus. Jahrmarktsmusik und viele Stimmen.

PUNTILA Ich hab mich schon gewundert über dich, daß du mich allein hast wegfahren lassen von Kurgela, aber daß du nicht einmal gewacht hast, bis ich zurückkomm und ich dich aus der Bettstatt ziehen hab müssen, daß wir auf'n Gesindemarkt fahren, das vergess ich nicht so leicht. Das ist nicht besser wie die Jünger am Ölberg, halt's Maul, ich weiß eben jetzt, dich muß man im Aug behalten. Du hast es für deine Bequemlichkeit ausgenutzt, daß ich ein Glas zuviel getrunken hab.

MATTI Jawohl, Herr Puntila.

PUNTILA Ich will mich nicht mit dir herumstreiten, dazu fühl ich mich zu angegriffen, ich sag's dir im Guten, sei bescheiden, es dient zu deinem eigenen Besten. Mit der Begehrlichkeit fängt es an, und im Kittchen endet es. Einen Dienstboten, dem die Augen herausquellen vor Gier, wenn er zum Beispiel sieht, was die Herrschaft ißt, kann kein Brotgeber leiden. Einen Bescheidenen behält man im Dienst, warum nicht? Wenn man sieht, daß er sich abrackert, drückt man ein Auge zu. Aber wenn er nur immer Feierabend haben will und Braten so groß wie Abortdeckel, ekelt er einen einfach an und raus mit ihm! Du möchtest es freilich umgekehrt haben.

MATTI Jawohl, Herr Puntila. Im »Helsinki Sanomat«, in der Sonntagsbeilag, hab ich einmal gelesen, daß die Bescheidenheit ein Zeichen von Bildung ist. Wenn einer zurückhaltend ist und seine Leidenschaften zügelt, kann er's weit bringen. Der Kotilainen, dem die drei Papierfabriken bei Viborg gehören, soll der bescheidenste Mensch sein. Solln wir jetzt mit dem Aussuchen anfangen, bevor sie uns die besten wegschnappen?

PUNTILA Ich muß kräftige haben. *Einen großen Mann betrachtend.* Der ist nicht schlecht und hat ungefähr den Bau. Seine Füß gefallen mir nicht. Du sitzt lieber herum, was? Seine Arm sind nicht länger als die von dem da, der doch kürzer ist, aber dem seine sind ungewöhnlich lang. *Zu dem Kleineren:* Wie bist du zum Torfstechen?

EIN DICKER MANN Sehen Sie nicht, daß ich mit dem Mann verhandel?

PUNTILA Ich verhandel auch mit ihm. Ich wünsch, daß Sie sich nicht einmischen.

DER DICKE Wer mischt sich ein?

PUNTILA Stellens mir keine unverschämten Fragen, ich vertrag's nicht. *Zu dem Arbeiter:* Ich geb auf Puntila für den Meter eine halbe Mark. Du kannst dich am Montag melden. Wie heißt du?

DER DICKE Das ist eine Flegelhaftigkeit. Ich steh und besprich, wie ich den Mann mit seiner Familie unterbringe und Sie angeln dazwischen. Gewisse Leute sollten überhaupt nicht auf den Markt gelassen werden.

PUNTILA Ah, du hast eine Familie? Ich kann alle brauchen, die Frau kann aufs Feld, ist sie kräftig? Wieviel Kinder sind's? Wie alt?

DER ARBEITER Drei sind's. Acht, elf und zwölf. Das älteste ein Mädchen.

PUNTILA Die ist gut für die Küche. Ihr seid wie geschaffen für mich. *Zu Matti, daß der Dicke es hören kann:* Was sagst du, wie die Leut sich heutzutage benehmen?

MATTI Ich bin sprachlos.

DER ARBEITER Wie ist's mit dem Wohnen?

PUNTILA Wohnen werdet ihr fürstlich, dein Dienstbuch schau ich im Café durch; stell dich da an die Hausmauer. *Zu Matti:* Den da drüben möcht ich nach'm Körperbau nehmen, aber seine Hose ist mir zu fein, der packt nicht zu. Auf die Kleider mußt du besonders schauen, zu gut und sie sind sich zu gut für die Arbeit, zu zerrissen und sie haben einen schlechten Charakter! Ich durchschau einen mit einem Blick, was in ihm ist, aufs Alter schau ich am wenigsten, die Alten tragen gradsoviel oder mehr, weils nicht weggeschickt werden wollen, die Hauptsach ist mir der Mensch. Krumm soll er nicht grad sein, aber auf Intelligenz geb ich nichts, die rechnen den ganzen Tag die Arbeitsstunden aus. Das mag ich nicht, ich will in einem freundlichen Verhältnis zu meinen Leuten stehn! Ein Kuhmädchen möcht ich mir auch anschaun, erinner mich. Aber zuvor such noch einen Knecht aus oder zwei, daß ich die Auswahl hab, ich muß noch telefonieren. *Ab ins Café.*

MATTI *spricht einen rothaarigen Arbeiter an:* Wir suchen einen Arbeiter für Puntila, zum Torfstechen. Ich bin aber nur der Chauffeur und hab nichts zu sagen, der Alte ist telefonieren gegangen.

DER ROTHAARIGE Wie ist es da auf Puntila?

MATTI Mittel. Vier Liter Milch. Die ist gut. Kartoffeln geben sie, hör ich, auch. Die Kammer ist nicht groß.

DER ROTHAARIGE Wie weit ist die Schul? Ich hab eine Kleine.

MATTI Eineinviertel Stund.

DER ROTHAARIGE Das ist nichts bei gutem Wetter.

MATTI Im Sommer nicht.

DER ROTHAARIGE *nach einer Pause:* Ich hätt die Stell gern, ich hab nichts Besonderes gefunden und es wird schon bald Schluß hier.

MATTI Ich werd mit ihm reden. Ich werd ihm sagen, du bist bescheiden, das mag er, und nicht krumm, und er hat inzwischen »telefoniert« und ist umgänglicher. Da ist er.

PUNTILA *gut gelaunt aus dem Café kommend:* Hast du was gefunden? Ein Ferkel will ich auch noch heimnehmen, eins für 12 Mark oder so, erinner mich.

MATTI Der da ist was. Ich hab mich erinnert an was Sie mich gelehrt haben und ihn danach ausgefragt. Die Hosen flickt er, er hat nur keinen Zwirn gekriegt.

PUNTILA Der ist gut, der ist feurig. Komm mit ins Café, wir besprechen's.

MATTI Es müßt nur klappen, Herr Puntila, weil's schon bald Schluß ist und da findt er nichts anderes mehr.

PUNTILA Warum sollt's nicht klappen, unter Freunden? Ich verlaß mich auf deinen Blick, Matti, da fahr ich gut. Ich kenn dich und schätz dich. *Zu einem kümmerlichen Mann:* Der wär auch nicht schlecht, dem sein Aug gefällt mir. Ich brauch Leut zum Torfstechen, aber es kann auch aufs Feld sein. Komm mit, wir besprechen's.

MATTI Herr Puntila, ich will Ihnen nicht dreinreden, aber der Mann ist nichts für Sie, er halt's nicht aus.

DER KÜMMERLICHE Hat man so was gehört? Woher weißt du, daß ich's nicht aushalt?

MATTI Elfeinhalb Stunden im Sommer. Ich möcht nur eine Enttäuschung verhüten, Herr Puntila. Nachher müssens ihn wieder wegjagen, wenn er's nicht aushalten kann oder Sie ihn morgen sehen.

PUNTILA Gehn wir ins Café!

Der erste Arbeiter, der Rothaarige und der Kümmerliche folgen ihm und Matti vor das Café, wo sich alle auf die Bank setzen.

PUNTILA Hallo, Kaffee! Bevor wir anfangen, muß ich eine Sach mit meinem Freund ins reine bringen. Matti, du wirst es vorher gemerkt haben, daß ich beinah wieder einen von meine Anfäll gekriegt habe, von denen ich dir erzählt habe und ich hätt's durchaus verstanden, wenn du mir eine geschmiert hättst, wie ich dich so schwach angeredet hab. Kannst du mir's verzeihn, Matti? Ich kann mich überhaupt nicht dem Geschäft widmen, wenn ich denken muß, es hat zwischen uns etwas gegeben.

MATTI Das ist schon lang vergessen. Am besten, wir berühren's nicht. Die Leut wolln gern ihren Kontrakt haben, wenn Sie das zuerst erledigen würden.

PUNTILA *schreibt etwas auf einen Zettel für den ersten Arbeiter:* Ich versteh dich, Matti, du lehnst mich ab. Du willst mir's heimzahlen und bist kalt und geschäftsmäßig. *Zum Arbeiter:* Ich schreib auf, was wir ausgemacht haben, auch für die Frau. Ich geb Milch und Mehl, im Winter Bohnen.

MATTI Und jetzt das Handgeld, vorher ist's kein Kontrakt.

PUNTILA Dräng mich nicht. Laß mich meinen Kaffee in Ruh trinken. *Zur Kellnerin:* Noch einen, oder bringen Sie uns eine große Kanne, wir bedienen uns selber. Schau, was sie für eine stramme Person ist! Ich kann diesen Gesindemarkt nicht ausstehn. Wenn ich Pferd und Küh kauf, geh ich auf'n Markt und denk mir nichts dabei. Aber ihr seid Menschen und das sollt's nicht geben, daß man die auf dem Markt aushandelt. Hab ich recht?

DER KÜMMERLICHE Freilich.

MATTI Erlaubens, Herr Puntila, Sie haben nicht recht. Die brauchen Arbeit und Sie haben Arbeit und das wird ausgehandelt, ob's ein Markt ist oder eine Kirche, es ist immer ein Markt. Und ich wollt, Sie machen's schnell ab.

PUNTILA Du bist heut bös mit mir. Drum gibst du mir nicht recht in einer so offenbaren Sach. Schaust du m i c h an, ob ich grade Füß hab, als ob du einem Gaul ins Maul schaust?

MATTI *lacht:* Nein, ich nehm Sie auf Treu und Glauben. *Von dem Rothaarigen.* Er hat eine Frau, aber die Kleine muß noch in die Schul.

PUNTILA Ist sie nett? Da ist der Dicke wieder. So einer, wenn er so auftritt, das macht das böse Blut unter die Arbeiter, warum, er kehrt den Herrn heraus. Ich wett, er ist im Nationalen Schutzkorps und zwingt seine Leut, daß sie am Sonntag unter seinem Kommando exerzieren, daß sie die Russen besiegen. Was meint i h r?

DER ROTHAARIGE Meine Frau könnt waschen. Sie schafft in einem halben Tag, was andere nicht in einem ganzen schaffen.

PUNTILA Matti, ich merk, es ist noch nicht alles vergessen und begraben zwischen uns. Erzähl die Geschicht von den Geistern, die wird die amüsieren.

MATTI Nachher. Regelns endlich das Handgeld! Ich sag Ihnen, es wird spät. Sie halten die Leut auf.

PUNTILA *trinkend:* Und ich tu's nicht. Ich laß mich nicht zu einer Unmenschlichkeit antreiben. Ich will meinen Leuten näherkommen, bevor wir uns aneinander binden. Ich muß ihnen zuerst sagen, was ich für einer bin, damit sie wissen, ob sie mit mir auskommen. Das ist die Frage, was bin ich für einer?

MATTI Herr Puntila, lassens mich Ihnen versichern, keiner will das wissen, aber einen Kontrakt wollens. Ich rat Ihnen zu dem Mann da *auf den Rothaarigen zeigend*, er ist vielleicht geeignet, und jetzt könnens das noch sehn. Und Ihnen rat ich, suchen Sie sich was anderes, Sie holen sich nicht das trockene Brot raus beim Torfstechen.

PUNTILA Da drüben geht der Surkkala. Was macht denn der Surkkala auf dem Gesindemarkt?

MATTI Er sucht eine Stell. Sie haben doch dem Probst versprochen, daß Sie ihn hinausschmeißen, weil er ein Roter sein soll.

PUNTILA Was, den Surkkala? Den einzigen intelligenten Menschen von meinen Häuslern! Zehn Mark Handgeld wirst du ihm hinüberbringen, sofort, er soll herkommen, wir nehmen ihn mit'm Studebaker zurück, das Rad binden wir hinten rauf und keine Dummheiten mehr mit Woandershingehn. Vier Kinder hat er auch, was möcht der von mir denken? Der Probst soll mich am Arsch lecken, dem verbiet ich mein Haus wegen Unmenschlichkeit, der Surkkala ist ein prima Arbeiter.

MATTI Ich geh gleich rüber, es eilt nicht, er findt kaum was mit seinem Ruf. Ich möcht nur, daß Sie hier erst die Leut abfertigen, aber ich glaub, Sie haben's überhaupt nicht ernstlich vor und wollen sich nur unterhalten.

PUNTILA *schmerzlich lächelnd:* So siehst du mich also, Matti. Du hast mich wenig begriffen, wiewohl ich dir Gelegenheit gegeben hab!

DER ROTHAARIGE Würdens vielleicht meinen Kontrakt jetzt schreiben? Es wird sonst Zeit, daß ich nach was such.

PUNTILA Die Leut scheuchst du von mir fort, Matti. In deiner tyrannischen Weis zwingst du mich, daß ich gegen meine Natur handel. Aber ich werd dich noch überzeugen, daß der Puntila ganz anders ist. Ich kauf nicht Menschen ein kalten Bluts, sondern ich geb ihnen ein Heim auf Puntila. Ist es so?

DER ROTHAARIGE Dann geh ich lieber. Ich brauch eine Stell. *Ab.*

PUNTILA Halt! Jetzt ist er weg. Den hätt ich brauchen können. Seine Hosen sind mir egal, ich schau tiefer. Ich bin nicht dafür, daß ich einen Handel abschließ, wenn ich auch nur ein Glas getrunken hab, keine Geschäfte, wenn man lieber singen möchte, weil das Leben schön ist. Wenn ich denk, wie wir heimfahren werden, ich seh Puntila am liebsten am Abend, wegen der Birken, wir müssen noch was trinken. Da habt ihr was zum Trinken, seid lustig mit dem Puntila, ich seh's gern und rechen nicht nach, wenn ich mit angenehmen Leuten sitz. *Er gibt schnell jedem eine Mark. Zu dem Kümmerlichen:* Laß dich nicht verjagen, er hat was gegen mich, du hältst schon aus, ich nehm dich in die Dampfmühle, an einen leichten Platz.

MATTI Warum dann keinen Kontrakt machen für ihn?

PUNTILA Wozu? Wo wir uns jetzt kennen! Ich geb euch mein Wort, daß es in Ordnung geht. Wißt ihr, was das ist, das Wort von einem tavastländischen Bauern? Der Hatelmaberg kann einstürzen, es ist nicht wahrscheinlich, aber er kann, das Schloß in Tavasthus kann zusammenfalln, warum nicht, aber das Wort von einem tavastländischen Bauern steht, das ist bekannt. Ihr könnt mitkommen.

DER KÜMMERLICHE Ich dank schön, Herr Puntila, ich komm gewiß mit.

MATTI Statt daß du dich auf die Flucht machst! Ich hab nichts gegen Sie, Herr Puntila, mir ist's nur wegen der Leut.

PUNTILA *herzlich:* Das ist ein Wort, Matti. Ich hab gewußt, du bist nicht nachtragend. Und ich schätz deine aufrichtige Art und wie du auf mein Bestes aus bist. Aber der Puntila kann sich's leisten, daß er selber auf sein Schlechtestes aus ist, das mußt du erst lernen. Aber ich möcht, Matti, daß du mir immer deine Meinung sagst. Versprich mir's. *Zu den anderen:* In Tammerfors hat er eine Stelle verlorn, weil er dem Direktor, wie er chauffiert hat und den Gang herausgerissen hat, daß er kreischt, gesagt hat, er hätt Henker werden solln.

MATTI Das ist eine Dummheit von mir gewesen.

PUNTILA *ernst:* Ich acht dich wegen solcher Dummheiten.

MATTI *steht auf:* Dann gehn wir also. Und was ist's mit dem Surkkala?

PUNTILA Matti, Matti, du Kleingläubiger! Hab ich dir nicht gesagt, wir nehmen ihn mit zurück als einen prima Arbeiter und einen Menschen, der selbständig denkt? Und das erinnert mich an den Dicken von vorhin, der mir hat die Leut wegfischen wollen. Mit dem hab ich noch ein Wörtlein zu reden, das ist ein typischer Kapitalist.

5
Skandal auf Puntila

Hof auf dem Gut Puntila mit einer Badehütte, in die man Einblick hat. Es ist Vormittag. Über der Tür ins Gutshaus nageln Laina, die Köchin, und Fina, das Stubenmädchen, ein Schild »Willkommen zur Verlobung« an. Durchs Hoftor kommen Puntila und Matti mit einigen Waldarbeitern, darunter der rote Surkkala.

LAINA Willkommen zurück auf Puntila. Das Fräulein Eva und der Herr Attaché und der Herr Oberlandesrichter sind schon eingetroffen und beim Frühstück.

PUNTILA Das erste, was ich tun möcht, ist, daß ich mich bei dir und deiner Familie entschuldig, Surkkala. Ich möcht dich bitten, geh und hol die Kinder, alle vier, damit ich ihnen persönlich mein Bedauern ausdrück für die Angst und die Unsicherheit, in der sie geschwebt haben müssen.

SURKKALA Das ist nicht nötig, Herr Puntila.

PUNTILA *ernst:* Ja, das ist nötig.

Surkkala geht.

PUNTILA Die Herren bleiben. Holens ihnen einen Aquavit, Laina, ich möcht sie für die Waldarbeit einstellen.

LAINA Ich hab gedacht, Sie verkaufen den Wald.

PUNTILA Ich? Ich verkauf keinen Wald. Meine Tochter hat ihre Mitgift zwischen ihre Schenkel, hab ich recht?

MATTI Dann könnten wir vielleicht jetzt das Handgeld geben, Herr Puntila, damit Sie's aus'm Kopf haben.

PUNTILA Ich geh in die Sauna. Fina, bringens den Herrn 'nen Aquavit und mir 'nen Kaffee. *Er geht in die Sauna.*

DER KÜMMERLICHE Meinst du, danach stellt er mich ein?

MATTI Nicht, wenn er nüchtern ist und dich sieht.

DER KÜMMERLICHE Aber wenn er besoffen ist, macht er doch keine Kontrakte.

MATTI Ich hab euch gewarnt, daß ihr nicht herkommt, bevor ihr den Kontrakt habt.

Fina bringt Aquavit und die Arbeiter nehmen sich jeder ein Gläschen.

DER ARBEITER Wie ist er sonst?

MATTI Zu vertraulich. Für euch wär's Wurst, ihr seid im Wald, aber mich hat er im Wagen, ich bin ihm ausgeliefert und vor ich mich umschau, wird er menschlich, ich werd kündigen müssen.

Surkkala kommt zurück mit seinen vier Kindern. Die Älteste trägt das Kleinste.

MATTI *leise:* Um Gottes willen, verschwindets auf der Stell. Bis er aus'm Bad kommt und seinen Kaffee gesoffen hat, ist er stocknüchtern und wehe, wenn er euch da noch auf'm Hof sieht. Ich rat euch, kommts ihm die nächsten zwei Tag nicht unter die Augen.

Surkkala nickt und will mit seinen Kindern schnell abgehen.

PUNTILA *der sich entkleidet, dabei gelauscht und das letzte nicht gehört hat, schaut aus der Badehütte und sieht Surkkala und die Kinder:* Ich komm gleich zu euch! Matti, komm herein, ich brauch dich zum Wasserübergießen. *Zum Kümmerlichen:* Du kannst mit herein, dich möcht ich näher kennenlernen.

Matti und der Kümmerliche folgen Puntila in die Badehütte. Matti gießt Wasser über Puntila aus. Surkkala geht mit seinen Kindern schnell weg.

PUNTILA Ein Kübel ist genug, ich hass Wasser.

MATTI Noch ein paar Eimer müssens aushalten, dann einen Kaffee und Sie können die Gäste begrüßen.

PUNTILA Ich kann sie auch so begrüßen. Du willst mich nur schikanieren.

DER KÜMMERLICHE Ich glaub auch, daß es genug ist. Der Herr Puntila kann das Wasser nicht aushalten, das seh ich.

PUNTILA Siehst du, Matti, so redet einer, der ein Herz für mich hat. Ich möcht, daß du ihm erzählst, wie ich den Dicken abgefertigt hab auf'm Gesindemarkt.

Fina kommt herein.

PUNTILA Da ist ja das goldene Geschöpf mit dem Kaffee! Ist er stark? Ich möcht einen Likör dazu haben.

MATTI Wozu brauchens dann den Kaffee? Sie kriegen keinen Likör.

PUNTILA Ich weiß, du bist jetzt bös mit mir, weil ich die Leut warten lass, du hast recht. Aber erzähl die Geschicht von dem Dicken. Die Fina soll's auch hören. *Erzählt.* So ein dikker, unangenehmer Mensch, mit Pickeln, ein richtiger Kapitalist, der mir einen Arbeiter hat abspenstig machen wolln. Ich hab ihn gestellt, aber wie wir zum Auto kommen, hat er daneben seinen Einspänner stehen gehabt. Erzähl du weiter, Matti, ich muß meinen Kaffee trinken.

MATTI Er hat sich gegiftet, wie er den Herrn Puntila gesehen hat und die Geißel genommen und auf seinen Gaul eingehaut, daß der hochgestiegen ist.

PUNTILA Ich kann Tierschinder nicht ausstehen.

MATTI Der Herr Puntila hat den Gaul beim Zügel genommen und ihn beruhigt und dem Dicken seine Meinung gesagt, und ich hab schon geglaubt, er kriegt eine mit der Geißel über, aber das hat der Dicke sich nicht getraut, weil wir mehr waren. Er hat also was von ungebildete Menschen gemurmelt und vielleicht gedacht, wir hören's nicht, aber der Herr Puntila hat ein feines Gehör, wenn er einen Typ nicht leiden kann und hat ihm gleich geantwortet, ob er so gebildet ist, daß er weiß, wie man am Schlagfluß stirbt, wenn man zu dick ist.

PUNTILA Erzähl, wie er rot geworden ist wie ein Puter und vor Wut nicht hat witzig antworten können vor die Leut.

MATTI Er ist rot geworden wie ein Puter, und der Herr Puntila hat ihm gesagt, daß er sich ja nicht aufregen darf, das ist schlecht für ihn, weil er ungesundes Fett hat. Er darf nie rot werden im Gesicht, das zeigt, daß ihm das Blut ins Gehirn steigt, und das muß er vermeiden wegen seiner Leibeserben.

PUNTILA Du hast vergessen, daß ich es hauptsächlich zu dir hingesprochen hab, daß wir ihn nicht aufregen dürfen und ihn schonen sollen. Das hat ihm besonders gestunken, hast du's bemerkt?

MATTI Wir haben über ihn geredet, als ob er gar nicht dabei wär, und die Leut haben immer mehr gelacht und er ist immer röter geworden. Eigentlich ist er erst jetzt wie ein Puter geworden, vorher war er eher nur wie ein ausgebleichter Ziegelstein. Es war ihm zu gönnen, warum muß er auf seinen Gaul einhaun? Ich hab einmal erlebt, wie einer vor Wut, weil ihm ein Billett aus'm Hutband gefallen ist, wo er's hineingesteckt hat, damit er's nicht verliert, seinen eigenen Hut mit Füßen zertrampelt hat in einem gesteckt vollen Zugkupee.

PUNTILA Du hast den Faden verloren. Ich hab ihm auch gesagt, daß jede körperliche Anstrengung, wie mit Geißeln auf Gäul einhaun, für ihn Gift ist. Schon deshalb darf er seine Tier nicht schlecht behandeln, er nicht.

FINA Man soll's überhaupt nicht.

PUNTILA Dafür sollst du einen Likör haben, Fina. Geh, hol einen.

MATTI Sie hat den Kaffee. Jetzt müssens sich doch schon besser fühlen, Herr Puntila?

PUNTILA Ich fühl mich schlechter.

MATTI Ich hab's dem Herrn Puntila hoch angerechnet, daß er den Kerl gestraft hat. Warum, er hätt sich auch sagen können: was geht's mich an? Ich mach mir keine Feinde in der Nachbarschaft.

PUNTILA *der langsam nüchterner wird:* Ich fürcht keine Feinde.

MATTI Das ist wahr. Aber wer kann das schon von sich sagen? Sie können's. Ihre Stuten könnens auch woanders hinschikken.

FINA Warum die Stuten woanders hinschicken?

MATTI Ich hab nachher gehört, der Dicke ist der, der Summala gekauft hat, und die haben den einzigen Hengst auf 800 Kilometer, der für unsere Stuten in Frage kommt.

FINA Dann war's der neue Herr auf Summala! Und das habt ihr erst nachher erfahren?

Puntila steht auf und geht hinter, wo er sich noch einen Eimer Wasser über den Kopf gießt.

MATTI Wir haben's nicht nachher erfahren. Der Herr Puntila hat's gewußt. Er hat dem Dicken noch zugerufen, sein Hengst ist ihm zu verprügelt für unsere Stuten. Wie habens das doch ausgedrückt?

PUNTILA *einsilbig:* Irgendwie eben.

MATTI Irgendwie war's nicht, sondern witzig.

FINA Aber das wird ein Kreuz, wenn wir die Stuten so weit schicken müssen zum Bespringen!

PUNTILA *finster:* Noch einen Kaffee. *Er bekommt ihn.*

MATTI Die Tierliebe ist eine hervorstehende Eigenschaft beim Tavastländer, hör ich. Darum hab ich mich so gewundert bei dem Dicken. Ich hab nachher noch gehört, er ist der Schwager von der Frau Klinckmann. Ich bin überzeugt, daß der Herr Puntila, wenn er auch das noch gewußt hätt, ihn sogar noch mehr hergenommen hätt.

Puntila blickt auf ihn.

FINA War der Kaffee stark genug?

PUNTILA Frag nicht so dumm. Du siehst doch, daß ich ihn getrunken hab. *Zu Matti:* Kerl, sitz nicht herum, faulenz nicht, putz Stiefel, wasch den Wagen, der wird wieder ausschaun wie eine Mistfuhr. Widersprich nicht, und wenn ich dich beim Ausstreun von Klatsch und übler Nachred erwisch, schreib ich dir's ins Zeugnis, das merk dir. *Finster hinaus im Bademantel.*

FINA Warum habens ihn auch den Auftritt mit dem dicken Herrn auf Summala machen lassen?

MATTI Bin ich sein Schutzengel? Ich seh ihn eine großzügige und anständige Handlung begehn, eine Dummheit, weil gegen seinen Vorteil, und da soll ich ihn abhalten? Ich könnt's gar nicht. Wenn er so besoffen ist, hat er ein echtes Feuer in sich. Er würd mich einfach verachten, und wenn er besoffen ist, möcht ich nicht, daß er mich verachtet.

PUNTILA *ruft von draußen:* Fina.

Fina folgt ihm mit seinen Kleidern.

PUNTILA *zu Fina:* Hören Sie zu, was ich für eine Entscheidung treff, sonst wird mir hinterher das Wort im Mund herumgedreht wie üblich. *Auf einen der Arbeiter zeigend.* Den da hätt ich genommen, er will sich nicht bei mir beliebt machen, sondern arbeiten, aber ich hab mir's überlegt, ich nehm keinen. Den Wald verkauf ich überhaupt, und zuschreiben könnt ihr's dem da drin, der mich wissentlich im unklaren gelassen hat über etwas, das ich hätt wissen müssen, der Lump! Und das bringt mich auf was anderes. *Ruft.* He du! *Matti tritt aus der Badehütte.* Ja du! Gib mir deine Jacke. Deine Jacke sollst du mir hergeben, hörst du? *Er erhält Mattis Jacke.* Ich hab dich, Bürschel. *Zeigt ihm die Brieftasche.* Das find ich in deiner Jackentasche. Ich hab's geahnt, auf den ersten Blick hab ich dir die Zuchthauspflanze angesehn. Ist das meine Brieftasche oder nicht?

MATTI Jawohl, Herr Puntila.

PUNTILA Jetzt bist du verloren, zehn Jahre Zuchthaus, ich brauch bloß an der Station anrufen.

MATTI Jawohl, Herr Puntila.

PUNTILA Aber den Gefallen tu ich dir nicht. Daß du dich in eine Zelle flaggen, faulenzen und das Brot vom Steuerzahler fressen kannst, wie? Das könnt dir passen. Jetzt in der Ernte! Daß du dich vor dem Traktor drückst. Aber ich schreib dir's ins Zeugnis, verstehst du mich?

MATTI Jawohl, Herr Puntila.

Puntila geht wütend auf das Gutshaus zu. Auf der Schwelle steht Eva, den Strohhut im Arm. Sie hat zugehört.

DER KÜMMERLICHE Soll ich dann mitkommen, Herr Puntila?

PUNTILA Dich kann ich schon gar nicht brauchen, du haltst es nicht aus.

DER KÜMMERLICHE Aber jetzt ist der Gesindemarkt aus.

PUNTILA Das hättest du dir früher sagen sollen und nicht versuchen, meine freundliche Stimmung auszunutzen. Ich merk mir alle, die es ausnutzen. *Er geht finster ins Gutshaus.*

DER ARBEITER So sinds. Herfahrens einen im Auto und jetzt können wir die neun Kilometer zu Fuß zurücklatschen. Und ohne Stell. Das kommt, wenn man ihnen drauf hereinfallt, daß sie freundlich tun.

DER KÜMMERLICHE Ich zeig ihn an.

MATTI Wo?

Die Arbeiter verlassen erbittert den Hof.

EVA Warum wehren Sie sich denn nicht? Wir wissen doch alle, daß er seine Brieftasche immer den anderen zum Zahlen gibt, wenn er getrunken hat.

MATTI Er würd's nicht verstehn, wenn ich mich wehren würd.

Ich hab gemerkt, die Herrschaften haben's nicht gern, wenn man sich wehrt.

EVA Tun Sie nicht so scheinheilig und demütig. Mir ist heut nicht zum Spaßen.

MATTI Ja, Sie werden mit dem Attaché verlobt.

EVA Seien Sie nicht roh. Der Attaché ist ein sehr lieber Mensch, nur nicht zum Heiraten.

MATTI Das gibt's häufig. Keine kann alle lieben Menschen heiraten oder alle Attachés, sie muß sich auf einen bestimmten festlegen.

EVA Mein Vater überläßt mir's ja ganz, das haben Sie gehört, drum hat er mir gesagt, ich könnt sogar Sie heiraten. Nur hat er dem Attaché meine Hand versprochen und will sich nicht nachsagen lassen, daß er ein Wort nicht hält. Nur deswegen nehm ich soviel Rücksicht und nehm ihn vielleicht doch.

MATTI Da sinds in einer schönen Sackgass.

EVA Ich bin in keiner Sackgass, wie Sie's vulgär ausdrücken. Ich weiß überhaupt nicht, warum ich mit Ihnen so diskrete Sachen besprech.

MATTI Das ist eine ganz menschliche Gewohnheit, daß man was bespricht. Das ist ein großer Vorsprung, den wir vor den Tieren haben. Wenn zum Beispiel die Küh sich miteinander besprechen könnten, gäb's den Schlachthof nicht mehr lang.

EVA Was hat das damit zu tun, daß ich sag, daß ich mit dem Attaché wahrscheinlich nicht glücklich werd? Und daß er zurücktreten müßt, nur, wie könnt man ihm das andeuten?

MATTI Mit'm Zaunpfahl würd's nicht genügen, es müßt schon ein ganzer Mast sein.

EVA Was meinen Sie damit?

MATTI Ich mein, das müßt ich machen, ich bin roh.

EVA Wie stellen Sie sich das vor, daß Sie mir helfen bei so was Delikatem?

MATTI Nehmen wir an, ich hätt mich ermuntert gefühlt durch die freundlichen Worte vom Herrn Puntila, daß Sie mich nehmen sollen, die er in der Besoffenheit hat fallen lassen. Und Sie fühlen sich angezogen durch meine rohe Kraft, denkens an Tarzan, und der Attaché überrascht uns und sagt sich: sie ist meiner nicht wert und treibt sich mit einem Chauffeur rum?

EVA Das kann ich nicht von Ihnen verlangen.

MATTI Das wär ein Teil von meinem Dienst wie Wagenputzen. Es kost eine knappe Viertelstund. Wir brauchen ihm nur zu zeigen, daß wir intim sind.

EVA Und wie wollens das zeigen?

MATTI Ich kann Sie mit'm Vornamen anreden, wenn er dabeisteht.

EVA Wie zum Beispiel?

MATTI »Die Bluse ist im Genick nicht zu, Eva.«

EVA *langt hinter sich:* Sie ist doch zu, ach so, jetzt haben Sie schon gespielt! Aber das ist ihm gleich. So penibel ist er nicht, dazu hat er zuviel Schulden.

MATTI Dann kann ich ja wie aus Versehen mit dem Sacktüchel Ihren Strumpf herausziehen, daß er's sieht.

EVA Das ist schon besser, aber da wird er sagen, Sie haben ihn nur gegrapscht, wie ich nicht dabei war, weil Sie mich heimlich verehren. *Pause.* Sie haben keine schlechte Phantasie in solchen Dingen, wie es scheint.

MATTI Ich tu mein Bestes, Fräulein Eva. Ich stell mir alle möglichen Situationen und verfänglichen Gelegenheiten vor zwischen uns zwei, damit mir was Passendes einfällt.

EVA Das lassen Sie bleiben.

MATTI Schön, ich laß es bleiben.

EVA Was zum Beispiel?

MATTI Wenn er so große Schulden hat, müssen wir schon direkt zusammen aus der Badehütte herauskommen, unter dem geht's nicht, er kann immer etwas Entschuldigendes finden, daß es harmlos ausschaut. Zum Beispiel, wenn ich Sie nur abküss, kann er sagen, ich bin zudringlich geworden, weil ich mich bei Ihrer Schönheit nicht mehr hab zurückhalten können. Und so fort.

EVA Ich weiß nie, wann Sie Ihren Spaß treiben und mich auslachen hinterm Rücken. Mit Ihnen ist man nicht sicher.

MATTI Warum wollens denn sicher sein? Sie sollen doch nicht Ihr Geld anlegen. Unsicher ist viel menschlicher, um mit Ihrem Herrn Vater zu reden. Ich mag die Frauen unsicher.

EVA Das kann ich mir denken von Ihnen.

MATTI Sehens, Sie haben auch eine ganz gute Phantasie.

EVA Ich hab nur gesagt, bei Ihnen kann man nie wissen, was Sie eigentlich wollen.

MATTI Das könnens nicht einmal bei einem Zahnarzt wissen, was er eigentlich will, wenns in seinem Stuhl sitzen.

EVA Sehen Sie, wenn Sie so reden, seh ich, daß das mit der Badestub nicht geht mit Ihnen, weil Sie die Situation sicher ausnützen würden.

MATTI Jetzt ist schon wieder was sicher. Wenn Sie noch lang Bedenken haben, verlier ich die Lust, Sie zu kompromittieren, Fräulein Eva.

EVA Das ist viel besser, wenn Sie's ohne besondere Lust machen. Ich will Ihnen etwas sagen, ich bin einverstanden mit der Badehütte, ich vertrau Ihnen. Sie müssen bald fertig sein mit dem Frühstücken und dann gehen sie bestimmt auf der Altane auf und ab und besprechen die Verlobung. Wir gehn am besten gleich hinein.

MATTI Gehn Sie voraus, ich muß noch Spielkarten holen.

EVA Wozu denn Spielkarten?

MATTI Wie sollen wir denn die Zeit totschlagen in der Badehütte?

Er geht ins Haus, sie geht langsam auf die Badehütte zu. Die Köchin kommt mit ihrem Korb.

DIE KÖCHIN Guten Morgen, Fräulein Puntila, ich geh Gurken holen. Vielleicht kommen Sie mit?

EVA Nein, ich hab etwas Kopfweh und will noch ein Bad nehmen.

Sie geht hinein. Laina steht kopfschüttelnd. Aus dem Haus treten Puntila und der Attaché, Zigarren rauchend.

DER ATTACHÉ Weißt du, Puntila, ich denk, ich fahr mit der Eva an die Riviera und bitt den Baron Vaurien um seinen Rolls. Das wird eine Reklame für Finnland und seine Diplomatie. Wie viele repräsentative Damen haben wir schon in unserm diplomatischen Korps?

PUNTILA *zur Haushälterin:* Wo ist meine Tochter hin? Sie ist herausgegangen.

DIE HAUSHÄLTERIN In der Badehütte, Herr Puntila, sie hat solches Kopfweh und wollte baden gehen. *Ab.*

PUNTILA Sie hat immer solche Launen. Ich hab nicht gehört, daß man mit Kopfweh baden geht.

DER ATTACHÉ Es ist originell, aber weißt du, Puntila, wir machen zu wenig aus unserer finnischen Badestube. Ich hab's dem Ministerialrat gesagt, wie davon die Rede war, wie wir eine Anleihe bekommen. Die finnische Kultur müßt ganz anders propagiert werden. Warum gibt's keine finnische Badestube in Piccadilly?

PUNTILA Was ich von dir wissen möcht, ist, ob dein Minister wirklich nach Puntila kommt, wenn die Verlobung ist.

DER ATTACHÉ Er hat's bestimmt zugesagt. Er ist mir verpflichtet, weil ich ihn bei den Lehtinens eingeführt hab, dem von der Kommerzialbank, er interessiert sich für Nickel.

PUNTILA Ich möcht ihn sprechen.

DER ATTACHÉ Er hat eine Schwäche für mich, das sagen alle im Ministerium. Er hat mir gesagt: Sie kann man überall hinschicken, Sie begehn keine Indiskretionen, Sie interessieren sich nicht für Politik. Er meint, ich repräsentier sehr gut.

PUNTILA Ich glaub, du mußt Grieß im Kopf haben, Eino. Es müßt mit dem Teufel zugehn, wenn du nicht Karriere machst, aber nimm das nicht leicht mit'n Minister auf der Verlobung, darauf besteh ich, daran seh ich, was sie von dir halten.

DER ATTACHÉ Puntila, da bin ich ganz sicher. Ich hab immer Glück. Das ist im Ministerium schon sprichwörtlich. Wenn ich was verlier, kommt's zurück, todsicher.

Matti kommt mit einem Handtuch über der Schulter und geht in die Badehütte.

PUNTILA *zu Matti:* Was treibst du dich herum, Kerl? Ich würd mich schämen, wenn ich so herumlümmeln würd und mich fragen, wie ich da meinen Lohn verdien. Ich werd dir kein Zeugnis geben. Dann kannst du verfaulen wie ein Schellfisch, den keiner fressen will, weil er neben das Faß gefallen ist.

MATTI Jawohl, Herr Puntila.

Puntila wendet sich wieder dem Attaché zu. Matti geht ruhig in die Badehütte. Puntila denkt zunächst nichts Schlimmes; aber dann fällt ihm plötzlich ein, daß auch Eva drin sein muß, und er schaut Matti verblüfft nach.

PUNTILA *zum Attaché:* Wie stehst du eigentlich mit Eva?

DER ATTACHÉ Ich steh gut mit ihr. Sie ist ein wenig kühl zu

mir, aber das ist ihre Natur. Ich möcht es mit unserer Stellung zu Rußland vergleichen. In diplomatischer Sprache sagen wir, die Beziehungen sind korrekt. Komm! Ich werd Eva noch einen Strauß weiße Rosen pflücken, weißt du.

PUNTILA *geht mit ihm ab, nach der Badehütte blickend:* Ich glaub auch, das ist besser.

MATTI *in der Hütte:* Sie haben mich reingehn sehn. Alles in Ordnung.

EVA Mich wundert, daß mein Vater Sie nicht aufgehalten hat. Die Haushälterin hat ihm gesagt, daß ich herinnen bin.

MATTI Es ist ihm zu spät aufgefallen, er muß einen riesigen Brummschädel haben heut. Und es wär auch ungelegen gekommen, zu früh, denn die Absicht zum Kompromittieren ist nicht genug, es muß schon was passiert sein.

EVA Ich zweifel, ob sie überhaupt auf schlechte Gedanken kommen. Mitten am Vormittag ist doch nichts dabei.

MATTI Sagens das nicht. Das deutet auf besondere Leidenschaft. 66? *Er gibt Karten.* Ich hab in Viborg einen Herrn gehabt, der hat zu allen Tageszeiten essen können. Mitten am Nachmittag, vorm Kaffee, hat er sich ein Huhn braten lassen. Das Essen war eine Leidenschaft bei ihm. Er war beir Regierung.

EVA Wie können Sie das vergleichen?

MATTI Wieso, es gibt auch beim Lieben solche, die besonders drauf aus sind. Sie spielen aus. Meinens, im Kuhstall wird immer gewartet, bis es Nacht ist? Jetzt ist Sommer, da ist man gut aufgelegt. Andrerseits sind überall Leut. Da geht man eben schnell in die Badehütte. Heiß ist's. *Er zieht die Jacke aus.* Sie können sich auch leichter machen. Ich schau Ihnen nichts weg. Wir spielen um einen halben Pfennig, denk ich.

EVA Ich weiß nicht, ob es nicht ordinär ist, was Sie daherreden. Merken Sie sich, ich bin keine Kuhmagd.

MATTI Ich hab nichts gegen Kuhmägde.

EVA Sie haben keinen Respekt.

MATTI Das hab ich schon oft gehört. Die Chauffeure sind bekannt als besonders renitente Menschen, die keine Achtung vor die besseren Leut haben. Das kommt daher, daß wir die besseren Leut hinter uns im Wagen miteinander reden hören. Ich hab 66, was haben Sie?

EVA Ich hab auf der Klosterschule in Brüssel nur anständig reden hören.

MATTI Ich red nicht von anständig und unanständig, ich red von dumm. Sie geben, aber abheben, daß kein Irrtum vorkommt!

Puntila und der Attaché kommen zurück. Der Attaché trägt einen Strauß Rosen.

DER ATTACHÉ Sie ist geistreich. Ich sag zu ihr: »Du wärst perfekt, wenn du nur nicht so reich wärst!« Sagt sie, ohne viel nachzudenken: »Ich finde das eher angenehm, reich sein!« Hahaha! Und weißt du, Puntila, daß genau das mir schon einmal Mademoiselle Rothschild geantwortet hat, wie ich ihr bei der Baronin Vaurien vorgestellt wurde? Sie ist auch geistreich.

MATTI Sie müssen kichern, als ob ich Sie kitzle, sonst gehens schamlos vorbei hier. *Eva kichert beim Kartenspielen etwas.* Das klingt nicht amüsiert genug.

DER ATTACHÉ *stehenbleibend:* Ist das nicht Eva?

PUNTILA Nein, auf keinen Fall, das muß wer andres sein.

MATTI *laut beim Kartenspielen:* Sie sind aber kitzlig.

DER ATTACHÉ Horch!

MATTI *leise:* Wehrens sich ein bissel!

PUNTILA Das ist der Chauffeur in der Badehütten. Ich glaub, du bringst deinen Strauß besser ins Haus!

EVA *spielt, laut:* Nein! Nicht!

MATTI Doch!

DER ATTACHÉ Weißt du, Puntila, es klingt wirklich, als ob's die Eva wär.

PUNTILA Werd gefälligst nicht beleidigend!

MATTI Jetzt per du und lassens nach mit dem vergeblichen Widerstand!

EVA Nein! Nein! Nein! *Leis.* Was soll ich noch sagen?

MATTI Sagens, ich darf das nicht! Denkens sich doch hinein! Seiens sinnlich!

EVA Das darfst du nicht!

PUNTILA *donnernd:* Eva!

MATTI Weiter! Weiter in blinder Leidenschaft! *Er nimmt die Karten weg, während sie die Liebesszene weiter andeuten.* Wenn er reinkommt, müssen wir ran, da hilft nichts.

EVA Das geht nicht!

MATTI *mit dem Fuß eine Bank umstoßend:* Dann gehens hinaus, aber wie ein begossener Pudel.

PUNTILA Eva!

Matti fährt Eva sorgfältig mit der Hand durchs Haar, damit es zerwühlt aussieht, und sie macht sich einen Knopf ihrer Bluse am Hals auf. Dann geht sie hinaus.

EVA Hast du gerufen, Papa? Ich wollt mich nur umziehen und schwimmen gehn.

PUNTILA Was denkst du dir eigentlich, dich in der Badehütte herumzutreiben? Meinst du, wir haben keine Ohren?

DER ATTACHÉ Sei doch nicht jähzornig, Puntila. Warum soll Eva nicht in die Badehütte?

Heraus tritt Matti, hinter Eva stehenbleibend.

EVA *Matti nicht bemerkend, ein wenig eingeschüchtert:* Was sollst du denn gehört haben, Papa? Es war doch nichts.

PUNTILA So, das heißt bei dir, es war nichts! Vielleicht schaust du dich um!

MATTI *Verlegenheit spielend:* Herr Puntila, ich hab mit dem gnädigen Fräulein nur 66 gespielt. Da sind die Karten, wenn Sie's nicht glauben. Es ist ein Mißverständnis von Ihrer Seite.

PUNTILA Du haltst das Maul! Du bist gekündigt! *Zu Eva:* Was soll der Eino von dir denken?

DER ATTACHÉ Weißt du, Puntila, wenn sie 66 gespielt haben, ist's ein Mißverständnis. Die Prinzessin Bibesco hat sich einmal beim Bac so aufgeregt, daß sie sich eine Perlenkette zerrissen hat. Ich hab dir weiße Rosen gebracht, Eva. *Er gibt ihr die Rosen.* Komm, Puntila, gehn wir ein Billard spielen! *Er zieht ihn am Ärmel weg.*

PUNTILA *grollend:* Ich red noch mit dir, Eva! Und du, Kerl, wenn du noch einmal auch nur soviel wie Muh sagst zu meiner Tochter, statt daß du die schmierige Mütze vom Kopf reißt und strammstehst und dich genierst, weil du dir nicht die Ohren gewaschen hast, halt's Maul, dann kannst du deine zerrissenen Socken packen. Aufzuschauen hast du zu der Tochter von deinem Brotgeber wie zu einem höheren Wesen, das herniedergestiegen ist. Laß mich, Eino, meinst du, ich lass so was zu? *Zu Matti:* Wiederhol's, was hast du?

MATTI Ich muß zu ihr aufschaun wie zu einem höheren Wesen, das herniedergestiegen ist, Herr Puntila.

PUNTILA Deine Augen reißt du auf, daß es so was gibt, in ungläubigem Staunen, Kerl.

MATTI Ich reiß meine Augen auf in ungläubigem Staunen, Herr Puntila.

PUNTILA Rot wirst du wie ein Krebs, weil du schon vor der Konfirmation unsaubere Gedanken gehabt hast bei Weibern, wenn du so was von Unschuld siehst und möchtest in den Boden versinken, hast du verstanden?

MATTI Ich hab verstanden.

Der Attaché zieht Puntila ins Haus.

EVA Nichts.

MATTI Seine Schulden sind noch größer als wir geglaubt haben.

6

Ein Gespräch über Krebse

Gutsküche auf Puntila. Es ist Abend. Von draußen hin und wieder Tanzmusik. Matti liest die Zeitung.

FINA *herein:* Fräulein Eva will Sie sprechen.

MATTI Es ist recht. Ich trink noch meinen Kaffee aus.

FINA Wegen mir müssen Sie ihn nicht austrinken, als ob es Ihnen nicht pressiert. Ich bin überzeugt, Sie bilden sich was ein, weil das Fräulein Eva sich ab und zu mit Ihnen abgibt, weil sie keine Gesellschaft hat auf dem Gut und einen Menschen sehen muß.

MATTI An so einem Abend bild ich mir gern was ein. Wenns zum Beispiel Lust haben, Fina, sich mit mir den Fluß anschaun, hab ich's überhört, daß das Fräulein Eva mich braucht und komm mit.

FINA Ich glaub nicht, daß ich dazu Lust hab.

MATTI *nimmt eine Zeitung auf:* Denkens an den Lehrer?

FINA Ich hab nichts gehabt mit dem Lehrer. Er ist ein freundlicher Mensch gewesen und hat mich bilden wollen, indem er mir ein Buch geliehen hat.

MATTI Schad, daß er so schlecht bezahlt wird für seine Bildung. Ich hab dreihundert Mark, und ein Lehrer hat zweihundert Mark, aber ich muß auch mehr können. Warum, wenn ein Lehrer nichts kann, dann lernens im Dorf höchstens nicht die Zeitung lesen. Das wär früher ein Rückschritt gewesen, aber was nützt das Zeitunglesen heutzutag, wo doch nichts drinsteht wegen der Zensur? Ich geh so weit und sag: wenns die Schullehrer vollends abschafften, brauchtens auch die Zensur nicht und ersparten dem Staat die Gehälter für die Zensorn. Aber wenn ich steckenbleib auf der Distriktsstraße, müssen die Herrn zu Fuß durch'n Kot gehen und fallen in die Straßengräben, weils besoffen sind.

Matti winkt Fina zu sich und sie setzt sich auf seine Knie. Der Richter und der Advokat kommen, die Handtücher über der Schulter, aus dem Dampfbad.

DER RICHTER Haben Sie nichts zum Trinken, etwas von der schönen Buttermilch von früher?

MATTI Soll's das Stubenmädchen hineinbringen?

DER RICHTER Nein, zeigen Sie uns, wo sie steht.

Matti schöpft ihnen mit dem Schöpflöffel. Fina ab.

DER ADVOKAT Die ist ausgezeichnet.

DER RICHTER Ich trink sie auf Puntila immer nach dem Dampfbad.

DER ADVOKAT Die finnische Sommernacht ist eine herrliche Angelegenheit.

DER RICHTER Ich hab viel zu tun mit ihr. Die Alimentationsprozesse, das ist ein hohes Lied auf die finnische Sommernacht. Im Gerichtssaal sieht man, was für ein hübscher Ort ein Birkenwald ist. An den Fluß könnens überhaupt nicht gehn, ohne daß sie schwach werden. Eine hab ich vor dem Richtertisch gehabt, die hat das Heu beschuldigt, daß es so stark riecht. Beerenpflücken solltens auch nicht, und Kuhmelken kommt sie teuer zu stehn. Um jedes Gebüsch an der Straße müßt ein Stacheldrahtzaun gezogen werden. Ins Dampfbad gehn die Geschlechter einzeln, weil sonst die Versuchung zu groß würd, und danach gehens zusammen über die Wiesen. Sie sind einfach nicht zu halten im Sommer. Von den Fahrrädern steigens ab, auf die Heuböden kriechens hinauf; in der Küche passiert's, weil es zu heiß ist, und im Freien, weil so ein frischer Luftzug geht. Zum Teil machens Kinder, weil der Sommer so kurz und zum Teil, weil der Winter so lang ist.

DER ADVOKAT Es ist ein schöner Zug, daß auch die älteren

Leute daran teilnehmen dürfen. Ich denk an die nachherigen Zeugen. Sie sehen's. Sie sehn das Paar im Wäldchen verschwinden, sie sehn die Holzschuh unten im Heuschuppen, und wie das Mädchen erhitzt ist, wenn sie vom Blaubeerenklauben kommt, wo man sich nie erhitzen kann, weil man dabei nicht so eifrig ist. Sie sehn nicht nur, sondern sie hören auch. Die Milchkannen scheppern und die Bettstätten krachen. So sind sie mit den Augen und Ohren beteiligt und haben was vom Sommer.

DER RICHTER *da es klingelt, zu Matti:* Vielleicht gehn Sie schaun, was drin gewünscht wird? Aber wir können auch drin sagen, daß hier Gewicht auf den Achtstundentag gelegt wird.

Er geht mit dem Advokaten hinaus. Matti hat sich wieder zu seiner Zeitung gesetzt.

EVA *herein, eine ellenlange Zigarettenspitze haltend und mit einem verführerischen Gang, den sie im Kino gesehen hat:* Ich hab Ihnen geklingelt. Haben Sie noch was zu tun hier?

MATTI Ich? Nein, meine Arbeit fängt erst morgen früh um sechs wieder an.

EVA Ich hab mir gedacht, ob Sie nicht mit mir auf die Insel rudern, ein paar Krebs für morgen zum Verlobungsessen fangen.

MATTI Ist es nicht ein bissel schon nachtschlafende Zeit?

EVA Ich bin noch gar nicht müd, ich schlaf im Sommer schlecht, ich weiß nicht, was das ist. Können Sie einschlafen, wenn Sie jetzt ins Bett gehn?

MATTI Ja.

EVA Sie sind zu beneiden. Dann richten Sie mir die Geräte her. Mein Vater hat den Wunsch, daß Krebse da sind. *Sie dreht sich auf dem Absatz um und will abgehen, wobei sie wieder den Gang vorführt, den sie im Kino gesehen hat.*

MATTI *umgestimmt:* Ich denk, ich werd doch mitgehn. Ich werd Sie rudern.

EVA Sind Sie nicht zu müd?

MATTI Ich bin aufgewacht und fühl mich ganz frisch. Sie müssen nur sich umziehen, daß Sie gut waten können.

EVA Die Geräte sind in der Geschirrkammer. *Ab.*

Matti zieht seine Joppe an.

EVA *in sehr kurzen Hosen zurückkehrend:* Aber Sie haben ja die Geräte nicht.

MATTI Wir fangen sie mit den Händen. Das ist viel hübscher, ich lern's Ihnen.

EVA Aber es ist bequemer mit dem Gerät.

MATTI Ich bin neulich mit dem Stubenmädchen und der Köchin auf der Insel gewesen, da haben wir's mit den Händen gemacht, und es war sehr hübsch, Sie können nachfragen. Ich bin flink. Sind Sie nicht? Manche haben fünf Daumen an jeder Hand. Die Krebs sind natürlich schnell, und die Stein sind glitschig, aber es ist ja hell draußen, nur wenig Wolken, ich hab hinausgeschaut.

EVA *zögernd:* Ich will lieber mit den Geräten. Wir kriegen mehr.

MATTI Brauchen wir so viele?

EVA Mein Vater ißt nichts, wovon's nicht viel gibt.

MATTI Das wird ja ernst. Ich hab mir gedacht, ein paar, und wir unterhalten uns, es ist eine hübsche Nacht.

EVA Sagens nicht von allem, es ist hübsch. Holens lieber die Geräte.

MATTI Seiens doch nicht so ernst und so grausam hinter die Krebs her! Ein paar Taschen voll genügen. Ich weiß eine Stell, wo sie's reichlich gibt, wir haben in fünf Minuten genug, daß wir's vorzeigen können.

EVA Was meinen Sie damit? Wollen Sie überhaupt Krebse fangen?

MATTI *nach einer Pause:* Es ist vielleicht ein bissel spät. Ich muß früh um sechs raus und mit'm Studebaker den Attaché von der Station abholen. Wenn wir bis drei, vier Uhr auf der Insel herumwaten, wird's bissel knapp für'n Schlaf. Ich kann Sie natürlich hinüberrudern, wenns absolut wollen.

Eva dreht sich wortlos um und geht hinaus. Matti zieht seine Joppe wieder aus und setzt sich zu seiner Zeitung. Herein, aus dem Dampfbad, Laina.

LAINA Die Fina und die Futtermeisterin fragen, ob Sie nicht ans Wasser hinunterkommen wollen. Sie unterhalten sich noch.

MATTI Ich bin müd. Ich war heut auf'm Gesindemarkt, und vorher hab ich den Traktor ins Moor gebracht, und da sind die Strick gerissen.

LAINA Ich bin auch ganz tot mit dem Backen, ich bin nicht für Verlobungen. Aber ich hab mich direkt wegreißen müssen, daß ich ins Bett geh, es ist so hell und eine Sünd, zu schlafen. *Schaut im Abgehen aus dem Fenster.* Vielleicht geh ich doch noch ein bissel hinunter, der Stallmeister wird wieder auf der Harmonika spielen, das hör ich gern. *Sie geht todmüde, aber entschlossen ab.*

EVA *herein, als Matti gerade zur andern Tür hinauswill:* Ich wünsch, daß Sie mich noch zur Station fahren.

MATTI Es dauert fünf Minuten, bis ich den Studebaker umgedreht hab. Ich wart vor der Tür.

EVA Es ist recht. Ich seh, Sie fragen nicht, was ich auf der Station will.

MATTI Ich würd sagen, Sie wollen den Elfuhrzehner nach Helsingfors nehmen.

EVA Jedenfalls sind Sie nicht überrascht, wie ich seh.

MATTI Warum überrascht? Es ändert sich nie was und führt selten zu was, wenn die Chauffeure überrascht sind. Es wird fast nie bemerkt und ist ohne Bedeutung.

EVA Ich fahre nach Brüssel zu einer Freundin auf ein paar Wochen und will meinen Vater nicht damit behelligen. Sie müßten mir zweihundert Mark für das Billett leihen. Mein Vater wird's natürlich zurückzahlen, sobald ich ihm's schreibe.

MATTI *wenig begeistert:* Jawohl.

EVA Ich hoffe, Sie haben keine Furcht um Ihr Geld. Wenn es meinem Vater auch gleichgültig ist, mit wem ich mich verlob, so wird er Ihnen doch nicht gerade was schuldig bleiben wollen.

MATTI *vorsichtig:* Ich weiß nicht, ob er das Gefühl hätt, daß er's mir schuldet, wenn ich's Ihnen geb.

EVA *nach einer Pause:* Ich bedauer sehr, daß ich Sie darum gebeten hab.

MATTI Ich glaub nicht, daß es Ihrem Vater gleichgültig ist, wenn Sie mitten in der Nacht wegfahren vor der Verlobung, während sozusagen die Kuchen noch im Rohr liegen. Daß er Ihnen in einem unbedachten Moment geraten hat, daß Sie sich mit mir abgeben sollen, dürfen Sie nicht übelnehmen. Ihr Herr Vater hat Ihr Bestes im Auge, Fräulein Eva. Er hat mir's selber angedeutet. Wenn er besoffen ist, oder sagen wir, wenn er ein Glas zuviel getrunken hat, kann er nicht wissen, was Ihr Bestes ist, sondern geht nach dem Gefühl. Aber wenn er nüchtern ist, wird er wieder intelligent und kauft Ihnen einen Attaché, der sein Geld wert ist, und Sie werden Ministerin in Paris oder Reval und können tun, was Sie wollen, wenn Sie zu was Lust haben an einem netten Abend und wenns nicht wollen, müssens nicht.

EVA Also Sie raten mir jetzt zu dem Herrn Attaché?

MATTI Fräulein Eva, Sie sind nicht in der finanziellen Lage, Ihrem Herrn Vater Kummer zu bereiten.

EVA Ich seh, Sie haben Ihre Ansicht gewechselt und sind eine Windfahne.

MATTI Das ist richtig. Aber es ist nicht gerecht, wie man von Windfahnen redet, sondern gedankenlos. Sie sind aus Eisen, und was Festeres gibt's nichts, nur fehlt ihnen die feste Grundlag, die einem einen Halt verleiht. Ich hab leider auch nicht die Grundlag. *Er reibt Daumen und Zeigefinger.*

EVA Ich muß leider Ihren guten Rat dann vorsichtig aufnehmen, wenn Ihnen die Grundlage fehlt, daß Sie mir einen ehrlichen Rat geben. Ihre schönen Worte darüber, wie gut es mein Vater mit mir meint, stammen scheint's nur davon her, daß Sie das Geld für mein Billett nicht riskieren wollen.

MATTI Meine Stellung könnens auch dazuzählen, ich find sie nicht schlecht.

EVA Sie sind ein ziemlicher Materialist, wie's scheint, Herr Altonen, oder wie man in Ihren Kreisen sagen wird, Sie wissen, auf welcher Seite Ihr Brot gebuttert ist. Jedenfalls hab ich noch nie jemand so offen zeigen sehen, wie er um sein Geld besorgt ist oder überhaupt um sein Wohlergehen. Ich seh, daß nicht nur, die was haben, ans Geld denken.

MATTI Es tut mir leid, wenn ich Sie enttäuscht hab. Ich kann's aber nicht vermeiden, weil Sie mich so direkt gefragt haben. Wenn Sie's nur angedeutet hätten und hätten's in der Luft schweben lassen, sozusagen zwischen den Zeilen, hätt vom Geld überhaupt zwischen uns nicht die Rede zu sein brauchen. Das bringt immer einen Mißklang in alles hinein.

EVA *setzt sich:* Ich heirat den Attaché nicht.

MATTI Ich versteh nicht, nach einigem Nachdenken, warums grad den nicht heiraten wolln. Mir kommt einer wie der andere ganz ähnlich vor, ich hab mit genug zu tun gehabt. Sie sind gebildet und werfen Ihnen keinen Stiefel an den Kopf, auch nicht, wenns besoffen sind, und schaun nicht auf Geld, besonders, wenn's nicht das ihrige ist, und wissen Sie zu schätzen, genau wies einen Wein vom andern kennen, weils das gelernt haben.

EVA Ich nehm den Attaché nicht. Ich glaub, ich nehm Sie.

MATTI Was meinen Sie damit?

EVA Mein Vater könnt uns ein Sägwerk geben.

MATTI Sie meinen: Ihnen.

EVA Uns, wenn wir heiraten.

MATTI In Karelien war ich auf einem Gut, da war der Herr ein früherer Knecht. Die gnädige Frau hat ihn zum Fischen geschickt, wenn der Probst zu Besuch gekommen ist. Bei den sonstigen Gesellschaften ist er hinten am Ofen gesessen und hat eine Patience gelegt, sobald er mit dem Flaschenaufkorken fertig war. Sie haben schon große Kinder gehabt. Sie haben ihn mit'm Vornamen gerufen. »Viktor, hol die Galoschen, aber trödel nicht herum!« Das wär nicht nach meinem Geschmack, Fräulein Eva.

EVA Nein, Sie wollen der Herr sein. Ich kann mir's vorstellen, wie Sie eine Frau behandeln würden.

MATTI Habens nachgedacht darüber?

EVA Natürlich nicht. Sie meinen wohl, ich denk den ganzen Tag an nichts als an Sie. Ich weiß nicht, wie Sie zu der Einbildung kommen. Ich hab's jedenfalls satt, daß Sie nur immer von sich reden, was Sie wollen und was nach Ihrem Geschmack ist und was Sie gehört haben, ich durchschau Ihre unschuldigen Geschichten und Ihre Frechheiten. Ich kann Sie überhaupt nicht ausstehn, weil mir Egoisten nicht gefallen, daß Sie's wissen! *Ab.*

Matti setzt sich wieder zu seiner Zeitung.

7
Der Bund der Bräute des Herrn Puntila

Hof auf Puntila. Es ist Sonntag morgen. Auf der Altane des Gutshauses streitet Puntila mit Eva, während er sich rasiert. Man hört von weitem Kirchenglocken.

PUNTILA Du heiratest den Attaché und damit Schluß. Ich geb dir keinen Pfennig sonst. Ich bin für deine Zukunft verantwortlich.

EVA Neulich hast du gesagt, daß ich nicht heiraten soll, wenn er kein Mann ist. Ich soll den nehmen, den ich liebe.

PUNTILA Ich sag viel, wenn ich ein Glas über den Durst getrunken hab. Und ich mag's nicht, wenn du an meinem Wort herumdeutelst. Und wenn ich dich noch einmal mit dem Chauffeur erwisch, werd ich dir's zeigen. Gradsogut hätten fremde Leut um den Weg sein können, wie du aus der Badehütte herauskommst mit einem Chauffeur. Dann wär der Skandal fertig gewesen. *Er schaut plötzlich in die Ferne und brüllt.* Warum sind die Gäul auf dem Kleefeld?

STIMME Der Stallmeister hat's angeschafft!

PUNTILA Gib sie sofort weg! *Zu Eva:* Wenn ich einen Nachmittag weg bin, ist alles durcheinander auf dem Gut. Und warum, frag ich, sind die Gäul im Klee? Weil der Stallmeister was hat mit der Gärtnerin. Und warum ist die junge Kuh, die nur ein Jahr und zwei Monat alt ist, schon betreten, daß sie mir nicht mehr wachsen wird? Weil die Futtermeisterin was hat mit dem Praktikanten. Da hat sie natürlich keine Zeit zum Aufpassen, daß der Stier nicht meine jungen Küh betritt, sie laßt ihn einfach los, auf was er Lust hat. Schweinerei! Und wenn die Gärtnerin, ich werd reden mit ihr, nicht mit dem Stallmeister herumläg, würd ich nicht nur hundert Kilo Tomaten verkaufen dieses Jahr, wie soll sie das richtige Gefühl für meine Tomaten haben, das ist immer eine kleine Goldgrube gewesen, ich verbiet diese Liebeleien auf dem Gut, sie kommen mich zu teuer, hörst du, laß es dir gesagt sein mit dem Chauffeur, ich laß mir nicht das Gut ruinieren, da setz ich eine Grenze.

EVA Ich ruinier nicht das Gut.

PUNTILA Ich warn dich. Ich duld keinen Skandal. Ich richt dir eine Hochzeit für sechstausend Mark und tu alles, daß du in die besten Kreise einheiratest, das kost mich einen Wald, weißt du, was ein Wald ist? und du führst dich so auf, daß du dich mit Krethi und Plethi gemein machst und sogar mit einem Chauffeur.

Matti ist unten auf den Hof gekommen. Er hört zu.

PUNTILA Ich hab dir eine feine Erziehung in Brüssel gezahlt, nicht daß du dich dem Chauffeur an den Hals wirfst, sondern daß du einen Abstand hältst zu dem Gesinde, sonst wird's frech und tanzt dir auf dem Bauch herum. Zehn Schritt Abstand und keine Vertraulichkeiten, sonst herrscht das Chaos, und da bin ich eisern. *Ab ins Haus.*

Vor dem Hoftor erscheinen die vier Frauen aus Kurgela. Sie beraten sich, nehmen ihre Kopftücher ab, setzen Strohkränze auf und schicken eine von ihnen vor. Auf den Hof kommt Sandra, die Telefonistin.

DIE TELEFONISTIN Guten Morgen. Ich möcht den Herrn Puntila sprechen.

MATTI Ich glaub nicht, daß er sich heut sprechen laßt. Er ist nicht auf der Höhe.

DIE TELEFONISTIN Seine Verlobte wird er schon empfangen, denk ich.

MATTI Sind Sie mit ihm verlobt?

DIE TELEFONISTIN Das ist meine Ansicht.

PUNTILAS STIMME Und solche Wörter wie Liebe verbitt ich mir, daß du in den Mund nimmst, das ist nur ein andrer Ausdruck für Schweinerei, und die duld ich nicht auf Puntila. Die Verlobung ist angesetzt, ich hab ein Schwein schlachten lassen, das kann ich nicht rückgängig machen, es tut mir nicht den Gefallen und geht in Kober zurück und frißt wieder geduldig, weil du dir's anders überlegt hast, und überhaupt hab ich schon disponiert und will meine Ruh auf Puntila und dein Zimmer wird zugeschlossen, richt dich danach!

Matti hat einen langen Besen ergriffen und begonnen, den Hof zu kehren.

DIE TELEFONISTIN Die Stimm von dem Herrn kommt mir bekannt vor.

MATTI Das ist kein Wunder, weil's die Stimm von Ihrem Verlobten ist.

DIE TELEFONISTIN Sie ist's und ist's nicht. Die Stimm in Kurgela war anders.

MATTI Ach, es war in Kurgela? War's, wie er dort gesetzlichen Schnaps geholt hat?

DIE TELEFONISTIN Vielleicht kenn ich sie nicht wieder, weil die äußeren Umstände dort anders waren und das Gesicht dazu gekommen ist, ein freundliches, er ist in einem Auto gesessen und hat die Morgenröt im Gesicht gehabt.

MATTI Ich kenn das Gesicht und ich kenn die Morgenröt. Sie gehn besser wieder heim. Sie sind zu viel hier.

Auf den Hof kommt die Schmuggleremma. Sie tut, als kenne sie die Telefonistin nicht.

DIE SCHMUGGLEREMMA Ist der Herr Puntila hier? Ich möcht ihn gleich sprechen.

MATTI Er ist leider nicht hier. Aber da ist seine Verlobte, die könnens sprechen.

DIE TELEFONISTIN *Theater spielend:* Ist das nicht die Emma Takinainen, die den Schnaps schmuggelt?

DIE SCHMUGGLEREMMA Was tu ich? Sagst du, ich schmuggel Schnaps? Weil ich ein bissel Spiritus brauch, wenn ich der Frau vom Polizisten die Bein massier? Meinen Spiritus nimmt die Frau vom Bahnhofsvorsteher zu ihrem feinen Kirschlikör, daraus siehst du, daß er gesetzlich ist. Und was mit Verlobte? Die Telefonsandra von Kurgela will verlobt sein mit meinem Verlobten, dem Herrn Puntila, der hier wohnhaft ist, wie ich versteh? Das ist stark, du Fetzen!

DIE TELEFONISTIN *strahlend:* Und was hab ich hier, du Roggenbrennerin? Was siehst du an meinem Ringfinger?

DIE SCHMUGGLEREMMA Eine Warze. Aber was siehst du an meinem? Ich bin verlobt, nicht du. Und mit Schnaps und Ring.

MATTI Sind die Damen beide aus Kurgela? Da scheint's Bräute von uns zu geben wie Spatzendamen im März.

Auf den Hof kommen Lisu, das Kuhmädchen, und Manda, das Apothekerfräulein.

DAS KUHMÄDCHEN *und* DAS APOTHEKERFRÄULEIN *gleichzeitig:* Wohnt hier der Herr Puntila?

MATTI Seid ihr aus Kurgela? Dann wohnt er nicht hier, ich muß es wissen, ich bin der Chauffeur von ihm. Der Herr Puntila ist ein anderer Herr gleichen Namens wie der, mit dem Sie wahrscheinlich verlobt sind.

DAS KUHMÄDCHEN Aber ich bin die Lisu Jakkara, mit mir ist der Herr wirklich verlobt, ich kann's beweisen. *Auf das Telefonfräulein deutend.* Und die kann's auch beweisen, die ist auch mit ihm verlobt.

DIE SCHMUGGLEREMMA *und* DIE TELEFONISTIN *zugleich:* Ja, wir können's beweisen, wir sind alle die Rechtmäßigen!

Alle vier lachen sehr.

MATTI Ich bin froh, daß Sie's beweisen können. Ich sag's grad heraus, wenn es nur eine wär, die rechtmäßig ist, würd ich mich nicht besonders interessieren, aber ich kenn die Stimme der Masse, wo ich sie auch hör. Ich schlag einen Bund der Bräute des Herrn Puntila vor. Und damit erhebt sich die interessante Frag: was ihr vorhabt?

DIE TELEFONISTIN Sollen wir's ihm sagen? Da liegt eine alte Einladung vor vom Herrn Puntila persönlich, daß wir viere kommen sollen, wenn die große Verlobung gefeiert wird.

MATTI So eine Einladung möcht was sein wie der Schnee vom vergangenen Jahr. Ihr möchtet den Herren vorkommen wie vier Wildgänse aus den Moorseen, die geflogen kommen, wenn die Jäger schon heimgegangen sind.

DIE SCHMUGGLEREMMA Oje, das klingt nicht nach willkommen!

MATTI Ich sag nicht unwillkommen. Nur in einer bestimmten Hinsicht seid ihr etwas zu früh. Ich muß schaun, wie ich euch in einem guten Moment einführ, wo ihr willkommen seid und erkannt werdet mit klarem Aug als die Bräut, die ihr seid.

DAS APOTHEKERFRÄULEIN Es ist nur ein Spaß beabsichtigt und ein klein wenig Aufzwicken beim Tanz.

MATTI Wenn der Zeitpunkt günstig gewählt ist, könnt's gehn. Weil, sobald die Stimmung sich gehoben hat, sinds auf was Groteskes aus. Dann könnten die vier Bräute kommen. Der Probst wird sich wundern, und der Richter wird ein andrer und glücklicherer Mensch, wenn er den Probst sich wundern sieht. Aber es muß Ordnung sein, denn sonst möcht der Herr Puntila sich nicht auskennen, wenn wir einziehen im Saal als der Bund der Bräute unter Absingen der tavastländischen Hymne und mit einer Fahn aus einem Unterrock.

Alle lachen wieder sehr.

DIE SCHMUGGLEREMMA Meinens, ein Kaffee wird abfallen und vielleicht ein Tanz danach?

MATTI Das ist eine Forderung, die der Bund vielleicht durchsetzt als gerechtfertigt, weil Hoffnungen erzeugt worden sind und Ausgaben erwachsen sind, denn wie ich annehm, seid ihr mit der Bahn gekommen.

DIE SCHMUGGLEREMMA Zweiter Klasse!

Das Stubenmädchen Fina trägt ein Butterschaff ins Haus.

DAS KUHMÄDCHEN Vollbutter!

DAS APOTHEKERFRÄULEIN Wir sind von der Station gleich hergegangen. Ich weiß nicht, wie Sie heißen, aber vielleicht könnten Sie uns ein Glas Milch verschaffen?

MATTI Ein Glas Milch? Nicht vor dem Mittag, ihr verderbt euch den Appetit.

DAS KUHMÄDCHEN Da brauchen Sie keine Furcht zu haben.

MATTI Besser wär's für euren Besuch, ich verschaff dem Bräutigam ein Glas von was andrem als Milch.

DIE TELEFONISTIN Seine Stimm war ein bissel trocken, das ist wahr.

MATTI Die Telefonsandra, die alles Wissende und das Wissen Verbreitende, versteht mich, warum ich nicht für euch nach der Milch lauf, sondern denk, wie ich an den Aquavit für ihn herankomm.

DAS KUHMÄDCHEN Sind's nicht neunzig Küh auf Puntila? Das hab ich gehört.

DIE TELEFONISTIN Aber die Stimm hast du nicht gehört, Lisu.

MATTI Ich glaub, ihr seid klug und begnügt euch für's erste mit'n Geruch vom Essen.

Der Stallmeister und die Köchin tragen ein geschlachtetes Schwein ins Haus.

DIE FRAUEN *klatschen Beifall:* Das kann schon ausgeben! – Hoffentlich man backt's knusprig! – Tu bissel Majoran dran!

DIE SCHMUGGLEREMMA Meint ihr, ich kann beim Mittag die Rockhäkchen aufmachen, wenn man nicht auf mich schaut? Der Rock ist schon eng.

DAS APOTHEKERFRÄULEIN Der Herr Puntila möcht herschaun.

DIE TELEFONISTIN Nicht beim Mittag.

MATTI Wißt ihr, was das für ein Mittag sein wird? Ihr werdet Seit an Seit mit dem Richter sitzen vom Hohen Gericht in

Viborg. Dem werd ich sagen *er stößt den Besenstiel in den Boden und redet ihn an*: Euer Ehrwürden, da sind vier mittellose Frauen in Ängsten, daß ihr Anspruch verworfen wird. Lange Strecken sind sie auf staubiger Landstraß gewandert, um ihren Bräutigam zu erreichen. Denn in einer Früh vor zehn Tagen ist ein feiner dicker Herr in einem Studebaker ins Dorf gekommen, der hat Ringe gewechselt mit ihnen und sie sich anverlobt, und jetzt möcht er's vielleicht nicht gewesen sein. Tun Sie Ihre Pflicht, fällen Sie Ihren Urteilsspruch, und ich warn Sie. Denn wenns keinen Schutz gewähren, möcht's eines Tags kein Hohes Gericht von Viborg mehr geben.

DIE TELEFONISTIN Bravo!

MATTI Der Advokat wird euch bei Tisch auch zutrinken. Was wirst du ihm sagen, Emma Takinainen?

DIE SCHMUGGLEREMMA Ich werd ihm sagen, ich freu mich, daß ich die Verbindung krieg, und würdens mir nicht meine Steuererklärung schreiben und recht streng mit den Beamten sein. Vereitelns durch Ihre Beredsamkeit auch, daß mein Mann so lang beim Militär bleiben muß, ich werd mit dem Feld nicht fertig, und der Herr Oberst ist ihm nicht sympathisch. Und daß der Krämer, wenn er mir für Zucker und Petroleum anschreibt, mich nicht bescheißt.

MATTI Das ist die Gelegenheit gut ausgenutzt. Aber das mit der Steuer gilt nur, wenn du den Herrn Puntila nicht kriegst. Die ihn kriegt, kann zahlen. Auch mit dem Doktor werdet ihr ein Glas anstoßen, was werdet ihr dem sagen?

DIE TELEFONISTIN Herr Doktor, werd ich ihm sagen, ich hab wieder Stiche im Kreuz, aber blickens nicht so düster, beißens die Zähn zusammen, ich zahl die Doktorsrechnung, sobald ich den Herrn Puntila geheiratet hab. Und nehmen Sie sich Zeit mit mir, wir sind erst bei der Grütze, das Wasser zum Kaffee ist noch gar nicht aufgesetzt, und Sie sind für die Volksgesundheit verantwortlich.

Ein Arbeiter rollt ein Fäßchen Bier ins Haus.

DIE SCHMUGGLEREMMA Da geht Bier hinein.

MATTI Und ihr werdet auch mit dem Probst sitzen. Was werdet ihr dem sagen?

DAS KUHMÄDCHEN Ich werd sagen: Von jetzt ab hab ich Zeit, daß ich am Sonntag in die Kirch geh, wenn ich Lust hab.

MATTI Das ist zu kurz für ein Tischgespräch. Ich werd also hinzusetzen: Herr Probst, daß die Lisu, das Kuhmädchen, heut von einem porzellanenen Teller ißt, das muß Sie am meisten freuen, denn vor Gott sind alle gleich, steht es geschrieben, also warum nicht vor dem Herrn Puntila? Und sie wird Ihnen bestimmt was zugute kommen lassen als neue Gutsherrin, ein paar Flaschen Weißen zum Geburtstag wie bisher, damit Sie in der Kanzel weiter schön von den himmlischen Auen reden, weil sie selber nicht mehr auf den irdischen Auen die Küh melken muß.

Während Mattis großen Reden ist Puntila auf den Balkon getreten. Er hat finster zugehört.

PUNTILA Wenns ausgeredet haben, lassen Sie's mich wissen. Wer ist das?

DIE TELEFONISTIN *lachend:* Ihre Bräute, Herr Puntila, Sie werden sie doch kennen?

PUNTILA Ich? Ich kenn keine von euch.

DIE SCHMUGGLEREMMA Doch, Sie kennen uns, mindestens am Ring.

DAS APOTHEKERFRÄULEIN Von der Gardinenstang der Apothek in Kurgela.

PUNTILA Was wollens hier? Stunk machen?

MATTI Herr Puntila, es ist vielleicht jetzt ein ungünstiger Zeitpunkt mitten am Vormittag, aber wir haben hier eben besprochen, wie wir zur Heiterkeit bei der Verlobung auf Puntila beitragen können und einen Bund der Bräute des Herrn Puntila gegründet.

PUNTILA Warum nicht gleich eine Gewerkschaft? Wo du herumlungerst, wachst so was leicht aus'm Boden, ich kenn dich, ich kenn die Zeitung, die du liest!

DIE SCHMUGGLEREMMA Es ist nur zum Spaß und für einen Kaffee vielleicht.

PUNTILA Ich kenn eure Späß! Ihr seids gekommen, zu erpressen, daß ich euch was in den Rachen werf!

DIE SCHMUGGLEREMMA No, no, no!

PUNTILA Aber ich werd's euch geben, einen guten Tag wollt ihr euch aus mir machen für meine Freundlichkeit. Ich rat euch, gehts vom Gut, bevor ich euch vertreib und die Polizei anruf. Du da bist die Telefonistin von Kurgela, dich erkenn ich, ich werd beim Amt anrufen lassen, ob sie solche Späße billigen bei der Post, und wer die andern sind, bring ich noch heraus.

DIE SCHMUGGLEREMMA Wir verstehen. Wissens, Herr Puntila, es wär mehr zur Erinnerung und für die alten Tag gewesen. Ich glaub, ich setz mich direkt nieder auf Ihrem Hof, daß ich sagen kann: Einmal bin ich auf Puntila gesessen, ich war eingeladen. *Sie setzt sich auf den Boden.* So, jetzt kann's keiner mehr bestreiten und ableugnen, ich sitz schon. Ich brauch nie sagen, daß es nicht auf einem Stuhl war, sondern auf'm nackten tavastländischen Boden, von dem's in den Schulbüchern heißt: er macht Müh, aber er lohnt die Müh, freilich nicht, wem er die Müh macht und wem er sie lohnt. Hab ich nicht an ein gebratenes Kalb hingerochen und ein Butterfaß gesehn und war etwa kein Bier da? *Sie singt.*

Und der See und der Berg und die Wolken überm Berg!
Teuer ist's dem tavastländischen Volke
Von der Wälder grüner Freude bis zu Aabos Wasserwerk.

Hab ich recht? Und jetzt hebts mich auf, laßts mich nicht sitzen in der historischen Position.

PUNTILA Ihr gehts vom Gut!

Die vier Frauen werfen ihre Strohkränze auf die Erde und gehen vom Hof. Matti kehrt das Stroh zusammen.

8
Finnische Erzählungen

Distriktstraße. Es ist Abend. Die vier Frauen auf dem Heimweg.

DIE SCHMUGGLEREMMA Wie soll eins wissen, in welcher Laun man sie grad antrifft. Wenns gut gesoffen haben, machens einen Witz und kneifen einen wer weiß wo und man hat seine Müh, daß sie nicht gleich intim werden und rein in Himbeerstrauch, aber fünf Minuten danach ist ihnen was über die Leber gekrochen und sie wollen am liebsten die Polizei holen. In meinem Schuh muß ein Nagel herausstehen.

DIE TELEFONISTIN Die Sohle ist auch ab.

DAS KUHMÄDCHEN Er ist nicht für fünf Stunden Distriktstraße gemacht.

DIE SCHMUGGLEREMMA Ja, ich hab ihn kaputt gelaufen. Er hätt noch ein Jahr halten sollen. Ich bräucht einen Stein. *Alle setzen sich, und sie klopft den Nagel im Schuh nieder.* Wie ich sag, man kann die Herren nicht berechnen, sie sind bald so, bald so und dann wieder so. Die Frau vom vorigen Polizeimeister hat mich oft mitten in der Nacht holen lassen, daß ich ihr die geschwollenen Füß massier, und jedesmal war sie anders, je nachdem, wie sie mit ihrem Mann gestanden ist. Er hat was mit dem Dienstmädchen gehabt. Wie sie mir einmal Pralinees geschenkt hat, hab ich gewußt, daß er das Ding weggeschickt hat, und kurz darauf hat er sie, scheint's, doch wieder aufgesucht, denn sie hat sich um alles in der Welt, wie sehr sie sich auch den Kopf zerbrochen hat, nicht erinnern können, daß ich sie zehnmal im Monat und nicht nur sechsmal massiert hab. Ein so schlechtes Gedächtnis hat sie plötzlich gekriegt.

DAS APOTHEKERFRÄULEIN Manchmal haben sie auch ein langes. Wie der Amerikapekka, der ein Vermögen gemacht hat drüben und zu seinen Verwandten zurückgekehrt ist nach zwanzig Jahren. Sie waren so arm, daß sie von meiner Mutter die Kartoffelschalen bettelten, und wie er sie besucht hat, haben sie ihm einen Kalbsbraten vorgesetzt, damit er gut gelaunt würd. Er hat ihn gegessen und erzählt, daß er der Großmutter einmal zwanzig Mark geliehen hat und hat den Kopf geschüttelt, daß es ihnen so elend geht, daß sie nicht einmal ihre Schulden zurückzahlen können.

DIE TELEFONISTIN Die verstehen's. Aber von etwas müssen sie ja reich werden. Ein Gutsherr aus unserer Gegend hat sich von seinem Häusler in einer Nacht im Winter 1908 übers Eis vom See führen lassen. Sie haben gewußt, daß im Eis ein Riß war, aber nicht wo, und der Häusler hat vorausgehen müssen die zwölf Kilometer. Dem Herrn ist angst geworden und er hat ihm einen Gaul versprochen, wenn sie hinüberkommen. Wie sie in der Mitte gewesen sind, hat er wieder geredet und gesagt: Wenn du durchfindest und ich brech nicht ein, kriegst du ein Kalb. Dann hat man das Licht von einem Dorf gesehn und er hat gesagt: Gib dir Müh, damit du dir die Uhr verdienst. Fünfzig Meter vom Ufer hat er noch von einem Sack Kartoffeln gesprochen, und wie sie da waren, hat er ihm eine Mark gegeben und gesagt: Lang hast du gebraucht. Wir sind zu dumm für ihre Witz und Tricks und fallen ihnen immer wieder herein. Warum, sie schauen aus wie unsereiner und das täuscht. Wenn sie ausschauten wie Bären oder Kreuzottern, möcht man auf der Hut sein.

DAS APOTHEKERFRÄULEIN Keine Späß mit ihnen machen und nichts von ihnen nehmen!

DIE SCHMUGGLEREMMA Nichts von ihnen nehmen, das ist gut, wenn sie alles haben und wir nichts. Nimm nichts vom Fluß, wenn du verdurstest!

DAS APOTHEKERFRÄULEIN Ich hab starken Durst, ihr.

DAS KUHMÄDCHEN Ich auch. In Kausala hat eine was gehabt mit einem Bauerssohn, wo sie Magd war. Ein Kind ist gekommen, aber vor dem Gerichtshof in Helsingfors hat er alles abgeschworen, daß er keine Alimente zu zahlen brauchte. Ihre Mutter hat einen Advokaten genommen, der hat seine Briefe vom Militär dem Gericht auf den Tisch gelegt. Die Briefe waren so, daß alles klar war und er seine fünf Jahr für Meineid hätt bekommen müssen. Aber wie der Richter den ersten Brief verlesen hat, ganz langsam hat er's gemacht, ist sie vor ihn hingetreten und hat sie zurückverlangt, so daß sie keine Alimente gekriegt hat. Das Wasser ist ihr, heißt's, aus den Augen gelaufen wie ein Fluß, wie sie mit den Briefen aus dem Landsgericht gekommen ist, und die Mutter war fuchtig und er hat gelacht. Das ist die Liebe.

DIE TELEFONISTIN Es war dumm von ihr.

DIE SCHMUGGLEREMMA Aber so was kann auch klug sein, je nachdem. Einer aus der Viborger Gegend hat nichts von ihnen genommen. Er war 18 dabei, bei den Roten, und in Tammerfors haben sie ihn dafür ins Lager gesperrt, ein junger Bursch, er hat dort Gras fressen müssen vor Hunger, nichts haben sie ihnen zu fressen gegeben. Seine Mutter hat ihn besucht und ihm was gebracht. 80 Kilometer her ist sie gekommen. Sie war eine Häuslerin und die Gutsbesitzerin gibt ihr einen Fisch mit und ein Pfund Butter. Sie ist zu Fuß gegangen und wenn ein Bauernwagen sie mitgenommen hat, ist sie ein Stück gefahren. Zu dem Bauern hat sie gesagt: »Ich geh nach Tammerfors, meinen Sohn Athi besuchen bei den Roten im Lager und die Gutsherrin gibt mir für ihn einen

Fisch mit und das Pfund Butter, die Gute.« Wenn der Bauer das hörte, hat er sie absteigen heißen, weil ihr Sohn ein Roter war, aber wenn sie bei den Frauen vorbeigekommen ist, die am Fluß gewaschen haben, hat sie wieder erzählt: »Ich geh nach Tammerfors, meinen Sohn besuchen im Lager für die Roten und die Gutsherrin, die Gute, gibt mir für ihn einen Fisch mit und das Pfund Butter.« Und wie sie ins Lager nach Tammerfors kam, sagte sie auch vor dem Kommandanten ihr Sprüchlein auf und er hat gelacht und sie hat hineindürfen, was sonst verboten war. Vor dem Lager ist noch Gras gewachsen, aber hinter dem Stacheldrahtzaun gab's kein grünes Gras mehr, kein Blatt an einem Baum, sie haben's alles aufgegessen gehabt. Das ist wahr, ihr. Den Athi hat sie zwei Jahr nicht gesehen gehabt, mit dem Bürgerkrieg und der Gefangenschaft, und mager war er sehr. »Da bist du ja, Athi, und schau, hier ist ein Fisch und die Butter, die hat mir die Gutsherrin für dich mitgegeben.« Der Athi sagt ihr guten Tag und erkundigt sich nach ihrem Rheuma und nach einigen Nachbarn, aber den Fisch und die Butter hätt er nicht genommen um die Welt, sondern er ist bös geworden und hat gesagt: »Hast du die bei der Gutsherrin gebettelt? Da kannst du grad so gut alles wieder mitnehmen, ich nehm nichts von denen.« Sie hat ihre Geschenke wieder einwickeln müssen, so verhungert der Athi war, und hat Adjö gesagt und ist zurück, wieder zu Fuß, und mit'm Wagen nur, wenn eines sie mitgenommen hat. Zu dem Bauernknecht hat sie jetzt gesagt: »Mein Athi im Gefangenenlager hat einen Fisch und Butter nicht genommen, weil ich's bei der Gutsherrin gebettelt hab und er nimmt nichts von denen.« Der Weg war ja weit und sie schon alt und sie hat sich ab und zu am Straßenrand niedersetzen müssen und ein bissel von dem Fisch und Butter essen, denn sie waren schon nicht mehr ganz gut und stanken sogar schon ein wenig. Aber zu den Frauen am Fluß sagte sie jetzt: »Mein Athi im Gefangenenlager hat den Fisch und die Butter nicht haben wollen, weil ich's bei der Gutsherrin gebettelt hab und er nimmt nichts von denen.« Das sagte sie zu allen, die sie getroffen hat, so daß es einen Eindruck gemacht hat am ganzen Weg und der war 80 Kilometer lang.

DAS KUHMÄDCHEN Solche wie der ihren Athi gibt es.

DIE SCHMUGGLEREMMA Zu wenige.

Sie stehen auf und gehen schweigend weiter.

9
Puntila verlobt seine Tochter einem Menschen

Eßzimmer mit kleinen Tischchen und einem riesigen Büfett. Der Probst, der Richter und der Advokat stehen und nehmen rauchend den Kaffee. Im Eck sitzt Puntila und trinkt schweigsam. Nebenan wird zu Grammophonmusik getanzt.

DER PROBST Einen echten Glauben findet man selten. Statt dessen findet man Zweifel und Gleichgültigkeit, daß man an unserm Volk verzweifeln könnt. Ich hämmer ihnen dauernd ein, daß ohne Ihn nicht eine Blaubeer wachsen würd, aber sie nehmen die Naturprodukte wie was ganz Natürliches und fressens hinunter, als ob es sein müßte. Ein Teil von dem Unglauben ist der Tatsache zuzuschreiben, daß sie nicht in die Kirch gehen und mich vor leeren Bänken predigen lassen, als ob sie nicht genug Fahrräder hätten, jede Kuhmagd hat eins, aber es kommt auch von der Schlechtigkeit, die angeboren ist. Wie soll ich mir sonst so was erklären, wie daß ich an einem Sterbebett letzte Woche von dem rede, was den Menschen im Jenseits erwartet und von ihm vorgelegt bekomm: Meinens, die Kartoffeln halten den Regen aus? So was läßt einen fragen, ob unsere ganze Tätigkeit nicht einfach für die Katz ist!

DER RICHTER Ich versteh Sie. Kultur hineintragen in diese Kaffs ist kein Honigschlecken.

DER ADVOKAT Wir Advokaten haben auch keine leichte Existenz. Wir haben immer von den kleinen Bauern gelebt, von den eisernen Charaktern, die lieber an Bettelstab wollen als auf ihr Recht verzichten. Die Leut streiten sich immer noch ganz gern herum, aber ihr Geiz ist ihnen im Weg. Sie möchten sich gern beleidigen und mit'm Messer stechen und einander lahme Gäul aufhängen, aber wenn sie merken, daß Prozessieren Geld kostet, dann lassen sie in ihrem Eifer schnell nach und brechen den schönsten Prozeß ab, nur um des lieben Mammons willen.

DER RICHTER Das ist das kommerzielle Zeitalter. Es ist eine Verflachung und das gute Alte verschwindet. Es ist furchtbar schwer, am Volk nicht zu verzweifeln, sondern es immer von neuem mit ihm zu versuchen, ob man nicht etwas Kultur hineinbringt.

DER ADVOKAT Dem Puntila wachsen die Felder von selber immer wieder nach, aber so ein Prozeß ist dagegen ein furchtbar empfindliches Geschöpf, bis man das groß kriegt, da können oft graue Haare kommen. Wie oft denkt man, jetzt ist es aus mit ihm, es kann nicht weitergehen, ein neuer Beweisantrag ist nicht mehr möglich, er stirbt jung, und dann geht es doch, und er erholt sich wieder. Am vorsichtigsten muß man mit einem Prozeß sein, wenn er noch im Säuglingsalter ist, da ist die Sterblichkeit am größten. Wenn man ihn erst ins Jünglingsalter hinaufgepäppelt hat, weiß er schon allein, wie er weiterkommt und kennt sich selber aus, und ein Prozeß, der älter als vier, fünf Jahr ist, hat alle Aussicht, alt und grau zu werden. Aber bis er so weit ist! Ach, das ist ein Hundeleben!

Herein der Attaché mit der Pröbstin.

PRÖBSTIN Herr Puntila, Sie sollten sich um Ihre Gäste kümmern, der Herr Minister tanzt grad mit dem Fräulein Eva, aber er hat schon nach Ihnen gefragt.

Puntila gibt keine Antwort.

DER ATTACHÉ Die Frau Pröbstin hat dem Minister gerade eine ganz entzückend witzige Antwort gegeben. Er hat sie gefragt, ob sie den Jazz goutiert. Ich war in meinem Leben noch nicht so gespannt, wie sie sich aus der Affäre ziehen würde. Sie hat ein wenig überlegt und geantwortet, daß man zur Kirchenorgel ja sowieso nicht tanzen kann, also ist's ihr gleich, welche Instrumente man nimmt. Der Minister hat sich halb totgelacht über den Witz. Was sagst du dazu, Puntila?

PUNTILA Nichts, weil ich meine Gäste nicht kritisier. *Winkt den Richter zu sich:* Fredrik, gefallt dir die Visage?

DER RICHTER Welche meinst du?

PUNTILA Die von dem Attaché. Sag, im Ernst!

DER RICHTER Gib acht, Johannes, der Punsch ist ziemlich stark.

DER ATTACHÉ *summt die Melodie von nebenan mit und macht Fußbewegungen im Takt:* Das geht in die Beine, nicht wahr?

PUNTILA *winkt wieder dem Richter, der versucht, ihn zu übersehen:* Fredrik! Sag die Wahrheit, wie gefallt sie dir? Sie kost mich einen Wald.

Die anderen Herren summen ebenfalls mit »Ich suche nach Tittine ...«.

DER ATTACHÉ *ahnungslos:* Ich kann mir keine Texte merken, schon in der Schule, aber den Rhythmus hab ich im Blut.

DER ADVOKAT *da Puntila sehr heftig winkt:* Es ist etwas warm herinnen, gehn wir in den Salon! *Er will den Attaché wegziehen.*

DER ATTACHÉ Neulich hab ich mir doch eine Zeile gemerkt: »We have no Bananas.« Ich bin also optimistisch mit meinem Gedächtnis.

PUNTILA Fredrik! Schau sie dir an und dann urteil! Fredrik!

DER RICHTER Kennen Sie den Witz von dem Juden, der seinen Mantel im Kaffeehaus hat hängen lassen? Darauf sagt der Pessimist: Ja, er wird ihn wiederkriegen! Und ein Optimist sagt: Nicht wird er ihn wiederkriegen!

Die Herrren lachen.

DER ATTACHÉ Und hat er ihn wiedergekriegt?

Die Herren lachen.

DER RICHTER Ich glaub, Sie haben die Pointe nicht ganz erfaßt.

PUNTILA Fredrik!

DER ATTACHÉ Den müssen Sie mir erklären. Ich glaub, Sie haben die Antworten verwechselt. Der Optimist sagt doch: Ja, er wird ihn wiederkriegen!

DER RICHTER Nein, der Pessimist! Verstehn Sie doch, der Witz liegt darin, daß der Mantel alt ist und es besser ist, er ist verloren!

DER ATTACHÉ Ach so, der Mantel ist alt? Das haben Sie vergessen zu erwähnen. Hahaha! Das ist der kapitalste Witz, den ich je gehört hab!

PUNTILA *steht finster auf:* Jetzt muß ich einschreiten. Einen solchen Menschen brauch ich nicht zu dulden. Fredrik, du verweigerst mir die grade Antwort auf meine ernste Frag, was du zu einer solchen Visage sagst, wenn ich sie in die Familie krieg. Aber ich bin Manns genug, mir schlüssig zu werden. Ein Mensch ohne Humor ist überhaupt kein Mensch. *Würdig.* Verlassen Sie mein Haus, ja Sie, drehen Sie sich nicht herum, als ob ich jemand andern meinen könnt.

DER RICHTER Puntila, du gehst zu weit.

DER ATTACHÉ Meine Herren, ich bitt Sie, daß Sie den Vorfall vergessen. Sie ahnen nicht, wie prekär die Stellung der Mitglieder des diplomatischen Korps ist. Wegen der kleinsten moralischen Antastbarkeit kann das Agreement verweigert werden. In Paris, auf dem Montmartre, hat die Schwiegermama des rumänischen Legationssekretärs mit dem Regenschirm auf ihren Liebhaber losgeschlagen und sofort war der Skandal fertig.

PUNTILA Eine Heuschrecke im Frack! Waldfressende Heuschrecke.

DER ATTACHÉ *eifrig:* Sie verstehn, nicht, daß sie einen Liebhaber hat, das ist die Regel, auch nicht, daß sie ihn verprügelt, das ist begreiflich, aber daß es mit dem Regenschirm ist, das ist vulgär. Es ist die Nuance.

DER ADVOKAT Puntila, da hat er recht. Seine Ehr ist sehr empfindlich. Er ist im diplomatischen Dienst.

DER RICHTER Der Punsch ist zu stark für dich, Johannes.

PUNTILA Fredrik, du verstehst den Ernst der Situation nicht.

DER PROBST Der Herr Puntila ist ein wenig aufgeregt, Anna, vielleicht siehst du in den Salon!

PUNTILA Gnädige Frau, Sie brauchen sich nicht zu beunruhigen, daß ich meine Fassung verlieren könnt. Der Punsch ist normal, und was mir zu stark ist, ist nur die Visage von diesem Herrn, gegen die ich einen Widerwillen hab, den Sie begreifen können.

DER ATTACHÉ Über meinen Humor hat sich die Prinzessin Bibesco schmeichelhaft ausgesprochen, indem sie der Lady Oxford gegenüber bemerkte, ich lach über einen Witz oder ein Bonmot schon im voraus, das heißt, daß ich schnell versteh.

PUNTILA Seinen Humor, Fredrik!

DER ATTACHÉ Solang keine Namen genannt werden, ist alles noch reparabel, nur wenn Namen genannt werden zusammen mit Injurien, ist's unreparabel.

PUNTILA *mit schwerem Sarkasmus:* Fredrik, was mach ich? Ich hab seinen Namen vergessen, jetzt krieg ich ihn nie mehr los, sagt er. Gott sei Dank, jetzt fällt's mir wieder ein, daß ich seinen Namen auf einem Schuldschein gelesen hab, den ich hab kaufen sollen und daß er der Eino Silakka ist, vielleicht geht er jetzt, was meinst du?

DER ATTACHÉ Meine Herren, jetzt ist ein Name gefallen. Jetzt kommt's auf jedes fernere Wort an, das nicht auf die Goldwaage gelegt ist.

PUNTILA Da ist man hilflos. *Plötzlich brüllend.* Geh sofort hinaus hier und laß dich nicht mehr blicken auf Puntila, ich verlob meine Tochter nicht mit einer befrackten Heuschrecke!

DER ATTACHÉ *sich zu ihm umdrehend:* Puntila, jetzt wirst du beleidigend. Da überschreitest du die feine Grenze, wo's ein Skandal wird, wenn du mich aus deinem Haus hinauswirfst.

PUNTILA Das ist zuviel. Meine Geduld reißt. Ich habe mir vorgenommen, ich laß dich unter uns verstehen, daß deine Visage mir auf die Nerven fällt und besser, du verschwindest, aber du zwingst mich, daß ich deutlich werd und »Scheißkerl, hinaus!« sag.

DER ATTACHÉ Puntila, das nehm ich krumm. Ich empfehl mich, meine Herren. *Ab.*

PUNTILA Geh nicht so langsam! Ich will dich laufen sehn, ich werd dir's zeigen, mir freche Antworten zu geben!

Er läuft ihm nach. Alle außer der Pröbstin und dem Richter folgen ihm.

DIE PRÖBSTIN Das wird ein Skandal.

Herein Eva.

EVA Was ist los? Was ist das für ein Lärm auf dem Hof?

DIE PRÖBSTIN *auf sie zulaufend:* O Kind, etwas Unangenehmes ist geschehen, du mußt dich mit großer Seelenstärke wappnen.

EVA Was ist geschehn?

DER RICHTER *holt ein Glas Sherry:* Trink das, Eva. Dein Vater hat eine ganze Flasche Punsch ausgetrunken und plötzlich hat er eine Idiosynkrasie gegen das Gesicht von Eino bekommen und ihn herausgejagt.

EVA *trinkt:* Der Sherry schmeckt nach dem Korken, schad. Was hat er ihm denn gesagt?

DIE PRÖBSTIN Bist du denn nicht außer dir, Eva?

EVA Doch, natürlich.

Der Probst kehrt zurück.

DER PROBST Es ist schrecklich.

DIE PRÖBSTIN Was ist? Ist was passiert?

DER PROBST Eine schreckliche Szen auf dem Hof. Er hat ihn mit Steinen beworfen.

EVA Und getroffen?

DER PROBST Ich weiß nicht. Der Advokat hat sich dazwischen geworfen. Und der Minister nebenan im Salon!

EVA Onkel Fredrik, jetzt bin ich fast sicher, daß er fährt. Gut, daß wir den Minister hergebracht haben. Der Skandal wär nicht halb so groß gewesen.

DIE PRÖBSTIN Eva!

Herein Puntila mit Matti, dahinter Laina und Fina.

PUNTILA Ich hab eben einen tiefen Blick in die Verworfenheit der Welt getan. Ich bin hineingegangen mit den besten Absichten und hab verkündet, daß ein Irrtum gemacht worden ist, daß ich meine einzige Tochter beinahe an eine Heuschrecke verlobt hätte und mich jetzt beeilen will, sie an einen Menschen zu verloben. Ich hab seit langem beschlossen gehabt, daß ich meine Tochter mit einem guten Menschen verheirat, dem Matti Altonen, einem tüchtigen Chauffeur und Freund von mir. Alle sollen also ein Glas auf das glückliche junge Paar leeren. Was glaubt ihr, das ich zur Antwort bekommen hab? Der Minister, den ich für einen gebildeten Menschen gehalten hab, hat mich angesehn wie einen giftigen Pilz und hat nach seinem Wagen gerufen. Und die andern haben ihn natürlich nachgeäfft. Traurig. Ich bin mir wie ein christlicher Märtyrer vor den Löwen vorgekommen und hab mit meiner Meinung nicht hinterm Berg gehalten. Er ist schnell gegangen, aber vor dem Auto hab ich ihn glücklicherweise doch noch eingeholt und ihm sagen können, daß ich ihn auch für einen Scheißkerl halt. Ich glaub, ich hab in eurem Sinn gesprochen.

MATTI Herr Puntila, ich glaub, wir sollten zusammen in die Küch gehn und die Sache bei einer Flasche Punsch durchsprechen.

PUNTILA Warum in der Küch? Eure Verlobung ist überhaupt noch nicht gefeiert, nur die falsche. Ein Mißgriff! Stellts die

Tische zusammen. Baut eine Festtafel auf. Wir feiern. Fina, setz dich neben mich.

Er setzt sich in die Saalmitte und die andern bauen vor ihm aus den kleinen Tischchen einen langen Eßtisch auf. Eva und Matti holen zusammen Stühle.

EVA Schau mich nicht so an, wie mein Vater ein Frühstücksei anschaut, das schon riecht. Ich erinner mich, daß du mich schon anders angeschaut hast.

MATTI Das war pro forma.

EVA Wie du heut nacht mit mir zum Krebsefangen auf die Insel wolltest, war's nicht zum Krebsefangen.

MATTI Das war in der Nacht und es war auch nicht zum Heiraten.

PUNTILA Probst, neben das Küchenmädchen! Frau Pröbstin, zur Köchin! Fredrik, setz dich auch einmal an einen anständigen Tisch!

Alle setzen sich widerstrebend nieder. Es entsteht ein Schweigen.

DIE PRÖBSTIN *zur Köchin:* Haben Sie schon Pilze eingelegt dieses Jahr?

LAINA Ich leg sie nicht ein. Ich trocken sie.

DIE PRÖBSTIN Wie machens das?

LAINA Ich schneid sie in grobe Stücke und fädel sie mit einer Nadel auf eine Schnur und häng sie in die Sonne.

PUNTILA Ich möcht was über den Verlobten meiner Tochter sagen. Matti, ich hab dich im geheimen studiert und mir ein Bild von deinem Charakter gemacht. Ich red nicht davon, daß es keine zerbrochenen Maschinen mehr gibt, seit du auf Puntila bist, sondern ich ehr den Menschen in dir. Ich hab den Vorgang von heut vormittag nicht vergessen. Ich hab deinen Blick beobachtet, wie ich auf dem Balkon gestanden bin wie ein Nero und liebe Gäst weggejagt hab in meiner Verblendung und Vernebelung, ich hab zu dir schon von meinen Anfällen früher gesprochen. Ich bin während dem ganzen Essen, wie du vielleicht gemerkt hast, oder, wenn du nicht da warst, geahnt hast, still und in mich gekehrt gesessen und hab mir ausgemalt, wie die vier jetzt zu Fuß nach Kurgela zurücklatschen, nachdems keinen Schluck Punsch bekommen haben, sondern nur grobe Wort. Ich würd mich nicht wundern, wenn sie am Puntila zweifeln. Ich stell jetzt an dich die Frag: kannst du das vergessen, Matti?

MATTI Herr Puntila, betrachten Sie's als vergessen. Aber sagens Ihrer Tochter mit Ihrer ganzen Autorität, daß sie sich nicht mit einem Chauffeur verloben kann.

DER PROBST Sehr richtig.

EVA Papa, Matti und ich haben einen kleinen Wortwechsel gehabt, während du draußen gewesen bist. Er glaubt nicht, daß du uns ein Sägwerk gibst, und meint, ich halt es nicht aus, mit ihm als einfache Chauffeursfrau zu leben.

PUNTILA Was sagst du, Fredrik?

DER RICHTER Frag mich nicht, Johannes, und blick mich nicht an wie ein zu Tod verwundetes Wild. Frag die Laina!

PUNTILA Laina, ich wend mich an dich, ob du mich für fähig hältst, daß ich an meiner Tochter spar und mir ein Sägwerk und eine Dampfmühl und ein Wald dazu zu schad für sie ist.

LAINA *unterbrochen in einer geflüsterten Diskussion mit der Pröbstin über Pilze, wie man an den Gesten sehen kann:* Ich mach Ihnen gern einen Kaffee, Herr Puntila.

PUNTILA *zu Matti:* Matti, kannst du anständig f.....?

MATTI Ich hör, daß ja.

PUNTILA Das is nix. Kannst du's unanständig? Das ist die Hauptsache. Aber ich erwart keine Antwort von dir, ich weiß, du lobst dich nicht selber, es ist dir peinlich. Aber hast du die Fina gef....? Dann könnt ich die sprechen. Nein? Das versteh ich nicht.

MATTI Lassen Sie's gut sein, Herr Puntila.

EVA *die ein wenig mehr getrunken hat, steht auf und hält eine Rede:* Lieber Matti, ich bitt dich, mich zu deiner Frau zu machen, damit ich einen Mann hab wie andere und wenn du willst, gehn wir vom Platz weg zum Krebsefangen ohne Netz. Ich halt mich für nichts Besonderes, wie du vielleicht glaubst und kann mit dir auch leben, wenn wir's knapp haben.

PUNTILA Bravo!

EVA Wenn du aber nicht zum Krebsefangen willst, weil es dir vielleicht unernst vorkommt, pack ich mir eine Handtasche und fahr mit dir zu deiner Mutter. Mein Vater hat nichts dagegen...

PUNTILA Im Gegenteil, ich begrüß es.

MATTI *steht ebenfalls auf und trinkt schnell zwei Gläser:* Fräulein Eva, ich mach jede Dummheit mit, aber zu meiner Mutter kann ich Sie nicht mitnehmen, die alte Frau möcht einen Schlag bekommen. Warum, da ist höchstens ein Kanapee, Herr Probst, beschreibens dem Fräulein Eva eine Armeleuteküch mit Schlafgelegenheit!

DER PROBST *ernst:* Sehr ärmlich.

EVA Wozu es beschreiben? Ich werd's selber sehen.

MATTI Und meine alte Mutter nach'm Bad fragen!

EVA Ich geh ins städtische Dampfbad.

MATTI Mit'm Geld vom Herrn Puntila? Sie haben den Sägwerksbesitzer im Kopf, aus dem wird nichts, weil der Herr Puntila ein vernünftiger Mensch ist, wenn er wieder er selber ist, morgen früh.

PUNTILA Red nicht weiter, red nicht von dem Puntila, der unser gemeinsamer Feind ist, dieser Puntila ist heut nacht in einer Punschflasche ersoffen, der schlechte Mensch! Und jetzt steh ich da, ein Mensch bin ich geworden, trinkt ihr auch, werdets auch Menschen, verzagt nicht!

MATTI Ich sag Ihnen, daß ich Sie nicht zu meiner Mutter nehmen kann, sie wird mir die Pantoffeln um den Kopf schlagen, wenn ich's wag und ihr eine solche Frau heimbring, damit Sie die Wahrheit wissen.

EVA Matti, das hättst du nicht sagen sollen.

PUNTILA Ich find auch, da haust du über die Schnur, Matti. Die Eva hat ihre Fehler und kann einmal ein bissel fett werden nach ihrer Mutter, aber das ist nicht vor dreißig oder fünfunddreißig, und jetzt kann sie sich überall zeigen.

MATTI Ich red nicht von Fettwerden, ich red von ihrer Unpraktischkeit und daß sie keine Frau für einen Chauffeur ist.

DER PROBST Ganz meine Meinung.

MATTI Lachen Sie nicht, Fräulein Eva. Das Lachen würd Ihnen vergehen, wenn meine Mutter Sie ins Examen nimmt. Da würdens klein werden.

EVA Matti, wir wollen's versuchen. Ich bin deine Chauffeursfrau, sag mir, was ich zu tun hab!

PUNTILA Das ist ein Wort! Hol die Sandwich herein, Fina, wir machen ein gemütliches Essen, und der Matti examiniert die Eva, bis sie blau wird!

MATTI Bleib sitzen, Fina, wir haben keine Bedienung, wenn wir von Gästen überrascht werden, ist nichts im Haus, als was für gewöhnlich in der Speis ist. Hol den Hering herein, Eva.

EVA *lustig:* Ich spring schon. *Ab.*

PUNTILA *ruft ihr nach:* Vergiß nicht die Butter! *Zu Matti:* Ich begrüß deinen Entschluß, daß du dich selbständig machen willst und von mir nichts annimmst. Das tät nicht jeder.

DIE PRÖBSTIN *zur Köchin:* Aber die Champignons salz ich nicht ein, die koch ich in Zitron ein mit Butter, sie müssen so klein sein wie ein Knopf. Ich nehm auch Milchpilze zum Einlegen.

LAINA Milchpilz sind an und für sich nicht feine Pilz, aber sie schmecken gut. Feine Pilz sind nur Champignons und Steinpilz.

EVA *zurück mit einer Platte mit Heringen:* In unserer Küch ist keine Butter, hab ich recht?

MATTI Ja, da ist er. Ich kenn ihn wieder. *Er nimmt die Platte.* Ich hab seinen Bruder erst gestern gesehn und einen aus seiner Familie vorgestern und so zurück Mitglieder von der Familie, seit ich selber nach einem Teller gegriffen hab. Wie oft wollen Sie einen Hering essen wolln in der Woche?

EVA Dreimal, Matti, wenn's sein muß.

LAINA Da werdens ihn öfter essen müssen, wenns nicht wollen.

MATTI Sie werden eine Menge lernen müssen. Meine Mutter, die Gutsköchin war, hat ihn fünfmal die Woche gegeben, und die Laina gibt ihn achtmal. *Er nimmt den Hering und faßt ihn am Schwanz.* Willkommen, Hering, du Belag des armen Volkes! Du Sättiger zu allen Tageszeiten und salziger Schmerz in den Gedärmen! Aus dem Meer bist du gekommen und in die Erde wirst du gehn. Mit deiner Kraft werden die Fichtenwälder gefällt und die Äcker angesät, und mit deiner Kraft gehen die Maschinen, Gesinde genannt, die noch keine perpetua mobile sind. O Hering, du Hund, wenn du nicht wärst, möchten wir anfangen, vom Gut Schweinefleisch verlangen und was würd da aus Finnland? *Er legt ihn zurück, zerschneidet ihn und gibt allen ein Stückchen.*

PUNTILA Mir schmeckt's wie eine Delikatess, weil ich's selten ess. Das ist eine Ungleichheit, die nicht sein sollt. Wenn's nach mir ging, tät ich alle Einnahmen vom Gut in eine Kass und wer vom Personal was braucht, nimmt heraus, denn ohne ihn wär ja auch nichts drin. Hab ich recht?

MATTI Ich kann's Ihnen nicht raten. Warum, Sie wären schnell ruiniert und die Bank würd übernehmen.

PUNTILA Das sagst du, aber ich sag anders. Ich bin beinah ein Kommunist, und wenn ich ein Knecht wär, würd ich dem Puntila das Leben zur Höll machen. Setz dein Examen fort, es interessiert mich.

MATTI Wenn ich bedenk, was eine können muß, die ich meiner Mutter vorführ, denk ich gleich an meine Socken. *Er zieht einen Schuh aus und gibt Eva die Socke.* Können Sie die zum Beispiel flicken?

DER RICHTER Das ist viel verlangt. Ich hab zu dem Hering geschwiegen, aber die Liebe von der Julia zum Romeo möcht eine solche Zumutung nicht überlebt haben wie Sockenflikken. Eine solche Liebe, die zu so einer Aufopferung fähig ist, könnt auch leicht unbequem werden, denn sie ist ihrer Natur nach zu feurig und also geeignet, die Gericht zu beschäftigen.

MATTI In den untern Ständen werden die Socken nicht nur aus Liebe geflickt, sondern auch aus Ersparnisgründen.

DER PROBST Ich glaub nicht, daß die guten Fräuleins, die sie in Brüssel erzogen haben, an diese Eventualität gedacht haben.

Eva ist mit Nadel und Zwirn zurückgekehrt und fängt an zu nähen.

MATTI Was an ihrer Erziehung versäumt worden ist, muß sie jetzt nachholen. *Zu Eva:* Ich werf Ihnen Ihre Unbildung nicht vor, solang Sie Eifer zeigen. Sie haben in der Wahl Ihrer Eltern Unglück gehabt und nichts Richtiges gelernt. Schon der Hering vorhin hat die riesigen Lücken in Ihrem Wissen gezeigt. Ich hab den Socken mit Vorbedacht gewählt, damit ich seh, was in Ihnen steckt.

FINA Ich könnt's dem Fräulein Eva zeigen.

PUNTILA Nimm dich zusammen, Eva, du hast einen guten Kopf, du mußt es treffen.

Eva gibt Matti zögernd die Socke. Er hebt sie hoch und betrachtet sie sauer lächelnd, da sie hoffnungslos vernäht ist.

FINA Ohne Stopfei hätt ich's auch nicht besser fertiggebracht.

PUNTILA Warum hast du keins genommen?

MATTI Unkenntnis. *Zum Richter, der lacht:* Lachens nicht, der Socken ist hin. *Zu Eva:* Wenns einen Chauffeur heiraten wollen, ist das eine Tragödie, denn da müssen Sie sich nach der Decke strecken, und die ist kurz, Sie werden sich wundern. Aber ich geb Ihnen noch eine Chance, damit Sie besser abschneiden.

EVA Ich geb zu, das mit der Socke ist nicht gelungen.

MATTI Ich bin Chauffeur auf einem Gut und Sie helfen beim Waschen und im Winter beim Ofenheizen. Ich komm abends heim und wie behandeln Sie mich da?

EVA Das werd ich besser treffen, Matti. Komm heim.

Matti geht einige Schritte weg und tritt anscheinend durch eine Tür ein.

EVA Matti! *Sie läuft auf ihn zu und küßt ihn.*

MATTI Erster Fehler. Vertraulichkeiten und Schnickschnacks, wenn ich müd heimkomm. *Er geht anscheinend zu einer Wasserleitung und wäscht sich. Dann streckt er die Hand nach einem Handtuch aus.*

EVA *hat angefangen zu plaudern:* Armer Matti, bist du müd? Ich hab den ganzen Tag dran denken müssen, wie du dich abplagst. Ich würd's dir so gern abnehmen.

Fina gibt ihr ein Tischtuch in die Hand, sie gibt es niedergedrückt Matti.

EVA Entschuldige, ich hab nicht verstanden, was du haben willst.

Matti brummt unfreundlich und setzt sich auf einen Stuhl am Tisch. Dann streckt er ihr die Stiefel hin. Sie versucht, sie auszuziehen.

PUNTILA *ist aufgestanden und sieht gespannt zu:* Zieh!

DER PROBST Ich halte das für eine sehr gesunde Lektion. Sie sehen, wie unnatürlich es ist.

MATTI Ich mach das nicht immer, ich hab nur heut zum Beispiel den Traktor gefahren und bin halb tot und man muß damit rechnen. Was hast du heut geschafft?

EVA Gewaschen, Matti.

MATTI Wieviel große Stücke habens dich auswaschen lassen?

EVA Vier, aber Bettlaken.

MATTI Fina, sag's ihr.

FINA Sie haben mindestens siebzehn gemacht und zwei Zuber Buntes.

MATTI Habt ihr das Wasser durch den Schlauch bekommen oder habt ihr's mit'm Eimer reingießen müssen, weil der Schlauch hin ist wie auf Puntila?

PUNTILA Gib mir nur Saures, Matti, ich bin ein schlechter Mensch.

EVA Mit'm Eimer.

MATTI Die Nägel hast du dir *er nimmt ihre Hand auf* beim Wäschereiben oder beim Feuern gebrochen. Überhaupt nimmst du besser immer bissel Fett drauf, meine Mutter hat so *er zeigt es* dicke Händ bekommen mit der Zeit und rot. Ich denk, du bist müd, aber meine Montur mußt du mir noch auswaschen, ich brauch sie morgen sauber.

EVA Ja, Matti.

MATTI Dann ist sie schön trocken morgen früh und du brauchst zum Bügeln nicht vor halb sechs aus'm Bett. *Matti sucht mit der Hand was neben sich auf dem Tisch.*

EVA *alarmiert:* Was ist es?

FINA Zeitung.

Eva springt auf und hält Matti anscheinend eine Zeitung hin. Er nimmt sie nicht, sondern greift finster weiter auf dem Tisch herum.

FINA Auf den Tisch!

Eva legt sie endlich auf den Tisch, aber sie hat den zweiten Stiefel noch nicht ausgezogen, und er stampft ungeduldig mit ihm auf. Sie setzt sich wieder dazu auf den Boden. Wenn sie ihn aus hat, steht sie erleichtert auf, schnauft aus und richtet sich das Haar.

EVA Ich hab mir die Schürze eingenäht, das gibt ein wenig Farbe hinein, nicht? Man kann überall etwas Farbe hineinbringen, ohne daß es viel kostet, man muß es nur verstehn. Wie gefällt sie dir, Matti?

Matti, im Zeitunglesen gestört, läßt erschöpft die Zeitung sinken und sieht Eva leidend an. Sie schweigt erschrocken.

FINA Nicht reden, wenn er die Zeitung liest!

MATTI *aufstehend:* Sehens?

PUNTILA Ich bin enttäuscht von dir, Eva.

MATTI *fast mitleidig:* Da fehlt eben alles. Nur dreimal in der Woche Hering essen wollen, das Stopfei für'n Socken und wenn ich abends heimkomm, fehlt die Feinfühligkeit, zum Beispiel das Maulhalten! Und dann werd ich in der Nacht gerufen, daß ich den Alten von der Station abhol, und was dann?

EVA Das werd ich dir zeigen. *Sie geht anscheinend an ein Fenster und schreit hinaus, sehr schnell.* Was, mitten in der Nacht? Wo mein Mann grad heimgekommen ist und seinen Schlaf braucht? Das ist die Höhe! Er kann im Straßengraben seinen Rausch ausschlafen. Vor ich meinen Mann hinauslass, versteck ich ihm die Hosen!

PUNTILA Das ist gut, das mußt du eingestehn!

EVA Die Leut zu nachtschlafender Zeit heraustrommeln! Als ob's nicht schon tagsüber genug Schinderei wär! Mein Mann kommt heim und fällt mir ins Bett wie ein Toter. Ich kündige! Ist das besser?

MATTI *lachend:* Eva, das ist eine schöne Leistung. Ich werd zwar gekündigt, aber wenn du das meiner Mutter vormachst, ist sie gewonnen. *Er schlägt Eva scherzhaft mit der Hand auf den Hintern.*

EVA *erst sprachlos, dann zornig:* Lassen Sie das!

MATTI Was ist denn?

EVA Wie können Sie sich unterstehn, dorthin zu haun?

DER RICHTER *ist aufgestanden und klopft Eva auf die Schulter:* Ich fürchte, du bist zu guter Letzt doch noch durchs Examen gefallen, Eva.

PUNTILA Was ist denn los mit dir?

MATTI Sind Sie beleidigt? Ich hätt Ihnen nicht eins draufgeben solln, wie?

EVA *lacht wieder:* Papa, ich zweifel doch, ob's geht.

DER PROBST So ist es.

PUNTILA Was heißt das, du zweifelst?

EVA Ich glaub jetzt auch, daß meine Erziehung die falsche war. Ich glaub, ich geh hinauf.

PUNTILA Ich muß einschreiten. Setz dich sofort auf deinen Platz, Eva.

EVA Papa, ich halt es für besser, wenn ich geh, du kannst deine Verlobung leider nicht haben, gute Nacht. *Ab.*

PUNTILA Eva!

Auch der Probst und der Richter beginnen aufzubrechen. Jedoch ist die Pröbstin noch mit Laina im Gespräch über Pilze.

DIE PRÖBSTIN *eifrig:* Sie haben mich fast überzeugt, aber ich bin gewöhnt, sie einzulegen, da fühl ich mich sicherer. Aber ich schäl sie vorher.

LAINA Das ist unnötig, Sie müssen nur den Dreck abputzen.

DER PROBST Komm, Anna, es wird spät.

PUNTILA Eva! Matti, ich bin fertig mit ihr. Ich verschaff ihr einen Mann, einen prachtvollen Menschen, und mach sie glücklich, daß sie jeden Morgen aufsteht und singt wie eine Lerche und sie ist sich zu fein dazu und zweifelt? Ich verstoß sie. *Er läuft zur Tür.* Ich enterb dich. Pack deine Fetzen und verschwind aus meinem Haus! Meinst du, ich hab's nicht gemerkt, wie du fast den Attaché genommen hast, nur weil ich dir's befohlen hab, weil du keinen Charakter hast, du Wisch! Du bist meine Tochter nicht mehr!

DER PROBST Herr Puntila, Sie sind Ihrer nicht mehr mächtig.

PUNTILA Lassen Sie mich in Ruh, predigens in Ihrer Kirch, da ist niemand, der's hört!

DER PROBST Herr Puntila, ich empfehl mich.

PUNTILA Ja, gehens nur und lassens einen gramgebeugten Vater zurück! Ich versteh nicht, wie ich zu einer solchen Tochter komm, die ich bei der Sodomiterei erwisch mit einer diplomatischen Heuschreck. Jede Kuhmagd könnt ihr sagen, wozu der Herrgott ihr einen Hintern geschaffen hat im Schweiß seines Angesichts. Damit sie bei einem Mann liegt und sich die Finger ableckt nach ihm, wenn sie einen Mann zu Gesicht bekommt. *Zum Richter:* Du hast auch dein Maul nicht aufgemacht, wo's gegolten hätt, ihr die Unnatur auszutreiben. Mach, daß du rauskommst!

DER RICHTER Puntila, jetzt ist's genug, mich läßt du in Ruh. Ich wasch meine Händ in Unschuld. *Er geht lächelnd hinaus.*

PUNTILA Das machst du seit dreißig Jahr, du mußt sie dir schon ganz weggewaschen haben! Fredrik, du hast einmal Bauernhänd gehabt, vor du Richter geworden bist und mit dem Handwaschen in Unschuld angefangen hast!

DER PROBST *versucht, seine Frau aus dem Gespräch mit Laina zu reißen:* Anna, es ist Zeit!

DIE PRÖBSTIN Nein, ich leg sie nicht in kaltes Wasser, und, Sie, den Fuß koch ich nicht mit. Wie lang lassen Sie sie kochen?

LAINA Nur einmal aufkochen.

DER PROBST Ich wart, Anna.

DIE PRÖBSTIN Ich komm. Ich laß sie zehn Minuten kochen.

Der Probst geht achselzuckend hinaus.

PUNTILA *zurück am Tisch:* Das sind überhaupt keine Menschen. Ich kann sie nicht als Menschen betrachten.

MATTI Genau genommen sinds das schon. Ich hab einen Doktor gekannt, wenn der einen Bauern hat seine Gäul schlagen sehn, hat er gesagt: Er behandelt sie wieder einmal menschlich. Warum, tierisch hätt nicht gepaßt.

PUNTILA Das ist eine tiefe Weisheit, mit dem hätt ich trinken wolln. Trink noch ein halbes Glas. Das hat mir sehr gefallen, wie du sie geprüft hast, Matti.

MATTI Entschuldigens, daß ich Ihre Tochter auf den Hintern getätschelt hab, Herr Puntila, das hat nicht zur Prüfung gehört, sondern war als Aufmunterung beabsichtigt, hat aber die Kluft zwischen uns erscheinen lassen, Sie werden's gemerkt haben.

PUNTILA Matti, ich hab nichts zu entschuldigen, ich hab keine Tochter mehr.

MATTI Seiens nicht unversöhnlich! *Zur Pröbstin und Laina:* Sind wenigstens Sie zu einer Einigung gelangt über die Pilze?

DIE PRÖBSTIN Dazu gebens das Salz gleich am Anfang rein?

LAINA Gleich am Anfang. *Beide ab.*

PUNTILA Horch, das Gesind ist noch auf'm Tanzplatz.

Vom Teich her hört man den roten Surkkala singen.

Es lebt eine Gräfin in schwedischem Land
Die war ja so schön und so bleich.
»Herr Förster, Herr Förster, mein Strumpfband ist los
Es ist los, es ist los.
Förster knie nieder und bind es mir gleich!«

»Frau Gräfin, Frau Gräfin, seht so mich nicht an
Ich diene Euch ja für mein Brot.
Eure Brüste sind weiß, doch das Handbeil ist kalt
Es ist kalt, es ist kalt.
Süß ist die Liebe, doch bitter der Tod.«

Der Förster, er floh in der selbigen Nacht.
Er ritt bis hinab zu der See.
»Herr Schiffer, Herr Schiffer, nimm mich auf in dein Boot
In dein Boot, in dein Boot
Schiffer, ich muß bis ans Ende der See.«

Es war eine Lieb zwischen Füchsin und Hahn
»Oh, Goldener, liebst du mich auch?«
Und fein war der Abend, doch dann kam die Früh
Kam die Früh, kam die Früh:
All seine Federn, sie hängen im Strauch.

PUNTILA Das geht auf mich. Solche Lieder schmerzen mich tief.

Matti hat Fina inzwischen umgefaßt und ist mit ihr hinausgetanzt.

10
Nocturno

Im Hof. Nacht. Puntila und Matti lassen ihr Wasser.

PUNTILA Ich könnt nicht in der Stadt leben. Warum, ich will zu ebener Erd herausgehn und mein Wasser im Freien lassen, unterm Sternenhimmel, was hab ich sonst davon? Ich hör, auf'm Land ist's primitiv, aber ich nenn's primitiv in ein Porzellan hinein.

MATTI Ich versteh Sie. Sie wollen's als einen Sport.

Pause.

PUNTILA Mir gefallt's nicht, wenn einer keine Lust am Leben hat. Ich schau mir meine Leut immer darauf an, ob sie lustig sein können. Wenn ich einen seh, wie er so herumsteht und das Kinn hängen läßt, hab ich schon genug von ihm.

MATTI Ich kann's Ihnen nachfühlen. Ich weiß nicht, warum die Leut auf dem Gut so elend ausschaun, käsig und lauter Knochen und zwanzig Jahr älter. Ich glaub, sie tun es Ihnen zum Possen, sonst würdens zumindest nicht offen auf'm Hof herumlaufen, wenn Gäst auf'm Gut sind.

PUNTILA Als obs Hunger hätten auf Puntila.

MATTI Und wenn, sag ich. Den Hunger müssens doch nachgerad gewohnt sein in Finnland. Aber sie wollen nicht lernen, es fehlt an gutem Willen. Im Jahr 18 hat man 80 000 von ihnen umgelegt und danach ist eine himmlische Ruh entstanden. Nur weil um so viel hungrige Mäuler weniger waren.

PUNTILA So was sollt nicht nötig sein.

11

Herr Puntila und sein Knecht Matti besteigen den Hatelmaberg

Bibliothekszimmer auf Puntila. Puntila, den Kopf in ein nasses Tuch eingebunden, studiert ächzend Rechnungen. Die Köchin Laina steht neben ihm mit einer Schüssel und einem zweiten Tuch.

PUNTILA Wenn der Attaché noch einmal eine halbe Stund vom Gut aus mit Helsinki telefoniert, lös ich die Verlobung auf. Ich sag nichts, wenn's mich einen Wald kostet, aber bei die kleinen Räubereien steigt mir's Blut in Kopf. Und das Eierbuch hat mir zuviel Klecks über den Ziffern, soll ich mich auch noch in den Hühnerstall setzen?

FINA *herein:* Der Herr Probst und der Herr Syndikus von der Milchgenossenschaft wollen Sie sprechen.

PUNTILA Ich will sie nicht sehn, mir springt der Kopf, ich glaub, ich krieg Lungenentzündung. Führ sie rein!

Herein der Probst und der Advokat. Fina schnell ab.

DER PROBST Guten Morgen, Herr Puntila, ich hoffe, Sie haben gut geruht. Ich hab den Herrn Syndikus zufällig auf der Straße getroffen und wir haben gedacht, wir kommen auf einen Sprung her und sehen nach Ihnen.

DER ADVOKAT Eine Nacht der Mißverständnisse sozusagen.

PUNTILA Ich hab schon wieder telefoniert mit dem Eino, wenn ihr das meint, er hat sich entschuldigt und damit ist die Sache aus der Welt geschafft.

DER PROBST Lieber Puntila, da ist vielleicht nur ein Punkt zu berücksichtigen: Soweit die Mißverständnisse, die auf Puntila vorkommen, dein Familienleben und deinen Umgang mit den Mitgliedern der Regierung betreffen, ist das alles deine Sache. Aber es gibt leider andere.

PUNTILA Pekka, red nicht um den Brei herum. Wenn wo ein Schaden angerichtet ist, zahl ich.

DER PROBST Betrüblicherweise gibt es Schäden, die mit Geld nicht aus der Welt geschafft werden können, lieber Herr Puntila. Kurz und gut, wir sind zu Ihnen gekommen, um im Geiste der Freundschaft die Angelegenheit Surkkala zur Sprache zu bringen.

PUNTILA Was ist mit dem Surkkala?

DER PROBST Wir haben seinerzeit Äußerungen von Ihnen entnommen, daß Sie dem Mann zu kündigen wünschten, da er als ausgemachter Roter, wie Sie selber betonten, einen unheilvollen Einfluß in der Gemeinde ausübt.

PUNTILA Ich hab gesagt, ich schmeiß ihn hinaus.

DER PROBST Der Kündigungstermin ist gestern gewesen, Herr Puntila, aber der Surkkala ist nicht gekündigt worden, sonst hätt ich nicht gestern seine älteste Tochter im Gottesdienst sehen können.

PUNTILA Was, er ist nicht gekündigt worden? Laina! Dem Surkkala ist nicht gekündigt worden!

LAINA Nein.

PUNTILA Wie kommt das?

LAINA Sie haben ihn, wie Sie auf dem Gesindemarkt gewesen sind, getroffen und ihn im Studebaker mit zurückgenommen und ihm einen Zehnmarkschein gegeben, statt ihm gekündigt.

PUNTILA Das ist eine Frechheit von ihm, daß er zehn Mark von mir annimmt, nachdem ich ihm mehrmals gesagt hab, er muß weg beim nächsten Termin. Fina! *Herein Fina.* Ruf sofort den Surkkala her! *Fina ab.* Ich hab große Kopfschmerzen.

DER ADVOKAT Kaffee.

PUNTILA Richtig, Pekka, ich muß besoffen gewesen sein. Immer mach ich so was, wenn ich ein Glas zuviel hab. Ich könnt mir den Kopf abreißen. Der Kerl gehört ins Zuchthaus, er hat's ausgenutzt.

DER PROBST Herr Puntila, ich bin überzeugt davon. Wir alle kennen Sie als einen Mann, der das Herz auf dem rechten Fleck hat. Es kann nur in einem Zustand passiert sein, wo Sie unter dem Einfluß von Getränken gestanden sind.

PUNTILA Es ist furchtbar. *Verzweifelt.* Was sag ich jetzt dem Nationalen Schutzkorps? Das ist eine Ehrensach. Wenn's bekannt wird, werd ich geschnitten. Meine Milch nehmens mir nicht mehr ab. Da ist der Matti schuld, der Chauffeur, neben dem ist er gesessen, ich seh's vor mir. Der hat gewußt, daß ich den Surkkala nicht ausstehn kann und mich ihm dennoch zehn Mark geben lassen.

DER PROBST Herr Puntila, Sie brauchen die Angelegenheit auch nicht allzu tragisch zu nehmen. So was kann vorkommen.

PUNTILA Redens nicht, daß es vorkommen kann. Das meinen Sie ja nicht. Wenn das so fortgeht, muß ich mich entmündigen lassen. Ich kann meine Milch nicht allein aufsaufen, ich bin ruiniert. Pekka, sitz nicht herum, du mußt intervenieren, du bist der Syndikus, ich mach dem Schutzkorps eine Dotation. Das ist nur der Alkohol. Laina, ich vertrag ihn nicht.

DER ADVOKAT Also du zahlst ihn aus. Weg muß er, er vergiftet die Atmosphäre.

DER PROBST Ich denk, wir verabschieden uns sofort, Herr Puntila. Kein Schaden ist unreparierbar, wenn der gute Wille da ist. Der gute Wille ist alles, Herr Puntila.

PUNTILA *schüttelt ihm die Hand:* Ich dank Ihnen.

DER PROBST Sie haben uns nichts zu danken, wir tun nur unsere Pflicht. Und tun wir sie schnell!

DER ADVOKAT Und vielleicht erkundigst du dich auch gleich einmal nach dem Vorleben von deinem Chauffeur, der mir auch keinen guten Eindruck macht.

Der Probst und der Advokat ab.

PUNTILA Laina, ich rühr keinen Tropfen Alkohol mehr an, nie mehr. Ich hab heut früh nachgedacht, wie ich aufgewacht bin. Es ist ein Fluch. Ich hab mir vorgenommen, ich geh in Kuhstall und faß den Entschluß. Ich häng an den Kühen. Was ich im Kuhstall beschließ, das steht. *Groß.* Schaff die Flaschen aus'm Briefmarkenschrank her, alle, mit allem Alkohol, der noch im Haus ist, ich werd ihn hier und jetzt vernichten, indem ich jede einzelne Flasche zerschmeiß. Red nicht von was sie gekostet haben, Laina, denk an das Gut.

LAINA Jawohl, Herr Puntila. Aber sinds auch sicher?

PUNTILA Der Skandal mit dem Surkkala, daß ich den nicht auf die Straß gesetzt hab, das ist mir eine Lektion. Der Altonen soll sofort auch kommen, das ist mein böser Geist.

LAINA Oje, die haben schon gepackt gehabt und jetzt habens wieder ausgepackt.

Laina läuft weg; herein kommen Surkkala und seine Kinder.

PUNTILA Ich hab nix davon gesagt, daß du die Gören mitbringen sollst. Ich hab mit dir abzurechnen.

SURKKALA Das hab ich mir gedacht, Herr Puntila, darum hab ich sie mitgebracht, sie können zuhören, das schadet ihnen nicht.

Pause. Herein Matti.

MATTI Guten Morgen, Herr Puntila, wie ist's mit den Kopfschmerzen?

PUNTILA Da ist ja der Sauhund. Was hör ich von dir wieder, was hast du jetzt hinter meinem Rücken angezettelt? Hab ich dich nicht erst gestern verwarnt, daß ich dich hinausschmeiß und dir kein Zeugnis ausstell?

MATTI Jawohl, Herr Puntila.

PUNTILA Halt's Maul, ich hab deine Unverschämtheiten und Antworten satt. Meine Freunde haben mich aufgeklärt über dich. Was hat dir der Surkkala gezahlt?

MATTI Ich weiß nicht, was Sie meinen, Herr Puntila.

PUNTILA Was, jetzt willst du wohl leugnen, daß du mit dem Surkkala unter einer Decke steckst? Du bist selber rot, du hast's zu verhindern gewußt, daß ich ihn rechtzeitig spedier.

MATTI Erlaubens, Herr Puntila, ich hab nur Ihre Befehle ausgeführt.

PUNTILA Du hast sehn müssen, daß die Befehle ohne Sinn und Vernunft waren.

MATTI Erlaubens, die Befehle unterscheiden sich nicht so deutlich voneinander, wie Sie's haben möchten. Wenn ich nur die Befehle ausführ, die einen Sinn haben, kündigen Sie mir, weil ich faul bin und überhaupt nichts tu.

PUNTILA Häng mir nicht das Maul an, Verbrecher, du weißt genau, daß ich nicht solche Elemente auf'm Hof duld, wo solang hetzen, bis meine Leut nicht mehr ins Moor gehn ohne ein Ei zum Frühstück, du Bolschewik. Bei mir is es der Alkoholdunst, wenn ich nicht rechtzeitig kündig, so daß ich ihm jetzt drei Monat Lohn auszahln muß, daß ich ihn loskrieg, aber bei dir is es Berechnung.

Laina und Fina schleppen immerfort Flaschen herein.

PUNTILA Aber jetzt mach ich Ernst, Laina. Das seht ihr schon daran, daß ich mich nicht mit einem Versprechen begnüg, sondern den ganzen Alkohol tatsächlich vernichte. Ich bin leider nie so weit gegangen bei früheren Gelegenheiten, und darum hab ich immer Alkohol in der Reichweite gehabt, wenn ich schwach geworden bin. Das war der Hauptgrund allen Übels. Ich hab einmal gelesen, der erste Schritt zur Enthaltsamkeit ist: keinen Alkohol kaufen. Das ist viel zu wenig bekannt. Aber wenn er da ist, muß er wenigstens vernichtet werden. *Zu Matti:* Ich hab meine Absicht damit, daß ich grad dich zusehn laß, das erschreckt dich mehr als alles andere.

MATTI Jawohl, Herr Puntila. Soll ich die Flaschen auf'm Hof zerschmeißen für Sie?

PUNTILA Nein, das mach ich selber, du Gauner, das könnt dir passen, den schönen Schnaps *er hebt eine Flasche prüfend hoch* zu vernichten, indem du ihn saufst.

LAINA Schauens die Flasch nicht lang an, werfens sie zum Fenster hinaus, Herr Puntila!

PUNTILA Sehr richtig. *Kalt zu Matti:* Du wirst mich nicht mehr zum Schnapstrinken bringen, Saukerl. Dir ist nur wohl, wenn man sich um dich wie Säu wälzt. Eine echte Liebe zu deiner Arbeit kennst du nicht, nicht einen Finger würdst du rühren, wenn du dann nicht verhungern würdest, du Parasit! Was, dich an mich heranschmeißen und mir die Nächt durch mit unsaubern Geschichten kommen und mich dazu verleiten, daß ich meine Gäst beleidig, weil dir nur wohl ist, wenn alles in Dreck gezogen ist, woher du kommst! Du bist ein Fall für die Polizei, ich hab dein Geständnis, warum du überall entlassen worden bist, ich hab dich dabei überrascht, wie du bei den Weibsbildern aus Kurgela Agitation getrieben hast, du bist ein niederreißendes Element. *Geistesabwesend beginnt er, sich aus der Flasche in ein Glas einzuschenken, das Matti ihm diensteifrig geholt hat.* Gegen mich hast du einen Haß und möchtest, daß ich überall hereinfall mit deinem »Jawohl, Herr Puntila«.

LAINA Herr Puntila!

PUNTILA Laß nur, keine Sorg, ich probier ihn nur, ob der Kaufmann mich nicht beschissen hat und weil ich meinen unabänderlichen Beschluß feier. *Zu Matti:* Aber ich hab dich durchschaut vom ersten Augenblick an und dich nur beobachtet, damit du dich verrätst, deshalb hab ich mit dir gesoffen, ohne daß du's gemerkt hast. *Er trinkt weiter.* Du hast gedacht, du kannst mich zu einem ausschweifenden Leben verleiten und dir einen guten Tag aus mir machen, daß ich mit dir sitz und nur sauf, aber da irrst du dich, meine Freunde haben mir ein Licht über dich aufgesteckt, da bin ich ihnen zu Dank verpflichtet, das Glas trink ich auf ihr Wohl! Ich schauder, wenn ich an dieses Leben zurückdenk, die drei Tag im Parkhotel und die Fahrt nach dem gesetzlichen Alkohol und die Weiber aus Kurgela, was war das für ein Leben ohne Sinn und Verstand, wenn ich an das Kuhmädchen denk in der Morgenfrüh, die wollt's ausnützen, daß ich einen sitzen gehabt habe und sie eine volle Brust gehabt hat, ich glaub, sie heißt Lisu. Du Kerl natürlich immer dabei, das mußt du zugeben, es waren schöne Zeiten, aber meine Tochter werd ich dir nicht geben, du Saukerl, aber du bist kein Scheißkerl, das geb ich zu.

LAINA Herr Puntila, Sie trinken ja schon wieder!

PUNTILA Ich trink? Nennst du das trinken? Eine Flasch oder zwei? *Er greift nach der zweiten Flasche.* Vernicht die *er gibt ihr die leere*, zerschmeiß sie, ich will sie nicht mehr sehn, das hab ich dir doch gesagt. Und schau mich nicht an, wie unser Herr den Petrus, ich vertrag kein kleinliches Auf-einem-Wort-Herumreiten. *Auf Matti.* Der Kerl zieht mich nach unten, aber ihr möchtet, daß ich versauer hier und meine eigenen Fußnägel auffriss vor Langerweil. Was führ ich denn für ein Leben hier? Nichts als den ganzen Tag Leutschinden und für die Küh das Futter ausrechnen! Hinaus, ihr Zwerggestalten!

Laina und Fina kopfschüttelnd ab.

PUNTILA *ihnen nachschauend:* Kleinlich. Ohne Phantasie. *Zu Surkkalas Kindern:* Stehlts, raubts, werdets rot, aber werdets keine Zwerggestalten, das rät euch der Puntila. *Zu Surkkala:* Entschuldig, wenn ich in die Erziehung deiner Kinder eingreif. *Zu Matti:* Mach die Flasch auf!

MATTI Ich hoff, der Punsch ist in Ordnung und nicht wieder gepfeffert wie neulich. Bei dem Uskala muß man vorsichtig sein, Herr Puntila.

PUNTILA Ich weiß und laß immer Vorsicht walten. Ich trink als ersten Schluck immer nur einen ganz kleinen, daß ich immer ausspucken kann, wenn ich was merk, ohne diese gewohnheitsmäßige Vorsicht tränk ich den größten Dreck hinunter. Nimm dir um Gottes willen eine Flasche, Matti, ich hab vor, meine Entschlüsse zu feiern, die ich gefaßt hab, weil sie unabänderlich sind, was immer eine Kalamität ist. Auf dein Wohl, Surkkala!

MATTI Könnens dann also bleiben, Herr Puntila?

PUNTILA Müssen wir davon reden, jetzt, wo wir unter uns sind? Matti, ich bin enttäuscht in dir. Dem Surkkala ist nicht mit Bleiben gedient, dem ist Puntila zu eng, dem gefällt's hier nicht, das versteh ich. Wenn ich in seiner Haut stecken würd, dächt ich genauso. Der Puntila wär für mich einfach ein Kapitalist und wißt ihr, was ich mit ihm tät? In eine Salzmine möcht ich ihn stecken, daß er lernt, was Arbeiten ist, der Schmarotzer. Hab ich recht, Surkkala, sei nicht höflich.

SURKKALAS ÄLTESTE Aber wir wolln ja bleiben, Herr Puntila.

PUNTILA Nein, nein, der Surkkala geht und keine zehn Pferde könnten ihn aufhalten. *Er geht zum Sekretär, sperrt auf und holt Geld aus der Kasse, das er Surkkala übergibt.* Minus zehn. *Dabei zu den Kindern:* Seids immer froh, daß ihr einen solchen Vater habt, der für seine Überzeugung alles auf sich nimmt. Du, als Älteste, Hella, sei ihm eine Stütze. Und jetzt heißt's also Abschied nehmen.

Er streckt Surkkala seine Hand hin. Surkkala nimmt sie nicht.

SURKKALA Komm, Hella, wir packen. Jetzt habt ihr alles gehört, was es auf Puntila zu hören gibt, kommt. *Er geht mit seinen Kindern ab.*

PUNTILA *schmerzlich bewegt:* Meine Hand is ihm nicht gut genug. Hast du gemerkt, wie ich beim Abschied auf was von ihm gewartet hab, auf irgendein Wort von seiner Seit? Es ist ausgeblieben. Das Gut ist für ihn ein Dreck. Wurzellos. Die Heimat is nix für ihn. Darum hab ich ihn gehen lassen, wie er drauf bestanden hat. Ein bittres Kapitel. *Er trinkt.* Du und ich, wir sind anders, Matti. Du bist ein Freund und ein Wegweiser auf meinem steilen Pfad. Ich krieg Durst, wenn ich dich nur anschau. Wieviel geb ich dir monatlich?

MATTI Dreihundert, Herr Puntila.

PUNTILA Ich erhöh dir's auf dreihundertfünfzig. Weil ich mit dir besonders zufrieden bin. *Träumerisch.* Matti, mit dir möcht ich einmal auf den Hatelmaberg steigen, von wo die berühmte Aussicht ist, damit ich dir zeig, in was für einem feinen Land du lebst, du möchtest dich vor den Kopf schlagen, daß du das nicht gewußt hast. Sollen wir den Hatelmaberg besteigen, Matti? Es ließe sich machen, denk ich. Wir könnten's im Geist tun. Mit ein paar Stühl könnten wir's machen.

MATTI Ich mach alles, was Ihnen einfallt, wenn der Tag lang ist.

PUNTILA Ich bin nicht sicher, ob du die Phantasie hast.

MATTI *schweigt.*

PUNTILA *ausbrechend:* Bau mir einen Berg hin, Matti! Schon dich nicht, laß nichts unversucht, nimm die größten Felsbrocken, sonst wird's nie der Hatelmaberg und wir haben keine Aussicht.

MATTI Es soll alles nach Ihrem Wunsch geschehn, Herr Puntila. Das weiß ich auch, daß an einen Achtstundentag nicht gedacht werden kann, wenn Sie einen Berg haben wolln mitten im Tal. *Matti demoliert mit Fußtritten eine kostbare Standuhr und einen massiven Gewehrschrank und baut aus den Trümmern und einigen Stühlen auf dem großen Billardtisch wütend einen Hatelmaberg auf.*

PUNTILA Nimm den Stuhl dort! Du kriegst den Hatelmaberg am besten hin, wenn du meinen Direktiven folgst, weil ich weiß, was notwendig ist und was nicht, und die Verantwortung hab. Du möchtest einen Berg hinbaun, der sich nicht rentiert, das heißt keine Aussicht gewährt für mich und mich nicht freut, denn, das merk dir, dir kommt's nur darauf an, daß du Arbeit hast, ich muß sie einem nützlichen Ziel zuleiten. Und jetzt brauch ich einen Weg auf den Berg und einen, daß ich meine zwei Zentner bequem hinaufbring. Ohne Weg scheiß ich dir auf den Berg, da siehst du, daß du nicht genügend denkst. Ich weiß, wie man die Leut anpacken muß, ich möcht wissen, wie du dich anpacken würdest.

MATTI So, der Berg ist fertig, jetzt könnens hinaufsteigen. Es ist ein Berg mit einem Weg, nicht in so unfertigem Zustand, wie der liebe Gott seine Berg geschaffen hat in der Eil, weil er nur sechs Tag gehabt hat, so daß er noch eine Masse Knecht hat schaffen müssen, damit sie was mit anfangen können, Herr Puntila.

PUNTILA *beginnt hinaufzusteigen:* Ich werd mir das Genick brechen.

MATTI *faßt ihn:* Das können Sie sich auch auf ebener Erd, wenn ich Sie nicht stütz.

PUNTILA Drum nehm ich dich mit, Matti. Sonst würdest du nie das schöne Land sehn, das dich geboren hat und ohne das du ein Dreck wärst, sei ihm dankbar!

MATTI Ich bin ihm bis zum Grab dankbar, aber ich weiß nicht, ob das genügt, weil im »Helsinki Sanomat« gestanden hat, man soll es noch übers Grab hinaus sein.

PUNTILA Zuerst die Felder und Wiesen, dann der Wald. Mit seinen Fichten, die im Gestein existieren können und von nix leben, daß man sich staunt, wie sie's in der Notdürftigkeit machen können!

MATTI Das wären sozusagen ideale Bedienstete.

PUNTILA Wir steigen, Matti, es geht aufwärts. Die Gebäude und Baulichkeiten aus Menschenhand bleiben zurück, und wir dringen in die pure Natur ein, die einen kahleren Ausdruck annimmt. Laß jetzt alle deine kleinen Bekümmerlichkeiten zurück und widme dich dem gewaltigen Eindruck, Matti.

MATTI Ich tu mein Bestes, Herr Puntila.

PUNTILA Ach, du gesegnetes Tavastland! Noch ein Zug aus der Flasche, damit wir deine ganze Schönheit sehn!

MATTI Einen Augenblick, daß ich den Berg wieder hinunterstürz, den Rotwein holen! *Er klettert hinunter und wieder hinauf.*

PUNTILA Ich frag mich, ob du die Schönheit von dem Land sehn kannst. Bist du aus Tavastland?

MATTI Ja.

PUNTILA Dann frag ich dich: Wo gibt's so einen Himmel, als über Tavastland. Ich hab gehört, er ist an andern Stellen blauer, aber die Wolken gehn feiner hier, die finnischen Wind sind behutsamer, und ich mag kein andres Blau und wenn ich es haben könnt. Und wenn die wilden Schwän aus den Moorseen auffliegen, daß es rauscht, ist das nichts? Laß dir nichts erzählen von anderswo, Matti, du wirst beschissen, halt dich an das Tavastland, ich rat dir gut.

MATTI Jawohl, Herr Puntila.

PUNTILA Allein die Seen! Denk dir die Wälder weg meinetwegen, da drüben sind meine, den an der Landzung lass ich schlagen, nimm nur die Seen, Matti, nimm nur ein paar von ihnen und sieh ab von den Fischen, von denen sie voll sind, nimm nur den Anblick von den Seen am Morgen und es ist genug, daß du nicht wegwillst, sonst möchtest du dich verzehren in der Fremde und dahinsiechen aus Sehnsucht, und wir haben 80000 in Finnland!

MATTI Gut, ich nehm nur den Anblick!

PUNTILA Siehst du den kleinen, den Schlepper mit der Brust wie ein Bulldogg und die Stämm im Morgenlicht? Wie sie im lauen Wasser hinschwimmen, schön gebündelt und geschält, ein kleines Vermögen. Ich riech frisches Holz über zehn Kilometer, du auch? Überhaupt die Gerüche, die wir haben in Tavastland, das ist ein eigenes Kapitel, die Beeren zum Beispiel! Nach'm Regen! Und die Birkenblätter, wenn du vom Dampfbad kommst und dich hast peitschen lassen mit einem dicken Busch, noch am Morgen im Bett, wie die riechen, wo gibt's das? Wo gibt's überhaupt so eine Aussicht?

MATTI Nirgends, Herr Puntila.

PUNTILA Ich mag sie am liebsten, wo sie schon ganz verschwimmt, das ist, wie wenn man in der Liebe, in gewissen Augenblicken, die Augen zudruckt und es verschwimmt. Ich glaub freilich, diese Art Liebe gibt's auch nur im Tavastland.

MATTI Wir haben Höhlen gehabt an meinem Geburtsort mit Steinen davor, rund wie Kegelkugeln, ganz poliert.

PUNTILA Seids hineingekrochen, wie? Statt die Küh hüten! Schau, ich seh welche! Da schwimmens übern See!

MATTI Ich seh sie. Es müssen fünfzig Stück sein.

PUNTILA Mindestens sechzig. Da fährt der Zug. Wenn ich scharf hinhör, hör ich die Milchkannen scheppern.

MATTI Wenns sehr scharf hinhörn.

PUNTILA Ja, ich muß dir noch Tavasthus zeigen, das alte, wir haben auch Städte, dort seh ich das Parkhotel, die haben einen guten Wein, den empfehl ich dir. Das Schloß übergeh ich, da habens das Weibergefängnis draus gemacht für die Politischen, sollen sie sich nicht hineinmischen in die Politik, aber die Dampfmühlen machen ein hübsches Bild von der Ferne, die beleben die Landschaft. Und jetzt, was siehst du links?

MATTI Ja, was seh ich?

PUNTILA No, Felder! Felder siehst du, soweit dein Auge reicht, die von Puntila sind drunter, besonders das Moor, da ist der Boden so fett, daß ich die Küh, wenn ich sie in den Klee lass, dreimal melken kann, und das Korn wächst bis zum Kinn und zweimal im Jahr. Sing mit!
Und die Wellen der lieblichen Roine
Sie küssen den milchweißen Sand.

Herein Fina und Laina.

FINA Jesses!

LAINA Sie haben die ganze Bibliothek demoliert!

MATTI Wir stehn eben auf dem Hatelmaberg und genießen die Rundsicht!

PUNTILA Mitsingen! Habt ihr keine Vaterlandsliebe?

ALLE *außer Matti:*
Und die Wellen der lieblichen Roine
Sie küssen den milchweißen Sand.

PUNTILA O Tavastland, gesegnetes! Mit seinem Himmel, seinen Seen, seinem Volk und seinen Wäldern! *Zu Matti:* Sag, daß dir das Herz aufgeht, wenn du das siehst!

MATTI Das Herz geht mir auf, wenn ich Ihre Wälder seh, Herr Puntila!

12
Matti wendet Puntila den Rücken

Hof auf Puntila. Es ist früher Morgen. Matti kommt mit einem Koffer aus dem Haus. Laina folgt ihm mit einem Eßpaket.

LAINA Da, nehmens das Eßpaket, Matti. Ich versteh nicht, daß Sie weggehn. Wartens doch wenigstens, bis der Herr Puntila auf ist.

MATTI Das Erwachen riskier ich lieber nicht. Heut nacht hat er sich so besoffen, daß er mir gegen Morgen versprochen hat, er wird mir die Hälfte von seinem Wald überschreiben, und vor Zeugen. Wenn er das hört, ruft er diesmal die Polizei.

LAINA Aber wenns jetzt weggehen ohne Zeugnis, sinds ruiniert.

MATTI Aber was nützt mir ein Zeugnis, wo er entweder reinschreibt, ich bin ein Roter, oder ich bin ein Mensch. Stellung krieg ich auf beides keine.

LAINA Nicht zurechtfinden wird er sich ohne Sie, weil er Sie gewohnt ist.

MATTI Er muß allein weitermachen. Ich hab genug. Nach der Sache mit dem Surkkala halt ich seine Vertraulichkeiten nicht mehr aus. Dankschön für das Paket und auf Wiedersehn, Laina.

LAINA *schnupfend:* Glück auf'n Weg! *Schnell hinein.*

MATTI *nachdem er ein paar Schritte gegangen ist:*
Die Stund des Abschieds ist nun da
Gehab dich wohl, Herr Puntila.
Der Schlimmste bist du nicht, den ich getroffen
Denn du bist fast ein Mensch, wenn du besoffen.
Der Freundschaftsbund konnt freilich nicht bestehn:
Der Rausch verfliegt. Der Alltag fragt: Wer wen?
Und wenn man sich auch eine Zähr abwischt
Weil sich das Wasser mit dem Öl nicht mischt
Es hilft nichts und's ist schade um die Zähren:
's wird Zeit, daß deine Knechte dir den Rücken kehren.
Den guten Herrn, den finden sie geschwind
Wenn sie erst ihre eignen Herren sind.
Er geht schnell weg.

Das Puntilalied

1
Herr Puntila soff drei Tage lang
Im Hotel zu Tavasthus
Und als er ging, da entbot ihm doch
Der Kellner keinen Gruß.
Ach, Kellner, ist das ein Betragn?
Ist die Welt nicht lustig, he?
Der Kellner sprach: Ich kann es nicht sagn
Meine Füß tun vom Stehen weh.

2
Des Gutsherrn Tochter mit Gewinn
Hat 'nen Roman gelesen.
Den hebt sie auf, denn da stand drin
Sie ist ein höheres Wesen.
Doch einmal sprach sie zum Schofför
Und sah ihn seltsam an:
Komm, scherz mit mir, Schofför, ich hör
Man sagt, du bist auch ein Mann.

3
Und als Herr Puntila spazieren ging
Da sah er eine Frühaufsteherin:
Ach, Kuhmagd mit der weißen Brust
Sag mir, wo gehst du hin.
Mir scheint, du gehst meine Kühe melken
Früh wenn die Hähne krähn.
Doch du sollst nicht nur für mich vom Bett aufstehn
Sondern auch mit mir zu Bette gehn.

4
Auf Puntila in der Badehütt
Ist's, wo man einen Spaß versteht.
Mitunter geht ein Knecht auch mit
Wenn das Gutsfräulein baden geht.
Herr Puntila sprach: Ich geb meinem Kind
Einen Attaché zum Gemahl.

Der sagt nix, wenn er einen Knecht bei ihr findt
Weil ich seine Schulden zahl.

5
Des Gutsherrn Tochter stieg hinab
In die Gutsküch nachts halb zehn:
Schofför, mich reizt deine Manneskraft
Laß uns zum Krebsfang gehn.
Ach, Fräulein, der Schofför da spricht
Mit dir muß was geschehn, ich sehs
Aber liebes Fräulein, siehst du nicht
Daß ich jetzt meine Zeitung les.

6
Der Bund der Bräute des Herrn Puntila
Zur Verlobung ist er erschienen
Und wie sie der Herr Puntila sah
Da hat er geschrien mit ihnen.
Hat je ein Schaf einen Wollrock gekriegt
Seit je man Schafe geschorn?
Ich schlaf mit euch, doch an meinem Tisch
Da habt ihr nichts verlorn.

7
Die Frauen von Kurgela, wie es heißt
Sie stimmten ein Spottlied an.
Doch da warn die Schuh durchlaufen schon
Und ihr Sonntag war vertan.
Und wer auch sein Vertrauen setzt
Auf der reichen Herren Huld
Soll froh sein, wenn's den Schuh nur kost
Denn da ist er selber schuld.

8
Herr Puntila hat auf den Tisch geschlagn
Da war's ein Hochzeitstisch:
Ich verlob mein Kind nicht sozusagen
Mit einem kalten Fisch.
Da wollt er sie geben seinem Knecht

Doch als er den Knecht dann frug
Da sprach der Knecht: Ich nehm sie nicht
Denn sie ist mir nicht gut genug.

Anmerkung zur Musik

Die »Ballade vom Förster und der Gräfin« wurde auf die Melodie einer alten schottischen Ballade geschrieben; »Das Pflaumenlied« auf eine Volksliedmelodie.

»Das Puntilalied« ist von Paul Dessau komponiert. Die Darstellerin der Köchin Laina kommt während der Umbauten mit einem Akkordeonspieler und einem Gitarristen vor den Vorhang und singt nach der jeweiligen Szene die ihr entsprechende Strophe. Dabei absolviert sie Verrichtungen zur Vorbereitung der großen Verlobung: Bodenfegen, Staubwischen, Teigrühren, Schneeschlagen, Kuchenformeinfetten, Gläserputzen, Kaffeemahlen, Tellertrocknen.

ANHANG

Prolog der zweiten Berliner Aufführung (1952)

PROLOG
gesprochen von der Darstellerin des Kuhmädchens

Geehrtes Publikum, der Kampf ist hart
Doch lichtet sich bereits die Gegenwart.
Nur ist nicht überm Berg, wer noch nicht lacht:
Drum haben wir ein komisches Spiel gemacht.
Und wiegen wir den Spaß, geehrtes Haus
Nicht mit der Apothekerwaage aus.
Mehr zentnerweise, wie Kartoffeln, und zum Teil
Hantieren wir ein wenig mit dem Beil.
Wir zeigen nämlich heute abend hier
Euch ein gewisses vorzeitliches Tier
Estatium possessor, auf deutsch Gutsbesitzer genannt
Welches Tier, als sehr verfressen und ganz unnützlich bekannt
Wo es noch existiert und sich hartnäckig hält
Eine arge Landplage darstellt.
Sie sehn dies Tier, sich ungeniert bewegend
In einer würdigen und schönen Gegend.
Wenn sie aus den Kulissen nicht erwächst
Erfühlt ihr sie vielleicht aus unserm Text:
Milchkesselklirrn im finnischen Birkendom
Nachtloser Sommer über mildem Strom
Rötliche Dörfer, mit den Hähnen wach
Und früher Rauch steigt grau vom Schindeldach.
Dies alles, hoffen wir, ist bei uns da
In unserm Spiel vom Herrn auf Puntila.

Der Aufstieg des Arturo Ui

Mitarbeiterin: Margarete Steffin

Hinweis für die Aufführung

Das Stück muß, damit die Vorgänge jene Bedeutung erhalten, die ihnen leider zukommt, im großen Stil aufgeführt werden; am besten mit deutlichen Reminiszenzen an das elisabethanische Historientheater, also etwa mit Vorhängen und Podesten. Z. B. kann es vor gekalkten Rupfenvorhängen, die ochsenblutfarben bespritzt sind, agiert werden. Auch können gelegentlich panoramamäßig bemalte Prospekte benutzt werden, und Orgel-, Trompetenund Trommeleffekte sind ebenfalls zulässig. Es sollten Masken, Tonfälle und Gesten der Vorbilder verwendet werden, jedoch ist reine Travestie zu vermeiden, und das Komische darf nicht ohne Grausiges sein. Nötig ist plastische Darstellung in schnellstem Tempo, mit übersichtlichen Gruppenbildern im Geschmack der Jahrmarktshistorien.

Personen

Flake, Caruther, Butcher, Mulberry, Clark – Geschäftsleute, Führer des Karfioltrusts · Sheet, Reedereibesitzer · Der alte Dogsborough · Der junge Dogsborough · Arturo Ui, Gangsterchef · Ernesto Roma, sein Leutnant; Manuele Giri; Giuseppe Givola, Blumenhändler – Gangster · Ted Ragg, Reporter des »Star« · Greenwool, Gangster und Bariton · Dockdaisy · Bowl, Kassierer bei Sheet · Goodwill und Gaffles, zwei Herren von der Stadtverwaltung · O'Casey, Untersuchungsbeauftragter · Ein Schauspieler · Hook, Grünzeughändler · Der Angeklagte Fish · Der Verteidiger · Der Richter · Der Arzt · Der Ankläger · Eine Frau · Der junge Inna, Romas Vertrauter · Ein kleiner Mann · Ignatius Dullfeet · Betty Dullfeet, seine Frau · Dogsboroughs Diener · Leibwächter · Gunleute · Grünzeughändler von Chikago und Cicero · Zeitungsreporter

Prolog

Verehrtes Publikum, wir bringen heute
– bitte, etwas mehr Unruhe dort hinten, Leute!
Und nehmen Sie den Hut ab, junge Frau! –
Die große historische Gangsterschau.
Enthaltend zum allerersten Mal
DIE WAHRHEIT ÜBER DEN DOCKSHILFESKANDAL!
Ferner bringen wir Ihnen zur Kenntnis
DES ALTEN DOGSBOROUGH TESTAMENT UND GESTÄNDNIS!
DEN AUFHALTSAMEN AUFSTIEG DES ARTURO UI
WÄHREND DER BAISSE!
SENSATIONEN IM BERÜCHTIGTEN SPEICHERBRANDPROZESS!
DEN DULLFEETMORD! DIE JUSTIZ IM KOMA!
GANGSTER UNTER SICH: ABSCHLACHTUNG DES ERNESTO ROMA!
Zum Schluß das illuminierte Schlußtableau:
GANGSTER EROBERN DIE VORSTADT CICERO!
Sie sehen hier, von unsern Künstlern dargestellt
Die berühmtesten Heroen unsrer Gangsterwelt
Alle die verflossenen
Gehängten, erschossenen
Vorbilder unsrer Jugendlichen
Ramponiert, aber noch nicht verblichen.
Geehrtes Publikum, der Direktion ist bekannt
Es gibt den oder jenen heiklen Gegenstand
An den ein gewisser zahlender Teil des geehrten
Publikums nicht wünscht erinnert zu werden.
Deshalb fiel unsre Wahl am End
Auf eine Geschichte, die man hier kaum kennt
Spielend in einer weit entfernten Stadt
Wie es sie dergleichen hier nie gegeben hat.
So sind Sie sicher, daß kein Vater
Oder Schwager im Theater
Hier bei uns in Fleisch und Blut
Etwas nicht ganz Feines tut.
Legen Sie sich ruhig zurück, junge Frau
Und genießen Sie unsre Gangsterschau!

1

City. Auftreten fünf Geschäftsleute, die Führer des Karfioltrusts.

FLAKE
Verdammte Zeiten!

CLARK
’s ist, als ob Chikago
Das gute alte Mädchen, auf dem Weg
Zum morgendlichen Milchkauf, in der Tasche
Ein Loch entdeckt hätt und im Rinnstein jetzt
Nach ihren Cents sucht.

CARUTHER
Letzten Donnerstag
Lud mich Ted Moon mit einigen achtzig andern
Zum Taubenessen auf den Montag. Kämen
Wir wirklich, fänden wir bei ihm vielleicht
Nur noch den Auktionator. Dieser Wechsel
Vom Überfluß zur Armut kommt heut schneller
Als mancher zum Erbleichen braucht. Noch schwimmen
Die Grünzeugflotten der fünf Seen wie ehdem
Auf diese Stadt zu und schon ist kein Käufer
Mehr aufzutreiben.

BUTCHER
’s ist, als ob die Nacht
Am hellen Mittag ausbräch!

MULBERRY
Clive und Robber
Sind unterm Hammer!

CLARK
Wheelers Obstimport
Seit Noahs Zeiten im Geschäft – bankrott!
Dick Havelocks Garagen zahlen aus!

CARUTHER
Und wo ist Sheet?

FLAKE
Hat keine Zeit, zu kommen.
Er läuft von Bank zu Bank jetzt.

CLARK
Was? Auch Sheet?

Mit einem Wort: Das Karfiolgeschäft
In dieser Stadt ist aus.

BUTCHER

Nun, meine Herren
Kopf hoch! Wer noch nicht tot ist, lebt noch!

MULBERRY

Nicht tot sein heißt nicht: leben.

BUTCHER

Warum schwarz sehn?
Der Lebensmittelhandel ist im Grund
Durchaus gesund. 's ist Futter für die Vier-
millionenstadt! Was, Krise oder nicht:
Die Stadt braucht frisches Grünzeug und wir schaffen's!

CARUTHER

Wie steht es mit den Grünzeugläden?

MULBERRY

Faul.
Mit Kunden, einen halben Kohlkopf kaufend
Und den auf Borg!

CLARK

Der Karfiol verfault uns.

FLAKE

Im Vorraum wartet übrigens ein Kerl
– ich sag's nur, weil's kurios ist – namens Ui …

CLARK

Der Gangster?

FLAKE

Ja, persönlich. Riecht das Aas
Und sucht mit ihm sogleich Geschäftsverbindung.
Sein Leutnant, Herr Ernesto Roma, meint
Er könnt die Grünzeugläden überzeugen
Daß anderen Karfiol zu kaufen als
Den unsern, ungesund ist. Er verspricht
Den Umsatz zu verdoppeln, weil die Händler
Nach seiner Meinung lieber noch Karfiol
Als Särge kaufen.
Man lacht mißmutig.

CARUTHER

's ist 'ne Unverschämtheit!

MULBERRY *lacht aus vollem Hals:*
Thompsonkanonen und Millsbomben! Neue
Verkaufsideen! Endlich frisches Blut
Im Karfiolgeschäft! Es hat sich rumgesprochen
Daß wir schlecht schlafen: Herr Arturo Ui
Beeilt sich, seine Dienste anzubieten!
Ihr, jetzt heißt's wählen zwischen dem und nur noch
Der Heilsarmee. Wo schmeckt das Süpplein besser?

CLARK
Ich denke, heißer wär es wohl beim Ui.

CARUTHER
Schmeißt ihn hinaus!

MULBERRY
Doch höflich! Wer kann wissen
Wie weit's mit uns noch kommen wird!
Sie lachen.

FLAKE *zu Butcher:*
Was ist
Mit Dogsborough und einer Stadtanleih?
Zu den andern:
Butcher und ich, wir kochten da was aus
Was uns durch diese tote Zeit der Geldnot
Hindurchbrächt. Unser Leitgedanke war
Ganz kurz und schlicht: warum soll nicht die Stadt
Der wir doch Steuern zahlen, uns aus dem Dreck ziehn
Mit einer Anleih, sag für Kaianlagen
Die wir zu bauen uns verpflichten könnten.
Der alte Dogsborough mit seinem Einfluß
Könnt uns das richten. Was sagt Dogsborough?

BUTCHER
Er weigert sich, was in der Sach zu tun.

FLAKE
Er weigert sich? Verdammt, er ist der Wahlboß
Im Dockbezirk und will nichts tun für uns?

CARUTHER
Seit Jahr und Tag blech ich in seinen Wahlfonds!

MULBERRY
Zur Höll, er war Kantinenwirt bei Sheet!
Bevor er in die Politik ging, aß er

Das Brot des Trusts! 's ist ein schwarzer Undank! Flake!
Was sagt ich dir? 's gibt keinen Anstand mehr!
's ist nicht nur Geldknappheit! 's ist Anstandsknappheit!
Sie trampeln fluchend aus dem sinkenden Boot
Freund wird zu Feind, Knecht bleibt nicht länger Knecht
Und unser alter, lächelnder Kantinenwirt
Ist nur noch eine große kalte Schulter.
Moral, wo bist du in der Zeit der Krise?

CARUTHER
Ich hätt es nicht gedacht vom Dogsborough!

CLARK
Wie redet er sich aus?

BUTCHER
Er nennt den Antrag fischig.

FLAKE
Was ist dran fischig? Kaianlagen baun
Ist doch nicht fischig. Und bedeutet Arbeit
Und Brot für Tausende!

BUTCHER
Er zweifelt, sagt er
Daß wir die Kaianlagen baun.

FLAKE
Was? Schändlich!

BUTCHER
Daß wir sie nicht baun wolln?

FLAKE
Nein, daß er zweifelt!

CLARK
Dann nehmt doch einen andern, der die Anleih
Uns durchboxt.

MULBERRY
Ja, 's gibt andere!

BUTCHER
Es gibt.
Doch keinen wie den Dogsborough. Seid ruhig!
Der Mann ist gut.

CLARK
Für was?

BUTCHER
Der Mann ist ehrlich.

Und was mehr ist: bekannt als ehrlich.

FLAKE

Mumpitz!

BUTCHER

Ganz klar, daß er an seinen Ruf denkt!

FLAKE

Klar?

Wir brauchen eine Anleih von der Stadt.
Sein guter Ruf ist seine Sache.

BUTCHER

Ist er's?

Ich denk, er ist die unsre. Eine Anleih
Bei der man keine Fragen stellt, kann nur
Ein ehrlicher Mann verschaffen, den zu drängen
Um Nachweis und Beleg sich jeder schämte.
Und solch ein Mann ist Dogsborough. Das schluckt!
Der alte Dogsborough ist unsre Anleih.
Warum? Sie glauben an ihn. Wer an Gott
Längst nicht mehr glaubt, glaubt noch an Dogsborough.
Der hartgesottne Jobber, der zum Anwalt
Nicht ohne Anwalt geht, den letzten Cent
Stopft' er zum Aufbewahren in Dogsboroughs Schürze
Säh er sie herrnlos überm Schanktisch liegen.
Zwei Zentner Biederkeit! Die achtzig Winter
Die er gelebt, sahn keine Schwäche an ihm!
Ich sage euch: ein solcher Mann ist Gold wert
Besonders, wenn man Kaianlagen bauen
Und sie ein wenig langsam bauen will.

FLAKE

Schön, Butcher, er ist Gold wert. Wenn er gradsteht
Für eine Sache, ist sie abgemacht.
Nur steht er nicht für unsre Sache grad!

CLARK

Nicht er! »Die Stadt ist keine Suppenschüssel!«
Und »Jeder für die Stadt, die Stadt für sich!«
's ist eklig. Kein Humor. 'ne Ansicht wechselt
Er wohl noch seltner als ein Hemd. Die Stadt
Ist für ihn nichts aus Holz und Stein, wo Menschen
Mit Menschen hausen und sich raufen um

Ein wenig Nahrung, sondern was Papierenes
Und Biblisches. Ich konnt ihn nie vertragen.
Der Mann war nie im Herzen mit uns! Was
Ist ihm Karfiol! Was das Transportgeschäft!
Seinetwegen kann das Grünzeug dieser Stadt
Verfaulen! Er rührt keinen Finger! Neunzehn
Jahr holt er unsre Gelder in den Wahlfonds.
Oder sind's zwanzig? Und die ganze Zeit
Sah er Karfiol nur auf der Schüssel! Und
Stand nie in einer einzigen Garage!

BUTCHER
So ist's.

CLARK
Zur Höll mit ihm!

BUTCHER
Nein, nicht zur Höll!
Zu uns mit ihm!

FLAKE
Was soll das? Clark sagt klar
Daß dieser Mann uns kalt verwirft.

BUTCHER
Doch Clark sagt
Auch klar, warum.

CLARK
Der Mann weiß nicht, wo Gott wohnt!

BUTCHER
Das ist's! Was fehlt ihm? Wissen fehlt ihm. Dogsborough
Weiß nicht, wie einer sich in unsrer Haut fühlt.
Die Frag heißt also: Wie kommt Dogsborough
In unsre Haut? Was müssen wir tun mit ihm?
Wir müssen ihn belehren! Um den Mann ist's schad.
Ich hab ein Plänchen. Horcht, was ich euch rat!

Eine Schrift taucht auf:

1929-1932. DIE WELTKRISE SUCHTE DEUTSCHLAND GANZ BESONDERS STARK HEIM. AUF DEM HÖHEPUNKT DER KRISE VERSUCHTEN DIE PREUSSISCHEN JUNKER STAATSANLEIHEN ZU ERGATTERN, LANGE OHNE ERFOLG.

1a

Vor der Produktenbörse. Flake und Sheet im Gespräch.

SHEET

Ich lief vom Pontius zum Pilatus. Pontius
War weggereist, Pilatus war im Bad.
Man sieht nur noch die Rücken seiner Freunde!
Der Bruder, eh er seinen Bruder trifft
Kauft sich beim Trödler alte Stiefel, nur
Nicht angepumpt zu werden! Alte Partner
Fürchten einander so, daß sie vorm Stadthaus
Einander ansprechen mit erfundenen Namen!
Die ganze Stadt näht sich die Taschen zu.

FLAKE

Was ist mit meinem Vorschlag?

SHEET

Zu verkaufen?
Das tu ich nicht. Ihr wollt das Supper für
Das Trinkgeld und dann auch noch den Dank fürs Trinkgeld!
Was ich von euch denk, sag ich besser nicht.

FLAKE

Mehr kriegst du nirgends.

SHEET

Und von meinen Freunden
Krieg ich nicht mehr als anderswo, ich weiß.

FLAKE

Das Geld ist teuer jetzt.

SHEET

Am teuersten
Für den, der's braucht. Und daß es einer braucht
Weiß niemand besser als sein Freund.

FLAKE

Du kannst
Die Reederei nicht halten.

SHEET

Und du weißt
Ich hab dazu 'ne Frau, die ich vielleicht
Auch nicht mehr halten kann.

FLAKE

Wenn du verkaufst …

SHEET

Ist's ein Jahr länger. Wissen möcht ich nur
Wozu ihr meine Reederei wollt.

FLAKE

Daß wir
Im Trust dir helfen wollen könnten, daran
Denkst du wohl gar nicht?

SHEET

Nein. Das fiel mir nicht ein.
Wo hatt ich meinen Kopf? Daß mir nicht einfiel
Ihr könntet helfen wollen und nicht nur
Mir abpressen, was ich habe!

FLAKE

Bitterkeit
Gegen jedermann hilft dir nicht aus dem Sumpf.

SHEET

's hilft wenigstens dem Sumpf nicht, lieber Flake!

Vorbei kommen schlendernd drei Männer, der Gangster Arturo Ui, sein Leutnant Ernesto Roma und ein Leibwächter. Ui starrt Flake im Vorbeigehen an, als erwarte er, angesprochen zu werden, und Roma wendet sich böse nach ihm um im Abgehen.

SHEET

Wer ist's?

FLAKE

Arturo Ui, der Gangster. – Wie
Wenn du an uns verkauftest?

SHEET

Er schien eifrig
Mit dir zu sprechen.

FLAKE *ärgerlich lachend:*

Sicher. Er verfolgt uns
Mit Angeboten, unsern Karfiol
Mit seinem Browning abzusetzen. Solche
Wie diesen Ui gibt es jetzt viele schon.
Das überzieht die Stadt jetzt wie ein Aussatz
Der Finger ihr und Arm und Schulter anfrißt.

Woher es kommt, weiß keiner. Jeder ahnt
Es kommt aus einem tiefen Loch. Dies Rauben
Entführen, Pressen, Schrecken, Drohn und Schlachten
Dies »Hände hoch!« und »Rette sich, wer kann!«
Man müßt's ausbrennen.

SHEET *ihn scharf anblickend:*
Schnell. Denn es steckt an.

2

Hinterzimmer in Dogsboroughs Gasthof. Dogsborough und sein Sohn spülen Gläser. Auftreten Butcher und Flake.

DOGSBOROUGH
Ihr kommt umsonst! Ich mach's nicht! Er ist fischig
Euer Antrag, stinkend wie ein fauler Fisch.

DER JUNGE DOGSBOROUGH
Mein Vater lehnt ihn ab.

BUTCHER
Vergiß ihn, Alter!
Wir fragen. Du sagst nein. Gut, dann ist's nein.

DOGSBOROUGH
's ist fischig. Solche Kaianlagen kenn ich.
Ich mach's nicht.

DER JUNGE DOGSBOROUGH
Vater macht's nicht.

BUTCHER
Gut, vergiß es.

DOGSBOROUGH
Ich sah euch ungern auf dem Weg. Die Stadt
Ist keine Suppenschüssel, in die jeder
Den Löffel stecken kann. Verdammt auch, euer
Geschäft ist ganz gesund.

BUTCHER
Was sag ich, Flake?
Ihr seht zu schwarz?

DOGSBOROUGH
Schwarzsehen ist Verrat.

Ihr fallt euch selber in den Rücken, Burschen.
Schaut, was verkauft ihr? Karfiol. Das ist
So gut wie Fleisch und Brot. Und Fleisch und Brot
Und Grünzeug braucht der Mensch. Steaks ohne Zwiebeln
Und Hammel ohne Bohnen und den Gast
Seh ich nicht wieder! Der und jener ist
Ein wenig knapp im Augenblick. Er zaudert
Bevor er einen neuen Anzug kauft.
Jedoch, daß diese Stadt, gesund wie je
Nicht mehr zehn Cent aufbrächte für Gemüse
Ist nicht zu fürchten. Kopf hoch, Jungens! Was?

FLAKE

's tut wohl, dir zuzuhören, Dogsborough.
's gibt einem Mut zum Kampf.

BUTCHER

Ich find's fast komisch
Daß wir dich, Dogsborough, so zuversichtlich
Und standhaft finden, was Karfiol angeht.
Denn, gradheraus, wir kommen nicht ohne Absicht.
Nein, nicht mit der, die ist erledigt, Alter.
Hab keine Angst. Es ist was Angenehmres.
So hoffen wir zumindest. Dogsborough
Der Trust hat festgestellt, daß eben jetzt
Im Juni zwanzig Jahr vergangen sind
Seit du, ein Menschenalter uns vertraut als
Kantinenwirt in einer unsrer Firmen
Schiedst von uns, dich dem Wohl der Stadt zu widmen.
Die Stadt wär ohne dich nicht, was sie ist heut.
Und mit der Stadt wär der Karfioltrust nicht
Was er heut ist. Ich freu mich, daß du ihn
Im Kern gesund nennst. Denn wir haben gestern
Beschlossen, dir zu diesem festlichen Anlaß
Sag als Beweis für unsre hohe Schätzung
Und Zeichen, daß wir uns dir immer noch
Im Herzen irgendwie verbunden fühlen
Die Aktienmehrheit in Sheets Reederei
Für zwanzigtausend Dollar anzubieten.
Das ist noch nicht die Hälfte ihres Werts.
Er legt ein Aktienpaket auf den Tisch.

DOGSBOROUGH
Butcher, was soll das?
BUTCHER
Dogsborough, ganz offen:
Der Karfioltrust zählt nicht grad besonders
Empfindliche Seelen unter sich, jedoch
Als wir da gestern auf, nun, unsre dumme
Bitt um die Anleih deine Antwort hörten
Ehrlich und bieder, rücksichtslos gerade
Der ganze alte Dogsborough darin
Trat einigen von uns, ich sag's nicht gern
Das Wasser in die Augen. »Was«, sagt' einer
– sei ruhig, Flake, ich sag nicht, wer –, »da sind
Wir ja auf einen schönen Weg geraten!«
's gab eine kleine Pause, Dogsborough.
DOGSBOROUGH
Butcher und Flake, was steckt dahinter?
BUTCHER
Was
Soll denn dahinterstecken? 's ist ein Vorschlag!
FLAKE
Und es macht Spaß, ihn auszurichten. Hier
Stehst du, das Urbild eines ehrlichen Bürgers
In deiner Kneipe und spülst nicht nur Gläser
Nein, unsre Seelen auch! Und bist dabei
Nicht reicher, als dein Gast sein mag. 's ist rührend.
DOGSBOROUGH
Ich weiß nicht, was ich sagen soll.
BUTCHER
Sag nichts.
Schieb das Paket ein! Denn ein ehrlicher Mann
Kann's brauchen, wie? Verdammt, den ehrlichen Weg
Kommt wohl der goldene Waggon nicht oft, wie?
Ja, und dein Junge hier: Ein guter Name
Heißt's, ist mehr als ein gutes Bankbuch wert.
Nun, er wird's nicht verachten. Nimm das Zeug!
Ich hoff, du wäschst uns nicht den Kopf für d a s!
DOGSBOROUGH
Sheets Reederei!

FLAKE

Du kannst sie sehn von hier.

DOGSBOROUGH *am Fenster:*

Ich sah sie zwanzig Jahr.

FLAKE

Wir dachten dran.

DOGSBOROUGH

Und was macht Sheet?

FLAKE

Geht in das Biergeschäft.

BUTCHER

Erledigt?

DOGSBOROUGH

Nun, 's ist alles schön und gut
Mit eurem Katzenjammer, aber Schiffe
Gibt man nicht weg für nichts.

FLAKE

Da ist was dran.
's mag sein, daß auch die zwanzigtausend uns
Ganz handlich kämen, jetzt, wo diese Anleih
Verunglückt ist.

BUTCHER

Und daß wir unsre Aktien
Nicht gern grad jetzt am offnen Markt ausböten …

DOGSBOROUGH

Das klingt schon besser. 's wär kein schlechter Handel.
Wenn da nicht doch einige besondre
Bedingungen daran geknüpft sind …

FLAKE

Keine.

DOGSBOROUGH

Für zwanzigtausend sagt ihr?

FLAKE

Ist's zuviel?

DOGSBOROUGH

Nein, nein. Es wär dieselbe Reederei
In der ich nur ein kleiner Wirt war. Wenn
Da nicht ein Pferdefuß zum Vorschein kommt …
Ihr habt die Anleih wirklich aufgegeben?

FLAKE

Ganz.

DOGSBOROUGH

Möcht ich's fast überdenken. Was, mein Junge
Das wär für dich was! Dachte schon, ihr seid
Verschnupft. Jetzt macht ihr solch ein Angebot!
Da siehst du, Junge, Ehrlichkeit bezahlt sich
Mitunter auch. 's ist wie ihr sagt: der Junge
Hat, wenn ich geh, nicht viel mehr als den guten
Namen zu erben, und ich sah so viel
Übles verübt aus Not.

BUTCHER

Uns wär ein Stein vom Herzen
Wenn du annähmst. Denn zwischen uns wär dann
Nichts mehr von diesem Nachgeschmack, du weißt
Von unserm dummen Antrag! Und wir könnten
In Zukunft hören, was du uns anrätst
Wie auf gerade, ehrliche Art der Handel
Die tote Zeit durchstehen kann, denn dann
Wärst doch auch du ein Karfiolmann. Stimmt's?
Dogsborough ergreift seine Hand.

DOGSBOROUGH

Butcher und Flake, ich nehm's.

DER JUNGE DOGSBOROUGH

Mein Vater nimmt's.

Eine Schrift taucht auf:

UM DEN REICHSPRÄSIDENTEN HINDENBURG FÜR DIE NÖTE DER GUTSBESITZER ZU INTERESSIEREN, MACHTEN SIE IHM EINEN GUTSBESITZ ZUM EHRENGESCHENK.

3

Wettbüro der 122. Straße. Arturo Ui und sein Leutnant, Ernesto Roma, begleitet von den Leibwächtern, hören die Radiorennberichte. Neben Roma Dockdaisy.

ROMA

Ich wollt, Arturo, du befreitest dich
Aus dieser Stimmung braunen Trübsinns und
Untätiger Träumerei, von der die Stadt
Schon spricht.

UI *bitter:*

Wer spricht? Kein Mensch spricht von mir noch.
Die Stadt hat kein Gedächtnis. Ach, kurzlebig
Ist hier der Ruhm. Zwei Monate kein Mord, und
Man ist vergessen.
Durchfliegt die Zeitungen.
Schweigt der Mauser, schweigt
Die Presse. Selbst wenn ich die Morde liefre
Kann ich nie sicher sein, daß was gedruckt wird.
Denn nicht die Tat zählt, sondern nur der Einfluß.
Und der hängt wieder ab von meinem Bankbuch.
Kurz, 's ist so weit gekommen, daß ich manchmal
Versucht bin alles hinzuschmeißen.

ROMA

Auch
Bei unsern Jungens macht der Bargeldmangel
Sich peinlich fühlbar. Die Moral sinkt ab.
Untätigkeit verdirbt sie mir. Ein Mann
Der nur auf Spielkarten schießt, verkommt. Ich geh
Schon nicht mehr gern ins Hauptquartier, Arturo.
Sie dauern mich. Mein »Morgen geht es los«
Bleibt mir im Hals stecken, wenn ich ihre Blicke seh.
Dein Plan für das Gemüseracket war
So vielversprechend. Warum nicht beginnen?

UI

Nicht jetzt. Nein, nicht von unten. 's ist zu früh.

ROMA

»Zu früh« ist gut! Seit dich der Trust wegschickte

Sitzt du, vier Monate jetzt schon, herum
Und brütest. Pläne! Pläne! Halbherzige
Versuche! Der Besuch beim Trust brach dir
Das Rückgrat! Und der kleine Zwischenfall
In Harpers Bank mit diesem Polizisten
Liegt dir noch in den Knochen!

UI

Aber sie schossen!

ROMA

Nur in die Luft! 's war ungesetzlich!

UI

Um
Ein Haar, zwei Zeugen weniger, und ich säße
Im Kittchen jetzt. Und dieser Richter! Nicht
Für zwei Cents Sympathie!

ROMA

Für Grünzeugläden
Schießt keine Polizei. Sie schießt für Banken.
Schau her, Arturo, wir beginnen mit
Der elften Straße! Fenster eingehaut
Petroleum auf Karfiol, das Mobiliar
Zerhackt zu Brennholz! Und wir arbeiten uns
Hinunter bis zur siebten Straße. Ein
Zwei Tage später tritt Manuele Giri
Nelke im Knopfloch, in die Läden und
Sagt Schutz zu. Zehn Prozent vom Umsatz.

UI

Nein.
Erst brauch ich selber Schutz. Vor Polizei
Und Richter muß ich erst geschützt sein, eh
Ich andre schützen kann. 's geht nur von oben.
Düster.
Hab ich den Richter nicht in meiner Tasche
Indem er was von mir in seiner hat
Bin ich ganz machtlos. Jeder kleine Schutzmann
Schießt mich, brech ich in eine Bank, halbtot.

ROMA

Bleibt uns nur Givolas Plan. Er hat den Riecher
Für Dreck, und wenn er sagt, der Karfioltrust

Riecht »anheimelnd faul«, muß etwas dran sein. Und
Es war ein Teil Gerede, als die Stadt
Wie's heißt, auf Dogboroughs Empfehlung, damals
Die Anleih gab. Seitdem wird dies und das
Gemunkelt über irgendwas, was nicht
Gebaut sein soll und eigentlich sein müßt.
Doch andererseits war Dogsborough dafür
Und warum sollt der alte Sonntagsschüler
Für etwas sein, wenn's irgend fischig ist?
Dort kommt ja Ragg vom »Star«. Von solchen Sachen
Weiß niemand mehr als Ragg. He! Hallo, Ted!

RAGG *etwas benommen:*
Hallo, ihr! Hallo, Roma! Hallo, Ui!
Wie geht's in Capua?

UI
Was meint er?

RAGG
Oh
Nichts weiter, Ui. Das war ein kleiner Ort
Wo einst ein großes Heer verkam. Durch Nichtstun
Wohlleben, mangelnde Übung.

UI
Sei verdammt!

ROMA *zu Ragg:*
Kein Streit! Erzähl uns was von dieser Anleih
Für den Karfioltrust, Ted!

RAGG
Was schert das euch?
Verkauft ihr jetzt Karfiol? Ich hab's! Ihr wollt
Auch eine Anleih von der Stadt. Fragt Dogsborough!
Der Alte peitscht sie durch.
Kopiert den Alten.
»Soll ein Geschäftszweig
Im Grund gesund, jedoch vorübergehend
Bedroht von Dürre, untergehn?« Kein Auge
Bleibt trocken in der Stadtverwaltung. Jeder
Fühlt tief mit dem Karfiol, als wär's ein Stück von ihm.
Ach, mit dem Browning fühlt man nicht, Arturo!
Die anderen Gäste lachen.

ROMA
Reiz ihn nicht, Ted, er ist nicht bei Humor.

RAGG
Ich kann's mir denken. Givola, heißt es, war
Schon bei Capone um Arbeit.

DOCKDAISY *sehr betrunken:*
Das ist Lüge!
Giuseppe läßt du aus dem Spiel!

RAGG
Dockdaisy!
Noch immer Kurzbein Givolas Nebenbraut?
Stellt sie vor.
Die vierte Nebenbraut des dritten Nebenleutnants
Eines
zeigt auf Ui
schnell sinkenden Sterns von zweiter Größe!
O traurig Los!

DOCKDAISY
Stopft ihm sein schmutziges Maul, ihr!

RAGG
Dem Gangster flicht die Nachwelt keine Kränze!
Die wankelmütige Menge wendet sich
Zu neuen Helden. Und der Held von gestern
Sinkt in Vergessenheit. Sein Steckbrief gilbt
In staubigen Archiven. »Schlug ich nicht
Euch Wunden, Leute?« – »Wann?« – »Einst!« – »Ach,
die Wunden
Sind lang schon Narben!« Und die schönsten Narben
Verlaufen sich mit jenen, die sie tragen!
»So bleibt in einer Welt, wo gute Taten
So unbemerkt gehn, nicht einmal von üblen
Ein kleines Zeugnis?« – »Nein!« – »O faule Welt!«

UI *brüllt auf:*
Stopft ihm sein Maul!

RAGG *erblassend:*
He! Keine rauhen Töne
Ui, mit der Presse!
Die Gäste sind alarmiert aufgestanden.

ROMA *drängt Ragg weg:*
Geh nach Haus, Ted, du

Hast ihm genug gesagt. Geh schnell!

RAGG *rückwärts gehend, jetzt sehr in Furcht:*

Auf später!

Das Lokal leert sich schnell.

ROMA *zu Ui:*

Du bist nervös, Arturo.

UI

Diese Burschen
Behandeln mich wie Dreck.

ROMA

Warum, ’s ist nur
Dein langes Schweigen, nichts sonst.

UI *düster:*

Wo bleibt Giri
Mit Sheets Kassier, von dem er so viel faselt?

ROMA

Er wollt mit ihm um drei Uhr hier sein.

UI

Und
Was ist das mit dem Givola und Capone?

ROMA

Nichts Ernstliches. Capone war bei ihm nur
Im Blumenladen, Kränze einzukaufen.

UI

Kränze? Für wen?

ROMA

Ich weiß nicht. Nicht für uns.

UI

Ich bin nicht sicher.

ROMA

Ach, du siehst zu schwarz heut.
Kein Mensch bekümmert sich um uns.

UI

So ist es! Dreck
Behandeln sie mit mehr Respekt. Der Givola
Läuft weg beim ersten Mißerfolg. Ich schwör dir
Ich rechne ab mit ihm beim ersten Erfolg!

ROMA

Giri!

Eintritt Manuele Giri mit einem heruntergekommenen Individuum, Bowl.

GIRI

Das ist der Mann, Chef!

ROMA *zu Bowl:*

Und du bist
Bei Sheet Kassierer, im Karfioltrust?

BOWL

War.
War dort Kassierer, Chef. Bis vorige Woche.
Bis dieser Hund …

GIRI

Er haßt, was nach Karfiol riecht.

BOWL

Der Dogsborough …

UI *schnell:*

Was ist mit Dogsborough?

ROMA

Was hattest du zu tun mit Dogsborough?

GIRI

Drum schleif ich ihn ja her!

BOWL

Der Dogsborough
Hat mich gefeuert.

ROMA

Aus Sheets Reederei?

BOWL

Aus seiner eigenen. Es ist seine, seit
Anfang September.

ROMA

Was?

GIRI

Sheets Reederei
Das ist der Dogsborough. Bowl war dabei
Als Butcher vom Karfioltrust selbst dem Alten
Die Aktienmehrheit überstellte.

UI

Und?

BOWL

Und ’s ist ’ne blutige Schande …

GIRI

Siehst du's nicht, Chef?

BOWL

... daß Dogsborough die fette Stadtanleih
Für den Karfioltrust vorschlug ...

GIRI

und geheim
Selbst im Karfioltrust saß!

UI *dem es zu dämmern beginnt:*

Das ist korrupt!
Bei Gott der Dogsborough hat Dreck am Stecken!

BOWL

Die Anleih ging an den Karfioltrust, aber
Sie machten's durch die Reederei. Durch mich.
Und ich, ich zeichnete für Dogsborough
Und nicht für Sheet, wie es nach außen aussah.

GIRI

Wenn das kein Schlager! Der Dogsborough!
Das rostige alte Aushängeschild! Der biedre
Verantwortungsbewußte Händedrücker!
Der unbestechliche wasserdichte Greis!

BOWL

Ich tränk's ihm ein, mich wegen Unterschleif
Zu feuern, und er selber ... Hund!

ROMA

Nimm's ruhig!
's gibt außer dir noch andere Leute, denen
Das Blut kocht, wenn sie so was hören müssen.
Was meinst du, Ui?

UI *auf Bowl:*

Wird er's beschwören?

GIRI

Sicher.

UI *groß aufbrechend:*

Haltet ein Aug auf ihn! Komm, Roma! Jetzt
Riech ich Geschäfte!

Er geht schnell ab, von Ernesto Roma und den Leibwächtern gefolgt.

GIRI *schlägt Bowl auf die Schulter:*

Bowl, du hast vielleicht

Ein Rad in Schwung gesetzt, das …

BOWL

Und betreff

Des Zasters …

GIRI

Keine Furcht! Ich kenn den Chef.

Eine Schrift taucht auf:

IM HERBST 1932 STEHT DIE PARTEI UND PRIVATARMEE ADOLF HITLERS VOR DEM FINANZIELLEN BANKROTT UND IST VON RASCHER AUFLÖSUNG BEDROHT. VERZWEIFELT MÜHT SICH HITLER, ZUR MACHT ZU KOMMEN. JEDOCH GELINGT ES IHM LANGE NICHT, HINDENBURG ZU SPRECHEN.

4

Dogsboroughs Landhaus. Dogsborough und sein Sohn.

DOGSBOROUGH

Dies Landhaus hätt ich niemals nehmen dürfen.
Daß ich mir das Paket halb schenken ließ
War nicht angreifbar.

DER JUNGE DOGSBOROUGH

Absolut nicht.

DOGSBOROUGH

Daß
Ich um die Anleih ging, weil ich am eignen Leib
Erfuhr, wie da ein blühender Geschäftszweig
Verkam aus Not, war kaum ein Unrecht. Nur
Daß ich, vertrauend, daß die Reederei was abwürf
Dies Landhaus schon genommen hatte, als
Ich diese Anleih vorschlug, und so insgeheim
In eigner Sach gehandelt hab, war falsch.

DER JUNGE DOGSBOROUGH

Ja, Vater.

DOGSBOROUGH

’s war ein Fehler oder kann
Als Fehler angesehen werden. Junge, dieses

Landhaus hätt ich nicht nehmen dürfen.

DER JUNGE DOGSBOROUGH

Nein.

DOGSBOROUGH

Wir sind in eine Fall gegangen, Sohn.

DER JUNGE DOGSBOROUGH

Ja, Vater.

DOGSBOROUGH

Dies Paket war wie des Schankwirts
Salziges Krabbenzeug, im Drahtkorb, gratis
Dem Kunden hingehängt, damit er, seinen
Billigen Hunger stillend, sich Durst anfrißt.

Pause.

DOGSBOROUGH

Die Anfrag nach den Kaianlagen im Stadthaus
Gefällt mir nicht. Die Anleih ist verbraucht –
Clark nahm und Butcher nahm, Flake nahm und Caruther
Und leider Gottes nahm auch ich und noch ist
Kein Pfund Zement gekauft! Das einzige Gute:
Daß ich den Handel auf Sheets Wunsch nicht an
Die große Glock hing, so daß niemand weiß
Ich hab zu tun mit dieser Reederei.

DIENER *tritt ein:*

Herr Butcher vom Karfioltrust an der Leitung!

DOGSBOROUGH

Junge, geh du!

Der junge Dogborough mit dem Diener ab. Man hört Glocken von fern.

DOGSBOROUGH

Was kann der Butcher wollen?

Zum Fenster hinausblickend.

Es waren die Pappeln, die bei diesem Landsitz
Mich reizten. Und der Blick zum See, wie Silber
Bevor's zu Talern wird. Und daß nicht saurer
Geruch von altem Bier hier hängt. Die Tannen
Sind auch gut anzusehn, besonders die Wipfel.
Es ist ein Graugrün. Staubig. Und die Stämme
Von der Farb des Kalbleders, das man früher beim Abzapfen
Am Faß verwandte. Aber den Ausschlag gaben

Die Pappeln. Ja, die Pappeln waren's. Heut
Ist Sonntag. Hm. Die Glocken klängen friedlich
Wär in der Welt nicht so viel Menschenbosheit.
Was kann der Butcher heut, am Sonntag, wollen?
Ich hätt dies Landhaus …

DER JUNGE DOGSBOROUGH *zurück:*
Vater, Butcher sagt
Im Stadthaus sei heut nacht beantragt worden
Den Stand der Kaianlagen des Karfioltrusts
Zu untersuchen! Vater, fehlt dir was?

DOGSBOROUGH
Meinen Kampfer!

DER JUNGE DOGSBOROUGH *gibt ihm:*
Hier!

DOGSBOROUGH
Was will der Butcher machen?

DER JUNGE DOGSBOROUGH
Herkommen.

DOGSBOROUGH
Hierher? Ich empfang ihn nicht.
Ich bin nicht wohl. Mein Herz.
Er steht auf. Groß.
Ich hab mit dieser
Sach nichts zu tun. Durch sechzig Jahre war
Mein Weg ein grader und das weiß die Stadt.
Ich hab mit ihren Schlichen nichts gemein.

DER JUNGE DOGSBOROUGH
Ja, Vater. Ist dir besser?

DER DIENER *zurück:*
Ein Herr Ui
Ist in der Halle.

DOGSBOROUGH
Der Gangster!

DER DIENER
Ja. Sein Bild
War in den Blättern. Er gibt an, Herr Clark
Vom Karfioltrust habe ihn geschickt.

DOGSBOROUGH
Wirf ihn hinaus! Wer schickt ihn? Herr Clark? Zum Teufel

Schickt er mir Gangster auf den Hals? Ich will …
Eintreten Arturo Ui und Ernesto Roma.

UI
Herr Dogsborough.

DOGSBOROUGH
hinaus!

ROMA
Nun, nun! Gemütlich!
Nichts Übereiltes! Heut ist Sonntag, was?

DOGSBOROUGH
Ich sag: Hinaus!

DER JUNGE DOGSBOROUGH
Mein Vater sagt: Hinaus!

ROMA
Und sagt er's nochmals, ist's nochmals nichts Neues.

UI *unbewegt:*
Herr Dogsborough.

DOGSBOROUGH
Wo sind die Diener? Hol
Die Polizei!

ROMA
Bleib lieber stehn, Sohn! Schau
Im Flur, mag sein, sind ein paar Jungens, die
Dich mißverstehen könnten.

DOGSBOROUGH
So, Gewalt.

ROMA
Oh, nicht Gewalt! Nur etwas Nachdruck, Freund.
Stille.

UI
Herr Dogsborough. Ich weiß, Sie kennen mich nicht.
Oder nur vom Hörensagen, was schlimmer ist.
Herr Dogsborough, Sie sehen vor sich einen
Verkannten Mann. Sein Bild geschwärzt von Neid
Sein Wollen entstellt von Niedertracht. Als ich
Vor nunmehr vierzehn Jahren als Sohn der Bronx und
Einfacher Arbeitsloser in dieser Stadt
Meine Laufbahn anfing, die, ich kann es sagen
Nicht ganz erfolglos war, hatt ich um mich nur

Sieben brave Jungens, mittellos, jedoch
Entschlossen wie ich, ihr Fleisch herauszuschneiden
Aus jeder Kuh, die unser Herrgott schuf.
Nun, jetzt sind's dreißig, und es werden mehr sein.
Sie werden fragen: Was will Ui von mir?
Ich will nicht viel. Ich will nur eines: nicht
Verkannt sein! Nicht als Glücksjäger, Abenteurer
Oder was weiß ich betrachtet werden!
Räuspern.
Zumindest nicht von einer Polizei
Die ich stets schätzte. Drum steh ich vor Ihnen
Und bitt Sie – und ich bitt nicht gern –, für mich
Ein Wörtlein einzulegen, wenn es not tut
Bei der Polizei.

DOGSBOROUGH *ungläubig:*
Sie meinen, für Sie bürgen?

UI
Wenn es not tut. Das hängt davon ab, ob wir
Im guten auskommen mit den Grünzeughändlern.

DOGSBOROUGH
Was haben Sie im Grünzeughandel zu schaffen?

UI
Ich komm dazu. Ich bin entschlossen, ihn
Zu schützen. Gegen jeden Übergriff.
Wenn's sein muß, mit Gewalt.

DOGSBOROUGH
Soviel ich weiß
Ist er bis jetzt von keiner Seit bedroht.

UI
Bis jetzt. Vielleicht. Ich sehe aber weiter
Und frag: wie lang? Wie lang in solcher Stadt
Mit einer Polizei, untüchtig und korrupt
Wird der Gemüsehändler sein Gemüse
In Ruh verkaufen können? Wird ihm nicht
Vielleicht schon morgen früh sein kleiner Laden
Von ruchloser Hand zerstört, die Kass geraubt sein?
Wird er nicht lieber heut schon gegen kleines Entgelt
Kräftigen Schutz genießen wollen?

DOGSBOROUGH
Ich

Denk eher: nein.

UI

Das würd bedeuten, daß er
Nicht weiß, was für ihn gut ist. Das ist möglich.
Der kleine Grünzeughändler, fleißig, aber
Beschränkt, oft ehrlich, aber selten weitblickend
Braucht starke Führung. Leider kennt er nicht
Verantwortung dem Trust gegenüber, dem
Er alles verdankt. Auch hier, Herr Dogsborough
Setzt meine Aufgab ein. Denn auch der Trust
Muß heut geschützt sein. Weg mit faulen Zahlern!
Zahl oder schließ den Laden! Mögen einige
Schwache zugrund gehen! Das ist Naturgesetz!
Kurz, der Karfioltrust braucht mich.

DOGSBOROUGH

Was geht mich
Der Karfioltrust an? Ich denk, Sie sind mit Ihrem
Merkwürdigen Plan an falscher Stelle, Mann.

UI

Darüber später. Wissen Sie, was Sie brauchen?
Sie brauchen Fäuste im Karfioltrust! Dreißig
Entschlossene Jungens unter meiner Führung!

DOGSBOROUGH

Ich weiß nicht, ob der Trust statt Schreibmaschinen
Thompsonkanonen haben will, doch ich
Bin nicht im Trust.

UI

Wir reden davon noch.
Sie sagen: dreißig Männer, schwer bewaffnet
Gehn aus und ein im Trust. Wer bürgt uns da
Daß nicht uns selbst was zustößt? Nun, die Antwort
Ist einfach die: Die Macht hat stets, wer zahlt.
Und wer die Lohntüten ausstellt, das sind Sie.
Wie könnt ich jemals gegen Sie ankommen?
Selbst wenn ich wollte und Sie nicht so schätzte
Wie ich es tu, Sie haben mein Wort dafür!
Was bin ich schon? Wie groß ist schon mein Anhang?
Und wissen Sie, daß einige bereits abfallen?
Heut sind's noch zwanzig, wenn's noch zwanzig sind!

Wenn Sie mich nicht retten, bin ich aus. Als Mensch
Sind Sie verpflichtet, heute mich zu schützen
Vor meinen Feinden und, ich sag's wie's ist
Vor meinen Anhängern auch! Das Werk von vierzehn Jahren
Steht auf dem Spiel! Ich rufe Sie als Mensch an!

DOGSBOROUGH
So hören Sie, was ich als Mensch tun werd:
Ich ruf die Polizei.

UI
Die Polizei?

DOGSBOROUGH
Jawohl, die Polizei.

UI
Heißt das, Sie weigern
Sich, mir als Mensch zu helfen?
Brüllt.
Dann verlang ich's
Von Ihnen als einem Verbrecher! Denn das sind Sie!
Ich werd Sie bloßstellen! Die Beweise hab ich!
Sie sind verwickelt in den Kaianlagen-
skandal, der jetzt heraufzieht! Sheets Reederei
Sind Sie! Ich warn Sie! Treiben Sie mich nicht
Zum Äußersten! Die Untersuchung ist
Beschlossen worden!

DOGSBOROUGH *sehr bleich:*
Sie wird niemals stattfinden!
Meine Freunde …

UI
Haben Sie nicht! Die hatten Sie gestern.
Heut haben Sie keinen Freund mehr, aber morgen
Haben Sie nur Feinde. Wenn Sie einer rettet
Bin ich's! Arturo Ui! Ich! Ich!

DOGSBOROUGH
Die Untersuchung
Wird es nicht geben. Niemand wird mir das
Antun. Mein Haar ist weiß …

UI
Doch außer Ihrem Haar
Ist nichts an Ihnen weiß. Mann! Dogsborough!

Versucht, seine Hand zu ergreifen.
Vernunft! Nur jetzt Vernunft! Lassen Sie sich retten
Von mir! Ein Wort von Ihnen und ich schlag
Einen jeden nieder, der Ihnen nur ein einziges
Haar krümmen will! Dogsborough, helfen Sie
Mir jetzt, ich bitt Sie, einmal! Nur einmal!
Ich kann nicht mehr vor meine Jungens, wenn
Ich nicht mit Ihnen übereinkomm!
Er weint.

DOGSBOROUGH

Niemals!
Bevor ich mich mit Ihnen einlaß, will ich
Lieber zugrund gehn!

UI

Ich bin aus. Ich weiß es.
Ich bin jetzt vierzig und bin immer noch nichts!
Sie müssen mir helfen!

DOGSBOROUGH

Niemals!

UI

Sie, ich warn Sie!
Ich werde Sie zerschmettern!

DOGSBOROUGH

Doch solang ich
Am Leben bin, kommen Sie mir niemals, niemals
Zu Ihrem Grünzeugracket!

UI *mit Würde:*

Nun, Herr Dogsborough
Ich bin erst vierzig, Sie sind achtzig, also
Werd ich mit Gottes Hilf Sie überleben!
Ich weiß, ich komm in den Grünzeughandel!

DOGSBOROUGH

Niemals!

UI

Roma, wir gehn.
Er verbeugt sich formell und verläßt mit Ernesto Roma das Zimmer.

DOGSBOROUGH

Luft! Was für eine Fresse!

Ach, was für eine Fresse! Nein, dies Landhaus
Hätt ich nicht nehmen dürfen! Aber sie werden's
Nicht wagen, da zu untersuchen. Sonst
Wär alles aus! Nein, nein, sie werden's nicht wagen.

DER DIENER *herein:*
Goodwill und Gaffles von der Stadtverwaltung!
Auftreten Goodwill und Gaffles.

GOODWILL
Hallo, Dogsborough!

DOGSBOROUGH
Hallo, Goodwill und Gaffles!
Was Neues?

GOODWILL
Und nichts Gutes, fürcht ich. War
Das nicht Arturo Ui, der in der Hall
An uns vorüberging?

DOGSBOROUGH *mühsam lachend:*
Ja, in Person.
Nicht grad 'ne Zierde in 'nem Landhaus!

GOODWILL
Nein.
Nicht grad 'ne Zierde! Nun, kein guter Wind
Treibt uns heraus zu dir. Es ist die Anleih
Des Karfioltrusts für die Kaianlagen.

DOGSBOROUGH *steif:*
Was mit der Anleih?

GAFFLES
Nun, gestern im Stadthaus
Nannten sie einige, jetzt werd nicht zornig
Ein wenig fischig.

DOGSBOROUGH
Fischig.

GOODWILL
Sei beruhigt!
Die Mehrheit nahm den Ausdruck übel auf.
Ein Wunder, daß es nicht zu Schlägerein kam!

GAFFLES
Verträge Dogsboroughs fischig! wurd geschrien.
Und was ist mit der Bibel? Die ist wohl

Auch fischig plötzlich! ’s wurd fast eine Ehrung
Für dich dann, Dogsborough! Als deine Freunde
Sofort die Untersuchung forderten
Fiel, angesichts unseres Vertrauns, doch mancher
Noch um und wollte nichts mehr davon hören.
Die Mehrheit aber, eifrig, deinen Namen
Auch nicht vom kleinsten Windhauch des Verdachts
Gerührt zu sehn, schrie: Dogsborough, das ist
Nicht nur ein Name und nicht nur ein Mann
’s ist eine Institution! und setzte tobend
Die Untersuchung durch.

DOGSBOROUGH

Die Untersuchung.

GOODWILL

O’Casey führt sie für die Stadt. Die Leute
Vom Karfioltrust sagen nur, die Anleih
Sei direkt an Sheets Reederei gegeben
Und die Kontrakte mit den Baufirmen waren
Von Sheets Reederei zu tätigen.

DOGSBOROUGH

Sheets Reederei.

GOODWILL

Am besten wär’s, du schicktest selbst ’nen Mann
Mit gutem Ruf, der dein Vertrauen hat
Und unparteiisch ist, hineinzuleuchten
In diesen dunklen Rattenkönig.

DOGSBOROUGH

Sicher.

GAFFLES

So ist’s erledigt, und jetzt zeig uns dein
Gepriesnes neues Landhaus, Dogsborough
Daß wir was zu erzählen haben!

DOGSBOROUGH

Ja.

GOODWILL

Friede und Glocken! Was man wünschen kann!

GAFFLES *lachend:*

Und keine Kaianlag!

DOGSBOROUGH

Ich schick den Mann!

Sie gehen langsam hinaus.

Eine Schrift taucht auf:

IM JANUAR 1933 VERWEIGERTE DER REICHSPRÄSIDENT HINDENBURG MEHRMALS DEM PARTEIFÜHRER HITLER DEN REICHSKANZLERPOSTEN. JEDOCH HATTE ER DIE DROHENDE UNTERSUCHUNG DES SOGENANNTEN OSTHILFESKANDALS ZU FÜRCHTEN. ER HATTE AUCH FÜR DAS IHM GESCHENKTE GUT NEUDECK STAATSGELDER GENOMMEN UND SIE NICHT DEN ANGEGEBENEN ZWECKEN ZUGEFÜHRT.

5

Stadthaus. Butcher, Flake, Clark, Mulberry, Caruther. Gegenüber neben Dogsborough, der kalkweiß ist, O'Casey, Gaffles und Goodwill. Presse.

BUTCHER *leise:*

Er bleibt lang aus.

MULBERRY

Er kommt mit Sheet. Kann sein
Sie sind nicht übereins. Ich denk, sie haben
Die ganze Nacht verhandelt. Sheet muß aussagen
Daß er die Reederei noch hat.

CARUTHER

Es ist für Sheet
Kein Honiglecken, sich hierherzustellen
Und zu beweisen, daß nur er der Schurk ist.

FLAKE

Sheet macht es nie.

CLARK

Er muß.

FLAKE

Warum soll er
Fünf Jahr Gefängnis auf sich nehmen?

CLARK

'S ist
Ein Haufen Geld und Mabel Sheet braucht Luxus.
Er ist noch heut vernarrt in sie. Er macht's.
Und was Gefängnis angeht: Er wird kein
Gefängnis sehn. Das richtet Dogsborough.

Man hört Geschrei von Zeitungsjungen, und ein Reporter bringt ein Blatt herein.

GAFFLES

Sheet ist tot aufgefunden. Im Hotel.
In seiner Westentasche ein Billett nach Frisco.

BUTCHER

Sheet tot?

O'CASEY *liest:*

Ermordet.

MULBERRY

Oh!

FLAKE *leise:*

Er hat es nicht gemacht.

GAFFLES

Dogsborough, ist dir übel?

DOGSBOROUGH *mühsam:*

'S geht vorbei.

O'CASEY

Der Tod des Sheet …

CLARK

Der unerwartete Tod
Des armen Sheet ist fast 'ne Harpunierung
Der Untersuchung …

O'CASEY

Freilich: Unerwartet
Kommt oft erwartet, man erwartet oft
Was Unerwartetes, so ist's im Leben.
Jetzt steh ich vor euch mit gewaschenem Hals
Und hoff, ihr müßt mich nicht an Sheet verweisen
Mit meinen Fragen, denn Sheet ist sehr schweigsam
Seit heute nacht, wie ich aus diesem Blatt seh.

MULBERRY

Was heißt das, eure Anleih wurde schließlich
Der Reederei gegeben, ist's nicht so?

O'CASEY
So ist's. Jedoch: Wer ist die Reederei?
FLAKE *leise:*
Komische Frag! Er hat noch was im Ärmel!
CLARK *ebenso:*
Was könnt das sein?
O'CASEY
Fehlt dir was, Dogsborough?
Ist es die Luft?
Zu den andern:
Ich mein nur, man könnt sagen:
Jetzt muß der Sheet nebst einigen Schaufeln Erde
Auf sich auch noch den andern Dreck hier nehmen.
Ich ahn …
CLARK
Vielleicht, O'Casey, es wär besser
Sie ahnten nicht so viel. In dieser Stadt
Gibt es Gesetze gegen üble Nachred.
MULBERRY
Was soll euer dunkles Reden? Wie ich hör
Hat Dogsborough 'nen Mann bestimmt, dies alles
Zu klären. Nun, so wartet auf den Mann!
O'CASEY
Er bleibt lang aus. Und wenn er kommt, dann, hoff ich
Erzählt er uns nicht nur von Sheet.
FLAKE
Wir hoffen
Er sagt, was ist, nichts sonst.
O'CASEY
So, 's ist ein ehrlicher Mann?
Das wär nicht schlecht. Da Sheet heut nacht erst starb
Könnt alles schon geklärt sein. Nun, ich hoff
zu Dogsborough:
Es ist ein guter Mann, den du gewählt hast.
CLARK *scharf:*
Er ist der, der er ist, ja? Und hier kommt er.
Auftreten Arturo Ui und Ernesto Roma, begleitet von Leibwächtern.
UI
Hallo, Clark! Hallo, Dogsborough! Hallo!

CLARK
Hallo, Ui!
UI
Nun, was will man von mir wissen?
O'CASEY *zu Dogsborough:*
Das hier dein Mann?
CLARK
Gewiß; nicht gut genug?
GOODWILL
Dogsborough, heißt das …?
O'CASEY *da die Presse unruhig geworden ist:*
Ruhe dort!
EIN REPORTER
's ist Ui!

Gelächter. O'Casey schafft Ruhe. Dann mustert er die Leibwächter.

O'CASEY
Wer sind die Leute?
UI
Freunde.
O'CASEY *zu Roma:*
Wer sind Sie?
UI
Mein Prokurist, Ernesto Roma.
GAFFLES
Halt!
Ist, Dogsborough, das hier dein Ernst?
Dogsborough schweigt.
O'CASEY
Herr Ui
Wie wir Herrn Dogsboroughs beredtem Schweigen
Entnehmen, sind es Sie, der sein Vertraun hat
Und unsres wünscht. Nun, wo sind die Kontrakte?
UI
Was für Kontrakte?
CLARK *da O'Casey Goodwill ansieht:*
Die die Reederei
Bezwecks des Ausbaus ihrer Kaianlagen
Mit Baufirmen getätigt haben muß.

UI
Ich weiß nichts von Kontrakten.

O'CASEY
Nein?

CLARK
Sie meinen
's gibt keine solchen?

O'CASEY *schnell:*
Sprachen Sie mit Sheet?

UI *schüttelt den Kopf:*
Nein.

CLARK
Ach, Sie sprachen nicht mit Sheet?

UI *hitzig:*
Wer das
Behauptet, daß ich mit dem Sheet sprach, lügt.

O'CASEY
Ich dacht, Sie schauten in die Sache, Ui
Im Auftrag Dogsboroughs?

UI
Das tat ich auch.

O'CASEY
Und trug, Herr Ui, Ihr Studium Früchte?

UI
Sicher.
Es war nicht leicht, die Wahrheit festzustellen.
Und sie ist nicht erfreulich. Als Herr Dogsborough
Mich zuzog, im Interesse dieser Stadt
Zu klären, wo das Geld der Stadt, bestehend
Aus den Spargroschen von uns Steuerzahlern
Und einer Reederei hier anvertraut
Geblieben ist, mußt ich mit Schrecken feststellen
Daß es veruntreut worden ist. Das ist Punkt eins.
Punkt zwei ist: Wer hat es veruntreut? Nun
Auch das konnt ich erforschen und der Schuldige
Ist leider Gottes …

O'CASEY
Nun, wer ist es?

UI
Sheet.

O'CASEY
Oh, Sheet! Der schweigsame Sheet, den Sie nicht sprachen!
UI
Was schaut ihr so? Der Schuldige heißt Sheet.
CLARK
Der Sheet ist tot. Hast du's denn nicht gehört?
UI
So, ist er tot? Ich war die Nacht in Cicero.
Drum hab ich nichts gehört. Roma war bei mir.
Pause.
ROMA
Das nenn ich komisch. Meint ihr, das ist Zufall
Daß er grad jetzt?
UI
Meine Herren, das ist kein Zufall.
Sheets Selbstmord ist die Folg von Sheets Verbrechen.
's ist ungeheuerlich!
O'CASEY
's ist nur kein Selbstmord.
UI
Was sonst? Natürlich, ich und Roma waren
Heut nacht in Cicero, wir wissen nichts.
Doch was ich weiß, was uns jetzt klar ist: Sheet
Scheinbar ein ehrlicher Geschäftsmann, war
Ein Gangster!
O'CASEY
Ich versteh. Kein Wort ist Ihnen
Zu scharf für Sheet, für den heut nacht noch andres
Zu scharf war, Ui. Nun, Dogsborough, zu dir!
DOGSBOROUGH
Zu mir?
BUTCHER *scharf:*
Was ist mit Dogsborough?
O'CASEY
Das ist:
Wie ich Herrn Ui versteh – und ich versteh
Ihn, denk ich, gut –, war's eine Reederei
Die Geld erhielt und die es unterschlug.
So bleibt nur eine Frage nun: Wer ist

Die Reederei? Ich höre, sie heißt Sheet.
Doch was sind Namen? Was uns interessiert
Ist, wem die Reederei gehörte. Nicht
Nur, wie sie hieß! Gehörte sie auch Sheet?
Sheet ohne Zweifel könnt's uns sagen, aber
Sheet spricht nicht mehr von dem, was ihm gehörte
Seitdem Herr Ui in Cicero war. Wär's möglich
Daß doch ein anderer der Besitzer war
Als der Betrug geschah, der uns beschäftigt?
Was meinst du, Dogsborough?

DOGSBOROUGH

Ich?

O'CASEY

Ja. Könnt es sein
Daß du an Sheets Kontortisch saßest, als dort
Grad ein Kontrakt, nun sagen wir – nicht gemacht wurd?

GOODWILL

O'Casey!

GAFFLES *zu O'Casey:*

Dogsborough? Was fällt dir ein!

DOGSBOROUGH

Ich …

O'CASEY

Und schon früher, als du uns im Stadthaus
Erzähltest, wie der Karfiol es schwer hätt
Und daß wir eine Anleih geben müßten –
War's eigene Erfahrung, die da sprach?

BUTCHER

Was soll das? Seht ihr nicht, dem Mann ist übel?

CARUTHER

Ein alter Mann!

FLAKE

Sein weißes Haar müßt euch
Belehren, daß in ihm kein Arg sein kann.

ROMA

Ich sag: Beweise!

O'CASEY

Was Beweise angeht …

UI

Ich bitt um Ruhe! Etwas Ordnung, Freunde!

GAFFLES *laut:*
Um Himmels willen, Dogsborough, sprich!
EIN LEIBWÄCHTER *brüllt plötzlich:*
Der Chef
Will Ruhe! Ruhig!
Plötzliche Stille.
UI
Wenn ich sagen darf
Was mich bewegt in dieser Stunde und
Bei diesem Anblick, der beschämend ist
– ein alter Mann beschimpft und seine Freunde
Schweigend herumstehnd –, so ist's das: Herr Dogsborough
Ich glaube Ihnen. Sieht so Schuld aus, frag ich?
Blickt so ein Mann, der krumme Wege ging?
Ist weiß hier nicht mehr weiß, schwarz nicht mehr schwarz?
's ist weit gekommen, wenn es soweit kommt.
CLARK
Man wirft hier einem unbescholtnen Mann
Bestechung vor!
O'CASEY
Und mehr als das: Betrug!
Denn ich behaupt, die schattige Reederei
Von der wir so viel Schlechtes hörten, als man
Sie noch dem Sheet zuschrieb, war Eigentum
Des Dogsborough zur Zeit der Anleih!
MULBERRY
Das ist Lüge!
CARUTHER
Ich setz meinen Kopf zum Pfand
Für Dogsborough! O lad die ganze Stadt!
Und find da einen, der ihn schwarz nennt!
REPORTER *zu einem andern, der eben eintritt:*
Eben
Wird Dogsborough beschuldigt!
DER ANDERE REPORTER
Dogsborough?
Warum nicht Abraham Lincoln?
MULBERRY *und* FLAKE
Zeugen! Zeugen!

O'CASEY
Ach, Zeugen? Wollt ihr das? Nun, Smith, wie steht's
Mit unserm Zeugen? Ist er da? Ich sah
Er ist gekommen.
Einer seiner Leute ist in die Tür getreten und hat ein Zeichen gemacht. Alle blicken zur Tür. Kurze Pause. Dann hört man eine Folge von Schüssen und Lärm. Große Unruhe. Die Reporter laufen hinaus.

DIE REPORTER
Es ist vor dem Haus. Maschinengewehr. Wie heißt dein
Zeuge, O'Casey? Dicke Luft. Hallo, Ui!

O'CASEY *zur Tür gehend:*
Bowl.
Schreit hinaus.
Hier herein!

DIE LEUTE VOM KARFIOLTRUST
Was ist los? Jemand ist abgeschossen worden
Auf der Treppe. Verdammt!

BUTCHER *zu Ui:*
Mehr Unfug? Ui, wir sind geschiedene Leute
Wenn da was vorging, was …

UI
Ja?

O'CASEY
Bringt ihn rein!
Polizisten tragen einen Körper herein.

O'CASEY
's ist Bowl. Meine Herren, mein Zeuge ist nicht mehr
Vernehmungsfähig, fürcht ich.
Er geht schnell ab. Die Polizisten haben Bowls Leiche in eine Ecke gelegt.

DOGSBOROUGH
Gaffles, nimm
Mich weg von hier.
Gaffles geht ohne zu antworten an ihm vorbei hinaus.

UI *mit ausgestreckter Hand auf Dogsborough zu:*
Meinen Glückwunsch, Dogsborough!
Ich will, daß Klarheit herrscht. So oder so.

Eine Schrift taucht auf:

ALS DER REICHSKANZLER GENERAL SCHLEICHER MIT DER AUFDECKUNG DER UNTERSCHLAGUNGEN VON OSTHILFEGELDERN UND STEUERHINTERZIEHUNGEN DROHTE, ÜBERGAB HINDENBURG AM 30. 1. 1933 HITLER DIE MACHT. DIE UNTERSUCHUNG WURDE NIEDERGESCHLAGEN.

6

Mamouthhotel. Suite des Ui. Zwei Leibwächter führen einen zerlumpten Schauspieler vor den Ui. Im Hintergrund Givola.

ERSTER LEIBWÄCHTER

Er ist ein Schauspieler, Chef. Unbewaffnet.

ZWEITER LEIBWÄCHTER

Er hätte nicht die Pinkepinke für einen Browning.
Voll ist er nur, weil sie ihn in der Kneipe was deklamieren lassen, wenn sie voll sind. Aber er soll gut
Sein. Er ist ein Klassikanischer.

UI

So hören Sie:
Man hat mir zu verstehen gegeben, daß meine Aussprache zu wünschen übrig läßt. Und da es unvermeidlich sein wird, bei dem oder jenem Anlaß ein paar
Worte zu äußern, ganz besonders, wenn's einmal politisch wird, will ich Stunden nehmen. Auch im Auftreten.

DER SCHAUSPIELER

Jawohl.

UI

Den Spiegel vor!

Ein Leibwächter trägt einen großen Stehspiegel nach vorn.

UI

Zuerst das Gehen. Wie
Geht ihr auf dem Theater oder in der Oper?

DER SCHAUSPIELER

Ich versteh Sie. Sie meinen den großen Stil.
Julius Caesar. Hamlet. Romeo. Stücke von Shakespeare.
Herr Ui, Sie sind an den rechten Mann gekommen. Wie man

Klassisch auftritt, kann der alte Mahonney Ihnen in
Zehn Minuten beibringen. Sie sehen einen tragischen
Fall vor sich, meine Herren. Ich hab mich ruiniert
Mit Shakespeare. Englischer Dichter. Ich könnte heute
Am Broadway spielen, wenn es nicht Shakespeare gäbe.
Die Tragödie eines Charakters. »Spielen Sie nicht
Shakespeare, wenn Sie Ibsen spielen, Mahonney!
Schauen Sie auf den Kalender! Wir halten 1912, Herr!« –
»Die Kunst kennt keinen Kalender, Herr«, sage ich.
»Ich mache Kunst.« Ach ja.

GIVOLA

Mir scheint, du bist an
Den falschen Mann geraten, Chef. Er ist passé.

UI

Das wird sich zeigen. Gehen Sie herum, wie man bei
Diesem Shakespeare geht!
Der Schauspieler geht herum.

UI

Gut!

GIVOLA

Aber so kannst du nicht
Vor den Karfiolhändlern gehen! Es ist unnatürlich!

UI

Was heißt unnatürlich? Kein Mensch ist heut natür-
lich. Wenn ich gehe, wünsche ich, daß es bemerkt
Wird, daß ich gehe.
Er kopiert das Gehen des Schauspielers.

DER SCHAUSPIELER

Kopf zurück.
Ui legt den Kopf zurück.

Der
Fuß berührt den Boden mit den Zehspitzen zuerst.
Uis Fuß berührt den Boden mit den Zehspitzen zuerst.
Gut. Ausgezeichnet. Sie haben eine Natur-
anlage. Nur mit den Armen muß noch etwas geschehen.
Steif. Warten Sie. Am besten, Sie legen sie vor dem
Geschlechtsteil zusammen.
Ui legt die Hände beim Gehen vor dem Geschlechtsteil zusammen.

Nicht schlecht.

Ungezwungen und doch gerafft. Aber der Kopf ist zurück.
Richtig. Ich denke, der Gang ist für Ihre Zwecke in
Ordnung, Herr Ui. Was wünschen Sie noch?

UI

Das Stehen.
Vor Leuten.

GIVOLA

Stell zwei kräftige Jungens dicht
Hinter dich und du stehst ausgezeichnet.

UI

Das ist
Ein Unsinn. Wenn ich stehe, wünsche ich, daß
Man nicht auf zwei Leute hinter mir, sondern auf
Mich schaut. Korrigieren Sie mich!
Er stellt sich in Positur, die Arme über der Brust gefaltet.

DER SCHAUSPIELER

Das ist
Möglich. Aber gewöhnlich. Sie wollen nicht
Aussehen wie ein Friseur, Herr Ui. Verschränken
Sie die Arme so.
Er legt die Arme so übereinander, daß die Handrücken sichtbar bleiben, sie kommen auf die Oberarme zu liegen.
Eine minutiöse Ände-
rung, aber der Unterschied ist gewaltig. Vergleichen
Sie im Spiegel, Herr Ui!
Ui probiert die neue Armhaltung im Spiegel.

UI

Gut.

GIVOLA

Wozu machst du das?
Nur für die feinen Herren im Trust?

UI

Natürlich
Nicht. Selbstredend ist's für die kleinen Leute.
Wozu, glaubst du, tritt dieser Clark im Trust zum
Beispiel imponierend auf? Doch nicht für seines-
gleichen! Denn da genügt sein Bankguthaben, gradso
Wie für bestimmte Zwecke kräftige Jungens mir den
Respekt verschaffen. Clark tritt imponierend auf

Der kleinen Leute wegen! Und so tu ich's.

GIVOLA

Nur, man
Könnt sagen: 's wirkt nicht angeboren. Es gibt
Leute, die da heikel sind.

UI

Selbstredend gibt es die.
Nur kommt's nicht an, was der Professor denkt, der
Oder jene Überschlaue, sondern wie sich der kleine
Mann halt seinen Herrn vorstellt. Basta.

GIVOLA

Jedoch
Warum den Herrn herausgehängt? Warum nicht lieber
Bieder, hemdsärmlig und mit blauem Auge, Chef?

UI

Dazu hab ich den alten Dogsborough.

GIVOLA

Der hat etwas
Gelitten, wie mir scheint. Man führt ihn zwar
Noch unter »Haben« auf, das wertvolle alte Stück
Doch zeigen tut man's nicht mehr so gern, mag sein
's ist nicht ganz echt … So geht's mit der Fa-
milienbibel, die man nicht mehr aufschlägt, seit man
Im Freundeskreis gerührt darin blätternd, zwischen
Den ehrwürdigen vergilbten Seiten die vertrocknete
Wanze entdeckte. Aber freilich, für den Karfiol
Dürft er noch gut genug sein.

UI

Wer respektabel
Ist, bestimme ich.

GIVOLA

Klar, Chef. Nichts gegen Dogs-
borough! Man kann ihn noch gebrauchen. Selbst im
Stadthaus läßt man ihn nicht fallen.

UI

Das Sitzen.

DER SCHAUSPIELER

Das Sitzen. Das Sitzen ist beinahe das Schwerste
Herr Ui. Es gibt Leute, die können gehen; es gibt

Leute, die können stehen; aber wo sind die Leute
Die sitzen können? Nehmen Sie einen Stuhl mit Lehne
Herr Ui. Und jetzt lehnen Sie sich nicht an. Hände
Auf die Oberschenkel, parallel mit dem Bauch, Ellen-
bögen stehen vom Körper ab. Wie lange können Sie
So sitzen, Herr Ui?

UI

Beliebig lang.

DER SCHAUSPIELER

Dann ist alles
Gut, Herr Ui.

GIVOLA

Vielleicht ist's richtig, Chef, wenn
Du das Erbe des Dogsborough dem lieben Giri läßt.
Der trifft Volkstümlichkeit auch ohne Volk. Er
Mimt den Lustigen und kann so lachen, daß vom
Plafond die Stukkatur abfällt, wenn's nottut.
Und auch wenn's nicht nottut, wenn zum Beispiel
Du als Sohn der Bronx auftrittst, was du doch
Wahrlich bist, und von den sieben entschlossenen
Jungens sprichst …

UI

So. Lacht er da.

GIVOLA

Daß vom
Plafond die Stukkatur fällt. Aber sag nichts zu
Ihm, sonst sagt er wieder, ich sei ihm nicht grün.
Gewöhn ihm lieber ab, Hüte zu sammeln.

UI

Was für
Hüte?

GIVOLA

Hüte von Leuten, die er abgeschossen hat.
Und damit öffentlich herumzulaufen. 's ist
Ekelhaft.

UI

Dem Ochsen, der da drischt, verbind
Ich nicht das Maul. Ich überseh die kleinen
Schwächen meiner Mitarbeiter.

Zum Schauspieler:
Und nun zum Reden! Tragen Sie was vor!

DER SCHAUSPIELER
Shakespeare. Nichts anderes. Caesar. Der antike
Held. *Er zieht ein Büchlein aus der Tasche.* Was halten Sie von der Antonius-Rede? Am Sarg Caesars. Gegen
Brutus. Führer der Meuchelmörder. Ein Muster der
Volksrede, sehr berühmt. Ich spielte den Antonius
Im Zenit, 1908. Genau, was Sie brauchen, Herr Ui.

Er stellt sich in Positur und rezitiert, Zeile für Zeile, die Antonius-Rede.

DER SCHAUSPIELER
Mitbürger, Freunde, Römer, euer Ohr!

Ui spricht ihm aus dem Büchlein nach, mitunter ausgebessert von dem Schauspieler, jedoch wahrt er im Grund seinen knappen und rauhen Ton.

DER SCHAUSPIELER
Caesar ist tot. Und Caesar zu begraben
Nicht ihn zu preisen, kam ich her. Mitbürger!
Das Böse, das der Mensch tut, überlebt ihn!
Das Gute wird mit ihm zumeist verscharrt.
Sei's so mit Caesar! Der wohledle Brutus
Hat euch versichert: Caesar war tyrannisch.
Wenn er das war, so war's ein schwerer Fehler
Und schwer hat Caesar ihn nunmehr bezahlt.

UI *allein weiter:*
Ich stehe hier mit Brutus' Billigung
(Denn Brutus ist ein ehrenwerter Mann
Das sind sie alle, ehrenwerte Männer)
An seinem Leichnam nun zu euch zu reden.
Er war mein Freund, gerecht und treu zu mir:
Doch Brutus sagt uns, Caesar war tyrannisch
Und Brutus ist ein ehrenwerter Mann.
Er brachte viel Gefangene heim nach Rom:
Roms Kassen füllten sich mit Lösegeldern.
Vielleicht war das von Caesar schon tyrannisch?
Freilich, hätt das der arme Mann in Rom
Vom ihm behauptet – Caesar hätt geweint.
Tyrannen sind aus härterem Stoff? Vielleicht!

Doch Brutus sagt uns, Caesar war tyrannisch
Und Brutus ist ein ehrenwerter Mann.
Ihr alle saht, wie bei den Luperkalien
Ich dreimal ihm die königliche Kron bot.
Er wies sie dreimal ab. War das tyrannisch?
Nein? Aber Brutus sagt, er war tyrannisch
Und ist gewiß ein ehrenwerter Mann.
Ich rede nicht, Brutus zu widerlegen
Doch steh ich hier, zu sagen, was ich weiß.
Ihr alle liebtet ihn einmal – nicht grundlos!
Was für ein Grund hält euch zurück, zu trauern?
Während der letzten Verse fällt langsam der Vorhang.

Eine Schrift taucht auf:
DEM VERLAUTEN NACH ERHIELT HITLER UNTERRICHT IN DEKLAMATION UND EDLEM AUFTRETEN VON DEM PROVINZSCHAUSPIELER BASIL.

7

Büro des Karfioltrusts. Arturo Ui, Ernesto Roma, Giuseppe Givola, Manuele Giri und die Leibwächter. Eine Schar kleiner Gemüsehändler hört den Ui sprechen. Auf dem Podest sitzt neben dem Ui krank der alte Dogsborough. Im Hintergrund Clark.

UI *brüllend:*
Mord! Schlächterei! Erpressung! Willkür! Raub!
Auf offener Straße knattern Schüsse! Männer
Ihrem Gewerb nachgehend, friedliche Bürger
Ins Stadthaus tretend, Zeugnis abzulegen, gemordet
Am hellichten Tag! Und was tut dann die Stadtverwaltung, frag ich? Nichts! Freilich, die ehrenwerten
Männer müssen gewisse schattige Geschäfte planen und
Ehrlichen Leuten ihre Ehr abschneiden, statt daß
Sie einschreiten!

GIVOLA
Hört!

UI

Kurz, es herrscht Chaos.
Denn, wenn ein jeder machen kann, was er will
Und was sein Egoismus ihm eingibt, heißt das
Daß alle gegen alle sind und damit Chaos
Herrscht. Wenn ich ganz friedlich meinen
Gemüseladen führ oder sagen wir mein Lastauto
Mit Karfiol steuer oder was weiß ich und ein andrer
Weniger freundlich in meinen Laden trampelt
Hände hoch! oder mir den Reifen plattschießt
Mit dem Browning, kann nie ein Friede herrschen!
Wenn ich aber das einmal weiß, daß Menschen
So sind und nicht sanfte Lämmchen, muß ich etwas tun
Daß sie mir eben nicht den Laden zertrampeln
Und ich die Hände nicht jeden Augenblick
Wenn es dem Nachbarn paßt, hochheben muß
Sondern sie für meine Arbeit brauchen kann
Sagen wir zum Gurkenzählen oder was weiß ich.
Denn so ist eben der Mensch. Der Mensch wird nie
Aus eigenem Antrieb seinen Browning weglegen.
Etwa, weil's schöner wär oder weil gewisse
Schönredner im Stadthaus ihn dann loben würden.
Solang ich nicht schieß, schießt der andre! Das
Ist logisch. Aber was da tun, fragt ihr.
Das sollt ihr hören. Eines gleich voraus:
So wie ihr's bisher machtet, so geht's nicht.
Faul vor der Ladenkasse sitzen und
Hoffen, daß alles gut gehn wird, und dazu
Uneinig unter euch, zersplittert, ohne
Starke Bewachung, die euch schützt und schirmt
Und hiermit ohnmächtig gegen jeden Gangster
So geht's natürlich nicht. Folglich das erste
Ist Einigkeit, was not tut. Zweitens Opfer.
Was, hör ich euch sagen, opfern sollen wir?
Geld zahlen für Schutz, dreißig Prozent abführen
Für Protektion? Nein, nein, das wollen wir nicht!
Da ist uns unser Geld zu lieb! Ja, wenn
Der Schutz umsonst zu haben wär, dann gern!
Ja, meine lieben Gemüsehändler, so

Einfach ist's nicht. Umsonst ist nur der Tod.
Alles andre kostet. Und so kostet auch Schutz.
Und Ruhe und Sicherheit und Friede! Das
Ist nun einmal im Leben so. Und drum
Weil das so ist und nie sich ändern wird
Hab ich und einige Männer, die ihr hier
Stehn seht – und andre sind noch draußen –, beschlossen
Euch unsern Schutz zu leihn.

Givola und Roma klatschen Beifall.

Damit ihr aber
Sehn könnt, daß alles auf geschäftlicher Basis
Gemacht werden soll, ist hier Herr Clark erschienen
Von Clarks Großhandel, den ihr alle kennt.

Roma zieht Clark hervor. Einige Gemüsehändler klatschen.

GIVOLA

Herr Clark, im Namen der Versammlung heiße
Ich Sie willkommen. Daß der Karfioltrust
Sich für Arturo Uis Ideen einsetzt
Kann ihn nur ehren. Vielen Dank, Herr Clark!

CLARK

Wir vom Karfiolring, meine Herrn und Damen
Sehn mit Alarm, wie schwer es für Sie wird
Das Grünzeug loszuschlagen. »'s ist zu teuer«
Hör ich Sie sagen. Doch, warum ist's teuer?
Weil unsre Packer, Lader und Chauffeure
Verhetzt von schlechten Elementen, mehr
Und mehr verlangen. Aufzuräumen da
Ist, was Herr Ui und seine Freunde wünschen.

ERSTER HÄNDLER

Doch, wenn der kleine Mann dann weniger
Und weniger bekommt, wer kauft dann Grünzeug?

UI

Diese Frage
Ist ganz berechtigt. Meine Antwort ist:
Der Arbeitsmann ist aus der heutigen Welt
Ob man ihn billigt oder nicht, nicht mehr
Hinwegzudenken. Schon als Kunde nicht.
Ich habe stets betont, daß ehrliche Arbeit
Nicht schändet, sondern aufbaut und Profit bringt.

Und hiemit nötig ist. Der einzelne Arbeitsmann
Hat meine volle Sympathie. Nur wenn er
Sich dann zusammenrottet und sich anmaßt
Da dreinzureden, wo er nichts versteht
Nämlich, wie man Profit herausschlägt und so weiter
Sag ich: Halt, Bruder, so ist's nicht gemeint.
Du bist ein Arbeitsmann, das heißt, du arbeitst.
Wenn du mir streikst und nicht mehr arbeitst, dann
Bist du kein Arbeitsmann mehr, sondern ein
Gefährliches Subjekt und ich greif zu.
Clark klatscht Beifall.
Damit ihr aber seht, daß alles ehrlich
Auf Treu und Glauben vorgehn soll, sitzt unter
Uns hier ein Mann, der uns, ich darf wohl sagen
Allen, als Vorbild goldner Ehrlichkeit
Und unbestechlicher Moral dient, nämlich
Herr Dogsborough.
Die Gemüsehändler klatschen etwas stärker.
Herr Dogsborough, ich fühle
In dieser Stunde tief, wie sehr ich Ihnen
Zu Dank verpflichtet bin. Die Vorsehung
Hat uns vereinigt. Daß ein Mann wie Sie
Mich Jüngeren, den einfachen Sohn der Bronx
Zu Ihrem Freund, ich darf wohl sagen, Sohn
Erwählten, werd ich Ihnen nie vergessen.
Er faßt Dogsboroughs schlaff herabhängende Hand und schüttelt sie.

GIVOLA *halblaut:*
Erschütternder Moment! Vater und Sohn!

GIRI *tritt vor:*
Leute, der Chef spricht uns da aus dem Herzen!
Ich seh's euch an, ihr hättet ein paar Fragen.
Heraus damit! Und keine Furcht! Wir fressen
Keinen, der uns nichts tut. Ich sag's, wie's ist:
Ich bin kein Freund von vielem Reden und
Besonders nicht von unfruchtbarem Kritteln
Der Art, die ja an nichts ein gutes Haar läßt
Nur Achs und Abers kennt und zu nichts führt.
Gesunde, positive Vorschläge aber

Wie man das machen kann, was nun einmal
Gemacht werden muß, hörn wir mit Freude an.
Quatscht los!
Die Gemüsehändler rühren sich nicht.

GIVOLA *ölig:*
Und schont uns nicht! Ich denk, ihr kennt mich
Und meine Blumenhandlung!

EIN LEIBWÄCHTER
Lebe Givola!

GIVOLA
Soll's also Schutz sein oder Schlächterei
Mord, Willkür, Raub, Erpressung? Hart auf hart?

ERSTER HÄNDLER
's war ziemlich friedlich in der letzten Zeit.
In meinem Laden gab es keinen Stunk.

ZWEITER
In meinem auch nicht.

DRITTER
Auch in meinem nicht.

GIVOLA
Merkwürdig!

ZWEITER
Man hat ja gehört, daß kürzlich
Im Schankgeschäft so manches vorkam, was
Herr Ui uns schilderte, daß wo die Gläser
Zerschlagen wurden und der Sprit vergossen
Wenn nicht für Schutz gezahlt wird, aber, gottlob
Im Grünzeughandel war es bisher ruhig.

ROMA
Und Sheets Ermordung? Und der Tod des Bowl?
Nennt ihr das ruhig?

ZWEITER
Hat das mit Karfiol
Zu tun, Herr Roma?

ROMA
Nein. 'nen Augenblick!
Roma begibt sich zu Ui, der nach seiner großen Rede erschöpft und gleichgültig dasaß. Nach ein paar Worten winkt er Giri her, und auch Givola nimmt an einer hastigen, geflüsterten

Unterredung teil. Dann winkt Giri einem der Leibwächter und geht schnell mit ihm hinaus.

GIVOLA

Werte Versammlung!
Wie ich da eben hör
Ersucht da eine arme Frau Herrn Ui
Von ihr vor der Versammlung ein paar Worte
Des Dankes anzuhören.

Er geht nach hinten und geleitet eine geschminkte, auffällig gekleidete Person – Dockdaisy – herein, die an der Hand ein kleines Mädchen führt. Die drei begeben sich vor Ui, der aufgestanden ist.

GIVOLA

Sprechen Sie, Frau Bowl!

Zu den Grünzeughändlern:

Ich hör, es ist Frau Bowl, die junge Witwe
Des Hauptkassierers Bowl vom Karfioltrust
Der gestern, pflichtbewußt ins Stadthaus eilend
Von unbekannter Hand ermordet wurde.
Frau Bowl!

DOCKDAISY Herr Ui, ich möchte Ihnen in meinem tiefen Kummer, der mich befallen hat angesichts des frechen Mordes, der an meinem armen Mann verübt wurde, als er in Erfüllung seiner Bürgerpflicht ins Stadthaus gehen wollte, meinen tiefgefühlten Dank aussprechen. Es ist für die Blumen, die Sie mir und meinem kleinen Mädchen im Alter von sechs Jahren, die ihres Vaters beraubt wurde, geschickt haben. *Zur Versammlung:* Meine Herren, ich bin nur eine arme Witwe und möchte nur sagen, daß ich ohne Herrn Ui heute auf der Straße läge, das beschwöre ich jederzeit. Mein kleines Mädchen im Alter von fünf Jahren und ich werden es Ihnen, Herr Ui, niemals vergessen.

Ui reicht Dockdaisy die Hand und faßt das Kind unter das Kinn.

GIVOLA Bravo!

Durch die Versammlung quer durch kommt Giri, den Hut Bowls auf, gefolgt von einigen Gangstern, welche große Petroleumkannen schleppen. Sie bahnen sich einen Weg zum Ausgang.

UI

Frau Bowl, mein Beileid zum Verlust. Dies Wüten
Ruchlos und unverschämt, muß aufhören, denn …

GIVOLA *da die Händler aufzubrechen beginnen:*

Halt!
Die Sitzung ist noch nicht geschlossen. Jetzt
Wird unser Freund James Greenwool zum Gedenken
Des armen Bowl ein Lied vortragen mit
Anschließender Sammlung für die arme Witwe.
Er ist ein Bariton.

Einer der Leibwächter tritt vor und singt ein schmalziges Lied, in dem das Wort »Heim« reichlich vorkommt. Die Gangster sitzen während des Vortrags tief versunken in den Musikgenuß, die Köpfe in die Hände gestützt oder mit geschlossenen Augen zurückgelehnt usw. Der karge Beifall, der sich danach erhebt, wird unterbrochen durch das Pfeifen von Polizeiund Brandautosirenen. Ein großes Fenster im Hintergrund hat sich geöffnet.

ROMA

Feuer im Dockbezirk!

STIMME

Wo?

EIN LEIBWÄCHTER *herein:*

Ist hier ein
Grünhändler namens Hook?

DER ZWEITE HÄNDLER

Hier! Was ist los!

DER LEIBWÄCHTER

Ihr Speicher brennt.

Der Händler Hook stürzt hinaus. Einige nach. Andere ans Fenster.

ROMA

Halt! Bleiben! Niemand
Verläßt den Raum!
Zum Leibwächter:
Ist's Brandstiftung?

DER LEIBWÄCHTER

Ja, sicher.
Man hat Petroleumkannen vorgefunden, Boß.

DER DRITTE HÄNDLER
Hier wurden Kannen durchgetragen!
ROMA *rasend:*
Wie?
Wird hier behauptet, daß es wir sind?
EIN LEIBWÄCHTER *stößt dem Mann den Browning in die Rippen:*
Was
Soll man hier durchgetragen haben? Kannen?
ANDERE LEIBWÄCHTER *zu anderen Händlern:*
Sahst du hier Kannen? Du?
DIE HÄNDLER
Ich nicht. Auch ich nicht.
ROMA
Das will ich hoffen!
GIVOLA *schnell:*
Jener selbe Mann
Der uns hier eben noch erzählte, wie
Friedlich es zugeht im Karfiolgeschäft
Sieht jetzt sein Lager brennen! Von ruchloser Hand
In Asch verwandelt! Seht ihr immer noch nicht?
Seid ihr denn blind? Jetzt einigt euch! Sofort!
UI *brüllend:*
's ist weit gekommen in dieser Stadt. Erst Mord
Dann Brandstiftung! Ja, jedem, wie mir scheint
Geht da ein Licht auf! Jeder ist gemeint!

Eine Schrift taucht auf:

IM FEBRUAR 1933 GING DAS REICHSTAGSGEBÄUDE IN FLAMMEN AUF. HITLER BESCHULDIGTE SEINE FEINDE DER BRANDSTIFTUNG UND GAB DAS SIGNAL ZUR NACHT DER LANGEN MESSER.

8

Der Speicherbrandprozeß. Presse. Richter. Ankläger. Verteidiger. Der junge Dogsborough. Giri. Givola. Dockdaisy. Leibwächter. Gemüsehändler und der Angeklagte Fish.

a

Vor dem Zeugenstuhl steht Manuele Giri und zeigt auf den Angeklagten Fish, der völlig apathisch dasitzt.

GIRI *schreiend:*
Das ist der Mann, der mit verruchter Hand
Den Brand gelegt hat! Die Petroleumkanne
Hielt er an sich gedrückt, als ich ihn stellte.
Steh auf, du, wenn ich mit dir sprech! Steh auf!
Man reißt Fish hoch. Er steht schwankend.

DER RICHTER Angeklagter, reißen Sie sich zusammen. Sie stehen vor Gericht. Sie werden der Brandstiftung beschuldigt. Bedenken Sie, was für Sie auf dem Spiel steht!

FISH *lallt:*
Arlarlarl.

DER RICHTER
Wo hatten Sie die Petroleumkanne
Bekommen?

FISH
Arlarl.

Auf einen Blick des Richters beugt sich ein übereleganter Arzt finsteren Aussehens über Fish und tauscht dann einen Blick mit Giri.

DER ARZT
Simuliert.

DER VERTEIDIGER
Die Verteidigung verlangt Hinzuziehung anderer Ärzte.

DER RICHTER *lächelnd:*
Abgelehnt.

DER VERTEIDIGER
Herr Giri, wie kam es, daß Sie an Ort und Stelle
Waren, als das Feuer im Speicher des Herrn Hook ausbrach, das 22 Häuser in Asche legte?

GIRI

Ich machte einen Verdauungsspaziergang.

Einige Leibwächter lachen. Giri stimmt in das Lachen ein.

DER VERTEIDIGER

Ist Ihnen bekannt, Herr Giri, daß der Angeklagte
Fish ein Arbeitsloser ist, der einen Tag vor dem Brand
Zu Fuß nach Chikago kam, wo er zuvor niemals gewesen
War?

GIRI

Was? Wenn?

DER VERTEIDIGER

Trägt Ihr Auto die Nummer xxxxxxx?

GIRI

Sicher.

DER VERTEIDIGER

Stand dieses Auto vier Stunden vor dem Brand
Vor Dogsboroughs Restaurant in der 87. Straße und
Wurde aus dem Restaurant der Angeklagte Fish in be-
wußtlosem Zustand geschleppt?

GIRI

Wie soll ich das
Wissen? Ich war den ganzen Tag auf einer Spazier-
fahrt nach Cicero, wo ich 52 Leute traf, die beschwören können, daß sie mich gesehen haben.

Die Leibwächter lachen.

DER VERTEIDIGER

Sagten Sie nicht eben, daß Sie in Chikago, in
Der Gegend der Docks, einen Verdauungsspaziergang
Machten?

GIRI

Haben Sie was dagegen, daß ich in Cicero
Speise und in Chikago verdaue, Herr?

Großes, anhaltendes Gelächter, in das auch der Richter einstimmt. Dunkel. Eine Orgel spielt Chopins Trauermarschtrio als Tanzmusik.

b

Wenn es wieder hell wird, sitzt der Gemüsehändler Hook im Zeugenstuhl.

DER VERTEIDIGER

Haben Sie mit dem Angeklagten jemals einen Streit
Gehabt, Herr Hook? Haben Sie ihn überhaupt jemals
Gesehen?

HOOK

Niemals.

DER VERTEIDIGER

Haben Sie Herrn Giri gesehen?

HOOK

Ja. Im Büro des Karfioltrusts am Tag des Brandes
Meines Speichers.

DER VERTEIDIGER

Vor dem Brand?

HOOK

Unmittelbar vor
Dem Brand. Er ging mit vier Leuten, die Petroleumkannen trugen, durch das Lokal.

Unruhe auf der Pressebank und bei den Leibwächtern.

DER RICHTER

Ruhe auf der Pressebank!

DER VERTEIDIGER

An welches Grundstück grenzt Ihr Speicher
Herr Hook?

HOOK

An das Grundstück der Reederei vormals
Sheet. Mein Speicher ist durch einen Gang mit dem
Hof der Reederei verbunden.

DER VERTEIDIGER

Ist Ihnen bekannt, Herr Hook, daß Herr Giri
In der Reederei vormals Sheet wohnte und also
Zutritt zum Reedereigelände hat?

HOOK

Ja, als Lager-
verwalter.

Große Unruhe auf der Pressebank. Die Leibwächter machen

Buh und nehmen eine drohende Haltung gegen Hook, den Verteidiger und die Presse ein. Der junge Dogsborough eilt zum Richter und sagt ihm etwas ins Ohr.

DER RICHTER
Ruhe! Die Verhandlung ist wegen Unwohlseins des Angeklagten vertagt.
Dunkel. Die Orgel spielt wieder Chopins Trauermarschtrio als Tanzmusik.

c

Wenn es hell wird, sitzt Hook im Zeugenstuhl. Er ist zusammengebrochen, hat einen Stock neben sich und Binden um den Kopf und über den Augen.

DER ANKLÄGER
Sehen Sie schlecht, Hook?

HOOK *mühsam:*
Jawohl.

DER ANKLÄGER
Können Sie
Sagen, daß Sie imstand sind, jemand klar und
Deutlich zu erkennen?

HOOK
Nein.

DER ANKLÄGER
Erkennen Sie zum Beispiel
Diesen Mann dort?
Er zeigt auf Giri.

HOOK
Nein.

DER ANKLÄGER
Sie können nicht sagen
Daß Sie ihn jemals gesehen haben?

HOOK
Nein.

DER ANKLÄGER
Nun eine sehr wichtige Frage, Hook. Überlegen
Sie genau, bevor Sie sie beantworten. Die Frage

Lautet: Grenzt Ihr Speicher an das Grundstück
Der Reederei vormals Sheet?

HOOK *nach einer Pause:*

Nein.

DER ANKLÄGER

Das ist alles.

Dunkel. Die Orgel spielt weiter.

e

Wenn es wieder hell wird, sitzt Giuseppe Givola im Zeugenstuhl. Unweit steht der Leibwächter Greenwool.

DER ANKLÄGER

Es ist hier behauptet worden, daß im Büro des Karfioltrusts einige Leute Petroleumkannen hinausgetragen haben sollen, bevor die Brandstiftung erfolgte. Was wissen Sie davon?

GIVOLA

Es kann sich nur um
Herrn Greenwool handeln.

DER ANKLÄGER

Herr Greenwool ist Ihr Angestellter, Herr Givola?

GIVOLA

Jawohl.

DER ANKLÄGER

was sind Sie von
Beruf, Herr Givola?

GIVOLA

Blumenhändler.

DER ANKLÄGER

Ist das ein
Geschäft, in dem ein ungewöhnlich großer Gebrauch
Von Petroleum gemacht wird?

GIVOLA *ernst:*

Nein. Nur gegen Blattläuse.

DER ANKLÄGER

Was machte Herr Greenwool im Büro des Karfioltrusts?

GIVOLA

Er trug ein Lied vor.

DER ANKLÄGER

Er kann also nicht
Gleichzeitig Petroleumkannen zum Speicher des Hook
Geschafft haben.

GIVOLA

Völlig unmöglich. Er ist charakterlich nicht der
Mann, der Brandstiftungen begeht. Er ist ein Bariton.

DER ANKLÄGER

Ich stelle es dem Gericht anheim, den Zeugen Greenwool
Das schöne Lied singen zu lassen, das er im Büro
Des Karfioltrusts sang, während der Brand gelegt
Wurde.

DER RICHTER

Der Gerichtshof hält es nicht für nötig.

GIVOLA

Ich protestiere.
Er erhebt sich.
's ist unerhört, wie hier gehetzt
Wird; Jungens, waschecht im Blut, nur in zu vielem
Licht ein wenig schießend, werden hier behandelt
Als dunkle Existenzen. 's ist empörend.
Gelächter. Dunkel. Die Orgel spielt weiter.

f

Wenn es wieder hell wird, zeigt der Gerichtshof alle Anzeichen völliger Erschöpfung.

DER RICHTER Die Presse hat Andeutungen darüber gebracht, daß der Gerichtshof von gewisser Seite einem Druck ausgesetzt sein könnte. Der Gerichtshof stellt fest, daß er von keiner Seite irgendeinem Druck ausgesetzt wurde und in völliger Freiheit amtiert. Ich denke, diese Erklärung genügt.

DER ANKLÄGER Euer Ehren! Angesichts des verstockt eine Dementia simulierenden Angeklagten Fish hält die Anklage weitere Verhöre mit ihm für unmöglich. Wir beantragen also …

DER VERTEIDIGER Euer Ehren! Der Angeklagte kommt zu sich!
Unruhe.

FISH *scheint aufzuwachen:* Arlarlwarlassrlarlawassarl.

DER VERTEIDIGER Wasser! Euer Ehren, ich beantrage das Verhör des Angeklagten Fish!

Große Unruhe.

DER ANKLÄGER Ich protestiere! Keinerlei Anzeichen deuten darauf hin, daß der Fish bei klarem Verstand ist. Es ist alles Mache der Verteidigung, Sensationshascherei, Beeinflussung des Publikums!

FISH Wasser. *Er wird gestützt vom Verteidiger und steht auf.*

DER VERTEIDIGER Können Sie antworten, Fish?

FISH Jarl.

DER VERTEIDIGER Fish, sagen Sie dem Gericht: Haben Sie am 28. vorigen Monats einen Gemüsespeicher an den Docks in Brand gesteckt, ja oder nein?

FISH Neiwein.

DER VERTEIDIGER Wann sind Sie nach Chikago gekommen, Fish?

FISH Wasser.

DER VERTEIDIGER Wasser!

Unruhe. Der junge Dogsborough ist zum Richter getreten und redet auf ihn erregt ein.

GIRI *steht breit auf und brüllt:* Mache! Lüge! Lüge!

DER VERTEIDIGER Haben Sie diesen Mann *er zeigt auf Giri* früher gesehen?

FISH Ja. Wasser.

DER VERTEIDIGER Wo? War es in Dogsboroughs Restaurant an den Docks?

FISH *leise:* Ja.

Große Unruhe. Die Leibwächter ziehen die Brownings und buhen. Der Arzt kommt mit einem Glas gelaufen. Er flößt den Inhalt Fish ein, bevor der Verteidiger ihm das Glas aus der Hand nehmen kann.

DER VERTEIDIGER Ich protestiere! Ich verlange Untersuchung des Glases hier!

DER RICHTER *wechselt mit dem Ankläger Blicke:* Antrag abgelehnt.

DER VERTEIDIGER

Euer Ehren!
Man will den Mund der Wahrheit, den mit Erd

Man nicht zustopfen kann, hier mit Papier
Zustopfen, einem Urteil Euer Ehren
Als hoffte man, Ihr wäret Euer Schanden!
Man schreit hier der Justiz zu: Hände hoch!
Soll unsre Stadt, in einer Woch gealtert
Seit sie sich stöhnend dieser blutigen Brut
Nur weniger Ungetüme wehren muß
Jetzt auch noch die Justiz geschlachtet sehn
Nicht nur geschlachtet, auch geschändet, weil
Sich der Gewalt hingebend? Euer Ehren
Brecht dies Verfahren ab!

DER ANKLÄGER

Protest! Protest!

GIRI

Du Hund! Du ganz bestochner Hund! Du Lügner!
Giftmischer selbst! Komm nur heraus von hier
Und ich reiß dir die Kutteln aus! Verbrecher!

DER VERTEIDIGER

Die ganze Stadt kennt diesen Mann!

GIRI *rasend:*

Halt's Maul!

Da der Richter ihn unterbrechen will.

Auch du! Auch du halt's Maul! Wenn dir dein Leben lieb ist!

Da er nicht mehr Luft bekommt, gelingt es dem Richter, das Wort zu ergreifen.

DER RICHTER Ich bitte um Ruhe! Der Verteidiger wird wegen Mißachtung des Gerichts sich zu verantworten haben. Herrn Giris Empörung ist dem Gericht sehr verständlich. *Zum Verteidiger:* Fahren Sie fort!

DER VERTEIDIGER Fish! Hat man Ihnen in Dogsboroughs Restaurant zu trinken gegeben? Fish! Fish!

FISH *schlaff den Kopf sinken lassend:* Arlarlarl.

DER VERTEIDIGER Fish! Fish! Fish!

GIRI *brüllend:*

Ja, ruf ihn nur! Der Pneu ist leider platt!
Wolln sehn, wer Herr ist hier in dieser Stadt!

Unter großer Unruhe wird es dunkel. Die Orgel spielt weiter Chopins Trauermarschtrio als Tanzmusik.

g

Wenn es zum letzten Mal hell wird, steht der Richter und verkündet mit tonloser Stimme das Urteil. Der Angeklagte Fish ist kalkweiß.

DER RICHTER Charles Fish, wegen Brandstiftung verurteile ich Sie zu fünfzehn Jahren Kerker.

Eine Schrift taucht auf:

IN EINEM GROSSEN PROZESS, DEM REICHSTAGSBRANDPROZESS, VERURTEILTE DAS REICHSGERICHT ZU LEIPZIG EINEN GEDOPTEN ARBEITSLOSEN ZUM TOD. DIE BRANDSTIFTER GINGEN FREI AUS.

9a

Cicero. Aus einem zerschossenen Lastkraftwagen klettert eine blutüberströmte Frau und taumelt nach vorn.

DIE FRAU

Hilfe! Ihr! Lauft nicht weg! Ihr müßt's bezeugen!
Mein Mann im Wagen dort ist hin! Helft! Helft!
Mein Arm ist auch kaputt ... und auch der Wagen!
Ich bräucht 'nen Lappen für den Arm ... Sie schlachten uns
Als wischten sie von ihrem Bierglas Fliegen!
O Gott! So helft doch! Niemand da ... Mein Mann!
Ihr Mörder! Aber ich weiß, wer's ist! Es ist
Der Ui!
Rasend.
Untier! Du Abschaum allen Abschaums!
Du Dreck, vor dem's dem Dreck graust, daß er sagt:
Wo wasch ich mich? Du Laus der letzten Laus!
Und alle dulden's! Und wir gehen hin!
Ihr! 's ist der Ui! Der Ui!
In unmittelbarer Nähe knattert ein Maschinengewehr, und sie bricht zusammen.
Ui und der Rest!
Wo seid ihr? Helft! Stoppt keiner diese Pest?

9

Dogsboroughs Landhaus. Nacht gegen Morgen. Dogsborough schreibt sein Testament und Geständnis.

DOGSBOROUGH

So habe ich, der ehrliche Dogsborough
In alles eingewilligt, was dieser blutige Gang
Angezettelt und verübt, nachdem ich achtzig
Winter mit Anstand getragen hatt. O Welt!
Ich hör, die mich von früher kennen, sagen
Ich wüßt von nichts, und wenn ich's wüßt, ich würd
Es niemals dulden. Aber ich weiß alles.
Weiß, wer den Speicher Hooks anzündete.
Weiß, wer den armen Fish verschleppte und betäubte.
Weiß, daß der Roma bei dem Sheet war, als
Der blutig starb, im Rock das Schiffsbillett.
Weiß, daß der Giri diesen Bowl abschoß
An jenem Mittag vor dem Stadthaus, weil
Er zuviel wußt vom ehrlichen Dogsborough.
Weiß, daß er Hook erschlug, und sah ihn mit Hooks Hut.
Weiß von fünf Morden des Givola, die ich
Beiliegend anführ, und weiß alles vom Ui und daß
Der alles wußt, von Sheets und Bowls Tod bis zu
Den Morden des Givola und alles vom Brand.
Dies alles wußt ich, und dies alles hab ich
Geduldet, ich, euer ehrlicher Dogsborough, aus Gier
Nach Reichtum und aus Angst, ihr zweifelt an mir.

10

Mamouthhotel. Suite des Ui. Ui liegt in einem tiefen Stuhl und stiert in die Luft. Givola schreibt etwas, und zwei Leibwächter schauen ihm grinsend über die Schulter.

GIVOLA

So hinterlaß ich, Dogsborough, dem guten
Fleißigen Givola meine Kneipe, dem tapfern

Nur etwas hitzigen Giri hier mein Landhaus
Dem biedern Roma meinen Sohn. Ich bitt euch
Den Giri zum Richter zu machen und den Roma
Zum Polizeichef, meinen Givola aber
Zum Armenpfleger. Ich empfehl euch herzlich
Arturo Ui für meinen eigenen Posten.
Er ist seiner würdig. Glaubt das eurem alten
Ehrlichen Dogsborough! – Ich denk, das reicht.
Und hoff, er kratzt bald ab. – Dies Testament
Wird Wunder wirken. Seit man weiß, er stirbt
Und hoffen kann, den Alten halbwegs schicklich
In saubre Erd zu bringen, ist man fleißig
Beir Leichenwäscherei. Man braucht 'nen Grabstein
Mit hübscher Inschrift. Das Geschlecht der Raben
Lebt ja seit alters von dem guten Ruf
Des hochberühmten weißen Raben, den
Man irgendwann und irgendwo gesehn hat.
Der Alte ist nun mal ihr weißer Rabe
So sieht ihr weißer Rabe nun mal aus.
Der Giri, Chef, ist übrigens zuviel
Um ihn, für meinen Geschmack. Ich find's nicht gut.

UI *auffahrend:*
Giri? Was ist mit Giri?

GIVOLA
Ach, ich sage
Er ist ein wenig viel um Dogsborough.

UI
Ich trau ihm nicht.
Auftritt Giri, einen neuen Hut auf, Hooks.

GIVOLA
Ich auch nicht! Lieber Giri
Wie steht's mit Dogsboroughs Schlagfluß?

GIRI
Er verweigert
Dem Doktor Zutritt.

GIVOLA
Unserm lieben Doktor
Der Fish so schön betreut hat?

GIRI
Einen andern

Laß ich nicht ran. Der Alte quatscht zuviel.

UI

Vielleicht wird auch vor ihm zuviel gequatscht …

GIRI

Was heißt das?

Zu Givola:

Hast du Stinktier dich hier wieder

Mal ausgestunken?

GIVOLA *besorgt:*

Lies das Testament

Mein lieber Giri!

GIRI *reißt es ihm heraus:*

Was, der Roma Polizeichef?

Seid ihr verrückt?

GIVOLA

Er fordert's. Ich bin auch

Dagegen, Giri. Unserm Roma kann man

Leider nicht übern Weg trauen.

Auftritt Roma, gefolgt von Leibwächtern.

GIVOLA

Hallo, Roma!

Lies hier das Testament!

ROMA *reißt es Giri heraus:*

Gib her! So, Giri

Wird Richter. Und wo ist der Wisch des Alten?

GIRI

Er hat ihn noch und sucht ihn rauszuschmuggeln.

Fünfmal schon hab ich seinen Sohn ertappt.

ROMA *streckt die Hand aus:*

Gib ihn raus, Giri.

GIRI

Was? Ich hab ihn nicht.

ROMA

Du hast ihn, Hund.

Sie stehen sich rasend gegenüber.

ROMA

Ich weiß, was du da planst.

Die Sach mit Sheet drin geht mich an.

GIRI

's ist auch
Die Sach mit Bowl drin, die mich angeht!

ROMA

Sicher.
Aber ihr seid Schurken und ich bin ein Mann.
Ich kenn dich, Giri, und dich, Givola, auch!
Dir glaub ich nicht einmal dein kurzes Bein.
Warum treff ich euch immer hier? Was plant ihr?
Was zischeln sie dir über mich ins Ohr, Arturo?
Geht nicht zu weit, ihr! Wenn ich etwas merk
Wisch ich euch alle aus wie blutige Flecken!

GIRI

Red du zu mir nicht wie zu Meuchelmördern!

ROMA *zu den Leibwächtern:*

Da meint er euch! So redet man von euch jetzt!
Im Hauptquartier! Als von den Meuchelmördern!
Sie sitzen mit den Herrn vom Karfioltrust
auf Giri deutend
– das Seidenhemd kommt von Clarks Schneider –
Ihr macht ihre schmutzige Arbeit.
Zum Ui:
Und du duldest's.

UI *wie aufwachend:*

Was duld ich?

GIVOLA

Daß er Lastwagen von Caruther
Beschießen läßt! Caruther ist im Trust.

UI

Habt ihr Lastwagen Caruthers angeschossen?

ROMA

Das war nur eine eigenmächtige Handlung
Von ein paar Leuten von mir. Die Jungens können
Nicht immer verstehn, warum stets nur die kleinen
Verreckerläden schwitzen und bluten sollen
Und nicht die protzigen Garagen auch.
Verdammt, ich selbst versteh's nicht immer, Arturo!

GIVOLA

Der Trust rast jedenfalls.

GIRI

Clark sagte gestern
Sie warten nur, daß es noch einmal vorkommt.
Er war beim Dogsborough deshalb.

UI *mißgelaunt:*

Ernesto
So was darf nicht passieren.

GIRI

Greif da durch, Chef!
Die Burschen wachsen dir sonst übern Kopf!

GIVOLA

Der Trust rast, Chef!

ROMA *zieht den Browning, zu den beiden:*

So, Hände hoch!

Zu ihren Leibwächtern:

Ihr auch!
Alle die Hände hoch und keine Späße!
Und an die Wand!

Givola, seine Leute und Giri heben die Hände hoch und treten lässig an die Wand zurück.

UI *teilnahmslos:*

Was ist denn los, Ernesto
Mach sie mir nicht nervös! Was streitet ihr?
Ein Schuß auf einen Grünzeugwagen! So was
Kann doch geordnet werden. Alles sonst
Geht wie geschmiert und ist in bester Ordnung.
Der Brand war ein Erfolg. Die Läden zahlen.
Dreißig Prozent für etwas Schutz! In weniger
Als einer Woche wurd ein ganzer Stadtteil
Aufs Knie gezwungen. Keine Hand erhebt sich
Mehr gegen uns. Und ich hab weitere
Und größere Pläne.

GIVOLA *schnell:*

Welche, möcht ich wissen!

GIRI

Scheiß auf die Pläne! Sorg, daß ich die Arme
Heruntertun kann!

ROMA

Sicherer, Arturo
Wir lassen ihre Arme droben!

GIVOLA

'S wird nett aussehn
Wenn Clark hereinkommt und wir stehn so da!
Ernesto, steck den Browning weg!

ROMA

Nicht ich.
Wach auf, Arturo! Siehst du denn nicht, wie sie
Mit dir ihr Spiel treiben? Wie sie dich verschieben
An diese Clarks und Dogsboroughs! »Wenn Clark
Hereinkommt und uns sieht!« Wo sind die Gelder
Der Reederei? Wir sehen nichts davon.
Die Jungens knallen in die Läden, schleppen
Kannen nach Speichern, seufzend: Der Arturo
Kennt uns nicht mehr, die alles für ihn machten.
Er spielt den Reeder und den großen Herrn.
Wach auf, Arturo!

GIRI

Ja, und kotz dich aus
Und sag uns, wo du stehst.

UI *springt auf:*

Heißt das, ihr setzt
Mir die Pistole auf die Brust? Nein, so
Erreicht man bei mir gar nichts. So nicht. Wird mir
Gedroht, dann hat man alles Weitre sich
Selbst zuzuschreiben. Ich bin ein milder Mann.
Doch Drohungen vertrag ich nicht. Wer nicht
Mir blind vertraut, kann seines Wegs gehn. Und
Hier wird nicht abgerechnet. Bei mir heißt es:
Die Pflicht getan, und bis zum Äußersten!
Und ich sag, was verdient wird; denn Verdienen
Kommt nach dem Dienen! Was ich von euch fordre
Das ist Vertraun und noch einmal Vertraun!
Euch fehlt der Glaube! Und wenn dieser fehlt
Ist alles aus. Warum konnt ich das alles
Schaffen, was meint ihr? Weil ich den Glauben hatte!
Weil ich fanatisch glaubte an die Sache!
Und mit dem Glauben, nichts sonst als dem Glauben
Ging ich heran an diese Stadt und hab
Sie auf die Knie gezwungen. Mit dem Glauben kam ich

Zum Dogsborough, und mit dem Glauben trat ich
Ins Stadthaus ein. In nackten Händen nichts
Als meinen unerschütterlichen Glauben!

ROMA

Und
Den Browning!

UI

Nein. Den haben andre auch.
Doch was sie nicht haben, ist der feste Glaube
Daß sie zum Führer vorbestimmt sind. Und so müßt ihr
Auch an mich glauben! Glauben müßt ihr, glauben!
Daß ich das Beste will für euch und weiß
Was dieses Beste ist. Und damit auch
Den Weg ausfind, der uns zum Sieg führt. Sollte
Der Dogsborough abgehn, werde ich bestimmen
Wer hier was wird. Ich kann nur eines sagen:
Ihr werdet zufrieden sein.

GIVOLA *legt die Hand auf die Brust:*

Arturo!

ROMA *mürrisch:*

Schwingt euch!

Giri, Givola und die Leibwächter des Givola gehen, Hände hoch, langsam hinaus.

GIRI *im Abgehen zu Roma:*

Dein Hut gefällt mir.

GIVOLA *im Abgehen:*

Teurer Roma …

ROMA

Ab!
Vergiß das Lachen nicht, Clown Giri, und
Dieb Givola, nimm deinen Klumpfuß mit
Wenn du auch den bestimmt gestohlen hast!

Wenn sie draußen sind, fällt Ui in sein Brüten zurück.

UI

Laß mich allein!

ROMA

Arturo, wenn ich nicht
Grad diesen Glauben hätt an dich, den du
Beschrieben hast, dann wüßt ich manchmal nicht

Wie meinen Leuten in die Augen blicken.
Wir müssen handeln! Und sofort! Der Giri
Plant Schweinerein!

UI

Ernesto! Ich plan neue
Und große Dinge jetzt. Vergiß den Giri!
Ernesto, dich als meinen ältsten Freund
Und treuen Leutnant will ich nunmehr einweihn
In meinen neuen Plan, der weit gediehn ist.

ROMA *strahlend:*
Laß hören! Was ich dir zu sagen hab
Betreffs des Giri, kann auch warten.
Er setzt sich zu ihm. Seine Leute stehen wartend in der Ecke.

UI

Wir sind
Durch mit Chikago. Ich will mehr haben.

ROMA

Mehr?

UI

's gibt nicht nur hier Gemüsehandel.

ROMA

Nein.
Nur, wie woanders reinstiefeln?

UI

Durch die Fronttür.
Und durch die Hintertür. Und durch die Fenster.
Verwiesen und geholt, gerufen und verschrien.
Mit Drohn und Betteln, Werben und Beschimpfen.
Mit sanfter Gewalt und stählerner Umarmung.
Kurz, so wie hier.

ROMA

Nur: anderswo ist's anders.

UI

Ich denk an eine förmliche Generalprob
In einer kleinen Stadt. Dann wird sich zeigen
Ob's anderswo anders ist, was ich nicht glaub.

ROMA

Wo willst du die Generalprob steigen lassen?

UI

In Cicero.

ROMA

Aber dort ist dieser Dullfeet
Mit seiner Zeitung für Gemüsehandel
Und innere Sammlung, der mich jeden Samstag
Sheets Mörder schimpft.

UI

Das müßt aufhörn.

ROMA

Es könnt.
So'n Zeitungsschreiber hat auch Feinde. Druckerschwärze
Macht manchen rot sehn. Mich zum Beispiel. Ja
Ich denk, das Schimpfen könnt aufhörn, Arturo.

UI

's müßt bald aufhörn. Der Trust verhandelt schon
Mit Cicero. Wir wolln zunächst ganz friedlich
Karfiol verkaufen.

ROMA

Wer verhandelt?

UI

Clark.
Doch hat er Schwierigkeiten. Wegen uns.

ROMA

So. Also Clark ist auch drin. Diesem Clark
Trau ich nicht übern Weg.

UI

Man sagt in Cicero:
Wir folgen dem Karfioltrust wie sein Schatten.
Man will Karfiol. Doch will man nicht auch uns.
Den Läden graust vor uns und nicht nur ihnen:
Die Frau des Dullfeet führt in Cicero
Seit vielen Jahren ein Importgeschäft
Für Grünzeug und ging' gern in den Karfioltrust.
Wenn wir nicht wären, wär sie wohl schon drin.

ROMA

So stammt der Plan, nach Cicero vorzustoßen
Gar nicht von dir? 's ist nur ein Plan des Trusts?
Arturo, jetzt versteh ich alles. Alles!
's ist klar, was da gespielt wird!

UI

Wo?

ROMA

Im Trust!
In Dogsboroughs Landhaus! Dogsboroughs Testament!
Das ist bestellt vom Trust! Sie wolln den Anschluß
Von Cicero. Du stehst im Weg. Wie aber
Dich abserviern? Du hast sie in der Hand:
Sie brauchten dich für ihre Schweinerein
Und duldeten dafür, was du getan hast.
Was mit dir tun? Nun, Dogsborough gesteht!
Der Alte kriecht mit Sack und Asch in die Kiste.
Drumrum steht der Karfiol und nimmt gerührt
Aus seinen Kluven dies Papier und liest's
Schluchzend der Presse vor: Wie er bereut
Und ihnen dringlich anbefiehlt, die Pest
Ihnen eingeschleppt von ihm – ja, er gesteht's –
Jetzt auszutilgen und zurückzukehren
Zum alten ehrlichen Karfiolgeschäft.
Das ist der Plan, Arturo. Drin sind alle:
Der Giri, der den Dogsborough Testamente
Schmiern läßt und mit dem Clark befreundet ist
Der Schwierigkeiten wegen uns in Cicero hat
Und keinen Schatten haben will beim Geldschaufeln.
Der Givola, der Aas wittert. – Dieser Dogsborough
Der alte ehrliche Dogsborough, der da
Verräterische Wische schmiert, die dich
Mit Dreck bewerfen, muß zuerst weg, sonst
Ist's Essig, du, mit deinem Ciceroplan!

UI

Du meinst, 's ist ein Komplott? 's ist wahr, sie ließen
Mich nicht an Cicero ran. Es fiel mir auf.

ROMA

Arturo, ich beschwör dich, laß mich diese
Sach ordnen! Hör mir zu: Ich spritze heut noch
Mit meinen Jungens nach Dogsboroughs Landhaus, hol
Den Alten raus, sag ihm, zur Klinik, und liefer
Ihn ab im Mausoleum. Fertig.

UI

Aber
Der Giri ist im Landhaus.

ROMA

Und er kann
Dort bleiben.

Sie sehen sich an.

ROMA

’s ist ein Aufwaschen.

UI

Givola?

ROMA

Besuch ich auf dem Rückweg. Und bestell
In seiner Blumenhandlung dicke Kränze
Für Dogsborough. Und für den lustigen Giri.
Ich zahl in bar.

Er zeigt auf seinen Browning.

UI

Ernesto, dieser Schandplan
Der Dogsboroughs und Clarks und Dullfeets, mich
Aus dem Geschäft in Cicero zu drängen
Indem man mich kalt zum Verbrecher stempelt
Muß hart vereitelt werden. Ich vertrau
Auf dich.

ROMA

Das kannst du. Nur, du mußt dabei sein
Bevor wir losgehn, und die Jungens aufpulvern
Daß sie die Sach im richtigen Licht sehn. Ich
Bin nicht so gut im Reden.

UI *schüttelt ihm die Hand:*

Einverstanden.

ROMA

Ich hab’s gewußt, Arturo! So, nicht anders
Mußt die Entscheidung fallen. Was, wir beiden!
Wie, du und ich! ’s ist wie in alten Zeiten!

Zu seinen Leuten:

Arturo ist mit uns! Was hab ich euch gesagt?

UI

Ich komm.

ROMA

Um elf.

UI

Wohin?

ROMA

In die Garage.

Ich bin ein andrer Mann! 's wird wieder was gewagt!

Er geht schnell mit seinen Leuten ab.

Ui, auf und ab gehend, legt sich die Rede zurecht, die er Romas Leuten halten will.

UI

Freunde! Bedauerlicherweise ist mir
Zu Ohr gekommen, daß hinter meinem Rücken
Abscheulichster Verrat geplant wird. Leute
Aus meiner nächsten Nähe, denen ich
Zutiefst vertraute, haben sich vor kurzem
Zusammengerottet und, von Ehrgeiz toll
Habsüchtig und treulos von Natur, entschlossen
Im Bund mit den Karfiolherrn – nein, das geht nicht –
Im Bund – mit was? Ich hab's: der Polizei
Euch kalt abzuservieren. Ich hör, sogar
Mir will man an das Leben! Meine Langmut
Ist jetzt erschöpft. Ich ordne also an
Daß ihr, unter Ernesto Roma, welcher
Mein volles Vertrauen hat, heut nacht …

Auftreten Clark, Giri und Betty Dullfeet.

GIRI *da Ui erschreckt aufsieht:*

Nur wir, Chef!

CLARK

Ui, treffen Sie Frau Dullfeet hier aus Cicero!
Es ist der Wunsch des Trusts, daß Sie Frau Dullfeet
Anhören und sich mit ihr einigen.

UI *finster:*

Bitte.

CLARK

Bei den Fusionsverhandlungen, die zwischen
Chikagos Grünzeugtrust und Cicero schweben
Erhob, wie Ihnen ja bekannt ist, Cicero
Bedenken gegen Sie als Aktionär.

Dem Trust gelang es schließlich, diesen Einwand
Nun zu entkräften, und Frau Dullfeet kommt…

FRAU DULLFEET

Das Mißverständnis aufzuklären. Auch
Für meinen Mann, Herrn Dullfeet, möchte ich
Betonen, daß sein Zeitungsfeldzug kürzlich
Nicht Ihnen galt, Herr Ui.

UI

Wem galt er dann?

CLARK

Nun schön, Ui, grad heraus: Der »Selbstmord« Sheets
Hat sehr verstimmt in Cicero. Der Mann
Was immer sonst er war, war doch ein Reeder
Ein Mann von Stand und nicht ein Irgendwer
Ein Nichts, das in das Nichts geht, wozu nichts
Zu sagen ist. Und noch was: Die Garage
Caruthers klagt, daß einer ihrer Wagen
Beschädigt wurde. In die beiden Fälle
Ist einer Ihrer Leute, Ui, verwickelt.

FRAU DULLFEET

Ein Kind in Cicero weiß, der Karfiol
Des Trusts ist blutig.

UI

Das ist unverschämt.

FRAU DULLFEET

Nein, nein. 's ist nicht gegen Sie. Nachdem Herr Clark
Für Sie gebürgt hat, nicht mehr. Es ist nur dieser
Ernesto Roma.

CLARK *schnell:*

Kalten Kopf, Ui!

GIRI

Cicero…

UI

Das will ich nicht hören. Wofür hält man mich?
Schluß! Schluß! Ernesto Roma ist mein Mann.
Ich laß mir nicht vorschreiben, was für Männer
Ich um mich haben darf. Das ist ein Schimpf
Den ich nicht dulde.

GIRI

Chef!

FRAU DULLFEET

Ignatius Dullfeet
Wird gegen Menschen wie den Roma kämpfen
Noch mit dem letzten Atemzug.

CLARK *kalt:*

Mit Recht.
Der Trust steht hinter ihm in dieser Sache.
Ui, seien Sie vernünftig. Freundschaft und
Geschäft sind zweierlei. Was ist es also?

UI *ebenfalls kalt:*

Herr Clark, ich hab dem nichts hinzuzufügen.

CLARK

Frau Dullfeet, ich bedaure diesen Ausgang
Der Unterredung tief.
Im Hinausgehen zu Ui:
Sehr unklug, Ui.

Ui und Giri, allein zurück, sehen sich nicht an.

GIRI

Das, nach dem Anschlag auf Caruthers Garage
Bedeutet Kampf. 's ist klar.

UI

Ich fürcht nicht Kampf.

GIRI

Schön, fürcht ihn nicht! Du wirst ja nur dem Trust
Der Presse, Dogsborough und seinem Anhang
Gegenüberstehen und der ganzen Stadt!
Chef, horch auf die Vernunft und laß dich nicht …

UI

Ich brauche keinen Rat. Ich kenne meine Pflicht.

Eine Schrift taucht auf:

DER BEVORSTEHENDE TOD DES ALTEN HINDENBURG LÖSTE IM LAGER DER NAZIS ERBITTERTE KÄMPFE AUS. TONANGEBENDE KREISE BESTANDEN AUF DER ENTFERNUNG ERNST RÖHMS. VOR DER TÜR STAND DIE BESETZUNG ÖSTERREICHS.

II

Garage. Nacht. Man hört es regnen. Ernesto Roma und der junge Inna. Im Hintergrund Gunleute.

INNA
's ist ein Uhr.

ROMA
Er muß aufgehalten sein.

INNA
Wär's möglich, daß er zögerte?

ROMA
's wär möglich.
Arturo hängt an seinen Leuten so
Daß er sich lieber selbst als sie aufopfert.
Selbst diese Ratten Givola und Giri
Kann er nicht abtun. Und dann trödelt er
Und kämpft mit sich, und es kann zwei Uhr werden
Vielleicht auch drei. Doch kommen tut er. Klar.
Ich kenn ihn, Inna.
Pause.
Wenn ich diesen Giri
Am Boden seh, wird mir so leicht sein, wie
Wenn ich mein Wasser abgeschlagen habe.
Nun, es wird bald sein.

INNA
Diese Regennächte
Zerrn an den Nerven.

ROMA
Darum mag ich sie.
Von den Nächten die schwärzesten.
Von den Autos die schnellsten
Und von den Freunden die entschlossensten.

INNA
Wie viele Jahre
Kennst du ihn schon?

ROMA
An achtzehn.

INNA
Das ist lang.

EIN GUNMAN *nach vorn:*
Die Jungens wollen was zum Trinken.
ROMA
Nichts.
Heut nacht brauch ich sie nüchtern.
Ein kleiner Mann wird von Leibwächtern hereingeführt.
DER KLEINE *atemlos:*
Stunk im Anzug!
Zwei Panzerautos halten vom Revier!
Gespickt mit Polizisten!
ROMA
Runter mit
Der Jalousie! 's hat nichts mit uns zu tun, doch
Vorsicht ist besser als Nachsehn.
Langsam schließt eine stählerne Jalousie das Garagentor.
ROMA
Ist der Gang frei?
INNA *nickt:*
's ist merkwürdig mit Tabak. Wer raucht, sieht kaltblütig aus.
Doch macht man, was einer macht, der kaltblütig ist
Und raucht man, wird man kaltblütig.
ROMA *lächelnd:*
Streck die Hand aus!
INNA *tut es:*
Sie zittert. Das ist schlecht.
ROMA
Ich find's nicht schlecht.
Von Bullen halt ich nichts. Sind unempfindlich.
Nichts tut ihnen weh und sie tun niemand weh.
Nicht ernstlich. Zitter ruhig! Die stählerne Nadel
Im Kompaß zittert auch, bevor sie sich
Fest einstellt. Deine Hand will wissen, wo
Der Pol ist, das ist alles.
RUF *von seitwärts:*
Polizei-
auto durch Churchstreet!
ROMA *scharf:*
Kommt zum Stehn?

DIE STIMME

Geht weiter.

EIN GUNMAN *herein:*

Zwei Wagen ums Eck mit abgeblendetem Licht!

ROMA

's ist gegen Arturo! Givola und Giri
Serviern ihn ab! Er läuft blind in die Falle!
Wir müssen ihm entgegen. Kommt!

EIN GUNMAN

's ist Selbstmord!

ROMA

Und wär es Selbstmord, dann ist's Zeit zum Selbstmord.
Mensch! Achtzehn Jahre Freundschaft!

INNA *mit heller Stimme:*

Panzer hoch!
Habt ihr die Spritze fertig?

GUNMAN

Fertig.

INNA

Hoch!

Die Panzerjalousie geht langsam hoch. Herein kommen schnellen Ganges Ui und Givola, von Leibwächtern gefolgt.

ROMA

Arturo!

INNA *leise:*

Ja, und Givola!

ROMA

Was ist los?
Wir schwitzen Blut um dich, Arturo.
Lacht laut.
Hölle!
's ist alles in Ordnung!

UI *heiser:*

Warum nicht in Ordnung?

INNA

Wir dachten, 's wär was faul. Du kannst ihm ruhig
Die Hand schütteln, Chef. Er wollte uns soeben
Ins Feuer für dich schleppen. War's nicht so?

Ui geht auf Roma zu und streckt ihm die Hand hin. Roma er-

greift sie lachend. In diesem Augenblick, wo er nicht nach seinem Browning greifen kann, schießt ihn Givola blitzschnell von der Hüfte aus nieder.

UI

Treibt sie ins Eck!

Die Männer des Roma stehen fassungslos und werden, Inna an der Spitze, in die Ecke getrieben. Givola beugt sich zu Roma herab, der auf dem Boden liegt.

GIVOLA

Er schnauft noch.

UI

Macht ihn fertig.

Zu denen an der Wand:

Euer schändlicher Anschlag auf mich ist enthüllt.
Auch eure Pläne gegen Dogsborough
Sind aufgedeckt. Ich kam euch da zuvor
In zwölfter Stunde. Widerstand ist zwecklos.
Ich werd euch lehren, gegen mich aufzumucken!
Ein nettes Nest!

GIVOLA

Kein einziger unbewaffnet!

Von Roma.

Er kommt noch einmal zu sich: er hat Pech.

UI

Ich bin in Dogsboroughs Landhaus heute nacht.

Er geht schnell hinaus.

INNA *an der Wand:*

Ihr schmutzigen Ratten! Ihr Verräter!

GIVOLA *aufgeregt:*

Schießt!

Die an der Wand Stehenden werden mit dem Maschinengewehr niedergemäht.

ROMA *kommt zu sich:*

Givola! Hölle.

Dreht sich schwer, sein Gesicht ist kalkweiß.

Was ging hier vor?

GIVOLA

Nichts.

Ein paar Verräter sind gerichtet.

ROMA

Hund!
Was hast du gemacht mit meinen Leuten?
Givola antwortet nicht.

ROMA

Was mit Arturo? Mord! Ich wußt es! Hunde!
Ihn auf dem Boden suchend.
Wo ist er?

GIVOLA

Weggegangen!

ROMA *während er an die Wand geschleppt wird:*

Hunde! Hunde!

GIVOLA *kühl:*

Mein Bein ist kurz, wie? So ist dein Verstand!
Jetzt geh mit guten Beinen an die Wand!

Eine Schrift taucht auf:

IN DER NACHT DES 30. JUNI 1934 ÜBERFIEL HITLER SEINEN FREUND RÖHM IN EINEM GASTHOF, WO ER HITLER ERWARTETE, UM MIT IHM EINEN COUP GEGEN HINDENBURG UND GÖRING ZU STARTEN.

12

Der Blumenladen des Givola. Herein Ignatius Dullfeet, ein Mann, nicht größer als ein Knabe, und Betty Dullfeet.

DULLFEET

Ich tu's nicht gern.

BETTY

Warum nicht? Dieser Roma
Ist weg.

DULLFEET

Durch Mord.

BETTY

Wie immer! Er ist weg!
Clark sagt von Ui, die stürmischen Flegeljahre
Welche die Besten durchgehn, sind beendet.

Ui hat gezeigt, daß er den rauhen Ton
Jetzt lassen will. Ein fortgeführter Angriff
Würd nur die schlechteren Instinkte wieder
Aufwecken, und du selbst, Ignatius, kämst
Als erster in Gefahr. Doch schweigst du nun
Verschonen sie dich.

DULLFEET

Ob mir Schweigen hilft
Ist nicht gewiß.

BETTY

Es hilft. Sie sind nicht Tiere.

Von seitwärts kommt Giri, den Hut Romas auf.

GIRI

Hallo, seid ihr schon da? Der Chef ist drin.
Er wird entzückt sein. Leider muß ich weg.
Und schnell. Bevor ich hier gesehen werd:
Ich hab dem Givola einen Hut gestohlen.

Er lacht, daß die Stukkatur vom Plafond fällt, und geht winkend hinaus.

DULLFEET

Schlimm, wenn sie grollen, schlimmer, wenn sie lachen.

BETTY

Sprich nicht, Ignatius! Nicht hier!

DULLFEET *bitter:*

Und auch
Nicht anderswo.

BETTY

Was willst du machen? Schon
Spricht Cicero davon, daß Ui die Stellung
Des toten Dogsborough bekommen wird.
Und, ärger noch, die Grünzeughändler schwanken
Zum Karfioltrust.

DULLFEET

Und zwei Druckerei-
maschinen sind mir schon zertrümmert. Frau
Ich hab ein schlechtes Vorgefühl.

Herein Givola und Ui mit ausgestreckten Händen.

BETTY

Hallo, Ui.

UI
Willkommen, Dullfeet!

DULLFEET
Grad heraus, Herr Ui
Ich zögerte zu kommen, weil …

UI
Wieso?
Ein tapferer Mann ist überall willkommen.

GIVOLA
Und so ist's eine schöne Frau!

DULLFEET
Herr Ui
Ich fühlte es mitunter meine Pflicht
Mich gegen Sie und …

UI
Mißverständnisse!
Hätten Sie und ich von Anfang uns gekannt
Wär's nicht dazu gekommen. Daß im guten
All das erreicht werden soll, was nun einmal
Erreicht werden muß, war stets mein Wunsch.

DULLFEET
Gewalt …

UI
Verabscheut keiner mehr als ich. Sie wär
Nicht nötig, wenn der Mensch Vernunft besäße.

DULLFEET
Mein Ziel …

UI
Ist ganz das nämliche wie meins.
Wir beide wünschen, daß der Handel blüht.
Der kleine Ladenbesitzer, dessen Los
Nicht grade glänzend ist in diesen Zeiten
Soll sein Gemüse ruhig verkaufen können.
Und Schutz finden, wenn er angegriffen wird.

DULLFEET *fest:*
Und frei entscheiden können, ob er Schutz will.
Herr Ui, das ist mein Hauptpunkt.

UI
Und auch meiner.

Er muß frei wählen. Und warum. Weil nur
Wenn er den Schützer frei wählt und damit
Auch die Verantwortung an einen abgibt
Den er selbst wählte, das Vertrauen herrscht
Das für den Grünzeughandel ebenso nötig ist
Wie überall sonst. Ich hab das stets betont.

DULLFEET

Ich freu mich, das aus Ihrem Mund zu hören.
Auf die Gefahr, Sie zu verstimmen! Cicero
Ertrüge niemals Zwang.

UI

Das ist verständlich.
Niemand verträgt Zwang ohne Not.

DULLFEET

Ganz offen
Wenn die Fusion mit dem Karfioltrust je
Bedeuten würd, daß damit dieser ganze
Blutige Rattenkönig eingeschleppt wird, der
Chikago peinigt, könnt ich ihn nie gutheißen.
Pause.

UI

Herr Dullfeet. Offenheit gegen Offenheit.
Es mag in der Vergangenheit da manches
Passiert sein, was nicht grad dem allerstrengsten
Moralischen Maßstab standhielt. So was kommt
Im Kampf mitunter vor. Doch unter Freunden
Kommt so was eben nicht vor. Dullfeet, was ich
Von Ihnen will, ist nur, daß Sie in Zukunft
Zu mir Vertrauen haben, mich als Freund sehn
Der seine Freund nirgends und nie im Stich läßt.
Und daß Sie, um Genaueres zu erwähnen
In Ihrer Zeitung diese Greuelmärchen
Die nur bös Blut machen, hinfort nicht mehr drucken.
Ich denk, das ist nicht viel.

DULLFEET

Herr Ui, es ist
Nicht schwer, zu schweigen über das, was nicht
Passiert.

UI

Das hoff ich. Und wenn hin und wieder
Ein kleiner Zwischenfall vorkommen sollte
Weil Menschen nur Menschen sind und keine Engel
Dann hoff ich, 's heißt nicht wieder gleich, die Leute
Schießen in der Luft herum und sind Verbrecher.
Ich will auch nicht behaupten, daß es nicht
Vorkommen könnt, daß einer unserer Fahrer
Einmal ein rauhes Wort sagt. Das ist menschlich.
Und wenn der oder jener Grünzeughändler
Dem einen oder andern unserer Leute
Ein Bier bezahlt, damit er treu und pünktlich
Den Kohl anfährt, darf's auch nicht gleich wieder heißen:
Da wird was Unbilliges verlangt.

BETTY

Herr Ui
Mein Mann ist menschlich.

GIVOLA

Und als so bekannt.
Und da nun alles friedlich durchgesprochen
Und ganz geklärt ist, unter Freunden, möcht ich
Zu gerne Ihnen meine Blumen zeigen …

UI

Nach Ihnen, Dullfeet!

Sie gehen, den Blumenladen Givolas zu besichtigen. Ui führt Betty, Givola Dullfeet. Sie verschwinden im folgenden immer wieder hinter den Blumenarrangements. Auftauchen Givola und Dullfeet.

GIVOLA

Dies, teurer Dullfeet, sind japanische Eichen.

DULLFEET

Ich seh, sie blühn an kleinen runden Teichen.

GIVOLA

Mit blauen Karpfen, schnappend nach den Krumen.

DULLFEET

's heißt: Böse Menschen lieben keine Blumen.

Sie verschwinden. Auftauchen Ui und Betty.

BETTY

Der starke Mann ist stärker ohne Gewalt.

UI
Der Mensch versteht einen Grund nur, wenn er knallt.
BETTY
Ein gutes Argument wirkt wundervoll.
UI
Nur nicht auf den, der etwas hergeben soll.
BETTY
Mit Browning und mit Zwang, mit Trug und Trick …
UI
Ich bin ein Mann der Realpolitik.
Sie verschwinden. Auftauchen Givola und Dullfeet.
DULLFEET
Die Blumen kennen keine bösen Triebe.
GIVOLA
Das ist es ja, warum ich Blumen liebe.
DULLFEET
Sie leben still vom Heute in das Morgen.
GIVOLA *schelmisch:*
Kein Ärger. Keine Zeitung – keine Sorgen.
Sie verschwinden. Auftauchen Ui und Betty.
BETTY
Man sagt, Herr Ui, Sie leben so spartanisch.
UI
Mein Abscheu vor Tabak und Sprit ist panisch.
BETTY
Vielleicht sind Sie ein Heiliger am End?
UI
Ich bin ein Mann, der keine Lüste kennt.
Sie verschwinden. Auftauchen Givola und Dullfeet.
DULLFEET
's ist schön, so unter Blumen hinzuleben.
GIVOLA
's wär schön. Nur gibt's noch anderes daneben!
Sie verschwinden. Auftauchen Ui und Betty.
BETTY
Herr Ui, wie halten Sie's mit der Religion?
UI
Ich bin ein Christ. Das muß genügen.

BETTY

Schon.
Jedoch die zehn Gebote, woran wir hängen …?

UI

Solln sich nicht in den rauhen Alltag mengen!

BETTY

Verzeihn Sie, wenn ich Sie weiter plage:
Wie steht's, Herr Ui, mit der sozialen Frage?

UI

Ich bin sozial, was man draus sehen kann:
Ich zieh mitunter auch die Reichen ran.
Sie verschwinden. Auftauchen Givola und Dullfeet.

DULLFEET

Auch Blumen haben ja Erlebnisse.

GIVOLA

Und ob! Begräbnisse! Begräbnisse!

DULLFEET

Oh, ich vergaß, die Blumen sind Ihr Brot.

GIVOLA

Ganz recht. Mein bester Kunde ist der Tod.

DULLFEET

Ich hoff, Sie sind auf ihn nicht angewiesen.

GIVOLA

Nicht bei den Leuten, die sich warnen ließen.

DULLFEET

Herr Givola, Gewalt führt nie zum Ruhme.

GIVOLA

Jedoch zum Ziel. Wir sprechen durch die Blume.

DULLFEET

Gewiß.

GIVOLA

Sie sehn so blaß aus.

DULLFEET

's ist die Luft.

GIVOLA

Freund, Sie vertragen nicht den Blumenduft.
Sie verschwinden. Auftauchen Ui und Betty.

BETTY

Ich bin so froh, daß ihr euch nun versteht.

UI

Wenn man erst einmal weiß, worum es geht …

BETTY

Freundschaften, die in Wind und Wetter reifen …

UI *legt ihr die Hand auf die Schulter:*

Ich liebe Frauen, welche schnell begreifen.

Auftauchen Givola und Dullfeet, der kalkweiß ist. Er sieht die Hand Uis auf der Schulter seiner Frau.

DULLFEET

Betty, wir gehn.

UI *auf ihn zu, streckt ihm die Hand hin:*

Herr Dullfeet, Ihr Entschluß
Ehrt Sie. Er wird zum Wohle Ciceros dienen.
Daß solche Männer wie wir beide uns
Gefunden haben, kann nur günstig sein.

GIVOLA *gibt Betty Blumen:*

Schönheit der Schönheit!

BETTY

Sieh die Pracht, Ignatius!
Ich bin so froh. Auf bald, Herr Ui!

Sie gehen.

GIVOLA

Das kann
Jetzt endlich klappen.

UI *finster:*

Mir mißfällt der Mann.

Eine Schrift taucht auf:

UNTER HITLERS ZWANG WILLIGTE DER ÖSTERREICHISCHE KANZLER ENGELBERT DOLLFUSS IM JAHRE 1934 EIN, DIE ANGRIFFE DER ÖSTERREICHISCHEN PRESSE GEGEN NAZIDEUTSCHLAND ZUM SCHWEIGEN ZU BRINGEN.

13

Hinter einem Sarg, der unter Glockengeläute in das Mausoleum von Cicero getragen wird, schreiten Betty Dullfeet in Witwenkleidung, Clark, Ui, Giri und Givola, die letzteren große Kränze in den Händen. Ui, Giri und Givola bleiben, nachdem sie ihre Kränze abgegeben haben, vor dem Mausoleum zurück. Von dort hört man die Stimme des Pastors.

STIMME
So komm der sterbliche Rest Ignatius Dullfeets
Zur Ruhe hier. Ein Leben, arm an Gewinst
Doch reich an Müh, ist um. Viel Müh ist um
Mit diesem Leben, Müh, gespendet nicht
Für den, der sie gespendet und der nun
Gegangen ist. Am Rock Ignatius Dullfeets
Wird an der Himmelspforte der Pförtnerengel
Die Hand auf eine abgewetzte Stell
Der Schulter legen und sagen: Dieser Mann
Trug manchen Mannes Last. Im Rat der Stadt
Wird bei den Sitzungen der nächsten Zeit
Oft eine kleine Stille sein, wenn alle
Gesprochen haben. Man wird warten, daß
Ignatius Dullfeet nunmehr spricht. So sehr
Sind seine Mitbürger gewohnt, auf ihn
Zu hören. 's ist, als ob der Stadt Gewissen
Gestorben wär. Denn von uns schied ein Mensch
Uns sehr zur Unzeit, der den graden Weg
Blind gehen konnt, das Recht auswendig wußt.
Der körperlich kleine, geistig große Mann
Schuf sich in seiner Zeitung eine Kanzel
Von der aus seine klare Stimme über
Die Stadtgrenz weit hinaus vernehmlich war.
Ignatius Dullfeet, ruh in Frieden! Amen.

GIVOLA
Ein Mann mit Takt: nichts von der Todesart!

GIRI *den Hut Dullfeets auf:*
Ein Mann mit Takt? Ein Mann mit sieben Kindern!
Aus dem Mausoleum kommen Clark und Mulberry.

CLARK

Verdammt! Steht ihr hier Wache, daß die Wahrheit
Auch nicht am Sarg zu Wort kommt?

GIVOLA

Teurer Clark
Warum so barsch? Der Ort, an dem Sie stehen
Sollt Sie besänftigen. Und der Chef ist heute
Nicht bei Humor. Das ist kein Ort für ihn.

MULBERRY

Ihr Schlächter! Dieser Dullfeet hielt sein Wort
Und schwieg zu allem!

GIVOLA

Schweigen ist nicht genug.
Wir brauchen Leute hier, nicht nur bereit
Für uns zu schweigen, sondern auch für uns
Zu reden, und das laut!

MULBERRY

Was konnt er reden
Als daß ihr Schlächter seid!

GIVOLA

Er mußte weg.
Denn dieser kleine Dullfeet war die Pore
Durch die dem Grünzeughandel immer mal wieder
Der Angstschweiß ausbrach. 's war nicht zu ertragen
Wie es nach Angstschweiß stank!

GIRI

Und euer Karfiol?
Soll er nach Cicero oder soll er nicht hin?

MULBERRY

Durch Schlächtereien nicht!

GIRI

Und wodurch dann?
Wer frißt am Kalb mit, das wir schlachten, he?
Das hab ich gern: Nach Fleisch schrein und den Koch
Beschimpfen, weil er mit dem Messer läuft!
Von euch erwarten wir Schmatzen und nicht Schimpfen!
Und jetzt geht heim!

MULBERRY

Das war ein schwarzer Tag
Wo du uns diese brachtest, Clark!

CLARK

Wem sagst du's?

Die beiden gehen düster ab.

GIRI

Chef, laß dir von dem Pack nicht am Begräbnis
Den Spaß versalzen!

GIVOLA

Ruhe! Betty kommt!

Aus dem Mausoleum kommt Betty Dullfeet, gestützt auf eine Frau. Ui tritt ihr entgegen. Aus dem Mausoleum Orgelmusik.

UI

Frau Dullfeet, meine Kondolation!

Sie geht wortlos an ihm vorbei.

GIRI *brüllt:*

Halt! Sie!

Sie bleibt stehen und wendet sich um. Man sieht, sie ist kalkweiß.

UI

Ich sagte, meine Kondolation, Frau Dullfeet!
Dullfeet, Gott hab ihn selig, ist nicht mehr.
Doch Ihr Karfiol ist noch vorhanden. Möglich
Sie sehn ihn nicht, der Blick ist noch getrübt
Von Tränen, doch der tragische Vorfall sollte
Sie nicht vergessen machen, daß da Schüsse
Meuchlings aus feigem Hinterhalt gefeuert
Auf friedliche Gemüsewägen knallen.
Petroleum, von ruchloser Hand vergossen
Verdirbt Gemüse, das gebraucht wird. Hier
Steh ich und stehen meine Leute und
Versprechen Schutz. Was ist die Antwort?

BETTY *blickt zum Himmel:*

Das
Und Dullfeet ist noch Asche nicht!

UI

Ich kann
Den Vorfall nur beklagen und beteuern:
Der Mann, gefällt von ruchloser Hand, er war
Mein Freund.

BETTY

So ist's. Die Hand, die ihn gefällt, war
Die gleiche Hand, die nach der seinen griff.
Die Ihre!

UI

Das ist wieder dies Gerede
Dies üble Hetzen und Gerüchtverbreiten
Das meine besten Vorsätz, mit dem Nachbarn
In Frieden auszukommen, in der Wurzel
Vergiftet! Dies Mich-nicht-verstehen-Wollen!
Dies mangelnde Vertrauen, wo ich vertraue!
Dies Meine-Werbung-boshaft-Drohung-Nennen!
Dies Eine-Hand-Wegschlagen, die ich ausstreck!

BETTY

Die Sie ausstrecken, um zu fällen!

UI

Nein!
Ich werde angespuckt, wo ich fanatisch werbe!

BETTY

Sie werben wie die Schlange um den Vogel!

UI

Da hört ihr's! So wird mir begegnet! So
Hielt ja auch dieser Dullfeet mein beherztes
Und warmes Freundschaftsangebot nur für Berechnung
Und meine Großmut nur für Schwäche! Leider!
Auf meine freundlichen Worte erntete ich – was?
Ein kaltes Schweigen! Schweigen war die Antwort
Wenn ich auf freudiges Einverständnis hoffte.
Und wie hab ich gehofft, auf meine ständigen
Fast schon erniedrigenden Bitten um Freundschaft
Oder auch nur um billiges Verständnis
Ein Zeichen menschlicher Wärme zu entdecken!
Ich hoffte da umsonst! Nur grimme Verachtung
Schlug mir entgegen! Selbst dies Schweigeversprechen
Das man mir mürrisch gab, weiß Gott nicht gern
Bricht man beim ersten Anlaß! Wo zum Beispiel
Ist jetzt dies inbrünstig versprochene Schweigen?
Hinausposaunt in alle Richtungen werden
Jetzt wieder Greuelmärchen! Doch ich warne.

Treibt's nicht zu weit, vertrauend nur auf meine
Sprichwörtliche Geduld!

BETTY

Mir fehlen Worte.

UI

Die fehlen immer, wenn das Herz nicht spricht.

BETTY

So nennen Sie das Herz, was Sie beredt macht?

UI

Ich spreche, wie ich fühle.

BETTY

Kann man fühlen
So wie Sie sprechen? Ja, ich glaub's! Ich glaub's!
Ihr Morden kommt vom Herzen! Ihr Verbrechen
Ist tiefgefühlt wie andrer Menschen Wohltat.
Sie glauben an Verrat, wie wir an Treue!
Unwandelbar sind Sie für Wankelmut!
Durch keine edle Wallung zu bestechen!
Beseelt für Lüge! Ehrlich für Betrug!
Die tierische Tat entflammt Sie! Es begeistert
Sie, Blut zu sehn! Gewalt? Sie atmen auf!
Vor jeder schmutzigen Handlung stehen Sie
Gerührt zu Tränen. Und vor jeder guten
Zutiefst bewegt von Rachsucht und von Haß!

UI

Frau Dullfeet, es ist mein Prinzip, den Gegner
Ruhig anzuhören. Selbst, wo er mich schmäht.
Ich weiß, in Ihren Kreisen bringt man mir
Nicht eben Liebe entgegen. Meine Herkunft
– ich bin ein einfacher Sohn der Bronx – wird gegen mich
Ins Feld geführt! »Der Mann«, sagt man, »kann nicht einmal
Die richtige Gabel wählen zum Dessert.
Wie will er da bestehn im großen Geschäft!
Vielleicht, er greift, wenn von Tarif die Red ist
Oder ähnlichen finanziellen Dingen, welche da
Ausgehandelt werden, fälschlich noch zum Messer!
Nein, das geht nicht. Wir können den Mann nicht brauchen.«
Aus meinem rauhen Ton, meiner männlichen Art
Das Ding beim rechten Namen zu nennen, wird

Mir gleich der Strick gedreht. So hab ich dann
Das Vorurteil gegen mich und seh mich so
Gestellt nur auf die eventuellen nackten
Verdienste, die ich mir erwerb. Frau Dullfeet
Sie sind im Karfiolgeschäft. Ich auch.
Das ist die Brücke zwischen mir und Ihnen.

BETTY

Die Brücke! Und der Abgrund zwischen uns
Der überbrückt sein soll, ist nur ein blutiger Mord!

UI

Sehr bittere Erfahrung lehrt mich, nicht
Als Mensch zum Menschen hier zu sprechen, sondern
Als Mann von Einfluß zur Besitzerin
Eines Importgeschäftes. Und ich frage:
Wie steht's im Karfiolgeschäft? Das Leben
Geht weiter; auch wenn uns ein Unglück zustößt.

BETTY

Ja, es geht weiter, und ich will es nützen
Der Welt zu sagen, welche Pest sie anfiel!
Ich schwör's dem Toten, daß ich meine Stimme
In Zukunft hassen will, wenn sie »Guten Morgen«
Oder »Gebt mir Essen« sagt und nicht nur eines:
»Vertilgt den Ui!«

GIRI *drohend:*

Werd nicht zu laut, mein Kind!

UI

Wir stehen zwischen Gräbern. Mildere Gefühle
Wärn da verfrüht. So red ich vom Geschäft
Das keine Toten kennt.

BETTY

O Dullfeet, Dullfeet!
Nun weiß ich erst, du bist nicht mehr!

UI

So ist's.
Bedenken Sie, daß Dullfeet nicht mehr ist.
Und damit fehlt in Cicero die Stimme
Die sich gegen Untat, Terror und Gewalt
Erheben würd. Sie können den Verlust
Nicht tief genug bedauern! Schutzlos stehn Sie

In einer kalten Welt, wo leider Gottes
Der Schwache stets geliefert ist! Der einzige
Und letzte Schutz, der Ihnen bleibt, bin ich.

BETTY

Das sagen Sie der Witwe jenes Mannes
Den Sie gemordet haben? Ungetüm!
Ich wußte, daß Sie hierherkamen, weil Sie
Noch immer an der Stätte Ihrer Untat
Erschienen sind, um andre zu beschuldigen.
»Nicht ich, der andre!« und: »Ich weiß von nichts!«
»Ich bin geschädigt!« schreit der Schaden und
»Ein Mord! Den müßt ihr rächen!« schreit der Mord.

UI

Mein Plan ist eisern: Schutz für Cicero.

BETTY *schwach:*

Er wird nie glücken!

UI

Bald! So oder so.

BETTY

Gott schütz uns vor dem Schützer!

UI

Also wie
Ist Ihre Antwort?
Er streckt ihr die Hand hin.
Freundschaft?

BETTY

Nie! Nie! Nie!

Sie läuft schaudernd weg.

Eine Schrift taucht auf:

DER BESETZUNG ÖSTERREICHS GING DER MORD AN ENGELBERT DOLLFUSS VORAUS, DEM ÖSTERREICHISCHEN KANZLER. UNERMÜDLICH SETZTEN DIE NAZIS IHRE VERHANDLUNGEN MIT BÜRGERLICHEN RECHTSKREISEN ÖSTERREICHS FORT.

14

Schlafzimmer des Ui im Mamouthhotel. Ui wälzt sich in schweren Träumen auf seinem Bett. Auf Stühlen, die Revolver im Schoß, seine Leibwächter.

UI *im Schlaf:*
Weg, blutige Schatten! Habt Erbarmen! Weg!
Die Wand hinter ihm wird durchsichtig. Es erscheint der Geist Ernesto Romas, in der Stirn ein Schußloch.

ROMA
Und all dies wird dir doch nichts nützen. All dies
Gemetzel, Meucheln, Drohn und Speichelspritzen
Ist ganz umsonst, Arturo. Denn die Wurzel
Deiner Verbrechen ist faul. Sie werden nicht aufblühn.
Verrat ist schlechter Dünger. Schlachte, lüg!
Betrüg die Clarks und schlacht die Dullfeets hin –
Doch vor den Eigenen mach halt! Verschwör dich
Gegen eine Welt, doch schone die Verschworenen!
Stampf alles nieder mit den Füßen, doch
Stampf nicht die Füße nieder, du Unseliger!
Lüg allen ins Gesicht, nur das Gesicht
Im Spiegel hoff nicht auch noch zu belügen!
Du schlugst dich selbst, als du mich schlugst, Arturo.
Ich war dir zugetan, da warst du nicht
Mehr als ein Schatten noch auf einem Bierhausflur.
Nun stehe ich in zugiger Ewigkeit
Und brüte über deine Schlechtigkeit.
Verrat bracht dich hinauf, so wird Verrat
Dich auch hinunterbringen. Wie du mich verrietst
Deinen Freund und Leutnant, so verrätst du alle.
Und so, Arturo, werden alle dich
Verraten noch. Die grüne Erde deckt
Ernesto Roma, doch deine Untreu nicht.
Die schaukelt über Gräbern sich im Wind
Gut sichtbar allen, selbst den Totengräbern.
Der Tag wird kommen, wo sich alle, die
Du niederschlugst, aufrichten, aufstehn alle
Die du noch niederschlagen wirst, Arturo

Und gegen dich antreten, eine Welt
Blutend, doch haßvoll, daß du stehst und dich
Nach Hilf umschaust. Dann wiß: so stand ich auch.
Dann droh und bettel, fluche und versprich!
Es wird dich keiner hören. Keiner hörte mich.

UI *auffahrend:*
Schießt! Dort! Verräter! Weiche, Fürchterlicher!
Die Leibwächter schießen nach der Stelle an der Wand, auf die Ui zeigt.

ROMA *verblassend:*
Schießt nur! Was von mir blieb, ist kugelsicher.

15

City. Versammlung der Grünzeughändler in Chikago.

ERSTER GRÜNZEUGHÄNDLER
Mord! Schlächterei! Erpressung! Willkür! Raub!

ZWEITER GRÜNZEUGHÄNDLER
Und Schlimmres: Duldung! Unterwerfung! Feigheit!

DRITTER GRÜNZEUGHÄNDLER
Was Duldung! Als die ersten zwei im Januar
In meinen Laden traten: Hände hoch!
Sah ich sie kalt von oben bis unten an
Und sagte ruhig: Meine Herren, ich weiche
Nur der Gewalt! Ich ließ sie deutlich merken
Daß ich mit ihnen nichts zu schaffen hatte
Und ihr Benehmen keineswegs billigte.
Ich war zu ihnen eisig. Schon mein Blick
Sagt' ihnen: Schön, hier ist die Ladenkasse
Doch nur des Brownings wegen!

VIERTER GRÜNZEUGHÄNDLER
Richtig! Ich
Wasch meine Händ in Unschuld! Unbedingt.
Sagt ich zu meiner Frau.

ERSTER GRÜNZEUGHÄNDLER *heftig:*
Was heißt da Feigheit?
Es war gesundes Denken. Wenn man stillhielt

Und knirschend zahlte, konnte man erwarten
Daß diese Unmenschen mit den Schießerein
Aufhören würden! Aber nichts davon!
Mord! Schlächterei! Erpressung! Willkür! Raub!

ZWEITER GRÜNZEUGHÄNDLER

Möglich ist so was nur mit uns! Kein Rückgrat!

FÜNFTER GRÜNZEUGHÄNDLER

Sag lieber: kein Browning! Ich verkauf Karfiol
Und bin kein Gangster.

DRITTER GRÜNZEUGHÄNDLER

Meine einzige Hoffnung
Ist, daß der Hund einmal auf solche trifft
Die ihm die Zähne zeigen. Laß ihn erst
Einmal woanders dieses Spiel probieren!

VIERTER GRÜNZEUGHÄNDLER

Zum Beispiel in Cicero!

Auftreten die Grünzeughändler von Cicero. Sie sind kalkweiß.

DIE CICEROER

Hallo, Chikago!

DIE CHIKAGOER

Hallo, Cicero! Und was wollt ihr hier?

DIE CICEROER

Wir
Sind hierher bestellt.

DIE CHIKAGOER

Von wem?

DIE CICEROER

von ihm.

ERSTER CHIKAGOER

Wie
Kann er euch herbestellen? Wie euch etwas vorschreiben? Wie kommandieren in Cicero?

ERSTER CICEROER

Mit dem Browning.

ZWEITER CICEROER

Wir weichen der Gewalt.

ERSTER CHIKAGOER

Verdammte Feigheit!

Seid ihr keine Männer? Gibt's in Cicero
Keine Richter?

ERSTER CICEROER

Nein.

DRITTER CICEROER

Nicht mehr.

DRITTER CHIKAGOER

Hört ihr, ihr müßt
Euch wehren, Leute! Diese schwarze Pest
Muß aufgehalten werden! Soll das Land
Von dieser Seuche aufgefressen werden?

ERSTER CHIKAGOER

Zuerst die eine Stadt und dann die andre!
Ihr seid dem Land den Kampf aufs Messer schuldig!

ZWEITER CICEROER

Wieso grad wir? Wir waschen unsre Hände
In Unschuld.

VIERTER CICEROER

Und wir hoffen, daß der Hund
Gott geb's, doch einmal noch auf solche trifft
Die ihm die Zähne zeigen.

Auftreten unter Fanfarenstößen Arturo Ui und Betty Dullfeet (in Trauer), gefolgt von Clark, Giri, Givola und Leibwächtern. Ui schreitet zwischen ihnen hindurch. Die Leibwächter nehmen im Hintergrund Stellung.

GIRI

Hallo, Kinder!
Sind alle da aus Cicero?

ERSTER CICEROER

Jawohl.

GIRI

Und aus Chikago?

ERSTER CHIKAGOER

Alle.

GIRI *zu Ui:*

Alles da.

GIVOLA

Willkommen, Grünzeughändler! Der Karfioltrust
Begrüßt euch herzlich.

Zu Clark:

Bitte sehr, Herr Clark!

CLARK

Ich tret mit einer Neuigkeit vor Sie.
Nach wochenlangen und nicht immer glatten
Verhandlungen – ich plaudre aus der Schule –
Hat sich die örtliche Großhandlung B. Dullfeet
Dem Karfioltrust angeschlossen. So
Erhalten Sie in Zukunft Ihr Gemüse
Vom Karfioltrust. Der Gewinn für Sie
Liegt auf der Hand: Erhöhte Sicherheit
Der Lieferung. Die neuen Preise, leicht
Erhöht, sind schon fixiert. Frau Betty Dullfeet
Ich schüttle Ihnen, als dem neuen Mitglied
Des Trusts, die Hand.

Clark und Betty Dullfeet schütteln sich die Hände.

GIVOLA

Es spricht: Arturo Ui!

Ui tritt vor das Mikrophon.

UI

Chikagoer und Ciceroer! Freunde!
Mitbürger! Als der alte Dogsborough
Ein ehrlicher Mann, Gott hab ihn selig, mich
Vor einem Jahr ersuchte, Tränen im Aug
Chikagos Grünzeughandel zu beschützen
War ich, obgleich gerührt, doch etwas skeptisch
Ob ich dies freudige Vertraun rechtfertigen könnt.
Nun, Dogsborough ist tot. Sein Testament
Liegt jedermann zur Einsicht vor. Er nennt
In schlichten Worten mich seinen Sohn. Und dankt
Mir tief bewegt für alles, was ich getan hab
Seit diesem Tag, wo ich seinem Rufe folgte.
Der Handel mit Grünzeug, sei es nun Karfiol
Sei's Schnittlauch, Zwiebeln oder was weiß ich, ist
Heut in Chikago ausgiebig beschützt
Ich darf wohl sagen: durch entschlossenes Handeln
Von meiner Seite. Als dann unerwartet
Ein andrer Mann, Ignatius Dullfeet, mir
Den gleichen Antrag stellte, nun für Cicero

War ich nicht abgeneigt, auch Cicero
In meinen Schutz zu nehmen. Nur eine Bedingung
Stellt ich sofort: Es mußt auf Wunsch der Laden-
besitzer sein! Durch freiwilligen Entschluß
Muß ich gerufen werden. Meinen Leuten
Schärfte ich ein: kein Zwang auf Cicero!
Die Stadt hat völlige Freiheit, mich zu wählen!
Ich will kein mürrisches »Schön!«, kein knirschendes
»Bitte!«.
Halbherziges Zustimmen ist mir widerlich.
Was ich verlange, ist ein freudiges »Ja!«
Ciceroischer Männer, knapp und ausdrucksvoll.
Und weil ich das will und, was ich will, ganz will
Stell ich die Frage auch an euch noch einmal
Leute aus Chikago, die ihr mich besser kennt
Und, wie ich annehmen darf, auch wirklich schätzt.
Wer ist für mich? Und wie ich nebenbei
Erwähnen will: Wer da nicht für mich ist
Ist gegen mich und wird für diese Haltung
Die Folgen selbst sich zuzuschreiben haben.
Jetzt könnt ihr wählen!

GIVOLA

Doch bevor ihr wählt
Hört noch Frau Dullfeet, allen euch bekannt
Und Witwe eines Mannes, euch allen teuer!

BETTY

Freunde! Da nunmehr euer aller Freund
Mein lieber Mann Ignatius Dullfeet, nicht mehr
Weilt unter uns …

GIVOLA

Er ruh in Frieden!

BETTY

Und
Euch nicht mehr Stütze sein kann, rat ich euch
Nun euer Vertraun zu setzen in Herrn Ui
Wie ich es selbst tu, seit ich ihn in dieser
Für mich so schweren Zeit näher und besser
Kennengelernt.

GIVOLA

Zur Wahl!

GIRI

Wer für Arturo Ui ist
Die Hände hoch!

Einige erheben sofort die Hand.

EIN CICEROER

Ist's auch erlaubt, zu gehn?

GIVOLA

Jedem steht frei, zu machen was er will.

Der Ciceroer geht zögernd hinaus. Zwei Leibwächter folgen ihm. Dann ertönt ein Schuß.

GIRI

Und nun zu euch! Was ist euer freier Entschluß?

Alle heben die Hände hoch, jeder beide Hände.

GIVOLA

Die Wahl ist aus, Chef, Ciceros Grünzeughändler
Und die Chikagos danken tiefbewegt
Und freudeschlotternd dir für deinen Schutz.

UI

Ich nehme euren Dank mit Stolz entgegen.
Als ich vor nunmehr fünfzehn Jahren als
Einfacher Sohn der Bronx und Arbeitsloser
Dem Ruf der Vorsehung folgend, mit nur sieben
Erprobten Männern auszog, in Chikago
Meinen Weg zu machen, war's mein fester Wille
Dem Grünzeughandel Frieden zu verschaffen.
's war eine kleine Schar damals, die schlicht
Jedoch fanatisch diesen Frieden wünschte!
Nun sind es viele. Und der Friede in
Chikagos Grünzeughandel ist kein Traum mehr.
Sondern rauhe Wirklichkeit. Und um den Frieden
Zu sichern, hab ich heute angeordnet
Daß unverzüglich neue Thompsonkanonen
Und Panzerautos und natürlich was
An Brownings, Gummiknüppeln und so weiter noch
Hinzukommt, angeschafft werden, denn nach Schutz
Schrein nicht nur Cicero und Chikago, sondern
Auch andre Städte: Michigan und Milwaukee!
Detroit! Toledo! Pittsburg! Cincinnati!
Wo's auch Gemüsehandel gibt! Flint! Boston!

Philadelphia! Baltimore! St. Louis! Little Rock!
Connecticut! New Jersey! Alleghany!
Cleveland! Columbia! Charleston! New York!
Das alles will geschützt sein! Und kein »Pfui«
Und kein »Das ist nicht fein!« hält auf den Ui!

Unter Trommeln und Fanfarenstößen schließt sich der Vorhang.

Während der Rede des Ui ist eine Schrift aufgetaucht:

DER WEG DER EROBERUNGEN WAR BESCHRITTEN. NACH ÖSTERREICH KAMEN DIE TSCHECHOSLOWAKEI, POLEN, DÄNEMARK, NORWEGEN, HOLLAND, BELGIEN, FRANKREICH, RUMÄNIEN, BULGARIEN, GRIECHENLAND.

Epilog

Ihr aber lernet, wie man sieht, statt stiert
Und handelt, statt zu reden noch und noch.
So was hätt einmal fast die Welt regiert!
Die Völker wurden seiner Herr, jedoch
Daß keiner uns zu früh da triumphiert –
Der Schoß ist fruchtbar noch, aus dem das kroch!

ANHANG

Frühe Variante des Prologs

Prolog

Vor den Leinenvorhang tritt der Ansager. Auf dem Vorhang sind große Ankündigungen zu lesen: »Neues vom Dockshilfeskandal« – »Der Kampf um des alten Dogsboroughs Testament und Geständnis« – »Sensation im großen Speicherbrandprozeß« – »Die Ermordung des Gangsters Ernesto Roma durch seine Freunde« – »Erpressung und Ermordung des Ignatius Dullfeet« – »Die Eroberung der Stadt Cicero durch Gangster«. Hinter dem Vorhang Bumsmusik.

DER ANSAGER

Verehrtes Publikum, wir bringen heute
– Ruhe dort hinten, Leute!
Und nehmen Sie den Hut ab, junge Frau! –
Die große historische Gangsterschau!
Enthaltend zum allererstenmal
Die Wahrheit über den großen Dockshilfeskandal.
Ferner bringen wir Ihnen zur Kenntnis
Dogsboroughs Testament und Geständnis.
Den Aufstieg des Arturo Ui während der Baisse!
Sensationen im berüchtigten Speicherbrandprozeß!
Den Dullfeetmord! Die Justiz im Koma!
Gangster unter sich: Die Abschlachtung des Ernesto Roma!
Zum Schluß das illuminierte Schlußtableau:
Gangster erobern die Stadt Cicero!
Sie sehen hier, von Künstlern dargestellt
Die berühmtesten Heroen unserer Gangsterwelt.
Sie sehen tote und Sie sehen lebendige
Vorübergegangene und beständige
Geborene und gewordene, so
Zum Beispiel den guten alten ehrlichen Dogsborough!
Vor den Vorhang tritt der alte Dogsborough.
Das Herz ist schwarz, das Haar ist weiß.
Mach deinen Diener, du verdorbener Greis!

Der alte Dogsborough tritt zurück, nachdem er sich verbeugt hat.

Sie sehen ferner bei uns – da
Ist er ja schon –
vor den Vorhang ist Givola getreten
den Blumenhändler Givola.
Mit seinem synthetisch geölten Maul
Verkauft er Ihnen einen Ziegenbock als Gaul.
Lügen, heißt es, haben kurze Beine!
Nun betrachten Sie seine!

Givola tritt hinkend zurück.

Und nun zu Emanuele Giri, dem Superclown!
Heraus mit dir, laß dich anschaun!

Vor den Vorhang tritt Giri und grüßt mit der Hand.

Einer der größten Killer aller Zeiten!
Weg mit dir!

Giri tritt erbost zurück.

Und nun zur größten unsrer Sehenswürdigkeiten!
Der Gangster aller Gangster! Der berüchtigte
Arturo Ui! Mit dem uns der Himmel züchtigte
Für alle unsre Sünden und Verbrechen
Gewalttaten, Dummheiten und Schwächen!

Vor den Vorhang tritt Ui und geht die Rampe entlang ab.

Wem fällt da nicht Richard der Dritte ein?
Seit den Zeiten der roten und weißen Rose
Sah man nicht mehr so große
Fulminante und blutige Schlächterein!
Verehrtes Publikum, angesichts davon
War es die Absicht der Direktion
Weder Kosten zu scheuen noch Sondergebühren
Und alles im großen Stile aufzuführen.
Jedoch ist alles streng wirklichkeitsgetreu
Denn was Sie heut abend sehen, ist nicht neu
Nicht erfunden und ausgedacht
Zensuriert und für Sie zurechtgemacht:
Was wir hier zeigen, weiß der ganze Kontinent:
Es ist das Gangsterstück, das jeder kennt!

Während die Musik anschwillt und das Knattern eines Maschinengewehrs sich ihr gesellt, tritt der Ansager geschäftig ab.

Szene 8d

d

Wenn es wieder hell wird, sitzt Dockdaisy im Zeugenstuhl.

DOCKDAISY *mit mechanischer Stimme*: Ich erkenne den Angeklagten sehr gut an seinem schuldbewußten Ausdruck und weil er einen Meter und siebzig groß ist. Ich habe von meiner Schwägerin gehört, daß er an dem Mittag, an dem mein Mann beim Betreten des Stadthauses erschossen wurde, vor dem Stadthaus gesehen wurde. Er hatte eine Maschinenpistole, Fabrikat Webster, unter dem Arm und machte einen verdächtigen Eindruck.
Dunkel. Die Orgel spielt weiter.

Frühe Variante der Szene 9a

Gegend der Docks. Aus einem zerschossenen Lastkraftwagen klettert ein blutüberströmter Chauffeur und taumelt nach vorn.

DER CHAUFFEUR
Hilfe! Ihr! Lauft nicht weg! Ihr müßt's bezeugen!
Mein Kamerad im Wagen ist hin! ... Ich bräucht
'nen Lappen für den Arm ... Sie schlachten uns
Als wischten sie vom Bierglas Fliegen. Mörder!
Von hinten und zu viert! Feiglinge! Aber
Ich weiß, wer's ist. Ich sah euch! – 's ist der Ui!
's ist Ui! 's ist Ui! 's ist ...
In unmittelbarer Nähe knattert ein Maschinengewehr und er bricht zusammen.
Ui und der Rest!
Helft, ich verblut! Stoppt keiner diese Pest?

Eine Schrift taucht auf:
DEM REICHSTAGSBRANDPROZESS FOLGTE DIE BERÜCHTIGTE »NACHT DER LANGEN MESSER«. DURCH NACKTEN TERROR SICHERTEN DIE NAZIS IHRE ABSOLUTE HERRSCHAFT.

Schweyk

Inszenierung

Das Zentrum des Bühnenbaus bildet die Wirtschaft »Zum Kelch« in Prag, mit schwärzlicher Eichentäfelung und Messingbeschlägen am Schanktisch, sowie einer Dampforgel, die einen transparenten Oberteil hat, in dem ein Mond und die fließende Moldau aufglühen können. Im dritten Akt erscheint dem Schweyk in Gedanken und Traum nur noch ein Teil des »Kelch«, sein Stammtisch. Die Anabasis dieses Aktes bewegt sich im Kreis um den Kelchrest, und die Weite des Marsches kann dadurch angedeutet werden, daß z. B. die Bauernhütte vor- und zurückrollt und sich dabei vergrößert und verkleinert. – Die Zwischenspiele sollten im Stil des Gruselmärchens sein. In ihnen allen kann die ganze Nazihierarchie auftreten (Hitler, Göring, Goebbels, wozu dann jeweils noch Himmler und von Bock kommen). Die Satrapen können durch »Heil«-Rufe die Verse akzentuieren.

Personen

Schweyk, Hundehändler in Prag · Baloun, sein Freund, ein Photograph · Anna Kopecka, Wirtin des Wirtshauses »Zum Kelch« · Der junge Prohaska, ihr Verehrer, ein Schlächtersohn · Brettschneider, Gestapoagent · Bullinger, Scharführer der SS · SS-Mann Müller 2 · Der Feldkurat · Anna, ein Dienstmädchen · Kati, ihre Freundin · Hitler · Himmler · Göring · Goebbels · von Bock · Nebenpersonen

Vorspiel in den höheren Regionen

Kriegerische Musik. Hitler, Göring, Goebbels und Himmler um einen Globus. Alle sind überlebensgroß außer Goebbels, der überlebensklein ist.

HITLER

Meine Herrn Parteigenossen, nachdem ich jetzt Deutschland
Unterworfen habe mit eiserner Hand
Kann ich darangehn, nunmehr die ganze Welt zu unterwerfen
Meiner Meinung eine Frage von Tanks, Stukas und guten Nerven.

Er legt seine Hand auf den Globus. Es verbreitet sich darauf ein blutiger Fleck. Göring, Goebbels und Himmler rufen »Heil«.

Aber, daß ich das doch nicht in der Eile vergeß
Wie, mein lieber Chef der Polizei und SS
Steht eigentlich der kleine Mann zu mir?
Ich meine nicht nur, der hier
Sondern auch der in Österreich und der Tschechei
(Oder wie diese Länder geheißen haben, es ist einerlei)
Ist er für mich, oder – liebt er mich?
Würde er mir im Notfall beispringen, oder – ließe er sich im Stich?
Wie steht er zu mir, der die Staatskunst, Redekunst, Baukunst und Kriegskunst meistert –
Kurz, wie blickt er zu mir auf?

HIMMLER

Begeistert.

HITLER

Hat er die Opferfreude, Treue und Hingabe
Besonders auch seiner Habe
Die ich brauche für meinen Krieg, denn so gescheit ich
Schließlich bin, ich bin auch nur ein Mensch ...

HIMMLER

Das bestreit ich.

HITLER

Das will ich hoffen. Aber wie gesagt
Wenn mich diese chronische Schlaflosigkeit plagt
Frag ich mich: wo steht in Europa der kleine Mann?

HIMMLER

Mein Führer, zum Teil betet er Sie an
Wie einen Gott und zum Teil
Liebt er Sie wie eine Geliebte, genau wie in Deutschland!

GÖRING, GOEBBELS, HIMMLER

Heil!

I

Im Wirtshaus »Zum Kelch« sitzen Schweyk und Baloun beim Frühschoppen. Die Wirtin Frau Anna Kopecka bedient einen betrunkenen SS-Mann. Am Schanktisch sitzt der junge Prohaska.

FRAU KOPECKA Sie haben fünf Pilsner und ein sechstes möcht ich Ihnen lieber nicht geben, weil Sies nicht gewohnt sind.

SS-MANN Geben Sie mir noch eines, das ist ein Befehl, Sie wissen, was das heißt, und wenn Sie vernünftig sind und kuschen, weih ich Sie in das Geheimnis ein, es wird Sie nicht reuen.

FRAU KOPECKA Ich wills nicht wissen. Darum geb ich Ihnen kein Bier mehr, daß Sie nicht Ihre Geheimnisse ausplaudern und ich hab die Bescherung.

SS-MANN Das ist sehr klug von Ihnen, ich möchte es Ihnen auch geraten haben. Wer dieses Geheimnis weiß, wird erschossen. Sie haben ein Attentat auf den Adolf gemacht, in München. Er ist beinah draufgegangen, um ein Haar.

FRAU KOPECKA Ihren Mund haltens. Sie sind besoffen.

SCHWEYK *freundlich vom Nebentisch:* Was für ein Adolf is es denn? Ich kenn zwei Adolfe. Einen, der war Kommis beim Drogisten Pruscha und is jetzt im Kazett, weil er konzentrierte Salzsäure nur an Tschechen verkaufen hat wollen, und dann kenn ich noch den Adolf Kokoschka, der was den Hundedreck sammelt und auch im Kazett is, weil er geäußert haben soll, daß der Dreck von einer englischen Bulldogge der beste is. Um beide is kein Schad.

SS-MANN *erhebt sich und salutiert:* Heil Hitler!

SCHWEYK *erhebt sich ebenfalls und salutiert:* Heil Hitler.

SS-MANN *drohend:* Paßts Ihnen etwa nicht?

SCHWEYK Zu Befehl, Herr SS, es paßt mir gut.

FRAU KOPECKA *kommt mit Bier:* Da haben Sie Ihr Pilsner, jetzt ist es schon gleich. Aber jetzt setzen Sie sich ruhig hin und plauschen nicht Ihrem Führer seine Geheimnisse aus, wo niemand wissen will. Hier ist keine Politik. *Sie zeigt auf eine Tafel: »Trink dein Slibowitz oder Bier / und red nicht Politik bei mir. Anna Kopecka.«* Ich bin Gewerbetreibende, wenn jemand kommt und sich ein Bier bestellt, schenk ichs ihm ein, aber damit hörts auf.

DER JUNGE PROHASKA *wenn sie an den Schanktisch zurückkommt:* Warum lassen Sie die Menschen sich nicht amüsieren, Frau Anna?

FRAU KOPECKA Weil mir dann die Nazis den »Kelch« schließen, Herr Prohaska.

SCHWEYK *sitzt wieder:* Wenns der Hitler war, auf den sie ein Attentat gemacht haben, das wär gelungen.

FRAU KOPECKA Sie sind auch ruhig, Herr Schweyk, Sie gehts nichts an.

SCHWEYK Wenns geschehn is, könnts sein, weil die Kartoffeln knapp wern. Das können die Leut nicht vertragn. Aber daran is nur die Ordnung schuld, weil alles eingeteilt wird, jedes Büschel Suppengrün is ein Punkt auf der Rationierungskart, das is Ordnung und ich hab sagen hern, der Hitler hat eine größere Ordnung gebracht, als man für menschenmöglich gehalten hat. Wo viel is, herrscht keine Ordnung. Warum, wenn ich grad einen Dachshund verkauft hab, sind in meiner Taschen Kronenschein, Zehnerln und Fünferln, alles kunterbunt, aber wenn ich stier bin, vielleicht nur ein Kronenschein und ein Zehnerl und wie soll da schon viel Unordnung sein unter ihnen? In Italien, wie der Mussolini gekommen is, hamm sich die Züg nicht mehr verspätet. Es sind schon sieben bis acht Attentate auf ihn veribt worn.

FRAU KOPECKA Blödelns nicht, trinkens Ihr Bier. Wenn was passiert is, wern wirs alle ausbaden.

SCHWEYK Was ich nicht begreif, is, daß du den Kopf hängen läßt auf diese Nachricht, Baloun, da wirst du eine Seltenheit sein in Prag heut.

BALOUN Daß die Lebensmittel knapp wern in so einem Krieg, das sagt sich leicht, aber ich hab kein richtiges Mahl mehr gehabt seit Fronleichnam voriges Jahr mit all die Lebensmittelkarten und zwei Deka Fleisch in der Wochen. *Auf den SS-Mann:* Denen kanns recht sein, schau dir an, wie gut gefüttert die sind, ich muß ihn ein bissel ausfragen. *Er geht zum SS-Mann hinüber.* Was habens gegessen zun Mittag, Herr Nachbar, daß Sie so durstig geworn sind, wenn ich fragen darf? Ich wett, was mit Pfeffer, vielleicht Gulasch!

SS-MANN Das geht Sie nichts an, das ist ein militärisches Geheimnis, Hackbraten.

BALOUN Mit Sauce. War ein frisches Gemüserl dabei? Ich will nicht, daß Sie was ausplaudern, aber wenns Wirsing war, war er gut durchgedreht, davon hängt alles ab. Ach ja, in Prszlau, vorn Hitler, Sie entschuldigen, hab ich einen Hackbraten gegessen im »Schwan«, der war besser als beim Plattner.

FRAU KOPECKA *zu Schweyk:* Könnens nicht den Herrn Baloun von dem SS-Mann wegbringen, gestern hat er den Herrn Brettschneider von der Gestapo, ich wunder mich, wo er heut bleibt, so lang nach den Portionen in der deutschen Armee gefragt, daß er fast als Spion verhaftet worn is.

SCHWEYK Da können nix machen. Essen is bei ihm ein Laster.

BALOUN *zum SS-Mann:* Is Ihnen bekannt, ob bei den Freiwilligen, wo die Deutschen in Prag anwerben für den russischen Feldzug, die Portionen ebenso groß sind wie in der deutschen Armee oder is das ein falsches Gerücht?

FRAU KOPECKA Herr Baloun, belästigen Sie den Herrn nicht, er is privat hier und Sie sollten sich schämen, solche Fragen an ihn stellen, als Tscheche.

BALOUN *schuldbewußt:* Ich mein nix Schlimmes, sonst möcht ich nicht in aller Unschuld fragen, ich kenn Ihre Einstellung, Frau Kopecka.

FRAU KOPECKA Ich hab keine Einstellung, ich hab ein Wirtshaus. Ich seh nur auf gewöhnlichen Anstand bei den Gästen, Herr Baloun, es is schrecklich mit Ihnen.

SS-MANN Wollen Sie sich zu der Legion melden?

BALOUN Ich frag doch nur.

SS-MANN Wenn Sie ein Interesse haben, führ ich Sie zur Meldstelle. Die Menage ist ausgezeichnet, wenn Sies interessiert. Die Ukraine wird die Kornkammer des Dritten Reichs. Wie wir in Holland waren, hab ich so viele Pakete heimgeschickt, daß ich sogar meine Tante versorgt habe, die ich nicht ausstehn kann. Heitler.

BALOUN *steht ebenfalls auf:* Heil Hitler.

SCHWEYK *der hinzugetreten ist:* Du mußt nicht sagen »Heil Hitler«, sondern wie der Herr, ders wissen muß, »Heitler«, das zeigt, daß dus gewohnt bist und es auch im Schlaf sagst, zu Haus.

FRAU KOPECKA *stellt dem SS-Mann einen Schnaps hin:* Trinkens das noch.

SS-MANN *umarmt Baloun:* Du willst dich also freiwillig melden gegen die Bolschewiken, das hör ich gern; du bist ein Sautschech, aber ein vernünftiger, ich geh mit dir zur Meldestelle.

FRAU KOPECKA *drückt ihn auf seinen Stuhl hinunter:* Trinkens Ihren Slibowitz, das wird Sie beruhigen. *Zu Baloun:* Ich hätt gute Lust und schmeißet Sie hinaus, Sie haben keine Würde, das kommt von der unnatürlichen Freßsucht bei Ihnen. Kennens das Lied, das jetzt gesungen wird? Ich wers Ihnen vorsingen, Sie haben erst zwei Bier, da solltens noch Ihre Vernunft beisammen haben. *Sie singt das Lied vom Weib des Nazisoldaten. Der SS-Mann nickt triumphierend am Ende jeder Strophe, aber vor der letzten sinkt ihm der Kopf auf den Tisch, da er jetzt völlig betrunken ist.*

SCHWEYK Ein sehr schönes Lied. *Zu Baloun:* Es beweist dir, daß du es dir zweimal überlegen sollst, bis du etwas Unüberlegtes tust. Laß es dir nicht einfallen, nach Rußland zu ziehn, mitn Hitler wegen große Rationen und dann erfrierst du, du Ochs.

BALOUN *hat, erschüttert durch das Lied, den Kopf auf die Ellbögen gelegt und zu schluchzen angefangen:* Jesus Maria, was wird aus mir mit meiner Verfressenheit? Ihr müßt was unternehmen mit mir, sonst verkomm ich vollens, ich kann nicht mehr ein guter Tschech sein aufn leeren Magen.

SCHWEYK Wenn du schwören würdst auf die Jungfrau Maria, daß du nie zu der Legion gehen wirst aus Freßsucht, würdst dus halten. *Zur Kopecka:* Er is religiös. Aber würdst dus schwören? Nein.

BALOUN Auf nix hin kann ich nicht schwören, es is kein Jux.

FRAU KOPECKA Es is schrecklich. Sie sind doch ein erwachsener Mensch.

BALOUN Aber ein schwacher.

SCHWEYK Wenn man dir einen Teller mit Schweinernem hinstellen könnt, »da, iß, verkommener Mensch, aber schwör, daß du ein guter Tschech bleiben wirst«, dann möchst du schwören, wie ich dich kenn, das heißt wenn man den Teller in der Hand behält und ihn sogleich wieder wegzieht, wenn du nicht schwörst, das würd gehen mit dir.

BALOUN Das is wahr, aber man müßt ihn in der Hand behalten.

SCHWEYK Und du würdst es nur halten, wenn du bein Schwur niedergingst auf deine Knie und schwörst es auf die Bibel und vor alle Leut, hab ich recht?

Baloun nickt.

FRAU KOPECKA Ich möchts fast versuchen mit Ihnen. *Sie geht zum jungen Prohaska zurück.*

DER JUNGE PROHASKA Wenn ich Sie nur singen hör, muß ich mich schon zurückhalten.

FRAU KOPECKA *zerstreut:* Warum?

DER JUNGE PROHASKA Liebe.

FRAU KOPECKA Woher wollens das wissen, daß es Liebe is und nicht nur eine zufällige Anwandlung?

DER JUNGE PROHASKA Frau Anna, ich weiß. Gestern hab ich einer Kundin ihr eigenes Tascherl eingepackt statt ein Schnitzel, daß ich Anständ mit meinem Vater bekommen hab, weil ich meine Gedanken bei Ihnen gehabt hab. Und in der Früh hab ich Kopfweh. Es is Liebe.

FRAU KOPECKA Dann fragt sich immer noch, wieviel Liebe es is, nicht?

DER JUNGE PROHASKA Was meinens damit, Frau Anna?

FRAU KOPECKA Ich mein, wofür würd die Liebe auslangen? Vielleicht nur zu einem Naseschneuzen, wies schon vorgekommen is.

DER JUNGE PROHASKA Frau Anna, schneidens mir bitte nicht in die Seel mit einer solchen kalten Anschuldigung, die ich zurückweis. Sie langt zu allem aus, wenn sie nur angenommen würd. Aber da fehlts.

FRAU KOPECKA Ich frag mich, ob sie zum Beispiel zu zwei Pfund Gselchtem auslangen würd.

DER JUNGE PROHASKA Frau Anna! Wie könnens so was Materialistisches aufbringen in so einem Moment!

FRAU KOPECKA *indem sie sich wegwendet, Flaschen zu zählen:* Sehens! Gleich is zuviel.

DER JUNGE PROHASKA *kopfschüttelnd:* Ich versteh Sie wieder nicht. Schiffe, die sich nachts begegnen, Frau Anna.

BALOUN *hoffnungslos:* Das datiert bei mir nicht von diesem Krieg her, das is schon eine alte Krankheit, diese Gefräßigkeit. Wegen ihr is meine Schwester mit den Kindern, wo ich damals gewohnt hab, nach Klokota zur Kirchweih gegangen. Aber nicht einmal Klokota hat genützt. Die Schwester mitn Kindern kommt von der Kirchweih und fängt schon an, die Hennen zu zähln. Eine oder zwei fehln. Aber ich hab mir nicht helfen können, ich hab gewußt, daß sie in der Wirtschaft wegen den Eiern nötig sind, aber ich geh heraus, verschau mich in sie, auf einmal spür ich euch im Magen einen Abgrund und in einer Stunde is mir schon gut und die Henne schon gerupft. Mir is wahrscheinlich nicht zu helfen.

DER JUNGE PROHASKA Ham Sie das ernst gemeint?

FRAU KOPECKA Ganz ernst.

DER JUNGE PROHASKA Frau Anna, wann wollens die zwei Pfund? Morgen?

FRAU KOPECKA Sind Sie nicht leichtfertig mit dem Versprechen? Sie hättens aus dem Laden von Ihrem Herrn Vater zu nehmen ohne Erlaubnis und ohne Fleischkart und das heißt jetzt Schleichhandel und darauf steht Erschießen, wenns aufkommt.

PROHASKA Denkens wirklich, daß ich mich nicht für Sie erschießen lassen würd, wenn ich wüßt, ich erreich was damit bei Ihnen?

Schweyk und Baloun haben die Unterredung verfolgt.

SCHWEYK *anerkennend:* Das is, wie ein verliebter Mensch sein soll. In Pilsen hat sich ein junger Mensch für eine Witwe, wo sogar schon nicht mehr ganz jung war, am Scheunenbalken aufgehängt, weil sie im Gespräch hat fallen lassen, er tut nichts für sie, und im »Bären« hat einer sich am Abort die Pulsader aufgeschnitten, weil die Kellnerin einem andern Gast besser eingeschenkt hat, ein Familienvater. Paar Tag später haben sich von der Wenzeslausbrücken zwei in die Moldau gestürzt wegen einer Person, aber da wars wegn ihren Geld; sie war, her ich, vermögend.

FRAU KOPECKA Ich muß zugeben, das hört man nicht alle Tag als Frau, Herr Prohaska.

DER JUNGE PROHASKA Nicht wahr! Ich brings morgen mittag, is das früh genug?

FRAU KOPECKA Ich möcht nicht, daß Sie sich gefährden, es is aber für eine gute Sach, nicht für mich. Sie haben selber gehört, der Herr Baloun muß ein richtiges Mahl mit Fleisch haben, sonst kommt er auf schlechte Gedanken.

DER JUNGE PROHASKA Sie wollen also nicht, daß ich mich in Gefahr bring. Das is Ihnen so herausgerutscht, hab ich recht? Es is Ihnen nicht gleich, wenn ich erschossen werd, nehmen Sies jetzt nicht zurück, daß Sie mich glücklich machen. Frau Anna, es is beschlossen, Sie können mit dem Geselchten rechnen, und wenn ich krepier deswegen.

FRAU KOPECKA Kommens morgen mittag her, Herr Baloun, ich versprich nichts, aber es schaut aus, als ob Sie ein Mahl kriegen.

BALOUN Wenn ich nur noch ein Mahl krieget, mecht ich mir alle schlechtn Gedanken ausn Kopf schlagn. Aber ich fang nicht an mit dem Freuen, vor ichs vor mir seh, ich hab zuviel erlebt.

SCHWEYK *auf den SS-Mann:* Ich glaub, er hats vergessen, sobald er aufwacht, er is besoffen. *Er schreit ihm ins Ohr.* Hoch Benesch! *Als der sich nicht rührt.* Das ist das sicherste Zeichen, daß er nicht beir Besinnung ist, sonst möcht er aus mir Dreck machen, weil sie sich da fürchten.

Der Gestapoagent Brettschneider ist eingetreten.

BRETTSCHNEIDER Wer fürcht sich?

SCHWEYK *bestimmt:* Die SS-Männer. Setzen Sie sich zu uns, Herr Brettschneider. Ein Pilsner für den Herrn, Frau Kopecka, es macht heiß heut.

BRETTSCHNEIDER Und wovor fürchten sie sich Ihrer Meinung nach?

SCHWEYK Daß sie unaufmerksam sind und lassen eine hochverräterische Äußerung durchgehn oder was weiß ich. Aber vielleicht wollens Ihre Zeitung ungestört hier lesen und ich halt Sie ab.

BRETTSCHNEIDER *setzt sich mit seiner Zeitung:* Mich stört keiner, wenn, was er sagt, intressant ist. Frau Kopecka, Sie schauen heut wieder aus wie ein Maiglöckerl.

FRAU KOPECKA *setzt ihm ein Bier vor:* Sagens lieber Juniglöckerl.

DER JUNGE PROHASKA *wenn sie am Schanktisch zurück ist:* Ich an Ihrer Stell mecht ihm nicht gestattn, daß er sich solche Freiheitn herausnimmt gegen Sie.

BRETTSCHNEIDER *seine Zeitung entfaltend:* Das ist eine Extraausgabe. Auf den Führer ist ein Bombenattentat verübt worden in einem Münchener Bräukeller. Was sagen Sie dazu?

SCHWEYK Hat er lang leiden müssen?

BRETTSCHNEIDER Er ist nicht verletzt worden, da die Bombe zu spät explodiert ist.

SCHWEYK Wahrscheinlich eine billige. Heut stellens alles in der Massenproduktion her und dann wundern sie sich, wenn es keine Qualität ist. Warum, so ein Artikel is nicht mit der Liebe gemacht wie früher eine Handarbeit, hab ich recht? Aber daß sie für eine solche Gelegenheit keine bessere Bomb wählen, is eine Nachlässigkeit von ihrer Seit. In Cesky Krumlov hat ein Schlachter einmal ...

BRETTSCHNEIDER *unterbricht ihn:* Das nennen Sie eine Nachlässigkeit, wenn der Führer beinah seinen Tod findet?

SCHWEYK So ein Wort wie »beinah« is oft eine Täuschung, Herr Brettschneider. 38, wenn sie uns in München ausverkauft hamm, haben wir beinah Krieg geführt, aber dann haben wir beinah alles verloren, wie wir still gehalten hamm. Schon im ersten Weltkrieg hat Österreich beinah Serbien besiegt und Deutschland beinah Frankreich. Auf beinah könnens nicht rechnen.

BRETTSCHNEIDER Sprechen Sie weiter, es ist intressant. Sie haben interessante Gäste, Frau Kopecka. So politisch versierte.

FRAU KOPECKA Ein Gast is wie der andere. Für uns Gewerbetreibende gibts keine Politik. Bezahl dir dein Bier und setz dich hin und quatsch, was du willst. Aber Sie hamm genug gequatscht, Herr Schweyk, für zwei Glas Bier.

BRETTSCHNEIDER Ich hab das Gefühl, Sie hätten es nicht für einen großen Verlust für das Protektorat gehalten, wenn der Führer jetzt tot wäre.

SCHWEYK Ein Verlust wär es, das läßt sich nicht leugnen. Ein fürchterlicher außerdem. Der Hitler läßt sich nicht durch jeden beliebigen Trottel ersetzen. Auf den Hitler schimpfen viele. Es wundert mich nicht, daß er angegriffen wird.

BRETTSCHNEIDER *hoffnungsvoll:* Wie meinen Sie das?

SCHWEYK *lebhaft:* Die großen Männer sind immer schlecht angeschrieben beim gewöhnlichen Volk, wie einmal der Redakteur von »Feld und Garten« geschrieben hat. Warum, es versteht sie nicht und hält alles für überflüssig, sogar das Heldentum. Der kleine Mann scheißt sich was auf eine große Zeit, er will bissel ins Wirtshaus gehn und Gulasch auf die Nacht. Und auf so eine Bagage soll ein Staatsmann sich nicht giften, wo er es schaffen muß, daß ein Volk ins Schullesebüchel kommt, der arme Hund. Einem großen Mann is das gewöhnliche Volk eine Kugel am Bein, das is, wie wenn Sie dem Baloun mit sein Appetit zum Abendessen ein Debrecziner Würstel vorsetzen, das is für nix. Ich möcht nicht zuhören, wie die Großen auf uns schimpfen, wenns beieinander sind.

BRETTSCHNEIDER Sind Sie vielleicht der Meinung, daß das deutsche Volk nicht hinter dem Führer steht, sondern meckert?

FRAU KOPECKA Meine Herren, ich bitt Sie, sprechen Sie von was anderm, es hat keinen Sinn, die Zeiten sind zu ernst.

SCHWEYK *nimmt einen tüchtigen Schluck Bier:* Das deutsche Volk steht hinter dem Führer, Herr Brettschneider, das laßt sich nicht leugnen. Wie der Reichsmarschall Göring ausgerufen hat: »Man versteht den Führer nicht immer sogleich, er is zu groß.« Er muß es wissen. *Vertraulich.* Es is erstaunlich, was sie dem Hitler für Prügel zwischen die Bein geworfen hamm, sobald er eine von seinen Ideen gehabt hat, sogar von oben. Vorigen Herbst hat er, her ich, ein Gebäude bauen wollen, was von Leipzig bis nach Dresden hätt reichen solln, ein Tempel zur Erinnerung an Deutschland, wenns untergegangen is durch einen großen Plan, wo er schon geplant hat bis ins einzelne, da habens schon wieder im Ministerium die Kepf geschittelt mit »zu groß«, weils eben keinen Sinn haben für was Unbegreifliches, was sich ein Schenie so ausdenkt, wenns nix zu tun hat. In Weltkrieg hat er sie jetzt nur gebracht, indem er gesagt hat, er will nur die Stadt Danzig, sonst nix und es is sein letzter Herzenswunsch. Und das sind schon die Obern und Gebildeten, Generäle und Direktoren von die IG Farben, denens wurst sein könnt, weil, zahlen sies? Der gemeine Mann is noch viel schlimmer. Wenn er hert, er soll sterben für was Großes, paßts ihm nicht in seinen Kram und er mäkelt herum und stiert mitn Löffel in die Kuttelfleck herum, als obs ihm nicht schmeckt, und das soll einen Führer nicht wurmen, wo er sich angestrengt hat, daß er sich wirklich was Niedagewesenes für sie ausdenkt oder auch nur eine Welteroberung. Was kann man schon mehr erobern, das is auch begrenzt, wie alles. Ich habs gern.

BRETTSCHNEIDER Und Sie behaupten also, daß der Führer die Welt erobern will? Und er muß nicht nur Deutschland gegen seine jüdischen Feinde und die Plutokratien verteidigen?

SCHWEYK Sie müssens nicht so nehmen, er denkt sich nichts Schlechtes dabei. Die Welt erobern, das is für ihn was ganz Gewöhnliches wie für Sie Biertrinken, es macht ihm Spaß und er versuchts jedenfalls einmal. Wehe den perfiden Britten, mehr sag ich euch nicht.

BRETTSCHNEIDER *steht auf:* Mehr müssen Sie auch nicht sagen. Kommen Sie mit mir in die Petschekbank auf die Gestapo, dort werden wir Ihnen was sagen.

FRAU KOPECKA Aber Herr Brettschneider, der Herr Schweyk hat doch nur ganz unschuldige Sachen gesagt, bringens ihn nicht ins Unglück.

SCHWEYK Ich bin so unschuldig, daß ich verhaftet wer. Ich hab zwei Biere und ein Slibowitz. *Zu Brettschneider, nachdem er gezahlt hat, freundlich:* Ich bitt um Entschuldigung, daß ich voraus durch die Tür tret, damit Sie mich im Aug haben und gut bewachen können.

Brettschneider und Schweyk ab.

BALOUN Den erschießens jetzt vielleicht.

FRAU KOPECKA Nehmens besser einen Slibowitz, Herr Prohaska. Ihnen ist der Schock auch in die Glieder gefahren, nicht?

DER JUNGE PROHASKA Die sind schnell mitn Mitnehmen.

2

Im Gestapohauptquartier in der Petschekbank steht Schweyk mit dem Agenten Brettschneider vor dem Scharführer Ludwig Bullinger. Im Hintergrund ein SS-Mann.

SCHARFÜHRER BULLINGER Dieses Wirtshaus »Zum Kelch« scheint ja ein nettes Nest subversiver Gestalten zu sein, wie?

BRETTSCHNEIDER *eilig:* Keineswegs, Herr Scharführer. Die Wirtin Kopecka ist eine sehr ordentliche Frau, die sich nicht mit Politik abgibt; der Schweyk ist eine gefährliche Ausnahme unter den Stammgästen, den ich schon einige Zeit im Aug gehabt habe.

Das Telefon auf Bullingers Tisch surrt. Er hebt den Hörer und man hört mit ihm eine Stimme aus dem Lautsprecher.

DIE TELEFONSTIMME Rollkommando. Der Bankier Kruscha will keine Äußerungen über das Attentat gemacht haben, da er die Zeitungsnachricht nicht hat lesen können, weil er schon vorher verhaftet war.

BULLINGER Ist er die Kommerzbank? Dann zehn übers Gesäß. *Zu Schweyk:* So, so einer bist du. Zuerst stelle ich dir eine Frage. Wenn du schon da die Antwort nicht weißt, Sau, dann nimmt Müller 2 *auf den SS-Mann* dich in den Keller zum Erziehen, verstehst du? Die Frage lautet: Scheißt du dick oder scheißt du dünn?

SCHWEYK Melde gehorsamst, Herr Scharführer, ich scheiß, wie Sies wünschn.

BULLINGER Antwort korrekt. Aber du hast Äußerungen getan, die die Sicherheit des deutschen Reiches gefährden, den Verteidigungskrieg des Führers einen Eroberungskrieg genannt, Kritik an der Lebensmittelzuteilung geübt und so weiter und so weiter. Was hast du dazu zu sagen?

SCHWEYK Es is viel. Allzuviel is ungesund.

SCHARFÜHRER BULLINGER *mit schwerer Ironie:* Gut, daß dus einsiehst.

SCHWEYK Ich seh alles ein, Strenge muß sein, ohne Strenge möcht niemand nirgends hinkommen, wie unser Feldwebel beim 91. gesagt hat: »Wenn man euch nicht zwiebelt, möchtet ihr die Hosen fallen lassen und auf die Bäum klettern.« Dasselbe hab ich mir auch heute nacht gesagt, wie ich mißhandelt worden bin.

SCHARFÜHRER BULLINGER Ach, du bist mißhandelt worden, da schau her.

SCHWEYK In der Zell. Ein Herr von der SS is hereingekommen und hat mir mit dem Lederriemen eins über den Kopf gegebn, und wie ich gestöhnt hab, hat er auf mich geleuchtet und gesagt: »Das is ein Irrtum, das is er nicht.« Und is darüber so in Wut geraten, daß er sich geirrt hat, daß er mir noch eins übern Rücken gehaut hat. Das liegt schon so in der menschlichen Natur, daß der Mensch sich bis zu seinem Tod irrt.

SCHARFÜHRER BULLINGER So. Und du gestehst alles zu, was hier über deine Äußerungen steht? *Auf Brettschneiders Rapport zeigend.*

SCHWEYK Wenn Sie wünschen, Euer Hochwohlgeboren, daß ich gesteh, so gesteh ich, mir kanns nicht schaden. Wenn Sie aber sagen: »Schweyk, gestehn Sie nichts ein«, wer ich mich herausdrehn, bis man mich in Stücke reißt.

SCHARFÜHRER BULLINGER *brüllt:* Halt das Maul! Abführen!

SCHWEYK *als Brettschneider ihn bis zur Tür geführt hat, die rechte Hand ausstreckend, laut:* Lang lebe unser Führer Adolf Hitler. Diesen Krieg gewinnen wir!

SCHARFÜHRER BULLINGER *konsterniert:* Bist du blöd?

SCHWEYK Melde gehorsamst, Herr Scharführer, daß ja. Ich kann mir nicht helfen, man hat mich schon beim Militär wegen Blödheit superarbitriert. Ich bin amtlich von einer ärztlichen Kommission für einen Idioten erklärt worn.

SCHARFÜHRER BULLINGER Brettschneider! Haben Sie nicht gemerkt, daß der Mann blöd ist?

BRETTSCHNEIDER *gekränkt:* Herr Scharführer, die Äußerungen des Schweyk im »Kelch« waren wie die von einem blöden Menschen, der seine Gemeinheiten so anbringt, daß man ihm nichts beweisen kann.

SCHARFÜHRER BULLINGER Und sind Sie der Meinung, daß, was wir von ihm hier eben gehört haben, die Äußerung eines Menschen ist, der seine fünf Sinne zusammen hat?

BRETTSCHNEIDER Herr Bullinger, dieser Meinung bin ich auch jetzt noch. Aber wenn Sie ihn aus irgendeinem Grund nicht haben wollen, nehm ich ihn zurück. Nur, wir von der Fahndungsabteilung haben unsere Zeit auch nicht gestohlen.

BULLINGER Brettschneider, nach meiner Ansicht sind Sie ein Scheißer.

BRETTSCHNEIDER Herr Scharführer, das muß ich mir von Ihnen nicht sagen lassen.

BULLINGER Und ich möchte, daß Sies gestehen. Es ist nicht viel und es würde Sie erleichtern. Geben Sies zu, Sie sind ein Scheißer.

BRETTSCHNEIDER Ich weiß nicht, was Sie zu einer solchen Ansicht über mich bringt, Herr Bullinger, ich bin als Beamter pflichtgetreu bis ins Detail, ich …

DIE TELEFONSTIMME Rollkommando. Der Kruscha hat sich bereit erklärt, Ihren Herrn Bruder als Kompagnon aufzunehmen in die Kommerzbank, leugnet aber entschieden, die Äußerungen gemacht zu haben.

BULLINGER Weitere zehn aufs Gesäß, ich brauch die Äußerungen. *Zu Brettschneider, beinahe bittend:* Sehen Sie, was verlang ich schon von Ihnen? Wenn Sies eingestehen, nimmts Ihnen nichts von Ihrer Ehre, es ist rein persönlich, Sie sind ein Scheißer, warum es nicht zugeben? Wenn ich Sie beinah demütig bitt? *Zu Schweyk:* Red ihm zu, du.

SCHWEYK Melde gehorsamst, daß ich mich nicht einmischen möcht zwischn die beiden Herrn, daß ich aber versteh, was Sie meinen, Herr Scharführer. Es is aber schmerzlich für den Herrn Brettschneider, indem er ein so guter Spürhund is und es sich sozusagn nicht verdient hat.

SCHARFÜHRER BULLINGER *traurig:* Du verrätst mich also auch, du Sau. »Und der Hahn krähte zum dritten Mal«, wies in der Judenbibel heißt. Brettschneider, ich werd es Ihnen noch abringen, aber jetzt hab ich keine Zeit für was Privates, ich hab noch 97 Fälle. Werfen Sie den Idioten da hinaus und bringen Sie mir einmal was Besseres.

SCHWEYK *schreitet auf ihn zu und küßt ihm die Hand:* Vergelts Gott tausendmal, wenn Sie mal ein Hunterl brauchen sollten, wenden Sie sich gefälligst an mich. Ich hab ein Geschäft mit Hunden.

SCHARFÜHRER BULLINGER Kazett. *Als Brettschneider Schweyk wieder abführen will.* Halt! Lassen Sie mich mit dem Mann allein.

Brettschneider böse ab. Auch SS-Mann ab.

DIE TELEFONSTIMME Rollkommando. Der Kruscha hat die Äußerungen gestanden, aber nur, daß ihm das Attentat gleich ist, nicht, daß es ihn freut, und nicht, daß der Führer ein Hanswurst ist, sondern nur, daß er auch nur ein Mensch ist.

BULLINGER Fünf weitere, bis es ihn freut und bis der Führer ein blutiger Hanswurst ist. *Zu Schweyk, der ihn freundlich anlächelt:* Ist dir bekannt, daß wir dir im Kazett die Gliedmaßen einzeln ausrupfen, wenn du mit uns Schabernack treiben willst, du Lump?

SCHWEYK Das is mir bekannt. Da bist du gleich erschossen, bevor du auf vier zählen kannst.

SCHARFÜHRER BULLINGER Du bist also ein Hundefritze. Ich hab da auf der Promenade einen reinrassigen Spitz gesehn, der mir gefallen hat, mit einem weißen Fleck am Ohr.

SCHWEYK *unterbricht ihn:* Melde gehorsamst, Herr Scharführer, daß ich das Vieh beruflich kenn. Das hamm schon viele wolln. Es hat einen weißlichen Fleck am linken Ohrwaschel, hab ich recht, es gehört dem Herrn Ministerialrat Wodja. Es is sein Augapfel und frißt nur, wenn es kniefällig gebeten wird und wenns Kalbfleisch vom Bauch is. Das beweist, es is von reiner Rasse. Die Nichtreinrassigen sind klüger, aber die Reinrassigen sind feiner und werdn lieber gestohln. Sie sind meistens so dumm, daß sie zwei bis drei Dienstboten brauchen, die ihnen sagen, wenn sie scheißen müssen, und daß sie das Maul aufmachen müssen zum Fressen. Es is wie mit die feinen Leute.

SCHARFÜHRER BULLINGER Das ist genug über Rasse, Lump. Kurz und gut, ich will den Spitz haben.

SCHWEYK Sie können ihn nicht haben, der Wodja verkauft ihn nicht. Wie wärs mit einen Polizeihund? So einen, was gleich alles herausschnüffelt und auf die Spur des Verbrechens führt? Ein Fleischer in Wrschowitz hat einen und er zieht ihm den Wagen. Dieser Hund hat, wie man sagt, den Beruf verfehlt.

SCHARFÜHRER BULLINGER Ich hab dir gesagt, ich will den Spitz.

SCHWEYK Wenn der Ministerialrat Wodja nur ein Jud wär, so könntens ihn einfach nehmen und basta. Aber er is Arier mit einen blonden Bart, bissel zerfranst.

SCHARFÜHRER BULLINGER *interessiert:* Ist er ein echter Tscheche?

SCHWEYK Nicht wie Sie glaubn, daß er sabotiert und schimpft aufn Hitler, da wärs einfach. Ins Kazett wie mit mir, weil ich mißverstanden worn bin. Aber er is ein Kollaborationist und wird schon Quisling geschimpft, das is ein Kreuz inbetreff auf den Spitz.

SCHARFÜHRER BULLINGER *einen Revolver aus der Schublade ziehend und ihn anzüglich reinigend:* Ich seh, du willst mir den Spitz nicht verschaffen, du Saboteur.

SCHWEYK Melde gehorsamst, daß ich Ihnen den Hund verschaffen will. *Belehrend.* Es gibt die verschiedensten Systeme, Herr Scharführer. Ein Salonhündchen oder Zwergrattler stiehlt man, indem man in der Menge die Leine abschneidet. Eine böse gefleckte deutsche Dogge lockt man an, indem man eine läufige Hündin an ihr vorbeiführt. Eine gebackene Pferdewurst is fast ebensogut. Manche Hund aber sind verzärtelt und verwöhnt wie der Erzbischof. Einmal hat von mir ein Stallpintscher, Pfeffer und Salz, den ich für den Hundezwinger über der Klamovka gebraucht hab, auch keine Wurst annehmen wolln. Drei Tage bin ich ihm nachgegangen, bis ichs schon nicht ausgehalten hab und direkt die Frau, was mit dem Hund spazierengegangen is, gefragt hab, was der Hund eigentlich frißt, daß er so hübsch is. Die Frau hats geschmeichelt und sie hat gesagt, daß er am liebsten Koteletts hat. Also hab ich ihm ein Schnitzel gekauft. Ich denk mir, das is sicher noch besser. Und siehst du, dieses Aas von einem Hund hat sich nicht mal drauf umgeschaut, weils Kalbfleisch war. Es war an Schweinfleisch gewöhnt. So hab ich ihm ein Kotelett kaufen müssen. Ich hab ihms zu beschnuppern gegeben und bin gelaufen und der Hund hinter mir. Die Frau hat geschrien: »Puntik, Puntik!«, aber woher, der liebe Puntik. Dem Kotelett is er bis um die Ecke nachgelaufen, dort hab ich ihm eine Kette um den Hals gegebn und am nächsten Tag war er schon über der Klamovka im Hundezwinger. – Aber wenn man Sie fragt, woher Sie den Hund hamm, wenn man den Fleck am Ohrwaschel sieht?

SCHARFÜHRER BULLINGER Ich glaub nicht, daß man mich fragt, woher ich meinen Hund hab. *Er klingelt.*

SCHWEYK Da habens vielleicht recht, es erwart sich keiner was davon.

BULLINGER Und ich glaub, daß du dir einen Jux gemacht hast mit dem Zertifikat als Idiot; ich will aber ein Aug zudrücken, erstens, weil der Brettschneider ein Scheißer ist, und zweitens, wenn du den Hund für meine Frau bringst, du Verbrecher.

SCHWEYK Herr Scharführer, ich bitt um die Erlaubnis, daß ich gestehn darf, das Zertifikat is echt, aber ich hab mir auch eine Hetz gemacht, wie der Wirt in Budweis gesagt hat: »Ich hab die fallende Sucht, aber ich hab auch einen Krebs« und hat damit verheimlichn wolln, daß er eigentlich bankrott war. Man sagt auch: ein Schweißfuß kommt selten allein.

DIE TELEFONSTIMME Rollkommando 4. Die Greißlerin Moudra leugnet ab, daß sie die Vorschriften über Ladeneröffnung nicht vor neun Uhr früh übertreten hat, indem sie sogar erst um zehn Uhr ihren Laden eröffnet hat.

BULLINGER Paar Monat ins Loch, das faule Aas, wegen Untertretung der Vorschriften! *Zu einem eingetretenen SS-Mann, auf Schweyk:* Bis auf weitres frei!

SCHWEYK Vor ich endgültig geh, mecht ich noch ein Wort einlegn für einen Herrn, wo draußen unter die Verhafteten wartet, daß er nicht mit die andern sitzen muß, es is ihm unangenehm, wenn auf ihn ein Verdacht fallen würd, weil er mit uns Politischen auf einer Bank sitzt. Er is hier nur wegn versuchten Raubmord an einem Bauer aus Holitz.

SCHARFÜHRER BULLINGER *brüllt:* Raus!

SCHWEYK *stramm:* Zu Befehl. Das Spitzerl bring ich, sobald ichs hab. Winsche einen guten Morgen. *Ab mit dem SS-Mann.*

Zwischenspiel in den niedern Regionen

Schweyk und der SS-Mann Müller 2 im Gespräch auf dem Weg vom Petschekpalais zum »Kelch«.

SCHWEYK Wenn ichs der Frau Kopecka sag, mecht sies Ihnen machen. Es freut mich, daß Sies mir bestätign, daß der Führer nicht titschkerlt, damit er sich seine Stärke für die höheren Staatsgeschäfte bewahrt und daß er nie nicht Alkohol trinkt. Was er gemacht hat, hat er sozusagn nichtern gemacht, jeder mecht ihm das nicht nachtun. Daß er auch nix ißt, außer bissel Gemiese und Mehlspeis, trifft sich ausnehmend, warum, viel is nicht da mitn Krieg und allem was so drum und dranhängt, da is ein Esser weniger. Ich hab einen Bauern gekannt im Mährischen, wo Magenverschluß gehabt hat und kein Appetit, da sind die Knecht vom Fleisch gefalln, daß das Dorf zu redn angefangn hat, und der Bauer is rumgegangn und hat nur gesagt: »Bei mir frißt das Gesind, was ich freß.« Trinkn is ein Laster, das gib ich zu, wie bein Lederhändler Budowa, wo sein Bruder hat betrign wolln und dann im Suff unterschriebn hat, daß er seinem Bruder die Erbschaft abtritt statt umgekehrt. Alles hat zwei Seitn und auf das Titschkerln brauchet er nicht verzichtn, wenns nach mir ging, das verlang ich von niemand.

3

Im »Kelch« wartet Baloun auf sein Mahl. Zwei andere Gäste spielen Dambrett, eine dicke Ladenbesitzerin genießt einen kleinen Slibowitz, und Frau Kopecka stickt.

BALOUN Jetzt is es zehn nach zwölf und kein Prohaska. Ich habs gewußt.

FRAU KOPECKA Gebens ihm etwas Zeit. Die Schnellsten sind nicht immer die Besten. Es muß die richtige Mischung sein zwischen Geschwindigkeit und Zeitlassn. Kennens das Lied vom kleinen Wind? *Sie singt.*

Eil, Liebster, zu mir, teurer Gast
Wie ich kein teurern find
Doch wenn du mich im Arme hast
Dann sei nicht zu geschwind.

Nimms von den Pflaumen im Herbste
Wo reif zum Pflücken sind
Und haben Furcht vorm mächtigen Sturm
Und Lust aufn kleinen Wind.

So'n kleiner Wind, du spürst ihn kaum.
's ist wie ein sanftes Wiegen.
Die Pflaumen wolln ja so vom Baum
Wolln aufm Boden liegen.

Ach, Schnitter, laß es sein genug
Laß, Schnitter, e i n Halm stehn!
Trink nicht dein Wein auf einen Zug
Und küß mich nicht im Gehn.

Nimms von den Pflaumen im Herbste
Wo reif zum Pflücken sind
Und haben Furcht vorm mächtigen Sturm
Und Lust aufn kleinen Wind.

So'n kleiner Wind, du spürst ihn kaum.
's ist wie ein sanftes Wiegen.
Die Pflaumen wolln ja so vom Baum
Wolln aufm Boden liegen.

BALOUN *geht unruhig zu den Dambrettspielern hinüber:* Sie stehn prima. Wären die Herrn intressiert an Postkartn? Ich bin bei einen Photographen und wir stelln unter der Hand diskrete Postkarten her, eine Serie »Deutsche Städtebilder«.

ERSTER GAST Ich bin nicht intressiert an deutsche Städte.

BALOUN Dann wird Ihnen die Serie gefalln. *Er zeigt ihnen Postkarten mit der Verstohlenheit, die sonst pornographischen Bildern zukommt.* Das is Köln.

ERSTER GAST Das schaut furchtbar aus. Das nehm ich. Nix wie Krater.

BALOUN Halbe Kron. Aber sinds vorsichtig mitn Herzeign. Es is schon vorgekommen, daß Leut, dies einander gezeigt ham, von Polizeipatrouillen angehalten worden sind, weil sies für Schweinereien gehalten ham, wo sie gern konfisziert hättn.

ERSTER GAST Das is eine gelungene Unterschrift: »Hitler ist einer der größten Architekten aller Zeiten.« Und dazu Bremen als Schutthaufn.

BALOUN An einen deutschen Unteroffizier hab ich zwei Dutzend verkauft. Er hat gelächelt wie er sie sich angeschaut hat, das hat mir gefalln. Ich hab ihn in die Anlagen am Hawlitschek hinbestellt und mein Messer in der Hosentasch offen gehaltn für den Fall, er is ein falscher Funfziger. Er war aber ehrlich.

DIE DICKE FRAU Wer zum Schwert greift, soll durchs Schwert umkommn.

FRAU KOPECKA Obacht.

Herein Schweyk mit dem SS-Mann Müller 2, der ihn aus Bullingers Zimmer eskortiert hat, einem baumlangen Menschen.

SCHWEYK Grüß Gott allseits. Der Herr is nicht beruflich mit. Geben Sie uns ein Glas Bier.

BALOUN Ich hab gedacht, daß du erst in paar Jahren zurückkommen wirst, aber man irrt sich. Der Herr Brettschneider is sonst so tüchtig. Vorige Wochen, wo du nicht hier warst, is er mit dem Tapezierer aus der Quergasse fortgegangen und der is nicht mehr zurückgekommen.

SCHWEYK Wahrscheinlich ein ungeschickter Mensch, der sich ihnen nicht unterworfen hat. Der Herr Brettschneider wird sichs überlegen, bis er mich wieder mißversteht, ich hab Protektion.

DIE DICKE FRAU Sind Sie der, den sie gestern weggeführt haben von hier?

SCHWEYK *stolz:* Derselbe. In solchen Zeiten muß man sich unterwerfen. Es is Übungssache. Ich hab ihm die Hand geleckt. Früher hat man mit Gefangenen das gemacht, daß man ihnen Salz aufs Gesicht gestreut hat. Sie sind gebunden gewesen und man hat große Wolfshund auf sie gelassen, die ihnen die ganzen Gesichter weggeleckt haben, her ich. Heut is man nicht mehr so grausam, außer wenn man wütend wird. Aber ich hab ganz vergessen: der Herr *auf den SS-Mann* möcht wissen, was ihm die Zukunft Schönes bringt, Frau Kopecka, und zwei Bier. Ich hab ihm gesagt, daß Sie das Zweite Gesicht haben und daß ichs unheimlich find und ihm abrat.

FRAU KOPECKA Sie wissen, daß ich das ungern mach, Herr Schweyk.

SS-MANN Warum machen Sie es denn so ungern, junge Frau?

FRAU KOPECKA Wenn man eine solche Gabe hat, hat man die Verantwortung. Woher weiß man, wies der Betreffende nimmt, und hat er immer die Kraft, es zu tragen? Denn ein Blick in die Zukunft nimmt einen Menschen mitunter so her, daß er sich graust, und dann gibt er mir die Schuld, wie der Brauer Czaka, dem ich hab sagen müssen, daß ihn seine junge Frau betrügen wird, und er zerschmeißt mir prompt meinen kostbaren Wandspiegel.

SCHWEYK Sie hat ihn doch an der Nasen herumgeführt. Dem Lehrer Blaukopf hamm wirs auch prophezeit und dasselbe. Es passiert immer, wenn sie so was voraussagt, ich finds merkwürdig. Wie Sie dem Gmeinderat Czerlek prophezeit haben, daß seine Frau, erinnern Sie sich, Frau Kopecka? Eingetroffen.

SS-MANN Aber da haben Sie doch eine Gabe, die selten ist, und so was soll man nicht brach liegen lassen.

SCHWEYK Ich hab schon vorgeschlagen, daß sies dem ganzen Gemeinderat zusammen prophezeit, ich würd mich nicht wundern, wenns einträf.

FRAU KOPECKA Machens keine Witze, Herr Schweyk, mit solche Sachen, von denen wir nichts wissen können, außer daß es sie gibt, denn sie sind übernatürlich.

SCHWEYK Wie Sie dem Ingenieur Bulowa hier ins Gesicht hinein gesagt haben, daß er in einem Eisenbahnunfall zerstickelt wird? Seine Frau is bereits wieder verehelicht. Die Fraun vertragen das Prophezein besser, sie haben mehr innere Festigkeit, her ich. Die Frau Laslaczek in der Husgasse hat eine solche Seelenstärke gehabt, daß ihr Mann öffentlich geäußert hat: »Lieber alles, als mit der Person zusammenleben«, und nach Deutschland arbeiten gegangen is. Aber die SS kann auch viel aushalten, her ich, und das muß sie können bei den Kazetts und den Verhören, wo eiserne Nerven am Platz sind, hab ich recht? *Der SS-Mann nickt.* Darum sollten Sie dem Herrn ruhig die Zukunft voraussagen, Frau Kopecka.

FRAU KOPECKA Wenn er mir verspricht, daß er es für einen unschuldigen Jux betrachtet und sich nichts draus macht, könnt ich ja seine Hand anschaun.

SS-MANN *plötzlich zögernd:* Ich möcht Sie nicht zwingen. Sie sagen, Sie machens ungern.

FRAU KOPECKA *bringt ihm sein Bier:* Ich mein auch, Sie lassens lieber und trinken Ihr Bier.

DIE DICKE FRAU *gedämpft zu den Dambrettspielern:* Wenn Sie an kalte Füße leiden is Baumwolle gut.

SCHWEYK *setzt sich zu Baloun:* Ich hab was Geschäftliches mit dir zu beredn, ich wer mit die Deutschen zusammenarbeitn über einen Hund und brauch dich.

BALOUN Ich bin zu nix aufgelegt.

SCHWEYK Es würd was dabei für dich herausschaun. Wenn du die Marie hättst, könntst du mit dein Appetitt aufn schwarzen Markt gehn und gleich hättst du was.

BALOUN Der junge Prohaska kommt nicht. Wieder nix als gequetschte Kartoffeln, noch so eine Enttäuschung überleb ich nicht.

SCHWEYK Ich könnt mir denken, wir mechtn einen kleinen Verein gründen, sechs bis acht Mann, wo alle bereit wärn, ihr Achtelpfund Fleisch zusammenzulegn, und du hast eine Mahlzeit.

BALOUN Aber wie die findn?

SCHWEYK Das is wahr, es möcht nicht gehn. Sie werdn sagn, für so einen Schandfleck wie dich, ohne Willensstärk als ein Tschech, denken sie nicht daran, sich was vom Mund abzusparn.

BALOUN *düster:* Das is sicher. Sie scheißen mir was.

SCHWEYK Kannst du dich nicht zusammennehmen und an die Ehre von der Heimat denken, wenn diese Verführung an dich herantritt und du siehst nur noch eine Kalbshaxen oder ein gut abgeröstetes Filet mit bissel Rotkraut, vielleicht Gurken? *Baloun stöhnt.* Denk einfach an die Schand, dies wär, wenn du schwach würdst!

BALOUN Ich wer wohl müssen. *Pause.* Lieber Rotkraut als Gurken, weißt.

Der junge Prohaska tritt ein, mit einer Aktentasche.

SCHWEYK Da is er. Du hast zu schwarz gesehn, Baloun. Guten Tag, Herr Prohaska, wie gehts Geschäft?

BALOUN Guten Tag, Herr Prohaska, gut, daß Sie da sind!

FRAU KOPECKA *mit einem Blick auf den SS-Mann:* Setzens Ihnen zu den Herrn, ich hab noch was zu erledigen. *Zum SS-Mann:* Ich glaub, Ihre Hand würd mich doch intressieren, könnt ich sie einmal anschaun? *Sie ergreift sie.* Ich hab mirs gedacht: Sie haben eine durch und durch intressante Hand. Ich mein, eine Hand, die für uns Astrologisten und Chiropraktiker fast unwiderstehlich ist, so intressant. Wie viele andere Herrn sind noch in Ihrer Abteilung?

SS-MANN *mühsam, wie beim Zahnziehen:* Im Sturm? 20. Warum?

FRAU KOPECKA Ich dacht es mir. Das steht in Ihrer Hand. Sie sind mit 20 Herrn auf Tod und Leben verbundn.

SS-MANN Können Sie das wirklich schon in der Hand sehn?

SCHWEYK *ist hinzugetreten, heiter:* Sie wern sich noch wundern, was sie alles noch sehn kann. Sie is nur vorsichtig und sagt nix, was nicht ganz sicher is.

FRAU KOPECKA Ihre Hand hat was Elektrisches, Sie haben Glück bei den Fraun, was aus dem gut ausgebildeten Venushügl hervorgeht. Man schmeißt sich Ihnen sozusagen an den Hals, is aber dann oft angenehm überrascht und möchte das Erlebnis fürs Leben nicht missen. Sie sind ein ernster Charakter, beinah streng in Ihren Äußerungen. Ihre Erfolgslinie is enorm.

SS-MANN Was bedeutet das?

FRAU KOPECKA Es is nix mit Geld, es is viel mehr. Sehen Sie das H, die drei Linien hier? Das is eine Heldentat, die Sie begehn wern und zwar sehr bald.

SS-MANN Wo? Können Sie sehn, wo?

FRAU KOPECKA Nicht hier. Auch nicht in Ihrer engeren Heimat. Ziemlich weit weg. Das is etwas Merkwürdiges, was ich nicht recht versteh. Es waltet sozusagen ein Geheimnis um diese Heldentat, so als ob nur Sie selber und die bei Ihnen in dieser Stunde davon wissen, sonst niemand, auch nie nachher.

SS-MANN Wie kann das sein?

FRAU KOPECKA *seufzt:* Ich weiß nicht. Vielleicht is es aufn Schlachtfeld, an einem vorgeschobenen Posten oder so. *Wie in Verwirrung.* Aber jetzt is es genug, wie? Ich muß meine Arbeit weitermachen, es is ja auch nur ein Jux, das haben Sie mir versprochen.

SS-MANN Aber jetzt dürfen Sie nicht aufhören. Ich will mehr über das Geheimnis wissen, Frau Kopecka.

SCHWEYK Ich find auch, Sie sollten den Herrn nicht hangen und bangen lassen. *Frau Kopecka zwinkert ihm so zu, daß es der SS-Mann sehen kann.* Aber vielleicht is es auch genug, warum, manches weiß man besser nicht. Der Schullehrer Warczek hat einmal nachgeschlagen im Lexikon, was Schizziphonie bedeutet, und danach hat man ihn nach Ilmenau in die Irrenanstalt abführen müssen.

SS-MANN Sie haben mehr in meiner Hand gesehn.

FRAU KOPECKA Nein, nein, es war alles. Lassens mich schon.

SS-MANN Sie verheimlichen, was Sie gesehn haben. Sie haben dem Herrn auch deutlich zugezwinkert, er solls abbrechen, weil Sie nicht mit der Sprache herauswollen, aber das gibts nicht.

SCHWEYK Das is wahr, Frau Kopecka, das gibts nicht bei der SS, ich hab sofort auch mit der Sprache herausrickn müssen auf der Gestapo, ob ich wolln hab oder nicht, sofort hab ich zugestandn, daß ich dem Führer ein langes Lebn wünsch.

FRAU KOPECKA Mich kann keiner zwingen, daß ich einem Kunden was sag, was für ihn unangenehm is, so daß er mir nicht mehr kommt.

SS-MANN Sehen Sie, Sie wissen was und sagens nicht. Sie haben sich verraten.

FRAU KOPECKA Das zweite H is auch ganz undeutlich, der Hundertste würds gar nicht bemerken.

SS-MANN Was ist das für ein zweites H?

SCHWEYK Noch ein Krügl, Frau Kopecka, es is so spannend, daß ich Durst krieg.

FRAU KOPECKA Es is immer dasselbe, man kommt nur in Ungelegenheiten, wenn man nachgibt und eine Hand anschaut nach bestem Wissen und Gewissen. *Bringt Schweyk das Bier.* Das zweite H hab ich nicht erwartet, aber wenn es da is, was soll ich machen? Wenn ichs Ihnen sag, sind Sie deprimiert und machen können Sie doch nix.

SS-MANN Und was ist es?

SCHWEYK *freundlich:* Es muß was Schweres sein, wie ich die Frau Kopecka kenn, so hab ich sie noch nicht gesehn und sie hat schon manches in einer Hand erblickt. Können Sies wirklich aushaltn, fühln Sie sich stark?

SS-MANN *heiser:* Was ists?

FRAU KOPECKA Und wenn ich Ihnen nachher sag, daß das zweite H den Heldentod bedeutet, das heißt, für gewöhnlich und wenn Sies dann deprimiert? Sehen Sie, jetzt sind Sie unangenehm berührt. Ich habs gewußt. Drei Biere, das macht zwei Kronen.

SS-MANN *zahlt zerschmettert:* Es ist alles Unsinn. Aus-der-Hand-Lesen, das gibts nicht.

SCHWEYK Da haben Sie recht, nehmen Sies auf die leichte Achsel.

SS-MANN *im Gehen:* Heil Hitler.

FRAU KOPECKA *ihm nachrufend:* Versprechens mir, daß Sies wenigstens den andern Herrn nicht sagen.

SS-MANN *bleibt stehen:* Welchen andern Herrn?

SCHWEYK Von Ihrer Abteilung! Wissens, die 20.

SS-MANN Was gehts die an?

FRAU KOPECKA Es is nur, weil die mit Ihnen auf Tod und Lebn verbundn sind. Daß sich die nicht unnötig aufregen!

Der SS-Mann geht fluchend ab.

FRAU KOPECKA Kommens wieder!

DIE DICKE FRAU *lachend:* Sie sind gut, Sie können so bleiben, Frau Kopecka.

SCHWEYK Den Sturm hammer fertig gemacht. Packens die Aktentasche aus, Herr Prohaska, der Baloun hälts schon nimmer aus.

FRAU KOPECKA Ja, geben Sie schon, Herr Rucena, das is schön von Ihnen, daß Sies gebracht haben.

DER JUNGE PROHASKA *schwach:* Ich habs nicht. Wie ich gesehn hab, daß sie den Herrn Schweyk mitgenommen haben, hats mir einen Ruck gegebn, ich habs die ganze Nacht vor Augen gehabt, guten Tag, Herr Schweyk, Sie sind ja zurück, ich hab mich nicht getraut, ich gestehs ein, es is mir schrecklich wegen Ihnen, Frau Kopecka, daß ich Sie blamier vor den Herrn, aber es is stärker als ich. *Verzweifelt.* Bitte, sagens doch was, alles is besser als dieses Schweign.

BALOUN Nix.

FRAU KOPECKA So, Sie hamms nicht. Vorhin, wie Sie gekommen sind, haben Sie aber genickt, als ich Ihnen angedeutet hab, ich muß erst den SS-Mann wegärgern, als ob Sies hätten.

DER JUNGE PROHASKA Ich hab mich nicht getraut ...

FRAU KOPECKA Sie missen nichts mehr sagen. Ich weiß jetzt Bescheid mit Ihnen. Sie haben die Prüfung als ein Mann und ein Tscheche nicht bestanden. Gehns weg, feiger Mensch, und betretn Sie diese Schwelle nicht mehr.

DER JUNGE PROHASKA Ich habs nicht besser verdient. *Schleicht weg.*

SCHWEYK *nach einer Pause:* Was Handlesen betrifft: der Friseur Krisch aus Mnischek, kennt ihr Mnischek? hat auf der Kirchweih aus der Hand prophezeit und sich besoffen mitn Honorar und ein junger Bauer hatn mit sich nach Haus genommen, daß er ihm prophezeit, wenn er zu sich kommt und er hat vorn Einschlafen gefragt: »Wie heißen Sie? Ziehn Sie mir aus der Brusttaschen mein Notizbuch heraus. Also Sie heißen Kunert. Kommen Sie in einer Viertelstunde und ich laß Ihnen einen Zettel mit dem Namen Ihrer zukünftigen Frau Gemahlin hier.« Dann hat er angefangen zu schnarchen, is aber wieder aufgewacht und hat was in sein Notizbuch geschmiert. Er hats wieder herausgerissen, was er geschrieben hat, es auf die Erd geschmissen und den Finger an den Mund gelegt und gesagt: »Jetzt noch nicht, bis in einer Viertelstunde. Am besten wirds sein, wenn Sie den Zettel mit verbundenen Augen suchen wern!« Aufn Zettel hat dann gestandn: »Der Name Ihrer zukünftigen Gmahlin wird lauten: Frau Kunert.«

BALOUN Das is ein Verbrecher, der Prohaska.

FRAU KOPECKA *zornig:* Redens kein Unsinn. Die Verbrecher sind die Nazis, wo die Leut so lang bedrohn und martern, bis sie ihre bessere Natur verleugnen. *Schaut durchs Fenster.* Der da kommt jetzt, is ein Verbrecher, nicht der Rucena Prohaska, der schwache Mensch.

DIE DICKE FRAU Ich sag: Mir sin mitschuld. Ich kennt mir vorstelln, daß man mehr machet als Slibowitz trinkn und Witze.

SCHWEYK Verlangens nicht zu viel von sich. Es is schon viel, wenn man überhaupt noch da is heutzutag. Da is man leicht so bescheftigt mit Ieberlebn, daß man zu nix anderm kommt.

Herein kommt Herr Brettschneider und der SS-Mann von gestern.

SCHWEYK *heiter:* Winsche einen guten Tag, Herr Brettschneider. Nehmens ein Bier? Ich arbeit jetzt mit der SS. Das kann mir nicht schadn.

BALOUN *tückisch:* Raus.

BRETTSCHNEIDER Wie meinen Sie das?

SCHWEYK Wir hamm vom Essen geredet und Herrn Baloun is der Refrain zu einem volkstümlichen Lied eingefalln, nach dem wir gesucht hamm. Das Lied is hauptsächlich auf Kirchweihn gesungen und geht über die Zubereitung von Rettich, in der Gegend von Mnischek gibts die großen schwarzen, Sie wern davon gehört haben, sie sind beriehmt. Ich möcht, daß du dem Herrn Brettschneider das Lied vorsingst, Baloun, es wird dich aufheitern. Er hat eine schöne Stimm und singt sogar am Kirchenchor.

BALOUN *finster:* Ich sings. Es geht auf Rettich. *Er singt das Lied von der Zubereitung des schwarzen Rettichs.*

Während des ganzen Liedes schwankt Brettschneider, auf den alle schauen, ob er einschreiten soll oder nicht. Er setzt sich immer wieder nieder.

BALOUN *singt:*

Am besten einen von den Schwarzen, Großen.
Sag zu ihm freudig: »Bruder, du mußt raus.«
Doch zieh den Bruder lieber nicht mit bloßen
Pratzen aus.
    Nimm einen Handschuh, denn der Rettich lebt in Dreck.
    Vor dem Haus. Er muß weg.
    Raus.

Du kannst ihn dir auch kaufen (für ein Nickel)
Doch wie gesagt, er muß gewaschen sein.
Wenn er geschnitten is in kleine Stickel
Salz ihn ein.
  Reibs in die Wunde, daß er merkt, daß ihm nicht nitzt.
  Salz hinein! Bis er schwitzt.
  Salz ihn ein!

Zwischenspiel in den höheren Regionen

Hitler und sein Reichsmarschall Göring vor einem Tankmodell. Beide sind überlebensgroß. Kriegerische Musik.

HITLER
Mein lieber Göring, es ist jetzt das vierte Jahr
Und mein Krieg ist gewonnen um ein Haar
Nur verbreitert er sich konstant über neue Zonen
So brauch ich jetzt neue Tanks, Bomber und Kanonen.
Das heißt, die Leute müssen aufhörn, nur so herumzusitzen
Und müssen für meinen Krieg arbeiten, bis sie Blut schwitzen.
Und da frag ich Sie alsdann:
Wie ist es in Europa mit dem kleinen Mann?
Wird er für meinen Krieg arbeiten?

GÖRING
Mein Führer, das ist selbstverständlich in solchen Zeiten.
Der kleine Mann arbeitet für Sie in Europa genau so gut
Wie der kleine Mann in Deutschland das tut.
Dafür sorgt mein Kriegsarbeitsdienst.

HITLER
Gut. So eine Organisation scheint mir ein großer Gewinst.

4

An einer Bank in den Moldauanlagen. Es ist Abend. Ein Pärchen kommt, bleibt enggeschmiegt stehen, die Moldau hinten zu betrachten, und geht weiter. Dann kommen Schweyk und sein Freund Baloun. Sie schauen zurück.

SCHWEYK Der Wodja is gemein zu die Dienstmädchen, sie is schon die dritte seit Lichtmeß und will schon weg, her ich, weil die Nachbarn sie triezen, weil sie bei einem Herrn is, wo ein Quisling is. Da is es ihr gleich, wenn sie ohne Hund heimkommt, sie muß nur nix dafir können. Du setzt dich schon vorher hin, sie mecht sich nicht auf eine Bank setzen, wo niemand sitzt.

BALOUN Soll ich nicht die Pferdewurst haltn?

SCHWEYK Daß du sie mir auffrißt? Setz dich schon hin.

Baloun setzt sich auf die Bank. Zwei Dienstmädchen kommen, Anna und Kati, die erstere mit einem Spitz an der Leine.

SCHWEYK *zu Anna:* Verzeihn Sie, Fräulein, wo geht man hier in die Palackystraße?

KATI *mißtrauisch:* Gehns übern Hawlitschekplatz. Komm, Anna.

SCHWEYK Entschuldigens, daß ich noch frag, wo der Platz is, ich bin fremd hier.

ANNA Ich bin auch fremd hier. Komm, Kati, sags dem Herrn.

SCHWEYK Das is aber gelungen, daß Sie auch fremd sind, Fräulein, das hätt ich gar nicht gemerkt, daß Sie nicht aus der Großstadt sind und so ein nettes Hunterl. Woher sind Sie?

ANNA Ich bin aus Protiwin.

SCHWEYK Da sind wir nicht weit voneinander her, ich bin aus Budweis.

KATI *will sie wegziehen:* Komm schon, Anna.

ANNA Gleich. Da kennen Sie wohl auch in Budweis aufn Ring den Fleischer Pejchara?

SCHWEYK Wie denn nicht! Das is mein Bruder. Den ham bei uns alle gern, er is sehr brav, dienstfertig, hat gutes Fleisch und gibt gute Zuwaag.

ANNA Ja.

Pause. Kati wartet ironisch.

SCHWEYK Das is ein reiner Zufall, daß man sich in der Fremde so trifft, nicht? Habens ein bissel Zeit? Wir missn uns was aus Budweis erzähln, da is eine Bank mit hibscher Aussicht, das is die Moldau.

KATI Wirklich? *Mit feiner Ironie.* Das is mir neu.

ANNA Da sitzt schon jemand.

SCHWEYK Ein Herr, wo die Aussicht genießt. Auf Ihren Hund solltens gut aufpassn.

ANNA Warum?

SCHWEYK Ich will nix gesagt habn, aber die Deutschen haben eine Vorliebe für Hunde, daß es erstaunlich ist, speziell die SS, so ein Hund is weg, vor Sie umschaun, sie schickens heim, ich hab selbst neulich einen Scharführer mit Namen Bullinger getroffn, wo einen Spitz hat haben wolln für seine Gemahlin in Köln.

KATI Sie verkehrn also mit Scharführer und solche Leut? Komm, Anna, jetzt is es aber genug.

SCHWEYK Ich hab ihn gesprochen, wie ich verhaftet war, wegen Äußerungen, wo die Sicherheit des Dritten Reichs bedroht ham.

KATI Is das wahr? Dann nehm ichs zurück. Wir ham noch ein bissel Zeit, Anna.

Sie geht voran auf die Bank zu. Die drei setzen sich neben Baloun.

KATI Was habens denn geäußert?

SCHWEYK *deutet an, daß er wegen des fremden Herrn nicht darüber reden kann, und spricht besonders harmlos:* Gefallts Ihnen in Prag?

ANNA Schon, aber einem Mann kann man nicht trauen hier.

SCHWEYK Das is nur allzu wahr, ich bin froh, daß Sies wissen. Aufn Land sind die Leut entschiedn ehrlicher, hab ich recht? Hams wenigstens eine gute Herrschaft?

KATI Sie is bei einen Quisling.

ANNA Er is ein Ekel.

SCHWEYK Es is eine ganze Anzahl, wo mit die Nazis gehn. Einige sind aus Ieberzeugung eingetretn wie der Einbrecher Wenzl von der Kommerzbank, andre aber nur wegn die Postn und davon sind ein paar sogar wieder ausgetretn, wies gesehn habn, daß sie Wachpostn brauchten. Der Verein für große

Strenge zu den armen Leutn is am erstn Tag zu die Nazis iebergegangn, der Verein zur Instandhaltung des Volks erst am zweitn. Etliche ham gesagt: »Wenn ich nicht eintret, tritt ein andrer ein und das is schlimmer«, dasselbige was auch für Scheiße gilt, wie der Parteisekretär Kowarik gesagt hat. Das is der, wo auf die Bevölkerung gesagt hat, daß sie dem Einzug Hitlers freudeschlotternd beigewohnt hat. *Er bemerkt, daß Kati ihn zum Schweigen bringen will, da sie den fremden Herrn, Baloun, nicht kennt.* Eine hibsche Aussicht, nicht wahr, Herr Nachber?

BALOUN Nicht schlecht.

SCHWEYK Das is was fir einen Photographen.

BALOUN Als Hintergrund.

SCHWEYK Ein Photograph mecht was draus machen.

BALOUN Ich bin ein Photograph. Wir ham die Moldau auf ein Paravent gemalt im Atelier, wo ich arbeit, bissel malerischer. Wir benutzens für die Deutschen, hauptsächlich die SS, wo sich davorstellt für nach Haus, wenns einmal wegmissn und nicht mehr herkönnen. Es is aber nicht die Moldau, sondern irgendein Dreckfluß.

Die Mädchen lachen beifällig.

SCHWEYK Das is ja recht intressant, was Sie erzähln. Könntens nicht einmal die Fräuleins abknipsen, ein Brustbild, entschuldigen Sie, so heißt das.

BALOUN Ich könnt.

ANNA Das wär fein. Aber nicht vor Ihrer Moldau, gelt.

Der Witz wird ausgiebig belacht. Dann entsteht eine Pause.

SCHWEYK Kennens den: von der Karlsbrücke aus hert ein Tschech ein deitschen Hilfeschrei aus der Moldau. Er hat sich nur ieber die Bristung gehengt und hinuntergerufn: »Schrei nicht, hettst schwimmen gelernt statt deitsch!«

Die Mädchen lachen.

SCHWEYK Ja, das is die Moldau. In Kriegszeiten kommt da viel Unsittliches vor in die Anlagen.

KATI In Friedenszeiten auch.

BALOUN Und bei den Maiandachten.

SCHWEYK Bis nach Allerheiligen im Freien.

KATI Und in geschlossenen Räumen is nix?

BALOUN Doch, auch viel.

ANNA Und im Kino.
Sie lachen wieder alle sehr.

SCHWEYK Ja, die Moldau. Manchmal is es mit der Unsittlichkeit nicht weit her, wie in der Anekdote von dem Mädl, was zum Herrn Pfarrer beichten gangen is und sich dann, wie sie schon verschiedene Sünden beichtet gehabt hat, angefangen hat, sich zu schämen und gesagt hat, daß sie jede Nacht Unsittlichkeiten getrieben hat. Das versteht sich, wie das der Herr Pfarrer gehört hat, is ihm gleich der Speichel aus der Goschen geflossn und er hat gesagt: »No, schäm dich nicht, liebe Tochter, ich bin doch an Gottes Statt und erzähl mir hibsch genau von deinen Unsittlichkeiten.« Und sie hat euch dort zu weinen angefangen, daß sie sich schämt, daß es so eine schreckliche Unsittlichkeit is und er hat ihr wieder erklärt, daß er ihr geistlicher Vater is. Endlich, nach langem Sträuben hat sie damit angefangn, daß sie sich immer ausgezogn hat und ins Bett gekrochn is. *Auf die Proteste der Mädchen.* Lassens mich fertig erzähln. Wieder hat er kein Wort aus ihr herausbringn könn'n und sie hat nur noch mehr zu heuln angefangn. Er also wieder, daß der Mensch von Natur aus ein sündhaftes Gefäß is, aber daß die Gnade Gottes unermeßlich is. Sie hat sich also entschlossen und hat weinend gesagt: »Wie ich mich also ausgezogn ins Bett gelegt hab, hab ich angfangn, mir den Schmutz zwischen den Zehn herauszukratzn und hab dazu gerochn.« Mehr Unsittlichkeit wars nicht.

KATI Das is eine gewagte Gschicht.

SCHWEYK Das gib ich zu. *Pause. Die Mädchen seufzen. Auch Baloun seufzt.* Kennens das alte Lied »Heinrich schlief bei seiner Neuvermählten«? Das wird im Mährischen viel gesungen.

ANNA Meinen Sie das, was weitergeht »jener reichen Erbin von dem Rhein«?

SCHWEYK Das mein ich. *Zu Baloun:* Ist Ihnen was ins Aug gekommen? Reibens nicht. Würden Sie dem Herrn einmal nachschaun, Fräulein, mitn Zipfel von einen Taschentuch am besten.

ANNA *zu Schweyk:* Würdens mir den Hund halten? In Prag muß man vorsichtig sein. Hier fliegt lauter Ruß.

SCHWEYK *bindet den Hund lose an den Laternenpfahl neben der*

Bank: Entschuldigens mich, aber ich muß jetzt in die Palackystraße in Geschäften. Ich hätt Sie gern noch das Lied singen hern, aber es geht nicht. Guten Abend. *Ab.*

KATI *während Anna dem Baloun mit einem Taschentuchzipfel im Aug fischt:* Der Herr hats aber eilig.

ANNA Ich kann nichts finden.

BALOUN Es is auch schon besser. Was für ein Lied is das?

ANNA Sollen wirs Ihnen noch vorsingen? Vor wir gehn müssen. Ja, gib schon Ruh, Lux. Wenn ich dich und dein Herrn nimmer seh, bin ich auch froh. *Zu Baloun:* Er hälts zu sehr mit die Deutschen. Ich fang an.

Die beiden Dienstmädchen singen die Moritat »Heinrich schlief bei seiner Neuvermählten« mit vielem Gefühl. Währenddem lockt Schweyk hinter einem Strauch mit einer winzigen Wurst den Hund an sich, mit dem er sich entfernt.

BALOUN *wenn das Lied verklungen ist:* Das ham Sie schön gesungn.

KATI Und jetzt gehn wir. Jesus Maria, wo is der Hund?

ANNA Marandjosef, jetz is der Hund weg. Er läuft nie fort. Was wird der Herr Ministerialrat sagn.

BALOUN Er wird die Deutschen antelephoniern, wo seine Freunde sind, das is alles. Regn Sie sich nicht auf, Sie können nix dafir, der Herr muß ihn zu los angebundn ham. Mir wars, als hätt ich ein Schattn gesehn unterm Lied, dort.

KATI Schnell, wir gehn auf die Polizeifundstelle.

BALOUN Kommens einmal an einem Samstagabend in den »Kelch«, Husgasse 7!

Sie nicken Baloun zu und gehen schnell weg. Baloun besieht sich wieder die Aussicht. Das Pärchen von vorhin kommt zurück, jedoch nicht mehr aneinandergeschmiegt. Dann kommt Schweyk, den Spitz an der Leine.

SCHWEYK Er is der echte Hund von einem Quisling, wo beißt, wenn man nicht hinschaut. Am Weg hat er mir schreckliche Sachen aufgeführt. Wie ich über die Schienen gegangen bin, hat er sich hingelegt und wollt sich nicht rührn. Vielleicht hat er sich überfahren lassen wolln, der Verbrecher. Jetz komm.

BALOUN Is er geflogn auf die Pferdewurst? Ich hab gedacht, du frißt nur Kalbfleisch?

SCHWEYK Der Krieg is kein Honiglecken. Nicht einmal für die

Rassehunde. Ich geb ihn aber dem Bullinger nur, wenn das Geld hinterlegt is, sonst betrügt er. Kollaboration missens zahln.

Ein langer, finster aussehender Mensch ist im Hintergrund aufgetaucht und hat die beiden beobachtet. Jetzt nähert er sich ihnen.

DAS INDIVIDUUM Meine Herren, gehen Sie hier spazieren?

SCHWEYK Ja und was geht Sies an?

DAS INDIVIDUUM Würden sich die Herren legitimieren? *Er zeigt ihnen eine amtliche Marke.*

SCHWEYK Ich hab nix bei mir zum Legitimieren, hast du?

BALOUN *schüttelt den Kopf:* Wir ham nix gemacht.

DAS INDIVIDUUM Ich halte Sie nicht an, weil Sie was gemacht haben, sondern weil ich den Eindruck hab, daß Sie nichts machen. Ich bin vom freiwilligen Arbeitsdienst.

SCHWEYK Sind Sie einer von die Herrn, wo vor Kinos und in Biergärtn herumgehn missn und Leut für die Betriebe aufstöbern?

DAS INDIVIDUUM Was ist Ihre Beschäftigung?

SCHWEYK Ich hab ein Geschäft mit Hunden.

DAS INDIVIDUUM Haben Sie eine Bescheinigung, daß Ihr Betrieb kriegswichtig ist?

SCHWEYK Euer Hochwohlgeborn, das nicht. Es is aber kriegswichtig, auch im Krieg mecht einer einen Hund habn, damit er in der schweren Zeit einen Freund an der Seiten hat, gelt, Spitz? Die Menschn sind viel ruhiger durch ein Bombardement, wenn sie ein Hund anschaut, als wollt er sagn: Muß das sein? Und der Herr is Photograph, das is vielleicht noch kriegswichtiger, denn er photographiert Soldatn, daß die zu Haus wenigstens Photographien ham von ihre Lieben, was besser wie nix is, das missns zugebn.

DAS INDIVIDUUM Ich glaube, ich nehm Sie besser auf die Dienststelle mit, aber ich rat Ihnen, dort Ihre Blödeleien zu lassen.

BALOUN Aber wir ham den Hund in höherem Auftrag gefangn, erzähls.

SCHWEYK Da is nix zu erzähln. Der Herr is auch in höherem Auftrag.

Sie gehen mit ihm.

SCHWEYK Ihre Beschäftigung is also, daß Sie Menschen fangn?

Zwischenspiel in den niedern Regionen

Schweyk, Baloun und der finstere Herr im Gespräch auf dem Weg in das Büro des freiwilligen Arbeitsdienstes.

SCHWEYK Wenn wir die Welt erobern wolln, und warum nicht, missn wir arbeitn bis wir Blut schwitzn. Wir missn dem Japaner die Hand reichn iber Indien, also Tanks bauen bis zur Bewußtlosigkeit. Der Türk wird uns keine schlaflosn Nechte bereitn, er haßt den Griechen und der Engländer geht in der letzten Phase mit uns, her ich. Die Plene sind groß, aber es bleibt uns nix andres ibrig, die Lage is ernst. Ich hab was ibrig für Plene, wo die ausgeruhten Kepfe machn. Es is für die Katz. Für die Katz geschieht viel. Ganze Kriege wern für dieses Tier geführt, Gesetze wern dafür herausgegebn, Biecher geschribn und was nicht alles. Aber der Benesch, wie er noch Präsident war, hat ein Plan gehabt, was prima war. Wie die Tschechn im Sudetenland die Nazis, was unverschemt geworn sind, weil die Alliiertn sich aus ihrem Bindnis herausgewundn ham, noch fest angefaßt ham, wofir sie nachher abgestochn worn sind, hat der Benesch uns im Radio beruhigt und gesagt: »Ich hab einen Plan.« Das war ein Plan, wo nicht hat fehln können, weils ein Äroplan war, in den er gestiegn is, wie es schief gegangn is. Das zeigt, nicht alle Plene von die Obern sind für die Katz.

5

Mittagspause auf dem Prager Güterbahnhof. Auf den Schienen sitzen Schweyk und Baloun, nunmehr Waggonschieber im Dienst Hitlers, bewacht von einem bis an die Zähne bewaffneten deutschen Soldaten.

BALOUN Ich mecht wissn, wo die Frau Kopecka mitn Essen bleibt? Hoffentlich is ihm nix zugestoßn.

EIN TRAINLEUTNANT *im Vorbeigehn zum Soldaten:* Wache! Wenn Sie gefragt werden, welcher von den Waggons dort nach Niederbayern soll, merken Sie sich: der Nummer 4268.

DER SOLDAT *steht stramm:* Zu Befehl.

SCHWEYK Bei die Deutschen is alles Organisation. Die ham jetzt eine Organisation, wie die Welt sie noch nicht gesehn hat. Wenn der Hitler aufn Knopf drickt, is schon sagen wir China hin. Den Papst in Rom ham sie in ihre Listen mit was er alles über sie gesagt hat, er is schon verloren. Und auch ein Unterer, ein SS-Führer, du siehst noch, wie er aufn Knopf drickt, und schon is deine Urne bei deiner Witwe abgeliefert. Mir kennen von Glick sagn, daß wir hier sind und eine stark bewaffnete Wache habn, wo aufpaßt, daß wir keine Sabotasch veribn und so erschossen wern.

Die Kopecka kommt eilig mit Emailgeschirr. Der Soldat studiert geistesabwesend ihren Passierschein.

BALOUN Was ists?

FRAU KOPECKA Karottenkottlett und Erdepflwürstln. *Während die beiden, auf den Knien das Geschirr, essen, leise.* Der Hund muß mir ausn Haus. Er is schon politisch geworn. Fressen Sies nicht so hinein, Herr Baloun, Sie kriegen Geschwüre.

BALOUN Nicht von Erdepfln, vielleicht von Kapaun.

FRAU KOPECKA Im Tagblatt is heut gestandn, daß es sich bei dem Verschwinden des Hunds vom Ministerialrat Wodja um einen Racheakt der Bevölkerung an einem deutschfreundlichen Beamten handelt. Er wird jetzt gesucht, damit man dieses Nest von subversive Elemente ausbrennt. Er muß mir noch heut ausn »Kelch«.

SCHWEYK *essend:* Es kommt bissel ungelegn. Ich hab erst gestern dem Herrn Scharführer Bullinger einen Eilbrief geschriebn, daß ich 200 Kronen verlang für den und ihn vorher nicht ausliefer.

FRAU KOPECKA Herr Schweyk, Sie spieln mit Ihren Lebn, wenns solche Brief schreibn.

SCHWEYK Ich glaub nicht, Frau Kopecka. Der Herr Bullinger is eine große Sau, aber er wirds natierlich findn, daß Geschäft Geschäft is, sonst hert alles auf und den Spitz hab ich gehert braucht er für seine Gemahlin in Köln. Ein Kollaborationist arbeit nicht für nix, sondern umgekehrt, er verdient jetzt sogar mehr, weil er von seine Landsleute verachtet wird. Dafür muß ich entschedigt wern, warum sonst?

FRAU KOPECKA Sie können doch nicht Geschäfte machen, wenns hier sitzen.

SCHWEYK *freundlich:* Ich wer hier nicht alt wern. Ich hab sie schon ein Waggon mit Seife gekost. Es is nicht schwer. In Österreich hat das Eisenbahnpersonal einmal, wie das Streiken von der Regierung verboten gewesn is, den ganzen Verkehr für acht Stunden lahmgelegt, indem sie nix anders gemacht ham, als alle Vorschriften beachtet, wo für die Sicherheit des Verkehrs bestandn ham.

FRAU KOPECKA Ich hoff, Sie sind vorsichtig.

SCHWEYK Das Sabotiern is sehr beliebt, es is sowas Natierliches, wie Winde nach schlechter Verdauung. Sie hamms schon gemacht, wenn Sies erst merkn. In Pilsen hat die Gestapo freilich eine ganze Saboteurschul entdeckt mit Abendkurse. Da is, her ich, gelehrt worn wie man Teile von Motoren stiehlt und welche daß sie in einer Hosentasch Platz ham und doch danach die betreffende Maschin fir die Katz is. Oder wie man bissel Öl auf Fleisch gießt, was nach Deitschland soll oder Fristickskaffee in flissign Stahl und daß dazu sogar der Ersatzkaffee gut genug is und Tierärzt ham sich zur Verfigung gestellt, daß sie die Leut aufklärn, wie man Klauenseuche macht bevor man die Küh abliefert. Nicht einmal die kirchlichen Gebräuche wern vergessn. In Unterzahaj hams in einen Sarg Maschinengewehre beerdigt aufn Kirchhof und der Pfarrer hat gepredigt, daß wir mit dem teuren Verewigten hoffentlich bald wieder vereinigt sein wern und dann herrscht eine große Freude.

FRAU KOPECKA *energisch:* Der Hund muß aber doch ausn »Kelch«, Herr Schweyk. Ich genieß eine gewisse Protektion vom Herrn Brettschneider, wo immer noch hofft, daß ich was mit ihm mach, aber die reicht nicht weit.

Schweyk hört ihr nur halb zu, da zwei deutsche Soldaten einen großen Kessel, der dampft, vorbeigetragen und der Wache in den Aluminiumteller Gulasch geschenkt haben. Baloun, der längst mit Essen fertig ist, ist aufgestanden und dem Suppenschwaden wie in Trance schnuppernd ein Stück nachgegangen.

SCHWEYK Ich wer ihn abholn. Schauns sich das an!

DER DEUTSCHE SOLDAT *ruft Baloun scharf nach:* Halt!

FRAU KOPECKA *zu Baloun, der mißmutig und erregt zurückkommt:* Nehmens Ihnen doch zusammen, Herr Baloun.

SCHWEYK In Budweis hat ein Dokter eine solche Zuckerkrankheit gehabt, daß er hechstens noch bissel Reissuppe hat zu sich nehmen dürfn, und ein Trumm von einem Mann. Er hats nicht ausgehaltn und immer schon heimlich noch die Überreste in der Speis gefressn und es genau gewußt. Dann is ihm zu dumm geworn und er hat sich von seiner Haushälterin, wo so geflennt hat, daß sie kaum hat auftragn können, ein Mahl von sieben Gängen bestellt, mit Mehlspeis und allem und dazu aufn Grammophon einen Trauermarsch hat spieln lassen und er is auch davon draufgegangn. Mit dir wirds nicht anders gehn, Baloun. Du wirst unter einen russischen Tank enden.

BALOUN *noch immer am ganzen Körper zitternd:* Sie gebn Gulasch.

FRAU KOPECKA Ich muß gehen. *Sie nimmt das Geschirr auf und geht.*

BALOUN Ich will mirs nur ansehn. *Zu dem essenden Soldaten:* Sind die Portionen immer so groß in der Armee, Herr Soldat? Die Ihre is hibsch groß. Aber vielleicht is es nur auf Wache, daß Sie gut wach bleibn, sonst könntn wir Ihnen davon, wie? Könnt ich vielleicht einmal dran riechen?

Der Soldat sitzt, essend, aber dazwischen die Lippen bewegend.

SCHWEYK Frag ihn nichts. Siehst du nicht, daß er die Zahl auswendig lernen muß, sonst geht ihm der falsche Waggon nach Niederbayern, du Rindvieh. *Zum Soldaten:* Sie ham recht, daß Sie sichs gut merkn, es kommt viel vor. Man is schon davon abgekommen, den Bestimmungsort auf die Waggons aufmalen, weil die Saboteure es abgewischt und falsche Adressen aufgemalt ham. Was is es denn für eine Nummer, 4268, nicht? Also, da brauchen Sie nicht eine halbe Stunden mit den Lippen zähln, ich wer Ihnen sagn, was Sie machen missn, ich habs von einem Beamten in der Abteilung, wos die Lizenzen für Gewerbetreibende ausgebn, der hats einem Hausierer, wo sich seine Nummer nicht hat merken können, so erklärt. Ich erzähls Ihnen an Ihrer Nummer, daß Sie sehn, wie leicht es is. 4268. Die erste Ziffer is ein Vierer, die zweite ein Zweier. Merken Sie sich also schon 42, das ist zweimal 2, das is der Reihe nach von vorn 4, dividiert durch 2 und wieder ham Sie nebeneinander 4 und 2. Jetz erschrecken Sie nicht. Wieviel is zweimal 4? 8, nicht wahr! Also graben Sie sich ins Gedächtnis ein, daß der Achter, was in Nummer 4268 is, der letzte in der

Reihe is, so brauchen Sie sich also nur noch zu merken, daß die erste Zahl eine 4 is, die zweite eine 2, die vierte eine 8 und jetz merken Sie sich noch irgendwie gescheit die 6, was vor der 8 kommt. Das is schrecklich einfach. Die erste Ziffer is eine 4, die zweite eine 2, 4 und 2 is 6. Also, da sind Sie schon sicher, die zweite vom Ende is eine 6, und schon, würd der Herr ausm Gewerbeamt gesagt habn, schwindet uns die Reihenfolge der Ziffern nie mehr ausn Gedächtnis. Sie können zun selben Resultat noch einfacher kommen. Die Art hat er dem Hausierer auch erklärt, ich wiederhol sie Ihnen an Ihrer Nummer.

Der Soldat hat ihm mit weitgeöffneten Augen zugehört. Seine Lippen haben aufgehört sich zu bewegen.

SCHWEYK 8 weniger 2 is 6. Also weiß er schon 6. 6 weniger 2 is 4, so weiß er also schon 4. 8 und die 2 dazwischen gibt 4-2-6-8. Es is auch nicht anstrengend, wenn mans noch anders macht, mit Hilfe von Multipliziern und Dividiern. Da kommt man zu so einem Resultat: merken Sie sich, hat der Besamte gesagt, daß zweimal 42 gleich 84 is. Das Jahr hat 12 Monate. Man zieht also 12 von 84 ab, und es bleibt uns 72, davon noch 12 Monate, das is 60, wir ham also schon eine sichere 6, und die Null streichen wir. Wir wissen also 42-88-4. Wenn wir die Null gestrichen ham, streichen wir auch hinten die 4 und ham wieder unsre Nummer komplett. Auch mitn Dividiern gehts, nämlich so. Wie is doch gleich unsre Nummer?

EINE STIMME VON HINTEN Wache, wie is die Nummer von dem Waggon, der nach Niederbayern soll?

DER SOLDAT Wie is sie?

SCHWEYK Wartens, ich machs auf die Weise mit den Monaten. Das sind 12, nicht wahr, sind wir uns da einig?

DER SOLDAT *verzweifelt:* Sagen Sie die Nummer.

DIE STIMME Wache! Schlafen Sie?

SOLDAT *ruft:* Vergessen. Ver-ge-ssen! *Zu Schweyk:* Dich soll der Teufel holen!

DIE STIMME *grob:* Er muß mitn 12 Uhr 50 nach Passau weg.

ANDERE, ENTFERNTERE STIMME Dann nehmen wir den, ich glaub, das ist er.

BALOUN *befriedigt, auf den Soldaten, der erschreckt nach hinten schaut:* Nicht hinriechen hat er mich lassen an sein Gulasch.

SCHWEYK Ich kann mir denken, jetzt geht vielleicht nach Bayern ein Waggon mit Maschinengewehre. *Philosophisch.* Aber vielleicht mechten sie bis dahin in Stalingrad nix nötiger brauchen als Erntemaschinen und in Bayern wiederum schon Maschinengewehre. Wer kanns wissen?

6

Samstag abend im »Kelch«. Unter andern Gästen Baloun, Anna, Kati, der junge Prohaska und für sich zwei SS-Männer. Vom elektrischen Klavier Musik, zu der getanzt wird.

KATI *zu Baloun:* Ich habs dem Herrn Brettschneider mitgeteilt beim Verhör, daß ich schon vorher gehört hab, hinter dem Spitz is die SS her. Ich hab Ihren Namen nicht genannt, nur den von Ihrem Freund, dem Herrn Schweyk. Und ich hab auch nix darüber geäußert, daß der Herr Schweyk so getan hat, als kennt er Sie nicht, weil er mit uns hat ins Gespräch kommen wolln. War das recht?

BALOUN Mir is alles recht. Mich seht ihr nicht mehr lang hier. Das wird eine Ieberraschung sein, wie ich ankommen wer.

ANNA Sie missn nicht so düster redn, Herr Baloun, es hilft nicht. Und der SS-Mann drübn wird mich noch zun Tanz auffordern, wenn ich nur so herumsitz. Forderns mich auf.

Baloun will sich erheben, als Frau Kopecka nach vorn kommt und klatscht.

FRAU KOPECKA Meine Damen und Herrn, es geht auf halber neune, so is es Zeit für die Beseda, *halb zu den SS-Leuten:* wo unser Volkstanz is, was wir unter uns tanzn und nicht jedem gefällt, aber uns. Musik auf Kosten des »Kelch«. *Sie steckt eine Münze in das Klavier, und die Anwesenden tanzen die Beseda, und zwar sehr laut aufstampfend. Auch Baloun und Anna tanzen. Es wird zur Verscheuchung der SS-Leute getanzt, also mit Stolpern an ihrem Tisch usw.*

BALOUN *singt:*

Mit dem Mittnachtsglockenschlag
Springt der Hafer aus dem Sack.
  Jupphejdija, jupphejda
  Jedes Weib gibt da.

DIE ANDERN *fallen ein:*

Laßt sich in die Backen zwacken.
Und fast jede hat vier Backen.
Jupphejdija, jupphejda
Jedes Weib gibt da.

Die SS-Männer stehn fluchend auf und drängen sich hinaus. Nach dem Tanz kehrt Frau Kopecka aus dem Nebenzimmer zurück und spült ihre Gläser weiter. Kati bringt den ersten Gast der 3. Szene mit zurück an den Tisch.

DER ERSTE GAST Die Volkstänze sind eine Neierung im »Kelch« und sehr beliebt, weil die Stammgäst wissen, daß Frau Kopecka das Moskauer Radio hert dabei.

BALOUN Ich wer nicht mehr viele mittanzn. Wo ich sein wer, wird keine Beseda getanzt.

ANNA Ich her, wir warn sehr unvorsichtig, daß wir in die Anlagn gegangn sind. Es is gefährlich wegn die deutschen Deserteure, wo einen anfalln.

DER ERSTE GAST Nur Herrn. Sie missn zu Zivilkleider kommen. Im Stromovkapark find man jedn Morgn deutsche Uniformen jetzt.

KATI Wer da sein Anzug einbüßt, kriegt nicht so leicht mehr einen neuen. Die Kleiderkontrollstelle soll jetzt verbotn habn, daß noch Kleider und Hüte aus Papier gemacht wern. Wegn Papierknappheit.

ERSTER GAST Solche Ämter sind sehr beliebt bei die Deutschen, sie schießen ausn Boden wie Pilze. Es is ihnen um die Posten zu tun, daß sie nicht in den Krieg missn. Lieber die Tschechn schikaniern mit Milchkontrolle, Lebensmittelkontrolle, Papierkontrolle und so. Druckpostn.

BALOUN Bei mir werns triumphiern. Ich seh auf meine Zukunft als wie unvermeidlich.

ANNA Ich weiß nicht, von was Sie redn.

BALOUN Sie werns früh genug erfahrn, Fräulein Anna. Sie kennen sicher das Lied »Tauser Tor und Türen«, von dem Maler, was jung gestorbn is. Mechtns mirs vorsingn, mir is danach.

ANNA *singt:*

Tauser Tor und Türen, der euch konnt verzieren
Der hat malen müssen und die Mädel küssen.
Aus dem kann nichts mehr werdn, liegt schon in der Erdn.
Is es das?

BALOUN Das is es.

ANNA Jessas, Sie wern sich doch nichts antun, Herr Baloun?

BALOUN Was ich mir antun wer, wird Sie mit Grausn erfüllen, Fräulein. Ich wer nicht die Hand an mich legn, sondern schlimmer.

Herein Schweyk, mit einem Paket unterm Arm.

SCHWEYK *zu Baloun:* Ich bin da mitn Gulaschfleisch. Ich will kein Dank, weil ich dein Kavalettel dafür nehm, was du in der Küche stehn hast.

BALOUN Zeig her. Is es Rind?

SCHWEYK *energisch:* Pfoten weg. Es wird nicht ausgepackt hier. Guten Abend, die Fraileins, sind Sie auch hier?

ANNA Guten Abend, wir wissen alles.

SCHWEYK *zieht Baloun weg in eine Ecke:* Was hast du ihnen wieder ausgeplauscht?

BALOUN Nur, daß wir bekannt sind und es eine List war, daß wir uns nicht kennen. Ich hab nix mit ihnen zu redn gewußt. Mein Kavalettel hast du schon. Du reißt einen Freund vom Abgrund zurück, laß mich nur dazu riechen, durchs Papier. Die Frau Mahler von visavis hat mir schon 20 Kronen dafür gebotn, aber darauf schau ich nicht. Woher hast dus?

SCHWEYK Es is vom schwarzen Markt, von einer Hebamm, wos vom Land hat. Sie hat bei einem Bauern ums Jahr 30 ein Kind zur Welt gebracht, wo einen kleinen Knochen im Mund gehaltn hat, da hat sie geweint und gesagt »das bedeutet, mir wern alle noch stark hungern«, das hat sie prophezeit, wie die Deutschen noch nicht im Land warn, und die Bäurin hat ihr jedes Jahr ein Packerl geschickt, daß sie nicht hungert, aber heuer braucht die Hebamm das Geld für Steuern.

BALOUN Wenn nur die Frau Kopecka den echten Paprika hat!

FRAU KOPECKA *ist hinzugetreten:* Gehens an Ihren Tisch zurück, in einer halben Stund ruf ich Sie in die Küche. Inzwischen tuns, als ob nix wär. *Zu Schweyk, als Baloun an seinen Tisch zurückgegangen ist:* Was is das für Fleisch?

SCHWEYK *vorwurfsvoll:* Frau Kopecka, ich wunder mich über Sie.

Frau Kopecka nimmt ihm das Paket aus der Hand und schaut vorsichtig hinein.

SCHWEYK *da er Baloun mit großen erregten Gesten zu den*

Dienstmädchen sprechen sieht: Baloun is mir zu begeistert. Gebens reichlich Paprika hinein, daß es wie Rind schmeckt. Es is Roß. *Wenn sie ihn scharf anblickt.* Gut, es is der Spitz vom Herrn Wodja. Ich habs machen missn, weil die Schand aufn »Kelch« zurückfällt, wenn einer von Ihre Stammgäst aus Hunger bei die Deutschen einrückt.

EIN GAST *am Schanktisch:* Wirtschaft!

Frau Kopecka gibt Schweyk das Paket zum Halten, um schnell zu bedienen. In diesem Augenblick hört man ein schweres Auto vorfahren, und dann kommen SS-Männer herein, an der Spitze Scharführer Bullinger.

SCHARFÜHRER BULLINGER *zu Schweyk:* Ihre Haushälterin hat recht gehabt, daß Sie im Wirtshaus sein werden. *Zu den SS-Männern:* Platz schaffen! *Zu Schweyk, während die SS-Männer die andern Gäste zurückdrängen:* Wo hast du den Hund, Lump?

SCHWEYK Melde gehorsamst, Herr Scharführer, in der Zeitung is gestandn, er is gestohln worn. Ham Sies nicht gelesn?

BULLINGER So, du wirst frech?

SCHWEYK Melde gehorsamst, Herr Scharführer, das nein. Ich wollt nur äußern, daß Sie die Zeitungen verfolgen, sonst mechtn Sie was nicht erfahrn und lassen es am Durchgreifn fehln.

BULLINGER Ich weiß nicht, warum ich mich mit dir hinstelle, es ist pervers von mir, ich will wahrscheinlich nur sehn, wie weit ein solches Subjekt wie du vor seinem Tod geht.

SCHWEYK Jawohl, Herr Scharführer. Und weils den Hund habn wolln.

BULLINGER Du gibst zu, daß du mir einen Brief geschrieben hast, daß ich 200 Kronen für den Hund zahlen soll?

SCHWEYK Herr Scharführer, ich gesteh zu, daß ich die 200 Kronen hab haben wolln, weil ich Unkosten gehabt hätt, wenn der Spitz nicht gestohln worn wär.

BULLINGER Wir werden noch reden darüber in der Petschekbank. *Zu den SS-Männern:* Ganze Wirtschaft durchsuchen nach einem Spitz!

Ein SS-Mann ab. Man hört, wie nebenan Möbel umgeworfen, Gegenstände zerbrochen werden usw. Schweyk wartet in philosophischer Ruhe, sein Packerl im Arm.

SCHWEYK *plötzlich:* Wir ham auch einen guten Slibowitz hier.
Ein SS-Mann stößt im Vorbeigehen einen kleinen Menschen an. Im Zurückweichen tritt dieser einer Frau auf den Fuß und sagt »Entschuldigens«, worauf der SS-Mann sich umwendet, ihn mit einem Knüppel niederdrischt und zusammen mit einem Kollegen auf ein Nicken Bullingers hinausschleppt. Daraufhin kommt ein SS-Mann mit Frau Kopecka zurück.

SS-MANN Haus durchsucht. Hund nicht vorhanden.

BULLINGER *zur Kopecka:* Das ist ja ein nettes Wespennest subversiver Tätigkeit, was Sie da als unschuldiges Wirtshaus führen. Ich werd es euch aber ausbrennen.

SCHWEYK Jawohl, Herr Scharführer, Heil Hitler. Sonst mechtn wir frech wern und uns einen Schmarren um die Vorschriften kimmern. Frau Kopecka, Sie missn Ihre Gaststätte so führn, daß alles durchsichtig is, wie das Wasser von einem klaren Teich, wie der Kaplan Vejwoda gesagt hat, wie er …

BULLINGER Halts Maul, Lump. Ich werd dich wahrscheinlich mitnehmen und Ihr Lokal zusperren, Frau Koscheppa.

BRETTSCHNEIDER *der in der Tür erschienen ist:* Herr Scharführer Bullinger, kann ich ein Wort mit Ihnen unter vier Augen sprechen?

BULLINGER Ich wüßte nicht, was ich mit Ihnen zu besprechen hätte. Sie wissen, für was ich Sie halte.

BRETTSCHNEIDER Es handelt sich um neue Informationen über den Verbleib des entschwundenen Hundes des Wodja, die wir in der Gestapo erhalten haben und die Sie interessieren dürften, Herr Scharführer Bullinger.
Die beiden Herren gehen in eine Ecke und fangen an, wild zu gestikulieren. Brettschneider scheint zu entwickeln, Bullinger habe den Hund, dieser scheint zu sagen »Ich?« und in Empörung zu geraten usw. Frau Kopecka ist gleichmütig zu ihrem Gläserspülen zurückgekehrt. Schweyk steht teilnahmslos und freundlich da. Da unternimmt unglücklicherweise Baloun den erfolgreichen Versuch, zu seinem Packerl zu gelangen. Auf seinen Wink nimmt ein Gast es Schweyk weg und gibt es weiter. Es gelangt in Balouns Hände, und er fingert hemmungslos daran herum. Ein SS-Mann hat dem Wandern des Packerls interessiert zugesehn.

SS-MANN Holla, was geht hier vor? *Mit ein paar Schritten ist er bei Baloun und nimmt ihm das Packerl weg.*

SS-MANN *das Packerl Bullinger reichend:* Herr Scharführer. Dieses Paket wurde soeben einem der Gäste, dem Mann dort, zugeschmuggelt.

BULLINGER *öffnet das Packerl:* Fleisch. Eigentümer vortreten.

SS-MANN *zu Baloun:* Sie da! Sie haben das Paket geöffnet.

BALOUN *verstört:* Es ist mir zugeschobn worn. Es gehert mir nicht.

BULLINGER So, es »gehert« Ihnen nicht, wie? Also anscheinend herrenloses Fleisch. *Plötzlich brüllend.* Warum haben Sie es dann geöffnet?

SCHWEYK *da Baloun keine Antwort weiß:* Melde gehorsamst, Herr Scharführer, daß der dumme Mensch unschuldig sein muß, weil er nicht hineingeschaut hätt, wenns ihm geheren würd, dann mecht er wissn, was drin is.

BULLINGER Von wem hast du es bekommen?

SS-MANN *da Baloun wieder nicht antwortet:* Zuerst bemerkt hab ich diesen Mann, *auf den Gast, der das Paket Schweyk abgenommen hat* wie er das Paket weitergegeben hat.

BULLINGER Woher hast dus bekommen?

DER GAST *unglücklich:* Es is mir zugesteckt worn, ich weiß nicht von wem.

BULLINGER Das Wirtshaus scheint eine Filiale des schwarzen Markts zu sein. *Zu Brettschneider:* Für die Wirtin haben Sie soeben die Hand ins Feuer gelegt, wenn ich nicht irre, Herr Brettschneider?

FRAU KOPECKA *ist vorgetreten:* Meine Herren, der »Kelch« is kein schwarzer Markt.

BULLINGER Nein? *Schlägt ihr mit der Hand ins Gesicht.* Ich werd Ihnen zeigen, Sie tschechische Sau.

BRETTSCHNEIDER *aufgeregt:* Ich muß Sie bitten, die Frau Kopecka, die mir als unpolitische Person bekannt ist, nicht ungehört zu verurteilen.

FRAU KOPECKA *sehr blaß:* Sie schlagen mich nicht.

BULLINGER Was, Gegenrede? *Schlägt sie wieder.* Abführen!

Da die Kopecka auf Bullinger loswill, schlägt ihr der SS-Mann übern Kopf.

BRETTSCHNEIDER *sich über die zu Boden Geschlagene beugend:* Das werden Sie zu verantworten haben, Bullinger. Es wird Ihnen nicht gelingen, das Augenmerk von dem Hund des Wodja abzulenken.

SCHWEYK *tritt vor:* Melde gehorsamst, ich kann alles aufklärn. Das Packerl gehert niemand hier. Ich weiß es, weil ich es selber hingelegt hab.

BULLINGER Also du!

SCHWEYK Es stammt von einem Herrn, der mirs zum Hebn gegeben hat und weggegangen is, aufn Abort, wie er mir gesagt hat. Es ist ein mittelgroßer mit einem blonden Bart.

BULLINGER *erstaunt über eine solche Ausrede:* Sagen Sie, bist du schwachsinnig?

SCHWEYK *ihm ernst in die Augen blickend:* Wie ich Ihnen schon einmal erklärt hab, das ja. Ich bin amtlich von einer Kommission für einen Idioten erklärt worn. Ich bin auch ausn freiwilligen Arbeitsdienst deswegn herausgeflogn.

BULLINGER Aber zum Schleichhandel bist du intelligent genug, wie? Du wirst im Petschekpalais noch begreifen, daß es dir einen Dreck nützt, wenn du hundert Bescheinigungen hast.

SCHWEYK *weich:* Melde gehorsamst, Herr Scharführer, daß ich das vollkommen begreif, daß es mir einen Dreck nützen wird, weil ich immer, schon von klein auf, in diese Schwulitäten geratn bin, wenn ich die allerbesten Absichten gehabt hab und allen hab machn wolln, was sie gebraucht ham. Wie in Großlobau, wo ich einmal der Frau vom Schuldiener beim Wäscheaufhängen hab helfen wolln, wenn Sie mit aufn Flur kommen würdn, könnt ich Ihnen sagn, was draus geworn is. Ich bin in den Schleichhandel hineingekommen wie der Pontius ins Credo.

BULLINGER *ihn anstarrend:* Ich weiß überhaupt nicht, warum ich dir zuhöre und schon einmal vorher. Wahrscheinlich, weil ich einen solchen Verbrecher noch nicht gesehen hab und wie hypnotisiert auf ihn hinstarre.

SCHWEYK Es muß sein, wie wenn Sie plötzlich einen Löwen sehn auf der Karlstraße, wo er nicht üblich is oder wie in Chotebor ein Briefträger seine Frau erwischt hat mitn Hausbesorger und sie erstechn is eins. Er geht gleich auf die Polizeiwache, sich angebn und wie sie ihn gefragt ham, was er danach gemacht hat, hat er berichtet, er hat, wie er ausm Haus herausgetretn war, einen ganz nackten Menschen um die Eck gehn sehn, so daß sie ihn als gestört ham laufn lassn, aber zwei Monat darauf is es bekannt geworn, daß um dieselbe Zeit ein Irrer ausn dortigen Krankenhaus entlaufen is und nackicht weg. Sie hams dem Briefträger nicht geglaubt, obwohls die Wahrheit war.

BULLINGER *erstaunt:* Ich hör dir immer noch zu, ich kann mich nicht wegreißen. Ich weiß, was ihr glaubt. Daß das Dritte Reich vielleicht ein Jährchen dauert oder zehn Jährchen, aber wie lang wir uns halten, ist vermutlich 10000 Jahre, jetzt glotzt du, wie?

SCHWEYK Das is für lang, wie der Küster gesagt hat, wie die Schwanwirtin ihn geheirat und auf die Nacht die Zähn ins Wasserglas geschmissn hat.

BULLINGER Schiffst du gelb oder schiffst du grün?

SCHWEYK *freundlich:* Melde gehorsamst, ich schiff gelblichgrün, Herr Scharführer.

BULLINGER Und jetzt kommst du mit mir, und wenn gewisse Herrn *auf Brettschneider* nicht nur die Hand, sondern auch den Fuß für dich ins Feuer legen.

SCHWEYK Jawohl, Herr Scharführer, Ordnung muß sein. Der Schleichhandel is ein Übel und hört nicht auf, bis nix mehr da is. Dann wird gleich Ordnung sein, hab ich recht?

BULLINGER Und den Hund werden wir auch noch finden.

Ab, mit dem Packerl unterm Arm. Die SS-Männer packen Schweyk und führen ihn mit ab.

SCHWEYK *im Abgehen, gutmütig:* Ich hoff nur, Sie erlebn keine Enttäuschung. Manche Kundn, wenns einen Hund ham, auf dens scharf gewesn sind und alles von unterst zu oberst gekehrt ham, gfallt er ihnen nicht mehr.

BRETTSCHNEIDER *zur Kopecka, die wieder zu sich gekommen ist:* Frau Kopecka, Sie sind ein Opfer von gewissen Konflikten zwischen gewissen Stellen der Gestapo und der SS, mehr sag ich nicht. Sie stehen jedoch unter meinem Schutz, ich komm zurück, es mit Ihnen unter vier Augen durchsprechen. *Ab.*

FRAU KOPECKA *schwankend zurück zum Schanktisch, wo sie sich ein Gläsertuch um die blutende Stirn bindet:* Winscht jemand Bier?

KATI *auf Schweyks Hut schauend, der noch überm Stammtisch hängt:* Sie ham ihn nicht einmal seinen Hut mitnehmen lassen.

DER GAST Der kommt nicht lebend davon.

Herein tritt schüchtern der junge Prohaska. Er sieht entsetzt Frau Kopeckas blutigen Umschlag.

DER JUNGE PROHASKA Was is Ihnen zugestoßn, Frau Kopecka? Ich hab die SS wegfahrn sehn, wars die SS?

GÄSTE Sie ham ihr mitn Knippl übern Kopf gehaun, weils gesagt ham, der »Kelch« is ein schwarzer Markt. – Sogar der Herr Brettschneider von der Gestapo is für sie eingetretn, sonst wär sie verhaftet. – Einen Herrn ham sie weggeführt.

FRAU KOPECKA Herr Prohaska, Sie ham hier im »Kelch« nix zu suchen. Hier verkehren nur richtige Tschechen.

DER JUNGE PROHASKA Sie können mir glaubn, Frau Anna, daß ich in der Zwischenzeit gelittn und das Meine gelernt hab. Hab ich keine Aussichten mehr, daß ich was gut mach? *Frau Kopeckas eisiger Blick macht ihn schauern, und er schleicht zerknirscht hinaus.*

KATI Sie sind auch nervös bei der SS, weil gestern hams wieder einen SS-Mann aus der Moldau gefischt, mit einem Loch in der linken Seiten.

ANNA Sie werfen genug Tschechn hinein.

GAST Alles nur, weils nicht gut für sie geht im Osten.

DER ERSTE GAST *zu Baloun:* Wars nicht Ihr Freund, den sie abgefiehrt ham?

BALOUN *bricht in Tränen aus:* Ich bin schuld dran. Das hab ich von meiner Verfressenheit. Ich hab schon mehrmals zur Jungfrau Maria gebetet, daß sie mir die Kraft gibt und daß sie meinen Magn irgendwie zusammenschrumpfn lassen mecht, aber nix. Mein besten Freund hab ich so hineingerissen, daß er mir womeglich hait nacht erschossen wird, wenn nicht, kann er von Glick sagn und es passiert ihm morgen frih.

FRAU KOPECKA *stellt ihm einen Slibowitz hin:* Trinkens das. Jammern hilft jetzt nicht.

BALOUN Vergelts Gott. Sie hab ich auseinander gebracht mit Ihrem Verehrer, ein bessern finden Sie nicht, er is auch nur schwach. Wenn ich den Schwur geleistet hätt, um den Sie mich gebetn habn, mecht alles nicht so verzweifelt ausschaun. Wenn ich ihn jetzt noch leistn könnt – aber kann ichs? Aufn leeren Magn? Großer Gott, was wird werden?

FRAU KOPECKA *geht zum Schanktisch zurück und nimmt das Spülen der Gläser wieder auf:* Wirf einer ein Zehnerl in das Klavier. Ich wer euch sagn, was werden wird.

Ein Gast wirft eine Münze in das elektrische Klavier. Licht

glüht in ihm auf, ein Transparent zeigt den Mond über der Moldau, die majestätisch dahinfließt.
Ihre Gläser spülend, singt Frau Kopecka das Lied von der Moldau.

Zwischenspiel in den höheren Regionen

Hitler und der General von Bock, genannt »der Sterber«, vor einer Karte der Sowjetunion. Beide sind überlebensgroß. Kriegerische Musik.

VON BOCK
Mein lieber Herr Hitler, Ihr Krieg im Osten
Fängt an, verdammt viele Tanks, Bomber und Kanonen zu kosten.
Von Mannschaft sprech ich nicht, man heißt mich sowieso den »Sterber«.
Jedenfalls bin ich kein Spielverderber
Aber dieses Stalingrad können Sie nun eben nicht bekommen.

HITLER
Herr General von Bock, Stalingrad wird genommen.
Ich habe das dem deutschen Volk versprochen.

VON BOCK
Herr Hitler, der Winter kommt in ein paar Wochen.
Da beginnt es in diesen östlichen Gegenden stark zu schneiben.
Wenn wir uns da noch hier herumtreiben …

HITLER
Herr von Bock, ich werde die Völker Europas in die Bresche schmeißen.
Und der kleine Mann wird mich herausreißen.
Herr von Bock, lassen auch Sie mich nicht im Stich.

VON BOCK
Und für die Reserven …

HITLER
Sorge ich.

7

Zelle im Militärgefängnis mit tschechischen Häftlingen, welche die Musterung zum Kriegsdienst erwarten, darunter Schweyk. Sie warten mit entblößten Oberkörpern, simulieren aber alle die erbarmungswürdigsten Krankheiten. Einer liegt zum Beispiel auf dem Boden ausgestreckt, als stürbe er.

EIN GEKRÜMMTER MANN Ich hab meinen Anwalt aufgesucht und einen sehr beruhigenden Bescheid bekommen. Sie können uns nicht in die freiwillige Legion stecken, außer wenn wir wollen. Es is ungesetzlich.

EIN MANN MIT KRÜCKEN Warum haltens sich dann so gekrümmt, wenns keinen Militärdienst erwarten?

DER GEKRÜMMTE Das is nur für alle Fälle.

Der mit Krücken lacht höhnisch.

DER STERBENDE *am Boden:* Sie werns nicht wagen, wo wir alle Invalide sind. Sie sind schon unbeliebt genug.

EIN KURZSICHTIGER *triumphierend:* In Amsterdam soll ein deutscher Offizier ieber die sogenannte Gracht gegangen sein, schon nervös und gegen elfe nachts, und einen Holländer nach der Uhr gefragt haben. Der sieht ihn ernst an und sagt nix als »meine steht«. Er is unlustig weitergegangn und hat einen zweiten angehalten und der sagt, vor er hat fragen können, daß er seine Uhr daheim liegen gelassen hat. Der Offizier soll sich erschossen ham.

DER STERBENDE Da hat ers nicht ausgehalten. Die Verachtung.

SCHWEYK Noch öfter wie sich erschießens andere. In Wrzlau hat ein Gastwirt, wo von seiner Frau betrogn worn is mit seinem eigenen Bruder, das Paar mit Verachtung gestraft, nix sonst. Er hat ihr ihre Schlüpfer, wo er im Fuhrwerk von seinem Bruder gefunden hat, aufs Nachtkastel gelegt und geglaubt, daß sie sich dann schämen wird. Sie hamm ihn für unmündig erklärn lassen am Kreisgericht, ihm die Wirtschaft verkauft und sind zusammen weggezogn. Insofern hat er aber recht behaltn, als die Frau einer Freundin gestandn hat, sie scheniert sich fast, daß sie seinen gefitterten Wintermantel mitnimmt.

DER GEKRÜMMTE Für was sind Sie hier?

SCHWEYK Wegn Schleichhandel. Sie hättn mich erschießn können, aber die Gestapo hat mich als Zeugn gegen die SS gebraucht. Ich hab von der Zwietracht der Großen profitiert. Sie ham mich darauf aufmerksam gemacht, daß ich Glick mit meinen Namen hab, her ich, weil ich Schweyk heiß mit y, aber wenn ich mich mit einfachem i schreib, bin ich deutscher Abstammung und kann eingezogn wern.

DER MIT KRÜCKEN Sie nehmen sie jetzt sogar schon aus die Zuchthäuser.

DER GEKRÜMMTE Nur wenns daitscher Abstammung sind.

DER MIT KRÜCKEN Oder wenns freiwillig daitscher Abstammung sind, wie der Herr.

DER GEKRÜMMTE Die einzige Hoffnung is, daß man invalid is.

DER KURZSICHTIGE Ich bin kurzsichtig, ich würd nie eine Charge erkennen und könnt nicht salutiern.

SCHWEYK Da kann man Sie zu einer Abhorchbatterie steckn, wo die feindlichen Flugzeuge meldet, da is blind sogar gut, weil beim Blindn entwickelt sich ein besonders feines Gehör, ein Landwirt in Socz hat seim Hund zum Beispiel die Augn ausgestochn, damit er besser hern mecht, Sie sind also verwendbar.

DER KURZSICHTIGE *verzweifelt:* Ich kenn einen Rauchfangkehrer in Brewnow, der macht euch für zehn Kronen so ein Fieber her, daß ihr aus dem Fenster springt.

DER GEKRÜMMTE Das is nix, in Wrschowitz is eine Hebamme, die euch für 20 Kronen so gut das Bein ausrenkt, daß ihr für euer Leben lang ein Krüppel bleibt.

DER MIT KRÜCKEN Ich hab das Bein für fünf Kronen ausgerenkt.

DER STERBENDE Ich hab nix zahln brauchen. Ich hab echt ein eingeklemmten Bruch.

DER MIT KRÜCKEN Dann wern sie Sie im Pankrazspital operieren und was machens dann?

SCHWEYK *heiter:* Wenn man euch zuhert, könnt man meinen, ihr wollts nicht in den Krieg, wo fir die Verteidigung der Zivilisation gegen den Bolschewismus gefiehrt wern muß.

Ein Soldat kommt herein und macht sich am Eimer zu schaffen.

DER SOLDAT Ihr habt den Kübel wieder verschweint. Ihr müßt sogar noch scheißen lernen, ihr Säue.

SCHWEYK Wir sind grad beim Bolschewismus. Wißts ihr, was

der Bolschewismus is? Daß er der geschworene Verbindete von Wallstriet is, wo unter der Fiehrung von dem Juden Rosenfeld im Weißen Haus unsern Untergang beschlossen hat? *Der Soldat macht sich weiter mit dem Eimer zu schaffen, um zuhören zu können, so fährt Schweyk geduldig weiter.* Aber sie kennen uns nicht halb. Kennt ihr das von dem Kanonier von Przemysl im ersten Weltkrieg, wo gegen den Zaren gefochten worn is? *Er singt.*

Bei der Kanone dort
Lud er in einem fort.
Bei der Kanone dort
Lud er in einem fort.
Eine Kugel kam behende
Riß vom Leib ihm beide Hände
Und er stand weiter dort
Und lud in einem fort.
Bei der Kanone dort
Lud er in einem fort.

Die Russen kempfn nur, weils missn. Sie ham keine Landwirtschaft, weils die Großgrundbesitzer ausgerottet ham, und ihre Industrie is verwüstet durch eine öde Gleichmacherei und weil die besonnenen Arbeiter verbittert sind über die großen Gehälter für die Direktoren. Kurz, es is nix da, und sobald wir das einmal erobert ham, kommen die Amerikaner schon zu spät. Hab ich recht?

DER SOLDAT Halts Maul. Unterhaltungen sind nicht gestattet. *Er geht böse mit dem Eimer ab.*

DER STERBENDE Ich glaub, Sie sind ein Spitzel.

SCHWEYK *heiter:* Nix Spitzel. Ich her nur regelmäßig das deutsche Radio. Sie solltens auch öfter hern, es is eine Hetz.

DER STERBENDE Es is keine. Es is eine Schand.

SCHWEYK *bestimmt:* Es is eine Hetz.

DER KURZSICHTIGE Man muß ihnen nicht noch in Arsch kriechen.

SCHWEYK *belehrend:* Sagns das nicht. Es is eine Kunst. Manches kleinere Vieh mecht sich freun, wenns einem Tiger hineinkäm. Da kann ers nicht erreichn und es fühlt sich verhältnismäßig sicher, es is aber schwer hineinkommen.

DER GEKRÜMMTE Wern Sie bitte nicht ordinär. Es is kein schöner Anblick, wenn die Tschechn sich alles bieten lassn.

SCHWEYK Wie der Wanjek Jaroslaw zu einem lungnkrankn Hausierer gesagt hat. Der Wirt im »Schwan« in Budweis, ein baumlanger Mensch, hat dem Hausierer nur halbvoll eingeschenkt und wie das Krepierl nichts dazu gesagt hat, hat der Wanjek ihn zur Red gestellt mit: »Wie könnens das duldn, Sie machn sich mitschuldig.« Der Hausierer hat dem Wanjek eine geschmiert, das war alles. Und jetz wer ich klingln, daß sie sich mit ihrem Krieg etwas beeiln, ich hab meine Zeit nicht gestohln. *Steht auf.*

EIN KLEINER DICKER *der bisher abseits gesessen hat:* Sie werden nicht klingeln.

SCHWEYK Und warum nicht?

DER DICKE *autoritativ:* Weils uns schnell genug geht.

DER STERBENDE Sehr richtig. Warum hat man Sie geschnappt?

DER DICKE Weil mir ein Hund gestohlen worden ist.

SCHWEYK *interessiert:* Etwa ein Spitz?

DER DICKE Was wissen Sie davon?

SCHWEYK Ich wett, Sie heißen Wodja. Ich freu mich, daß ich Sie noch treff. *Streckt ihm die Hand hin, was der Dicke übersieht.* Ich bin der Schweyk, das sagt Ihnen vielleicht nix, aber Sie können meine Hand annehmn, ich wett, Sie sind kein Deutschenfreund mehr, jetz, wo Sie hier sitzen.

DER DICKE Ich habe auf Grund der Aussage meines Dienstmädchens die SS beschuldigt, daß sie meinen Hund geraubt haben, das genügt wohl?

SCHWEYK Es genügt mir vollständig. Bei uns in Budweis hats einen Lehrer gegebn, wo ein Schüler, dem er aufgesessn is, beschuldigt hat, er hat bein Orgelspieln im Gottesdienst die Zeitung aufn Pult liegen gehabt. Er war ein religiöser Mensch und seine Frau hat oft darunter zu leiden gehabt, daß er ihr verbotn hat, kurze Röck zu tragn, aber sie ham ihn nachdem so getriezt und verhört, daß er am Schluß geäußert hat, er glaubt jetzt nicht einmal mehr an die Hochzeit von Kannä. Sie wern in den Kaukasus marschiern und aufn Hitler scheißn, nur, wie der Wirt vom »Schwan« gesagt hat, es hängt davon ab, wo man auf was scheißt.

DER DICKE Wenn Sie Schweyk heißen, hat sich einer, wie ich durchs Tor gebracht worden bin, an mich gedrängt, ein junger Mensch. Er hat mir nur zuflüstern können: »Fragens nach dem Herrn Schweyk«, dann haben sie das Tor geöffnet gehabt. Er muß noch drunten stehn.

SCHWEYK Ich wer gleich nachschaun. Ich hab mir immer erwartet, am Morgn wird sich da vorn Kasernengefängnis ein Häuflein ansammeln, die Wirtin vom »Kelch«, wo sichs nicht nehmen lassen wird und ein Großer, Dicker vielleicht, wo auf den Schweyk warten und vergeblich. Hilf mir einer der Herrn! *Er geht zum Zellenfensterchen und klettert auf den Rücken des Mannes mit den Krücken, um hinauszuschauen.*

SCHWEYK Es is der junge Prohaska. Er wird mich kaum sehn. Gebens mir die Krücken. *Er bekommt sie und schwenkt sie. Dann scheint der junge Prohaska ihn bemerkt zu haben, und Schweyk verständigt sich mit ihm durch große Gesten. Er deutet einen großen Mann mit Bart an – Baloun – und macht die Geste des Essen-in-den-Mund-Stopfens, sowie die des Etwas-unter-dem-Arm-Tragens. Dann steigt er wieder vom Rücken des Mannes mit den Krücken.*

SCHWEYK Es wird Sie erstaunt habn, was Sie mich habn machen sehn. Wir ham eine stillschweigende Verabredung mitsammen getroffn, für die er eigens gekommen is, ich hab immer geahnt, er is ein anständiger Mensch. Ich hab mit dem Gefuchtel nur wiederholt, was er gemacht hat, daß er sieht, ich hab begriffn. Wahrscheinlich hat er habn wolln, daß ich mit unbeschwertem Kopf nach Rußland marschiern kann.

Man hört Kommandos von außen, sowie Marschtritte, dann beginnt eine Musikkapelle zu spielen. Es ist der Horst-Wessel-Marsch.

DER STERBENDE Was is da los? Haben Sie was gesehn?

SCHWEYK Am Tor sind ein Haufen Leut. Wahrscheinlich ein Bataillon, wo auszieht.

DER GEKRÜMMTE Das is eine gräßliche Musik.

SCHWEYK Ich find sie hibsch, weil sie traurig is und mit Schmiß.

DER MIT KRÜCKEN Die wern wir bald häufiger hern. Den Horst-Wessel-Marsch spielns, wo sie nur können. Er is von einem Zutreiber gedichtet worn. Ich mecht wissen, was dem sein Text bedeutet.

DER DICKE Ich kann Ihnen mit einer Übersetzung dienen. »Die Fahne hoch, die Reihen fest geschlossen / SA marschiert mit ruhig festem Schritt / Die Kameraden, deren Blut vor unserm schon geflossen / Sie ziehn im Geist in unsern Reihen mit.«

SCHWEYK Ich weiß einen andern Text, den hammer im »Kelch« gesungn. *Er singt zu der Begleitung der Militärkapelle, und zwar so, daß er den Refrain zu der Melodie singt, die Vorstrophen aber zu dem Trommeln dazwischen.*

Hinter der Trommel her
Trotten die Kälber
Das Fell für die Trommel
Liefern sie selber.
  Der Metzger ruft. Die Augen fest geschlossen
  Das Kalb marschiert mit ruhig festem Tritt.
  Die Kälber, deren Blut im Schlachthof schon geflossen
  Sie ziehn im Geist in seinen Reihen mit.

Sie heben die Hände hoch
Sie zeigen sie her
Sie sind schon blutbefleckt
Und sind noch leer.
  Der Metzger ruft. Die Augen fest geschlossen
  Das Kalb marschiert mit ruhig festem Tritt.
  Die Kälber, deren Blut im Schlachthof schon geflossen
  Sie ziehn im Geist in seinen Reihen mit.

Sie tragen ein Kreuz voran
Auf blutroten Flaggen
Das hat für den armen Mann
Einen großen Haken.
  Der Metzger ruft. Die Augen fest geschlossen
  Das Kalb marschiert mit ruhig festem Tritt.
  Die Kälber, deren Blut im Schlachthof schon geflossen
  Sie ziehn im Geist in seinen Reihen mit.

Die andern Häftlinge haben den Refrain von der zweiten Strophe ab mitgesungen. Am Schluß geht die Zellentür auf, und ein deutscher Militärarzt erscheint.

DER MILITÄRARZT Das ist aber nett, daß ihr alle so freudig mitsingt, da wirds euch freun, daß ich euch für gesund genug halte, daß ihr ins deutsche Heer eintreten könnt und also genommen seid. Aufstehn alle und Hemden wieder anziehn. Alles fertig und marschbereit in zehn Minuten. *Ab.*

Die Häftlinge ziehen niedergeschmettert ihre Hemden wieder an.

DER GEKRÜMMTE Ohne ärztliche Untersuchung, das is völlig ungesetzlich.

DER STERBENDE Ich hab einen Magenkrebs, ich kanns nachweisen.

SCHWEYK *zu dem Dicken:* Sie wern uns, her ich, in verschiedene Truppenteile steckn, damit wir nicht zusammen sind und Schweinerein begehn. So lebens wohl, Herr Wodja, es hat mich gefrait und auf Wiedersehn im »Kelch«, um sexe, nachm Krieg.

Er schüttelt ihm gerührt die Hand, als die Zellentür wieder aufgeht. Als erster marschiert er stramm hinaus.

SCHWEYK Heitler! Auf nach Moskau!

8

Wochen später. Tief in den winterlichen Steppen Rußlands marschiert der brave Hitlersoldat Schweyk, um seinen Truppenteil in der Gegend von Stalingrad zu erreichen. Er ist vermummt durch einen großen Haufen von Kleidungsstücken, der Kälte wegen.

SCHWEYK *singt:*

Als wir nach Jarómersch zogen
Glaubt man auch, es sei erlogen
Kamen wir so ungefähr
Grad zum Nachtmahl hin.

Eine deutsche Patrouille hält ihn auf.

ERSTER SOLDAT Halt. Losungswort!

SCHWEYK Endsieg. Könnt ihr mir sagn, wos nach Stalingrad geht, ich bin durch ein Mißgeschick von meiner Marschkompanie abgekommen und marschier schon ein ganzen Tag.

Der erste Soldat prüft seine Militärpapiere.

ZWEITER SOLDAT *gibt ihm die Feldflasche:* Woher bist du?

SCHWEYK Aus Budweis.

SOLDAT Da bist du ein Tschech.

SCHWEYK *nickt:* Ich hab gehert, da vorn solls nicht gut stehn.

Die beiden Soldaten, die sich angeschaut haben, lachen böse.

ERSTER SOLDAT Und was hast du als Tschech dort verloren?

SCHWEYK Ich hab dort nix verlorn, ich komm zu Hilf und schitz die Zilisation vorn Bolschewismus und ihr auch, sonst is es eine Kugl in die Brust, hab ich recht?

ERSTER SOLDAT Du möchtest ein Deserteur sein.

SCHWEYK Ich bin keiner, denn da mechtet ihr mich sogleich erschießn, weil ich meinen Soldateneid verletz und nicht für den Fiehrer sterb, Heil Hitler.

ZWEITER SOLDAT So, du bist also ein Überzeugter. *Nimmt die Feldflasche zurück.*

SCHWEYK Ich bin so ieberzeugt wie der Tonda Novotny, wo in Wysotschau sich im Pfarrhaus für eine Stell als Kirchendiener vorgestellt hat und nicht gewußt, ob die Pfarre protestantisch oder katholisch gewesen is, und weil der Herr Pfarrer in Hosenträger war und eine Weibsperson im Zimmer, geantwort hat, er is protestantisch, und schon wars falsch.

ERSTER SOLDAT Und warum muß es ausgerechnet Stalingrad sein, du zweideutiger Verbündeter?

SCHWEYK Weil da meine Regimentskanzlei is, Kameraden, wo ich mir den Stempel holen muß, daß ich mich gemeldet hab, sonst sind meine Militärpapiere ein Dreck und ich kann mich nicht mehr zeigen in Prag. Heil Hitler!

ERSTER SOLDAT Und wenn wir dir sagen würden, »Scheiß Hitler«, und wir wollen desertieren zu die Russen und wollten dich mithaben, weil du russisch kannst, weil tschechisch soll ähnlich sein.

SCHWEYK Tschechisch is sehr ähnlich. Aber ich mecht eher abratn, ich kenn mich hier nicht aus, meine Herrn, und würd lieber die Richtung nach Stalingrad erfragn.

ZWEITER SOLDAT Weil du uns vielleicht nicht trauen möchtest, ist das dein Grund?

SCHWEYK *freundlich:* Ich mecht euch lieber für brave Soldatn haltn. Weil, wenn ihr Deserteure wärt, mechtet ihr unbedingt was für die Russn mitbringn, ein Maschinengewehr oder so was, vielleicht ein gutes Fernrohr, was sie brauchn könn'n, und es vor euch hin hochhebn, daß sie nicht gleich schießn. So wirds gemacht, her ich.

ERSTER SOLDAT *lacht:* Du meinst, das verstehn sie, auch wenns nicht russisch is? Ich versteh dich, du bist ein Vorsichtiger. Und sagst lieber, du willst nur wissen, wo dein Grab in Stalingrad liegt. Da geh nach dieser Richtung. *Er zeigt ihm.*

ZWEITER SOLDAT Und wenn dich jemand fragt, wir sind eine Militärpatrouille und haben dich auf Herz und Nieren examiniert, daß dus weißt.

ERSTER SOLDAT *im Weggehen:* Und dein Rat ist nicht schlecht, Bruder.

SCHWEYK *winkt ihnen nach:* Gern geschehn und auf Wiedersehn!

Die Soldaten gehen schnell weiter. Auch Schweyk geht weiter, in die Richtung, die ihm angegeben worden ist, jedoch sieht man, wie er davon in einem Bogen abweicht. Er taucht unter im Dämmer. Wenn er auf der andern Seite wieder auftaucht, bleibt er für kurze Zeit an einem großen Wegweiser stehen und liest: »Stalingrad – 50 km«. Er schüttelt den Kopf und marschiert weiter. Die treibenden Wolken am Himmel sind jetzt gerötet von einer fernen Feuersbrunst. Er betrachtet sie intressiert beim Marschieren.

SCHWEYK *singt:*

Meinte, daß das Dienen
Eine Hetz nur sei
Daß es eine Woche oder vierzehn Tage
Dauert – und vorbei!

Während er unentwegt marschiert, seine Pfeife rauchend, verblassen die Wolken wieder und in rosigem Licht taucht Schweyks Stammtisch im »Kelch« auf. Sein Freund Baloun kniet auf dem Boden, neben ihm steht, mit ihrer Stickerei, die Witwe Kopecka, und am Tisch sitzt hinter einem Bier das Dienstmädchen Anna.

BALOUN *im Litaneiton:* Ich schwör jetzt ohne weiteres und aufn leeren Magn, weil alle Versuche von verschiedenen Seiten, Fleisch für mich aufzutreibn, gescheitert sind, also ohne daß ich ein richtiges Mahl gekriegt hätt, bei der Jungfrau Maria und allen Heiligen, daß ich nie freiwillig in das Naziheer eintreten wer, so wahr mir Gott, der Allmächtige, helfe. Ich tu das im Angedenken an meinen Freund, den Herrn Schweyk, wo jetz ieber die eisigen Steppen Rußlands marschiert, in treuer Pflichterfüllung, weils nicht anders geht. Er war ein braver Mensch.

FRAU KOPECKA So, jetz könnens aufstehn.

ANNA *nimmt einen Schluck aus dem Bierkrügl, steht auf und umarmt ihn:* Und die Heirat kann erfolgn, sobald die Papiere aus Protiwin beschafft sind. *Nachdem sie ihn geküßt hat, zur Kopecka:* Schad, daß es für Sie nicht gut ausgeht.

Der junge Prohaska steht unter der Tür, ein Packerl unterm Arm.

FRAU KOPECKA Herr Prohaska, ich hab Ihnen verbotn, Ihren Fuß noch mal über meine Schwelle zu setzn, wir beide sind fertig. Indem Ihre große Liebe nicht einmal für zwei Pfund Geselchtes langt.

DER JUNGE PROHASKA Wenn ich es aber gebracht hab? *Zeigt.* Zwei Pfund Geselchtes.

FRAU KOPECKA Was, Sie hams gebracht? Trotz die strengn Strafn, wo draufstehn?

ANNA Netig wär es nicht mehr, nicht wahr? Herr Baloun hat den Schwur auch ohne geleistet.

FRAU KOPECKA Aber das werns zugebn, daß es echte Liebe von seiten des Herrn Prohaska beweist. Rucena! *Sie umarmt ihn feurig.*

ANNA Das mecht den Herrn Schweyk freun, wenn er das wüßt, der brave Herr. *Sie schaut zärtlich auf Schweyks harten Hut, über dem Stammtisch hängend.* Hebens den Hut gut auf, Frau Kopecka, ich glaub sicher, daß sich ihn der Herr Schweyk nachn Krieg wieder abholt.

BALOUN *in das Packerl hineinriechend:* Dazu mißtn Linsn her.

Der »Kelch« verschwindet wieder. Aus dem Hintergrund stolpert ein besoffener Mann in zwei dicken Schafspelzen und einem Stahlhelm. Auf ihn trifft Schweyk.

DER BESOFFENE Halt! Wer bist du? Ich seh, du bist einer von den Unsern und kein Gorilla, Gott sei gelobt. Ich bin der Feldkurat Ignaz Bullinger aus Metz, haben Sie zufällig etwas Kirschwasser bei sich?

SCHWEYK Melde gehorsamst, daß nicht.

FELDKURAT Das wundert mich. Ich brauch es nicht für Saufen, wie du dir vielleicht gedacht hast, du Lump, gesteh es ein, so denkst du von deinem Priester, ich brauchs für mein Auto mitn Feldaltar dort hinten, das Benzin ist ausgegangen, sie sparen am lieben Gott Benzin in Rostow, das wird sie noch teuer zu stehn kommen, wenn sie vor Gottes Thron treten werden und er fragt sie mit Donnerstimme: »Ihr habt meinen Altar motorisiert und dann, wo war das Benzin?«

SCHWEYK Herr Feldkurat, ich weiß nicht. Könnens mir sagn, wos nach Stalingrad geht?

FELDKURAT Das weiß Gott. Kennst du das, wie der Bischof im Sturm zum Kapitän sagt: »Werden wir durchkommen?« und der Kapitän ihm antwortet: »Wir stehn jetzt in Gotteshand, Bischof!« und der sagt nur: »Stehts so schlimm?« und bricht in Tränen aus? *Er hat sich in den Schnee gesetzt.*

SCHWEYK Is der Herr Scharführer Bullinger Ihr Herr Bruder?

FELDKURAT Ja, Gott seis geklagt, den kennst du also? Du hast kein Kirschwasser oder Wodka?

SCHWEYK Nein und Sie wern sich verkühln, wenn Sie sich in Schnee setzn.

FELDKURAT Um mich ist es nicht schad. Sie sparn mitm Benzin, da solln sie sehn, wie sie ohne Gott durchkommen und ohne Gotteswort in der Schlacht. Auf dem Festland, in der Luft, auf dem Meere und so fort. Ich bin nur mit schwersten Gewissenskonflikten in ihren blöden Nazibund für deutsche Christen eingetreten. Ich verzicht für sie auf den Herrn Jesu als einen Juden und mach ihn in der Predigt zu einem Christen, daß es nur so kracht, mit blauen Augen und flecht den Wotan ein und sag ihnen, die Welt muß deutsch sein und kost es auch Ströme von Blut, weil ich ein Schwein bin, ein abtrünniges, wo seinen Glauben verraten hat fürs Gehalt und sie geben mir zu wenig Benzin und schau dir an, wo sie mich hingeführt haben?

SCHWEYK In die russischen Steppen, Herr Feldkurat, und Sie gehn besser mit mir nach Stalingrad zurück und schlafen Ihren Rausch aus. *Er zieht ihn hoch und schleppt sich mit ihm ein paar Meter.* Sie missn aber selber auch gehn, sonst laß ich Sie liegn, ich muß zum Marschbataillon und dem Hitler zu Hilf kommn. *Vertraulich.* Es würd mich interessieren, daß ich die Torturkeller besuch, wo die Bolschewiken ihre Leut abhäuten bei lebendigem Leib und die Weiber verteilen und ob die Keller besser sind wie die von den Nazis in Prag.

FELDKURAT Ich kann meinen Feldaltar nicht hier stehn lassen, sonst wird er von den Bolschewiken erbeutet, was dann? Das sind Heiden. Da vorn bin ich an einer Hütte vorbeigekommen, der Schornstein hat geraucht, ob sie da nicht Wodka haben, du gibst ihnen eine übern Kopf mit deinem Gewehrkolben und basta. Bist du ein deutscher Christ?

SCHWEYK Nein, ein gewöhnlicher. Kotzens sich nicht an, es gefriert an Ihnen.

FELDKURAT Ja, mich frierts teuflisch. Ich werd ihnen einheizen in Stalingrad.

SCHWEYK Erst missns dort sein.

FELDKURAT Ich hab keine besondere Zuversicht mehr. *Ruhig, fast nüchtern.* Weißt du, wie heißt du eigentlich, daß sie mir ins Gesicht lachen, dem Priester Gottes, wenn ich ihnen mit der Hölle droh? Ich kann mirs nur so erklären, daß sie den Eindruck bekommen haben, sie sind schon drin. Die Religion geht in Fetzen, da ist der Hitler schuld, sag das niemand.

SCHWEYK Der Hitler is ein Furz, ich sag dirs, weil du besoffn bist. Am Hitler sind die schuld, wo ihm in München die Tschechoslowakei zun Pressent gemacht ham, firn »Friedn auf Lebenszeit«, wo sich als ein Blitzfriedn herausgestellt hat. Der Krieg wiederum is ein langer geworn und für nicht wenige auf Lebenszeit, so täuscht man sich.

FELDKURAT Du bist also gegn den Krieg, wo gegn die gottlosen Russen geführt werden muß, du Lump? Weißt du, daß ich dich da in Stalingrad erschießen laß?

SCHWEYK Wenn Sie sich nicht zusammenreißn und ordentlich ausschreitn, kommens nicht nach Stalingrad. Ich bin nicht gegn Krieg und ich marschier nach Stalingrad nicht aus Jux, sondern weil der Koch Naczek schon in erstn Weltkrieg gesagt hat: »Wo die Kugeln fliegn, stehn die Feldküchn.«

FELDKURAT Erzähl mir nichts. Du sagst dir im geheimen: »Leckt mich im Arsch mit dem Krieg«, ich seh dirs an. *Packt ihn an.* Warum willst du für den Krieg sein, was hast du davon, gesteh, du scheißt drauf!

SCHWEYK *grob:* Ich marschier nach Stalingrad und du auch, weils befohln is und weil wir als einzelne Reisende hier verhungern mechtn, ich hab dir schon einmal gesagt.

Sie marschieren weiter.

FELDKURAT Zu Fuß ist der Krieg deprimierend. *Bleibt stehen.* Da seh ich ja die Hütte, da gehn wir hin, hast du dein Gewehr entsichert?

Eine Hütte taucht auf. Sie gehen darauf zu.

SCHWEYK Aber ich bitt mir aus, daß Sie kein Krakeel machen, es sind auch Menschen und Sie ham genug gesoffen.

FELDKURAT Halt dein Gewehr schußbereit, das sind Heiden, keine Widerrede!

Aus der Hütte tritt eine alte Bäuerin und eine junge Frau mit einem kleinen Kind.

FELDKURAT Schau, sie wollen fliehen. Das müssen wir verhindern. Frag, wo sie den Wodka vergraben haben. Und schau, was die für einen Shawl umhat, den nehm ich an mich, ich friere teuflisch.

SCHWEYK Sie friern, weil Sie besoffen sind und hamm schon zwei Fellmäntel. *Zu der jungen Frau, die unbeweglich steht:* Guten Tag, wo geht der Weg nach Stalingrad?

Die Frau zeigt in eine Richtung, jedoch wie geistesabwesend.

FELDKURAT Gibt sie zu, daß sie Wodka haben?

SCHWEYK Du setzt dich hin, ich wer verhandeln und dann gehn wir weiter, ich will kein Skandal. *Zur Frau, freundlich:* Warum steht ihr so vor dem Haus? Hamms grad weggehn wolln? *Die Frau nickt.* Der Shawl is aber dinn. Hamms sonst nix zum Umziehn? Das is fast zu wenig.

FELDKURAT *auf dem Boden sitzend:* Nimm den Kolben, das sind lauter Gorillas. Heiden.

SCHWEYK *grob:* Du haltsts Maul. *Zur Frau:* Wodka? Der Herr is krank.

Schweyk hat alle Fragen mit illustrativen Gesten begleitet. Die Frau schüttelt den Kopf.

FELDKURAT *bösartig:* Schüttelst du den Kopf? Ich werd dirs geben. Mich friert und du schüttelst den Kopf? *Er kriecht mühsam hoch und torkelt mit erhobener Faust auf die Frau zu. Sie weicht in die Hütte zurück, die Tür hinter sich zumachend. Der Feldkurat stößt sie mit den Füßen ein und dringt in die Hütte.* Ich mach dich kalt.

SCHWEYK *hat vergebens versucht, ihn zurückzuhalten:* Sie bleibn heraus. Es is nicht Ihr Haus. *Er folgt ihm hinein. Auch die Alte geht hinein. Dann hört man die Frau aufschreien und die Geräusche eines Kampfes. Schweyk, von innen.* Sie tun auch das Messer weg. Willst du Ruh gebn. Ich brech dir den Arm, du Sau. Raus jetz!

Aus der Hütte tritt die Frau mit dem Kind. Sie hat einen Mantel des Feldkuraten an. Hinter ihr die Alte.

SCHWEYK *ihr ins Freie folgend:* Soll er seinen Rausch ausschlafn. Sehts zu, daß ihr verschwindet.

DIE ALTE *verbeugt sich tief vor Schweyk in der alten Manier:* Gott vergelts dir, Soldat, bist ein guter Mensch, und wenn wir ein Brot übrig hätten, gäb ich dir einen Ranken, du könnst ihn brauchen. Wohin geht denn der Weg?

SCHWEYK Ei, nach Stalingrad, Mütterchen, in die Schlacht. Könnt ihr mir sagn, wie ich da hinkomm?

DIE ALTE Bist ein Slaw, sprichst wie wir, du kommst nicht morden, bist nicht bei die Hitlerischen, Gott segn dich. *Sie beginnt ihn groß zu segnen.*

SCHWEYK *ohne Verlegenheit:* Kränk dich nicht, Mütterchen, ich bin ein Slaw, und verschwend nicht dein Segn an mich, denn ich bin ein Hilfsvolk.

DIE ALTE Dich soll Gott schitzn, Söhnchen, bist reinen Herzens, kommst uns zu Hilfe, wirst helfen, die Hitlerischen schlagn.

SCHWEYK *fest:* Nix für ungut, ich muß weiter, ich hab mirs nicht ausgesucht. Und ich glaub fast, Mütterchen, du mußt taub sein.

DIE ALTE *obwohl ihre Tochter sie immerzu am Ärmel zupft:* Wirst uns helfen, die Räuber austilgen, eil dich, Soldat, Gott segn dich.

Die junge Frau zieht die Alte weg, sie gehen fort. Schweyk marschiert kopfschüttelnd weiter. Es ist Nacht geworden, und der Sternhimmel ist hervorgetreten. Schweyk bleibt wieder an einem Wegweiser stehen und leuchtet mit einer Blendlaterne darauf. Verwundert liest er: »Stalingrad – 50km« und marschiert weiter. Plötzlich fallen Schüsse. Schweyk hebt sogleich sein Gewehr hoch, um sich zu übergeben. Es kommt aber niemand, und auch die Schüsse hören auf. Schweyk geht schneller weiter. Wenn er wieder auftaucht in seinem Kreislauf, ist er außer Atem und setzt sich an eine Schneewehe.

SCHWEYK *singt:*

Als wir nach Krwatt gekommen

Hats uns nicht gefallen.
Hams uns für ein Glasel Schnaps
Ein Paar Stiefeln abgenommen.

Die Pfeife sinkt ihm aus dem Mund, er schlummert ein und träumt. In goldenem Licht taucht Schweyks Stammtisch im »Kelch« auf. Um den Tisch sitzen die Kopecka im Brautkleid, der junge Prohaska im Sonntagsanzug, Kati, Anna und Baloun, vor dem ein voller Teller steht.

DIE KOPECKA Und zum Hochzeitsmahl kriegn Sie Ihr Geselchtes, Herr Baloun. Geschworn hams ohne, das ehrt Sie, aber damit Sie den Schwur haltn, is ein Stickl Fleisch hin und wieder recht am Platz.

BALOUN *essend:* Ich eß halt sehr gern. Gesegns Gott. Der liebe Gott hat alles erschaffn, von der Sonne bis zum Kümmel. *Auf den Teller.* Kann das eine Sünde sein? Die Täubchen, da fliegen sie, die Hühnchen, da picken sie die Körner von der Erde. Der Wirt vom »Hus« hat 17 Arten gewußt, wie Huhn zubereiten. 5 süße, 6 bittere, 4 mit Fülle. Der Wein wächst mir aus der Erde wie das Brot, hat der Pastor in Budweis gesagt, wo nicht hat essen dürfn wegn Zucker, und ich bin nicht fähig. In Pilsen, im Jahr 32, hab ich einen Hasen gegessn im »Schloßbräu«, der Koch is inzwischn gestorbn, so gehn Sie nicht mehr hin, so einen Hasen hab ich nicht wieder erlebt. Er war mit Sauce und Knödl. Das is an sich nichts Ungewöhnliches, aber in der Sauce war was, daß der Knödl so geworn is, wie verrickt, daß er sich selber nicht mehr erkannt hätt, als sei es ieber ihn gekommn, und er ist wirklich gut, ich habs nie wieder getroffen, der Koch hat das Rezept mit ins Grab genommn, das is schon hin für die Menschheit.

ANNA Beklag dich nicht. Was mecht der liebe Herr Schweyk dazu sagn, wo jetzt womeglich nicht einmal mehr eine gebakkene Kartoffel hat.

BALOUN Das is wahr. Man kann sich immer helfn. In Pudonitz, wie meine Schwester geheiratet hat, haben sies wieder mit der Menge gemacht. 30 Leute, beim Pudonitzer Wirt, Burschen und Weiber und auch die Alten habn nicht nachgegebn, Suppe, Kalbfleisch, Schweinernes, Hühner, zwei Kälber und zwei fette Schweine, vom Kopf bis zum Schwanz, dazu Knödl und Kraut in Fässern und erst Bier, dann Schnaps. Ich weiß nur mehr, mein Teller wird nicht leer und nach jedm Happn ein Kübl Bier oder ein Wasserglas Schnaps hinterdrein. Einmal war eine Stille wie in der Kirchen, wie sie das Schweinerne gebracht ham. Es sind alles gute Menschen gewesn, wie sie so beinander gesessn sind und sich vollgegessn ham, ich hätt für jedn die Hand ins Feuer gelegt. Und es warn allerhand Typen drunter, ein Richter bein Landesgericht in Pilsen, im Privatlebn ein Bluthund für die Diebe und Arbeiter. Essen macht unschädlich.

FRAU KOPECKA Zu Ehren des Herrn Baloun sing ich jetzt das Lied vom »Kelch«. *Sie singt.*

Komm und setz dich, lieber Gast
Setz dich uns zu Tische
Daß du Supp und Krautfleisch hast
Oder Moldaufische.
  Brauchst ein bissel was im Topf
  Mußt ein Dach habn überm Kopf
  Das bist du als Mensch uns wert
  Sei geduldet und geehrt
  Für nur 80 Kreuzer.

Referenzen brauchst du nicht
Ehre bringt nur Schaden
Hast ein' Nase im Gesicht
Und wirst schon geladen.
  Sollst ein bissel freundlich sein
  Witz und Auftrumpf brauchst du kein'
  Iß dein' Käs und trink dein Bier
  Und du bist willkommen hier
  Und die 80 Kreuzer.

Einmal schaun wir früh hinaus
Obs gut Wetter werde
Und da wurd ein gastlich Haus
Aus der Menschenerde.
  Jeder wird als Mensch gesehn
  Keinen wird man übergehn
  Ham ein Dach gegn Schnee und Wind

Weil wir arg verfroren sind.
Auch mit 80 Kreuzer!

Alle haben den Refrain mitgesungen.

BALOUN Wie sie meinem Großvater, wo beim Wasserfiskus Rechnungsrat war, gesagt habn in der Pankrazklinik, er soll Maß haltn, sonst muß er erblindn, hat er geantwortet: »Ich hab lang genug gesehn, aber noch lang nicht genug gegessen.« *Hält plötzlich mit Essen ein.* Jesses, wenn uns nur der Schweyk nicht erfriert in die großn Kälten dort.

ANNA Niederlegn darf er sich nicht. Grad wenns ihnen so schön warm wird, sind sie am allernächsten zum Erfrierungstod, heißt es.

Der »Kelch« verschwindet. Es ist wieder Tag. Ein Schneetreiben hat eingesetzt. Schweyk rührt sich unter einer Flockendecke. Ein Rattern von den Raupenbändern eines Tanks wird hörbar.

SCHWEYK *richtet sich auf:* Fast wär ich eingenickt. Aber jetzt auf, nach Stalingrad!

Er arbeitet sich hoch und setzt sich wieder in Marsch. Da taucht aus dem Schneetreiben ein großes Panzerauto mit deutschen Soldaten mit kalkweißen oder bläulichen Gesichtern unter den Stahlhelmen, alle vermummt in allerhand Tücher, Felle, sogar Weiberröcke.

DIE SOLDATEN *singen das deutsche Miserere:*

Eines schönen Tages befahlen uns unsere Obern
Die kleine Stadt Danzig für sie zu erobern.
Wir sind mit Tanks und Bombern in Polen eingebrochen
Wir eroberten es in drei Wochen.
Gott bewahr uns.

Eines schönen Tages befahlen uns unsere Obern
Norwegen und Frankreich für sie zu erobern.
Wir sind in Norwegen und Frankreich eingebrochen
Wir haben alles erobert im zweiten Jahre, in fünf Wochen.
Gott bewahr uns.

Eines schönen Tages befahlen uns unsere Obern
Serbien, Griechenland und Rußland für sie zu erobern.
Wir sind in Serbien, Griechenland, Rußland eingefahren
Und kämpfen jetzt um unser nacktes Leben seit zwei langen Jahren.
Gott bewahr uns.

Eines schönen Tages befehlen uns noch unsere Obern
Den Boden der Tiefsee und die Gebirge des Mondes zu erobern.
Und es ist schwer schon hier in diesem Russenland
Und der Feind stark und der Winter kalt und der Heimweg unbekannt.
Gott bewahr uns und führ uns wieder nach Haus.

Der Panzerwagen verschwindet wieder im Schneetreiben. Schweyk marschiert weiter.
Ein Wegweiser taucht auf, in eine quere Richtung zeigend. Schweyk ignoriert ihn. Plötzlich jedoch bleibt er stehen und horcht. Dann bückt er sich, pfeift leise und schnalzt mit den Fingern. Aus dem verschneiten Gestrüpp kriecht ein verhungerter Köter.

SCHWEYK Ich habs doch gewußt, daß du dich da im Gestrüpp herumdrückst und überlegst, ob du heraus sollst, wie? Du bist eine Kreuzung zwischen einem Schnauz und einem Schäferhund mit bissel Dogge dazwischen, ich wer dich Ajax rufn. Kriech nicht und hör auf mit dem Gezitter, ich kanns nicht leidn. *Er marschiert weiter, gefolgt von dem Hund.* Wir gehn nach Stalingrad. Da triffst du noch andre Hund, da is Betrieb. Wenn du im Krieg ieberlebn willst, halt dich eng an die andern und das Übliche, keine Extratouren, sondern kuschn, solang bis du beißen kannst. Der Krieg dauert nicht ewig, so wenig wie der Friedn und danach nimm ich dich mit in »Kelch« und mitn Baloun missn wir aufpassn, daß er dich nicht frißt, Ajax. Es wird wieder Leut geben, wo Hund wolln und Stammbäum wern gefälscht wern, weils reine Rassn wolln, es is Unsinn, aber sie wollns. Lauf mir nicht zwischn die Füß herum, sonst setzts was. Auf nach Stalingrad!
Das Schneetreiben wird dichter, es verhüllt sie.

Nachspiel

Der brave Hitlersoldat Schweyk marschiert unermüdlich nach dem immer gleich weit entfernten Stalingrad, als aus dem Schneesturm eine wilde Musik hörbar wird und eine überlebensgroße Gestalt auftaucht, Adolf Hitler. Es findet die historische Begegnung zwischen Schweyk und Hitler statt.

HITLER
Halt. Freund oder Feind?
SCHWEYK *salutiert gewohnheitsmäßig:*
Heitler!
HITLER *über den Sturm weg:*
Was? Ich versteh kein Wort.
SCHWEYK *lauter:*
Ich sag Heitler. Verstehns mich jetzt?
HITLER
Ja.
SCHWEYK
Der Wind nimmts mit fort.
HITLER
Richtig. Es scheint ein Schneesturm zu sein.
Können Sie mich erkennen?
SCHWEYK
Bittschön, das nein.
HITLER
Ich bin der Führer.
Schweyk, der mit erhobenem Arm verblieben war, hebt erschreckt, sein Gewehr fallen lassend, auch noch den andern Arm hoch, als ob er sich ergäbe.
SCHWEYK
Heiliger Sankt Joseph!
HITLER
Ruht. Wer sind Sie?
SCHWEYK
Ich bin der Schweyk aus Budweis, wo die Moldau
das Knie macht.
Und bin hergeeilt, daß ich Ihnen zu Stalingrad helf.
Sagns mir jetzt bittschön nur noch: wo es is.

HITLER

Wie zum Teufel soll ich das wissen
Bei diesen verrotteten bolschewistischen Verkehrsverhältnissen?
Auf der Karte war die Strecke Rostow-Stalingrad gradaus
Nicht viel länger als mein kleiner Finger. Jetzt stellt sie sich als länger heraus.
Außerdem hat der Winter auch in diesem Jahr zu früh eingesetzt
Anstatt am fünften November schon am dritten, das ist das zweite Jahr jetzt.
Dieser Winter ist eine echt bolschewistische Kriegslist
Im Augenblick weiß ich zum Beispiel überhaupt nicht mehr, wo vorn und wo hinten ist.
Ich bin davon ausgegangen, daß der Stärkere siegt.

SCHWEYK

Und so ists auch gekommen.
Er hat begonnen, mit den Füßen zu stampfen, und schlägt sich jetzt den Rumpf mit den Armen, da es ihn stark friert.

HITLER

Herr Schweyk, wenn das Dritte Reich unterliegt
Waren nur die Naturgewalten schuld an dem Mißgeschick.

SCHWEYK

Ja, ich her, der Winter und der Bolschewik.

HITLER *setzt zu langer Erklärung an:*

Die Geschichte lehrt, es heißt: Ost oder West.
Schon als Hermann, der Cherusker …

SCHWEYK

Erklärens mir das lieber aufm Weg, sonst gefriern wir hier noch fest.

HITLER

Schön. Dann vorwärts.

SCHWEYK

Aber wo soll ich mit Ihnen hin?

HITLER

Versuchen wirs mit dem Norden.
Sie stoßen ein paar Schritte nach Norden vor.

SCHWEYK *bleibt stehn, steckt zwei Finger in den Mund und pfeift Hitler zurück:*

Da is Schnee bis zum Kinn.

HITLER
Dann nach Süden!
Sie stoßen ein paar Schritte nach Süden vor.
SCHWEYK *bleibt stehen, pfeift:*
Da sind die Berge von Toten.
HITLER
Dann stoß ich nach Osten.
Sie stoßen ein paar Schritte nach Osten vor.
SCHWEYK *bleibt stehen, pfeift:*
Da stehen die Roten.
HITLER
Richtig.
SCHWEYK
Vielleicht gehn wir nach Haus? Das hätt doch einen Sinn.
HITLER
Da steht mein deutsches Volk. Da kann ich nicht hin.
Hitler tritt schnell hintereinander nach allen Richtungen. Schweyk pfeift ihn immer zurück.
HITLER
Nach Osten. Nach Westen. Nach Süden. Nach Nord.
SCHWEYK
Sie können nicht hierbleibn. Und Sie können nicht fort.
Hitlers Bewegungen nach allen Richtungen werden schneller.
SCHWEYK *fängt an zu singen:*
Ja, du kannst nicht zurick und du kannst nicht nach vorn.
Du bist obn bankrott und bist untn verlorn.
Und der Ostwind is dir kalt und der Bodn is dir heiß
Und ich sags dir ganz offen, daß ich nur noch nicht weiß
Ob ich auf dich jetzt schieß oder fort auf dich scheiß.
Hitlers verzweifelte Ausfälle sind in einen wilden Tanz übergegangen.

CHOR ALLER SPIELER

die ihre Masken abnehmen und an die Rampe gehn:

Es wechseln die Zeiten. Die riesigen Pläne
Der Mächtigen kommen am Ende zum Halt.

Und gehn sie einher auch wie blutige Hähne
Es wechseln die Zeiten, da hilft kein' Gewalt.
Am Grunde der Moldau wandern die Steine.
Es liegen drei Kaiser begraben in Prag.
Das Große bleibt groß nicht und klein nicht das Kleine.
Die Nacht hat zwölf Stunden, dann kommt schon der Tag.

ANHANG

Und was bekam des Soldaten Weib?

Und was bekam des Soldaten Weib
Aus der alten Hauptstadt Prag?
Aus Prag bekam sie die Stöckelschuh
Einen Gruß und dazu die Stöckelschuh
Das bekam sie aus der Stadt Prag.

Und was bekam des Soldaten Weib
Aus Warschau am Weichselstrand?
Aus Warschau bekam sie das leinene Hemd
So bunt und so fremd, wie ein polnisches Hemd!
Das bekam sie vom Weichselstrand.

Und was bekam des Soldaten Weib
Aus Oslo über dem Sund?
Aus Oslo bekam sie das Kräglein aus Pelz
Hoffentlich gefällts, das Kräglein aus Pelz!
Das bekam sie aus Oslo am Sund.

Und was bekam des Soldaten Weib
Aus dem reichen Rotterdam?
Aus Rotterdam bekam sie den Hut
Und er steht ihr gut, der holländische Hut.
Den bekam sie aus Rotterdam.

Und was bekam des Soldaten Weib
Aus Brüssel im belgischen Land?
Aus Brüssel bekam sie die seltenen Spitzen
Ach das zu besitzen, so seltene Spitzen!
Die bekam sie aus belgischem Land.

Und was bekam des Soldaten Weib
Aus der Lichterstadt Paris?
Aus Paris bekam sie das seidene Kleid
Zu der Nachbarin Neid, das seidene Kleid
Das bekam sie aus Paris.

Und was bekam des Soldaten Weib
Aus dem libyschen Tripolis?
Aus Tripolis bekam sie das Kettchen
Das Amulettchen am kupfernen Kettchen
Das bekam sie aus Tripolis.

Und was bekam des Soldaten Weib
Aus dem weiten Rußland?
Aus Rußland bekam sie den Witwenschleier
Zu der Totenfeier den Witwenschleier
Das bekam sie aus Rußland.

Frühe Fassung des Nachspiels

Nachspiel

Der brave Hitlersoldat Schweyk marschiert unermüdlich nach dem immer gleich weit entfernten Stalingrad, als aus dem Schneesturm eine wilde Musik hörbar wird und eine überlebensgroße Gestalt auftaucht, Adolf Hitler. Es findet die historische Begegnung zwischen Schweyk und Hitler statt.

HITLER
Halt. Freund oder Feind?

SCHWEYK *salutiert gewohnheitsmäßig:*
Heitler!

HITLER *über den Sturm weg:*
Was? Ich versteh kein Wort.

SCHWEYK *lauter:*
Ich sag Heitler. Verstehns mich jetzt?

HITLER
Ja.

SCHWEYK
Der Wind nimmts mit fort.

HITLER
Richtig. Es scheint ein Schneesturm zu sein.
Können Sie mich erkennen?

SCHWEYK
Bittschön, das nein.

HITLER

Ich bin der Führer.

Schweyk, der mit erhobenem Arm verblieben war, hebt erschreckt, sein Gewehr fallen lassend, auch noch den andern Arm hoch, als ob er sich ergäbe.

SCHWEYK

Heiliger Sankt Nepomuk!

HITLER

Ruht. Wer sind Sie?

SCHWEYK

Ich bin der Schweyk aus Budweis an der Bruck
Und bin hergeeilt, daß ich Ihnen zu Stalingrad helf und damit ich es nicht miss
Sagns mir jetzt bittschön nur noch: wo es is.

HITLER

Wie zum Teufel soll ich das wissen
Bei diesen verrotteten bolschewistischen Verkehrsverhältnissen?
Auf der Karte war die Strecke Rostow-Stalingrad gradaus
Nicht viel länger als mein kleiner Finger. Jetzt stellt sie sich als länger heraus.
Außerdem hat der Winter auch in diesem Jahr zu früh eingesetzt
Anstatt am fünften November schon am dritten, das ist das zweite Mal jetzt.
Dieser Winter ist eine echt bolschewistische Kriegslist.
Im Augenblick weiß ich zum Beispiel überhaupt nicht mehr, wo vorn und wo hinten ist.
Können Sie mir sagen, Herr Schweyk, wo der Weg zurück nach Westen geht?

SCHWEYK

Bittschön, wohin?

HITLER

Zurück!

SCHWEYK

Melde gehorsamst, daß man Sie im Schneesturm schlechter versteht.

HITLER

Das ist nur böser Wille. Ich werde aufräumen mit euch egoistischen Wichten.

SCHWEYK
Werns nicht nervös! Mit Gewalt werns nix ausrichten.

HITLER *aufbrausend:*
Ich habe Geschichte gemacht!

SCHWEYK
Sinds da sicher? Vielleicht warns nur Geschichten!

HITLER
Das sagen Sie mir, der ich zehn Völker unterwarf?

SCHWEYK
Und besonders das deutsche, das nix mehr als unterwerfen darf.

HITLER
Der Deutsche wird nichts, wenn ich ihn nicht eisern anfasse.

SCHWEYK
Sie ham ihn zu heftig in den Bauch getretn: er is schon eine Herrnrasse.

HITLER
Vor mir war sein Ansehn in der Welt zu einem Nullpunkt gesunken.

SCHWEYK
Heute kämpfen Sie mit ihm Schulter an Schulter!
Ich hätt lieber mit ihm ein Bier getrunken.

HITLER
Ich bin davon ausgegangen, daß der Stärkere siegt.

SCHWEYK
Und so ists auch gekommen.

HITLER
Herr Schweyk, wer unterliegt
Der ist erledigt, weil die Geschichte nicht mit sich spaßen läßt!
Schon als Adam …

SCHWEYK
Erklärens mir das lieber aufm Weg, sonst gefriern wir hier noch fest.
Ich versteh, Sie wolln wohin, wo Sie sich sicher fühln.
Ich kann nix versprechn, besonders, daß Sie sich nicht verkühln.
Ferner missns bedenkn, verstehens mich recht:
Wos für mich gut is, is es für Sie vielleicht schlecht.

Aber folgens meiner Führung, es hat keinen Sinn:
Ohne einen Führer kommens nirgens hin.

Schweyk klaubt sein Gewehr auf, macht kehrt und stapft Hitler voran. Am Wegweiser bleiben sie stehn und Schweyk leuchtet mit der Blendlaterne darauf. Er liest »Stalingrad – 5 km« und marschiert, Hitler voran, in dieser Richtung weiter. Die Dämmerung und der Sturm verschlingen sie.

CHOR ALLER SPIELER

die ihre Masken abnehmen und an die Rampe gehn:

Es wechseln die Zeiten. Die riesigen Pläne
Der Mächtigen kommen am Ende zum Halt.
Und gehn sie einher auch wie blutige Hähne
Es wechseln die Zeiten, da hilft kein' Gewalt.
Am Grunde der Moldau wandern die Steine.
Es liegen drei Kaiser begraben in Prag.
Das Große bleibt groß nicht und klein nicht das Kleine.
Die Nacht hat zwölf Stunden, dann kommt schon der Tag.

Der kaukasische Kreidekreis

Mitarbeiter: Ruth Berlau

»Der kaukasische Kreidekreis« mag als 31. Versuch gelten. Der Stoff – der Streit zweier Frauen um ein Kind und die richterliche Maßnahme, die ihn klärt – ist dem alten chinesischen Stück »Der Kreidekreis« entnommen. In dem alten Stück ist es die leibliche Mutter, die darauf verzichtet, das Kind aus dem Kreise zu ziehen. Auch alles übrige ist in dem neuen Stück anders. – Paul Dessau hat eine Musik zum »Kaukasischen Kreidekreis« geschrieben.

Personen

Georgi Abaschwili, der Gouverneur · Seine Frau Natella · Der fette Fürst Kazbeki · Niko Mikadze und Mikha Loladze, zwei Ärzte · Der Adjutant · Der Sänger · Musiker · Simon Chachava, ein Soldat · Grusche Vachnadze, ein Küchenmädchen · Baumeister · Maro, eine Kinderfrau · Der Koch · Ein Stallknecht · Ein alter Mann · Zwei vornehme Damen · Der Wirt · Der Hausknecht · Der Gefreite · Ein Bauer und seine Frau · Drei Händler · Lavrenti Vachnadze, Grusches Bruder · Seine Frau Aniko · Eine Bäuerin, Grusches spätere Schwiegermutter · Deren Sohn Jussup · Der Mönch · Hochzeitsgäste · Michel, Sohn des Gouverneurs · Kinder · Der Dorfschreiber Azdak · Polizist Schauwa · Der Großfürst · Bizergan Kazbeki, Neffe des fetten Fürsten · Der Arzt · Der Invalide · Der Hinkende · Der Erpresser · Ludowika, Schwiegertochter des Wirts · Der Knecht · Drei Großbauern · Eine alte Bäuerin · Der Bandit · Die Köchin · Illo Schuboladze und Sandro Oboladze, zwei Anwälte · Ein sehr altes Ehepaar · Bettler und Bittsteller · Soldaten · Panzerreiter · Dienstboten · Personen des Vorspiels

Vorspiel

Zwischen den Trümmern eines zerschossenen kaukasischen Dorfes sitzen im Kreis, weintrinkend und rauchend, Mitglieder zweier Kolchosdörfer, meist Frauen und ältere Männer; doch auch einige Soldaten. Bei ihnen ist ein Delegierter der staatlichen Wiederaufbaukommission aus der Hauptstadt.

EINE BÄUERIN LINKS *zeigt:* Dort in den Hügeln haben wir drei Nazitanks aufgehalten, aber die Apfelpflanzung war schon zerstört.

EIN ALTER BAUER RECHTS Unsere schöne Meierei: liegt auch in Trümmern!

EINE JUNGE TRAKTORISTIN Ich habe das Feuer an die Meierei gelegt, Genosse.

Pause.

DER DELEGIERTE Hört jetzt das Protokoll: Es erschienen in Nukha die Delegierten des Ziegenzuchtkolchos »Galinsk«. Auf Befehl der Behörden hat der Kolchos, als die Hitlerarmeen anrückten, seine Ziegenherden weiter nach Osten getrieben. Er erwägt jetzt die Rücksiedelung. Seine Delegierten haben Dorf und Gelände besichtigt und einen hohen Grad von Zerstörung festgestellt. *Die Delegierten rechts nicken.* Der benachbarte Obstbaukolchos »Rosa Luxemburg« *nach rechts* stellt den Antrag, daß das frühere Weideland des Kolchos »Galinsk«, ein Tal mit spärlichem Graswuchs, beim Wiederaufbau für Obst- und Weinbau verwertet wird. Als Delegierter der Wiederaufbaukommission ersuche ich die beiden Kolchosdörfer, sich selber darüber zu einigen, ob der Kolchos »Galinsk« hierher zurückkehren soll oder nicht.

DER ALTE BAUER RECHTS Zunächst möchte ich noch einmal gegen die Beschränkung der Redezeit protestieren. Wir vom Kolchos »Galinsk« sind drei Tage und drei Nächte auf dem Weg hierher gewesen, und jetzt soll es nur eine Diskussion von einem halben Tag sein!

EIN VERWUNDETER SOLDAT LINKS Genosse, wir haben nicht mehr so viele Dörfer und nicht mehr so viele Arbeitshände und nicht mehr soviel Zeit.

DIE JUNGE TRAKTORISTIN LINKS Alle Vergnügungen müssen rationiert werden, der Tabak ist rationiert und der Wein und die Diskussion auch.

DER ALTE RECHTS *seufzend:* Tod den Faschisten! So komme ich zur Sache und erkläre euch also, warum wir unser Tal zurückhaben wollen. Es gibt eine große Menge von Gründen, aber ich will mit einem der einfachsten anfangen. Makinä Abakidze, pack den Ziegenkäse aus.

Eine Bäuerin rechts nimmt aus einem großen Korb einen riesigen, in ein Tuch geschlagenen Käselaib. Beifall und Lachen.

DER ALTE RECHTS Bedient euch, Genossen, greift zu.

EIN ALTER BAUER LINKS *mißtrauisch:* Ist der als Beeinflussung gedacht?

DER ALTE RECHTS *unter Gelächter:* Wie soll der als Beeinflussung gedacht sein, Surab, du Talräuber. Man weiß, daß du den Käse nehmen wirst und das Tal auch. *Gelächter.* Alles, was ich von dir verlange, ist eine ehrliche Antwort: Schmeckt dir dieser Käse?

DER ALTE LINKS Die Antwort ist: Ja.

DER ALTE RECHTS So. *Bitter.* Ich hätte es mir denken können, daß du nichts von Käse verstehst.

DER ALTE LINKS Warum nicht? Wenn ich dir sage, er schmeckt mir.

DER ALTE RECHTS Weil er dir nicht schmecken kann. Weil er nicht ist, was er war in den alten Tagen. Und warum ist er nicht mehr so? Weil unseren Ziegen das neue Gras nicht so schmeckt, wie ihnen das alte geschmeckt hat. Käse ist nicht Käse, weil Gras nicht Gras ist, das ist es. Bitte, das zu Protokoll zu nehmen.

DER ALTE LINKS Aber euer Käse ist ausgezeichnet.

DER ALTE RECHTS Er ist nicht ausgezeichnet, kaum mittelmäßig. Das neue Weideland ist nichts, was immer die Jungen sagen. Ich sage, man kann nicht leben dort. Es riecht nicht einmal richtig nach Morgen dort am Morgen.

Einige lachen.

DER DELEGIERTE Ärgere dich nicht, daß sie lachen, sie verstehen dich doch. Genossen, warum liebt man die Heimat? Deswegen: Das Brot schmeckt da besser, der Himmel ist höher, die Luft ist da würziger, die Stimmen schallen da kräftiger, der Boden begeht sich da leichter. Ist es nicht so?

DER ALTE RECHTS Das Tal hat uns seit jeher gehört.

DER SOLDAT LINKS Was heißt »seit jeher«? Niemandem gehört nichts seit jeher. Als du jung warst, hast du selber dir nicht gehört, sondern den Fürsten Kazbeki.

DER ALTE RECHTS Ist es etwa gleich, was für ein Baum neben dem Haus steht, wo man geboren ist? Oder was für Nachbarn man hat, ist das gleich? Wir wollen zurück, sogar, um euch neben unserm Kolchos zu haben, ihr Talräuber. Jetzt könnt ihr wieder lachen.

DER ALTE LINKS *lacht:* Warum hörst du dir dann nicht ruhig an, was deine »Nachbarin« Kato Wachtang, unsere Agronomin, über das Tal zu sagen hat?

EINE BÄUERIN RECHTS Wir haben noch lang nicht alles gesagt, was wir zu sagen haben über unser Tal. Von den Häusern sind nicht alle zerstört, von der Meierei steht zumindest noch die Grundmauer.

DER DELEGIERTE Ihr habt einen Anspruch auf Staatshilfe – hier und dort, das wißt ihr. Hier in meiner Tasche habe ich Vorschläge.

DIE BÄUERIN RECHTS Genosse Sachverständiger, das ist kein Handel hier. Ich kann dir nicht deine Mütze nehmen und dir eine andre hinhalten mit »die ist besser«. Die andere kann besser sein, aber die deine gefällt dir besser.

DIE JUNGE TRAKTORISTIN Mit einem Stück Land ist es nicht wie mit einer Mütze, nicht in unserm Land, Genossin.

DER DELEGIERTE Werdet nicht zornig. Es ist richtig, wir müssen ein Stück Land eher wie ein Werkzeug ansehen, mit dem man Nützliches herstellt, aber es ist auch richtig, daß wir die Liebe zu einem besonderen Stück Land anerkennen müssen. Was mich betrifft, würde ich gern genauer erfahren, was ihr *zu denen links* mit dem Tal anfangen wollt.

ANDERE Ja, laßt Kato reden.

DER DELEGIERTE Genossin Agronomin!

KATO *steht auf, sie ist in militärischer Uniform:* Genossen, im letzten Winter, als wir als Partisanen hier in den Hügeln kämpften, haben wir davon gesprochen, wie wir nach der Vertreibung der Deutschen unsere Obstkultur zehnmal so groß wiederaufbauen könnten. Ich habe das Projekt einer Bewässerungsanlage ausgearbeitet. Vermittels eines Staudamms an unserm Bergsee können dreihundert Hektar unfruchtbaren Bodens bewässert werden. Unser Kolchos könnte dann nicht nur mehr Obst, sondern auch Wein anbauen. Aber das Projekt lohnt sich nur, wenn man auch das strittige Tal des Kolchos »Galinsk« einbeziehen könnte. Hier sind die Berechnungen. *Sie überreicht dem Delegierten eine Mappe.*

DER ALTE RECHTS Schreiben Sie ins Protokoll, daß unser Kolchos beabsichtigt, eine neue Pferdezucht aufzumachen.

DIE JUNGE TRAKTORISTIN Genossen, das Projekt ist ausgedacht worden in den Tagen und Nächten, wo wir in den Bergen hausen mußten und oft keine Kugeln mehr für die paar Gewehre hatten. Selbst die Beschaffung des Bleistifts war schwierig. *Beifall von beiden Seiten.*

DER ALTE RECHTS Unsern Dank den Genossen vom Kolchos »Rosa Luxemburg« und allen, die die Heimat verteidigt haben! *Sie schütteln einander die Hände und umarmen sich.*

DIE BÄUERIN LINKS Unser Gedanke war dabei, daß unsere Soldaten, unsere und eure Männer, in eine noch fruchtbarere Heimat zurückkommen sollten.

DIE JUNGE TRAKTORISTIN Wie der Dichter Majakowski gesagt hat, »die Heimat des Sowjetvolkes soll auch die Heimat der Vernunft sein«!

Die Delegierten rechts sind, bis auf den Alten rechts, aufgestanden und studieren mit dem Delegierten die Zeichnungen der Agronomin. Ausrufe wie: »Wieso ist die Fallhöhe zweiundzwanzig Meter?« – »Der Felsen hier wird gesprengt!« – »Im Grund brauchen sie nur Zement und Dynamit!« – »Sie zwingen das Wasser, hier herunterzukommen, das ist schlau!«

EIN SEHR JUNGER ARBEITER RECHTS *zum Alten rechts:* Sie bewässern alle Felder zwischen den Hügeln, schau dir das an, Aleko.

DER ALTE RECHTS Ich werde es mir nicht anschauen. Ich wußte es, daß das Projekt gut sein würde. Ich lasse mir nicht die Pistole auf die Brust setzen.

DER DELEGIERTE Aber sie wollen dir nur den Bleistift auf die Brust setzen.

Gelächter.

DER ALTE RECHTS *steht düster auf und geht, sich die Zeichnungen zu betrachten:* Diese Talräuber wissen leider zu genau, daß wir Maschinen und Projekten nicht widerstehen können hierzulande.

DIE BÄUERIN RECHTS Alleko Bereschwili, du bist selber der Schlimmste mit neuen Projekten, das ist bekannt.

DER DELEGIERTE Was ist mit meinem Protokoll? Kann ich schreiben, daß ihr bei eurem Kolchos die Abtretung eures alten Tals für dieses Projekt befürworten werdet?

DIE BÄUERIN RECHTS Ich werde sie befürworten. Wie ist es mit dir, Alleko?

DER ALTE RECHTS *über den Zeichnungen*: Ich beantrage, daß ihr uns Kopien von den Zeichnungen mitgebt.

DIE BÄUERIN RECHTS Dann können wir zum Essen gehen. Wenn er erst einmal die Zeichnungen hat und darüber diskutieren kann, ist die Sache erledigt. Ich kenne ihn. Und so ist es mit den andern bei uns.

Die Delegierten umarmen sich wieder lachend.

DER ALTE LINKS Es lebe der Kolchos »Galinsk«, und viel Glück zu eurer neuen Pferdezucht!

DIE BÄUERIN LINKS Genossen, es ist geplant, zu Ehren des Besuchs der Delegierten vom Kolchos »Galinsk« und des Sachverständigen ein Theaterstück unter Mitwirkung des Sängers Arkadi Tscheidse aufzuführen, das mit unserer Frage zu tun hat.

Beifall. Die junge Traktoristin ist weggelaufen, den Sänger zu holen.

DIE BÄUERIN RECHTS Genossen, euer Stück muß gut sein, wir bezahlen es mit einem Tal.

DIE BÄUERIN LINKS Arkadi Tscheidse kann einundzwanzigtausend Verse.

DER ALTE LINKS Wir haben das Stück unter seiner Leitung einstudiert. Man kann ihn übrigens nur sehr schwer bekommen. Ihr in der Plankommission solltet euch darum kümmern, daß man ihn öfter in den Norden heraufbekommt, Genosse.

DER DELEGIERTE Wir befassen uns eigentlich mehr mit Ökonomie.

DER ALTE LINKS *lächelnd:* Ihr bringt Ordnung in die Neuverteilung von Weinreben und Traktoren, warum nicht von Gesängen?

Von der jungen Traktoristin geführt, tritt der Sänger Arkadi

Tscheidse, ein stämmiger Mann von einfachem Wesen, in den Kreis. Mit ihm sind vier Musiker mit ihren Instrumenten. Die Künstler werden mit Händeklatschen begrüßt.

DIE JUNGE TRAKTORISTIN Das ist der Genosse Sachverständige, Arkadi.

Der Sänger begrüßt die Umstehenden.

DIE BÄUERIN RECHTS Es ehrt mich sehr, Ihre Bekanntschaft zu machen. Von Ihren Gesängen habe ich schon auf der Schulbank gehört.

DER SÄNGER Diesmal ist es ein Stück mit Gesängen, und fast der ganze Kolchos spielt mit. Wir haben die alten Masken mitgebracht.

DER ALTE RECHTS Wird es eine der alten Sagen sein?

DER SÄNGER Eine sehr alte. Sie heißt »Der Kreidekreis« und stammt aus dem Chinesischen. Wir tragen sie freilich in geänderter Form vor. Jura, zeig mal die Masken.

DER ALTE BAUER RECHTS *eine der Masken erkennend:* Ah, der Fürst Kazbeki!

DER SÄNGER Genossen, es ist eine Ehre für uns, euch nach einer schwierigen Debatte zu unterhalten. Wir hoffen, ihr werdet finden, daß die Stimme des alten Dichters auch im Schatten der Sowjettraktoren klingt. Verschiedene Weine zu mischen, mag falsch sein, aber alte und neue Weisheit mischen sich ausgezeichnet. Nun, ich hoffe, wir alle bekommen erst zu essen, bevor der Vortrag beginnt. Das hilft nämlich.

STIMMEN Gewiß. Kommt alle ins Klubhaus.

Während des Aufbruchs wendet sich der Delegierte an die junge Traktoristin.

DER DELEGIERTE *zum Sänger:* Wie lange wird die Geschichte dauern, Arkadi? Ich muß noch heute nacht zurück nach Tiflis.

DER SÄNGER *beiläufig:* Es sind eigentlich zwei Geschichten. Ein paar Stunden.

DER DELEGIERTE *sehr vertraulich:* Könntet ihr es nicht kürzer machen?

DER SÄNGER Nein.

Alle gehen fröhlich zum Essen.

1
Das Hohe Kind

DER SÄNGER *vor seinen Musikern auf dem Boden sitzend, einen schwarzen Umhang aus Schafsleder um die Schultern, blättert in einem abgegriffenen Textbüchlein mit Zetteln:*
In alter Zeit, in blutiger Zeit
Herrschte in dieser Stadt, »die Verdammte« genannt
Ein Gouverneur mit Namen Georgi Abaschwili.
Er war reich wie der Krösus.
Er hatte eine Frau aus edlem Geschlecht.
Er hatte ein kerngesundes Kind.
Kein andrer Gouverneur in Grusinien hatte
So viele Pferde an seiner Krippe
Und so viele Bettler an seiner Schwelle
So viele Soldaten in seinem Dienste
Und so viele Bittsteller in seinem Hofe.
Wie soll ich euch einen Georgi Abaschwili beschreiben?
Er genoß sein Leben.
An einem Ostersonntagmorgen
Begab sich der Gouverneur mit seiner Familie
In die Kirche.
Aus dem Torbogen eines Palastes quellen Bettler und Bittsteller, magere Kinder, Krücken, Bittschriften hochhaltend. Hinter ihnen zwei Panzersoldaten, dann in kostbarer Tracht die Gouverneursfamilie.

DIE BETTLER UND BITTSTELLER Gnade, Euer Gnaden, die Steuer ist unerschwinglich. – Ich habe mein Bein im Persischen Krieg eingebüßt, wo kriege ich … – Mein Bruder ist unschuldig, Euer Gnaden, ein Mißverständnis. – Er stirbt mir vor Hunger. – Bitte um Befreiung unsres letzten Sohnes aus dem Militärdienst. – Bitte, Euer Gnaden, der Wasserinspektor ist bestochen.
Ein Diener sammelt die Bittschriften, ein andrer teilt Münzen aus einem Beutel aus. Die Soldaten drängen die Menge zurück, mit schweren Lederpeitschen auf sie einschlagend.

SOLDAT Zurück. Das Kirchentor freimachen.
Hinter dem Gouverneurspaar und dem Adjutanten wird aus dem Torbogen das Kind des Gouverneurs in einem prunkvol-

len Wägelchen gefahren. Die Menge drängt wieder vor, es zu sehen.

DER SÄNGER *während die Menge zurückgepeitscht wird:*
Zum erstenmal an diesen Ostern sah das Volk den Erben.
Zwei Doktoren gingen keinen Schritt von dem Hohen Kind
Augapfel des Gouverneurs.

Rufe aus der Menge: »Das Kind!« – »Ich kann es nicht sehen, drängt nicht so.« – »Gottes Segen, Euer Gnaden.«

DER SÄNGER
Selbst der mächtige Fürst Kazbeki
Erwies ihm vor der Kirchentür seine Reverenz.

Ein fetter Fürst tritt herzu und begrüßt die Familie.

DER FETTE FÜRST Fröhliche Ostern, Natella Abaschwili.

Man hört einen Befehl. Ein Reiter sprengt heran, hält dem Gouverneur eine Rolle mit Papieren entgegen. Auf einen Wink des Gouverneurs begibt sich der Adjutant, ein schöner junger Mann, zu dem Reiter und hält ihn zurück. Es entsteht eine kurze Pause, während der fette Fürst den Reiter mißtrauisch mustert.

DER FETTE FÜRST Was für ein Tag! Als es gestern nacht regnete, dachte ich schon: trübe Feiertage. Aber heute morgen: ein heiterer Himmel. Ich liebe heitere Himmel, Natella Abaschwili, ein simples Herz. Und der kleine Michel, ein ganzer Gouverneur, tititi. *Er kitzelt das Kind.* Fröhliche Ostern, kleiner Michel, tititi.

DIE GOUVERNEURSFRAU Was sagen Sie, Arsen, Georgi hat sich endlich entschlossen, mit dem Bau des neuen Flügels an der Ostseite zu beginnen. Die ganze Vorstadt mit den elenden Baracken wird abgerissen für den Garten.

DER FETTE FÜRST Das ist eine gute Nachricht nach so vielen schlechten. Was hört man vom Krieg, Bruder Georgi? *Auf die abwinkende Geste des Gouverneurs.* Ein strategischer Rückzug, höre ich? Nun, das sind kleine Rückschläge, die es immer gibt. Einmal steht es besser, einmal schlechter. Kriegsglück. Es hat wenig Bedeutung, wie?

DIE GOUVERNEURSFRAU Er hustet! Georgi, hast du gehört? *Scharf zu den beiden Ärzten, zwei würdevollen Männern, die dicht hinter dem Wägelchen stehen:* Er hustet.

ERSTER ARZT *zum zweiten:* Darf ich Sie daran erinnern, Niko

Mikadze, daß ich gegen das laue Bad war? Ein kleines Versehen bei der Temperierung des Badewassers, Euer Gnaden.

ZWEITER ARZT *ebenfalls sehr höflich:* Ich kann Ihnen unmöglich beistimmen, Mikha Loladze, die Badewassertemperatur ist die von unserm geliebten großen Mishiko Oboladze angegebene. Eher Zugluft in der Nacht, Euer Gnaden.

DIE GOUVERNEURSFRAU Aber so sehen Sie doch nach ihm. Er sieht fiebrig aus, Georgi.

ERSTER ARZT *über dem Kind:* Kein Grund zur Beunruhigung, Euer Gnaden. Das Badewasser ein bißchen wärmer, und es kommt nicht mehr vor.

ZWEITER ARZT *mit giftigem Blick auf ihn:* Ich werde es nicht vergessen, lieber Mikha Loladze. Kein Grund zur Besorgnis, Euer Gnaden.

DER FETTE FÜRST Ai, ai, ai, ai! Ich sage immer, meine Leber sticht, dem Doktor fünfzig auf die Fußsohlen. Und das auch nur, weil wir in einem verweichlichten Zeitalter leben; früher hieß es einfach: Kopf ab!

DIE GOUVERNEURSFRAU Gehen wir in die Kirche, wahrscheinlich ist es die Zugluft hier.

Der Zug, bestehend aus der Familie und dem Dienstpersonal, biegt in das Portal einer Kirche ein. Der fette Fürst folgt. Der Adjutant tritt aus dem Zug und zeigt auf den Reiter.

DER GOUVERNEUR Nicht vor dem Gottesdienst, Shalva.

DER ADJUTANT *zum Reiter:* Der Gouverneur wünscht nicht, vor dem Gottesdienst mit Berichten behelligt zu werden, besonders wenn sie, wie ich annehme, deprimierender Natur sind. Laß dir in der Küche etwas zu essen geben, Freund.

Der Adjutant schließt sich dem Zug an, während der Reiter mit einem Fluch in das Palasttor geht. Ein Soldat kommt aus dem Palast und bleibt im Torbogen stehen.

DER SÄNGER

Die Stadt ist stille.
Auf dem Kirchplatz stolzieren die Tauben.
Ein Soldat der Palastwache
Scherzt mit einem Küchenmädchen
Das vom Fluß herauf mit einem Bündel kommt.

In den Torbogen will eine Magd, unterm Arm ein Bündel aus großen grünen Blättern.

DER SOLDAT Was, das Fräulein ist nicht in der Kirche, schwänzt den Gottesdienst?

GRUSCHE Ich war schon angezogen, da hat für das Osteressen eine Gans gefehlt, und sie haben mich gebeten, daß ich sie hol, ich versteh was von Gänsen.

DER SOLDAT Eine Gans? *Mit gespieltem Mißtrauen.* Die müßt ich erst sehen, diese Gans.

Grusche versteht nicht.

DER SOLDAT Man muß vorsichtig sein mit den Frauenzimmern. Da heißt es: »Ich hab nur eine Gans geholt«, und dann war es etwas ganz anderes.

GRUSCHE *geht resolut auf ihn zu und zeigt ihm die Gans:* Da ist sie. Und wenn es keine Fünfzehnpfund-Gans ist und sie haben sie nicht mit Mais geschoppt, eß ich die Federn.

DER SOLDAT Eine Königin von einer Gans! Die wird vom Gouverneur selber verspeist werden. Und das Fräulein war also wieder einmal am Fluß?

GRUSCHE Ja, beim Geflügelhof.

DER SOLDAT Ach so, beim Geflügelhof, unten am Fluß, nicht etwa oben bei den gewissen Weiden?

GRUSCHE Bei den Weiden bin ich doch nur, wenn ich das Linnen wasche.

DER SOLDAT *bedeutungsvoll:* Eben.

GRUSCHE Eben was?

DER SOLDAT *zwinkernd:* Eben das.

GRUSCHE Warum soll ich denn nicht bei den Weiden Linnen waschen?

DER SOLDAT *lacht übertrieben:* »Warum soll ich denn nicht bei den Weiden Linnen waschen?« Das ist gut, wirklich gut.

GRUSCHE Ich versteh den Herrn Soldat nicht. Was soll da gut sein?

DER SOLDAT *listig:* Wenn manche wüßte, was mancher weiß, würd ihr kalt und würd ihr heiß.

GRUSCHE Ich weiß nicht, was man über die gewissen Weiden wissen könnte.

DER SOLDAT Auch nicht, wenn vis-à-vis ein Gestrüpp wäre, von dem aus alles gesehen werden könnte? Alles, was da so geschieht, wenn eine bestimmte Person »Linnen wäscht«!

GRUSCHE Was geschieht da? Will der Herr Soldat nicht sagen, was er meint, und fertig?

DER SOLDAT Es geschieht etwas, bei dem vielleicht etwas gesehen werden kann.

GRUSCHE Der Herr Soldat meint doch nicht, daß ich an einem heißen Tag einmal meine Fußzehen ins Wasser stecke, denn sonst ist nichts.

DER SOLDAT Und mehr. Die Fußzehen und mehr.

GRUSCHE Was mehr? Den Fuß höchstens.

DER SOLDAT Den Fuß und ein bißchen mehr. *Er lacht sehr.*

GRUSCHE *zornig:* Simon Chachava, du solltest dich schämen. Im Gestrüpp sitzen und warten, bis eine Person an einem heißen Tag das Bein in den Fluß gibt. Und wahrscheinlich noch zusammen mit einem andern Soldaten! *Sie läuft weg.*

DER SOLDAT *ruft ihr nach:* Nicht mit einem andern!

Wenn der Sänger seine Erzählung wieder aufnimmt, läuft der Soldat Grusche nach.

DER SÄNGER

Die Stadt liegt stille, aber warum gibt es Bewaffnete?
Der Palast des Gouverneurs liegt friedlich
Aber warum ist er eine Festung?

Aus dem Portal links tritt schnellen Schrittes der fette Fürst. Er bleibt stehen, sich umzublicken. Vor dem Torbogen rechts warten zwei Panzerreiter. Der Fürst sieht sie und geht langsam an ihnen vorbei, ihnen ein Zeichen machend. Einer geht in den Torbogen, einer ab nach rechts. Man hört gedämpfte Rufe hinten von verschiedenen Seiten »Zur Stelle«: der Palast ist umstellt. Der Fürst geht schnell ab. Von fern Kirchenglocken. Aus dem Portal kommt der Zug mit der Gouverneursfamilie zurück aus der Kirche.

DER SÄNGER

Da kehrte der Gouverneur in seinen Palast zurück
Da war die Festung eine Falle
Da war die Gans gerupft und gebraten
Da wurde die Gans nicht mehr gegessen
Da war Mittag nicht mehr die Zeit zum Essen
Da war Mittag die Zeit zum Sterben.

DIE GOUVERNEURSFRAU *im Vorbeigehen:* Es ist wirklich unmöglich, in dieser Baracke zu leben, aber Georgi baut natürlich nur für seinen kleinen Michel, nicht etwa für mich. Michel ist alles, alles für Michel!

DER GOUVERNEUR Hast du gehört, »Fröhliche Ostern« von Bruder Kazbeki! Schön und gut, aber es hat meines Wissens in Nukha nicht geregnet gestern nacht. Wo Bruder Kazbeki war, regnete es. Wo war Bruder Kazbeki?

DER ADJUTANT Man muß untersuchen.

DER GOUVERNEUR Ja, sofort. Morgen.

Der Zug biegt in den Torbogen ein. Der Reiter, der inzwischen aus dem Palast zurückgekehrt ist, tritt auf den Gouverneur zu.

DER ADJUTANT Wollen Sie nicht doch den Reiter aus der Hauptstadt hören, Exzellenz? Er ist heute morgen mit vertraulichen Papieren eingetroffen.

DER GOUVERNEUR *im Weitergehen:* Nicht vor dem Essen, Shalva!

DER ADJUTANT *während der Zug im Palast verschwindet und nur zwei Panzerreiter der Palastwache am Tor zurückbleiben, zum Reiter:* Der Gouverneur wünscht nicht, vor dem Essen mit militärischen Berichten behelligt zu werden, und den Nachmittag wird Seine Exzellenz Besprechungen mit hervorragenden Baumeistern widmen, die auch zum Essen eingeladen sind. Hier sind sie schon. *Drei Herren sind herangetreten. Während der Reiter abgeht, begrüßt der Adjutant die Baumeister.* Meine Herren, Seine Exzellenz erwartet Sie zum Essen. Seine ganze Zeit wird nur Ihnen gewidmet sein. Den großen neuen Plänen! Kommen Sie schnell!

EINER DER BAUMEISTER Wir bewundern es, daß Seine Exzellenz also trotz der beunruhigenden Gerüchte über eine schlimme Wendung des Krieges in Persien zu bauen gedenkt.

DER ADJUTANT Sagen wir: wegen ihnen! Das ist nichts. Persien ist weit! Die Garnison hier läßt sich für ihren Gouverneur in Stücke hauen.

Aus dem Palast kommt Lärm. Ein schriller Aufschrei einer Frau, Kommandorufe. Der Adjutant geht entgeistert auf den Torbogen zu. Ein Panzerreiter tritt heraus, ihm den Spieß entgegenhaltend.

DER ADJUTANT Was ist hier los? Tu den Spieß weg, Hund. *Rasend zu der Palastwache:* Entwaffnen! Seht ihr nicht, daß ein Anschlag auf den Gouverneur gemacht wird?

Die angesprochenen Panzerreiter der Palastwache gehorchen nicht. Sie blicken den Adjutanten kalt und gleichgültig an und folgen auch dem übrigen ohne Teilnahme. Der Adjutant erkämpft sich den Eingang in den Palast.

EINER DER BAUMEISTER Die Fürsten! Gestern nacht war in der Hauptstadt eine Versammlung der Fürsten, die gegen den Großfürsten und seine Gouverneure sind. Meine Herren, wir machen uns besser dünn.

Sie gehen schnell weg.

DER SÄNGER

O Blindheit der Großen! Sie wandeln wie Ewige
Groß auf gebeugten Nacken, sicher
Der gemieteten Fäuste, vertrauend
Der Gewalt, die so lang schon gedauert hat.
Aber lang ist nicht ewig.
O Wechsel der Zeiten! Du Hoffnung des Volks!

Aus dem Torbogen tritt der Gouverneur, gefesselt, mit grauem Gesicht, zwischen zwei Soldaten, die bis an die Zähne bewaffnet sind.

Auf immer, großer Herr! Geruhe, aufrecht zu gehen!
Aus deinem Palast folgen dir die Augen vieler Feinde!
Du brauchst keine Baumeister mehr, es genügt ein Schreiner.
Du ziehst in keinen neuen Palast mehr, sondern in ein
kleines Erdloch.
Sieh dich noch einmal um, Blinder!

Der Verhaftete blickt sich um.

Gefällt dir, was du hattest? Zwischen Ostermette und Mahl
Gehst du dahin, von wo keiner zurückkehrt.

Er wird abgeführt. Die Palastwache schließt sich an. Ein Hornalarmruf wird hörbar. Lärm hinter dem Torbogen.

Wenn das Haus eines Großen zusammenbricht
Werden viele Kleine erschlagen.
Die das Glück der Mächtigen nicht teilten
Teilen oft ihr Unglück. Der stürzende Wagen
Reißt die schwitzenden Zugtiere
Mit in den Abgrund.

Aus dem Torbogen kommen in Panik Dienstboten gelaufen.

DIE DIENSTBOTEN *durcheinander:* Die Lastkörbe! Alles in den dritten Hof! Lebensmittel für fünf Tage. – Die gnädige Frau liegt in einer Ohnmacht. – Man muß sie heruntertragen, sie muß fort. – Und wir? – Uns schlachten sie wie die Hühner ab, das kennt man. – Jesus Maria, was wird sein? – In der Stadt soll schon Blut fließen. – Unsinn, der Gouverneur ist nur höflich aufgefordert worden, zu einer Sitzung der Fürsten zu erscheinen, alles wird gütlich geregelt werden, ich habe es aus erster Quelle.

Auch die beiden Ärzte stürzen auf den Hof.

ERSTER ARZT *sucht den zweiten zurückzuhalten:* Niko Mikadze, es ist Ihre ärztliche Pflicht, Natella Abaschwili Beistand zu leisten.

ZWEITER ARZT Meine Pflicht? Die Ihrige!

ERSTER ARZT Wer hat das Kind heute, Niko Mikadze, Sie oder ich?

ZWEITER ARZT Glauben Sie wirklich, Mikha Loladze, daß ich wegen dem Balg eine Minute länger in einem verpesteten Haus bleibe?

Sie geraten ins Raufen. Man hört nur noch »Sie verletzen Ihre Pflicht« und »Pflicht hin, Pflicht her!«, dann schlägt der zweite Arzt den ersten nieder.

ZWEITER ARZT Oh, geh zur Hölle. *Ab.*

Der Soldat Simon Chachava kommt und sucht im Gedränge Grusche.

DIE DIENSTBOTEN Man hat Zeit bis Abend, vorher sind die Soldaten nicht besoffen. – Weiß man denn, ob sie schon gemeutert haben? – Die Palastwache ist abgeritten. – Weiß denn immer noch niemand, was passiert ist?

GRUSCHE Der Fischer Meliwa sagt, in der Hauptstadt hat man am Himmel einen Kometen gesehen mit einem roten Schweif, das hat Unglück bedeutet.

DIE DIENSTBOTEN Gestern soll in der Hauptstadt bekannt geworden sein, daß der Persische Krieg ganz verloren ist. – Die Fürsten haben einen großen Aufstand gemacht. Es heißt, der Großfürst ist schon geflohen. Alle seine Gouverneure werden hingerichtet. – Den Kleinen tun sie nichts. Ich habe meinen Bruder bei den Panzerreitern.

DER ADJUTANT *erscheint im Torbogen:* Alles in den dritten Hof! Alles beim Packen helfen!

Er treibt das Gesinde weg. Simon findet endlich Grusche.

SIMON Da bist du ja, Grusche. Was wirst du machen?

GRUSCHE Nichts. Für den Notfall habe ich einen Bruder mit einem Hof im Gebirge. Aber was ist mit dir?

SIMON Mit mir ist nichts. *Wieder förmlich.* Grusche Vachnadze, deine Frage nach meinen Plänen erfüllt mich mit Genugtuung. Ich bin abkommandiert, die Frau, Natella Abaschwili, als Wächter zu begleiten.

GRUSCHE Aber hat die Palastwache nicht gemeutert?

SIMON *ernst:* So ist es.

GRUSCHE Ist es nicht gefährlich, die Frau zu begleiten?

SIMON In Tiflis sagt man: ist das Stechen etwa gefährlich für das Messer?

GRUSCHE Du bist kein Messer, sondern ein Mensch, Simon Chachava. Was geht dich die Frau an?

SIMON Die Frau geht mich nichts an, aber ich bin abkommandiert, und so reite ich.

GRUSCHE So ist der Herr Soldat ein dickköpfiger Mensch, weil er sich für nichts und wieder nichts in Gefahr begibt. *Als aus dem Palast nach ihr gerufen wird.* Ich muß in den dritten Hof und habe Eile.

SIMON Da Eile ist, sollten wir uns nicht streiten, denn für ein gutes Streiten ist Zeit nötig. Ist die Frage erlaubt, ob das Fräulein noch Eltern hat?

GRUSCHE Nein. Nur den Bruder.

SIMON Da die Zeit kurz ist – die zweite Frage wäre: ist das Fräulein gesund wie der Fisch im Wasser?

GRUSCHE Vielleicht ein Reißen in der rechten Schulter mitunter, aber sonst kräftig für jede Arbeit, es hat sich noch niemand beschwert.

SIMON Das ist bekannt. Wenn es sich am Ostersonntag darum handelt, wer holt trotzdem die Gans, dann ist es sie. Frage drei: ist das Fräulein ungeduldig veranlagt? Will es Äpfel im Winter?

GRUSCHE Ungeduldig nicht, aber wenn in den Krieg gegangen wird ohne Sinn und keine Nachricht kommt, ist es schlimm.

SIMON Eine Nachricht wird kommen. *Aus dem Palast wird wieder nach Grusche gerufen.* Zum Schluß die Hauptfrage …

GRUSCHE Simon Chachava, weil ich in den dritten Hof muß und große Eile ist, ist die Antwort schon »Ja«.

SIMON *sehr verlegen:* Man sagt: »Eile heißt der Wind, der das Baugerüst umweht.« Aber man sagt auch: »Die Reichen haben keine Eile.« Ich bin aus …

GRUSCHE Kutsk …

SIMON Da hat das Fräulein sich also erkundigt? Bin gesund, habe für niemand zu sorgen, kriege 100 Piaster im Monat, als Zahlmeister 200, und bitte herzlich um die Hand.

GRUSCHE Simon Chachava, es ist mir recht.

SIMON *nestelt sich eine dünne Kette vom Hals, an der ein Kreuzlein hängt:* Das Kreuz stammt von meiner Mutter, Grusche Vachnadze, die Kette ist von Silber; bitte, sie zu tragen.

GRUSCHE Vielen Dank, Simon.

Er hängt sie ihr um.

SIMON Es ist besser, wenn das Fräulein in den dritten Hof geht, sonst gibt es Anstände. Auch muß ich die Pferde einspannen, das versteht das Fräulein.

GRUSCHE Ja, Simon.

Sie stehen unentschieden.

SIMON Ich begleite nur die Frau zu den Truppen, die treu geblieben sind. Wenn der Krieg aus ist, komm ich zurück. Zwei Wochen oder drei. Ich hoffe, meiner Verlobten wird die Zeit nicht zu lang, bis ich zurückkehre.

GRUSCHE Simon Chachava, ich werde auf dich warten.
Geh du ruhig in die Schlacht, Soldat
Die blutige Schlacht, die bittere Schlacht
Aus der nicht jeder wiederkehrt:
Wenn du wiederkehrst, bin ich da.
Ich werde warten auf dich unter der grünen Ulme
Ich werde warten auf dich unter der kahlen Ulme
Ich werde warten, bis der Letzte zurückgekehrt ist
Und danach.
Kommst du aus der Schlacht zurück
Keine Stiefel stehen vor der Tür
Ist das Kissen neben meinem leer
Und mein Mund ist ungeküßt
Wenn du wiederkehrst, wenn du wiederkehrst
Wirst du sagen können: alles ist wie einst.

SIMON Ich danke dir, Grusche Vachnadze. Und auf Wiedersehen!

Er verbeugt sich tief vor ihr. Sie verbeugt sich ebenso tief vor ihm. Dann läuft sie schnell weg, ohne sich umzuschauen. Aus dem Torbogen tritt der Adjutant.

DER ADJUTANT *barsch:* Spann die Gäule vor den großen Wagen, steh nicht herum, Dreckkerl.

Simon Chachava steht stramm und geht ab. Aus dem Torbogen kriechen zwei Diener, tief gebückt unter ungeheuren Kisten. Dahinter stolpert, gestützt von ihren Frauen, Natella Abaschwili. Eine Frau trägt ihr das Kind nach.

DIE GOUVERNEURSFRAU Niemand kümmert sich wieder. Ich weiß nicht, wo mir der Kopf steht. Wo ist Michel? Halt ihn nicht so ungeschickt. Die Kisten auf den Wagen! Hat man etwas vom Gouverneur gehört, Shalva?

DER ADJUTANT *schüttelt den Kopf:* Sie müssen sofort weg.

DIE GOUVERNEURSFRAU Weiß man etwas aus der Stadt?

DER ADJUTANT Nein, bis jetzt ist alles ruhig, aber es ist keine Minute zu verlieren. Die Kisten haben keinen Platz auf dem Wagen. Suchen Sie sich aus, was Sie brauchen. *Er geht schnell hinaus.*

DIE GOUVERNEURSFRAU Nur das Nötigste! Halt. Schnell, die Kisten auf, ich werde euch angeben, was mit muß.

Die Kisten werden niedergestellt und geöffnet.

DIE GOUVERNEURSFRAU *auf bestimmte Brokatkleider zeigend:* Das Grüne und natürlich das mit dem Pelzchen! Wo sind die Ärzte? Ich bekomme wieder die schauderhafte Migräne, das fängt immer in den Schläfen an. Das mit den Perlknöpfchen ...

Grusche herein.

DIE GOUVERNEURSFRAU Du läßt dir Zeit, wie? Hol sofort die Wärmflaschen.

Grusche läuft weg, kehrt später mit den Wärmflaschen zurück und wird von der Gouverneursfrau stumm hin und her beordert.

DIE GOUVERNEURSFRAU Zerreiß den Ärmel nicht.

DIE JUNGE FRAU Bitte, gnädige Frau, dem Kleid ist nichts passiert.

DIE GOUVERNEURSFRAU Weil ich dich gefaßt habe. Ich habe schon lang ein Auge auf dich. Nichts im Kopf, als Shalva Azeretelli Augen drehen! Ich bring dich um, du Hündin. *Schlägt sie.*

DER ADJUTANT *kommt zurück:* Bitte, sich zu beeilen, Natella Abaschwili. In der Stadt fallen Schüsse. *Wieder ab.*

DIE GOUVERNEURSFRAU *läßt die junge Frau los:* Lieber Gott! Meint ihr, sie werden sich vergreifen an uns? Warum? Warum?

Alle schweigen. Sie beginnt, selber in den Kisten zu kramen. Such das Brokatjäckchen! Hilf ihr! Was macht Michel? Schläft er?

DIE FRAU MIT DEM KIND Jawohl, gnädige Frau.

DIE GOUVERNEURSFRAU Dann leg ihn für einen Augenblick hin und hol mir die Saffianstiefelchen aus der Schlafkammer, ich brauche sie zu dem Grünen. *Die Frau legt das Kind weg und läuft. Zu der jungen Frau:* Steh nicht herum, du! *Die junge Frau läuft davon.* Bleib, oder ich laß dich hängen. *Pause.* Und wie das alles gepackt ist, ohne Liebe und ohne Verstand. Wenn man nicht alles selber angibt … In solchen Augenblicken sieht man, was man für Dienstboten hat. Fressen könnt ihr, aber Dankbarkeit gibt's nicht. Ich werd es mir merken.

DER ADJUTANT *sehr erregt:* Natella, kommen Sie sofort. Der Richter des Obersten Gerichts ist von aufständischen Webern soeben gehängt worden.

DIE GOUVERNEURSFRAU Warum? Das Silberne muß ich haben, es hat tausend Piaster gekostet. Und das da und alle Pelze, und wo ist das Weinfarbene?

DER ADJUTANT *versucht, sie wegzuziehen:* In der Vorstadt sind Unruhen ausgebrochen. Wir müssen sogleich weg. Wo ist das Kind?

DIE GOUVERNEURSFRAU *ruft der Frau, die das Kind zu betreuen hat:* Maro! Mach das Kind fertig! Wo steckst du?

DER ADJUTANT *im Abgehen:* Wahrscheinlich müssen wir auf den Wagen verzichten und reiten.

Die Gouverneursfrau kramt in den Kleidern, wirft einige auf den Haufen, der mit soll, nimmt sie wieder weg. Geräusche werden hörbar, Trommeln. Der Himmel beginnt sich zu röten.

DIE GOUVERNEURSFRAU *verzweifelt kramend:* Ich kann das Weinrote nicht finden. *Ein Diener läuft davon. Achselzuckend zur ersten Frau:* Nimm den ganzen Haufen und trag ihn zum Wagen. Und warum kommt Maro nicht zurück? Seid ihr alle verrückt geworden? Ich sagte es ja, es liegt ganz zuunterst.

DER ADJUTANT *zurück:* Schnell, schnell!

DIE GOUVERNEURSFRAU *zu der ersten Frau:* Lauf! Wirf sie einfach in den Wagen!

DER ADJUTANT Der Wagen geht nicht mit. Kommen Sie, oder ich reite allein.

DIE GOUVERNEURSFRAU Maro! Bring das Kind! *Zur ersten Frau:* Such, Mascha! Bring zuerst die Kleider an den Wagen. Es ist ja Unsinn, ich denke nicht daran, zu reiten! *Sich umwendend, sieht sie die Brandröte und erstarrt.* Es brennt.

Sie wird vom Adjutanten hinausgezogen. Die erste Frau folgt ihr kopfschüttelnd mit dem Pack Kleider. Aus dem Torbogen kommen Dienstboten.

DIE KÖCHIN Das muß das Osttor sein, was da brennt.

DER KOCH Fort sind sie. Und ohne den Wagen mit Lebensmitteln. Wie kommen jetzt wir weg?

EIN STALLKNECHT Ja, das ist ein ungesundes Haus für einige Zeit. Sulika, ich hol ein paar Decken, wir hau'n ab.

MARO *aus dem Torbogen, mit Stiefelchen:* Gnädige Frau!

EINE DICKE FRAU Sie ist schon weg.

MARO Und das Kind. *Sie läuft zum Kind, hebt es auf.* Sie haben es zurückgelassen, diese Tiere. *Sie reicht es Grusche.* Halt es mir einen Augenblick. *Lügnerisch.* Ich sehe nach dem Wagen. *Sie läuft weg, der Gouverneursfrau nach.*

GRUSCHE Was hat man mit dem Herrn gemacht?

DER STALLKNECHT *macht die Geste des Halsabschneidens:* Fft.

DIE DICKE FRAU *bekommt, die Geste sehend, einen Anfall:* O Gottogottogottogott! Unser Herr Georgi Abaschwili! Wie Milch und Blut bei der Morgenmette, und jetzt ... bringt mich weg. Wir sind alle verloren, müssen sterben in Sünden. Wie unser Herr Georgi Abaschwili.

SULIKA *ihr zuredend:* Beruhigen Sie sich, Nina. Man wird Sie wegbringen. Sie haben niemand etwas getan.

DIE DICKE FRAU *während man sie hinausführt:* O Gottogottogott, schnell, schnell, alles weg, vor sie kommen, vor sie kommen!

EINE JUNGE FRAU Nina nimmt es sich mehr zu Herzen als die Frau. Sogar das Beweinen müssen sie von anderen machen lassen! *Sie entdeckt das Kind, das Grusche immer noch hält.* Das Kind! Was machst du damit?

GRUSCHE Es ist zurückgeblieben.

DIE JUNGE FRAU Sie hat es liegengelassen? Michel, der in keine Zugluft kommen durfte!

Die Dienstboten versammeln sich um das Kind.

GRUSCHE Er wacht auf.

DER STALLKNECHT Leg ihn besser weg, du! Ich möchte nicht daran denken, was einer passiert, die mit dem Kind angetroffen wird. Ich hol unsre Sachen, ihr wartet. *Ab in den Palast.*

DIE KÖCHIN Er hat recht. Wenn die anfangen, schlachten sie einander familienweise ab. Ich hole meine Siebensachen.

Alle sind abgegangen, nur zwei Frauen und Grusche mit dem Kind auf dem Arm stehen noch da.

SULIKA Hast du nicht gehört, du sollst ihn weglegen!

GRUSCHE Die Kinderfrau hat ihn mir für einen Augenblick zum Halten gegeben.

DIE KÖCHIN Die kommt nicht zurück, du Einfältige!

SULIKA Laß die Hände davon.

DIE KÖCHIN Sie werden mehr hinter ihm her sein als hinter der Frau. Es ist der Erbe. Grusche, du bist eine gute Seele, aber du weißt, die Hellste bist du nicht. Ich sag dir, wenn es den Aussatz hätte, wär's nicht schlimmer. Sieh zu, daß du durchkommst.

Der Stallknecht ist mit Bündeln zurückgekommen und verteilt sie an die Frauen. Außer Grusche machen sich alle zum Weggehen fertig.

GRUSCHE *störrisch:* Es hat keinen Aussatz. Es schaut einen an wie ein Mensch.

DIE KÖCHIN Dann schau du's nicht an. Du bist gerade die Dumme, der man alles aufladen kann. Wenn man zu dir sagt: du läufst nach dem Salat, du hast die längsten Beine, dann läufst du. Wir nehmen den Ochsenwagen, du kannst mit hinauf, wenn du schnell machst. Jesus, jetzt muß schon das ganze Viertel brennen!

SULIKA Hast du nichts gepackt? Du, viel Zeit ist nicht mehr, bis die Panzerreiter von der Kaserne kommen.

Die beiden Frauen und der Stallknecht gehen ab.

GRUSCHE Ich komme.

Grusche legt das Kind nieder, betrachtet es einige Augenblicke, holt aus den herumstehenden Koffern Kleidungsstücke und deckt damit das immer noch schlafende Kind zu. Dann läuft sie in den Palast, um ihre Sachen zu holen. Man hört Pferdegetrappel und das Aufschreien von Frauen. Herein der fette Fürst mit betrunkenen Panzerreitern. Einer trägt auf einem Spieß den Kopf des Gouverneurs.

DER FETTE FÜRST Hier, in die Mitte! *Einer der Soldaten klettert auf den Rücken eines andern, nimmt den Kopf und hält ihn prüfend über den Torbogen.* Das ist nicht die Mitte, weiter rechts, so. Was ich machen lasse, meine Lieben, laß ich ordentlich machen. *Während der Soldat mit Hammer und Nagel den Kopf am Haar festmacht.* Heute früh an der Kirchentüre sagte ich Georgi Abaschwili: »Ich liebe heitere Himmel«, aber eigentlich liebe ich mehr den Blitz, der aus dem heitern Himmel kommt, ach ja. Schade ist nur, daß sie den Balg weggebracht haben, ich brauche ihn dringend.

Er geht mit den Panzerreitern ab. Man hört wieder Pferdegetrappel. Grusche kommt, sich vorsichtig umschauend, aus dem Torbogen. Sie trägt ein Bündel und geht auf das Portal zu. Fast schon dort, wendet sie sich um, zu sehen, ob das Kind noch da ist. Da beginnt der Sänger zu singen. Sie bleibt unbeweglich stehen.

DER SÄNGER

Als sie nun stand zwischen Tür und Tor, hörte sie
Oder vermeinte zu hören ein leises Rufen: das Kind
Rief ihr, wimmerte nicht, sondern rief ganz verständig
So jedenfalls war's ihr. »Frau«, sagte es, »hilf mir.«
Und es fuhr fort, wimmerte nicht, sondern sprach ganz verständig:
»Wisse, Frau, wer einen Hilferuf nicht hört
Sondern vorbeigeht, verstörten Ohrs: nie mehr
Wird der hören den leisen Ruf des Liebsten noch
Im Morgengrauen die Amsel oder den wohligen
Seufzer der erschöpften Weinpflücker beim Angelus.«
Dies hörend
Grusche tut ein paar Schritte auf das Kind zu und beugt sich über es
ging sie zurück, das Kind
Noch einmal anzusehen. Nur für ein paar Augenblicke
Bei ihm zu bleiben, nur bis wer andrer käme –
Die Mutter vielleicht oder irgendwer –
sie setzt sich dem Kind gegenüber, an die Kiste gelehnt
Nur bevor sie wegging, denn die Gefahr war zu groß, die Stadt erfüllt
Von Brand und Jammer.

Das Licht wird schwächer, als würde es Abend und Nacht. Grusche ist in den Palast gegangen und hat eine Lampe und Milch geholt, von der sie dem Kinde zu trinken gibt.

DER SÄNGER *laut:*
Schrecklich ist die Verführung zur Güte!
Grusche sitzt jetzt deutlich wachend bei dem Kind die Nacht durch. Einmal zündet sie eine kleine Lampe an, es anzuleuchten, einmal hüllt sie es wärmer in den Mantel. Mitunter horcht sie und schaut sich um, ob niemand kommt.
Lange saß sie bei dem Kinde
Bis der Abend kam, bis die Nacht kam
Bis die Frühdämmerung kam. Zu lange saß sie –
Zu lange sah sie –
Das stille Atmen, die kleinen Fäuste
Bis die Verführung zu stark wurde gegen Morgen zu
Und sie aufstand, sich bückte und seufzend das Kind nahm
Und es wegtrug.
Sie tut, was der Sänger sagt, so, wie er es beschreibt.
Wie eine Beute nahm sie es an sich
Wie eine Diebin schlich sie sich weg.

2
Die Flucht in die nördlichen Gebirge

DER SÄNGER
Als Grusche Vachnadze aus der Stadt ging
Auf der grusinischen Heerstraße
Auf dem Weg in die nördlichen Gebirge
Sang sie ein Lied, kaufte Milch.

DIE MUSIKER
Wie will die Menschliche entkommen
Den Bluthunden, den Fallenstellern?
In die menschenleeren Gebirge wanderte sie
Auf der grusinischen Heerstraße wanderte sie
Sang sie ein Lied, kaufte Milch.
Grusche Vachnadze wandernd, auf dem Rücken in einem Sack das Kind tragend, ein Bündel in der einen, einen großen Stock in der anderen Hand.

GRUSCHE *singt:*

Vier Generäle
Zogen nach Iran.
Der erste führte keinen Krieg
Der zweite hatte keinen Sieg
Dem dritten war das Wetter zu schlecht
Dem vierten kämpften die Soldaten nicht recht.
Vier Generäle
Und keiner kam an.

Sosso Robakidse
Marschierte nach Iran.
Er führte einen harten Krieg
Er hatte einen schnellen Sieg
Das Wetter war ihm gut genug
Und sein Soldat sich gut genug schlug.
Sosso Robakidse
Ist unser Mann.

Eine Bauernhütte taucht auf.

GRUSCHE *zum Kind:* Mittagszeit, essen d' Leut. Da bleiben wir also gespannt im Gras sitzen, bis die gute Grusche ein Kännchen Milch erstanden hat. *Sie setzt das Kind zu Boden und klopft an der Tür der Hütte; ein alter Bauer öffnet.* Kann ich ein Kännchen Milch haben und vielleicht einen Maisfladen, Großvater?

DER ALTE Milch? Wir haben keine Milch. Die Herren Soldaten aus der Stadt haben unsere Ziegen. Geht zu den Herren Soldaten, wenn ihr Milch haben wollt.

GRUSCHE Aber ein Kännchen Milch für ein Kind werdet Ihr doch noch haben, Großvater?

DER ALTE Und für ein »Vergelt's Gott!«, wie?

GRUSCHE Wer redet von »Vergelt's Gott!« *Zieht ihr Portemonnaie.* Hier wird ausbezahlt wie bei Fürstens. Den Kopf in den Wolken, den Hintern im Wasser! *Der Bauer holt brummend Milch.* Und was kostet also das Kännchen?

DER ALTE Drei Piaster. Die Milch hat aufgeschlagen.

GRUSCHE Drei Piaster? Für den Spritzer? *Der Alte schlägt ihr wortlos die Tür ins Gesicht.* Michel, hast du das gehört? Drei Piaster! Das können wir uns nicht leisten. *Sie geht zurück, setzt sich und gibt dem Kind die Brust.* Da müssen wir es noch mal so versuchen. Zieh, denk an die drei Piaster! Es ist nichts drin, aber du meinst, du trinkst, und das ist etwas. *Kopfschüttelnd sieht sie, daß das Kind nicht mehr saugt. Sie steht auf, geht zur Tür zurück und klopft wieder.* Großvater, mach auf, wir zahlen! *Leise.* Der Schlag soll dich treffen. *Als der Alte wieder öffnet.* Ich dachte, es würde einen halben Piaster kosten, aber das Kind muß was haben. Wie ist es mit einem Piaster?

DER ALTE Zwei.

GRUSCHE Mach nicht wieder die Tür zu. *Sie fischt lange in ihrem Beutelchen.* Da sind zwei Piaster. Die Preise müssen aber wieder fallen, wir haben noch einen langen Weg vor uns. Es ist eine Halsabschneiderei und eine Sünde.

DER ALTE Schlagt die Soldaten tot, wenn ihr Milch wollt.

GRUSCHE *gibt dem Kind zu trinken:* Das ist ein teurer Spaß. Schluck, Michel, das ist ein Wochenlohn. Die Leute hier glauben, wir haben unser Geld mit dem Arsch verdient. Michel, Michel, ich hab mir mit dir etwas aufgeladen! *Den Brokatmantel betrachtend, in den das Kind gewickelt ist.* Ein Brokatmantel für tausend Piaster und keinen Piaster für Milch. *Sie blickt nach hinten.* Dort zum Beispiel ist dieser Wagen mit den reichen Flüchtlingen, auf den müßten wir kommen.

Vor einer Karawanserei. Man sieht Grusche, gekleidet in den Brokatmantel, auf zwei vornehme Damen zutreten. Das Kind hat sie in den Armen.

GRUSCHE Ach, die Damen wünschen wohl auch hier zu übernachten? Es ist schrecklich, wie überfüllt alles ist, und keine Fuhrwerke aufzutreiben! Mein Kutscher kehrte einfach um, ich bin eine ganze halbe Meile zu Fuß gegangen. Barfuß! Meine persischen Schuhe – Sie kennen die Stöckel! Aber warum kommt hier niemand?

ÄLTERE DAME Der Wirt läßt auf sich warten. Seit in der Hauptstadt diese Dinge passiert sind, gibt es im ganzen Land keine Manieren mehr.

Heraus tritt der Wirt, ein sehr würdiger, langbärtiger Greis, gefolgt von seinem Hausknecht.

DER WIRT Entschuldigen Sie einen alten Mann, daß er Sie warten ließ, meine Damen. Mein kleiner Enkel zeigte mir einen Pfirsichbaum in Blüte, dort am Hang, jenseits der Maisfelder. Wir pflanzen dort Obstbäume, ein paar Kirschen. Westlich davon *er zeigt* wird der Boden steiniger, die Bauern treiben ihre Schafe hin. Sie müßten die Pfirsichblüte sehen, das Rosa ist exquisit.

ÄLTERE DAME Sie haben eine fruchtbare Umgebung.

DER WIRT Gott hat sie gesegnet. Wie ist es mit der Baumblüte weiter südlich, meine Herrschaften? Sie kommen wohl von Süden?

JÜNGERE DAME Ich muß sagen, ich habe nicht eben aufmerksam die Landschaft betrachtet.

DER WIRT *höflich:* Ich verstehe, der Staub. Es empfiehlt sich sehr, auf unserer Heerstraße ein gemächliches Tempo einzuschlagen, vorausgesetzt, man hat es nicht zu eilig.

ÄLTERE DAME Nimm den Schleier um den Hals, Liebste. Die Abendwinde scheinen etwas kühl hier.

DER WIRT Sie kommen von den Gletschern des Janga-Tau herunter, meine Damen.

GRUSCHE Ja, ich fürchte, mein Sohn könnte sich erkälten.

ÄLTERE DAME Eine geräumige Karawanserei! Vielleicht treten wir ein?

DER WIRT Oh, die Damen wünschen Gemächer? Aber die Karawanserei ist überfüllt, meine Damen, und die Dienstboten sind weggelaufen. Ich bin untröstlich, aber ich kann niemanden mehr aufnehmen, nicht einmal mit Referenzen …

JÜNGERE DAME Aber wir können doch nicht hier auf der Straße nächtigen.

ÄLTERE DAME *trocken:* Was kostet es?

DER WIRT Meine Damen, Sie werden begreifen, daß ein Haus in diesen Zeiten, wo so viele Flüchtlinge, sicher sehr respektable, jedoch bei den Behörden mißliebige Personen, Unterschlupf suchen, besondere Vorsicht walten lassen muß. Daher …

ÄLTERE DAME Mein lieber Mann, wir sind keine Flüchtlinge. Wir ziehen auf unsere Sommerresidenz in den Bergen, das ist alles. Wir würden nie auf die Idee kommen, Gastlichkeit zu beanspruchen, wenn wir sie – so dringlich benötigten.

DER WIRT *neigt anerkennend den Kopf:* Unzweifelhaft nicht. Ich zweifle nur, ob der zur Verfügung stehende winzige Raum den Damen genehm wäre. Ich muß 60 Piaster pro Person berechnen. Gehören die Damen zusammen?

GRUSCHE In gewisser Weise. Ich benötige ebenfalls eine Bleibe.

JÜNGERE DAME 60 Piaster! Das ist halsabschneiderisch.

DER WIRT *kalt:* Meine Damen, ich habe nicht den Wunsch, Hälse abzuschneiden, daher ... *Wendet sich zum Gehen.*

ÄLTERE DAME Müssen wir von Hälsen reden? Komm schon. *Geht hinein, gefolgt vom Hausknecht.*

JÜNGERE DAME *verzweifelt:* 180 Piaster für einen Raum! *Sich umblickend nach Grusche.* Aber es ist unmöglich mit dem Kind! Was, wenn es schreit?

DER WIRT Der Raum kostet 180, für zwei oder drei Personen.

JÜNGERE DAME *dadurch verändert zu Grusche:* Andrerseits ist es mir unmöglich, Sie auf der Straße zu wissen, meine Liebe. Bitte, kommen Sie.

Sie gehen in die Karawanserei. Auf der andern Seite der Bühne erscheint von hinten der Hausknecht mit etwas Gepäck. Hinter ihm die ältere Dame, dann die zweite Dame und Grusche mit dem Kind.

JÜNGERE DAME 180 Piaster! Ich habe mich nicht so aufgeregt, seit der liebe Igor nach Haus gebracht wurde.

ÄLTERE DAME Mußt du von Igor reden?

JÜNGERE DAME Eigentlich sind wir vier Personen, das Kind ist auch jemand, nicht? *Zu Grusche:* Könnten Sie nicht wenigstens die Hälfte des Preises übernehmen?

GRUSCHE Das ist unmöglich. Sehen Sie, ich mußte schnell aufbrechen, und der Adjutant hat vergessen, mir genügend Geld zuzustecken.

ÄLTERE DAME Haben Sie etwa die 60 auch nicht?

GRUSCHE Die werde ich zahlen.

JÜNGERE DAME Wo sind die Betten?

DER HAUSKNECHT Betten gibt's nicht. Da sind Decken und Säcke. Das werden Sie sich schon selber richten müssen. Seid froh, daß man euch nicht in eine Erdgrube legt wie viele andere. *Ab.*

JÜNGERE DAME Hast du das gehört? Ich werde sofort zum Wirt gehen. Der Mensch muß ausgepeitscht werden.

ÄLTERE DAME Wie dein Mann?

JÜNGERE DAME Du bist so roh. *Sie weint.*

ÄLTERE DAME Wie werden wir etwas Lagerähnliches herstellen?

GRUSCHE Das werde ich schon machen. *Sie setzt das Kind nie-*

der. Zu mehreren hilft man sich immer leichter durch. Sie haben noch den Wagen. *Den Boden fegend.* Ich wurde vollständig überrascht. »Liebe Anastasia Katarinowska«, sagte mein Mann mir vor dem Mittagsmahl, »lege dich noch ein wenig nieder, du weißt, wie leicht du deine Migräne bekommst.« *Sie schleppt die Säcke herbei, macht Lager; die Damen, ihrer Arbeit folgend, sehen sich an.* »Georgi«, sagte ich dem Gouverneur, »mit sechzig Gästen zum Essen kann ich mich nicht niederlegen, auf die Dienstboten ist doch kein Verlaß, und Michel Georgiwitsch ißt nicht ohne mich.« *Zu Michel:* Siehst du, Michel, es kommt alles in Ordnung, was hab ich dir gesagt! *Sie sieht plötzlich, daß die Damen sie merkwürdig betrachten und auch tuscheln.* So, da liegt man jedenfalls nicht auf dem nackten Boden. Ich habe die Decken doppelt genommen.

ÄLTERE DAME *befehlerisch:* Sie sind ja recht gewandt im Bettmachen, meine Liebe. Zeigen Sie Ihre Hände!

GRUSCHE *erschreckt:* Was meinen Sie?

JÜNGERE DAME Sie sollen Ihre Hände herzeigen.

Grusche zeigt den Damen ihre Hände.

JÜNGERE DAME *triumphierend:* Rissig! Ein Dienstbote!

ÄLTERE DAME *geht zur Tür, schreit hinaus:* Bedienung!

JÜNGERE DAME Du bist ertappt, Gaunerin. Gesteh ein, was du im Schild geführt hast.

GRUSCHE *verwirrt:* Ich habe nichts im Schild geführt. Ich dachte, daß Sie uns vielleicht auf dem Wagen mitnehmen, ein Stückchen lang. Bitte, machen Sie keinen Lärm, ich gehe schon von selber.

JÜNGERE DAME *während die ältere Dame weiter nach Bedienung schreit:* Ja, du gehst, aber mit der Polizei. Vorläufig bleibst du. Rühr dich nicht vom Ort, du!

GRUSCHE Aber ich wollte sogar die 60 Piaster bezahlen, hier. *Zeigt die Börse.* Sehen Sie selbst, ich habe sie; da sind vier Zehner und da ist ein Fünfer, nein, das ist auch ein Zehner, jetzt sind's sechzig. Ich will nur das Kind auf den Wagen bekommen, das ist die Wahrheit.

JÜNGERE DAME Ach, auf den Wagen wolltest du! Jetzt ist es heraußen.

GRUSCHE Gnädige Frau, ich gestehe es ein, ich bin niedriger Herkunft, bitte, holen Sie nicht die Polizei. Das Kind ist von hohem Stand, sehen Sie das Linnen, es ist auf der Flucht wie Sie selber.

JÜNGERE DAME Von hohem Stand, das kennt man. Ein Prinz ist der Vater, wie?

GRUSCHE *wild zur älteren Dame:* Sie sollen nicht schreien! Habt ihr denn gar kein Herz?

JÜNGERE DAME *zur älteren:* Gib acht, sie tut dir was an, sie ist gefährlich! Hilfe! Mörder!

DER HAUSKNECHT *kommt:* Was gibt es denn?

ÄLTERE DAME Die Person hier hat sich eingeschmuggelt, indem sie eine Dame gespielt hat. Wahrscheinlich eine Diebin.

JÜNGERE DAME Und eine gefährliche dazu. Sie wollte uns kaltmachen. Es ist ein Fall für die Polizei. Ich fühle schon meine Migräne kommen, ach Gott.

DER HAUSKNECHT Polizei gibt's im Augenblick nicht. *Zu Grusche:* Pack deine Siebensachen, Schwester, und verschwinde wie die Wurst im Spinde.

GRUSCHE *nimmt zornig das Kind auf:* Ihr Unmenschen! Und sie nageln eure Köpfe schon an die Mauer!

DER HAUSKNECHT *schiebt sie hinaus:* Halt das Maul. Sonst kommt der Alte dazu, und der versteht keinen Spaß.

ÄLTERE DAME *zur jüngeren:* Sieh nach, ob sie nicht schon was gestohlen hat!

Während die Damen recht fieberhaft nachsehen, ob etwas gestohlen ist, tritt links der Hausknecht mit Grusche aus dem Tor.

DER HAUSKNECHT Trau, schau, wem, sage ich. In Zukunft sieh dir die Leute an, bevor du dich mit ihnen einläßt.

GRUSCHE Ich dachte, ihresgleichen würden sie eher anständig behandeln.

DER HAUSKNECHT Sie denken nicht daran. Glaub mir, es ist nichts schwerer, als einen faulen und nutzlosen Menschen nachzuahmen. Wenn du bei denen in den Verdacht kommst, daß du dir selber den Arsch wischen kannst oder schon einmal im Leben mit deinen Händen gearbeitet hast, ist es aus. Wart einen Augenblick, dann bring ich dir ein Maisbrot und ein paar Äpfel.

GRUSCHE Lieber nicht. Besser, ich gehe, bevor der Wirt kommt. Und wenn ich die Nacht durchlaufe, bin ich aus der Gefahr, denke ich. *Geht weg.*

DER HAUSKNECHT *ruft ihr leise nach:* Halt dich rechts an der nächsten Kreuzung.

Sie verschwindet.

DER SÄNGER

Als Grusche Vachnadze nach dem Norden ging
Gingen hinter ihr die Panzerreiter des Fürsten.

DIE MUSIKER

Wie kann die Barfüßige den Panzerreitern entlaufen?
Den Bluthunden, den Fallenstellern?
Selbst in den Nächten jagen sie. Die Verfolger
Kennen keine Ermüdung. Die Schlächter
Schlafen nur kurz.

Zwei Panzerreiter trotten zu Fuß auf der Heerstraße.

DER GEFREITE Holzkopf, aus dir kann nichts werden. Warum, du bist nicht mit dem Herzen dabei. Der Vorgesetzte merkt es an Kleinigkeiten. Wie ich's der Dicken gemacht habe vorgestern, du hast den Mann gehalten, wie ich dir's befohlen hab, und ihn in den Bauch getreten hast du, aber hast du's mit Freuden getan wie ein guter Gemeiner, oder nur anstandshalber? Ich hab dir zugeschaut, Holzkopf. Du bist wie das leere Stroh oder wie die klingende Schelle, du wirst nicht befördert. *Sie gehen eine Strecke schweigend weiter.* Bild dir nicht ein, daß ich's mir nicht merk, wie du in jeder Weise zeigst, wie du widersetzlich bist. Ich verbiet dir, daß du hinkst. Das machst du wieder nur, weil ich die Gäule verkauft habe, weil ich einen solchen Preis nicht mehr bekommen kann. Mit dem Hinken willst du mir andeuten, daß du nicht gern zu Fuß gehst, ich kenn dich. Es wird dir nicht nützen, es schadet dir. Singen!

DIE BEIDEN PANZERREITER *singen:*

Zieh ins Feld ich traurig meiner Straßen
Mußt zu Hause meine Liebste lassen.
Soll'n die Freunde hüten ihre Ehre
Bis ich aus dem Felde wiederkehre.

DER GEFREITE Lauter!

DIE BEIDEN PANZERREITER

Wenn ich auf dem Kirchhof liegen werde
Bringt die Liebste mir ein' Handvoll Erde.
Sagt: Hier ruhn die Füße, die zu mir gegangen
Hier die Arme, die mich oft umfangen.

Sie gehen wieder eine Strecke schweigend.

DER GEFREITE Ein guter Soldat ist mit Leib und Seele dabei. Wenn er einen Befehl hört, steht er ihm; wenn sein Spieß in das Gekröse des Feinds fährt, kommt es ihm. Für einen Vorgesetzten läßt er sich zerfetzen. Mit brechendem Aug sieht er noch, wie sein Gefreiter ihm anerkennend zunickt. Das ist ihm Lohn genug, sonst will er nichts. Aber dir wird nicht zugenickt, und verrecken mußt du doch. Kruzifix, wie soll ich mit so einem Untergebenen den Gouverneursbankert finden, das möcht ich wissen.

Sie gehen weiter.

DER SÄNGER

Als Grusche Vachnadze an den Fluß Sirra kam
Wurde die Flucht ihr zuviel, der Hilflose ihr zu schwer.

DIE MUSIKER

In den Maisfeldern die rosige Frühe
Ist dem Übernächtigen nichts als kalt. Der Milchgeschirre
Fröhliches Klirren im Bauerngehöft, von dem Rauch aufsteigt
Klingt dem Flüchtling drohend. Die das Kind schleppt
Fühlt die Bürde und wenig mehr.

Grusche steht vor einem Bauernhof. Eine dicke Bäuerin trägt eine Milchkanne in die Tür. Grusche wartet, bis sie drinnen ist, dann geht sie vorsichtig auf das Haus zu.

GRUSCHE Jetzt hast du dich wieder naß gemacht, und du weißt, ich hab keine Windeln für dich. Michel, wir müssen uns trennen. Es ist weit genug von der Stadt. So werden sie nicht auf dich kleinen Dreck aus sein, daß sie dich bis hierher verfolgen. Die Bauersfrau ist freundlich, und schmeck, wie es nach Milch riecht. So leb also wohl, Michel, ich will vergessen, wie du mich in den Rücken getreten hast die Nacht durch, daß ich gut lauf, und du vergißt die schmale Kost, sie war gut gemeint. Ich hätt dich gern weiter gehabt, weil deine Nase so klein ist, aber es geht nicht. Ich hätt dir den ersten Hasen gezeigt und – daß du dich nicht mehr naß machst, aber ich muß zurück, denn auch mein Liebster, der Soldat, mag bald zurück sein, und soll er mich da nicht finden? Das kannst du nicht verlangen.

Sie schleicht sich zur Tür und legt das Kind vor der Schwelle nieder. Dann wartet sie versteckt hinter einem Baum, bis die Bauersfrau wieder aus der Tür tritt und das Bündel findet.

DIE BAUERSFRAU Jesus Christus, was liegt denn da? Mann!

DER BAUER *kommt:* Was ist los? Laß mich meine Suppe essen.

DIE BAUERSFRAU *zum Kind:* Wo ist denn deine Mutter, hast du keine? Es ist ein Junge. Und das Linnen ist fein, das ist ein feines Kind. Sie haben's einfach vor die Tür gelegt, das sind Zeiten!

DER BAUER Wenn sie glauben, wir füttern's ihnen, irren sie sich. Du bringst es ins Dorf zum Pfarrer, das ist alles.

DIE BAUERSFRAU Was soll der Pfarrer damit, es braucht eine Mutter. Da, es wacht auf. Glaubst du, wir könnten's nicht doch aufnehmen?

DER BAUER *schreiend:* Nein!

DIE BAUERSFRAU Wenn ich's in die Ecke neben den Lehnstuhl bette, ich brauch nur einen Korb, und auf das Feld nehm ich's mit. Siehst du, wie es lacht? Mann, wir haben ein Dach überm Kopf und können's tun, ich will nichts mehr hören.

Sie trägt es hinein, der Bauer folgt protestierend. Grusche kommt hinter dem Baum vor, lacht und eilt weg, in umgekehrter Richtung.

DER SÄNGER
Warum heiter, Heimkehrerin?

DIE MUSIKER
Weil der Hilflose sich
Neue Eltern angelacht hat, bin ich heiter. Weil ich
den Lieben
Los bin, freue ich mich.

DER SÄNGER
Und warum traurig?

DIE MUSIKER
Weil ich frei und ledig gehe, bin ich traurig.
Wie ein Beraubter
Wie ein Verarmter.

Sie ist erst eine kurze Strecke gegangen, wenn sie den zwei Panzerreitern begegnet, die ihre Spieße vorhalten.

DER GEFREITE Jungfer, du bist auf die Heeresmacht gestoßen. Woher kommst du? Wann kommst du? Hast du unerlaubte Beziehungen zum Feind? Wo liegt er? Was für Bewegungen vollführt er in deinem Rücken? Was ist mit den Hügeln, was ist mit den Tälern, wie sind die Strümpfe befestigt?

Grusche steht erschrocken.

GRUSCHE Sie sind stark befestigt, besser ihr macht einen Rückzug.

DER GEFREITE Ich mach immer Rückzieher, da bin ich verläßlich. Warum schaust du so auf den Spieß? »Der Soldat läßt im Feld seinen Spieß keinen Augenblick aus der Hand«, das ist Vorschrift, lern's auswendig, Holzkopf. Also, Jungfer, wohin des Wegs?

GRUSCHE Zu meinem Verlobten, Herr Soldat, einem Simon Chachava, bei der Palastwache in Nukha. Und wenn ich ihm schreib, bricht er euch alle Knochen im Leib.

DER GEFREITE Simon Chachava, freilich, den kenn ich. Er hat mir den Schlüssel gegeben, daß ich hin und wieder nach dir schau. Holzkopf, wir werden unbeliebt. Wir müssen damit heraus, daß wir ehrliche Absichten haben. Jungfer, ich bin eine ernste Natur, die sich hinter scheinbaren Scherzen versteckt, und so sag ich dir's dienstlich: ich will von dir ein Kind haben.

Grusche stößt einen leisen Schrei aus.

DER GEFREITE Holzkopf, sie hat uns verstanden. Was, das ist ein süßer Schrecken? »Da muß ich erst die Backnudeln aus dem Ofen nehmen, Herr Offizier. Da muß ich erst das zerrissene Hemd wechseln, Herr Oberst!« Spaß beiseite, Spieß beiseite, Jungfer: wir suchen ein gewisses Kind in dieser Gegend. Hast du gehört von einem solchen Kind, das hier aufgetaucht ist aus der Stadt, ein feines, in einem feinen Linnenzeug?

GRUSCHE Nein, ich hab nichts gehört.

DER SÄNGER

Lauf, Freundliche, die Töter kommen!
Hilf dem Hilflosen, Hilflose! Und so läuft sie.

Sie wendet sich plötzlich und läuft in panischem Entsetzen weg, zurück. Die Panzerreiter schauen sich an und folgen ihr fluchend.

DIE MUSIKER

In den blutigsten Zeiten
Leben freundliche Menschen.

Im Bauernhaus beugt die dicke Bäuerin sich über den Korb mit dem Kind, wenn Grusche Vachnadze hereinstürzt.

GRUSCHE Versteck es schnell. Die Panzerreiter kommen. Ich hab's vor die Tür gelegt, aber es ist nicht meins, es ist von feinen Leuten.

BÄUERIN Und wer kommt, was für Panzerreiter?

GRUSCHE Frag nicht lang. Die Panzerreiter, die's suchen.

BÄUERIN In meinem Haus haben sie nichts zu suchen. Aber mit dir hab ich ein Wörtlein zu reden, scheint's.

GRUSCHE Zieh ihm das feine Linnen aus, das verrät uns.

BÄUERIN Linnen hin, Linnen her. In diesem Haus bestimm ich, und kotz mir nicht in meine Stube, warum hast du's ausgesetzt? Das ist eine Sünde.

GRUSCHE *schaut hinaus:* Gleich kommen sie hinter den Bäumen vor. Ich hätt nicht weglaufen dürfen, das hat sie gereizt. Was soll ich nur tun?

BÄUERIN *späht ebenfalls hinaus und erschrickt plötzlich tief:* Jesus Maria, Panzerreiter!

GRUSCHE Sie sind hinter dem Kind her.

BÄUERIN Aber wenn sie hereinkommen?

GRUSCHE Du darfst es ihnen nicht geben. Sag, es ist deins.

BÄUERIN Ja.

GRUSCHE Sie spießen's auf, wenn du's ihnen gibst.

BÄUERIN Aber wenn sie's verlangen? Ich hab das Silber für die Ernte im Haus.

GRUSCHE Wenn du's ihnen gibst, spießen sie's auf, hier in deiner Stube. Du mußt sagen, es ist deins.

BÄUERIN Ja. Aber wenn sie's nicht glauben?

GRUSCHE Wenn du's fest sagst.

BÄUERIN Sie brennen uns das Dach überm Kopf weg.

GRUSCHE Darum mußt du sagen, es ist deins. Er heißt Michel. Das hätt ich dir nicht sagen dürfen.

Die Bäuerin nickt.

GRUSCHE Nick nicht so mit dem Kopf. Und zitter nicht, das sehn sie.

BÄUERIN Ja.

GRUSCHE Hör auf mit deinem »ja«, ich kann's nicht mehr hören. *Schüttelt sie.* Hast du selber keins?

BÄUERIN *murmelnd:* Im Krieg.

GRUSCHE Dann ist er vielleicht selber ein Panzerreiter jetzt. Soll er da Kinder aufspießen? Da würdest du ihn schön zusammenstauchen. »Hör auf mit dem Herumfuchteln mit dem Spieß in meiner Stube, hab ich dich dazu aufgezogen? Wasch dir den Hals, bevor du mit deiner Mutter redest.«

BÄUERIN Das ist wahr, er dürft mir's nicht machen.

GRUSCHE Versprich mir, daß du ihnen sagst, es ist deins.

BÄUERIN Ja.

GRUSCHE Sie kommen jetzt.

Klopfen an der Tür. Die Frauen antworten nicht. Herein die Panzerreiter. Die Bäuerin verneigt sich tief.

DER GEFREITE Da ist sie ja. Was hab ich dir gesagt? Meine Nase. Ich riech sie. Ich hätt eine Frage an dich, Jungfer: warum bist du mir weggelaufen? Was hast du dir denn gedacht, daß ich mit dir will? Ich wett, es war was Unkeusches. Gestehe!

GRUSCHE *während die Bäuerin sich unaufhörlich verneigt:* Ich hab die Milch auf dem Herd stehenlassen. Daran hab ich mich erinnert.

DER GEFREITE Ich hab gedacht, es war, weil du geglaubt hast, ich hab dich unkeusch angeschaut. So als ob ich mir was denken könnt mit uns. So ein fleischlicher Blick, verstehst du mich?

GRUSCHE Das hab ich nicht gesehen.

DER GEFREITE Aber es hätt sein können, nicht? Das mußt du zugeben. Ich könnt doch eine Sau sein. Ich bin ganz offen mit dir: ich könnt mir allerhand denken, wenn wir allein wären. *Zur Bäuerin:* Hast du nicht im Hof zu tun? Die Hennen füttern?

DIE BÄUERIN *wirft sich plötzlich auf die Knie:* Herr Soldat, ich hab von nichts gewußt. Brennt mir nicht das Dach überm Kopf weg!

DER GEFREITE Von was redest du denn?

DIE BÄUERIN Ich hab nichts damit zu tun, Herr Soldat. Sie hat mir's vor die Tür gelegt, das schwör ich.

DER GEFREITE *sieht das Kind, pfeift:* Ah, da ist ja was Kleines im Korb, Holzkopf, ich riech tausend Piaster. Nimm die Alte hinaus und halt sie fest, ich hab ein Verhör abzuhalten, wie mir scheint.

Die Bäuerin läßt sich wortlos von dem Gemeinen abführen.

DER GEFREITE Da hast du ja das Kind, das ich von dir hab haben wollen. *Er geht auf den Korb zu.*

GRUSCHE Herr Offizier, es ist meins. Es ist nicht, das ihr sucht.

DER GEFREITE Ich will mir's anschaun.

Er beugt sich über den Korb. Grusche blickt sich verzweifelt um.

GRUSCHE Es ist meins, es ist meins.
DER GEFREITE Feines Linnen.

Grusche stürzt sich auf ihn, ihn wegzuziehen. Er schleudert sie weg und beugt sich wieder über den Korb. Sie blickt sich verzweifelt um, sieht ein großes Holzscheit, hebt es in Verzweiflung auf und schlägt den Gefreiten von hinten über den Kopf, so daß er zusammensinkt. Schnell das Kind aufnehmend, läuft sie hinaus.

DER SÄNGER

Und auf der Flucht vor den Panzerreitern
Nach zweiundzwanzigtägiger Wanderung
Am Fuß des Janga-Tau-Gletschers
Nahm Grusche Vachnadze das Kind an Kindes Statt.

DIE MUSIKER

Nahm die Hilflose den Hilflosen an Kindes Statt.

Über einem halbvereisten Bach kauert Grusche Vachnadze und schöpft dem Kind Wasser mit der hohlen Hand.

GRUSCHE

Da dich keiner nehmen will
Muß nun ich dich nehmen
Mußt dich, da kein andrer war
Schwarzer Tag im magern Jahr
Halt mit mir bequemen.

Weil ich dich zu lang geschleppt
Und mit wunden Füßen
Weil die Milch so teuer war
Wurdest du mir lieb.
(Wollt dich nicht mehr missen.)

Werf dein feines Hemdlein weg
Wickle dich in Lumpen
Wasche dich und taufe dich
Mit dem Gletscherwasser.
(Mußt es überstehen.)

Sie hat dem Kind das feine Linnen ausgezogen und es in einen Lumpen gewickelt.

DER SÄNGER
Als Grusche Vachnadze, verfolgt von den Panzerreitern
An den Gletschersteg kam, der zu den Dörfern am östlichen Abhang
Führt
Sang sie das Lied vom morschen Steg, wagte sie zwei Leben.

Es hat sich ein Wind erhoben. Aus der Dämmerung ragt der Gletschersteg. Da ein Seil gebrochen ist, hängt er halb in den Abgrund. Händler, zwei Männer und eine Frau, stehen unschlüssig vor dem Steg, als Grusche mit dem Kind kommt. Jedoch fischt der eine Mann mit einer Stange nach dem hängenden Seil.

ERSTER MANN Laß dir Zeit, junge Frau, über den Paß kommst du doch nicht.

GRUSCHE Aber ich muß mit meinem Kleinen nach der Ostseite zu meinem Bruder.

DIE HÄNDLERIN Muß! Was heißt muß! Ich muß hinüber, weil ich zwei Teppiche in Atum kaufen muß, die eine verkaufen muß, weil ihr Mann hat sterben müssen, meine Gute. Aber kann ich, was ich muß, kann sie? Andrej fischt schon seit zwei Stunden nach dem Seil, und wie sollen wir es festmachen, wenn er es fischt, frage ich.

ERSTER MANN *horcht:* Sei still, ich glaube, ich höre was.

GRUSCHE *laut:* Der Steg ist nicht ganz morsch. Ich glaub, ich könnt es versuchen, daß ich hinüberkomm.

DIE HÄNDLERIN Ich würd das nicht versuchen, wenn der Teufel selber hinter mir her wär. Warum, es ist Selbstmord.

ERSTER MANN *ruft laut:* Haoh!

GRUSCHE Ruf nicht! *Zur Händlerin:* Sag ihm, er soll nicht rufen.

ERSTER MANN Aber es wird unten gerufen. Vielleicht haben sie den Weg verloren unten.

DIE HÄNDLERIN Und warum soll er nicht rufen? Ist da etwas faul mit dir? Sind sie hinter dir her?

GRUSCHE Dann muß ich's euch sagen. Hinter mir her sind die Panzerreiter. Ich hab einen niedergeschlagen.

ZWEITER MANN Schafft die Waren weg!

Die Händlerin versteckt einen Sack hinter einem Stein.

ERSTER MANN Warum hast du das nicht gleich gesagt? *Zu den*

andern: Wenn die sie zu fassen kriegen, machen sie Hackfleisch aus ihr!

GRUSCHE Geht mir aus dem Weg, ich muß über den Steg.

DER ZWEITE MANN Das kannst du nicht. Der Abgrund ist zweitausend Fuß tief.

ERSTER MANN Nicht einmal, wenn wir das Seil auffischen könnten, hätte es Sinn. Wir könnten es mit den Händen halten, aber die Panzerreiter könnten dann auf die gleiche Weise hinüber.

GRUSCHE Geht weg!

Rufe aus einiger Entfernung: »Haoh dort oben!«

DIE HÄNDLERIN Sie sind ziemlich nah. Aber du kannst nicht das Kind auf den Steg nehmen. Er bricht beinah sicher zusammen. Und schau hinunter.

Grusche blickt in den Abgrund. Von unten kommen wieder Rufe der Panzerreiter.

ZWEITER MANN Zweitausend Fuß.

GRUSCHE Aber diese Menschen sind schlimmer.

ERSTER MANN Du kannst es schon wegen dem Kind nicht. Riskier dein Leben, wenn sie hinter dir her sind, aber nicht das von dem Kind.

ZWEITER MANN Sie ist auch noch schwerer mit dem Kind.

DIE HÄNDLERIN Vielleicht muß sie wirklich hinüber. Gib es mir, ich versteck es, und du gehst allein auf den Steg.

GRUSCHE Das tu ich nicht. Wir gehören zusammen. *Zum Kind:* Mitgegangen, mitgehangen.

Tief ist der Abgrund, Sohn
Brüchig der Steg
Aber wir wählen, Sohn
Nicht unsern Weg.
Mußt den Weg gehen
Den ich weiß für dich
Mußt das Brot essen
Das ich hab für dich.
Müssen die paar Bissen teilen
Kriegst von vieren drei
Aber ob sie groß sind
Weiß ich nicht dabei.

Ich probier's.

DIE HÄNDLERIN Das heißt Gott versuchen.

Rufe von unten.

GRUSCHE Ich bitt euch, werft die Stange weg, sonst fischen sie das Seil auf und kommen mir nach.

Sie betritt den schwankenden Steg. Die Händlerin schreit auf, als der Steg zu brechen scheint. Aber Grusche geht weiter und erreicht das andere Ufer.

ERSTER MANN Sie ist drüben.

DIE HÄNDLERIN *die auf die Knie gefallen war und gebetet hat, böse:* Sie hat sich doch versündigt.

Die Panzerreiter tauchen auf. Der Kopf des Gefreiten ist verbunden.

DER GEFREITE Habt ihr eine Person mit einem Kind gesehen?

ERSTER MANN *während der zweite Mann die Stange in den Abgrund wirft:* Ja. Dort ist sie. Und der Steg trägt euch nicht.

DER GEFREITE Holzkopf, das wirst du mir büßen.

Grusche, auf dem andern Ufer, lacht und zeigt den Panzerreitern das Kind. Sie geht weiter, der Steg bleibt zurück. Wind.

GRUSCHE *sich nach Michel umblickend:* Vor dem Wind mußt du dich nie fürchten, der ist auch nur ein armer Hund. Der muß nur die Wolken schieben und friert selber am meisten.

Es beginnt zu schneien.

GRUSCHE Und der Schnee, Michel, ist nicht der schlimmste. Er muß nur die kleinen Föhren zudecken, daß sie ihm nicht umkommen im Winter. Und jetzt sing ich was auf dich, hör zu!

Sie singt:

Dein Vater ist ein Räuber
Deine Mutter ist eine Hur
Und vor dir wird sich verbeugen
Der ehrlichste Mann.

Der Sohn des Tigers
Wird die kleinen Pferde füttern
Das Kind der Schlange
Bringt Milch zu den Müttern.

3
In den nördlichen Gebirgen

DER SÄNGER
Die Schwester wanderte sieben Tage.
Über den Gletscher, hinunter die Hänge wanderte sie.
Wenn ich eintrete im Haus meines Bruders, dachte sie
Wird er aufstehen und mich umarmen.
»Bist du da, Schwester?« wird er sagen.
»Ich erwarte dich schon lang. Dies hier ist meine liebe Frau.
Und dies ist mein Hof, mir zugefallen durch die Heirat.
Mit den elf Pferden und einunddreißig Kühen. Setz dich!
Mit deinem Kind setz dich an unsern Tisch und iß.«
Das Haus des Bruders lag in einem lieblichen Tal.
Als die Schwester zum Bruder kam, war sie krank
von der Wanderung.
Der Bruder stand auf vom Tisch.

Ein dickes Bauernpaar, das sich eben zum Essen gesetzt hat. Lavrenti Vachnadze hat schon die Serviette um den Hals, wenn Grusche, von einem Knecht gestützt und sehr bleich, mit dem Kind eintritt.

LAVRENTI VACHNADZE Wo kommst du her, Grusche?

GRUSCHE *schwach:* Ich bin über den Janga-Tau-Paß gegangen, Lavrenti.

KNECHT Ich hab sie vor der Heuhütte gefunden. Sie hat ein Kleines dabei.

DIE SCHWÄGERIN Geh und striegle den Falben.

Knecht ab.

LAVRENTI Das ist meine Frau. Aniko.

DIE SCHWÄGERIN Wir dachten, du bist im Dienst in Nukha.

GRUSCHE *die kaum stehen kann:* Ja, da war ich.

DIE SCHWÄGERIN War es nicht ein guter Dienst? Wir hörten, es war solch ein guter.

GRUSCHE Der Gouverneur ist umgebracht worden.

LAVRENTI Ja, da sollen Unruhen gewesen sein. Deine Tante hat es auch erzählt, erinnerst du dich, Aniko?

DIE SCHWÄGERIN Bei uns hier ist es ganz ruhig. Die Städter müssen immer irgendwas haben. *Ruft, zur Tür gehend.* Sosso, Sosso, nimm den Fladen noch nicht aus dem Ofen, hörst du? Wo steckst du denn? *Rufend ab.*

LAVRENTI *leise, schnell:* Hast du einen Vater für es? *Als sie den Kopf schüttelt.* Ich dachte es mir. Wir müssen etwas ausfinden. Sie ist eine Fromme.

DIE SCHWÄGERIN *zurück:* Die Dienstboten! *Zu Grusche:* Du hast ein Kind?

GRUSCHE Es ist meins. *Sie sinkt zusammen, Lavrenti richtet sie auf.*

DIE SCHWÄGERIN Maria und Josef, sie hat eine Krankheit, was tun wir?

Lavrenti will Grusche zur Ofenbank führen. Aniko winkt entsetzt ab, sie weist auf den Sack an der Wand.

LAVRENTI *bringt Grusche zur Wand:* Setz dich. Setz dich. Es ist nur die Schwäche.

DIE SCHWÄGERIN Wenn das nicht der Scharlach ist.

LAVRENTI Da müßten Flecken da sein. Es ist Schwäche, sei ganz ruhig, Aniko. *Zu Grusche:* Sitzen ist besser, wie?

DIE SCHWÄGERIN Ist das Kind ihrs?

GRUSCHE Meins.

LAVRENTI Sie ist auf dem Weg zu ihrem Mann.

DIE SCHWÄGERIN So. Dein Fleisch wird kalt. *Lavrenti setzt sich und beginnt zu essen.* Kalt bekommt's dir nicht, das Fett darf nicht kalt sein. Du bist schwach auf dem Magen, das weißt du. *Zu Grusche:* Ist dein Mann nicht in der Stadt, wo ist er dann?

LAVRENTI Sie ist verheiratet überm Berg, sagt sie.

DIE SCHWÄGERIN So, überm Berg. *Setzt sich selber zum Essen.*

GRUSCHE Ich glaub, ihr müßt mich wo hinlegen, Lavrenti.

DIE SCHWÄGERIN *verhört weiter:* Wenn's die Auszehrung ist, kriegen wir sie alle. Hat dein Mann einen Hof?

GRUSCHE Er ist Soldat.

LAVRENTI Aber vom Vater hat er einen Hof, einen kleinen.

SCHWÄGERIN Ist er nicht im Krieg? Warum nicht?

GRUSCHE *mühsam:* Ja, er ist im Krieg.

SCHWÄGERIN Warum willst du da auf den Hof?

LAVRENTI Wenn er zurückkommt vom Krieg, kommt er auf seinen Hof.

SCHWÄGERIN Aber du willst schon jetzt hin?

LAVRENTI Ja, auf ihn warten.

SCHWÄGERIN *ruft schrill:* Sosso, den Fladen!

GRUSCHE *murmelt fiebrig:* Einen Hof. Soldat. Warten. Setz dich, iß.

SCHWÄGERIN Das ist der Scharlach.

GRUSCHE *auffahrend:* Ja, er hat einen Hof.

LAVRENTI Ich glaube, es ist Schwäche, Aniko. Willst du nicht nach dem Fladen schauen, Liebe?

SCHWÄGERIN Aber wann wird er zurückkommen, wenn doch der Krieg, wie man hört, neu losgebrochen ist? *Watschelt rufend hinaus.* Sosso, wo steckst du? Sosso!

LAVRENTI *steht schnell auf, geht zu Grusche:* Gleich kriegst du ein Bett in der Kammer. Sie ist eine gute Seele, aber erst nach dem Essen.

GRUSCHE *hält ihm das Kind hin:* Nimm!

Er nimmt es, sich umblickend.

LAVRENTI Aber ihr könnt nicht lang bleiben. Sie ist fromm, weißt du.

Grusche fällt zusammen. Der Bruder fängt sie auf.

DER SÄNGER

Die Schwester war zu krank.
Der feige Bruder mußte sie beherbergen.
Der Herbst ging, der Winter kam.
Der Winter war lang
Der Winter war kurz.
Die Leute durften nichts wissen
Die Ratten durften nicht beißen
Der Frühling durfte nicht kommen.

Grusche in der Geschirrkammer am Webstuhl. Sie und das Kind, das am Boden hockt, sind eingehüllt mit Decken.

GRUSCHE *singt beim Weben:*

Da machte der Liebe sich auf, zu gehen
Da lief die Anverlobte bettelnd ihm nach
Bettelnd und weinend, weinend und belehrend:
Liebster mein, Liebster mein
Wenn du nun ziehst in den Krieg
Wenn du nun fichtst gegen die Feinde
Stürz dich nicht vor den Krieg
Und fahr nicht hinter dem Krieg
Vorne ist rotes Feuer
Hinten ist roter Rauch.

Halt dich in des Krieges Mitten
Halt dich an den Fahnenträger.
Die ersten sterben immer
Die letzten werden auch getroffen
Die in der Mitten kommen nach Haus.

Michel, wir müssen schlau sein. Wenn wir uns klein machen wie die Kakerlaken, vergißt die Schwägerin, daß wir im Haus sind. Da können wir bleiben bis zur Schneeschmelze. Und wein nicht wegen der Kälte. Arm sein und auch noch frieren, das macht unbeliebt.

Herein Lavrenti. Er setzt sich zu seiner Schwester.

LAVRENTI Warum sitzt ihr so vermummt wie die Fuhrleute? Vielleicht ist es zu kalt in der Kammer?

GRUSCHE *nimmt hastig den Schal ab:* Es ist nicht kalt, Lavrenti.

LAVRENTI Wenn es zu kalt wäre, dürftest du mit dem Kind hier nicht sitzen. Da würde Aniko sich Vorwürfe machen.

Pause.

LAVRENTI Ich hoffe, der Pope hat dich nicht über das Kind ausgefragt?

GRUSCHE Er hat gefragt, aber ich habe nichts gesagt.

LAVRENTI Das ist gut. Ich wollte über Aniko mit dir reden. Sie ist eine gute Seele, nur sehr, sehr feinfühlig. Die Leute brauchen noch gar nicht besonders zu reden über den Hof, da ist sie schon ängstlich. Sie empfindet so tief, weißt du. Einmal hat die Kuhmagd in der Kirche ein Loch im Strumpf gehabt, seitdem trägt meine liebe Aniko zwei Paar Strümpfe für die Kirche. Es ist unglaublich, aber es ist die alte Familie. *Er horcht.* Bist du sicher, daß hier nicht Ratten sind? Da könntet ihr nicht hier wohnen bleiben. *Man hört ein Geräusch wie von Tropfen, die vom Dach fallen.* Was tropft da?

GRUSCHE Es muß ein undichtes Faß sein.

LAVRENTI Ja, es muß ein Faß sein. – Jetzt bist du schon ein halbes Jahr hier, nicht? Sprach ich von Aniko? Ich habe ihr natürlich nicht das von dem Panzerreiter erzählt, sie hat ein schwaches Herz. Daher weiß sie nicht, daß du nicht eine Stelle suchen kannst, und daher ihre Bemerkungen gestern. *Sie horchen wieder auf das Fallen der Schneetropfen.* Kannst du dir vorstellen, daß sie sich um deinen Soldaten sorgt? »Wenn er zurückkommt und sie nicht findet?« sagt sie und liegt wach.

»Vor dem Frühjahr kann er nicht kommen«, sage ich. Die Gute. *Die Tropfen fallen schneller.* Wann, glaubst du, wird er kommen, was ist deine Meinung?

Grusche schweigt.

LAVRENTI Nicht vor dem Frühjahr, das meinst du doch auch?

Grusche schweigt.

LAVRENTI Ich sehe, du glaubst selber nicht mehr, daß er zurückkommt.

Grusche sagt nichts.

LAVRENTI Aber wenn es Frühjahr wird und der Schnee schmilzt hier und auf den Paßwegen, kannst du hier nicht mehr bleiben, denn dann können sie dich suchen kommen, und die Leute reden über ein lediges Kind.

Das Glockenspiel der fallenden Tropfen ist groß und stetig geworden.

LAVRENTI Grusche, der Schnee schmilzt vom Dach, und es ist Frühjahr.

GRUSCHE Ja.

LAVRENTI *eifrig:* Laß mich dir sagen, was wir machen werden. Du brauchst eine Stelle, wo du hinkannst, und da du ein Kind hast *er seufzt*, mußt du einen Mann haben, daß nicht die Leute reden. Ich habe mich also vorsichtig erkundigt, wie wir einen Mann für dich bekommen können. Grusche, ich habe einen gefunden. Ich habe mit einer Frau gesprochen, die einen Sohn hat, gleich über dem Berg, ein kleiner Hof, sie ist einverstanden.

GRUSCHE Aber ich kann keinen Mann heiraten, ich muß auf Simon Chachava warten.

LAVRENTI Gewiß. Das ist alles bedacht. Du brauchst keinen Mann im Bett, sondern einen Mann auf dem Papier. So einen hab ich gefunden. Der Sohn der Bäuerin, mit der ich einig geworden bin, stirbt gerade. Ist das nicht herrlich? Er macht seinen letzten Schnaufer. Und alles ist, wie wir behauptet haben: »ein Mann überm Berg«! Und als du zu ihm kamst, tat er den letzten Schnaufer, und du wardst eine Witwe. Was sagst du?

GRUSCHE Ich könnte ein Papier mit Stempeln brauchen für Michel.

LAVRENTI Ein Stempel macht alles aus. Ohne etwas Schriftliches könnte nicht einmal der Schah in Persien behaupten, er ist der Schah. Und du hast einen Unterschlupf.

GRUSCHE Wofür tut die Frau es?

LAVRENTI Vierhundert Piaster.

GRUSCHE Woher hast du die?

LAVRENTI *schuldbewußt:* Anikos Milchgeld.

GRUSCHE Dort wird uns niemand kennen. – Dann mach ich es.

LAVRENTI *steht auf:* Ich laß es gleich die Bäuerin wissen. *Schnell ab.*

GRUSCHE Michel, du machst eine Menge Umstände. Ich bin zu dir gekommen wie der Birnbaum zu den Spatzen. Und weil ein Christenmensch sich bückt und die Brotkruste aufhebt, daß nichts umkommt. Michel, ich wär besser schnell weggegangen an dem Ostersonntag in Nukha. Jetzt bin ich die Dumme.

DER SÄNGER

Der Bräutigam lag auf den Tod, als die Braut ankam.
Des Bräutigams Mutter wartete vor der Tür und trieb sie zur Eile an.
Die Braut brachte ein Kind mit, der Trauzeuge versteckte es während der Heirat.

Ein durch eine Zwischenwand geteilter Raum: Auf der einen Seite steht ein Bett. Hinter dem Fliegenschleier liegt starr ein sehr kranker Mann. Hereingerannt auf der anderen Seite kommt die Schwiegermutter, an der Hand zieht sie Grusche herein. Nach ihnen Lavrenti mit dem Kind.

SCHWIEGERMUTTER Schnell, schnell, sonst kratzt er uns ab, noch vor der Trauung. *Zu Lavrenti:* Aber daß sie schon ein Kind hat, davon war nicht die Rede.

LAVRENTI Was macht das aus? *Auf den Sterbenden.* Ihm kann es gleich sein, in seinem Zustand.

SCHWIEGERMUTTER Ihm! Aber ich überlebe die Schande nicht. Wir sind ehrbare Leute. *Sie fängt an zu weinen.* Mein Jussup hat es nicht nötig, eine zu heiraten, die schon ein Kind hat.

LAVRENTI Gut, ich leg zweihundert Piaster drauf. Daß der Hof an dich geht, hast du schriftlich, aber das Recht, hier zu wohnen, hat sie für zwei Jahre.

SCHWIEGERMUTTER *ihre Tränen trocknend:* Es sind kaum die Begräbniskosten. Ich hoff, sie leiht mir wirklich eine Hand bei der Arbeit. Und wo ist jetzt der Mönch hin? Er muß mir zum Küchenfenster hinausgekrochen sein. Jetzt kriegen wir das ganze Dorf auf den Hals, wenn sie Wind davon bekommen, daß es mit Jussup zu Ende geht, ach Gott. Ich werd ihn holen, aber das Kind darf er nicht sehn.

LAVRENTI Ich werd sorgen, daß er's nicht sieht, aber warum eigentlich ein Mönch und nicht ein Priester?

SCHWIEGERMUTTER Der ist ebenso gut. Ich hab nur den Fehler gemacht, daß ich ihm die Hälfte von den Gebühren schon vor der Trauung ausgezahlt hab, so daß er hat in die Schenke können. Ich hoff... *Sie läuft weg.*

LAVRENTI Sie hat am Priester gespart, die Elende. Einen billigen Mönch genommen.

GRUSCHE Schick mir den Simon Chachava herüber, wenn er doch noch kommt.

LAVRENTI Ja. *Auf den Kranken.* Willst du ihn dir nicht anschauen?

Grusche, die Michel an sich genommen hat, schüttelt den Kopf.

LAVRENTI Er rührt sich überhaupt nicht. Hoffentlich sind wir nicht zu spät gekommen.

Sie horchen auf.

Auf der anderen Seite treten Nachbarn ein, blicken sich um und stellen sich an den Wänden auf. Sie beginnen, leise Gebete zu murmeln. Die Schwiegermutter kommt herein mit dem Mönch.

SCHWIEGERMUTTER *nach ärgerlicher Verwunderung zum Mönch:* Da haben wir's. *Sie verbeugt sich vor den Gästen.* Bitte, sich einige Augenblicke zu gedulden. Die Braut meines Sohnes ist aus der Stadt eingetroffen, und es wird eine Nottrauung vollzogen werden. *Mit dem Mönch in die Bettkammer.* Ich habe gewußt, du wirst es ausstreuen. *Zu Grusche:* Die Trauung kann sofort vollzogen werden. Hier ist die Urkunde. Ich und der Bruder der Braut.. *Lavrenti versucht sich im Hintergrund zu verstecken, nachdem er schnell Michel wieder von Grusche genommen hat. Nun winkt ihn die Schwiegermutter weg.* Ich und der Bruder der Braut sind die Trauzeugen.

Grusche hat sich vor dem Mönch verbeugt. Sie gehen zur Bettstatt. Die Schwiegermutter schlägt den Fliegenschleier zurück. Der Mönch beginnt auf lateinisch den Trauungstext herunterzuleiern. Währenddem bedeutet die Schwiegermutter Lavrenti, der dem Kind, um es vom Weinen abzuhalten, die

Zeremonie zeigen will, unausgesetzt, es wegzugeben. Einmal blickt Grusche sich nach dem Kind um, und Lavrenti winkt ihr mit dem Händchen des Kindes zu.

DER MÖNCH Bist du bereit, deinem Mann ein getreues, folgsames und gutes Eheweib zu sein und ihm anzuhängen, bis der Tod euch scheidet?

GRUSCHE *auf das Kind blickend:* Ja.

DER MÖNCH *zum Sterbenden* Und bist du bereit, deinem Eheweib ein guter, sorgender Ehemann zu sein, bis der Tod euch scheidet?

Da der Sterbende nicht antwortet, wiederholt der Mönch seine Frage und blickt sich dann um.

SCHWIEGERMUTTER Natürlich ist er es. Hast du das »Ja« nicht gehört?

DER MÖNCH Schön, wir wollen die Ehe für geschlossen erklären; aber wie ist es mit der Letzten Ölung?

SCHWIEGERMUTTER Nichts da. Die Trauung war teuer genug. Ich muß mich jetzt um die Trauergäste kümmern. *Zu Lavrenti:* Haben wir siebenhundert gesagt?

LAVRENTI Sechshundert. *Er zahlt.* Und ich will mich nicht zu den Gästen setzen und womöglich Bekanntschaften schließen. Also leb wohl, Grusche, und wenn meine verwitwete Schwester einmal mich besuchen kommt, dann hört sie ein »Willkommen« von meiner Frau, sonst werde ich unangenehm.

Er geht. Die Trauergäste sehen ihm gleichgültig nach, wenn er durchgeht.

DER MÖNCH Und darf man fragen, was das für ein Kind ist?

SCHWIEGERMUTTER Ist da ein Kind? Ich seh kein Kind. Und du siehst auch keins. Verstanden? Sonst hab ich vielleicht auch allerhand gesehen, was hinter der Schenke vor sich ging. Kommt jetzt.

Sie gehen in die Stube, nachdem Grusche das Kind auf den Boden gesetzt und zur Ruhe verwiesen hat. Sie wird den Nachbarn vorgestellt.

SCHWIEGERMUTTER Das ist meine Schwiegertochter. Sie hat den teuren Jussup eben noch lebend angetroffen.

EINE DER FRAUEN Er liegt jetzt schon ein Jahr, nicht? Wie sie meinen Wassili eingezogen haben, war er noch beim Abschied dabei.

ANDERE FRAU So was ist schrecklich für einen Hof, der Mais am Halm und der Bauer im Bett! Es ist eine Erlösung für ihn, wenn er nicht mehr lange leidet. Sag ich.

ERSTE FRAU *vertraulich:* Und am Anfang dachten wir schon, es ist wegen dem Heeresdienst, daß er sich hingelegt hat, Sie verstehen. Und jetzt geht es mit ihm zu Ende!

SCHWIEGERMUTTER Bitte, setzt euch und eßt ein paar Kuchen.

Die Schwiegermutter winkt Grusche, und die beiden Frauen gehen in die Schlafkammer, wo sie Bleche mit Kuchen vom Boden aufheben. Die Gäste, darunter der Mönch, setzen sich auf den Boden und beginnen eine gedämpfte Unterhaltung.

EIN BAUER *dem der Mönch die Flasche gereicht hat, die er aus der Sutane zog:* Ein Kleines ist da, sagen Sie? Wo kann das dem Jussup passiert sein?

EINE FRAU Jedenfalls hat sie das Glück gehabt, daß sie noch unter die Haube gekommen ist, wenn er so schlecht dran ist.

SCHWIEGERMUTTER Jetzt schwatzen sie schon, und dabei fressen sie die Sterbekuchen auf, und wenn er nicht heut stirbt, kann ich morgen neue backen.

GRUSCHE Ich back sie.

SCHWIEGERMUTTER Wie gestern abend die Reiter vorbeigekommen sind und ich hinaus, wer es ist, und komm wieder herein, liegt er da wie ein Toter. Darum hab ich nach euch geschickt. Es kann nicht mehr lang gehen. *Sie horcht.*

DER MÖNCH Liebe Hochzeits- und Trauergäste! In Rührung stehen wir an einem Toten- und einem Brautbett, denn die Frau kommt unter die Haube und der Mann unter den Boden. Der Bräutigam ist schon gewaschen, und die Braut ist schon scharf. Denn im Brautbett liegt ein Letzter Wille, und der macht sinnlich. Wie verschieden, ihr Lieben, sind doch die Geschicke der Menschen, ach. Der eine stirbt dahin, daß er ein Dach über den Kopf bekommt, und der andere verehelicht sich, damit das Fleisch zu Staub werde, aus dem er gemacht ist, Amen.

SCHWIEGERMUTTER *hat gehorcht:* Er rächt sich. Ich hätte keinen so billigen nehmen sollen, er ist auch danach. Ein teurer benimmt sich. In Sura ist einer, der steht sogar im Geruch der Heiligkeit, aber der nimmt natürlich auch ein Vermögen. So ein Fünfzig-Piaster-Priester hat keine Würde, und Frömmigkeit hat er eben für fünfzig Piaster und nicht mehr. Wie ich ihn in der Schenke geholt hab, hat er grad eine Rede gehalten und geschrien: »Der Krieg ist aus, fürchtet den Frieden!« Wir müssen hinein.

GRUSCHE *gibt Michel einen Kuchen:* Iß den Kuchen und bleib hübsch still, Michel. Wir sind jetzt respektable Leute.

Sie tragen die Kuchenbleche zu den Gästen hinaus. Der Sterbende hat sich hinter dem Fliegenschleier aufgerichtet und steckt jetzt seinen Kopf heraus, den beiden nachblickend. Dann sinkt er wieder zurück. Der Mönch hat zwei Flaschen aus der Sutane gezogen und sie dem Bauer gereicht, der neben ihm sitzt. Drei Musiker sind eingetreten, denen der Mönch grinsend zugewinkt hat.

SCHWIEGERMUTTER *zu den Musikern:* Was wollt ihr mit diesen Instrumenten hier?

MUSIKER Bruder Anastasius hier *auf den Mönch* hat uns gesagt, hier gibt's eine Hochzeit.

SCHWIEGERMUTTER Was, du bringst mir noch dreie auf den Hals? Wißt ihr, daß da ein Sterbender drin liegt?

DER MÖNCH Es ist eine verlockende Aufgabe für einen Künstler. Es könnte ein gedämpfter Freudenmarsch sein oder ein schmissiger Trauertanz.

SCHWIEGERMUTTER Spielt wenigstens, vom Essen seid ihr ja doch nicht abzuhalten.

Die Musiker spielen eine gemischte Musik. Die Frauen reichen Kuchen.

DER MÖNCH Die Trompete klingt wie Kleinkindergeplärr, und was trommelst du in alle Welt hinaus, Trommelchen?

DER BAUER NEBEN DEM MÖNCH Wie wär's, wenn die Braut das Tanzbein schwänge?

DER MÖNCH Das Tanzbein oder das Tanzgebein?

DER BAUER NEBEN DEM MÖNCH *singt:*

Fräulein Rundarsch nahm 'nen alten Mann.
Sie sprach: es kommt auf die Heirat an
Und war es ihr zum Scherzen
Dann dreht sie sich's aus dem Ehkontrakt.
Geeigneter sind Kerzen.

Die Schwiegermutter führt den Betrunkenen hinaus. Die Musik bricht ab. Die Gäste sind verlegen.

DIE GÄSTE *laut:* Habt ihr das gehört: der Großfürst ist zurückgekehrt? – Aber die Fürsten sind doch gegen ihn. – Oh, der Perserschah, heißt es, hat ihm ein großes Heer geliehen, damit er Ordnung schaffen kann in Grusinien. – Wie soll das möglich sein? Der Perserschah ist doch der Feind des Großfürsten! – Aber auch ein Feind der Unordnung. – Jedenfalls ist der Krieg aus. Unsere Soldaten kommen schon zurück.

Grusche läßt das Kuchenblech fallen.

EINE FRAU *zu Grusche:* Ist dir übel? Das kommt von der Aufregung über den lieben Jussup. Setz dich und ruh aus, Liebe.

Grusche steht schwankend.

DIE GÄSTE Jetzt wird alles wieder, wie es früher gewesen ist. – Nur, daß die Steuern jetzt hinaufgehen, weil wir den Krieg zahlen müssen.

GRUSCHE *schwach:* Hat jemand gesagt, die Soldaten sind zurück?

EIN MANN Ich.

GRUSCHE Das kann nicht sein.

ERSTER MANN *zu einer Frau:* Zeig den Schal! Wir haben ihn von einem Soldaten gekauft. Er ist aus Persien.

GRUSCHE *betrachtet den Schal:* Sie sind da.

Eine lange Pause entsteht. Grusche kniet nieder, wie um die Kuchen aufzusammeln. Dabei nimmt sie das silberne Kreuz an der Kette aus ihrer Bluse, küßt es und fängt an zu beten.

SCHWIEGERMUTTER *da die Gäste schweigend nach Grusche blikken:* Was ist mit dir? Willst du dich nicht um unsere Gäste kümmern? Was gehen uns die Dummheiten in der Stadt an?

DIE GÄSTE *da Grusche, die Stirn am Boden, verharrt, das Gespräch laut wieder aufnehmend:* Persische Sättel kann man von den Soldaten kaufen, manche tauschen sie gegen Krücken ein. – Von den Oberen können nur die auf einer Seite einen Krieg gewinnen, aber die Soldaten verlieren ihn auf beiden Seiten. – Mindestens ist der Krieg jetzt aus. Das ist schon etwas, wenn sie euch nicht mehr zum Heeresdienst einziehen können. *Der Bauer in der Bettstatt hat sich erhoben. Er lauscht.* Was wir brauchten, ist noch zwei Wochen gutes Wetter. – Unsere Birnbäume tragen dieses Jahr fast nichts.

SCHWIEGERMUTTER *bietet Kuchen an:* Nehmt noch ein wenig Kuchen. Laßt es euch schmecken. Es ist mehr da. *Die Schwie-*

germutter geht mit dem leeren Blech in die Kammer. Sie sieht den Kranken nicht und beugt sich nach einem vollen Kuchenblech am Boden, als er heiser zu sprechen beginnt.

DER BAUER Wieviel Kuchen wirst du ihnen noch in den Rachen stopfen? Hab ich einen Geldscheißer?

Die Schwiegermutter fährt herum und starrt ihn entgeistert an. Er klettert hinter dem Fliegenschleier hervor.

DIE ERSTE FRAU *im anderen Raum freundlich zu Grusche:* Hat die junge Frau jemand im Feld?

DER MANN Da ist es eine gute Nachricht, daß sie zurückkommen, wie?

DER BAUER Glotz nicht. Wo ist die Person, die du mir als Frau aufgehängt hast?

Da er keine Antwort erhält, steigt er aus der Bettstatt und geht schwankend, im Hemd, an der Schwiegermutter vorbei in den andern Raum. Sie folgt ihm zitternd mit dem Kuchenblech.

DIE GÄSTE *erblicken ihn. Sie schreien auf:* Jesus, Maria und Josef! Jussup!

Alles steht alarmiert auf, die Frauen drängen zur Tür. Grusche, noch auf den Knien, dreht den Kopf herum und starrt auf den Bauern.

DER BAUER Totenessen, das könnte euch passen. Hinaus, bevor ich euch hinausprügle.

Die Gäste verlassen in Hast das Haus.

DER BAUER *düster zu Grusche:* Das ist ein Strich durch deine Rechnung, wie?

Da sie nichts sagt, dreht er sich um und nimmt einen Maiskuchen vom Blech, das die Schwiegermutter hält.

DER SÄNGER

O Verwirrung! Die Ehefrau erfährt, daß sie einen Mann hat!
Am Tag gibt es das Kind. In der Nacht gibt es den Mann.
Der Geliebte ist unterwegs Tag und Nacht.
Die Eheleute betrachten einander. Die Kammer ist eng.

Der Bauer sitzt nackt in einem hohen hölzernen Badezuber, und die Schwiegermutter gießt aus einer Kanne Wasser nach. In der Bettkammer kauert Grusche bei Michel, der mit Strohmatten Flicken spielt.

DER BAUER Das ist ihre Arbeit, nicht die deine. Wo steckt sie wieder?

SCHWIEGERMUTTER *ruft:* Grusche! Der Bauer fragt nach dir.

GRUSCHE *zu Michel:* Da sind noch zwei Löcher, die mußt du noch flicken.

DER BAUER *als Grusche hereintritt:* Schrubb mir den Rücken!

GRUSCHE Kann das der Bauer nicht selbst machen?

DER BAUER »Kann das der Bauer nicht selbst machen?« Nimm die Bürste, zum Teufel! Bist du die Ehefrau oder bist du eine Fremde? *Zur Schwiegermutter:* Zu kalt!

SCHWIEGERMUTTER Ich lauf und hol heißes Wasser.

GRUSCHE Laß mich laufen.

DER BAUER Du bleibst! *Schwiegermutter läuft.* Reib kräftiger! Und stell dich nicht so, du hast schon öfter einen nackten Kerl gesehen. Dein Kind ist nicht aus der Luft gemacht.

GRUSCHE Das Kind ist nicht in Freude empfangen, wenn der Bauer das meint.

DER BAUER *sieht sich grinsend nach ihr um:* Du schaust nicht so aus.

Grusche hört auf, ihn zu schrubben, und weicht zurück. Schwiegermutter herein.

DER BAUER Etwas Rares hast du mir da aufgehängt, einen Stockfisch als Ehefrau.

SCHWIEGERMUTTER Ihr fehlt's am guten Willen.

DER BAUER Gieß, aber vorsichtig. Au! Ich hab gesagt vorsichtig. *Zu Grusche:* Ich würd mich wundern, wenn mit dir nicht was los wäre in der Stadt, warum bist du sonst hier? Aber davon rede ich nicht. Ich habe auch nichts gegen das Uneheliche gesagt, das du mir ins Haus gebracht hast, aber mit dir ist meine Geduld bald zu Ende. Das ist gegen die Natur. *Zur Schwiegermutter:* Mehr! *Zu Grusche:* Auch wenn dein Soldat zurückkäme, du bist verehelicht.

GRUSCHE Ja.

DER BAUER Aber dein Soldat kommt nicht mehr, du brauchst das nicht zu glauben.

GRUSCHE Nein.

DER BAUER Du bescheißt mich. Du bist meine Ehefrau und bist nicht meine Ehefrau. Wo du liegst, liegt nichts, und doch kann sich keine andere hinlegen. Wenn ich früh aufs Feld gehe, bin ich todmüd; wenn ich mich abends niederleg, bin ich wach wie der Teufel. Gott hat dir ein Geschlecht gemacht, und was machst du? Mein Acker trägt nicht genug, daß ich mir eine Frau in der Stadt kaufen kann, und da wäre auch noch der Weg. Die Frau jätet das Feld und macht die Beine auf, so heißt es im Kalender bei uns. Hörst du mich?

GRUSCHE Ja. *Leise.* Es ist mir nicht recht, daß ich dich bescheiße.

DER BAUER Es ist ihr nicht recht! Gieße nach! *Schwiegermutter gießt nach.* Au!

DER SÄNGER

Wenn sie am Bach saß, das Linnen zu waschen
Sah sie sein Bild auf der Flut, und sein Gesicht wurde blässer
Mit gehenden Monden.
Wenn sie sich hochhob, das Linnen zu wringen
Hörte sie seine Stimme vom sausenden Ahorn, und
seine Stimme ward leiser
Mit gehenden Monden.
Ausflüchte und Seufzer wurden zahlreicher, Tränen
und Schweiß wurden vergossen
Mit gehenden Monden wuchs das Kind auf.

An einem Bach hockt Grusche und taucht Linnen in das Wasser. In einiger Entfernung stehen ein paar Kinder. Grusche spricht mit Michel.

GRUSCHE Du kannst spielen mit ihnen, Michel, aber laß dich nicht herumkommandieren, weil du der Kleinste bist.

Michel nickt und geht zu den andern Kindern. Ein Spiel entwickelt sich.

DER GRÖSSTE JUNGE Heut ist das Kopf-ab-Spiel. *Zu einem Dikken:* Du bist der Fürst und lachst. *Zu Michel:* Du bist der Gouverneur. *Zu einem Mädchen:* Du bist die Frau des Gouverneurs, du weinst, wenn der Kopf abgehauen wird. Und ich schlag den Kopf ab. *Er zeigt sein Holzschwert.* Mit dem. Zuerst wird der Gouverneur in den Hof geführt. Voraus geht der Fürst, am Schluß kommt die Gouverneurin.

Der Zug formiert sich, der Dicke geht voraus und lacht. Dann kommen Michel und der größte Junge und dann das Mädchen, das weint.

MICHEL *bleibt stehen:* Auch Kopf abhaun.

DER GRÖSSTE JUNGE Das tu ich. Du bist der Kleinste. Gouverneur ist das Leichteste. Hinknien und sich den Kopf abhauen lassen, das ist einfach.

MICHEL Auch Schwert haben.

DER GRÖSSTE JUNGE Das ist meins. *Gibt ihm einen Tritt.*

DAS MÄDCHEN *ruft zu Grusche hinüber:* Er will nicht mittun.

GRUSCHE *lacht:* Das Entenjunge ist ein Schwimmer, heißt es.

DER GRÖSSTE JUNGE Du kannst den Fürsten machen, wenn du lachen kannst.

Michel schüttelt den Kopf.

DER DICKE JUNGE Ich lache am besten. Laß ihn den Kopf einmal abschlagen, dann schlägst du ihn ab und dann ich.

Der größte Junge gibt Michel widerstrebend das Holzschwert und kniet nieder. Der Dicke hat sich gesetzt, schlägt sich die Schenkel und lacht aus vollem Hals. Das Mädchen weint sehr laut. Michel schwingt das große Schwert und schlägt den Kopf ab, dabei fällt er um.

DER GRÖSSTE JUNGE Au! Ich werd dir's zeigen, richtig zuhauen!

Michel läuft weg, die Kinder ihm nach. Grusche lacht, ihnen nachblickend. Wenn sie sich zurückwendet, steht der Soldat Simon Chachava jenseits des Baches. Er trägt eine abgerissene Uniform.

GRUSCHE Simon!

SIMON Ist das Grusche Vachnadze?

GRUSCHE Simon!

SIMON *förmlich:* Gott zum Gruß und Gesundheit dem Fräulein.

GRUSCHE *steht fröhlich auf und verbeugt sich tief:* Gott zum Gruß dem Herrn Soldaten. Und gottlob, daß er gesund zurück ist.

SIMON Sie haben bessere Fische gefunden als mich, so haben sie mich nicht gegessen, sagte der Schellfisch.

GRUSCHE Tapferkeit, sagte der Küchenjunge; Glück, sagte der Held.

SIMON Und wie steht es hier? War der Winter erträglich, der Nachbar rücksichtsvoll?

GRUSCHE Der Winter war ein wenig rauh, der Nachbar wie immer, Simon.

SIMON Darf man fragen: hat eine gewisse Person noch die Gewohnheit, das Bein ins Wasser zu stecken beim Wäschewaschen?

GRUSCHE Die Antwort ist »nein«, wegen der Augen im Gesträuch!

SIMON Das Fräulein spricht von Soldaten. Hier steht ein Zahlmeister.

GRUSCHE Sind das nicht zweihundert Piaster?

SIMON Und Logis.

GRUSCHE *bekommt Tränen in die Augen:* Hinter der Kaserne, unter den Dattelbäumen.

SIMON Genau dort. Ich sehe, man hat sich umgeschaut.

GRUSCHE Man hat.

SIMON Und man hat nicht vergessen.

Grusche schüttelt den Kopf.

SIMON So ist die Tür noch in den Angeln, wie man sagt?

Grusche sieht ihn schweigend an und schüttelt dann wieder den Kopf.

SIMON Was ist das? Ist etwas nicht in Ordnung?

GRUSCHE Simon Chachava, ich kann nie mehr zurück nach Nukha. Es ist etwas passiert.

SIMON Was ist passiert?

GRUSCHE Es ist so gekommen, daß ich einen Panzerreiter niedergeschlagen habe.

SIMON Da wird Grusche Vachnadze ihren guten Grund gehabt haben.

GRUSCHE Simon Chachava, ich heiße auch nicht mehr, wie ich geheißen habe.

SIMON *nach einer Pause:* Das verstehe ich nicht.

GRUSCHE Wann wechseln Frauen ihren Namen, Simon? Laß es mich dir erklären. Es ist nichts zwischen uns, alles ist gleichgeblieben zwischen uns, das mußt du mir glauben.

SIMON Wie soll es nichts sein zwischen uns, und doch ist es anders?

GRUSCHE Wie soll ich dir das erklären, so schnell und mit dem Bach dazwischen, kannst du nicht über die Brücke dort gehen?

SIMON Vielleicht ist es nicht mehr nötig.

GRUSCHE Es ist sehr nötig. Komm herüber, Simon, schnell!

SIMON Will das Fräulein sagen, man ist zu spät gekommen?

Grusche sieht ihn verzweifelt an, das Gesicht tränenüberströmt. Simon starrt vor sich hin. Er hat ein Holzstück aufgenommen und schnitzt daran.

DER SÄNGER

Soviel Worte werden gesagt, soviel Worte werden verschwiegen
Der Soldat ist gekommen. Woher er gekommen ist, sagt er nicht.
Hört, was er dachte, nicht sagte:
Die Schlacht fing an im Morgengraun, wurde blutig am Mittag.
Der erste fiel vor mir, der zweite fiel hinter mir, der dritte neben mir.
Auf den ersten trat ich, den zweiten ließ ich, den dritten durchbohrte der Hauptmann.
Mein einer Bruder starb an einem Eisen, mein andrer Bruder starb an einem Rauch.
Feuer schlugen sie aus meinem Nacken, meine Hände gefroren in den Handschuhen, meine Zehen in den Strümpfen.
Gegessen hab ich Espenknospen, getrunken hab ich Ahornbrühe, geschlafen hab ich auf Steinen, im Wasser.

SIMON Im Gras sehe ich eine Mütze. Ist vielleicht schon was Kleines da?

GRUSCHE Es ist da, Simon, wie könnt ich es verbergen, aber wolle dich nicht kümmern, meines ist es nicht.

SIMON Man sagt: wenn der Wind einmal weht, weht er durch jede Ritze. Die Frau muß nichts mehr sagen.

Grusche sieht in ihren Schoß und sagt nichts mehr.

DER SÄNGER

Sehnsucht hat es gegeben, gewartet worden ist nicht.
Der Eid ist gebrochen. Warum, wird nicht mitgeteilt.
Hört, was sie dachte, nicht sagte:
Als du kämpftest in der Schlacht, Soldat
Der blutigen Schlacht, der bitteren Schlacht
Traf ein Kind ich, das hilflos war
Hatt es abzutun nicht das Herz.
Kümmern mußte ich mich um das, was verkommen wär
Bücken mußte ich mich nach den Brotkrumen am Boden
Zerreißen mußte ich mich für das, was nicht mein war
Das Fremde.
Einer muß der Helfer sein.
Denn sein Wasser braucht der kleine Baum.

Es verläuft das Kälbchen sich, wenn der Hirte schläft
Und der Schrei bleibt ungehört!

SIMON Gib mir das Kreuz zurück, das ich dir gegeben habe. Oder besser, wirf es in den Bach. *Er wendet sich zum Gehen.*

GRUSCHE *ist aufgestanden:* Simon Chachava, geh nicht weg, es ist nicht meins, es ist nicht meins! *Sie hört die Kinder rufen.* Was ist, Kinder?

STIMMEN Hier sind Soldaten! Sie nehmen den Michel mit!

Grusche steht entgeistert. Auf sie zu kommen zwei Panzerreiter, Michel führend.

PANZERREITER Bist du die Grusche? *Sie nickt.* Ist das dein Kind?

GRUSCHE Ja. *Simon geht weg.* Simon!

PANZERREITER Wir haben den richterlichen Befehl, dieses Kind, angetroffen in deiner Obhut, in die Stadt zu bringen, da der Verdacht besteht, es ist Michel Abaschwili, der Sohn des Gouverneurs Georgi Abaschwili und seiner Frau Natella Abaschwili. Hier ist das Papier mit den Siegeln. *Sie führen das Kind weg.*

GRUSCHE *läuft nach, rufend:* Laßt es da, bitte, es ist meins!

DER SÄNGER

Die Panzerreiter nehmen das Kind fort, das teure. Die Unglückliche folgte ihnen in die Stadt, die gefährliche.
Die leibliche Mutter verlangte das Kind zurück. Die Ziehmutter stand vor Gericht;
Wer wird den Fall entscheiden, wem wird das Kind zuerteilt?
Wer wird der Richter sein, ein guter, ein schlechter?
Die Stadt brannte. Auf dem Richterstuhl saß der Azdak.

4
Die Geschichte des Richters

DER SÄNGER

Hört nun die Geschichte des Richters:
Wie er Richter wurde, wie er Urteil sprach, was er für ein Richter ist.
An jenem Ostersonntag des großen Aufstands, als der Großfürst gestürzt wurde
Und sein Gouverneur Abaschwili, Vater unsres Kindes, den Kopf einbüßte

Fand der Dorfschreiber Azdak im Gehölz einen Flüchtling
und versteckte ihn in seiner Hütte.

Azdak, zerlumpt und angetrunken, hilft einem alten Bettler in seine Hütte.

AZDAK Schnaub nicht, du bist kein Gaul. Und es hilft dir nicht bei der Polizei, wenn du läufst, wie ein Rotz im April. Steh, sag ich. *Er fängt den Alten wieder ein, der weitergetrottet ist, als wolle er durch die Hüttenwand durchtrotten.* Setz dich nieder und futtre, da ist ein Stück Käse. *Er kramt aus einer Kiste unter Lumpen einen Käse heraus, und der Bettler beginnt gierig zu essen.* Lang nichts gefressen? *Der Alte brummt.* Warum bist du so gerannt, du Arschloch? Der Polizist hätte dich überhaupt nicht gesehen.

DER ALTE Mußte.

AZDAK Bammel? *Der Alte stiert ihn verständnislos an.* Schiß? Furcht? Hm. Schmatz nicht wie ein Großfürst oder eine Sau! Ich vertrag's nicht. Nur einen hochwohlgeborenen Stinker muß man aushalten, wie Gott ihn geschaffen hat. Dich nicht. Ich hab von einem Oberrichter gehört, der beim Speisen im Bazar gefurzt hat vor lauter Unabhängigkeit. Wenn ich dir beim Essen zuschau, kommen mir überhaupt fürchterliche Gedanken. Warum redest du keinen Ton? *Scharf.* Zeig einmal deine Hand her! Hörst du nicht? Du sollst deine Hand herzeigen. *Der Alte streckt ihm zögernd die Hand hin.* Weiß. Du bist also gar kein Bettler! Eine Fälschung, ein wandelnder Betrug! Und ich verstecke dich wie einen anständigen Menschen vor der Polizei. Warum läufst du eigentlich, wenn du ein Grundbesitzer bist, denn das bist du, leugne es nicht, ich seh dir's am schuldbewußten Gesicht ab! *Steht auf.* Hinaus! *Der Alte sieht ihn unsicher an.* Worauf wartest du, Bauernprügler?

DER ALTE Bin verfolgt. Bitte um ungeteilte Aufmerksamkeit, mache Proposition.

AZDAK Was willst du machen, eine Proposition? Das ist die Höhe der Unverschämtheit! Er macht eine Proposition! Der Gebissene kratzt sich die Finger blutig, und der Blutegel macht eine Proposition. Hinaus, sag ich!

DER ALTE Verstehe Standpunkt, Überzeugung. Zahle hunderttausend Piaster für eine Nacht, ja?

AZDAK Was, du meinst, du kannst mich kaufen? Für hunderttausend Piaster? Ein schäbiges Landgut. Sagen wir hundertfünfzigtausend. Wo sind sie?

DER ALTE Habe sie natürlich nicht bei mir. Werden geschickt, hoffe, zweifelt nicht.

AZDAK Zweifle tief. Hinaus!

Der Alte steht auf und trottet zur Tür. Eine Stimme von außen.

STIMME Azdak!

Der Alte macht kehrt, trottet in die entgegengesetzte Ecke, bleibt stehen.

AZDAK *ruft:* Ich bin nicht zu sprechen. *Tritt in die Tür.* Schnüffelst du wieder herum, Schauwa?

POLIZIST SCHAUWA *vorwurfsvoll:* Du hast wieder einen Hasen gefangen, Azdak. Du hast mir versprochen, es kommt nicht mehr vor.

AZDAK *streng:* Rede nicht von Dingen, die du nicht verstehst, Schauwa. Der Hase ist ein gefährliches und schädliches Tier, das die Pflanzen auffrißt, besonders das sogenannte Unkraut, und deshalb ausgerottet werden muß.

POLIZIST SCHAUWA Azdak, sei nicht so furchtbar zu mir. Ich verliere meine Stellung, wenn ich nicht gegen dich einschreite. Ich weiß doch, du hast ein gutes Herz.

AZDAK Ich habe kein gutes Herz. Wie oft soll ich dir sagen, daß ich ein geistiger Mensch bin?

POLIZIST SCHAUWA *listig:* Ich weiß, Azdak. Du bist ein überlegener Mensch, das sagst du selbst; so frage ich dich, ein Christ und ein Ungelernter: wenn dem Fürsten ein Hase gestohlen wird, und ich bin Polizist, was soll ich da tun mit dem Frevler?

AZDAK Schauwa, Schauwa, schäm dich! Da stehst du und fragst mich eine Frage, und es gibt nichts, was verführerischer sein kann als eine Frage. Als wenn du ein Weib wärst, etwa die Nunowna, das schlechte Geschöpf, und mir deinen Schenkel zeigst als Nunowna und mich fragst, was soll ich mit meinem Schenkel tun, er beißt mich, ist sie da unschuldig, wie sie tut? Nein. Ich fange einen Hasen, aber du fängst einen Menschen. Ein Mensch ist nach Gottes Ebenbild gemacht, aber nicht ein Hase, das weißt du. Ich bin ein Hasenfresser, aber du bist ein Menschenfresser, Schauwa, und Gott wird darüber richten. Schauwa, geh nach Haus und bereue. Nein, halt, da ist vielleicht was für dich. *Er blickt nach dem Alten, der zitternd da-*

steht. Nein, doch nicht, da ist nix. Geh nach Haus und bereue. *Er schlägt ihm die Tür vor der Nase zu.* Jetzt wunderst du dich, wie? Daß ich dich nicht ausgeliefert habe. Aber ich könnte diesem Vieh nicht einmal eine Wanze ausliefern, es widerstrebt mir. Zitter nicht vor einem Polizisten. So alt und noch so feige. Iß deinen Käse fertig, aber wie ein armer Mann, sonst fassen sie dich doch noch. Muß ich dir auch noch zeigen, wie ein armer Mann sich aufführt? *Er drückt ihn ins Sitzen nieder und gibt ihm das Käsestück wieder in die Hand.* Die Kiste ist der Tisch. Leg die Ellbogen auf'n Tisch, und jetzt umzingelst du den Käse auf'm Teller, als ob der dir jeden Augenblick herausgerissen werden könnte, woher sollst du sicher sein? Nimm das Messer wie eine zu kleine Sichel und schau mehr kummervoll auf den Käse, weil er schon entschwindet, wie alles Schöne. *Schaut ihm zu.* Sie sind hinter dir her, das spricht für dich, nur wie kann ich wissen, daß sie sich nicht irren in dir? In Tiflis haben sie einmal einen Gutsbesitzer gehängt, einen Türken. Er hat ihnen nachweisen können, daß er seine Bauern gevierteilt hat und nicht nur halbiert, wie es üblich ist, und Steuern hat er herausgepreßt doppelt wie die andern, sein Eifer war über jeden Verdacht, und doch haben sie ihn gehängt, wie einen Verbrecher, nur weil er ein Türk war, für was er nix gekonnt hat, eine Ungerechtigkeit. Er ist an den Galgen gekommen wie der Pontius ins Credo. Mit einem Wort: ich trau dir nicht.

DER SÄNGER

So gab der Azdak dem alten Bettler ein Nachtlager.
Erfuhr er, daß es der Großfürst selber war, der Würger
Schämte er sich, klagte er sich an, befahl er dem Polizisten
Ihn nach Nukha zu führen, vor Gericht, zum Urteil.

Im Hof des Gerichts hocken drei Panzerreiter und trinken. Von einer Säule hängt ein Mann in Richterrobe. Herein Azdak, gefesselt und Schauwa hinter sich schleppend.

AZDAK *ruft aus:* Ich hab dem Großfürsten zur Flucht verholfen, dem Großdieb, dem Großwürger! Ich verlange meine strenge Aburteilung in öffentlicher Verhandlung, im Namen der Gerechtigkeit!

ERSTER PANZERREITER Was ist das für ein komischer Vogel?

POLIZIST SCHAUWA Das ist unser Schreiber Azdak.

AZDAK Ich bin der Verächtliche, der Verräterische, der Gezeichnete! Reportier, Plattfuß, ich hab verlangt, daß ich in Ketten in die Hauptstadt gebracht werd, weil ich versehentlich den Großfürsten, beziehungsweise Großgauner, beherbergt habe, wie mir erst nachträglich klargeworden ist. Siehe, der Gezeichnete klagt sich selber an! Reportier, wie ich dich gezwungen hab, daß du mit mir die halbe Nacht hierherläufst, damit alles aufgeklärt wird.

POLIZIST SCHAUWA Alles unter Drohungen, das ist nicht schön von dir, Azdak.

AZDAK Halt das Maul, Schauwa, das verstehst du nicht. Eine neue Zeit ist gekommen, die über dich hinwegdonnern wird, du bist erledigt, Polizisten werden ausgemerzt, pfft. Alles wird untersucht, aufgedeckt. Da meldet sich einer lieber von selber, warum, er kann dem Volk nicht entrinnen. *Zu Schauwa:* Reportier, wie ich durch die Schuhmachergasse geschrien hab. *Er macht es wieder mit großer Geste vor, auf die Panzerreiter schielend.* »Ich hab den Großgauner entrinnen lassen aus Unwissenheit, zerreißt mich, Brüder!« Damit ich allem gleich zuvorkomm.

ERSTER PANZERREITER Und was haben sie dir geantwortet?

SCHAUWA Sie haben ihn getröstet in der Schlächtergasse und sich krank gelacht über ihn in der Schuhmachergasse, das war alles.

AZDAK Aber bei euch ist's anders, ich weiß, ihr seid eisern. Brüder, wo ist der Richter, ich muß untersucht werden.

ERSTER PANZERREITER *zeigt auf den Gehenkten:* Hier ist der Richter. Und hör auf, uns zu brüdern, auf dem Ohr sind wir empfindlich heut abend.

AZDAK »Hier ist der Richter!« Das ist eine Antwort, die man in Grusinien noch nie gehört hat. Städter, wo ist seine Exzellenz, der Herr Gouverneur? *Er zeigt auf den Boden.* Hier ist seine Exzellenz, Fremdling. Wo ist der Obersteuereintreiber? Der Profos Werber? Der Patriarch? Der Polizeihauptmann? Hier, hier, hier, alle hier. Brüder, das ist es, was ich mir von euch erwartet habe.

DER ZWEITE PANZERREITER Halt! Was hast du dir da erwartet, Vogel?

AZDAK Was in Persien passierte, Brüder, was in Persien passierte.

DER ZWEITE PANZERREITER Und was passierte denn in Persien?

AZDAK Vor vierzig Jahren aufgehängt, alle. Wesire, Steuereintreiber. Mein Großvater, ein merkwürdiger Mensch, hat es gesehen. Drei Tage lang, überall.

DER ZWEITE PANZERREITER Und wer regierte, wenn der Wesir gehängt war?

AZDAK Ein Bauer.

DER ZWEITE PANZERREITER Und wer kommandierte das Heer?

AZDAK Ein Soldat, Soldat.

DER ZWEITE PANZERREITER Und wer zahlte die Löhnung aus?

AZDAK Ein Färber, ein Färber zahlte die Löhnung aus.

DER ZWEITE PANZERREITER War es nicht vielleicht ein Teppichweber?

DER ERSTE PANZERREITER Und warum ist das alles passiert, du Persischer?

AZDAK »Warum ist das passiert?« Ist da ein besonderer Grund nötig? Warum kratzt du dich, Bruder? Krieg! Zu lang Krieg! Und keine Gerechtigkeit! Mein Großvater hat das Lied mitgebracht, wie es dort gewesen ist. Ich und mein Freund, der Polizist, werden es euch vorsingen. *Zu Schauwa:* Und halt den Strick gut, das paßt dazu. *Er singt, von Schauwa am Strick gehalten:*

Warum bluten unsere Söhne nicht mehr, weinen unsere Töchter nicht mehr?
Warum haben Blut nur mehr die Kälber im Schlachthaus?
Warum Tränen nur mehr gegen Morgen die Weiden am Urmisee?
Der Großkönig muß eine neue Provinz haben, der Bauer muß sein Milchgeld hergeben.
Damit das Dach der Welt erobert wird, werden die Hüttendächer abgetragen.
Unsere Männer werden in alle Himmelsrichtungen verschleppt, damit die Oberen zu Hause tafeln können.
Die Soldaten töten einander, die Feldherrn grüßen einander.
Der Witwe Steuergroschen wird angebissen, ob er echt ist. Die Schwerter zerbrechen.
Die Schlacht ist verloren, aber die Helme sind bezahlt worden.
Ist es so? Ist es so?

POLIZIST SCHAUWA Ja, ja, ja, ja, ja, es ist so.

AZDAK Wollt ihr es zu Ende hören?

Der erste Panzerreiter nickt.

DER ZWEITE PANZERREITER *zum Polizisten:* Hat er dir das Lied beigebracht?

POLIZIST SCHAUWA Jawohl. Nur meine Stimme ist nicht gut.

DER ZWEITE PANZERREITER Nein. *Zu Azdak:* Sing nur weiter.

AZDAK Die zweite Strophe behandelt den Frieden. *Singt:*

Die Ämter sind überfüllt, die Beamten sitzen bis auf die Straße.
Die Flüsse treten über die Ufer und verwüsten die Felder.
Die ihre Hosen nicht selber runterlassen können, regieren Reiche.
Sie können nicht auf vier zählen, fressen aber acht Gänge.
Die Maisbauern blicken sich nach Kunden um, sehen nur Verhungerte.
Die Weiber gehen von den Webstühlen in Lumpen.
Ist es so? Ist es so?

POLIZIST SCHAUWA Ja, ja, ja, ja, ja, es ist so.

AZDAK

Darum bluten unsere Söhne nicht mehr, weinen unsere Töchter nicht mehr.
Darum haben Blut nur mehr die Kälber im Schlachthaus.
Tränen nur mehr gegen Morgen die Weiden am Urmisee.

DER ERSTE PANZERREITER Willst du dieses Lied hier in der Stadt singen?

AZDAK Was ist falsch daran?

DER ERSTE PANZERREITER Siehst du die Röte dort? *Azdak blickt sich um. Am Himmel ist eine Brandröte.* Das ist in der Vorstadt. Teppichweber haben auch die »persische Krankheit« bekommen und gefragt, ob der Fürst Kazbeki nicht auch zu viele Gänge frißt. Und heute morgen haben sie dann den Stadtrichter aufgeknüpft. Aber wir haben sie zu Brei geschlagen für hundert Piaster pro Teppichweber, verstehst du?

AZDAK *nach einer Pause:* Ich verstehe. *Er blickt sie scheu an und schleicht weg, zur Seite, setzt sich auf den Boden, den Kopf in den Händen.*

DER ERSTE PANZERREITER *nachdem alle getrunken haben, zum dritten:* Paß mal auf, was jetzt kommt.

Der erste und zweite Panzerreiter gehen auf Azdak zu, versperren ihm den Ausgang.

SCHAUWA Ich glaube nicht, daß er ein direkt schlechter Mensch ist, meine Herren. Ein bissel Hühnerstehlen, und hier und da ein Hase vielleicht.

DER ZWEITE PANZERREITER *tritt zu Azdak:* Du bist hergekommen, daß du im Trüben fischen kannst, wie?

AZDAK *schaut zu ihm auf:* Ich weiß nicht, warum ich hergekommen bin.

DER ZWEITE PANZERREITER Bist du einer, der es mit den Teppichwebern hält?

Azdak schüttelt den Kopf.

DER ZWEITE PANZERREITER Und was ist mit diesem Lied?

AZDAK Von meinem Großvater. Ein dummer, unwissender Mensch.

DER ZWEITE PANZERREITER Richtig. Und was mit dem Färber, der die Löhnung auszahlte?

AZDAK Das war in Persien.

DER ERSTE PANZERREITER Und was mit der Selbstbeschuldigung, daß du den Großfürsten nicht mit eigenen Händen gehängt hast?

AZDAK Sagte ich euch nicht, daß ich ihn habe laufen lassen?

SCHAUWA Ich bezeuge es. Er hat ihn laufen lassen.

Die Panzerreiter schleppen den schreienden Azdak zum Galgen. Dann lassen sie ihn los und lachen ungeheuer. Azdak stimmt in das Lachen ein und lacht am lautesten. Dann wird er losgebunden. Alle beginnen zu trinken. Herein der fette Fürst Kazbeki mit einem jungen Mann.

ERSTER PANZERREITER *zu Azdak:* Da kommt deine neue Zeit.

Neues Gelächter.

DER FETTE FÜRST Und was gäbe es hier wohl zu lachen, meine Freunde? Erlaubt mir ein ernstes Wort. Die Fürsten Grusiniens haben gestern morgen die kriegslüsterne Regierung des Großfürsten gestürzt und seine Gouverneure beseitigt. Leider ist der Großfürst selber entkommen. In dieser schicksalhaften Stunde haben unsere Teppichweber, diese ewig Unruhigen, sich nicht entblödet, einen Aufstand anzuzetteln und den allseits beliebten Stadtrichter, unsern teuren Illo Orbeliani, zu hängen. Ts, ts, ts. Meine Freunde, wir brauchen Frieden, Frieden, Frieden in Grusinien. Und Gerechtigkeit! Hier bringe ich euch den lieben Bizergan Kazbeki, meinen Neffen, ein begabter Mensch, der soll der neue Richter werden. Ich sage: das Volk hat die Entscheidung.

ERSTER PANZERREITER Heißt das, wir wählen den Richter?

DER FETTE FÜRST So ist es. Das Volk stellt einen begabten Menschen auf. Beratet euch, Freunde. *Während die Panzerreiter die Köpfe zusammenstecken.* Sei ganz ruhig, Füchschen, die Stelle hast du. Und wenn erst der Großfürst geschnappt ist, brauchen wir auch dem Pack nicht mehr in den Arsch zu kriechen.

DIE PANZERREITER *unter sich:* Sie haben die Hosen voll, weil sie den Großfürsten noch nicht geschnappt haben. – Das verdanken wir diesem Dorfschreiber, er hat ihn laufen lassen. – Sie fühlen sich noch nicht sicher, da heißt es »meine Freunde« und »das Volk hat die Entscheidung«. – Jetzt will er sogar Gerechtigkeit für Grusinien. – Aber eine Hetz ist eine Hetz, und das wird eine Hetz. – Wir werden den Dorfschreiber fragen, der weiß alles über Gerechtigkeit. He, Halunke, würdest du den Neffen als Richter haben wollen?

AZDAK Meint ihr mich?

DER PANZERREITER *fährt fort:* Würdest du den Neffen als Richter haben wollen?

AZDAK Fragt ihr mich? Ihr fragt nicht mich, wie?

PANZERREITER Warum nicht? Alles für einen Witz!

AZDAK Ich versteh euch so, daß ihr ihn bis aufs Mark prüfen wollt. Hab ich recht? Hättet ihr einen Verbrecher vorrätig, daß der Kandidat zeigen kann, was er kann, einen gewiegten?

DRITTER PANZERREITER Laß sehn. Wir haben die zwei Doktoren von der Gouverneurssau unten. Die nehmen wir.

AZDAK Halt, das geht nicht. Ihr dürft nicht richtige Verbrecher nehmen, wenn ihr nicht wißt, ob der Richter bestallt wird. Er kann ein Ochse sein, aber er muß bestallt sein, sonst wird das Recht verletzt, das ein sehr empfindliches Wesen ist, etwa wie die Milz, die niemals mit Fäusten geschlagen werden darf, sonst tritt der Tod ein. Ihr könnt die beiden hängen, dadurch kann niemals das Recht verletzt werden, weil kein Richter dabei war. Recht muß immer in vollkommenem Ernst gesprochen werden, es ist so blöd. Wenn zum Beispiel ein Richter eine Frau verknackt, weil sie für ihr Kind ein Maisbrot gestohlen hat, und er hat seine Robe nicht an oder er kratzt sich beim Urteil, so daß mehr als ein Drittel von ihm entblößt ist, das heißt, er muß sich dann am Oberschenkel kratzen, dann ist das Urteil eine Schande und das Recht ist verletzt. Eher noch könnte eine Richterrobe und ein Richterhut ein Urteil sprechen als ein Mensch ohne das alles. Das Recht ist weg wie nix, wenn nicht aufgepaßt wird. Ihr würdet nicht eine Kanne Wein ausprobieren, indem ihr sie einem Hund zu saufen gebt, warum, dann ist der Wein weg.

ERSTER PANZERREITER Was schlägst du also vor, du Haarspalter?

AZDAK Ich mache euch den Angeklagten. Ich weiß auch schon, was für einen. *Er sagt ihnen etwas ins Ohr.*

ERSTER PANZERREITER Du?

Alle lachen ungeheuer.

DER FETTE FÜRST Was habt ihr entschieden?

ERSTER PANZERREITER Wir haben entschieden, wir machen eine Probe. Unser guter Freund hier wird den Angeklagten spielen, und hier ist ein Richterstuhl für den Kandidaten.

DER FETTE FÜRST Das ist ungewöhnlich, aber warum nicht? *Zum Neffen:* Eine Formsache, Füchschen. Was hast du gelernt, wer ist gekommen, der Langsamläufer oder der Schnelläufer?

DER NEFFE Der Leisetreter, Onkel Arsen.

Der Neffe setzt sich auf den Stuhl, der fette Fürst stellt sich hinter ihn. Die Panzerreiter setzen sich auf die Treppe, und herein mit dem unverkennbaren Gang des Großfürsten läuft der Azdak.

AZDAK Ist hier irgendwer, der mich kennt? Ich bin der Großfürst.

DER FETTE FÜRST Was ist er?

DER ZWEITE PANZERREITER Der Großfürst. Er kennt ihn wirklich.

DER FETTE FÜRST Gut.

DER ERSTE PANZERREITER Los mit der Verhandlung.

AZDAK Höre, ich bin angeklagt wegen Kriegsstiftung. Lächerlich. Sage, lächerlich, genügt das? Wenn nicht genügt, habe Anwälte mitgebracht, glaube fünfhundert. *Er zeigt hinter sich, tut, als wären viele Anwälte um ihn.* Benötige sämtliche vorhandenen Saalsitze für Anwälte.

Die Panzerreiter lachen; der fette Fürst lacht mit.

DER NEFFE *zu den Panzerreitern:* Wünscht ihr, daß ich den Fall verhandle? Ich muß sagen, daß ich ihn zumindest etwas ungewöhnlich finde, vom geschmacklichen Standpunkt aus, meine ich.

ERSTER PANZERREITER Geh los.

DER FETTE FÜRST *lächelnd:* Verknall ihn, Füchschen.

DER NEFFE Schön. Volk von Grusinien contra Großfürst. Was haben Sie vorzubringen, Angeklagter?

AZDAK Allerhand. Habe natürlich selber gelesen, daß Krieg verloren. Habe Krieg seinerzeit auf Anraten von Patrioten wie Onkel Kazbeki erklärt. Verlange Onkel Kazbeki als Zeugen.

DER FETTE FÜRST *zu den Panzerreitern, leutselig:* Eine tolle Type. Was?

DER NEFFE Antrag abgelehnt. Sie können natürlich nicht angeklagt werden, weil Sie einen Krieg erklärt haben, was jeder Herrscher hin und wieder zu tun hat, sondern weil Sie ihn schlecht geführt haben.

AZDAK Unsinn. Habe ihn überhaupt nicht geführt. Habe ihn führen lassen. Habe ihn führen lassen von Fürsten. Vermasselten ihn natürlich.

DER NEFFE Leugnen Sie etwa, den Oberbefehl gehabt zu haben?

AZDAK Keineswegs. Habe immer Oberbefehl. Schon bei Geburt Amme angepfiffen. Erzogen, auf Abtritt Scheiße zu entlassen. Gewohnt, zu befehlen. Habe immer Beamten befohlen, meine Kasse zu bestehlen. Offiziere prügeln Soldaten nur, wenn befehle; Gutsherren schlafen mit Weibern von Bauern nur, wenn strengstens befehle. Onkel Kazbeki hier hat Bauch nur auf meinen Befehl.

DIE PANZERREITER *klatschen:* Er ist gut. Hoch der Großfürst!

DER FETTE FÜRST Füchschen, antwort ihm! Ich bin bei dir.

DER NEFFE Ich werde ihm antworten, und zwar der Würde des Gerichts entsprechend. Angeklagter, wahren Sie die Würde des Gerichts.

AZDAK Einverstanden. Befehle Ihnen, mit Verhör fortzufahren.

DER NEFFE Haben mir nichts zu befehlen. Behaupten also, Fürsten haben Sie gezwungen, Krieg zu erklären. Wie können Sie dann behaupten, Fürsten hätten Krieg vermasselt?

AZDAK Nicht genug Leute geschickt, Gelder veruntreut, kranke

Pferde gebracht, bei Angriff in Bordell gesoffen. Beantrage Onkel als Zeugen.

DER NEFFE Wollen Sie die ungeheuerliche Behauptung aufstellen, daß die Fürsten dieses Landes nicht gekämpft haben?

AZDAK Nein. Fürsten kämpften. Kämpften um Kriegslieferungskontrakte.

DER FETTE FÜRST *springt auf:* Das ist zuviel. Der Kerl redet wie ein Teppichweber.

AZDAK Wirklich? Sage nur Wahrheit!

DER FETTE FÜRST Aufhängen! Aufhängen!

ERSTER PANZERREITER Immer ruhig. Geh weiter, Hoheit.

DER NEFFE Ruhe! Verkündige jetzt Urteil: müssen aufgehängt werden. Am Hals. Haben Krieg verloren.

DER FETTE FÜRST *hysterisch:* Aufhängen! Aufhängen! Aufhängen!

AZDAK Junger Mann, rate Ihnen ernsthaft, nicht in Öffentlichkeit in geklippte, zackige Sprechweise zu verfallen. Können nicht angestellt werden als Wachhund, wenn heulen wie Wolf. Kapiert?

DER FETTE FÜRST Aufhängen!

AZDAK Wenn Leuten auffällt, daß Fürsten selbe Sprache sprechen wie Großfürst, hängen sie noch Großfürst und Fürsten auf. Kassiere übrigens Urteil. Grund: Krieg verloren, aber nicht für Fürsten. Fürsten haben ihren Krieg gewonnen. Haben sich 3 863 000 Piaster für Pferde bezahlen lassen, die nicht geliefert.

DER FETTE FÜRST Aufhängen!

ADZAK 8 240 000 Piaster für Verpflegung von Mannschaft, die nicht aufgebracht.

DER FETTE FÜRST Aufhängen!

AZDAK Sind also Sieger. Krieg nur verloren für Grusinien, als welches nicht anwesend vor diesem Gericht.

DER FETTE FÜRST Ich glaube, das ist genug, meine Freunde. *Zu Azdak:* Du kannst abtreten, Galgenvogel. *Zu den Panzerreitern:* Ich denke, ihr könnt jetzt den neuen Richter bestätigen, meine Freunde.

ERSTER PANZERREITER Ja, das können wir. Holt den Richterrock herunter. *Einer klettert auf den Rücken des andern und zieht dem Gehenkten den Rock ab.* Und jetzt *zum Neffen* geh du weg, daß auf den richtigen Stuhl der richtige Arsch kommt. *Zu Azdak:* Tritt du vor, begib dich auf den Richterstuhl, setz dich hinauf, Mensch. *Der Azdak geht zum Stuhl, verbeugt sich und setzt sich nieder.* Immer war der Richter ein Lump, so soll jetzt ein Lump der Richter sein. *Der Richterrock wird ihm übergelegt, ein Flaschenkorb aufgesetzt.* Schaut, was für ein Richter!

DER SÄNGER

Da war das Land im Bürgerkrieg, der Herrschende
unsicher.
Da wurde der Azdak zum Richter gemacht von den
Panzerreitern.
Da war der Azdak Richter für zwei Jahre.

Der Sänger zusammen mit seinen Musikern

Als die großen Feuer brannten und in Blut die Städte
standen
Aus der Tiefe krochen Spinn und Kakerlak
Vor dem Schloßtor stand ein Schlächter
Am Altar ein Gottverächter
Und es saß im Rock des Richters der Azdak.

Auf dem Richterstuhl sitzt der Azdak, einen Apfel schälend. Schauwa kehrt mit einem Besen das Lokal. Auf der einen Seite ein Invalide im Rollstuhl, der angeklagte Arzt und ein Hinkender in Lumpen. Auf der anderen Seite ein junger Mann, der Erpressung angeklagt. – Ein Panzerreiter hält Wache mit der Standarte der Panzerreiter.

AZDAK In Anbetracht der vielen Fälle behandelt der Gerichtshof heute immer zwei Fälle gleichzeitig. Bevor ich beginne, eine kurze Mitteilung: ich nehme. *Er streckt die Hand aus. Nur der Erpresser zieht Geld und gibt ihm.* Ich behalte mir vor, eine Partei hier wegen Nichtachtung des Gerichtshofes *er blickt auf den Invaliden* in Strafe zu nehmen. *Zum Arzt:* Du bist ein Arzt, und du *zum Invaliden* klagst ihn an. Ist der Arzt schuld an deinem Zustand?

DER INVALIDE Jawohl. Ich bin vom Schlag getroffen worden wegen ihm.

AZDAK Das wäre Nachlässigkeit im Beruf.

DER INVALIDE Mehr als Nachlässigkeit. Ich habe dem Menschen Geld für sein Studium geliehen. Er hat bis heute nichts zurückgezahlt, und als ich hörte, daß er Patienten gratis behandelt, habe ich den Schlaganfall bekommen.

AZDAK Mit Recht. *Zum Hinkenden:* Und was willst du hier?

DER HINKENDE Ich bin der Patient, Euer Gnaden.

AZDAK Er hat wohl dein Bein behandelt?

DER HINKENDE Nicht das richtige. Das Rheuma hatte ich am linken, operiert worden bin ich am rechten, darum hinke ich jetzt.

AZDAK Und das war gratis?

DER INVALIDE Eine Fünfhundert-Piaster-Operation gratis! Für nichts. Für ein »Vergelt's Gott«. Und ich habe dem Menschen das Studium bezahlt! *Zum Arzt:* Hast du auf der Schule gelernt, umsonst zu operieren?

DER ARZT Euer Gnaden, es ist tatsächlich üblich, vor einer Operation das Honorar zu nehmen, da der Patient vor der Operation willfähriger zahlt als danach, was menschlich verständlich ist. In dem vorliegenden Fall glaubte ich, als ich zur Operation schritt, daß mein Diener das Honorar bereits erhalten hätte. Darin täuschte ich mich.

DER INVALIDE Er täuschte sich! Ein guter Arzt täuscht sich nicht! Er untersucht, bevor er operiert.

AZDAK Das ist richtig. *Zu Schauwa:* Um was handelt es sich bei dem anderen Fall, Herr Öffentlicher Ankläger?

SCHAUWA *eifrig kehrend:* Erpressung.

DER ERPRESSER Hoher Gerichtshof, ich bin unschuldig. Ich habe mich bei dem betreffenden Grundbesitzer nur erkundigen wollen, ob er tatsächlich seine Nichte vergewaltigt hat. Er klärte mich freundlichst auf, daß nicht, und gab mir das Geld nur, damit ich meinen Onkel Musik studieren lassen kann.

AZDAK Aha! *Zum Arzt:* Du hingegen, Doktor, kannst für dein Vergehen keinen Milderungsgrund anführen, wie?

DER ARZT Höchstens, daß Irren menschlich ist.

AZDAK Und du weißt, daß ein guter Arzt verantwortungsbewußt ist, wenn es sich um Geldangelegenheiten handelt? Ich hab von einem Arzt gehört, daß er aus einem verstauchten Finger tausend Piaster gemacht hat, indem er herausgefunden hat, es hätte mit dem Kreislauf zu tun, was ein schlechterer Arzt vielleicht übersehen hätte, und ein anderes Mal hat er durch eine sorgfältige Behandlung eine mittlere Galle zu einer

Goldquelle gemacht. Du hast keine Entschuldigung, Doktor. Der Getreidehändler Uxu hat seinen Sohn Medizin studieren lassen, damit er den Handel erlernt, so gut sind die medizinischen Schulen. *Zum Erpresser:* Wie ist der Name des Grundbesitzers?

SCHAUWA Er wünscht nicht genannt zu werden.

AZDAK Dann spreche ich die Urteile. Die Erpressung wird vom Gericht als bewiesen betrachtet, und du *zum Invaliden* wirst zu tausend Piaster Strafe verurteilt. Wenn du einen zweiten Schlaganfall bekommst, muß dich der Doktor gratis behandeln, eventuell amputieren. *Zum Hinkenden:* Du bekommst als Entschädigung eine Flasche Franzbranntwein zugesprochen. *Zum Erpresser:* Du hast die Hälfte deines Honorars an den Öffentlichen Ankläger abzuführen dafür, daß das Gericht den Namen des Grundbesitzers verschweigt, und außerdem wird dir der Rat erteilt, Medizin zu studieren, da du dich für diesen Beruf eignest. Und du, Arzt, wirst wegen unverzeihlichen Irrtums in deinem Fach freigesprochen. Die nächsten Fälle!

DER SÄNGER MIT SEINEN MUSIKERN

Ach, was willig, ist nicht billig, und was teuer, nicht geheuer
Und das Recht ist eine Katze im Sack.
Darum bitten wir 'nen Dritten, daß er schlichtet und's uns richtet
Und das macht uns für 'nen Groschen der Azdak.

Aus einer Karawanserei an der Heerstraße kommt der Azdak, gefolgt von dem Wirt, dem langbärtigen Greis. Dahinter wird vom Knecht und von Schauwa der Richterstuhl geschleppt. Ein Panzerreiter nimmt Aufstellung mit der Standarte der Panzerreiter.

AZDAK Stellt ihn hierher. Da hat man wenigstens Luft und etwas Zug vom Zitronenwäldchen drüben. Der Justiz tut es gut, es im Freien zu machen. Der Wind bläst ihr die Röcke hoch, und man kann sehn, was sie drunter hat. Schauwa, wir haben zuviel gegessen. Diese Inspektionsreisen sind anstrengend. Es handelt sich um deine Schwiegertochter?

DER WIRT Euer Gnaden, es handelt sich um die Familienehre. Ich erhebe Klage an Stelle meines Sohnes, der in Geschäften überm Berg ist. Dies ist der Knecht, der sich vergangen hat, und hier ist meine bedauernswerte Schwiegertochter.

Die Schwiegertochter, eine üppige Person, kommt. Sie ist verschleiert.

AZDAK *setzt sich:* Ich nehme. *Der Wirt gibt ihm seufzend Geld.* So, die Formalitäten sind damit geordnet. Es handelt sich um Vergewaltigung?

DER WIRT Euer Gnaden, ich überraschte den Burschen im Pferdestall, wie er unsere Ludowika eben ins Stroh legte.

AZDAK Ganz richtig, der Pferdestall. Wunderbare Pferde. Besonders ein kleiner Falbe gefiel mir.

DER WIRT Natürlich nahm ich, an Stelle meines Sohnes, Ludowika sofort ins Gebet.

AZDAK *ernst:* Ich sagte, er gefiel mir.

DER WIRT *kalt:* Wirklich? – Ludowika gestand mir, daß der Knecht sie gegen ihren Willen beschlafen habe.

AZDAK Nimm den Schleier ab, Ludowika. *Sie tut es.* Ludowika, du gefällst dem Gerichtshof. Berichte, wie es war.

LUDOWIKA *einstudiert:* Als ich den Stall betrat, das neue Fohlen anzusehen, sagte der Knecht zu mir unaufgefordert: »Es ist heiß heute«, und legte mir die Hand auf die linke Brust. Ich sagte zu ihm: »Tu das nicht«, aber er fuhr fort, mich unsittlich zu betasten, was meinen Zorn erregte. Bevor ich seine sündhafte Absicht durchschauen konnte, trat er mir dann zu nahe. Es war geschehen, als mein Schwiegervater eintrat und mich irrtümlich mit den Füßen trat.

DER WIRT *erklärend:* An Stelle meines Sohnes.

AZDAK *zum Knecht:* Gibst du zu, daß du angefangen hast?

KNECHT Jawohl.

AZDAK Ludowika, ißt du gern Süßes?

LUDOWIKA Ja, Sonnenblumenkerne.

AZDAK Sitzt du gern lang im Badezuber?

LUDOWIKA Eine halbe Stunde oder so.

AZDAK Herr Öffentlicher Ankläger, leg dein Messer dort auf den Boden. *Schauwa tut es.* Ludowika, geh und heb das Messer des Öffentlichen Anklägers auf.

Ludowika geht, die Hüften wiegend, zum Messer und hebt es auf.

AZDAK *zeigt auf sie:* Seht ihr das? Wie das wiegt? Der verbrecherische Teil ist entdeckt. Die Vergewaltigung ist erwiesen. Durch zuviel Essen, besonders von Süßem, durch langes Imlauen-Wasser-Sitzen, durch Faulheit und eine zu weiche Haut hast du den armen Menschen dort vergewaltigt. Meinst du, du kannst mit einem solchen Hintern herumgehen und es geht dir bei Gericht durch? Das ist ein vorsätzlicher Angriff mit einer gefährlichen Waffe. Du wirst verurteilt, den kleinen Falben dem Gerichtshof zu übergeben, den dein Schwiegervater an Stelle seines Sohnes zu reiten pflegt, und jetzt gehst du mit mir in die Scheuer, damit sich der Gerichtshof den Tatort betrachten kann, Ludowika.

Auf der grusinischen Heerstraße wird der Azdak von seinen Panzerreitern auf seinem Richterstuhl von Ort zu Ort getragen. Hinter ihm Schauwa, der den Galgen schleppt, und der Knecht, der den kleinen Falben führt.

DER SÄNGER ZUSAMMEN MIT SEINEN MUSIKERN

Als die Obern sich zerstritten
War'n die Untern froh, sie litten
Nicht mehr gar so viel Gibher und Abgezwack.
Auf Grusiniens bunten Straßen
Gut versehn mit falschen Maßen
Zog der Armeleuterichter, der Azdak.

Und er nahm es von den Reichen
Und er gab es seinesgleichen
Und sein Zeichen war die Zähr' aus Siegellack.
Und beschirmet von Gelichter
Zog der gute schlechte Richter
Mütterchen Grusiniens, der Azdak.
Der kleine Zug entfernt sich.

Kommt ihr zu dem lieben Nächsten
Kommt mit gut geschärften Äxten
Nicht entnervten Bibeltexten und Schnickschnack!
Wozu all der Predigtplunder
Seht, die Äxte tuen Wunder
Und mitunter glaubt an Wunder der Azdak.

Der Richterstuhl des Azdak steht in einer Weinschänke. Drei Großbauern stehen vor dem Azdak, dem Schauwa Wein bringt. In der Ecke steht eine alte Bäuerin. Unter der offenen Tür und außen die Dorfbewohner als Zuschauer. Ein Panzerreiter hält Wache mit der Standarte der Panzerreiter.

AZDAK Der Herr Öffentliche Ankläger hat das Wort.

SCHAUWA Es handelt sich um eine Kuh. Die Angeklagte hat seit fünf Wochen eine Kuh im Stall, die dem Großbauern Suru gehört. Sie wurde auch im Besitz eines gestohlenen Schinkens angetroffen, und dem Großbauern Schuteff sind Kühe getötet worden, als er die Angeklagte aufforderte, die Pacht für einen Acker zu zahlen.

DIE GROSSBAUERN
Es handelt sich um meinen Schinken, Euer Gnaden. –
Es handelt sich um meine Kuh, Euer Gnaden. –
Es handelt sich um meinen Acker, Euer Gnaden.

AZDAK Mütterchen, was hast du dazu zu sagen?

DIE ALTE Euer Gnaden, vor fünf Wochen klopfte es in der Nacht gegen Morgen zu an meiner Tür, und draußen stand ein bärtiger Mann mit einer Kuh und sagte: »Liebe Frau, ich bin der wundertätige Sankt Banditus, und weil dein Sohn im Krieg gefallen ist, bringe ich dir diese Kuh als ein Angedenken. Pflege sie gut.«

DIE GROSSBAUERN Der Räuber Irakli, Euer Gnaden! Ihr Schwager, Euer Gnaden! Der Herdendieb, der Brandstifter! Geköpft muß er werden!

Von außen der Aufschrei einer Frau. Die Menge wird unruhig, weicht zurück. Herein der Bandit Irakli mit einer riesigen Axt.

DIE GROSSBAUERN Irakli! *Sie bekreuzigen sich.*

DER BANDIT Schönen guten Abend, ihr Lieben! Ein Glas Wodka!

AZDAK Herr Öffentlicher Ankläger, ein Glas Wodka für den Gast. Und wer bist du?

DER BANDIT Ich bin ein wandernder Eremit, Euer Gnaden, und danke für die milde Gabe. *Er trinkt das Glas aus, das Schauwa gebracht hat.* Noch eins.

AZDAK Ich bin der Azdak. *Er steht auf und verbeugt sich, ebenso verbeugt sich der Bandit.* Der Gerichtshof heißt den fremden Eremiten willkommen. Erzähl weiter, Mütterchen.

DIE ALTE Euer Gnaden, in der ersten Nacht wußt ich noch nicht, daß der heilige Banditus Wunder tun konnte, es war nur die Kuh. Aber ein paar Tage später kamen nachts die Knechte des

Großbauern und wollten mir die Kuh wieder nehmen. Da kehrten sie vor meiner Tür um und gingen zurück ohne die Kuh, und faustgroße Beulen wuchsen ihnen auf den Köpfen. Da wußte ich, daß der heilige Banditus ihre Herzen verwandelt und sie zu freundlichen Menschen gemacht hatte.

Der Bandit lacht laut.

DER ERSTE GROSSBAUER Ich weiß, was sie verwandelt hat.

AZDAK Das ist gut. Da wirst du es uns nachher sagen. Fahr fort!

DIE ALTE Euer Gnaden, der Nächste, der ein guter Mensch wurde, war der Großbauer Schuteff, ein Teufel, das weiß jeder. Aber der heilige Banditus hat es zustande gebracht, daß er mir die Pacht auf den kleinen Acker erlassen hat.

DER ZWEITE GROSSBAUER Weil mir meine Kühe auf dem Feld abgestochen wurden.

Der Bandit lacht.

DIE ALTE *auf den Wink des Azdak:* Und dann kam der Schinken eines Morgens zum Fenster hereingeflogen. Er hat mich ins Kreuz getroffen, ich lahme noch jetzt, sehen Sie, Euer Gnaden. *Sie geht ein paar Schritte. Der Bandit lacht.* Ich frage, Euer Gnaden: Wann hat je einer einem armen alten Menschen einen Schinken gebracht ohne ein Wunder?

Der Bandit beginnt zu schluchzen.

ADZAK *von seinem Stuhl gehend:* Mütterchen, das ist eine Frage, die den Gerichtshof mitten ins Herz trifft. Sei so freundlich, dich niederzusetzen.

Die Alte setzt sich zögernd auf den Richterstuhl. Der Azdak setzt sich auf den Boden, mit seinem Weinglas.

AZDAK

Mütterchen, fast nennte ich dich Mutter Grusinien,
die Schmerzhafte.
Die Beraubte, deren Söhne im Krieg sind.
Die mit Fäusten Geschlagene, Hoffnungsvolle!
Die da weint, wenn sie eine Kuh kriegt.
Die sich wundert, wenn sie nicht geschlagen wird.
Mütterchen, wolle uns Verdammte gnädig beurteilen!

Brüllend zu den Großbauern: Gesteht, daß ihr nicht an Wunder glaubt, ihr Gottlosen! Jeder von euch wird verurteilt zu fünfhundert Piaster Strafe wegen Gottlosigkeit. Hinaus!

Die Großbauern schleichen hinaus.

AZDAK Und du, Mütterchen, und du, frommer Mann *zum Banditen*, leeret eine Kanne Wein mit dem Öffentlichen Kläger und dem Azdak.

DER SÄNGER MIT SEINEN MUSIKERN

Und so brach er die Gesetze wie ein Brot, daß es sie letze
Bracht das Volk ans Ufer auf des Rechtes Wrack.
Und die Niedren und Gemeinen hatten endlich, endlich einen
Den die leere Hand bestochen, den Azdak.

Siebenhundertzwanzig Tag maß er mit gefälschter Waage
Ihre Klage, und er sprach wie Pack zu Pack.
Auf dem Richterstuhl, den Balken über sich von einem
Galgen
Teilte sein gezinktes Recht aus der Azdak.

DER SÄNGER

Da war die Zeit der Unordnung aus, kehrte der Großfürst
zurück
Kehrte die Gouverneursfrau zurück, wurde ein Gericht
gehalten
Starben viele Menschen, brannte die Vorstadt aufs neue,
ergriff Furcht den Azdak.

Der Richterstuhl des Azdak steht wieder im Hof des Gerichts. Der Azdak sitzt auf dem Boden und flickt seinen Schuh, mit Schauwa sprechend. Von außen Lärm. Hinter der Mauer wird der Kopf des fetten Fürsten auf einem Spieß vorbeigetragen.

AZDAK Schauwa, die Tage deiner Knechtschaft sind jetzt gezählt, vielleicht sogar die Minuten. Ich habe dich die längste Zeit in der eisernen Kandare der Vernunft gehalten, die dir das Maul blutig gerissen hat, dich mit Vernunftgründen aufgepeitscht und mit Logik mißhandelt. Du bist von Natur ein schwacher Mensch, und wenn man dir listig ein Argument hinwirft, mußt du es gierig hineinfressen, du kannst dich nicht halten. Du mußt deiner Natur nach einem höheren Wesen die Hand lecken, aber es können ganz verschiedene höhere Wesen sein, und jetzt kommt deine Befreiung, und du kannst bald wieder deinen Trieben folgen, welche niedrig sind, und deinem untrüglichen Instinkt, der dich lehrt, daß du deine dicke

Sohle in menschliche Antlitze pflanzen sollst. Denn die Zeit der Verwirrung und Unordnung ist vorüber, die ich in dem Lied vom Chaos beschrieben finde, das wir jetzt noch einmal zusammen singen werden zum Angedenken an diese schreckliche Zeit; setz dich und vergreif dich nicht an den Tönen. Keine Furcht, man darf es hören, es hat einen beliebten Refrain. *Er singt:*

Schwester, verhülle dein Haupt, Bruder, hol dein Messer, die Zeit ist aus den Fugen.
Die Vornehmen sind voll Klagen und die Geringen voll Freude. Die Stadt sagt:
Laßt uns die Starken aus unserer Mitte vertreiben.
In den Ämtern wird eingebrochen, die Listen der Leibeigenen werden zerstört.
Die Herren hat man an die Mühlsteine gesetzt. Die den Tag nie sahen, sind herausgegangen.
Die Opferkästen aus Ebenholz werden zerschlagen, das herrliche Sesnemholz zerhackt man zu Betten.
Wer kein Brot hatte, der hat jetzt Scheunen; wer sich Kornspenden holte
Läßt jetzt selber austeilen.

SCHAUWA Oh, oh, oh, oh.

AZDAK

Wo bleibst du, General? Bitte, bitte, bitte, schaff Ordnung.
Der Sohn des Angesehenen ist nicht mehr zu erkennen; das Kind der Herrin wird
Zum Sohn ihrer Sklavin.
Die Räte suchen schon Obdach im Speicher; wer kaum auf den Mauern nächtigen
Durfte, räkelt sich jetzt im Bett.
Der sonst das Boot ruderte, besitzt jetzt Schiffe; schaut ihr Besitzer nach
Ihnen, so sind sie nicht mehr sein.
Fünf Männer sind ausgeschickt von ihrem Herrn. Sie sagen: Geht jetzt selber
Den Weg, wir sind angelangt.

SCHAUWA Oh, oh, oh, oh.

AZDAK

Wo bleibst du, General? Bitte, bitte, bitte, schaff Ordnung!

Ja, so wäre es beinahe gekommen bei uns, wenn die Ordnung noch länger vernachlässigt worden wäre. Aber jetzt ist der Großfürst, dem ich Ochse das Leben gerettet habe, in die Hauptstadt zurück, und die Perser haben ihm ein Heer ausgeliehen, damit er Ordnung schafft. Die Vorstadt brennt schon. Hol mir das dicke Buch, auf dem ich immer sitze. *Schauwa bringt vom Richterstuhl das Buch, der Azdak schlägt es auf.* Das ist das Gesetzbuch, und ich habe es immer benutzt, das kannst du bezeugen. Ich werde jetzt besser nachschlagen, was sie mir aufbrennen können. Denn ich habe den Habenichtsen durch die Finger gesehen, das wird mir teuer zu stehen kommen. Ich habe der Armut auf die dünnen Beine geholfen, da werden sie mich wegen Trunkenheit aufhängen; ich habe den Reichen in die Taschen geschaut, das ist faule Sprache. Und ich kann mich nirgends verstecken, denn alle kennen mich, da ich allen geholfen habe.

SCHAUWA Jemand kommt.

AZDAK *gehetzt stehend, geht dann schlotternd zum Stuhl:* Aus. Aber ich werd niemand den Gefallen tun, menschliche Größe zu zeigen. Ich bitt dich auf den Knien um Erbarmen, geh jetzt nicht weg, der Speichel rinnt mir heraus. Ich hab Todesfurcht. *Herein Natella Abaschwili, die Gouverneursfrau, mit dem Adjutanten und einem Panzerreiter.*

DIE GOUVERNEURSFRAU Was ist das für eine Kreatur, Shalva?

AZDAK Eine willfährige, Euer Gnaden, eine, die zu Diensten steht.

DER ADJUTANT Natella Abaschwili, die Frau des verstorbenen Gouverneurs, ist soeben zurückgekehrt und sucht nach ihrem zweijährigen Sohn Michel Abaschwili. Sie hat Kenntnis bekommen, daß das Kind von einem früheren Dienstboten in das Gebirge verschleppt wurde.

AZDAK Es wird beigeschafft werden, Euer Hochwohlgeboren, zu Befehl.

DER ADJUTANT Die Person soll das Kind als ihr eigenes ausgeben.

AZDAK Sie wird geköpft werden, Euer Hochwohlgeboren, zu Befehl.

DER ADJUTANT Das ist alles.

DIE GOUVERNEURSFRAU *im Abgehen:* Der Mensch mißfällt mir.

AZDAK *folgt ihr mit tiefen Verbeugungen zur Tür:* Zu Befehl, Euer Hochwohlgeboren, es wird alles geordnet werden.

5
Der Kreidekreis

DER SÄNGER
Hört nun die Geschichte des Prozesses um das Kind des Gouverneurs Abaschwili
Mit der Feststellung der wahren Mutter
Durch die berühmte Probe mit einem Kreidekreis.

Im Hof des Gerichts in Nukha. Panzerreiter führen Michel herein und nach hinten hinaus. Ein Panzerreiter hält mit dem Spieß Grusche unterm Tor zurück, bis das Kind weggeführt ist. Dann wird sie eingelassen. Bei ihr ist die dicke Köchin aus dem Haushalt des ehemaligen Gouverneurs Abaschwili. Entfernter Lärm und Brandröte.

GRUSCHE Er ist tapfer, er kann sich schon allein waschen.

DIE KÖCHIN Du hast ein Glück, es ist überhaupt kein richtiger Richter, es ist der Azdak. Er ist ein Saufaus und versteht nichts, und die größten Diebe sind schon bei ihm freigekommen. Weil er alles verwechselt und die reichen Leut ihm nie genug Bestechung zahlen, kommt unsereiner manchmal gut bei ihm weg.

GRUSCHE Heut brauch ich Glück.

DIE KÖCHIN Verruf's nicht. *Sie bekreuzigt sich.* Ich glaub, ich bet besser schnell noch einen Rosenkranz, daß der Richter besoffen ist. *Sie betet mit tonlosen Lippen, während Grusche vergebens nach dem Kind ausschaut.*

DIE KÖCHIN Ich versteh nur nicht, warum du's mit aller Gewalt behalten willst, wenn's nicht deins ist, in diesen Zeiten.

GRUSCHE Es ist meins: ich hab's aufgezogen.

DIE KÖCHIN Hast du denn nie darauf gedacht, was geschieht, wenn sie zurückkommt?

GRUSCHE Zuerst hab ich gedacht, ich geb's ihr zurück, und dann hab ich gedacht, sie kommt nicht mehr.

DIE KÖCHIN Und ein geborgter Rock hält auch warm, wie? *Grusche nickt.* Ich schwör dir, was du willst, weil du eine anständige Person bist. *Memoriert.* Ich hab ihn in Pflege gehabt, für fünf Piaster, und die Grusche hat ihn sich abgeholt am Ostersonntag, abends, wie die Unruhen waren. *Sie erblickt den Soldaten Chachava, der sich nähert.* Aber an dem Simon hast du dich versündigt, ich hab mit ihm gesprochen, er kann's nicht fassen.

GRUSCHE *die ihn nicht sieht:* Ich kann mich jetzt nicht kümmern um den Menschen, wenn er nichts versteht.

DIE KÖCHIN Er hat's verstanden, daß das Kind nicht deins ist, aber daß du im Stand der Ehe bist und nicht mehr frei, bis der Tod dich scheidet, kann er nicht verstehen.

Grusche erblickt ihn und grüßt.

SIMON *finster:* Ich möchte der Frau mitteilen, daß ich bereit zum Schwören bin. Der Vater vom Kind bin ich.

GRUSCHE *leise:* Es ist recht, Simon.

SIMON Zugleich möchte ich mitteilen, daß ich dadurch zu nichts verpflichtet bin und die Frau auch nicht.

DIE KÖCHIN Das ist unnötig. Sie ist verheiratet, das weißt du.

SIMON Das ist ihre Sache und braucht nicht eingerieben zu werden.

Herein kommen zwei Panzerreiter.

PANZERREITER Wo ist der Richter? – Hat jemand den Richter gesehen?

GRUSCHE *die sich abgewendet und ihr Gesicht bedeckt hat:* Stell dich vor mich hin. Ich hätt nicht nach Nukha gehen dürfen. Wenn ich an den Panzerreiter hinlauf, den ich über den Kopf geschlagen hab..

EINER DER PANZERREITER *die das Kind gebracht haben, tritt vor:* Der Richter ist nicht hier.

Die beiden Panzerreiter suchen weiter.

DIE KÖCHIN Hoffentlich ist nichts mit ihm passiert. Mit einem andern hast du weniger Aussichten, als ein Huhn Zähne im Mund hat.

Ein anderer Panzerreiter tritt auf.

DER PANZERREITER *der nach dem Richter gefragt hat, meldet ihm:* Da sind nur zwei alte Leute und ein Kind. Der Richter ist getürmt.

DER ANDERE PANZERREITER Weitersuchen!

Die ersten beiden Panzerreiter gehen schnell ab, der dritte bleibt stehen. Grusche schreit auf. Der Panzerreiter dreht sich um. Es ist der Gefreite, und er hat eine große Narbe über dem ganzen Gesicht.

DER PANZERREITER IM TOR Was ist los, Schotta? Kennst du die?

DER GEFREITE *nach langem Starren:* Nein.

DER PANZERREITER Die soll das Abaschwilikind gestohlen haben. Wenn du davon etwas weißt, kannst du einen Batzen Geld machen, Schotta.

Der Gefreite geht fluchend ab.

DIE KÖCHIN War es der? *Grusche nickt.* Ich glaub, der hält's Maul. Sonst müßt er zugeben, er war hinter dem Kind her.

GRUSCHE *befreit:* Ich hatt beinah schon vergessen, daß ich das Kind doch gerettet hab vor denen..

Herein die Gouverneursfrau mit dem Adjutanten und zwei Anwälten.

DIE GOUVERNEURSFRAU Gott sei Dank, wenigstens kein Volk da. Ich kann den Geruch nicht aushalten, ich bekomme Migräne davon.

ERSTER ANWALT Bitte, gnädige Frau. Seien Sie so vernünftig wie möglich mit allem, was Sie sagen, bis wir einen andern Richter haben.

DIE GOUVERNEURSFRAU Aber ich habe doch gar nichts gesagt, Illo Schuboladze. Ich liebe das Volk mit seinem schlichten, geraden Sinn, es ist nur der Geruch, der mir Migräne macht.

ZWEITER ANWALT Es wird kaum Zuschauer geben. Die Bevölkerung sitzt hinter geschlossenen Türen wegen der Unruhen in der Vorstadt.

DIE GOUVERNEURSFRAU Ist das die Person?

ERSTER ANWALT Bitte, gnädigste Natella Abaschwili, sich aller Invektiven zu enthalten, bis es sicher ist, daß der Großfürst den neuen Richter ernannt hat und wir den gegenwärtig amtierenden Richter los sind, der ungefähr das Niedrigste ist, was man je in einem Richterrock gesehen hat. Und die Dinge scheinen sich schon zu bewegen, sehen Sie.

Panzerreiter kommen aus dem Hof.

DIE KÖCHIN Die Gnädigste würde dir sogleich die Haare ausreißen, wenn sie nicht wüßte, daß der Azdak für die Niedrigen ist. Er geht nach dem Gesicht.

Zwei Panzerreiter haben begonnen, einen Strick an der Säule zu befestigen. Jetzt wird der Azdak gefesselt hereingeführt. Hinter ihm, ebenfalls gefesselt, Schauwa. Hinter diesem die drei Großbauern.

EIN PANZERREITER Einen Fluchtversuch wolltest du machen, was? *Er schlägt den Azdak.*

EIN GROSSBAUER Den Richterrock herunter, bevor er hochgezogen wird!

Panzerreiter und Großbauern reißen dem Azdak den Richterrock herunter. Seine zerlumpte Unterkleidung wird sichtbar. Dann gibt ihm einer einen Stoß.

PANZERREITER *wirft ihn einem anderen zu:* Willst du einen Haufen Gerechtigkeit? Da ist sie!

Unter Geschrei »Nimm du sie!« und »Ich brauche sie nicht!« werfen sie sich den Azdak zu, bis er zusammenbricht, dann wird er hochgerissen und unter die Schlinge gezerrt.

DIE GOUVERNEURSFRAU *die während des »Ballspiels« hysterisch in die Hände geklatscht hat:* Der Mensch war mir unsympathisch auf den ersten Blick.

AZDAK *blutüberströmt, keuchend:* Ich kann nicht sehn, gebt mir einen Lappen.

PANZERREITER Was willst du denn sehn?

AZDAK Euch, Hunde. *Er wischt sich mit seinem Hemd das Blut aus den Augen.* Gott zum Gruß, Hunde! Wie geht es, Hunde? Wie ist die Hundewelt, stinkt sie gut? Gibt es wieder einen Stiefel zu lecken? Beißt ihr euch wieder selber zu Tode, Hunde?

Ein staubbedeckter Reiter ist mit einem Gefreiten hereingekommen. Aus einem Ledersack hat er Papiere gezogen und durchgesehen. Nun greift er ein.

DER STAUBBEDECKTE REITER Halt, hier ist das Schreiben des Großfürsten, die neuen Ernennungen betreffend.

GEFREITER *brüllt:* Steht still!

Alle stehen still.

DER STAUBBEDECKTE REITER Über den neuen Richter heißt es: Wir ernennen einen Mann, dem die Errettung eines dem Land hochwichtigen Lebens zu danken ist, einen gewissen Azdak in Nukha. Wer ist das?

SCHAUWA *zeigt auf den Azdak:* Da am Galgen, Euer Exzellenz.

GEFREITER *brüllt:* Was geht hier vor?

PANZERREITER Bitte, berichten zu dürfen, daß Seine Gnaden schon Seine Gnaden war und auf Anzeige dieser Großbauern als Feind des Großfürsten bezeichnet wurde.

GEFREITER *auf die Großbauern:* Abführen! *Sie werden abgeführt, gehen mit unaufhörlichen Verneigungen.* Sorgt, daß

Seine Gnaden keine weiteren Belästigungen erfährt. *Ab mit dem staubbedeckten Reiter.*

DIE KÖCHIN *zu Schauwa:* Sie hat in die Hände geklatscht. Hoffentlich hat er es gesehen.

ERSTER ANWALT Es ist eine Katastrophe.

Der Azdak ist ohnmächtig geworden. Er wird herabgeholt, kommt zu sich, wird wieder mit dem Richterrock bekleidet, geht schwankend aus der Gruppe der Panzerreiter.

PANZERREITER Nichts für ungut, Euer Gnaden! – Was wünschen Euer Gnaden?

AZDAK Nichts, meine Mithunde. Einen Stiefel zum Lecken, gelegentlich. *Zu Schauwa:* Ich begnadige dich. *Er wird entfesselt.* Hol mir von dem Roten, Süßen. *Schauwa ab.* Verschwindet, ich hab einen Fall zu behandeln. *Panzerreiter ab. Schauwa zurück mit Kanne Wein. Der Azdak trinkt schwer.* Etwas für meinen Steiß! *Schauwa bringt das Gesetzbuch, legt es auf den Richterstuhl. Der Azdak setzt sich.* Ich nehme!

Die Antlitze der Kläger, unter denen eine besorgte Beratung stattfindet, zeigen ein befreites Lächeln. Ein Tuscheln findet statt.

DIE KÖCHIN Auweh.

SIMON »Ein Brunnen läßt sich nicht mit Tau füllen«, wie man sagt.

DIE ANWÄLTE *nähern sich dem Azdak, der erwartungsvoll aufsteht:* Ein ganz lächerlicher Fall, Euer Gnaden. Die Gegenpartei hat das Kind entführt und weigert sich, es herauszugeben.

AZDAK *hält ihnen die offene Hand hin, nach Grusche blickend:* Eine sehr anziehende Person. *Er fühlt das Geld und setzt sich befriedigt.* Ich eröffne die Verhandlung und bitt mir strikte Wahrhaftigkeit aus. *Zu Grusche:* Besonders von dir.

ERSTER ANWALT Hoher Gerichtshof! Blut, heißt es im Volksmund, ist dicker als Wasser. Diese alte Weisheit..

AZDAK Der Gerichtshof wünscht zu wissen, was das Honorar des Anwalts ist.

ERSTER ANWALT *erstaunt:* Wie belieben? *Der Azdak reibt freundlich Daumen und Zeigefinger.* Ach so! Fünfhundert Piaster, Euer Gnaden, um die ungewöhnliche Frage des Gerichtshofes zu beantworten.

AZDAK Habt ihr zugehört? Die Frage ist ungewöhnlich. Ich frag, weil ich Ihnen ganz anders zuhör, wenn ich weiß, Sie sind gut.

DER ANWALT *verbeugt sich:* Danke, Euer Gnaden. Hoher Gerichtshof! Die Bande des Blutes sind die stärksten aller Bande. Mutter und Kind, gibt es ein innigeres Verhältnis? Kann man einer Mutter ihr Kind entreißen? Hoher Gerichtshof! Sie hat es empfangen in den heiligen Ekstasen der Liebe, sie trug es in ihrem Leibe, speiste es mit ihrem Blute, gebar es mit Schmerzen. Hoher Gerichtshof! Man hat gesehen, wie selbst die rohe Tigerin, beraubt ihrer Jungen, rastlos durch die Gebirge streifte, abgemagert zu einem Schatten. Die Natur selber...

AZDAK *unterbricht, zu Grusche:* Was kannst du dazu und zu allem, was der Herr Anwalt noch zu sagen hat, erwidern?

GRUSCHE Es ist meins.

AZDAK Ist das alles? Ich hoff, du kannst's beweisen. Jedenfalls rat ich dir, daß du mir sagst, warum du glaubst, ich soll dir das Kind zusprechen.

GRUSCHE Ich hab's aufgezogen nach bestem Wissen und Gewissen, ihm immer was zum Essen gefunden. Es hat meistens ein Dach überm Kopf gehabt, und ich hab allerlei Ungemach auf mich genommen seinetwegen, mir auch Ausgaben gemacht. Ich hab nicht auf meine Bequemlichkeit geschaut. Das Kind hab ich angehalten zur Freundlichkeit gegen jedermann und von Anfang an zur Arbeit, so gut es gekonnt hat, es ist noch klein.

ANWALT Euer Gnaden, es ist bezeichnend, daß die Person selber keinerlei Blutsbande zwischen sich und dem Kind geltend macht.

AZDAK Der Gerichtshof nimmt's zur Kenntnis.

ANWALT Danke, Euer Gnaden. Gestatten Sie, daß eine tiefgebeugte Frau, die schon ihren Gatten verlor und nun auch noch fürchten muß, ihr Kind zu verlieren, einige Worte an Sie richtet. Gnädige Natella Abaschwili..

DIE GOUVERNEURSFRAU *leise:* Ein höchst grausames Schicksal, mein Herr, zwingt mich, von Ihnen mein geliebtes Kind zurückzuerbitten. Es ist nicht an mir, Ihnen die Seelenqualen einer beraubten Mutter zu schildern, die Ängste, die schlaflosen Nächte, die...

ZWEITER ANWALT *ausbrechend:* Es ist unerhört, wie man diese Frau behandelt. Man verwehrt ihr den Eintritt in den Palast ihres Mannes, man sperrt ihr die Einkünfte aus den Gütern, man sagt ihr kaltblütig, sie seien an den Erben gebunden, sie kann nichts unternehmen ohne das Kind, sie kann ihre Anwälte nicht bezahlen! *Zu dem ersten Anwalt, der, verzweifelt über seinen Ausbruch, ihm frenetische Gesten macht, zu schweigen:* Lieber Illo Schuboladze, warum soll es nicht ausgesprochen werden, daß es sich schließlich um die Abaschwili-Güter handelt?

ERSTER ANWALT Bitte, verehrter Sandro Oboladze! Wir haben vereinbart.. *Zum Azdak:* Selbstverständlich ist es richtig, daß der Ausgang des Prozesses auch darüber entscheidet, ob unsere Hohe Klientin die Verfügung über die sehr großen Abaschwili-Güter erhält, aber ich sage mit Absicht »auch«, das heißt, im Vordergrund steht die menschliche Tragödie einer Mutter, wie Natella Abaschwili im Eingang ihrer erschütternden Ausführungen mit Recht erwähnt hat. Selbst wenn Michel Abaschwili nicht der Erbe der Güter wäre, wäre er immer noch das heißgeliebte Kind meiner Klientin!

AZDAK Halt! Den Gerichtshof berührt die Erwähnung der Güter als ein Beweis der Menschlichkeit.

ZWEITER ANWALT Danke, Euer Gnaden. Lieber Illo Schuboladze, auf jeden Fall können wir nachweisen, daß die Person, die das Kind an sich gerissen hat, nicht die Mutter des Kindes ist! Gestatten Sie mir, dem Gerichtshof die nackten Tatsachen zu unterbreiten. Das Kind, Michel Abaschwili, wurde durch eine unglückselige Verkettung von Umständen bei der Flucht der Mutter zurückgelassen. Die Grusche, Küchenmädchen im Palast, war an diesem Ostersonntag anwesend und wurde beobachtet, wie sie sich mit dem Kind zu schaffen machte..

DIE KÖCHIN Die Frau hat nur daran gedacht, was für Kleider sie mitnimmt!

ZWEITER ANWALT *unbewegt:* Nahezu ein Jahr später tauchte die Grusche in einem Gebirgsdorf auf mit einem Kind und ging eine Ehe ein mit..

AZDAK Wie bist du in das Gebirgsdorf gekommen?

GRUSCHE Zu Fuß, Euer Gnaden, und es war meines.

SIMON Ich bin der Vater, Euer Gnaden.

DIE KÖCHIN Es war bei mir in Pflege, Euer Gnaden, für fünf Piaster.

ZWEITER ANWALT Der Mann ist der Verlobte der Grusche, Hoher Gerichtshof, und daher in seiner Aussage nicht vertrauenswürdig.

AZDAK Bist du der, den sie im Gebirgsdorf geheiratet hat?

SIMON Nein, Euer Gnaden. Sie hat einen Bauern geheiratet.

AZDAK *winkt Grusche heran:* Warum? *Auf Simon.* Ist er nichts im Bett? Sag die Wahrheit.

GRUSCHE Wir sind nicht soweit gekommen. Ich hab geheiratet wegen dem Kind. Daß es ein Dach über dem Kopf gehabt hat. *Auf Simon.* Er war im Krieg, Euer Gnaden.

AZDAK Und jetzt will er wieder mit dir, wie?

GRUSCHE *zornig:* Ich bin nicht mehr frei, Euer Gnaden.

SIMON Ich möchte zu Protokoll geben..

AZDAK Und das Kind, behauptest du, kommt von der Hurerei? *Da Grusche nicht antwortet.* Ich stell dir eine Frage: was für ein Kind ist es? So ein zerlumpter Straßenbankert oder ein feines aus einer vermögenden Familie?

GRUSCHE *böse:* Es ist ein gewöhnliches.

AZDAK Ich mein: hat es frühzeitig verfeinerte Züge gezeigt?

GRUSCHE Es hat eine Nase im Gesicht gezeigt.

AZDAK Es hat eine Nase im Gesicht gezeigt. Das betracht ich als eine wichtige Antwort von dir. Man erzählt von mir, daß ich vor einem Richterspruch hinausgegangen bin und an einem Rosenstrauch hingerochen hab. Das sind Kunstgriffe, die heut schon nötig sind. Ich werd's jetzt kurz machen und mir eure Lügen nicht weiter anhören *zu Grusche*, besonders die deinen. Ich kann mir denken, was ihr euch *zu der Gruppe der Beklagten* alles zusammengekocht habt, daß ihr mich bescheißt, ich kenn euch. Ihr seid Schwindler.

GRUSCHE *plötzlich:* Ich glaub's Ihnen, daß Sie's kurz machen wollen, nachdem ich gesehen hab, wie Sie genommen haben!

AZDAK Halt's Maul. Hab ich etwa von dir genommen?

GRUSCHE *obwohl die Köchin sie zurückhalten will:* Weil ich nichts hab.

AZDAK Ganz richtig. Von euch Hungerleidern krieg ich nichts, da könnt ich verhungern. Ihr wollt eine Gerechtigkeit, aber wollt ihr zahlen? Wenn ihr zum Fleischer geht, wißt ihr, daß ihr zahlen müßt, aber zum Richter geht ihr wie zum Leichenschmaus.

SIMON *laut:* »Als sie das Roß beschlagen kamen, streckte der Roßkäfer die Beine hin«, heißt es.

AZDAK *nimmt die Herausforderung eifrig auf:* »Besser ein Schatz aus der Jauchegrube als ein Stein aus dem Bergquell.«

SIMON »Ein schöner Tag, wollen wir nicht fischen gehn? sagte der Angler zum Wurm.«

AZDAK »Ich bin mein eigener Herr, sagte der Knecht und schnitt sich den Fuß ab.«

SIMON »Ich liebe euch wie ein Vater, sagte der Zar zu den Bauern und ließ dem Zarewitsch den Kopf abhaun.«

AZDAK »Der ärgste Feind des Narren ist er selber.«

SIMON Aber »der Furz hat keine Nase!«

AZDAK Zehn Piaster Strafe für unanständige Sprache vor Gericht, damit du lernst, was Justiz ist.

GRUSCHE Das ist eine saubere Justiz. Uns verknallst du, weil wir nicht so fein reden können wie die mit ihren Anwälten.

AZDAK So ist es. Ihr seid zu blöd. Es ist nur recht, daß ihr's auf den Deckel kriegt.

GRUSCHE Weil du der da das Kind zuschieben willst, wo sie viel zu fein ist, als daß sie je gewußt hat, wie sie es trockenlegt! Du weißt nicht mehr von Justiz, als ich weiß, das merk dir.

AZDAK Da ist was dran. Ich bin ein unwissender Mensch, ich habe keine ganze Hose unter meinem Richterrock, schau selber. Es geht alles in Essen und Trinken bei mir, ich bin in einer Klosterschul erzogen. Ich nehm übrigens auch dich in Straf mit zehn Piaster für Beleidigung des Gerichtshofs. Und außerdem bist du eine ganz dumme Person, daß du mich gegen dich einnimmst, statt daß du mir schöne Augen machst und ein bissel den Hintern drehst, so daß ich günstig gestimmt bin. Zwanzig Piaster.

GRUSCHE Und wenn's dreißig werden, ich sag dir, was ich von deiner Gerechtigkeit halt, du besoffene Zwiebel. Wie kannst du dich unterstehn und mit mir reden wie der gesprungene Jessajah auf dem Kirchenfenster als ein Herr? Wie sie dich aus deiner Mutter gezogen haben, war's nicht geplant, daß du ihr eins auf die Finger gibst, wenn sie sich ein Schälchen Hirse nimmt irgendwo, und schämst dich nicht, wenn du siehst, daß ich vor dir zitter? Aber du hast dich zu ihrem Knecht machen lassen, daß man ihnen nicht die Häuser wegträgt, weil sie die gestohlen haben; seit wann gehören die Häuser den Wanzen? Aber du paßt auf, sonst könnten sie uns nicht die Männer in ihre Kriege schleppen, du Verkaufter.

Der Azdak hat sich erhoben. Er beginnt zu strahlen. Mit seinem kleinen Hammer klopft er auf den Tisch, halbherzig, wie um Ruhe herzustellen, aber wenn die Schimpferei der Grusche fortschreitet, schlägt er ihr nur noch den Takt.

GRUSCHE Ich hab keinen Respekt vor dir. Nicht mehr als vor einem Dieb und Raubmörder mit einem Messer, er macht, was er will. Du kannst mir das Kind wegnehmen, hundert gegen eins, aber ich sag dir eins: zu einem Beruf wie dem deinen sollt man nur Kinderschänder und Wucherer auswählen zur Strafe, daß sie über ihren Mitmenschen sitzen müssen, was schlimmer ist, als am Galgen hängen.

AZDAK *setzt sich:* Jetzt sind's dreißig, und ich rauf mich nicht weiter mit dir herum wie im Weinhaus, wo käm meine richterliche Würde hin, ich hab überhaupt die Lust verloren an deinem Fall. Wo sind die zwei, die geschieden werden wollen? *Zu Schauwa:* Bring sie herein. Diesen Fall setz ich aus für eine Viertelstunde.

ERSTER ANWALT *während Schauwa geht:* Wenn wir gar nichts mehr vorbringen, haben wir das Urteil im Sack, gnädige Frau.

DIE KÖCHIN *zu Grusche:* Du hast dir's verdorben mir ihm. Jetzt spricht er dir das Kind ab.

DIE GOUVERNEURSFRAU Shalva, mein Riechfläschchen.

Herein kommt ein sehr altes Ehepaar.

AZDAK Ich nehm. *Die Alten verstehen nicht.* Ich hör, ihr wollt geschieden werden. Wie lang seid ihr schon zusammen?

DIE ALTE Vierzig Jahr, Euer Gnaden.

AZDAK Und warum wollt ihr geschieden werden?

DER ALTE Wir sind uns nicht sympathisch, Euer Gnaden.

AZDAK Seit wann?

DIE ALTE Seit immer, Euer Gnaden.

AZDAK Ich werd mir euern Wunsch überlegen und mein Urteil sprechen, wenn ich mit dem andern Fall fertig bin. *Schauwa führt sie in den Hintergrund.* Ich brauch das Kind. *Winkt Grusche zu sich und beugt sich zu ihr, nicht unfreundlich.* Ich hab gesehen, daß du was für Gerechtigkeit übrig hast. Ich glaub dir nicht, daß es dein Kind ist, aber wenn es deines wär,

Frau, würdest du da nicht wollen, es soll reich sein? Da müßtest du doch nur sagen, es ist nicht deins. Und sogleich hätt es einen Palast und hätte die vielen Pferde an seiner Krippe und die vielen Bettler an seiner Schwelle, die vielen Soldaten in seinem Dienst und die vielen Bittsteller in seinem Hofe, nicht? Was antwortest du mir da? Willst du's nicht reich haben?

Grusche schweigt.

DER SÄNGER Hört nun, was die Zornige dachte, nicht sagte. *Er singt:*

Ginge es in goldnen Schuhn
Träte es mir auf die Schwachen
Und es müßte Böses tun
Und könnte mir lachen.

Ach, zum Tragen, spät und frühe
Ist zu schwer ein Herz aus Stein
Denn es macht zu große Mühe
Mächtig tun und böse sein.

Wird es müssen den Hunger fürchten
Aber die Hungrigen nicht!
Wird es müssen die Finsternis fürchten
Aber nicht das Licht.

AZDAK Ich glaub, ich versteh dich, Frau.

GRUSCHE Ich geb's nicht mehr her. Ich hab's aufgezogen, und es kennt mich.

Schauwa führt das Kind herein.

DIE GOUVERNEURSFRAU In Lumpen geht es.

GRUSCHE Das ist nicht wahr. Man hat mir nicht die Zeit gegeben, daß ich ihm sein gutes Hemd anzieh.

DIE GOUVERNEURSFRAU In einem Schweinekoben war es!

GRUSCHE *aufgebracht:* Ich bin kein Schwein, aber da gibt's andere. Wo hast du dein Kind gelassen?

DIE GOUVERNEURSFRAU Ich werd's dir geben, du vulgäre Person. *Sie will sich auf Grusche stürzen, wird aber von den Anwälten zurückgehalten.* Das ist eine Verbrecherin. Sie muß ausgepeitscht werden, sofort.

DER ZWEITE ANWALT *hält ihr den Mund zu:* Gnädigste Natella Abaschwili! Sie haben versprochen.. Euer Gnaden, die Nerven der Klägerin...

AZDAK Klägerin und Angeklagte! Der Gerichtshof hat euren Fall angehört und hat keine Klarheit gewonnen, wer die wirkliche Mutter dieses Kindes ist. Ich als Richter hab die Verpflichtung, daß ich für das Kind eine Mutter aussuch. Ich werd eine Probe machen. Schauwa, nimm ein Stück Kreide. Zieh einen Kreis auf den Boden. *Schauwa zieht einen Kreis mit Kreide auf den Boden.* Stell das Kind hinein! *Schauwa stellt Michel, der Grusche zulächelt, in den Kreis.* Klägerin und Angeklagte, stellt euch neben den Kreis, beide! *Die Gouverneursfrau und Grusche treten neben den Kreis.* Faßt das Kind bei der Hand. Die richtige Mutter wird die Kraft haben, das Kind aus dem Kreis zu sich zu ziehen.

ZWEITER ANWALT *schnell:* Hoher Gerichtshof, ich erhebe Einspruch, daß das Schicksal der großen Abaschwili-Güter, die an das Kind als Erben gebunden sind, von einem so zweifelhaften Zweikampf abhängen soll. Dazu kommt: Meine Mandantin verfügt nicht über die gleichen Kräfte wie diese Person, die gewohnt ist, körperliche Arbeit zu verrichten.

AZDAK Sie kommt mir gut genährt vor. Zieht!

Die Gouverneursfrau zieht das Kind zu sich herüber aus dem Kreis. Grusche hat es losgelassen, sie steht entgeistert.

DER ERSTE ANWALT *beglückwünscht die Gouverneursfrau:* Was hab ich gesagt? Blutsbande!

AZDAK *zu Grusche:* Was ist mir dir? Du hast nicht gezogen.

GRUSCHE Ich hab's nicht festgehalten. *Sie läuft zu Azdak.* Euer Gnaden, ich nehm zurück, was ich gegen Sie gesagt hab, ich bitt Sie um Vergebung. Wenn ich's nur behalten könnt, bis es alle Wörter kann. Es kann erst ein paar.

AZDAK Beeinfluß nicht den Gerichtshof! Ich wett, du kannst selber nur zwanzig. Gut, ich mach die Probe noch einmal, daß ich's endgültig hab. Zieht!

Die beiden Frauen stellen sich noch einmal auf. Wieder läßt Grusche das Kind los.

GRUSCHE *verzweifelt:* Ich hab's aufgezogen! Soll ich's zerreißen? Ich kann's nicht.

AZDAK *steht auf:* Und damit hat der Gerichtshof festgestellt, wer die wahre Mutter ist. *Zu Grusche:* Nimm dein Kind und bring's weg. Ich rat dir, bleib nicht in der Stadt mit ihm. *Zur Gouverneursfrau:* Und du verschwind, bevor ich dich wegen Betrug verurteil. Die Güter fallen an die Stadt, damit ein Garten für die Kinder draus gemacht wird, sie brauchen ihn, und ich bestimm, daß er nach mir »Der Garten des Azdak« heißt.

Die Gouverneursfrau ist ohnmächtig geworden und wird vom Adjutanten weggeführt, während die Anwälte schon vorher gegangen sind. Grusche steht ohne Bewegung. Schauwa führt ihr das Kind zu.

AZDAK Denn ich leg den Richterrock ab, weil er mir zu heiß geworden ist. Ich mach keinem den Helden. Aber ich lad euch noch ein zu einem kleinen Tanzvergnügen, auf der Wiese draußen, zum Abschied. Ja, fast hätt ich noch was vergessen in meinem Rausch. Nämlich, daß ich die Scheidung vollzieh. *Den Richterstuhl als Tisch benutzend, schreibt er etwas auf ein Papier und will weggehen. Die Tanzmusik hat begonnen.*

SCHAUWA *hat das Papier gelesen:* Aber das ist nicht richtig. Sie haben nicht die zwei Alten geschieden, sondern die Grusche von ihrem Mann.

AZDAK Hab ich die Falschen geschieden? Das tät mir leid, aber es bleibt dabei, zurück nehm ich nichts, das wäre keine Ordnung. Ich lad euch dafür zu meinem Fest ein, zu einem Tanz werdet ihr euch noch gut genug sein. *Zu Grusche und Simon:* Und von euch krieg ich vierzig Piaster zusammen.

SIMON *zieht seinen Beutel:* Das ist billig, Euer Gnaden. Und besten Dank.

AZDAK *steckt das Geld ein:* Ich werd's brauchen.

GRUSCHE Da gehen wir besser heut nacht noch aus der Stadt, was, Michel? *Zu Simon:* Gefällt er dir?

SIMON Melde gehorsamst, daß er mir gefällt.

GRUSCHE Und jetzt sag ich dir's: Ich hab ihn genommen, weil ich mich dir verlobt hab an diesem Ostertag. Und so ist's ein Kind der Liebe. Michel, wir tanzen.

Sie tanzt mit Michel. Simon faßt die Köchin und tanzt mit ihr. Auch die beiden Alten tanzen. Der Azdak steht in Gedanken. Die Tanzenden verdecken ihn bald. Mitunter sieht man ihn wieder, immer seltener, als mehr Paare hereinkommen und tanzen.

DER SÄNGER
Und nach diesem Abend verschwand der Azdak und
ward nicht mehr gesehen.
Aber das Volk Grusiniens vergaß ihn nicht und
gedachte noch
Lange seiner Richterzeit als einer kurzen
Goldenen Zeit beinah der Gerechtigkeit.
Die Tanzenden tanzen hinaus. Der Azdak ist verschwunden.
Ihr aber, Ihr Zuhörer
Der Geschichte vom Kreidekreis, nehmt zur Kenntnis
die Meinung
Der Alten, daß da gehören soll, was da ist
Denen, die für es gut sind, also
Die Kinder den Mütterlichen, damit sie gedeihen
Die Wagen den guten Fahrern, damit gut gefahren wird
Und das Tal den Bewässerern, damit es Frucht bringt.
Musik.

ANHANG

Vorspiel der ersten Fassung (1944)

Vorspiel

Auf dem öffentlichen Platz eines kaukasischen Marktfleckens sitzen im Kreis, weintrinkend und rauchend, die Bauern und Traktoristen zweier Kolchosdörfer, unter ihnen ein Delegierter der Plankommission aus der Hauptstadt, ein Mann in einer Lederjoppe. Man hört ein großes Gelächter.

DER DELEGIERTE *versucht, sich Gehör zu verschaffen:* Zum Protokoll, Genossen!

EIN ALTER BAUER *stehend:* Das ist zu früh, ich stimme dagegen, die Frage ist nicht genügend durchgesprochen, ich protestiere vom wissenschaftlichen Standpunkt aus.

FRAUENSTIMME *von rechts:* Nicht genügend durchgesprochen? Die Diskussion dauert jetzt schon zehn Stunden.

DER ALTE BAUER Und was ist das, Tamara Oboladze? Wir haben noch vier Stunden.

EIN SOLDAT Richtig. Schäm dich, Tamara. Wer wird vom Essen aufstehen, wenn noch ein viertel Kalb in der Schüssel liegt? Wer begnügt sich mit zehn Stunden Diskussion, wenn er vierzehn Stunden haben kann?

EIN JUNGES MÄDCHEN Mit Kain und Abel sind wir durch, aber von Adam und Eva ist überhaupt noch nicht gesprochen worden!

Gelächter.

DER DELEGIERTE Genossen, mir raucht der Kopf. *Stöhnt.* Diese verwickelte Geschichte der Ziegenzucht auf wissenschaftlicher Basis, diese erläuternden Beispiele, diese kunstvollen Anspielungen, zusammen mit dem vielen Ziegenkäse und den unzähligen Krügen Wein! Wie wäre es mit einem abschließenden Protokoll, Genossen?

EIN TRAKTORIST *entschlossen:* Auch die größten Vergnügungen müssen einmal ein Ende haben. Wer für den Abschluß der Diskussion ist, die Hand heben!

Die Mehrzahl hebt die Hand.

DER TRAKTORIST Abschluß beschlossen. Zum Protokoll!

DER DELEGIERTE Es handelt sich also um *er beginnt, in sein Taschenbuch zu schreiben* den Konflikt der zwei Kolchosdörfer »Rosa Luxemburg« und »Galinsk« wegen eines Tales mit spärlichem Graswuchs, gelegen zwischen den Dörfern, gehörend dem Dorfkolchos »Rosa Luxemburg« *zu denen links von ihm,* also euch, und beansprucht vom Dorfkolchos »Galinsk«, das *zu denen rechts* seid ihr.

DER ALTE Schreiben Sie auf: daß wir das Tal ebenso wie einige andere Täler als Weideland für unsere Ziegenzucht brauchen und das Tal unserm Dorf seit jeher gehört hat.

Klatschen links.

EIN BAUER RECHTS Was heißt »seit jeher«? Niemandem gehört nichts seit jeher. Nicht einmal du gehörst dir seit jeher. Vor 25 Jahren hast du noch dem Großfürsten gehört, Chachava. *Klatschen rechts.*

DER DELEGIERTE Warum nicht sagen: daß das Tal euch jetzt gehört?

DER BAUER RECHTS Und zu dem Punkt, daß ihr es für eure Ziegen braucht, muß hinzugefügt werden, daß ihr eine kleine halbe Stunde weiter genug anderes Weideland habt.

EINE FRAU LINKS Für das Protokoll: Bei einer halben Stunde Weges täglich geben die Ziegen weniger Milch.

DER DELEGIERTE Bitte, fangt nicht wieder von vorne an. Die Regierung könnte euch beim Bau neuer Stallungen am Ort behilflich sein.

DER ALTE LINKS Ich möchte dir *zu dem Bauern rechts* eine kleine private Frage vorlegen: Hat dir unser Ziegenkäse geschmeckt oder nicht? *Da dieser nicht gleich antwortet.* Haben dir die vier, fünf Pfund, die du verdrückt hast, geschmeckt oder nicht? Ich bitte um Antwort.

DER BAUER RECHTS Die Antwort ist: ja. So was?

DER ALTE *triumphierend:* Und weiß der Genosse vielleicht, warum ihm der Ziegenkäse geschmeckt hat? *Kunstpause.* Weil unsern Ziegen das Gras in ebendiesem Tal geschmeckt hat! Warum ist Käse nicht Käse, so was? Weil Gras nicht einfach Gras ist. *Zum Delegierten:* Bitte, das zu Protokoll zu nehmen.

Lachen und Klatschen rechts.

DER DELEGIERTE Genossen, so kommen wir nicht weiter.

DER BAUER RECHTS Schreiben Sie doch einfach nieder, warum wir glauben, daß das Tal uns zugesprochen werden soll. Notieren Sie unser sachverständiges Gutachten über das Bewässerungsprojekt und lassen Sie dann die Plankommission entscheiden.

DER DELEGIERTE Genossin Agronomin!

Rechts steht ein junges Mädchen auf.

NATASCHA Schreiben Sie, Genosse: Nina Meladze, Agronomin und Ingenieurin.

DER DELEGIERTE Ihr Heimatdorf Galinsk hat Sie auf die technische Schule in Tiflis geschickt, um Sie studieren zu lassen, nicht? *Sie nickt.* Und Sie haben für den Kolchos, zurückgekehrt, ein Projekt ausgearbeitet?

NATASCHA Eine Bewässerungsanlage. Vermittels eines Staudamms an unserm Bergsee können 2000 Werst unfruchtbaren Bodens bewässert werden. Unser Kolchos könnte dann dort Obst und Wein pflanzen. Das Projekt lohnt sich nur, wenn auch das strittige Tal einbezogen werden könnte. Der Ertrag des Bodens würde um das Sechzigfache gesteigert werden. *Klatschen rechts.* Hier sind die Berechnungen, Genosse. *Sie überreicht ihm eine Mappe.*

DER ALTE VON LINKS *unruhig:* Schreiben Sie dazu, daß unser Kolchos beabsichtigt, eine Pferdezucht aufzumachen, ja?

DER DELEGIERTE Gerne. Ich glaube, jetzt habe ich alles. Erlaubt mir noch eine Anregung, Genossen. Ich würde mit besonderer Genugtuung meinem Bericht hier hinzufügen, daß die beiden Kolchosen selbst zu einer Einigung gekommen sind, nachdem alle Argumente heute, am Sonntag, dem 7. Juni 1934, vorgebracht wurden. Wie ist es damit?

Allgemeines Schweigen.

DER ALTE VON LINKS *verlegen:* Es kommt darauf an, wem das Tal gehört. Warum nicht noch ein wenig zusammen trinken und diskutieren? Wir haben noch ein paar Stunden …

DER BAUER VON RECHTS Gut, schieben wir die Entscheidung über diesen Nachsatz noch ein wenig hinaus, aber schließen wir, wie beschlossen, die Diskussion, besonders weil sie uns beim Trinken hindert, wie, Genossen?

Gelächter.

STIMMEN Ja, Schluß der Diskussion. Wie wäre es mit etwas Musik?

EINE FRAU Es ist geplant gewesen, zum Abschluß des Besuchs des Delegierten der Plankommission den Sänger Arkadi Tscheidse zu hören. Es ist schon mit ihm darüber gesprochen worden.

Während sie sprach, ist ein junges Mädchen weggelaufen, den Sänger zu holen.

DER DELEGIERTE Das wäre interessant. Vielen Dank, Genossen.

DER ALTE VON LINKS Aber es ist eine Ablenkung, Genossen.

DIE FRAU VON RECHTS Nicht ganz. Er ist heute morgen eingetroffen und hat versprochen, etwas vorzutragen, was zu unserer Diskussion in Beziehung steht.

DER ALTE VON LINKS Das wäre etwas anderes. Er soll nicht schlecht sein.

DER BAUER VON RECHTS *zum Delegierten:* Wir haben dreimal um ihn nach Tiflis telegraphiert. In der letzten Minute wäre es beinahe noch daran gescheitert, daß sein Schofför erkältet war.

DIE FRAU VON RECHTS Er kennt 21000 Verse.

DER BAUER VON RECHTS Man kann ihn nur sehr schwer bekommen. Ihr in der Plankommission solltet euch darum kümmern, daß man ihn öfter in den Norden heraufbekommt, Genosse.

DER DELEGIERTE Ich fürchte, wir befassen uns mehr mit Ökonomie.

DER BAUER VON RECHTS *lächelnd:* Ihr bringt Ordnung in die Verteilung von Weinreben und Traktoren, warum nicht von Gesängen? Aber hier kommt er.

Von dem jungen Mädchen geführt, tritt der Sänger Arkadi Tscheidse, ein stämmiger Mann von einfachem Wesen, in den Kreis. Mit ihm sind vier Musiker mit ihren Instrumenten. Die Künstler werden mit Klatschen begrüßt.

DAS JUNGE MÄDCHEN *stellt vor:* Das ist der Genosse Delegierte, Arkadi.

DER DELEGIERTE *ihm die Hand schüttelnd:* Es ehrt mich sehr, Ihre Bekanntschaft zu machen. Ich habe von Ihren Gesängen schon auf der Schulbank in Moskau gehört. Wird es eine der alten Sagen sein?

DER SÄNGER Eine sehr alte. Sie heißt »Der Kreidekreis« und stammt aus dem Chinesischen. Wir tragen sie freilich in ziemlich geänderter Form vor. Genossen, es ist eine Ehre für mich, euch zu unterhalten nach einem Tag schwieriger Debatten. Wir hoffen, ihr werdet finden, daß die Stimme des alten Dichters im Schatten der Sowjettraktoren nicht schlecht klingt. Verschiedene Weine zu mischen mag falsch sein, aber alte und neue Weisheit mischen sich ausgezeichnet. Nun, ich denke, wir alle bekommen erst zu essen, bevor der Vortrag beginnt? Das hilft nämlich.

STIMMEN Gewiß. Kommt alle ins Klubhaus.

Während des Aufbruchs wendet sich der Delegierte an das junge Mädchen.

DER DELEGIERTE Hoffentlich wird es nicht zu spät. Ich muß nachts noch auf den Heimweg, Genossin.

DAS JUNGE MÄDCHEN *zum Sänger:* Wie lang wird es dauern, Arkadi? Der Genosse Delegierte muß noch nachts zurück nach Tiflis.

DER SÄNGER *beiläufig:* Ein paar Stunden.

DAS JUNGE MÄDCHEN *sehr vertraulich:* Könntet ihr es nicht kürzer machen?

DER SÄNGER *ernst:* Nein.

STIMME Der Vortrag Arkadi Tscheidses findet nach dem Essen hier auf dem Platz statt.

Alle gehen zum Essen.

Nachspiel (1944)

NACHSPIEL

(Ad libitum)

Der Kreis der zuhörenden Mitglieder der beiden Kolchosdörfer taucht auf. Man klatscht höflich.

BÄUERIN RECHTS Arkadi Tscheidse, listiger Mensch, du Verbündeter der Talräuber, wie kannst du uns vom Kolchos »Rosa Luxemburg« mit Leuten wie deiner Natella Abaschwili vergleichen, nur weil wir nicht ohne weiteres unser Tal hergeben wollen?

SOLDAT LINKS *zum Alten von rechts, der aufgestanden ist:* Wonach schaust du aus, Genosse?

DER ALTE RECHTS Laßt mich wenigstens anschauen, was ich hergeben soll. Ich werde es nicht mehr sehen können.

DIE BÄUERIN LINKS Warum nicht? Du wirst uns besuchen kommen.

DER ALTE RECHTS Dann werde ich es vielleicht nicht mehr wiedererkennen.

KATO, DIE AGRONOMIN Du wirst einen Garten sehen.

DER ALTE RECHTS *beginnt zu lächeln:* Gnade euch Gott, wenn es nicht ein Garten ist.

Alle stehen jubelnd auf und umringen ihn.

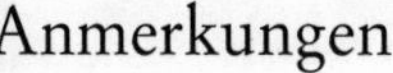

Anmerkungen

1932 berichtet Brecht dem sowjetischen Schriftsteller Sergej Tretjakow von seinem Plan, in Berlin ein Panoptikumtheater zu gründen, in dem er interessante Gerichtsverfahren von der Antike bis zur Gegenwart auf die Bühne bringen will. 1933 greift während des Reichstagsbrandprozesses (den Brecht aufmerksam verfolgt) der Hauptangeklagte Georgi Dimitroff den Fall Galileis als Parallele zum aktuellen Geschehen auf; in seinem Schlußplädoyer wendet er sich mit dem Galilei zugeschriebenen Ausspruch »Und sie bewegt sich doch!« anklagend an die Richter, denen es wie den einstigen Inquisitoren nicht gelingen werde, den Sieg der Wahrheit aufzuhalten. Im November 1937 setzt Brecht in seiner *Rede über die Widerstandskraft der Vernunft* (Band 6) sich mit der Situation der Wissenschaftler im faschistischen Deutschland auseinander, ebenso im Frühjahr 1938 in der Szene *Physiker 1935* zu *Furcht und Elend des III. Reiches* (Band 1). Seine Überlegungen stehen mit jener Strategie des antifaschistischen Widerstands in Einklang, die Dimitroff auf dem VII. Weltkongreß der Kommunistischen Internationale 1935 als Taktik des Trojanischen Pferdes beschrieben hat. In seiner 1934/35 verfaßten Schrift *Fünf Schwierigkeiten beim Schreiben der Wahrheit* (Band 6) empfiehlt Brecht Schriftstellern, ihre »Propaganda für das Denken« in scheinbar harmlose Geschichten zu kleiden: »Die Vorkämpfer der Wahrheit können sich Kampfplätze auswählen, die verhältnismäßig unbeobachtet sind. Alles kommt darauf an, daß ein richtiges Denken gelehrt wird, ein Denken, das alle Dinge und Vorgänge nach ihrer vergänglichen und veränderbaren Seite fragt.« In diesem Sinne behandelt Brecht die vorgeblich unverfänglichen gesellschaftlichen Ereignisse im 17. Jahrhundert, die zur Verurteilung Galileis geführt haben, als Präzedenzfall, an dem kämpferisches Verhalten unter einer Diktatur demonstriert werden kann.

Erste Gliederungsskizzen, Fabel- und Szenenentwürfe entstehen zwischen Frühjahr und Herbst 1938. Ins Zentrum der Szenen rücken der Kampf um Wahrheit und Vernunft sowie die Bedeutung der Wissenschaft für den gesellschaftlichen Fortschritt. Brecht stellt den Gedanken der Renaissance vom Beginn eines neuen Zeitalters der Situation in Deutschland gegenüber und zieht Parallelen zum antifaschistischen Widerstandskampf. In einem als *Fassung für Arbeiter* konzipierten Stückplan tritt der Lehrstück-Aspekt hinter einer stärkeren Orientierung auf die Biographie des Wissenschaftlers Galilei zurück. In ausgedehnten Literaturstudien beschäftigt sich Brecht mit den historischen Fakten, die er aus Emil Wohlwills Biographie *Galilei und sein Kampf für die copernicanische Lehre* (2 Bände, 1909 und 1926) und Leonardo Olschkis *Galilei und seine Zeit* (1927) bezieht. Neben den Satiren von Horaz benutzt er die Werke zweier Zeitgenossen Galileis: Michel de

Montaignes und Francis Bacons. Für die Darstellung physikalischer und astronomischer Probleme (über die er sich auch mit Christian Møller, einem Assistenten des dänischen Physikers und Nobelpreisträgers Niels Bohr, berät) zieht Brecht A. S. Eddingtons *Das Weltbild der Physik und ein Versuch seiner philosophischen Deutung* (1931), James Jeans' *Die Wunderwelt der Sterne* (1930) und eine Schrift des französischen Astronomen Henri Mineur heran. Von Galileo Galileis Werken liest er *Unterredungen und mathematische Demonstrationen über zwei neue Wissenszweige, die Mechanik und die Fallgesetze betreffend*. Über Kontakte zum Kopenhagener Bohr-Institut erhält Brecht wahrscheinlich Hinweise auf Experimente zur Atomkernspaltung, die in dieser Zeit von verschiedenen Ländern durchgeführt werden.

Der letzte Anstoß für die Ausarbeitung des Stücks kommt von dem Schriftsteller Ferdinand Reyher, der Brecht Anfang November 1938 vorschlägt, ein Exposé zu einem Film mit diesem Stoff zu schreiben; möglicherweise ließe sich in den USA ein Produzent dafür finden. Margarete Steffin berichtet Walter Benjamin am 17. November 1938 über den Fortgang der Arbeit: »Brecht fing vor zehn Tagen an, den Galilei, der ihm ja schon länger im Kopf spukte, herunterzudramatisieren, er hat jetzt von vierzehn Szenen bereits neun fertig.« Statt eines Filmexposés entsteht jedoch ein Theatertext. Bedingt durch die Tatsache, daß sich die technische Intelligenz, die in dem *Galilei*-Stück besonders angesprochen wird, inzwischen fast vollständig in Hitlers Aufrüstungsprogramm hat integrieren lassen und daß Großbritannien und Frankreich keinen Widerstand gegen Hitlers Annexionspläne geleistet haben, wird aus dem Galilei der ersten Entwürfe eine differenzierte Figur. Sie besteht ihre Kämpfe um Wahrheit und Vernunft nicht mehr in überlegener Taktik, sie ist trotz Widerstand am Ende geschlagen, aber dennoch nicht besiegt. Am 23. November schließt Brecht die erste Niederschrift unter dem Titel *Die Erde bewegt sich* ab.

Unmittelbar danach geht er mit Margarete Steffin, die er gegenüber Piscator als Mitarbeiterin am *Galilei* nennt, an die Überarbeitung des Textes. In den ersten beiden, bis Februar 1939 dauernden Korrekturstufen werden Veränderungen an einzelnen Szenen vorgenommen und der Handlungsspielraum verschiedener Figuren erweitert. Sie dienen der schlüssigeren dramaturgischen Verknüpfung einzelner Vorgänge, der individuellen Anreicherung von Figuren, der stärkeren Poetisierung in der Behandlung physikalischer Fakten und der weiteren sprachlichen Ausformung des Textes. Abschriften der Korrekturstufen unter dem Titel *Leben des Galilei* gehen bereits Freunden, Übersetzern und Verlegern zu. Ende Februar korrigiert Brecht noch einmal die von Steffin geschriebenen Wachsmatrizen, im März 1939 fertigen Steffin und Helene Weigel davon Abzüge an. Sie werden in die USA an Hanns Eisler, Albert Einstein, Karl Korsch, Elisabeth Hauptmann, die Schauspieler Fritz Kortner und Alexander Granach, die Regisseure Mordecai Gorelik und Erwin Piscator, die Schriftsteller Ferdinand Reyher und Curt Riess verschickt. In Frankreich bekommen der Regisseur Slatan Dudow, der Übersetzer Pierre Abraham, Ernst Josef Aufricht, Lion Feuchtwanger, Walter Benjamin und der Rechtsanwalt Martin Domke das Stück, in Schweden die Schauspielerin Naima Wifstrand, in der Schweiz Gustav Hartung vom Stadttheater Basel und Heinrich Gretler vom Zürcher Schauspielhaus. In der Sowjetunion, wohin ein weiteres Exemplar geht, wird das Stück am 18. August 1939 in *Sowjetski Iskustwo* ausführlich rezensiert. Der Entschluß, zu dieser Art Selbstvertrieb zu greifen, weist auf die Schwierigkeiten Brechts hin, Verlage für die Veröffentlichung oder Theater für eine Aufführung zu interessieren. Hinzu kommt, daß der in Prag zum Druck vorbereitete 3. Band der *Gesammelten Werke*, der den *Galilei* enthalten sollte, wegen der Annexion der Tschechoslowakei nicht mehr erscheinen kann.

In Dänemark wird *Leben des Galilei* Anfang Januar 1939 der Theateragentur Carl Strakosch angeboten, nachdem der dänische Journalist Knud Rasmussen in engem Kontakt mit Steffin und Brecht Teile des Stücks übersetzt hat. Aufgrund einer Indiskretion Rasmussens kündigt *Fyns Venstreblad* am 4. Januar in einem großen Artikel an, daß Brechts neues Stück aus dem Zeitalter der Inquisition sicher gegenwärtige Verhältnisse ansprechen wird – sehr zum Ärger Brechts, der gehofft hat, das Stück in Kopenhagen anonym unterbringen zu können.

Im September 1939 kürzen Brecht und Steffin für eine Bühnenfassung den Text um 15½ Seiten, stellen Passagen innerhalb von Szenen um, straffen den Schluß und tauschen die Pestszene gegen das Gespräch zwischen dem Dogen und Kardinal Bellarmin aus.

Unter dem Titel *Galileo Galilei* wird das Stück am 9. September 1943 im Schauspielhaus Zürich uraufgeführt. Regisseur Leonard Steckel, der zugleich die Hauptrolle übernimmt, hat vor allem die aktuellen Bezugspunkte für die Auseinandersetzung mit dem Faschismus herausgearbeitet und weniger ein historisches als ein philosophisches Drama auf die Bühne gebracht. Die Vielschichtigkeit des Galilei, seine Genußsucht im Materiellen wie im Denken, seine Fähigkeit als Lehrer, komplizierte astronomische und physikalische Probleme auf einfachste Weise erläutern zu können, all das tritt in Steckels Interpretation in den Hintergrund. Insbesondere seiner Darstellungsweise gilt der anhaltend lange Premierenbeifall, die Inszenierung wird ein großer Erfolg. Wie sehr sie sich auch von Brechts Vorstellungen für die Darbietung des *Galilei* unterschieden haben mag, diese Fähigkeit, der Verführung zum Genialen, Erhabenen und Tragischen nicht zu erliegen, war ausschlaggebend für die positive Resonanz. Brecht-Kenner in Zürich waren erstaunt: Sie hatten eher Szenen mit stark antithetischem Charakter, ein Stück mit Songs und demonstrativen Ansprachen an das Publikum, erwartet als diese dramatische Biographie, die das Stück im gewohnten Ablauf einer durchgehenden Handlung beließ.

Als im April 1944 der Produzent und Regisseur Jed Harris *Leben des Galilei* aufführen möchte, sieht Brecht im kalifornischen Exil das Stück mit dem Abstand von fünf Jahren seit Fertigstellung der ersten Fassung durch. Erneut setzt er sich mit der Bewertung von Galileis Widerruf auseinander, einer Frage, die bereits 1938 im Gespräch mit Christian Möller in Dänemark eine Rolle gespielt hatte. Möller verteidigte Galileis Haltung mit dem Argument, dieser habe nur widerrufen, um sein Lebenswerk als Physiker vollenden zu können. Brecht hatte sich damals gegen diese vereinfachende Sicht gewehrt und auf die Schädigung des gesellschaftlichen Fortschritts durch Galileis falsche Entscheidung hingewiesen. Nun untersucht er noch einmal die Motive und unterschiedlichen gesellschaftlichen Interessen an Galileis wissenschaftlichen Entdeckungen, die für die kirchliche Obrigkeit, für das Volk und für Galilei selbst in Betracht gezogen werden müssen. Einige Monate später beginnt die Arbeit an der zweiten Fassung, für die die Begegnung mit dem britischen Schauspieler Charles Laughton ausschlaggebend wird. Laughton liest die dänische Fassung in Elisabeth Hauptmanns fast wörtlicher Übertragung ins Englische und ist begeistert. Er beauftragt zwei junge Autoren, Brainerd Duffield und Emerson Crocker, auf seine Kosten einen spielbaren englischen Text herzustellen. Ende November 1944 liegt die mehrfach veränderte Übersetzung vervielfältigt vor, die Brecht aber nicht zufriedenstellt. Im Dezember beginnt auf der Grundlage der dänischen Fassung von 1938/39 die gemeinsame Arbeit mit Laughton. Da dieser kein Deutsch versteht, spielt Brecht ihm jede Szene stückchenweise teils mit englischen, teils mit deutschen Worten vor, bis dieser, das von Brecht Gezeigte nachspielend, eine Textvariante gefunden hat, die dem Gestus des jeweiligen Szenenabschnitts entspricht. »Das Resultat schrieb er [Laughton] Satz für Satz handschriftlich nieder. Einige Sätze, viele, trug er tagelang mit sich herum, sie immerfort ändernd. Die Methode des Vor- und Nachspielens hatte einen unschätzbaren Vorzug darin, daß psychologische Diskussionen nahezu gänzlich vermieden wurden«, berichtet Brecht in *Aufbau einer Rolle. Laughtons Galilei* (GBA 25).

Bei dieser englischsprachigen Fassung handelt es sich um den in Literatur und Theatergeschichte äußerst seltenen Fall, daß der Autor in einer ihm fremden Sprache mit seinem Hauptdarsteller auf der Grundlage einer vorhandenen Fabel und eines bereits geschriebenen Stückes einen neuen Text erarbeitet, Fabel und Szenen verändert. Nicht der Text wird auf seine Spielbarkeit überprüft, sondern das gemeinsam Geprüfte wird als Text fixiert. Es entsteht eine englische Bühnensprache, die die Griffigkeit und Präzision des Einfachen der dänischen Fassung beibehält und eine eigene ausgeprägte Charakteristik gewinnt, ohne sich von der englischen Alltagssprache auffallend zu entfernen. Sie enthält sich alles Überflüssigen, ist poetisch, kraftvoll, jedermann zugänglich, auf Aktion und auf geistige Auseinandersetzung bezogen. Wegen der Bedingungen des amerikanischen Theaters bezüglich der Spieldauer wird das Stück um mehrere Szenen gekürzt und im gesamten Ablauf verknappt. Galileis Verrat und Versagen wird entschieden betont; unter dem Eindruck der Kriegsereignisse zielt die neue Fassung weniger auf die Bedeutung der Wissenschaft für den gesellschaftlichen Fortschritt ab als die erste, sondern mehr auf die individuelle Verantwortung des Wissenschaftlers für die gesellschaftlichen Folgen seiner Entdeckung. Darüber hinaus fließen Brechts eigene Erfahrungen als Emigrant in die Gestaltung der Figur ein: Das Problem eines Begründers neuer Ideen, dessen Werk nur von eingeweihten Freunden hochgeschätzt wird; die Situation eines Mannes, der von der Obrigkeit nur geduldet wird und kaum öffentliche Wirkung erreichen darf; der Umstand, äußerste Selbstdisziplin zur Weiterarbeit aufbringen zu müssen, obgleich der Zugang zu jenen versperrt ist, für die die Arbeit bestimmt ist.

Als im Spätsommer 1945 der erste gemeinsame Stücktext vorliegt, hat sich Brechts Grundeinstellung zu seiner bisherigen *Galilei*-Überarbeitung wiederum verändert. Der Abwurf der Atombomben auf Hiroshima und Nagasaki rückt das Stück in einen neuen, politisch aktuellen Zusammenhang, so daß Laughton und Brecht im September 1945 mit Hans Reichenbach und dem Physikstudenten Morton Wurtele, einem Freund von Stefan Brecht, an dem Stück weiterarbeiten. Alle Momente einer Rechtfertigung von Galileis Widerruf in der letzten Szene werden getilgt, die Selbstanalyse Galileis wird zur Selbstanklage. Ins Zentrum gestellt wird die Warnung vor der tödlichen Konsequenz einer Trennung von Wissenschaft und Politik.

Nachdem Laughton Orson Welles für eine Inszenierung interessiert hat, unterzeichnen Brecht und Laughton am 7. Januar 1946 einen Vertrag über den gemeinsam erarbeiteten *Galileo*. Für eine Buchausgabe sieht Brecht im Mai das Manuskript mit Ferdinand Reyher durch, der Laughtons Englisch zurücknimmt und einen dem amerikanischen Sprachgebrauch näherkommenden Text herstellt. Ende Mai nimmt Brecht Abstand von einer Inszenierung durch Welles; er und Laughton prüfen Reyhers Änderungen und verwerfen viele. Im Sommer 1946 führen sie mit zahlreichen Regisseuren und Produzenten Verhandlungen für eine Aufführung in New York, die aber alle scheitern. Gleichzeitig wird am Text weiter geändert: Die einzelnen Szenen erhalten Eingangsverse, die Eisler bis Juni 1947 vertont. Für die Möglichkeit zur Aufführung sorgt schließlich der Regisseur Joseph Losey, der einen Produzenten findet. Losey und Brecht inszenieren gemeinsam. Für eine zweite Inszenierung wird ein Typoskript hergestellt, das den genauen Text der Erstaufführung wiedergibt und detaillierte Regieanweisungen enthält. Ruth Berlau dokumentiert im Auftrag Brechts die gesamte Probenarbeit durch Photos; Brechts Inszenierung wird auf dieser Grundlage zum Modell für die Neueinstudierung in New York (von der Berlau wiederum Photos anfertigt sowie einen Schmalfilm).

Die Uraufführung findet am 30. Juli 1947 im 260 Plätze fassenden Coronet Theatre in Beverly Hills statt. Die Ensemblemitglieder der Pelican Productions sind zumeist gerade erst von der Schauspielschule gekommen und werden deshalb als geeignet empfunden, sich auf das Experiment von Brechts epischem Theater einzulassen. Im Vordergrund steht jedoch das schauspielerische Können Charles Laughtons, der viel Prominenz zur Premiere anlockt: Charles Chaplin, Charles Boyer, Ingrid Bergman, Anthony Quinn, Lewis Milestone und Frank Lloyd Wright. Auch in den folgenden 17 Aufführungen hält die Exklusivität des Publikums an. Nach anfänglich lobender Kritik mehren sich Stimmen, die Ratlosigkeit und Langeweile zum Ausdruck bringen oder denen das Ganze politisch suspekt ist. Dem Stück werden Kirchenfeindlichkeit, Geschichtsverfälschung und Propaganda vorgeworfen. Immerhin beginnen einige Kritiker, sich ernsthaft mit Brechts Konzeption auseinanderzusetzen; neben prinzipieller Ablehnung bei einigen Rezensenten überwiegt diese Tendenz auch nach der Premiere vom 7. Dezember 1947 am New Yorker Maxine Elliott Theatre. Die *New York Herald Tribunes* nennen *Galileo* eine »dramatische Biographie« und ein »Ideendrama«. Deutlich ist das Bemühen zu verspüren, einen Zugang zu Brechts epischem Theater zu finden, mit dessen andersartiger Qualität man in den USA nicht vertraut ist.

Nach seiner Ankunft in der Schweiz Ende 1947 beginnt Brecht mit der Arbeit an einer dritten Fassung. Aus der dänischen Fassung von 1938/39 löst er die ihm noch verwertbar erscheinenden Texte heraus und fügt sie mit bereits wieder veränderten Texten sowie teilweise wörtlichen Übersetzungen aus der amerikanischen Fassung zu einem neuen Manuskript zusammen. Brecht knüpft an Laughtons Darstellung in Beverly Hills an und überträgt die dortigen Intentionen der Galilei-Figur in den neuen dramatischen Text. Die Szenenabfolge und das Figurenensemble entsprechen dem *Galileo* von 1947, aber die einzelnen Vorgänge sind durch den Rückgriff auf den dänischen *Galilei* wieder reicher ausgestaltet.

Seitdem er im Oktober 1948 erstmals wieder in Berlin gewesen ist, bemüht sich Brecht erfolglos, einen Laughton ebenbürtigen Hauptdarsteller zu finden. Weder mit Fritz Kortner noch mit Oskar Homolka oder Leonard Steckel kommt eine Zusammenarbeit zustande. 1953 beauftragt Brecht dann Elisabeth Hauptmann und Benno Besson, auf der Grundlage seiner bisherigen Weiterarbeit sowie des Materials zur dänischen und amerikanischen Fassung einen Bühnentext herzustellen. Wegen ihrer detaillierten Kenntnisse der amerikanischen Aufführungen wird auch Ruth Berlau hinzugezogen. Das Problem der Verantwortung des Wissenschaftlers und Intellektuellen ist auf neue Weise aktuell: Nachdem der Sowjetunion 1949 ein Atomwaffentest gelungen ist und sie ein Abkommen über ein bedingungsloses Verbot der Anwendung von Kernwaffen vorschlägt, beginnen die USA mit der Herstellung der

Wasserstoffbombe, die sie 1952 erstmals erproben und über die ein Jahr später auch die UdSSR verfügt. Daraufhin werden Ethel und Julius Rosenberg in den USA als angebliche Atomspione hingerichtet; 1954 beginnt die Untersuchung gegen Robert Oppenheimer, den »Vater der Atombombe«, der sich nach Hiroshima und Nagasaki gegen eine weitere Atomrüstung ausgesprochen hat und als Leiter der US-Atomkommission zurückgetreten ist. Er gilt seitdem als »Sicherheitsrisiko«. Oppenheimer legt eine Verteidigungsschrift vor, in der er seine Beweggründe erläutert – und gleichzeitig seine Neutralität in Fragen der US-Rüstungspolitik bekundet. All das geschieht vor dem Hintergrund des Krieges der USA in Korea und der drohenden Gefahr eines dritten Weltkrieges. Auch angesichts der Remilitarisierung in der Bundesrepublik ist der neue *Galilei* von besonderem zeitgeschichtlichen Belang. Er rückt das Problem des Wissenschaftlers noch näher an die Gegenwart heran. Der Verrat wird von einem Mann geübt, der, als es noch allein um seine Forschung ging, den Tod nicht fürchtete. Auf der Höhe seiner Karriere fällt er aber um so tiefer, als er bei der Größe seiner jetzigen gesellschaftlichen Verantwortung den Preis des Lebens nicht mehr zu zahlen bereit ist. Alle Veränderungen zur Profilierung der Figuren laufen auf eine Verschärfung der gesellschaftlichen Widersprüche hinaus. Mit Galileis großer Selbstanklage in der vorletzten Szene werden Assoziationen zum Verhalten Oppenheimers möglich. Brecht läßt aber nicht wie in der amerikanischen Fassung das Stück mit Galileis vollständiger Verurteilung abbrechen, sondern fügt die Schlußszene als Hinweis auf eine vorhandene Perspektive an.

Die dritte, im Zusammenwirken mit Hauptmann und Besson entstehende Berliner Fassung hat wieder den gleichen Umfang und den gleichen Titel wie die dänische: *Leben des Galilei.* Brecht, der im Weltfriedensrat und in vielen Organisationen in der DDR für die Erhaltung des Friedens eintritt, drängt auf eine Veröffentlichung. Das Stück wird 1955 in Heft 14 der *Versuche* gedruckt. – Während seiner Inszenierung am Berliner Ensemble mit Ernst Busch in der Hauptrolle nimmt Brecht nochmals Änderungen am Text vor (Dezember 1955 bis März 1956). Diese letzte Stufe der Berliner Fassung, die die Textgrundlage der vorliegenden Ausgabe bildet, erscheint mit sämtlichen Veränderungen aus der Probenzeit erstmals postum 1958 in Band 8 der *Stücke* (Aufbau-Verlag).

Die Uraufführung am 16. April 1955 in den Kammerspielen der Stadt Köln (auf der Grundlage des *Versuche*-Drucks) wird ein beachtlicher Erfolg. Allerdings ist Friedrich Siems' Inszenierung von eher konventioneller Art, was einige Kritiker neue Brechtsche Intentionen vermuten läßt. Die positive Reaktion der Presse bleibt weitgehend auf das Interesse an dem historischen Stoff begrenzt. Obgleich die Aufführung in einer politisch hochbrisanten Zeit stattfindet (ungeachtet der Massenproteste werden am 27. Februar 1955 die Verträge zum Beitritt der Bundesrepublik zur NATO einschließlich der Wiederbewaffnung ratifiziert), wird der aktuelle Bezugspunkt des Stücks zur Bedrohung durch atomare Waffen außerhalb der kommunistischen Presse kaum in Betracht gezogen. Viel wichtiger erscheint den Rezensenten die Debatte um die Person Brechts, über dessen Werk nach dem 17. Juni 1953 in der Bundesrepublik ein Boykott verhängt wurde. »Faktum ist, daß Brecht eine dramatische Potenz verkörpert, die im deutschen Sprachraum gegenwärtig nichts ihresgleichen hat. Inwieweit er, eine politisch schillernde Figur, vertrauenswürdig ist, steht auf einem anderen Blatt [...]. Die Wiederkehr Brechts auf unsere Bühnen läßt sich nur dadurch rechtfertigen, daß zwischen Werk und Autor genau unterschieden wird.« (*Frankfurter Rundschau.*) Der Kölner Aufführung wird zugestanden, daß sie auf ihre Weise mit dem Stück umgegangen sei; der »Kobra Brecht« sei der »kommunistische Giftzahn« ausgebrochen (*Der Mittag*). Der in allen Rezensionen bescheinigte Erfolg der Inszenierung, die das »Come-back des ›SED-Dramatikers‹ auf die bundesrepublikanischen Bühnen« (*Deutsche Woche*) durchgesetzt hat, wird auf verschiedenste Weise aus- und umgedeutet.

Nach einer Inszenierung im Mai 1956 am Nürnberger Lessingtheater und im folgenden Monat an der Wiener Scala hat *Leben des Galilei* am 15. Januar 1957 am Berliner Ensemble Premiere. Diese von Brecht begonnene und nach dessen Tod von Erich Engel weitergeführte Inszenierung wird zu einem theatralischen Ereignis von internationaler Resonanz, das über viele Jahre den Spielplan des Berliner Ensembles bestimmt und dessen Ruhm in zahlreichen Gastspielen im In- und Ausland mitbegründet. In den Rezensionen stehen vor allem zwei Leistungen im Mittelpunkt: das große dichterische Werk Brechts und die Darstellung des Galilei durch Ernst Busch. Die aktuelle Aussage tritt hier deutlicher hervor als bei der Uraufführung: »Glück und Verderben der Menschheit birgt die atomare Wissenschaft gleichermaßen in sich. Nur aus dieser Perspektive erhalten Größe und Schwäche Galileis ihren historischen Sinn. [...] Galilei erfüllte seinen wissenschaftlichen Auftrag und versagte aus menschlicher Schwäche, er blieb der ›reinen‹ Wissenschaft treu und übte Verrat an der Menschheit.« (*Morgen.*) In den Kritiken aus der Bundesrepublik werden ebenso die Verantwortung der Wissenschaftler, der Bezug auf Hiroshima und die Analogie zu den in den USA tätigen deutschen Wissenschaftlern der Rüstungsindustrie »im goldenen Käfig hinter Stacheldraht« benannt (*Westdeutsche Allgemeine*). Ernst Buschs große Leistung wird in sämtlichen Kritiken gewürdigt. Brechts Vorgabe, »aus dem Helden den Verbrecher herauszuholen« (Tonbandmitschnitt der Probe vom 21. März 1956), wurde jedoch nur bedingt eingelöst.

9,2 *Galilei ... Padua]* Galileo Galilei ist von 1592 bis 1610 Professor für Mathematik an der Universität in Padua.

9,3 *das neue kopernikanische Weltsystem]* Bezeichnung für das heliozentrische Weltbild (Bewegung der Planeten einschließlich der Erde um die Sonne). Sein Begründer ist Nikolaus Kopernikus, der zur Erklärung neuer empirischer Erkenntnisse in der naturwissenschaftlichen Forschung seiner Zeit den Grundgedanken der naturgesetzlichen Einheit von Erde und Kosmos (kopernikanisches Weltbild) in die Wissenschaft eingeführt und damit der neuzeitlichen Naturwissenschaft den Weg bereitet hat.

9,30 *des ptolemäischen Systems]* Bezeichnung für das geozentrische Weltbild (Bewegung der Himmelskörper um die Erde), wie es von dem ägyptischen Astronomen Claudius Ptolemäus im 2. Jahrhundert systematisch dargestellt worden ist. Ptolemäus' Hauptwerk *Almagest* (*Großes astronomisches System*), das unter diesem Titel in einer 827 angefertigten arabischen Übersetzung überliefert ist, behielt als wissenschaftliche Errungenschaft über Jahrhunderte hinweg theoretische und praktische Bedeutung. Da es auch mit den Aussagen der Bibel in Übereinstimmung gebracht werden konnte, galt es noch zu Galileis Zeit als unumstößliche Lehrmeinung.

9,32 *Astrolab]* Astronomisches Instrument zur Vermessung der Stellung der Gestirne.

9,41 *die kristallnen Sphären]* Sphäre: (griech.) Kugel, Kugelschale. Bezieht sich auf die im 4. Jahrhundert v. Chr. von Aristoteles begründete Sphärentheorie. Danach sollen die Himmelskörper fest mit kristallenen Schalen verbunden sein, die als materielle Träger der Gestirne diese in Kreisbahnen um die Erde führen.

10,19f. *dieser kristallenen Kugel]* Ebenfalls auf die aristotelische Sphärentheorie bezogen. Der Begriff beschreibt die Vorstellung von der Undurchdringlichkeit des Weltalls, das als große Kugel aus ineinanderliegenden Kristallschalen gedacht ist, in deren Mittelpunkt die Erde ruht.

10,32f. *seit unsere Schiffe zu ihnen fahren]* Mit Christoph Columbus' Reise nach Amerika (1492) und Vasco da Gamas Seefahrt um Afrika bis nach Indien (1498) wird eine neue Phase geographischer Entdeckungen eingeleitet und der für die astronomische Forschung wichtige Nachweis über die bisherige Hypothese von der Kugelgestalt der Erde erbracht.

11,4 *In Siena]* Von 1585 bis 1589 wirkt Galilei als Privatgelehrter in Florenz und Siena.

11,12f. *Denn wo der Glaube ... sitzt jetzt der Zweifel.]* Gestützt auf die naturwissenschaftlichen Erkenntnisse seiner Zeit, bemühte sich René Descartes, Grundsätze der entstehenden Naturwissenschaften zu formulieren. Ausgangspunkt seines Denkens ist der universelle methodische Zweifel an allem, was nur auf der Grundlage des Glaubens angenommen wird. Brecht übernimmt für viele Argumentationen Galileis in diesem Stück Erkenntnisse der Philosophie Descartes'.

11,18 *Prälaten]* Prälat: Bezeichnung für einen höheren Geistlichen in der römisch-katholischen Kirche.

12,4 f. *selbst im Schachspiel die Türme ...]* Gemeint sind die Neuerungen in den Regeln des europäischen Schachspiels seit dem 15. Jahrhundert, die im 16. Jahrhundert mit der Einführung der Rochade (Möglichkeit des Stellungswechsels von König und Turm auf der Grundlinie) ihren Abschluß gefunden haben.

12,6 *Wie sagt der Dichter? »O früher Morgen ...«]* Die Wendung »So daß der Dichter sagt« übernimmt Brecht hier von Francis Bacon aus dessen erstmals 1620 veröffentlichtem *Neuen Organon*, wie überhaupt der Duktus dieser Ansprache Galileis, einschließlich vieler Formulierungen, von dort entlehnt ist. Bei Bacon folgt an dieser Stelle ein Auszug aus einem Gedicht von Lukrez.

12,26 *Glotzen ist nicht sehen.]* Galilei wendet sich hier gegen das zu seiner Zeit noch gültige scholastische Prinzip, vom bloßen Augenschein der Dinge zu ihren Zusammenhängen und Ursachen zu gelangen.

13,28 *in dem zu leben eine Lust ist]* Anspielung auf Ulrich von Huttens Ausspruch »O Jahrhundert, o Wissenschaften! Es ist eine Lust zu leben!« (1518).

15,13 *Campagna]* Landwirtschafts- und Weinbaugebiet in der Umgebung Roms.

15,20 *Skudi]* Eigentlich: Scudi. Alte italienische Münzen (Singular: Scudo).

15,39 *dieses komische Rohr]* Das erste Linsenfernrohr wird 1608 von dem holländischen Linsenschleifer Hans Lippershey gebaut. Ein Jahr später erfährt Galilei von dieser Erfindung. Das von ihm nachkonstruierte und zunächst als eigene Erfindung ausgegebene Instrument erreicht bereits eine zwanzigfache Vergrößerung und ist somit erstmals für astronomische Beobachtungen einsetzbar.

16,2 f. *eine konkave Linse ... eine konvexe Linse]* Gemeint sind eine bikonvexe (lat. doppelseitig erhabene) und eine bikonkave (lat. doppelseitig hohlgeschliffene) Linse.

16,24 *tote Sprache]* Bezeichnung für die alten Kultursprachen Griechisch und Latein.

16,30 *Kurator]* Vermögensverwalter.

17,6 *die Republik]* Gemeint ist die Republik Venedig. Gegenüber den italienischen Fürstentümern, deren Herzöge in Erbfolge regieren, wird Venedig von mehreren adligen Familien beherrscht, die aus ihrem Kreis die Vertreter der Regierung (Signoria) stellen und das jeweilige Staatsoberhaupt wählen, den Dogen. Im 17. Jahrhundert verkörpern die beiden Republiken Venedig und Genua die fortschrittlichsten, vom Einfluß der römischen Kirche relativ unabhängigen Staatsformen in Italien.

17,30 *sogar Protestanten]* Die Universität Padua gilt im 17. Jahrhundert als eine der fortschrittlichsten in Europa. Unter dem Schutz der Republik Venedig genießt sie relative Unabhängigkeit vom Einfluß der römischen Kirchenführung auf Forschung und Lehre. Deshalb können hier auch Protestanten (Angehörige der lutherischen, calvinistischen oder reformierten Kirche) aus anderen europäischen Ländern studieren, solange sie ihren Glauben nicht öffentlich praktizieren.

17,31 *Cremonini]* Als Professor für Philosophie und Mathematik an der Universität Padua steht Caesar Cremonini einem Gremium vor, das u.a. die Gründung einer zweiten, der römischen Kirche direkt unterstellten Universität in der Republik Venedig verhindert hat. Cremonini ist darüber hinaus wegen seiner wissenschaftlichen Arbeiten mehrmals bei der Inquisition denunziert worden.

17,32 *Inquisition]* Bezeichnung der seit dem 13. Jahrhundert allein dem Papst unterstellten Gerichtsbarkeit der katholischen Kirche, die mit strafrechtlicher Gewalt über die Einhaltung der Glaubenslehre wacht. 1542 in ihren Befugnissen erweitert, bekämpfte die Inquisition vor allem Anhänger der Reformation, Andersgläubige und Kritiker der katholischen Kirche und ihrer Lehren. Während in den italienischen Fürstentümern die römische Inquisition ihre Macht nahezu unumschränkt ausüben kann, untersteht sie in Venedig der Oberaufsicht der Republik.

18,1f. *Herrn Giordano Bruno ... ausgeliefert.]* Von der katholischen Kirche wegen seiner auf den Erkenntnissen von Kopernikus beruhenden Lehre von der Einheit Gottes mit der Natur verfolgt, flieht der italienische Philosoph 1576 ins Ausland. Bei seiner Rückkehr nach Venedig wird er 1592 verhaftet und sechs Jahre eingekerkert, bis ihn die Republik Venedig an die römische Inquisition ausliefert. Nach einem zwei Jahre dauernden Prozeß wird Bruno am 17. Februar 1600 in Rom öffentlich verbrannt.

18,23 *Signoria]* Vgl. zu 17,6.

18,23f. *Untersuchungen über die Fallgesetze]* Galileis Beschäftigung mit Fallgesetzen und Schwerkraft reichen in die Jahre 1590/91 zurück.

18,33 *Herr Colombe]* Der Florentiner Mathematiker und Philosoph Ludovico delle Colombe bekämpft vom Standpunkt der Scholastik Galilei bereits vor dessen astronomischen Entdeckungen als einen antiaristotelischen Denker und fordert ihn zu zahlreichen öffentlichen Polemiken und Verteidigungsschriften heraus.

18,36 *in Paris und Prag]* Brecht deutet hiermit die Übereinstimmung in den naturwissenschaftlichen Auffassungen von Galilei und Descartes (Paris) an und den persönlichen Kontakt zwischen Galilei und Johannes Kepler, der ab 1600 in Prag lebt.

19,12 *was der Aristoteles darüber schreibt]* In ihrer Universalität, die sich auf alle Gebiete des gesellschaftlichen Seins und Denkens der Menschen erstreckt, erlangt die aristotelische Philosophie seit dem Mittelalter den Rang einer unantastbaren Autorität.

19,23 f. *Ihre Entdeckungen]* Zu den praktischen Ergebnissen aus Galileis Forschungen gehört eine Reihe von ihm entwickelter Geräte und Instrumente, z.B. eine hydrostatische Waage zur Bestimmung spezifischer Gewichte, ein Thermometer, eine Wasserpumpe, eine Berieselungsanlage.

19,31 f. *Proportionalzirkel]* 1597 entwickelt Galilei ein mathematisches Hilfsgerät, das als Vorläufer des Rechenschiebers gilt.

20,14 *in eurem berühmten Arsenal]* Das große Zeughaus von Venedig galt seit dem 13. Jahrhundert als führende technische Produktionsstätte in Europa, größtenteils für Kriegszwecke.

20,18 f. *Ihr verbindet dem Ochsen ... Maul.]* Vgl. 5 Mose 25,4: »Du sollst dem Ochsen, der da drischt, nicht das Maul verbinden.«

21,26 *Campanile]* Freistehender Glockenturm.

21,27 *Gracia dei.]* (Lat.) um der Gnade Gottes willen.

21,40 *Doge]* Vgl. zu 17,6.

21,40 *Sagredo]* Vorbild für diese Figur ist der venezianische Ratsherr Giovanni Francesco Sagredo, ein enger Freund und Vertrauter Galileis.

22,1 *Virginia]* Den Namen entlehnt Brecht von einer der unehelichen Töchter Galileis, Virginia Gamba, die 1616 Nonne geworden ist.

23,8 *auf den Mond gerichtet]* Galilei beginnt seine astronomischen Beobachtungen im Oktober 1609 mit der Untersuchung des Mondes. Er entdeckt dessen erdähnliche Oberflächenstruktur, was Rückschlüsse auf die Planetennatur der Erde zuließ.

23,10 *Er leuchtet nicht selbst.]* Eine schon im Altertum vertretene und bis in die Zeit Galileis reichende Theorie geht davon aus, daß der Mond eine spiegelnde Kugel sei, deren eine Hälfte selbst leuchte.

23,22 *Milchstraße]* Mit dem Fernrohr kann Galilei nachweisen, daß die Milchstraße kein Nebel ist, wie von Aristoteles gedeutet, sondern eine Anhäufung zahlloser Sterne.

24,24 *10. Januar 1610]* Galilei entdeckt am 7. Januar drei der größten Jupitermonde und am 13. Januar 1610 den vierten. Der Nachweis der Existenz dieser Monde und ihrer Bewegung um den Planeten ist ein erster Beweis gegen die aristotelische Behauptung, daß die Planeten fest mit undurchdringlichen Kristallschalen verbunden seien.

27,12 f. *Wasserpumpe ... Berieselungsanlage]* Galilei erprobt seine 1593 konstruierte »Maschine zum Heben von Wasser« 1604 in Padua erstmals für die Bewässerung eines Gartens der Stadt.

27,19 f. *gewisse Gestirne]* Gemeint sind die Monde des Jupiter. Auf sie bezieht sich auch der Begriff von einer zuverlässigen Uhr am Himmel.

27,37 f. *Filzen]* Filze: umgangssprachlich für: Geizhälse.

28,6 *Klafter]* Altes, vor allem in Österreich gebräuchliches Längenmaß, das von der Spannweite zwischen den ausgestreckten Armen eines erwachsenen Mannes abgeleitet ist.

28,16 *Orion]* Auch die sogenannten Nebel im Sternbild des Orion können von Galilei als Sterne ausgemacht werden. Er weist hier allein 500 und weitere 40 zuvor nie gesehene Sterne im Bereich der Plejaden nach.

28,17 *die vielen Welten]* Über Kopernikus hinausgehend, vertritt Giordano Bruno die Ansicht, daß es neben dem Sonnensystem, das die Erde einschließt, noch zahlreiche andere geben müsse. Er schließt als Philosoph auf die Unendlichkeit des Weltalls und bezeichnet die bis dahin nicht vorstellbaren anderen Sonnensysteme als »neue Welten«.

29,8f. *eine andere Sonne]* Hier auf den Planeten Jupiter bezogen. Die Bezeichnung Sonne ist in der Begrifflichkeit des kopernikanischen Systems verwendet: ein anderer Stern, wie die Sonne, als Mittelpunkt für ihn umlaufende Himmelskörper.

30,5 *In uns oder nirgends.]* Die Feststellung schließt Giordano Brunos Auffassung ein, der das Universum mit Gott gleichsetzt und die Natur als Selbstentfaltung Gottes ansieht.

30,13 *drei Jahre in Pisa]* Galilei lehrte von 1589 bis 1592 Mathematik an der Universität Pisa.

32,38f. *die »Mediceischen Gestirne«]* Galilei, der aus Florenz, der Hauptstadt des Großherzogtums Toskana stammt, benennt die von ihm entdeckten Jupitermonde nach dem Geschlecht der dort regierenden Fürsten, de Medici.

33,27 *der aufgehenden Sonne]* Anspielung auf das Sonnensymbol absolutistischer Herrscher.

33,28 *Der Großherzog ... ist neun Jahre alt.]* Brecht gestaltet die Figur in Anlehnung an Cosimo de Medici, der 1609 mit neunzehn Jahren Großherzog von Toskana wird und den Galilei noch als Prinzen unterrichtet hat. 1610 tritt Galilei als »Erster Mathematiker und Philosoph« in die Dienste des florentinischen Hofes.

34,3 *Weil die Mönche dort herrschen.]* Gemeint ist die Macht der Inquisition in den italienischen Fürstentümern.

38,25 *Miasmen]* Miasma: Pest- oder Gifthauch. Nach der Vorstellung im 17. Jahrhundert Bodenausdünstungen, die die Pest übertragen.

39,9f. *epizyklische Bahn]* Ein auf Hipparch zurückgehendes mathematisches Prinzip, das ermöglicht, die scheinbare Bewegung der Planeten mathematisch zu berechnen.

39,39 *Aristotelis divini universum]* (Lat.) das Weltbild des göttlichen Aristoteles.

40,14 *seinen mystisch musizierenden Sphären]* Gemeint ist die von Aristoteles beschriebene unhörbare Harmonie der »singenden« Himmelssphären. Dem liegt die Vorstellung zugrunde, daß bei der Bewegung der Kristallschalen des Himmelsgewölbes singende Geräusche entstünden, die sogenannte Sphärenmusik.

40,17 *Satellitentafeln]* Gemeint sind Zeittabellen, auf denen, nach Tagen, Wochen oder Monaten aufgeschlüsselt, die Stellung der Planeten gegenüber der Erde aufgezeichnet ist.

40,17f. *des Katalogs der ... Halbkugel]* Sternkarten, auf denen anhand von Sternbildern die Lage der Fixsterne über der südlichen oder nördlichen Halbkugel der Erde verzeichnet ist.

40,19f. *celestialen Globus]* (Lat.) der Himmelskugel.

40,33 *Gründe, Herr Galilei, Gründe!]* Die Gründe für ein Phänomen werden in der scholastischen Wissenschaft nicht aus den zu beobachtenden Tatsachen bezogen (wie bei Galilei), sondern an den bisher feststehenden »Wahrheiten« auf ihre Wahrscheinlichkeit oder Unwahrscheinlichkeit hin überprüft.

40,38f. *was in Ihrem Rohr ... sein kann]* Gegen Galilei wird mehrfach der Vorwurf erhoben, seine Entdeckungen seien Betrug. Christoph Clavius (vgl. zu 44,14f.) nennt Galileis Fernrohr anfangs ein Glas, das Sterne erzeuge und in dem man sie dann sehen könne.

42,26f. *Der Mann hatte kein Fernrohr!]* In seinem 1632 in Florenz herausgegebenen *Dialog über die beiden hauptsächlichsten Weltsysteme, das ptolemäische und das kopernikanische*, legt Galilei dar, daß man Aristoteles sehr unrecht tut, indem man seine Worte zur Autorität erhebt, denn er wäre den neuen Ansichten sicher selbst beigetreten, wenn er ein Fernrohr gehabt hätte.

42,35 *Die Wahrheit ist das Kind der Zeit ...]* Sprichwörtliche Redewendung, die sich bis auf den lateinischen Grammatiker Aulus Gellius zurückführen läßt. Brecht übernimmt den Ausspruch hier von Francis Bacon, wie überhaupt die Argumentation Galileis in diesem Streit mit den Gelehrten zahlreiche Anregungen aus Bacons *Neuem Organon* aufweist.

44,14f. *Christopher Clavius]* Der aus Deutschland stammende Jesuitenpater Christoph Clavius leitet die Überprüfung der Entdeckungen Galileis im Collegium Romanum, dessen Rektor, Kardinal Bellarmin, den Auftrag dazu gab.

44,26f. *In Arcetri]* Galileis Tochter Virginia Gamba lebte als Nonne im Kloster von Arcetri bei Florenz.

46,26f. *den Englischen Gruß]* Katholisches Gebet nach Lukas 1,28 und 1,42: Gruß des Engels Gabriel an Maria; lat. Ave Maria.

48,28f. *Ursulinerinnen]* Name für die 1535 gestiftete Genossenschaft von Frauen, die sich der Kranken- und Armenpflege und dem Unterricht von Mädchen widmet; benannt nach der heiligen Ursula.

48,39 *Venus]* 1610 entdeckt Galilei, daß sich die Venus wie der Mond der Erde in zunehmender und abnehmender Gestalt zeigt. Damit ist ein weiterer Nachweis für das heliozentrische Weltbild erbracht.

50,2 *1616]* Die Bestätigung der Entdeckungen Galileis durch das Collegium Romanum erfolgt 1611.

50,19 *Monsignore]* (Ital.) Hochwürden. Titel der Prälaten.

50,22 *Schusser]* Mundartlich für: Murmel.

50,23 *Sancta simplicitas!]* (Lat.) Heilige Einfalt!

51,12 *ein neuer Stern]* Gemeint ist der von David Fabrizius 1572 entdeckte Stern, nach dessen Auftauchen unter den Astronomen Europas ein Streit über die kopernikanische Lehre entbrennt. Die Herkunft eines solchen veränderlichen Sterns, einer sogenannten Nova (nach dem lat. novum: Neuigkeit), kann im 17. Jahrhundert noch nicht erklärt werden. Als Novae bezeichnet man weit von der Erde entfernte Sterne, die nur dann mit bloßem Auge wahrzunehmen sind, wenn sich infolge explosionsartiger Prozesse in der Materie dieser Sterne ihre Helligkeit auf das Fünf- bis Einhunderttausendfache erhöht. Nach Ablauf der Explosion nehmen sie in kürzeren oder längeren Zeiträumen allmählich wieder ihre Ausgangshelligkeit an und verschwinden so aus dem Gesichtskreis der Erdbeobachtung.

51,20 *bestimmt ... die Bahn eines Kometen]* Der dänische Astronom Tycho Brahe widerlegte anhand seiner Beobachtungen und Berechnungen der Bewegung eines 1572 erschienenen Kometen die aristotelische Ansicht über die Kometen wie auch die Sphärentheorie.

51,32 *Principiis obsta!]* (Lat.) Wehre den Anfängen!

51,35 *den Tafeln dieses Kopernikus]* Gegenüber dem Handbuch der Astronomie von Ptolemäus und den dortigen Berechnungsgrundlagen für Stellung und Lauf der Gestirne lassen die von Kopernikus geschaffenen Tafeln und Tabellen genauere Standortbestimmungen zu.

52,3 f. *»Sonne, steh still ... Ajalon!«]* Josua 10,12. In der Diskussion um das heliozentrische Weltbild spielt diese Stelle eine zentrale Rolle, und zwar unter dem Argument, daß sich die Sonne notwendig bewegen müsse, wenn Gott sie zum Anhalten zwinge. Da die Bibel wörtlich genommen wird, kann Galilei trotz aller Beweisführung nach Ansicht der Theologen und scholastischen Wissenschaftler nicht recht haben.

52,10 *Beide ab.]* Die Regieanweisung bezieht sich auf den ersten und zweiten Astronomen.

52,24 f. *es gibt nur Tiere]* Anspielung auf die Entwicklungslehre von Charles Darwin.

53,7 *seinen Sohn schicken]* Hinweis auf die Lebens- und Passionsgeschichte Jesu, der einst als Erlöser der Welt auch wiederkehren soll.

53,14 *den wir seinerzeit verbrannt haben]* Gemeint ist Giordano Bruno.

53,16 *Eminenz]* (Lat.) Hoheit. Anrede der Kardinäle.

54,20 *Kardinal Inquisitor]* Oberster Gerichtsherr der Inquisition.

54,30 *Index]* (Lat.) Verzeichnis. Hier ist der Index librorum prohibitorum (Verzeichnis der verbotenen Bücher) in der katholischen Kirche gemeint. Er wird 1559 von Papst Paul IV. zur Bekämpfung reformatorischer und naturwissenschaftlicher Schriften erlassen.

54,30 *5. März 1616]* Das Datum bezieht sich auf die Veröffentlichung des Dekrets der Kopernikanischen Lehre.

54,37 *Haus des Kardinals Bellarmin]* Am 26. Februar 1616 lädt Kardinal Roberto Bellarmin Galilei in seinen Palast ein, um ihm mitzuteilen, daß es ihm nicht gestattet sei, die kopernikanische Lehre anders als in hypothetischer Betrachtung weiterzuverfolgen. Bellarmin, Angehöriger des Jesuitenordens, ist einer der führenden Theologen der damaligen Zeit und berühmt als Verfasser glänzender Streitschriften zu Religionsfragen. Er genießt als Wissenschaftler große Autorität und wird deshalb vom Papst beauftragt, Galilei von der Entscheidung in Kenntnis zu setzen. Im Prozeß gegen Galilei erklärt Bellarmin, daß es den Wissenschaftlern zwar freistehe, mit Hilfe ihrer Fernrohre verschiedene Theorien aufzustellen, die Probleme des Seins würde jedoch auch in Zukunft die Kirche erklären.

55,7 *Thais]* Berühmte Hetäre aus Athen.

56,7 *Lorenzo de Medicis]* Lorenzo de Medici war von 1469 bis zu seinem Tod 1492 der eigentliche Herrscher der Republik Florenz. Er gehört zu seiner Zeit zu den bedeutendsten Dichtern Italiens und trägt den Beinamen il Magnifico (der Prächtige).

56,9-12 *»Ich, der ich Rosen aber sterben sah ...«]* Es handelt sich um eines der Schäfergedichte Lorenzo de Medicis, das auch als »Rosenlied« bezeichnet wird.

56,14 *nach den Pestjahren]* Bezieht sich auf die 5. Szene. Die große Pestepidemie zu Galileis Zeit in Italien herrscht 1632.

56,19 *Barberini]* Mit Kardinal Carlo Maffeo Barberini (ab 1623 Papst Urban VIII.) ist Galilei seit 1611 persönlich bekannt. Barberini ist ein in der Kirche anerkannter Wissenschaftler und zugleich Dichter, von dem auch Gedichtbände veröffentlicht werden. Er bringt Galilei große Wertschätzung entgegen, neben Huldigungsbriefen an ihn verfaßt er auch ein Gedicht auf Galilei. Nach seiner Wahl zum Papst betreibt er jedoch Galileis Verurteilung durch die Inquisition.

56,21 *eines Lamms und einer Taube]* In der christlichen Tiersymbolik steht die Taube für den Heiligen Geist, das Lamm für den Gottsohn (Opferlamm Gottes).

56,23 f. *»Die Sonne geht auf und unter ...«]* Vgl. Kohelet (früher Prediger) 1,5.

57,3-14 *»Wer aber das Korn zurückhält ... und der Fuß verbrennt nicht?«]* Vgl. Sprüche, 11,26; 12,23; 14,4; 16,32; 17,22; 8,1; 6,28.

57,15 *Zwei Knäblein]* Gemeint sind Romulus und Remus, nach der römischen Sage die Gründer Roms.

57,27 f. *in Kreisen oder Ellipsen]* Mit Kreisen ist die kopernikanische Annahme (Kreisbewegung der Planeten um die Sonne) gemeint. Kepler geht als erster von elliptischen Bahnen aus.

58,26 f. *Ich bin ein gläubiger Sohn der Kirche]* Galilei bleibt zeit seines Lebens ein überzeugter Katholik. In seiner wissenschaftlichen Arbeit sieht er sich nicht in Gegnerschaft zur Kirche (da er die Natur grundsätzlich als Werk Gottes ansieht), sondern zur herrschenden Schulmeinung. Brecht hat diese Haltung Galileis im Stück streng beachtet.

59,3 *das Heilige Offizium]* Officium: (lat.) Amt, Behörde. Gemeint ist hier die Kardinalskongregation (oberste Gerichtsbehörde) der Inquisition an der römischen Kurie (seit 1542).

59,4-7 *nach der die Sonne ... im Glauben ist]* Brecht zitiert aus dem Gutachten der Inquisition über die kopernikanische Lehre.

63,15 *des Dekrets]* Auf der Grundlage des Gutachtens der Inquisition über die kopernikanische Lehre erläßt die Versammlung jener Vertreter der Inquisition, die für die Überprüfung von Schriften und Büchern verantwortlich sind, am 3. März 1616 eine amtliche Verfügung, nach der fortan Kenntnisnahme, Besitz und Verbreitung der wissenschaftlichen Werke von Kopernikus unter Strafe gestellt werden und nur noch die rein hypothetische Behandlung der Lehre gestattet ist.

63,26 *Folterinstrumente]* Die Inquisitionsgerichte verfahren bei ihren Vernehmungen von vermeintlichen Ketzern nach festgelegten Regeln, d.h. die Verhöre, die mit dem Ziel geführt werden, Geständnisse zu erpressen, nehmen stufenweise an Schwere zu. Als die beiden letzten Stufen gelten die Vernehmung im Angesicht der Folterinstrumente und schließlich die Folter selbst.

64,13 *Welttheater]* Es handelt sich um eine Theaterform, in der die Vorstellung lebendig ist, daß die Welt ein von Gott gelenktes Theater sei, in dem jeder Mensch seine Rolle spielt.

64,34 *der Heiligen Kongregation]* Kongregation ist die Bezeichnung für wichtige Behörden der römischen Kurie. Hier ist die Kardinalkongregation unter Vorsitz des Papstes gemeint.

65,4 *Stellvertreter des milden Jesus]* Gemeint ist der Papst, nach dem katholischen Glauben der Stellvertreter Christi auf Erden.

65,4f. *in Spanien und Deutschland]* Für die gegen Mitte des 16. Jahrhunderts beginnende Gegenreformation ist das katholische Spanien einer der wichtigsten Verbündeten Roms. Für Deutschland greift Brecht hier auf den Dreißigjährigen Krieg (1618-1648) voraus, in dem es u.a. auch um die Macht der römischen Kirche geht.

65,6 *Stuhl Petri]* Der Thron des Papstes. Im übertragenen Sinn die päpstliche Regierung.

65,11 *Auster Margaritifera]* (Lat.) Gattungsname für eine Perlmuschel.

65,22 *»Seid fruchtbar und mehret euch«]* 1 Mose 1,22 u.ö.

65,28 *Cellini-Uhr]* Eine von dem florentinischen Goldschmied und Bildhauer Benvenuto Cellini angefertigte Uhr. Cellinis Kunstwerke waren in ganz Europa berühmt und gesucht.

66,1 *Priap]* (Griech. Priapos.) Aus Kleinasien stammender Fruchtbarkeitsgott. Von den Römern wurden Standbilder des Gottes in Gärten und Weinbergen aufgestellt.

66,8 *den Esquilinischen Gärten]* Gemeint sind die kunstvollen Gärten auf einem der sieben Hügel Roms.

66,10-13 *»Ein Feigenklotz ...«]* Brecht übernimmt die Verse des 1. Buches von Horaz mit geringen Änderungen nach der von Heinrich Conrad überarbeiteten Übersetzung Christoph Martin Wielands.

66,21 *Kurie]* Gemeint ist die römische Kurie (lat. Curia Romana), die im engeren kirchenrechtlichen Sinn die Gesamtheit der höchsten katholischen Kirchenbehörden umfaßt (Kongregationen, Gerichtshöfe, Ämter) sowie die jeweiligen Amtsträger.

67,5 *Ein Apfel vom Baum der Erkenntnis!]* Anspielung auf die Vertreibung Adams und Evas aus dem Paradies, weil sie vom Baum der Erkenntnis (vgl. 1 Mose 2,16-17) gegessen haben.

67,23 *Sonnenflecken]* Sie entstehen, wenn Wirbel tiefere Schichten der Sonnenmaterie an deren Oberfläche tragen. Diese Materie ist von geringerer Leuchtkraft, weil ihre Temperatur um mehrere tausend Grad niedriger liegt als die der Sonnenoberfläche, und erscheint deshalb als dunkler Fleck. Galilei hat gleichzeitig mit anderen Wissenschaftlern das schon im Altertum bekannte Phänomen 1610 wiederentdeckt.

68,7 *Schaff]* (Süddt., österr.) offenes Gefäß.

69,23 f. *zu einem richtigen Astronomen ... Horoskop]* Die zur Zeit Galileis noch nicht von der Astronomie abgegrenzte Astrologie deutet im Horoskop aus der Konstellation der Sterne bei der Geburt eines Menschen dessen Charakter und Schicksal. Horoskope hat man sich von angesehenen Gelehrten stellen lassen.

69,30 *Aszendenten]* Aszendent: In der Astrologie verwendeter Begriff, der jeweils für das Tierkreiszeichen steht, das bei Annahme einer scheinbar täglichen Bewegung der Himmelskugel um die Erde zum Zeitpunkt, für den das Horoskop gestellt wird, gerade über dem Horizont des Beobachtungsortes erscheint.

70,9 *»De maculis in sole.«]* (Lat.) Über die Sonnenflecken.

70,15 *den Traktat des Fabrizius]* 1611 ist in Wittenberg Johann Fabrizius' Buch *Mitteilung über die Flecken, die auf der Sonne zu beobachten sind und zugleich mit dem Umlauf der Sonne sichtbar werden*, erschienen, worin er die Frage diskutiert, ob Sonnenflecken durch Wolken oder Planeten verursacht werden. Er selbst geht von Planeten aus, schließt aber gleichzeitig aus der Bewegung der Flecken auf der Sonne auf deren Rotation.

70,16 f. *Sternenschwärme, die ... vorüberziehen]* Diese Ansicht vertritt nicht Fabrizius, sondern Christoph Scheiner.

70,20 *In Paris und Prag glaubt man ...]* Mit Descartes, auf den Brechts Hinweis auf Paris anspielt, steht Galilei nicht in Verbindung, dagegen aber mit Johannes Kepler in Prag. Seine Ansichten über »Dünste«, die von der Sonne ausgehen, beziehen sich auf die Vorstellung: Von der Sonne ausgehende Ausströmungen, die in weite Fernen dringen und mit der Sonne rotieren, führen auch die Planeten in Bahnen um die Sonne.

71,23-25 *»Eine breite und flache Eisscheibe ...«]* Galilei führt beide Behauptungen des Aristoteles in seinen Experimenten am florentinischen Hof ad absurdum. Spektakulär gestaltet sich vor allem das Experiment mit der Nadel, die bei Galilei auf dem Wasser schwimmt, ganz entgegen der von Aristoteles in seiner Schrift *Über den Himmel* aufgestellten Behauptung, daß eine Nadel wegen ihrer zu geringen Fläche und auch wegen ihrer Form (nach Aristoteles sinken lange und runde Gegenstände) eben nicht auf dem Wasser schwimmen könne. Für die im Stück aufgeworfene Frage kommt Galileis Feststellung in Betracht, daß Körper dann schwimmen, wenn ihr spezifisches Gewicht dem der von ihnen verdrängten Wassermenge entspricht. Galileis Forschungen über schwimmende Körper fußen auf den Erkenntnissen von Archimedes.

71,37f. *verdichtetes Wasser ... verdünntes Wasser]* Gegenüber Aristoteles, der Eis als verdichtetem Wasser eine größere Schwere zuspricht, geht Galilei davon aus, daß Eis verdünntes Wasser sei, also leichter. Bei seinem Versuch, den er am florentinischen Hof vorführt, widerlegt er die aristotelische Annahme durch das einfache Experiment mit Eisstücken statt einer Scheibe.

73,17 *Sonnenfleckenorgien]* Anspielung auf die Vielzahl von Spekulationen, theoretischen Debatten und Veröffentlichungen zum Problem der Sonnenflecken in den Jahren 1611-1613.

73,28 *der Heilige Vater]* Gemeint ist Papst Gregor XV.

75,17 *Fulganzio]* Brecht übernimmt den Namen von einem Freund Galileis, dem Mönch Fulgenzio Micanzio, der besonders nach dem Prozeß und der Verurteilung Galileis öffentlich für diesen eintritt.

75,28 *ein Netz von Quadraten]* Galilei projiziert das Sonnenbild direkt auf ein Meßblatt und gewinnt so sehr genaue Zeichnungen über Ausdehnung, Lage und Bewegung der Sonnenflecken.

76,6 *»Observationen«]* Der Begriff wird hier im Sinne von wissenschaftlichen Beobachtungen gebraucht.

76,11 *Mariä Empfängnis]* Katholisches Fest zu Ehren der Mutter Jesu, das am 8. Dezember begangen wird.

76,15 *den heiligen Joseph]* Gemeint ist Joseph von Nazareth, der Gatte oder Verlobte Marias, der Mutter Gottes.

76,34 *die heiligen Doktrinen]* Gemeint sind die unveränderlichen Glaubensgrundsätze der Kirche, die von der Bibel hergeleitet werden.

77,22 *in der Sprache des Volkes]* Galilei hat bereits seinen Diskurs über die schwimmenden Körper und seine Schrift über die Sonnenflekken in italienischer Sprache verfaßt.

77,32 *goldenes Adelsschild]* Poetisches Bild für die Sonne.

78,14f. *Fabrizius' Sternschatten]* Vgl. zu 70,15.

78,15 *Sonnendünste von Prag]* Vgl. zu 70,20f.

78,17f. *die Rotation der Sonne zu beweisen]* Galilei tritt diesen Beweis in seiner Schrift *Geschichte und Deutung der Sonnenflecken* an, die er in italienischer Sprache schreibt, um vor allem für ihre Verbreitung außerhalb der Gelehrtenwelt zu sorgen.

78,20 *laßt alle Hoffnung fahren]* Das geflügelte Wort geht auf Dantes nach 1307 entstandene *Göttliche Komödie* zurück, wo es im dritten Gesang des ersten Teiles (*Hölle*) heißt: »Laßt, die ihr eingeht, alle Hoffnung fahren!«

79,16 *Pamphletisten]* Verfasser von Streit- und Schmähschriften.

79,18 *1632]* In diesem Jahr erschien Galileis *Dialog* in Florenz.

79,32 *des Herrn Hofphysikers]* Vgl. zu 33,28.

80,9 *Stadtschöffen]* Von der Bürgerschaft gewählte Rechtsvertreter, Ratsherren.

80,22 *Und sprach zur Sonn: Bleib stehn!]* Vgl. Josua, 10,12.

80,23 *creatio dei]* (Lat.) Schöpfung Gottes. Vgl. 1 Mose 1 und 2.

81,11 *Brotkipf]* Kipf: (Süddt.) länglich geformtes Brot.

82,28 *Blache]* (Österr.) auch Plache; Plane aus grober Leinwand.

83,2 *1633]* Am 1. Oktober 1632 wird Galilei aufgefordert, vor dem Inquisitionsgericht in Rom zu erscheinen. Seine Gegner unter den Wissenschaftlern haben die Veröffentlichung des *Dialogs*, ein Jahr zuvor, zum Anlaß genommen, ihn erneut bei der Inquisition zu denunzieren. Am 12. April 1633 beginnt der Prozeß gegen Galilei.

83,20f. *nicht unter korsischen Räubern]* Gemeint sind Piraten. Die Mittelmeerinsel Korsika war ein Stützpunkt der Piraterie.

83,31 *in deinem Buch]* Gemeint ist Galileis *Dialog über die beiden hauptsächlichsten Weltsysteme, das ptolemäische und das kopernikanische.*

84,15 *diesen mechanischen Kultivator]* Kultivator, auch Grubber: Gerät zum Lockern des Bodens und zur Unkrautbeseitigung. In Deutschland und England beginnt im 17. Jahrhundert die Entwicklung zur Mechanisierung landwirtschaftlicher Geräte.

84,24 *Geldmärkte]* Gemeint sind die Anfang des 17. Jahrhunderts in Amsterdam und London entstandenen Handelsbörsen.

84,24 *Gewerbeschulen]* Sogenannte Manufaktur-, Kunst- oder Gewerbehäuser.

84,25 *Zeitungen]* Die Entwicklung zu Tageszeitungen beginnt Ende des 17. Jahrhunderts; in Deutschland 1666, in England 1702.

84,32 *die oberitalienischen Städte]* Gemeint sind die Hauptstädte der beiden italienischen Republiken Venedig und Genua.

84,39 *Schwarzröcke]* Abschätzige Bezeichnung für Mönche.

85,20 *ein Buch ... über die Mechanik des Universums]* Gemeint ist Galileis *Dialog.*

86,30 *Wie steht es mit Ihren Augen?]* Ein Augenleiden, an dem Galilei schon frühzeitig leidet, führt im Winter 1637/38 zu seiner völligen Erblindung.

87,18 *Papst Urban VIII.]* Vgl. zu 56,19.

88,2-4 *»Du bist mein Herr ... sein sollen.«]* Vgl. 2 Mose 20,2 und 17.

88,4 *Eurer Heiligkeit Liebe zur Kunst ...]* Gemeint sind die Vatikanischen Kunstsammlungen.

88,10 *spanische Politik]* Im Ergebnis zahlreicher Eroberungskriege gehörten weite Gebiete Italiens zur spanischen Krone. Als 1599 mit dem Aufstand Campanellas in Kalabrien die italienische Unabhängigkeitsbewegung gegen Spanien beginnt, steht der Papst auf der Seite der Spanier.

88,11 f. *Zerwürfnis mit dem Kaiser]* Gemeint ist der habsburgische Kaiser Ferdinand II., der ebenfalls ein Verbündeter Roms in der Politik der Gegenreformation ist. Zum Zerwürfnis kommt es aufgrund der Auseinandersetzungen um das italienische Herzogtum Mantua.

88,13 *Deutschland eine Fleischbank]* Gemeint sind die Verwüstungen in Deutschland im Dreißigjährigen Krieg.

88,14 *Pest]* 1632 ist ganz Mittelitalien von dieser Seuche heimgesucht. Sie ist zu dieser Zeit noch kaum einzudämmen, erfaßt meist große Gebiete eines Landes, die dann für Monate, mitunter Jahre, unter Quarantäne stehen.

88,17 *in geheimem Bündnis]* Durch die Siege Wallensteins im Dreißigjährigen Krieg sieht die römische Kirche ihre eigenen europäischen Machtinteressen von denen der habsburgischen Monarchie bedroht.

88,30 *schwach im Fleisch]* Vgl. Matthäus 26,41: »Der Geist ist willig; aber das Fleisch ist schwach.«

88,33 *ob die Sonne stillstand zu Gibeon]* Vgl. zu 52,3 f.

88,34 *Kollekten]* Hier: Spenden der Gläubigen für ihre Kirche.

88,38 *über die Maschinen]* Galilei verfaßt 1593 eine Schrift über den Nutzen der Maschinen, die wahrscheinlich universitätsintern als Leitfaden für die Studenten publiziert wird.

89,4-7 *Wenn das Weberschifflein ... Knechte.]* Das Zitat stammt aus Aristoteles' Schrift *Politik*.

89,10 *Idiom]* Mundart; hier: die Sprache des Volkes, Italienisch, gegenüber dem klassischen Latein als offizieller Kirchen- und Wissenschaftssprache.

89,30 *Versailles ... Wiener Hof]* Für Galilei setzt sich nach dessen Verurteilung der Gesandte Frankreichs in Rom, Graf Noailles, ein, dem Galilei seine *Discorsi* widmet. Ähnliche Beziehungen bestehen zum Kaiser in Wien und zum polnischen König.

90,2 *sein Buch erlaubt]* Galilei ist 1630 nach Rom gereist, um die Druckgenehmigung für den *Dialog* zu erwirken. Der Papst selbst nimmt sich der Sache an und befürwortet die Veröffentlichung unter der Bedingung, aus dem Buch müsse deutlich hervorgehen, daß Galilei die kopernikanische Lehre nur hypothetisch behandele, was in einem Vorwort und noch einmal am Ende des Buches deutlich zum Ausdruck kommen müsse. Von der Zensurbehörde wird die offizielle Zulassung immer wieder hintertrieben, bis, durch die Behandlung der Sache durch den Papst ermutigt, schließlich der Zensor von Florenz die Erlaubnis erteilt.

90,17 f. *die Instrumente zeigt]* Am 16. Juni 1633 ordnet der Papst an, Galilei die Folter anzudrohen, um ihn zum Widerruf zu zwingen.

90,23 f. *am 22. Juni 1633]* An diesem Tag wird Galilei im Palast der Inquisition in Rom dazu verurteilt, der kopernikanischen Lehre abzuschwören. Der Spruch der Kardinäle verbietet auch den *Dialog*.

91,11 *nicht veröffentlichen]* Der Dialog wird wenige Wochen nach seinem Erscheinen von der Inquisition eingezogen.

91,26 *23 Tage im Kerker]* Während des Prozesses steht Galilei unter Arrest im Haus des florentinischen Gesandten in Rom.

91,27 *das große Verhör]* Am 21. Juni 1633 findet das letzte von insgesamt vier öffentlichen Verhören vor dem Inquisitionstribunal statt. In diesem Verhör wird Galilei die Folter angedroht, falls er nicht bereit sei, die kopernikanische Lehre abzulehnen.

91,34f. *hieme et aestate ... ultra.]* (Lat.) im Winter und im Sommer, in der Nähe und in der Ferne, ohne Unterbrechung, solange ich lebe und darüber hinaus. Mit den Anfangsbuchstaben von »et prope et procul«: epep, unterzeichnet Brecht zahlreiche Briefe an Ruth Berlau.

92,30f. *kann man nicht ungesehen machen ...]* Abwandlung des geflügelten Wortes: »Was geschehen ist, kann man nicht ungeschehen machen«, das auf die Komödie *Der Goldtopf* von Plautus zurückgeht.

93,12 *Ich Kleingläubiger!]* Vgl. Matthäus 6,30.

93,27-35 *»Ich, Galileo ... entgegen ist.«]* Bezieht sich auf den Text des Widerrufs, mit dem Galilei am 22. Juni 1633 den feierlichen Schwur vor der Inquisition leisten muß, daß er die kopernikanische Lehre für unwahr hält.

94,31-95,7 *Ist es nicht klar ...]* Der Text ist mit geringfügigen Veränderungen übernommen aus: Galilei, *Unterredungen*. Hg. von Arthur von Oettingen, Leipzig 1907, S. 5f.

95,11f. *Landhaus in der Nähe von Florenz]* Galilei lebt nach seinem Prozeß, unter strenger Aufsicht der Inquisition, bis zu seinem Tod in seinem Landhaus in Arcetri, einem kleinen Dorf in der Nähe von Florenz.

96,39 *Sintemalen]* Nicht mehr gebräuchliche Ausdrucksweise für: zumal, da.

97,2 *Wohltätigkeit versaget niemals.]* Vgl. 2 Korinther 1,15.

97,11f. *»Wenn ich schwach bin, da bin ich stark.«]* Vgl. 1 Korinther 4,10.

97,17f. *Paulus an die Epheser III,19.]* In der Bibel heißt es dort: »auch erkenne die Liebe Christi, die doch alle Erkenntnis übertrifft, damit ihr erfüllt werdet mit aller Gottesfülle«.

97,21 *Imitatio]* Gemeint ist das seit 1415 verbreitete Erbauungsbuch *De imitatio Christi* (*Von der Nachfolge Christi*), das nach der Bibel am meisten verbreitete Buch der christlichen Religion. Sein Verfasser ist Thomas von Kempen. Dem nachfolgenden Zitat Brechts kommt unter vielen Möglichkeiten am nächsten: »Dem das ewige Wort zu Herzen redet, der macht sich von vielerlei Meinungen los.«

98,25 *Hydraulik]* Bezeichnung für die Anwendung der Gesetze der ruhenden und bewegten Flüssigkeiten in der Technik.

99,10-13 *Descartes ... Traktat ...]* Nach der Verurteilung Galileis sieht sich René Descartes gezwungen, sein fertiggestelltes Werk *Die Welt oder Traktat über das Licht* nicht zu veröffentlichen; es erscheint 1664, vierzehn Jahre nach seinem Tod.

99,19f. *Man gestattet nicht dem Ochsen …]* Lat. Sprichwort: »Quod licet Iovi, non licet bovi« (Was Jupiter erlaubt ist, ist nicht jedem Ochsen erlaubt).

100,27f. *pochend auf sein Pfund Fleisch]* Anspielung auf Shakespeares *Kaufmann von Venedig* (IV,1), wo Shylock darauf besteht, Antonios Pfand (ein Pfund von dessen Fleisch) zu erhalten.

100,39 *»Wenn dich dein Auge ärgert …«.]* Vgl. Matthäus 5,29.

101,14-17 *»Mein Vorsatz ist es …«]* Brecht übernimmt den Text sinngemäß aus Galileis *Discorsi.*

101,36 *Neue Wissenschaft, neue Ethik]* Für Galileis Selbstanklage in dieser Szene greift Brecht indirekt zahlreiche Argumentationen und Gedanken Bacons aus dessen *Neuem Organon* auf, so die Frage der Ethik der Wissenschaftler gegenüber ihrem Beruf, wie überhaupt den Zusammenhang von Wissenschaft und gesellschaftlichem Leben.

103,1f. *Die Große Babylonische]* Der biblische Topos der großen Hure Babylon, die trunken ist vom Blut der Heiligen und der Zeugen Christi (daher auch die Bezeichnung Scharlachene), steht für das Böse, das von einem neuen Zeitalter abgelöst wird. Vgl. Offenbarung 17 und 18.

103,24f. *in einem perlmutternen Dunst]* Der eigentümlich milde Glanz auf der Innenseite der Schalen der Perlmuschel entsteht durch vielfache Spiegelung zahlreicher übereinanderliegender Lamellen und gibt nur ein verschwommenes Bild der Schalenflächen wieder.

104,28 *den hippokratischen Eid]* Moralisch-ethische Grundlage für den Arztberuf, auf die die Ärzte vereidigt wurden; nach dem griechischen Arzt Hippokrates.

Wie Margarete Steffin in ihrem Notizkalender festhält, beginnt Brecht am 27./28. September 1939 mit der Arbeit an *Mutter Courage*. Aller Wahrscheinlichkeit nach gingen dem Vorarbeiten im dänischen Exil voraus, die sich auf die Einschätzung der aktuellen politischen Situation beziehen, der Ankündigung eines großen Krieges. Mit Sorge betrachten die Emigranten die Bereitschaft der neutralen skandinavischen Länder, wegen ökonomischer Interessen von den Kriegsvorbereitungen des deutschen Faschismus geschäftlich zu profitieren. Als Handlungskontext wählt Brecht den Dreißigjährigen Krieg (1618 – 1648). Durch Knud Rasmussen und Steffin angeregt, beschäftigt er sich 1938/39 intensiv mit skandinavischer Geschichte; geplant ist ein Drama mit dem Titel *Odenseer Kreidekreis*, das in der Zeit von König Knud dem Heiligen (ermordet 1086) spielen soll; Steffin verwendet diese Figur in ihrem Stück *Die Geisteranna* (1936). Seine Geschichtsstudien ermöglichen es Brecht, die historischen Ereignisse aus der Perspektive seines Gastlandes Schweden darzustellen, das bis 1629 gegen Polen Krieg führte und erst nach einem Waffenstillstand in den europäischen Krieg, den Dreißigjährigen, eingriff. Die ersten beiden Szenen beziehen sich noch auf den schwedisch-polnischen Krieg, berücksichtigen also den spezifischen Kontext der schwedischen Geschichte.

Das Stück beruht auf verschiedenen literarischen Anregungen. Von Grimmelshausens *Lebensbeschreibung Der Ertzbetrügerin und Landstörtzerin Courasche* wird der Name der volkstümlichen Figur aus dem Dreißigjährigen Krieg übernommen, jedoch ohne die erotische Bedeutung dieser Namensgebung (Courasche steht dort für die weibliche Scham). Bei Grimmelshausen ist die nur zeitweilig als Marketenderin tätige Courasche geldgierig, aber auch beherzt und zugleich auf bedeutungsvolle Weise unfruchtbar und kinderlos. Bestimmte Züge der Soldatenhure Courasche sind für die Gestalt der Yvette Pottier übernommen. Ähnlich bekannt wie die Courasche in Deutschland ist in den skandinavischen Ländern die literarische Gestalt der Marketenderin *Lotta Svärd* aus *Fähnrich Stahls Erzählungen* von Johan Ludvig Runeberg (1848; dt: 1852), und zwar im Kontext des finnisch-schwedischen Kriegs 1808/09. Die schwedische Schauspielerin Naima Wifstrand übersetzt die *Svärd*-Ballade im Sommer 1939 für Brecht ins Deutsche. Den Redegestus entwickelt Brecht aus der Diktion der *Abenteuer des braven Soldaten Schwejk während des Weltkriegs* von Jaroslav Hašek (1921-23; dt.: 1926/27), genauer aus dem »Prager Deutsch« der Hašek-Übersetzerin Grete Reiner.

Bis Ende 1940 setzt Brecht die Arbeit am Text mit einer Vielzahl von Veränderungen und Ergänzungen fort. Als sich im Dezember die Möglichkeit einer Aufführung durch das schwedische Theater in Helsinki abzeichnet, beginnt er, zunächst in Zusammenarbeit mit dem emigrierten Schauspieler Hermann Greid, Titel für die einzelnen Szenen zu formulieren. Dem Stück werden ein Personenverzeichnis, eine Liste der Schauplätze und eine Anmerkung zu den Kostümen beigegeben. Darin sind Hinweise zur Aufführung enthalten, die auch der Bühnenbildner der Uraufführung, Teo Otto, später genau beachtet: »Die Nebenrollen können leicht unter wenige Spieler verteilt werden. [...] Das Hauptausstattungsstück besteht aus dem Planwagen der Courage, an dem ihre jeweilige finanzielle Lage erkannt werden muß. Die Hintergründe können auf einfachen Prospekten angedeutet werden. [...] Bei den Kostümen muß man sich vor der in historischen Stücken üblichen properen Flottheit in acht nehmen. Sie müssen die Not des langen Krieges zeigen« (GBA 6,385).

Das elf Szenen umfassende Stück wird nach seiner Fertigstellung am 3. November ins Schwedische übersetzt, eine geplante Aufführung mit Naima Wifstrand in der Titelrolle und Helene Weigel als Kattrin (die Rolle der Stummen soll ihr Auftrittsmöglichkeiten im Exil eröffnen) kommt nicht zustande, da Brecht und seine Familie Schweden verlassen. In Finnland beauftragt Brecht 1940 den Musiker Simon Parmet mit der Vertonung der Lieder: »Ich möchte die Nummern als mechanische Einsprengseln, etwas darin von dem plötzlichen Aufschallen jener Butiken-Apparate, in die man einen Groschen wirft« (*Journale*, 7. Oktober 1940). Parmet zögert, weil er befürchtet, daß die von Brecht gewünschte Musik ihn als Weill-Epigonen erscheinen lassen könnte, läßt sich aber schließlich zu einer gestischen Instrumentierung anregen. Für die Uraufführung wird Parmets Musik jedoch nicht verwendet; Regisseur Leopold Lindtberg verpflichtet dafür Paul Burkhard.

Eine neue Reinschrift des Stücks mit allen Veränderungen wird 1941 als Matrizentext vervielfältigt und vom Theaterverlag Kurt Reiss als Bühnenmanuskript vertrieben. Dieser Text liegt der Uraufführung zugrunde, die am 19. April im Schauspielhaus Zürich stattfindet. Sie wird bei Presse und Publikum ein eindeutiger Erfolg, nicht zuletzt wegen der großen Leistung der Hauptdarstellerin Therese Giehse. Das Programmheft gibt einige Hinweise zur Theorie des epischen Theaters aus den *Anmerkungen zur Oper »Aufstieg und Fall der Stadt Mahagonny«*. Die Kritiker gehen darauf ein, indem sie das Stück als Relativierung von Ansprüchen aus der Zeit der Lehrstücke verstehen. Die *Neue Zürcher Zeitung* spricht von einem »neuen, geläuterten Brecht«, dessen Stück sich »von Parteiprogramm und politischem Thesenstück erfreulich abseits halte« und der »die Schwäche des epischen Theaters« glücklich vermeide. Mit Nachdruck weisen Kritiker auf Grimmelshausens Courasche als Anregung und Quelle hin; gleichwohl wird die Tagesaktualität des Themas Krieg nicht übersehen. Die *Neue Zürcher* sieht in der Courage das »Sinnbild des verwüsteten Europa«, eine Bühnengestalt von wahrhaft »shakespearescher Größe«. Die *Basler Nachrichten* erinnern daran, daß das Leben der Courage »uns Heutige nahe genug angeht«. Allerdings wird gerade in diesem Kontext der Gehalt des Stücks auf bezeichnende Weise mißverstanden. Die Courage wird zu einer sich tapfer durch die Not schlagenden Vorbildfigur stilisiert.

Brecht, der die Uraufführung generell zwar mit großem Respekt zur Kenntnis nimmt, beklagt die positive Einschätzung der Courage-Figur als Mißverständnis und führt es zunächst auf die Fähigkeit des »bürgerlichen Darstellungsstils« zurück, sich jeden Text auf unhistorische Weise anzueignen; als Konsequenz aus der falschen Rezeption wird er später erneut Änderungen am Text vornehmen. Anfang 1946 schreibt Brecht an Peter Suhrkamp, daß er *Mutter Courage und ihre Kinder* für das geeignetste Beispiel hält, den »experimentellen Charakter« seiner Stücke zu demonstrieren. Als Paul Dessau in diesem Jahr nach Santa Monica übersiedelt, veranlaßt Brecht ihn zu einer Bühnenmusik, die in enger Zusammenarbeit im August 1946 fertiggestellt und für alle weiteren Aufführungen als verbindlich erklärt wird. Dessau bemüht sich um Anklänge an alte Liedformen und Märsche: Es soll der Eindruck der Variation bekannter Weisen erzielt werden. Die Zusammenarbeit mit Dessau bezeichnet den Beginn einer kontinuierlichen und fortgesetzten Überarbeitung des Textes, die vor allem darauf abzielt, den Sinn der Fabel zu verdeutlichen. Brecht will dem falschen Eindruck entgegenwirken, den die Züricher Aufführung vermittelt hatte, das Stück sei ein »Loblied auf die unerschöpfliche Vitalität des Muttertiers« (*Journale*, 7. Januar 1948). Demgegenüber verdeutlicht er, »daß die kleinen Leute vom Krieg nichts erhoffen können (im Gegensatz zu den Mächtigen). Die kleinen Leute bezahlen die Niederlagen und die Siege.«

Unmittelbar nach seinem Eintreffen in Berlin beginnt Brecht im November 1948 seine Theaterarbeit mit der Inszenierung von *Mutter Courage*. Wolfgang Langhoff, der in der Züricher Uraufführung den Eilif gespielt hatte und nun Intendant des Deutschen Theaters ist, bietet Brecht die Regie an. Dieser beginnt mit Erich Engel, der schon 1928 die *Dreigroschenoper* inszeniert hatte, mit den Proben; dabei wird der Text in zahlreichen Details verändert. Große Mühe verwendet Brecht darauf, die Schauspieler mit den Grundsätzen seiner epischen Spielweise vertraut zu machen. Aus den Erfahrungen des Lernprozesses erklärt sich eine Reihe von Varianten.

Der Erstdruck erfolgt 1949 im 9. Heft der *Versuche*. Nach der Drucklegung, die vor Abschluß der Probenarbeit erfolgt, wird der Text in verschiedenen Details weiter verändert. Die von Brecht für endgültig erklärten Änderungen werden von ihm und Elisabeth Hauptmann in ein Exemplar des Erstdrucks eingetragen und in der sofort vorbereiteten 2. Auflage (Suhrkamp Verlag 1950, Aufbau-Verlag 1951) berücksichtigt; diese bildet die Textgrundlage für die vorliegende Ausgabe.

In der Berliner Premiere vom 11. Januar 1949 im Deutschen Theater wird die Unbelehrbarkeit der Courage stärker akzentuiert. Die Inszenierung soll zeigen, »daß die großen Geschäfte in den Kriegen nicht von den kleinen Leuten gemacht werden. Daß der Krieg, der eine Fortführung der Geschäfte mit anderen Mitteln ist, die menschlichen Tugenden tödlich macht, auch für ihre Besitzer. Daß für die Bekämpfung des Krieges kein Opfer zu groß ist« (*Couragemodell 1949*, GBA 25). Die Regiearbeit versteht sich als programmatisch gegen die noch immer nicht überwundene Theaterkultur des dritten Reichs gerichtet, von der Darsteller wie Paul Bildt (Koch) und Werner Hinz (Feldprediger) geprägt sind, die nun gemeinsam mit jungen Schauspielern die Grundsätze einer epischen Spielweise erlernen. Neben Helene Weigel in der Titelrolle spielen u.a. Ernst Kahler (Eilif), Joachim Teege (Schweizerkas) und Angelika Hurwicz (Kattrin). Trotz der ungewohnten und illusionsverhindernden Darstellung wird die Aufführung ein sensationeller Erfolg, der Brecht den Spielraum für seine epische Theaterarbeit eröffnet.

Gleichwohl ist der Erfolg zunächst umstritten. Bei den Besprechungen kommt es zu einer erbitterten Kontroverse zwischen den Kritikern in der sowjetischen Besatzungszone. Paul Rilla hebt in der *Berliner Zeitung* in einer begeisterten Kritik hervor, daß Brecht den Mythos vom »Glaubenskrieg« zerstöre und den Krieg als »nackten Interessenkampf« mit allem Elend und Schmutz erkennbar werden lasse. Er deutet bereits an, daß Brecht sich nicht in Übereinstimmung mit den kulturpolitischen Erwartungen befindet. Fritz Erpenbeck hingegen lehnt im *Vorwärts* das epische Theater ab, weil es zum »Absterben des Theaters« führen müsse, wo es nicht »von einer dichterischen Potenz wie Bertolt Brecht praktiziert« werde. Der unbestreitbare und verdiente Erfolg beruhe darauf, daß Brecht *gegen* seine Theorie »echte, herrliche Dramatik im ursprünglichen Sinne« geschaffen habe. Auf den Vorwurf Erpenbecks reagiert zunächst Angelika Hurwicz, indem sie verdeutlicht, daß etwa eine von ihm als dramatisch verstandene Trommelszene auf einer konsequent epischen Spielweise beruht. Hitzig wird die Diskussion dann durch einen Beitrag Wolfgang Harichs in der *Täglichen Rundschau*, der in Erpenbecks gewundenen Einwänden eine Beckmesserei sieht, deren ungeheuerlicher Vorwurf der »volksfremden Dekadenz« (so Erpenbeck in der *Weltbühne*) nicht unwidersprochen bleiben dürfe. Die Terminologie sei gänzlich unangemessen und beruhe auf einer antiquierten Ästhetik. Harich nimmt in diesem Zusammenhang schon die Formalismusdebatte der fünfziger Jahre vorweg: »Und da wir schon beim Formalismus sind: Wer ist hier der Formalist, Brecht oder Erpenbeck? Der Formalismus setzt die Form, die er ohne Rücksicht auf den Inhalt erneuern oder auch konservieren will, absolut und macht sie zum Selbstzweck. Nicht wer die Form überhaupt, sondern wer sie lediglich um ihrer selbst willen verändert, ist Formalist.«

In der Presse der westlichen Besatzungszonen wird die Inszenierung auch von denen gerühmt, die ideologische Vorbehalte anmelden. *Die Zeit* versteht die »Korrumpierung des Menschen und aller seiner Erscheinungsformen durch den Krieg« als »das makabre Thema dieses Dramas«, das als »dichterische Verklärung des Gemein-Menschlichen« »gewissermaßen metaphysisch-dramatisch« sei. Die *Neue Zeit* kritisiert nachdrücklich den Aufführungsstil, dem ein »kräftiger Schuß Realismus« fehle, vor allem die Ausstattung wird als armselig empfunden. Brecht sei bei seinem antiillusionistischen Stil stehengeblieben. Von vielen Kritikern wird die Sprachgewalt hervorgehoben. Uneingeschränkt positiv ist die Einschätzung der Leistung von Schauspielern und Regie. Insbesondere Helene Weigels Darstellkunst in der epischen Spielweise wird als Ereignis gewertet; sie erspielt sich durch ihre Gestaltung der Courage eine bleibende Popularität.

Der Erfolg der Inszenierung, die vor ständig ausverkauftem Haus und auf zahlreichen Gastspielen in anderen Städten gespielt wird, ist von größter Bedeutung für Brecht. Er ermöglicht die Weiterführung der Pläne für ein eigenes Theater. Am 18. Mai 1949 wird Weigel mit dem Aufbau eines Ensembles beauftragt, das sich am 12. November 1949 mit *Herr Puntila und sein Knecht Matti* als »Berliner Ensemble« vorstellt. Gleichzeitig setzt die *Courage* Maßstäbe für die Praxis des epischen Theaters. Brecht fixiert sie in der kontinuierlichen Zusammenstellung eines Modellbuchs, das als *Couragemodell 1949* (GBA 25) erst 1958 postum erscheint und für jede weitere Inszenierung des Stücks zunächst zwingend vorgeschrieben wird. Auch bei der westdeutschen Erstaufführung in Wuppertal am 1. Oktober 1949 wird das Modellbuch zugrunde gelegt, nachdem Brecht eine in Dortmund vorbereitete Aufführung im Mai 1949 nach der Generalprobe untersagt hatte. In der westdeutschen Presse wird beides kontrovers diskutiert: die einen kritisieren die Einflußnahme auf die Regie als Theaterdiktatur, andere bemerken, daß das Modell eine werkgerechte Darstellung ermöglicht, ohne die künstlerische Eigenständigkeit zur bloßen Kopie einzuschränken – daß aber die Qualität des Musters mit den eingeschränkten Mitteln selbst einer guten Provinzbühne nicht zu erreichen sei. Das Modell bewährt sich insbesondere bei Brechts Inszenierung an den Münchener Kammerspielen, die zu einem Triumph für ihn als Autor und Regisseur wird, obwohl es im Vorfeld eine politische Polemik gegen die Einladung des Schriftstellers aus der DDR gegeben hatte.

Zu Brechts Lebzeiten wird das Stück häufig inszeniert. Einige dieser Aufführungen folgen dem Modell, dessen Verwendung Brecht später aber nicht mehr zwingend vorschreibt. Von der Rotterdamer Inszenierung Ruth Berlaus (Premiere: 23. Dezember 1950) werden einige Änderungen in den Text des *Couragemodells 1949* aufgenommen.

111,3 *Chronik]* Zur Gattungsbezeichnung merkt Brecht an: »Die Bezeichnung ›Chronik‹ entspricht gattungsmäßig etwa der Bezeichnung ›History‹ in der elisabethanischen Dramatik. [...] Nötig ist [...], daß Chroniken Tatsächliches enthalten, also realistisch sind.« (*Formprobleme des Theaters aus neuem Inhalt.*)

112,4 *vor dem Ausbruch des zweiten Weltkrieges]* Wie beim *Verhör des Lukullus* gibt Brecht eine Entstehungszeit an, die mit den nachweisbaren Daten nicht übereinstimmt.

113,2 *Feldhauptmann Oxenstjerna]* Axel Graf Oxenstjerna, ab 1612 schwedischer Reichskanzler, nimmt seit 1621 an den Feldzügen Gustav Adolfs gegen Polen teil. Er schließt 1629 den Waffenstillstand mit Polen, der Schweden den Besitz Livlands sichert und Gustav Adolf das Eingreifen in den Dreißigjährigen Krieg (1618-1648) ermöglicht, und leitet nach dem Tode des Königs (1632) die schwedische Politik in Deutschland.

113,3 *Dalarne]* Dalarna, Landschaft im nördlichen Mittelschweden um den Siljan-See. Die Wahl des Schauplatzes Dalarna stellt einen Bezug zu wichtigen und für die nationale Identität bedeutsamen Ereignissen der schwedischen Geschichte her. Schweden wurde bis ins 16. Jahrhundert von dänischen Reichsverwesern regiert. Ihnen widersetzten sich u.a. schon die schwedischen Bauern unter Engelbrechtson (Brecht plant 1939 eine dramatische Bearbeitung dieses Stoffes). Als der Dänenkönig Christian II. 1520 den schwedischen Widerstand durch das »Stockholmer Blutbad« zu brechen versuchte, erhoben sich die Schweden unter Gustav Wasa von Dalarna aus und beendeten die Fremdherrschaft.

113,3 *Feldzug in Polen]* Der schwedisch-polnische Krieg (1621-1629) ist Teil der Auseinandersetzungen im schwedischen Königshaus unter den Nachkommen von Gustav Wasa. Dessen Sohn Johann III. von Schweden hatte seinen katholisch erzogenen Sohn Sigismund 1587 zum polnischen König (Sigismund III.) wählen lassen. Nach dem Tode Johanns III. wurde Sigismund auch schwedischer König. Er mußte bei seiner Krönung die lutherische Staatsreligion Schwedens und die Rechte des Reichstags garantieren. Herzog Karl, der Bruder Johanns III., mobilisiert die nichtadeligen Stände Schwedens gegen seinen Neffen und erreicht 1600 die Absetzung Sigismunds und seiner Nachkommen als schwedische Könige. 1604 wird er als Karl IX. gekrönt. Es kommt zu Auseinandersetzungen, die von seinem Sohn Gustav II. Adolf nach seinem Tod (1611) fortgesetzt werden. Gustav Adolf bietet 1620 Sigismund III. Verhandlungen mit dem Ziel seiner Anerkennung als schwedischer König an. Sigismund lehnt ab, daraufhin marschieren die Schweden in Livland ein. 1626 verlagert sich der Kriegsschauplatz nach Preußen. In dem 1629 durch Vermittlung Richelieus geschlossenen Waffenstillstand von Altmark erhält Schweden Livland und die preußischen Küstengebiete. Von diesem Zeitpunkt an beteiligt sich Schweden am Dreißigjährigen Krieg.

113,3f. *Marketenderin]* (Von altital. mercatante: Kaufmann) Händlerin, die den Truppen im Krieg oder Manöver folgt und Lebensmittel oder Bedarfsgegenstände verkauft.

113,12 *Fähnlein]* Truppenteil der Landsknechtsheere, etwa 300 Mann, die unter einer Fahne zusammengeschlossen sind.

115,5 *Bagage]* Gepäck- und Verpflegungstroß des Heeres. Schon im 17. Jahrhundert als Schimpfwort im Sinne von »Gesindel« und »Pack« gebraucht.

115,6 *Zweites Finnisches Regiment.]* Finnland war im 17. Jahrhundert Großfürstentum im schwedischen Reichsverband. Es handelt sich also um einen Truppenteil des schwedischen Heeres.

115,23 *umgestanden]* Eingegangen, verendet.

117,2 *Jakob Ochs und Esau Ochs]* Anspielung auf die verfeindeten Zwillingssöhne des biblischen Patriarchen Isaak (vgl. 1 Mose 25,24-34).

118,19 *Butzen]* Butz: Kerngehäuse des Apfels.

118,35 *das Zweite Gesicht]* Gabe der Prophezeiung der Zukunft.

119,39 *fromm zugeht im schwedischen Lager]* Gustav Adolfs Heere waren bekannt für strenge Disziplin, die religiös begründet wurde.

120,7 *Freudental]* Analogiebildung zum barocken Topos der Welt als »Jammertal«.

120,13 f. *unglückliche Mutter, ich schmerzensreiche Gebärerin]* Motiv der Mater dolorosa (lat. Schmerzensmutter): Vor allem in der bildenden Kunst Darstellung Marias, der Mutter Jesu, im Schmerz über die Leiden ihres Sohnes.

120,17 *Weg des Fleisches]* Sprichwörtlich für den Weg in Verderbtheit und Tod in Anlehnung an die Bibel (1 Mose 6,12-13).

121,9 *stumm geboren]* Hier eine Schutzbehauptung: Kattrin ist nicht stumm geboren, sondern stumm als Opfer einer Mißhandlung im Krieg (vgl. 165,4 f.).

121,31 *Handgeld]* Rechtsbrauch der symbolischen Auszahlung einer kleinen Geldsumme bei mündlichem Abschluß eines Vertrages. Bis ins 18. Jahrhundert in diesem Sinne Werbungsgeld für Söldner.

123,3 f. *Festung Wallhof]* Befestigung bei dem Dorf Wallhofen, südöstlich von Riga. Hier besiegt Gustav Adolf von Schweden am 7. Januar 1626 die Polen unter Fürst Sapieha.

124,29 *Mores]* (Lat.) Sitten, (gutes) Benehmen.

125,27 *Lieblingsfalerner]* Falerner ist ein schon im Altertum bekannter Wein aus dem Norden Campaniens (lat. falernus ager).

125,32 *geschlenkt]* Hintergangen.

126,4 *glustig]* Gierig.

126,26 f. *unser Herr hat … herzaubern können]* Anspielung auf die Speisung der 5000 durch Jesus; vgl. Matthäus 14,15 ff.

126,33-35 *Was du dem geringsten … hast du mir getan?]* Vgl. Matthäus 25,40.

127,4 *den König]* Gemeint ist der Schwedenkönig Gustav Adolf.

127,24 *Herkulesse]* Hercules (lat. für Herakles) ist in der griechischen Mythologie das Urbild der unwiderstehlichen physischen Kraft.

127,38-128,40 *Das Lied vom Weib und dem Soldaten]* Brecht übernimmt das Lied mit geringfügigen Änderungen aus der *Hauspostille* (*Die Ballade vom Soldaten*). Es geht auf ein Lied von Rudyard Kipling zurück. Die *Ballade vom Soldaten* war 1928 von Hanns Eisler für die Berliner Uraufführung von Lion Feuchtwangers Stück *Kalkutta, 4. Mai* vertont worden.

132,3 *Flandern]* »Von Flandern sein«, sprichwörtlich für: in der Liebe unbeständig sein.

132,11-133,5 *Lied vom Fraternisieren]* Das Lied entsteht 1946, als Dessau die Musik zur *Courage* komponiert, mit dem Titel *Lied von der Soldatenhure*. Es ersetzt das *Lied vom Pfeif- und Trommelhenny* aus dem Text des Bühnenmanuskripts 1941. Fraternisieren (nach franz. fraterniser): verbrüdern.

133,12f. *Die Liebe ist eine Himmelsmacht]* Anspielung auf den zum Schlager gewordenen Refrain eines Duetts aus dem 2. Akt der Operette *Der Zigeunerbaron* (1885) von Johann Strauß (»Wer uns getraut [...]«).

134,38f. *Die Polen ... nicht einmischen sollen.]* Die aus dem historischen Kontext abgeleitete Argumentation ist 1939 nach Hitlers Überfall auf Polen zugleich eine aktuelle Anspielung.

135,1 *mit Roß und Mann und Wagen]* Anfang eines Liedes, das zuerst 1813 in Riga unter dem Titel *Fluchtlied* auf einem Fliegenden Blatt verteilt wurde (»Mit Mann und Roß und Wagen / So hat sie Gott geschlagen. [...]«). Als Verfasser wird Ferdinand August genannt. Das Lied wurde in Kriegszeiten immer wieder als Siegeslied verwendet, so auch zu Beginn des zweiten Weltkriegs.

135,8 *Der Kaiser]* Ferdinand II. von Habsburg kämpft im Dreißigjährigen Krieg um die österreichische Hegemonie in Mitteleuropa.

135,14 *Salzsteuer]* In Deutschland war die Salzsteuer, eine für arme Leute bedrückende Verbrauchssteuer, 1926 aufgehoben und in der ersten Notverordnung der Regierung Papen vom 14. Januar 1932 wieder eingeführt worden.

135,33 *Schließlich essen Sie sein Brot.]* Anspielung auf das Sprichwort: »Wes Brot ich esse, des Lied ich singe.«

136,28f. *Selig sind die Friedfertigen]* Vgl. Matthäus 5,9.

137,11 *Babylonische]* Anspielung auf die Hure Babylon (Offenbarung des Johannes 17,1-18).

137,37f. *Sein Licht muß man unter den Scheffel stellen]* Redensartlich nach Matthäus 5,15, als Regel hier allerdings im Gegensinn zum geläufigen Gebrauch. Scheffel ist eine regionale Bezeichnung für Bottich.

138,15f. *Bosche moye!]* Bože mój! (poln.): Mein Gott! Ausruf mit bedauerndem Unterton; wird auch als Fluch verwendet.

138,31f. *Wes das Herz voll ist, des läuft das Maul über]* Vgl. Matthäus 12,34

139.2f. *Antichrist]* Der vom Teufel gesandte, endzeitliche Widersacher Christi, hier in Verbindung mit der populären Ikonographie der Hörner als Symbol der Teufelsgestalt.

139,31f. *sie haben Anspruch ... keinen Schritt machen.]* Im Dreißigjährigen Krieg endet die Verpflichtung der Landsknechte bei Soldrückstand. Sie können sich dann neu anwerben lassen.

143,38-145,9 *Horenlied]* (Von lat. hora: die Stunde.) Das 1946 entstandene Lied geht zurück auf das Kirchenlied *Christus, der uns selig macht* (um 1520) von Michael Weiße. Das Lied entstand nach einer lateinischen Vorlage des Egidius von Colonna, in der die Leidensstationen Jesu am Karfreitag auf die sieben horae canonicae, die Tagzeiten des klösterlichen Stundengebets (Horengebets), verteilt werden. Brecht übernimmt die (Doppel-)Strophen 2-6, schreibt allerdings die Verse 145,7-9 um und redigiert den Text ein wenig.

147,32 *Jesus am Ölberg]* Anspielung auf die Angst Jesu vor dem Tod. Vgl. Matthäus 26,31 ff.

150,10-12 *Mutter Courage ... schüttelt den Kopf.]* Zweifache Verleugnung, spielt an auf die dreifache Verleugnung Jesu durch Petrus, die Jesus beim letzten Abendmahl prophezeit hat, vgl. Matthäus 26,34; vgl. auch die Worte des Petrus: »Ich kenne den Menschen nicht.« (Matthäus 26,72.) Auf den Kontext der Passion verweist schon das *Horenlied* (vgl. 144,1-145,9).

150,37 *Bouque la Madonne]* Das Verb »bouquer« (»mit Gewalt küssen«) ist im Französischen nur im 16. Jahrhundert gelegentlich überliefert. Wörtlich: »Raub der Madonna einen Kuß!« (Fluch.)

150,39 *Menscher]* Das Mensch (süddt.): Abschätzige Bezeichnung für eine Frau.

151,2 *Stock]* Altertümliches Straf- und Folterinstrument, in das der Delinquent an Hals, Händen und Füßen eingespannt wird.

153,17 *Der Mensch denkt: Gott lenkt]* Durch die veränderte Interpunktion (Doppelpunkt statt Komma) erhält die sprichwörtliche Sentenz (vgl. auch Sprüche Salomonis) einen ganz neuen Sinn.

154,32 *Tillys Sieg bei Magdeburg]* Johann Tserclaes Graf von Tilly war seit 1630 oberster Befehlshaber der kaiserlichen Truppen. Die Einnahme von Magdeburg am 10. Mai 1631 sollte ein weiteres Vordringen Gustav Adolfs nach Mitteldeutschland verhindern. Am 17. September 1631 wird Tilly jedoch in Breitenfeld von dem Schwedenkönig vernichtend geschlagen.

155,6 *zum Plündern freigegeben]* Die Plünderungserlaubnis ist eine Praxis des Dreißigjährigen Krieges. Der Grundsatz »Der Krieg ernährt den Krieg« ermöglicht große Heere, führt aber zur Verwüstung der Kriegsgebiete.

156,3 *Krampen]* (Bairisch/österr.) Hacke, Spitzhacke. Davon abgeleitet Krampus, der Begleiter des Nikolaus, Knecht Ruprecht, nach der eisernen Hacke, die er mit sich führt. Auch als Teufelsgestalt eingeführt.

156,31 *Pschagreff!]* Von poln. Psiakrew: Hundeblut. Verbreiteter Fluch im Sinne von: Verdammt noch mal.

157,3 f. *Begräbnis des ... Tilly]* Tilly wird am 8. April 1632 in der Schlacht bei Rain am Lech gegen Gustav Adolfs Truppen tödlich verwundet.

158,5 *Chargen]* (Höhere) Dienstgrade über den gemeinen Soldaten.

162,14 *Donschuan]* Phonetische Schreibung von Don Juan.

162,34 *Endsieg]* Zentraler Terminus der NS-Propaganda. Bis zur 1. Auflage des *Versuche*-Drucks: »Sieg«.

164,20-22 *Das ist wie mit die Bäum ... Lebens freun.]* Das Gleichnis stammt von dem chinesischen Taoisten Chuang-Tzu (Dschuang-Dsi).

165,5 *geschoppt]* Von oberdt. schoppen: etwas vollstopfen.

166,2f. *Im selben Jahr ... Lützen.]* Gustav Adolf stirbt nach einem Sieg über Wallenstein in der Schlacht bei Lützen am 16. November 1632. Unter Führung des Kanzlers Oxenstjerna entschließen sich die Schweden zu weiterer Kriegführung.

167,1 *Marandjosef]* Entstellende Verschleifung für die Fürbitteformel »Maria und Josef«.

168,17f. *Schmalger]* Neubildung Brechts. Vermutlich abgeleitet von bairisch schmalgen: mit vollem Mund unreinlich essen. Für die Aufführung 1951 verändert zu: »Aufschneider und Schmierlapp«.

173,2 *Gottes Mühlen mahlen langsam.]* Zitat aus dem Sinngedicht *Göttliche Rache* des schlesischen Barockdichters Friedrich von Logau:

GÖTTLICHE RACHE
Gottes Mühlen mahlen langsam, mahlen aber trefflich klein;
Ob auß Langmuth er sich seumet, bringt mit Schärff er alles ein.

174,5 *Profos]* Stockmeister, Verwalter der Militärgerichtsbarkeit.

176,13 *Sonst steht er um!]* Vgl. zu 115,23.

177,12-18 *Im Sächsischen ... bei Raubüberfall erwischt.]* Solche Details sind überliefert und waren Brecht aus den Quellen bekannt.

178,25 *in dem Alter]* Kattrin ist 30 Jahre alt (vgl. 148,33).

179,2-181,2 *das Lied von Salomon]* Brecht verwendet den *Salomo-Song* aus der *Dreigroschenoper*, verändert ihn aber nach den Erfordernissen des neuen Stücks. Der *Salomo-Song* der *Dreigroschenoper* war von Weill vertont worden. Für *Mutter Courage und ihre Kinder* schreibt Dessau eine Musik mit »Bänkelsängercharakter«.

179,11 *sah, daß alles eitel war]* Vgl. Kohelet (früher: Prediger) 1,2.

179,29 *Auch du, mein Sohn!]* Der Ausspruch Caesars, als er bei seiner Ermordung seinen Vertrauten Marcus Junius Brutus unter den Mördern entdeckt, ist in der Form »Auch du, mein Sohn?« überliefert in Kapitel 82 von Suetons *Caesar*-Biographie.

180,4 *Schierlingstrank]* In der Antike Form der Hinrichtung durch Pflanzengift. Der Tod des Sokrates durch den Schierlingsbecher ist von Platon in *Phaidon* beschrieben.

180,18 *bot seinen halben Mantel ihm an]* Nach der Legende teilt der heilige Martin von Tours als Soldat vor Amiens seinen Mantel mit einem Bettler. Daß er deshalb erfroren sei, ist eine Legendenvariation Brechts.

181,3 *Brennsupp]* (Süddt.) Suppe aus in Fett gebräuntem Mehl.

182,10 *Das ganze Jahr 1635]* Die schwedischen Heere bewegen sich 1635 durch Mitteldeutschland, wo sie sich nach ihrer Niederlage bei Nördlingen 1634 nur mühsam behaupten können.

183,3 *Der Stein beginnt zu reden.]* Anspielung auf Lukas 19,40: »Wenn diese schweigen werden, dann werden die Steine schreien.« Vgl. 140,30f.: Die Courage wünscht sich ihre Tochter unauffällig wie »ein Stein aus Dalarne«.

185,30 *die Trommel]* Sie gehört zu den Waren, bei deren Verteidigung Kattrin in der 6. Szene verunstaltet wurde (vgl. 163,31-33).

188,31-189,7 *Eia popeia]* Brecht greift auf ein altes Volkslied zurück, das in der Sammlung *Des Knaben Wunderhorn* überliefert ist.

189,15 *Marodöre]* Von franz. maraud: Lump; Marodeure sind plündernde Nachzügler des Heeres.

189,16 *Blache]* (Österr.) Plache: Plane aus grober Leinwand.

Der gute Mensch von Sezuan

Bereits um 1927/28 thematisiert Brecht in einer Idee zur Fabel *»Fanny Kreß« oder »Der Huren einziger Freund«* die Verkleidung einer Frau als Mann sowie ihre Veränderung vom Dirnendasein zum Zigarrenhandel. In einem Fabelentwurf zu dem geplanten Stück *Die Ware Liebe* (um 1930) wird die Prostitution als der Extremfall der Verdinglichung und Selbstentfremdung in der kapitalistischen Gesellschaftsordnung als Motiv verwendet; auch in späteren Dramen bekommt es eine zentrale Bedeutung. Das Dilemma der Protagonistin, entweder hartherzig zu werden oder zugrunde zu gehen, ist in einer Vorüberlegung zu *Die Ware Liebe* genannt. Brecht erwägt, die Prostituierte entweder ein Opfer ihres Liebhabers werden oder sie ökonomisch triumphieren zu lassen. Einzelne Momente des Stoffes nutzt Brecht 1933 für das Ballett *Die sieben Todsünden*. Im März 1939 arbeitet er weiter an diesem Thema und hat inzwischen einen neuen Stücktitel gefunden: *Der gute Mensch von Sezuan*. Brecht will mit dem Drama die epische Technik weiterentwickeln und weist wiederholt auf den hohen ästhetischen Anspruch und den artistischen Charakter der Darstellung hin.

Die chinesische Einkleidung der Handlung hängt mit Brechts Studien der chinesischen Philosophie und Literatur zusammen; er verwendet im Stück Zitate aus Po-Chü-yi, Dschuang-Dsi und Me Ti. Insbesondere bei der Auseinandersetzung mit den klassischen chinesischen Schriften bei der Entstehung des *Tuiromans* und des *Buchs der Wendungen* (*Me-ti*) gewinnen Probleme einer materialistischen Ethik als Aufhebung der bürgerlich-christlichen Ethik an Gewicht. Dabei orientiert Brecht sich an den von Alfred Forke 1922 herausgegebenen Schriften Me Tis, für den Tugenden und Laster (richtiges und falsches Verhalten) nicht eine Frage von Normen und Vorschriften sind, sondern eine Konsequenz gesellschaftlicher Lebensbedingungen, die sie ermöglichen oder erzwingen. Ethik ist somit ein Teil der Staatslehre und wird sozialpolitisch begründet. In solchen Zusammenhängen stellt sich die Schlüsselfrage des Stücks, wie es möglich sei, »Gut zu sein und doch zu leben« (291,13).

Während der gesamten Entstehungszeit führt Brecht in Schweden und Finnland intensive Gespräche über ethische Probleme mit dem Schauspieler Hermann Greid; die Diskussionen geben einzelne Anregungen für die Thematik des *Guten Menschen*. Für die Handlung des Vorspiels greift Brecht auf die biblische Geschichte der Vernichtung von Sodom und Gomorrha (1 Mose 18 und 19) zurück. Gott erscheint Abraham in Gestalt von drei Männern, die er gastfreundlich aufnimmt. Sie verkünden den Untergang der beiden Städte, da dort die göttlichen Gebote verletzt werden. Abraham ringt Gott das Versprechen ab, daß die Städte nicht untergehen sollen, wenn in ihnen 50 Gerechte gefunden werden, eine Anzahl, die sich letztlich auf zehn reduziert. In Sodom erscheinen zwei Engel des Herrn und werden von Lot beherbergt; die Sodomiter wollen sich an ihnen vergreifen, woraufhin sie mit Blindheit geschlagen und ihre Städte mit Feuer und Schwefel vernichtet werden – Lot wird jedoch gerettet. Brecht übernimmt den Untergang durch Feuer (233,37) und läßt die Götter von sich aus die Zahl der Guten bis auf einen verringern.

Nach verschiedenen Unterbrechungen setzt Brecht mit Margarete Steffin die Arbeit am *Guten Menschen von Sezuan* im Sommer 1939 fort. Zahlreiche allgemein gehaltene Pläne, Entwürfe und Schemata entstehen. Durch den Beginn des zweiten Weltkriegs gerät die Arbeit erneut ins Stocken, wird wegen *Mutter Courage* und *Das Verhör des Lukullus* unterbrochen und erst in Finnland wiederaufgenommen. Am 20. Juni 1940 ist der Text »im großen und ganzen fertig«; es bleiben allerdings Zweifel und das Problem, das Stück ohne Proben auf einer Bühne fertigzustellen. Die Korrekturen, zu denen ihn auch Steffin veranlaßt, kosten »ebensoviel Wochen, wie die Niederschrift der Szenen Tage gekostet hat« (*Journale*, 9. August 1940). Nach neuerlicher Unterbrechung zugunsten von *Herr Puntila und sein Knecht Matti* wird das Stück im Januar 1941 beendet: die Figuren erhalten ihre endgültigen Namen (Matti z.B. hieß zunächst Kalle), weitere Lieder werden hinzugefügt.

Kopien des Manuskripts werden im Frühjahr auf einer Vervielfältigungsmaschine des finnischen Buchhändlers Eric Olsoni abgezogen und an Freunde in Schweden, der Schweiz und den USA verschickt. Keiner der Empfänger reagiert. Von seinem kalifornischen Exilort aus bemüht sich Brecht um eine Aufführung durch Erwin Piscator (in New York), verzichtet aber, als ihm eine Mitarbeit in sämtlichen Stadien der Inszenierung nicht zugestanden wird. Die Uraufführung findet am 4. Februar 1943 unter der Regie von Leonard Steckel in Zürich statt. Für die Rolle der Shen Te wird die junge Schauspielerin Maria Becker verpflichtet, die sich neben Darstellern wie Therese Giehse und Ernst Ginsberg überzeugend behaupten kann. Bei Brecht-nahestehenden Mitgliedern des Ensembles wie Langhoff, Paryla und Heinz stößt die Inszenierung Steckels auf Kritik, während sie von Presse und Publikum positiv aufgenommen wird. Mißvergnügt nehmen die Rezensenten allerdings zur Kenntnis, daß im Programmheft auf die Grundsätze des epischen Theaters hingewiesen wird. Das Stück wird als Zeugnis für einen »gewaltigen Weg inneren Reifens« verstanden, der den Dichter »[...] vom aktivistischen Nihilismus zum Bekenntnis der Humanität« geführt habe (*Die Weltwoche*): »Der stürmische Anspruch des Proletariats auf Glück wird zugunsten des caritativen Besitzes fallengelassen: der Kommunist Brecht entpuppt sich als *Apologet des bürgerlichen Kapitalismus*.« Brecht hat dieses immer wiederauftauchende Mißverständnis scharf kritisiert: »In einem Gleichnis wird einfach realistisch eine historische (vorübergehende, d.h. zum Vorübergehen zu zwingende) Situation abgebildet. Die Zerreißung der Shen Te ist ein schrecklicher Akt der bürgerlichen Gesellschaft!« (Brief an Eric Bentley, August 1946.) *Die Tat* findet die »doppelte Buchführung von Moral und Geschäft« auf packende Weise gestaltet; Brechts Anklage ziele »auf materielle Lösungen – die er verschweigt«.

Im Mai 1943 stellt Brecht mit Kurt Weill eine Fassung des *Guten Menschen von Sezuan* mit einer erheblich veränderten Fabelführung für eine Aufführung am Broadway her. 1947/48 schreibt Paul Dessau, teilweise in Zusammenarbeit mit Brecht, in Kalifornien eine Musik zu dem Stück. – Die deutsche Erstaufführung findet am 16. November 1952 an den Städtischen Bühnen in Frankfurt am Main statt. Das Bühnenbild, ein Arrangement von Stäben, entwirft wie in der Züricher Aufführung Teo Otto. In der Titelrolle erspielt sich Solveig Thomas den uneingeschränkten Beifall der Kritiker. Die Aufführung stößt zu Beginn der Auseinandersetzungen über Brecht im Zeichen des Kalten Krieges auf erheblichen Widerstand. Die *Frankfurter Rundschau* berichtet von einer vehementen Attacke des CDU-Fraktionsvorsitzenden im Stadtrat: »In diesem Stück ›ohne jeden künstlerischen Belang‹ werde das Göttliche in schamloser Weise lächerlich gemacht, und überdies handle es sich dabei um eine rein kommunistische Angelegenheit, das Propagandastück eines sich zum Kommunismus bekennenden ›sogenannten Dichters‹.« Regisseur Harry Buckwitz und viele Rezensenten treten demgegenüber für die Freiheit geistiger Auseinandersetzungen ein.

Für den Erstdruck in Heft 12 der *Versuche* 1953 wird der Text des Matrizendrucks von 1941 nur geringfügig stilistisch überarbeitet. Eine Inszenierung in Wuppertal am 31. März 1955 bezeichnet das Ende des bundesrepublikanischen Brecht-Boykotts nach dem 17. Juni 1953 und findet deshalb große Beachtung in der Presse. Die erfolgreiche Premiere belebt die Diskussion über eine Unterscheidung zwischen dem Dichter Brecht und dem Kommunisten Brecht.

Eine eigene Inszenierung Brechts scheitert vor allem an Schwierigkeiten der Besetzung. Da es ihm nicht gelingt, Elisabeth Bergner zu verpflichten, ermöglicht er eine Aufführung in Rostock unter der Regie von Benno Besson mit Käthe Reichel als Shen Te. Brecht nimmt wie schon in Frankfurt 1952 (und bei Hans Schweikarts Inszenierung 1955 in München) an den letzten Proben teil. Die Premiere am 1. Januar 1956 findet große Beachtung, weil zum ersten Mal ein großes Brecht-Stück an einer Bühne außerhalb Berlins seine Erstaufführung für die DDR erfährt und weil die Aufführung dem Unbehagen entgegenwirkt, daß ein in der Schweiz und in der Bundesrepublik erfolgreiches Stück in der DDR noch nicht gezeigt wurde. Immerhin hatte die westdeutsche Presse wiederholt den Verdacht geäußert, das Stück sei in der DDR unerwünscht. So unterstreicht die *Weltbühne*, daß die Parabel zwar vornehmlich für die kapitalistische Gesellschaftsordnung aktuell sei, »aber selbstverständlich kann das bei weitem nicht heißen, daß wir uns dem Stück verschließen durften, weil wir seit einigen Jahren dem Sozialismus nähergekommen sind«. Die erfolgreiche Inszenierung belebt wieder die Kontroverse um das epische Theater, gegen das nach wie vor Vorbehalte insbesondere der Rezensenten bestehen, die sich Stanislawskis Theorien verpflichtet fühlen.

192,1 *Ruth Berlau]* Eine Mitarbeit am Text ist im einzelnen nicht nachweisbar.

192,3 f. *1938 ... begonnen, 1940 in Schweden fertiggestellt]* Die angegebenen Daten stimmen mit der Entstehungsgeschichte nicht überein: Brecht beginnt im März 1939 in Dänemark mit der Arbeit und stellt das Stück im Januar 1941 in Finnland fertig. Allerdings enthält schon der Matrizendruck 1941 auf der Rückseite des Personenverzeichnisses den Vermerk: »Das Stück wurde beendet im Herbst 1940/Mitarbeiter: M. Steffin.«

193,4 *Wasserverkäufer]* Im alten China gab es den Beruf des Wasserverkäufers.

193,15 *Der Himmel]* In der chinesischen Philosophie (z.B. Me Ti) ist der Himmel (»der Wille des Himmels«) das Prinzip einer transzendent begründeten Weltordnung.

196,1 f. *Seit zweitausend Jahren]* Anspielung auf das Christentum und sein Endzeitbewußtsein.

196,23 f. *Die Gesinnung ist wichtiger.]* In der Ethik-Diskussion der zwanziger Jahre wird zwischen Gesinnungsethik und Erfolgsethik (Max Scheler) bzw. Verantwortungsethik (Max Weber) unterschieden. Die Gesinnungsethik wird als ein Erbe der christlichen Tradition (besonders Augustinus) verstanden.

197,8 *Bis ins vierte Glied]* Alttestamentliche Zornesformel (2 Mose 20,5): Gott straft der Väter Missetat an den Kindern »bis ins dritte und vierte Glied«.

200,9-13 *die Gebote halten ... den Hilflosen nicht berauben]* Die genannten Gebote beziehen sich auf die 10 Gebote des Alten Testaments (2 Mose 20), soweit in ihnen zwischenmenschliches Verhalten angesprochen ist. Diese Gebote sind Grundlagen der christlichen Ethik (etwa in Luthers *Kleinem Katechismus*, 1529). Die von Shen Te angesprochenen Forderungen beziehen sich auf das 4., 8., 9., 6. und 10. Gebot.

201,15 *Silberdollar]* Der Silberdollar ist bis in die dreißiger Jahre die offizielle chinesische Währungseinheit.

208,17-209,6 *Das Lied vom Rauch]* Das Lied entsteht in der letzten Arbeitsphase (Januar 1941) zunächst unter dem Titel *Lied der verarmten Familie*. Brecht notiert die Mitarbeit von Margarete Steffin (*Journale*, 29. Januar 1941). Das Lied wird für das Stück neu geschrieben, nimmt aber den Refrain des Gedichtes *Der Gesang aus der Opiumhöhle* (um 1920) auf.

210,29f. *O du schwacher! / Gut gesinnter, aber schwacher Mensch!]* Anspielung auf Matthäus 26,41: »Der Geist ist willig, aber das Fleisch ist schwach.«

212,33-38 *in den elfhundert Jahren ... einfach zudeckt.]* Shui Ta zitiert das Gedicht des chinesischen Klassikers Po Chü-Yi. Die sehr freie Bearbeitung Brechts mit dem Titel *Die Decke* beruht auf der englischen Nachdichtung von Arthur Waley in *A Hundred and Seventy Chinese Poems* (1918).

216,15 *Fünfkäschkämmerchen]* Der Käsch ist eine kleine chinesische Münze aus Nichtedelmetall von geringem Wert. Brecht kennt die Bezeichnung aus der Lektüre von Alfred Döblins Roman *Die drei Sprünge des Wang-lun* (1915).

224,24 *Käsch]* Vgl. zu 216,15.

225,3-6 *Aber da ich ... auch wenn ich wollte.]* In den Plänen notiert Brecht das Stichwort: »Impotenz durch Armut«.

228,21f. *der Buchstabe der Gebote ... ihr Geist]* Die Unterscheidung von »Buchstabe« und »Geist« geht zurück auf 2 Korinther 3,6.

228,34f. *die sieben guten Könige]* Me Ti begründet seine ethischen Gebote durch den Hinweis auf die »weisen Könige des Altertums«. Diese legendären Herrscher verkörpern die gute alte Ordnung, deren Prinzipien durch die Herrschaftspraxis der neueren Zeit in Frage gestellt werden.

230,36 *Shawl]* Brecht verwendet konsequent die englische Schreibweise für Schal.

233,17 *gaga]* (Franz.) altersschwach, nicht mehr zurechnungsfähig.

233,33-37 *Wenn in einer Stadt ... ein Feuer]* Anspielung auf den Untergang von Sodom und Gomorrha durch Feuer und Schwefel (1 Mose 19,24). Brecht wendet die biblische Formel sozialkritisch: durch den Hinweis auf die Notwendigkeit einer Revolution.

237,20f. *nur eine einzige und dazu alte Frau]* Das alte chinesische Recht erlaubte die Eheschließung eines Mannes mit mehreren Frauen.

242,4 *Stopf's in deine Pfeife und rauch's!]* Die Formulierung ist ein Anglizismus, den Brecht schon in *Aufstieg und Fall der Stadt Mahagonny* verwendet hat (»Put that in your pipe and smoke it«).

243,21 *vierhundert speisen]* Anspielung auf die Speisung der 5000 durch Christus (vgl. Matthäus 14,13-21).

248,22-26 *die Götter haben auch gewollt ... das/Ist gut.]* Brecht notiert in den Plänen als Zitat von Me Ti den Satz: »Generosität schließt das eigene Selbst nicht aus.« Im gleichen Zusammenhang steht bei Me Ti der Satz: »Die Liebe zu den Menschen schließt die eigene Person nicht aus, denn diese ist unter denen, die geliebt werden, und da dies der Fall ist, so erstreckt sich auch die Liebe auf die eigene Person. Die gewöhnlich sogenannte Eigenliebe ist Liebe zu den Menschen.« (Von Brecht in seinem Exemplar der von Alfred Forke 1922 herausgegebenen Schriften Me Tis angestrichen.) Dieses Verständnis von Menschenliebe steht im

Gegensatz zu der als selbstlos formulierten Forderung der christlichen Nächstenliebe.

249,6 *Bonze]* Hier im ursprünglichen Wortsinn: buddhistischer Priester.

251,16f. *drei Teufel ... der Gasmangelteufel]* Die Teufel als personifizierte Übel beziehen sich hier auf den Berufsbereich des Fliegers.

256,1-36 *Das Lied vom Sankt Nimmerleinstag]* Das Lied entsteht 1940. Parodistische Anspielung auf die christliche Vorstellung vom Jüngsten Gericht.

257,10-25 *ein Buch ... Leiden der Brauchbarkeit]* Wang zitiert ein Gleichnis des Taoisten Chuang-Tzu, das Brecht fast wörtlich aus der Übersetzung von Richard Wilhelm (Dschuang-Dsi, *Das wahre Buch vom südlichen Blütenland*, Jena 1912) übernimmt.

257,16 *Katalpen]* Trompetenbäume, ostasiatische Baumart.

257,33 *Gebote der Nächstenliebe]* Die Gebote der Götter werden hier auf den christlichen Grundsatz der Nächstenliebe bezogen. Nächstenliebe bedeutet in einer Welt des Mangels Selbstaufgabe im Gegensatz zum Gedanken des Rechts auf Selbstverwirklichung, wie er im Prinzip der »einigenden Liebe« bei Me Ti gedacht wird.

258,24 *Wir sind nur Betrachtende.]* Vgl. zu 292,38.

261,1-34 *Sie stellt ihren kleinen Sohn ... ins Genick.]* Das pantomimische Spiel mit dem ungeborenen Kind geht auf eine Anregung Sergej Tretjakows zurück. In dessen Stück *Ich will ein Kind haben*, das Brecht 1930 kennenlernt und an dessen Übersetzung (zweite Fassung) er später mitarbeitet, gibt es eine entsprechende Szene (*Den Vater braucht man nicht*).

270,37 *vom rechten Wege abgewichen]* Biblische Wendung, vgl. Psalm 14,3.

273,22-274,24 *Lied vom achten Elefanten]* Das Lied entsteht im Januar 1941. Brecht greift eine Anregung seiner Kipling-Lektüre auf. In einer Erzählung Kiplings aus *Im Dschungel* (1894, dt.: 1898), *Toomai, der Liebling der Elefanten*, wird von dem Elefanten Kala Nag berichtet, der als Leittier einer Herde von Arbeitselefanten allein seine Stoßzähne behalten darf. In einem Brief an den Intendanten des Nordmark Landestheaters Schleswig vom 18. April 1955 schreibt Brecht: »Das Lied wird von den Tabakarbeitern zwar als Spottlied auf den Aufseher gesungen, der Sinn der Szene besteht aber darin, daß der Aufseher schlauerweise die Tabakarbeiter zur schnelleren Arbeit anpeitscht, indem er den Rhythmus des Gesangs beschleunigt: die Singenden müssen also sozusagen geradezu ins Japsen kommen, während der Aufseher, bequem sitzend, lacht. Die Szene zeigt eher die Schwäche des Widerstandes als seine Stärke und sollte *dadurch* tragisch wirken.«

274,37f. *»Der Edle ist wie ... wie die Alten sagten.]* Brecht übernimmt das Zitat wörtlich von Me Ti. Dort handelt es sich um ein Gleichnis aus einem der kanonischen Bücher der Konfuzianer (*Li Gi.*

Das Buch der Sitte). Die Stelle lautet: »Ein Lehrer, der gut auf Fragen zu warten versteht, der macht es wie eine Glocke, die angeschlagen wird: Schlägt man sie wenig an, so gibt sie einen kleinen Ton, schlägt man sie stark an, so klingt sie laut.« Me Ti greift das Gleichnis auf, um den Konfuzianismus zu kritisieren, der die Untertanen zur Passivität anhält. Sie reagieren erst, wenn sie gefragt werden, ohne Rücksicht auf die Qualität von Vorgängen, die das Gemeinwohl betreffen. In diesem Kontext ist das Zitat als eine Kritik an Sun zu verstehen.

276,32 *Melonenhut]* Melone ist die umgangssprachliche ironische Bezeichnung für einen steifen, runden Herrenhut (Bowler), der in den zwanziger und dreißiger Jahren bevorzugt von Geschäftsleuten getragen wird.

291,14 *Zerriß mich wie ein Blitz in zwei Hälften.]* Anspielung auf das faustische Motiv der zwei Seelen in der Brust (Goethe; *Faust* I, Vers 1112).

291,15 f. *gut sein zu andern / … konnte ich nicht zugleich.]* Vgl. zu 248,22-26.

292,38 *Diese kleine Welt]* Motiv des Welttheaters, auf das schon der Ausspruch der Götter anspielt: »Wir sind nur Betrachtende« (258,24): Die gesamte Wirklichkeit wird als ein Rollenspiel verstanden, das sich vor dem Auge Gottes als eines unbeteiligten Zuschauers abspielt.

294,25 *die goldene Legende]* Titel (lat.) der *Legenda aurea* (um 1263-1273) des Jacobus a Voragine, Erzbischof von Genua; sie ist die wichtigste mittelalterliche Sammlung von Legenden aus dem Leben der christlichen Heiligen und Märtyrer des Glaubens, deren diesseitiges Leid im Zeichen einer jenseitigen Verklärung steht.

Herr Puntila und sein Knecht Matti

Herr Puntila und sein Knecht Matti ist das Ergebnis einer Zusammenarbeit Brechts mit der finnischen, aus Estland gebürtigen Schriftstellerin Hella Wuolijoki. Sie hatte ihm eine Einladung nach Finnland (Brechts neuem Exilland) verschafft und für sein Einreisevisum gebürgt. Auf ihrem Landgut Marlebäck bei Kausala trifft Brecht mit seiner Familie am 5. Juli 1940 ein. In einer Notiz vom selben Tag rühmt er die »unzähligen Geschichten« seiner Gastgeberin (*Journale*, 5. Juli 1940) und kommt auch in der Folgezeit auf ihr urwüchsiges Erzähltalent wiederholt zurück (z.B. *Journale*, 30. Juli 1940).

In den ersten Wochen auf Marlebäck kommt es im Zusammenhang mit Nachträgen zum *Messingkauf* zu ausführlichen Diskussionen über die Theorie des epischen Theaters. In diesem Zusammenhang erwähnt Brecht den *Guten Menschen von Sezuan*, an dem er noch immer arbeitet. In der These des Stücks, daß Ausbeutungsverhältnisse das Gutsein verhindern, sieht Hella Wuolijoki eine Konstellation, wie sie selbst sie in ihrer (unveröffentlichten) Komödie *Die Sägemehlprinzessin* gestaltet hat, und berichtet von diesem Werk.

1926 war bei einer Geburtstagsfeier auf Marlebäck der tavastländische Bauer Roope Juntula, ein Vetter von Wuolijokis geschiedenem Mann, nach einem Trinkgelage mitten in der Nacht aufgebrochen, um in der nächsten Stadt »gesetzlichen« Schnaps für seine scharlachkranken Kühe zu besorgen. Wuolijoki beschreibt Anfang der dreißiger Jahre diesen Vorfall in ihrer Erzählung *Ein finnischer Bacchus*. Der bereits hier Punttila genannte Großbauer verbrüdert sich im Suff mit allen Menschen und verteilt Hundertmarkscheine an die Arbeiter. Eine Reihe von Formulierungen aus dieser Erzählung findet sich später wortwörtlich in *Herr Puntila und sein Knecht Matti*. Mitte der dreißiger Jahre macht Wuolijoki die Punttila-Figur zum Protagonisten ihrer Komödie *Die Sägemehlprinzessin*. In ihr engagiert Punttila nach einem Saufgelage einen jungen Mann als Fahrer, der in Wirklichkeit der vermögende Richter Dr. Vuorinen ist und die Rolle des Chauffeurs Kalle nur annimmt, weil er sich für Punttilas Tochter Eeva interessiert. Vuorinen/Kalle beginnt einen Flirt mit Eeva, die ihn abblitzen läßt, er hilft Punttila aus der Verlegenheit gegenüber fünf Frauen, mit denen dieser sich in betrunkenem Zustand verlobt hat, und verlangt dafür Eevas Hand. Die wird ihm der Standesunterschiede wegen verweigert, zumal ein bornierter Attaché um Eeva wirbt. Erst als Vuorinen sich zu erkennen gibt, ist Eeva angetan, einer Heirat steht nichts mehr im Wege.

Nach mehrfacher Umarbeitung stellt Wuolijoki 1937 ein Filmskript her, das sie an Suomi Filmi verkauft; ein entsprechender Film wird nicht produziert. Brecht äußert sich anerkennend über wertvolle Elemente epischer Art in dem Skript und macht den Vorschlag, mit einer gemeinsamen Bearbeitung des Stoffs an einem Wettbewerb des finnischen Dramatikerverbands teilzunehmen. Um eine Arbeitsgrundlage zu schaffen, diktiert Wuolijoki Margarete Steffin eine deutsche Übertragung ihrer *Sägemehlprinzessin*. Es handelt sich freilich nicht um eine reine Übersetzung, denn Steffin ist an der Formulierung beteiligt. Vermutlich benutzen die beiden Schriftstellerinnen für die Niederschrift schon Brechts erste Stückpläne. Wuolijokis drei Akte werden in acht Szenen aufgelöst, Kalle ist nun ein tatsächlicher Chauffeur, Eva beginnt mit ihm, dessen gebildetes Auftreten sie beeindruckt, zu flirten. In der 6. Szene vertreibt der betrunkene Puntila den Attaché und die Honoratioren, in der 7. verweigert Kalle zunächst die Heirat mit Eva, die seinen Ansprüchen nicht genügt, und will sie erst ehelichen, wenn sie von ihm gelernt habe. Brecht beginnt, das Drama umzugestalten:

> Arbeit am Puntila. Hella Wuolijokis Stück, halb fertig, ist eine Konversationskomödie. [...] Was ich zu tun habe, ist, den zugrunde liegenden Schwank herauszuarbeiten, die psychologisierenden Gespräche niederzureißen und Platz für Erzählungen aus dem finnischen Volksleben oder für Meinungen zu gewinnen, den Gegensatz »Herr« und »Knecht« szenisch zu gestalten und dem Thema seine Poesie und Komik zurückzugeben. Das Thema zeigt, wie Hella Wuolijoki mit all ihrer Gescheitheit, Lebenserfahrung, Vitalität und dichterischen Begabung durch die konventionelle dramatische Technik gehindert wird. (*Journale*, 2. September 1940.)

Als Hella Wuolijoki den am 19. September 1940 beendeten Text erhält, ist sie entsetzt und reagiert ablehnend. Zwei Wochen später hat man wieder eine gemeinsame Basis gefunden, die Schriftstellerin überträgt das Stück für den Wettbewerb ins Finnische und nimmt dabei einige Änderungen vor. Die finnische Fassung wird von Wuolijoki und Steffin noch einmal ins Deutsche übertragen. Ende 1940 stellt Steffin dann eine Reinschrift des Brechtschen Typoskripts her, deren Durchschläge 1940/41 versandt werden. Am Tag seiner Abreise aus Finnland in die USA unterzeichnet Brecht mit Hella Wuolijoki einen Vertrag, aus dem hervorgeht, daß sich die beiden Verfasser alle Einnahmen gleichwertig teilen. 1946 veröffentlicht Wuolijoki ihre finnische Fassung des Stücks unter ihrem und Brechts Namen in Helsinki; die Theaterexemplare der Uraufführung und die 1. Auflage eines Bühnenmanuskripts nennen 1948 als Autor nur Brecht, was vorübergehend für Unstimmigkeiten sorgt.

Die Uraufführung findet am 5. Juni 1948 im Schauspielhaus Zürich statt. Da Brecht als Ausländer ohne ausdrückliche Arbeitserlaubnis nicht Regie führen darf, zeichnet offiziell Kurt Hirschfeld für die Inszenierung verantwortlich. Der Text wird auf neun Bilder gekürzt und in Details verändert. Im Bühnenbild verwendet Teo Otto statt des Vorhangs eine halbhohe Leinengardine, auf die die Szenentitel projiziert werden. Den Hintergrund bildet eine Wand aus Birkenrinde (»eine Lösung für Landschaft«), auf der Embleme wie Mondsichel oder Wölkchen szenische Veränderungen andeuten, was von Caspar Nehers Münchener Bühnenbild für *Trommeln in der Nacht* übernommen wird. Mit Leonard Steckel (Puntila), Therese Giehse (Branntweinemma), Gustav Knuth (Matti), Helen Vita (Eva), Lukas Amann (Attaché) und Blandine Ebinger (Apothekerfräulein) steht Brecht eine hervorragende Besetzung zur Verfügung. Brechts Inszenierung findet bei der Presse einhellig großen Anklang, obwohl das Stück auf Vorbehalte stößt, die von mangelndem Verständnis zeugen; ein Teil der Kritiker sieht wieder kommunistische Tendenzen. Die deutsche Erstaufführung findet am 22. November 1948 unter der Regie von Albert Lippert am Deutschen Schauspielhaus in Hamburg statt; sie wird als eine der frühesten Inszenierungen eines Brechtschen Exildramas stark beachtet. Man wünscht sich fürderhin Brecht-Aufführungen, allerdings möglichst ohne politischen Anspruch.

Mit *Herr Puntila und sein Knecht Matti* stellt sich das neugegründete »Berliner Ensemble« unter Leitung von Helene Weigel am 12. November 1949 im Deutschen Theater vor. Brecht verzichtet zugunsten des *Puntila* auf die zunächst vorgesehene Uraufführung von *Die Tage der Kommune*, die ihm zu »controversial« erscheint. Er führt, wie schon bei der *Courage*, gemeinsam mit Erich Engel Regie. Ein größeres Team von Regieassistenten ist mit der Protokollierung und Begründung von Regieentscheidungen beschäftigt. Nachdem das Stück nach der Züricher Uraufführung in mehr als einem Dutzend westdeutscher Inszenierungen und an vier Bühnen der sowjetischen Besatzungszone erfolgreich war, kommt es ihm auf eine exemplarische Neueinstudierung an, die insbesondere die Gefahr einer zu harmlosen, sympathischen Darstellung des besoffenen Puntila vermeidet, wie sie sich in fast allen Inszenierungen ergeben hatte. Leonard Steckel, der wie in Zürich den Puntila spielt, erhält eine neue Maske: er tritt mit einem »ekelhaft geformten Kahlkopf« und mit »verlebten und niedrig aussehenden Zügen« auf und hat »den Charme eines Krokodils«. Matti gewinnt in der Gestaltung Erwin Geschonnecks ein stärkeres proletarisches Profil: er ist abhängig und ausgebeutet, aber zugleich aufsässig und in seinem Kommentar überlegen. Auch die Figuren der Oberschicht spielen in »mehr oder weniger grotesken Masken« und bewegen sich »in königlicher und alberner Weise«, nur Eva, die auf eine etwas kindliche Weise ihre gesellschaftliche Rolle noch sucht und einübt, tritt wie die Figuren des Volkes ohne Maske auf. Für die Darstellung der Frauen von Kurgela läßt Brecht sich von den Bühnenskizzen Caspar Nehers inspirieren, »die zu dem Schönsten gehören, was in unserer Generation für das Theater gemacht wurde«. Die Darstellung gewinnt ihre Poesie aus einer stilisierten Natürlichkeit. Caspar Nehers Bühne arbeitet mit großflächigen bildlichen Darstellungen des sozialen Gestus der Vorgänge.

Die Aufführung findet in der Presse durchweg höchste Anerkennung, die Kritiker des epischen Theaters geben sich versöhnlich. Neben der Regie und dem Bühnenbild gilt das Lob vor allem dem intelligenten und artistischen Spiel Leonard Steckels als Puntila, der dem Charme und der Bösartigkeit der Figur gleichermaßen gerecht wird. Erwin Geschonneck wird als ein überzeugend proletarischer Matti verstanden, während die Darstellung Evas (Gisela Trowe) ebenso wie die der Schmuggleremma (Angelika Hurwicz) von den Kritikern als zu maniriert empfunden werden – wegen ihrer verfremdenden Spielweise.

1950 stellt Brecht für den Erstdruck in Heft 10 der *Versuche* den Text in der ursprünglichen Länge der überarbeiteten Steffinschen Reinschrift von 1940 wieder her. 1953 interessiert sich die Wien-Film für eine Verfilmung mit Curt Bois, der 1952 in einer Neueinstudierung des Berliner Ensembles den Puntila gespielt hatte; der zarte und sensibel wirkende Schauspieler entsprach kaum den Vorstellungen des jovialen Rollentyps. Brecht beauftragt Vladimir Pozner, das Drehbuch zu schreiben, das jedoch nicht seinen Erwartungen entspricht. Gemeinsam skizzieren sie ein neues Skript; Brecht setzt in Diskussionen mit Pozner und dessen Mitautorin Ruth Wieden sowie dem Regisseur Alberto Cavalcanti verschiedene Änderungen durch. Der 1955 produzierte Film, für den Hanns Eisler die Musik komponiert, erfüllt aber nicht alle Vorstellungen Brechts.

Kurz vor seinem Tod spricht Brecht mit Paul Dessau über Pläne zu einer Puntila-Oper. Sie wird 1957 von Dessau auf der Grundlage eines Librettos von Peter Palitzsch und Manfred Wekwerth realisiert und am 15. November 1966 an der Deutschen Staatsoper in Berlin/DDR uraufgeführt.

297,1 *Herr Puntila und sein Knecht Matti]* Der Titel spielt auf die Dialektik von Herrschaft und Knechtschaft an, wie Georg Wilhelm Friedrich Hegel sie in der *Phänomenologie des Geistes* (1807) beschrieben hat. Diese Dialektik hat Brechts Konzeption von Anfang an bestimmt. Auf dem Verhältnis von Herr und Knecht beruht z.B. auch die Struktur von Diderots Dialogroman *Jacques le Fataliste et son Maître* (1796, dt. bereits 1792: *Jakob und sein Herr*), dessen Lektüre Brecht nach der Fertigstellung der ersten Niederschrift notiert. In der Reinschrift Margarete Steffins, die nach dieser Diderot-Lektüre fertiggestellt wird, ist der ursprüngliche Arbeitstitel *Puntila oder Der Regen fällt immer nach unten* zu *Herr Puntila und sein Knecht Matti* verändert. Gleichzeitig beginnt Brecht mit einer weiteren Darstellung der Herr-Knecht-Dialektik in den *Flüchtlingsgesprächen*, deren proletarischer Protagonist den ursprünglich für Matti (nach der Vorlage Hella Wuolijokis) verwendeten Namen Kalle erhält.

298,2-4 *1940 ... geschrieben]* Vgl. hierzu S. 720f. Als »Stückentwurf« bezeichnet Brecht die aufgrund von Hella Wuolijokis Diktat durch Margarete Steffin angefertigte deutsche Übertragung der *Sägemehlprinzessin*.

299,6 *Doch ist nicht überm Berg, wer nicht mehr lacht]* 1952 verweist Brecht auf eine Äußerung von Karl Marx in der *Einleitung zur Kritik der Hegelschen Rechtsphilosophie* (1844): »Die Geschichte ist gründlich und macht viele Phasen durch, wenn sie eine alte Gestalt zu Grabe trägt. Die letzte Phase einer weltgeschichtlichen Gestalt ist ihre Komödie. Die Götter Griechenlands, die schon einmal tragisch zu Tode verwundet waren im gefesselten Prometheus des Aeschylus, mußten noch einmal komisch sterben in den Gesprächen Lucians. Warum dieser Gang der Geschichte? Damit die Menschheit heiter von ihrer Vergangenheit scheide.« Dem Tenor der Marxschen Argumentation entspricht noch genauer die spätere Formulierung des Prologs: »Nur ist nicht überm Berg, wer noch nicht lacht [...]« (388,11). Sie bezieht sich 1952 auf die Bodenreform in der DDR (Enteignung der Großbauern).

299,14 *Estatium possessor]* Freie Übersetzung des Begriffs »Gutsbesitzer« ins Lateinische. Der Genitiv Plural »estatium« läßt sich allerdings auf kein lateinisches Wort beziehen. Denkbar ist eine Latinisierung von engl. »estate« (großes Grundstück) zu »estatis«.

300,4 *Tavasthus]* Tavastehus (der schwedische Name für finnisch: Hämeenlinna) ist die Hauptstadt der finnischen Provinz Tavastland (finnisch: Häme), die im finnischen Nationalbewußtsein den hohen Stellenwert einer urtümlichen Landschaft hat und von Hella Wuolijoki als solche verstanden wurde. Puntila ist bewußt als Tavastländer »perusihminen« (Urmensch) konzipiert, wobei dieses Verständnis auch durch Aleksis Kivis Roman *Die sieben Brüder* (1870, dt.: 1921) mitbestimmt ist.

300,13 f. *Reichstag]* Das finnische Parlament.

300,15 f. *der Geist ist willig, aber das Fleisch ist schwach]* Vgl. Matthäus 26,41. (Bezieht sich auf die schlafenden Jünger bei Gethsemane, die Jesus ermahnt: »Könnt ihr denn nicht eine Stunde mit mir wachen?«; Matthäus 26,40.)

301,11 f. *ich steig hinaus ... und geh ich unter?]* Anspielung auf Matthäus 14,25-33: Jesus wandelt auf dem Meer.

301,24 *Studebaker]* Amerikanische Automarke.

302,38 *Deetz]* Mundartlich für: Kopf.

303,13 *Quartal]* Anspielung auf den Ausdruck »Quartalssäufer«.

304,17-305,30 *Auf dem Gut ... auch für den Herrn auf Puntila.]* Der Stoff von Mattis Erzählung geht auf Hella Wuolijoki zurück: *Die Gespenster von Kolkkala*, als Einakter um 1935 entstanden und 1945 veröffentlicht, als Erzählung 1937 veröffentlicht.

305,12 f. *dem Puntila gibst, was des Puntila ist]* Anspielung auf Matthäus 21,22: »So gebet dem Kaiser, was des Kaisers ist, und Gott, was Gottes ist!«

305,19 f. *einen harten Kragen]* Vgl. Brechts Gedicht *Verjagt mit gutem Grund* (1938). Der steife Kragen gehört bis in die zwanziger Jahre zur Kleiderordnung der Oberschicht.

305,21-24 *Es paßt sich nicht ... daß es sich nicht paßt]* Die Wendung ist wörtlich aus Wuolijokis Erzählung *Ein finnischer Bacchus* übernommen.

305,25 *Kurgela]* Den finnischen Ortsnamen übernimmt Brecht aus Wuolijokis Vorlage. Die richtige Schreibung »Kurkela« wechselt in den Textzeugen mit »Kurgela«.

306,20 *Auch du, Brutus?]* Der Ausspruch Caesars, als er bei seiner Ermordung seinen Vertrauten Marcus Junius Brutus unter den Mördern bemerkt, ist in der Form »Auch du, mein Sohn?« überliefert in Suetons *Caesar*-Biographie.

307,2 *Geld stinkt]* Anspielung auf den lat. Ausspruch »non olet«: »(Geld) stinkt nicht«, der dem römischen Kaiser Vespasian zugeschrieben wird.

307,27 *Viehgeißel]* Viehpeitsche.

307,27f. *Häuslerswitwe]* Ein Häusler ist ein Dorfbewohner, der zwar ein Haus besitzt, aber keine oder so wenig Felder, daß er sich zur Arbeit verdingen muß.

307,29 *enfin]* (Franz. Gesprächsfloskel) nun, kurz, schließlich.

310,14-16 *den verlorenen Sohn ... kein Kalb geschlachtet]* Anspielung auf das Gleichnis vom verlorenen Sohn, bei dessen Rückkehr der Vater ein Festmahl bereitet (Lukas 15,11-32).

310,23f. *Der Ausschank ... ist gesetzlich verboten.]* In Finnland galten für den Alkoholverkauf strenge Prohibitionsgesetze.

310,30f. *ehrst deinen Vater und Mutter ... Erden]* Anspielung auf das 4. Gebot, vgl. 2 Mose 20,12.

310,32f. *wo die Gedärme ... an die Leine gehängt werden]* Die Wendung ist wörtlich aus Hella Wuolijokis *Ein finnischer Bacchus* übernommen.

310,36f. *die törichte Jungfrau, die kein Öl auf ihrer Lampe hat]* Anspielung auf Matthäus 25,1-13: Gleichnis von den klugen und den törichten Jungfrauen.

310,38 *alle Kurven vor Schrecken grad werden]* In Hella Wuolijokis *Ein finnischer Bacchus* heißt es: »Ich fahr alle Kurven grad, zum Teufel.«

312,36f. *Aus dem Weg, du Hund von einem Mast]* In Hella Wuolijokis *Ein finnischer Bacchus* heißt es: »›Heb dich weg aus meinem Weg‹, rief er dem Telegraphenmast zu [...].«

313,1 *einen Roten]* Anspielung auf den finnischen Bürgerkrieg 1918/19 zwischen den »Weißen« und den »Roten« nach dem ersten Weltkrieg.

313,17 *Heb dich weg, Weib!]* Anspielung auf Matthäus 4,10: »Hebe dich weg von mir, Satan!«

313,24 *Kränk]* Epilepsie, Fallsucht.

313,39 *Rotz]* Infektiöse Viehkrankheit.

314,4f. *Puntila ist der größte Raufer im ganzen Tavastland]* Roope Juntula nannte sich selbst den »größten Raufbold des Tavastlands«. Die Wendung findet sich auch in Hella Wuolijokis *Ein finnischer Bacchus*.

314,22 *Als die Pflaumen reif geworden…]* Brecht schreibt *Das Pflaumenlied* 1948 für die Züricher Uraufführung, in der Therese Giehse die Schmuggleremma (dort »Branntweinemma«) spielt. Die als Anregung genannte »Volksliedmelodie« ist die des Refrains eines 1927 entstandenen amerikanischen Schlagers (*When it's Springtime in the Rockies*). Die Pflaume ist in Brechts Lyrik ein häufig verwendetes Sexualsymbol.

317,34 *Strömling]* Ostseehering.

318,17 *Gesindemarkt]* Brecht verzeichnet am 19. September 1940 einen »Besuch des Gesindemarkts« in der Nähe von Marlebäck, der ihm die Anregung für die 4. Szene gibt (*Journale*, 19. September 1940).

318,36 *Jünger am Ölberg]* Anspielung auf Matthäus 26,30-56.

319,13 *»Helsinki Sanomat«]* Die bürgerlich-liberale Zeitung *Helsingin Sanomat* (Helsinkier Nachrichten).

320,11 *Dienstbuch]* Vom Dienstherrn geführtes Buch, in dem Angaben über das Verhalten von Dienstboten gemacht werden.

322,12 *Handgeld]* Kontrakte werden durch Zahlung einer Summe »auf die Hand« verbindlich.

322,34f. *Nationalen Schutzkorps]* Das »weiße« Schutzkorps ist eine aus dem finnischen Bürgerkrieg 1918/19 hervorgegangene paramilitärische Organisation der finnischen Rechten, die seit dem Winterkrieg 1939/40 im Kampf gegen die UdSSR zusätzliche Bedeutung gewinnt.

324,24 *Hatelmaberg]* Hattelmala, Aussichtsberg in der Nähe von Tavastehus.

325,7 *du Kleingläubiger]* Anspielung auf Matthäus 14,31.

330,12 *Station]* Hier: Polizeidienststelle.

330,15 *flaggen]* (Süddt.) flacken: faul herumliegen, faulenzen.

331,37 *Tarzan]* Figur des englischen Autors Edgar Rice Burroughs in dessen Abenteuerbüchern (seit 1914): unter Tieren aufgewachsener, stets siegreicher Dschungelheld. Seit 1918 beliebte Filmfigur.

332,13 *Sacktüchel]* (Süddt.) Taschentuch.

333,30 *Baron Vaurien]* Der Name ist ein Wortspiel; vaurien (franz.) bedeutet Nichtsnutz.

334,6 *Piccadilly]* Platz und Straße im Zentrum von London.

334,11 *Nickel]* Die finnischen Nickelgruben von Petsamo lieferten einen für die Kriegsführung wichtigen Rohstoff.

335,1f. *unserer Stellung zu Rußland]* Finnland bemüht sich seit 1940/41 um eine Neutralitätspolitik gegenüber Hitlerdeutschland und der Sowjetunion.

335,18 *66]* (Eigentlich: »Sechsundsechzig«) Kartenspiel.

336,12 *Mademoiselle Rothschild]* Anspielung auf die Bankiersfamilie Rothschild, hier auf das Pariser Bankhaus de Rothschild Frères.

337,26 *Bac]* Bakkarat. (Ursprünglich italienisches) Glücksspiel mit Karten, benannt nach dem lothringischen Ort Baccarat.

339,3 *Zensur]* In Finnland gibt es seit dem Ende des Bürgerkrieges von 1918/19 eine Pressezensur, die nach dem Winterkrieg 1939/40 nochmals verschärft wird. Sie ist während des Brechtschen Exils in Finnland ein hochbrisantes innenpolitisches Thema.

339,22 f. *Alimentationsprozesse]* Gerichtsverfahren zur Festlegung der Unterhaltszahlungen für uneheliche Kinder (Alimente).

340,16 *EVA herein ...]* Der Dialog zwischen Eva und Matti verwendet Elemente aus Strindbergs *Fräulein Julie* (1888).

342,14 f. *Helsingfors]* Der schwedische Name für Helsinki.

344,12 *Karelien]* Östlicher Teil Finnlands, im Frieden von Moskau (12. März 1940) teilweise an die Sowjetunion abgetreten.

344,16 *Patience]* Kartenspiel für einen Spieler.

345,19-37 *Warum ... da setz ich eine Grenze.]* Die Passage geht auf eine wirkliche Episode zurück, in der Hella Wuolijoki vom Balkon ihres Hauses als Gutsherrin Anweisungen an ihre Bediensteten gab.

345,21 *angeschafft]* (Österr.) angeordnet.

345,26 *betreten]* Befruchtet.

346,4 *Krethi und Plethi]* Bunt zusammengewürfelte, beliebige Gesellschaft (ohne »Niveau«); entstanden aus 2 Samuel 8,18.

348,29 *Aufzwicken]* (Süddt.) Scherzen, Spaßen.

349,31 *ausgeben]* Ertrag bringen, lange reichen.

351,4 *vor Gott sind alle gleich]* Vgl. Römer 2,11: »Es ist kein Ansehen der Person vor Gott.«

354,12-25 *In Kausala ... Das ist die Liebe.]* Nach der von Hella Wuolijoki mehrfach literarisch bearbeiteten Erzählung *Der Meineid.*

354,28-355,39 *Einer aus der Viborger Gegend ... 80 Kilometer lang.]* Nach einer Erzählung Hella Wuolijokis, von ihr mehrfach literarisch bearbeitet: *Die alte Heta und der Klassenkampf.*

354,29 *18 dabei, bei den Roten]* Bezieht sich auf den Bürgerkrieg in Finnland 1918/19, der mit einer blutigen Niederlage der Kommunisten endete.

358,6 f. *»Ich suche nach Tittine ...«]* Vermutlich ein Schlager der zwanziger Jahre. In den Typoskripten im Nachlaß gibt es zwei Hinweise; eine Regieanweisung lautet: *»Nebenan wird getanzt. Grammophonmusik – 1923, französischer Schlager.«* An anderer Stelle heißt es: »EVA *herein, trällernd:* ›Je cherche après Titine, ah Titine ...‹«

358,14 *»We have no Bananas«]* Bekannter Schlager der zwanziger Jahre.

359,8 *Agreement]* (Engl.): Zustimmung eines Landes zur diplomatischen Tätigkeit eines Botschaftsangehörigen (Akkreditierung).

360,35 *Idiosynkrasie]* Eigentlich: Überempfindlichkeit gegen bestimmte Substanzen; hier: Widerwille.

361,29 *christlicher Märtyrer vor den Löwen]* In den Zeiten der Christenverfolgung in Rom werden Zirkusspiele veranstaltet, bei denen Christen in der Arena chancenlos gegen Löwen zu kämpfen haben.

362,19-24 *Haben Sie schon Pilze eingelegt ... in die Sonne.]* Helene Weigel war eine leidenschaftliche Pilzesammlerin. Gespräche zwischen ihr und Hella Wuolijoki über Pilze sind bezeugt.

362,32 *Nero]* Die Herrschaft des römischen Kaisers Nero (54-68) steht toposhaft für herrscherliche Willkür und Grausamkeit.

365,3 *Speis]* (Süddt./österr.) umgangssprachlich für: Speisekammer.

365,29-37 *Willkommen, Hering ... was würd da aus Finnland?]* Die Passage stammt aus Hella Wuolijokis Stück *Vagabundenwalzer* von 1935.

365,31 f. *Aus dem Meer bist du gekommen ... gehn.]* Anklang an das Buch Kohelet (früher: Prediger) 3,20: »Es ist alles von Staub gemacht und wird wieder zu Staub.«

365,35 *perpetua mobile]* Pluralbildung zu lat. perpetuum mobile: »dauernd beweglich«; substantivisch gebraucht für eine Maschine, die ohne Energiezufuhr von außen ständig Energie erzeugt und sich dadurch bewegt. Nach jahrhundertelangen Versuchen, ein Perpetuum mobile zu konstruieren, wurde dessen Unmöglichkeit durch den Energiesatz (1. Hauptsatz der Thermodynamik) nachgewiesen.

366,16 *Liebe von der Julia zum Romeo]* Anspielung auf Shakespeares Tragödie *Romeo und Julia.*

369,20 f. *Er schlägt Eva ... auf den Hintern.]* Den Einfall zu diesem Abschluß des Eheexamens hatte Ruth Berlau.

371,21 f. *ich hab keine Tochter mehr]* Toposhafte Anspielung auf Shakespeares Tragödie *König Lear* (1605/06).

371,30-372,11 *Es lebt eine Gräfin in schwedischem Land ...]* Die Ballade (in einem Entwurf zunächst »in schottischem Land« statt: »in schwedischem Land«) wird auf die Melodie einer alten schottischen Ballade 1948 für die Züricher Aufführung geschrieben und von Paul Dessau komponiert. Grundlage ist die Seeräuberballade *Henry Martin* aus dem 16. Jahrhundert. In der ersten Niederschrift des Stücks steht an ihrer Stelle noch das Lied *Der Wolf ist zum Huhn gekommen.*

372,19 *Nocturno]* Nachtstück, als Terminus für Musikstücke geläufig (Nocturne, Notturno). Als Szenentitel erst für den Erstdruck (1950) eingeführt.

373,1 f. *Den Hunger ... gewohnt sein in Finnland.]* Während Brechts Aufenthalt in Finnland gab es nach dem harten Winter 1939/40 und durch den Verlust der karelischen Gebiete eine schwere Versorgungskrise.

373,3 *Im Jahr 18 hat man 80000 von ihnen umgelegt]* Hinweis auf den blutigen finnischen Bürgerkrieg von 1918/19 und die Niederlage der »Roten«.

375,14 *Dotation]* Schenkung.

376,23 *spedier]* Eigentlich: »versende«. Hier: »hinauswerfe«.

378,24 f. *schau mich nicht an, wie unser Herr den Petrus]* Anspielung auf die dreimalige Verleugnung Jesu durch Petrus (Matthäus 26,33-35 und 69-75).

381,1 f. *weil er nur sechs Tag gehabt hat]* Anspielung auf die biblische Schöpfungsgeschichte (1 Mose 1,1-31).

383,7 *No]* (Bairisch) Nun.

383,12f. *Und die Wellen ... milchweißen Sand.]* Übersetzung aus einem Lied des finnischen Dichters Zacharias Topelius. Brecht benutzt sehr wahrscheinlich einen Entwurf von Hella Wuolijoki.

384,21 *Wer wen?]* Zitat einer Losung, die Lenin im Oktober 1921 in einer Rede formuliert hat. Sie verweist auf den Kampf zweier Klassen- und Gesellschaftssysteme, die sich unversöhnlich gegenüberstehen, auf die Entscheidungsnotwendigkeit in der Machtfrage.

385,1-387,3 *Das Puntilalied]* Die acht Strophen des 1948 entstandenen und von Paul Dessau komponierten *Puntilalieds* werden bei der Berliner Inszenierung erstmals gesungen.

Im Oktober 1934 bietet Brecht dem Amsterdamer Verlag Allert de Lange, der im November die Erstausgabe des *Dreigroschenromans* (GBA 16) ausliefern wird, eine Prosa-Satire an über »Leben und Taten des Giacomo Ui aus Padua« (*Wenige wissen heute*; Band 5). Aus historischem Abstand sollen Begebenheiten aus dem Leben des Paduanischen »Führers« Giacomo Ui erzählt werden, die deutlich auf die Biographie Hitlers und die Frühgeschichte der nationalsozialistischen Bewegung anspielen. Der Text entlarvt die »Geschichte der großen Männer«, indem er vorgibt, diese vor der Vergeßlichkeit und Undankbarkeit der »kleinen Leute« bewahren zu wollen. – Bei seinem Aufenthalt in New York Ende 1935 zeigt Brecht großes Interesse an den gewalttätigen Auseinandersetzungen zwischen konkurrierenden Gruppierungen des organisierten Verbrechens in den USA. Nach dem ersten Weltkrieg sind Organisationsformen und Tätigkeitsfelder der Bandenkriminalität einem rapiden Wandel unterworfen. Während der Prohibition (1919-1933) entwickelt sich der massenhafte Absatz von illegal hergestelltem und von geschmuggeltem Alkohol zu einem neuen, lukrativen Geschäftszweig, der die traditionellen Branchen – Wettbüros, Prostitution und Glücksspiel – vorübergehend in den Hintergrund treten läßt. Dabei bildet sich die Technik des »racketeering« (Erpressung, Schiebung) aus: Händler und Gastwirte werden durch Drohungen oder den Einsatz von Gewalt gezwungen, bestimmte Warenmengen abzunehmen; zugleich werden Gelder erpreßt, die die Betroffenen vor weiteren Übergriffen der Erpresser schützen sollen. Ab 1930 zeichnet sich eine neue Entwicklung ab, die Erschließung »legaler« Märkte. Die Technik des »rakketeering« wird auf andere Branchen übertragen, auf Wäschereien etwa, aber auch auf den Lebensmittelhandel (»food racket«). Dabei verstärkt sich die Verfilzung der straffgeführten Gangsterorganisationen mit der Verwaltung, der Polizei und der Justiz. In den großen Städten wird die Wahlkorruption zu einer Spezialität der Banden. Die charakteristische Symbiose von Politik, Verbrechen und Geschäft prägt auch die neue Führungsspitze: Der Straßengangster aus der Vorstadt avanciert zum charismatischen Gangsterboß. Der steile Aufstieg der Gangsterbosse erinnert die Zeitgenossen an die legendären Karrieren von Industriemagnaten wie Rockefeller und leistet einer neuen Form der romantischen Heldenverehrung Vorschub. Kaum zufällig bildet der Film um 1930 ein neues Genre aus, den Gangsterfilm, für den sich auch Brecht und Steffin interessieren.

Von seiner Reise nach New York bringt Brecht ein dickes Bündel Zeitungen mit nach Dänemark, die den spektakulären Mord an dem Gangsterboß Dutch Schultz (d.i. Arthur Fliegenheimer) behandeln; darunter befindet sich auch der Sensationsbericht *Aufstieg und Fall des Schultz.*

Typische Gangstergeschichte aus den *Newark Evening News* vom 25. Oktober 1935. Bei der Gestaltung der Figuren und Ereignisse in seinem neuen Stückprojekt greift Brecht auch auf Informationen aus Fred D. Pasleys Biographie *Al Capone. The Biography of a Self-made Man* (1931) über den wohl bekanntesten Gangsterboß der Zeit zurück. Zudem nutzt er die aus Büchern erworbenen Kenntnisse seines Sohnes Stefan über die Verwebungen der Gangsterwelt mit der Verwaltung.

Am 10. März 1941 nimmt Brecht in Helsinki die Arbeit an dem Drama auf, dem letzten, das er vor der Abreise in die USA fertigstellt. Die erste Niederschrift, die zunächst den Titel *Der aufhaltsame Aufstieg des Arturo Ui* trägt, erfolgt innerhalb weniger Wochen; in diesen Text sind zahlreiche Zeitungsausschnitte (Fotos und Karikaturen) eingeklebt. Die Chronologie seiner Entstehung ist durch elf handschriftliche Datierungen genau dokumentiert. Die letzte Eintragung lautet: »Helsingfors, 29.3.41 Mitarbeiterin: Steffin«. Am 12. April 1941 ist eine gründliche Überarbeitung der ersten Niederschrift abgeschlossen; sie zielt auf Steffins Drängen hin vor allem auf eine Verbesserung der Blankverse, der beherrschenden metrischen Form der elisabethanischen Tragödie und der deutschen Klassik. Der Einsatz dieser Verssprache dient dazu, die Diskrepanz zwischen Reden und Handeln der Figuren herauszustellen. Vor allem in Form von szenischen Zitaten und Anspielungen werden die klassischen Muster verarbeitet: Die Szene 6 bezieht sich auf Shakespeares *Julius Cäsar* (III,2), Szene 12 auf Goethes *Faust. Erster Teil* (Gartenszene), Szene 13 auf Shakespeares *König Richard III.* (I,2 und IV,4) und Szene 14 auf Shakespeares *Julius Cäsar* (IV,3), *König Richard III.* (V,3) und *Macbeth* (III,4). Hinzu kommen gelegentliche Zitatparodien klassischer Verse (Goethe und Schiller).

Zu den literarischen Bezügen und der Verarbeitung des umfangreichen historischen Materials aus der Geschichte des organisierten Verbrechens in den USA (auch die von Anglizismen durchsetzte Sprache des Stücks ist diesem Milieu verpflichtet) tritt ein weiterer Aspekt: Die »Gangsterhistorie« weist in Form transparenter Anspielungen und Zitate Parallelen zum Aufstieg Hitlers auf. »Im *Ui* kam es darauf an, einerseits immerfort die historischen Vorgänge durchscheinen zu lassen, andrerseits die ›Verhüllung‹ (die eine Enthüllung ist) mit Eigenleben auszustatten, d.h., sie muß – theoretisch genommen – auch ohne ihre Anzüglichkeit wirken.« (*Journale*, 1. April 1941.) Eine allzu enge Verknüpfung von Handlungs- und Anspielungsebene wird durch eine zusätzliche Verfremdung erschwert: Das Stück setzt auf »die Wirkung der Doppelverfremdung – Gangstermilieu und großer Stil« (*Journale*, 28. März 1941). Der »große Stil« wird erzielt durch die Verwendung der Blankverse und der klassischen dramatischen Formen sowie durch das vom elisabethanischen Historientheater übernommene Spielmuster (komplettes Lebensbild einer hochgestellten Person mit Aufstieg und Fall).

Die »Gangsterhistorie« spielt auf wichtige Stationen der Etablierung und Festigung der nationalsozialistischen Herrschaft an: auf die Krise der NSDAP nach der Novemberwahl 1932, in der die Partei erheblich an Stimmen verliert; den »Osthilfeskandal«, dessen drohende Entdekkung durch einen Untersuchungsausschuß des Reichstags den Reichspräsidenten Hindenburg einem Druck aussetzt, der die Ernennung Hitlers zum Reichskanzler begünstigt; den Reichstagsbrand vom 27. Februar 1933 und den Reichstagsbrandprozeß in Leipzig von September bis Dezember 1933; die Entmachtung der SA und die Ermordung Ernst Röhms im Zusammenhang mit den Vorgängen um den 30. Juni 1934 (dem von den Nationalsozialisten sogenannten Röhm-Putsch); die Ermordung des österreichischen Kanzlers Engelbert Dollfuß durch österreichische Nationalsozialisten am 25. Juli 1934 und die erzwungene Angliederung Österreichs an das Deutsche Reich im März 1938. Die den einzelnen Szenen nachgestellten Projektionstexte (»*Eine Schrift taucht auf*«) halten diesen historischen Anspielungshorizont präsent. Gleiches gilt für die durchsichtig verfremdeten Namen der historischen Figuren, Institutionen und Ereignisse. Unter den Nachlaßmaterialien zum Stück befindet sich eine Aufstellung solcher historischer Bezüge:

Die Parallelen

Dogsborough	Hindenburg
Arturo Ui	Hitler
Giri	Göring
Roma	Röhm
Givola	Goebbels
Dullfeet	Dollfuß
Karfioltrust	Junker und Industrielle
Gemüsehändler	Kleinbürger
Gangsters	Faschisten
Dockshilfeskandal	Osthilfeskandal
Speicherbrandprozeß	Reichstagsbrandprozeß
Chikago	Deutschland
Cicero	Österreich

Für die Darstellung des »Dockshilfeskandals« benutzt Brecht das 1933 erschienene *Braunbuch über Reichstagsbrand und Hitler-Terror*. Daneben hat er die frühe Hitlerbiographie von Rudolf Olden als Quelle für das Stück ausgewertet, in der jener den Hofschauspieler Fritz Basil erwähnt, bei dem Hitler Unterricht in öffentlichem Auftreten genommen haben soll. Weiterhin verwendet Brecht die Hindenburg-Biographie Emil Ludwigs, *Hindenburg und die Sage von der deutschen Republik* (1935). Im Nachlaß Brechts ist außerdem eine 1934 erschienene Broschüre von Otto Strasser überliefert, die den »Röhm-Putsch« aus der Sicht der unterlegenen Seite behandelt.

Das Stück ist stark auf die Adressaten, das amerikanische Theater und sein Publikum, ausgerichtet. Beim Schreiben, so Brecht rückblickend gegenüber Mitgliedern des Berliner Ensembles im Sommer 1956, hätte er an »eine Art music-hall-Aufführung am Broadway« gedacht. Vor der Abreise in die USA im Mai 1941 entsteht eine Abschrift der überarbeiteten ersten Niederschrift, die den Titel *Arturo Ui (Dramatisches Gedicht) von K. Keuner* trägt. Ein Durchschlag dieser Abschrift geht an Elisabeth Hauptmann, die seit 1934 in den Vereinigten Staaten lebt. Nach enttäuschenden Reaktionen derjenigen, die das Stück gelesen haben, gibt Brecht im Herbst 1941 die Hoffnung, daß das Stück auf einer amerikanischen Bühne inszeniert werden könnte, auf.

Im September 1953 schlägt Brecht seinem Verleger Peter Suhrkamp vor, *Arturo Ui* in ein geplantes 14. Heft der *Versuche* aufzunehmen. Suhrkamp kommen jedoch nach der Lektüre Anfang Januar 1954 politisch motivierte Zweifel, ob eine Veröffentlichung zu diesem Zeitpunkt sinnvoll sei, wie er Elisabeth Hauptmann mitteilt. Am 23. Januar antwortet diese, Brecht sei »jetzt glücklicherweise auch dafür, daß *Der aufhaltsame Aufstieg des Arturo Ui* nicht in das nächste *Versuche*-Heft kommt«.

Veränderungen in den letzten beiden, zwischen 1954 und 1956 entstandenen Überarbeitungen, die nun den Titel *Der Aufstieg des Arturo Ui* tragen, lassen den Versuch erkennen, den Text stärker auf die Situation des deutschen Nachkriegspublikums auszurichten. Ein neuer Prolog problematisiert die Vorbildfunktion der Gangsterhelden für die Jugend und berührt die kollektive Verdrängung der nationalsozialistischen Vergangenheit. Aus dem »Gangsterstück, das jeder kennt« wird jetzt »eine Geschichte, die man hier kaum kennt« (391,29).

Eine abschließende Durchsicht des Stücks von Brecht für den 1956 geplanten Druck im Rahmen der *Stücke*-Ausgabe kommt nicht mehr zustande. Die zwischen 1954 und 1956 entstandene Überarbeitung wird als Textgrundlage für die vorliegende Ausgabe verwendet, da sie den letzten Stand der Arbeit an *Der Aufstieg des Arturo Ui* darstellt. Es ist erstmals 1957 unter dem Titel *Der aufhaltsame Aufstieg des Arturo Ui* postum in der Zeitschrift *Sinn und Form* gedruckt worden.

Die Uraufführung unter dem Titel *Der aufhaltsame Aufstieg des Arturo Ui* findet am 10. November 1958 im Staatsschauspiel des Württembergischen Staatstheaters in Stuttgart statt. Die Inszenierung des Brecht-Schülers Peter Palitzsch wird vom Publikum positiv aufgenommen. Dagegen reagiert die Kritik – bei aller Hochschätzung der künstlerischen Leistung Brechts – eher zurückhaltend bis ablehnend. Zwar finden die Regie, Gerd Richters Bühnenbild, die Musik Hans-Dieter Hosallas und die meisten schauspielerischen Leistungen (Titelrolle: Wolfgang Kieling) Zustimmung. Als problematisch wird jedoch fast einhellig das Stück selbst beurteilt. Zunächst wird bemerkt, es sei unfertig, von Brecht als Kampfstück auf der Flucht in aller Eile hingeworfen. Die zweite Beanstandung berührt den vermeintlichen Anachronismus des Stücks. Der Text sei 1941, vor Auschwitz und lange bevor die Greuel des zweiten Weltkrieges in ihrem ganzen Ausmaß sichtbar wurden, für ein amerikanisches Publikum geschrieben worden. Die Mittel der Satire müßten vor dem Grauen der Geschichte versagen. Der gewichtigste Einwand betrifft den als zwiespältig beklagten Charakter des Stücks zwischen Parabel und Geschichte. Die Parabel ziehe einen zu engen Kreis und verleite zugleich durch die vielen historischen Anspielungen zu falschen Verallgemeinerungen, die die Erklärungskraft der parabolischen Einkleidung bei weitem überträfen. Der Komplexität ihres historischen Gegenstandes könne die Parabel des Stücks nicht gerecht werden. Die Dimensionen des geschichtlichen Vorwurfs würden in der parabolischen Reduktion grotesk verkleinert, verzerrend vereinfacht und damit gefährlich verharmlost. Auch das Fehlen des historischen Gegenspielers der Faschisten, der organisierten Arbeiterschaft, wird beklagt; dadurch erscheine der Aufstieg Uis tatsächlich unaufhaltsam.

Am 23. März 1959 hat *Der Aufstieg des Arturo Ui* in der Regie von Peter Palitzsch und Manfred Wekwerth im Theater am Schiffbauerdamm in Berlin/DDR Premiere. Die Inszenierung wird vom Publikum und vom größten Teil der Kritik begeistert aufgenommen und setzt das Stück endgültig durch. Durch gezielte Ähnlichkeiten in Haltung, Geste, Tonfall und Maske setzen die Regisseure auf eine frühe und deutliche Wiedererkennbarkeit der Nazi-Figuren auf der Bühne und versuchen so, der Gefahr einer bloßen kunstvollen Kopie der historischen Figuren zu entgehen. Ui wird nicht als willenloser Spielball in den Händen starker Männer gezeigt, der Schwerpunkt der Schuld nicht auf die starken Männer geschoben, womit die Frage, warum gerade diese stark sind, unbeantwortet bleibt. Manfred Wekwerth bemerkt in seinen *Notaten*: »Gerade Unfähigkeit, Jämmerlichkeit, Weichheit sind die Quellen des starken Mannes. Er ist die geeignete Persönlichkeit, weil er keine Persönlichkeit hat. Er ist der starke Mann, weil er ein Schwächling ist. Er kann mit Konsequenz jede Situation meistern aufgrund totaler Inkonsequenz.« Übereinstimmend wird die Darstellung des Arturo Ui durch Ekkehard Schall als herausragende schauspielerische Leistung bewertet.

Bei der Gestaltung des Bühnenbildes versucht Karl von Appen, Brechts *Hinweis für die Aufführung* produktiv zu verwerten. Wenige Podeste stehen zwischen verwitterten Leinwänden einer Schaubude: Angeblich bedeutende Vorgänge werden als Rummelplatz-Attraktionen ausgestellt und vorgeführt. Zu Beginn des Stücks »sieht man auf der offenen Bühne, deren Öffnung wie auf einem Jahrmarkt bunt bemalt und mit kleinen farbigen Glühbirnen versehen ist, vier Kästen mit Wachsfiguren, Hitler, Göring, Goebbels und Hindenburg darstellend. Wenn der Prologsprecher, wie ein Jahrmarktsbudenbesitzer, die Vorstellung eröffnet, treten hinter den Kästen mit den Wachsfiguren die vier Spieler in ihren Stückkostümen hervor.« (*Deutsche Volkszeitung*.) Mit dem Fortgang der Handlung, deren Stationen in immer rasanterem Tempo präsentiert werden, erweitert sich die Schaubude zu einem riesigen Zirkuszelt, in dem die Gangster selbst die historischen Ereignisse spektakulär in Szene setzen. Bei Kostüm und Maske wird versucht, eine Romantisierung der Gangstergeschichte ebenso zu vermeiden wie eine nur vordergründige Ähnlichkeit mit den historischen Figuren des faschistischen Deutschland. Die Gangster werden als Bürger gezeigt, das Kostüm orientiert sich an der amerikanischen Herrenkonfektion der dreißiger Jahre. Die Masken erinnern an die Schminktechnik von Clowns: »Auf durchweg grüner Hautfarbe sind die Lippen schwarzrot geschminkt, die Augen schwarzviolett umrandet, anatomische Veränderungen schwarz eingezeichnet, weithin sichtbar.« (Wekwerth, *Notate.*) Die Wiedererkennbarkeit der historischen Figuren auf der Bühne wird nicht auf naturalistische Weise, sondern durch das Zitat einzelner ausgewählter Elemente bewirkt.

Im Vergleich zu den Besprechungen der Stuttgarter Uraufführung werden das Unfertige des Texts, seine fehlende Bühnenerprobung und die Unangemessenheit von Satire und nationalsozialistischen Greueltaten kaum beklagt. Als problematisch betrachtet wird auch jetzt der ambivalente Charakter des Stücks zwischen Parabel und Geschichte. Bezweifelt wird, ob das von Brecht gebotene Modell ausreiche, den Aufstieg Hitlers historisch-gesellschaftlich zu erklären, und ob man bei der Darstellung eines bestimmten Abschnitts des Klassenkampfes einfach eine der beiden Hauptklassen weglassen könne (*Tribüne*). Zudem habe Brecht in seinem Stück keine Erklärung gefunden »für das Phänomen, daß Hitler in den ersten Jahren seiner Herrschaft bis in weite Kreise des Kleinbürgertums und des Proletariats hinein echtes Ansehen genoß, das eben nicht nur auf brutale Gewalt zurückzuführen war« (*Der Morgen*). Generell tritt in der Kritik der historische Abstand zwischen 1941, der Zeit der Entstehung des *Arturo Ui*, und 1959 stärker ins Bewußtsein und wirft die Frage nach dem Nutzen des antifaschistischen Stücks in der Gegenwart auf. Einige Rezensenten bewerten das Stück lediglich als Erinnerung, die bekannt sei, andere betonen die fortwährende Aufgabe historischer Aufklärung über das nationalsozialistische Deutschland: »Gewiß, Hitler ist durch Brechts makabre Satire nicht aufgehalten worden. Aber erfüllt sie nicht die nach wie vor nötige Funktion der Ideologie-Zertrümmerung in den Köpfen der Mitwelt? [...] Wir Deutschen waren in Scharen komisch, weil wir nicht sahen, zu welchem Popanz wir begeistert aufschauten. Ihn als Popanz zur Schau zu stellen, ihn in der satirischen Verkürzung zu zeigen ist auf der Bühne durchaus legitim, weil es heilsam ist. Lächerlichkeit tötet, und getötet werden in diesem Fall Vorstellungen, die entweder noch oder gar schon wieder in den Köpfen vieler Leute spuken« (*Eulenspiegel*).

390,8 f. *das elisabethanische Historientheater]* Vgl. S. 731.

390,10 *Rupfenvorhängen]* Rupfen ist ein grobes Jutegewebe; von Brecht häufig für die Bühnengestaltung vorgesehen.

390,15 *Travestie]* Literarisches Verfahren: Unter Beibehaltung des Inhalts und durch eine Änderung der Form wird eine ernstgemeinte Vorlage verspottet.

390,18 *Jahrmarktshistorien]* Bildliche Darstellungen von geschichtlichen Ereignissen, die auf Jahrmärkten gezeigt und, häufig von Moritatensängern, erläutert werden.

391,1 *Prolog]* Der Moritat-Charakter des Prologs verweist auf die Tradition der »Jahrmarktshistorien«. Mit seiner freien Verwendung des Knittelverses greift Brecht auf die volkstümliche Überlieferung dieser metrischen Form zurück.

391,8 *Dockshilfeskandal]* Anspielung auf den sogenannten Osthilfe-Skandal. Bereits unter der Regierung des Reichskanzlers Hermann Müller (1928-1930) erhalten ostelbische Großgrundbesitzer staatliche Hilfen für die Sanierung ihrer überschuldeten Güter. Gemäß dem per Notverordnung erlassenen »Gesetz über Hilfsmaßnahmen für die notleidenden Gebiete des Ostens« vom 31. März 1931 kommt die staatliche Hilfe vor allem landwirtschaftlichen Großbetrieben zugute. Die Mittelvergabe ist an Wirtschaftlichkeitskriterien gebunden; außerdem soll Land für Bauernsiedlungen abgegeben werden. Die Siedlungspolitik bleibt jedoch in den Anfängen stecken. 70 Prozent der Staatssubventionen fließen den Junkern zu, nur 30 Prozent den notleidenden Bauern. Als Gerüchte über Korruption und Zweckentfremdung der Gelder laut werden, kommt es im Januar 1933 zu einer parlamentarischen Untersuchung. Reichspräsident Paul von Hindenburg ist in den Skandal verwikkelt. Er hat 1927 das ostpreußische Gut Neudeck als Geschenk einer Gruppe von Junkern und Industriellen zu seinem 80. Geburtstag angenommen. Bei der Sanierung Neudecks werden Mittel der Osthilfe in Anspruch genommen. Hindenburg zahlt für das ehemalige Gut seiner Familie, das wegen Verschuldung verlorengegangen war, weder Schenkungssteuer noch (durch die Übertragung des Besitzes auf seinen Sohn) Erbschaftssteuer. Der Reichspräsident gerät wegen seiner engen Verbindung mit der Standesorganisation der Großagrarier unter Druck; nicht zuletzt auf ihr Drängen entläßt er 1932/33 die Reichskanzler Brüning und Schleicher, deren Siedlungspolitik das Mißfallen der Junker erregt.

391,10 *Dogsborough]* Der Name spielt auf Paul von Hindenburg an, der 1925-1934 das Amt des Reichspräsidenten bekleidet und am 30. Januar 1933 Hitler zum Reichskanzler ernennt. Dog: (engl.) Hund, borough: (engl.) Burg.

391,10 *Testament und Geständnis]* Anspielung auf Gerüchte, die sich um das Testament Hindenburgs bilden. Dieser verfaßt im Mai 1934 ein politisches Testament, das aus zwei Teilen, einer Art Rechenschaftsbericht und einem persönlichen Schreiben an Hitler, besteht. Das Testament wird nach seinem Tod zunächst nicht aufgefunden. Nach der Eröffnung am 15. August 1934 wird nur der Rechenschaftsbericht der Öffentlichkeit zugänglich gemacht.

391,12 *Baisse]* (Franz.: Sinken) anhaltend starkes Fallen der Preise und der Börsenkurse; Wirtschaftsflaute.

391,13 *Speicherbrandprozeß]* Anspielung auf den Reichstagsbrandprozeß, der vom 21. September bis zum 23. Dezember 1933 in Leipzig stattfindet. Vgl. Szene 8.

391,14 *Dullfeetmord]* Engelbert Dollfuß, seit 1932 österreichischer Bundeskanzler, versucht, ein am italienischen Faschismus orientiertes Modell einer ständisch-autoritären Herrschaft zu etablieren. Er wird am 25. Juli 1934 im Zusammenhang eines von Deutschland aus unterstützten nationalsozialistischen Putschversuches ermordet. Dollfuß vertritt – wie die meisten österreichischen Parteien vor 1933 – in bezug auf die Vereinigung Österreichs mit dem Deutschen Reich eine prodeutsche Position, widersetzt sich aber einem gewaltsam erzwungenen »Anschluß« an ein nationalsozialistisches Deutschland unter Hitler.

391,15 *Abschlachtung des Ernesto Roma]* Roma trägt Züge Ernst Röhms, eines frühen und engen Vertrauten Hitlers, der von 1931 bis zu seiner Ermordung am 1. Juli 1934 Stabschef der SA ist. Vgl. Szene 11.

391,16 *Schlußtableau]* Tableau: (franz.) Bild; hier: wirkungsvoll gruppiertes Bild auf der Bühne.

391,17 *Cicero]* Vorort Chicagos, den der Gangsterboß Al Capone am 1. April 1924 als eines seiner Territorien erobert. Der Vorgang verweist auf der politischen Ebene des Stücks auf den 1938 erzwungenen »Anschluß« Österreichs an das Deutsche Reich. Vgl. Szene 15.

392,3 *Karfioltrusts]* Karfiol: (österr.) Blumenkohl. Das organisierte Verbrechen in den USA erweitert seine Tätigkeit in den späten zwanziger Jahren auf legale Geschäftszweige, u.a. auf den Lebensmittelgroßhandel. – Mit dem Karfioltrust wird zugleich auf die für den Aufstieg des Nationalsozialismus wichtige Interessenkoalition von Schwerindustrie und ostelbischen Junkern angespielt.

392,21 *fünf Seen]* Chicago liegt am Michigan-See, einem der fünf großen Seen im Nordosten der USA.

392,32 *seit Noahs Zeiten]* Die biblisch bezeugte Redensart bedeutet: »seit Menschengedenken«.

394,2 *Thompsonkanonen]* Die Maschinenpistole der Marke Thompson (Thompson sub-machine-gun) wird in den zwanziger und dreißiger Jahren im Chicagoer Bandenkrieg eingesetzt.

394,2 *Millsbomben]* (Engl.) »Mills bomb«: Nach ihrem Erfinder Sir William Mills benannte ovale (Eier-)Handgranate.

394,8 *Heilsarmee]* 1878 von William Booth gegründete, militärisch organisierte religiöse Gemeinschaft, die durch Bußpredigten, Lobgesänge und Armenspeisungen öffentlich hervortritt.

394,19 *Stadtanleih]* Anspielung auf den Osthilfeskandal. Vgl. zu 391,8.

395,16 *fischig]* Anglizismus; fishy: (engl.) verdächtig, anrüchig, faul.

396,20 *Jobber]* Ursprünglich Bezeichnung für Händler an der Londoner Börse, später allgemein für Börsenspekulant.

396,24 *Zwei Zentner Biederkeit!]* Der sprichwörtliche Ruf Hindenburgs gründet sich auf dessen vermeintlich über den Parteien stehende Ehrlichkeit und Integrität. Die Propaganda für Hindenburg bei den Wahlkämpfen zu den Reichspräsidentenwahlen setzt auf dieses in der öffentlichen Meinung verbreitete Stereotyp.

398,3 *Produktenbörse]* Börse, an der nicht mit Geld oder Wertpapieren, sondern mit Waren gehandelt wird.

398,5 *Sheet]* Die Figur des Sheet trägt Züge General Kurt von Schleichers, Reichskanzler vom 3. Dezember 1932 bis zum 28. Januar 1933. Schleicher stürzt, unter anderem wegen seiner Reaktivierung der Siedlungspläne, durch eine Intrige seines Vorgängers im Amt, Franz von Papen, die von den Junkern gefördert wird. Schleicher wird im Zusammenhang mit dem sogenannten Röhm-Putsch am 30. Juni 1934 ermordet.

398,6 *Ich lief vom Pontius zum Pilatus.]* Sprichwörtliche Redensart zur Bezeichnung des nutzlosen Hin und Herlaufens zwischen behördlichen Instanzen; hergeleitet vom römischen Prokurator für Judäa, Pontius Pilatus.

398,19 *Supper]* (Engl.) Abendessen.

399,36 *Browning]* Nach ihrem amerikanischen Erfinder J. M. Browning benannte Selbstladepistole.

400,12 *Gasthof]* Anspielung auf die illegalen »Flüsterkneipen«, die sich während der Prohibition in den USA ausbreiten und einen wichtigen Geschäftszweig des organisierten Verbrechens darstellen.

400,18 *Der junge Dogsborough]* Mit dem Sohn Dogsboroughs wird auf Oskar von Hindenburg angespielt, der als »täglicher Adjutant« und Ratgeber seines Vaters bei den Intrigen im Reichspräsidentenpalais eine entscheidende Rolle spielt.

401,36 *Die Aktienmehrheit in Sheets Reederei]* Brecht verknüpft hier die Ausbootung Schleichers im Januar 1933 mit der bereits 1927 erfolgten Schenkung Gut Neudecks, die Hindenburg stärker in den Einflußbereich der Junker rückt.

402,34 *dein Junge hier]* Das Gut Neudeck wird, um die Erbschaftssteuer zu umgehen, auf Hindenburgs Sohn Oskar übertragen.

403,37 *In der ich nur ein kleiner Wirt war.]* Hindenburg verbringt Teile seiner Kindheit auf Neudeck im ostpreußischen Kreis Rosenberg.

405,3 *Wettbüro]* Das Glücksspiel und die Unterhaltung von Wettbüros gehören zu den lukrativsten Geschäftsbereichen des organisierten Verbrechens in den USA in den zwanziger und dreißiger Jahren.

405,18 *Mauser]* Nach ihren Konstrukteuren, Paul und Wilhelm Mauser, benannte Pistole.

405,27 *Bargeldmangel]* Anspielung auf die in der Öffentlichkeit bekannten Finanzprobleme der NSDAP, die gemeinsam mit den Stimmenverlusten bei den Novemberwahlen 1932 die Stimmung in der Partei auf einen Tiefpunkt führen.

405,34 *Gemüseracket]* Racket: (engl.) Vgl. S. 730.

405,39-24,2 *Seit dich ... brütest.]* Nach den für die NSDAP erfolgreichen Reichstagswahlen vom 31. Juli 1932 erwartet Hitler seine Ernennung zum Reichskanzler. Hindenburg hält jedoch die Regierung Papen im Amt und lehnt eine Kanzlerschaft Hitlers ab.

406,4f. *der kleine Zwischenfall ... Polizisten]* SA-Männer überfallen am 13. August 1932 in Potempa/Oberschlesien einen der KPD angehörenden polnischen Arbeiter und trampeln ihn auf brutalste Weise zu Tode. Aufgrund einer am 9. August verabschiedeten Notverordnung zur Bekämpfung politischer Gewalttaten verhängt ein Sondergericht in Beuthen am 22. August über die SA-Männer die Todesstrafe. Das – nicht vollstreckte – Urteil von Potempa signalisiert für kurze Zeit eine Grenze staatlicher Willfährigkeit gegenüber nationalsozialistischen Gewalttätigkeiten.

406,24 *Manuele Giri]* Anspielung auf Hermann Göring, der seit 1922 Mitglied der NSDAP ist und seit 1930 zum engsten Führungszirkel der Partei zählt. Der als salonfähig geltende ehemalige Jagdflieger knüpft und pflegt die Kontakte der Nationalsozialisten zu konservativen politischen und industriellen Kreisen.

406,31 *'s geht nur von oben.]* Für diese den Schein von Recht und Gesetz wahrende Strategie gibt es eine Entsprechung im Bereich des organisierten Verbrechens: Drohungen und Erpressungen, aber auch Schmiergelder und Wahlkorruption verschaffen den Banden eine Art Immunität bei der Verwaltung, der Polizei und der Justiz. – Uis Vorschlag spielt zugleich auf die Strategie der sogenannten legalen Revolution an, die für die Etablierung der nationalsozialistischen Herrschaft in Deutschland bestimmend ist.

407,14 *Capua]* Während des 2. Punischen Krieges (211 v.d.Z.) wird Capua von den Römern belagert. Die Eroberung der für sicher gehaltenen Stadt gelingt den Römern schließlich, weil Hannibals Marsch auf Rom nicht die erhoffte Entlastung bringt. Mit dem spöttischen Vergleich des Reporters wird auf die Stimmung in der NSDAP Ende 1932 und auf die zeitweise umstrittene Rolle Hitlers angespielt. Besonders nach der Novemberwahl 1932 ist die von der Wahlagitation aufgeputschte Anhängerschaft enttäuscht, weil das zum Greifen nahe Ziel verfehlt worden ist. Hitlers vermeintliche Untätigkeit stößt auf Kritik. Während der Führer des linken Flügels der NSDAP, der Reichsorganisationsleiter Gregor Strasser, bereits eine Regierungsbeteiligung ohne Hitler anstrebt, hält dieser, trotz der Stimmenverluste und trotz erster Auflösungserscheinungen in Partei und SA, an seinem Kurs des »Alles-oder-Nichts« fest.

407,33-35 *»Soll ein Geschäftszweig ... untergehn?«]* Anspielung auf die Wahrnehmung großindustrieller und großagrarischer Interessen durch den Reichspräsidenten 1932/33.

408,5 *Capone]* Al Capones Karriere beginnt 1920, er steigt rasch zum Boß eines Chicagoer Gangstersyndikats auf. 1931 wird Capone wegen Steuerhinterziehung zu einer Gefängnisstrafe verurteilt und 1939 aus gesundheitlichen Gründen begnadigt.

408,11 *Kurzbein Givolas]* Die Figur ähnelt Dion O'Banion vom Capone-Syndikat, dessen rechtes Bein vier Zoll kürzer ist als sein linkes. – Joseph Goebbels, von 1929 bis 1945 Reichspropagandaleiter der NSDAP und ab 1933 Reichsminister für Volksaufklärung und Propaganda, ist wegen eines verkrüppelten Fußes gehbehindert.

408,21 *Dem Gangster flicht die Nachwelt keine Kränze!]* Vgl. Friedrich Schiller, *Prolog* zu *Wallensteins Lager* (1798).

408,22 *Die wankelmütige Menge]* Vgl. Friedrich Schiller, *Maria Stuart* (1800), IV,11.

409,23 *Blumenladen]* Der Gangster Dion O'Banion führte ein Blumengeschäft. Vgl. zu 408,11.

411,23 *Unterschleif]* Unterschlagung.

413,15 *Anfrag nach den Kaianlagen im Stadthaus]* Anfang Januar 1933 kommt in der Berliner Presse die Sanierung Neudecks aus Mitteln der Osthilfe zur Sprache. Ab 10. Januar untersucht in diesem Zusammenhang der Haushaltsausschuß des Reichstages Zweckentfremdungen von Agrarsubventionen und Korruptionsfälle.

414,30-419,37 *Ein Herr Ui ... Zimmer.]* Mit Uis Besuch bei Dogsborough wird auf die Verhandlungen zwischen Hitler und Hindenburg angespielt, die bis zur Übereinkunft Ende Januar 1933 für Hitler enttäuschend verlaufen.

414,36f. *Herr Clark ... geschickt]* Die Figur des Clark trägt Züge Franz von Papens, Reichskanzler vom 1. Juni bis zum 17. November 1932, der als Prototyp des erzkonservativen »Herrenreiters« und als der eigentliche »Steigbügelhalter« Hitlers gilt. Die entscheidende Übereinkunft zwischen Hitler und Hindenburg Ende Januar 1933, die Hitlers Ernennung zum Reichskanzler zur Folge hat, ist von Papen intrigant eingefädelt worden. Bereits am 4. Januar 1933 führt er im Haus des Kölner Bankiers von Schröder ein Gespräch mit Hitler über eine gemeinsame Regierungsbildung. Dabei leitet Papen, der im Einvernehmen mit führenden Industriellen und Großagrariern steht, belastendes Material der Osthilfe gegen die Junker in Hitlers Hände, um ihn gegen Schleicher und Hindenburg zu stärken.

415,35-416,4 *Als ich ... sein.]* Mit der Aufstiegskarriere wird auf die Biographie Al Capones angespielt. Zugleich werden hier, leicht modifiziert, stereotype Floskeln zitiert, die Hitler in der Regel zu Beginn seiner Reden einsetzt. Mit ihrer Hilfe stilisiert sich der »Führer« als ein einfacher, aber gleichwohl auserwählter Sohn des Volkes. Die Entstehungslegende bezieht sich auf 1919, das Gründungsjahr der Partei.

419,9 *Er weint.]* Der abrupte Wechsel von brutaler Drohung und mitleidheischender Rührung gehört zu Hitlers Repertoire bei öffentlichen und privaten Auftritten.

420,6 *Goodwill]* Sprechender Name. Good will: (engl.) Wohlwollen.

421,26 *Rattenkönig]* Bezeichnung für junge Ratten im Nest, deren Schwänze unentwirrbar ineinander verklebt sind; hier: undurchsichtige Angelegenheit.

423,11 *Frisco]* Kurzform für San Francisco.

429,22 *schattige]* Anglizismus von engl. shady; wörtlich: schattig, dunkel; hier: fragwürdig, zweifelhaft, anrüchig.

429,37 *Abraham Lincoln]* Amerikanischer Präsident (1860-1865), in den USA die Personifikation von Redlichkeit in der Politik.

431,2-6 *Als der ... niedergeschlagen.]* In Emil Ludwigs *Hindenburg und die Sage von der deutschen Republik* (1935) heißt es: »Am 27. Januar erklärt Papen dem Präsidenten, Hitler würde den Ausschuß der Osthilfe samt dem ganzen Reichstag auseinanderjagen, [...] wenn er Kanzler würde. [...] Während am 30. mittags der Referent im Ausschusse seinen Bericht über die ersten von den 20 Aktenbänden der ›Osthilfe‹ erstattete, schnitt ihm die Nachricht von der Auflösung des Reichstags das Wort buchstäblich ab, alle gingen nach Hause; die Akten sah niemand wieder.«

431,11 *Mamouthhotel]* Der Name des Hotels geht zurück auf mammoth: (engl.) Mammut, und mouth: (engl.) Mund. – Die Gangsterbosse Chicagos residieren in gutgesicherten Hotelfestungen; Al Capone verfügt über das Metropole Hotel in Chicago und das Hawthorne Hotel im Vorort Cicero. – Als Hitler sich der Macht nähert, wählt er sich das Hotel Kaiserhof in der Berliner Wilhelmstraße zum Hauptquartier. Zudem ist er am Weimarer Hotel Elefant beteiligt, in dem er eine eigene Suite besitzt.

431,12 *Schauspieler]* Wie hier die Einübung öffentlich wirksamer theatralischer Gesten und Sprachformen, so findet sich in den Aufstiegskarrieren des amerikanischen Gangstermilieus häufig die bemühte Anpassung an bürgerliche Kleidungs- und Verhaltensriten. – Die detaillierte Demonstration von Gesten und Posen nationalsozialistischer Politiker geht auf ein genaues Studium des Fotomaterials zurück, das Brecht in Form von Zeitungsausschnitten gesammelt hat.

432,5 *Broadway]* Hauptverkehrsstraße im New Yorker Stadtteil Manhattan, in der sich viele Theater befinden; der Broadway gilt als das Zentrum des amerikanischen Theaterlebens.

432,8-10 *Schauen Sie ... Ich mache Kunst.«]* Die Auseinandersetzung zwischen einer zeitgemäßen und einer zeitlos gültigen Kunst bezieht sich vermutlich auf die heftig umstrittene Aufnahme naturalistischer Stücke und Spielweisen im Theater. 1912 erhält Gerhart Hauptmann den Nobelpreis für Literatur.

433,19 *Friseur]* Hitler wird häufig mit einem Friseur oder einem Kellner verglichen, ein Motiv, das auch Charles Chaplin in seinem Film *Der große Diktator* (1940) aufgreift.

435,15 *Volkstümlichkeit]* Anspielung auf die Leutseligkeit und die Jovialität Hermann Görings, der bei öffentlichen Auftritten gern die Nähe des Volkes sucht.

435,37 f. *Dem Ochsen ... Maul.]* Sprichwörtlich nach 5 Mose 25,4.

436,4-6 *Caesar ... Antonius-Rede?]* Vgl. Shakespeare, *Julius Cäsar* (III,2). Die Ansprache gilt als ein Muster der demagogischen Rede.

437,3 *Luperkalien]* Römisches Fest, ursprünglich zu Ehren des altrömischen Hirtengottes Lupercus begangen.

437,17 *Basil]* Hier ist möglicherweise der Münchener Hofschauspieler Fritz Basil gemeint, bei dem u.a. Frank Wedekind ab September 1900 Schauspielunterricht nahm.

438,2-439,8 *Kurz ... Schutz zu leihn.]* Uis Ansprache spielt in Teilen auf Hitlers Rede vor dem Düsseldorfer Industrieklub am 27. Januar 1932 an.

440,12-29 *Damit ... Vater und Sohn!]* Die Szene spielt auf den von der nationalsozialistischen Propaganda geschickt inszenierten »Tag von Potsdam« (21. März 1933) an: Die Eröffnung des neugewählten Reichstages mit Hitler und Hindenburg soll die sentimental-pathetische Vereinigung des alten mit dem neuen Deutschland darstellen.

440,21 *Vorsehung]* Die Selbststilisierung als »auserwähltes Werkzeug der Vorsehung« gehört zum Standardrepertoire von Hitler-Reden.

442,33 f. *Ui reicht ... das Kinn.]* Die Geste spielt auf die von der nationalsozialistischen Propaganda auf zahlreichen Fotos inszenierte Kinderfreundlichkeit Hitlers an.

442,37 f. *Petroleumkannen]* Die Brandstiftung im Berliner Reichstag am Abend des 27. Februar 1933 wird hier mit Göring in Verbindung gebracht.

443,20 *Feuer im Dockbezirk!]* Anspielung auf den Reichstagsbrand am Abend des 27. Februar 1933. Die nationalsozialistische Regierung beschuldigt die Kommunisten der Brandstiftung. Noch in der Nacht zum 28. Februar beginnt eine umfangreiche Verhaftungsaktion, von der allein 4000 kommunistische Funktionäre betroffen sind. Eine Notverordnung des Reichspräsidenten »Zum Schutz von Volk und Staat« vom 28. Februar 1933 setzt zentrale Grundrechte außer Kraft und legalisiert den beginnenden nationalsozialistischen Terror gegen politische Gegner. In zwei *Braunbüchern* wird der Versuch unternommen, die nationalsozialistische Legende von einer kommunistischen Brandstiftung zu widerlegen, und der Nachweis geführt, daß die Nationalsozialisten selbst den ihnen willkommenen Brand im Reichstag gelegt haben.

444,30 *Nacht der langen Messer]* Im nationalsozialistischen Deutschland verbreitete, besonders in bezug auf die Massenverhaftungen nach dem Reichstagsbrand und dem sogenannten Röhm-Putsch vom 30. Juni 1934 gebrauchte bildhafte Redensart: Abrechnung mit dem Gegner, blutige Säuberung in politischen Gruppen und Parteien.

445,3 *Speicherbrandprozeß]* Die Szene spielt auf den Reichstagsbrandprozeß in Leipzig an (21. September – 23. Dezember 1933). Neben Marinus van der Lubbe werden der kommunistische Reichstagsabgeordnete Ernst Torgler, der spätere Generalsekretär der Kommunistischen Internationale Georgi Dimitroff und die bulgarischen Kommunisten Blagoi Popoff und Wassilij Taneff angeklagt. Als Zeugen treten u.a. Göring und Goebbels auf. Der von den Nationalsozialisten mit großem Aufwand inszenierte Schauprozeß soll das brutale Vorgehen gegen die politischen Gegner international rechtfertigen.

445,9 *Fish, der völlig apathisch dasitzt.]* Das im April 1934 erscheinende *Braunbuch II: Dimitroff contra Göring. Enthüllungen über die wahren Brandstifter* gibt folgende Beschreibung des Angeklagten van der Lubbe: »Sein Kopf war tief gebeugt. Sein Gesicht völlig regungslos, die Augen schienen erloschen. [...] Seine Antworten waren ›ja‹, ›nein‹, ›es kann sein‹ und ›ich weiß nicht‹. [...] Häufiger noch erwiderte den Fragen des Vorsitzenden ein unverständliches Murmeln [...].« Die Apathie des Angeklagten, von zweifelhaften Sachverständigen als Simulation gedeutet, ruft das Mißtrauen unbefangener Prozeßbeobachter und den Verdacht der Beeinflussung durch Medikamente hervor.

445,11 *Giri schreiend]* Reichstagspräsident Göring, der als preußischer Innenminister zugleich für die polizeiliche Untersuchung des Brandes zuständig ist, fällt während des Leipziger Prozesses mehrfach aus seiner Rolle als Zeuge. Er verliert die Nerven und beleidigt und bedroht, vom Gericht ungehindert, den Angeklagten Dimitroff.

445,32 *Der Verteidiger]* Er trägt Züge des mitangeklagten Georgi Dimitroff, der im Prozeß die gegen ihn erhobene Anklage, den Brand (mit-) gelegt zu haben, gegen die Nationalsozialisten wendet, insbesondere gegen Göring selbst. Der weitere Szenenverlauf spielt auf den Verhandlungstag des 4. November 1933 an. Dimitroff, der sich selbst verteidigt, überführt den als Kronzeugen auftretenden Göring der Lüge.

446,5-8 *Ist Ihnen bekannt ... War?]* Der arbeitslose van der Lubbe kommt am 26. Februar 1933, einen Tag vor dem Reichstagsbrand, zu Fuß nach Berlin.

447,30 *Gang]* Ein Untersuchungsausschuß zur Aufklärung des Reichstagsbrandes, der eine Woche vor dem Prozeßbeginn in Leipzig (vgl. zu 445,3) vom 14. bis 20. September in London tagt, bringt einen unterirdischen Gang, der vom Reichstagsgebäude zum Palais des Reichstagspräsidenten (Göring) führt, mit der Brandstiftung in Verbindung.

450,36f. *Dementia]* (Lat.) Schwachsinn, auf Hirnschädigung beruhende dauernde Geistesschwäche.

452,15-17 *Du Hund! ... Verbrecher!]* In einem seiner zahlreichen Wutanfälle brüllt Göring den Angeklagten Dimitroff an: »Sie sind in meinen Augen ein Gauner, der direkt an den Galgen gehört.« (*Braunbuch II*, 1934.)

455,2 *Dem biedern Roma meinen Sohn]* Anspielung auf die in der Öffentlichkeit bekannte Homosexualität Ernst Röhms.

455,6 *Arturo Ui für meinen eigenen Posten]* Am 1. August 1934, einen Tag vor Hindenburgs Tod, läßt sich Hitler per Gesetz zum neuen Staatsoberhaupt ernennen.

455,16 *weißen Raben]* Das Bild des weißen Raben bezeichnet seit der Antike eine große Seltenheit, eine Ausnahmeerscheinung.

457,9 *Was plant ihr?]* Die Interessengegensätze innerhalb der nationalsozialistischen Führung stürzen das Regime 1933/34 in eine ernste Krise . Auf der einen Seite stehen die Kräfte, die an einer baldigen Konsolidierung der NS-Herrschaft interessiert sind und auf eine Zusammenarbeit mit Wirtschaft, Bürokratie und Wehrmacht setzen. Dagegen werden in der SA offen weiterreichende soziale, wirtschaftliche und militärpolitische Ziele propagiert. Eigenmächtige Übergriffe der SA auf Privateigentum heizen das Klima zusätzlich an.

459,33 *Euch fehlt der Glaube!]* Vgl. auch die Szene *Nacht* in Goethes *Faust. Erster Teil* (1808): »Die Botschaft hör' ich wohl, allein mir fehlt der Glaube [...].« – Hier und im folgenden Anspielungen auf Hitlers pseudoreligiöse Selbstinszenierung.

461,7 *ältsten Freund]* Ernst Röhm lernt Hitler 1919 kennen; er tritt im selben Jahr der Deutschen Arbeiterpartei (DAP, 1920 umbenannt in NSDAP) bei und ist 1923 am sogenannten Hitler-Putsch in München beteiligt.

461,34 *Generalprob]* Anspielung auf die Eroberung des Chicagoer Vororts Cicero durch Al Capone am 1. April 1924. – Die Besetzung und der gewaltsam vollzogene »Anschluß« Österreichs im März 1938 werden hier als vorbereitendes Experiment für die künftigen Annexionen Hitlerdeutschlands bewertet.

462,20 *Clark.]* Vgl. zu 414,36. Nach dem sogenannten Röhm-Putsch im Sommer 1934 wird Franz von Papen als deutscher Gesandter nach Wien entsandt, ab 1936 wirkt er dort als Botschafter.

462,30 *Dullfeet]* Vgl. zu 391,14.

465,26 *Betty Dullfeet]* Die Figur der Betty Dullfeet spielt auf die schwankende Haltung Österreichs in den Jahren 1934 bis 1938 an. Einzelne Züge verweisen auf Kurt von Schuschnigg, den Nachfolger von Engelbert Dollfuß als Bundeskanzler, der des öfteren mit Hitler zusammentrifft.

468,3 *Garage]* Die Garagenszene bezieht sich auf das St.-Valentins-Massaker in Chicago, bei dem am 14. Februar 1929 sieben Gangster hingerichtet werden. – Die Szene spielt zugleich auf die von der nationalsozialistischen Propaganda als »Röhm-Putsch« bezeichneten Ereignisse um den 30. Juni 1934 an. Die bis zum 2. Juli dauernden Aktionen dienen der Ausschaltung Ernst Röhms und der SA-Führung; zugleich bieten sie eine willkommene Gelegenheit zur Liquidierung einer großen Zahl von politischen Gegnern aus verschiedenen Lagern. Mit dem »Röhm-Putsch« ist die Konsolidierung der nationalsozialistischen Herrschaft im Interesse von Wehrmacht, Industrie und Großgrundbesitz abgeschlossen. Am 30. Juni läßt Hitler die SA-Führung in Röhms Urlaubsort Bad Wiessee zusammenkommen. Am frühen Morgen nimmt er, von SS-Leuten und Polizisten begleitet, persönlich die Verhaftung Röhms vor. Dieser glaubt bis zu seiner Erschießung im Gefängnis Stadelheim am 1. Juli an einen Irrtum: Hitler sei ihm durch eine Intrige Görings entfremdet worden. Göring selbst hat die Aktionen von Berlin aus koordiniert.

470,39-471,3 *Ui geht ... nieder.]* Fred Pasley beschreibt in seiner Al Capone-Biographie (vgl. S. 731) detailliert den sogenannten handshake murder, eine heimtückische Variante des Bandenmordes, bei der einer der Killer das Opfer per Handschlag begrüßt, während ein zweiter den damit wehrlosen Gegner gefahrlos niederschießt.

471,25 *Dogsboroughs Landhaus]* Nach den Ereignissen vom 30. Juni 1934 sucht Hitler am 3. Juli demonstrativ Hindenburg in Neudeck auf, um eine öffentliche Billigung der Aktionen zu erwirken. Noch am selben Tag kommt es mit dem »Gesetz über Maßnahmen der Staatsnotwehr« zu einer nachträglichen Legalisierung der Morde.

472,26 *Blumenladen]* Vgl. zu 409,23.

472,26f. *ein Mann, nicht größer als ein Knabe]* Engelbert Dollfuß war 1,51 Meter groß.

475,18 *Rattenkönig]* Vgl. zu 421,26.

476,30-479,6 *Dies, teurer Dullfeet ... begreifen.]* Mit den einzeilig in Rede und Gegenrede gefügten Knittelversen, mit der Konstellation der Figuren (zwei Paare) und dem szenischen Arrangement wird auf die Szene *Marthens Garten* (Faust-Gretchen, Mephisto-Marthe) in Goethes *Faust. Erster Teil* (1808) angespielt. Die Verse gehen z.T. wörtlich auf Goethes Text zurück.

477,24 *Abscheu vor Tabak und Sprit]* Die nationalsozialistische Propaganda verbreitet ein asketisches Bild des »Führers«: Danach ist Hitler Nichtraucher und meidet Alkohol.

477,36 *wie halten Sie's mit der Religion?]* Vgl. die sogenannte Gretchenfrage in Goethes *Faust. Erster Teil.*

482,12-486,28 *Frau Dullfeet ... weg.]* Der folgende Dialog und das szenische Arrangement beziehen sich z.T. wörtlich auf die beiden Werbungsszenen in Shakespeares *König Richard III.* (1592/93), die Szenen I,2 und IV,4. – Zugleich spielt die Szene auf ein Treffen Hitlers mit dem österreichischen Bundeskanzler Schuschnigg an, das am 12. Februar 1938 auf dem Obersalzberg stattfindet. Vor einer bewußt martialischen Kulisse – Hitler läßt einige Generäle an der Begegnung teilnehmen – droht er Schuschnigg mit Gewalt, falls die deutschen Vorschläge für einen »Anschluß« Österreichs nicht angenommen werden.

487,3 *Schlafzimmer des Ui]* Die Szene bezieht sich auf Shakespeares »Geisterszenen« in *König Richard III.* (V,3), *Julius Cäsar* (IV,3) und *Macbeth* (1605/06; III,4).

488,16 *City]* Nachdem er sich durch Schuschniggs Pläne für eine separate Volksabstimmung in Österreich brüskiert sieht, befiehlt Hitler eine seit längerem vorbereitete militärische Operation. Ein unter deutschem Druck zustande gekommenes Hilfegesuch läßt den Einmarsch deutscher Truppen in Österreich am 12. März 1938 als »Freundschaftsbesuch« erscheinen. Am folgenden Tag wird das Gesetz über die »Wiedervereinigung Österreichs mit dem deutschen Reich« unterzeichnet, das für den 10. April eine Volksabstimmung in beiden Ländern vorsieht.

488,34 f. *Ich wasch meine Händ in Unschuld!]* Sprichwörtlich nach Psalmen 26,6.

492,18 f. *Wer da … gegen mich]* Sprichwörtlich nach Matthäus 12,30.

495,3 *Prolog]* Vgl. die Einzelhinweise zu S. 391.

496,24 f. *Richard der Dritte … Rose]* Mit der blutigen Episode Richards III. schließt die Geschichte der Rosenkriege (1455-1485), in denen die Häuser Lancaster (Wappen: rote Rose) und York (Wappen: weiße Rose) um den englischen Thron kämpfen.

Schweyk

Brecht lernt Jaroslav Hašeks populären Roman *Die Abenteuer des braven Soldaten Schwejk während des Weltkrieges* 1926/27 in der deutschen Übersetzung von Grete Reiner kennen. Das Original erscheint von 1920 bis 1923 in Heften zur Fortsetzung in Prag und bleibt durch den Tod des Autors Fragment. In einer Vielzahl einzelner Geschichten erzählt Hašek die Abenteuer des Prager Hundehändlers Josef Schwejk. Wegen staatsfeindlicher Äußerungen im Gasthaus »Kelch« verhaftet, gibt sich Schwejk auf der Polizeidirektion als behördlich anerkannter Idiot aus. Seine notorisch ausgespielte Blödheit und das demonstrativ geäußerte Einverständnis mit den Herrschenden verunsichern die Repräsentanten der österreichisch-ungarischen Monarchie, auf die Schwejk im Verlauf des Romans trifft. Schwejks Haltung, die in den zahlreichen Geschichten des Helden exemplarisch demonstriert wird, entlarvt die Willkür von Bürokratie, Militär und Kirche im Habsburgerreich. In satirischer Übertreibung zeigt der Roman die Sinnlosigkeit des sich selbst zum Zweck gewordenen Weltkriegsapparats. Schwejk zieht freiwillig in den Krieg. Als der Feldkurat Katz ihn als Pfand beim Kartenspiel einsetzt und verliert, wird Schwejk Offiziersdiener bei Oberleutnant Lukasch. Die Aufdeckung eines Hundediebstahls hat die Strafversetzung von Herr und Diener an die Front zur Folge. In Tabor verläßt Schwejk einen Militärzug und gelangt erst nach vielerlei Umwegen zu seinem Marschbataillon in Budweis. Gemeinsam mit seinem Freund Woditschka besteht er aufregende Abenteuer als Diener in den Liebesangelegenheiten seines Herrn. Quer durch Ungarn fahren die Soldaten, unter ihnen der verfressene Baloun, an die Front. Als er probeweise in die Uniform eines russischen Soldaten schlüpft, wird Schwejk verhaftet. Als vermeintlicher russischer Kriegsgefangener besteht er eine weitere Odyssee, die ihn durch die Instanzen der österreichisch-ungarischen Militärgerichtsbarkeit führt. Schwejk entkommt nur knapp der Hinrichtung und kehrt zu seinem Marschbataillon an die Front zurück. Brechts Exemplar des Romans enthält zahlreiche Anstreichungen, die auf eine mehrfache gründliche Durcharbeitung schließen lassen.

Ende 1927 ist Brecht an der *Schwejk*-Bearbeitung des Piscator-Kollektivs beteiligt, die am 23. Januar 1928 in Berlin im Theater am Nollendorfplatz Premiere hat. Der Regisseur und Theaterleiter Erwin Piscator beabsichtigt eine getreue Wiedergabe des Romans, er will möglichst viele und möglichst einprägsame Episoden so aneinanderreihen, daß sie ein totales Weltbild von Hašek ergeben. Innerhalb des Kollektivs von Piscator, Brecht, Leo Lania und Felix Gasbarra ist Brechts Anteil an der Bearbeitung mit dem Titel *Die Abenteuer des braven Soldaten Schwejk* nicht im einzelnen auszumachen. Als sicher kann gelten, daß sein späterer Anspruch, der alleinige Autor zu sein, keine Berechtigung hat; an einer intensiven Mitarbeit besteht hingegen kein Zweifel. Während seines gesamten europäischen Exils kommt Brecht in theoretischen Texten zur Erneuerung des Theaters immer wieder auf die *Schwejk*-Inszenierung von Piscator zurück.

In seinen Erinnerungen hat der mit Brecht befreundete Soziologe Fritz Sternberg für das Jahr 1928 eine »Idee« Brechts überliefert, die deutlich auf das *Schweyk*-Stück von 1943 vorausweist.

»Ich möchte in einem Gebäude den Ludendorff darstellen, wie er vor riesenhaften Landkarten steht. [...] Und auf diesen Landkarten dirigiert Ludendorff die deutschen Divisionen [...] aber die Divisionen kommen nicht rechtzeitig an, und sie kommen nicht in der von ihm geplanten Stärke. Sie kommen auch nicht in der von ihm bestimmten Zahl. Es funktioniert nicht und warum funktioniert es nicht? Unter dem riesigen Zimmer, in dem Ludendorff an seinen Karten regiert und die deutschen Divisionen hin und her schiebt, befindet sich ein großer kellerartiger Raum, der mit Soldaten gefüllt ist; und wenn man näher hinsieht, ähneln sie alle in irgendeiner Form dem Schweyk. Und die Schweyks werden in Bewegung gesetzt. Sie wehren sich nicht direkt, aber sie kommen nicht oder nicht rechtzeitig an. Es gibt Zwischenfälle. Immer mehr und immer vielseitigere Zwischenfälle, die sie hindern; sie brauchen mehr Zeit, sie verschwinden. Es gibt nirgendwo einen aktiven Widerstand, es gibt nicht einmal im Gespräch eine Opposition, die direkt gegen den Krieg gerichtet wäre: sie folgen allen Befehlen, sie respektieren ihre Vorgesetzten, sie setzen sich, wenn sie die Marschorder bekommen, in Bewegung. Aber niemals erreichen sie in der Zeit, die Ludendorff oben an der Karte bestimmt, ihren Bestimmungsort, und niemals erreichen sie ihn vollzählig.« (Fritz Sternberg, *Der Dichter und die Ratio*, Göttingen 1963, S. 13 f.)

Anfang 1930 schlägt der Komponist Kurt Weill dem Vertreter der Hašek-Erben eine Schwejk-Oper vor, bei der auch eine Beteiligung Brechts erwogen wird; sie kommt jedoch nicht zustande. In den dreißiger Jahren liegt die Initiative für weitere *Schwejk*-Projekte zunächst bei Erwin Piscator. 1933 unterbreitet er Brecht den Vorschlag, *Die Abenteuer des braven Soldaten Schwejk* in der Sowjetunion zu verfilmen, und verhandelt in den folgenden Jahren mit verschiedenen französischen und amerikanischen Agenturen. Zur Pariser Weltausstellung von 1938 plant er ein aufwendiges *Schwejk*-Projekt. Brecht, der im April 1937 begeistert seine Bereitschaft zur Mitarbeit an dem Pariser Projekt erklärt, erhält Ende Mai 1937 auf 48 engbeschriebenen Seiten Piscators vorläufiges Filmexposé. Der Text zielt auf eine weitere politische Aktualisierung des *Schwejk*-Stoffes. Der Bezug auf Hitlerdeutschland und die Kriegstreiberei der nationalsozialistischen Außenpolitik wird jedoch mit Rücksicht auf die politischen Bedenken der Filmverleiher nur angedeutet. Bei der kritischen Prüfung von Piscators Filmexposé gewinnt Brecht Einsichten, die in die Konzeption seines eigenen *Schweyk*-Stückes eingehen.

Während eines New York-Aufenthaltes von Februar bis Mai 1943 trifft Brecht mit Piscator zusammen, der gemeinsam mit Alfred Kreymborg eine Broadway-Produktion des *Schwejk* plant. Piscator schwebt erneut eine Aktualisierung der Bearbeitung von 1927/28 vor; Brecht läßt seine Bereitschaft zur Mitarbeit erkennen. Schon bald darauf kommt es jedoch – ohne Wissen Piscators – zu einer Kooperation zwischen Brecht und Kurt Weill, die vermutlich auf eine Initiative Ernst Josef Aufrichts, des früheren Direktors des Theaters am Schiffbauerdamm in Berlin, zurückgeht. Weill sucht nach einem geeigneten Stoff für ein Musical, Aufricht schlägt Hašeks *Schwejk*-Roman vor und erwirbt die Dramatisierungsrechte. Bei vermögenden Emigranten sammelt Aufricht Geld für die Produktion, die noch im Herbst 1943 am Broadway Premiere haben soll. Da Brecht auf die Erfahrung und die Reputation des auch in den USA erfolgreichen Weill rechnet, besucht er Mitte Mai 1943 für eine Woche den Komponisten und Lotte Lenja in ihrem Landhaus in New City unweit New Yorks. Hier schreibt Brecht eine Fabel, in der Personal, Handlungsverlauf und Szenenstruktur des *Schweyk*-Stücks bereits bis ins Detail vorgebildet sind.

In Gesprächen mit seinem Sohn Stefan und dem Schauspieler Peter Lorre, der zeitweilig für die Rolle des Schweyk vorgesehen ist, schärfen sich die Konturen des Stücks. Einwände seines Sohnes aufgreifend, beschließt Brecht, Schweyks unpolitische Haltung in die kleine Fabel *Rettung des Fressers Baloun* einzubauen. Am 6. Juni 1943 beginnt er mit der Arbeit am *Schweyk*-Stück. Drei Tage später ist der erste Akt (Szene 1-3), am 16. Juni der zweite Akt (Szene 4-6) fertig. Am 24. Juni notiert Brecht: »Im großen den *Schweyk* beendet. Ein Gegenstück zur *Mutter Courage.*« (*Journale*, 24. Juni 1943.) Die Chronologie der Entstehung der ersten Niederschrift unter dem Titel *Schweyk* wird durch die Korrespondenz mit Ruth Berlau und durch eine Reihe handschriftlicher Datierungen im Stücktext (vom 14. bis zum 22. Juni) bestätigt. Noch im Sommer 1943 entstehen bei der Überarbeitung zwei weitere Typoskripte, von denen eines von Brecht handschriftlich auf Juli 1943 datiert ist. Veränderungen erfahren besonders das Vor- und das Nachspiel sowie die letzte (achte) Szene. Der korrigierte Durchschlag der ersten Niederschrift mit dem Titel *Schweyk* überliefert den letzten Stand einer intensiven Arbeit Brechts an dem Stück; er wird daher für die vorliegende Ausgabe als Textgrundlage verwendet.

Brecht verarbeitet in *Schweyk* Handlungselemente, Figuren, Dialoge und Liedeinlagen aus Hašeks Roman, nimmt jedoch wesentliche Veränderungen vor, die zunächst das Personal betreffen. Baloun, bei Hašek eine bloße Episodenfigur, bekommt ein größeres Gewicht. Brecht greift dabei auf eine 1930 erschienene Erzählung des deutschsprachigen Prager Autors Hermann Ungar mit dem Titel *Bobek heiratet* zurück; drei kürzere Passagen der »goldenen Vision« in der achten Szene des Stücks sind der Erzählung Ungars entnommen. Die Wirtin Anna Kopecka trägt Züge des Wirtes Palivec in Hašeks Vorlage, hat jedoch im ganzen kein Vorbild im Roman. Das gleiche gilt für den Schlächterssohn Prohaska und den Scharführer Bullinger. Mit dem Gestapoagenten Brettschneider korrespondiert bei Hašek die gleichnamige Figur eines Zivilpolizisten im Dienst der Staatspolizei. Die beiden Dienstmädchen sind wie die gesamte Episode vom Hundediebstahl aus der Vorlage übernommen; ebenso der Feldprediger, für den der Roman gleich mehrere Vorbilder stellt.

Radikale Veränderungen gibt es bei der Fabelkonstruktion. Der episodische Charakter des Romans wird durch die Erfindung zweier durchgehender Fabelstränge abgeschwächt. Weitgehend neu ist die Fabel von der »Rettung des Fressers Baloun«. Bereits in Hašeks Roman kommt Schwejk seinem Freund Baloun in schwierigen Situationen zu Hilfe. Die Verdichtung dieser episodischen Momente zu einer eigenständigen Fabel organisiert die Handlung des Stücks und verleiht zugleich seiner politischen Intention Ausdruck: In der Baloun-Handlung konzentriert sich der Widerstand gegen die faschistische Besatzungsmacht. Eingefügt wird eine Liebesgeschichte zwischen der Wirtin Kopecka und dem Schlächterssohn Prohaska. Die Liebeshandlung ist im Filmexposé von 1937 vorgebildet (wie auch die visionären Momente der achten Szene); dort bleibt sie allerdings auf die Lukasch-Handlung beschränkt. Die beiden neuen Fabelstränge verstärken die auf das Ende ausgerichtete Komödienstruktur des Stücks.

Bei der räumlichen und zeitlichen Situierung der Handlung, die in dem von den Deutschen besetzten Prag im zweiten Weltkrieg spielt, kann sich Brecht Recherchen zunutze machen, die er 1942 im Zusammenhang mit dem für Fritz Lang geschriebenen Drehbuch *Hangmen also die* (Auch Henker müssen sterben) angestellt hat. Für Zeitgenossen spielt das Stück unmißverständlich auf die deutsche Okkupation in Prag an. Besonders die achte Szene und das Nachspiel orientieren den kriegsgeschichtlichen Bezugsrahmen von *Schweyk* auf die Schlacht um Stalingrad 1942/43.

In der Sprachgestaltung weicht Brecht von dem Vorbild der deutschen *Schwejk*-Übersetzung durch Grete Reiner ab. Reiner versucht, das Schwejk-Idiom der tschechischen Volkssprache durch eine dialektale Sprachvariante des Prager Deutsch wiederzugeben, das Kleinseitner Deutsch. Diese Mundart der zweisprachigen deutschen Kleinbürger in Prag gilt im Deutschen durchaus als literaturfähig. Brecht übernimmt zwar eine Vielzahl phonetischer, lexikalischer und syntaktischer Eigenheiten der Reinerschen Übersetzung, bemüht sich jedoch zugleich um eine Aufhebung der dialektalen Begrenzung des Schwejk-Idioms. Er verwendet das Prager Deutsch der Vorlage als das ergänzungsbedürftige Modell einer neuen volksnahen Sprache, die sich bewußt von Lokalkolorit und Dialekt-Idylle absetzen will.

Für die amerikanische Übersetzung des *Schweyk* schlägt Brecht Ende Juni 1943 Alfred Kreymborg vor. Die Verpflichtung Kreymborgs, der zunächst an Piscators New Yorker *Schwejk*-Projekt teilnimmt, und die Tatsache, daß Brecht, ohne Rücksprache mit ihm, mit einem eigenen *Schweyk*-Stück aufwartet, rufen bei Piscator eine tiefe Verärgerung hervor. Mitte September ist Kreymborgs Übersetzung fertiggestellt. Brecht äußert sich anfänglich zufrieden, ist aber nach genauerer Prüfung entsetzt über die Schwächen und die vielen entstellenden Fehler in dem englischen Text. Es ist Kreymborg nicht gelungen, ein geeignetes englisches Gegenstück für das charakteristische Schweyk-Idiom zu finden. Mit Hilfe von Hans Viertel, Peter Lorre, Mordecai Gorelik und seinem Sohn Stefan versucht Brecht, die Übersetzung zu verbessern. Entscheidenden Anteil an der Überarbeitung hat auch Ruth Berlau, die in New York den Kontakt zu Kreymborg aufrechterhält.

Nach der Lektüre von Brechts *Schweyk* kühlt Weills Interesse an dem gemeinsamen Projekt merklich ab. Im Dezember 1943 sagt er definitiv ab, da er nicht an eine Erfolgschance der vorliegenden Schweyk-Fassung auf einer amerikanischen Bühne glaubt. Als Komponist springt nun Hanns Eisler ein, der bereits die Musik für den *Kälbermarsch* und das ebenfalls in den *Schweyk* aufgenommene *Deutsche Miserere* geschrieben hat. Eine amerikanische Aufführung des *Schweyk* kommt dennoch nicht zustande.

Schon vor der Rückkehr nach Europa, im Dezember 1946, erreicht Brecht eine Anfrage des Intendanten Wolfgang Langhoff, der den *Schweyk* im Deutschen Theater in Berlin inszenieren möchte. Brecht läßt aber die bereits begonnenen Proben mit der Begründung abbrechen, das Stück sei noch nicht fertig, und schlägt statt dessen eine Inszenierung von *Furcht und Elend des III. Reiches* vor. Anfragen verschiedener Bühnen in den folgenden Jahren aufgrund von Vorabdrucken einzelner Szenen demonstrieren ein erstaunlich großes Interesse am *Schweyk*, noch bevor das Stück insgesamt gedruckt vorliegt. Bereits 1948 schlägt Brecht Peter Suhrkamp eine Aufnahme des *Schweyk* in die Reihe der *Versuche* vor, was jedoch nie realisiert wird. Im Zusammenhang mit dem Projekt einer Studiobühne am Deutschen Theater in Berlin erwägt Brecht im Dezember 1948 eine eigene Inszenierung; 1954 macht er Manfred Wekwerth den Vorschlag, an einem Theater der DDR die Uraufführung des *Schweyk* zu übernehmen. In diesem Zusammenhang entsteht ein letztes Typoskript mit dem Titel *Schweyk im zweiten Weltkrieg*. 1955 bittet Brecht Hanns Eisler, die Musik fertigzustellen. Acht Wochen vor Brechts Tod kann Eisler die 1943 begonnene Komposition vorläufig abschließen. Die Musik findet für die Uraufführung des *Schweyk* 1957 in Warschau Verwendung. Für die Aufführungen in Frankfurt am Main 1959 und in Villeurbanne-Lyon 1961 wird die Partitur von Eisler überarbeitet und ergänzt. 1956 wird im Henschelverlag in Berlin/DDR ein hektographiertes Bühnenmanuskript mit dem Titel

Schweyk veröffentlicht. Unter dem geänderten Titel *Schweyk im zweiten Weltkrieg* erfolgt der Erstdruck innerhalb der von Elisabeth Hauptmann betreuten Ausgabe der *Stücke* in Band 10, 1957 im Suhrkamp Verlag sowie 1958 im Aufbau-Verlag.

Am 17. Januar 1957 wird *Szwejk* in der Übersetzung von Andrzej Wirth im Theater der polnischen Armee in Warschau uraufgeführt. Die Inszenierung setzt auf die Steigerung der Farce-Elemente des Stücks und auf die Annäherung an ein politisches Kabarett. Die Nazi-Größen in den *Spielen* sind mit Pappmasken ausgestattet, Angehörige der SS tragen grotesk übertriebene Uniformmützen, der Gestapoagent Brettschneider ist mit einem übergroßen Ohr ausgestattet. Das Bühnenbild verzichtet auf den Gebrauch realistischer Kostüme und Requisiten zugunsten der vereinfachten oder übersteigerten Formen. Ständiges Dekorationselement ist der rahmenartig umrissene Galgen mit einem herabhängenden Strick. Die Inszenierung und die Leistung des Hauptdarstellers Aleksander Dzwonkowski werden vom Publikum und von der polnischen Kritik – außerhalb Polens findet die Uraufführung des *Schweyk* kaum Beachtung – überwiegend positiv bewertet, obwohl die Mehrzahl der Rezensenten das Drama selbst zu den schwächeren Werken Brechts zählt. Hervorgehoben wird die volkstümliche, bissige Komik, die gefährlich für die Unterdrücker sei, weil sie die Menschen vereine (*Slowo Powszechne*). Auch Kritiker, die dem Stück insgesamt positiv gegenüberstehen, verweisen auf das Mißverhältnis zwischen der Schweyk-Figur und den grauenvollen Ereignissen während der Nazi-Okkupation, die nicht als Posse dargestellt werden könnten.

Die deutsche Erstaufführung unter dem Titel *Schweyk im zweiten Weltkrieg* erfolgt am 1. März 1958 unter der Regie von Egon Schaub an den Städtischen Bühnen in Erfurt. Sie wird im selben Jahr zu den Berliner Festtagen eingeladen und von dort im Fernsehen der DDR übertragen. Siegfried Bachs Bühnenbau umgibt die einzelnen Bilder mit einem Zaun aus Stacheldraht. Die, außer Goebbels, auf Stelzen gespielten Nazi-Größen in den *Spielen* sind wie Schauspieler in alten Stummfilmen überstark geschminkt und agieren mit großen, übertriebenen Gesten. Die Kritik attestiert der Erfurter Inszenierung, daß sie im Rahmen der begrenzten Möglichkeiten einer kleinen Bühne den Schwierigkeiten des Stücks gerecht geworden ist.

Durchgesetzt wird das Stück aber erst durch die vom Publikum mit »orkanartigem Beifall« aufgenommene Frankfurter Inszenierung von Harry Buckwitz, die am 22. Mai 1959 Premiere hat. Hanns Eisler erweitert für die Aufführung seine *Schweyk*-Komposition um vier Intermezzi für die *Spiele*. Buckwitz und Bühnenbildner Teo Otto haben die *Spiele in den höheren Regionen* auf ein freischwebendes Podest verlegt, von dem eine teppichbelegte Triumphtreppe wie in ein Nichts abfällt. Der erste Teil des Stücks, bis zur Pause nach der siebten Szene, wird überwiegend naturalistisch und konventionell gestaltet. Auf den »mit einer schönen Kaschemmenpoesie« ausgestatteten »Kelch« treten »eine Straße in Prag, ein Zimmer im SS-Hauptquartier, kahl, leichenfahl, und dann, in der zweiten Hälfte, zur Stilisierung übergehend, der Gestapokeller mit dem Chor der Geschlagenen darin. Als der Vorhang zur Pause fällt, bewegt sich das Bild nach hinten, die Figuren, im Aufbruch nach dem Krieg begriffen, werden klein und kleiner.« (*Frankfurter Allgemeine Zeitung.*) Nach der Pause werden Schweyks Marsch und sein Zusammentreffen mit Hitler konsequent stilisiert, das Komödiantische zurückgenommen. Die Erscheinungen des »Kelches« werden an den Rand der Bühne verlegt. Schweyks Marsch fehlt so die versöhnliche Mitte, die das glückliche Ende der Prager Komödie visionär ins Bild rückt.

Die Kritik nimmt die Inszenierung verhalten bis ablehnend auf. Zwar finden die Sprache und die Lieder, die Konzeption der Schweyk-Figur und einzelne Szenen durchaus Zustimmung. Als zentraler Einwand werden jedoch die gefährliche Verharmlosung der faschistischen Greuel und des zweiten Weltkriegs kritisiert sowie das Lachen der Zuschauer über die vermeintliche Dummheit der SS. Bei einer vielbeachteten Podiumsdiskussion zur Frankfurter *Schweyk*-Inszenierung, an der u.a. Hanns Eisler, Erich Engel und Helene Weigel teilnehmen, macht Eisler darauf aufmerksam, »daß Brecht ja nicht die Absicht gehabt habe, ein Bild des Zweiten Weltkriegs zu geben, sondern das Bild einer sonderbaren Art von Résistance, jener Résistance des Eulenspiegels, der den Gegner dadurch entwaffnet, daß er dessen Gedanken bis zum absurden Ende weiterdenkt« (*Frankfurter Rundschau*).

500,5 *Dampforgel]* Ein elektrisches Klavier.

500,9 *Anabasis]* (Griech.) Hinaufstieg, Marschieren von der Küste in das Landesinnere. In Hašeks *Schwejk*-Roman heißt es zu Beginn des zweiten Kapitels von Teil 2 (*Schwejks Budweiser Anabasis*): »Xenophon, ein Feldherr des Altertums, durcheilte ganz Kleinasien und war ohne Landkarte weiß Gott wo. Die alten Goten trafen ihre Vorbereitungen gleichfalls ohne topographische Kenntnisse. Fortwährend geradeaus marschieren, das nennt man Anabasis.«

500,16 *Satrapen]* (Altpersisch) Statthalter, die der Kaiser in den Provinzen einsetzt und die dort uneingeschränkt herrschen.

501,1 *Vorspiel]* Die Darstellung der Herrschenden in den höheren Regionen ist durch eine Karikatur Arthur Szyks mit dem Titel *Wahnsinn* angeregt worden, die am 8. September 1942 in der amerikanischen Zeitschrift *Look* abgebildet ist. Die in der ersten Niederschrift dem *Vorspiel in den höheren Regionen* vorangestellte Karikatur zeigt, um einen riesigen Globus gruppiert, die überlebensgroßen Figuren Hitlers, Görings, Himmlers und im Hintergrund, deutlich kleiner, Goebbels'. Brecht selbst erinnert im Hinblick auf die *Spiele in den höheren Regionen* an Karl Kraus' Weltkriegsdrama *Die letzten Tage der Menschheit*

(*Journale*, 15. Juli 1942). Bezüge ergeben sich zum *Prolog im Himmel* in Goethes *Faust. Erster Teil* (1808) und zum *Traum des Kadetten Biegler vor Budapest* in Haseks Roman. – Die *Spiele in den höheren Regionen* und das *Nachspiel* bilden eine zusammenhängende Chronologie, die auf die Geschichte des zweiten Weltkrieges Bezug nimmt. Das *Vorspiel* entspricht der Situation unmittelbar vor Beginn des Krieges.

501,11 *Tanks]* Veraltet für Panzer.

501,11 *Stukas]* Verbreitete Abkürzung für die gefürchteten deutschen Sturzkampfflugzeuge vom Typ Junker 87.

501,17 *Chef der Polizei und SS]* SS: Abkürzung für Schutzstaffeln der NSDAP, eine 1925 gegründete Eliteorganisation der nationalsozialistischen Bewegung. Der Reichsführer der SS Himmler wird 1936 Chef der deutschen Polizei und kontrolliert neben dem Sicherheitsdienst (SD) auch die Geheime Staatspolizei (Gestapo).

501,20 *Österreich]* Anspielung auf den gewaltsam erzwungenen »Anschluß« Österreichs an das Deutsche Reich im März 1938.

501,20 *Tschechei]* Am 14./15. März 1939 läßt Hitler deutsche Truppen in Böhmen und Mähren einmarschieren, am 16. März proklamiert er das »Reichsprotektorat Böhmen und Mähren«.

501,26 *Baukunst]* Als fanatischer Dilettant hat Hitler, der zweimal an der Akademie der Bildenden Künste in Wien wegen unzureichender Begabung zurückgewiesen worden ist, die öffentliche Bautätigkeit im nationalsozialistischen Deutschland beeinflußt.

501,31 *Opferfreude, Treue und Hingabe]* Das *Vorspiel* und die in ihm propagierten »Tugenden« erinnern an das Gelöbnis, das Reichsmarschall Göring am Ende seines Appells an die deutsche Wehrmacht anläßlich des 10. Jahrestages der »Machtergreifung« am 30. Januar 1943 vorträgt.

502,9 *1]* Die erste Szene läßt im ganzen Bezüge zu Hašeks *Das Eingreifen des braven Soldaten Schwejk in den Weltkrieg* erkennen.

502,25 *Attentat]* Anspielung auf den Bombenanschlag, der am 8. November 1939 im Münchner Bürgerbräukeller von dem Schreiner Johann Georg Elser auf Hitler verübt wird.

502,29 *Kommis]* Veraltet für Handlungsgehilfe.

503,21 *Rationierungskart]* Im Protektorat Böhmen und Mähren werden während des Krieges Bezugskarten für Lebensmittel eingeführt.

503,27 *stier]* (Österr.) ohne Geld.

503,29 *Mussolini]* Benito Mussolini, italienischer Faschistenführer, 1922-1943 Regierungschef und Duce (Führer), 1943-1945 von Hitler installierter Ministerpräsident der »Italienischen Sozialrepublik«. 1936 begründet Mussolini mit Hitler die »Achse Berlin-Rom«, im Juni 1940 führt er Italien auf deutscher Seite in den Krieg.

504,1 *Deka]* Im Österreichischen und im Tschechischen gebräuchliche Kurzform für Dekagramm (zehn Gramm).

504,16 *Gestapo]* Vgl. zu 501,17.

504,20f. *Freiwilligen]* Im Protektorat wie in den anderen besetzten Gebieten werben die Deutschen – meist unter erheblichem Druck – »Freiwillige« unter den Tschechen, die beim Troß sowie an der Front beim Heer und vor allem in der Waffen-SS Dienst leisten.

504,33 *Legion]* Ursprünglich Bezeichnung für eine römische Heereseinheit. Im Anschluß an die »Legion Condor«, eine aus Deutschen und Italienern zusammengesetzte Freiwilligentruppe, die im Krieg in Spanien (1936-1939) auf Seiten der Faschisten kämpft, bezeichnet der Begriff Legion im zweiten Weltkrieg allgemein eine militärische Freiwilligentruppe. Eine tschechische Legion hat es nicht gegeben.

504,36 *Menage]* (Franz.) Haushaltung; im Österreichischen gebräuchliche (militärische) Bezeichnung für Verpflegung.

504,37 *Die Ukraine ... Kornkammer]* In der nationalsozialistischen Kriegspropaganda zum Überfall deutscher Truppen auf die Sowjetunion am 22. Juni 1941 spielt der Gedanke einer Eroberung »deutschen Lebensraumes im Osten« eine zentrale Rolle. Die fruchtbaren Böden der ukrainischen Sowjetrepublik beiderseits des unteren Dnjepr gelten dabei als die künftige »Kornkammer« einer autarken deutschen Landwirtschaft.

504,38 *Holland]* Anspielung auf den deutschen Angriff auf die Niederlande im Mai 1940.

505,17f. *Lied vom Weib des Nazisoldaten]* Der Text des Liedes ist im Anhang (S. 571f.) gedruckt.

506,20 *Anständ]* (Süddt., österr.) Ärger, Schwierigkeiten.

506,23f. *Dann fragt ... nicht?]* Anspielung auf Shakespeares *Antonius und Cleopatra* (1606/07; I,1): »CLEOPATRA Ist's wirklich Liebe, sag mir denn, wie viel? / ANTONIUS Armsel'ge Liebe, die sich zählen ließe!«

506,40 *Schiffe, die sich nachts begegnen]* Ein sprichwörtlich gewordenes literarisches Bild aus Henry Wadsworth Longfellows *Erzählungen eines Gasthofes auf offener Straße*, 1863-1873.

508,18f. *Hoch Benesch!]* Edvard Beneš, 1935-1938 Staatspräsident der Tschechoslowakei. Nach dem Münchner Abkommen tritt er zurück. Während des Krieges steht er an der Spitze einer tschechoslowakischen Exilregierung in England.

509,17 *38 ... in München]* Im Münchener Abkommen gelingt es Hitler 1938, die Abtretung der sudetendeutschen Gebiete der Tschechoslowakei an das Deutsche Reich durchzusetzen.

509,37-510,10 *Die großen Männer ... sind.]* Vgl. *Mutter Courage und ihre Kinder*, Szene 6.

510,4 *Bagage]* (Franz.) Gepäck, Troß. Hier umgangssprachlich für: Gesindel, Pack.

510,22 *Gebäude]* Im folgenden wird satirisch auf Hitlers Pläne zur architektonischen Umgestaltung Deutschlands angespielt. Die nationalsozialistische Architektur entwirft politische Monumentalbauwerke und auf Massenwirkung berechnete »nationale Weihestätten« wie das Reichsparteitagsgelände in Nürnberg. Bekannt werden auch Hitlers Stadtplanungen, etwa für einen Wiederaufbau Berlins, das nach dem Krieg als »Germania« die Hauptstadt eines von Deutschland beherrschten Europas werden soll. Vgl. auch zu 501,26.

510,30 *Stadt Danzig]* Anspielung auf die diplomatischen Erpressungsversuche Hitlers, die den deutschen Angriff auf Polen am 1. September 1939 propagandistisch vorbereiten. Der zweite Weltkrieg beginnt mit einer Beschießung der Westerplatte, einer Danzig vorgelagerten Halbinsel.

510,32 *IG Farben]* Die Interessen-Gemeinschaft Farbenindustrie entsteht 1925 durch die Fusion der größten deutschen Chemieunternehmen. Eng mit der staatlichen und militärischen Führung verflochten, beteiligt sie sich aktiv an der Vorbereitung und Planung des zweiten Weltkriegs sowie an der wirtschaftlichen Ausbeutung der besetzten Länder.

510,36 *stiert]* (Mundartlich) stöbern, stochern.

510,36 *Kuttelfleck]* Ein aus eßbaren Eingeweiden (Kutteln) zubereitetes Fleischgericht.

511,5 *Plutokratien]* Wörtlich: Geldherrschaften. In der nationalsozialistischen Propaganda gebräuchliche Bezeichnung für die kapitalistischen Länder des Westens.

511,12 *Petschekbank]* Das Gestapo-Hauptquartier in Prag befand sich im Petschek-Palais.

511,30 *2]* Die zweite Szene läßt im ganzen Bezüge zu Hašeks *Der brave Soldat Schwejk auf der Polizeidirektion* erkennen.

511,33 *Scharführer]* Dem Unterfeldwebel vergleichbarer Unteroffiziersrang in der SA und SS.

512,6 *Rollkommando]* Militärische Bezeichnung für eine Einsatzgruppe mit besonderen Aufgaben.

512,19f. *Verteidigungskrieg]* Die nationalsozialistische Propaganda deklariert den deutschen Überfall auf die Sowjetunion im Juni 1941 als einen »Verteidigungskrieg«, mit dem in letzter Minute einem sowjetischen Angriff zuvorgekommen worden sei.

513,15 *superarbitriert]* (Österr.) für dienstuntauglich erklärt.

514,1-3 *Der Kruscha ... Kommerzbank]* Anspielung auf die brutale Verdrängung von Juden (»Arisierung«) oder Bewohnern der okkupierten Gebiete aus den ihnen gehörenden Unternehmen.

514,17 *»Und der Hahn krähte zum dritten Mal.«]* Vgl. Markus 14,72.

514,32f. *Hanswurst]* Die hier als Schimpfwort verwendete Bezeichnung geht auf die derb-komische Figur des Volkstheaters zurück, die ihren Namen wegen ihrer Gefräßigkeit erhält. Anspielung auf Hitlers Machthunger.

515,9f. *reiner Rasse]* Hier und im folgenden persiflierende Anspielung auf die nationalsozialistische »Rassentheorie«, nach der die »Reinerhaltung« der angeblich höherwertigen »arischen Rasse« nur gelingt, wenn jede »Rassenmischung« vermieden wird. Der rassistisch begründete Antisemitismus führt im September 1935 zu den Nürnberger Gesetzen, die u.a. Eheschließungen und außereheliche Beziehungen zwischen Ariern und Juden als »Rassenschande« verbieten und unter Strafe stellen.

514,26 *Kazett]* Die vom nationalsozialistischen Regime eingerichteten Konzentrationslager (KZ) dienen zunächst der Ausschaltung politischer und weltanschaulicher Gegner, später als Instrument des Völkermords.

515,31 *Quisling]* Vidkun Quisling, norwegischer Politiker und Faschistenführer, tritt im Krieg offen für eine Zusammenarbeit mit den Deutschen ein; 1942-1945 ist er Ministerpräsident in Norwegen. Der Name Quisling kommt als allgemeine Bezeichnung für Kollaborateure und Landesverräter in Gebrauch.

516,37 *ein Schweißfuß kommt selten allein]* Gebildet nach der Redensart: Ein Unglück kommt selten allein.

516,38 *Greißlerin]* (Österr.) Krämerin.

517,23-30 *daß der Führer … weniger.]* Anspielung auf die von der nationalsozialistischen Propaganda im Krieg verstärkten asketischen Züge des Hitler-Bildes. Danach trinkt und raucht Hitler nicht, verzichtet auf Luxus und jegliches Privatleben.

517,24 *titschkerlt]* (Österr.) tätschelt.

518,4 *Dambrett]* Spielbrett für das Damespiel, auch als Bezeichnung für das Spiel selbst in Gebrauch.

519,28f. *Wer zum … umkommen.]* Matthäus 26,52.

520,16 *Zweite Gesicht]* Gabe, die Zukunft vorauszusehen. Vgl. auch *Mutter Courage und ihre Kinder*, Szene 1.

521,30 *Marie]* Bezeichnung für Geld, die auf den seit 1753 geprägten Maria-Theresien-Taler zurückgeht.

522,23 *Chiropraktiker]* In der Chiropraktik werden verschobene Wirbel und Bandscheiben manuell wieder eingerenkt. Hier ist die Chirologie, die Lehre von der Handdeutung, gemeint.

522,26 *Sturm]* Hier: Abkürzung für Sturmabteilung, eine Untergliederung in SA und SS.

522,35 *Venushügl]* In der Handdeutung: bestimmter Teil der inneren Hand. Hier zugleich Anspielung auf den Venusberg als Bezeichnung für die weibliche Scham.

523,23 *Schizziphonie]* Verballhornung von Schizophrenie.

526,27f. *Lied von der Zubereitung des schwarzen Rettichs]* Anspielung auf die schwarze Uniform der SS.

526,37 *Pratzen]* (Umgangssprachlich) breite, ungefüge Hände.

527,1 *Nickel]* Veraltet für Zehnpfennigstück.

527,12 *Göring]* Seit Oktober 1936 ist Göring Generalbevollmächtigter für den Vierjahresplan; darin werden die staatlichen, industriellen und militärischen Vorbereitungen des Krieges koordiniert, ab September 1939 die Kriegswirtschaft organisiert.

527,16 *vierte Jahr]* Im ersten *Zwischenspiel in den höheren Regionen* wird die Kriegsgeschichte auf das Jahr 1942 datiert: Inzwischen hat Hitler den Krieg nach Polen, nach Skandinavien, in die Beneluxländer und Frankreich, auf den Balkan, nach Nordafrika und in die Sowjetunion getragen. Im Dezember 1941 sind auch die Vereinigten Staaten in den Krieg eingetreten. Das *Zwischenspiel* bezieht sich im ganzen auf die durch die Expansion des Krieges zunehmenden Defizite in der deutschen Rüstungsproduktion, die durch den Einsatz von »Fremdarbeitern« aus den besetzten Ländern und durch die industrielle Ausbeutung von Häftlingen in den Konzentrationslagern aufgefangen werden sollen.

527,29 *Kriegsarbeitsdienst]* Bereits am 26. Juni 1936 wird per Gesetz eine sechsmonatige Arbeitsdienstpflicht für alle männlichen Jugendlichen im Deutschen Reich eingeführt. Sie wird 1938 auf Österreich und das Sudetenland, 1939 auch auf das Protektorat Böhmen und Mähren ausgedehnt. Darüber hinaus werden ab 1942 in den besetzten Ländern ausländische Arbeitskräfte zwangsweise für die deutsche Wirtschaft und für kriegswichtige Betriebe im eigenen Land rekrutiert.

528,1 *4]* Die vierte Szene läßt im ganzen Bezüge zu Hašeks *Schwejk*, Band 1, S. 297-311, der Ausgabe von 1926/27 erkennen.

528,34-37 *Fleischer ... Zuwaag]* (Bair.-österr.) Beigabe von Knochen zum Fleisch.

529,39-530,3 *Der Verein ... am zweitn.]* Anspielung auf die beiden großen Sammelparteien in der zweiten tschechoslowakischen Republik (Oktober 1938 bis März 1939), die »Partei der nationalen Einheit« und die oppositionelle »Nationale Partei des arbeitenden Volkes«, die sich nach Einrichtung des Protektorats auflösen müssen. An ihre Stelle tritt die »Nationale Volksgemeinschaft«, in der mit Ausnahme der Kommunisten alle früheren Parteien einschließlich der tschechischen Faschisten vertreten sind. Die »Nationale Volksgemeinschaft«, die bereits im Mai 1939 mehr als zwei Millionen Mitglieder zählt, vertritt ein völkisch-nationales, ständisch orientiertes und entschieden antisemitisches Programm.

531,9 *Goschen]* (Österr.) Mund, Maul.

531,28 f. *»Heinrich schlief bei seiner Neuvermählten«]* Die Moritat, die auf ein 1779 entstandenes Lied von Johann Friedrich August Kazner zurückgeht (*Heinrich und Wilhelmine*), ist eine in der volkstümlichen Überlieferung vielfach variierte Gespensterballade, eine Mischung aus Bänkelsang und Küchenlied.

532,19 *Marandjosef]* Umgangssprachliche Verknappung für: Maria und Josef.

533,15 *freiwilligen Arbeitsdienst]* 1942 wird im Protektorat auch für ledige Tschechen die Arbeitsdienstpflicht eingeführt. Vgl. zu 527,29.

534,16-24 *Aber der Benesch ... schief gegangn is.]* Ironische Anspielung auf die Rolle des tschechischen Staatspräsidenten Edvard Beneš (vgl. zu 508,18f.). Er tritt wenige Tage nach der Eingliederung des Sudetenlandes in das Deutsche Reich am 5. Oktober 1938 zurück und verläßt bald darauf sein Land.

534,19 *Alliiertn sich aus ihrem Bindnis herausgewundn]* Frankreich und England geben 1938 im Münchener Abkommen eine Garantie-Erklärung für die Existenz der restlichen Tschechoslowakei. Obwohl Hitler mit der gewaltsamen Zerschlagung dieses Gebietes im März 1939 das Abkommen bricht, wird die internationale Garantie nicht eingehalten.

534,37 *Trainleutnant]* Train: (österr.) Troß, Nachschubtruppe.

539,2 *Stalingrad]* Vgl. zu 548,20.

539,28 *Beseda]* Die Beseda-Polka ist ein tschechischer Tanz, der seit 1838 als ein nationales Symbol der Unabhängigkeit gegenüber der Habsburger Monarchie gilt.

539,36 *Mit dem Mittnachtsglockenschlag]* Die erste Strophe des Liedes ist Hašeks *Schwejk*-Roman entnommen.

540,12 *Moskauer Radio]* Gemeint ist der Sender der Kommunistischen Internationale, der für die Organisation des Widerstands in den besetzten Ländern eine wichtige Funktion hat. Radio Moskau strahlt regelmäßig Nachrichtensendungen aus, die über den tatsächlichen Kriegsverlauf informieren.

540,34-39 *»Tauser Tor und Türen« ... das?]* Der Text des Volksliedes ist Hašeks *Schwejk* entnommen. Taus: tschechische Stadt südwestlich von Pilsen.

541,8 *Kavalettel]* (Österr.) einfaches Bettgestell.

545,5 *zum Hebn]* Hier: zum Aufheben, Aufbewahren.

545,25f. *wie der Pontius ins Credo]* Wegen seiner Beteiligung an der Hinrichtung Jesu gelangt der Name des römischen Prokurators Pontius Pilatus in das christliche Glaubensbekenntnis (Credo), mit dessen Inhalt er nichts zu tun hat. In übertragener Bedeutung: zufällig in eine Sache hineingeraten.

547,18 *weils nicht gut für sie geht im Osten]* Nach dem Überfall auf die Sowjetunion ab 22. Juni 1941 machen die deutschen Truppen zunächst rasch große Landgewinne; am 2. Oktober beginnt der Angriff auf Moskau. Hitlers Erwartung, auch gegen die Sowjetunion einen »Blitzkrieg« führen zu können, wird bald enttäuscht. Im Winter 1941/42 kommt der deutsche Vorstoß zum Erliegen; sowjetische Winteroffensiven führen zu ersten Rückschlägen. Bereits am 1. Dezember 1941 hat das deutsche Ostheer ein Viertel seiner ursprünglichen Stärke eingebüßt.

548,9 *General von Bock, genannt »der Sterber«]* Generalfeldmarschall Fedor von Bock ist führend an dem verlustreichen deutschen Angriff auf Moskau beteiligt. Er wird im Dezember 1941 nach einer Kontroverse mit Hitler abgelöst.

548,20 *Stalingrad]* Die Schlacht um die von Hitler zur »Festung« erklärte Stadt an der Wolga im Winter 1942/43 gilt als ein Wendepunkt in der Geschichte des zweiten Weltkrieges. Im November 1942 schließen dort sowjetische Streitkräfte die 6. deutsche Armee ein. Nachdem Hitler das Gesuch des kommandierenden Generals Paulus um eine Genehmigung der Kapitulation ablehnt, ergeben sich die deutschen Verbände erst nach verheerenden Verlusten am 31. Januar und am 2. Februar 1943.

548,23 *Ich habe ... versprochen.]* In einer Rede zur Eröffnung des Kriegswinterhilfswerks am 30. September 1942 prophezeit Hitler, daß die deutschen Truppen »Stalingrad berennen und es auch nehmen werden«.

548,25 *Winter]* Vgl. zu 568,8-11.

548,30 *Völker Europas]* Bei der Schlacht um Stalingrad kämpfen auf deutscher Seite rumänische, italienische, ungarische und slowakische Divisionen.

549,1 *7]* Die siebte Szene läßt im ganzen Bezüge zu Hašeks *Schwejk als Simulant* erkennen.

550,30 *Pankrazspital]* Gestapo-Gefängnis in Prag.

550,33 f. *Verteidigung ... Bolschewismus]* Die nationalsozialistische Propaganda rechtfertigt den Überfall auf die Sowjetunion im Juni 1941 als den »ersehnten Kreuzzug« gegen den »Bolschewismus« und rechnet darauf, daß dieser »heilige Krieg« die Sympathie Westeuropas und der USA findet.

550,39-551,3 *Wißts ihr ... hat?]* Schweyk spielt hier ironisch auf verbreitete Phrasen der Nazipropaganda an.

551,2 *Wallstriet]* Wallstreet: die Banken- und Börsenstraße in New York, Zentrum des internationalen Finanzkapitals.

551,2 f. *Rosenfeld]* Franklin Delano Roosevelt, 1933-1945 amerikanischer Präsident.

551,6 f. *Kanonier von Przemysl]* Das Soldatenlied ist aus Hašeks *Schwejk*-Roman übernommen.

551,19-25 *Die Russen ... recht?]* Zitat verbreiteter Phrasen der nationalsozialistischen Kriegspropaganda gegen die Sowjetunion.

551,30 *eine Hetz]* (Österr.) ein Spaß.

552,4 *Krepierl]* (Österr.) von Geburt an schwacher Mensch.

552,33 *Hochzeit von Kannä]* Vgl. Johannes 2,1-11.

553,26 f. *Horst-Wessel-Marsch]* Das *Horst-Wessel-Lied* fungiert im nationalsozialistischen Deutschland als eine zweite Nationalhymne.

553,35 *Zutreiber]* Hier: Zuhälter. Wessels Verlobte war eine ehemalige Prostituierte.

553,37-554,1 *»Die Fahne ... mit.«]* Brecht ändert den Text der ersten bzw. vierten Strophe des *Horst-Wessel-Liedes*. Er lautet im Original: »Die Fahne hoch! Die Reihen dicht geschlossen! / SA marschiert mit mutig festem Schritt. / Kameraden, die Rotfront und Reaktion erschossen, / Marschier'n im Geist in unseren Reihen mit.«

554,7-32 *Hinter der ... mit.]* Der nach Angaben von Hanns Eisler schon 1933 in Paris begonnene und 1936 erweiterte *Kälbermarsch* parodiert im Refrain Text, Melodie und Rhythmus des *Horst-Wessel-Liedes.*

555,19 *8]* Die Szene bezieht sich im ganzen auf Hašeks *Schwejks Budweiser Anabasis.*

555,27-30 *Als wir ... hin.]* Das Lied ist aus Hašeks *Schwejk*-Roman übernommen.

555,33 *Endsieg]* Die Parole vom »Endsieg« wird von der nationalsozialistischen Propaganda verstärkt nach der Niederlage bei Stalingrad eingesetzt.

556,9 *Soldateneid]* Nach dem Tod des Reichspräsidenten Hindenburg am 2. August 1934 läßt der »Führer und Reichskanzler« Hitler die Reichswehr auf seine Person vereidigen. Erstmals enthält der Soldateneid damit eine unbedingte persönliche Gehorsamsbindung.

558,33 f. *Feldkurat]* Hier: Feldprediger.

559,2 *Rostow]* Die im Mündungsgebiet des Don gelegene Stadt Rostow ist 1941/42 wiederholt von deutschen Truppen erobert und von sowjetischen zurückerobert worden. Für den Angriff auf Stalingrad im Spätsommer 1942 ist dieser Ort ein strategisch wichtiger Ausgangspunkt.

559,20 f. *Auf dem Festland ... Meere]* Anspielung auf die stereotypen Siegesmeldungen des Oberkommandos der Wehrmacht im Rundfunk.

559,22 f. *Nazibund für deutsche Christen]* Sammlung evangelischer Christen, die sich in ihrem Bekenntnis zum Nationalsozialismus einig sind. In den Kirchenwahlen vom 23. Juli 1933 gewinnen die Deutschen Christen die Mehrheit in den Synoden. Auf einer Kundgebung im November 1933 wird die Forderung erhoben, die deutsche »Volkskirche« müsse sich vom »Alten Testament und seiner jüdischen Lohnmoral« frei machen und eine »heldische Jesusgestalt auf der Grundlage eines artgemäßen Christentums« entwickeln.

559,25 *Wotan]* Höchste germanische Gottheit.

559,36-39 *daß ich ... in Prag.]* Anspielung auf die nationalsozialistische Greuelpropaganda gegen die Sowjetunion.

560,20 f. *»Friedn auf Lebenszeit«]* Ironische Anspielung auf einen Ausspruch des britischen Premierministers Chamberlain, der im September 1938, von der Unterzeichnung des Münchener Abkommens zurückgekehrt, auf dem Londoner Flughafen erklärt, ihm sei die Sicherung von »peace in our time« gelungen.

560,21 *Blitzfriedn]* Ironische Analogiebildung zu »Blitzkrieg«, die militärische Strategie, die den deutschen Überraschungsangriff in den ersten Kriegsjahren prägt.

563,15-18 *Kann ... Fülle.]* Nach Hermann Ungars Erzählung *Bobek heiratet* (1930); vgl. S. 749. Desgleichen 563,33-564,2.

565,5 *Wasserfiskus]* Behörde; die Einziehung von Abgaben, die sich auf die Nutzung von Wasser beziehen.

565,6-8 *er soll ... gegessen.«]* Nach Hermann Ungars Erzählung *Bobek heiratet* (1930); vgl. S. 749.

565,25 *deutsche Miserere]* Miserere: (lat.) erbarme dich.

568,5 *Strecke Rostow-Stalingrad]* Vgl. zu 559,2.

568,8f. *Winter ... zu früh eingesetzt]* Ironische Anspielung auf die von der nationalsozialistischen Propaganda unternommenen Versuche, die Rückschläge im Krieg gegen die Sowjetunion mit den Extremen des russischen Klimas zu erklären.

568,27 *Hermann, der Cherusker]* Hermann organisiert als Stammesführer der Cherusker einen Aufstand gegen die Römer, der mit der Schlacht im Teutoburger Wald im Jahre 9 siegreich endet. Der vom römischen Geschichtsschreiber Tacitus als »Befreier Germaniens« bezeichnete Hermann ist seit dem 19. Jahrhundert eine Symbolfigur des deutschen Nationalismus.

569,25-29 *Ja, du ... scheiß.]* Dieser Text ist von Hanns Eisler unter dem Titel *Schweyks Abgesang* vertont worden.

569,34-570,6 *Es wechseln ... Tag.]* Brecht läßt sich bei diesem Lied von einem französischen Chanson von Maurice Magre mit dem Titel *Am Grunde der Seine* anregen, das Kurt Weill 1934 für die Kabarettistin Lys Gauty vertont hat.

571,4 *Und was bekam des Soldaten Weib?]* Vgl. 505,17f. Das bereits im März 1942 in der Exilzeitschrift *Freies Deutschland* in Mexiko veröffentlichte Lied behandelt strophenweise die wichtigsten Stationen des zweiten Weltkrieges. Es ist von Hanns Eisler, Kurt Weill und Paul Dessau vertont worden.

573,7 *Sankt Nepomuk]* Johannes von Nepomuk, seit 1389 Generalvikar beim Erzbischof von Prag, 1729 als Märtyrer heiliggesprochen, ist der Landespatron von Böhmen.

573,22-25 *Außerdem hat ... jetzt.]* Vgl. zu 568,8f.

574,17 *Herrnrasse]* Vgl. zu 515,9f.

574,22 *Schulter an Schulter]* Anspielung auf die propagandistische Darstellung des Endes der Schlacht um Stalingrad, nach der Generäle, Offiziere, Unteroffiziere und Mannschaften Schulter an Schulter bis zur letzten Patrone gekämpft haben.

574,31 *Adam]* Nach der Schöpfungsgeschichte des Alten Testaments (1 Mose 1-3) ist Adam der Stammvater der Menschheit.

Der kaukasische Kreidekreis

In einer Erzählung des Alten Testaments (1 Könige 3,16-28) wird von zwei Huren berichtet, die zur selben Zeit im selben Haus ein Kind geboren haben. Eines ist gestorben, das lebende wird von beiden als das eigene beansprucht. König Salomo entscheidet den Streit, indem er anordnet, das Kind solle mit einem Schwert in zwei Teile geteilt werden, woraufhin die richtige Mutter auf ihren Anspruch verzichtet und deshalb das Kind zugesprochen erhält.

1925 erscheint Klabunds Stück *Der Kreidekreis*, eine freie Bearbeitung des gleichnamigen chinesischen Dramas von Li Hsing-tao aus der Zeit der Mongolendynastie (1278-1368). 1832 fertigte St. Julien eine französische Übersetzung an, die wiederum 1876 Wollheim Da Fonseca ins Deutsche übertrug. Klabunds Bearbeitung dieser Übersetzung ist jedoch so sehr dem zeitgenössischen Geschmack angeglichen, daß sich der Sinologe Alfred Forke zu einer neuen, genauen Übersetzung aus dem Chinesischen veranlaßt sieht, die 1926 erscheint. Das Stück handelt von Tschang Hai-tang, der Tochter einer verarmten vornehmen Familie, die den Lebensunterhalt für sich, ihre Mutter und ihren Bruder als Kurtisane verdienen muß. Sie wird wegen ihrer Schönheit von dem reichen Hofrat Ma Tchün-tching als zweite Frau geheiratet und gebiert einen Sohn, während Mas erste Frau unfruchtbar ist. Weil diese sich in ihrem privilegierten Status bedroht sieht, vergiftet sie zusammen mit ihrem Liebhaber Tschao ihren Mann, beschuldigt Hai-tang dieses Mordes und bemächtigt sich des Kindes, um das Erbe antreten zu können. Auf der Grundlage von Aussagen bestochener Zeugen und durch Prügel erpressen ein korrupter Richter und sein Sekretär ein falsches Geständnis von Hai-tang. Der weise Richter Pao Tscheng (eine historische Figur aus dem 11. Jahrhundert, die wegen ihrer Klugheit und Gerechtigkeit einen legendären Ruhm genießt) mißtraut jedoch der Praxis korrupter Beamter und wird von seinem Gerechtigkeitsgefühl angetrieben, den Fall noch einmal zu untersuchen. Die Aussagen Hai-tangs und ihres Bruders bestätigen seinen Verdacht, so daß er sich schließlich zur Kreidekreis-Probe entschließt, um die wahre Mutter des Kindes herauszufinden. Gegen die Mörder, die korrupten Beamten und die falschen Zeugen ergehen harte Urteile, Hai-tang und ihr Sohn werden in das Erbe des Hofrats Ma eingesetzt.

Klabund kommt dem zeitgenössischen Geschmack entgegen, indem er die Vorgänge melodramatisch akzentuiert. Bei ihm ist Haitang die Tochter eines Seidenraupenzüchters, den der Mandarin und Steuerpächter Ma nach einer Mißernte zum Selbstmord treibt, weil er auf der Zahlung von Abgaben besteht. Das unschuldige Mädchen soll an einen Kuppler und Besitzer eines Freudenhauses verkauft werden, um den Unterhalt für die Familie zu verdienen. Sie weckt die Liebe des Prinzen

Pao, der sie dem Kuppler abkaufen will, aber von dem Mandarin Ma überboten wird. Als Ma sich nach Jahren von seiner kinderlosen ersten Frau Yü-pei scheiden lassen will, um Haitang in deren Rechte einzusetzen, wird er von dieser und ihrem Liebhaber vergiftet. Die beiden lenken den Verdacht auf Haitang. Der korrupte Richter Tschu-tschu verurteilt Haitang wegen Gattenmordes und Kindesraubs, der von bestochenen Zeugen beschworen wird, zum Tode. Das Urteil wird jedoch nicht vollstreckt, weil inzwischen der Prinz Pao Kaiser von China geworden ist und als oberster Richter alle Todesurteile überprüft. Pao setzt sich für die Rechte seiner Untertanen ein und bekämpft insbesondere die korrupte Beamtenschaft. Als Angeklagter erscheint vor ihm auch Haitangs Bruder Tschang-ling, Mitglied der revolutionären »Bruderschaft vom weißen Lotos«, der sich wegen Majestätsbeleidigung zu verantworten hat. Der Kaiser spricht zuerst Tschang-ling frei, weil er im Revolutionär den Weltverbesserer respektiert; in Haitang erkennt er seine einstige Liebe und ordnet die Kreidekreis-Probe an, um die wahre Mutter des Kindes zu ermitteln. Die überführte Yü-pei bekennt auch den Gattenmord. Der Kaiser fordert Haitang auf, das Urteil über das mörderische Paar und den korrupten Richter zu sprechen. Sie erklärt sich außerstande, als Mensch über Menschen zu richten, spricht aber den Beamten ihre Ämter ab und verweist Yü-pei an das Urteil ihres eigenen Gewissens. Der Kaiser ernennt Tschang-ling zum Richter an Tschu-tschus Stelle und gibt zu erkennen, daß er der Vater des Kindes ist. Er hat Haitang im Schlaf geschwängert, nachdem der Mandarin Ma sie ihm durch das hohe Gebot geraubt hatte. Haitang wird zur rechtmäßigen Kaiserin erhoben und kündigt ein Regiment der Gerechtigkeit an.

Nach der Uraufführung in Frankfurt am Main wird Klabunds Stück 1925 von Max Reinhardt im Berliner Deutschen Theater mit Elisabeth Bergner in der Hauptrolle inszeniert. Brecht ist zu diesem Zeitpunkt dort Dramaturg. Er kennt Klabund (d.i. Alfred Henschke) schon seit der gemeinsamen Arbeit an einem Kabarettprogramm mit dem Titel *Die rote Zibebe*, das am 30. September 1922 in München Premiere hat und in dem auch Joachim Ringelnatz und Karl Valentin auftreten. Klabunds Frau Carola Neher ist später eine von Brechts bevorzugten Schauspielerinnen. Den *Kreidekreis* nennt er in seinem Aufsatz *Das deutsche Drama vor Hitler* ein »Stück der Weltliteratur« (Band 6).

Brecht verwendet das Motiv der Kreidekreis-Probe bereits 1926 im Zwischenspiel zu *Mann ist Mann*: In einer grotesken Szene versucht Galy Gay als Elefantenkalb zu beweisen, daß er der Sohn seiner Mutter ist, indem er diese an einem um ihren Hals gelegten Strick aus dem Kreidekreis herauszieht und dabei eine Strangulierung in Kauf nimmt.

Erste Pläne zu einem Kreidekreis-Stück äußert Brecht im Herbst 1938 im Gespräch mit dem dänischen Journalisten Knut Rasmussen. In einem Rundfunkinterview hat Rasmussen 1964 von Plänen zu einem »fünischen Kreidekreis« berichtet: »Natürlich sollte die Handlung in eine Zeit verlegt werden, wo das Volk sich gegen die Tyrannen aufgelehnt hatte, und als er von der Ermordung Knud des Heiligen in Odense hörte und darauf von der Liquidierung des Grafen Gert durch Niels Ebbesen, bat er augenblicklich um alles, was zu diesen beiden Ereignissen an historischer Literatur zu beschaffen wäre.«

Einige Entwürfe und Bruchstücke zu einem *Odenseer Kreidekreis* sind in Gestalt von Notizen und einer Dialogpassage im Nachlaß erhalten. Es werden chinesische Namen verwendet: der Richter heißt Shaofan oder Tao Schun, die Magd Haitang (wie in der chinesischen Quelle und bei Klabund). Die Handlung spielt in einem Bürgerkrieg oder bei einem Aufstand von Bauern. Der Richter kommt zu seinem Amt, weil er unwissentlich dem verfolgten Gouverneur das Leben rettet. Er wird in einem Entwurf als unbestechlich, in einem anderen durch die Neigung zu unberechenbaren »Eulenspiegeleien« charakterisiert. Die Arbeit an dem Stück wird jedoch zugunsten von *Mutter Courage und ihre Kinder* abgebrochen; in einer gestrichenen Passage der ersten *Courage*-Niederschrift gibt es einen Hinweis auf die Richter-Figur des Kreidekreis-Projekts.

1940 schreibt Brecht im schwedischen Exil seine Erzählung *Der Augsburger Kreidekreis* (Band 5). Er verlegt die Vorgänge in seine Heimatstadt und wählt als Handlungskontext (wie in *Mutter Courage und ihre Kinder*) Vorgänge aus dem Dreißigjährigen Krieg. Die Geschichte der Magd Anna, die das von seiner Mutter verlassene Kind rettet und unter Opfern aufzieht, entspricht weitgehend der der Grusche im *Kaukasischen Kreidekreis*. Die Figur des Richters ist jedoch anders angelegt und weicht auch von den Plänen zum *Odenseer Kreidekreis* ab. Der Richter Ignaz Dollinger ist ein gelehrter Jurist, der die Rechte der Freien Reichsstadt Augsburg gegen den Kurfürsten von Bayern vertritt und der wegen seiner volkstümlichen Rechtsprechung vom »niedrigen Volk« verehrt und in einer Moritat gefeiert wird. Er entscheidet den Rechtsstreit mit dem Kreidekreis-Urteil zugunsten des Kindes. Dabei beruft er sich auf ein »altes Buch« als Quelle.

Bei einem Gespräch mit der einflußreichen Schauspielerin Luise Rainer in Santa Monica im Spätsommer 1943 versucht Brecht vergeblich, sie für eines seiner Stücke zu interessieren. Sie erwähnt hingegen Klabunds *Kreidekreis*, woraufhin Brecht sich bereit erklärt, ein *Kreidekreis*-Stück zu schreiben. Zu Beginn seines Aufenthaltes in New York (November 1943 bis März 1944) macht Luise Rainer ihn mit dem Theaterproduzenten Jules J. Leventhal bekannt, der für sie eine Broadway-Inszenierung finanzieren will. Am 4. und 5. Februar 1944 unterzeichnet Brecht mit Leventhal und seinem Geschäftspartner Robert Reud zwei Verträge, in denen er sich verpflichtet, ein Stück mit dem Titel *Der kaukasische Kreidekreis* zu schreiben, bei dessen Uraufführung Luise Rainer die Hauptrolle spielen soll. Für die Arbeit wird ein Vorschuß gezahlt.

Als Brecht Mitte März 1944 von New York nach Santa Monica zurückkehrt, hat er bereits mit der Niederschrift begonnen. Dabei greift er auf die Vorarbeiten aus dem dänischen Exil zurück. Im April und Mai 1944 arbeitet er kontinuierlich am Text. Er schickt die fertigen Szenen an Ruth Berlau nach New York und bittet sie um ihr Urteil und um Vorschläge. Er möchte die Geliebte um so mehr an der Arbeit beteiligen, weil sie zu dieser Zeit ein Kind von ihm erwartet. Es wird am 3. September 1944 zu früh geboren, weil Ruth Berlau sich einer Tumoroperation unterziehen muß. Das Baby erhält den Namen Michel, wie das Kind der Grusche im *Kaukasischen Kreidekreis*, stirbt aber schon nach wenigen Tagen.

Neben Berlaus Mitarbeit diskutiert Brecht über den Text mit einer Reihe von Mitarbeitern und Freunden, vor allem mit Hanns Eisler, Hans Winge, Hans Viertel und Lion Feuchtwanger. Immer wieder wird überarbeitet, geänderte Passagen werden mit den zuerst niedergeschriebenen Partien zusammengeklebt. So ist die »Erste Niederschrift« das Ergebnis mehrerer Arbeitsgänge, die im einzelnen nicht mehr rekonstruierbar sind. Die Geschichte der Magd (erster bis dritter Akt) orientiert sich in der Fabelführung weitgehend an der Erzählung *Der Augsburger Kreidekreis*. Allerdings kommen viele neue Details, insbesondere die Verlobung mit dem Soldaten, hinzu. In der Geschichte des Richters werden die Entwürfe zum *Odenseer Kreidekreis* ausgeführt. Bei der Arbeit wird ein neuer entscheidender Gesichtspunkt ergänzt:

> Die Schwierigkeiten in der Gestaltung des Azdak hielten mich zwei Wochen auf, bis ich den sozialen Grund seines Verhaltens fand. Zunächst hatte ich nur seine miserable Rechtsführung, bei der die Armen gut wegkamen. [...] Aber es fehlte mir noch immer eine elementare causa gesellschaftlicher Art. Ich fand sie in seiner Enttäuschung darüber, daß mit dem Sturz der alten Herrn nicht eine neue Zeit kommt, sondern eine Zeit neuer Herrn. (*Journale*, 8. Mai 1944.)

Die Wahl des Schauplatzes hat zeitgeschichtliche Gründe. Die Eroberung des Kaukasus ist wegen der Ölquellen am Kaspischen Meer und wegen der strategischen Bedeutung für den Mittelmeerraum eines der wichtigsten Kriegsziele der faschistischen Truppen beim Einmarsch in die Sowjetunion 1941. Im Sommer 1942 dringen einzelne Verbände bis zum Hochkamm des Kaukasus vor. Die Schlacht bei Stalingrad bedeutet auch hier die Wende; seit dem Frühjahr 1943 ist die deutsche Wehrmacht auf dem Rückzug. Der Kaukasus ist das erste befreite Territorium in der Sowjetunion, für Brecht Sinnbild der Hoffnung auf ein rasches Ende der faschistischen Diktatur.

Brecht beklagt sich zwar während der Arbeit über die »Schere ›Auftrag‹ und ›Kunst‹«, ignoriert aber die Erwartungen der amerikanischen Bühne und ihres Publikums. Am 5. Juni 1944 liegt die erste Niederschrift abgeschlossen vor, die Brecht Luise Rainer übergibt. Die Schauspielerin ist nach einer zurückliegenden heftigen Auseinandersetzung immer noch beleidigt und macht ihm Vorhaltungen über die verspätete Ablieferung. Brecht schreibt an Ruth Berlau, die Rainer sei ihm »reichlich widerlich«, und er habe »nichts dagegen, wenn sie das Stück ablehnt« (*Journale*, 7./8. Juni 1944). Das bedeutet zugleich, daß die geplante Broadway-Aufführung nicht zu realisieren ist. Trotzdem bemüht er sich mit Nachdruck um eine Übersetzung. Leventhal beauftragt das Ehepaar James und Tania Stern mit der Rohübersetzung und Wyston Hugh Auden mit der Einrichtung für eine amerikanische Bühne. Mit beidem zeigt sich Brecht unzufrieden.

Schon zehn Tage nach dem Abschluß der ersten Niederschrift beginnt Brecht mit einer Überarbeitung. Sie ist vor allem durch ein neues Verständnis der Grusche bestimmt. Durch die Absage von Luise Rainer ist Brecht nicht mehr an deren Rollentypus gebunden und kann eine Figurenkonzeption entwickeln, die der Auseinandersetzung mit Azdak im fünften Akt ein schärferes Profil gibt:

> Plötzlich bin ich nicht mehr zufrieden mit der Grusche im *Kaukasischen Kreidekreis*. Sie sollte einfältig sein, aussehen wie die *tolle Grete* beim Breughel, ein Tragtier. Sie sollte störrisch sein statt aufsässig, willig statt gut, ausdauernd statt unbestechlich usw. usw. Diese Einfalt sollte keineswegs »Weisheit« bedeuten (das ist die bekannte Schablone), jedoch ist sie durchaus vereinbar mit praktischer Veranlagung, selbst mit List und Blick für menschliche Eigenschaften. – Die Grusche sollte, indem sie den Stempel der Zurückgebliebenheit ihrer Klasse trägt, weniger Identifikation ermöglichen und so als in gewissem Sinn tragische Figur (»das Salz der Erde«) objektiv dastehen. (*Journale*, 15. Juni 1944.)

Grusche wird jetzt von der älteren Frau als einfältig und töricht bezeichnet und verhält sich störrisch. War sie in der ersten Fassung 1944 nachdenklich, erweist sie sich in einer neu hinzugefügten Replik als abergläubisch. Auch im Gespräch mit Simon im ersten Akt und in der Auseinandersetzung mit den Panzerreitern im zweiten Akt hat sie in der ersten Fassung 1944 Selbstbewußtsein und Witz gezeigt, wo sie nun schlicht und direkt, angesichts der Gefahren verstört und mißtrauisch auftritt. Dieser neue Verhaltenstypus führt zur Streichung der Karawanserei-Szene im zweiten Akt. In dieser Szene zeigt Grusche im Rollenspiel ein hohes Maß an Souveränität und geistiger Beweglichkeit. Auch im fünften Akt geht sie auf die Spitzfindigkeit des Azdakschen Humors nicht mehr ein, sondern reagiert in neu geschriebenen Dialogpassagen direkt und grob, was zu einer derben Auseinandersetzung mit der neu hinzugekommenen Gouverneursfrau führt. Ihre Motive erläutert sie geradlinig, ohne auf die Absprache mit Simon und der Köchin, die ihre Mutterschaft bezeugen, Rücksicht zu nehmen.

Anfang August notiert Brecht die Fertigstellung der Umarbeitung der Grusche-Figur, die drei Wochen gedauert habe. Bis Ende August 1944 schreibt Brecht eine neue Fassung des *Vorspiels*, das sich jetzt auf den Wiederaufbau im Kaukasus nach dem Abzug der deutschen Wehrmacht bezieht. Gleichzeitig entwirft er ein *Nachspiel* »Ad libitum«. Weitere Textveränderungen betreffen die Heirat mit dem scheinbar kranken Bauern im dritten Akt: in der ersten Fassung 1944 ist an eine sofortige Rückkehr Grusches zu Bruder und Schwägerin gedacht, jetzt wird eine Vereinbarung für zwei Jahre getroffen. Im fünften Akt entfällt ein Bestechungsversuch des Anwalts der Gouverneurin, der Grusche für einen außergerichtlichen Vergleich 1000 Piaster anbietet. Neu ist hingegen die Szene, in der Grusche und der Panzerreiter, den sie bei der Verfolgung niedergeschlagen hat, sich wiedererkennen. Schließlich treten an die Stelle der russischen Namen in der ersten Fassung 1944 jetzt grusinische; die Bezeichnung »Bojar« wird in »Fürst« verändert. Auf der letzten Seite der zweiten Fassung 1944 vermerkt Brecht: »Mitarbeiter: Berlau, Eisler, Winge.«

Trotz eines Vertrags mit Leventhal am 12. März 1945 kommt bis zu Brechts Abreise aus den USA am 31. Oktober 1947 keine Aufführung am Broadway oder an einer anderen amerikanischen Bühne zustande. Erst am 4. Mai 1948 findet die Uraufführung in Northfield/Minnesota als College-Aufführung statt, wobei eine von Brecht nicht geprüfte Übersetzung von Eric Bentley verwendet wird.

Die überarbeitete zweite Fassung des *Kaukasischen Kreidekreises* von 1944 erscheint erstmals 1949 im Brecht-Sonderheft der Zeitschrift *Sinn und Form*. 1950 spricht Brecht mit Gottfried von Einem über eine Aufführung des *Kaukasischen Kreidekreises* im Rahmen der Salzburger Festspiele mit Oskar Homolka als Azdak und Käthe Gold als Grusche in der Regie von Berthold Viertel. 1951 bietet er Viertel eine Inszenierung des Stückes in Berlin oder anderswo an, die aber nicht zustande kommt. Erst am 23. November 1951 hat am Stadsteatern Göteborg die Inszenierung von Bengt Ekerot Premiere – die Brecht als die »Uraufführung« bezeichnet, obwohl zwischen 1948 und 1950 weitere College-Aufführungen in den USA stattfanden; sie sind jedoch ohne öffentliche Resonanz geblieben. Die Göteborger Inszenierung wird von den Rezensenten als »marxistische Volkssage« (*Aftonposten*) interpretiert und erinnert sie an die Bibel und an *Tausendundeine Nacht*.

Im Herbst 1953 verhandelt Brecht mit Peter Suhrkamp über das Erscheinen des *Kaukasischen Kreidekreises* in den *Versuchen*. Das Stück hat er Harry Buckwitz, dem Intendanten der Städtischen Bühnen Frankfurt am Main, als westdeutsche Erstaufführung angeboten. Gleichzeitig bereitet er die eigene Inszenierung am Berliner Ensemble vor. Aus diesem Grunde drängt er auf eine rasche Publikation. Suhrkamp befürchtet, daß sich während Brechts Regiearbeit Änderungen am Text ergeben, die dazu führen könnten, daß in Frankfurt und Berlin unterschiedliche Fassungen gespielt werden. Brecht beruhigt ihn, tatsächlich aber wird der Text des 1949 erschienenen Erstdrucks in *Sinn und Form* für *Versuche*, Heft 13, erheblich verändert. Durchgängig wird der Name Georgien durch Grusinien ersetzt. Das *Vorspiel* ist in einer Reihe von Details überarbeitet. Die Namen der beiden Kolchosen werden vertauscht: der Ziegenzuchtkolchos heißt nun »Galinsk«, der Obstbaukolchos »Rosa Luxemburg«. Die Änderung geht auf einen Einwand zurück, den Hanns Eisler im September 1944 erhoben hat: »Ziege« sei im Berliner Volksmund eine häßliche Bezeichnung für eine Frau und werde in Verbindung mit dem Namen Luxemburgs die Zuschauer zum Lachen reizen. Weitere Präzisierungen betreffen die Darbietung des Sängers Arkadi Tscheidse: das »Theaterstück mit Gesängen«, das er einstudiert hat, wird unter Verwendung alter Masken aufgeführt. Vor allem der erste Akt weist eine große Anzahl von Umstellungen, Erweiterungen und Veränderungen auf. Sie organisieren die bewegten Abläufe theatergerechter, ohne daß substantielle Eingriffe notwendig werden. Besonders auffällig sind die geänderten, präziseren und häufigeren Regieanweisungen, die das epische Moment des Textes verstärken. Im zweiten Akt übernimmt Brecht die Karawanserei-Szene der ersten Fassung 1944. Die Änderungen in den folgenden Akten betreffen vorwiegend stilistische Details, Umstellungen, ausführlichere Angaben in den Regieanweisungen usw.

Im November 1953 beginnt Brecht mit den Proben für die deutsche Erstaufführung in Berlin, die 125 Tage dauern und kontinuierlich durch Notate und durch Tonbandaufzeichnungen des Regieassistenten Hans Bunge festgehalten werden als Grundlage für ein geplantes Modellbuch. Neben dem Arrangement, das zu einer Präzisierung und Neuformulierung vieler Szenenanweisungen führt, und der gestischen Spielweise gilt die Regiearbeit insbesondere der Ausstattung und der Musik. Dem Bühnenbildner Karl von Appen gibt Brecht das Stichwort »Krippen, Krippenfiguren«. Die Prospekte werden nach Art chinesischer Tuschemalereien auf lose Seidenfahnen gemalt. Für den zweiten Akt wird ein kompliziertes Arrangement auf der Drehbühne getroffen. Die Beleuchtung arbeitet mit hellem, kühlem Licht. Große Sorgfalt wird auf die Requisiten verwendet. Eine Besonderheit der Aufführung ist die Verwendung von Masken. Sie hat eine pragmatische Begründung in der Vielzahl der auftretenden Figuren, die die Darstellung mehrerer Rollen durch dieselben Schauspieler erforderlich macht, wird aber zugleich zur Charakterisierung eingesetzt. Den Figuren der feudalen Partei und ihren Helfershelfern wird in unterschiedlichem Ausmaß (Viertelmasken, Halbmasken, Vollmasken), bis zur völligen Erstarrung, das Gesicht genommen, während die Personen aus dem Volk natürlich erscheinen (keine Masken). Die Verwendung der Masken erfordert in hohem Maße gestische Spielweise. – Die Musik wird von Paul Dessau in enger Absprache mit Brecht komponiert. Dessau verwendet grusinische und aserbeidschanische Folklore. Er läßt ein neues Instrument, das »Gongspiel«, bauen.

Am 7. Oktober 1954 ist die offizielle Premiere des *Kaukasischen Krei-*

dekreises unter Brechts Regie am Berliner Ensemble (mit Ernst Busch als Azdak und Angelika Hurwicz als Grusche). Trotz der außerordentlichen Anstrengungen des Berliner Ensembles ist die Aufführung zunächst die umstrittenste und am heftigsten angefeindete in Brechts gesamter Berliner Regietätigkeit. Schon während der Proben und verstärkt nach den öffentlichen Voraufführungen seit dem 15. Juni 1954 setzen die Angriffe ein, die sich zu einer kulturpolitischen Auseinandersetzung über das epische Theater steigern und in zahlreichen Beiträgen den Charakter einer Abrechnung tragen. Die Brechtsche Theaterkonzeption wird von den führenden Rezensenten der DDR in einer noch nicht dagewesenen Schärfe in Frage gestellt, wobei die Polemik sich in gleicher Weise gegen Stück und Aufführung richtet.

Das *Neue Deutschland* verzichtet auf eine Besprechung, was von der westlichen Presse richtig als die deutlichste Form der Distanzierung verstanden wird. Der *Sonntag* kritisiert massiv das »ermüdende« und »langatmige« Drama und konstatiert, »daß auch in der sozialistischen Gesellschaft das Mütterliche ein biologischer und kein sozialer Prozeß ist«. Brecht weiche dem Konflikt aus, indem er die Klassen schematisiere und so die Gouverneurin als »Popanz« erscheinen lasse. Grundsätzlicher wird die Kritik, wenn sie sich auf die Struktur des Stücks bezieht: Brecht »werde Opfer seiner Theorie vom epischen Theater«, er verfahre bei der doppelten Fabel wie im Roman und könne den Zusammenhang zwischen *Vorspiel* und Kreidekreis-Handlung nicht einleuchtend begründen. »Eine dramatische, notwendige Einheit bilden beide Vorgänge jedenfalls nicht.« Damit ist der Tenor der Besprechungen von DDR-Rezensenten gekennzeichnet. – Das Lehrhafte lasse das Publikum kalt, die Teile fügten sich nicht zu einem Ganzen; es wird bemängelt, daß die Fabel »in zu viele Bilder« zerflattere, insbesondere die Kommentierung zerstöre die Einheit des Dramatischen: »ohne die formalen Verfremdungseffekte wäre der *Kaukasische Kreidekreis* wirklich ein Volksstück« (*Deutsche Woche*). – Fritz Erpenbeck beginnt 1954 in Heft 12 der von ihm geleiteten Zeitschrift *Theater der Zeit* eine Kampagne gegen Brecht und das epische Theater, die bis 1955 (Heft 4) auf verschiedenen Ebenen fortgesetzt wird. Unter Hinweis auf die Stanislawski-Konferenz von 1953 werden die Grundsätze von Brechts *Kleinem Organon* noch einmal als Irrlehren deklariert. Brecht habe in seinen aristotelischen Stücken (*Die Gewehre der Frau Carrar*, *Furcht und Elend des III. Reiches*) bewiesen, daß er ein Meister des dramatischen Theaters sein könne. Brecht selbst äußert sich nicht öffentlich. Im Nachlaß befindet sich aber ein kurzer Text zur Theaterkritik. Dort heißt es: »Wie soll eine Linde mit jemandem diskutieren, der ihr vorwirft, sie sei keine Eiche?«

Die wenigen positiven Stellungnahmen wirken ängstlich und eingeschüchtert, bedienen sich der vorsichtigen Form einer Gegenüberstellung kontrastierender Aussagen und beziehen sich auf die Qualität der

Aufführung, die selbst von den Kritikern nicht bestritten wird. Durchgängig wird aber die Länge der mehr als vierstündigen Inszenierung in Frage gestellt, zu der Brecht sich gelegentlich in Interviews äußert: sie sei die Antizipation einer Möglichkeit des Theaters in einer sozialistischen Gesellschaft, die durch Kürzung der Arbeitszeit gesellschaftliche Freiräume für eine anspruchsvollere Kunstpraxis schaffen werde.

Die westlichen Kritiker sind durchweg zurückhaltend. Die Aufführung wird wegen ihrer Länge als ermüdend und wegen des Nacheinanders der Grusche- und Azdak-Handlung als schwerfällig empfunden. Die *Stuttgarter Zeitung* sieht im neuen Ausgang der Kreidekreisprobe eine »Huldigung des kommunistischen Autors Brecht an seine vorgesetzte Doktrin«, in Azdak einen »volksdemokratischen ›Volksrichter‹« und im *Vorspiel* den Versuch, das Stück »den Kulturfunktionären des Ostens mundgerecht zu machen«. Damit sind die immer wiederkehrenden Argumentationsmuster der Kritiken bezeichnet. Trotz massiver Einwände loben die Kritiker in Ost und West zahlreiche Details und bestätigen das Niveau der Inszenierung. Das Spiel der Angelika Hurwicz als Grusche wird ausnahmslos bewundert, während Ernst Busch als Azdak unterschiedlich bewertet wird.

Eine neue Einschätzung erfährt die Inszenierung durch das Gastspiel in Paris vom 20. bis 24. Juli 1955. Das Berliner Ensemble hatte schon 1954 mit *Mutter Courage* beim ersten Internationalen Festival der dramatischen Kunst im Théâtre Sarah Bernhardt in der französischen Hauptstadt gastiert und den ersten Preis für das beste Stück und die beste Inszenierung erhalten. Die Aufführung des *Kaukasischen Kreidekreises* wird 1955 zu einem Triumph für Brecht und sein Theater. Brecht hatte die Inszenierung gestrafft. Publikum und Presse sind begeistert. Nach der Entgegennahme des Stalin-Friedenspreises in Moskau im Mai 1955 führt dieses Gastspiel entscheidend zum Zusammenbrechen der Kampagne gegen das epische Theater in der DDR und zu einer neuen Einschätzung des *Kaukasischen Kreidekreises* als eines der bedeutendsten Stücke der Exilzeit.

Davon kann bei der westdeutschen Erstaufführung am 28. April 1955 im Frankfurter Schauspielhaus keine Rede sein. Intendant Harry Buckwitz hatte diese Aufführung in der Zeit des ersten Brecht-Boykotts nach dem 17. Juni 1953 gegen massiven Widerstand durchgesetzt. Er führt selbst Regie und wird in der letzten Probenphase von Brecht beraten. Wie schon drei Jahre zuvor bei der Erstaufführung des *Guten Menschen von Sezuan* in Frankfurt versucht die Stadtverordnetenfraktion der CDU die Aufführung zu verhindern. In einer Erklärung heißt es, Brecht habe durch seine Solidaritätsadresse an die Regierung der DDR nach dem Volksaufstand vom 17. Juni das deutsche Volk schändlich verraten. Die Erklärung wird in der Presse stark beachtet: Die Reaktionen auf sie sind weitaus zahlreicher als die Rezensionen zur Aufführung selbst. Die Kontroverse wird noch zusätzlich verstärkt, als die Frankfurter Aufführung zu den Ruhrfestspielen 1955 eingeladen und für den Vorabend des 17. Juni auf das Programm gesetzt wird. Gegen die Boykottaufrufe wird die Forderung freier Kunstausübung gestellt, wobei auch die Befürworter zwischen dem Dichter und dem Politiker Brecht unterscheiden.

In den Besprechungen der Frankfurter Aufführung setzt sich die Kontroverse fort. Kaum ein Kritiker verzichtet auf eine politische Distanzierung von Brecht. Die literarische Qualität des Gesamtwerkes – Brecht gilt durchweg als der bedeutendste zeitgenössische deutsche Dramatiker – wird für den *Kaukasischen Kreidekreis* nur mit erheblichen Einschränkungen zugestanden. Viele Kritiker sprechen von einem »kommunistischen Lehrstück«, dessen wahrer, nämlich agitatorischer Gehalt nur durch den Verzicht auf das *Vorspiel* verschleiert werde. Die *Frankfurter Allgemeine Zeitung* rühmt die Gestalt des »Eulenspiegel-Richters« Azdak: »Wem eine solche Figur gelingt, dem glaubt man die ideologische Begrenztheit nicht mehr.« Allerdings werden Einwände gegen die »uneinheitliche Intensität« und gegen den »langatmigen epischen Ablauf« erhoben. Das Presseecho ist bezüglich des Dramas insgesamt eher negativ als zustimmend – allerdings fehlen die von der DDR-Kritik vorgetragenen Einwände gegen das epische Theater nahezu vollständig. Hingegen wird die Inszenierung von Buckwitz von den meisten Kritikern gerühmt. Das Lob gilt vor allem Käthe Reichel als Grusche. Da sie in Frankfurt als Gast vom Berliner Ensemble auftritt, wird zugleich die hohe schauspielerische Kultur des Brecht-Theaters gewürdigt. Hans-Ernst Jäger als Azdak und Otto Rouvel als Sänger finden die gleiche ungeteilte Zustimmung, was sich bei den Ruhrfestspielen im Juni 1955 wiederholt.

579,4f. *eines zerschossenen kaukasischen Dorfes]* Der Ort Nukha wird hier als ein Kriegsschauplatz im zweiten Weltkrieg eingeführt. Die deutschen Truppen befinden sich seit 1943 auf dem Rückzug. Die Handlungszeit des *Vorspiels* ist 1944.

579,6 *Kolchosdörfer]* Seit 1929 entstehen in der Sowjetunion durch die von Stalin verordnete Zwangskollektivierung der Landwirtschaft ländliche Produktionsgenossenschaften (Kolchosen).

579,19 *Nukha]* Stadt in Ostgeorgien, am Südostrand des Kaukasus.

579,19 *Galinsk]* In der ersten Fassung 1944 ist Galinsk der Name des Heimatdorfes der Agronomin.

579,20f. *als die Hitlerarmeen anrückten]* Teile des Kaukasus werden 1942 von deutschen Truppen erobert.

579,25 *Rosa Luxemburg]* Der Kolchos ist nach der sozialistischen Politikerin Rosa Luxemburg benannt, die 1905 an der Revolution in Rußland beteiligt ist. 1917 wird sie Mitbegründerin des Spartakus-Bundes, 1919 zusammen mit Karl Liebknecht ermordet. Sie hat Brecht sein Leben lang beschäftigt. Er nimmt 1919 an einer Trauerfeier der Münchner Räterepublik für Karl Liebknecht und Rosa Luxemburg teil und plant noch in den fünfziger Jahren ein Luxemburg-Stück.

581,3 f. *dir nicht gehört, sondern dem Fürsten Kazbeki]* Die Leibeigenschaft wird in Rußland 1861 durch Zar Alexander II. aufgehoben, in Georgien etwa ein Jahrzehnt später.

582,20 *Majakowski]* Wladimir Wladimirowitsch Majakowski, aus dem Kaukasus stammender russischer Dichter. Zunächst Anhänger der Revolution und Bewunderer Lenins, später als unbequem isoliert. Endet durch Selbstmord. Brechts Kenntnis ist vor allem durch Walter Benjamin und Sergej Tretjakow vermittelt.

584,15 *stammt aus dem Chinesischen]* Hinweis auf Li Hsing-taos Drama *Der Kreidekreis* aus dem 13. Jahrhundert.

584,30 *Tiflis]* Seit dem 5. Jahrhundert Residenz des georgischen Königshauses, seit 1801 Sitz russischer Statthalter und Gouverneure, seit 1925 Hauptstadt der Georgischen (bis 1937 auch der Transkaukasischen) Sowjetrepublik.

585,10 *Krösus]* König von Lydien (um 560-546 v.d.Z.). Sein Reichtum ist sprichwörtlich.

585,13 *Grusinien]* Der russische Name für Georgien. Das Land im Kaukasus war am Ende des Mittelalters selbständiges Fürstentum, seit dem 15. Jahrhundert in wechselnder Abhängigkeit von Persien und der Türkei, 1801 russische Provinz, nach kurzer Selbständigkeit seit 1921 Sowjetrepublik, bis 1936 als Teil der Transkaukasischen Föderativen Sowjetrepublik (mit Aserbeidschan und Armenien), ab 1937 als eigene Georgische Sowjetrepublik.

586,32 f. *strategischer Rückzug]* Terminus der Nazipropaganda zur Verschleierung militärischer Niederlagen.

588,14 *geschoppt]* (Süddt.) gestopft.

589,22 *Panzerreiter]* Mit einem Brustpanzer geschützter schwerer Reiter.

591,25 *Ostermette]* Die Mette ist ein mitternächtlicher oder frühmorgendlicher Gottesdienst an hohen kirchlichen Feiertagen.

593,37 f. *»Eile heißt der Wind ...«]* Bei einer Aufzählung von Titeln für Ruth Berlaus Novellenband *Jedes Tier kann es* (1940 erschienen unter dem Pseudonym Maria Sten) notiert Brecht im *Journal*, 13. August 1938, die sprichwörtliche Wendung: »Eile heißt der Wind, der das Brettergerüst zum Einsturz bringt.« Berlaus Text hat die Überschrift *»Eile« hieß der Wind ...*

594,3 *Piaster]* Währungseinheit in der Türkei.

594,21-34 *Geh du ruhig ... alles ist wie einst.]* Die Verse sind angeregt durch das Soldatenlied *Wart auf mich* (1941) von Konstantin Simonow, das im zweiten Weltkrieg bei den sowjetischen Truppen sehr verbreitet ist. Brecht lernt es in englischer Übersetzung (Nathalie Rene) durch einen Abdruck in der Zeitung *Moscow News* kennen.

596,6 *Saffianstiefelchen]* Saffian: Feines Ziegenleder.

597,24 *sterben in Sünden]* Im katholischen Glauben werden dem Sterbenden nach einer letzten Beichte und Kommunion seine Sünden vergeben. Der Gouverneur ist ohne sie gestorben.

599,28 *Angelus]* Angelusläuten, Glockenzeichen für das Angelusgebet, benannt nach dessen lateinischem Anfang: »Angelus Domini ...« Das Gebet wird morgens, mittags und abends gesprochen; hier ist das Abendgebet gemeint.

600,28 *der grusinischen Heerstraße]* Die grusinische Heerstraße, die den nördlichen Kaukasus mit Transkaukasien verbindet, wird 1804 gebaut, nachdem Georgien (vgl. zu 585,13) russische Provinz geworden ist.

601,12 *Sosso]* Koseform für Joseph.

603,17 *des Janga-Tau-Gletschers]* Der Dschanga-tau ist ein hoher Berg im Zentralkaukasus.

607,21 *die klingende Schelle]* Nach 1 Korinther 13,1.

607,30-33 *Zieh ins Feld ... wiederkehre.]* Nach einem mährischen Volkslied, »Wenn ich traurig in den Krieg ziehe«, das Béla Bartók aufgezeichnet hat. Brecht beschäftigt sich mit Bartóks *Slowakischen Volksliedern* im Zusammenhang mit seiner Arbeit am *Schweyk*.

607,36-39 *Wenn ich ... oft umfangen.]* Nach einem mährischen Volkslied, »Hört ein wenig zu, meine Freunde«.

615,5 *Fuß]* Altes Längenmaß, etwa 30 cm.

618,28 *Auszehrung]* Veraltete Bezeichnung für Schwindsucht, Tuberkulose.

619,30-620,5 *Da machte der Liebe ... nach Haus.]* Leicht verändertes Zitat aus dem *Estnischen Kriegslied* von Hella Wuolijoki (1915). Brecht nennt Wuolijokis Volksliedkompilation »das pazifistischste Volkslied der Welt«; zusammen mit Margarete Steffin redigiert er Wuolijokis Übersetzung ins Deutsche.

623,37 *auf lateinisch]* Latein ist die Sprache der Liturgie in der römisch-katholischen Kirche, nicht jedoch in der griechisch-orthodoxen, zu der Grusinien gehört.

625,26 *einem Toten- und einem Brautbett]* Die Anregung zur Verbindung der »Heirats- und Auferstehungsszene« stammt von Hanns Eisler.

630,4 *Kalender]* Gedruckter Jahreskalender mit Anweisungen, Rezepten, Erzählungen, Schwänken usw., Lektüre für das einfache Volk.

633,2-18 *Soviel Worte ... im Wasser.]* Formuliert nach Hella Wuolijokis *Das Estnische Kriegslied* (*Sôja laul*) (vgl. zu 619,30-620,5).

636,35 *Ein Mensch ist nach Gottes Ebenbild gemacht]* Vgl. 1 Mose 1,27.

637,18 *Türken]* Grusinien ist seit dem Ende des 15. Jahrhunderts unter persischer und türkischer Herrschaft.

637,24 *wie der Pontius ins Credo]* Vgl. zu 545,25 f.

638,33 *Profos]* Hier: militärischer Angestellter.

638,33 *Patriarch]* In der orthodoxen Kirche das geistliche Oberhaupt.

639,2 *Wesire]* Minister in islamischen Staaten.

639,12f. *Teppichweber]* Der Kaukasus ist wie Persien ein Zentrum der Teppichmanufaktur.

639,27 *Urmisee]* See in Nordpersien, in der Nähe von Täbris.

641,35f. *schicksalhaften Stunde]* Terminus der Nazipropaganda.

645,17 *geklippte, zackige Sprechweise]* Nach engl. »clipped speech«. Anspielung auf den Kasino-Ton der preußischen Offiziere.

648,27 *dem Wirt, dem langbärtigen Greis]* Figur aus der Karawanserei-Szene der ersten Fassung 1944.

650,31 *dem lieben Nächsten]* Anspielung auf 3 Mose 19,18: »Du sollst deinen Nächsten lieben wie dich selbst.«

651,22 *Irakli]* Grusinische Form von Herakles, Sohn des Zeus und der Alkmene. Inbegriff heroischer Kraft, vom Volk als Nothelfer angerufen.

651,31 *Eremit]* Einsiedler. Die Bezeichnung »wandernder Eremit« ist paradox.

652,29f. *Mutter Grusinien, die Schmerzhafte]* Mutter Grusinien ist eine Bildung nach dem russischen »Mütterchen Rußland«; »die Schmerzhafte« ist eine Anspielung auf die mater dolorosa (Schmerzensmutter) – in der bildenden Kunst die Darstellung der trauernden Gottesmutter Maria.

652,35 *Mütterchen … gnädig beurteilen!]* Anspielung auf den katholischen Marienkult: Maria als Fürbitterin der sündigen Menschen.

653,11 *mit gefälschter Waage]* Die Waage ist in der bildenden Kunst und Emblematik das Attribut der Göttin der Gerechtigkeit.

653,15 *gezinktes Recht]* Anspielung auf die Wendung »gezinkte Karten«: betrügerisches Recht.

654,8-39 *Schwester, verhülle … schaff Ordnung!]* Bearbeitung der *Mahnworte eines Propheten*, einer altägyptischen Gedichtreihe, die Brecht in Adolf Ermanns Übersetzung von 1923 kennt. Er verwendet eine Reihe von Versen in einer eigenen Zusammenstellung in *Fünf Schwierigkeiten beim Schreiben der Wahrheit* (Band 6). Das *Lied vom Chaos* ist eine verkürzte und sprachlich veränderte Fassung dieses Textes und stimmt in Teilen mit der Übersetzung der altägyptischen Vorlage überein.

654,18 *Sesnemholz]* Zedernholz.

656,8 *die berühmte Probe mit einem Kreidekreis]* Der Kreidekreis ist eine Erfindung von Klabund. Die chinesische Vorlage kennt einen Kreidestrich, auf den das Kind gestellt wird.

660,31f. *Blut … ist dicker als Wasser]* Von Wilhelm II. häufig verwendete und dadurch populär gemachte Wendung. Vor allem in dem Sinne, daß die Blutsverwandtschaft zwischen Deutschen und Briten stärker sei als das die beiden Länder trennende Meer.

664,34 *Jessajah]* Der alttestamentliche Prophet Jesaja.

669,7 *Goldenen Zeit]* Anspielung auf den Utopie-Topos des »goldenen Zeitalters«.

670,11 *Plankommission]* Hinweis auf die Planwirtschaft in der Sowjetunion.

670,27f. *Kain und Abel ... Adam und Eva]* Kain und Abel sind nach der Bibel die verfeindeten Söhne des ersten Menschenpaares Adam und Eva. Die redensartliche Wendung meint: ganz von vorn beginnen.

671,15f. *Vor 25 Jahren ... Chachava.]* Vgl. zu 581,3f. Der Alte hat den gleichen Namen wie Simon in der Kreidekreis-Handlung.

672,16 *Werst]* Altes russisches Längenmaß (1,067 km). Eigentlich: Wende des Pfluges.

674,32 *Ad libitum]* (Lat.) Nach Belieben, d.h. es ist in das Ermessen der Aufführenden gestellt, ob das Nachspiel gespielt wird oder nicht.

Zu dieser Ausgabe

Die vorliegende Auswahl erscheint anläßlich des 100. Geburtstages von Bertolt Brecht am 10. Februar 1998.

Die Texte und ihre Anordnung folgen der »Großen kommentierten Berliner und Frankfurter Ausgabe« der *Werke* Bertolt Brechts, herausgegeben von Werner Hecht, Jan Knopf, Werner Mittenzwei und Klaus-Detlef Müller, unter Mitwirkung zahlreicher Bandbearbeiter und Bandbearbeiterinnen, Berlin und Weimar / Frankfurt am Main 1988 bis 1997 (GBA).

Ausgewählt haben: Werner Hecht (Schriften), Wolfgang Jeske (Stücke, Prosa) und Jan Knopf (Gedichte).

Die *Anmerkungen* sind zusammengestellt worden von Stefan Hauck (Stücke, Prosa, Schriften) und Jan Knopf (Gedichte). Brechts Tagebücher (Journale) und Briefe sind in den *Anmerkungen* zitiert nach den Bänden 26/27 (*Journale*) bzw. 28-30 (*Briefe*) der *Werke* (GBA).

Zu den Anmerkungen: Zu jedem Stück wird die Entstehungsgeschichte vorgestellt und auf weitere Fassungen hingewiesen.

In einem zweiten Teil gibt es jeweils Einzelanmerkungen zum Text; die Ziffern vor den erläuterten Stichworten beziehen sich auf Seite und Zeile des vorliegenden Bandes.

Um Wiederholungen zu vermeiden, wird gegebenenfalls auf eine vorangehende Erklärung innerhalb der *Anmerkungen* verwiesen (mit: Vgl. zu Seite, Zeile).

Inhalt

Genannt sind jeweils der Beginn der Texte und der Anmerkungen (*kursiv*).

Copyrightangaben zu den einzelnen Texten: